DORMIR EN UN
MAR DE ESTRELLAS

DORMIR EN UN MAR DE ESTRELLAS

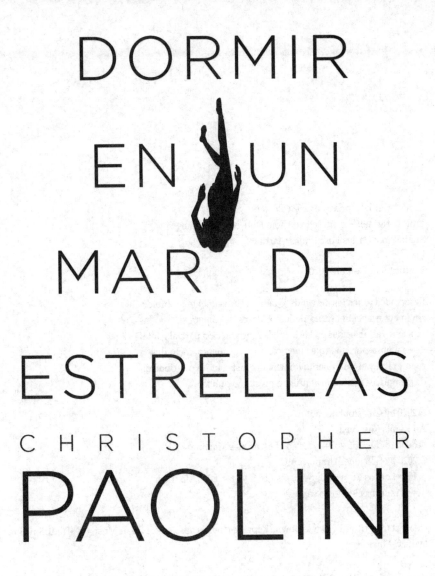

CHRISTOPHER
PAOLINI

Traducción de Carlos Loscertales Martínez

◖ UMBRIEL

Argentina • Chile • Colombia • España
Estados Unidos • México • Perú • Uruguay

Título original: *To Sleep in a Sea Of Stars*
Editor original: Tor, un sello de Tom Doherty Associates
Traducción: Carlos Loscertales Martínez

1.ª edición noviembre 2020

© 2020 by Christopher Paolini
All Rights Reserved
© de la traducción 2020 *by* Carlos Loscertales Martínez
© 2020 by Ediciones Urano, S.A.U.
   Plaza de los Reyes Magos, 8, piso 1.º C y D – 28007 Madrid
   www.umbrieleditores.com

«Blackstar» written by David Bowie. Reprinted by permission of Nipple Music (BMI) administered by RZO Music, Inc.

Excerpt(s) from THE IMMENSE JOURNEY: AN IMAGINATIVE NATURALIST EXPLORES THE MYSTERIES OF MAN AND NATURE by Loren Eiseley, copyright © 1946, 1950, 1951, 1953, 1955, 1956, 1957 by Loren Eiseley. Used by permission of Random House, an imprint and division of Penguin Random House LLC. All rights reserved.

ISBN: 978-84-16517-39-8
E-ISBN: 978-84-18259-10-4
Depósito legal: B-15.648-2020

Fotocomposición: Ediciones Urano, S.A.U.
Impreso por: Rotativas de Estella – Polígono Industrial San Miguel Parcelas E7-E8
31132 Villatuerta (Navarra)

Impreso en España – *Printed in Spain*

COMO SIEMPRE, DEDICO ESTE LIBRO A MI FAMILIA.

*Y también a los científicos, ingenieros y soñadores
que luchan por construir un futuro entre las estrellas para la humanidad.*

ÍNDICE

PRIMERA PARTE   EXOGENESIS   15

SUEÑOS   19
RELICARIO   30
CIRCUNSTANCIAS ATENUANTES   47
ANGUSTIA   63
LOCURA   70
GRITOS Y ECOS   88
CUENTA ATRÁS   100
DE ACÁ PARA ALLÁ   108
DECISIONES   115

MUTIS I   136

SEGUNDA PARTE   SUBLIMARE   145

DESPERTAR   149
WALLFISH   164
CONJETURAS   183
KRIEGSSPIEL   208
EXTREMIS   221
CERCA Y LEJOS   230
SÍMBOLOS Y SEÑALES   249
SIN ESCAPATORIA   264
AGRACIADA   274
DARMSTADT   284
REVELACIÓN   302
LECCIONES   323

MUTIS II   354

TERCERA PARTE   APOCALYPSIS   361

PECADOS DEL PASADO   365
A CAELO USQUE AD CENTRUM   397
ESQUIRLAS   403
TERROR   421
SIC ITUR AD ASTRA   433
HACIA LA OSCURIDAD   443
NECESIDAD   456
PECADOS DEL PRESENTE   478

MUTIS III   495

CUARTA PARTE   FIDELITATIS   521

DISONANCIA   525
ESTACIÓN ORSTED   545
¡EVASIÓN!   559
NECESIDAD II   593

MUTIS IV   609

QUINTA PARTE   MALIGNITATEM   633

LLEGADA   637
NECESIDAD III   650
INTEGRATUM   672
FERRO COMITANTE   695
ASTRORUM IRAE   719
SUB SPECIE AETERNITATIS   748

MUTIS V   766

SEXTA PARTE   QUIETUS   781

COGNICIÓN   785
UNIDAD   793
PARTIDA   806

MUTIS VI   821

ADENDA

APÉNDICE I EL ESPACIO-TIEMPO Y LOS VIAJES SUPERLUMÍNICOS   829

APÉNDICE II COMBATE NAVAL ESPACIAL   843

APÉNDICE III TERMINOLOGÍA   847

APÉNDICE IV CRONOLOGÍA   873

EPÍLOGO Y AGRADECIMIENTOS   877

UNA NOVELA DEL FRACTALVERSO

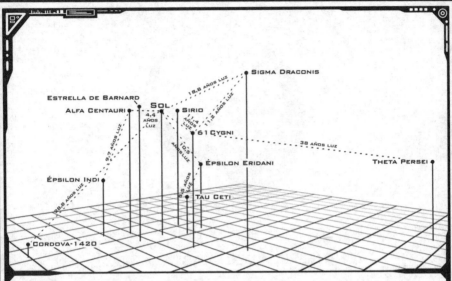

Liga de Mundos Aliados

- **Sol**

- **Alfa Centauri**
  - mundo de Stewart

- **Épsilon Eridani**
  - Eidolon

- **Épsilon Indi**
  - Weyland

- **Sigma Draconis**
  - Adrastea

- **Theta Persei**
  - Talos VII

- **61 Cygni**
  - Ruslan

No aliados

- **Cordova-1420**

- **Tau Ceti**
  - Shin-Zar

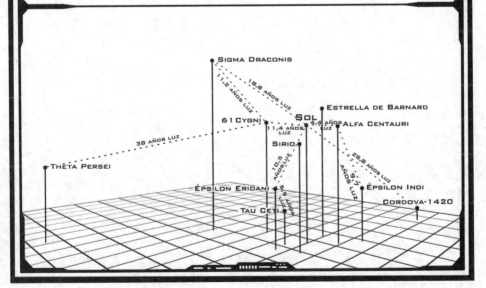

PRIMERA PARTE

* * * * * * *

EXOGENESIS

Divino vástago del linaje de Anquises,
descender a los infiernos poco cuesta;
abiertas están siempre sus anchas puertas.
Mas salir de allí, contemplar el cielo claro,
he ahí el duro trance, el arduo trago.

—*Eneida*, 6.126-129

CAPÍTULO I

★　★　★　★　★　★　★

SUEÑOS

1.

Zeus, el gigante gaseoso, empezaba a ocultar por el horizonte su inmenso rostro naranja, iluminado por una luz mortecina y rojiza. A su alrededor resplandecía un campo de estrellas, cuyo fulgor destacaba sobre la negrura del espacio, y bajo su mirada de cíclope sin párpado se extendía un desierto gris salpicado de piedras.

Un puñado de edificios se alzaban, arracimados, en la inhóspita llanura. Cúpulas, conductos y salas acristaladas constituían un solitario rincón de vida y calor en pleno entorno alienígena.

En el estrecho laboratorio del complejo, Kira luchaba por sacar el secuenciador genético de su nicho de la pared. El aparato no era especialmente voluminoso, pero pesaba mucho y no conseguía sujetarlo con firmeza.

«Mierda», murmuró mientras intentaba colocarse en una posición más cómoda.

La mayoría del instrumental permanecería en Adrastea, aquella luna del tamaño de la Tierra que llevaban cuatro meses estudiando. La mayoría, pero no todo. El secuenciador genético formaba parte del kit básico de cualquier xenobiólogo, por lo que acompañaba a Kira a todas partes. Además, no tardarían en llegar los primeros colonos a bordo de la Shakti-Uma-Sati; colonos que sin duda traerían consigo secuenciadores más modernos, y no el modelo portátil y cutre que le había endosado la corporación.

Kira volvió a tirar del dispositivo, pero le resbalaron los dedos de nuevo. Esta vez dejó escapar un grito ahogado al notar que uno de los bordes de metal le hacía un corte en la palma de la mano. Soltó el secuenciador y examinó la herida, por la que ya empezaba a caer un hilillo de sangre.

Kira gruñó, enseñándole los dientes al secuenciador genético, y le propinó un fuerte golpe. No sirvió de mucho. Cerró con fuerza la mano herida y caminó de un lado a otro por el laboratorio, respirando agitadamente mientras esperaba a que el dolor remitiera.

Por lo general, la tozudez de aquella máquina no conseguía sacarla de sus casillas. *Por lo general*. Pero hoy el temor y la tristeza pudieron más que la razón. Todo el equipo se marchaba a la mañana siguiente; el transbordador los llevaría hasta su transporte, la Fidanza, que ya orbitaba alrededor de Adra. Y dentro de unos días, las diez personas que componían el equipo de reconocimiento (incluida Kira) entrarían en sueño criónico. Cuando despertaran en 61 Cygni, dos semanas después, cada cual se iría por su lado. Kira no volvería a ver a Alan durante... a saber cuánto. Meses, eso seguro. Posiblemente más de un año, si tenían mala suerte.

Kira cerró los ojos e inclinó la cabeza hacia atrás, soltando un suspiro que se transformó en lamento. No se acostumbraba a aquella danza que mantenía con Alan, por mucho que esta se repitiera. Más bien al contrario: cada vez la odiaba más.

Los dos se habían conocido hacía un año, en un gran asteroide que la corporación mercantil Lapsang planeaba explotar; Alan estaba a cargo del estudio geológico. Los dos pasaron cuatro días juntos en aquel asteroide. Al principio le atrajeron la risa y la mata de cabello cobrizo de Alan, pero lo que la impresionó de verdad fueron su diligencia y su minuciosidad. A Alan se le daba bien su trabajo y nunca perdía la calma durante una emergencia.

Kira llevaba mucho tiempo sola, tanto que ya se había convencido de que jamás encontraría a nadie. Y entonces ocurrió el milagro: Alan entró en su vida. De pronto, Kira quería a alguien. Y alguien la quería a ella.

Siguieron hablando, enviándose largos holomensajes a través de las estrellas. Gracias a una combinación de suerte y artimañas burocráticas, habían conseguido que les asignaran el mismo destino varias veces.

Pero no era suficiente. Para ninguno de los dos.

Hacía dos semanas que habían solicitado a la corporación un permiso para ser reconocidos como pareja (y, por tanto, para que a partir de entonces los asignaran siempre a las mismas misiones), pero no había garantías de éxito. La corporación Lapsang se estaba expandiendo en demasiados frentes: manejaban muchos proyectos y andaban justos de personal.

Si les rechazaban la solicitud... la única solución para poder vivir juntos de forma permanente sería cambiar de oficio, buscarse un empleo que no implicara tantos desplazamientos. Kira estaba dispuesta (incluso había empezado a buscar anuncios en la red la semana pasada), pero no le parecía justo pedirle a Alan que renunciara a su carrera profesional por ella. Era pronto para eso.

Mientras tanto, lo único que podían hacer era aguardar el veredicto de la corporación. Y teniendo en cuenta lo mucho que tardaban en llegar los mensajes a Alfa Centauri y la lentitud del departamento de recursos humanos, no esperaban una respuesta hasta finales del mes siguiente, como mínimo. Y para entonces, tanto Kira como Alan ya habrían sido destinados a lugares diferentes.

Era muy frustrante. Su único consuelo era el propio Alan; él hacía que todo mereciese la pena. Kira solamente quería estar con él, sin tener que preocuparse por tantas bobadas.

Se acordó de la primera vez que Alan la había abrazado. Se había sentido muy bien, a salvo, entre aquellos cálidos brazos. Y pensó también en la carta que él le había escrito tras el primer encuentro, sincerándose con ella y abriéndole su corazón. Nadie había hecho nada parecido por Kira... Alan siempre tenía tiempo para ella. Siempre le demostraba su cariño con gestos pequeños o grandes, como el estuche personalizado que le había regalado para guardar el labochip antes de su viaje al Ártico.

Aquellos recuerdos habrían bastado para hacerla sonreír, pero todavía le dolía la mano. Además, no podía dejar de pensar en lo que ocurriría por la mañana.

«Ven aquí, cabronazo», dijo mientras se dirigía al secuenciador genético a grandes zancadas y tiraba de él con todas sus fuerzas.

Con un chirrido de protesta, el secuenciador cedió.

2.

Esa noche, el equipo al completo se reunió en el comedor para celebrar el fin de la misión. Kira no estaba para fiestas, pero al fin y al cabo esa era la tradición. Independientemente de su resultado, el final de una expedición era un acontecimiento digno de ser conmemorado.

Kira se puso un vestido verde con ribetes dorados y se pasó una hora rizándose el cabello y peinándoselo en un recogido alto. No era gran cosa, pero sabía que Alan reconocería su esfuerzo. Como siempre.

No se equivocaba. En cuanto la vio salir al pasillo desde su cuarto, se le iluminó el rostro y se acercó corriendo para estrecharla entre sus brazos. Kira apoyó la frente en la pechera de la camisa de Alan.

—No hace falta que vayamos, ¿sabes?

—Ya lo sé —contestó él—, pero deberíamos hacer acto de presencia. —Le dio un beso en la frente. Kira se obligó a sonreír.

—Está bien, tú ganas.

—Esa es mi chica. —Alan le devolvió la sonrisa y le recogió un rizo detrás de la oreja izquierda.

Kira imitó su gesto. Nunca dejaba de sorprenderle el contraste del cabello de Alan sobre su piel pálida. A diferencia del resto del equipo, él nunca se ponía moreno, por mucho tiempo que pasara en el exterior o bajo las luces de espectro total de las naves.

—De acuerdo —dijo Kira en voz baja—. Allí vamos.

El comedor estaba lleno cuando entraron. Los otros ocho miembros del equipo de reconocimiento estaban repartidos alrededor de las estrechas mesas. El atronador chirrock de Yugo sonaba por los altavoces, Marie-Élise repartía vasos de ponche que llenaba en el gran cuenco de plástico que había sobre la encimera, y Jenan bailaba como si se hubiera bebido un litro de matarratas. Pensándolo bien, era muy posible que lo hubiera hecho.

Kira estrechó la cintura de Alan con el brazo y se esforzó por adoptar una expresión alegre. Ese no era el momento de agobiarse con pensamientos deprimentes.

Pero... no podía evitarlo.

Seppo los abordó en cuanto los vio. El botánico se había recogido el cabello en un moño alto para la ocasión, lo que acentuaba todavía más su rostro anguloso.

—Cuatro horas —dijo mientras se acercaba, derramando parte de su bebida al gesticular—. ¡Cuatro horas he tardado en desatascar mi oruga!

—Lo siento, Seppo —dijo Alan en tono jovial—. Ya te dije que no podíamos llegar antes.

—¡Bah! La arena se me ha metido hasta en el dermotraje. ¿Sabéis lo incómodo que es? Tengo la piel en carne viva. ¡Mirad! —Se subió la camisa raída para enseñarles una marca roja que le cruzaba el vientre, justo por donde pasaba la costura inferior del dermotraje.

—Hagamos una cosa —dijo Kira—. Cuando volvamos a Vyyborg te invitaré a una copa para compensártelo. ¿Qué te parece?

Seppo levantó la mano y señaló a Kira.

—Es... una compensación aceptable. Pero ¡basta de arena!

—Basta de arena —repitió Kira.

—Y tú —dijo Seppo, señalando ahora a Alan—. Tú... ya sabes.

Mientras el botánico se alejaba con paso vacilante, Kira miró a Alan.

—¿A qué se refiere?

Alan se rio entre dientes.

—No tengo ni idea. Pero se me va a hacer muy raro no verlo a diario.

—Sí.

Después de una ronda de bebidas y conversación, Kira se retiró al fondo de la sala y se recostó contra la pared. No quería perder a Alan (otra vez), pero tampoco le hacía gracia despedirse del resto del equipo. Los cuatro meses que habían pasado en Adra los habían convertido en una familia. Una familia curiosa y extravagante, pero también muy importante para ella. Iba a ser sumamente doloroso separarse de ellos; Kira se iba dando cuenta a medida que se acercaba el momento.

Bebió otro largo trago de aquel ponche con sabor a naranja. Ya había pasado por situaciones similares (Adra no era la primera futura colonia a la que la enviaba la corporación). Después de siete años viajando de roca en roca y pasándose la mitad del tiempo en crionización, Kira empezaba a sentir una grave falta de... amigos. De familia. De compañía.

Y ahora estaba a punto de perderlo todo. Otra vez.

Alan se sentía igual: Kira lo veía en su mirada mientras se paseaba por el comedor, charlando con todos los miembros del equipo. Probablemente los demás también estaban tristes, pero intentaban disimularlo con alcohol, bailes y unas carcajadas demasiado estridentes para ser totalmente sinceras.

Kira hizo una mueca y se tomó el vaso de ponche. Hora de rellenar.

El chirrock sonaba cada vez más alto. Era un tema de Todash and the Boys. La vocalista aullaba: «... escapaaaaar. Y no hay nadie tras la puerta. No, no hay nadie tras la puerta. ¿Quién llama a la puerta, amor?». Su voz, cada vez más aguda, se elevaba en un *crescendo* tembloroso y estridente; daba la impresión de que sus cuerdas vocales estaban al borde del colapso.

Kira se apartó de la pared. Acababa de echar a andar hacia el cuenco de ponche cuando vio a Mendoza, el jefe de la expedición, que se abría paso hacia ella. No le costaba trabajo: era corpulento como un toro. A menudo se preguntaba si Mendoza habría nacido en una colonia de alta gravedad, como Shin-Zar, pero él aseguraba que se había criado en un hábitat anular, cerca de Alfa Centauri. Sin embargo, Kira seguía sin estar convencida.

—Kira, tenemos que hablar —le dijo Mendoza mientras se acercaba.

—¿De qué?

—Hay un problema.

Kira soltó un resoplido.

—Siempre hay algún problema.

Mendoza se encogió de hombros y se enjugó la frente con un pañuelo que sacó del bolsillo trasero del pantalón. En su piel se reflejaban las luces de colores que habían colgado del techo, y también tenía manchas de sudor en las axilas.

—Tienes razón, pero esto es urgente. Uno de los drones que enviamos al sur ha dejado de dar señal. Todo indica que una tormenta lo ha desactivado.

—¿Y qué? Enviad otro.

—Están demasiado lejos, y tampoco tenemos tiempo para imprimir uno nuevo. Lo último que detectó ese dron fue un material orgánico cerca de la costa. Hay que verificarlo antes de que nos vayamos.

—Venga ya. ¿De verdad pretendes hacerme salir mañana? Ya he catalogado hasta el último microbio de Adra. —El trayecto le impediría pasar la mañana con Alan, y Kira no estaba dispuesta a renunciar al poco tiempo que les quedaba juntos.

Los ojos de Mendoza le lanzaron una mirada de «no me toques los huevos» bajo sus espesas cejas.

—El protocolo es el protocolo, Kira. No podemos arriesgarnos a que los colonos se topen con algo desagradable. Algo como el Azote. No te conviene tener ese peso en la conciencia. Créeme.

Kira se llevó el vaso a los labios, pero se acordó de que estaba vacío.

—Por Dios, manda a Ivanova. Los drones son suyos, ¿no? Y ella es tan capaz de utilizar un labochip como yo. No...

—Vas a ir tú —insistió Mendoza con voz férrea—. Saldrás a las seis cero cero; no hay más que hablar. —Su expresión se suavizó ligeramente—. Lo siento, pero tú eres la xenobióloga del equipo, y el p...

—Y el protocolo es el protocolo —dijo Kira—. Está bien, está bien, yo me ocupo. Pero te aseguro que no merece la pena.

Mendoza le dio unas palmadas en el hombro.

—Mejor. Espero que tengas razón.

Mientras Mendoza se alejaba, un mensaje de texto apareció de pronto en el campo de visión de Kira:

‹Eh, nena, ¿va todo bien? —Alan›.

Kira subvocalizó su respuesta:

‹Sí, tranquilo. Me ha surgido más trabajo. Luego te cuento. —Kira›.

Alan la miró desde el otro extremo del comedor y levantó el pulgar con gesto bobalicón. Kira esbozó una sonrisa sin poder evitarlo. Buscó el cuenco de ponche con la mirada y se dirigió hacia él en línea recta. Necesitaba urgentemente otra copa.

Marie-Élise la interceptó cuando llegó junto al cuenco, moviéndose con la elegancia de una exbailarina. Como siempre, tenía los labios fruncidos a un lado de la boca, como si estuviera a punto de lucir una sonrisa pícara... o de soltar algún comentario mordaz (y Kira ya había oído más de uno). Marie-Élise ya era alta de por sí, pero con los tacones negros que se había imprimido para la fiesta, le sacaba más de una cabeza a Kira.

—Te voy a echar de menos, *chérie* —le dijo, inclinándose para besar a Kira en las mejillas.

—Lo mismo digo —contestó Kira, notando que ella también se ponía sentimental. Después de Alan, Marie-Élise era su mejor amiga dentro del equipo. Habían pasado largos días haciendo trabajo de campo juntas: Kira estudiaba los microbios de Adrastea y Marie-Élise los lagos, los ríos y los acuíferos ocultos en sus profundidades.

—Vamos, alegra esa cara. Me escribirás, ¿verdad? Quiero que me cuentes todo lo que pase con Alan. Yo también te escribiré, ¿sí?

—Sí, te lo prometo.

Kira se pasó el resto de la velada intentando olvidar el futuro. Bailó con Marie-Élise. Bromeó con Jenan. Intercambió pullas con Fizel. Por enésima vez, alabó las dotes culinarias de Yugo. Echó un pulso con Mendoza (y perdió). Cantó un dueto horriblemente desafinado con Ivanova. Y siempre que podía, se abrazaba a Alan. Incluso cuando no estaban hablando ni mirándose, su presencia y el tacto de su cuerpo la consolaban.

Cuando consideró que ya había bebido suficiente ponche, Kira dejó que los demás la convencieran para que sacara su concertina. Pusieron en pausa la música enlatada y todos se congregaron a su alrededor mientras Kira tocaba varias tonadillas astronáuticas, con Alan de pie a un lado y Marie-Élise sentada al otro. Rieron, bailaron y bebieron, y durante un rato pudieron olvidar todas sus preocupaciones.

3.

Ya era más de medianoche y la fiesta seguía en su apogeo cuando Alan le hizo un gesto con la barbilla. Kira captó la indirecta y, sin decir nada, los dos se escabulleron del comedor.

Caminaron por los pasillos del complejo, apoyándose el uno en el otro y procurando no derramar sus vasos de ponche. Kira no estaba acostumbrada a ver las paredes tan vacías. Normalmente la estructura quedaba oculta bajo una holofaz, y en los pasillos se acumulaban diversas muestras, suministros e instrumental de repuesto. Pero todo eso había desaparecido. Se habían pasado toda la semana desmantelando el complejo antes de marcharse… De no haber sido por el eco de la música a sus espaldas y por las tenues luces de emergencia del suelo, cualquiera habría dicho que la base estaba abandonada.

Kira se estremeció y abrazó a Alan con más fuerza. El viento que aullaba en el exterior hacía rechinar el techo y las paredes con cada ráfaga.

Cuando llegaron a la puerta de la sala de hidroponía, Alan no pulsó el botón de desbloqueo, sino que se quedó mirando a Kira con una sonrisa en los labios.

—¿Qué pasa? —preguntó Kira.

—Nada. Es que me alegro de estar contigo. —Y le dio un fugaz beso en los labios.

Ella se acercó para devolverle el beso (el ponche la había animado bastante), pero Alan echó la cabeza hacia atrás para esquivarla y, riendo, pulsó el botón.

La sólida puerta se deslizó a un lado y se abrió con un ruido sordo.

Una corriente de aire cálido los envolvió, acompañada por el goteo del agua y el sutil perfume de las plantas en flor. La sala de hidroponía era su lugar favorito de la base. Le recordaba a su hogar, la colonia planetaria de Weyland, y a las largas hileras de invernaderos en los que jugaba de niña. Durante las expediciones más largas, como la de Adra, los equipos de reconocimiento siempre cultivaban parte de sus alimentos. Era el procedimiento estándar: por un lado, les permitía comprobar la viabilidad del sustrato local; por otro, reducía el volumen de provisiones que el equipo debía traer consigo. Sin embargo, el aliciente principal era disponer de alternativas a los monótonos y desesperantes paquetes de alimentos liofilizados que les suministraba la corporación.

Al día siguiente, Seppo arrancaría todas aquellas plantas y las mandaría a la incineradora. De todas formas se habrían marchitado antes de la llegada de los colonos, pero además se consideraba una mala práctica abandonar material biológico en la base: si se producía algún fallo en el aislamiento del complejo, dicho material podría pasar al entorno natural de forma descontrolada. Sin embargo, esa noche la sala de hidroponía seguía llena de lechugas, rábanos, perejil, tomates, calabacines y otros cultivos con los que Seppo había estado experimentando en Adra.

Pero eso no era todo. Entre los estantes tenuemente iluminados, Kira vio siete macetas dispuestas en semicírculo. De cada una de ellas brotaba un tallo largo y fino, coronado por una delicada flor de color púrpura que se vencía bajo su propio peso. Por la corola de cada flor asomaba un ramillete de estambres cargados de polen, como fuegos artificiales en plena explosión. El interior de los pétalos aterciopelados estaba adornado con motas blancas.

¡Constelaciones de medianoche! Eran sus flores favoritas. Su padre solía cultivarlas; a pesar de su talento hortícola, siempre le daban un sinfín de problemas. Eran flores caprichosas, proclives a la sarna y la roya, y no toleraban ni el más mínimo desequilibrio nutricional.

—Alan… —dijo Kira, atónita.

—Me comentaste lo mucho que te gustaban —respondió él.

—Pero… ¿cómo te las has apañado para…?

—¿Cultivarlas? —Alan sonrió. Estaba claro que era la reacción que esperaba—. Seppo me echó un cable. Tenía las semillas en sus archivos, así que las imprimimos. Nos hemos pasado estas tres últimas semanas intentando que las malditas no se marchitaran.

—Son preciosas —dijo Kira, sin intentar ocultar su emoción.

Alan la abrazó.

—Me alegro de que te gusten —contestó, enterrando el rostro en su cabello—. Quería hacer algo especial antes…

Antes. Esa palabra se quedó grabada a fuego en la mente de Kira.

—Gracias —dijo, separándose de Alan lo justo para admirar las flores más de cerca. Aspiró su intenso aroma dulzón, que despertaba en ella una abrumadora nostalgia infantil—. Gracias —repitió, regresando enseguida a sus brazos—. Gracias, gracias, gracias. —Acercó sus labios a los de Alan y se besaron durante largo rato.

—Un momento —dijo Alan cuando se separaron de nuevo para tomar aliento. Se acercó a un estante de plantas de patatas y sacó de debajo una manta aislante, que extendió dentro del semicírculo de constelaciones de medianoche.

Los dos se acomodaron en el suelo y siguieron achuchándose y bebiendo ponche.

En el exterior, el torvo e inmenso ojo de Zeus seguía observándolos a través de la cúpula presurizada transparente de la sala de hidroponía. Al llegar a Adra, el aspecto del gigante gaseoso había llenado a Kira de aprensión. Todos sus instintos le aseguraban que en cualquier momento Zeus se precipitaría desde el cielo y los aplastaría. Parecía imposible que algo tan enorme pudiera mantenerse suspendido sin apoyo alguno. Sin embargo, se había ido acostumbrando con el tiempo, y ahora admiraba la magnificencia de aquel gigante gaseoso que no necesitaba artificio alguno para llamar la atención.

Antes... Kira se estremeció. *Antes* de que se marcharan de Adra. *Antes* de que Alan y ella tuvieran que separarse. Ya habían gastado todas sus vacaciones, y la corporación no les concedería más que unos pocos días de descanso en 61 Cygni.

—Eh, ¿qué te pasa? —le preguntó Alan con ternura.

—Ya lo sabes.

—... Sí.

—No me acostumbro a esto. Pensaba que podría, pero... —Kira resopló y sacudió la cabeza. Adra era el cuarto destino que compartía con Alan, y había sido el más largo con diferencia—. No sé cuándo volveré a verte, y... te quiero, Alan. Odio que tengamos que despedirnos cada pocos meses.

Alan la miró con seriedad. Sus ojos avellana refulgían a la luz de Zeus.

—Pues dejemos de hacerlo.

Le dio un vuelco el corazón; durante un instante, el tiempo pareció detenerse. Llevaba meses temiendo esa misma respuesta. Cuando recuperó el habla, preguntó:

—¿Qué quieres decir?

—Que dejemos de andar de acá para allá. Yo tampoco puedo seguir así. —Su expresión era tan franca y sincera que Kira no pudo evitar un atisbo de esperanza. ¿No querría decir...?

—¿Y cómo...?

—Solicitando una plaza en la Shakti-Uma-Sati.

Kira pestañeó.

—¿Como colonos?

Alan asintió con impaciencia.

—Sí, como colonos. Los empleados de la corporación tenemos la plaza prácticamente garantizada, y Adra va a necesitar muchos xenobiólogos y geólogos.

Kira se echó a reír, pero después se fijó en su expresión.

—¿Lo dices en serio?

—Tan serio como un escape de presión.

—Solo lo dices porque estás borracho.

Alan le acarició la mejilla.

—No, Kira, te equivocas. Soy consciente de que supondría un cambio enorme para los dos, pero también sé que estás harta de viajar de roca en roca. Y yo no quiero tener que esperar otros seis meses para volver a verte. No quiero.

Kira notaba los ojos llenos de lágrimas.

—Yo tampoco quiero.

Alan ladeó la cabeza.

—Pues dejemos de hacerlo.

Kira soltó una risa nerviosa y volvió la cabeza hacia Zeus mientras intentaba procesar sus emociones. Alan le estaba proponiendo todo lo que ella había esperado, todo lo que había soñado. Sencillamente, Kira no contaba con que ocurriera tan pronto. Pero amaba a Alan, y si de esa manera podían estar juntos, no tenía la menor duda: lo elegía a él.

La Fidanza cruzó el cielo como un meteoro fulgurante, trazando su órbita baja entre Adra y el gigante gaseoso.

Kira se secó los ojos.

—No creo que tengamos tantas posibilidades como dices. Las colonias solo buscan parejas comprometidas. Lo sabes perfectamente.

—Lo sé —dijo Alan.

Una sensación de irrealidad se apoderó de Kira, que tuvo que agarrarse al suelo para no caerse cuando Alan se arrodilló delante de ella y sacó del bolsillo una cajita de madera. Al abrirla, descubrió un anillo de metal gris con una gema engastada de color púrpura azulado, cuyo fulgor resultaba deslumbrante.

Alan tragó saliva; era evidente que tenía un nudo en la garganta.

—Kira Navárez… en una ocasión me preguntaste qué veía yo entre las estrellas. Te respondí que veía preguntas. Pero ahora te veo a ti. Nos veo a nosotros. —Inspiró hondo—. Kira, ¿me concederías el honor de unir tu vida a la mía? ¿Quieres ser mi esposa y que yo sea tu marido? ¿Te…?

—¡Sí! —lo interrumpió Kira. Un súbito calor ahogaba todas sus preocupaciones. Se abrazó a su cuello y lo besó en la boca, al principio con ternura y después cada vez con más pasión—. Sí, Alan J. Barnes. Sí, quiero casarme contigo. Sí y mil veces sí.

Kira observó cómo Alan tomaba su mano y le ponía el anillo en el dedo. El aro estaba frío y pesaba, pero su solidez resultaba reconfortante.

—El aro es de hierro —le explicó Alan en voz baja—. Le pedí a Jenan que fundiera una mena que encontré aquí. He elegido el hierro porque simboliza los huesos de Adrastea. La gema es una teserita. Me costó encontrarla, pero sé lo mucho que te gustan.

Kira asintió sin darse cuenta. La teserita era un mineral único de Adrastea, similar a la benitoíta pero con mayor tendencia al color púrpura. Era, con diferencia, su roca preferida de aquel planeta. Sin embargo, era sumamente rara; Alan tenía que haber removido cielo y tierra para dar con un ejemplar tan grande y perfecto.

Kira le apartó un rizo cobrizo de la frente y miró fijamente sus preciosos ojos llenos de cariño. ¿Cómo podía tener tanta suerte? ¿Qué probabilidades había de que los dos se hubieran encontrado dentro de aquella inmensa galaxia?

—Te quiero —susurró.

—Y yo a ti —respondió Alan. Ya se lo habían dicho otras veces, pero nunca de forma tan íntima.

De pronto a Kira se le escapó una risa casi histérica. Se secó los ojos, arañándose la ceja con el anillo. Iba a tardar un poco en acostumbrarse a llevarlo.

—Mierda. ¿De verdad vamos a hacerlo?

—Sí —contestó Alan con su habitual confianza contagiosa—. Ya lo creo que sí.

—Genial.

Entonces Alan la atrajo hacia sí. Kira notó el calor que desprendía su cuerpo. Ella reaccionó con idéntico afán, con idéntico deseo, abrazándose a él como si intentara que su piel y su carne se fundieran hasta convertirse en un solo ser.

Y bajo el semicírculo de flores, sus cuerpos excitados se movieron con ansia hasta alcanzar un ritmo sincronizado, ajenos al enorme gigante gaseoso que los vigilaba desde el cielo.

CAPÍTULO II

★　★　★　★　★　★　★

RELICARIO

1.

Kira se agarró con fuerza a los reposabrazos del asiento cuando el transbordador suborbital se inclinó hacia abajo para iniciar el descenso hacia la isla núm. 302-01-0010. La isla estaba situada a poca distancia de la costa oeste de Legba (el continente principal del hemisferio sur de Adra), concretamente en el paralelo cincuenta y dos, en una gran bahía protegida por varios arrecifes de granito. Aquella isla era la última posición conocida del dron averiado.

Una película de fuego lamió el morro del transbordador a medida que atravesaba la fina atmósfera de Adrastea a unos siete mil quinientos kilómetros por hora. Aunque Kira veía las llamas a escasos centímetros de su rostro, no sentía en absoluto su calor.

El casco de la nave temblaba y protestaba. Kira cerró los ojos, pero las llamas seguían brincando y agitándose delante de ella, sin perder ni un ápice de brillo.

—¡A tope! —gritó Neghar, sentada a su lado. Aunque no podía verla, Kira supo que la piloto lucía en aquel momento una sonrisa diabólica.

Apretó los dientes. El transbordador era totalmente seguro, pues su blindaje magnético lo protegía del infierno incandescente que se desataba en el exterior. Después de cuatro meses y cientos de vuelos por el planeta, no se había producido ni un solo accidente. Geiger, la pseudointeligencia que realmente pilotaba el transbordador, tenía una hoja de servicios prácticamente intachable. Solamente había fallado una vez, y la culpa había sido de un capitán con ínfulas que había intentado optimizar una copia, pero terminó matando a toda su tripulación. Sin embargo, a pesar de su más que probada seguridad, Kira detestaba la reentrada atmosférica. El ruido y los temblores le hacían pensar que el transbordador estaba a punto de romperse en mil pedazos, y nada conseguía convencerla de lo contrario.

Además, las imágenes de la pantalla no contribuían precisamente a aliviar la resaca. Se había tomado una pastilla antes de despedirse de Alan, pero todavía no había hecho efecto. En realidad era culpa suya. Tenía que haber sido más prudente. Normalmente lo era, pero anoche la emoción había eclipsado a la razón.

Kira apagó la emisión de las cámaras del transbordador y se concentró en respirar hondo.

¡Nos vamos a casar! Seguía sin creérselo del todo. Llevaba toda la mañana con una sonrisilla boba en la cara. Seguro que tenía pinta de idiota. Se llevó la mano al pecho para palpar el anillo de Alan, oculto bajo el mono de vuelo. Todavía no se lo habían contado a los demás, así que Kira había preferido llevarlo colgado de una cadenita, pero pensaban anunciarlo esa misma noche. Estaba ansiosa por ver la reacción de todos, aunque la buena nueva no iba a ser precisamente una sorpresa.

Cuando embarcaran en la Fidanza, le pedirían a la capitana Ravenna que oficiara el enlace. Y entonces Alan sería suyo. Kira sería suya. Y los dos podrían empezar a construir un futuro juntos.

Casarse. Cambiar de trabajo. Echar raíces en un único planeta. Formar una familia. Contribuir al desarrollo de una nueva colonia. Sería un cambio enorme, tal y como había dicho Alan, pero Kira se sentía preparada. Más que preparada. Era la vida que siempre había deseado, pero con el paso de los años se le había ido antojando cada vez más improbable.

Después de hacer el amor, Kira y Alan habían seguido despiertos durante horas, hablando sin parar sobre los mejores lugares para establecerse en Adrastea, el calendario de terraformación y todas las actividades posibles dentro y fuera de aquella luna. Alan le explicó con todo lujo de detalles cómo le gustaría que fuera su casa domo:

«… y tendría una bañera lo bastante larga para poder tumbarnos sin tocar las paredes. Así podríamos bañarnos como es debido y olvidar para siempre estas duchas enanas que nos ponen…».

Kira lo había escuchado atentamente, conmovida por su entusiasmo. Ella, por su parte, quería construir unos invernaderos como los de Weyland. Los dos estaban de acuerdo en que, hicieran lo que hicieran, todo sería mucho mejor por el simple hecho de hacerlo juntos.

Kira solamente se arrepentía de haber bebido demasiado; no recordaba con claridad nada de lo que había pasado después de que Alan sacara el anillo.

Accedió a su holofaz y abrió los archivos de la noche anterior. Vio de nuevo a Alan arrodillado frente a ella y le oyó decir: «Y yo a ti» antes de abrazarla un minuto después. De pequeña, cuando le habían instalado los implantes, sus padres habían preferido que su sistema no registrara los cinco sentidos (nada de tacto, gusto ni olfato), por considerarlo una extravagancia innecesaria. Ahora, por primera vez, lamentaba que hubieran sido tan pragmáticos. Quería volver a sentir lo que había sentido esa noche. Quería sentirlo durante el resto de su vida.

Cuando regresaran a la estación Vyyborg, pensaba gastarse la bonificación en instalar las mejoras correspondientes. Recuerdos como los del día anterior eran demasiado valiosos para perderlos, y estaba decidida a no olvidar ninguno más.

Al pensar en su familia, en Weyland… la sonrisa de Kira se desvaneció un poco. No les haría gracia que viviera tan lejos de ellos de forma permanente, pero sabía que lo entenderían. Al fin y al cabo, sus padres habían hecho algo parecido: antes de que Kira naciera, habían emigrado del mundo de Stewart, en Alfa Centauri. Y su padre siempre decía que la gran misión de la humanidad era colonizar las estrellas. Siempre habían apoyado su decisión de ser xenobióloga, y Kira sabía que también la apoyarían ahora.

Volvió a indagar en su holofaz y buscó el vídeo más reciente que le había enviado su familia desde Weyland el mes anterior. Ya lo había visto dos veces desde entonces, pero de pronto sentía la necesidad de volver a ver su hogar y a su familia.

Sus padres, como siempre, aparecían sentados en el estudio de su padre. Era muy temprano: los rayos oblicuos de luz entraban por las ventanas que daban al oeste. A lo lejos, sobre el horizonte, se adivinaba la escarpada silueta de las montañas, casi difuminadas tras un banco de nubes.

«¡Kira!», la saludó su padre. Estaba igual que siempre. Su madre llevaba un peinado distinto y sonreía discretamente. «Enhorabuena por haber terminado la misión. ¿Cómo estás pasando estos últimos días en Adra? ¿Has encontrado algo interesante en esa región de los lagos de la que nos hablaste?».

«Aquí está haciendo frío últimamente», añadió su madre. «Esta mañana el suelo estaba helado».

Su padre hizo una mueca.

«Menos mal que el geotermo funciona».

«De momento», apuntó su madre.

«De momento. Aparte de eso, no hay novedad. Los Hensen vinieron a cenar la otra noche y nos contaron que…».

La puerta del estudio se abrió de sopetón e Isthah entró de un brinco, vestida con su habitual camisón. Llevaba una taza de té en la mano.

«¡Buenos días, Tata!».

Kira sonrió mientras los veía charlar sobre las últimas noticas del asentamiento y sus actividades cotidianas: los problemas de los agrobots que atendían los cultivos, los programas que habían visto recientemente, el último lote de plantas liberadas en el ecosistema del planeta, etcétera.

El vídeo terminaba con ellos deseándole buen viaje. Kira contempló el último fotograma: su padre despidiéndose de ella, con la mano congelada en el aire, y su madre diciéndole «te quiero» con una curiosa mueca en los labios.

«Os quiero», murmuró Kira. Suspiró. ¿Cuánto hacía que no iba a visitarlos? ¿Dos años? ¿Tres? Como mínimo. Demasiado tiempo, eso seguro. La distancia y la duración de sus viajes no se lo ponían nada fácil.

Echaba de menos su hogar, aunque sabía que nunca se habría contentado con vivir para siempre en Weyland. Siempre había necesitado ponerse a prueba, ir más allá de lo normal, de lo mundano. Y lo había hecho. Durante siete años había surcado los confines del espacio. Pero estaba harta de estar sola y enclaustrada en una nave espacial tras otra. Ahora quería un nuevo desafío, uno que equilibrara lo familiar con lo desconocido, la seguridad con la aventura.

Y allí, en Adra, al lado de Alan, tal vez encontraría ese equilibrio.

2.

En mitad de la reentrada, las turbulencias empezaron a remitir y las interferencias electromagnéticas se desvanecieron junto con las lenguas de plasma. Unas líneas de texto de color amarillo aparecieron en la esquina superior de la visión de Kira; el enlace de comunicación con la base central había vuelto a activarse.

Repasó de un vistazo los mensajes atrasados del resto del equipo de reconocimiento para ponerse al día. Fizel, el médico, estaba tan insufrible como siempre. Aparte de eso, nada interesante.

Apareció una nueva ventana:

‹¿Qué tal el vuelo, nena? —Alan›.

La preocupación de Alan despertó en Kira una inesperada ternura. Sonrió de nuevo mientras subvocalizaba la respuesta:

‹Todo en orden por aquí. ¿Y tú? —Kira›.

‹Terminando de recoger. Fascinante, ¿verdad? ¿Quieres que recoja también tus cosas? —Alan›.

Kira volvió a sonreír.

‹No hace falta, ya me ocuparé yo cuando vuelva. Pero gracias. —Kira›.

‹Como quieras. Oye... esta mañana casi no hemos podido hablar, y quería preguntártelo: ¿te sigue pareciendo bien lo de anoche? —Alan›.

‹¿Te refieres a si todavía quiero casarme contigo y que nos quedemos a vivir en Adra? —Kira›.

Se apresuró a continuar antes de que Alan pudiera responder:

‹Sí. La respuesta sigue siendo sí. —Kira›.

‹Genial. —Alan›.

‹¿Y tú? ¿Quieres seguir adelante? —Kira›.

Contuvo la respiración mientras enviaba el mensaje, pero Alan respondió enseguida:

‹Por supuesto. Solo quería asegurarme de que estabas bien. —Alan›.

Kira se tranquilizó de inmediato.

‹Mejor que bien. Y te agradezco que me lo hayas preguntado. —Kira›.

‹Eso siempre, nena. ¿O debería decir… «prometida mía»? —Alan›.

A Kira se le escapó una risilla más ruidosa de lo que pretendía.

—¿Va todo bien? —preguntó Neghar; Kira sentía que la piloto la estaba observando.

—Mejor que bien.

Alan y ella continuaron charlando hasta que los retrocohetes se activaron, devolviéndola a la realidad con sus sacudidas.

‹Tengo que dejarte, vamos a aterrizar. Luego hablamos. —Kira›.

‹Estupendo. Pásalo bien :-) —Alan›.

‹Muy gracioso. —Kira›.

En ese momento, Geiger le habló al oído:

—Aterrizaje en diez… nueve… ocho… siete…

Su voz era tranquila y flemática, con el sutil deje sofisticado de Magallanes. Una voz más propia de un heinlein. De hecho, no le habría ido mal el nombre de Heinlein… de haber sido una persona. De carne y hueso, claro. Con un cuerpo propio.

Aterrizaron con una breve caída que le aceleró el corazón y le puso el estómago del revés. El transbordador se escoró unos grados a la izquierda mientras se posaba en el suelo.

—No tardes mucho, ¿sí? —dijo Neghar, desabrochándose el arnés. Era la pulcritud personificada, tanto por sus finas facciones como por los pliegues de su mono de piloto y la ancha franja de trenzas finas que le cruzaba la frente. En la solapa llevaba siempre una insignia de oro en recuerdo de sus compañeros fallecidos en servicio—. Yugo ha dicho que iba a preparar rollitos de canela antes del despegue. Si no nos damos prisa, se los habrán zampado todos para cuando volvamos.

Kira también se despojó del arnés.

—Será cosa de un minuto.

—Más te vale, guapa. Sería capaz de matar por esos rollitos.

El olor rancio del aire reciclado llenó la nariz de Kira mientras se colocaba el casco. Aunque la atmósfera de Adrastea era lo bastante densa como para poder respirarla, habría muerto en el intento: todavía no contenía suficiente oxígeno, algo que tardaría décadas en cambiar. La falta de oxígeno también implicaba que Adra carecía de capa de ozono. Cualquiera que se aventurara en su superficie debía asegurarse de estar totalmente protegido contra los rayos ultravioleta y otras radiaciones. De lo contrario, corrías el riesgo de terminar con la peor solanera de tu vida.

Al menos la temperatura es tolerable, pensó Kira. Ni siquiera tendría que activar el calefactor del dermotraje.

Trepó hasta la estrecha esclusa de aire y tiró de la escotilla inferior, que se cerró con un estruendo metálico.

—Se ha iniciado el intercambio atmosférico. Espere, por favor —le dijo Geiger al oído.

Cuando el indicador verde se iluminó, Kira giró la rueda de la escotilla exterior y la empujó. La puerta estanca se abrió con un desgarrador sonido de succión, y la luz rojiza del cielo de Adrastea inundó el interior de la esclusa.

La isla era un feo montón de rocas y tierra de color oxidado, aunque tan grande que Kira no alcanzaba a distinguir el otro extremo, tan solo la costa más cercana. La isla estaba rodeada por una vasta extensión de agua grisácea, más parecida a una lámina de plomo martillado. La luz rubicunda del cielo sin nubes iluminaba la cresta de las olas de aquel océano venenoso, cargado de cadmio, mercurio y cobre.

Kira bajó de un salto de la esclusa y la cerró a sus espaldas. Con el ceño fruncido, se puso a analizar la telemetría del dron averiado. El material orgánico que había detectado no estaba cerca del agua, como ella esperaba, sino en la cima de una ancha colina, varios cientos de metros al sur de su posición.

Vamos allá. Kira echó a andar por el suelo fracturado, vigilando bien sus pasos. Mientras caminaba, iban apareciendo ante sus ojos diversos bloques de texto con información sobre la composición química, la temperatura local, la densidad, la edad aproximada y la radiactividad de las distintas zonas del paisaje. El escáner del cinturón transmitía las lecturas a la holofaz de Kira y al transbordador de manera simultánea.

Kira cumplió el protocolo y revisó atentamente todo el texto, pero no veía nada nuevo. Las pocas veces que decidió tomar unas muestras de tierra, los resultados fueron tan aburridos como siempre: minerales, trazas de compuestos orgánicos y preorgánicos y un puñado de bacterias anaerobias.

Al llegar a lo alto de la colina encontró una gran roca plana que lucía varios surcos profundos, ocasionados por la última glaciación planetaria. Gran parte de su superficie estaba cubierta por unas bacterias anaranjadas con aspecto de liquen. Kira identificó la especie (*B. loomisii*) nada más verlas, pero de todas formas tomó una muestra para asegurarse.

En términos biológicos, Adrastea no tenía demasiado interés. El hallazgo más notable de Kira había sido una especie desconocida de bacteria metanófaga que habitaba bajo la capa de hielo ártica y presentaba una estructura lipídica un tanto inusual en sus paredes celulares. Nada más. Por supuesto, pensaba redactar un artículo sobre el bioma de Adrastea; con un poco de suerte se lo publicarían en un par de revistas especializadas poco conocidas, pero con eso no iba a dar la campanada, precisamente.

Aun así, la ausencia de formas de vida más desarrolladas era una ventaja de cara a la terraformación; Adrastea era prácticamente una esfera de arcilla en bruto, lista para que la corporación y los colonos la remodelaran a su antojo. A diferencia de Eidolon (la hermosa y letal Eidolon), en Adra no tendrían que luchar constantemente contra la flora y la fauna nativas.

Mientras Kira esperaba a que su labochip finalizara el análisis, caminó hasta la cima de la colina para contemplar el paisaje de rocas bastas en mitad del océano metálico.

Frunció el ceño de nuevo mientras pensaba en lo mucho que tardarían en poder llenar los océanos con algo más que simples algas y plancton genéticamente modificados.

Este va a ser nuestro hogar. Era una idea un tanto inquietante, pero no deprimente. Weyland no era mucho más acogedor que Adra, y Kira recordaba las tremendas mejoras que había ido viendo a lo largo de su infancia: el polvo estéril convertido en tierra fértil, la vegetación que se abría paso por el paisaje, la posibilidad de pasear por el exterior durante un rato sin necesidad de oxígeno suplementario... Kira era optimista. Adrastea era más habitable que el noventa y nueve por ciento de los planetas de la galaxia. En términos astronómicos, sus semejanzas con la Tierra eran casi perfectas, mucho más que las de un planeta de alta gravedad como Shin-Zar, e incluso más que Venus y sus ciudades flotantes entre las nubes.

Por muchas dificultades que planteara Adrastea, Kira estaba decidida a afrontarlas todas con tal de que Alan y ella pudieran estar juntos.

¡Nos vamos a casar! Kira sonrió de oreja a oreja, levantó los brazos en alto con los dedos extendidos y alzó la mirada hacia el cielo. Sentía que estaba a punto de estallar de felicidad. Nunca se había sentido tan bien.

Y en ese momento oyó un agudo pitido.

3.

El labochip ya había terminado. Kira comprobó el resultado: tal y como sospechaba, la bacteria era *B. loomisii.*

Suspiró y apagó el labochip. Mendoza había hecho bien en enviarla; después de todo, la inspección de aquel material orgánico era responsabilidad del equipo de reconocimiento. Sin embargo, había sido una absoluta pérdida de tiempo.

En fin. Enseguida estaría de vuelta en la base central, con Alan, antes de salir hacia la Fidanza.

Kira se disponía a descender la colina, pero, por pura curiosidad, giró la cabeza hacia la zona de impacto del dron. Neghar había identificado y marcado la ubicación durante el descenso del transbordador.

Allí. A un kilómetro y medio de la costa, prácticamente en el centro de la isla, su holofaz trazaba un recuadro amarillo en el suelo, justo al lado de...

—*Mmm.*

Una formación de columnas de roca brotaba de la tierra en un ángulo oblicuo muy pronunciado. Kira nunca había visto nada semejante en ningún lugar de Adra (y había visitado muchos).

—Petra, selecciona el objetivo visual. Analízalo.

Su sistema respondió al instante, mostrándole un nuevo recuadro que enmarcaba la formación rocosa y desplegando una larga lista de elementos. Kira enarcó las cejas. Ella no era geóloga, como Alan, pero sabía lo suficiente del tema como para darse cuenta de lo inusual que era la presencia de tantos elementos juntos.

—Activa la visión térmica —murmuró.

El visor se oscureció, transformando el paisaje en un cuadro impresionista de azules, negros y (allí donde el suelo había absorbido el calor del sol) rojos apagados. rojos apagados. Como era de esperar, la formación rocosa coincidía a la perfección con la temperatura ambiente.

‹Oye, échale un ojo a esto. —Kira›.

Le envió las lecturas a Alan. Al cabo de un minuto:

‹¡La hostia! ¿Seguro que tu equipo funciona bien? —Alan›.

‹Creo que sí. ¿Qué puede ser? —Kira›.

‹No lo sé. Tal vez una extrusión de lava… ¿Podrías escanearlo o recoger unas muestras? Tierra, roca… lo que te vaya mejor. —Alan›.

‹Si insistes… Va a ser una buena caminata. —Kira›.

‹Me aseguraré de que merezca la pena. —Alan›.

‹Mmm. Me gusta cómo suena eso, amor. —Kira›.

‹Pues ya sabes. —Alan›.

Kira sonrió y apagó los infrarrojos mientras echaba a andar pendiente abajo.

—Neghar, ¿me recibes?

Se oyó el fugaz chasquido de las interferencias.

¿Qué pasa?.

—Voy a tardar una media hora más. Lo siento.

¡No me jodas! Esos bollitos no durarán más de….

—Ya lo sé. Tengo que investigar una cosa para Alan.

¿El qué?.

—Unas rocas, tierra adentro.

¿Vas a renunciar a los rollitos de canela de Yugo por unos PEDRUSCOS?.

—Lo siento, es lo que toca. Además, nunca había visto nada parecido.

Un momento de silencio.

Está bien. Pero mueve el culo, ¿me oyes?.

—Recibido. Iniciando movimiento de culo —dijo Kira, echándose a reír entre dientes mientras apretaba el paso.

En cuanto el terreno irregular se lo permitió, echó a correr con un trote no demasiado apresurado. Diez minutos después, llegó al afloramiento oblicuo. Era más grande de lo que creía.

El punto más alto se encontraba a más de siete metros de altura, y la base de la formación medía más de veinte metros de ancho; era incluso más grande que el transbordador. Aquel cúmulo de columnas quebradas de roca negra y facetada le recordaba al basalto, pero la superficie tenía una especie de brillo oleoso, más similar al carbón o al grafito.

Había algo en el aspecto de aquellas rocas que le daba mala espina. Se le antojaban demasiado oscuras, demasiado duras y afiladas, demasiado distintas del resto del paisaje. Un solitario chapitel ruinoso en mitad de un desierto de granito. Y aunque sabía que eran imaginaciones suyas, el afloramiento rocoso parecía estar rodeado por un aura inquietante, una especie de vibración apenas perceptible en el ambiente, con la intensidad justa para resultar molesta. De haber sido un gato, Kira estaba segura de que tendría el pelaje erizado.

Frunció el ceño y se rascó los antebrazos.

Claramente, no parecía que se hubiera producido ninguna erupción volcánica en aquella zona. ¿Quizá el impacto de un meteoro? Tampoco tenía sentido: no había cráter ni depresión alguna en el terreno.

Rodeó la base de la formación, examinándola con atención. En el lado contrario encontró los restos del dron: una larga hilera de componentes rotos, derretidos y aplastados contra el suelo.

Tiene que haber sido el relámpago del siglo, pensó Kira. El dron tenía que haberse estrellado a mucha velocidad para desperdigarse de esa manera.

Kira se revolvió, incómoda. Fuera lo que fuera aquella formación rocosa, sería mejor dejar que Alan se ocupara de desentrañar el misterio. Así tendría algo con lo que entretenerse durante el viaje de salida del sistema.

Tomó una muestra de tierra y buscó por el suelo hasta encontrar un pedazo de roca negra desprendida del afloramiento. La levantó para examinarla al sol. Tenía una estructura claramente cristalina, un patrón de escamas que le recordaba al tejido de fibra de carbono. *¿Son cristales de impacto?* En cualquier caso, era algo muy poco común.

Guardó la roca en una bolsa de muestras y echó un último vistazo a la formación rocosa.

Y entonces, un destello plateado a varios metros de altura captó su atención.

Kira se detuvo de nuevo para observarlo.

En una de las columnas había una grieta por la que se adivinaba una veta blanquecina e irregular. La analizó con su holofaz, pero la veta estaba demasiado profunda como para obtener una buena lectura desde allí. El escáner solo pudo confirmarle que no era radiactiva.

El comunicador chisporroteó.

¿Cómo vas, Kira?.

—Casi he acabado.

Muy bien. Date prisa, ¿quieres?.

—Ya voy, ya voy —murmuró Kira entre dientes.

Observó la grieta mientras intentaba decidir si valía la pena escalar la formación rocosa para examinarla más de cerca. Estuvo a punto de contactar con Alan para preguntárselo, pero finalmente prefirió no molestarlo. Si Kira no conseguía descubrir qué era aquella veta, sabía que el misterio atormentaría a Alan hasta que, con suerte, los dos volvieran a Adra y él pudiera examinarla personalmente.

Kira no podía hacerle eso. Lo había visto quedarse despierto hasta tarde demasiadas veces, obsesionado con las imágenes borrosas de algún que otro dron.

Además, esa grieta no era tan difícil de alcanzar. Si empezaba a trepar por ahí y luego saltaba hasta allí, quizá... Kira sonrió. Era un desafío emocionante. Su dermotraje no tenía geckoadhesivos instalados, pero tampoco deberían hacerle falta para un ascenso tan sencillo.

Se acercó a una columna inclinada cuyo extremo superior quedaba a tan solo un metro por encima de su cabeza. Inspiró hondo, flexionó las rodillas y saltó.

Los bordes ásperos de la roca se le hundieron en los dedos al agarrarse. Balanceó la pierna para pasarla por encima de la columna y, con un gruñido de esfuerzo, consiguió auparse.

Kira permaneció a gatas sobre la superficie irregular hasta que su corazón se calmó. Después se puso de pie lentamente, procurando mantener el equilibrio sobre la columna.

A partir de ahí todo era relativamente sencillo. Pasó de un brinco a la siguiente columna oblicua, que a su vez le permitió ascender por varias más. Era como subir por una gigantesca escalera vieja y ruinosa.

El último metro fue un poco más difícil: Kira tuvo que introducir los dedos entre dos columnas para sujetarse mientras pasaba de un asidero a otro con los pies. Por suerte, había un gran saliente justo debajo de la grieta que intentaba alcanzar, lo bastante ancho como para recorrerlo con comodidad.

Kira sacudió las manos para que volviera a circular la sangre por sus dedos y caminó por el saliente hasta la fisura, sintiendo una gran curiosidad.

Vista desde cerca, la veta blanca tenía un aspecto metálico y dúctil, como si se tratara de plata pura. Pero no podía serlo: demasiado lustre.

Analizó la veta con su holofaz.

¿Terbio?

Apenas le sonaba el nombre; seguramente fuera uno de los elementos del grupo del platino. No se molestó en buscarlo, pero estaba claro que no era normal encontrar un metal como ese en una forma tan pura.

Kira se inclinó hacia delante, asomándose a la grieta para darle al escáner un ángulo más favorable...

¡Bum! Sonó tan fuerte como un disparo. Kira dio un respingo de sorpresa, resbaló y sintió que todo el saliente cedía bajo sus pies.

Se precipitó desde lo alto...

En su mente apareció la imagen fugaz de su propio cuerpo estampado contra el suelo, inerte.

Kira gritó y manoteó para intentar agarrarse a la columna más cercana, pero falló y...

La oscuridad la engulló. Un trueno le sacudía los oídos y un relámpago la cegaba cada vez que su cabeza rebotaba contra las rocas, que la golpeaban dolorosamente en brazos y piernas desde todas direcciones.

Aquel suplicio pareció durar varios minutos.

De pronto notó una inesperada sensación de ingravidez...

... y un segundo después, se estrelló contra un montículo de rocas duras y puntiagudas.

4.

Kira yacía en el suelo, aturdida.

El impacto la había dejado sin aliento. Intentó tomar aire, pero sus músculos tardaban en responder. Durante un momento sintió que se ahogaba, pero finalmente su diafragma se relajó y le abrió los pulmones.

Boqueó, buscando desesperadamente el oxígeno.

Después de inspirar varias veces, se obligó a dejar de jadear. La hiperventilación le impediría pensar con claridad.

Ante ella no veía más que roca y sombras.

Consultó su holofaz: dermotraje intacto, sin roturas detectadas. Pulso y presión sanguínea elevados, niveles de O_2 entre normales y altos, cortisol por las nubes (como era de esperar). Comprobó con alivio que no se veían huesos rotos, aunque el codo derecho le dolía como si se lo hubieran destrozado a martillazos. Le esperaban varios días de agujetas y magulladuras.

Meneó los dedos de las manos y los pies para comprobar que funcionaban correctamente.

Con la lengua, Kira activó dos dosis de Norodon líquido. Sorbió el analgésico por el tubo de alimentación y se lo tomó de un solo trago, ignorando su sabor empalagoso. El Norodon tardaría unos minutos en hacer todo su efecto, pero ya empezaba a notar cómo el dolor iba pasando a un segundo plano.

Estaba tendida sobre un montón de restos de roca, cuyos bordes y esquinas se le hundían en la espalda con desagradable insistencia. Esbozó una mueca y rodó sobre sí misma para bajar del montículo hasta quedar a gatas.

El suelo era sorprendentemente plano y estaba cubierto por una gruesa capa de polvo.

Aunque le dolía todo el cuerpo, Kira se puso de pie, mareándose por el súbito movimiento. Apoyó las manos en los muslos hasta que el mareo remitió, y después echó un vistazo a su alrededor.

La única fuente de luz era un pequeño haz que entraba desde el agujero por el que Kira se había colado, pero le bastó para comprobar que se encontraba dentro de una caverna circular de unos diez metros de ancho...

No, no era ninguna caverna.

Tardó un rato en comprender la gran incongruencia de lo que estaba viendo. El suelo era plano. Las paredes, lisas. El techo, perfectamente curvo, como el de una cúpula. Y en el centro exacto de la cueva se alzaba una... ¿estalagmita? Una estalagmita que le llegaba por la cintura, con la cima más ancha que la base.

La mente de Kira iba a toda velocidad, intentando imaginar el posible origen de aquel curioso espacio. ¿Un remolino de agua? ¿Un vórtice de aire? No, eso habría creado surcos y estrías por todas partes... ¿Una burbuja de lava? Pero aquella roca no era volcánica.

Entonces lo comprendió. La solución era tan improbable que no se había planteado siquiera esa posibilidad, por muy obvia que fuera.

La cueva no era una cueva. Era una sala.

«Thule», susurró. No era una persona religiosa, pero en aquel momento la única reacción apropiada era una plegaria.

Alienígenas. Alienígenas *inteligentes*. El temor y la excitación hicieron presa de ella. Sentía la piel caliente, el cuerpo empapado en sudor y el corazón desbocado.

A lo largo de la historia, únicamente se había encontrado otro artefacto alienígena: la Gran Baliza de Talos VII. Kira solo tenía cuatro años en el momento del hallazgo, pero todavía se acordaba de la noticia. Las calles de Highstone se habían quedado sumidas en un silencio sepulcral, mientras todos los transeúntes miraban fijamente sus respectivas holofaces, intentando digerir la información: no, los humanos no eran la única raza sintiente que había evolucionado en la galaxia. La historia del Dr. Crichton, xenobiólogo y único superviviente de la primera expedición a la Baliza, había sido una de las primeras y principales inspiraciones de Kira en su carrera como xenobióloga. A veces, cuando se sentía especialmente soñadora, había fantaseado con hacer un descubrimiento igual de trascendental, pero las posibilidades de que eso ocurriera eran tan remotas que se le antojaban imposibles.

Kira se obligó a respirar de nuevo. Necesitaba mantener la mente despejada.

Nadie sabía qué había sido de los constructores de la Baliza. Habían muerto o desaparecido hacía muchísimo tiempo, y nunca se había encontrado ninguna pista acerca de su naturaleza, sus orígenes ni sus intenciones. ¿Serían los mismos que crearon esto?

Fuera cual fuera la verdad, aquella sala suponía un hallazgo histórico. Seguramente, aquella caída accidental iba a ser lo más importante que Kira haría en toda su vida. La noticia de su descubrimiento se extendería a lo largo y ancho del espacio colonizado. Entrevistas, conferencias... Todo el mundo hablaría de ello. La de artículos científicos que podría escribir... Mucha gente había basado toda su carrera profesional en hallazgos mucho menores.

Sus padres estarían muy orgullosos. Sobre todo su padre. Nada le alegraría tanto como conseguir otra prueba más de la existencia de alienígenas inteligentes.

Todo a su tiempo. Para empezar, tenía que asegurarse de sobrevivir a aquella experiencia. No sabía nada sobre aquel lugar. ¿Y si era un matadero automático? Kira comprobó dos veces las lecturas de su traje, un tanto paranoica. Sin roturas. Mejor, así no tendría que preocuparse por la contaminación de organismos alienígenas.

Activó su radio.

—Neghar, ¿me recibes?

Silencio.

Probó de nuevo, pero su sistema no conseguía conectarse al transbordador, seguramente por culpa de la gruesa capa de roca. Pero no le preocupaba demasiado: Geiger alertaría a Neghar de que algo iba mal en cuanto perdiera la conexión con su dermotraje. No tardarían en venir a rescatarla.

Y le hacía falta, la verdad. Era completamente imposible salir de allí sola sin la ayuda de unos geckoadhesivos. El techo tenía más de cuatro metros de altura, y no veía el menor asidero. A través del agujero por el que había caído veía la mancha pálida y lejana del cielo. No sabía a qué profundidad se encontraba exactamente, pero parecía estar muy por debajo de la superficie.

Al menos había tenido la suerte de no caer a plomo. Seguramente por eso seguía viva.

Continuó examinando la sala desde donde estaba, sin moverse. A primera vista, aquella cámara no tenía entradas ni salidas. El pedestal que había tomado por una estalagmita presentaba una depresión superior en forma de cuenco, no demasiado profunda. En su interior se había ido acumulando una espesa capa de polvo que ocultaba el color de la superficie de roca.

A medida que sus ojos se acostumbraban a la oscuridad, Kira empezó a distinguir unas largas líneas de color azul oscuro que surcaban las paredes y el techo en ángulos oblicuos, formando unos patrones similares a los de una placa base primitiva, aunque mucho más separados los unos de los otros.

¿Es arte? ¿Lenguaje? ¿Tecnología? A veces no resultaba tan fácil distinguirlos. ¿Se encontraba en una especie de tumba? Aunque claro, tal vez aquellos alienígenas no enterraran a sus muertos. Imposible saberlo.

—Activa la visión térmica —murmuró Kira. Su holofaz le mostró una réplica borrosa de la estancia, en la que solo destacaba la zona calentada por el haz de luz. No había láseres ni señales térmicas de ningún tipo—. Desactiva la visión térmica.

Tal vez la sala estuviera llena de sensores pasivos, pero en tal caso su presencia no había desencadenado ninguna reacción perceptible. De todas formas, lo más prudente era dar por hecho que la estaban observando.

Al pensar en eso, se apresuró a desactivar el escáner del cinturón. Tal vez los alienígenas podían interpretar las señales del dispositivo como una amenaza.

Repasó las últimas lecturas del escáner: la radiación ambiental era más alta de lo normal allí dentro, debido a la acumulación de gas radón; por otro lado, las paredes, el techo y el suelo contenían la misma mezcla de minerales y elementos que había detectado en la superficie.

Kira levantó la vista de nuevo hacia la mancha luminosa del cielo. Neghar no tardaría mucho en llegar al afloramiento con el transbordador. A lo sumo unos minutos, un tiempo que Kira podía aprovechar para examinar el hallazgo más importante de su vida. Sabía perfectamente que, una vez que la sacaran del agujero, ya no la dejarían volver a entrar. Por ley, era obligatorio informar de cualquier prueba de inteligencia alienígena a las autoridades de la Liga de Mundos Aliados. Pondrían en cuarentena la isla (y buena parte del continente, seguramente) y enviarían a su propio equipo de expertos para estudiar la zona.

Eso no quería decir que Kira estuviera dispuesta a infringir el protocolo. Por mucho que le apeteciera darse una vuelta y observarlo todo más de cerca, sabía que tenía el deber moral de no alterar aquella cámara más de lo que lo había hecho ya. La preservación de su estado actual era más importante que sus ambiciones personales.

Así que se quedó donde estaba, a pesar de la frustración casi insoportable que sentía. Si tan solo pudiera tocar las paredes...

Al observar de nuevo el pedestal, se fijó en que la estructura le llegaba por la cintura. ¿Quería eso decir que los alienígenas tenían aproximadamente la misma estatura que los humanos?

Se revolvió, incómoda. Las magulladuras de las piernas le palpitaban, a pesar del efecto del Norodon. Empezaba a tiritar, así que conectó el calefactor del traje. No hacía tanto frío en la cámara, pero ahora que la adrenalina de la caída empezaba a remitir, sentía las manos y los pies helados.

En el otro extremo de la sala, un nudo de líneas agrupadas captó su atención. No era más grande que la palma de su mano, pero a diferencia del resto, aquellas líneas...

¡Crac!

Kira se volvió hacia el sonido justo a tiempo de ver cómo una roca del tamaño de un melón se desplomaba desde la abertura del techo, directamente encima de ella.

Soltó un grito y se apartó atropelladamente. Se le enredaron las piernas y cayó de bruces, dándose un fuerte golpe en el pecho.

La roca se estrelló contra el suelo, detrás de ella, levantando una turbia nube de polvo.

Kira tardó un segundo en recuperar el aliento. El corazón volvía a latirle a toda velocidad. Esperaba que de un momento a otro empezaran a sonar alarmas. Que algún sistema defensivo horriblemente eficaz la fulminara.

Pero no ocurrió nada más. No se oían alarmas. No parpadeaban luces. No se abrían trampillas bajo sus pies ni se activaban láseres para llenarla de diminutos agujeros.

Se levantó de nuevo, ignorando el dolor. Sentía el tacto blando del polvo bajo las botas, amortiguaban sus pisadas hasta tal punto que solamente oía su propia respiración agitada.

El pedestal estaba justo delante de ella.

Mierda, pensó Kira. Debería haber tenido más cuidado. Sus instructores de la facultad le habrían cantado las cuarenta por cometer semejante error.

Volvió a concentrar su atención en el pedestal. La concavidad superior le recordaba a una palangana. Bajo el polvo acumulado, se adivinaban más líneas que surcaban la cara interior del hueco cóncavo. Y… al acercarse para verlas mejor, se dio cuenta de que parecían emanar un tenue brillo azulado, muy difuminado por las partículas que flotaban por el aire como granos de polen.

Sintió curiosidad. *¿Será bioluminiscencia?* ¿O utilizaba alguna fuente de energía artificial?

Desde el exterior de la estructura empezaba a llegarle el creciente rugido de los motores del transbordador. No le quedaba demasiado tiempo, como mucho un par de minutos.

Kira se mordió el labio. Ojalá pudiera seguir examinando aquel cuenco… Sabía que lo que estaba a punto de hacer estaba mal, pero no podía contenerse. Tenía que averiguar algo más concreto sobre aquel increíble artefacto.

No era tan tonta como para tocar el polvo. Los que cometían esa clase de errores terminaban devorados, infectados o disueltos en ácido. En vez de eso, sacó del cinturón un pequeño aerosol de aire comprimido y lo usó para apartar el polvo del borde del cuenco.

El polvo salió volando, formando veloces remolinos que dejaron al descubierto las líneas. En efecto, emitían un inquietante brillo azulado que le recordaba a una descarga eléctrica.

Kira se estremeció de nuevo, aunque no de frío. Tenía la sensación de que se estaba adentrando en territorio prohibido.

Ya es suficiente. Estaba tentando demasiado a la suerte. Había llegado el momento de una retirada estratégica.

Se giró para alejarse del pedestal.

Notó un súbito tirón en la pierna: su pie derecho se había quedado atascado. Soltó un grito de sorpresa y cayó de rodillas. Al hacerlo, el tendón de Aquiles del tobillo paralizado se tensó hasta desgarrarse. Kira profirió un aullido de dolor.

Reprimiendo las lágrimas, bajó la vista hasta su pie.

Polvo.

Un montón de polvo negro le cubría el pie; un polvo que se movía, que se agitaba. Salía del cuenco, descendía por el pedestal y reptaba hasta su pie. Ante la mirada atónita de Kira, la sustancia empezó a trepar lentamente por su pierna, siguiendo el contorno de sus músculos.

Kira gritó e intentó liberarse de un tirón, pero el polvo la sujetaba con la firmeza de una cerradura magnética. Se quitó el cinturón, lo plegó en dos y lo usó a modo de látigo para golpear aquella masa informe. Pero sus azotes no consiguieron desprender ni una sola mota de aquel polvo.

—¡Neghar! —chilló—. ¡Socorro!

Con el corazón latiéndole tan fuerte que no conseguía oír nada más, Kira extendió el cinturón con ambas manos e intentó usarlo a modo de espátula sobre su muslo. El borde del cinturón dejaba una pequeña impresión en el polvo, pero por lo demás no surtía ningún efecto.

El enjambre de partículas ya había llegado hasta su cintura. Las sentía presionándole la pierna como una serie de vendas constrictoras y móviles.

No quería hacerlo, pero no le quedaba otra opción: con la mano derecha, Kira intentó agarrar el polvo a puñados para desprenderlo.

Sus dedos se hundieron en el enjambre de partículas como si estuvieran hechas de espuma. No había nada que sujetar. Cuando retiró la mano, el polvo la acompañó, envolviéndole los dedos con sus gruesos zarcillos.

—¡Agh! —Kira frotó la mano contra el suelo, pero no sirvió de nada.

El miedo la atenazó al sentir que algo le hacía cosquillas en la muñeca, y supo que el polvo había conseguido introducirse por las costuras de los guantes.

—¡Bloqueo de emergencia! ¡Cierre hermético! —A Kira le costaba hablar con claridad. Sentía la boca seca y la lengua pastosa.

Su traje respondió al instante, ciñéndole las extremidades y el cuello hasta formar un sello estanco con su piel. Pero eso no detuvo el polvo. El gélido hormigueo avanzó por el antebrazo, llegó hasta el codo y continuó hacia el hombro.

—¡Socorro! ¡Socorro! —vociferó Kira—. ¡Socorro! ¡Neghar! ¡Geiger! ¡Socorro! ¡¿Me oye alguien?! ¡Auxilio!

El polvo seguía avanzando tanto dentro como fuera del traje. Por fuera, le cubrió el visor hasta sumir a Kira en la oscuridad. Y por dentro, sus zarcillos continuaban reptando como gusanos, envolviéndole el hombro, el cuello y el pecho.

Un terror irracional se apoderó de Kira. Terror y repugnancia. Tiró de la pierna con todas sus fuerzas. Sintió que le cedía el tobillo, pero el pie seguía firmemente anclado al suelo.

Gritó y arañó el visor para intentar despejarlo.

El polvo se arrastraba por su mejilla, en dirección al rostro. Kira volvió a gritar una última vez antes de cerrar la boca y contener la respiración.

Sentía el corazón a punto de estallar.

¡Neghar!

Como las patas de un millar de insectos diminutos, el polvo avanzó hasta cubrirle los ojos. Un momento después, llegó hasta la boca. Y cuando le entró por las fosas nasales, comprobó que su tacto trémulo y áspero era tan horrible como se lo había imaginado.

Qué imbécil... no debería... ¡Alan!

Kira vio el rostro de Alan ante ella, y una abrumadora sensación de injusticia se hizo un hueco al lado del miedo. ¡No podía terminar así! Pero entonces ya no pudo resistir la presión que sentía en la garganta y no le quedó más remedio que abrir la boca para gritar, mientras el torrente de polvo se colaba velozmente por ella.

Y todo quedó a oscuras.

CAPÍTULO III

★ ★ ★ ★ ★ ★ ★

CIRCUNSTANCIAS ATENUANTES

1.

Primero sintió la consciencia de la consciencia.

Luego, la consciencia de la presión atmosférica, sutil y reconfortante.

Después, la consciencia de los sonidos: un sutil pitido en bucle, un rumor lejano y el zumbido del aire reciclado.

Por último, la consciencia de su propio yo, alzándose desde las profundidades de la oscuridad. El proceso fue lento: la negrura era densa y sólida como un manto de cieno. Abotagaba sus pensamientos, arrastrándola y hundiéndola de nuevo en el abismo. Pero la flotabilidad natural de su consciencia prevaleció y, finalmente, despertó.

2.

Kira abrió los ojos.

Estaba en la base, tumbada en una de las mesas de exploración de la enfermería. Un par de tiras lumínicas cruzaban el techo, cegándola con su resplandor azulado. El aire era frío y seco; olía a disolvente.

Estoy viva.

¿Por qué se sorprendía? ¿Y qué estaba haciendo en la enfermería de la base? ¿No tenían que estar todos ya de camino a la Fidanza?

Tragó saliva, y el regusto amargo de los fluidos de hibernación le dio arcadas. Se le revolvió el estómago al reconocer el sabor. *¿Crionización? ¿La* habían puesto en crionización? ¿Por qué? ¿Desde cuándo?

¡¿Qué cojones había pasado?!

El pánico le aceleró el pulso. Kira se incorporó de golpe, apartando la sábana con la que la habían tapado.

—¡Gaaah!

Vio que llevaba puesta una delgada bata médica, atada en los laterales.

Las paredes empezaron a dar vueltas; era el vértigo de la crionización. Perdió el equilibrio y se cayó de la mesa. Aterrizó sobre la superficie blanca de la cubierta; su cuerpo intentó expulsar el veneno que tenía dentro a base de arcadas, pero no salió nada más que saliva y bilis.

—¡Kira!

Notó que unas manos le daban la vuelta. El rostro de Alan apareció encima de ella, abrazándola con delicadeza.

—Kira —repitió, con el rostro crispado de preocupación—. *Chssst*. No pasa nada. Ya estás conmigo. No pasa nada.

Alan casi tenía peor pinta que la que debía de tener ella en aquel momento. Tenía las mejillas hundidas y unas arrugas alrededor de los ojos que no recordaba haber visto esa mañana. *¿Esa mañana?*

—¿Cuánto tiempo…? —dijo con voz ronca.

Alan hizo una mueca.

—Casi cuatro semanas.

—No. —La invadió un profundo temor—. ¿Cuatro semanas? —Incapaz de creerlo, Kira comprobó su holofaz: 1402 HGE, lunes 16 de agosto de 2257.

Aturdida, leyó la fecha dos veces más. Alan tenía razón. El último día que recordaba, el día en que iban a marcharse de Adra, era el veintiuno de julio. *¡Cuatro semanas!*

Sintiéndose perdida, escudriñó el rostro de Alan en busca de respuestas.

—¿Por qué?

Él le acarició el cabello.

—¿Qué es lo último que recuerdas?

A Kira le costó responder.

—Pues…

Mendoza le había ordenado comprobar el estado del dron accidentado, y después… después… una caída, dolor, líneas luminosas y oscuridad, oscuridad por todas partes.

—¡Aaah! —Kira retrocedió a gatas y se llevó las manos al cuello, con el corazón a mil por hora. Sentía que algo le obstruía la garganta, asfixiándola.

—Tranquilízate —dijo Alan, sin quitarle la mano del hombro—. Tranquilízate. Ya estás a salvo. Respira.

Tras unos segundos de agonía, su garganta se relajó y pudo inspirar hondo. Temblando como una hoja, agarró a Alan y lo abrazó tan fuerte como pudo. Nunca había sido proclive a los ataques de pánico, ni siquiera durante los exámenes finales de su DIP, pero aquella sensación de asfixia había sido tan real…

Con la boca apoyada en el cabello de Kira, Alan dijo:

—Es culpa mía. No debería haberte pedido que fueras a explorar esas rocas. Lo siento muchísimo, nena.

—No, no te disculpes —repuso Kira, retrocediendo lo justo para mirarlo a la cara—. Alguien tenía que hacerlo. Además, encontré unas ruinas alienígenas. ¿No te parece increíble?

—Ya lo creo —admitió él con una sonrisa reacia.

—¿Y qué...?

Oyeron pasos en el exterior de la enfermería. Al cabo de un segundo, Fizel apareció en el umbral. Era un hombre enjuto y oscuro, con un corte de pelo muy apurado que nunca parecía cambiar. Llevaba puesta su bata clínica con las mangas remangadas, como si acabara de examinar a un paciente.

Al ver a Kira, retrocedió de nuevo hasta la puerta y gritó:

—¡Se ha despertado!

Sin demasiada prisa, el médico pasó junto a las tres camillas dispuestas contra la pared, recogió un labochip de una pequeña repisa, se acuclilló delante de Kira y la agarró por la muñeca.

—Abre la boca y di «ah».

—Ah.

Fizel le examinó brevemente la boca y los oídos, le tomó el pulso y la presión sanguínea y le palpó la garganta.

—¿Te duele?

—No.

Fizel asintió con brusquedad.

—Te pondrás bien. Procura beber mucha agua. Te hará falta después de la crionización.

—No es la primera vez que me congelan —protestó Kira mientras Alan la ayudaba a subir de nuevo a la mesa de exploración.

Fizel torció el gesto.

—Yo solo hago mi trabajo, Navárez.

—Ya. —Kira se rascó el antebrazo. No le gustaba admitirlo, pero el médico tenía razón. Estaba deshidratada: tenía la piel reseca y le picaba mucho.

—Toma —dijo Alan, ofreciéndole una bolsa de agua.

Mientras bebía un sorbo, Marie-Élise, Jenan y Seppo irrumpieron en la enfermería.

—¡Kira!

—¡Estás despierta!

—¡Bienvenida, dormilona!

Ivanova apareció detrás de ellos, con los brazos cruzados y el gesto serio.

—¡Ya era hora, Navárez!

Yugo, Neghar y Mendoza no tardaron en llegar; el equipo al completo estaba reunido en la enfermería, tan apretujados que Kira sentía el calor de sus cuerpos y su aliento, envolviéndola como una agradable crisálida de vida.

Y aun así, a pesar de la cercanía de sus amigos, Kira seguía sintiéndose rara y nerviosa, como si el universo entero estuviera revuelto, desordenado, como un espejo torcido. Por las semanas que había perdido, por los fármacos que seguramente le había inyectado Fizel... y también porque, si se sumergía en las profundidades de su mente, todavía sentía algo acechando, esperándola... una presencia horrible y sofocante, como una capa de arcilla húmeda que le taponaba la nariz y la boca...

Se hundió las uñas de la mano derecha en el antebrazo izquierdo e inspiró hondo, dilatando las fosas nasales. Nadie más que Alan pareció darse cuenta; la miró con preocupación y le estrechó la cintura con el brazo.

Kira sacudió la cabeza para intentar alejar sus pensamientos, miró a su alrededor y preguntó:

—Bueno, ¿quién me va a poner al día?

Mendoza soltó un gruñido.

—Danos primero tu informe y después te pondremos al corriente.

Kira tardó un momento en comprender que el equipo no había venido solamente para saludarla. Todos parecían inquietos. Al escudriñar sus rostros, Kira percibió las mismas señales de estrés que veía en Alan. No sabía qué habían estado haciendo durante las cuatro últimas semanas, pero había sido un mal trago para todos.

—Eh... ¿Quieres el informe oficial, jefe? —preguntó Kira.

La expresión de Mendoza era pétrea, inescrutable.

—Sí, Navárez. Y no va a verlo solamente la corporación.

Mierda. Kira tragó saliva; todavía notaba el sabor de los fluidos de hibernación en el paladar.

—¿No podríamos hacerlo dentro de un par de horas? Estoy hecha polvo.

—Imposible, Navárez. —Mendoza vaciló antes de añadir—: Es mejor que se lo cuentes a tu equipo antes que a...

—Cualquier otro —le ayudó Ivanova.

—Exacto.

La confusión de Kira iba en aumento, al igual que su preocupación. Miró de reojo a Alan, que asintió y le apretó el hombro cariñosamente. *Está bien.* Si Alan pensaba que era lo correcto, confiaría en él. Tomó aire.

—Lo último que recuerdo es que fui a comprobar el material orgánico que detectó el dron antes de estrellarse. La piloto era Neghar Esfahani. Aterrizamos en la isla número...

Kira no tardó demasiado en resumir lo ocurrido. Terminó su informe explicando la caída al interior de la extraña formación rocosa y la sala que ocultaba en sus profundidades. Describió la estancia lo mejor que pudo, pero en ese punto su memoria se fragmentaba hasta volverse inservible. (¿De verdad brillaban las líneas de las paredes, o todo había sido producto de su imaginación?).

—¿Y no viste nada más? —inquirió Mendoza.

Kira se rascó el brazo.

—No recuerdo nada más. Creo que intenté levantarme y... —Sacudió la cabeza—. Después de eso, mi memoria está vacía.

El jefe de la expedición frunció el ceño y embutió las manos en los bolsillos de su mono de trabajo.

Alan le dio un beso en la sien.

—Siento que hayas tenido que pasar por eso.

—¿No tocaste nada? —insistió Mendoza. Kira reflexionó.

—Solamente el suelo donde caí.

—¿Estás segura? Cuando Neghar te sacó de allí, había marcas en el polvo. Encima y alrededor de la columna central de la sala.

—Como he dicho, lo último que recuerdo es que intenté levantarme. —Ladeó la cabeza—. ¿Por qué no comprobáis las grabaciones de mi traje?

Mendoza la sorprendió con una mueca.

—Tu caída dañó los sensores. Los datos telemétricos son inservibles. Tus implantes tampoco nos valen de nada: dejaron de grabar cuarenta y tres segundos después de que entraras en la sala. Fizel dice que es algo habitual con los traumatismos craneales.

—¿Mis implantes están dañados? —preguntó Kira, repentinamente inquieta. Su holofaz parecía igual que siempre.

—Tus implantes están en perfectas condiciones —dijo Fizel, torciendo los labios—. Pero no se puede decir lo mismo de ti.

Kira se puso tensa, pero estaba decidida a que el médico no viera cuánto la habían asustado sus palabras.

—¿Qué lesiones tengo?

Alan quiso responder, pero el médico lo interrumpió:

—Fracturas capilares en dos costillas, cartílago dañado y tendón distendido en el codo derecho. Tobillo fracturado, tendón de Aquiles desgarrado, diversas magulladuras y laceraciones y un traumatismo craneal de gravedad media, acompañado por edema cerebral. —Fizel fue enumerando cada lesión con los dedos mientras hablaba—. He reparado la mayor parte del daño; el resto terminará de curarse dentro de unas semanas. Hasta entonces, puede que notes ciertas agujetas.

Al oír eso, Kira casi se echó a reír. A veces el humor era la única respuesta racional.

—Estaba muy preocupado por ti —dijo Alan.

—Todos lo estábamos —añadió Marie-Élise.

—Lo entiendo —dijo Kira, abrazándose con fuerza a Alan. No podía ni imaginarse lo mal que lo había tenido que pasar, esperando durante semanas a que despertara—. Neghar, veo que conseguiste sacarme de ese agujero, ¿no?

La mujer meneó la mano de un lado a otro.

—Eh... más o menos. Me costó trabajo.

—Pero me rescataste.

—Por supuesto, guapa.

—En cuanto pueda, pienso comprarte una caja entera de rollitos de canela.

Mendoza se apoderó del taburete de Fizel y se sentó en él, con la manos apoyadas en las rodillas y los brazos estirados.

—Lo que no te ha dicho Neghar es que... Bueno, cuéntaselo tú.

Neghar se frotó los brazos.

—Mierda. Pues... el caso es que estabas inconsciente, así que tuve que atarte a mí con el arnés para que Geiger no te arrancara la cabeza al sacarte con el cabrestante. El túnel por el que caíste no era muy ancho, así que...

—Se le rasgó el dermotraje —concluyó Jenan.

Neghar extendió la mano hacia él.

—Eso. Una fuga... —Le entró un ataque de tos y se agachó durante un momento para toser. El sonido era húmedo, como si tuviera bronquitis—. Puaj. Una fuga de presión total. No sabes lo que me costó contenerla con una sola mano mientras estaba suspendida del arnés.

—Lo cual quiere decir —dijo Mendoza— que también tuvimos que poner a Neghar en cuarentena, no solo a ti. Os hemos hecho todas las pruebas habidas y por haber. Todas dieron negativo, pero seguías inconsciente...

—Estábamos cagados de miedo —dijo Alan.

—... y como no sabíamos a qué nos enfrentábamos, decidí que era mejor crionizaros a las dos hasta que tuviéramos la situación bajo control.

Kira hizo una mueca.

—Lo siento mucho.

—Descuida —dijo Neghar.

Fizel se golpeó el pecho.

—¿Y qué hay de mí? ¿Ya os habéis olvidado? La crionización no es nada. Yo he tenido que estar casi un mes en cuarentena después de tratarte, Navárez. ¡Un mes!

—Y te agradezco el sacrificio —dijo Kira—. Gracias. —Lo decía en serio. Un mes de cuarentena agotaba al más pintado.

—Bah. ¿Por qué tuviste que meter esa nariz huesuda donde no te llamaban? Si no...

—Basta ya —dijo Mendoza con voz sosegada. El médico se calló, pero no sin antes mostrarle los dedos índice y medio. Kira había descubierto recientemente que se trataba de un gesto grosero. Muy grosero.

Bebió otro sorbo de agua para armarse de valor.

—Bueno, ¿y por qué habéis tardado tanto en descongelarnos? —Miró de nuevo a Neghar—. ¿O es que a ti te han despertado antes que a mí?

Neghar tosió de nuevo.

—Hace dos días.

Kira notó que todos los rostros se crispaban a su alrededor, y el ambiente se volvió tenso e incómodo.

—¿Qué pasa? —insistió.

Pero antes de que Mendoza pudiera responder, en el exterior sonó el rugido de un cohete de despegue, mucho más fuerte que el de cualquiera de los transbordadores del equipo. Las paredes del complejo se sacudieron como si acabara de producirse un pequeño terremoto.

Kira se estremeció, pero parecía la única sorprendida.

—¿Qué ha sido eso?

Desde su holofaz, accedió a las imágenes de las cámaras exteriores. No veía nada más que nubes de humo dispersándose desde la plataforma de aterrizaje, a cierta distancia de los edificios de la base.

El rugido se desvaneció rápidamente, a medida que la nave que acababa de despegar se perdía en las capas superiores de la atmósfera.

Mendoza señaló el techo con un dedo.

—Ese es el problema. Después de que Neghar te trajera de vuelta, informé a la capitana Ravenna, que decidió enviar un aviso de emergencia a los mandamases de 61 Cygni. Después, la Fidanza dejó de comunicarse por radio.

Kira asintió. Era lógico. La ley era clara: en caso de descubrir vida alienígena inteligente, había que tomar todas las medidas necesarias para evitar conducir a dichos alienígenas hasta el espacio colonizado. Aunque seguramente, llegado el caso, una especie tecnológicamente avanzada no tendría demasiados problemas para localizar la Liga de Mundos Aliados.

—Ravenna echaba antimateria por los ojos de lo cabreada que estaba —dijo Mendoza—. La tripulación de la Fidanza contaba con marcharse en unos días. —Agitó la mano—. En cualquier caso, cuando la corporación recibió el mensaje, alertaron al departamento de Defensa. Un par de días más tarde, la FAU nos envió uno de sus cruceros, la Circunstancias Atenuantes, que salió desde 61 Cygni. Llegaron al sistema hace cuatro días y…

—Y desde entonces no han dejado de tocarnos los cojones —dijo Ivanova.

—Literalmente —añadió Seppo.

—Cabrones —murmuró Neghar.

La FAU. Kira ya había visto actuar al brazo militar de la Liga, tanto dentro como fuera de Weyland, y conocía bien su tendencia a tratar a patadas a los demás. En su opinión, eso se debía en parte a su relativa novedad. La Liga de Mundos Aliados, y con ella la Fuerza Armada Unificada, se habían fundado a raíz del descubrimiento de la Gran Baliza. Los políticos aseguraban que era necesaria una gran alianza, una medida de prevención por lo que pudiera pasar. Era normal que hubiera ciertas tiranteces al principio. Pero, para Kira, el otro motivo de la flagrante desconsideración de la FAU era la actitud imperialista de la Tierra y del resto de Sol. No les temblaba el pulso a la hora de ignorar los derechos de las colonias en favor de los intereses de la Tierra o de lo que ellos denominaban «el bien común». ¿Quién definía ese bien común?

Mendoza profirió otro gruñido.

—El capitán de la Circunstancias Atenuantes se llama Henriksen, un cabronazo duro de pelar. Menudo personaje. Lo único que le preocupaba era que Neghar se hubiera contaminado en esas ruinas, así que envió aquí a su médico con un equipo de xenobiólogos y...

—Prepararon una sala blanca. Se han pasado los dos últimos días haciéndonos pruebas hasta el cansancio —dijo Jenan.

—Literalmente —añadió Seppo.

Marie-Élise asintió.

—Ha sido muy desagradable, Kira. Qué suerte has tenido de estar en crionización.

—Supongo que sí —dijo Kira con vacilación. Fizel soltó un resoplido.

—Han irradiado cada centímetro de nuestra piel. Varias veces. Nos han examinado con rayos X, nos han hecho resonancias magnéticas y TAC, análisis de sangre, secuenciación de ADN, análisis de orina y heces, y hasta biopsias. Tal vez notéis una pequeña cicatriz en el abdomen de cuando han tomado muestras de hígado. Incluso han catalogado nuestra flora intestinal.

—¿Y? —dijo Kira, mirando los rostros de sus compañeros, uno tras otro.

—Nada —dijo Mendoza—. Neghar, tú y todos los demás estamos perfectamente.

Kira frunció el ceño.

—Un momento, ¿también me han hecho pruebas a mí?

—Y tanto —dijo Ivanova.

—¿Por qué te extraña? ¿La señorita es demasiado especial para que la examinen? —preguntó Fizel. Su tono de voz empezaba a irritarla.

—No, es que... —Se sentía rara, casi violada, al saber que le habían realizado todas esas pruebas mientras estaba inconsciente, aunque sabía que eran medidas de biocontención reglamentarias.

Mendoza pareció percatarse de su turbación. Sus ojos la observaban bajo aquellas espesas cejas.

—El capitán Henriksen nos ha dejado sobradamente claro que el único motivo por el que no nos ha encerrado bajo llave a todos es que no han encontrado nada inusual. Neghar era la que más les preocupaba, pero no pensaban dejar que nadie del equipo se marchara de Adrastea hasta estar totalmente seguros.

—No me extraña —dijo Kira—. Yo habría hecho lo mismo en su lugar. Toda precaución es poca en esta clase de situaciones.

Mendoza resopló.

—No es eso lo que me molesta, sino todo lo demás. Nos han impuesto una orden de incomunicación estricta. Ni siquiera podemos informar a la corporación del descubrimiento. De lo contrario, podrían caernos hasta veinte años de cárcel.

—¿Cuánto durará esa orden de incomunicación?

Mendoza se encogió de hombros.

—Indefinidamente.

Los planes de publicación de Kira se acababan de ir al traste, al menos de momento.

—¿Y cómo vamos a justificar este retraso en el viaje de vuelta?

—Una avería en los propulsores de la Fidanza que ha ocasionado una demora inevitable. Encontrarás todos los detalles en tus mensajes. Procura memorizarlos.

—Sí, señor. —Kira volvió a rascarse el brazo. Necesitaba loción hidratante—. En fin, está claro que es una mierda, pero tampoco es tan grave.

Alan la miró con desaliento.

—Oh, hay algo peor, nena. Mucho peor.

Aquella profunda sensación de temor regresó al instante.

—¿Peor?

Mendoza asintió muy despacio, como si le pesara la cabeza.

—La FAU no solo ha puesto en cuarentena la isla.

—No —añadió Ivanova—. Eso habría sido demasiado fácil.

Fizel dio un ruidoso manotazo en la encimera.

—¡Decídselo de una vez! Han puesto en cuarentena todo el puto sistema, ¿entiendes? Hemos perdido Adra. Se acabó. ¡*Puf!*

3.

Kira estaba sentada con Alan en el comedor, observando atentamente la holopantalla que mostraba imágenes en directo de la Circunstancias Atenuantes, grabadas desde su órbita.

La nave debía de medir medio kilómetro de longitud. Era de color blanco grisáceo, con una sección central larga y delgada como un huso, un motor bulboso en un extremo y una serie de cubiertas giratorias en el otro, dispuestas en forma de pétalos. Las secciones de hábitat estaban dotadas de bisagras que les permitían orientarse en paralelo con el eje de la nave durante la propulsión, una opción demasiado cara para la mayoría de las naves. En la proa de la nave se distinguían varias compuertas redondas, similares a ojos cerrados. Eran las lanzaderas de misiles y las lentes del láser principal de la nave.

A media distancia entre la proa y la sección central, se distinguían un par de transbordadores idénticos, anclados a ambos lados del casco. Eran mucho mayores que los que usaba su equipo de reconocimiento, y no sería de extrañar que estuvieran equipados con impulsores Markov, como las naves espaciales de gran tamaño.

Pero el rasgo más llamativo de la Circunstancias Atenuantes era el panel de radiadores que revestía toda la sección central, entre los hábitats y el motor. Los bordes de aquellas aletas de diamante reflejaban la luz del sol, y los tubos de metal fundido de su interior brillaban como vetas de plata.

El aspecto general de la nave le recordaba al de un inmenso insecto: ágil, reluciente y peligroso.

—Toma —dijo Alan. Kira apartó su atención de la holofaz. Alan le tendía su anillo de compromiso, como si se estuviera declarando otra vez—. Pensé que querrías conservarlo.

A pesar de su inquietud, Kira se relajó por un instante, sintiendo una calidez inesperada y agradable.

—Gracias —dijo, colocándose el aro de hierro en el dedo—. Me alegro de no haberlo perdido en esa cueva.

—Y yo. —Alan se inclinó hacia ella y le susurró al oído—: Te he echado de menos.

Kira le dio un beso.

—Siento haberte preocupado tanto.

—Felicidades a los dos, *chérie* —dijo Marie-Élise, señalando a Kira y a Alan con el dedo.

—Eso, felicidades —dijo Jenan. Todos los felicitaron, salvo Mendoza, que en ese momento estaba hablando por radio con Ravenna para establecer la hora de salida para el día siguiente, y Fizel, que se limpiaba las uñas con un cuchillo romo de plástico.

Kira sonrió, contenta y un tanto abochornada.

—Espero que no te importe —dijo Alan, inclinándose hacia ella—. Pensaba que no ibas a despertar, y se me escapó.

Kira se reclinó sobre él y le dio otro beso fugaz. *Es mío*, pensó.

—No pasa nada —murmuró.

En ese momento se acercó Yugo y se arrodilló frente a la mesa para que Kira pudiera mirarlo a la cara.

—¿Te ves capaz de comer algo? —le preguntó—. Te sentaría bien.

Kira no tenía hambre, pero sabía que Yugo tenía razón.

—Lo intentaré.

Yugo asintió, rozándose el pecho con su ancho mentón.

—Voy a calentarte un poco de estofado. Está muy bueno y es fácil de digerir.

Mientras Yugo se alejaba, Kira volvió a observar la Circunstancias Atenuantes, frotándose los brazos y jugueteando con el anillo.

Todavía le daba vueltas la cabeza por lo que le había contado Mendoza. La sensación disociativa era más fuerte que nunca. No soportaba pensar que todo el trabajo de los últimos cuatro meses había sido en vano, pero la perspectiva de perder el futuro en Adrastea que Alan y ella habían planeado juntos era todavía peor. Si no podían asentarse allí, ¿qué...?

Alan debió de adivinar lo que estaba pensando, porque se inclinó hasta rozarle la oreja con los labios:

—No te preocupes —susurró—. Ya encontraremos otro sitio. La galaxia es muy grande.

Y por eso Kira lo amaba tanto.

Se abrazó a él con fuerza.

—Lo que no termino de comprender... —empezó a decir.

—Yo tampoco comprendo muchas cosas —dijo Jenan—. Por ejemplo: ¿quién sigue dejándose las servilletas en el fregadero? —Les mostró un pedazo de tela empapado.

Kira lo ignoró.

—¿Cómo espera la Liga que esto se mantenga en secreto? La gente se dará cuenta de que se ha acordonado un sistema entero.

Seppo se subió de un brinco a una de las mesas y se sentó con las piernas cruzadas. Con su corta estatura, parecía un niño.

—Muy sencillo. Anunciaron el veto migratorio hace una semana. Oficialmente, hemos descubierto un patógeno contagioso en la biosfera, similar al Azote. Mientras no esté contenido...

—Sigma Draconis permanecerá en cuarentena —concluyó Ivanova.

Kira sacudió la cabeza.

—Mierda. Y supongo que tampoco nos dejarán conservar nuestros datos.

—No —dijo Neghar.

—Nada —dijo Jenan.

—Ni uno —dijo Seppo.

—Cero —dijo Ivanova.

Alan le frotó el hombro cariñosamente.

—Mendoza ha dicho que hablará con la corporación cuando lleguemos a Vyyborg. Tal vez consigan convencer a la Liga de que haga público todo lo que no esté relacionado con esas ruinas.

—Buena suerte con eso —dijo Fizel, soplándose las uñas antes de seguir limpiándoselas—. La Liga mantendrá en secreto tu pequeño descubrimiento tanto como pueda. Si hicieron público el hallazgo de Talos VII, fue únicamente porque no hay forma humana de ocultar ese mamotreto. —Señaló a Kira con el cuchillo de untar—. Le has costado a la corporación un planeta entero. ¿Contenta?

—Solo hacía mi trabajo —se defendió Kira—. En todo caso, es mejor que hayamos descubierto las ruinas ahora, antes de que llegaran colonos a Adra. Les costaría mucho más evacuar una colonia entera del planeta.

Seppo y Neghar asintieron, pero Fizel la miró con sorna.

—Lo que tú digas, pero eso no compensa que nos hayas jodido la bonificación.

—¿Nos han cancelado la bonificación? —preguntó Kira, abatida. Alan hizo una mueca.

—La corporación lo justifica por el fracaso del proyecto.

—Menuda mierda —dijo Jenan—. Yo tengo hijos que alimentar, ¿sabes? Me habría venido de lujo.

—Ya te digo…

—Yo también tengo dos exmaridos y un gato que…

—Si hubieras…

—No sé cómo voy a…

A Kira le empezaron a arder las mejillas mientras los escuchaba. No era culpa suya, pero al mismo tiempo sí. Había perjudicado a todo el equipo. Menudo desastre. En aquel momento había pensado que el descubrimiento de la estructura alienígena sería positivo para la corporación, para su equipo, pero al final todos habían salido perdiendo. Miró de reojo el logotipo impreso en la pared del comedor: la palabra «Lapsang» escrita con letras angulares y una hoja de árbol coronando la segunda «a». La corporación siempre estaba emitiendo anuncios y campañas promocionales, proclamando su lealtad para con sus clientes, sus colonos y sus ciudadanos corporativos. *Forjemos el futuro juntos.* Kira se había criado oyendo ese eslogan. Soltó un resoplido burlón. *Sí, seguro.* A la hora de la verdad, Lapsang era igual que cualquier otra corporación interestelar: los bits ante todo.

—Joder —dijo—. Hemos hecho nuestro trabajo, hemos cumplido el contrato. No deberían penalizarnos por eso.

Fizel puso los ojos en blanco.

—Sí, y también estaría muy bien que las naves se tiraran pedos de arcoíris. Qué fatalidad, la pobrecilla se siente mal. ¿Qué más da? Eso no nos devolverá nuestra bonificación. —La fulminó con la mirada—. ¿Sabes qué te digo? Que ojalá te hubieras tropezado y te hubieras partido el cuello nada más bajar del transbordador.

El asombro los dejó a todos mudos.

Kira notó que Alan se ponía rígido.

—Retíralo —dijo.

Fizel lanzó el cuchillo de untar al fregadero.

—Yo ni siquiera quería venir aquí. Menuda pérdida de tiempo. —Escupió en el suelo.

Ivanova se apartó del esputo de un brinco.

—¡Carajo! ¡Fizel!

El doctor se alejó con una sonrisa burlona. Con el tiempo, Kira había comprobado que en todas las misiones había alguien como Fizel, un idiota amargado al que le daba morbo tocarle las narices a todo el mundo.

Los demás se pusieron a hablar a un tiempo en cuanto Fizel se marchó:

—No le hagas caso —dijo Marie-Élise.

—Podría habernos pasado a cualquiera...

—Doc no cambiará nunca...

—Ni te imaginas lo que me dijo a mí cuando me descongelaron...

La conversación se interrumpió cuando Mendoza apareció en el umbral y los miró a todos con suspicacia.

—¿Algún problema?

—No, señor.

—Todo en orden, jefe.

Mendoza soltó un gruñido, se acercó a Kira y le dijo en voz baja:

—Siento lo que te ha dicho Fizel, Navárez. Últimamente todos tenemos los nervios a flor de piel.

Kira esbozó una sonrisa.

—No pasa nada, de verdad.

Con un nuevo gruñido, Mendoza tomó asiento al fondo de la sala y todo volvió a la normalidad enseguida.

A pesar de lo que ella misma había dicho, Kira no conseguía deshacer el nudo que sentía en el estómago. Las palabras de Fizel habían dado en el blanco. Y también le molestaba no saber qué sería ahora de Alan y ella. Aquella maldita estructura alienígena había puesto patas arriba todos los planes de la pareja para los próximos años. Si el dron no se hubiera estrellado... Si no hubiera accedido a investigarlo... Si...

Se sobresaltó cuando Yugo le puso la mano en el brazo.

—Toma —dijo, tendiéndole un cuenco de estofado y un plato lleno de verduras al vapor, una rebanada de pan y la mitad de la que seguramente era la última chocolatina del equipo.

—Gracias —murmuró Kira, sonriendo.

4.

Kira no era consciente del hambre que tenía; se sentía débil y temblorosa. Sin embargo, la comida no le sentó bien. Estaba demasiado alterada y las secuelas de la crionización hacían que el estómago le diera vueltas.

Desde la mesa vecina, Seppo le dijo:

—Hemos estado debatiendo si esas ruinas las construyeron los mismos alienígenas que hicieron la Gran Baliza. ¿Tú qué opinas, Kira?

Se dio cuenta de que todos la miraban de nuevo. Tragó saliva, dejó el tenedor en la mesa y, con su voz más profesional, dijo:

—Parece… parece improbable que dos especies sintientes distintas pudieran evolucionar tan cerca la una de la otra. Yo apostaría a que fueron los mismos, pero es imposible saberlo con seguridad.

—¿Y nosotros qué? —dijo Ivanova—. Los humanos también estamos en la misma región.

Neghar volvió a toser desde su rincón, con un sonido húmedo y denso que le resultaba muy desagradable.

—Es verdad —admitió Jenan—, pero no hay forma de saber cuánto territorio abarcaban los xenos que construyeron la Baliza. Tal vez dominaran media galaxia.

—Si fuera así, yo creo que habríamos encontrado más pruebas de su presencia —apuntó Alan.

—¿Y no acabamos de encontrarlas? —preguntó Jenan.

Kira no supo qué responder.

—¿Habéis averiguado algo más sobre las ruinas mientras yo estaba en crionización?

—*Mmm* —dijo Neghar, levantando la mano mientras terminaba de toserse en la manga—. Puaj. Perdón. Llevo todo el día con la garganta irritada… Sí, pasé un escáner subsuperficial antes de sacarte del agujero.

—¿Y?

—Hay otra cámara justo debajo de la que descubriste tú, pero es muy pequeña, de apenas un metro de anchura. Tal vez contenga la fuente de energía de la principal, pero es imposible saberlo sin abrirla primero. El escáner no encontró señales térmicas.

—¿Cuál es el tamaño total de la estructura?

—Todo lo que viste en la superficie, y otros doce metros bajo tierra. Aparte de esas dos cámaras, no hay más que cimientos y paredes macizas.

Kira asintió, pensativa. Los constructores de aquella estructura la habían diseñado para que resistiera el paso del tiempo.

Marie-Élise habló entonces con su voz aguda y cantarina:

—El edificio que encontraste no se parece demasiado a la Gran Baliza. Es muy pequeño en comparación, ¿no?

La Gran Baliza. La habían hallado en los límites del espacio explorado, a 36,6 años luz de Sol y a 43 de Weyland. No le hacía falta consultar su holofaz para saber la distancia; en su adolescencia, había pasado horas y horas leyendo sobre aquella expedición.

La Baliza en sí era un artefacto asombroso. Era, sencillamente, un agujero. Un agujero inmenso, de cincuenta kilómetros de diámetro y otros treinta de profundidad, rodeado por una red de galio líquido que actuaba como una antena gigante.

Porque aquel agujero emitía una potente descarga electromagnética cada 5,2 segundos, acompañada por un estruendo de ruido estructurado que contenía iteraciones en constante cambio del conjunto de Mandelbrot en código ternario.

Los vigilantes de la Baliza eran unas criaturas apodadas «tortugas», pero que a Kira le parecían más bien pedruscos andantes. Después de veintitrés años de estudio, seguía sin estar claro si eran animales o máquinas (nadie había sido lo bastante imprudente como para intentar diseccionarlos). Los xenobiólogos y los ingenieros coincidían en que era poco probable que las tortugas fueran responsables de la construcción de la Baliza (a menos que hubieran perdido toda su tecnología desde entonces); la identidad de los creadores seguía siendo un misterio.

En cuanto a su función, nadie tenía ni la menor idea. Lo único que se sabía era que la Baliza tenía aproximadamente dieciséis mil años de antigüedad, e incluso ese dato se basaba en un cálculo aproximado mediante datación radiométrica.

Kira tenía la fastidiosa sospecha de que nunca, ni siquiera viviendo varios siglos, averiguaría si los creadores de la Baliza tenían algo que ver con la sala en la que había caído ella. Las pocas veces que el tiempo profundo se dignaba a desvelar sus secretos, lo hacía sumamente despacio.

Kira suspiró y se pasó los dientes del tenedor por el cuello, disfrutando de la sensación de las puntas metálicas sobre la piel reseca.

—¿Qué más da la Baliza? —dijo Seppo, bajando de la mesa de un brinco—. Lo que me fastidia es no poder sacar provecho de todo este embrollo. No podemos hablar de ello. No podemos publicarlo. No podemos ir a ningún programa…

—No podemos vender los derechos de distribución —dijo Ivanova en tono burlón.

Todos se echaron a reír.

—Lo dices como si alguien quisiera verte ese careto tan feo —contestó Jenan. Ivanova le lanzó sus guantes. Jenan se agachó y, entre risas, se los devolvió.

Kira encorvó los hombros, sintiéndose cada vez más culpable.

—Os pido disculpas a todos por este jaleo. Si pudiera solucionarlo, lo haría.

—Sí, esta vez la has jodido pero bien —dijo Ivanova.

—¿Quién te mandaba salir a pasear? —dijo Jenan, pero no parecía hablar en serio.

—No te preocupes —dijo Neghar—. Podría haberle pasado…

Un fuerte acceso de tos interrumpió sus palabras. Marie-Élise terminó la frase:

—Podría haberle pasado a cualquiera de nosotros.

Neghar asintió.

Desde su asiento junto a la pared, Mendoza dijo:

—Me alegro de que ni tú ni Neghar hayáis salido malparadas, Kira. Todos hemos tenido mucha suerte.

—Pero hemos perdido la colonia —protestó Kira—. Y la bonificación.

Los ojos oscuros de Mendoza centellearon.

—No sé por qué, pero sospecho que tu descubrimiento compensará de sobra la pérdida de nuestras bonificaciones. Tal vez tardemos años. O décadas. Pero si somos listos, creo que será tan inevitable como la muerte y los impuestos.

CAPÍTULO IV

*   *   *   *   *   *   *

ANGUSTIA

1.

Se hacía tarde, y a Kira le costaba cada vez más concentrarse en la conversación. Casi todas las palabras de sus compañeros se fundían en un torrente de sonidos carentes de significado. Finalmente se irguió y miró de reojo a Alan. Este asintió con gesto cómplice y los dos se levantaron de sus asientos.

—Descansad —dijo Neghar. Llevaba una hora contestando palabras sueltas. Si intentaba decir algo un poco más elaborado, los ataques de tos la interrumpían. Kira esperaba que la piloto no estuviera enferma, porque entonces seguramente se contagiaría todo el equipo.

—Buenas noches, *chérie* —dijo Marie-Élise—. Por la mañana lo verás todo con otros ojos, tranquila.

—Procurad estar levantados a las nueve cero cero —dijo Mendoza—. La FAU por fin nos ha dado permiso para embarcar en la Fidanza. Despegamos a las once.

Kira levantó la mano, dándose por enterada, y se marchó del comedor con Alan.

Fueron directamente a la habitación de Alan sin decir nada. Una vez allí, Kira se despojó del mono de trabajo, dejándolo caer al suelo, y se metió en la cama sin ni siquiera cepillarse el pelo.

Cuatro semanas de crionización… y seguía hecha polvo. El sueño en frío no era igual que el de verdad. Nada podía compararse al de verdad.

El colchón se combó cuando Alan se tumbó a su lado. La rodeó con un brazo, dándole la mano mientras apretaba el pecho y las piernas contra su cuerpo; su presencia era cálida y reconfortante. Kira dejó escapar un leve gemido y se recostó contra él.

—Pensaba que te había perdido —susurró Alan. Kira se volvió para mirarlo a los ojos.

—Jamás.

Se besaron, y al cabo de un rato sus tiernas caricias se volvieron más impacientes. Los dos se abrazaban con una intensidad febril.

Hicieron el amor; Kira nunca había sentido tanta intimidad con Alan, ni siquiera la noche en la que se le había declarado. Sentía el temor de Alan a perderla en cada línea de su cuerpo; veía su amor en cada caricia, lo oía en cada susurro.

Más tarde, los dos pasaron a la estrecha ducha, al fondo de la habitación. Atenuaron las luces y se enjabonaron el uno al otro, hablando en voz queda.

Mientras el agua caliente le caía por la espalda, Kira dijo:

—Neghar no tenía buen aspecto.

Alan se encogió de hombros.

—Tendrá resaca criónica. La FAU le dio el visto bueno, y Fizel también. Este aire es tan seco que…

—Ya.

Se secaron con las toallas. Con la ayuda de Alan, Kira se untó todo el cuerpo con loción hidratante, suspirando de alivio a medida que el gel iba calmando su piel irritada. La sensación era fantástica, casi tan buena como la ducha.

Cuando volvieron a la cama y apagaron las luces, Kira intentó dormir. Pero no podía dejar de pensar en aquella sala, en las líneas que le recordaban a los circuitos de una placa base. Ni en lo que su descubrimiento le había costado al equipo (y a ella). Ni en lo que le había dicho Fizel.

Alan se dio cuenta.

—Duerme —murmuró.

—*Mmm.* Es que… lo que ha dicho Fizel…

—No dejes que te provoque. Está enfadado y frustrado. Nadie opina como él.

—Ya. —Pero Kira no estaba tan segura. La sensación de injusticia crecía en su interior. ¿Cómo se atrevía Fizel a juzgarla? Kira solo había cumplido con su deber… Los demás habrían hecho lo mismo en su lugar. Si hubiera ignorado la formación rocosa, el médico habría sido el primero en echárselo en cara. Además, su descubrimiento los había perjudicado a Alan y a ella tanto como al resto del equipo.

Alan le acarició la nuca con la nariz.

—Todo saldrá bien. Ya lo verás. —Después se quedó inmóvil. Kira notó cómo se iba ralentizando su respiración mientras ella seguía mirando fijamente la oscuridad.

Seguía sintiéndose incómoda y malhumorada. Tenía un nudo cada vez más apretado en el estómago. Cerró los ojos con fuerza, procurando no obsesionarse con Fizel ni con lo que les depararía el futuro. Pero no podía olvidar lo que el médico había dicho en el comedor. Una abrasadora ascua de ira seguía ardiendo en su interior cuando por fin se sumió en un sueño agitado.

2.

Oscuridad. La vasta inmensidad del espacio desolado e ignoto. Las estrellas eran gélidos puntos de luz, afilados como agujas sobre un telón de terciopelo.

Más adelante, una estrella aumentaba de tamaño a medida que ella se aproximaba, más deprisa que la más veloz de las naves. La estrella era de un tenue color rojo anaranjado, como un ascua moribunda ardiendo lentamente sobre un lecho de brea. Parecía vieja, cansada, como si se hubiera formado durante las primeras etapas del universo, cuando todo era luz y calor.

Siete planetas giraban en torno al abultado orbe: un gigante gaseoso y seis terrestres. Su aspecto era parduzco, moteado y enfermizo. En el hueco entre el segundo planeta y el tercero se extendía un cinturón de residuos que resplandecían como la arena cristalizada.

La invadió una súbita tristeza. No sabía por qué, pero la visión de aquella escena le daba tantas ganas de llorar como la muerte de su abuelo. Era la peor sensación posible: una pérdida absoluta y total, sin la menor esperanza de restauración.

Pero aquella era una pena antigua y, como todas, terminó pasando a un segundo plano, suplantada por sensaciones más acuciantes: la ira, el miedo y la desesperación. El miedo era predominante, y gracias a él supo que el peligro acechaba, un peligro íntimo e inmediato. Sin embargo, le costaba moverse; una arcilla desconocida inmovilizaba su carne.

La amenaza casi la había alcanzado. La sentía acercarse con creciente pánico. No había tiempo para esperar, para pensar. ¡Tenía que liberarse por la fuerza! Primero rasgar, después suturar.

La estrella siguió aumentando su fulgor hasta relucir con la fuerza de mil soles, y unas cuchillas de luz brotaron de su halo, lanzándose hacia la oscuridad. Una de ellas la golpeó, y entonces todo se volvió blanco. Sentía los ojos horadados por lanzas; cada centímetro de su piel ardía y se consumía.

Profirió un grito que se perdió en el vacío, pero el dolor no remitía. Volvió a gritar...

Kira se incorporó violentamente. Estaba jadeando, empapada en sudor. Tenía la sábana adherida a la piel como una película de plástico. Se oían voces en algún lugar de la base, voces teñidas de pánico.

Alan, tumbado a su lado, abrió los ojos de golpe.

—¿Qué...?

Oyeron pasos apresurados en el pasillo. Un puño aporreó la puerta de la habitación.

—¡Salid! —gritó Jenan—. ¡Es Neghar!

Un gélido temor le atenazó las entrañas.

Alan y ella se vistieron a toda prisa. Kira apenas dedicó un segundo a pensar en su extraño sueño; al fin y al cabo, aquella situación también era de lo más inusual. Salieron atropelladamente de la habitación y echaron a correr hacia el cuarto de Neghar.

A medida que se aproximaban, Kira empezó a oír toses: un ruido denso, húmedo y desgarrador que le hacía imaginarse una trituradora llena de carne cruda. Se estremeció.

Neghar estaba agachada en mitad del pasillo, con las manos apoyadas en las rodillas y rodeada por todos los demás. Tosía con tanta violencia que Kira casi sentía la tensión de sus cuerdas vocales. Fizel estaba a su lado, poniéndole la mano en la espalda.

—Respira hondo —dijo—. Te vamos a llevar a la enfermería. ¡Jenan, Alan! Sujetadle los brazos y ayudadme a llevarla. Deprisa, depr...

Una fuerte arcada de Neghar interrumpió las palabras de Fizel. Kira oyó con claridad un chasquido procedente del estrecho pecho de la piloto.

De la boca de Neghar brotó sangre negra que salpicó la cubierta en un amplio abanico.

Marie-Élise chilló; varios más estuvieron a punto de vomitar. El miedo que Kira había sentido en sueños regresó con mucha más fuerza. Algo iba mal. Corrían peligro.

—Tenemos que irnos de aquí —dijo, tirando de la manga de Alan. Pero él no la escuchaba.

—¡Atrás! —gritó Fizel—. ¡Todos atrás! Que alguien contacte con la Circunstancias Atenuantes. ¡Vamos!

—¡Apartaos! —bramó Mendoza.

La sangre manó de nuevo de la boca de Neghar, que hincó una rodilla en el suelo. Tenía los ojos desorbitados y el rostro enrojecido. Le temblaba la garganta, como si se estuviera ahogando.

—Alan... —dijo Kira. Demasiado tarde; Alan ya se acercaba para ayudar a Fizel.

Kira retrocedió un paso. Y luego otro. Nadie se dio cuenta; todos miraban a Neghar, intentando decidir qué hacer mientras se apartaban de la trayectoria de la sangre que arrojaba por la boca.

Kira sintió el impulso de gritarles que se alejaran, que echaran a correr, que huyeran.

Sacudió la cabeza y se tapó la boca con los puños, temiendo ser la siguiente en vomitar sangre. Sentía que le iba a estallar la cabeza. La piel le picaba de puro horror, de repugnancia, como si mil hormigas se estuvieran paseando por todo su cuerpo.

Jenan y Alan intentaron poner de pie a Neghar, pero esta se resistía y negaba con la cabeza. Le entró una arcada, y luego otra, hasta que finalmente vomitó un extraño coágulo sobre la cubierta. Era demasiado oscuro para ser sangre, y demasiado líquido para ser metálico.

Kira se hundió las uñas en el brazo, rascándoselo furiosamente mientras un grito de asco amenazaba con escapar de sus labios.

Neghar cayó de espaldas. Y entonces el coágulo se movió, sacudiéndose como un músculo estimulado por una corriente eléctrica.

Todos gritaron y se apartaron de un salto. Alan retrocedió hacia Kira, sin despegar la mirada de aquella masa informe.

A ella también le entró una arcada, pero no vomitó. Retrocedió un paso más. Le ardía el brazo; sentía unos finos regueros de fuego recorriéndole la piel.

Bajó la mirada.

Sus uñas habían abierto surcos en la carne, arañazos carmesíes de los que colgaban tiras de piel arrancada. Y dentro de aquellos surcos había algo que también se estaba moviendo.

3.

Kira cayó al suelo, gritando. El dolor lo consumía todo. No era consciente de nada más.

Alan.

Arqueó la espalda y se sacudió, arañando el suelo, desesperada por escapar de aquella agonía incesante. Gritó de nuevo, esta vez tan fuerte que se le quebró la voz y notó que su propia sangre cálida le humedecía la garganta.

No podía respirar. El dolor era demasiado intenso. Le ardía la piel; sentía que le corría ácido por las venas, que su carne intentaba separarse de los huesos.

Unas siluetas oscuras obstruían la luz: sus compañeros se estaban moviendo a su alrededor. El rostro de Alan apareció a su lado. Kira se revolvió hasta quedar boca abajo, apretando la mejilla contra la superficie dura del suelo.

Su cuerpo se relajó un instante; consiguió tomar aire con una única y desesperada bocanada, antes de quedarse rígida y proferir un aullido mudo. Sentía los músculos del rostro agarrotados por el rictus, y empezaban a caerle lágrimas por la comisura de los ojos.

Unas manos le dieron la vuelta y la agarraron por brazos y piernas, sujetándola con firmeza. Pero eso no detuvo el dolor.

—¡Kira!

Se obligó a abrir los ojos. Todo estaba borroso, pero distinguió el rostro de Alan y, tras él, a Fizel acercándose con una jeringuilla en la mano. Jenan, Yugo y Seppo le inmovilizaban las piernas, mientras Ivanova y Marie-Élise alejaban a Neghar del coágulo de la cubierta.

—¡Kira! ¡Mírame! ¡Mírame!

Intentó contestar, pero lo único que salió de sus labios fue un gemido ahogado.

Entonces Fizel le clavó la jeringuilla en el hombro. No sabía qué le estaba inyectando, pero no parecía surtir efecto alguno. Kira sentía que sus talones y su cabeza chocaban contra la cubierta una y otra vez.

—¡Por el amor de Dios, ayudadla! —exclamó Alan.

—¡Cuidado! —gritó Seppo—. ¡Esa cosa del suelo se está moviendo! ¡Mier...!

—A la enfermería —dijo Fizel—. Hay que llevarla a la enfermería. ¡Ya! Levantadla del suelo. Levan...

Las paredes empezaron a oscilar cuando la alzaron en vilo. Kira se sentía estrangulada. Intentó tomar aire, pero tenía los músculos demasiado crispados. Empezó a ver chispas rojas en los límites de su visión mientras Alan y los demás la acarreaban por el pasillo. Sentía que estaba flotando; todo parecía irreal y etéreo, salvo el dolor y el miedo.

Se sacudió de nuevo cuando la tumbaron sobre la mesa de exploración de Fizel. El abdomen se le relajó durante un segundo, lo justo para que Kira pudiera tomar aliento antes de que sus músculos volvieran a agarrotarse.

—¡Cerrad la puerta! ¡Que no entre esa cosa! —Se oyó un golpe sordo; la cerradura presurizada de la enfermería se había activado.

—¿Qué está pasando? —dijo Alan—. ¿Es...?

—¡Apártate! —gritó Fizel. Una segunda aguja hipodérmica se clavó en el cuello de Kira.

Aunque nunca lo habría creído posible, el dolor se triplicó al instante. Un gemido ronco escapó de su boca. Se revolvió, incapaz de controlar sus movimientos. Sentía la boca llena de espuma, taponándole la garganta. Las arcadas y las convulsiones eran continuas.

—Mierda. Dadme un inyector. En el otro cajón. ¡En el otro!

—Doc...

—¡Ahora no!

—¡Doc, no respira!

Oyó el tintineo del instrumental médico. Unos dedos le separaron las mandíbulas y le introdujeron un tubo hasta la garganta, produciéndole nuevas arcadas. Un momento después, el dulce y maravilloso aire le llenó los pulmones, despejando el velo que le oscurecía la visión.

El rostro de Alan flotaba sobre ella, contraído de preocupación.

Kira intentó hablarle, pero solamente pudo emitir un lamento incoherente.

—Te vas a poner bien —dijo Alan—. Tú aguanta. Fizel te va a ayudar. —Alan parecía al borde del llanto.

Kira nunca había estado tan asustada. A su cuerpo le pasaba algo malo, y cada vez iba a peor.

Corred, pensó. *¡Corred! Salid de aquí antes de que...*

Unas líneas oscuras le surcaron la piel: unos relámpagos negros que se retorcían y se sacudían como si estuvieran vivos. De pronto se quedaron inmóviles, y la piel de Kira empezó a abrirse y desgarrarse a lo largo de aquellas líneas, como si fuera la muda de un insecto.

El miedo se desbordó por fin, y la invadió una desesperación absoluta, ineludible. De haber sido capaz de gritar, su voz habría llegado hasta las estrellas.

Y entonces, de aquellos surcos ensangrentados brotaron unos zarcillos fibrosos que se sacudían como serpientes sin cabeza. De pronto se tensaron, formando unas espinas afiladas que se extendieron en todas direcciones.

Las espinas agujerearon las paredes y el techo. Se oyó el chirrido del metal. Las luces chisporrotearon y estallaron; el agudo silbido del viento de Adra invadió la habitación, acompañado por el alarido histérico de las alarmas.

Kira cayó al suelo, zarandeada como una muñeca de trapo por las espinas. Una de ellas traspasó el pecho de Yugo, y otras tres se clavaron en el cuello, el brazo y la ingle de Fizel. Cuando las espinas se retrajeron, de las heridas de ambos manó sangre en abundancia.

¡No!

La compuerta de la enfermería se abrió de pronto e Ivanova irrumpió en la sala. Se le desencajó el rostro de horror. Antes de que pudiera reaccionar, dos espinas se le hundieron en el vientre, derribándola. Seppo intentó escapar, pero una espina lo ensartó por la espalda, clavándolo a la pared como si fuera una mariposa.

¡No!

Kira perdió el conocimiento. Cuando volvió en sí, Alan estaba arrodillado a su lado, con la frente apoyada en la suya y las manos inertes sobre los hombros de Kira. Sus ojos estaban ausentes. De la comisura de la boca le caía un hilo de sangre.

Kira tardó un momento en darse cuenta de que el cuerpo de Alan estaba cosido al suyo por más de una docena de espinas, uniéndolos a ambos con una obscena intimidad.

Se le paró el corazón, y el suelo se transformó en un abismo. *Alan.* Sus compañeros. Todos muertos. Por su culpa. La evidencia era insoportable.

Qué dolor. Kira se estaba muriendo, pero no le importaba. Solamente quería que aquel sufrimiento terminara, que llegaran cuanto antes el olvido y la consiguiente liberación.

Entonces la oscuridad nubló su visión, las alarmas se desvanecieron hasta quedar en silencio, y lo que era… dejó de ser.

CAPÍTULO V

★　★　★　★　★　★　★　★

LOCURA

1.

Kira abrió los ojos de par en par.

El regreso a la consciencia no fue lento y gradual. Esta vez no. Un momento antes no había nada, y de repente despertó con una explosión de información sensorial cegadora, dolorosa y de una intensidad abrumadora.

Estaba tumbada en el suelo de una cámara alta y circular, una especie de cilindro cuyo techo se encontraba a unos cinco metros sobre su cabeza; estaba demasiado alto para alcanzarlo. Le recordaba al silo de cereales que sus vecinos, los Roshan, habían construido cuando ella tenía trece años. En la pared, a media altura, había un espejo polarizado: un rectángulo grande y plateado en cuyo interior se adivinaba el fantasma grisáceo de un reflejo. La única fuente de claridad era una estrecha tira lumínica que bordeaba el contorno del techo.

Dos brazos robóticos se movían sobre el cuerpo de Kira con muda elegancia; del extremo de cada uno sobresalían diversos instrumentos de exploración y diagnóstico. Cuando los miró, los brazos interrumpieron lo que estaban haciendo y se retrajeron hacia el techo, donde permanecieron inmóviles, a la espera.

La pared del cilindro también estaba equipada con una esclusa de aire con escotilla incorporada, diseñada para introducir y extraer objetos de pequeño tamaño. Enfrente de la esclusa de aire había una compuerta presurizada que seguramente se adentrara en... dondequiera que Kira estuviera ahora mismo. La compuerta también contaba con una escotilla de tamaño y función similares. Era evidente que estaba en un calabozo. No había cama. Ni mantas. Ni lavabo. Ni retrete. Tan solo aquellas frías paredes de metal desnudo.

Tenía que estar dentro de una nave. Y no era la Fidanza. Era la Circunstancias Atenuantes.

Pero entonces...

Una descarga de adrenalina la hizo incorporarse violentamente, jadeando. El dolor. Las espinas. Neghar, Fizel, Yugo, Ivanova... *¡Alan!* La invadió un aluvión de recuerdos que Kira habría preferido olvidar. Se le hizo un nudo en el estómago, y un lamento largo y profundo escapó de su garganta mientras caía a gatas y apoyaba la frente en el suelo. La superficie rugosa de la cubierta se le clavaba en la piel, pero le daba igual.

Cuando por fin consiguió respirar, profirió un aullido en el que vertió todo su dolor y su angustia.

Todo era culpa suya. Si no hubiera encontrado aquella maldita sala, Alan y los demás seguirían vivos y ella no habría terminado infectada por aquella especie de xeno.

Las espinas...

¿Dónde estaban las espinas y los tentáculos que le habían brotado debajo de la piel? Kira bajó la mirada... Y entonces el corazón le dio un vuelco.

Tenía las manos negras. También los brazos, el pecho y todas las partes de su cuerpo que era capaz de ver. Un material fibroso y reluciente le recubría todo el cuerpo como un dermotraje.

El horror hizo presa de ella.

Se arañó los antebrazos, en un intento desesperado por arrancarse el organismo alienígena. Pero sus uñas no conseguían cortar ni romper las fibras, ni siquiera con aquella dura capa que ahora las revestía. Llena de frustración, Kira se llevó la muñeca a la boca y mordió con fuerza.

Sabía a piedra y a metal. Sentía la presión de sus dientes, pero, por mucha fuerza que hiciera, no le dolía en absoluto.

Kira se puso en pie como pudo, con el corazón desbocado y la visión nublada.

—¡Quitádmelo! —vociferó—. ¡Quitadme esta puta cosa de encima! —A pesar del pánico, se preguntó dónde se había metido todo el mundo; era su único pensamiento coherente en medio de aquella locura.

Uno de los brazos robóticos se cernió sobre ella, blandiendo una jeringuilla en el extremo de su manipulador. Antes de que Kira pudiera apartarse, la máquina describió un giro alrededor de su cabeza y le inyectó la aguja detrás de la oreja, en una zona de piel desnuda.

Al cabo de unos segundos, tuvo la sensación de que le caía encima una pesada manta. Kira se tambaleó y extendió el brazo para apoyarse en la pared mientras caía...

2.

El pánico regresó en cuanto Kira recobró el conocimiento.

Una criatura alienígena se había adherido a su cuerpo, y posiblemente la contaminación fuera contagiosa. Todo xenobiólogo temía una situación como aquella: un fallo de biocontención con consecuencias letales.

Alan...

Kira comenzó a temblar y enterró el rostro en un brazo. Sentía un hormigueo en la nuca, un millón de diminutos temores. Quería volver a abrir los ojos, pero no se atrevía. Todavía no.

Las lágrimas resbalaron bajo sus párpados. La ausencia de Alan era un boquete en su pecho. Le parecía imposible que estuviera muerto. Tenían tantos planes, tantos sueños y esperanzas... y ahora nada de eso se haría realidad. Nunca lo vería construir aquella casa domo que le había descrito, ni irían a esquiar a las montañas del sur de Adra, ni vería su expresión al ser padre por primera vez. Nada de lo que Kira se había imaginado ocurriría ya.

Aquella certeza era peor que cualquier dolor físico.

Se palpó el dedo. El anillo de hierro pulido y teserita (y con él, su único recuerdo tangible de Alan) había desaparecido.

Un recuerdo le vino a la mente, un recuerdo de años atrás: el de su padre arrodillado frente a ella en un invernadero, vendándole un corte en el brazo mientras decía: «El dolor lo creamos nosotros, Kira». Luego le había puesto un dedo en la frente. «Solo nos duele si se lo permitimos».

Tal vez su padre tuviera razón, pero Kira seguía sintiéndose fatal. El dolor insistía en recordarle su presencia.

¿Cuánto tiempo llevaba inconsciente? ¿Minutos? ¿Horas? No... horas no. Seguía tendida en el mismo sitio en el que se había desmayado. No tenía hambre ni sed; solamente estaba agotada por la tortura de aquel desconsuelo. Le dolía todo el cuerpo, como si la hubieran apaleado.

Aunque tenía los ojos cerrados, Kira se dio cuenta de que su holofaz estaba desconectada.

—Petra, activación —dijo, pero el sistema no reaccionó. Ni siquiera hizo amago de arrancar—. Petra, reinicio de emergencia. —La oscuridad seguía siendo completa.

La FAU había desactivado sus implantes. Cómo no.

Soltó un gruñido, con la boca todavía pegada al brazo. ¿Cómo podían haber pasado por alto los técnicos de la FAU los organismos que vivían dentro de Neghar y de ella? Aquel xeno no era precisamente pequeño; incluso un examen superficial lo habría detectado. Si la FAU hubiera hecho su trabajo adecuadamente, no habría muerto nadie.

«Cabrones», murmuró. Su ira consiguió expulsar el dolor y el pánico lo suficiente como para abrir los ojos.

Vio de nuevo la cámara de metal. Las tiras lumínicas en el techo. El espejo polarizado. ¿Por qué la habían llevado a la Circunstancias Atenuantes? ¿Por qué arriesgarse a exponerse de nuevo al xeno? Kira no le encontraba sentido a ninguna de las decisiones de la FAU.

No podía seguir retrasando lo inevitable. Kira se armó de valor y bajó la mirada.

Su cuerpo seguía recubierto por aquella película negra como la tinta. No llevaba nada más encima. Aquel material le recordaba a una serie de músculos superpuestos; las hebras individuales se tensaban y flexionaban, siguiendo sus movimientos. Notó que se ponía nerviosa, y en ese momento un curioso brillo pareció recorrer las fibras. ¿Acaso el xeno era sintiente? Imposible saberlo de momento.

Kira tocó con cautela su propio brazo...

Y de inmediato soltó un siseo, enseñando los dientes. Podía sentir el tacto de los dedos en el brazo, como si las fibras que los separaban no existieran. Aquel parásito (ya fuera una máquina o un organismo vivo) había penetrado en su sistema nervioso. Kira notaba en la piel el roce del aire acondicionado, y también la superficie dura del suelo que le presionaba la carne. Era como si estuviera totalmente desnuda.

Y sin embargo... no tenía frío. No tanto como debería.

Se examinó las plantas de los pies. Estaban cubiertas, igual que las palmas de las manos. Siguió palpándose todo el cuerpo. Por la parte delantera, el traje terminaba justo encima de la garganta. Notaba un pequeño surco, un borde entre las fibras y la piel, rodeándole las orejas. Por la parte posterior, sin embargo, las fibras ascendían por la nuca y el cráneo hasta...

Su cabello había desaparecido. Sus dedos no encontraron nada más que la superficie lisa del cráneo.

Kira apretó los dientes. ¿Qué más le había robado el xeno?

Mientras se concentraba en las diferentes sensaciones de su cuerpo, Kira comprendió que el xeno no solo se había adherido a su exterior; también estaba dentro de ella, llenándola y penetrando en su interior con su sutil presencia.

Le entraron náuseas y claustrofobia. Sentía que se asfixiaba; estaba atrapada, fusionada con aquella sustancia alienígena, sin escapatoria posible...

Una arcada la obligó a inclinarse. No vomitó nada, pero notó el sabor de la bilis en la lengua. Su estómago continuaba contrayéndose.

Kira se estremeció. ¿Cómo demonios iba a descontaminarla la FAU si aquel traje también estaba unido al interior de su cuerpo? La tendrían encerrada en cuarentena durante meses, o tal vez años. Encerrada con... aquello.

Escupió hacia un rincón y, por puro reflejo, se secó la boca con el antebrazo. Al cabo de un momento, las fibras absorbieron las gotas de saliva, como una bayeta.

Qué asco.

Entonces un leve chisporroteo, como el de unos altavoces al encenderse, quebró el silencio, y una nueva fuente de luz bañó el rostro de Kira.

3.

Un holograma cubría la mitad de la pared. La imagen, de varios metros de altura, mostraba un pequeño escritorio vacío de color gris acorazado, en mitad de una habitación igualmente pequeña y sobria. Detrás de la mesa había una silla de respaldo recto, sin reposabrazos.

Una mujer entró en la habitación. Era de estatura media, con los ojos como esquirlas de hielo negro y un peinado inamovible, surcado por hebras blancas. Debía de ser una huterita reformista o algo similar. En Weyland solo había un puñado de huteritas, unas cuantas familias a las que Kira veía de vez en cuando, durante la reunión mensual del asentamiento. Los de mayor edad siempre destacaban por las arrugas, la calvicie prematura y otras señales inequívocas de vejez. De pequeña, el aspecto de los huteritas le resultaba aterrador; de adolescente, fascinante.

Pero lo que más le llamaba la atención no eran las facciones de la mujer, sino su atuendo. Llevaba un uniforme gris, del mismo tono que el escritorio, almidonado y planchado con ahínco; todos los pliegues parecían capaces de cortar el acero endurecido. Kira no reconocía el color de ese uniforme: la flota de la FAU vestía de azul. El ejército, de verde. ¿Y el gris?

La mujer se acomodó en la silla, dejó una tableta electrónica sobre la mesa y la centró con las puntas de los dedos.

—Srta. Navárez, ¿sabe dónde se encuentra? —La boca de la mujer era plana y delgada como la de un pez. Al hablar, dejaba al descubierto los dientes inferiores.

—En la Circunstancias Atenuantes. —Le dolía la garganta al hablar; la sentía irritada e hinchada.

—Muy bien. Srta. Navárez, este es un interrogatorio oficial, de acuerdo con el artículo cincuenta y dos de la Ley de Seguridad Estelar. Responderá a todas mis preguntas de buen grado y en la medida de sus conocimientos. No se le imputa ningún cargo, pero si no coopera, puede ser y será acusada de obstrucción y, en caso de que su declaración resultara ser falsa, de perjurio. Y ahora, cuénteme todo lo que recuerde desde que la sacaron de crionización.

Kira pestañeó, confundida y perdida.

—Mi equipo... —dijo con los dientes apretados—. ¿Y mi equipo?

Carapez frunció los labios, formando una finísima línea descolorida.

—Si está preguntando si hubo supervivientes, hubo cuatro: Mendoza, Neghar, Marie-Élise y Jenan.

Al menos Marie-Élise seguía viva. Kira notó que se le llenaban los ojos de lágrimas. Frunció el ceño; no quería llorar delante de aquella mujer.

—¿Neghar? ¿Y cómo...?

—Las grabaciones de vídeo muestran que el organismo que expulsó se fusionó con el que actualmente está adherido a su cuerpo, Srta. Navárez, después de las...

hostilidades. Por lo que sabemos, son indistinguibles. Nuestra teoría actual es que el organismo de Neghar se vio atraído por el suyo, que era más grande y estaba más desarrollado. Como si un grupo de abejas se reuniera con el enjambre principal, por así decirlo. Aparte de algunas hemorragias internas, Neghar parece ilesa y no presenta síntomas de infección, aunque por el momento es imposible estar seguros.

Kira apretó los puños, notando que su ira iba en aumento.

—¿Por qué no detectaron antes el xeno? Si hubieran…

La mujer la interrumpió con un gesto tajante.

—No hay tiempo para esto, Navárez. Comprendo que esté alterada, pero…

—Es imposible que lo comprenda.

Carapez observó a Kira con una expresión muy parecida al desdén.

—Usted no es la primera persona infectada por una forma de vida alienígena, y desde luego tampoco es la primera que pierde a varios de sus amigos.

La culpabilidad obligó a Kira a bajar la mirada y cerrar los ojos con fuerza. Las lágrimas calientes le gotearon sobre el dorso de la mano.

—Era mi prometido —balbuceó.

—¿Cómo dice?

—Alan era mi prometido —dijo Kira en voz más alta, mirando a la mujer con gesto desafiante.

Carapez ni siquiera pestañeó.

—¿Se refiere a Alan J. Barnes?

—Sí.

—Ya veo. En tal caso, le doy el pésame en nombre de la FAU. Y ahora necesito que se serene. Lo único que puede hacer es aceptar la voluntad de Dios y seguir adelante. Si no nada, se hundirá, Navárez.

—No es tan sencillo.

—Yo no he dicho que sea sencillo. Échele un par de huevos y actúe como una profesional. Sé que puede hacerlo: he leído su expediente.

Esas palabras hirieron el orgullo de Kira, aunque no estaba dispuesta a admitirlo.

—¿Ah, sí? ¿Y quién mierda es usted?

—¿Perdón?

—¿Cómo se llama? No me lo ha dicho.

El rostro de la mujer se crispó, como si detestara compartir información personal con Kira.

—Mayor Tschetter. Y ahora dígame…

—¿Y qué es?

Tschetter enarcó una ceja.

—Que yo sepa, una humana.

—No, quiero decir… —Kira señaló el uniforme gris de la mujer.

—Agregada especial del capitán Henriksen, ya que insiste en saberlo. Pero eso no tiene nada que...

Kira levantó la voz, cada vez más frustrada.

—¿Es mucho pedir que me diga a qué rama de la FAU pertenece, mayor? ¿O es información confidencial?

Tschetter adoptó una expresión fría e impasible, una seriedad profesional que no daba la menor pista a Kira de lo que estaba pensando o sintiendo.

—SIFAU. Inteligencia naval.

Una espía, por lo tanto. O algo peor: una oficial política. Kira soltó un resoplido.

—¿Dónde están?

—¿Quiénes, Srta. Navárez?

—Mis amigos. Los... los que rescataron.

—A bordo de la Fidanza, crionizados y en plena evacuación del sistema. Ya está. ¿Contenta?

Kira soltó una carcajada ronca.

—¿Contenta? ¡¿Contenta?! Quiero que me quiten esta puta cosa. —Trató de pellizcar la sustancia negra que le revestía el brazo—. Córtenla si es necesario, pero sáquenmela de encima.

—Sí, eso ya lo ha dejado suficientemente claro —dijo Tschetter—. Si somos capaces de retirarle el xeno, lo haremos. Pero primero va a contarme lo que ocurrió, Srta. Navárez. Y va a contármelo ahora mismo.

Kira se contuvo para no insultarla. Tenía ganas de despotricar, de rabiar. Quería atacar a Tschetter hasta que sintiera aunque fuera una mínima parte de su dolor. Pero sabía que no serviría de nada, así que obedeció. Le contó a la mayor todo lo que recordaba. No tardó demasiado, y la confesión no le brindó ni una pizca de consuelo.

La mayor le hizo muchas preguntas; le interesaban especialmente las horas previas a la manifestación del parásito. ¿Había notado Kira algo inusual? ¿El estómago revuelto, fiebre, pensamientos involuntarios? ¿Había percibido algún olor inusual? ¿Le picaba la piel? ¿Sarpullidos? ¿Hambre o sed inexplicables?

Aparte del picor, la respuesta a la mayoría de esas preguntas fue «no», cosa que claramente no agradó a la mayor. Y menos cuando Kira le explicó que Neghar no había sufrido los mismos síntomas (al menos a ella no se lo había parecido).

Finalmente, Kira preguntó:

—¿Por qué no me han congelado? ¿Por qué me han subido a bordo de la Circunstancias Atenuantes?

No tenía sentido. En xenobiología, no había nada tan importante como mantener el aislamiento. La idea de infringirlo bastaba para provocar sudores fríos a cualquiera que fuera mínimamente profesional.

Tschetter se alisó una arruga inexistente de la chaqueta.

—Hemos intentado congelarla, Navárez. —Miró a los ojos a Kira—. Pero no hemos podido.

De pronto, Kira sentía la boca seca.

—Que no han podido.

Tschetter asintió secamente.

—El organismo ha purgado las inyecciones criónicas de su cuerpo. No conseguimos anestesiarla.

Un nuevo miedo atenazó a Kira. Congelar al xeno era la forma más sencilla de detenerlo. Si no eran capaces, perdían la única forma directa de evitar que se propagara. Por no hablar de que, sin crionización, le resultaría muchísimo más difícil regresar a la Liga.

Tschetter seguía hablando:

—Después de sacarlas de la cuarentena, nuestro equipo médico estuvo en contacto estrecho con usted y con Neghar. Les tocaron la piel. Respiraron el mismo aire que ustedes. Manipularon su instrumental. Y después... —Tschetter se echó hacia delante, mirándola con vehemencia—... nuestro equipo regresó aquí, a la Circunstancias Atenuantes. ¿Entiende lo que le estoy diciendo, Navárez?

La mente de Kira iba a toda velocidad.

—Creen que se han contagiado. —No era una pregunta.

Tschetter inclinó la cabeza.

—El xeno tardó dos días y medio en manifestarse después de descongelar a Neghar. En su caso, algo menos. Puede que la crionización ralentizara el desarrollo del organismo, o puede que no. En cualquier caso, debemos ponernos en lo peor. Si restamos el tiempo que pasó desde que la descongelaron a usted, tenemos entre doce y cuarenta y ocho horas para averiguar cómo detectar y tratar a los portadores asintomáticos.

—No es suficiente.

Tschetter entornó los ojos.

—Tenemos que intentarlo. El capitán Henriksen ya ha ordenado crionizar a toda la tripulación no indispensable. Si mañana no hemos encontrado una solución, ordenará congelarnos a los demás.

Kira se relamió los labios. Ahora comprendía que se hubieran arriesgado a subirla a bordo de la Circunstancias Atenuantes: estaban desesperados.

—¿Y qué me ocurrirá a mí entonces?

Tschetter juntó los dedos de las manos en una pirámide.

—Bishop, nuestra mente de a bordo, procederá con su examen como considere oportuno.

Tenía su lógica. Las mentes de a bordo se mantenían aisladas del resto del sistema de soporte vital de la nave. En principio, Bishop debería estar totalmente a salvo de la infección.

Únicamente había un problema: lo que Kira llevaba dentro no solo planteaba una amenaza a nivel microcelular. Levantó la barbilla.

—¿Y si... y si el xeno reacciona igual que en Adra? Podría abrir un agujero en el casco. Deberían haber instalado una cúpula presurizada en la superficie, para estudiar al xeno allí.

—Srta. Navárez... —Tschetter recolocó mínimamente la tableta que tenía delante—. El xeno que ocupa su cuerpo en estos momentos es del mayor interés imaginable para la Liga a nivel táctico, político y científico. Sería impensable dejarlo en Adrastea, independientemente del riesgo que suponga para esta nave o su tripulación.

—Pero...

—Además, la cámara en la que se encuentra usted ahora mismo está totalmente aislada del resto de la nave. Si el xeno intentara dañar la Circunstancias Atenuantes como hizo con su base, o si mostrara cualquier otro comportamiento hostil, podríamos lanzar la cápsula entera al espacio. ¿Lo entiende?

Se le tensó la mandíbula involuntariamente.

—Sí.

Hacían bien en tomar esas precauciones. Era lo más lógico. Pero eso no significaba que tuviera que hacerle gracia.

—Quiero que esto le quede perfectamente claro, Srta. Navárez: la Liga no permitirá que ninguno de nosotros vuelva a casa, ni siquiera sus amigos, hasta que dispongamos de un método de detección eficaz. Se lo repetiré: ninguno de los ocupantes de esta nave podrá acercarse a menos de diez años luz de un planeta colonizado a menos que solucionemos este problema. La Liga nos hará volar en mil pedazos antes que dejarnos aterrizar, y con razón.

Kira se sentía mal por Marie-Élise y los demás, pero al menos ellos no serían consciente del paso del tiempo. Enderezó los hombros.

—De acuerdo. ¿Qué necesitan de mí?

Tschetter esbozó una sonrisa carente de humor.

—Su cooperación voluntaria. ¿Puedo contar con ella?

—Sí.

—Excelente. En ese caso...

—Solo una cosa más: quiero grabar unos mensajes para mis amigos y mi familia, por si no sobrevivo. También un mensaje para el hermano de Alan, Sam. No voy a divulgar información confidencial, pero merece tener noticias mías.

La mayor se quedó en silencio un momento, mientras sus ojos leían velozmente algo que tenía delante.

—Me ocuparé de ello. Pero es posible que tardemos un tiempo en restablecer las comunicaciones. Estamos en estricto silencio hasta que recibamos nuevas órdenes del mando central.

—Comprendo. Ah, y...

—Srta. Navárez, disponemos de un plazo extremadamente ajustado.

Kira levantó la mano.

—¿Podría volver a conectarme los implantes? Me voy a volver loca aquí dentro sin mi holofaz. —Estuvo a punto de echarse a reír—. Aunque puede que me vuelva loca igualmente.

—No puedo —dijo Tschetter.

Kira se puso a la defensiva.

—¿No puede o no quiere?

—No puedo. El xeno ha destruido sus implantes. Lo siento. No hay nada que reactivar.

Kira dejó escapar un gruñido; sentía que otro ser querido acababa de morir. Todos sus recuerdos... Había configurado su sistema para que enviara una copia de seguridad al servidor de la base al final de cada jornada. Si el servidor seguía intacto, aún podría recuperar sus archivos personales. Sin embargo, todo lo que le había ocurrido desde ese momento se perdería, pues únicamente existía en los frágiles e imperfectos tejidos de su cerebro. De haber podido elegir, Kira habría preferido perder un brazo antes que sus implantes. Con su holofaz, tenía al alcance de la mano un mundo dentro de otro, un universo entero de contenido real y ficticio que podía explorar. Sin los implantes, lo único que le quedaba eran sus pobres pensamientos insustanciales... y el eco de la oscuridad. Además, ahora sus sentidos estaban embotados. Ya no disponía de visión ultravioleta ni infrarroja. Tampoco podía percibir los campos magnéticos cercanos ni interactuar con máquinas. Y lo peor de todo: ya no podía consultar datos que desconociera.

Aquel ser la había deteriorado, la había reducido al nivel de un animal, de un pedazo de carne. Carne primitiva, desprovista de mejoras. Y para ello tenía que haberse abierto paso hasta su cerebro, hasta seccionar los nanocables que unían los implantes a sus neuronas.

¿Qué más habría destruido?

Durante un minuto, Kira permaneció inmóvil, en silencio, respirando agitadamente. El traje se le antojaba tan duro y pesado como una placa de acero ciñéndole el torso. Tschetter tuvo la sensatez de no interrumpir su silencio.

—Pues déjenme una tableta —dijo finalmente Kira—. O unas hologafas. Lo que sea.

Tschetter negó con la cabeza.

—No podemos permitir que el xeno acceda a nuestro sistema informático. De momento no. Es demasiado peligroso.

Kira soltó un ruidoso resoplido, pero prefirió no rechistar. La mayor tenía razón.

—Joder —dijo—. Está bien, empecemos.

Tschetter recogió su tableta y se levantó.

—Una última pregunta, Navárez. ¿Aún siente que es la misma de siempre?

Aquella pregunta la incomodó. Ya sabía a lo que se refería la mayor. Quería saber si Kira seguía poseyendo el control de su propia mente. Fuera cual fuera la verdad, solo había una respuesta posible si quería conservar alguna esperanza de recuperar su libertad.

—Sí.

—Estupendo. Es lo que queríamos oír. —Pero Tschetter no parecía especialmente contenta—. De acuerdo. El Dr. Carr vendrá enseguida.

Mientras Tschetter se disponía a salir, Kira le hizo otra pregunta:

—¿Han encontrado algún otro artefacto como este? —dijo atropelladamente—. ¿Como este xeno?

La mayor miró a Kira de reojo.

—No, Srta. Navárez. Ninguno.

El holograma parpadeó y desapareció.

4.

Kira se sentó junto a la compuerta presurizada, sopesando todavía la última pregunta que le había hecho la mayor. ¿Cómo podía estar segura de que sus pensamientos, acciones y emociones le pertenecían por completo? Existían muchísimos parásitos capaces de modificar el comportamiento de su hospedador. Tal vez el xeno le estuviera haciendo lo mismo a ella.

Y en ese caso, seguramente Kira ni se daría cuenta.

Pero por muy inteligente que pudiera ser la criatura, había ciertas cosas que Kira estaba segura de que ningún alienígena sería capaz de manipular. Los pensamientos, los recuerdos, el lenguaje, la cultura… eran cosas demasiado complejas e idiosincrásicas como para que un alienígena pudiera comprenderlas de verdad. Joder, ¡si incluso a los propios humanos les costaba adaptarse a otras culturas! Sin embargo, las emociones primitivas, los impulsos, los actos… eso sí que era vulnerable a la manipulación. Tal vez la ira que sentía ahora mismo procediera en realidad del alienígena. No tenía esa impresión, pero claro, eso era de esperar.

Procura mantener la calma, se dijo Kira. No tenía ningún control sobre lo que le pudiera estar haciendo el xeno, pero sí que podía estar atenta a cualquier comportamiento inusual.

Un foco de luz se encendió encima de ella, cegándola con su penetrante mirada. Más arriba, en la oscuridad del techo, empezaba a moverse algo: los brazos robóticos descendían hacia ella.

El espejo polarizado de la pared cilíndrica se volvió transparente. Al otro lado apareció un hombrecillo menudo y encorvado, vestido con el uniforme de la FAU, ante un cuadro de mandos. Lucía un bigote castaño, y sus ojos hundidos la escudriñaban con una intensidad febril.

Un altavoz del techo se encendió con un chisporroteo y empezó a transmitir la voz áspera de aquel hombre:

—Srta. Navárez, soy el Dr. Carr. Aunque no se acuerde, ya nos conocemos.

—Así que usted es el responsable de la muerte de casi todo mi equipo.

El doctor ladeó la cabeza.

—No, eso fue cosa suya, Srta. Navárez.

Al oír eso, el enfado de Kira se transformó en puro odio.

—Váyase a la mierda. ¡Que le follen! ¿Cómo pudo pasársele por alto el xeno? No es precisamente pequeño, como puede ver.

Carr se encogió de hombros mientras pulsaba varios botones del panel que Kira no podía ver.

—Eso es lo que vamos a averiguar. —Carr bajó la mirada para observarla con su rostro redondo de búho—. Ya basta de perder el tiempo. Beba. —Uno de los brazos robóticos le acercó una bolsa llena de un líquido naranja—. Esto la mantendrá en pie hasta que haya tiempo para alimentos sólidos. No quiero que se me desmaye.

Reprimiendo una obscenidad, Kira agarró la bolsa y se bebió su contenido de un solo trago.

Cuando terminó, la escotilla de la esclusa de aire se abrió. Obedeciendo la orden del doctor, Kira metió la bolsa vacía dentro. La escotilla se cerró y se oyó un golpe sordo: la esclusa acababa de arrojarla al espacio.

A continuación, Carr la sometió a una serie interminable de pruebas. Ultrasonidos. Espectrografía. Rayos X. Tomografía por emisión de positrones (antes tuvo que beberse una taza de un líquido lechoso). Cultivos. Pruebas reactantes… Carr echó mano de todo lo que se le ocurrió.

Los robots (Carr los llamaba S-PAC) le servían como ayudantes. Sangre, saliva, piel, tejidos… le arrebataban todo lo que podían separar de su cuerpo. No consiguieron tomar muestras de orina: el traje la cubría por completo y, por mucho líquido que bebía, no sentía ganas de aliviarse. Y menos mal, porque la perspectiva de orinar en un cubo, bajo la atenta mirada de Carr, no la entusiasmaba demasiado.

A pesar de su enfado (y de su miedo), Kira también sentía una curiosidad casi irresistible. Durante toda su carrera profesional había esperado la oportunidad de estudiar un xeno como aquel.

Ojalá esa oportunidad no le hubiera salido tan cara.

Prestó mucha atención a la naturaleza y el orden de los experimentos que realizaba el doctor, con la esperanza de deducir lo que estaba averiguando sobre el organismo. Pero Kira comprobó, con inmensa frustración, que Carr se negaba a informarle del resultado de sus pruebas. Cada vez que le preguntaba, el hombre contestaba con evasivas o directamente se negaba a responder, lo que no mejoraba precisamente el malhumor de Kira.

A pesar de la falta de comunicación del doctor, Kira adivinó por su ceño fruncido y sus improperios que aquella criatura se resistía poderosamente a cualquier escrutinio.

Kira tenía sus propias teorías. Estaba más especializada en microbiología que en macrobiología, pero sabía lo suficiente como para deducir un par de cosas. En primer lugar, era imposible que el xeno hubiera evolucionado de forma natural, teniendo en cuenta sus propiedades. O era una nanomáquina tremendamente avanzada o una forma de vida genéticamente modificada. Además, el xeno poseía, como mínimo, una rudimentaria consciencia. Kira percibía su reacción a las pruebas: una ligera rigidez en el brazo, un brillo tornasolado y casi imperceptible en el pecho, una sutil flexión de sus fibras. Pero lo más seguro era que ni siquiera Carr supiera si el xeno era sintiente o no.

—No se mueva —le ordenó el doctor—. Vamos a probar otra cosa.

Kira se quedó paralizada cuando uno de los S-PAC sacó un escalpelo de punta redonda del interior de su carcasa y acercó el instrumento a su brazo izquierdo. Kira aguantó la respiración cuando el escalpelo la rozó. Sentía su hoja afilada como el cristal presionándole la piel.

El traje se hundió ligeramente bajo la cuchilla mientras el S-PAC arrastraba oblicuamente el escalpelo por su antebrazo, pero las fibras se negaban a dividirse. El robot repitió la operación con más fuerza, hasta que finalmente dejó de raspar e intentó practicar una incisión corta.

Ante la atónita mirada de Kira, las fibras se fusionaron y endurecieron bajo la hoja del escalpelo. Era como si la cuchilla patinara sobre una superficie de obsidiana moldeada. La hoja emitió un leve chirrido.

—¿Le duele? —preguntó el doctor.

Kira negó con la cabeza, sin despegar la vista del escalpelo.

El robot se retiró unos milímetros, antes de girar la punta redonda del instrumento y descender de nuevo hacia su antebrazo con un veloz movimiento punzante.

La hoja se partió con un chasquido, y un pedazo de metal pasó volando junto al rostro de Kira.

Carr frunció el ceño. Se giró para hablar con una persona (o varias) que Kira no veía, y después se dirigió a ella de nuevo.

—Muy bien. No se mueva todavía.

Kira obedeció, y los S-PAC la rodearon con veloces movimientos, pinchando cada centímetro de piel cubierta por el xeno. Con cada contacto, el organismo se endurecía, formando un pequeño parche de blindaje sólido. Carr incluso le pidió que levantara los pies para que los robots le pincharan en las plantas. Aunque no sentía dolor, Kira no pudo evitar encogerse por la impresión.

De modo que el xeno era capaz de defenderse. Fantástico. Sería mucho más difícil arrancárselo. Por otro lado, las puñaladas habían dejado de ser un problema para Kira. Aunque eso nunca la había preocupado hasta entonces, claro.

En Adra, aquel ser se había manifestado con espinas afiladas y tentáculos... ¿Por qué no se comportaba así ahora? Si algo podía desencadenar una respuesta agresiva, eran aquellas pruebas. ¿Acaso el xeno había perdido la capacidad de moverse tras adherirse a su piel?

Kira no lo sabía, y el traje tampoco iba a decírselo.

Cuando las máquinas terminaron su tarea, el doctor se levantó, mordisqueándose la mejilla.

—¿Y bien? —dijo Kira—. ¿Qué ha averiguado? ¿Su composición química? ¿Su estructura celular? ¿Su ADN? ¿Qué?

Carr se atusó el bigote.

—Información confidencial.

—Venga ya.

—Las manos sobre la cabeza.

—¿Y a quién espera que se lo cuente, eh? Puedo ayudarle. ¡Dígame algo!

—Las manos sobre la cabeza.

Reprimiendo un insulto, Kira le obedeció.

5.

La siguiente tanda de pruebas fue mucho más dura, casi invasiva. Pruebas de aplastamiento. Pruebas de cizalladura. Pruebas de resistencia. Tubos por la garganta, inyecciones, exposición a calor y frío extremos (el parásito demostró ser un excelente aislante). Carr estaba tan absorto que apenas prestaba atención a nada más. Le gritaba si tardaba demasiado en obedecerle, y en varias ocasiones Kira lo vio increpar a su ayudante, una pobre alférez llamada Kaminski, además de arrojar vasos y papeles al resto de su personal. Era evidente que Carr no estaba averiguando lo que necesitaba con sus experimentos, y el tiempo de la tripulación se agotaba rápidamente.

El primer plazo se cumplió sin incidentes. Habían pasado doce horas, pero el xeno no se había manifestado en ningún tripulante de la Circunstancias Atenuantes, al menos que ella supiera. No es que esperara que Carr se lo informara si ocurría, pero sí que veía cierto cambio en su actitud; su concentración y su determinación parecían renovadas. Tenía otra oportunidad: ahora el plazo era mayor. Disponían de treinta y seis horas antes de que el resto de la tripulación se viera obligada a entrar en crionización.

Las luces de la nave pasaron al modo nocturno, pero siguieron trabajando.

Un tripulante uniformado le traía al doctor taza tras taza de lo que Kira suponía que era café. A medida que avanzaba la noche, Kira también lo vio ingerir varias pastillas. Seguramente fuera Despertisona o algún otro sustitutivo del sueño.

Kira también se sentía cada vez más cansada.

—¿Me da un par de esas? —dijo, señalando al doctor con un gesto.

Carr negó con la cabeza.

—Alteran los procesos neuroquímicos.

—La falta de sueño también.

Carr se quedó un momento en silencio, pero volvió a sacudir la cabeza y se concentró de nuevo en el panel de instrumentos.

—Cabrón —murmuró Kira.

Ni los ácidos ni las bases ejercían efecto alguno sobre el xeno. Las descargas eléctricas se deslizaban inofensivamente sobre la piel del organismo (parecía actuar como una jaula de Faraday de forma natural). Cuando Carr aumentó el voltaje, se produjo un destello actínico en el extremo de uno de los S-PAC y el brazo robótico salió disparado hacia atrás. El aire apestaba a ozono; Kira vio que los manipuladores del S-PAC se habían derretido y estaban al rojo vivo.

El doctor caminaba de un lado a otro por la sala de observación, tironeándose del bigote con mucha fuerza. Tenía las mejillas coloradas y parecía enfadado, peligrosamente enfadado.

Entonces se detuvo en seco.

Un momento después, se oyó un tintineo: algo acababa de caer en la esclusa de comunicación de la celda. Kira abrió la escotilla con curiosidad y encontró unas gafas oscuras: protección contra rayos láser.

Una súbita inquietud le hurgó en las entrañas, como un gusano.

—Póngaselas —dijo Carr—. Extienda el brazo izquierdo.

Kira obedeció, aunque despacio. Las gafas cubrieron la celda con un velo amarillento.

El manipulador instalado en el extremo del otro S-PAC se abrió como una flor, dejando al descubierto una pequeña lente brillante. La ansiedad de Kira iba en aumento, pero no se movió. Si existía la menor posibilidad de librarse de aquel ser, Kira estaba decidida a aprovecharla, por mucho que le doliera. De lo contrario, sabía que terminaría sus días en cuarentena.

El S-PAC se situó a su izquierda, justo encima de su antebrazo. Con un chasquido, un rayo de color azul violáceo salió proyectado desde la lente hasta la cubierta, al lado de sus pies. Las motas de polvo relucieron bajo aquel haz de luz colimada, y el enrejado del suelo empezó a emitir un intenso brillo rojo.

El robot se movió lateralmente hasta colocar el rayo sobre su antebrazo.

Kira se puso en tensión.

Se produjo un fugaz destello. Una voluta de humo flotó por el aire, y... y entonces, ante la mirada estupefacta de Kira, el rayo láser se curvó alrededor de su brazo, como el agua de un río al rodear una piedra. Una vez sorteado el obstáculo, el láser recuperó su precisión geométrica y continuó su trayectoria recta hasta el suelo, trazando una línea rojiza en su superficie.

El robot no detuvo su movimiento lateral. En un momento dado, el láser cambió de lado y pasó a la cara interior del antebrazo, pero también lo rodeó inofensivamente.

Kira no sentía el menor calor; era como si el láser no existiera.

Lo que estaba haciendo el xeno no era imposible, pero sí tremendamente complejo. Muchos materiales eran capaces de doblar la luz, una propiedad con innumerables aplicaciones. La capa de invisibilidad con la que Kira y sus amigos jugaban de pequeños era un ejemplo perfecto de ello. Sin embargo, detectar la longitud de onda exacta del láser y fabricar un revestimiento que la redirigiera, y todo ello en una minúscula fracción de segundo, era una verdadera proeza. Ni siquiera los ensambladores más avanzados de la Liga podían hacer algo así.

Una vez más, Kira tuvo que replantearse todo lo que sabía acerca del xeno.

El rayo desapareció. Carr fruncía el ceño y se rascaba el bigote. Un joven, aparentemente un alférez, se acercó al doctor y le dijo algo. Carr se dio la vuelta y le gritó. El alférez dio un respingo, lo saludó y respondió rápidamente.

Kira empezó a bajar el brazo.

—No se mueva de ahí —dijo el doctor.

Volvió a la misma posición.

El robot se colocó unos centímetros por debajo de su codo.

Se oyó un chasquido, casi tan potente como un disparo, y Kira soltó un grito. Sentía que acababan de atravesarla con una estaca al rojo vivo. Retiró el brazo bruscamente y se tapó la herida con la mano. Entre los dedos veía un agujero tan ancho como su dedo meñique.

Se sobresaltó. De todo lo que habían probado, el disparo láser era lo primero que conseguía dañar el traje.

Su asombro casi eclipsó el dolor. Casi. Se dobló en dos, con el rostro crispado, esperando a que el escozor remitiera.

Unos segundos después, volvió a examinarse el brazo. El material del traje fluía hacia el orificio; sus fibras se extendían y se conectaban como tentáculos, cerrándose sobre la herida. Al cabo de unos instantes, el brazo de Kira tenía el mismo aspecto que antes y la herida había dejado de dolerle. De modo que el organismo no había perdido la capacidad de moverse.

Kira suspiró ruidosamente, temblando. ¿El dolor que había sentido era suyo... o del traje?

—Otra vez —dijo Carr.

Kira apretó los dientes y extendió el brazo, cerrando el puño con fuerza. Si conseguían cortar el traje, tal vez podrían obligarlo a retirarse completamente.

—Adelante —dijo.

¡Chas!

Una chispa y una nubecilla de vapor aparecieron en la pared de la celda, saliendo de un orificio del tamaño de un alfiler que acababa de surgir entre los paneles de metal. Kira frunció el ceño. El traje ya se había adaptado a la frecuencia del láser.

Y casi de inmediato:

¡Chas!

Más dolor.

—¡Mierda! —Kira se agarró el brazo y lo presionó contra su vientre, enseñando los dientes.

—Deje de moverse de una puta vez, Navárez.

Kira respiró hondo varias veces y regresó a la posición anterior.

Otras tres estacas al rojo le atravesaron la piel, casi sin pausa. Le ardía todo el brazo. Carr debía de haber averiguado la manera de modificar la frecuencia del láser con el fin de burlar las defensas del traje. Kira, asombrada, abrió la boca para decirle algo...

¡Chas!

Se encogió sin poder evitarlo. Muy bien, Carr ya se había divertido bastante. Tenía que parar de una vez. Empezó a retirar el brazo, pero el segundo S-PAC se movió de pronto y le aferró la muñeca con el manipulador.

—¡Eh!

¡Chas!

Otro cráter ennegrecido apareció en su antebrazo. Kira soltó un gruñido y forcejeó con el robot, que se negaba a ceder.

—¡Pare ya! —le gritó al doctor—. ¡Ya basta!

Carr la miró de reojo desde el espejo, antes de seguir estudiando el monitor.

¡Chas!

Un nuevo cráter apareció en el mismo sitio que el anterior antes de que este terminara de cerrarse. El disparo penetró más profundamente, quemándole la piel y el músculo.

—¡Deténgase! —vociferó, pero Carr no respondió.

¡Chas!

Un tercer cráter surgió encima de los dos primeros. Presa del pánico, Kira agarró el S-PAC que la aprisionaba y tiró de él, utilizando todo el peso de su cuerpo. No debería haber servido de nada (eran máquinas sólidas y voluminosas), pero la articulación del manipulador se partió, separándose del S-PAC y salpicándolo todo de fluido hidráulico.

Kira se lo quedó mirando un momento, totalmente sorprendida. Después se arrancó el manipulador roto de la muñeca y lo dejó caer al suelo con un estruendo metálico.

Carr la observaba fijamente, atónito.

—Ya hemos terminado —dijo Kira.

CAPÍTULO VI

★ ★ ★ ★ ★ ★ ★

GRITOS Y ECOS

1.

El Dr. Carr le dirigió una gélida mirada de desaprobación.

—Vuelva a la posición, Navárez.

Kira le hizo un corte de mangas y caminó hasta la pared del espejo, de forma que el doctor no pudiera verla. Se sentó en el suelo. Como siempre, el foco la siguió.

—Esto no es un puto juego —insistió Carr.

Kira levantó la mano por encima de la cabeza para que el doctor pudiera ver con claridad su dedo extendido.

—No pienso seguir cooperando con usted si no es capaz de hacerme caso cuando le diga que pare.

—No hay tiempo para esto, Navárez. Vuelva a la posición.

—¿Quiere que me cargue el otro S-PAC? Porque le aseguro que lo haré.

—Último aviso. De lo contrario…

—Váyase a la mierda.

Se hizo el silencio; Kira casi podía oír al doctor echando chispas. De pronto, un cuadrado de luz se reflejó en la pared contraria. El espejo acababa de empañarse de nuevo.

Kira dejó de contener la respiración.

A la mierda la seguridad estelar. ¡La FAU no podía hacer todo lo que se le antojara! Su cuerpo no les pertenecía. Y sin embargo, tal y como le había demostrado Carr, Kira estaba a su merced.

Se rascó el antebrazo; seguía alterada. Detestaba sentirse tan vulnerable.

Al cabo de un momento, se levantó y empujó el S-PAC destrozado con el pie. El xeno debía de haber incrementado la fuerza de Kira, del mismo modo que un exoesqueleto o una servoarmadura de combate. Solo así podía explicarse que hubiera podido hacer trizas aquella máquina.

En cuanto a las quemaduras del brazo, ya no sentía nada más que una leve comezón. Solo entonces se le ocurrió que el xeno había hecho todo lo posible por protegerla durante las pruebas. Láseres, ácidos, llamas... el parásito había repelido prácticamente todo lo que Carr había usado contra Kira.

Por primera vez, sintió cierta... no era exactamente gratitud, sino más bien respeto. Fuera lo que fuera aquel traje, y por mucho que lo odiara por haber provocado la muerte de Alan y de varios de sus compañeros, tenía su utilidad. A su manera, el traje estaba demostrando más consideración por Kira que la FAU.

El holograma no tardó demasiado en aparecer. Kira vio la misma habitación gris, el mismo escritorio gris y a la mayor Tschetter en posición de firmes, con su uniforme gris. Una mujer incolora en una habitación incolora.

Antes de que la mayor pudiera decir nada, Kira se le adelantó:

—Quiero un abogado.

—La Liga no la acusa de ningún delito. Hasta que eso suceda, no necesita ningún abogado.

—Puede ser, pero quiero uno de todas formas.

La mujer la miró fijamente; Kira supuso que Tschetter debía de mirar de igual forma a las motas de polvo que osaran posarse en sus inmaculados zapatos. Estaba convencida de que procedía de Sol.

—Escúcheme, Navárez. Los minutos que nos está haciendo perder podrían costar muchas vidas. Tal vez no haya ningún otro portador. Tal vez solo uno. Tal vez todos estemos infectados. La cuestión es que *no tenemos forma de saberlo*. Deje de retrasarnos y vuelva al trabajo.

Kira profirió un gruñido desdeñoso.

—No van a averiguar nada sobre el xeno en tan poco tiempo. Lo sabe tan bien como yo.

Tschetter apoyó las palmas de las manos en la mesa, extendiendo los dedos como si fueran las garras de un ave de presa.

—De eso nada. Sea razonable y coopere con el Dr. Carr.

—No.

La mayor repiqueteó en la mesa con las uñas. Una vez, dos veces, tres veces. Se detuvo.

—La desobediencia a la Ley de Seguridad Estelar sí que supone un delito, Navárez.

—¿No me diga? ¿Y qué van a hacer, encerrarme?

La mirada de Tschetter se volvió aún más incisiva, si es que tal cosa era posible.

—Le aconsejo que no siga por ahí.

—Ya. —Kira se cruzó de brazos—. Soy miembro de la Liga y ciudadana de la corporación mercantil Lapsang. Tengo derechos. ¿Quieren seguir estudiando al xeno? Pues yo quiero acceso informático para hablar con un representante de la corporación. Envíen un mensaje a 61 Cygni. Ahora mismo.

—No podemos hacer eso, lo sabe perfectamente.

—Mala suerte. Esas son mis condiciones. Y cuando le diga a Carr que pare, tiene que parar. De lo contrario, por mí pueden saltar todos al espacio.

Se hizo el silencio. Los labios de Tschetter empezaron a temblar y el holograma se apagó.

Kira soltó un largo suspiro, giró sobre los talones y empezó a caminar de un lado a otro por la celda. ¿Se había pasado de la raya? Seguramente no. Ahora le correspondía al capitán decidir si accedían a sus condiciones… Henriksen, se llamaba. Kira esperaba que no fuera tan obtuso como Tschetter. Un capitán tenía que ser más abierto de miras.

«¿Cómo mierda he terminado aquí?», murmuró.

Pero la única respuesta fue el continuo zumbido de la nave.

2.

No habían pasado ni cinco minutos cuando el espejo polarizado se aclaró de nuevo. Kira comprobó con desaliento que Carr era el único ocupante de la sala de observación. La contemplaba con expresión resentida.

Kira le devolvió la mirada, desafiante.

El doctor pulsó un botón y el dichoso foco se encendió otra vez.

—De acuerdo, Navárez. Ya está bien. Vamos a…

Kira le dio la espalda.

—Déjeme en paz.

—De eso nada.

—Pues no pienso ayudarlos hasta que tenga lo que he pedido. Así de sencillo.

Un fuerte ruido la hizo girarse. El doctor acababa de estampar los puños contra el panel.

—Vuelva a la posición, Navárez. Si no…

—¿Si no qué? —dijo Kira con un resoplido burlón.

Carr siguió frunciendo el ceño hasta que sus ojos se convirtieron en dos puntos centelleantes enterrados en su rostro mofletudo.

—Como quiera —le espetó.

El comunicador se apagó con un chasquido y los dos S-PAC volvieron a surgir de las ranuras del techo. El que Kira había inutilizado ya había sido reparado: el manipulador estaba como nuevo.

Kira se acuclilló con aprensión cuando las máquinas se cernieron sobre ella, extendiéndose como las patas de una araña. Trató de golpear a la más cercana, pero esta eludió el manotazo con tanta rapidez que parecía haberse teletransportado. Era imposible rivalizar con la velocidad de un robot.

Los dos brazos atacaron al mismo tiempo. Uno de ellos la aferró por la mandíbula con sus manipuladores fríos y duros, mientras el otro caía sobre ella empuñando una jeringuilla. Kira notó la presión detrás de la oreja, pero de pronto la aguja de la jeringuilla se partió.

El S-PAC la soltó y Kira se arrastró hasta el centro de la celda, jadeando. *¿Qué mierda…?* En la sala de observación, el doctor fruncía el ceño mientras comprobaba algo en su holofaz.

Kira se palpó detrás de la oreja. Lo que horas antes había sido piel desnuda ahora estaba cubierta por una fina capa del material del traje. Sentía un hormigueo en el cuero cabelludo, y también alrededor del cuello y la cara. La sensación aumentó hasta convertirse en un fuego frío que le escocía y picaba. Era como si el xeno estuviera intentando moverse. Pero no se movió.

Una vez más, la criatura la había protegido.

Kira levantó la vista para mirar a Carr. El doctor estaba inclinado sobre el cuadro de mandos, observándola fijamente con el ceño fruncido y la frente perlada de sudor.

Al cabo de un momento, se dio la vuelta y se alejó del espejo.

Kira se dio cuenta de que estaba conteniendo la respiración. Suspiró. Seguía notando la adrenalina corriéndole por las venas.

Al otro lado de la compuerta presurizada se oyó un golpe sordo.

3.

Kira se quedó paralizada. *¿Y ahora qué?*

Oyó el chasquido de una cerradura y el gemido de las bombas atmosféricas. Después, la hilera de luces que cruzaban el centro de la compuerta empezó a emitir destellos amarillos. La cerradura rotó y se desancló de la pared.

Kira tragó saliva. ¿Carr iba a permitir que otra persona entrara en la celda con ella? Imposible.

Se oyó el chirrido del metal mientras la compuerta se abría.

Al otro lado vio una pequeña cámara de descontaminación en cuyo aire todavía flotaban los aerosoles químicos. En medio de aquella neblina se alzaban dos enormes siluetas, iluminadas por el resplandor azul de las luces de emergencia instaladas en el techo.

Las sombras empezaron a moverse: eran robots montacargas. Negros, enormes, gastados por el uso y enfundados en un grueso blindaje. No llevaban armas, pero en medio de los dos había una camilla de exploración equipada con ruedas y varias baldas llenas de instrumental médico entre las patas. De las cuatro esquinas de la camilla colgaban cinchas y grilletes de seguridad, diseñados para pacientes desobedientes.

Como ella.

Kira retrocedió.

—¡No! —Miró de reojo hacia el espejo polarizado—. ¡No puede hacer esto!

Los pesados pies de los robots entraron en la celda con un estrépito metálico, empujando delante de ellos la camilla, cuyas ruedas rechinaban al girar.

Por el rabillo del ojo, Kira advirtió que los S-PAC también se le acercaban desde ambos lados, con los manipuladores abiertos como fauces.

Se le aceleró el pulso.

—Ciudadana Navárez —dijo el robot de la derecha, con una voz metálica que salía del altavoz barato que tenía integrado en el torso—. Dese la vuelta y ponga las manos contra la pared.

—No.

—Tenemos autorización para usar la fuerza en caso de que se resista. Tiene cinco segundos para obedecer. Dese la vuelta y ponga las manos contra la pared.

—¿Y si os vais a dar una vuelta por el espacio?

Los dos robots dejaron la camilla en el centro de la celda y se acercaron a Kira. Al mismo tiempo, los S-PAC se abalanzaron sobre ella desde los flancos.

Kira hizo lo único que se le ocurrió: se colocó en posición fetal, abrazándose las piernas y enterrando la frente en las rodillas. El traje se había endurecido al contacto con el escalpelo; tal vez ahora volvería a hacerlo e impediría que las máquinas la ataran a aquella camilla. *Por favor, por favor, por favor...*

Al principio, creyó que su plegaria no iba a ser escuchada.

Pero en cuanto los manipuladores de los S-PAC le tocaron los costados, el traje se volvió rígido y se contrajo. *¡Sí!* Kira tuvo un breve momento de alivio al notar que se quedaba totalmente petrificada. Las fibras de sus extremidades en contacto se entrelazaron, transformándola en un bloque macizo.

Los S-PAC lanzaban dentelladas sobre sus costados, incapaces de sujetar el caparazón liso y resbaladizo del traje. Kira resollaba, llenando de aire caliente el pequeño hueco que le quedaba entre la boca y las piernas.

Y entonces, los robots montacargas se le echaron encima. Sus gigantescos dedos metálicos la aferraron por los brazos, y Kira sintió que la levantaban en vilo y la acarreaban hacia la camilla.

—¡Soltadme! —gritó Kira sin cambiar de posición. El latido frenético de su corazón embotaba sus pensamientos, llenándole los oídos con el rugido de una cascada.

Sintió el frío tacto del plástico en las nalgas cuando los robots la depositaron sobre la camilla de exploración.

Aovillada como estaba, a los robots les resultaba imposible atarle los tobillos y las muñecas con los grilletes. Tampoco podían ponerle las cinchas en el torso.

Las ataduras estaban pensadas para inmovilizar a una persona tumbada, no acuclillada.

—Ciudadana Navárez, su desobediencia constituye un delito. Coopere, o de lo contrario...

—¡¡¡No!!!

Los robots le tiraron de los brazos y las piernas para intentar tenderla sobre la camilla. Pero el traje se negaba a ceder. Ni siquiera con sus más de doscientos kilos de metal hidráulico eran capaces de romper las fibras que la sujetaban.

Los S-PAC intentaban ayudarles sin éxito, arañándole el cuello y la espalda con sus manipuladores. Era como intentar agarrar un cristal grasiento con dedos aceitosos.

Kira se sentía atrapada dentro de una cajita diminuta, comprimida y asfixiada por sus paredes lisas. Pero se negó a moverse y permaneció en la misma posición. Era su única manera de resistirse, y prefería desmayarse antes que darles a Carr o al capitán Henriksen la satisfacción de la victoria.

Las cuatro máquinas se retiraron un momento, pero no tardaron en empezar a moverse ordenadamente a su alrededor: recogían instrumental de las baldas inferiores, ajustaban el escáner de diagnóstico para que se adaptara a la posición fetal de Kira, colocaban herramientas sobre una bandeja, a sus pies... Kira comprendió, rabiosa, que Carr iba a seguir adelante con sus experimentos y que ella no podía hacer nada para impedírselo. Habría podido inutilizar los S-PAC, pero no los robots montacargas. Eran demasiado voluminosos; si lo intentaba, solo conseguiría terminar atada a la camilla, más indefensa de lo que ya estaba.

Kira no se movió, aunque de vez en cuando los robots la recolocaban en una posición más ventajosa para ellos. No veía lo que estaban haciendo, pero los oía y los sentía. Cada pocos segundos, alguna herramienta le tocaba la espalda o los costados, raspando, presionando, taladrando o atacando de algún otro modo la piel del traje. Notó con fastidio que le derramaban líquidos por la cabeza y el cuello. Incluso oyó el característico crujido de un contador Geiger. Más tarde sintió el tacto de un disco de corte en el brazo, seguido por un intenso calor en la piel y los destellos casi estroboscópicos de unas chispas que iluminaban su rostro en sombras. Y durante todo ese proceso, el brazo del escáner no dejaba de moverse a su alrededor, emitiendo chirridos, pitidos y zumbidos, en perfecta coordinación con los robots montacargas y los dos S-PAC.

Kira soltó un gemido cuando un disparo láser le horadó el muslo. *No...* Siguieron disparando una y otra vez, apuntando a diversas zonas de su cuerpo. Cada estallido iba seguido por una ardiente punzada de dolor. El aire se llenó del olor acre y desagradable a carne quemada... y a xeno quemado.

Se mordió la lengua para no volver a gritar, pero el dolor era constante, abrumador. El zumbido del láser acompañaba cada disparo. Al cabo de un rato, ese ruido ya bastaba para hacerla estremecer. A veces el xeno conseguía protegerla y Kira oía cómo se vaporizaba un trozo de la camilla, el suelo o las paredes. Pero los S-PAC rotaban continuamente la longitud de onda del láser para burlar las adaptaciones del traje.

Era como una máquina tatuadora infernal.

De pronto, los disparos del láser se aceleraron: los robots estaban utilizando ráfagas para realizar un corte continuo. El zumbido se volvió constante y ensordecedor; Kira incluso sentía la vibración en los dientes. Soltó un grito cuando aquel rayo parpadeante le desgarró el costado. Carr estaba intentando cortar el xeno para obligarlo a retirarse. La sangre burbujeaba y silbaba al evaporarse.

Ella permaneció inmóvil, pero gritó sin parar hasta sentir la garganta sanguinolenta y en carne viva. No podía evitarlo. El dolor era demasiado fuerte.

Mientras el láser empezaba a trazar otro surco en su carne, el orgullo de Kira se evaporó. Ya no le importaba demostrar debilidad. Escapar de aquel dolor se había convertido en el único motivo de su existencia. Le suplicó a Carr que se detuviera. Se lo imploró una y otra y otra vez, sin éxito. El doctor ni siquiera le respondió.

Entre aquellos latigazos de agonía, diversos recuerdos fragmentados cruzaban la mente de Kira. Alan. El padre de Kira cuidando de sus constelaciones de medianoche. Su hermana Isthah persiguiéndola entre las estanterías del almacén. Alan riéndose. El peso del anillo al deslizarse por el dedo de Kira. La sensación de soledad durante su primera misión. Un cometa trazando su estela sobre una nebulosa. Y muchos otros que no pudo identificar.

Kira no supo cuánto tiempo duró el suplicio. Se retrajo a lo más profundo de su ser y se aferró a un único pensamiento: *Esto también pasará.*

...

Las máquinas se detuvieron por fin.

Kira siguió inmóvil, sollozando y apenas consciente. Esperaba que el láser volviera a golpearla de un momento a otro.

—Quédese donde está, ciudadana —dijo uno de los robots montacargas—. Cualquier intento de fuga será castigado con fuerza letal.

Oyó el chirrido de los motores de los S-PAC mientras se retiraban al techo y los torpes pisotones de los dos robots al alejarse de la camilla. Pero no se marcharon por donde habían entrado.

Kira los oyó caminar pesadamente hasta la esclusa de aire, que se abrió con un estruendo metálico. Se le helaron las entrañas, presa del miedo. ¿Qué pretendían? No pensarían evacuar la celda al espacio, ¿verdad? No lo harían. No podían hacerlo...

En cuanto los robots entraron en la esclusa, Kira escuchó con alivio que la compuerta volvía a cerrarse. Pero seguía tan confundida como antes.

Y entonces… silencio. La esclusa de aire no se vació. El intercomunicador no se encendió. Kira solamente oía su propia respiración, los ventiladores que reciclaban el aire y el rumor distante de los motores de la nave.

4.

Los sollozos de Kira se desvanecieron lentamente. El dolor fue pasando a un segundo plano a medida que el traje le vendaba y curaba las heridas. Sin embargo, Kira permaneció hecha un ovillo. Sospechaba que todo era una jugarreta de Carr.

Esperó durante largo rato, escuchando el sonido ambiental de la Circunstancias Atenuantes en busca de indicios de un nuevo ataque.

Poco a poco se fue relajando. El xeno se relajó con ella, permitiendo que sus extremidades se despegaran y separaran.

Kira levantó la cabeza y miró a su alrededor.

Aparte de la camilla de exploración y algunas marcas de quemaduras, la celda tenía el mismo aspecto que antes. No se observaba el menor indicio de que Carr la hubiera sometido a horas (si es que habían sido horas) de tortura. A través de la ventanilla de la esclusa vio a los robots montacargas, uno al lado del otro, sujetos a unos anclajes de la pared curva. Quietos. Expectantes. Vigilantes.

Ahora lo entendía. La FAU no quería que los robots regresaran a la zona principal de la nave porque temían que estuvieran contaminados. Pero tampoco querían dejarlos al alcance de Kira.

Se estremeció. Pasó las piernas por el borde de la camilla y se deslizó hasta el suelo. Tenía las rodillas agarrotadas y se sentía mareada y débil, como si hubiera estado corriendo a toda velocidad.

No quedaba ni rastro de sus heridas; la superficie del xeno estaba igual que al principio. Kira se llevó la mano al costado, donde el láser le había hecho las incisiones más profundas. Soltó un grito ahogado al sentir un latigazo de dolor. Todavía no estaba completamente curada.

Miró de reojo el espejo polarizado, con los ojos llenos de odio.

Carr… ¿Hasta dónde le permitiría llegar el capitán Henriksen? ¿Cuáles eran sus límites? Si tanto miedo les daba el xeno, tal vez no se detendrían ante nada. Kira sabía cómo lo justificarían los políticos: «Hubo que tomar medidas extraordinarias para garantizar la seguridad de la Liga de Mundos».

Hubo que tomar. Siempre utilizaban frases impersonales a la hora de reconocer los errores.

No sabía qué hora era exactamente, pero se estaban acercando al plazo final. ¿Por eso Carr había dejado de atormentarla? ¿Habría más xenos manifestándose entre la tripulación de la Circunstancias Atenuantes?

Kira observó la compuerta presurizada cerrada. De ser así, estallaría el caos por toda la nave. Sin embargo, no oía nada: ni gritos, ni alarmas ni escapes de presión.

Se frotó los brazos, sintiendo un frío repentino al recordar el incidente de Serris, durante su tercera misión fuera del sistema de Weyland. Un fallo en una de las cúpulas presurizadas del puesto minero había estado a punto de matar a todo el equipo, incluida ella... Todavía oía en sus pesadillas el silbido del aire al escapar de la cúpula.

El frío se propagaba por todo su cuerpo. Kira notó que su presión sanguínea descendía; era una sensación horrible y funesta. Comprendió, casi como si no fuera cosa suya, que aquel tormento la había dejado en shock. Le castañeteaban los dientes, así que se abrazó el torso para entrar en calor.

Tal vez hubiera algo útil en la camilla.

Kira se acercó para examinarla.

Un escáner, una mascarilla de oxígeno, un regenerador de tejidos, un labochip y otras herramientas. Nada manifiestamente peligroso, y tampoco nada que le sirviera para mitigar el shock. En un extremo de la camilla había una serie de frascos con diversos fármacos. Todos estaban sellados con cerraduras moleculares; imposible abrirlos. Del armazón de la cama pendía una bombona de nitrógeno líquido, cubierta de gotas de condensación.

Sintiendo una repentina flojera, Kira se sentó en el suelo y apoyó una mano en la pared para sujetarse. ¿Cuánto tiempo llevaba sin comer? Demasiado. La FAU no podía dejarla morir de hambre. Tarde o temprano, Carr tendría que alimentarla.

¿Verdad?

5.

Kira siguió esperando en vano a que el doctor regresara. Tampoco vino nadie más a hablar con ella. En el fondo, Kira lo prefería así. En aquel momento lo único que quería era que la dejaran en paz.

Sin embargo, ahora que no tenía su holofaz, la soledad era una tortura en sí misma. Solamente tenía la compañía de sus pensamientos y sus recuerdos, y ni los unos ni los otros eran especialmente agradables.

Probó cerrando los ojos, pero no fue buena idea: veía continuamente a los robots montacargas, y también sus últimos y horrendos momentos en Adra. Cada vez que lo intentaba, se le aceleraba el corazón y rompía a sudar copiosamente.

—Mierda —murmuró—. Bishop, ¿me recibes?

La mente de a bordo no respondió. Kira no estaba segura de si podía oírla. Y aun en caso de hacerlo, tal vez no tuviera permiso para responder.

Desesperada por distraerse, y sin nada más que hacer, Kira decidió realizar un experimento propio. El traje era capaz de endurecerse para reaccionar ante las amenazas, la presión y los estímulos. Muy bien, pero ¿cómo decidía qué constituía una amenaza? ¿Y podía Kira influir en su criterio de algún modo?

Agachó la cabeza bajo los brazos para que nadie pudiera verla y se concentró en la cara interna de su codo. Se imaginó que la punta de un cuchillo le presionaba el brazo, cortándole la piel... hundiéndose en los músculos y los tendones.

No ocurrió nada.

Lo intentó dos veces más, procurando recrear en su mente una imagen lo más realista posible. Para ello, aprovechó el recuerdo de antiguos dolores. A la tercera tentativa, sintió que la curva del codo se endurecía, frunciéndose como una cicatriz que contraía la piel.

Poco a poco, empezó a resultarle más sencillo. El traje cada vez reaccionaba mejor. Era como si estuviera aprendiendo. Interpretando. Comprendiendo. Y esa idea la asustaba.

Y justo entonces, el xeno le constriñó todo el cuerpo.

La sorpresa la dejó sin aliento.

Una profunda inquietud se adueñó de Kira mientras observaba el entramado de fibras fusionadas sobre las palmas de sus manos. Acababa de sentir ansiedad, y el traje había reaccionado en consecuencia. El organismo había leído sus emociones sin que Kira hubiera tenido que imponérselas.

La ansiedad se transformó en veneno en sus venas. Durante su último día en Adra, había estado alterada. Y por la noche, cuando Neghar se había puesto a vomitar sangre, había sentido miedo, un miedo atroz... *¡No!* Kira apartó ese pensamiento. La muerte de Alan había sido culpa de la FAU. El Dr. Carr había sido negligente, y por su culpa el xeno se había manifestado de esa forma. La culpa era de Carr, no... no...

Kira se puso en pie de un salto y empezó a caminar de un lado a otro: cuatro pasos en un sentido y otros cuatro en el contrario.

El movimiento la ayudó a dejar de pensar en los horrores de Adra y a centrarse en cosas más familiares, más reconfortantes. Recordaba sentarse con su padre en la ribera del arroyo que corría junto a su casa, para escuchar sus historias sobre la vida en el mundo de Stewart. Se acordó de Neghar brincando y celebrando su victoria tras derrotar a Yugo en un juego de carreras, y las largas jornadas de trabajo con Marie-Élise bajo los sulfurosos cielos de Adra.

También se acordó de estar tumbada con Alan, hablando, hablando y hablando sobre la vida, el universo y todo lo que querían hacer.

«Algún día», había dicho Alan, «cuando sea viejo y rico, tendré mi propia nave espacial. Ya lo verás».

«¿Y qué harías con una nave espacial?».

Alan la había mirado con total seriedad.

«Un salto larguísimo, tan largo como sea posible. Hasta las mismas fronteras de la galaxia».

«¿Para qué?», había susurrado ella.

«Para averiguar qué hay allí. Para volar hasta lo más profundo y grabar mi nombre en un planeta desierto. Para saber. Para comprender. Para lo mismo que he venido a Adra. ¿Qué otro motivo puede existir?».

Aquella idea había asustado y excitado a Kira, que se había abrazado con fuerza a Alan hasta que la calidez de sus cuerpos había terminado desterrando de su mente los desolados confines del espacio.

6.

¡BUUM!

Toda la cubierta tembló. Kira abrió los ojos de par en par mientras la adrenalina empezaba a correr por sus venas. Estaba tendida en el suelo, recostada contra la pared curvada. El tenue brillo rojizo de las luces nocturnas de la nave se filtraba en su celda, pero no sabía si era muy temprano o muy tarde.

Un nuevo temblor sacudió la nave. Kira oyó chirridos, golpes y también algo parecido a una alarma. Se le puso la carne de gallina y el traje se endureció al instante. Sus peores miedos se habían hecho realidad: se estaban manifestando más xenos. ¿Cuántos infectados habría a bordo de la nave?

Kira se incorporó hasta sentarse. Al hacerlo, un velo de polvo se desprendió de su piel. De la piel de la criatura.

Se quedó paralizada de asombro. Era un polvillo gris muy fino, suave como la seda. ¿Serían esporas? Deseó tener a mano un respirador, pero no le habría servido de nada.

Entonces se percató de que estaba sentada encima de una leve depresión en el suelo, que coincidía a la perfección con la silueta de su cuerpo dormido. Por algún motivo desconocido, la cubierta se había hundido varios milímetros, como si la sustancia negra que revestía el cuerpo de Kira fuera de naturaleza corrosiva. La imagen la confundía y asqueaba a partes iguales. Por si fuera poco, al parecer aquel ser también la había convertido en un objeto tóxico. ¿Sería dañina para los humanos? Si el…

La celda se escoró violentamente; Kira salió volando y se estampó contra la pared contraria, levantando una nube de aquel polvo. El impacto la dejó sin respiración. La camilla de exploración se estrelló cerca de ella, desperdigando piezas y herramientas.

Una maniobra orbital de emergencia. ¿Por qué? La propulsión aumentaba… aumentaba… Kira calculaba una aceleración de 2 g. Aumentó a 3 g, y luego a 4 g. Notó que la piel de las mejillas se le tensaba y le presionaba los pómulos. Se sentía aplastada por un manto de plomo.

Una extraña vibración atravesó la pared, como si alguien acabara de tañer un gigantesco tambor, y la propulsión se desvaneció.

Kira cayó a gatas, jadeando.

No muy lejos de allí, algo chocó contra el casco de la nave, y Kira oyó una serie de chasquidos y repiqueteos que casi parecían... ¿disparos?

Y entonces la sintió: una poderosa llamada que tiraba de ella hacia algún lugar fuera de la nave, que la arrastraba como si Kira tuviera un cable saliéndole del pecho.

Al principio sintió incredulidad. Hacía mucho que no se producía la llamada, que no la convocaban para desempeñar su deber sagrado. Después llegó el júbilo por aquel regreso tan demorado. Ahora, por fin, el patrón podría completarse, igual que antaño.

Una disyunción. Estaba en una carne familiar, sobre un precipicio ya desaparecido, en el mismo momento en que había sentido por primera vez aquella pulsión que podía resistirse, pero nunca ignorarse. Se dio la vuelta para seguirla, y entre los colores degradados del cielo distinguió una estrella rojiza que parpadeaba y titilaba, y supo que se trataba de la fuente de la señal.

Y obedeció, porque era lo correcto. Porque su misión era servir, y eso era justo lo que iba a hacer.

Kira volvió en sí, jadeando. Y entonces lo supo. No se enfrentaban a una infestación. Se enfrentaban a una invasión.

Los dueños del traje habían venido a por ella.

CAPÍTULO VII

★ ★ ★ ★ ★ ★ ★

CUENTA ATRÁS

1.

Se le formó un nudo de angustia en el estómago. El primer contacto con otra especie inteligente, algo con lo que Kira siempre había soñado, parecía estar produciéndose de la peor forma posible: con violencia.

«No, no, no», murmuró.

Los alienígenas venían a por ella, a por el traje. La llamada se hacía cada vez más fuerte. Sería cuestión de tiempo que la encontraran. Tenía que escapar. Tenía que salir de la Circunstancias Atenuantes. Lo ideal sería llegar hasta uno de los transbordadores de la nave, pero se conformaría con una cápsula de escape. Al menos en Adra tendría alguna posibilidad.

La tira lumínica del techo empezó a emitir unos destellos azulados tan intensos que le dolía la vista al mirarlos. Corrió hasta la compuerta presurizada y la aporreó con los puños.

—¡Dejadme salir! ¡Abrid la puerta! —Se volvió hacia el espejo polarizado—. ¡Bishop! ¡Déjame salir!

La mente de a bordo no contestó.

—¡Bishop! —Volvió a golpear la puerta.

Entonces, las luces de la compuerta se volvieron verdes y la cerradura empezó a girar con un chasquido. Kira abrió de un tirón y cruzó corriendo la cámara de descontaminación. La compuerta del otro lado seguía cerrada.

Estampó la mano en el panel de control, que emitió un pitido. La cerradura se desplazó unos centímetros, pero después se detuvo con un chirrido.

Estaba atascada.

«¡Mierda!», Kira golpeó la pared con el puño. Casi todas las puertas contaban con un sistema de desbloqueo manual, pero aquella no. Estaba diseñada para evitar que los prisioneros escaparan.

Volvió a mirar hacia el interior de la celda. Un centenar de posibilidades se agolpaban en su mente.

El nitrógeno líquido.

Kira corrió hasta la camilla de exploración y se agachó, buscando en las baldas inferiores. ¿Dónde estaba? ¿Dónde estaba? Profirió un grito de júbilo cuando localizó la bombona. Por suerte, no parecía haber sufrido daños.

Regresó a toda prisa hasta la puerta exterior de la cámara de descontaminación, acarreando la bombona. Inspiró hondo y contuvo la respiración para no desmayarse por la inhalación de gas.

Kira situó la boquilla de la bombona frente a la cerradura de la compuerta y abrió la espita. Una nube de vapor blanco le impidió ver la puerta a medida que el nitrógeno se derramaba. Por un momento se le entumecieron las manos de frío, pero el traje no tardó en calentárselas para compensarlo.

Siguió rociando la puerta mientras contaba hasta diez, y entonces cerró la espita.

La cerradura de metal compuesto se había vuelto blanca por la escarcha y la condensación. Kira la golpeó con el canto de la bombona, destrozando la cerradura como si estuviera hecha de cristal.

Desesperada por salir, Kira soltó la bombona y tiró de la puerta, que se deslizó hasta abrirse. Un claxon dolorosamente estridente llenó la cámara desde el exterior.

Al otro lado de la puerta se extendía un pasillo de metal desnudo, iluminado por luces estroboscópicas. Al fondo se veían dos cuerpos retorcidos, horriblemente inertes. Se le aceleró el pulso al verlos y el traje se tensó de la cabeza a los pies, como un cable estirado casi hasta el punto de rotura.

Era un escenario de pesadilla: humanos y alienígenas matándose entre sí. Un desastre que podía dar paso a una verdadera catástrofe.

¿Dónde estaban anclados los transbordadores de la Circunstancias Atenuantes? Intentó recordar la imagen de la nave que había visto en la base de Adra. El muelle de atraque estaba más o menos en la sección central de la nave. Ese era su objetivo.

Para llegar hasta allí, tendría que pasar junto a los tripulantes muertos y, con un poco de suerte, evitar toparse con lo que los había atacado, fuera lo que fuera.

No había tiempo que perder. Kira inspiró hondo para serenarse y avanzó deprisa, lista para reaccionar ante el más mínimo sonido o movimiento.

No había visto muchos cadáveres a lo largo de su vida. La primera vez había sido en Weyland, de niña: un fallo en el supercondensador de un montacargas había matado a dos hombres en la calle principal de Highstone. La segunda, durante el incidente de Serris. Y ahora tenía que añadir a Alan y sus compañeros, claro. Las dos primeras veces, aquellas imágenes se habían quedado grabadas en la mente de Kira, que incluso se había planteado borrarlas físicamente. Pero no lo había hecho. Y lo mismo ocurría con lo que había pasado en Adra: esos recuerdos ahora formaban parte de ella.

No le quedó más remedio que mirar los cuerpos cuando pasó junto a ellos. Eran un hombre y una mujer. A ella le habían disparado con un arma de energía. En cuanto al hombre, estaba destrozado: su brazo derecho yacía en el suelo, desgajado del resto del cuerpo. Las paredes estaban abolladas y manchadas por los disparos.

Por debajo de la cintura de la mujer asomaba una pistola.

Conteniendo el impulso de vomitar, Kira se detuvo para apoderarse del arma. El contador lateral mostraba el número 7: quedaban siete disparos. Era mejor que nada. El único problema era que el arma no iba a obedecerle a Kira.

—¡Bishop! —susurró, levantando la pistola—. ¿Puedes...?

El seguro de la pistola se desactivó con un chasquido.

Bien. Así que la FAU todavía la quería viva. Kira no estaba segura de poder acertar a un objetivo sin su holofaz, pero al menos ya no estaba totalmente indefensa. *Tú procura no darle a ninguna ventana.* Sería una forma muy desagradable de morir.

—¿Cómo llego hasta los transbordadores? —dijo Kira, todavía en voz baja. La mente de a bordo tenía que conocer la posición de los alienígenas y la mejor ruta para evitarlos.

Una línea de flechas verdes apareció en la parte superior de la pared, perdiéndose en el interior de la nave. Kira las siguió por un laberinto de salas hasta llegar a una escalerilla que conducía a la sección central de la Circunstancias Atenuantes.

La fuerza de gravedad fue disminuyendo a medida que Kira ascendía, dejando atrás las distintas cubiertas de la sección giratoria de hábitats. Por los umbrales abiertos le llegaban gritos y chillidos, y en dos ocasiones vio los destellos de las ametralladoras reflejados en las paredes. También escuchó una explosión, posiblemente de una granada, y el estruendo de varias compuertas presurizadas que se cerraban a sus espaldas. Pero seguía sin saber contra qué estaba luchando la tripulación.

A medio camino, la nave se escoró violentamente, obligando a Kira a aferrarse a la escalerilla con ambas manos para no salir despedida. El extraño vaivén le provocó náuseas, y se le llenó la garganta de bilis. La Circunstancias Atenuantes estaba girando en sentido contrario, algo muy poco recomendable para una nave tan larga y estrecha. Su estructura no estaba diseñada para resistir fuerzas rotatorias.

El tono de las alarmas se volvió todavía más estridente, al mismo tiempo que una grave voz masculina hablaba por los altavoces de la pared:

—Autodestrucción en T menos siete minutos. Esto no es un simulacro. Repito: esto no es un simulacro. Autodestrucción en T menos seis minutos y cincuenta y dos segundos.

Se le helaron las entrañas.

—¡Bishop! ¡No!

—Lo lamento, Srta. Navárez —dijo la misma voz masculina—. No tengo alternativa. Le sugiero que...

Kira no escuchó la sugerencia de Bishop. Apartó a un lado el pánico que amenazaba con abrumarla. No tenía tiempo para emociones. Ahora no. Una maravillosa claridad le despejó la mente. Sus pensamientos se volvieron duros, mecánicos y distantes. Tenía menos de siete minutos para llegar hasta los transbordadores. Podía conseguirlo. Tenía que conseguirlo.

Siguió adelante, trepando aún más deprisa por la escalerilla. Ni de puta broma iba a dejarse morir en la Circunstancias Atenuantes.

Al llegar a lo alto de la escalerilla, descubrió un anillo de flechas verdes que rodeaba una escotilla cerrada. Kira la abrió de un tirón y se encontró de pronto en el conector esférico que enlazaba las distintas secciones de hábitat.

En cuanto giró hacia popa, la invadió un súbito vértigo: un abismo profundo y estrecho se extendía bajo sus pies, un hueco terrorífico de metal negro y luces cegadoras. Las escotillas de todas las cubiertas que conformaban el eje principal de la nave estaban abiertas, un delito que en otras circunstancias habría sido digno de un consejo de guerra.

Si la nave encendía los motores ahora, cualquiera que se encontrara allí se precipitaría hacia la muerte.

A cientos de metros de distancia, a popa, Kira entrevió a varios soldados con servoarmadura que forcejeaban con algún tipo de... *ser*. Un amasijo de siluetas contradictorias, como un nudo hecho de sombras.

Una flecha verde apuntaba hacia la oscuridad.

Kira se estremeció y se lanzó hacia la lejana reyerta. Para que su estómago no se rebelara contra ella, procuraba imaginar que aquel hueco era un túnel horizontal, en lugar de una sima vertical. Avanzaba a gatas junto a la escalerilla atornillada al suelo (o la pared), siguiéndola para no desviarse del rumbo.

—Autodestrucción en T menos seis minutos. Esto no es un simulacro. Repito: esto no es un simulacro.

¿Cuántas cubiertas faltaban para llegar al muelle de atraque? *¿Tres? ¿Cuatro?* Solamente podía hacer conjeturas.

La nave volvió a gemir. La compuerta presurizada que Kira tenía delante se cerró de golpe, cortándole el paso. La hilera de flechas verdes cambió de dirección, señalando ahora hacia la derecha, y empezó a parpadear a un ritmo delirante.

Mierda. Kira se agarró a una estantería para impulsarse y se apresuró a seguir el desvío que le marcaba Bishop. Se le agotaba el tiempo. Más valía que los transbordadores estuvieran preparados para el despegue, o no tendría ninguna posibilidad de escapar...

Oyó voces más adelante. Era el Dr. Carr:

—¡... y deprisa! ¡Espabila, idiota! No hay...

Un fortísimo golpe, que hizo vibrar los mamparos de la nave, interrumpió sus palabras. La voz del doctor se volvió aguda e incoherente.

Kira se aupó por una estrecha escotilla de acceso, con el corazón en un puño.

Tenía delante un almacén con estanterías, taquillas llenas de dermotrajes y, al fondo, una gran tubería roja de alimentación de oxígeno. El Dr. Carr estaba suspendido cerca del techo; tenía el cabello revuelto y se agarraba con una sola mano a una correa atada a varias estanterías metálicas contra las que se golpeaba sin cesar. El cuerpo de un marine muerto estaba encajado en una de las estanterías. Una hilera de quemaduras le surcaba la espalda.

En el casco, al otro lado del almacén, acababa de abrirse un gran boquete circular por el que entraba una luz azulada. Su origen parecía ser una pequeña nave de abordaje que se había acoplado al lateral de la Circunstancias Atenuantes. Y por aquel agujero empezaba a asomarse un monstruo con múltiples brazos.

2.

Kira se quedó paralizada mientras el alienígena se impulsaba hacia el interior del almacén.

El tamaño de la criatura duplicaba el de un ser humano. Su carne era semitranslúcida, con las tonalidades rojizas y anaranjadas de la tinta disuelta en agua. Tenía torso, o algo parecido: un ovoide de un metro de anchura, con un caparazón queratinoso y tachonado de protuberancias, antenas y lo que parecían ser unos pequeños ojos negros.

Al menos seis tentáculos (Kira no conseguía contarlos porque no dejaban de agitarse) sobresalían del torso, tanto por arriba como por abajo. Aquellos apéndices estaban enteramente surcados por unas estrías en relieve, y los extremos parecían dotados de pequeños cilios y unas tenazas afiladas. Dos de los tentáculos sostenían sendas cápsulas blancas equipadas con una lente bulbosa. Kira no era ninguna experta en armamento, pero sabía reconocer un láser cuando lo veía.

Otras cuatro extremidades más pequeñas —duras, huesudas y provistas de algo curiosamente parecido a una mano prensil— se intercalaban con los tentáculos. Aquella especie de brazos permanecían cerca del caparazón de la criatura, plegados y sin moverse.

Pese a su estupor, Kira se dio cuenta de que estaba evaluando la morfología del alienígena, tal y como habría hecho con cualquier otro organismo que le hubieran encargado estudiar. *¿Base de carbono? Yo diría que sí. Simetría radial. Imposible distinguir la parte superior de la inferior... Tampoco parece tener rostro. Qué curioso.* Pero lo que más la sorprendía era que el alienígena no se parecía en absoluto a su traje. Sintiente o no, artificial o natural, lo que estaba claro era que el alienígena era muy distinto del ser que se había adherido a Kira.

El alienígena se desplazaba por el almacén con una fluidez inquietante, como si hubiera nacido en gravedad cero. Giraba y se retorcía, sin mostrar preferencia alguna por la dirección en la que estuviera orientado su torso.

Kira notó que su traje reaccionaba nada más verlo: la invadió una ira creciente, acompañada por la sensación de un agravio ancestral.

¡Apresador! ¡Multiforma malcarnal! Destellos de dolor, cegadores como explosiones estelares. Ciclo infinito de dolor y renacimiento, cacofonía constante de sonidos: estallidos, crujidos y respuestas devastadoras. La conjunción no era armoniosa. El apresador no comprendía el patrón de las cosas. No veía. No escuchaba. Prefería conquistar antes que cooperar.

¡¡¡Malcarnal!!!

¡El xeno no esperaba encontrar a aquella criatura al seguir la llamada! El miedo y el odio dominaron a Kira, aunque no sabía si eran suyos o del traje. La tensión de su interior estalló, y la piel del xeno empezó a agitarse y a erizarse como había hecho en Adra, extendiendo sus lanzas afiladas como agujas en todas direcciones. Pero esta vez Kira no sentía el menor dolor.

—¡Dispara! —bramó Carr—. ¡Dispara, estúpida! ¡Dispara!

El apresador se sacudía, como dividiendo su atención entre el doctor y ella. Un extraño susurro envolvió a Kira como una nube, un susurro en el que percibía corrientes de emoción. Al principio sorpresa; después, en rápida sucesión, identificación, alarma y satisfacción. Los susurros se volvieron más fuertes. De pronto pareció encenderse un interruptor en el cerebro de Kira, y esta se dio cuenta de que entendía lo que estaba diciendo el alienígena:

[[... y alertad al Nudo. Objetivo localizado. Enviad todos los brazos a esta ubicación. Absorción incompleta. Aún hay posibilidad de aislamiento y recuperación...]]

—Autodestrucción en T menos cinco minutos. Esto no es un simulacro. Repito: esto no es un simulacro.

Carr soltó un insulto. De una patada, se impulsó hacia el marine muerto y tironeó de su bláster para intentar arrebatárselo.

Uno de los tentáculos cambió de posición, flexionando y relajando sus músculos gelatinosos. Se oyó un estallido, y una esquirla de metal incandescente salió proyectada del lateral del bláster cuando lo alcanzó el impacto del láser, mandando el arma del marine a la otra punta de la habitación.

El alienígena se giró hacia Kira y agitó su arma de nuevo. Se oyó otra fuerte detonación y sintió que una descarga de dolor le traspasaba el pecho.

Kira soltó un gruñido. Por un instante, pensó que le fallaba el corazón. Las espinas del traje volvieron a extenderse, pero fue en vano.

[[Aquí Qwon: ¡Necia biforma! Profanas a los Desaparecidos. Inmundicia en el agua...]]

Kira se lanzó hacia los peldaños de la escalerilla que conducía a la escotilla de acceso. Quería alejarse, escapar, aunque sabía que no tenía adónde huir ni dónde esconderse.

¡Bum! Un ardor intenso y agónico le recorrió la pierna.

Cuando oyó el tercer estallido, apareció un cráter chamuscado en la pared de la izquierda. El traje ya se había adaptado a la frecuencia del láser y la estaba protegiendo. Tal vez...

Kira se dio la vuelta, aturdida, y consiguió alzar la pistola sin saber cómo. El cañón del arma temblaba mientras se esforzaba por apuntar al alienígena.

—¡Dispárale de una puta vez! —aulló el doctor, soltando espumarajos por la boca.

—Autodestrucción en T menos cuatro minutos y treinta segundos. Esto no es un simulacro. Repito: esto no es un simulacro.

El miedo estrechó el campo de visión de Kira, reduciendo todo su mundo a un pequeño cono.

—¡No! —gritó. El pánico la hacía rechazar todo lo que estaba sucediendo.

El arma se disparó, aunque Kira no creía haber apretado el gatillo.

El alienígena se lanzó hacia el techo del almacén y esquivó el disparo. Era aterradoramente veloz, y cada tentáculo parecía moverse con voluntad propia.

Kira soltó un grito y siguió apretando el gatillo; sentía el retroceso como un puñetazo en la palma de la mano. El ruido de los disparos era sordo y distante.

Saltaron chispas cuando el láser del apresador detuvo dos de las balas de Kira en pleno vuelo.

La criatura cayó encima de las taquillas de los dermotrajes y se detuvo un momento, agarrándose a la pared, justo al lado de la tubería de alimentación roja...

—¡No! ¡Quieta! *¡Quieta!* —gritaba ahora el Dr. Carr. Pero Kira no lo oía, no le hacía caso. No podía parar. Alan, el xeno... y ahora esto. No podía soportarlo más. Quería eliminar al apresador a toda costa.

Hizo fuego dos veces más.

Delante de la boquilla de su arma surgió un fugaz borrón rojizo, y...

...

Un martillo invisible aplastó a Kira contra la pared opuesta. La atronadora explosión partió una de las espinas del xeno; Kira sentía en sus propias carnes cómo aquel fragmento flotaba y daba vueltas por la sala, como si su cuerpo estuviera en dos lugares al mismo tiempo.

Cuando se le empezó a aclarar la visión, Kira contempló lo que quedaba del almacén. El apresador se había convertido en un amasijo mutilado de cuyas heridas manaban burbujas de un icor anaranjado, aunque varios de sus tentáculos seguían agitándose de espanto. Carr se había estrellado contra las estanterías; le asomaban esquirlas de hueso por los brazos y las piernas. El fragmento huérfano del xeno, un simple jirón de fibras desgarradas, se había detenido junto a los paneles deformados del mamparo.

Y lo más importante: la explosión de la tubería de oxígeno había dejado una enorme brecha de bordes dentados en el casco, por la cual se veía la negrura oscura y temible del espacio.

Un ciclón de aire envolvió a Kira, arrastrándola con una fuerza inexorable. La potente succión expulsó de la nave a Carr, al apresador y al fragmento del xeno, junto con un torrente de restos y escombros.

Los contenedores de almacenamiento golpearon a Kira al salir volando. Soltó un grito, pero el ciclón le robaba el aire de la boca. Buscó un asidero, cualquier cosa a la que agarrarse, pero era demasiado lenta y las paredes estaban demasiado lejos. El recuerdo del escape de presión de Serris surcó su mente con total nitidez.

El boquete del casco se ensanchó: la Circunstancias Atenuantes se estaba partiendo en dos, y cada mitad tiraba en direcciones opuestas. Finalmente, el escape de gas envió rodando a Kira al otro lado de las estanterías ensangrentadas, hasta arrojarla al vacío a través de la brecha.

Y todo quedó en silencio.

CAPÍTULO VIII

★ ★ ★ ★ ★ ★ ★

DE ACÁ PARA ALLÁ

1.

Las estrellas y la nave daban vueltas alrededor de Kira, como un vertiginoso caleidoscopio.

Abrió la boca para dejar que todo el aire saliera de sus pulmones, tal y como dictaba el protocolo en caso de ser lanzada al espacio. De no hacerlo, corría el riesgo de sufrir lesiones en los tejidos blandos y, posiblemente, una embolia.

El problema era que ahora solo le quedaban unos quince segundos de consciencia. Muerte por asfixia o por obstrucción arterial. No había tanta diferencia.

Tragó saliva por instinto y empezó a manotear, con la esperanza de agarrarse a algo.

Nada.

Le picaba la cara: la humedad de su piel se estaba evaporando. La sensación fue en aumento hasta convertirse en un fuego helado que le reptaba por el cuello y la frente. Su visión se difuminó; iba a desmayarse.

Entonces la dominó el pánico, un pánico profundo y abrumador. Los últimos restos de su entrenamiento huyeron de su mente, sustituidos por un instinto de supervivencia animal.

Gritó… y escuchó su propio grito.

Kira se quedó paralizada por la sorpresa. Por puro reflejo, inspiró hondo. Y el aire —el milagroso aire— le llenó los pulmones.

Se llevó las manos al rostro con incredulidad.

El traje acababa de adaptarse a sus facciones, formando una superficie lisa que le tapaba la nariz y la boca. Con las puntas de los dedos, Kira descubrió que también tenía los ojos cubiertos por unos pequeños caparazones convexos.

Kira tomó aire de nuevo, sin terminar de creérselo. ¿Cuánto tiempo podría suministrarle aire el traje? ¿Un minuto? ¿Varios? Dentro de tres ya no importaría: para entonces, de la Circunstancias Atenuantes no quedaría nada más que una veloz nube de polvo radiactivo.

¿Dónde estaba? Era difícil saberlo, porque no dejaba de girar sobre sí misma y le resultaba imposible concentrarse en un solo punto. La reluciente superficie de Adrastea pasó a toda velocidad; detrás de ella, la silueta curva e inmensa de Zeus. Después apareció el largo casco quebrado de la Circunstancias Atenuantes. Pero había otra nave flotando en paralelo con el crucero: un gigantesco orbe de color blanco azulado, sembrado de orbes más pequeños y equipado con los motores más grandes que había visto jamás.

Kira se estaba alejando de la sección central de la Circunstancias Atenuantes, pero la sección de proa flotaba en su dirección, precedida por una hilera de aquellos radiadores de diamante. Dos de las aletas se habían partido, y de las venas interiores escapaban hebras de metal plateado.

Las aletas parecían fuera de su alcance, pero Kira lo intentó de todos modos. No estaba dispuesta a rendirse. Extendió los brazos y se estiró cuanto pudo hacia el radiador más cercano, sin dejar de dar vueltas sobre sí misma. Las estrellas, el planeta, la nave y los radiadores seguían girando como un vertiginoso carrusel, mientras Kira seguía estirando los brazos…

Las yemas de sus dedos resbalaron sobre la superficie del radiador, incapaces de sujetarse. Kira soltó un grito y la arañó infructuosamente. La primera aleta pasó de largo, y después la siguiente y la siguiente, aunque sus dedos las iban rozando al pasar. Una de ellas, instalada sobre un armazón dañado y doblado, estaba ligeramente más cerca de Kira que el resto. La palma de su mano tocó el borde pulido del radiador de diamante... y de pronto su mano se quedó pegada, adherida al radiador como si estuviera equipada con geckoadhesivos. El movimiento de Kira se detuvo con una violenta sacudida.

Un ramalazo de dolor le atenazó el hombro.

Aliviada e incapaz de creer lo que había ocurrido, Kira se abrazó a la aleta mientras despegaba la mano con cierta dificultad. Su palma estaba recubierta por un suave lecho de cilios que oscilaban lentamente en la ingravidez del espacio. ¿Por qué el traje no había hecho lo mismo para impedir que saliera proyectada de la Circunstancias Atenuantes?

Buscó con la mirada la mitad trasera de la nave.

Estaba a varios cientos de metros de distancia, y se alejaba cada vez más. Los dos transbordadores seguían anclados al eje central. Ambos parecían intactos. Tenía que llegar hasta ellos, y deprisa.

Solamente podía hacer una cosa. ¡Thule! Se apoyó en la aleta romboidal para impulsarse y saltó con todas sus fuerzas. Rezó por haber apuntado correctamente. Si fallaba, no habría segunda oportunidad.

Mientras cruzaba el insondable abismo que la separaba de la popa de la Circunstancias Atenuantes, Kira se dio cuenta de que podía ver unas tenues líneas en forma de bucle a lo largo del casco. Aquellas ondas azules y violetas parecían concentrarse en torno al motor de fusión: campos electromagnéticos. Era como haber recuperado su holofaz, al menos parcialmente.

Era un dato interesante, aunque no demasiado útil a corto plazo.

Kira observó la nave alienígena, que relucía bajo el sol como un fragmento de cuarzo pulido. Todos sus elementos eran esféricos (o tan esféricos como era posible). Desde el exterior le resultaba imposible distinguir las dependencias de los depósitos de combustible, pero aquel vehículo parecía capaz de albergar una tripulación numerosa. Había cuatro ventanas circulares dispuestas alrededor de su diámetro y otra más cerca de la proa, rodeada por un gran anillo de lentes, compuertas y lo que parecían ser diversos sensores.

El motor no parecía muy distinto de los cohetes que Kira conocía (al fin y al cabo, la tercera ley de Newton no distinguía entre humanos y xenos). Sin embargo, a menos que los alienígenas hubieran despegado desde un lugar extremadamente cercano, su nave también tenía que disponer de un impulsor Markov. ¿Cómo se las habían arreglado para tenderle una emboscada a la Circunstancias Atenuantes? ¿O acaso podían saltar directamente a través de un pozo gravitatorio? Ni siquiera las naves más potentes de la Liga eran capaces de realizar esa maniobra.

La extraña y fastidiosa pulsión que Kira todavía sentía dentro de ella parecía tener su origen en la nave alienígena. Una parte de ella deseaba saber qué sucedería si la seguía, pero Kira sabía que era su parte irracional y decidió que era mejor ignorarla.

También percibía el fragmento huérfano del xeno que se perdía en el espacio, cada vez más lejano y débil. ¿Volvería a convertirse en polvo?

Delante de ella, la mitad posterior de la Circunstancias Atenuantes empezaba a virar. El culpable era un cable hidráulico reventado, que estaba derramando litros del agua al espacio. Kira calculó la diferencia de ángulo entre la nave y ella, la comparó con su velocidad y comprendió que iba a saltársela por casi cien metros.

La invadió la desesperación.

Si tan solo pudiera ajustar su trayectoria, si no estuviera obligada a continuar recto, podría ponerse a salvo. Pero así…

Y entonces Kira se movió hacia la izquierda.

Acababa de sentir una leve propulsión en el lado derecho del cuerpo. Giró la cabeza hacia atrás, compensando el movimiento con el brazo, y vio una tenue neblina que se expandía tras ella como una estela. ¡El traje la estaba desplazando! Dominó su entusiasmo al recordar el peligro de la situación.

Volvió a concentrarse en su meta. Un poco más a la izquierda, unos grados más hacia arriba y… ¡perfecto! El xeno reaccionaba a cada pensamiento, ofreciéndole la propulsión justa para reposicionarse. *¡Y ahora acelera! ¡Más deprisa!*

Su velocidad aumentó, aunque no tanto como habría querido. Al parecer, el traje tenía sus límites.

Kira intentó calcular el tiempo que había pasado. ¿Un minuto? ¿Dos? En todo caso, era demasiado. Los sistemas del transbordador tardarían varios minutos en iniciarse y estar listos para el despegue, incluso con el desbloqueo de emergencia. Tal vez consiguiera aprovechar los propulsores del sistema de control de reacción para alejarse varios cientos de metros de la Circunstancias Atenuantes, pero no sería suficiente para protegerla de la explosión del crucero.

Cada cosa a su tiempo. Primero tenía que llegar hasta un transbordador; ya se preocuparía después por lo demás.

Una fina línea roja se deslizaba por la mitad posterior de la nave: era un rayo láser que avanzaba por el destrozado eje del crucero, haciéndolo pedazos. Las cubiertas estallaban, provocando nubes de vapor cristalizado. Los tripulantes salían proyectados al espacio; su último aliento formaba pequeñas volutas ante sus rostros crispados.

El láser cambió de dirección al llegar al muelle de atraque y, con un movimiento oblicuo, atravesó el transbordador más alejado. La fuga de aire zarandeó el transbordador destrozado, desanclándolo de la Circunstancias Atenuantes. Al mismo tiempo, brotó una llamarada de una de las alas: el depósito de combustible se había perforado. El transbordador se alejó, girando sobre sí mismo como una peonza descontrolada.

«¡Mierda!», exclamó Kira.

La sección de popa de la Circunstancias Atenuantes giraba lateralmente en dirección a Kira, impulsada por la descompresión de las cubiertas reventadas. Kira rodeó la superficie grisácea del casco, que se movía peligrosamente rápido, hasta que su cuerpo chocó contra el fuselaje del transbordador restante. En el lateral, impreso con letras de gran tamaño, leyó su nombre: «Valquiria».

Kira profirió un gruñido y separó los brazos y las piernas para intentar sujetarse.

Las manos y los pies se adhirieron al casco del transbordador. Kira trepó por el fuselaje en dirección a la esclusa lateral. Le dio un puñetazo al botón de desbloqueo, la luz verde del panel de control se iluminó y la puerta empezó a deslizarse lentamente.

«¡Vamos! ¡Vamos!».

En cuanto el hueco entre la puerta y el casco fue lo bastante ancho, Kira se introdujo en la esclusa y activó el sistema de presurización de emergencia. El aire la azotó en todas direcciones y empezó a oír una sirena estridente. La mascarilla de su traje no parecía amortiguar el sonido.

—Autodestrucción en T menos cuarenta y tres segundos. Esto no es un simulacro.

«¡Mierda!».

Cuando la válvula de presión alcanzó el valor normal, Kira abrió la escotilla interior y se lanzó de cabeza hacia la cabina.

Los controles y las pantallas ya estaban encendidos. De un vistazo, comprobó que los motores ya habían arrancado y que todos los protocolos y comprobaciones de rigor se habían completado. *¡Bishop!*

Kira se sentó como pudo en el asiento del piloto y forcejeó con el arnés hasta abrochárselo.

—Autodestrucción en T menos veinticinco segundos. Esto no es un simulacro.

—¡Sácame de aquí! —vociferó a través de la mascarilla—. ¡Despega! ¡Desp...!

La Valquiria se sacudió al desacoplarse del crucero, y el peso de un millar de toneladas le cayó encima cuando los motores del transbordador se encendieron con un rugido. El traje se endureció para protegerla, pero le dolió de todas formas.

La bulbosa nave alienígena pasó a toda velocidad junto al morro de la Valquiria, y entonces Kira pudo ver de nuevo la sección de proa de la Circunstancias Atenuantes. Estaba a medio kilómetro de distancia, pero distinguió un par de cápsulas de escape en forma de ataúd que salían disparadas desde la proa de la nave en dirección a la superficie inhóspita de Adra.

Con una voz sorprendentemente tranquila, Bishop dijo:

—Srta. Navárez, le he dejado una grabación en el sistema de la Valquiria. Contiene toda la información pertinente acerca de usted, su situación y el presente ataque. Le ruego que la reproduzca en cuanto le sea posible. Me temo que no puedo hacer nada más por usted. Que tenga un buen viaje, Srta. Navárez.

—¡Espera! ¿Qué...?

Un fulgor blanco inundó el parabrisas, y la molesta pulsión que Kira sentía en el pecho se desvaneció. Un instante después, el transbordador se tambaleó, alcanzado por la esfera expansiva de escombros. Durante unos segundos creyó que la Valquiria iba a hacerse trizas. Uno de los paneles superiores parpadeó y se apagó. A sus espaldas, escuchó un estallido y el agudo silbido de un escape de aire.

Una nueva sirena empezó a tronar, acompañada por el parpadeo cíclico de una hilera de luces rojas. Y entonces, el rugido de los motores se interrumpió, el peso que la aplastaba se desvaneció y Kira volvió a notar aquella vertiginosa sensación de caída libre.

2.

—Srta. Navárez, hay numerosas brechas en el casco, a popa —dijo la pseudointeligencia del transbordador.

—Lo sé, gracias —murmuró Kira, desabrochándose el arnés. Amortiguada por la mascarilla del traje, su propia voz le sonaba extraña.

¡Lo había conseguido! No podía creerlo. Pero no estaba a salvo. Todavía no.

—Apaga esa alarma —dijo.

La sirena se detuvo de inmediato.

Mientras Kira seguía los agudos silbidos hacia la popa de la nave, se alegró de que la mascarilla del traje continuara cubriéndole el rostro. Al menos así no tendría que preocuparse por sufrir un desmayo si la presión descendía en exceso. Aunque también empezaba a preguntarse si tendría que pasar el resto de su vida con la cara tapada.

Pero lo primero era asegurarse de que esa vida no acabara en cuestión de minutos.

Los silbidos la guiaron hasta el fondo del compartimento de pasajeros. Descubrió siete orificios en los bordes del techo; eran unos agujeros diminutos, no más anchos que la mina de un lápiz, pero bastarían para drenar la atmósfera del transbordador en pocas horas.

—Ordenador, ¿cómo te llamas?

—Mi nombre es Ando. —Sonaba como un Geiger, pero no lo era. Las naves militares estaban pilotadas por programas propios y especializados.

—¿Dónde está el kit de reparaciones, Ando?

La pseudointeligencia la condujo hasta una taquilla. Kira sacó el kit y mezcló los componentes de una resina de acción rápida que olía fatal (la mascarilla no parecía interferir en su olfato). Untó aquel mejunje en los agujeros y después cubrió cada uno con seis tiras superpuestas de cinta superlumínica. Aquel material era más resistente que la mayoría de los metales; haría falta un soplete para eliminar tantas tiras.

Mientras guardaba de nuevo el kit, Kira dijo en voz alta:

—Ando, informe de daños.

—Cortocircuitos en el cableado eléctrico, cables dos-dos-tres-n y uno-cinco-uno-n averiados. También…

—Omite el informe pormenorizado. ¿La Valquiria está en condiciones para navegar?

—Sí, Srta. Navárez.

—¿Alguno de los sistemas principales está dañado?

—No, Srta. Navárez.

—¿Y el impulsor de fusión? ¿La tobera no estaba orientada hacia la explosión?

—No, Srta. Navárez. Se ha trazado un rumbo oblicuo con respecto a la Circunstancias Atenuantes. La explosión nos ha golpeado en ángulo.

—¿Has programado tú ese rumbo?

—No, Srta. Navárez. Lo ha hecho la mente de a bordo Bishop.

Únicamente entonces Kira empezó a relajarse. Únicamente entonces se permitió pensar que quizá, solo quizá, tenía posibilidades de supervivencia.

La mascarilla tembló y se despegó de su rostro. Kira soltó un grito sin poder evitarlo; era como si le acabaran de arrancar una tirita gigante.

En unos segundos, su rostro estaba totalmente despejado.

Kira se pasó cuidadosamente las manos por la boca, la nariz y el contorno de los ojos, palpándose la piel. Comprobó con cierta sorpresa que conservaba intactas las cejas y las pestañas.

—¿Qué eres? —susurró, acariciando el cuello de su traje—. ¿Para qué te crearon?

No hubo respuesta.

Echó un vistazo al interior del transbordador: paneles de mandos, filas de asientos, taquillas de almacenamiento y, a su lado, cuatro criotubos vacíos. Unos criotubos que Kira ya no podía utilizar.

Al verlos, la invadió el desaliento. Poco importaba que hubiera escapado con vida: el traje no le permitiría entrar en crionización. A todos los efectos, seguía atrapada.

CAPÍTULO IX

★ ★ ★ ★ ★ ★ ★

DECISIONES

1.

Agarrándose a las paredes, Kira se fue deslizando hasta la cabina de la Valquiria y se abrochó el arnés del asiento del piloto. Observó la pantalla: la Circunstancias Atenuantes ya no estaba. Tampoco la nave alienígena, destruida por la explosión del crucero de la FAU.

—Ando, ¿hay alguna otra nave en el sistema?

—Negativo.

Por fin una buena noticia.

—Ando, ¿la Valquiria está equipada con un impulsor Markov?

—Afirmativo.

Otra buena noticia: el transbordador sí estaba capacitado para el viaje superlumínico. Aun así, la imposibilidad de entrar en crionización todavía suponía un riesgo letal. Todo dependería de la velocidad del impulsor.

—Ando, ¿cuánto tiempo tardará la Valquiria en llegar a 61 Cygni si el transbordador realiza una maniobra orbital de emergencia hasta el límite de Markov?

—Setenta y ocho días y medio.

Kira soltó un insulto. La Fidanza solamente tardaba veintiséis. Sin embargo, la lentitud del transbordador era de esperar: aquella nave estaba diseñada para trayectos breves.

No desesperes. Su suerte todavía podía cambiar. La siguiente pregunta era la más crucial:

—Ando, ¿cuántas raciones de alimento lleva la Valquiria?

—La Valquiria lleva ciento siete raciones de alimento.

Kira le pidió a la pseudointeligencia que hiciera los cálculos; sin su holofaz, incluso los cálculos más elementales le resultaban frustrantemente complicados.

Después de sumar los días necesarios para desacelerar al llegar a 61 Cygni, el resultado era de 81,74 días de viaje. Incluso si dividía las raciones, Kira solamente dispondría de alimento para ocho semanas y tendría que pasar sin comer otros 25,5 días. El agua no suponía un problema: el equipo de reciclaje del transbordador evitaría que muriera deshidratada. Sin embargo, la falta de comida…

Kira había oído hablar de gente que había sobrevivido tras más de un mes de ayuno. Pero también sabía de otros que habían muerto mucho antes. No había forma de estar segura. Kira se encontraba en buena forma física y contaba con la ayuda del traje. Tenía posibilidades, pero era una apuesta arriesgada.

Se frotó las sienes; empezaba a dolerle la cabeza.

—Ando, reproduce el mensaje que me ha dejado Bishop.

La imagen de un hombre de rostro severo apareció en la pantalla que tenía delante. El avatar de la mente de a bordo tenía el ceño fruncido, en un gesto a caballo entre la preocupación y el fastidio.

«Srta. Navárez, el tiempo apremia. Los alienígenas interfieren en nuestras comunicaciones y han derribado el único dron de señales que he podido lanzar. Mal asunto. Ahora nuestra única esperanza es usted, Srta. Navárez».

«He adjuntado a este mensaje todos los datos de mis sensores, además de las grabaciones del Dr. Carr, Adrastea, etc. Por favor, remítelos a las autoridades correspondientes. La destrucción de la Circunstancias Atenuantes debería eliminar la fuente de las interferencias».

Bishop se inclinó hacia delante. Aunque Kira sabía que aquel rostro no era más que una simulación, sintió la fuerza de su personalidad saliendo de la pantalla: una ferocidad y una inteligencia abrumadoras, regidas por un único propósito.

«Le pido disculpas por el trato dispensado, Srta. Navárez. La causa lo justificaba y, como demuestra este ataque, nuestras preocupaciones eran fundadas, pero lamento lo que ha tenido que sufrir. En cualquier caso, ahora cuento con usted. Todos contamos con usted».

Bishop regresó a la posición anterior.

«Una última cosa, Srta. Navárez. Si ve al general Takeshi, dígale… dígale que recuerdo el sonido del verano. Bishop fuera».

Una extraña melancolía se apoderó de Kira. A pesar de su gran inteligencia, las mentes de a bordo no eran más inmunes al arrepentimiento y la nostalgia que el resto de la humanidad no aumentada. ¿Y por qué iban a serlo?

Miró fijamente el entramado de fibras que le recubría la palma de la mano.

—Ando, descríbeme la aparición de la nave alienígena.

—Hace sesenta y tres minutos se detectó vía satélite una astronave no identificada, propulsándose alrededor de Zeus en rumbo de interceptación. —Una imagen holográfica surgió de la pantalla de la cabina, que mostraba el gigante gaseoso, sus lunas y una línea de puntos que trazaba la trayectoria de la nave de los apresadores desde Zeus hasta Adra—. La aceleración de la astronave era de 25 g, pero…

—¡Thule! —Era una aceleración monstruosamente alta.

—... su expulsión de gases era insuficiente para la propulsión resultante —continuó Ando—. A continuación, la astronave ejecutó una maniobra de inversión y deceleró durante siete minutos para igualar la órbita de la NFAU Circunstancias Atenuantes.

Una gélida inquietud se apoderó de Kira. La única forma de que los apresadores pudieran realizar maniobras de ese calibre era reduciendo el arrastre inercial de su nave. Era algo teóricamente posible, pero muy lejos del alcance de los humanos. Las dificultades técnicas seguían siendo demasiado grandes (para empezar, los requisitos de energía eran prohibitivos).

Su ansiedad iba en aumento. Verdaderamente, era un escenario de pesadilla. Ahora que por fin establecían contacto con otra especie sintiente, esta resultaba ser hostil y sus naves le daban mil vueltas a cualquier nave humana, incluidas las que no estaban pilotadas por personas.

Ando seguía hablando:

—La astronave no identificada no respondió a los avisos e inició las hostilidades a las...

—Suficiente —dijo Kira. Ya conocía el resto. Reflexionó un momento. Los apresadores tenían que haber entrado de un salto en el sistema por la cara opuesta de Zeus. Solo así se explicaba que la Circunstancias Atenuantes no los hubiera detectado de inmediato. O eso, o los apresadores habían llegado desde el interior del gigante gaseoso, lo cual parecía muy poco probable.

Kira estudió la imagen holográfica que estaba reproduciendo Ando. En cualquier caso, los apresadores habían sido prudentes: habían aprovechado la superficie de Zeus para ocultar su presencia y habían esperado a que la Circunstancias Atenuantes orbitara hasta la cara contraria de Adra antes de iniciar la propulsión.

No podía ser mera coincidencia que los apresadores se hubieran presentado allí apenas unas semanas después de que Kira hubiera encontrado el xeno en Adra. El espacio era demasiado inmenso para semejantes casualidades. O los apresadores habían estado vigilando Adrastea... o las ruinas habían emitido algún tipo de señal durante el accidente.

Kira se frotó la cara, repentinamente cansada. De acuerdo. Tenía que ponerse en lo peor y dar por hecho que los apresadores podían enviar refuerzos en cualquier momento. No había tiempo que perder.

—Ando, ¿todavía tenemos las comunicaciones intervenidas?

—Negativo.

—Pues... —Se interrumpió. Si enviaba una señal superlumínica a 61 Cygni, tal vez los apresadores podrían seguirla y dar con el resto del espacio colonizado por los humanos. Sin embargo, incluso si Kira no enviaba la señal, lo más probable era que los alienígenas los encontraran sin demasiado esfuerzo (eso suponiendo que no tuvieran ya todos los planetas humanos bajo vigilancia). Además, había que advertir a la Liga de su existencia cuanto antes—. Envía una señal de socorro a la estación

Vyyborg y adjunta toda la información relevante sobre el ataque contra la Circunstancias Atenuantes.

—Imposible ejecutar esa orden.

—¿Cómo? ¿Por qué? Explícate.

—La antena superlumínica está dañada y el campo es inestable. Mis bots de mantenimiento no pueden repararla.

Kira frunció el ceño.

—Desvía la señal de socorro al satélite de comunicaciones orbital. Satélite 28-G. Código de acceso… —Kira recitó de memoria su contraseña de autorización.

—Imposible ejecutar esa orden. El satélite 28-G no responde. Los residuos de la zona indican que ha sido destruido.

—¡Mierda! —Kira se reclinó en su asiento. Ni siquiera podía enviar un mensaje a la Fidanza; se había marchado tan solo un día antes, pero sin comunicaciones superlumínicas era como si estuviera en la otra punta de la galaxia. Todavía podía emitir transmisiones sublumínicas (y pensaba hacerlo), pero tardarían once años en llegar a 61 Cygni. Ni a la Liga ni a Kira le servirían de nada.

Inspiró hondo para tranquilizarse. *Calma. Tú puedes.*

—Ando, envía un informe encriptado confidencial al mando de la FAU en 61 Cygni, con los medios de los que dispongas. Adjunta toda la información pertinente sobre mí, Adrastea y el ataque contra la Circunstancias Atenuantes.

Hubo una pausa apenas perceptible antes de que la pseudointeligencia anunciara:

—Mensaje enviado.

—Muy bien. Ando, ahora quiero emitir en todos los canales de emergencia disponibles.

Se oyó un breve *clic*.

—Todo listo.

Kira se inclinó hacia delante para acercar la boca al micrófono de la pantalla.

—Aquí Kira Navárez, a bordo de la NFAU Valquiria. ¿Alguien me recibe? Cambio… —Esperó unos segundos y repitió el mensaje una vez. Y luego otra. Aunque la FAU no la hubiera tratado precisamente bien, no podía marcharse sin buscar supervivientes. La imagen de las cápsulas de escape saliendo proyectadas de la Circunstancias Atenuantes seguía grabada en su mente. Tenía que averiguar si quedaba alguien con vida.

Kira estaba a punto de decirle a Ando que transmitiera el mensaje en bucle cuando el altavoz emitió un chisporroteo. Se oyó la voz de un hombre, inquietantemente cercana.

—Aquí el cabo Iska. ¿Cuál es su posición actual, Navárez? Cambio.

Kira sintió sorpresa, alivio y una cierta preocupación. En el fondo no esperaba que respondiera nadie. *¿Y ahora qué?*

—Sigo en órbita, cambio. Eh… ¿dónde está, cabo? Cambio.

—He aterrizado en Adra.

Entonces se oyó la voz de una mujer joven:

—Aquí la soldado Reisner. Cambio.

Otras tres voces la siguieron, todas masculinas:

—Aquí el especialista Orso.

—Alférez Yarrek.

—Suboficial Samson.

Y por último, una voz dura, tensa, que le puso los pelos de punta a Kira:

—Mayor Tschetter.

Seis supervivientes en total, y Tschetter era la de mayor rango. Enseguida descubrieron que los seis habían aterrizado en Adra; las cápsulas de escape se habían desperdigado por el continente ecuatorial, donde se encontraba la base de reconocimiento de Kira. Las cápsulas habían procurado aterrizar lo más cerca posible de la base, pero con unos propulsores tan pequeños, *cerca* implicaba varias decenas de kilómetros de distancia, en el mejor de los casos. Y en el de Tschetter, más de setecientos.

—De acuerdo, ¿cuál es el plan de acción, señora? —dijo Iska.

Tschetter guardó silencio un momento.

—Navárez —dijo finalmente—, ¿ya ha alertado a la Liga?

—Sí —contestó Kira—. Pero mi mensaje tardará más de una década en llegar. —Les explicó la avería de la antena superlumínica y la destrucción del satélite de comunicaciones.

—Hay que joderse —murmuró Orso.

—Ahórrate los comentarios —le reprendió Iska.

Oyeron que Tschetter respiraba hondo y se revolvía en su cápsula de escape.

—Mierda. —Era la primera vez que Kira la oía maldecir—. Eso lo cambia todo.

—Sí —dijo Kira—. He comprobado cuánta comida hay a bordo de la Valquiria. No es mucha. —Recitó los cálculos de Ando y añadió—: ¿Cuánto tardará la FAU en enviar otra nave a investigar?

Se oyeron nuevos sonidos de movimiento; a Tschetter parecía costarle encontrar una posición cómoda.

—Demasiado. Un mes como mínimo, quizá más.

Kira se clavó el pulgar en la palma de la mano. La situación iba de mal en peor.

Tschetter continuó:

—No podemos esperar. Nuestra prioridad es alertar a la Liga de la existencia de estos alienígenas.

—El traje los llama «apresadores» —comentó Kira.

—¿No me diga? —dijo Tschetter, tajante—. ¿Algún otro dato relevante que quiera compartir con nosotros, Srta. Navárez?

—He tenido unos sueños muy raros. Luego los grabaré.

—Sí, buena idea… Como decía, tenemos que avisar a la Liga. Ese aviso y el xeno que lleva usted encima, Navárez, son más importantes que cualquiera de nosotros. Por lo tanto, en virtud de la cláusula especial de la Ley de Seguridad Estelar, le ordeno que ponga rumbo a 61 Cygni sin más demora.

—¡Señora, no! —dijo Yarrek.

Iska soltó un gruñido.

—Guarde silencio, alférez.

La idea de abandonar a su suerte a los supervivientes no le hacía ninguna gracia a Kira.

—Oiga, estoy dispuesta a viajar a Cygni sin crionización, pero no pienso abandonarlos sin más.

Tschetter soltó un resoplido.

—Muy loable, pero no podemos permitir que pierda el tiempo volando sobre Adrastea para recogernos a todos. Tardaría al menos media jornada, y los apresadores podrían echársenos encima para entonces.

—Correré el riesgo —dijo Kira en voz baja. Se sorprendió un poco al darse cuenta de que lo decía en serio.

Casi le pareció oír cómo Tschetter negaba con la cabeza.

—Pero yo no, Navárez. Además, el transbordador solamente dispone de cuatro criotubos. Lo sabemos perfectamente.

—Lo siento, mayor, pero no puedo largarme y dejarlos tirados.

—No me joda, Navárez. Ando, anulación de control. Código de autorización… —Tschetter recitó una larga contraseña sin sentido.

—Anulación denegada —replicó la pseudointeligencia—. Todas las funciones de control de la Valquiria se han asignado a Kira Navárez.

La voz de la mayor se volvió todavía más gélida.

—¿Por orden de quién?

—Por orden de la mente de a bordo Bishop.

—Entiendo… Navárez, piense con la cabeza. Actúe con responsabilidad. Esto es más importante que cualquiera de nosotros. Las circunstancias exigen…

—Como siempre —murmuró Kira.

—¿Qué dice?

Kira sacudió la cabeza, aunque nadie pudiera verla.

—Da igual. Pienso bajar a por ustedes, aunque…

—¡No! —dijeron Tschetter e Iska casi al mismo tiempo. Tschetter continuó—: No debe aterrizar la Valquiria bajo ningún concepto, Navárez. No podemos permitir que le tiendan una emboscada. Además, aunque pudiera repostar en su base antes de despegar de nuevo, gastaría una parte considerable del propelente para regresar a la órbita. Y va a necesitar toda la delta-v posible para decelerar cuando llegue a 61 Cygni.

—Pero no pienso quedarme aquí sin hacer nada —replicó Kira—. Y no pueden obligarme a abandonarlos.

Un incómodo silencio llenó el canal de comunicaciones.

Tiene que haber una forma de salvarlos, pensó Kira. Se imaginó sola en Adra, pasando hambre o escondiéndose de los apresadores. Era una perspectiva horripilante, que no le deseaba ni al Dr. Carr.

Al pensar en Carr, se quedó paralizada un instante. Recordó su rostro aterrado, sus advertencias, las esquirlas de hueso asomándole por la piel... Si Kira no hubiera reventado la tubería de oxígeno, tal vez el doctor también habría conseguido escapar de la nave... No. De no haber sido por la explosión, el apresador los habría matado a los dos. De todas formas, lo sentía por Carr. El doctor era un cabronazo, pero nadie merecía morir así.

De pronto, Kira chasqueó los dedos, produciendo un eco sorprendentemente ruidoso en la cabina.

—Ya lo sé —dijo—. Ya sé cómo sacarlos del planeta.

—¿Cómo? —preguntó Tschetter, suspicaz.

—Con el transbordador de mi base —dijo Kira.

—¿Qué transbordador? —preguntó la voz grave de Orso—. La Fidanza se lo llevó al marcharse del sistema.

Kira, impaciente, apenas dejó que Orso terminara de hablar:

—No, ese no. El otro. El transbordador que pilotaba Neghar el día en que encontré al xeno. Iban a desguazarlo por el riesgo de contaminación.

Se oyó un fuerte repiqueteo en los altavoces; Kira supo que eran las uñas de la mayor.

—¿Qué haría falta para hacer despegar ese transbordador? —preguntó Tschetter.

Kira reflexionó un momento.

—Seguramente solo necesite repostar.

—Señora —dijo Orso—. Yo estoy a solo veintitrés kilómetros de la base. Puedo llegar allí en menos de cincuenta minutos.

La respuesta de Tschetter no se hizo esperar:

—En marcha.

Se oyó un leve *clic* cuando Orso se desconectó del canal.

Iska habló entonces con voz indecisa:

—Señora...

—Ya lo sé —dijo Tschetter—. Navárez, tengo que hablar en privado con el cabo. No se mueva de ahí.

—Está bien, pero...

Se cortó la comunicación.

2.

Kira aprovechó para familiarizarse con los controles del transbordador mientras esperaba. Al ver que pasaban varios minutos sin que Tschetter volviera a llamarla, Kira se soltó el arnés y husmeó en las taquillas de almacenamiento de la nave hasta que encontró un mono de vuelo.

En realidad no lo necesitaba (el xeno le daba calor de sobra), pero se sentía desnuda desde que había despertado a bordo de la Circunstancias Atenuantes. El hecho de llevar ropa de verdad la reconfortaba, le transmitía seguridad. Aunque fuera una tontería, se sentía distinta.

Después se dirigió a la pequeña cocina de la nave.

Tenía hambre, pero sabiendo lo escasas que eran las provisiones, no se decidía a comerse una ración entera. En vez de eso, sacó una bolsa de chell autocalentado (su favorito) y regresó a la cabina.

Mientras bebía el té a sorbos, escudriñó la zona del espacio donde habían estado la Circunstancias Atenuantes y la nave alienígena.

No había nada más que oscuridad y vacío. Tantos muertos... humanos y alienígenas. No quedaba ni una mísera nube de polvo: la explosión había borrado del mapa las dos naves, desperdigando sus átomos en todas direcciones.

Alienígenas. Alienígenas sintientes. El descubrimiento seguía abrumándola. Por no hablar del hecho de que Kira había matado a uno de ellos... Tal vez fuera posible negociar con aquellas criaturas tentaculadas. Tal vez todavía pudieran llegar a una solución pacífica. Sin embargo, lo más probable era que incluyeran a Kira en los requisitos de cualquier posible acuerdo.

Al pensar en ello, el dorso de sus manos se arrugó; las fibras entrecruzadas se tensaban como músculos agarrotados. El traje todavía no se había tranquilizado desde su encuentro con el apresador. Parecía más sensible que antes al estado emocional de Kira.

Como mínimo, el ataque contra la Circunstancias Atenuantes había zanjado un debate: los humanos no eran la única especie racional proclive a la violencia y el asesinato. En absoluto.

Kira desvió la mirada hacia la ventana principal, por la que se veía la enorme masa reluciente de Adrastea. Resultaba raro pensar que los seis miembros de la tripulación, incluida Tschetter, estaban allí abajo, en la superficie.

Seis personas para cuatro criotubos.

Abrió de nuevo el canal de comunicaciones; se le había ocurrido una idea.

—Tschetter, ¿me recibe? Cambio.

—¿Qué pasa, Navárez? —preguntó la mayor con fastidio.

—Teníamos dos criotubos en la base. ¿Se acuerda? Donde nos congelaron a Neghar y a mí. Es posible que uno de ellos siga allí.

—… Tomo nota. ¿Hay alguna otra cosa útil en la base? Alimentos, equipo…

—No estoy segura. Todavía no habíamos terminado de recogerlo todo. Es posible que queden vegetales frescos en la sala de hidroponía. En la cocina seguramente haya algunas raciones. Y mucho equipo de reconocimiento, claro, pero me temo que eso no les dará de comer.

—Recibido. Cambio y corto.

Pasó otra media hora antes de que el canal se abriera de nuevo.

—Navárez, ¿me recibe? —dijo la mayor.

—Sí, aquí estoy —se apresuró a decir Kira.

—Orso ha encontrado el transbordador. El hidrocraqueador parece funcionar. *¡Thule!*

—¡Genial!

—Esto es lo que vamos a hacer —dijo Tschetter—. Cuando Orso termine de repostar, dentro de… siete minutos, irá a buscar a Samson, Reisner y Yarrek. Tendrá que hacer dos viajes. Después se reunirán con usted en la órbita, subirán a bordo y el transbordador regresará a la base automáticamente. Y usted, Srta. Navárez, dará las órdenes pertinentes a Ando y se marcharán todos en la Valquiria. ¿Está claro?

Kira frunció el ceño. ¿Cómo podía irritarla tanto aquella mujer?

—¿Y qué pasa con el criotubo que le he comentado? ¿Sigue en la base?

—Ha sufrido graves daños.

Kira hizo una mueca. Era culpa suya.

—Entendido. Entonces, Iska y usted…

—Nos quedamos.

Kira sintió una extraña afinidad. La mayor no le caía bien (ni por asomo), pero no podía evitar admirar su tenacidad.

—¿Por qué usted? ¿No debería…?

—No —la interrumpió Tschetter—. Si los atacan, necesitarán gente capaz de luchar. Yo me he roto una pierna durante el aterrizaje. No les serviría de nada en combate. En cuanto al cabo, se ha ofrecido voluntario. Tardará unos días en llegar a pie hasta la base. Una vez allí, tomará el transbordador para venir a buscarme.

—… Lo siento —dijo Kira.

—No lo sienta —replicó Tschetter con severidad—. Es lo que hay. Además, necesitamos observadores en caso de que los alienígenas regresen. Yo pertenezco al servicio de inteligencia; soy la más adecuada para esa misión.

—Por supuesto —dijo Kira—. Por cierto, si buscan en el taller de Seppo, tal vez encuentren paquetes de semillas. No sé si conseguirán cultivar algo, pero…

—Lo comprobaremos —respondió Tschetter. Después, en tono ligeramente más amable, añadió—: Le agradezco el consejo, aunque a veces sea usted un grano en el culo, Navárez.

—Mire quién fue a hablar. —Kira frotó la palma de la mano contra el borde del panel de mandos y contempló cómo la superficie del traje se doblaba y estiraba. ¿Habría tenido ella valor suficiente para tomar la misma decisión que Tschetter?

—Le avisaremos cuando despegue el transbordador. Tschetter fuera.

3.

—Desconecta la pantalla —dijo Kira.

Observó su reflejo en el cristal, aquel doble fantasmal y mortecino. Era la primera vez que podía verse bien desde la aparición del xeno.

Casi no se reconocía. En vez de la silueta familiar de su cabeza, veía el contorno del cráneo lampiño bajo las fibras negras. Tenía los ojos hundidos y unas arrugas a ambos lados de la boca que le recordaban a su madre.

Se inclinó para verse mejor. Las junturas del traje con la piel formaban un fractal finamente detallado. La imagen despertaba algo extraño en su interior, como si no fuera la primera vez que lo veía. La sensación de *déjà vu* era tan fuerte que por un momento se creyó en otro lugar, en otra época. Tuvo que parpadear y retroceder.

Parecía un zombi, un cadáver resucitado para atormentar a los vivos. Empezó a sentir una profunda repugnancia y apartó la mirada. No quería seguir viendo los efectos del xeno. Se alegraba de que Alan nunca la hubiera visto así. ¿Cómo podría haberla querido entonces? Se imaginó el rostro de Alan esbozando una mueca de asco, la misma que tenía ella ahora.

Por un momento se le llenaron los ojos de lágrimas, pero parpadeó para contenerlas, furiosa.

Levantó las solapas del mono de vuelo para ocultar al xeno lo mejor posible, antes de decir en voz alta:

—Ando, conecta la pantalla. Inicia una grabación.

La pantalla se encendió y una luz amarilla apareció en el marco biselado, al lado de la cámara.

«Hola, mamá. Papá. Isthah… No sé cuándo veréis esto. No sé si llegaréis a verlo siquiera, pero espero que sí. Las cosas se han torcido bastante por aquí. No puedo daros detalles para no meteros en un lío con la Liga, pero Alan ha muerto. Y también Fizel, Yugo, Ivanova y Seppo».

Kira tuvo que apartar la mirada un instante, antes de continuar.

«Mi transbordador está dañado y no sé si podré llegar hasta 61 Cygni. Por si acaso no lo consigo… Mamá, papá, figuráis como mis beneficiarios. Encontraréis toda la información adjunta a este mensaje.

Otra cosa… Sé que esto os va a sonar muy raro, pero confiad en mí. Tenéis que prepararos. Prepararos de verdad. Se avecina una tormenta, y va a ser de las gordas.

Peor que la del treinta y siete». Su familia entendería el chiste. Siempre se decía que solamente el apocalipsis podía ser peor que la tormenta de ese año. «Y una cosa más: no quiero que los tres os deprimáis por mi culpa. Sobre todo tú, mamá. Te conozco muy bien. Ni se te ocurra quedarte encerrada en casa, de bajón. Y eso va por los tres. Salid por ahí. Sonreíd. Vivid. Hacedlo por mí, pero también por vosotros. Por favor, prometédmelo». Kira guardó silencio un momento y asintió con la cabeza. «Lo siento. Siento mucho haceros pasar por esto. Ojalá hubiera pasado por casa para veros antes de esta misión… Os quiero».

Kira pulsó el botón para detener la grabación.

Durante unos minutos se quedó sentada sin hacer nada, mirando la pantalla vacía sin pestañear. Después se obligó a grabar otro mensaje para Sam, el hermano de Alan. Como no podía contarle la verdad sobre el xeno, le dijo que Alan había tenido un accidente mortal en la base.

Cuando terminó se echó a llorar, y esta vez no contuvo las lágrimas. Habían pasado muchas cosas en los últimos días, y era un consuelo poder desahogarse, aunque fuera brevemente.

Sentía en el dedo la ausencia del anillo que le había regalado Alan, y eso no hacía sino empeorar su llanto.

Su agitación provocaba que las fibras se agitaran bajo el mono de vuelo, llenándole de bultos esféricos los brazos, las piernas y los hombros. Kira soltó un gruñido de rabia y se dio un manotazo en la muñeca, que bastó para que los bultos se reabsorbieran.

Cuando recobró la compostura, grabó vídeos similares para el resto de sus compañeros fallecidos. No conocía a sus familias (en el caso de algunos, Kira ni siquiera sabía si tenían familia), pero lo consideraba necesario. Se lo debía. Habían sido amigos suyos… y ella los había matado.

La última grabación le costó tanto como la primera. Después, Kira le pidió a Ando que enviara los mensajes y finalmente cerró los ojos. Estaba agotada, exhausta. Sentía la presencia del traje en su mente, una sutil presión que había empezado a manifestarse durante su huida de la Circunstancias Atenuantes. No percibía pensamientos ni intenciones por su parte, pero estaba segura de que el xeno tenía consciencia. De que la estaba vigilando.

…

Se oyó un fuerte chisporroteo por los altavoces.

Kira dio un respingo; debía de haberse quedado dormida. Alguien le estaba hablando: era Orso.

—¿… me recibes? Cambio. Repito: Navárez, ¿me recibes? Cambio.

—Te oigo —contestó Kira—. Cambio.

—Estamos repostando el transbordador. Nos largamos de este desierto en cuanto llenemos el depósito. Alcanzaremos la Valquiria dentro de catorce minutos.

—Estaré preparada —dijo.

—Recibido. Cambio y corto.

El tiempo avanzó deprisa. Kira observó por las cámaras traseras del transbordador cómo un puntito brillante se alzaba desde la superficie de Adrastea y avanzaba trazando una curva hacia la Valquiria. A medida que se aproximaba, fue distinguiendo la silueta familiar de su antiguo transbordador.

—Los veo —dijo—. Parece que va todo bien.

—Estupendo —dijo Tschetter.

El transbordador se detuvo al lado de la Valquiria y las dos naves utilizaron sus sistemas de control de reacción para acoplarse cuidadosamente, esclusa con esclusa. Un leve temblor sacudió el armazón de la Valquiria.

—Maniobra de atraque completada —anunció Ando. La pseudointeligencia parecía excesivamente contenta.

Las esclusas se abrieron con un chasquido y un siseo. Un hombre de nariz aguileña con el cabello rapado asomó la cabeza.

—¿Permiso para subir a bordo, Navárez?

—Permiso concedido —contestó Kira. No era más que una formalidad, pero le gustó que se lo hubiera preguntado.

Kira le tendió la mano mientras el hombre flotaba hacia la cabina. Tras un momento de vacilación, se la estrechó.

—El especialista Orso, supongo —dijo Kira.

—Supone bien.

Detrás de Orso venían la soldado Reisner (una joven menuda y de aspecto asustado que parecía haberse alistado en la FAU recién salida de la escuela), el suboficial Samson (pelirrojo y larguirucho) y el alférez Yarrek (un tipo corpulento con el brazo derecho vendado).

—Bienvenidos a la Valquiria —dijo Kira.

Todos la miraron con cierto recelo, pero entonces Orso respondió:

—Nos alegramos de estar a bordo.

Yarrek soltó un gruñido.

—Te debemos una, Navárez —dijo.

—Sí —coincidió Reisner—. Gracias.

Antes de enviar su transbordador de vuelta a Adra, Orso se dirigió a una hilera de taquillas situadas en la parte trasera de la Valquiria; Kira ni siquiera se había fijado en ellas. Orso introdujo un código y todas las taquillas se abrieron de golpe con un chasquido, dejando al descubierto varios estantes llenos de armas de fuego y blásteres.

—Esto ya es otra cosa —dijo Samson.

Orso escogió cuatro de aquellas armas, además de una buena cantidad de baterías, cargadores y granadas, y lo guardó todo en el transbordador.

—Para la mayor y el cabo —le explicó.

Kira asintió. Era lógico.

Cuando las armas estuvieron bien guardadas a bordo y todos los soldados pasaron a la Valquiria, el transbordador se desacopló e inició el descenso hacia la superficie de la luna.

—Supongo que no encontrasteis más comida en la base —le dijo Kira a Orso. Este negó con la cabeza.

—Me temo que no. Nuestras cápsulas de escape llevaban unas pocas raciones, pero se las hemos dejado todas a la mayor y al cabo. Les harán más falta que a nosotros.

—Querrás decir que les harán más falta que a mí.

Orso la miró a los ojos con cierta suspicacia.

—Sí, supongo que sí.

Kira sacudió la cabeza.

—No importa. —En cualquier caso, Orso tenía razón—. Muy bien, vamos allá.

—¡A vuestros puestos! —exclamó Orso. Los otros tres militares se apresuraron a abrocharse el arnés, y Orso ocupó el asiento del copiloto.

—Ando, traza una ruta hasta el puerto más cercano de 61 Cygni —solicitó entonces Kira—. Propulsión máxima permitida.

La imagen de su destino apareció en la pantalla del panel de mandos. Aquel puntito parpadeante era la estación de repostaje Hydrotek que orbitaba alrededor del gigante gaseoso Tsiolkovski. La misma estación en la que la Fidanza había hecho una parada de camino al sistema Sigma Draconis.

Kira guardó silencio un momento, antes de decir:

—Adelante.

Los motores del transbordador cobraron vida con un rugido, y la potente aceleración de 2 g los empujó contra sus asientos. Al principio la presión era suave, pero aumentaba rápidamente.

—Allá vamos —murmuró Kira.

4.

Ando mantuvo las 2 g durante tres horas. Después, la pseudointeligencia redujo los propulsores a 1,5 g, una aceleración más manejable que les permitió moverse por la cabina sin demasiadas molestias.

Los cuatro soldados de la FAU se pasaron una hora revisando concienzudamente toda la nave, incluidas las reparaciones que había efectuado Kira.

—Nada mal para una civil —admitió Samson a regañadientes.

Contaron varias veces las raciones de comida, catalogaron todas las armas, baterías y cargadores y comprobaron el estado de los dermotrajes y los criotubos. En general, se aseguraron de que todo estuviera en orden.

—Si se produce alguna avería mientras estamos congelados —dijo Orso—, seguramente no te dé tiempo a despertarnos.

Después, los cuatro se desvistieron. Yarrek, Samson y Reisner entraron en sus respectivos criotubos y activaron las inyecciones que les inducirían la hibernación. No podían demorarse más. De lo contrario, se verían obligados a comer, y querían guardar todas las raciones para Kira.

Reisner soltó una risilla nerviosa mientras se despedía de Kira con la mano.

—Nos vemos en 61 Cygni —dijo mientras la tapa del criotubo descendía y se cerraba.

Kira le devolvió el saludo, pero seguramente la soldado no se dio cuenta.

Orso esperó a que los demás estuvieran inconscientes. Solo entonces se acercó a las taquillas, sacó un rifle y se lo trajo a Kira.

—Toma. Va contra las normas, pero es posible que lo necesites, y en ese caso… en fin, es mejor que tener que luchar cuerpo a cuerpo. —Miró a Kira con una expresión algo socarrona—. Los demás vamos a estar indefensos de todas formas; no perdemos nada por fiarnos de ti.

—Gracias —dijo Kira, sopesando el rifle. Era sorprendentemente pesado—. Creo.

—A mandar. —Orso le guiñó un ojo—. Ando te explicará cómo funciona. Ah, una cosa más. Órdenes de Tschetter.

—¿Qué? —dijo Kira, un tanto asustada.

Orso se señaló el antebrazo derecho. Kira se fijó en que tenía la piel ligeramente más pálida que en la parte superior del brazo, y que una línea muy definida separaba ambas zonas.

—¿Ves esto?

—Sí.

Orso se señaló también el muslo izquierdo; había una diferencia de color similar en el centro.

—¿Y esto?

—Sí.

—Hace unos años me alcanzó una explosión de metralla. Perdí las dos extremidades y me las tuvieron que regenerar.

—Uf.

Orso se encogió de hombros.

—Bah, no duele tanto como uno se imagina. La cuestión es que… cuando te quedes sin comida, si crees que no vas a sobrevivir, abre mi criotubo y corta por lo sano.

—¡¿Cómo?! ¡No! No puedo hacer eso.

El especialista la miró fijamente.

—Es igual que cualquier otra carne cultivada en laboratorio. Mientras siga crionizado, no me pasará nada.

Kira hizo una mueca de asco.

—¿De verdad esperas que me vuelva caníbal? Ya sé que en Sol las cosas son distintas, pero...

—No —dijo Orso, agarrándola por el hombro—. Lo que espero es que sobrevivas. Esto no es un juego, Navárez. Toda la raza humana podría estar en peligro. Si te hace falta cortarme un puto brazo y comértelo para sobrevivir, hazlo. Los dos brazos, si hace falta. Y también las piernas. ¿Comprendido? —preguntó, casi gritando.

Kira asintió con los ojos cerrados; no podía mirarlo a la cara. Un segundo después, Orso la soltó.

—Muy bien. De todas formas... tampoco te vengas arriba a menos que sea necesario, ¿eh?

Kira negó con la cabeza.

—No lo haré, te lo prometo.

Orso chasqueó los dedos y la señaló con los índices.

—Excelente. —Subió al último criotubo y se acomodó en el receptáculo—. ¿Estarás bien tú sola?

Kira apoyó el rifle en la pared más cercana.

—Sí. Además, tengo a Ando para hacerme compañía.

Orso sonrió de oreja a oreja.

—Ese es el espíritu. No queremos que te nos vuelvas loca, ¿eh?

Orso cerró la tapa del criotubo. Al cabo de un momento, una capa de condensación veló el interior de la ventanilla, ocultando su rostro.

Kira suspiró y se sentó lentamente al lado del rifle, notando en los huesos cada kilo adicional de esas 1,5 g.

El viaje se le iba a hacer largo.

5.

La Valquiria mantuvo la aceleración de 1,5 g durante dieciséis horas, tiempo suficiente para que Kira grabara una descripción detallada de las visiones que le había estado transmitiendo el xeno. Cuando terminó, le pidió a Ando que enviara la grabación a Tschetter y a la Liga.

También intentó acceder a los informes que Bishop había transferido desde la Circunstancias Atenuantes, concretamente los relativos al análisis del xeno por parte del Dr. Carr. Sin embargo, se llevó un gran chasco al descubrir que todos los archivos estaban restringidos al personal autorizado y protegidos mediante una contraseña.

Al no conseguir abrirlos, Kira se echó a dormir. Cuando ya no pudo seguir durmiendo, se puso a observar al xeno que le envolvía la piel como una película de plástico.

Trazó una línea con el dedo por su antebrazo, sintiendo el tacto de las fibras. Después metió la mano debajo de la manta isotérmica con la que se había abrigado y la deslizó bajo el mono de vuelo, palpando las zonas que antes no se había atrevido a tocar: los senos, el vientre, los muslos y la ingle.

No estaba buscando placer; era un mero examen clínico. Ahora mismo, su interés por el sexo estaba en mínimos históricos. Y sin embargo, Kira se sorprendió al notar lo sensible que seguía estando su piel, incluso a través de las fibras que la cubrían. Su entrepierna estaba lisa como la de una muñeca, pero era capaz de sentir cada uno de los pliegues de su piel.

Soltó un suspiro con los dientes apretados y se apresuró a retirar la mano. *Ya vale*. De momento, su curiosidad con respecto a eso estaba más que satisfecha.

Empezó a experimentar con el xeno. En primer lugar, trató de instar al traje a que formara una hilera de espinas a lo largo del antebrazo. No lo consiguió. Las fibras respondieron a su orden mental agitándose, pero por lo demás se negaron a obedecer.

Kira sabía que el xeno podía hacerlo. Sencillamente, no quería. O no se sentía lo bastante amenazado. Se imaginó a un apresador delante de ella, pero ni siquiera eso bastó para convencer al organismo de que creara una espina.

Nuevamente frustrada, Kira se centró esta vez en la mascarilla del traje; tenía curiosidad por saber si podía hacerla aparecer a voluntad.

Sí que podía, aunque no sin esfuerzo. Kira tuvo que autoinducirse un estado cercano al pánico; solo cuando su corazón se aceleró y la frente se le perló de sudor frío consiguió comunicar sus intenciones y empezó a notar el mismo hormigueo por el cuero cabelludo y el cuello, a medida que el traje reptaba por su piel hasta cubrirle el rostro. Por un momento sintió que se asfixiaba y su miedo pasó a ser genuino, pero después se recompuso y consiguió refrenar su corazón.

Con cada nuevo intento, el xeno se volvía más receptivo. Finalmente, Kira logró obtener el mismo resultado sin recurrir al pánico, sino a la simple preocupación (lo cual no era demasiado complicado, dadas las circunstancias).

Ahora que tenía la mascarilla puesta, Kira aprovechó para tumbarse un rato y observar los campos electromagnéticos que la rodeaban, aquellos bucles perezosos y gigantescos que emanaban del impulsor de fusión y el generador de la Valquiria. También veía los rizos más pequeños y brillantes del interior del transbordador, los que unían los distintos paneles mediante delgados hilos de energía. Aquellos campos se le antojaban extrañamente hermosos: sus líneas diáfanas le recordaban a la aurora de Weyland, aunque estas eran más regulares.

Al final, el cansancio de aquel estado autoinducido pudo con Kira, que dejó que la mascarilla se retirara de su rostro. Los campos magnéticos se desvanecieron de su visión enseguida.

Al menos no iba a estar totalmente sola. Tenía a Ando... y al traje: su mudo acompañante, su autoestopista parasitario, su vestimenta viviente y mortífera. Su relación no era de amistad, sino de simbiosis.

Antes de que la nave detuviera por completo la propulsión, Kira decidió comerse una de las raciones. Sería su última oportunidad de comer antes de entrar en gravedad cero, y estaba decidida a no desperdiciarla.

Se sentó junto a la pequeña cocina. Cuando terminó de comer, se deleitó con otra bolsa de chell, que fue sorbiendo lentamente durante casi una hora.

Los únicos sonidos del transbordador eran la respiración de Kira y el rugido sordo de los cohetes, el cual iba a desaparecer dentro de poco. Con el rabillo del ojo veía los criotubos de la parte trasera de la Valquiria: fríos, inmóviles, sin el menor indicio de los cuerpos congelados que albergaban. A Kira le resultaba extraño pensar que no era la única persona a bordo, aunque en aquellos momentos Orso y los demás eran poco más que bloques de hielo.

No era un pensamiento alentador. Kira se estremeció y recostó la cabeza en el suelo (o la pared), pero se dio un fuerte golpe en el cráneo y se le empañaron los ojos.

«Mierda», murmuró. No se acostumbraba al aumento de las fuerzas g; se movía demasiado deprisa y se hacía daño con todo. Le dolían las articulaciones, y tenía una docena de dolorosos golpes y magulladuras que se había hecho ella sola en brazos y piernas. El xeno la protegía de cosas peores, pero parecía ignorar las pequeñas molestias crónicas.

Kira no sabía cómo podían soportarlo los habitantes de Shin-Zar y otros planetas de gravedad alta. Las modificaciones genéticas les permitían sobrevivir e incluso desarrollarse dentro de un profundo pozo gravitatorio, pero a Kira le costaba imaginarse que alguna vez se sintieran verdaderamente a gusto.

—Alerta —dijo Ando—. Gravedad cero en T menos cinco minutos.

Kira se deshizo de la bolsa vacía, recogió media docena de mantas isotérmicas de las taquillas de la nave y se las llevó a la cabina. Una vez allí, envolvió con ellas el asiento del piloto, creando una especie de nido dorado. Al lado sujetó con cinta el rifle, raciones para una semana, toallitas húmedas y otras cosas básicas que podía necesitar.

Entonces, una leve sacudida recorrió el mamparo. Los cohetes se apagaron, sumiéndola en un agradable silencio.

Le dio un vuelco el estómago cuando su cuerpo empezó a flotar, y el mono de vuelo se separó de su piel como si lo acabaran de inflar. Se acomodó en la silla cubierta de mantas metalizadas, procurando que su almuerzo no hiciera un bis involuntario.

—Apagando todos los sistemas prescindibles —anunció Ando. Las luces del compartimento de la tripulación se desconectaron, dejando tan solo unas tenues tiras lumínicas rojas sobre los paneles de control.

—Ando —dijo Kira—, reduce la presión de la cabina al equivalente a dos mil cuatrocientos metros sobre el nivel del mar, estándar terrestre.

—Srta. Navárez, a ese nivel...

—Soy consciente de los efectos secundarios, Ando. Cuento con ellos. Haz lo que te digo.

Kira oyó a sus espaldas el zumbido creciente de los ventiladores y notó una ligera brisa cuando el aire empezó a fluir hacia los respiraderos del techo.

Activó el comunicador.

—Tschetter, acaba de desconectarse la propulsión. Transición superlumínica dentro de tres horas. Cambio. —Era necesario esperar ese tiempo para que el reactor de fusión se enfriara al máximo, y también para que los radiadores de la Valquiria refrigeraran el resto de la nave a la temperatura más baja posible. Incluso así, era muy probable que el transbordador se sobrecalentara dos o tres veces a velocidad superlumínica, dependiendo del nivel de actividad de Kira. Cuando eso ocurriera, la Valquiria tendría que regresar al espacio normal el tiempo justo para deshacerse de la energía térmica sobrante, antes de continuar. De lo contrario, todo lo que contenía la Valquiria (incluida Kira) se freiría en su propio jugo.

La distancia entre la Valquiria y la superficie de Adra provocó un retraso de más de tres minutos en la respuesta de Tschetter:

—Recibido, Navárez. ¿Algún problema con el transbordador? Cambio.

—Negativo. Luces verdes en todo el tablero. ¿Y usted? —Kira sabía que la mayor todavía estaba en su cápsula de escape, esperando a que Iska la rescatara.

—... La situación es normal. He conseguido entablillarme la pierna. Debería ser capaz de caminar. Cambio.

Kira esbozó una mueca de angustia. Tenía que haberle dolido muchísimo.

—¿Cuándo llegará Iska a la base? Cambio.

—... Mañana por la noche si no hay imprevistos. Cambio.

—Estupendo. —Kira vaciló un momento—. Tschetter, ¿qué ha sido del cuerpo de Alan?

Llevaba todo el día preguntándoselo.

—... Sus restos fueron trasladados a bordo de la Circunstancias Atenuantes, igual que los demás fallecidos. Cambio.

Kira cerró los ojos un momento. Al menos Alan había tenido un funeral digno de un rey: una nave en llamas que lo había conducido hacia la eternidad.

—Entendido. Cambio.

Pasaron las siguientes horas intercambiando mensajes de manera intermitente: Tschetter le sugería formas de hacer el viaje más llevadero y Kira le daba consejos para sobrevivir en Adra. Le parecía que incluso la mayor sentía el peso de las circunstancias.

—Tschetter, dígame una cosa —preguntó Kira más tarde—. ¿Qué consiguió averiguar Carr sobre el xeno? Y no me venga con esa mierda de la confidencialidad. Cambio.

Tres minutos después, se oyó un suspiro al otro lado de la línea.

—El xeno está compuesto por un material semiorgánico que no se parece a nada que conozcamos. Nuestra teoría actual es que ese traje es en realidad un conjunto de nanoensambladores altamente sofisticados, aunque no hemos podido aislar ninguna unidad individual. Las pocas muestras que conseguimos extraer resultaron prácticamente imposibles de estudiar. Se resistían activamente a cualquier examen. Al poner un par de moléculas en un labochip, lo rompían, lo corroían o lo cortocircuitaban. Ya se hace una idea. Cambio.

—¿Nada más? Cambio —insistió Kira.

—… No. Apenas hubo avances. A Carr le obsesionaba especialmente identificar la fuente de energía del xeno. No parece estar extrayendo su sustento de usted, Navárez. Más bien al contrario. Y eso quiere decir que ha de tener otra forma de generar energía. Cambio.

—Transición superlumínica en T menos cinco minutos —anunció entonces Ando.

—Tschetter, estamos a punto de alcanzar el límite de Markov. Parece que nos vamos ya. Les deseo suerte a usted y a Iska. Espero que lo consigan. Cambio. —Tras una breve pausa, Kira añadió—: Ando, conecta las cámaras de popa.

La pantalla delantera se encendió, mostrando la vista posterior del transbordador. Zeus y sus lunas, incluida Adrastea, ya no eran más que un cúmulo de puntitos brillantes a su derecha, perdidos en la oscuridad.

El rostro de Alan apareció en su mente. Se le hizo un nudo en la garganta.

«Adiós», susurró.

Giró la cámara hasta que la estrella del sistema apareció en la pantalla. La miró fijamente, sabiendo que probablemente nunca volvería a verla. Sigma Draconis, la decimoctava estrella de la constelación de Draco. La primera vez que la había visto enumerada en los informes de la corporación, le había gustado su nombre: prometía aventura, emoción y tal vez una pizca de peligro… Ahora le parecía más funesta que otra cosa, como si aquel dragón hubiera venido a devorar a toda la humanidad.

—Conecta las cámaras de proa.

La pantalla pasó a una imagen de las estrellas que el transbordador tenía ante sí. Sin su holofaz, Kira tardó un minuto en localizar su destino: un punto diminuto de color naranja rojizo, prácticamente en el centro de la pantalla. A esa distancia, las dos estrellas del sistema parecían una sola, pero Kira sabía que habían puesto rumbo a la más cercana.

Solo entonces fue verdaderamente consciente de lo lejísimos que estaba 61 Cygni. Los años luz eran un concepto que escapaba a toda imaginación. A pesar de todos los avances de la tecnología moderna, seguía siendo una distancia enorme, terrorífica. A su lado, su transbordador no era más que una motita de polvo flotando por el vacío.

—… Recibido, Navárez. Buen viaje. Tschetter fuera.

Al fondo de la nave empezó a oírse un tenue lamento: el impulsor Markov se estaba encendiendo.

Kira lo miró de reojo. Aunque no podía verlo, se lo imaginaba: un orbe negro, grande y sólido, que acechaba al otro lado del blindaje de sombra, como un siniestro sapo oculto tras las paredes. Como siempre, el solo hecho de pensar en aquella máquina le producía escalofríos. Tal vez fuera por la muerte radiactiva que albergaba en sus valiosos gramos de antimateria; por el hecho de que el menor fallo en las botellas magnéticas destruiría a Kira en un abrir y cerrar de ojos. O tal vez fuera porque conocía la función del aparato: retorcer la materia y la energía para franquearle la entrada al espacio superlumínico. En cualquier caso, aquellos impulsores la ponían nerviosa. Siempre se había preguntado qué clase de cosas podían ocurrir durante la hibernación.

Estaba a punto de descubrirlo.

El lamento se intensificó mientras Ando anunciaba:

—Transición superlumínica en cinco… cuatro… tres… dos… uno.

El gemido del impulsor alcanzó su punto álgido y las estrellas se desvanecieron.

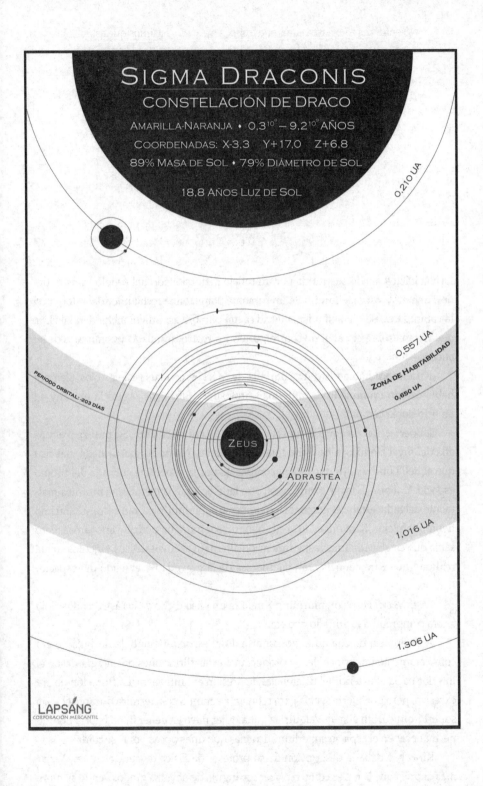

MUTIS I

★ ★ ★ ★ ★ ★ ★

1.

La Vía Láctea quedó sustituida por un reflejo distorsionado del propio transbordador; una mole oscura, iluminada únicamente por el tenue resplandor del interior de la cabina. Kira se vio a sí misma a través del parabrisas: una mancha de piel clara que flotaba sobre el panel de control, como un rostro desollado y arrancado de su cuerpo.

Kira nunca había visto una burbuja de Markov con sus propios ojos; siempre había estado crionizada durante los saltos superlumínicos. Agitó la mano y su amorfo doble la imitó.

La perfección de aquella superficie espejada era fascinante. Su pureza iba más allá del nivel atómico; alcanzaba cotas planckianas. No podía existir nada más liso que aquella burbuja, ya que estaba compuesta por la superficie curvada del propio espacio. Y al otro lado de la burbuja, al otro lado de aquella membrana infinitesimalmente delgada, estaba el desconocido universo superlumínico, tan cerca y al mismo tiempo tan lejos. Kira nunca lo veía. Ningún ser humano podría verlo jamás. Pero sabía que estaba allí: una vasta dimensión alternativa, cuyos únicos vínculos con la realidad que Kira conocía eran las fuerzas de la gravedad y el tejido del espacio-tiempo.

«A través del espejo», murmuró Kira. Era un viejo dicho de los astronautas. Solo ahora comprendía lo atinado que era.

A diferencia de cualquier zona normal del espacio-tiempo, la burbuja no era completamente impermeable. Se producían ciertas filtraciones de energía desde el interior hacia el exterior (el diferencial de presión era inmenso). La filtración no era excesiva, pero por suerte servía para reducir la acumulación térmica durante el viaje superlumínico. Sin ella, la Valquiria (y cualquier nave en general) no habría podido permanecer en el espacio superlumínico más que unas pocas horas seguidas.

Kira recordaba la descripción de su profesor de Física de cuarto curso: «Viajar más deprisa que la luz es como recorrer un ángulo de noventa grados yendo siempre en línea recta». La frase se le había quedado grabada, y cuanto más había ido aprendiendo, más acertada la encontraba.

Continuó observando su propio reflejo durante varios minutos más. Finalmente, suspiró y oscureció el parabrisas hasta volverlo opaco.

—Ando, reproduce las obras completas de J. S. Bach en bucle, empezando por los *Conciertos de Brandeburgo*. Volumen al nivel tres.

En cuanto sonaron los primeros compases suaves y precisos, Kira notó que empezaba a relajarse. La estructura de Bach siempre le había gustado mucho: la belleza matemática, fría e impecable de cada tema al enlazarse con el siguiente, al desarrollarse, al explorar y transformarse. Además, la resolución de cada pieza era inmensamente satisfactoria; ningún otro compositor le transmitía esa sensación.

La música era el único lujo que iba a permitirse. No produciría demasiado calor, y ya que no tenía sus implantes para leer o jugar, necesitaba alguna distracción para no volverse loca durante los días que duraría el viaje. Si hubiera tenido su concertina a mano, habría podido practicar, pero...

En cualquier caso, la música reconfortante de Bach y la baja presión de la cabina la ayudarían a dormir mejor, lo cual era importante. Cuanto más durmiera, más deprisa pasaría el tiempo y menos comida necesitaría.

Kira levantó el brazo derecho para observarlo. El traje era incluso más oscuro que su entorno: una sombra entre sombras, más visible como ausencia que como presencia.

Debería ponerle nombre. Había tenido una suerte increíble al escapar de la Circunstancias Atenuantes. El apresador debería haberla matado, sin ninguna duda. Y la descompresión explosiva también. El xeno la había salvado varias veces. Aunque claro, de no haber sido por el xeno, Kira tampoco habría terminado en aquellas situaciones de peligro... De todas formas, sentía cierta gratitud hacia él. Gratitud y confianza: con ese traje, estaba más protegida que cualquier soldado con servoarmadura.

Y después de todo lo que habían pasado juntos, el xeno merecía tener un nombre. Pero ¿cuál? Aquel organismo era un cúmulo de contradicciones: era una armadura, pero también un arma. Podía ser duro o blando. Podía fluir como el agua o volverse tan rígido como una viga de metal. Era una máquina, pero también un ser vivo.

Había demasiadas variables. Ninguna palabra podía abarcarlas todas. Por lo tanto, Kira se centró en la cualidad más obvia del traje: su aspecto. La superficie de ese material le había recordado a la obsidiana desde el principio, aunque no era tan vítreo.

«Obsidiana», murmuró. Con la mente, empujó la palabra hacia la presencia del xeno, como intentando hacerle comprender. *Obsidiana*.

Y el xeno respondió.

La invadió una oleada de imágenes y sensaciones inconexas. Al principio se desorientó, porque individualmente no parecían significar nada, pero a medida que la secuencia se repetía una vez tras otra, Kira empezó a distinguir las relaciones que unían los diferentes fragmentos. En conjunto, formaban un lenguaje que no se basaba en palabras, sino en asociaciones de ideas. Y entonces lo comprendió:

El xeno ya tenía nombre.

Era un nombre complejo, constituido y representado por un entramado de conceptos interrelacionados que Kira seguramente tardaría años en analizar por completo, si es que lo conseguía alguna vez. Sin embargo, a medida que su mente filtraba esos conceptos, no pudo evitar irles asignando palabras concretas. Al fin y al cabo, Kira era humana: el lenguaje estaba tan arraigado en ella como su propia consciencia. Sus palabras no conseguían reflejar todas las sutilezas del nombre, porque ella tampoco las entendía del todo, pero sí que capturaban sus aspectos más generales y evidentes.

El filo dúctil.

Esbozó una leve sonrisa. Le gustaba cómo sonaba.

—El filo dúctil. —Lo pronunció en voz alta, saboreando las palabras. En respuesta, el xeno le transmitió… No era satisfacción, pero sí aceptación.

El hecho de saber que el organismo tenía nombre (y que no era un nombre que le hubiera puesto Kira) cambió su forma de verlo. En vez de considerarlo como un intruso, un parásito potencialmente letal, ahora lo veía más bien como un… compañero.

El cambio era notable, y también inesperado. Pero los nombres —ahora lo comprendía— alteraban y definían todas las cosas, incluidas las relaciones. Ocurría lo mismo con las mascotas: una vez que les ponías nombre ya no había vuelta atrás; tenías que quedártelas quisieras o no.

El filo dúctil…

—¿Para qué te diseñarían? —preguntó. No hubo respuesta.

Una cosa estaba clara: quienquiera que hubiera escogido el nombre del xeno (tanto si había sido él mismo como sus creadores) poseía un gran sentido de la elegancia y la poesía. Sabía apreciar las contradicciones inherentes de los conceptos que Kira había resumido como el filo dúctil.

Qué extraño era el universo. Cuanto más aprendía, más extraño le parecía, y dudaba de que alguna vez pudiera obtener respuestas para todas sus preguntas.

El filo dúctil. Kira cerró los ojos; se sentía curiosamente cómoda. Se fue adormeciendo, arrullada por los tenues compases de Bach y sabiendo que, al menos de momento, estaba a salvo.

2.

El cielo era un campo de diamantes. Su cuerpo tenía miembros y sentidos desconocidos. Se deslizaba por el apacible crepúsculo, y no estaba sola; había otros que avanzaban a su lado. Los conocía. Le importaban.

Cuando llegaron a una puerta negra, sus compañeros se detuvieron. Y ella lloró, porque no volverían a verse. Cruzó la puerta y continuó a solas hasta llegar a un lugar secreto.

Realizó los movimientos, y las luces de antaño la bañaron con bendiciones y promesas. Entonces la carne se separó de la carne; ella acudió a su cuna y se acurrucó para esperar, llena de afán y expectación.

Pero la llamada esperada nunca llegó. Una tras otra, las luces fueron titilando y apagándose, sumiendo el antiguo relicario en el frío, la oscuridad y la muerte. El polvo se fue acumulando, las piedras se desplazaron. Y en lo alto, los patrones de las estrellas fueron cambiando lentamente, adoptando formas desconocidas.

Y entonces se produjo una fractura…

Caía. Caía lentamente hacia los confines del azul oscuro mar embravecido. Dejando atrás los embates del oleaje, a través de corrientes calientes y frías, seguía cayendo y nadando débilmente. Y de la turbulenta oscuridad surgió una silueta inmensa sobre la margen plañidera: un montículo de roca alveolar. Y arraigado sobre esa roca… arraigado sobre esa roca…

Kira se despertó, aturdida.

Como seguía a oscuras, por un momento no supo dónde estaba ni cómo había llegado hasta allí. Solo sabía que se precipitaba desde una altura terrible…

Soltó un grito y se sacudió violentamente, golpeando con el codo el panel de control más cercano al asiento del piloto. El impacto le devolvió la consciencia al instante. Comprendió que seguía a bordo de la Valquiria y que todavía sonaba la música de Bach.

—Ando —susurró—. ¿Cuánto tiempo he dormido? —En la oscuridad era imposible llevar la cuenta del paso del tiempo.

—Catorce horas y once minutos.

Aquel extraño sueño, inquietante y agridulce, seguía flotando en su mente. ¿Por qué le enviaba tantas visiones el xeno? ¿Qué intentaba comunicarle? Sueños, recuerdos… A veces la diferencia entre ambas cosas era insignificante.

Entonces la carne se separó de la carne. Esa frase suscitaba otra pregunta: si Kira se separaba del xeno, ¿moriría? Ciertamente, lo que le había mostrado el traje podía interpretarse así. La idea le dejó un regusto amargo en la garganta. Tenía que haber algún modo de librarse de la criatura.

Empezaba a preguntarse hasta qué punto el filo dúctil comprendía todo lo que había pasado desde que Kira lo había encontrado.

¿Era consciente de que había matado a sus amigos? ¿A Alan?

Recordó las primeras imágenes que le había transmitido el xeno: el sol moribundo, los planetas devastados y el cinturón de residuos. ¿Sería ese el lugar de origen del parásito? Había ocurrido algo terrible, una especie de cataclismo. Eso lo comprendía, pero todo lo demás era muy confuso. El xeno había estado unido a un apresador, pero no tenía claro si los apresadores también habían creado al xeno (o la Gran Baliza).

Se estremeció. En la galaxia habían sucedido muchísimas cosas de las que los humanos no tenían ni la menor idea. Catástrofes. Batallas. Civilizaciones ancestrales. Resultaba sobrecogedor pensar en ello.

Empezó a picarle la nariz, y estornudó con tanta fuerza que se golpeó la barbilla contra el pecho. Volvió a estornudar. Bajo la tenue luz roja de la cabina distinguió unas volutas de polvo gris que flotaban hacia los respiraderos del transbordador.

Se llevó la mano al esternón con cautela. Una fina capa de polvo cubría su cuerpo, el mismo polvo que había visto al despertar en la Circunstancias Atenuantes durante el ataque de los apresadores. Palpó el asiento, pero no había ninguna nueva concavidad. El xeno no lo había disuelto.

Kira frunció el ceño. A bordo de la Circunstancias Atenuantes, el xeno debía de haber absorbido la cubierta porque necesitaba sus materiales, o al menos una parte. Metales, plásticos, oligoelementos… algo. Y eso quería decir que, en cierto sentido, el xeno tenía hambre. Pero ¿y ahora? No veía ninguna depresión, pero el polvo volvía a estar allí. ¿Por qué?

Ya está. Acababa de caer en la cuenta: era Kira la que había comido. El polvo aparecía cada vez que ella o el xeno se alimentaban. Por lo tanto, la criatura estaba… ¿excretando?

Si estaba en lo cierto, la desagradable conclusión era que el parásito había tomado el control de su sistema digestivo y estaba procesando y reciclando sus desechos, eliminando aquellos elementos que no necesitaba. Aquel polvo era el equivalente alienígena de los GRED, los gránulos con envoltura de polímero que los dermotrajes producían a partir de las heces del usuario.

Kira esbozó una mueca. Tal vez se equivocara (de hecho, esperaba equivocarse), pero sospechaba que no.

Eso planteaba otra pregunta: ¿cómo podía el traje, un dispositivo alienígena, comprender el funcionamiento biológico de Kira lo suficiente como para asociarse con él? Interactuar con un sistema nervioso era una cosa, pero hacerlo con la digestión y otros procesos biológicos básicos era muchísimo más difícil.

Había ciertos elementos comunes a casi todas las formas de vida de la galaxia, claro, pero cada bioma alienígena había desarrollado su propio lenguaje de ácidos, proteínas y otras sustancias químicas. El traje no debería ser capaz de asociarse con Kira de esa forma. El hecho de que pudiera hacerlo indicaba que el nivel tecnológico de los creadores del xeno era muchísimo más elevado de lo que ella había creído en un principio, y si resultaban ser los apresadores…

Por supuesto, también cabía la posibilidad de que el traje estuviera siguiendo una serie de órdenes o instintos de manera irracional. Tal vez terminaría envenenando a Kira y matándola por alguna caprichosa incompatibilidad química.

En cualquier caso, Kira no podía hacer nada al respecto.

Todavía no tenía hambre. Y tampoco necesitaba aliviarse. Así que cerró los ojos de nuevo y dejó que su mente regresara a aquel sueño para fijarse en los detalles que le parecían importantes y tratar de encontrar algo parecido a una respuesta para sus muchas preguntas.

—Ando, inicia una grabación de audio —dijo.

—Grabando.

Kira se tomó su tiempo e hizo una grabación completa del sueño, procurando incluir hasta el más diminuto detalle.

La cuna... La margen plañidera... Los recuerdos resonaban en su interior como el tañido de un lejano gong. Pero Kira sentía que el filo dúctil todavía tenía más cosas que compartir con ella, que estaba intentando decirle algo, algo que aún no estaba claro. Quizá, si volvía a quedarse dormida, le enviaría una nueva visión...

3.

Después de eso, el tiempo se difuminó. Parecía moverse más deprisa, pero también más despacio. Se movía más deprisa porque, mientras Kira dormía (y también en la confusa neblina entre el sueño y la vigilia), transcurría en grandes cantidades sin que ella se diera cuenta. Y se movía más despacio porque las horas de vigilia eran todas iguales. Escuchaba el ciclo infinito de Bach, estudiaba los datos que había reunido en Adra (intentando determinar qué relación tenían con el xeno, si es que tenían alguna) y se retiraba a los rincones más dichosos de su memoria. Y nada cambiaba, nada salvo su respiración, el flujo de la sangre por sus venas y el movimiento embotado de su mente.

Comía poco. Y cuanto menos comía, menos le apetecía moverse. Una inmensa calma se había apoderado de ella. Su cuerpo se le antojaba cada vez más lejano y etéreo, como una proyección holográfica. Las pocas veces que se levantó del asiento del piloto, se dio cuenta de que no tenía voluntad ni energías para hacer el menor esfuerzo.

Los momentos de vigilia se fueron haciendo cada vez más cortos, hasta que llegó un punto en que lo único que hacía era perder y recuperar la consciencia, sin estar segura de si dormía o no. A veces recibía retazos de imágenes del filo dúctil —explosiones impresionistas de colores y sonidos—, pero el xeno no volvió a compartir con ella ningún otro recuerdo como el de la margen plañidera.

En una ocasión, Kira se fijó en que el zumbido del impulsor Markov había cesado. Sacó la cabeza de las mantas isotérmicas que la envolvían y vio un puñado de estrellas por las ventanillas de la cabina. Se dio cuenta de que el transbordador había salido del espacio superlumínico para enfriarse.

Más tarde, cuando volvió a sacar la cabeza, las estrellas ya no estaban.

Si el transbordador regresó al espacio normal en algún otro momento, Kira no fue consciente de ello.

Por poco que comiera, las provisiones de alimentos mermaban inexorablemente. El polvo que expulsaba el traje se iba depositando en un blando lecho alrededor de su cuerpo —amoldándose a su silueta y envolviéndola como un espuma densa— o bien se alejaba flotando en delicadas hebras hacia los respiraderos de ventilación repartidos por el techo.

Y entonces, un día, se acabaron las raciones.

Kira miró fijamente el cajón vacío, incapaz de asimilar lo que veía. Después volvió al asiento del piloto, se abrochó el arnés e inspiró hondo, despacio, sintiendo el aire frío en la garganta y los pulmones. No sabía cuántos días llevaba en el transbordador, ni cuántos faltaban. Ando podría habérselo dicho, pero Kira no quería saberlo.

O sobrevivía o no sobrevivía; a esas alturas ningún número iba a cambiar el resultado. Además, Kira temía perder la determinación si Ando le decía la verdad. Ya solo podía seguir adelante: preocuparse ahora por la duración del viaje solo serviría para complicárselo.

Y ahora venía lo más difícil: no había comida. Por un momento pensó en los criotubos de la parte trasera de la nave, en la propuesta de Orso. Pero al igual que entonces, su mente se opuso a la idea. Prefería morir de hambre antes que comerse a otra persona. Tal vez cambiaría de opinión a medida que su propio cuerpo se fuera consumiendo, pero estaba segura de que no sería así.

Extrajo una píldora de melatonina del frasco que había guardado cerca de su cabeza, la masticó y se la tragó. El sueño, ahora más que nunca, era su mejor aliado. Mientras pudiera dormir, no necesitaría comer. Tan solo esperaba volver a despertarse...

La mente de Kira empezó a nublarse cada vez más, y se sumió nuevamente en el olvido.

4.

Tal y como sabía que ocurriría, el hambre se presentó, aguda y acuciante, como un monstruo que le desgarraba las entrañas a zarpazos. El dolor crecía y menguaba con la constancia de las mareas, cada una más alta que la anterior. Se le hacía la boca agua, se mordía el labio y se martirizaba pensando en comida.

Era lo que esperaba que ocurriera, y sabía que no haría más que empeorar.

Y sin embargo, el hambre desapareció.

Desapareció y ya no volvió. Su cuerpo se enfrió y se sintió hueca, como si tuviera el ombligo pegado a la columna vertebral.

Thule, pensó, ofreciendo una última plegaria al dios de los astronautas.

Entonces se durmió, y ya no despertó. Y soñó lentos sueños acerca de extraños planetas con cielos extraños; soñó con fractales en espiral que florecían en espacios olvidados.

Y todo quedó en silencio. Y todo quedó a oscuras.

SEGUNDA PARTE

* * * * * * *

SUBLIMARE

Los copos de nieve me rozaban las mejillas mientras la observaba desde lo alto de la escalerilla y analizaba su universo [...], un mundo en el que incluso una humilde araña se niega a rendirse y dejarse morir de frío en tanto pueda alcanzar una estrella con su tela [...]. Semejante rasgo debería transmitirse a aquellos que librarán nuestra gélida batalla final contra el vacío. Pensé en bajarla cuidadosamente hasta el suelo. Quería dejar un mensaje para el futuro: en los días del hielo, buscad un sol menor.

—Loren Eiseley

CAPÍTULO I

★ ★ ★ ★ ★ ★ ★

DESPERTAR

1.

El golpe sonó amortiguado, pero tan fuerte que habría podido penetrar incluso en el más profundo de los sueños.

Lo siguió una serie de tintineos y chirridos, acompañados por un frío repentino y un destello de luz, intenso y escrutador. A lo lejos, un eco de voces ininteligibles pero claramente humanas.

Solamente un rincón del cerebro de Kira se daba cuenta de todo ello, el mismo rincón primitivo e instintivo que la empujaba hacia la consciencia, conminándola a abrir los ojos (*¡Abre los ojos!*) antes de que fuera demasiado tarde.

Kira trató de moverse, pero su cuerpo se negaba a responder. Estaba flotando dentro de sí misma, atrapada dentro de su propia carne sin poder controlarla.

Cuando inspiró hondo, su cuerpo empezó a recuperar los sentidos. Los sonidos duplicaban su volumen y su nitidez, como si acabara de quitarse unos tapones. Notó un hormigueo en la piel a medida que la mascarilla del traje se retiraba de su rostro, y entonces abrió los ojos, boqueando ruidosamente.

Una luz cegadora se posó sobre su rostro, obligándola a entornar los ojos con una mueca.

—¡Eh! ¡Está viva! —dijo una voz masculina, joven y ansiosa.

—No la toques. Llama al doctor —contestó una voz femenina, fría e impasible.

No… al doctor no, pensó Kira.

La luz no se apartaba de su rostro. Intentó taparse los ojos, pero tenía el pecho y el cuello envueltos en una apretada manta isotérmica, y no podía mover las manos. ¿Cuándo se había puesto aquella manta?

Entonces distinguió el rostro de una mujer, una cara grande y pálida como una luna.

—¿Me oye? ¿Quién es usted? ¿Se encuentra bien?

—¿Qu...? —Las cuerdas vocales de Kira se negaban a obedecer. Solamente consiguió proferir un gemido ronco. Forcejeó para librarse de la manta, pero al comprobar que no cedía se dejó caer de nuevo, mareada y exhausta—. ¿Qué...? ¿Dónde...?

La silueta de un hombre se interpuso entre la luz y ella durante un momento.

—Déjenme ver. —Tenía un acento peculiar.

—*Aish* —dijo la mujer, echándose a un lado.

Unos dedos finos y cálidos le palparon los brazos, los costados y la mandíbula. De pronto, sintió que la levantaban del asiento del piloto.

—¡Cielos, menudo dermotraje! —exclamó el más joven.

—Más tarde. Llevémosla a la enfermería.

Otras manos la sujetaron, girando su cuerpo hacia la esclusa. Kira intentó erguirse débilmente, pero el doctor (porque daba por hecho que aquel era el doctor) le dijo:

—No, no, descanse. Es mejor que no se mueva.

Kira perdió y recuperó el sentido varias veces mientras la llevaban flotando por la esclusa... por un tubo presurizado de color blanco en forma de fuelle... por un pasillo marrón, iluminado por varias tiras lumínicas llenas de arañazos... hasta llevarla finalmente a una pequeña sala con las paredes repletas de cajones y equipo médico. ¿Eso de la pared era un medibot...?

2.

Una súbita sensación de aceleración devolvió a Kira a la plena consciencia. Por primera vez desde hacía semanas, volvía a sentir la gravedad, la maravillosa gravedad.

Parpadeó y miró a su alrededor, débil pero alerta.

Estaba tendida en una cama inclinada, con una correa sujetándola por las caderas para evitar que se resbalara o saliera flotando. La habían tapado con una sábana hasta la barbilla (seguía llevando el mono de vuelo). Varias tiras lumínicas brillaban en el techo, equipado con un medibot. Le vino a la cabeza el momento en el que había despertado en la enfermería de Adra...

Pero no, aquello era distinto. A diferencia de la base de reconocimiento, aquella sala era diminuta, un poco más grande que un armario.

Había un joven sentado en el borde de un lavabo de metal. ¿Sería el mismo al que había oído antes? Era un chico flaco y desgarbado, vestido con un mono verde oliva que llevaba remangado, dejando al descubierto sus nervudos antebrazos. También llevaba las perneras remangadas, luciendo unos calcetines rojos a rayas. Aparentaba menos de veinte años, pero Kira no estaba segura.

Entre ella y el joven se interponía un hombre alto, de tez oscura. Probablemente el doctor, a juzgar por el estetoscopio que llevaba colgado del cuello. Tenía las manos finas, con dedos largos que se movían incansables, como pececillos. En vez de un mono de trabajo, el doctor vestía un jersey de cuello alto de color azul pizarra y un pantalón a juego.

Ni el uno ni el otro iban uniformados; definitivamente, no eran militares. Tampoco parecían empleados de Hydrotek. ¿Serían trabajadores subcontratados? ¿Independientes? Qué raro. Si no estaba en la estación de repostaje, ¿dónde estaba?

El doctor se dio cuenta de que Kira lo estaba mirando.

—Ah, por fin despierta, señorita. —Ladeó la cabeza, estudiándola atentamente con sus ojos grandes y redondos—. ¿Cómo se encuentra?

—No... —respondió Kira con un hilo de voz. Se interrumpió, tosió y probó de nuevo—: No muy mal. —Curiosamente, era verdad. Notaba el cuerpo agarrotado y dolorido, pero todo parecía en orden. De hecho, tenía la impresión de que sus sentidos eran más agudos que antes. Se preguntó si el traje había seguido integrándose con su sistema nervioso durante el viaje.

El doctor frunció el ceño; tenía pinta de ser bastante inquieto.

—Me sorprende, señorita. Su temperatura interna era anormalmente baja. —Enarboló una jeringuilla—. Debo sacarle sangre para...

—¡No! —replicó Kira, con más brusquedad de lo esperado. No podía permitir que el doctor la examinara, o se daría cuenta de lo que era realmente el filo dúctil—. Nada de sangre.

Kira apartó la sábana, desabrochó la correa que la retenía y bajó de la cama.

En cuanto sus pies tocaron el suelo, le flojearon las rodillas y perdió el equilibrio. El doctor la sujetó justo a tiempo para que no cayera de bruces.

—Tranquila, señorita. Ya la tengo. Ya la tengo. —Volvió a auparla hasta la cama.

Mientras tanto, el chico sacó una barrita alimenticia y empezó a mordisquearla.

Kira levantó la mano, y el doctor retrocedió.

—Estoy bien. Puedo sola. Deme un momento.

Él la observó con expresión inquisitiva.

—¿Cuánto tiempo ha estado en gravedad cero, señorita?

En lugar de contestar, Kira volvió a apoyar los pies en el suelo. Esta vez las piernas la sostuvieron, aunque de todas formas apoyó una mano en la cama para mantener el equilibrio. Le sorprendía (y le agradaba) lo bien que le funcionaban los músculos. No se le habían atrofiado prácticamente nada (o nada). Notaba cómo sus miembros se fortalecían por segundos.

—Unas once semanas —dijo.

El doctor enarcó sus frondosas cejas.

—¿Y cuándo comió por última vez?

Kira comprobó rápidamente su estado interno. Tenía hambre, pero no estaba famélica. Y debería estarlo; de hecho, debería estar prácticamente muerta de hambre. Había dado por hecho que llegaría a 61 Cygni sin fuerzas para tenerse en pie.

Tenía que ser cosa del filo dúctil. Le había inducido una especie de hibernación.

—No me acuerdo… un par de días.

—Qué mal —murmuró el joven mientras masticaba. Definitivamente, era la misma voz que había oído a bordo de la Valquiria.

El doctor lo miró de reojo.

—Tienes más raciones, ¿verdad? Dale una a nuestra invitada.

El joven sacó otra barrita de un bolsillo y se la lanzó a Kira, que la atrapó al vuelo, le quitó el envoltorio y le dio un mordisco. Sabía bien, a plátano con chocolate y alguna cosa más. Al tragar, el estómago le rugió con furia.

El doctor abrió un cajón y le entregó una bolsa plateada llena de líquido.

—Tenga, bébase esto cuando termine de comer. Le ayudará a reponer electrolitos y nutrientes esenciales.

Kira soltó un gruñido de agradecimiento, engulló el resto de la barrita y se bebió el contenido de la bolsa. Tenía un sabor dulce y ligeramente metálico, como de sirope con hierro.

El doctor levantó la jeringuilla de nuevo.

—Y ahora, debo insistir en tomar un muestra de sangre, señorita. Debo comprobar…

—Oiga, ¿dónde estoy? ¿Quién es usted?

El joven dio otro mordisco y dijo con la boca llena:

—Estás a bordo de la VSL Wallfish.

Al doctor pareció molestarle la interrupción.

—Así es. Me llamo Vishal, y él es…

—Soy Trig —se presentó el chico, dándose una palmada en el pecho.

—Hola —dijo Kira, todavía perpleja. «VSL» designaba una nave civil—. Pero…

—¿Cómo te llamas? —le preguntó Trig, señalándola con la barbilla.

—Soy la alférez Kaminski —contestó Kira sin pensar. Descubrirían su verdadero nombre en cuanto empezaran a comprobar los registros de la Valquiria, pero su instinto le decía que fuera prudente hasta comprender mejor la situación. Más tarde, siempre podía alegar confusión por la falta de alimento—. ¿Estamos cerca de Tsiolkovski?

Vishal parecía sorprendido.

—¿Cerca de…? No, Srta. Kaminski. En absoluto.

—Eso está en la otra punta de 61 Cygni —dijo el chico, tragando el último bocado.

—¿Cómo? —dijo Kira, incrédula.

El doctor asintió.

—Sí, sí, Srta. Kaminski. Su nave perdió energía al regresar al espacio normal, y ha estado viajando a la deriva por todo el sistema. Si no la hubiéramos rescatado, quién sabe cuánto tiempo habría seguido navegando sin rumbo.

—¿Qué día es hoy? —preguntó Kira, repentinamente preocupada. El doctor y el chico la miraron extrañados. Kira sabía lo que estaban pensando: ¿por qué no comprobaba la fecha en su holofaz?—. Es que no me funcionan los implantes. ¿Qué día es hoy?

—Dieciséis —respondió Trig.

—¿De noviembre? —preguntó Kira.

—De noviembre —le confirmó el chico.

El viaje había durado una semana más de lo planeado: ochenta y ocho días en lugar de ochenta y uno. A todas luces, Kira debería estar muerta. Pero lo había conseguido. Pensó en Tschetter y en el cabo Iska, y sintió una extraña inquietud. ¿Los habrían rescatado? ¿Seguirían vivos siquiera? Tal vez hubieran muerto de hambre mientras Kira viajaba en la Valquiria, o asesinados por los apresadores. Tal vez nunca sabría qué había sido de ellos.

Fuera cual fuera la verdad, Kira decidió no olvidar jamás sus nombres ni sus actos durante el resto de su vida. Era su única forma de rendir homenaje a su sacrificio.

Vishal chasqueó la lengua.

—Podrá preguntar todo lo que quiera más tarde, Srta. Kaminski, pero primero tengo que asegurarme de que se encuentra bien.

Kira sintió una punzada de pánico, y por primera vez desde que había despertado, el filo dúctil reaccionó a sus emociones, provocándole un cosquilleo helado desde los muslos hasta el pecho. El espanto de Kira iba en aumento, acompañado ahora por un terror más profundo. *Tengo que calmarme.* Si la tripulación de la Wallfish descubría lo que Kira había traído a su nave, la pondrían en cuarentena, y no le apetecía nada pasar de nuevo por esa agradable experiencia. En cualquier caso, la FAU tampoco habría visto con buenos ojos que Kira revelara la existencia del xeno a unos civiles. Cuanto más supieran sus rescatadores sobre el filo dúctil, más problemas tendrían todos, incluida la propia Kira.

Negó con la cabeza.

—Se lo agradezco, pero estoy bien.

El doctor titubeó, visiblemente frustrado.

—Srta. Kaminski, no puedo asistirla adecuadamente si no me deja terminar el reconocimiento médico. Con un sencillo análisis de sangre…

—¡Nada de sangre! —dijo Kira, más fuerte que antes. La pechera del mono de vuelo empezó a hincharse; el filo dúctil estaba formando una capa de púas cortas. Kira, desesperada, hizo lo único que se le ocurrió: le ordenó mentalmente a esa zona del traje que se endureciera.

Y funcionó.

Las espinas se quedaron petrificadas. Kira cruzó los brazos sobre el pecho, con la esperanza de que ni Vishal ni el chico se dieran cuenta de nada. El corazón le latía a toda velocidad.

Entonces, oyó una voz desconocida fuera de la enfermería:

—¿Es huterita ortodoxa o qué?

El hombre que cruzó el umbral era algo más bajo que Kira. Sus sagaces ojos azules resaltaban vivamente sobre la tez bronceada de astronauta. Aunque lucía la sombra oscura de una barba de un día, llevaba el cabello bien peinado y cuidado. Aparentaba unos cuarenta y pocos, aunque bien podía tener sesenta, por supuesto. Kira supuso que era más bien joven: la nariz y las orejas apenas mostraban indicios de senescencia.

Vestía una camiseta de punto debajo de un chaleco de malla de estilo militar, y en el muslo derecho llevaba un bláster muy gastado. Kira se percató de que mantenía la mano cerca de la empuñadura en todo momento.

El recién llegado desprendía un aura de autoridad; en cuanto entró, el chico y el doctor se irguieron de forma casi imperceptible. Kira ya conocía a los tipos como él: cabronazos duros y pragmáticos que no se conformaban con medias verdades. Ella sospechaba que aquel hombre preferiría apuñalarla por la espalda antes que permitir que le ocurriera algo malo a su nave o su tripulación.

Eso lo convertía en alguien peligroso, pero a menos que fuera un absoluto hijo de puta, si Kira era sincera con él (en la medida de lo posible), seguramente la trataría de manera justa.

—Algo parecido —contestó Kira. No era una persona especialmente religiosa, pero era una excusa muy conveniente.

Él soltó un gruñido.

—Déjala estar, Doc. Si no quiere que la examinen, no quiere que la examinen.

—Pero… —empezó a protestar Vishal.

—Ya me has oído, Doc.

Vishal asintió, pero Kira notó que estaba reprimiendo su fastidio.

El hombre de ojos azules se presentó:

—Capitán Falconi, a su servicio.

—Alférez Kaminski.

—¿Tiene nombre de pila?

Kira dudó un momento.

—Ellen. —Era el nombre de su madre.

—Menudo dermotraje tiene, Ellen —dijo Falconi—. No es precisamente el equipo reglamentario de la FAU.

Kira se tironeó de los puños del mono de vuelo, cubriéndose los brazos tanto como pudo.

—Fue un regalo de mi novio, un traje personalizado. No me dio tiempo a cambiarme antes de escapar en la Valquiria.

—Entiendo. ¿Y cómo… en fin, cómo se lo quita? —Falconi le señaló la cabeza.

Kira se llevó la mano al cráneo, abochornada, sabiendo que Falconi estaba mirando las fibras que le revestían la piel.

—Se despega, es muy fácil. —Hizo un gesto con los dedos, como si desprendiera el xeno de su cabeza. Pero no lo hizo… porque no podía.

—¿También tienes casco? —preguntó Trig. Kira negó con la cabeza.

—Ya no. Pero es compatible con cualquier casco de dermotraje estándar.

—Guay.

Falconi tomó la palabra de nuevo:

—Así están las cosas, Ellen: hemos trasladado a sus compañeros a nuestra nave. Están bien, pero vamos a dejarlos congelados hasta que atraquemos, porque la nave ya va hasta los topes. Supongo que la FAU estará ansiosa por hablar con usted, tanto como usted por entregar su informe, pero eso tendrá que esperar. Hace unos días se averió nuestro transmisor, así que no podemos enviar datos, únicamente recibirlos.

—¿No pueden usar el equipo de la Valquiria? —preguntó Kira, pero se arrepintió inmediatamente. *No se lo pongas más fácil, idiota.*

Falconi negó con la cabeza.

—Mi jefa de máquinas dice que los daños de su transbordador provocaron un cortocircuito en el sistema eléctrico cuando se reactivó el impulsor de fusión. Dejó frito el ordenador, apagó el reactor, etc. Sus compañeros han tenido mucha suerte de que las células de energía de los criotubos hayan aguantado.

—Entonces, ¿el mando central no sabe que los cinco hemos sobrevivido? —preguntó Kira.

—Usted en concreto, no —contestó Falconi—. Pero sí saben que al menos cuatro personas viajaban en el transbordador. Las señales térmicas eran bastante claras. Por eso la FAU emitió un contrato abierto para cualquier nave que consiguiera encontrar la Valquiria antes de que terminara en los confines del sistema. Por suerte para usted, nos sobraba delta-v.

Kira sentía que se abrían varias posibilidades ante ella. Si la FAU ignoraba que estaba viva, y si Orso y los demás seguían crionizados, tal vez (solo tal vez) tenía una oportunidad de evitar que la FAU y la Liga la hicieran desaparecer.

—¿Cuánto tardaremos en llegar a puerto? —preguntó.

—Una semana. Nos dirigimos a Ruslan. Tenemos que desembarcar a unos cuantos pasajeros que llevamos en la bodega. —El capitán enarcó una ceja—. Nos hemos desviado bastante del rumbo para perseguir a la Valquiria.

Una semana. ¿Sería capaz de mantener el filo dúctil en secreto durante una semana entera? Tenía que intentarlo, no le quedaba otra opción.

—Su ruta de vuelo indica que salieron de Sigma Draconis.

—Así es.

—¿Qué pasó? Esos impulsores antiguos apenas llegan a… ¿cuánto, 0,14 años luz al día? Es un viaje muy largo para no ir crionizado.

Kira titubeó.

—¿Os atacaron las medusas? —intervino Trig.

—¿Las medusas? —repitió Kira, perpleja pero agradecida por disponer de unos segundos más para pensar.

—Sí, los alienígenas. Los llamamos medusas por la pinta que tienen.

El horror se fue apoderando de Kira a medida que Trig hablaba. Su mirada iba del chico al capitán.

—Las medusas...

Falconi se recostó contra la puerta.

—Es normal que no lo sepa. Ocurrió después de que salieran de Sigma Draconis. Una nave alienígena apareció de repente cerca de Ruslan hace... ¿dos meses, no? Atacó tres naves de transporte y destruyó una. Desde entonces, han ido apareciendo por todas partes: Shin-Zar, Eidolon... incluso en Sol. Agujerearon tres cruceros en la órbita de Venus.

—Después de eso —añadió Vishal—, la Liga declaró formalmente la guerra a los intrusos.

—La guerra... —repitió Kira, abatida. Sus peores miedos se habían hecho realidad.

—Y la cosa no pinta bien —agregó Falconi—. Las medusas hacen todo lo posible por desmoralizarnos. Están inutilizando naves por toda la Liga, reventando granjas de antimateria, desembarcando tropas en las colonias...

—¿Han atacado Weyland?

El capitán se encogió de hombros.

—Ni idea. Es probable. Las comunicaciones superlumínicas no son precisamente fiables; las medusas las inhiben siempre que pueden.

Kira sintió un escalofrío en la nuca.

—¿Quiere decir que están aquí? ¿Ahora?

—¡Sí! —exclamó Trig—. ¡Hay siete! Tres acorazados de los grandes, cuatro cruceros pequeños con láseres dobles...

Falconi levantó la mano y el joven guardó silencio, obediente.

—Llevan varias semanas acosando a las naves que pasan por aquí o por Cygni B. La FAU hace todo lo que puede por mantenerlos ocupados, pero sus fuerzas son insuficientes.

—¿Y qué quieren las medusas? —preguntó Kira, abrumada. El filo dúctil volvió a agitarse bajo el mono de vuelo. Procuró tranquilizarse. Tenía que arreglárselas para ponerse en contacto con su familia, averiguar si estaban todos bien y avisarles que estaba viva. A la mierda las consecuencias—. ¿Quieren conquistarnos o...?

—Ojalá lo supiera. No parece que intenten exterminarnos, pero no sabemos nada más. Atacan aquí y allá... Yo diría que nos están ablandando antes de lanzar el ataque de verdad. Pero no ha respondido a mi pregunta.

—¿Perdón?

—¿Qué pasó en Sigma Draconis?

—Oh. —Kira puso en orden sus ideas—. Nos atacaron —dijo—. Supongo que fueron las medusas.

—*¿Nos?* —dijo Falconi.

—La Circunstancias Atenuantes. Estábamos de patrulla, y el capitán Henriksen ordenó pasar por Adrastea para verificar los avances del equipo de reconocimiento que trabajaba allí. Esa misma noche nos emboscaron. Mi novio no... —Se le quebró la voz ligeramente—. No sobrevivió, y la mayoría de la tripulación tampoco. Unos cuantos conseguimos subir al transbordador antes de que la Circunstancias Atenuantes se despresurizara. Cuando explotó, eliminó también a los alienígenas. Nosotros cinco nos echamos a suertes los criotubos, y a mí me tocó la pajita más corta.

Kira se dio cuenta de que había convencido a Falconi, pero el capitán no se relajó del todo. Tamborileó con un dedo en la empuñadura del bláster, más por hábito que conscientemente.

—¿Viste alguna medusa? —preguntó Trig con entusiasmo, mientras sacaba otra barrita y le quitaba el envoltorio—. ¿Cómo son? ¿Qué tamaño tienen? ¿Son grandes grandes o solo... grandes? —Trig fue dando veloces mordiscos a la barrita hasta hincharse las mejillas.

A Kira no le apetecía inventarse otra historia.

—Sí, vi a una. Era demasiado grande y con demasiados tentáculos para mi gusto.

—Esa no es la única clase de medusa —intervino Vishal.

—¿Cómo?

—No se sabe si son todas de la misma especie, si están emparentadas o si son totalmente distintas, pero existen varias clases de medusas.

Trig siguió hablando con la boca llena:

—Algunas tienen tentáculos y otras, brazos. Unas gatean y otras reptan. Algunas solo parecen actuar en gravedad cero. Otras solo atacan en pozos gravitatorios. Hay otras que no hacen distinciones. Hasta ahora se han detectado una media docena de clases distintas, pero podría haber muchas más. He ido recopilando todos los informes de la Liga. Si te interesan, puedo...

—Ya está bien, Trig —dijo Falconi—. Eso puede esperar.

El joven asintió y guardó silencio, ligeramente decepcionado.

Falconi se rascó la barbilla con la mano libre, mirando a Kira con ojos escrutadores.

—Su nave debió de ser de las primeras que atacaron las medusas. ¿Cuándo salieron de Sigma Draconis? ¿A mediados de agosto?

—Sí.

—¿Consiguieron advertirle a la Liga antes?

—Solamente pudimos enviar un mensaje sublumínico. ¿Por qué?

Falconi soltó un gruñido ambiguo.

—Me estaba preguntando si la Liga sabía de la existencia de las medusas antes de que estas empezaran a aparecer por todas partes. Supongo que no, pero…

Se oyó un pitido corto y potente en el techo. Inmediatamente, la mirada de Falconi se volvió ausente; estaba accediendo a su holofaz. Trig y Vishal lo imitaron.

—¿Qué ocurre? —preguntó Kira, al reparar en sus expresiones de alarma.

—Más medusas —respondió Falconi.

3.

Una mujer alta y erguida llegó corriendo y le puso la mano en el hombro a Falconi. Parecía mayor que él; a su edad, la mayoría de la gente empezaba a plantearse la primera inyección madre. Llevaba el cabello recogido en una apretada coleta, y vestía una camisa parda remangada. Al igual que Falconi, tenía un bláster en una pistolera sujeta a la pierna.

—Capitán… —empezó a decir.

—Los veo. Son dos… no, tres naves medusa más. —La mirada gélida de Falconi se enfocó mientras señalaba a Trig y chasqueaba los dedos—. Acompaña a la Srta. Kaminski a la bodega y asegúrate de que todos estén bien sujetos. Es posible que tengamos que hacer una maniobra orbital de emergencia.

—Sí, señor.

El capitán y la mujer desaparecieron juntos por el pasillo. Trig se quedó mirando hacia la puerta un buen rato.

—¿Quién es? —preguntó Kira.

—La Srta. Nielsen —contestó Trig—. Nuestra primera oficial. —Bajó de un salto—. Vámonos.

—Un minuto —dijo Vishal, abriendo un cajón del que sacó un pequeño recipiente que le entregó a Kira. En su interior encontró un par de lentillas que flotaban en sendas cápsulas llenas de líquido—. Le servirán para conectarse hasta que le reparen los implantes.

Después de tanto tiempo sin su holofaz, Kira estaba ansiosa por conectarse. Se guardó el recipiente en el bolsillo.

—Gracias, no sabe cuánto significa esto para mí.

El doctor asintió y sonrió.

—Un placer, Srta. Kaminski.

Trig ya estaba brincando de impaciencia.

—Bueno, ¿nos podemos ir ya?

—¡Sí, sí, adelante! —dijo el doctor.

4.

Procurando ignorar sus pensamientos más funestos, Kira siguió a Trig hasta el estrecho pasillo de paredes marrones que trazaba una suave curva, formando un anillo que envolvía lo que sin duda era la sección central de la Wallfish. Le daba la impresión de que antiguamente aquella cubierta había sido rotatoria, para disfrutar de gravedad artificial incluso sin propulsión, pero ya no era el caso; la orientación de las salas y los muebles (según había visto en la enfermería) era exclusivamente de popa a proa, alineada con la propulsión del motor.

—¿Cuánto cuesta un dermotraje como ese? —preguntó Trig, señalando la mano de Kira.

—¿Te gusta?

—Sí, tiene una textura muy chula.

—Gracias. Está diseñado para sobrevivir en entornos extremos, como Eidolon.

El rostro del chico se iluminó.

—¿En serio? Increíble.

Kira sonrió sin pretenderlo.

—Pero no sé cuánto costó. Ya te digo que fue un regalo.

Trig entró por una puerta abierta en la pared interior del pasillo. Un segundo corredor conducía hacia el centro de la nave.

—Entonces, ¿la Wallfish suele llevar pasajeros? —preguntó Kira.

—Qué va —dijo Trig—. Pero hay mucha gente dispuesta a pagar a cambio de que los llevemos a Ruslan, que es más seguro. Y también hemos estado rescatando supervivientes de algunas naves dañadas por las medusas.

—¿En serio? Suena muy peligroso.

El chico se encogió de hombros.

—Es mejor que quedarnos de brazos cruzados, esperando a que nos revienten a nosotros. Además, nos hace falta el dinero.

—¿Sí?

—Es que nos gastamos toda la antimateria que nos quedaba para llegar a 61 Cygni, y luego el tipo que tenía que pagarnos nos dejó tirados, así que estamos atrapados aquí. La idea es ganar los bits suficientes para comprar antimateria y volver a Sol o a Alfa Centauri.

Mientras hablaban, llegaron a una compuerta presurizada.

—Eh… ni caso —dijo Trig, señalando la pared vacía. Parecía un tanto abochornado—. Es una broma nuestra.

Kira no veía nada en esa pared.

—¿Cómo?

El chico se quedó perplejo un momento.

—Ah, claro, tus implantes. —Señaló a Kira—. Me había olvidado. Da igual. Es una holofaz que pusimos hace tiempo. Al capitán le hace gracia.

—¿En serio?

Kira se preguntó qué haría falta para hacer reír a un tipo como Falconi. Ojalá llevara las lentillas para ver aquella holofaz.

Trig abrió la compuerta y la invitó a entrar en un conducto vertical, largo y oscuro, que atravesaba las distintas cubiertas de la nave. Una escalerilla lo recorría a lo largo, y cada cubierta estaba señalada por un fino enrejado, aunque sus agujeros eran tan grandes que Kira veía desde allí el fondo del conducto, cuatro cubiertas más abajo.

En el techo sonó una voz masculina que Kira no reconoció:

—Alerta: caída libre en T menos treinta y cuatro segundos. —La voz temblaba muchísimo, emitiendo una especie de vibración de theremín; daba la impresión de que su dueño estaba a punto de romper a llorar, a reír o a rabiar. Aquel sonido bastó para que Kira se pusiera rígida y la superficie del filo dúctil se cubriera de bultos.

—Sujétate —dijo Trig, agarrando un práctico asidero de la pared. Kira lo imitó.

—¿Es vuestra pseudointeligencia? —preguntó, señalando el techo.

—No, es Gregorovich, la mente de a bordo —dijo el chico con orgullo. Kira enarcó las cejas.

—¡¿Tenéis una mente de a bordo?! —La Wallfish no parecía especialmente grande ni cara. ¿Cómo se las había arreglado Falconi para convencer a una mente de que se uniera a su tripulación? Se preguntó (y no totalmente en broma) si habría recurrido a algún tipo de chantaje.

—Sí.

—Parece un poco… distinto de las mentes de a bordo que he conocido.

—No le pasa nada. Es muy buena mente de a bordo.

—No me cabe duda.

—¡Que sí! —insistió el joven—. No hay otro mejor. Es más listo que ninguno. —Sonrió, dejando al descubierto sus incisivos torcidos—. Es nuestra arma secreta.

—¿Más lis…?

Sonó una alarma, un breve pitido en tono menor; inmediatamente, el suelo pareció venirse abajo. Kira se aferró a su asidero mientras el vértigo hacía que las paredes y el techo dieran vueltas. El mareo remitió cuando cambió su perspectiva de arriba-abajo a delante-detrás; ahora estaba flotando dentro de un largo tubo horizontal.

Ya estaba harta de la gravedad cero.

Oyó unos arañazos a sus espaldas. Al darse la vuelta, vio un gato siamés, de color gris claro, que entraba flotando por una puerta abierta hasta chocar con la escalerilla. Con movimientos expertos, fruto de la costumbre, el animal se sujetó a los peldaños con las uñas, tomó impulso y se lanzó hacia el otro extremo del conducto.

Kira observó fascinada al gato que flotaba en paralelo a la escalerilla, girando lentamente sobre sí mismo como un proyectil peludo de dientes y garras. El gato la miró fijamente al pasar a su lado; sus ojos de color verde esmeralda reflejaban un odio letal.

—Es Calcetines, el gato de a bordo —le explicó Trig.

A aquel diablo asesino no le pegaba demasiado el nombre de Calcetines, pero Kira no dijo nada.

Un segundo después, oyó otro ruido detrás de ella: estaba vez era un repiqueteo metálico que le recordaba a unas… ¿pezuñas?

Un segundo después, una masa entre rosácea y marrón apareció volando por el mismo umbral y chocó con la escalerilla. Profirió un chillido y meneó las patas hasta trabar una de las pezuñas en los peldaños. El animal (el cerdo) saltó entonces en pos del gato.

Aquella estampa era tan surrealista que Kira se quedó boquiabierta. Una vez más, la extravagancia del universo la dejaba sin habla.

El gato aterrizó en el otro extremo del conducto y se alejó de un brinco por otra puerta abierta. Un momento después, el cerdo lo siguió.

—¿Y eso? —dijo Kira, recuperando por fin la voz.

—Es Runcible, el cerdo de a bordo.

—El cerdo de a bordo…

—Sí. Le pusimos unos geckoadhesivos en las pezuñas para que pudiera moverse en gravedad cero.

—Pero ¡¿por qué un cerdo?!

—Para que nadie pueda decirnos que confundimos la velocidad con el tocino. —Trig se echó a reír ruidosamente, y Kira esbozó una mueca. ¿Ochenta y ocho días de viaje superlumínico para que ahora la atormentaran con chistes malos? ¿Es que no había justicia en el universo?

La voz temblorosa de Gregorovich volvió a sonar desde el techo, como la voz de un dios indeciso:

—Retorno de propulsión en T menos un minuto y veinticuatro segundos.

—¿Y por qué es tan especial vuestra mente de a bordo? —preguntó Kira.

Trig se encogió de hombros, un movimiento que se le antojaba extraño en gravedad cero.

—Es muy muy grande. —La miró fijamente—. Lo bastante grande como para estar en una nave capital.

—¿Y cómo lo convencisteis? —preguntó Kira. A juzgar por lo que había visto de la Wallfish, ninguna mente con más de dos o tres años de crecimiento habría querido trabajar allí.

—Lo rescatamos.

—¿Lo rescatasteis…?

—Estaba instalado en un carguero de minerales. La empresa estaba extrayendo iridio cerca de Cygni B y lo transportaba aquí. Los alcanzó un meteorito y el carguero se estrelló contra una de las lunas.

—Vaya.

—Sí. Y el impacto averió las comunicaciones, así que no tenían forma de pedir ayuda.

Volvió a sonar la alarma, y Kira apoyó los pies en la cubierta de metal en cuanto regresó la gravedad. Una vez más, le maravillaba lo bien que funcionaban sus músculos después de tanto tiempo en gravedad cero.

—¿Y qué? —insistió, frunciendo el ceño—. La huella térmica del carguero sería muy fácil de detectar.

—En teoría —dijo Trig mientras empezaba a bajar por la escalerilla—. El problema era que se trataba de una luna volcánica. El calor del entorno camuflaba totalmente la nave, y la empresa la dio por destruida.

—Mierda —dijo Kira mientras lo seguía.

—Sí.

—¿Y cuánto tiempo estuvieron allí varados? —preguntó cuando llegaron al pie de la escalerilla.

—Más de cinco años.

—Uf, es mucho tiempo en crionización.

Trig frenó en seco y la miró con expresión grave.

—No estaban crionizados. La nave sufrió tantos daños que no funcionaba ni un solo criotubo.

—Thule… —El viaje de Kira había sido brutalmente largo. No podía ni imaginarse cinco años así—. ¿Qué fue de la tripulación?

—Murieron todos durante el accidente o de hambre.

—¿Y Gregorovich tampoco pudo entrar en crionización?

—No.

—¿Estuvo solo todo ese tiempo?

Trig asintió.

—Y podría haberse pasado así varias décadas si no hubiéramos encontrado la nave estrellada. Fue por pura casualidad; estábamos atentos a la pantalla en el momento justo. Hasta entonces ni siquiera teníamos mente de a bordo, solamente una pseudointeligencia. Y tampoco era como para tirar cohetes. El capitán ordenó trasladar a Gregorovich a bordo. Y eso fue todo.

—¿Os lo quedasteis sin más? ¿Qué dijo Gregorovich al respecto?

—No mucho. —Trig la miró fijamente antes de que Kira pudiera insistir—. Quiero decir que no estaba demasiado parlanchín, ¿entiendes? Eh, no somos tan tontos como para volar con una mente que no quiere viajar con nosotros. ¿Nos tomas por suicidas?

—¿Y la empresa minera no puso objeción?

Tras salir del conducto central, entraron en otro pasillo anodino.

—Ya no tenían autoridad —dijo Trig—. Habían rescindido el contrato de Gregorovich y lo habían dado por muerto, así que tenía derecho a alistarse en la nave que quisiera. Además, aunque hubieran intentado recuperarlo, Gregorovich no quería marcharse de la Wallfish. Ni siquiera permitió que los técnicos del mundo de Stewart lo sacaran para hacerle un escáner médico. Creo que no quería volver a quedarse solo.

Era comprensible. Aunque humanas, las mentes eran mucho mayores que un cerebro normal, y requerían estímulos para no volverse completamente locas. Una mente atrapada y sola durante cinco años… Kira empezaba a preguntarse si realmente estaba a salvo a bordo de la Wallfish.

Trig se detuvo delante de un par de grandes compuertas presurizadas, una a cada lado del pasillo.

—Espera aquí. —Abrió la compuerta de la izquierda y entró. Kira logró entrever una gran bodega de carga con estantes repletos de equipo. Una mujer menuda y rubia estaba protegiendo con un envoltorio acolchado unas consolas sospechosamente parecidas a las de la Valquiria. A su lado, amontonados en la cubierta, había varios blásteres de la FAU…

Kira frunció el ceño. ¿La tripulación de la Wallfish había desmantelado la Valquiria? Sospechaba que eso no era del todo legal.

«No es cosa mía», murmuró.

Trig regresó con una manta, unos geckoadhesivos y un paquete de raciones envueltas en plástico transparente.

—Toma —le dijo, entregándoselo todo—. Está prohibido entrar en Control y en Ingeniería, a menos que te acompañe un miembro de la tripulación o que el capitán te dé permiso. —Señaló con el pulgar la sala de la que acababa de salir—. Tampoco puedes entrar en la bodega de babor. Te alojas en la de estribor. Los retretes químicos están al fondo. Búscate un hueco donde puedas. ¿Podrás arreglártelas sola?

—Creo que sí.

—De acuerdo. Yo tengo que subir a Control. Si hay algún problema, habla con Gregorovich y él nos avisará.

El chico se marchó apresuradamente por donde había venido.

Kira inspiró hondo y abrió la compuerta de la bodega de estribor.

CAPÍTULO II

* * * * * * *

WALLFISH

1.

Lo primero que notó Kira fue el olor: el tufo a cuerpos sucios, orina, vómito y comida enmohecida. Los ventiladores funcionaban a plena potencia (notaba una leve brisa recorriendo toda la bodega), pero no conseguían disipar el olor.

Lo siguiente fue el sonido: un abrumador bullicio ininterrumpido de conversaciones, llantos infantiles, discusiones y música. Después de tanto tiempo en la silenciosa Valquiria, aquel ruido resultaba apabullante.

La bodega de estribor era una sala espaciosa, con las paredes curvadas en forma de media rosquilla; seguramente la bodega de babor era la otra mitad de ese círculo que envolvía el núcleo de la Wallfish. La pared exterior estaba surcada por gruesas nervaduras de refuerzo, y repartidos por la cubierta y el techo había multitud de anillas y otros puntos de anclaje. Las numerosas cajas de la bodega estaban atornilladas al suelo, y los pasajeros deambulaban entre ellas.

Probablemente «refugiados» era un término más preciso. Había entre doscientas y trescientas personas apiñadas en la bodega. Era una abigarrada colección de viejos y jóvenes vestidos con toda clase de ropajes, desde dermotrajes hasta vestidos refulgentes y trajes de gala refractores. La cubierta estaba sembrada de mantas y sacos de dormir, equipados con geckoadhesivos o directamente atados con cuerdas. Además de las camas, había ropa y basura por doquier, aunque algunos refugiados habían decidido mantener limpia su zona, creando diminutos feudos de orden en mitad del caos general.

Seguramente la gravedad cero había puesto aquel lugar patas arriba.

Algunos refugiados le echaron un breve vistazo a Kira, pero el resto la ignoró o ni siquiera se percató de su presencia.

Vigilando bien dónde pisaba, Kira avanzó hacia el fondo de la bodega. Detrás de la caja más cercana vio a media docena de personas metidas en sacos de dormir anclados al suelo. Parecían heridos: varios hombres tenían quemaduras a medio curar en las manos, y todos llevaban vendajes de diversos tamaños.

Más allá, una pareja con crestas rubias intentaba tranquilizar a dos niñas pequeñas que gritaban y corrían en círculos, agitando tiras de papel de aluminio procedentes de un paquete de raciones.

Había otras parejas, casi todas sin hijos. Un anciano sentado junto a la pared interior rasgueaba un pequeño instrumento similar a un arpa, mientras cantaba con voz grave ante tres adolescentes de aspecto abatido. Kira tan solo distinguió unas frases, pero las reconoció: eran fragmentos de un viejo poema astronáutico:

... buscar en el confín de las fronteras.
Y al arribar por fin a costas nuevas,
pronto se fijará distinta meta.

Al fondo de la bodega, un grupo de siete personas se habían congregado en torno a un pequeño dispositivo de bronce y escuchaban atentamente la voz que salía de su interior:

—Dos, uno, uno, tres, nueve, cinco, cuatro...

La voz seguía un ritmo tranquilo y monótono mientras contaba. El grupo de oyentes parecía hipnotizado; varios tenían los ojos entrecerrados y balanceaban el cuerpo lentamente, como si estuvieran escuchando música. Los demás tenían los ojos fijos en el suelo, ajenos al resto del mundo, o intercambiaban miradas con sus compañeros, visiblemente emocionados.

¿Por qué eran tan importantes esos números? Kira no tenía ni la menor idea.

Cerca de aquel grupo había una pareja de entropistas, un hombre y una mujer vestidos con sus características túnicas y sentados el uno frente a la otra, con los ojos cerrados. Sorprendida, Kira se detuvo para observarlos.

Llevaba mucho tiempo sin ver a un entropista. A pesar de su fama, en realidad no eran demasiados: unas decenas de miles, a lo sumo. Y era incluso más raro verlos viajando en una nave comercial corriente. *Deben de haber perdido la suya.*

Kira todavía se acordaba del entropista que había llegado a Weyland cuando ella era pequeña, trayendo semillas, bancos genéticos y equipamiento útil para la colonización del planeta. Después de que el entropista terminara de hablar con los adultos, había salido a la calle principal de Highstone y, a la luz de la tarde, había deleitado a Kira y a los demás niños trazando dibujos luminosos en el aire con las manos desnudas, un espectáculo pirotécnico improvisado que seguía siendo uno de los recuerdos más queridos de Kira.

Casi había bastado para que creyera en la magia.

Por muy seculares que fueran los entropistas, los envolvía un cierto halo de misticismo. A Kira no le importaba; le gustaba que en el universo siguieran existiendo los misterios, y los entropistas ciertamente contribuían a ello.

Siguió contemplando a la pareja durante un momento más, antes de seguir su camino. No fue fácil encontrar un sitio con algo de intimidad, pero finalmente Kira se decidió por un hueco que encontró entre dos cajas. Extendió su manta, fijándola a la cubierta con los geckoadhesivos, y se sentó. Durante unos minutos, se limitó a descansar y poner en orden sus ideas…

—Vaya, así que Falconi ha rescatado a otra refugiada zarrapastrosa.

Quien hablaba era una mujer menuda y de pelo rizado, sentada enfrente de Kira con la espalda apoyada en una caja. Estaba ocupada tejiendo una larga bufanda a rayas. Al ver los rizos de la mujer, Kira sintió un ramalazo de envidia.

—Eso parece —contestó. No le apetecía hablar.

La mujer asintió. La manta arrugada que tenía al lado se movió hasta que un gran gato atigrado de orejas negras asomó la cabeza y observó a Kira con expresión indiferente. Bostezó, mostrando unos dientes sorprendentemente largos, y volvió a acurrucarse.

Kira se preguntó qué opinaría Calcetines de aquel intruso.

—Qué gato tan bonito.

—Sí, ¿verdad?

—¿Cómo se llama?

—Tiene muchos nombres —contestó la mujer, desenrollando la madeja—. Ahora mismo se llama Hlustandi, que significa «oyente».

—Un… nombre interesante.

La mujer detuvo su tarea para deshacer la maraña de hilos.

—Ya lo creo. Y dime: ¿cuánto te cobra el capitán Falconi y su alegre banda de granujas por el privilegio de llevarte en su nave?

—No me cobran nada —dijo Kira, algo confundida.

—¿De verdad? —La mujer enarcó la ceja—. Ah, claro, eres de la FAU. No sería prudente intentar chantajear a alguien de las fuerzas armadas. No, claro que no.

Kira miró al resto de pasajeros de la bodega.

—Un momento, ¿quieres decir que les están cobrando dinero a cambio de rescatarlos? ¡Eso es ilegal! —Y también inmoral. Cualquier persona a la deriva en el espacio tenía derecho a ser rescatada sin necesidad de pagar de antemano. En ciertos casos podía pagarse una indemnización más tarde, pero desde luego no inmediatamente.

La mujer se encogió de hombros.

—Díselo a Falconi, a ver qué te responde. Cobra treinta y cuatro mil bits por persona por el trayecto hasta Ruslan.

Kira abrió la boca, pero volvió a cerrarla sin decir nada. Treinta y cuatro mil bits era el doble del precio habitual por un viaje interplanetario; costaba casi tanto como un billete interestelar. Frunció el ceño al comprender que, en el fondo, la tripulación de la Wallfish estaba chantajeando a los refugiados: *Suelta el dinero o te dejamos flotando en el espacio.*

—A ti no parece molestarte mucho —dijo Kira.

La mujer la observó con expresión divertida.

—El camino hacia nuestro objetivo rara vez es recto. Suele estar lleno de desvíos y rodeos, y eso es precisamente lo que hace que el viaje sea mucho más agradable.

—¿En serio? ¿Te parece agradable que te extorsionen?

—Yo no diría tanto —contestó la mujer secamente. Hlustandi abrió un solo ojo, escudriñándola con su estrecha pupila, meneó la punta de la cola y volvió a cerrarlo—. Sin embargo, es mejor eso que estar sola en una habitación, contando palomas. —Miró a Kira con seriedad—. Y que conste que no tengo palomas.

Kira no sabía si la mujer estaba de broma o si hablaba en serio. Intentó cambiar de tema:

—¿Y cómo has terminado tú aquí?

La mujer ladeó la cabeza. Las agujas de punto seguían moviéndose y tintineando a una velocidad de vértigo. Ni siquiera las miraba: sus dedos manipulaban y giraban los hilos con una fluidez hipnótica, sin un solo desliz.

—¿Cómo ha terminado aquí cualquiera de nosotros? ¿*Mmm*? ¿Y acaso importa? Se podría decir que lo único importante es aprender a afrontar dónde estamos *ahora*, y no dónde hemos estado *antes*.

—Supongo.

—No es una respuesta demasiado satisfactoria, lo sé. Solo añadiré que vine a 61 Cygni para ver a un viejo amigo y la nave en la que viajaba fue atacada. Es una historia de lo más común. Además —le guiñó un ojo a Kira—, me gusta estar allí donde estén pasando cosas interesantes. Es un vicio que tengo.

—Ya. ¿Cómo te llamas, por cierto? No me lo has dicho.

—Ni tú —replicó la mujer, levantando la cabeza para mirarla.

—Eh… Ellen. Ellen Kaminski.

—Encantada de conocerte, Ellen Kaminski. Los nombres son poderosos; hay que tener cuidado con quién se comparten. Nunca se sabe cuándo podrían volver tu nombre en tu contra. En cualquier caso, puedes llamarme Inarë. Porque Inarë es quien soy.

—Pero ¿no es tu nombre? —preguntó Kira medio en broma.

Inarë ladeó la cabeza de nuevo.

—Ah, eres avispada, ¿eh? —Miró al gato y murmuró—: ¿Por qué las personas más interesantes siempre están escondidas detrás de una caja? ¿Por qué?

El gato sacudió las orejas, pero no contestó.

2.

Cuando comprendió que Inarë no quería seguir charlando, Kira rasgó el envoltorio del paquete de raciones y devoró su insípido contenido. Con cada bocado se sentía más normal, más lúcida.

Tras acabar de comer, abrió el recipiente que le había entregado Vishal y se puso las lentillas. *Por favor, no las destruyas*, pensó, intentando que el filo dúctil comprendiera su deseo. *Por favor*.

Al principio Kira no supo si el xeno la había entendido. Pero cuando se encendió la pantalla de inicio, suspiró de alivio.

Sin sus implantes, las capacidades de las lentillas eran más limitadas, pero Kira consiguió crear un perfil de invitada y acceder al ordenador central de la nave.

Abrió un mapa del sistema binario y comprobó las posiciones de las medusas. Había diez naves alienígenas en las inmediaciones de 61 Cygni. Dos de ellas habían interceptado una nave remolcadora cerca de Karelin, el segundo planeta de Cygni A, y en aquel momento estaban trabadas en combate. Otras tres naves medusa se dirigían rápidamente hacia las instalaciones de procesamiento de minerales del cinturón de asteroides más alejado (lo que también las situaba a una distancia relativamente corta del hábitat anular de Chelomey). Un par de las naves medusa de mayor tamaño estaban ocupadas persiguiendo a varias naves mineras no tripuladas en los alrededores de Cygni B, a más de 86 UA de distancia.

Las tres naves alienígenas que acababan de aparecer habían llegado por el extremo más alejado de Cygni A (muy por encima del plano orbital), rodeando el cinturón de asteroides exterior.

Por el momento, ninguna de ellas parecía ser una amenaza inmediata para la Wallfish.

Si se concentraba, Kira podía notar la misma pulsión que había sentido durante el ataque a la Circunstancias Atenuantes: una especie de llamada que la atraía por separado hacia cada una de las naves alienígenas. Era una sensación muy débil, tan tenue como un pesar casi olvidado. Y eso quería decir que las medusas estaban emitiendo la señal, pero sin recibir respuesta. De lo contrario, ya sabrían la posición exacta de Kira (y del filo dúctil).

Era un alivio, aunque suscitaba más preguntas. En primer lugar: *¿cómo?* Nadie más había recibido esa señal en todo el sistema. Por lo tanto… o era increíblemente difícil de detectar o se trataba de una tecnología desconocida.

Eso llevaba a la segunda pregunta: *¿por qué?* Las medusas no tenían motivos para pensar que Kira hubiera sobrevivido a la destrucción de la Circunstancias Atenuantes. ¿Por qué seguían emitiendo la llamada? ¿Para localizar otro xeno como el filo dúctil? ¿O es que todavía la estaban buscando a ella?

Kira se estremeció. No tenía forma de estar segura, a menos que estuviera dispuesta a preguntárselo personalmente a las medusas, y esa era una experiencia que prefería ahorrarse.

Sintió una cierta culpabilidad al ignorar la pulsión y el deber que esta representaba. Esa culpabilidad no le pertenecía a ella, sino al filo dúctil, lo cual era sorprendente teniendo en cuenta la aversión que sentía el xeno por los apresadores.

—¿Qué te hicieron? —susurró Kira. Un leve resplandor recorrió la superficie del xeno, pero nada más.

Satisfecha por saber que no tenía que preocuparse de que las medusas la hicieran pedazos en las próximas horas, Kira cerró el mapa y se puso a buscar noticias de Weyland. Tenía que averiguar qué estaba ocurriendo en su casa.

Por desgracia, Falconi tenía razón: habían llegado muy pocos detalles a 61 Cygni antes de que las medusas empezaran a inhibir las comunicaciones superlumínicas. Había informes, fechados hacía más o menos un mes, sobre escaramuzas en los límites del sistema de Weyland, pero después no encontró nada más que rumores y conjeturas.

Es gente dura, se dijo Kira, pensando en su familia. Al fin y al cabo, eran colonos. Si las medusas se presentaban en Weyland… se imaginaba perfectamente a sus padres luchando contra los invasores a tiro limpio. Pero esperaba que no lo hubieran hecho. Esperaba que fueran inteligentes, se escondieran y sobrevivieran.

Después pensó en la Fidanza y en lo que quedaba de su equipo de reconocimiento. ¿Habrían llegado a salvo?

Los informes del sistema mostraban que exactamente veintiséis días después de salir de Sigma Draconis, la VSL Fidanza había llegado a 61 Cygni sin sufrir daños. La Fidanza había atracado en la estación Vyyborg unos días más tarde, y una semana después había partido de nuevo en dirección a Sol. Buscó la lista de pasajeros, pero no encontró ningún documento público al respecto. No le sorprendía.

Durante un momento, Kira se sintió tentada de enviar un mensaje a Marie-Élise y a los demás, en el improbable caso de que siguieran dentro del sistema. Pero se contuvo. En cuanto Kira entrara en sus cuentas, la Liga sabría dónde estaba. Tal vez no la estuvieran buscando, pero no estaba dispuesta a arriesgarse todavía. Además, ¿qué iba a decirles a sus excompañeros? ¿«Lo siento»? Eso no compensaba ni de lejos todo el dolor y la destrucción que había provocado.

Volvió a concentrarse en las noticias, decidida a ponerse al día sobre la situación general.

No pintaba bien.

Lo que había comenzado como una serie de escaramuzas a pequeña escala no había tardado en convertirse en una invasión en toda regla. Los informes eran escasos y dispersos, pero había llegado suficiente información a 61 Cygni como para hacerse una idea aproximada de lo que ocurría a lo largo y ancho del espacio colonizado: estaciones en llamas en la órbita del mundo de Stewart, naves destrozadas cerca del límite de Markov en Eidolon, fuerzas alienígenas ocupando puestos mineros y de reconocimiento... la letanía de acontecimientos era demasiado larga para llevar la cuenta.

Kira tenía el corazón en un puño. Si no era coincidencia que las medusas se hubieran presentado en Adra poco después de que ella hubiera encontrado el xeno, entonces, en cierto modo... todo aquello era culpa suya. Igual que lo de Alan. Igual que lo de... Se llevó las manos a las sienes y sacudió la cabeza. *No lo pienses.* Aunque Kira fuera responsable del primer contacto con los alienígenas, no adelantaba nada culpándose a sí misma de la guerra. Solo conseguiría volverse loca.

Siguió leyendo, pasando página tras página hasta que se le empañaron los ojos. Estaba intentando almacenar tres meses de información en su cabeza.

Había que reconocer que la Liga había reaccionado ante la invasión con la celeridad y la disciplina apropiadas. ¿Qué sentido tenía enredarse en discusiones internas en pleno ataque de unos monstruos? La Liga había movilizado a los reservistas, requisado naves civiles y aplicado el reclutamiento forzoso en la Tierra y en Venus.

Su parte cínica veía en aquellas medidas un nuevo intento por parte de la Liga para expandir su poder. «Nunca hay que desperdiciar una buena crisis», etcétera. Pero su parte más pragmática comprendía que lo que estaban haciendo era necesario.

Todos los expertos parecían coincidir en que la tecnología de las medusas era, como mínimo, cien años más avanzada que la humana. Sus impulsores Markov les permitían entrar y salir del espacio superlumínico mucho más cerca de las estrellas y los planetas que cualquiera de las naves militares más avanzadas de la FAU. Sus fuentes de energía (separadas de los motores de fusión que utilizaban para propulsarse) generaban la inmensa potencia que necesitaban para sus acrobacias inerciales gracias a un mecanismo todavía desconocido. Y sin embargo, sus naves no utilizaban radiadores para disipar el calor. Nadie se lo explicaba.

Cuando las tropas humanas habían abordado la primera nave medusa, habían encontrado salas y cubiertas dotadas de gravedad artificial. Y no el sucedáneo de gravedad que se obtenía haciendo girar un objeto en círculos, sino gravedad artificial pura y dura.

A los físicos no les sorprendía; una especie capaz de alterar la resistencia inercial también podría, por definición, recrear un campo gravitatorio natural.

Y aunque los alienígenas no parecían poseer armas nuevas o desconocidas para la humanidad (empleaban láseres, misiles y proyectiles cinéticos), la maniobrabilidad extrema de sus naves, unida a la precisión y la eficacia de sus armas, los hacían muy difíciles de rechazar.

A la luz de la superioridad tecnológica de las medusas, la Liga había aprobado una ley para que los civiles recuperaran y les entregaran cualquier resto de equipo alienígena que encontraran. Tal y como había dicho el portavoz de la Liga (un tipo empalagoso, de sonrisa impostada y ojos demasiado abiertos):

«Incluso la pieza más pequeña cuenta. Incluso la pieza más pequeña podría marcar la diferencia. Ayúdennos a ayudarlos; cuanta más información consigamos, mejor podremos defendernos de estos alienígenas y poner fin a la amenaza que suponen para las colonias y para el planeta patrio».

Kira odiaba aquella expresión: «planeta patrio». Técnicamente era correcta, pero se le antojaba tiránica, como si todos los humanos tuvieran que inclinarse y ceder ante aquellos que tenían la suerte de seguir viviendo en la Tierra. La patria de Kira no era la Tierra, sino Weyland.

A pesar de las ventajas de las medusas, la guerra espacial no estaba totalmente desequilibrada. Los humanos habían cosechado varias victorias, aunque escasas y reñidas. En tierra, las cosas no iban mucho mejor. A juzgar por los vídeos que había visto Kira, los alienígenas eran oponentes temibles incluso para las tropas con servoarmadura.

Vishal tenía razón: existían distintos tipos de medusas. No todas eran como la monstruosidad tentaculada con la que Kira se había topado a bordo de la Circunstancias Atenuantes. Algunas eran enormes y pesadas. Otras, pequeñas y ágiles. Algunas le recordaban a una serpiente, y otras más bien a un insecto. Pero independientemente de su forma, todas se movían como pez en el agua en vacío, y todas eran veloces, fuertes y muy duras de pelar.

Mientras Kira estudiaba las imágenes, empezó a notar una presión en los ojos, hasta que con súbita nitidez…

… *un banco de apresadores avanzaba hacia ella en la oscuridad del espacio, blindados y armados con caparazones y tentáculos. Un destello; estaba trepando por un escarpe rocoso mientras disparaba sus blásteres contra docenas de veloces criaturas polípodas y garrudas.*

Estaba de nuevo en las profundidades del océano, en el terreno de caza de los hdawari. Un trío de siluetas emergía de la turbia oscuridad. Una era gruesa, corpulenta y casi invisible debido al color azul medianoche de su piel blindada. Otra era esbelta, ahusada, un nido roto de patas y garras coronado por una sólida y vistosa cresta, ahora aplanada para nadar mejor. Y la tercera, larga, ágil y revestida de extremidades, arrastraba tras de sí una cola con forma de látigo que emitía destellos de electricidad. Y aunque su aspecto no lo delataba, los tres compartían un mismo rasgo: todos habían sido los primeros de su freza. Los primeros y los únicos supervivientes…

Kira soltó un grito ahogado y cerró los ojos con fuerza. Sentía una estaca palpitante atravesándole la cabeza, desde la frente hasta la nuca.

El dolor tardó más de un minuto en remitir.

¿El filo dúctil estaba intentando comunicarse con ella voluntariamente, o acaso el vídeo había despertado viejos recuerdos fragmentados? No estaba segura, pero en cualquier caso ahora disponía de más información, por muy confusa que fuera.

—La próxima vez ahórrate la migraña, ¿quieres? —dijo en voz baja, aunque no tenía forma de saber si el xeno la había entendido.

Kira continuó viendo el vídeo.

Reconoció varias clases de medusas iguales a las que acababa de ver en los recuerdos del filo dúctil, pero la mayoría eran nuevas, totalmente desconocidas para ella. Estaba perpleja. ¿Cuánto tiempo había estado el xeno atrapado en Adrastea? No era posible que las medusas hubieran evolucionado tanto en su ausencia…

Se entretuvo comprobando algunas fuentes profesionales. Los xenobiólogos parecían estar de acuerdo en una cosa: todos los alienígenas invasores compartían la misma codificación bioquímica. Presentaban variaciones muy notables, pero la base era idéntica. Por lo tanto, todos aquellos tipos de medusas pertenecían a la misma especie.

—Habéis estado ocupados —murmuró Kira. ¿Practicaban la modificación genética, o acaso las medusas poseían una fisiología especialmente maleable? El filo dúctil no se lo dijo (si es que lo sabía).

En cualquier caso, era un alivio saber que la humanidad luchaba contra un único enemigo.

Sin embargo, todavía quedaban numerosos misterios. Las naves de las medusas solían viajar en múltiplos de dos, y nadie había averiguado por qué. *Pero la nave de Adra iba sola*, pensó Kira. Además…

… el Nido de Transferencia, de rotunda forma y grave cometido…

Kira hizo otra mueca al notar una nueva punzada en el cráneo. Conque el xeno sí que intentaba comunicarse con ella. «El Nido de Transferencia…». Seguía sin ser gran cosa, pero al menos ahora tenía un nombre concreto. Decidió anotar más tarde todo lo que le había estado mostrando el filo dúctil.

Ojalá el xeno no fuera tan críptico.

Nadie había logrado identificar el planeta ni el sistema de origen de los alienígenas. Un cálculo inverso de su trayectoria superlumínica revelaba que las medusas estaban llegando desde varias direcciones. Eso quería decir que estaban reentrando en el espacio normal desde puntos diferentes y alterando deliberadamente su rumbo para ocultar su ubicación inicial. Con el tiempo, la luz que producía su regreso al espacio normal llegaría a los astrónomos, que podrían determinar la procedencia de las medusas, pero «con el tiempo» podía implicar años o incluso décadas.

No obstante, las medusas no podían estar viajando desde muy lejos. Sus naves eran más veloces en viaje superlumínico, eso era evidente, pero tampoco eran tan absurdamente rápidas como para ser capaces de viajar cientos de años luz en menos de un mes. Entonces, ¿por qué no había llegado ninguna señal de su civilización a Sol ni a las colonias?

En cuanto al motivo del ataque de las medusas... La respuesta más obvia era la conquista, pero nadie lo sabía con seguridad, por un motivo muy sencillo: hasta el momento, todos los intentos por descifrar el idioma de las medusas habían fracasado. Todo indicaba que su lenguaje se basaba en el olfato; era tan radicalmente distinto de cualquier lengua humana que ni siquiera las mentes más inteligentes tenían la menor idea de cómo traducirlo.

Kira dejó de leer entonces, como alcanzada por un rayo. Notó que el filo dúctil se endurecía bajo el mono de vuelo. A bordo de la Circunstancias Atenuantes, ella había entendido las palabras de la medusa con tanta claridad como si le estuviera hablando en su mismo idioma. Y estaba completamente segura de que podría haberle respondido de haber querido.

Un escalofrío le recorrió las extremidades. Se estremeció; se sentía atrapada en un bloque de hielo. ¿Acaso Kira era la única persona capaz de comunicarse con las medusas?

Todo indicaba que sí.

Empezó a pensar, con la mirada perdida en la holofaz. ¿Serviría de algo que ayudara a la Liga a entablar conversación con las medusas? Cada vez estaba más convencida de que el descubrimiento del filo dúctil era, al menos en parte, el causante de la invasión. Tenía todo el sentido. Tal vez las medusas se estaban vengando porque creían que el filo dúctil había sido destruido. Si Kira salía a la luz, podría estar dando el primer paso hacia la paz. O no.

Era imposible saberlo sin disponer de más información, una información que ahora mismo no podía obtener.

Pero lo que Kira sí sabía era que, si se entregaba a la Liga, se pasaría el resto de sus días encerrada en diminutas celdas sin ventanas, examinada constantemente y (si tenía suerte) ejerciendo de traductora ocasional. Si acudía a la corporación Lapsang... el resultado sería muy parecido, y la guerra seguiría su curso.

Kira reprimió un grito. Se sentía atrapada en una encrucijada, amenazada por todas partes. Si existía una solución fácil para su situación, no la veía. El futuro se había convertido en un abismo negro, imprevisto e imprevisible.

Minimizó la holofaz, se arrebujó en la manta y se mordisqueó la mejilla mientras pensaba.

«Mierda», murmuró. *¿Qué voy a hacer?*

Entre todas las preguntas, incertidumbres y acontecimientos trascendentales para el destino de toda la galaxia —entre todo aquel mar de decisiones, cada una de las cuales podía tener consecuencias catastróficas, y no solo para ella—, una única verdad brillaba por encima de todas: su familia corría peligro. Aunque Kira se había marchado de Weyland, aunque llevaba años sin volver, todavía le importaban. Y Kira les importaba también. Tenía que ayudarlos. Y si con ello también ayudaba a otras personas, tanto mejor.

Pero ¿cómo? Weyland estaba a más de cuarenta días a velocidad superlumínica estándar. En ese tiempo podían suceder muchísimas cosas. Además, Kira no quería que su familia se acercara ni remotamente al xeno; le preocupaba hacerles daño accidentalmente. Y si las medusas averiguaban dónde estaba... sería como colgarse una diana gigante en la espalda, y en la de todos los que la rodeaban.

Llena de frustración, clavó los nudillos en la cubierta. El único medio realista que se le ocurría para proteger a su familia sin acercarse a ellos era poner fin a la guerra. Y eso la conducía de nuevo a la misma pregunta: ¿cómo?

Presa de la indecisión más absoluta, Kira se despojó de la manta y se puso de pie. Ya no aguantaba más tiempo sentada.

3.

Notando la cabeza embotada por un sinfín de pensamientos desordenados, Kira se paseó junto a la pared trasera de la bodega para deshacerse del exceso de energía.

Un impulso repentino la llevó a darse la vuelta y acercarse a los dos entropistas, arrodillados no muy lejos del grupo de personas que escuchaban la letanía de números. Kira no supo establecer su edad. Unos cables plateados les recorrían la piel de las sienes y la frente, y ambos vestían las habituales túnicas degradadas, con el logotipo estilizado del fénix renacido en el centro de la espalda, los puños y los bajos.

Kira siempre había admirado a los entropistas. Eran famosos por sus investigaciones científicas (tanto teóricas como aplicadas) y tenían adeptos trabajando en los niveles más altos de casi todos los campos. De hecho, solía decirse que, para realizar un gran descubrimiento, lo primero que había que hacer era unirse a los entropistas. Su tecnología se mantenía entre cinco y diez años por delante de la del resto de la humanidad. Sus impulsores Markov eran los más rápidos que existían, y se rumoreaba que poseían otros avances mucho más exóticos, aunque Kira no se fiaba demasiado de las teorías más descabelladas. Los entropistas atraían a muchas de las mejores mentes de la humanidad (Kira había oído decir que incluso a alguna que otra mente de a bordo), pero no eran las únicas personas inteligentes y entregadas a descifrar los secretos del universo.

A pesar de todo, los rumores tenían algo de cierto.

Muchos entropistas se sometían a una manipulación genética bastante radical, o al menos esa era la teoría que explicaba su aspecto tan divergente. Y era bien sabido que sus vestiduras estaban repletas de tecnología en miniatura, en ciertos casos rayaba en lo milagroso.

Si alguien podía ayudar a Kira a comprender mejor al filo dúctil y a las medusas (al menos en lo relativo a su tecnología), esos eran los entropistas. Además (y esto era muy importante para Kira), los entropistas eran una organización totalmente independiente del Estado; quedaba fuera de la jurisdicción de cualquier gobierno. Poseían laboratorios de investigación dentro de la Liga, propiedades en las colonias independientes y una sede central en los alrededores de Shin-Zar. Si los entropistas descubrían que el filo dúctil era una tecnología alienígena, era poco probable que la denunciaran a la FAU; seguramente se limitarían a bombardearla a preguntas.

Kira todavía se acordaba de lo que le había dicho Zubarev, el jefe de investigación de Serris:

«Si alguna vez te pones a charlar con un entropista, ni se te ocurra mencionar la muerte térmica del universo, ¿me oyes? Si lo haces, date por perdida. Te estará dando la matraca todo el día. Estás avisada, Navárez».

Con eso en mente, Kira se detuvo delante de la pareja.

—Disculpad —dijo. Era como si volviera a tener siete años y le acabaran de presentar al entropista que había visitado Weyland. A esa edad le había intimidado mucho aquella montaña de carne y de tela que la observaba desde lo alto...

El hombre y la mujer dieron un respingo y se volvieron hacia Kira.

—¿Sí, prisionera? ¿En qué podemos ayudarte? —dijo el hombre.

Eso era lo único que no le gustaba de los entropistas: insistían en llamar a todo el mundo «prisionero». El universo no era un lugar ideal, de acuerdo, pero tampoco era ninguna cárcel. Al fin y al cabo, ya que no quedaba otra que existir en algún lugar, ¿por qué no allí?

—¿Puedo hablar con vosotros? —contestó.

—Por supuesto. Siéntate, por favor —dijo el hombre. La pareja se hizo a un lado para dejarle sitio, con movimientos perfectamente coordinados, como si sus cuerpos fueran uno solo. Kira tardó un momento en caer en la cuenta: eran una mente colmena. Una colmena muy pequeña, pero colmena al fin y al cabo. Llevaba tiempo sin ver ninguno.

—Ella es la indagadora Veera —dijo el hombre, señalando a su compañera.

—Y él es el indagador Jorrus —añadió ella, imitándolo—. ¿Qué deseas preguntarnos, prisionera?

Kira escuchó la letanía de números mientras pensaba. Gregorovich, la mente de a bordo, podía estar espiándolos, así que era mejor no contradecir la historia que había contado antes en la enfermería.

—Me llamo Kaminski —empezó—. Viajaba en el transbordador que ha abordado la Wallfish.

Veera asintió.

—Sí, ya lo...

—... suponíamos —concluyó Jorrus.

Kira se alisó el mono de vuelo mientras elegía bien sus palabras.

—He estado aislada estos tres meses, así que estoy poniéndome al corriente de las novedades. ¿Sabéis algo de bioingeniería?

—Sabemos más que algunos... —dijo Jorrus.

—... y menos que otros —apostilló Veera.

Kira sabía que estaban haciendo gala de su famosa humildad.

—Al ver tantos tipos de medusas diferentes, me ha dado por pensar si sería posible crear un dermotraje orgánico, o una servoarmadura orgánica.

Los entropistas fruncieron el ceño; resultaba inquietante ver una expresión idéntica y perfectamente sincronizada en dos rostros distintos.

—Al parecer, ya tienes cierta experiencia con dermotrajes insólitos, prisionera —dijo Jorrus, y ambos señalaron el filo dúctil.

—¿Lo decís por esto? —Kira se encogió de hombros, como si el traje no tuviera la menor importancia—. Es solo un traje personalizado que me hizo un amigo. Parece más avanzado de lo que es en realidad.

Los entropistas aceptaron su explicación sin rechistar.

—Volviendo a tu pregunta, prisionera, teóricamente es posible, pero sería...

—... poco práctico —añadió Jorrus.

—La carne no es tan fuerte como el metal o los compuestos —continuó Veera—. Aunque se utilizara una combinación de nanotubos de diamante y carbono, no ofrecería la misma protección que el blindaje corriente.

—Y la energía también sería un problema —agregó Jorrus—. Los procesos orgánicos son incapaces de proporcionar suficiente energía con la velocidad necesaria. Se necesitan supercondensadores, baterías, minirreactores y otras fuentes de energía.

—Incluso sin tener en cuenta la cuestión energética —dijo Veera—, la integración entre el traje y el usuario sería complicada.

—Pero los implantes ya utilizan los circuitos orgánicos —arguyó Kira.

Jorrus negó con la cabeza.

—No me refiero a eso. Si el traje fuera orgánico, si estuviera vivo, siempre existiría el riesgo de contaminación cruzada.

—Las células del traje podrían arraigar en el cuerpo del usuario y desarrollarse en lugares indebidos. Las consecuencias podrían ser más graves que cualquier cáncer natural —le explicó Veera.

—Y viceversa —añadió Jorrus—. Las células del usuario podrían terminar afectando al funcionamiento del traje. Para evitarlo e impedir también que el sistema inmunitario del usuario atacara los puntos de integración del traje...

—… este debería estar diseñado a partir del propio ADN del usuario, lo que provocaría que cada traje pudiera ser llevado por un usuario específico. Otro aspecto muy poco práctico.

—Entonces, las medusas… —dijo entonces Kira.

—No emplean biotrajes tal y como nosotros los entendemos —contestó Veera—. A menos que su ciencia sea mucho más avanzada de lo que parece.

—Ya veo —dijo Kira—. ¿Y no sabéis nada sobre el lenguaje de las medusas, aparte de lo que ya se ha publicado?

—Por desgracia… —contestó Veera.

—… no. Te pedimos disculpas; los alienígenas siguen siendo un misterio en muchos aspectos.

Kira frunció el ceño. La molesta letanía de números volvía a sonar. Hizo una mueca.

—¿Qué están haciendo? ¿Lo sabéis?

Jorrus soltó un resoplido.

—Incordiarnos a todos, eso es lo que hacen. Les hemos…

—… pedido que bajen el volumen, pero apenas hemos conseguido nada. Si siguen sin…

—… cooperar en el futuro, tendremos que ser más tajantes.

—Ya —dijo Kira—, pero ¿quiénes son?

—Son numenistas —respondieron Veera y Jorrus a un tiempo.

—¿Numenistas?

—Es una orden religiosa que surgió en Marte durante las primeras décadas de colonización. Veneran los números.

—Los números.

Los entropistas asintieron a la vez.

—Los números.

—¿Por qué?

Veera sonrió.

—¿Por qué se veneran las cosas? Creen que albergan verdades profundas sobre la vida, el universo y todas las cosas. Más concretamente…

—… creen en la enumeración —continuó Jorrus con una sonrisa—. Creen que si cuentan durante el tiempo suficiente, llegarán a contar todos los números enteros y, tal vez, en el fin de los tiempos, pronunciar el nombre del número definitivo.

—Eso es imposible.

—Da igual. Es cuestión de fe. El hombre que está hablando es el Archiarítmetra, también conocido como el *Pontifex Digitalis*…

—… una traducción al latín escandalosamente deficiente. Muchos lo llaman el…

—… Papa Dedalero. Junto con…

—… sus ayudantes del Colegio de Enumeradores (les encantan los títulos), recita todos los números sin interrupción ni descanso. —Veera señaló a los numenistas con el dedo—. Consideran que escuchar la enumeración es una…

—… parte esencial de su praxis religiosa. Y además… ¡además…!

—… creen que algunos números son más importantes que otros. Los que contienen determinadas secuencias de dígitos, los números primos, etcétera.

Kira frunció el ceño.

—Qué raro.

Veera se encogió de hombros.

—Tal vez. Pero les ofrece consuelo, a diferencia de la mayoría de las cosas.

Jorrus se inclinó entonces hacia Kira.

—¿Sabes cómo definen a Dios?

Ella negó con la cabeza.

—«La parte mayor de dos mitades iguales». —Los entropistas se echaron hacia atrás, riendo entre dientes—. ¿No te parece encantador?

—Pero… eso no tiene lógica.

Veera y Jorrus se encogieron de hombros.

—La fe no suele tenerla. Bien…

—… ¿podemos ayudarte en algo más?

Kira se rio sin ganas.

—No, a menos que sepáis cuál es el sentido de la vida.

En cuanto esas palabras salieron de su boca, Kira supo que había cometido un error y que los entropistas iban a tomarse la pregunta en serio.

Dicho y hecho:

—El sentido de la vida…

—… es distinto para cada persona —le explicó Veera—. Para nosotros es sencillo: consiste en la búsqueda de conocimiento, con el objetivo de…

—… encontrar un modo de impedir la muerte térmica del universo. En tu caso…

—… no lo sabemos.

—Me lo temía —dijo Kira, y añadió sin poder contenerse—: Dais por hechas muchas cosas que otros pondrían en duda. La muerte térmica del universo, por ejemplo.

Ambos contestaron al unísono:

—Si erramos, erraremos, pero nuestra indagación es digna. Aunque nuestra convicción resultara ser falsa…

—… nuestro éxito nos beneficiaría a todos —concluyó Jorrus.

Kira inclinó la cabeza.

—Es justo. No pretendía ofenderos.

Más tranquilos, los dos se recolocaron las mangas de la túnica.

—Tal vez podamos ayudarte, prisionera. El sentido deriva del propósito...

—... y el propósito adopta muchas formas. —Veera juntó los dedos de las manos en una pirámide; curiosamente, Jorrus no hizo lo mismo—. ¿Te has planteado alguna vez el hecho de que todo lo que somos tiene su origen en los restos de estrellas que explotaron hace mucho?

—*Vita ex pulvis* —dijo Jorrus.

—Estamos hechos de polvo de estrellas muertas.

—Soy consciente de ello —dijo Kira—. Es una idea muy optimista, pero no veo qué relevancia tiene.

—Su relevancia... —dijo Jorrus.

—... está en la proyección lógica de esa idea. —Veera guardó silencio un momento—. Poseemos consciencia. Poseemos raciocinio. Y estamos hechos de la misma sustancia que los cielos.

—¿No lo ves, prisionera? —dijo Jorrus—. Somos la mente del propio universo. Los humanos, las medusas y todos los seres con consciencia de sí mismos. Somos el universo que se observa a sí mismo, que se observa y aprende.

—Y algún día nosotros, y por extensión todo el universo, aprenderemos a expandirnos más allá de este reino y nos salvaremos de la extinción, que de otro modo sería inevitable.

—Escapando de la muerte térmica de este universo —adivinó Kira.

Jorrus asintió.

—Así es. Pero esa no es la cuestión. La cuestión es que este acto de observación y aprendizaje es un proceso compartido por todos...

—... seamos conscientes de ello o no. Y como tal, dota de un propósito a todo cuanto hacemos, por muy...

—... insignificante que parezca, y de ese propósito deriva el sentido. Porque el propio universo, provisto de consciencia a través de tu propia mente...

—... conoce todas tus penas y cuitas. —Veera sonrió—. Consuélate, pues, sabiendo que las decisiones de tu vida tienen una importancia que va más allá de ti misma. Una importancia que alcanza dimensiones cósmicas.

—Me parece un tanto arrogante —dijo Kira.

—Quizá —admitió Jorrus—, pero...

—... bien podría ser cierto —concluyó Veera.

Kira se miró las manos. Sus problemas no habían cambiado, pero en cierto sentido ahora le parecían menos abrumadores. La idea de formar parte de la consciencia del universo la reconfortaba, aunque en un sentido bastante abstracto. Decidiera lo que decidiera hacer a partir de ahora, ocurriera lo que ocurriera, incluso aunque la FAU volviera a ponerla en cuarentena, seguiría formando parte de una causa mucho mayor que ella misma. Y esa era una verdad que nadie podría arrebatarle jamás.

—Gracias —les dijo Kira de todo corazón.

Los entropistas inclinaron la cabeza y se llevaron los dedos a la frente.

—De nada, prisionera. Que tu camino te guíe siempre al conocimiento.

—Al conocimiento para alcanzar la libertad —dijo Kira, concluyendo la sentencia. La definición de libertad de los entropistas era distinta de la suya, pero agradecía sus buenos deseos.

Kira regresó a su hueco entre las cajas, activó la holofaz y se sumergió de nuevo en las noticias, con renovada determinación.

4.

Finalmente, las luces de la bodega entraron en modo nocturno, transformándose en un tenue resplandor rojizo. A Kira le costaba dormir; su mente no quería parar, y su cuerpo también seguía agitado después de tanto tiempo en la Valquiria. Además, por muy agradable que fuera, la sensación de gravedad seguía resultándole extraña. El contacto con la cubierta hacía que le doliera la cadera y la mejilla.

Pensó en Tschetter, y después en los supervivientes del equipo de reconocimiento. Esperaba que la FAU ya hubiera descongelado a los supervivientes. No era aconsejable pasar demasiado tiempo en crionización; los procesos biológicos básicos, como la digestión y la producción de hormonas, empezaban a deteriorarse a partir de cierto momento. Y Jenan era muy proclive a la resaca criónica…

Al final, Kira consiguió conciliar el sueño, pero su mente seguía turbada y sus sueños fueron más vívidos de lo normal. Se vio a sí misma en casa, de niña; eran recuerdos antiguos, que llevaba años sin revivir, pero que ahora parecían recientes, frescos, como si el tiempo estuviera transcurriendo en bucle. *Perseguía a su hermana Isthah por las hileras de plantas del invernadero oeste. Isthah chillaba y sacudía las manos en el aire mientras corría, y la coleta castaña le rebotaba en la nuca… Su padre cocinaba un arroz ahumado, una receta que su familia se había traído desde San Amaro al emigrar de la Tierra y el único motivo por el que tenían una barbacoa en el jardín. Cenizas para el azúcar, azúcar para el arroz. Era la comida favorita de Kira, porque le traía los sabores del pasado…*

Después su mente pasó a hechos más recientes: Adra, Alan y las medusas. Una mezcla de recuerdos superpuestos:

—*¿Podrías escanearlo o recoger unas muestras?* —decía Alan.

—*¿Vas a renunciar a los rollitos de canela de Yugo por unos PEDRUSCOS?* —exclamaba Neghar.

Y Kira respondía:

—*Lo siento, es lo que toca…*

Es lo que toca…

En la base, después de salir de crionización, Alan la había abrazado.

—Es culpa mía. No debería haberte pedido que fueras a explorar esas rocas. Lo siento muchísimo, nena.

—No, no te disculpes —había respondido Kira—. Alguien tenía que hacerlo.

Y en algún lugar, Todash and the Boys aullaban y gritaban:

«Y no hay nadie tras la puerta. No, no hay nadie tras la puerta. ¿Quién llama a la puerta, amor?».

Kira despertó empapada en sudor frío y con el corazón desbocado. Todavía era de noche, y cientos de personas dormidas llenaban la bodega con el ruido blanco de su respiración.

Kira contribuyó con un largo suspiro.

Alguien tenía que hacerlo. Se estremeció y se pasó una mano por la cabeza. Seguía sorprendiéndose al notarla tan lisa.

—Alguien… —susurró. Cerró los ojos. De pronto sentía la cercanía de Alan. Casi le parecía notar su olor…

Kira sabía lo que habría hecho Alan en su lugar, lo que habría querido que hiciera ella. Resopló y se secó las lágrimas. La curiosidad los había arrastrado a ambos hasta las estrellas, pero para satisfacer su curiosidad, habían tenido que asumir ciertas responsabilidades. Especialmente Kira; la xenobiología era una profesión más peligrosa que la geología. Sin embargo, el hecho era el mismo: aquellos que se aventuraban en lo desconocido tenían el deber de proteger a los que se quedaban en casa, a los que seguían viviendo dentro de las fronteras conocidas.

Una frase de los entropistas resonó en su mente: «El sentido deriva del propósito…». Y Kira supo entonces cuál era su propósito: utilizar sus conocimientos del lenguaje de las medusas para negociar la paz entre ambas especies. O, en caso de no conseguirlo, para ayudar a la Liga a ganar la guerra.

Sin embargo, quería hacerlo según sus propias condiciones. Si viajaba a Ruslan, la Liga volvería a encerrarla en cuarentena, lo que no ayudaría a nadie (y mucho menos a sí misma). Necesitaba estar en plena acción, no encerrada en un laboratorio, siendo escudriñada como un microbio en una placa de Petri. Debía arreglárselas para interactuar con los ordenadores de las medusas y extraer todos los datos que pudiera. Sería aún mejor poder hablar personalmente con una medusa, pero tenía serias dudas de poder hacerlo con un mínimo de seguridad. Al menos de momento. Si conseguía entrar en una de sus naves y hacerse con un transmisor, la cosa podía cambiar.

Estaba decidido: por la mañana hablaría con Falconi y le propondría desviarse a un puerto más cercano que Ruslan, un lugar que pudiera haber recogido tecnología medusa para que Kira pudiera examinarla. O tal vez (si la balanza se inclinaba en su favor) podría conseguir que alguien la llevara hasta una nave medusa inutilizada. Costaría convencer a Falconi, pero Kira tenía la esperanza de poder persuadirlo.

Ninguna persona razonable podía ignorar la importancia de lo que Kira iba a revelarle. Y por muy duro que fuera, Falconi parecía bastante razonable.

Cerró los ojos; notaba que su fuerza de voluntad era cada vez mayor. Tal vez fuera un error, pero iba a darlo todo con tal de detener a las medusas.

Tal vez así podría salvar a su familia y expiar los pecados cometidos en Adra.

CAPÍTULO III

★　★　★　★　★　★　★

CONJETURAS

1.

Cuando las luces volvieron al modo diurno, Kira se dio cuenta de que una fina capa de polvo le cubría todo el cuerpo, a excepción del rostro. Había comido, así que ya se lo esperaba. Por suerte la manta la tapaba casi por completo, y consiguió sacudírselo de encima sin que Inarë ni nadie más se diera cuenta.

Activó su holofaz y comprobó las actividades de las naves medusa. Mal asunto. Las dos naves de Karelin seguían hostigando a las remolcadoras de la zona, y llegaban informes no confirmados de que los alienígenas habían desplegado tropas en el pequeño asentamiento del planeta. Entretanto, las medusas del cinturón de asteroides habían destruido media docena de plantas procesadoras de mineral, antes de realizar un vuelo rasante a gran velocidad sobre Chelomey. Habían acribillado el hábitat anular, destruyendo la mayoría de las defensas de la estación, y después habían seguido su camino hacia otro grupo de instalaciones mineras.

Los daños de la estación eran impactantes pero superficiales; la estructura seguía en pie. Eso era un alivio. Si destruían el hábitat… Kira se estremeció al pensar en miles de personas, jóvenes y viejas, arrojadas al espacio sin remedio. Se le ocurrían pocos destinos tan horribles o aterradores. Mientras Kira observaba las imágenes, hasta tres naves de transporte distintas zarparon desde Chelomey: estaban intentando evacuar la estación.

Después Kira buscó información sobre Cygni B. Abrió el titular de una notica: una de las naves medusa había explotado durante la noche, dejando un mar de chatarra y radiación dañina. Un grupo de mineros que se hacían llamar «los Tornos Aulladores» se asignaban el mérito de la hazaña. Por lo visto habían conseguido estrellar una nave no tripulada contra la nave medusa y reventarla, provocando una brecha de contención interna.

La destrucción de esa nave alienígena no suponía una gran diferencia para el curso de la guerra, pero Kira sintió esperanzas al ver las imágenes. Las medusas tenían sus ventajas, sí, pero los humanos no iban a dejarse avasallar así como así.

En cualquier caso, eso no cambiaba el hecho de que estaban atacando todo el sistema. Los refugiados de la bodega estaban comentando lo que había pasado en Chelomey (al parecer, bastantes venían de la estación) y la destrucción de la nave medusa.

Kira cerró las noticias, ignoró el murmullo general y empezó a buscar un lugar adecuado en el que Falconi pudiera dejarla. Tenía que ser algún sitio relativamente cercano y que no estuviera sufriendo el ataque de las medusas en ese momento. No había demasiadas opciones: un pequeño hábitat anular más allá de la órbita de Tsiolkovski, una fábrica de combustible en el punto de libración L3 de Karelin, un puesto de investigación en Grozny, el cuarto planeta de la estrella…

Se decidió rápidamente por la estación Malpert, una pequeña instalación minera situada dentro del cinturón de asteroides interior (61 Cygni poseía dos cinturones de asteroides, y la Wallfish estaba navegando entre ambos). La estación presentaba varios puntos favorables: la corporación tenía un representante allí, y la FAU estaba protegiendo las instalaciones con varias naves militares, incluido un crucero, la NFAU Darmstadt.

Kira se creía capaz de enfrentar a la corporación con la FAU y convencer a alguna de ellas (o a las dos) de que le permitieran subir a bordo de una nave medusa. Además, probablemente un comandante militar inmerso en combate directo con las medusas valoraría la propuesta de Kira mucho más que un burócrata de Ruslan o la estación Vyyborg.

En cualquier caso, era su mejor opción.

Titubeó al pensar en los riesgos que corría. Podía salirle el tiro por la culata de mil maneras diferentes y horribles. Irguió los hombros. *Da igual.* Hacía falta mucho más que un ataque de nervios para hacerla cambiar de opinión.

En una esquina de la holofaz de Kira apareció un icono en forma de bandera, indicándole que tenía un mensaje:

¿Qué haces expeliendo polvo, oh heterogéneo saco de carne? Tus excrecencias me obstruyen los filtros. —Gregorovich

Kira esbozó una sonrisa amarga. No habría podido mantener en secreto al filo dúctil aunque hubiera querido. Subvocalizó su respuesta y escribió:

Vamos, vamos, no esperarás que te responda así como así, ¿verdad? Tengo que hablar con el capitán lo antes posible. En privado. Es cuestión de vida o muerte. —Kira

La respuesta apareció un segundo después:

Tu soberbia me intriga. Deseo suscribirme a tu boletín de noticias. —Gregorovich

Kira frunció el ceño. ¿Eso era un sí o un no?

No tuvo que esperar demasiado para averiguarlo. No habían pasado ni cinco minutos cuando la misma mujer menuda y rubia que había visto en la otra bodega apareció en el umbral. Vestía una chaqueta verde oliva a la que le había cortado las mangas, dejando al descubierto unos brazos tan musculosos que solo podían deberse a la manipulación genética o a años y años de pesas y dieta estricta. Y sin embargo, el rostro de la mujer era fino y delicado, muy femenino. Llevaba colgado al hombro un rifle de proyectiles de aspecto temible.

La mujer se llevó la mano a la boca y silbó con dos dedos.

—¡Eh! ¡Kaminski! Ven aquí. El capitán quiere verte.

Kira se levantó y caminó hasta la puerta, sintiéndose observada por todos. La mujer la miró de arriba abajo y señaló el pasillo con el mentón.

—Tú primero, Kaminski. —La compuerta presurizada se cerró a sus espaldas—. Las manos donde pueda verlas.

Kira obedeció mientras subían por el conducto central. Ahora que llevaba las lentillas, podía ver las holofaces públicas de la nave: unas proyecciones de colores fijadas a las puertas, las paredes, las luces e incluso al propio aire. Con ellas, el sórdido interior de la Wallfish se transformaba en una deslumbrante obra de estilo modernista.

También había otras opciones disponibles, así que Kira fue repasándolas todas. El conducto pasó de tener la apariencia de un castillo a cubrirse de madera de estilo Art Nouveau, pasando por varios paisajes alienígenas (algunos cálidos y acogedores, otros tormentosos e iluminados por relámpagos ocasionales) e incluso una pesadilla abstracta y fractal que le recordaba en exceso al filo dúctil.

Sospechaba que esa última era la favorita de Gregorovich.

Finalmente, Kira regresó a la holofaz inicial. Era la menos confusa de todas, y también relativamente alegre.

—¿Cómo te llamas? —le preguntó a la mujer.

—Me llamo Cállate-la-boca-y-camina.

Cuando llegaron a la cubierta de la enfermería, la mujer le clavó un dedo en la espalda.

—Aquí.

Kira bajó de la escalerilla y cruzó la compuerta que conducía al pasillo. Se detuvo en seco al ver la holofaz de la pared, la misma que Trig le había pedido que ignorara el día anterior.

La imagen cubría casi dos metros de la pared panelada, y en ella aparecía un batallón de liebres con servoarmadura que cargaban contra otro ejército (también de liebres y equipado de forma similar) sobre un campo de batalla devastado. La hueste más cercana la acaudillaba… el cerdo Runcible, que ahora lucía un par de colmillos de jabalí. Y frente a él, liderando a la tropa enemiga, estaba nada más y nada menos que Calcetines, el gato de a bordo, blandiendo sendos lanzallamas en dos de sus patas peludas.

—¿Qué es eso, en nombre de Thule? —dijo Kira.

La mujer de rostro afilado tuvo la decencia de ruborizarse.

—Hicimos una apuesta en el bar con la tripulación del Sol Icoroso, y perdimos.

—Po... podría haber sido peor —dijo Kira. Para tratarse de una apuesta de bar, habían salido bastante bien librados.

—Si hubiéramos ganado nosotros, el capitán iba a obligarlos a dibujar... Bueno, es mejor que no lo sepas.

Kira pensó que seguramente tenía razón.

Un toque del cañón del rifle bastó para que Kira echara a andar de nuevo por el pasillo. Se preguntó si debería llevarse las manos a la nuca.

El paseo terminó frente a otra compuerta presurizada, en el lado opuesto de la nave. La mujer llamó con el puño en la rueda central, y al cabo de un momento se oyó la voz de Falconi:

—Está desbloqueada.

La mujer giró la rueda, que produjo un agradable chasquido.

La puerta se abrió y Kira comprobó con gran sorpresa que no estaban en la sala de control, sino en un camarote. El de Falconi, para ser exactos.

La sala tenía el espacio justo para caminar unos pocos pasos sin chocar con los muebles. La cama, el lavabo, las taquillas y las paredes eran totalmente sobrias, incluso con holofaces. El único elemento decorativo estaba en el escritorio empotrado: un nudoso bonsái de hojas plateadas y tronco en forma de *S*.

Kira no pudo evitar sentirse impresionada. Era muy difícil que un bonsái sobreviviera en una nave, pero aquel árbol parecía lozano y muy bien cuidado.

El capitán estaba sentado ante el escritorio, con media docena de ventanas abiertas en su holopantalla.

Falconi llevaba varios botones de la camisa desabrochados y las mangas enrolladas, dejando entrever los músculos bronceados del pecho, pero lo que llamó la atención de Kira fueron sus antebrazos desnudos: la piel era una masa moteada de tejido cicatricial. Parecía plástico a medio derretir, duro y reluciente.

La primera reacción de Kira fue de asco. *¿Por qué?* Las quemaduras, y las cicatrices en general, eran muy fáciles de tratar. Incluso si Falconi había sufrido esas lesiones en un lugar que no disponía de instalaciones médicas, ¿por qué no se las había eliminado más tarde? ¿Por qué permitía que su cuerpo siguiera... deforme?

Runcible estaba echado en el regazo de Falconi. El cerdo tenía los ojos entornados y meneaba la cola de placer mientras el capitán le rascaba las orejas.

Nielsen estaba al lado del capitán, de brazos cruzados y con aspecto impaciente.

—¿Quería verme? —le preguntó Falconi, y sonrió. Al parecer le gustaba verla incómoda.

Tal vez había juzgado mal al capitán. Si estaba dispuesto a aprovechar sus cicatrices para alterarla, era más inteligente y más peligroso de lo que Kira había pensado. Y

a juzgar por el bonsái, también era más sofisticado, aunque no dejara de ser un cabronazo extorsionador.

—Necesito hablar con usted en privado —dijo.

Falconi agitó la mano, señalando a Nielsen y a la rubia.

—Sea lo que sea, puedes decirlo delante de ellas.

Kira contestó con irritación:

—Es algo muy serio... capitán. No bromeaba al decirle a Gregorovich que es
cuestión de vida o muerte.

Falconi no perdió su sonrisa burlona, pero sus ojos se transformaron en dos esquirlas de hielo azul.

—Y yo le creo, Srta. Kaminski. Sin embargo, si piensa que voy a hablar con usted
a solas, sin testigos, es que piensa que nací idiota. Ellas se quedan. Es mi última palabra.

Kira oyó cómo la mujer musculosa se ajustaba el rifle.

Frunció los labios, intentando decidir si había alguna forma de convencerlo. No
se le ocurrió nada, así que finalmente dio su brazo a torcer.

—Está bien —dijo—. ¿Le importa cerrar la puerta, al menos?

Falconi asintió.

—No hay problema. ¿Sparrow?

La mujer que había escoltado a Kira cerró la compuerta presurizada de un tirón, aunque no la bloqueó; así podría volver a abrirla fácilmente en caso de emergencia.

—¿Y bien? ¿Qué ocurre? —dijo Falconi.

Kira inspiró hondo.

—No me llamo Kaminski, sino Kira Navárez. Y esto no es un dermotraje; es un
organismo alienígena.

2.

Falconi soltó una carcajada tan escandalosa que Runcible dio un respingo, resopló y
miró a su amo con algo muy parecido a la preocupación.

—Yaaaaa —dijo Falconi—. Muy buena. Muy graciosa, Srta... —Su sonrisa se
desvaneció al escudriñar el rostro de Kira—. Lo dice en serio.

Kira asintió.

Se oyó un *clic,* y por el rabillo del ojo vio que Sparrow le estaba apuntando a la
cabeza con su rifle.

—No hagas eso —dijo Kira con voz tensa—. Lo digo en serio, es *muy* mala idea.
—Ya notaba cómo el filo dúctil se iba tensando por todo su cuerpo, preparándose
para la acción.

Falconi agitó la mano y Sparrow bajó el arma a regañadientes.

—Demuéstrelo.

—¿El qué? —preguntó Kira, confundida.

—Demuestre que es un artefacto alienígena —dijo, señalándole el brazo. Kira titubeó.

—Prometa que no me dispararán, ¿de acuerdo?

—Ya veremos —gruñó Sparrow.

A una orden mental de Kira, la mascarilla del traje se desplegó sobre su rostro. Lo hizo más despacio que de costumbre, para no asustar a nadie, pero aun así Falconi se puso rígido y Nielsen echó mano a la funda de su bláster.

Runcible observó a Kira con sus ojos grandes y húmedos y meneó el hocico, olfateándola.

—Mierda —dijo Sparrow.

Unos segundos después, cuando consideró que ya los había convencido, Kira dejó que el filo dúctil se relajara y la mascarilla retrocedió, dejándole el rostro al descubierto de nuevo. Sintió el frescor del aire del camarote sobre la piel recién destapada.

Falconi estaba muy quieto. Demasiado quieto. Kira empezó a preocuparse. ¿Y si decidía arrojarla al espacio para quitarse el problema de encima?

—Explícate —dijo finalmente—. Y más vale que te esmeres, Navárez.

Kira les contó su historia. En general se ciñó a la verdad, pero en lugar de admitir que el filo dúctil había matado a Alan y a varios de sus compañeros en Adra, culpó a las medusas. En parte para no asustar a Falconi, y en parte porque no le apetecía hablar de su responsabilidad en aquellas muertes.

Cuando terminó, se hizo un largo silencio en el camarote.

Runcible gruñó y meneó el rabo, intentando bajar al suelo. Falconi lo dejó sobre la cubierta y lo empujó suavemente hacia la puerta.

—Dejadlo salir, quiere usar su caja. —El cerdo pasó trotando junto a Kira mientras Sparrow abría la compuerta—. ¿Gregorovich? —dijo Falconi en voz alta cuando la puerta se cerró de nuevo.

Al cabo de unos segundos, la voz de la mente de a bordo habló desde el techo:

—Su historia concuerda. En varias noticias figura una tal Kira Navárez como xenobióloga principal de la misión de reconocimiento de Adrastea. Y esa misma Navárez aparece en la lista de embarque de la VSL Fidanza. Sus datos biométricos coinciden con los registros públicos.

Falconi empezó a tamborilear con los dedos sobre la pierna.

—¿Estás segura de que este xeno no es contagioso? —Se lo estaba preguntando directamente a Kira. Ella asintió.

—Si lo fuera, todo mi equipo habría terminado infectado, y también la tripulación de la Circunstancias Atenuantes. La FAU me examinó de arriba abajo, capitán. No detectaron riesgo de contagio. —Otra mentira, en este caso necesaria.

Falconi frunció el ceño.

—Aun así...

—Es mi campo —insistió Kira—. Hágame caso, conozco los riesgos mejor que cualquiera.

—De acuerdo, Navárez. Pongamos que tienes razón. Pongamos que todo lo que has dicho es verdad. Descubriste unas ruinas alienígenas, y en ellas este organismo. Unas semanas después, las medusas se presentan aquí a tiro limpio. ¿Es así?

Se hizo un incómodo silencio.

—Sí —contestó Kira.

Falconi inclinó la cabeza hacia atrás, lanzándole una mirada tan intensa que Kira se puso nerviosa.

—Me parece que tú tienes más que ver con esta guerra de lo que nos estás contando.

Sus palabras se acercaban incómodamente a los temores de Kira. *Mierda.*

Ojalá Falconi no fuera tan listo.

—No sé nada de eso. Lo único que sé es lo que le he contado.

—Ya. ¿Y por qué nos lo cuentas? —Falconi echó el cuerpo hacia delante hasta apoyar los codos en las rodillas—. ¿Qué quieres exactamente?

Kira se humedeció los labios. Ahora venía lo más delicado.

—Quiero que desvíe el rumbo de la Wallfish y me deje en la estación Malpert.

Esta vez, Falconi no se rio. Intercambió una mirada con Nielsen antes de contestar:

—Todos y cada uno de los pasajeros de la bodega nos pagan para que los llevemos a Ruslan. ¿Por qué diablos íbamos a cambiar el rumbo ahora?

Kira se contuvo para no comentar el uso del verbo «pagar». No era el momento de enemistarse con ellos. Eligió muy bien sus siguientes palabras:

—Porque entiendo el lenguaje de las medusas.

Nielsen enarcó las cejas.

—¿Cómo dice?

Kira les contó entonces su experiencia con la medusa a bordo de la Circunstancias Atenuantes. Omitió los sueños y los recuerdos que le transmitía el filo dúctil; no tenía sentido hacerles sospechar que estaba mal de la cabeza.

—¿Y no prefieres ir a Ruslan? —preguntó Sparrow con voz áspera.

—Necesito entrar en alguna de las naves medusa —dijo Kira—. Y tengo más posibilidades en Malpert. Si voy a Ruslan, la Liga se limitará a encerrarme de nuevo.

Falconi se rascó el mentón.

—Sigo sin saber por qué deberíamos alterar el rumbo. Si lo que dices es verdad, reconozco que es una información importante. Pero siete días no pueden cambiar la marcha de la guerra.

—Tal vez sí —dijo Kira, pero era evidente que Falconi no estaba convencido. Cambió de táctica—. Mire, la corporación Lapsang tiene un representante en Malpert. Si me lleva hasta él, le garantizo que la corporación le pagará una cuantiosa recompensa por su ayuda.

—¿En serio? —Falconi enarcó las cejas—. ¿Cómo de cuantiosa?

—¿Por ofrecerles acceso exclusivo a una tecnología alienígena única? Lo bastante como para comprar toda la antimateria que necesite.

—¿De verdad?

—De verdad.

Nielsen separó los brazos y dijo en voz baja:

—Malpert no está tan lejos, serían pocos días. Todavía tendríamos tiempo de llevar a todos los demás a Ruslan.

Falconi soltó un gruñido.

—¿Y qué esperas que diga cuando los mandamases de la FAU de Vyyborg se me echen encima por haber cambiado el rumbo? Tenían mucha prisa por echarles el guante a los tripulantes de la Valquiria.

Lo dijo en tono brusco, provocador, como queriendo comprobar si Kira le echaba en cara que acababa de admitir que el transmisor de la nave sí funcionaba, cosa que había negado.

Kira lo miró a los ojos.

—Dígales que han tenido una avería y que necesitan asistencia. Estoy segura de que le creerán, se le da muy bien inventarse historias.

Sparrow soltó un resoplido de risa, y una leve sonrisa afloró a los labios de Falconi.

—Está bien, Navárez. Trato hecho, con una condición.

—¿Cuál? —preguntó Kira con recelo.

—Tienes que dejar que Vishal te haga un reconocimiento completo. —La expresión de Falconi se volvió pétrea y letal—. No pienso dejar que ese xeno tuyo permanezca en mi nave sin el visto bueno de Doc. ¿Te parece razonable?

—Sí —dijo Kira. En cualquier caso, no tenía otra opción.

El capitán asintió.

—De acuerdo. Y por tu bien, espero que lo de la recompensa no sea un cuento, Navárez.

3.

Desde el camarote del capitán, Sparrow escoltó a Kira directamente a la enfermería. Vishal ya las estaba esperando, vestido con un traje de protección biológica completo.

—¿Es necesario, Doc? —preguntó Sparrow.

—Pronto lo sabremos —contestó Vishal.

Era evidente que el doctor estaba enfadado; a través del visor del casco veía su rostro tenso y crispado.

Sin que nadie le dijera nada, Kira se sentó de un salto en la mesa de exploración. Intuía que necesitaba apaciguar los ánimos.

—Siento haber infringido el protocolo de contención, pero no creo que haya peligro de que el xeno se propague.

Vishal empezó a reunir su instrumental, empezando por un labochip viejo y gastado que guardaba debajo del lavabo.

—Pero no puede saberlo con seguridad. Es usted xenobióloga, ¿sí? Debería haber tenido la sensatez de seguir el protocolo reglamentario.

Su réplica le dolió. *Ya, pero...* Vishal no se equivocaba, pero Kira no había tenido elección. Prefirió no decirlo en voz alta; no había venido a discutir.

Tamborileó con los talones en los cajones que formaban la base de la mesa de exploración mientras esperaba. Sparrow se quedó en el umbral, vigilándola.

—¿Cuál es tu función en la nave? —le preguntó Kira.

Sparrow se mantuvo impasible, sin dejar ver el menor rastro de emoción.

—Levanto cosas pesadas y las vuelvo a dejar en el suelo. —Le mostró el brazo izquierdo y flexionó el bíceps y el tríceps, presumiendo de musculatura.

—Ya veo.

Vishal empezó haciéndole una larga serie de preguntas a Kira. Ella respondió lo mejor que pudo. No se guardó nada. La ciencia era sagrada, y sabía que el doctor solo intentaba hacer su trabajo.

Cuando Vishal se lo pidió, Kira le enseñó cómo era capaz de endurecer la superficie del filo dúctil, siguiendo cualquier patrón deseado.

Después, el doctor activó la pantalla de control del medibot instalado en el techo. Mientras la máquina descendía hacia ella, desplegando su brazo mecánico como una figura de origami metálica, Kira se acordó de su celda en la Circunstancias Atenuantes y de los S-PAC, y se estremeció sin poder evitarlo.

—No se mueva —le espetó Vishal.

Kira bajó la vista y se concentró en su respiración. Lo último que necesitaba ahora era que el filo dúctil reaccionara ante una amenaza imaginaria y destrozara el medibot. Al capitán Falconi no le haría ni pizca de gracia.

Vishal se pasó dos horas haciéndole pruebas muy similares a las de Carr, pero también otras nuevas. Parecía un tipo muy creativo. Mientras el medibot se deslizaba sobre su cuerpo, palpándola y realizando todos los diagnósticos de su amplia programación, Vishal llevaba a cabo su propia investigación: le examinó los oídos, los ojos y la nariz, tomó muestras y frotis para analizarlos con el labochip y, en general, se dedicó a incordiar a Kira.

El doctor no se quitó el casco en ningún momento, y mantuvo el visor cerrado y bloqueado.

Apenas hablaban; Vishal le daba órdenes y Kira obedecía sin rechistar demasiado. Solo quería que terminara el suplicio.

De pronto le rugió el estómago, y se dio cuenta de que todavía no había desayunado. Vishal se percató y, sin pensarlo dos veces, sacó una barrita de un armario, se la dio y la observó con interés mientras Kira la masticaba y la tragaba.

—Fascinante —murmuró, acercándole el labochip a la boca y comprobando las lecturas.

Siguió hablando para sus adentros desde ese momento, murmurando frases crípticas que no ayudaban nada a Kira, como:

—… difusión del tres por ciento… Imposible. Eso no… ¿El ATP? No tiene ningún…

Finalmente, el médico se volvió hacia ella.

—Srta. Navárez, sigo necesitando una muestra de sangre, ¿sí? Pero solamente puedo extraerla de…

—La cara. —Kira asintió—. Lo sé. Adelante, haga lo que tenga que hacer.

Vishal titubeó.

—La cabeza y el rostro no son buenas zonas para extraer sangre, y hay muchos nervios que podrían resultar dañados. Me ha demostrado que puede mover el traje a voluntad…

—Más o menos.

—Pero sabe que puede moverse. Así que le pregunto: ¿podría moverlo para exponer piel de otras zonas? ¿De aquí, por ejemplo? —Tocó con el dedo la cara interna del codo de Kira.

Eso la sorprendió. La verdad era que no se le había ocurrido intentarlo.

—No… no lo sé —confesó—. Es posible.

Sparrow desenvolvió un chicle y se lo metió en la boca, sin dejar de observarlos desde la puerta.

—Pues inténtalo, Navárez. —Hizo una gran pompa rosada, que se fue hinchando hasta explotar ruidosamente.

—Un minuto —dijo Kira.

El doctor se sentó en el taburete y aguardó.

Kira se concentró en la cara interna del codo, se concentró con todas sus fuerzas y trató de hacer presión con la mente.

La superficie del traje centelleó, como respondiendo a sus esfuerzos. Kira siguió presionando hasta que el brillo se convirtió en una ondulación: las fibras de su segunda piel se fundían unas con otras, formando una superficie negra y vítrea.

Y sin embargo, el filo dúctil permanecía adherido a su brazo, cambiando de forma con fluidez y emitiendo un brillo líquido. Pero cuando Kira probó a tocar la zona reblandecida, sus dedos se hundieron en la superficie y pudo palpar su propia piel, una sensación inesperadamente íntima.

Kira se quedó sin respiración. El corazón le retumbaba por el esfuerzo y la emoción. Aquella tarea mental era demasiado intensa para mantenerla mucho tiempo, y en cuanto su atención flaqueó, el traje se endureció y regresó a su forma estriada habitual.

Frustrada pero esperanzada, Kira probó de nuevo, enfrentando su mente contra el filo dúctil una y otra vez.

—Vamos, condenado —murmuró.

El traje parecía confundido por lo que intentaba hacer: se agitaba sobre su brazo, alterado por el ataque de Kira. Ella empujó con más fuerza. El movimiento del traje se aceleró, y de pronto un hormigueo frío se extendió por el codo de Kira. Centímetro a centímetro, el filo dúctil se fue retirando, alejándose de la articulación y dejando la piel pálida de Kira expuesta al aire fresco.

—Deprisa —dijo Kira entre dientes.

Vishal se acercó rápidamente y clavó la jeringuilla en la piel del codo. Kira sintió un leve pinchazo, pero el doctor retrocedió enseguida.

—Listo —dijo Vishal.

Luchando todavía con todas sus fuerzas para mantener a raya al filo dúctil, Kira tocó con los dedos su propio brazo, su piel desnuda. Saboreó la sensación; era un placer sencillo que creía perdido para siempre. La sensación era muy parecida a la que tenía al tocar el traje, pero significaba mucho más. Sin la capa de fibras, sentía que volvía a ser ella misma.

De pronto el esfuerzo la sobrepasó, el filo dúctil avanzó y cubrió de nuevo la cara interior del codo.

—Vaya —dijo Sparrow.

Kira jadeó; era como si acabara de subir un tramo de escaleras a la carrera. Sentía un hormigueo eléctrico por todo el cuerpo. Si practicaba, tal vez, solo tal vez, conseguiría liberar todo su cuerpo del xeno. Por primera vez desde que había despertado en cuarentena a bordo de la Circunstancias Atenuantes, veía un atisbo de esperanza.

Al notar los ojos llenos de lágrimas, parpadeó varias veces; no quería que Sparrow y el doctor la vieran llorar.

Vishal siguió realizando pruebas con la sangre extraída, murmurando en voz baja. Kira se aisló mientras oía sus comentarios ininteligibles. En la pared del fondo había una mancha, una mancha en forma de anís estrellado, o tal vez fuera una araña muerta, aplastada con un vaso… Se la quedó mirando, con la mente en blanco.

…

Kira dio un respingo al darse cuenta de que Vishal se había callado. De hecho, llevaba un buen rato callado.

—¿Y bien? —dijo.

El doctor la miró como si se hubiera olvidado de su presencia.

—No sé qué pensar de este xeno suyo. —Balanceó ligeramente la cabeza, adelante y atrás—. No se parece a nada que haya estudiado antes.

—¿Por qué lo dice?

Apartó su taburete de la mesa.

—Necesitaría varios meses para contestar a eso. El organismo ha... —Titubeó—. Está interactuando con su cuerpo de formas que no alcanzo a comprender. ¡Debería ser imposible!

—¿Por qué?

—Porque no utiliza ADN ni ARN, ¿sí? Las medusas tampoco, por cierto, pero...

—¿Sabría decirme si están emparentados?

Vishal sacudió las manos de frustración.

—No, no. Si el organismo es artificial, y estoy muy seguro de que lo es, sus creadores podrían haberlo construido con la combinación de moléculas que quisieran, ¿sí? No tenían por qué ceñirse a su propia configuración biológica. Pero eso no es lo importante. Sin ADN ni ARN, ¿cómo sabe el traje cómo tiene que interactuar con sus células? ¡Nuestra configuración química es completamente diferente!

—Yo también me lo he preguntado.

—Sí, y...

La consola principal de la enfermería emitió un pitido corto, y una versión enlatada de la voz de Falconi sonó por los altavoces:

—Eh, Doc, ¿cuál es el veredicto? Estáis muy callados ahí abajo.

Vishal hizo una mueca, antes de abrir el cierre hermético del casco y quitárselo.

—Puedo decirle que la Srta. Navárez no tiene sarampión, paperas ni rubeola. Sus niveles de azúcar en sangre son normales, y aunque sus implantes no están operativos, el instalador hizo un buen trabajo. Las encías están sanas. No tiene tapones de cerumen. ¿Qué más espera que le diga?

—¿Es contagiosa?

—Ella no. Del traje ya no estoy tan seguro. Expulsa una especie de polvo —al oír eso, Sparrow se puso visiblemente nerviosa—, pero parece completamente inerte. De todas formas... ¿quién sabe? Carezco de las herramientas adecuadas. Si estuviera en mi antiguo laboratorio... —Vishal sacudió la cabeza.

—¿Has hablado con Gregorovich?

El doctor puso los ojos en blanco.

—Sí, nuestra bendita mente de a bordo se ha dignado a examinar los datos. No me ha sido de gran ayuda, a menos que considere que citarme a Tyrollius me sirve de algo.

—¿Lo que has averiguado del traje...?

Un chillido de excitación interrumpió al capitán cuando Runcible entró al trote en la enfermería. El cerdito marrón se acercó a Kira y le olisqueó el pie, antes de regresar corriendo con Sparrow y refugiarse entre sus piernas.

La mujer se agachó para rascarle las orejas. El cerdito levantó el hocico; casi parecía estar sonriendo.

Falconi siguió hablando:

—¿Lo que has averiguado del traje coincide con lo que nos ha contado Navárez?

Vishal abrió las manos.

—Que yo sepa, sí. La mitad de las veces no sé si estoy examinando una célula orgánica, una nanomáquina o una especie de híbrido rarísimo. La estructura molecular del traje parece cambiar por segundos.

—De acuerdo, pero ¿vamos a ponernos a largar espuma por la boca hasta caer redondos? ¿Va a matarnos mientras dormimos? Eso es lo que quiero saber.

Kira se revolvió, incómoda. Pensaba en Alan.

—Parece… improbable, al menos por ahora —dijo Vishal—. A partir de estas pruebas, no se puede concluir que el xeno sea una amenaza inmediata. Sin embargo, es mi deber advertirle que es imposible estar seguros con el equipo del que dispongo actualmente.

—Entendido —dijo Falconi—. En fin, supongo que habrá que correr el riesgo. Confío en ti, Doc. Navárez, ¿me oyes?

—Sí.

—Vamos a desviar el rumbo para ir directamente a la estación Malpert. Llegaremos en menos de cuarenta y dos horas.

—Comprendido. Y gracias.

Falconi soltó un gruñido.

—No lo hago por ti, Navárez… Sparrow, sé que me estás oyendo. Lleva a nuestra invitada al camarote vacío de la cubierta C. Puede dormir allí durante el viaje. Es mejor que no esté con los demás pasajeros.

Sparrow dejó de reclinarse en la puerta y se irguió.

—Sí, señor.

—Ah, otra cosa, Navárez. Si quieres, estás invitada a cenar con nosotros en la cocina. La cena es a las diecinueve horas en punto. —Dicho esto, Falconi cortó la comunicación.

4.

Sparrow explotó otra pompa de chicle.

—Muy bien, pisapolvo. Andando.

Kira no la siguió inmediatamente, sino que se volvió hacia Vishal y le dijo:

—¿Podría enviarme sus resultados para que los lea personalmente?

El doctor asintió.

—Faltaría más.

—Gracias. Y gracias por ser tan minucioso.

Sus palabras parecieron sorprender a Vishal, que inclinó ligeramente la cabeza y soltó una carcajada corta y melodiosa.

—¿Cómo no voy a ser minucioso cuando corremos el riesgo de morir por una infestación alienígena?

—Tiene razón.

Finalmente, Kira y Sparrow salieron al pasillo.

—¿Tienes que recoger algo de la bodega? —le preguntó la mujer. Kira negó con la cabeza.

—Estoy lista.

Las dos descendieron juntas al siguiente nivel de la nave. Mientras caminaban sonó la alarma de propulsión, y la cubierta pareció escorarse y girar bajo sus pies a medida que la Wallfish se reorientaba hacia su nuevo vector.

—La cocina está por allí —dijo Sparrow, señalando una puerta—. Si tienes hambre, sírvete. Pero ni se te ocurra tocar el puto chocolate.

—¿Tenéis problemas con el chocolate?

La mujer resopló.

—Trig siempre se lo acaba y luego dice que no sabía que los demás también queríamos… Aquí está tu camarote. —Se detuvo ante otra puerta.

Kira asintió y agachó la cabeza para pasar. Sparrow se quedó donde estaba, observando a Kira hasta que la puerta se cerró.

Sintiéndose más prisionera que pasajera, echó un vistazo a su alrededor. Su camarote era dos veces más pequeño que el de Falconi. Cama y taquilla a un lado, lavabo con espejo, retrete y mesa con pantalla de ordenador al otro. Las paredes eran del mismo color marrón que los pasillos, y solamente había dos luces, una a cada lado: simples manchas blancas enmarcadas por barras de metal.

El picaporte de la taquilla estaba atascado, pero Kira insistió hasta que la puerta se abrió de golpe; dentro había una manta azul bastante delgada. Nada más.

Kira se disponía a quitarse el mono de vuelo, pero de pronto dudó. ¿Y si Falconi tenía cámaras en el camarote? Después de pensarlo un momento, decidió que le traía sin cuidado. Ochenta y ocho días y once años luz sin cambiarse de ropa eran demasiados.

Con cierto alivio, Kira desabrochó la costura del mono, sacó los brazos y finalmente las piernas. De los bajos ajustados cayó un hilillo de polvo.

Extendió el mono en el respaldo de la silla y se dirigió al lavabo para asearse con la esponja. Pero se detuvo en seco al verse en el espejo.

Ni siquiera en la Valquiria había podido ver bien su aspecto, tan solo un reflejo oscuro y fantasmal en los cristales de las pantallas. Pero no le había importado; no tenía más que bajar la mirada para hacerse una idea de lo que le había hecho el filo dúctil a su cuerpo.

Sin embargo, ahora que veía su reflejo casi completo, era realmente consciente de lo mucho que el organismo alienígena la había cambiado, la había… *infectado*, ocupando lo que nadie más tenía derecho a ocupar, ni siquiera un bebé (si es que alguna vez decidía tenerlo). Tenía el rostro y el cuerpo más delgados de lo que recordaba, demasiado delgados por tantas semanas racionando la comida, pero eso no era lo que le molestaba.

No podía despegar la vista del traje, aquel traje fibroso, negro y reluciente que se adhería a su silueta como una película de polímero. Parecía que le habían arrancado la piel y la fascia, dejando al descubierto un macabro diagrama anatómico de sus músculos.

Kira se pasó la mano por el extraño contorno del cráneo lampiño. Tenía un apretado nudo en el estómago, le costaba respirar y sentía náuseas. Aunque aborrecía lo que estaba viendo, no podía dejar de mirarse. La superficie del filo dúctil se volvió áspera, como si intentara imitar sus emociones.

¿Quién podría encontrarla atractiva ahora… como había hecho Alan? Se le empañaron los ojos, y enseguida empezaron a resbalarle lágrimas por las mejillas.

Se sentía fea.

Desfigurada.

Rechazada.

Y no había nadie cerca que pudiera consolarla.

Kira inspiró temblorosamente, tratando de contener sus emociones. Ya se había lamentado por lo ocurrido, y seguiría haciéndolo, pero el pasado no podía cambiarse, y no serviría de nada ponerse a lloriquear como una niña.

No todo estaba perdido. Ahora tenía una manera de seguir adelante: una esperanza, por muy remota que fuera.

Se obligó a apartar la mirada del espejo, se lavó con el paño que había junto al lavabo, se metió en la cama y se tapó con la manta. Una vez allí, bajo aquel filtro de penumbra, volvió a concentrarse en obligar al filo dúctil a retirarse de una zona de su piel (en esta ocasión, los dedos de la mano izquierda).

En comparación con el intento anterior, ahora le parecía que el filo dúctil comprendía mejor lo que Kira pretendía. El esfuerzo requerido era menor, y en ciertos momentos notaba que la resistencia del filo dúctil desaparecía por completo y que el xeno y ella trabajaban en armonía. Esas pequeñas victorias le infundían ánimos para seguir intentándolo con renovadas fuerzas.

El filo dúctil se retiró de las uñas de Kira, emitiendo un sonido pegajoso mientras se movía, pero se detuvo en la primera articulación de los dedos. Por mucho que lo intentó, Kira no consiguió que pasara de ahí.

Volvió a empezar.

Kira obligó al traje a dejar al descubierto sus dedos tres veces más, y las tres lo consiguió. Con cada éxito, sentía que los vínculos neuronales entre el traje y ella se volvían más profundos, más eficientes.

Probó con otras zonas del cuerpo, y el filo dúctil siguió cumpliendo sus órdenes, aunque ciertas áreas eran más difíciles que otras. Librarse completamente del xeno iba a requerir más fuerza de la que Kira podía reunir, pero no se sentía decepcionada. Seguía aprendiendo a comunicarse con el xeno, y la posibilidad de libertad, aunque lejana, le produjo tal ilusión que sonrió como una boba bajo la manta.

Deshacerse del filo dúctil no resolvería todos sus problemas (la FAU y la Liga todavía la buscarían para ponerla en observación, y sin el traje estaría completamente a su merced), pero sí resolvería el principal, y despejaría el camino para volver a tener una vida normal, aunque no sabía cuándo ni cómo.

Volvió a ordenarle al filo dúctil que se retirara. Contenerlo en un mismo sitio era como intentar unir dos imanes con la misma polaridad. En un momento dado, oyó un ruido al otro lado del camarote que la sorprendió, y una fina espina salió proyectada desde su mano, agujereó la manta y chocó contra el escritorio (Kira sintió su tacto, como si lo hubiera tocado con el dedo).

«Mierda», murmuró Kira. ¿Lo habrían visto? Convenció a toda prisa al filo dúctil para que reabsorbiera la espina y echó un vistazo al escritorio: la púa había dejado un largo arañazo en la superficie.

Cuando ya no pudo mantener la concentración, Kira abandonó sus experimentos y se acercó al escritorio. Sacó la pantalla integrada, la conectó a su holofaz y examinó los archivos que le había enviado Vishal.

Era la primera vez que podía consultar los resultados concretos de las pruebas del xeno. Y eran fascinantes.

El material del traje constaba de tres componentes básicos. El primero eran los nanoensambladores, responsables de crear y cambiar la forma del xeno y de los materiales circundantes, aunque no estaba claro de dónde extraían su energía. El segundo eran unos filamentos dendriformes que se extendían por todas las zonas del traje y mostraban patrones recurrentes de actividad que parecían indicar que el organismo actuaba como un procesador increíblemente interconectado (no era fácil saber si estaba vivo en el sentido tradicional de la palabra, pero claramente no estaba muerto). Y el tercero era una molécula polimérica tremendamente compleja; Vishal había encontrado copias de esta adheridas a casi todos los ensambladores, y también al sustrato dendriforme.

Como casi todo lo que tenía que ver con aquel xeno, el propósito de aquella molécula seguía siendo un misterio. No parecía guardar ninguna relación con la reparación ni la construcción del traje. La longitud de la molécula sugería que contenía una cantidad enorme de información potencial, como mínimo dos órdenes de magnitud por encima del ADN humano, pero de momento era imposible determinar la utilidad de esa información, si es que la había.

A Kira se le pasó por la cabeza que tal vez la única función real del xeno fuera proteger y transmitir esa molécula. Aunque eso no aclaraba casi nada. Desde un punto de vista biológico, ocurría lo mismo con el ADN de los humanos, y estos eran capaces de muchas más cosas que la simple propagación.

Kira revisó los resultados cuatro veces más, para asegurarse de memorizarlos. Vishal tenía razón: para averiguar más información sobre el xeno, necesitaban equipo más sofisticado.

A lo mejor los entropistas podrían ayudarme… Guardó esa idea para sopesarla más tarde. Si finalmente decidía pedirles a los entropistas que examinaran el xeno, Malpert sería el lugar perfecto para decírselo.

Después, Kira abrió de nuevo las noticias y empezó a profundizar en la investigación sobre la biología de las medusas, ansiosa por ponerse al día con la información más actualizada. También era verdaderamente fascinante: a partir del genoma de los alienígenas podían inferirse toda clase de cosas. Para empezar, eran omnívoros, y grandes fragmentos de lo que ellos empleaban como ADN parecía presentar un código personalizado (los procesos naturales nunca producían unos resultados tan perfectos).

La biología de las medusas no se parecía en absoluto a lo que Vishal había encontrado en el xeno. Nada parecía indicar una herencia biológica común. Aunque eso por sí solo no significaba nada. Kira conocía unos cuantos organismos creados por el hombre (sobre todo unicelulares) que no compartían ningún vínculo químico evidente con la vida terrestre. Por lo tanto, eso no quería decir nada… pero daba que pensar.

Siguió leyendo hasta la tarde, cuando interrumpió la tarea para visitar la cocina. Se decidió por una bolsa de chell y una ración del armario. No le parecía correcto comer de los alimentos frescos que guardaban en la nevera; en el espacio, esa clase de comida era cara y poco frecuente. Habría sido de mala educación zampársela sin pedir permiso, aunque solo con ver una naranja se le había hecho la boca agua.

Al regresar al camarote, encontró un mensaje pendiente de lectura:

Los huecos que envuelven tus respuestas invitan a la pesquisa, saco de carne. ¿Qué información te has callado?, me pregunto. Dime al menos una cosa, antes de que nos prives de tu expeledora presencia: ¿qué eres en realidad, oh infestada? —Gregorovich

Kira frunció los labios. No quería responder. Era absurdo intentar competir con el ingenio de una mente de a bordo, pero cabrear a Gregorovich habría sido mucho más estúpido.

Alguien que está sola y asustada. ¿Qué eres tú? —Kira

Era un riesgo calculado. Si aparentaba ser más vulnerable de lo que era, tal vez conseguiría apelar a su caballerosidad y distraerlo. Merecía la pena intentarlo.

Para su sorpresa, la mente de a bordo no contestó al mensaje.

Kira siguió leyendo. Poco después, la Wallfish entró en gravedad cero y realizó una maniobra de inversión antes de empezar a decelerar en dirección a la estación

Malpert. Como siempre, la ingravidez le revolvió el estómago y le hizo apreciar de nuevo el valor de la gravedad, simulada o no.

Eran casi las diecinueve horas cuando Kira cerró la holofaz y se puso el mono de vuelo. Había decidido arriesgarse a cenar con la tripulación.

¿Qué era lo peor que podía pasar?

5.

El murmullo de la conversación se interrumpió en cuanto Kira entró en la cocina. Se detuvo en el umbral; todos la miraban, así que ella también los miró.

El capitán estaba sentado en la mesa más cercana, con una pierna pegada al pecho y el brazo apoyado en la rodilla mientras comía. Frente a él estaba Nielsen, tan tiesa como siempre.

En la mesa del fondo estaban el doctor y una de las mujeres más corpulentas que Kira había visto nunca. No estaba gorda, pero su cuerpo era ancho y grueso, con unos huesos y unas articulaciones casi un tercio más grandes que los de un hombre normal. Sus dedos eran el doble de gruesos que los de Kira, y tenía el rostro chato y redondo, con unos pómulos enormes.

Kira reconoció esa cara; la había visto al despertar en el transbordador. Supo al instante que se trataba de una nativa de Shin-Zar. Era inconfundible.

No era frecuente ver zarianos en la Liga. La suya era la única colonia que había insistido en mantener su independencia (y lo habían pagado con naves y vidas). Durante su época en la corporación, Kira había trabajado con varias personas de Shin-Zar (siempre hombres) en diversas misiones. Todos y cada uno eran tipos duros, fiables y, como cabía esperar, fuertes como toros. También tenían un saque increíble para el alcohol, mucho más de lo que sugería su tamaño. Era una de las primeras lecciones que había aprendido Kira trabajando en puestos mineros: nunca intentes beber más que un zariano. Era la forma más rápida de terminar en la enfermería con una buena intoxicación etílica.

A nivel intelectual, Kira comprendía que los colonos se modificaran genéticamente (no habrían podido sobrevivir en el entorno de alta gravedad de Shin-Zar de otro modo), pero nunca había terminado de acostumbrarse a lo distinto que era su aspecto físico, a diferencia de Shyrene, su compañera de piso durante la formación corporativa, que incluso tenía una imagen de una estrella pop de Shin-Zar proyectada en la pared del apartamento.

Como casi todos los zarianos, la tripulante de la Wallfish era de ascendencia asiática. Coreana, sin duda, puesto que casi todos los que emigraban a Shin-Zar eran coreanos (lo recordaba de sus clases de Historia de las siete colonias). Vestía un mono arrugado, con las rodillas y los codos remendados y las mangas manchadas de grasa. A Kira le era imposible adivinar la edad de aquel rostro: tan bien podría haber tenido veintipocos como casi cuarenta.

Trig estaba sentado sobre la encimera de la cocina, masticando otra de sus aparentemente inagotables barritas. Sparrow, con la misma ropa que antes, se servía albóndigas de una olla. El gato Calcetines frotaba el lomo en los tobillos de Sparrow, maullando lastimeramente.

Un olor delicioso y suculento impregnaba el aire.

—Bueno, ¿vas a entrar o qué? —preguntó Falconi. Sus palabras rompieron el hechizo, y la cocina volvió a llenarse de movimiento y conversación.

Kira se preguntó si el resto de la tripulación sabía ya lo del filo dúctil. Su pregunta quedó respondida en cuanto se dirigió al fondo de la cocina y Trig le preguntó:

—¿Así que el dermotraje lo hicieron unos alienígenas?

Kira titubeó antes de asentir, consciente de que era el blanco de todas las miradas.

—Sí.

El rostro del chico se iluminó.

—¡Brutal! ¿Lo puedo tocar?

—Trig —dijo Nielsen en tono de advertencia—. Ya está bien.

—Sí, señora —dijo el chico, y en sus mejillas aparecieron sendas manchas de rubor. Miró de reojo a Nielsen con timidez y se metió en la boca el último trozo de barrita antes de bajar de un salto de la encimera—. Me has mentido, me dijiste que el traje te lo había hecho un amigo.

—Lo sé, lo siento —dijo Kira, incómoda. Trig se encogió de hombros.

—Da igual. Lo entiendo.

Sparrow se alejó de la placa de la cocina.

—Todo tuyo —le dijo a Kira.

Mientras Kira iba a buscar un cuenco y una cuchara, el gato le bufó y corrió a esconderse debajo de una mesa. Falconi señaló al animal con el dedo medio, sin soltar la cuchara.

—Parece que le caes cada vez peor.

Ya, muchas gracias, capitán Obvio.

—¿Qué ha dicho la FAU al enterarse del cambio de rumbo? —preguntó Kira mientras se servía albóndigas en el cuenco. Falconi se encogió de hombros.

—No les ha hecho gracia, eso seguro.

—Ni tampoco a los pasajeros —apostilló Nielsen, dirigiéndose más al capitán que a Kira—. Me he pasado media hora en la bodega, dejando que me gritara todo el mundo. Los ánimos están bastante caldeados ahí abajo. —Miró fijamente a Kira; estaba claro que la culpaba por el alboroto.

Y tiene todo el derecho, pensó ella.

Falconi se mondó los dientes con la uña.

—Tomo nota. Gregorovich, asegúrate de tenerlos bien vigilados de ahora en adelante.

—Sssssí, sssssseñor —contestó la mente de a bordo con un tono irritantemente sibilante.

Kira se sentó en la silla libre más cercana, delante de la zariana.

—Lo siento, creo que no nos han presentado antes —dijo Kira.

La zariana la observó, impasible, y pestañeó.

—¿Tapaste tú los agujeros del transbordador? —Su voz era tranquila y potente.

—Hice lo que pude.

La mujer soltó un gruñido y siguió contemplando su comida.

Genial. La tripulación no estaba dispuesta a acogerla con los brazos abiertos. No le importaba. Kira estaba acostumbrada a ser la recién llegada, la forastera, en la mayoría de sus misiones. ¿Qué diferencia había? Solamente tenía que aguantarlos hasta llegar a la estación Malpert. Una vez allí, no volvería a ver nunca a la tripulación de la Wallfish.

—Hwa es la mejor jefa de máquinas a este lado de Sol —dijo entonces Trig.

Al menos el chico se mostraba simpático. La zariana frunció el ceño.

—Hwa-jung —dijo con firmeza—. No me llamo Hwa.

—Vamos. Ya sabes que no sé pronunciarlo bien.

—Prueba.

—Hwa-llún.

La jefa de máquinas negó con la cabeza. Antes de que pudiera decir nada más, Sparrow se acercó y se sentó en el regazo de Hwa-jung, recostándose contra el voluminoso cuerpo de la mujer. Hwa-jung le pasó un brazo por la cintura con ademán posesivo.

Kira enarcó la ceja.

—Conque levantas cosas pesadas y las vuelves a dejar, ¿eh? —Le pareció oír una carcajada reprimida de Falconi desde la otra mesa.

Sparrow imitó la expresión de Kira, levantando una de sus cejas perfectamente depiladas.

—Conque no tienes problemas de oído, ¿eh? Me alegro. —Giró el cuello y le dio un beso en la mejilla a Hwa-jung. La jefa de máquinas profirió un sonido de fastidio, pero Kira la vio esbozar una leve sonrisa.

Kira aprovechó la oportunidad para empezar a comer. Las albóndigas estaban calientes y muy buenas, con la combinación perfecta de tomillo, romero, sal y otros ingredientes que no distinguió. ¿El tomate era fresco? Cerró los ojos para paladear la comida. Llevaba muchísimo tiempo sin probar nada más que alimentos deshidratados y envasados.

—*Mmm* —dijo—. ¿Quién las ha preparado?

Vishal levantó la mirada.

—¿Tanto le gustan?

Kira abrió los ojos y asintió.

Durante un momento, el doctor no supo cómo reaccionar, pero finalmente sonrió con humildad.

—Me alegro. Hoy me tocaba cocinar a mí.

Kira le devolvió la sonrisa y probó otro bocado. Era la primera vez que le apetecía sonreír desde… desde antes.

Con gran estrépito de platos y cubiertos, Trig se cambió de mesa y se sentó al lado de Kira.

—El capitán ha dicho que encontraste el xeno en unas ruinas de Adrastea. ¡Ruinas alienígenas!

Kira tragó el bocado que estaba masticando.

—Es cierto.

Trig casi saltó del asiento.

—¿Cómo eran? ¿Tienes alguna grabación?

Kira negó con la cabeza.

—Se quedaron en la Valquiria. Pero puedo describírtelas.

—¡Sí, por favor!

Kira explicó cómo había encontrado la cuna del filo dúctil y el aspecto de la cámara. El chico no era el único que la escuchaba; se dio cuenta de que el resto de la tripulación no le quitaba ojo de encima mientras hablaba, incluso aquellos que ya conocían la historia. Procuró no ruborizarse.

—Guau. Entonces, las medusas ya construían cosas muy cerca de nosotros desde hace mucho tiempo, ¿no? —preguntó Trig cuando terminó su historia. Kira titubeó.

—Quizá.

Sparrow levantó la cabeza, que tenía recostada en el pecho de Hwa-jung.

—¿Por qué dices «quizá»?

—Porque… al xeno no parecen gustarle demasiado las medusas. —Kira se acarició el dorso de la mano izquierda mientras intentaba transformar sus sueños en palabras—. No sé por qué exactamente, pero creo que las medusas no lo trataron demasiado bien. Además, las lecturas que ha sacado Vishal del xeno no concuerdan con lo que se ha hecho público sobre la biología de las medusas.

Vishal dejó en la mesa la taza de la que se disponía a beber.

—La Srta. Navárez tiene razón. Yo también lo he comprobado, y no se conoce nada parecido a esto. Al menos según los archivos que tenemos actualmente.

—¿Cree que ese traje lo fabricó la misma especie o civilización que construyó la Gran Baliza? —preguntó Nielsen.

—Quizá —dijo Kira.

Se oyó un tintineo cuando Falconi chocó el tenedor contra el plato y negó con la cabeza.

—Demasiados *quizás*.

Kira respondió con un sonido ambiguo.

—Oye, Doc, ¿cómo se te pudo pasar por alto un dermotraje alienígena, eh? —dijo entonces Trig.

—Eso, Doc —dijo Sparrow, girándose de nuevo para mirar a Vishal—. Es un descuido imperdonable. No sé si fiarme de tus exámenes a partir de ahora.

A pesar de su tez oscura, el rubor de Vishal era inconfundible.

—No había evidencias de infestación alienígena. Ni siquiera con un análisis de sangre habría…

Trig le interrumpió:

—A lo mejor alguno de los pardillos de la bodega en realidad es una medusa disfrazada. Nunca se sabe, ¿no?

El doctor apretó los labios, pero no montó en cólera, sino que mantuvo la vista fija en su comida.

—Claro, Trig. ¿Cuántas cosas más se me pueden haber pasado por alto?

—Sí, podría…

—Sabemos que hiciste lo que pudiste, Doc —dijo Falconi con firmeza—. No te sientas mal. Nadie se habría dado cuenta.

Nielsen miró de reojo a Vishal con expresión comprensiva. Sintiendo un poco de lástima por el doctor, Kira tomó la palabra:

—¿Así que le gusta cocinar? —Levantó la cuchara.

Un momento después, Vishal asintió y miró a Kira a los ojos.

—Sí, sí, mucho. Pero no cocino tan bien como mi madre o mi hermana. A su lado soy un pésimo cocinero.

—¿Cuántas hermanas tiene? —le preguntó, pensando en Isthah.

Vishal levantó tres dedos de la mano.

—Tres hermanas, Srta. Navárez, todas mayores que yo.

Después de eso, se hizo un silencio incómodo en la cocina. Ningún miembro de la tripulación parecía querer charlar en presencia de Kira; incluso Trig estaba callado, aunque seguro que el muchacho se moría por hacerle un millón de preguntas más.

Se sorprendió cuando Nielsen dijo:

—He oído que viene de Weyland, Srta. Navárez. —Nielsen era más formal que el resto de la tripulación, y Kira no reconocía su acento.

—Sí, correcto.

—¿Tiene familia allí?

—Sí, aunque hace bastante que no voy a visitarlos. —Kira decidió arriesgarse a hacerle también una pregunta a ella—. ¿De dónde viene usted, si no es indiscreción?

Nielsen se limpió las comisuras de la boca con una servilleta.

—De aquí y de allá.

—¡Es de Venus! —soltó Trig con los ojos brillantes—. ¡De una de las ciudades flotantes más grandes!

Nielsen apretó los labios con severidad.

—Sí, muchas gracias, Trig.

El chico pareció darse cuenta de que había metido la pata, porque se le demudó el rostro y clavó la vista en su cuenco.

—En fin… —murmuró—. En realidad no tengo ni idea, es que…

Kira observó a la primera oficial. Venus era casi tan rico como la Tierra. Muy pocos habitantes de ese planeta se aventuraban fuera de Sol, y menos en una bañera oxidada como la Wallfish.

—¿Las ciudades son tan impresionantes como parecen en los vídeos?

Por un momento creyó que Nielsen no iba a contestar.

—Una se acostumbra… Pero sí —dijo finalmente, con tono entrecortado.

Kira siempre había querido visitar las ciudades flotantes. Otro sueño que el filo dúctil había dejado fuera de su alcance. *Ojalá…*

Un chillido excitado la distrajo; Runcible estaba entrando al trote en la cocina. El cerdo fue directo hacia Falconi y se recostó en su pierna.

Nielsen soltó un bufido de exasperación.

—¿Quién ha vuelto a dejar abierta la jaula?

—He sido yo, jefa —dijo Sparrow, levantando la mano.

—Solo quiere hacernos compañía. ¿A que sí? —dijo Falconi, rascándole las orejas. El cerdo levantó el morro, con los ojos entrecerrados y expresión extasiada.

—Lo que quiere es nuestra cena —soltó Nielsen—. Capitán, es una incorrección dejarlo entrar aquí. La cocina no es lugar para un cerdo.

—A menos que entre en forma de beicon —acotó Hwa-jung.

—No consiento que se hable de beicon en presencia de Runcible —dijo Falconi—. Es un miembro más de la tripulación, igual que Calcetines, y tiene los mismos derechos que cualquiera de vosotros, incluido el acceso a la cocina. ¿Queda claro?

—Sí, capitán —dijo Hwa-jung.

—Es muy poco higiénico —insistió Nielsen—. ¿Y si vuelve a hacer sus necesidades en el suelo?

—Ahora es un cerdo bien entrenado. Jamás se pondría en evidencia de nuevo. ¿Verdad que no, Runcible? —El cerdo soltó un gruñido de felicidad.

—Si usted lo dice, capitán… Pero sigue sin parecerme bien. ¿Qué pasa si un día comemos jamón o chuletas de c…? —Falconi le lanzó una mirada de advertencia y Nielsen levantó las manos—. Era un ejemplo, capitán. Me parece un tanto…

—Caníbal —apuntó Trig.

—Sí, gracias. Caníbal.

El chico parecía contento de que Nielsen estuviera de acuerdo con él. Se ruborizó ligeramente y reprimió una sonrisa mientras miraba fijamente su plato. Kira también contuvo una sonrisa al verlo.

Falconi le dio unos restos de su comida al cerdo, que los engulló rápidamente.

—Que yo sepa, no hay productos… *porcinos* a bordo. Por lo que a mí respecta, es una pregunta puramente teórica.

—Una pregunta teórica. —Nielsen sacudió la cabeza—. Me rindo. Discutir con usted es como hablarle a un muro.

—Pero un muro muy guapo.

Mientras los dos seguían provocándose, Kira se volvió hacia Vishal.

—¿A qué viene lo del cerdo?

El doctor sacudió la cabeza.

—Hace seis meses que viaja con nosotros, crionización aparte. El capitán lo recogió en Eidolon. Llevan discutiendo por él desde entonces.

—Pero ¿por qué un cerdo?

—Eso tendría que preguntárselo al capitán, Srta. Navárez. Sabemos lo mismo que usted. Es un misterio del universo.

6.

El resto de la cena transcurrió en un incómodo remedo de normalidad. Nadie dijo nada más elaborado que «Pásame la sal», «¿Y la basura?» o «Trae el plato de Runcible». Frases tensas y directas que solo conseguían que Kira fuera cada vez más consciente de que aquel no era su lugar.

Durante las cenas, Kira tenía la costumbre de sacar su concertina y tocar unas cuantas canciones para romper el hielo: invitaba a unas rondas, rechazaba algún torpe intento de ligoteo (a menos que estuviera de humor)… Eso había sido lo habitual antes de que llegara Alan. Pero le daba igual; al día siguiente se marcharía de la Wallfish y no volvería a saber nada de Falconi ni de su abigarrada tripulación.

Kira ya había terminado de comer y se disponía a llevar el cuenco al fregadero cuando sonó un pitido corto y potente. Todos se quedaron paralizados y consultaron sus respectivas holofaces con ojos ausentes.

Kira echó un vistazo a la suya, pero no vio ninguna alerta.

—¿Qué ocurre? —dijo al reparar en la súbita rigidez de Falconi.

Pero fue Sparrow quien contestó:

—Medusas. Otras cuatro naves. Van directas a la estación Malpert.

—¿Hora de llegada? —preguntó Kira, que ya se temía la respuesta.

Los ojos de Falconi se aclararon. Miró fijamente a Kira.

—Mañana a mediodía.

CAPÍTULO IV

* * * * * * *

KRIEGSSPIEL

1.

Cuatro puntitos rojos y parpadeantes cruzaban el sistema a toda velocidad en dirección a la estación Malpert, y unas líneas discontinuas de color verde intenso mostraban su trayectoria actual.

Kira accedió a su holofaz y centró el zoom en la estación, una caótica montaña de sensores, cúpulas, muelles de atraque y radiadores construida en torno a un asteroide vaciado. Incrustado en el interior de la roca (aunque apenas visible desde el exterior), había un hábitat anular giratorio donde vivían casi todos los ciudadanos de la estación.

A pocos kilómetros de Malpert se distinguía una estación de repostaje Hydrotek.

Ambas estructuras estaban rodeadas por un verdadero enjambre de naves, cada una de las cuales aparecía marcada en la holofaz con un icono distinto: azul para las naves civiles y dorado para las militares.

—¿Podrán detener a las medusas? —preguntó Kira sin cerrar la holofaz. A través de la imagen translúcida, vio cómo Falconi fruncía el ceño.

—No estoy seguro. La *Darmstadt* es la única nave con una potencia de fuego considerable. El resto de las naves son locales. Patrulleras de la FDP, sobre todo.

—¿FDP?

—Fuerza de Defensa Planetaria.

Sparrow chasqueó la lengua.

—Sí, pero esas naves medusa son de las pequeñas. De clase Naru.

Trig se volvió hacia Kira.

—Las de clase Naru solamente transportan tres calamares, dos o tres reptadores y otros tantos chasqueadores. Aunque algunas también llevan cangrejos pesados.

—Lo que tú digas —dijo Sparrow con una sonrisa burlona.

Vishal intervino:

—Y eso, antes de que empiecen a traer refuerzos con sus cápsulas de incubación.

—¿Cápsulas de incubación? —preguntó Kira, cada vez más perdida.

—Tienen unas máquinas que les permiten producir nuevos combatientes —le explicó Hwa-jung.

—No... no he visto nada de eso en las noticias —dijo Kira. Falconi soltó un gruñido.

—La Liga lo está ocultando para no asustar a la gente, pero nos enteramos hace unas semanas.

El concepto de la cápsula de incubación le resultaba vagamente familiar, como si se tratara de un recuerdo casi olvidado. ¡Ojalá pudiera acceder a un ordenador medusa! ¡La cantidad de cosas que podría aprender!

—Las medusas tienen que estar muy confiadas si piensan que pueden destruir Malpert y a la Darmstadt solamente con cuatro naves —dijo Sparrow.

—Y no te olvides de los mineros —añadió Trig—. Tienen un montón de armas, y no son de los que huyen. Ya lo creo que no.

Kira lo miró sin comprender, y el chico se encogió de hombros.

—Me crie en la estación Undset, en Cygni B. Los conozco bien. Esas ratas espaciales son más duras que el titanio.

—Bueno, lo que tú quieras —dijo Sparrow—. Pero esta vez no van a vérselas con unos carroñeros muertos de hambre.

Nielsen se revolvió en su asiento.

—Capitán, aún estamos a tiempo de cambiar de rumbo.

Kira salió de la holofaz para observar el rostro de Falconi. Parecía distraído, estudiando unas pantallas que Kira no podía ver.

—No estoy seguro de que eso vaya a cambiar nada —murmuró. Pulsó un botón de la pared de la cocina y apareció un holograma de 61 Cygni, suspendido en el aire. Falconi señaló los puntos rojos que indicaban la posición de las medusas—. Aunque diéramos media vuelta y huyéramos, no conseguiríamos escapar de ellos.

—No, pero si nos alejamos lo suficiente, es posible que decidan que no vale la pena perseguirnos —insistió Nielsen—. Siempre nos ha funcionado.

Falconi esbozó una mueca.

—Ya hemos agotado buena parte del hidrógeno. Sería arriesgado intentar llegar a Ruslan en estas condiciones. Tendríamos que viajar a la deriva por lo menos la mitad del trayecto. Seríamos un blanco fácil. —Se rascó el mentón, sin despegar la vista del holograma.

—¿En qué piensa, capitán? —preguntó Sparrow.

—Vamos a comprobar si la Wallfish hace honor a su nombre —dijo Falconi. Amplió la imagen de un asteroide situado a cierta distancia de la estación Malpert—. Hay una base de extracción en este asteroide, el TSX-2212. Aquí dice que hay un hábitat cupular, depósitos de repostaje y todo lo demás. Podemos refugiarnos en el asteroide y esperar a que termine la batalla. Si las medusas deciden venir a por nosotros, podremos escondernos en los túneles. Con tal de que no nos lancen una bomba nuclear o algo parecido, al menos tendremos una oportunidad allí.

Kira buscó en su holofaz la definición de la palabra *wallfish*. Al parecer, era «un término regional para denominar al caracol en el país terráqueo de Gran Bretaña; posiblemente de origen anglosajón». Miró de nuevo a Falconi, sorprendida de nuevo por su sentido del humor. ¿Había llamado a su nave «el Caracol»?

La tripulación siguió debatiendo las opciones mientras Kira se quedaba sentada pensando. Al cabo de un rato, se acercó a Falconi y le dijo al oído:

—¿Podemos hablar un momento?

Él apenas le prestó atención.

—¿Qué quieres?

—Fuera. —Señaló la puerta.

Falconi titubeó un momento. Luego, para sorpresa de Kira, se levantó con energía de la silla.

—Enseguida vuelvo —dijo, y la siguió fuera de la cocina.

Una vez en el pasillo, Kira se encaró con él.

—Tengo que entrar en una de esas naves medusa.

La mirada de incredulidad del capitán casi compensaba todo lo ocurrido hasta entonces.

—No. De eso nada —dijo, disponiéndose a entrar de nuevo. Kira lo agarró del brazo para impedírselo.

—Espere. Escúcheme.

—Suéltame antes de que lo haga yo —dijo con cara de pocos amigos.

Kira lo soltó.

—Mire, no le estoy pidiendo que se lance a tiro limpio. Ha dicho que la FAU tiene una oportunidad de vencer a esas medusas. —Falconi asintió a regañadientes—. Si inutilizan una de las naves medusa… podría llevarme hasta ella.

—Estás loca —dijo Falconi, todavía con un pie en el umbral de la cocina.

—Estoy decidida, que es distinto. Ya se lo he dicho: necesito entrar en una de las naves medusa. Si lo consigo, es posible que pueda averiguar por qué nos atacan, descifrar sus comunicaciones… toda clase de cosas. Piénselo un momento. —Todavía veía reticencias en el rostro de Falconi, así que siguió hablando—: Mire, han estado volando por todo el sistema bajo las narices de las medusas, o bajo lo que quiera que tengan por nariz. Eso solo puede significar que es un estúpido o que está desesperado, y será usted muchas cosas, pero estoy segura de que no es ningún estúpido.

Falconi se apoyó en la otra pierna.

—¿A dónde quieres ir a parar?

—Necesita dinero. Necesita mucho dinero, o no estaría arriesgando tanto su nave ni a su tripulación. ¿Me equivoco?

Apareció un destello de incomodidad en sus ojos.

—No del todo.

Kira asintió.

—Muy bien. Entonces, ¿qué le parecería ser la primera persona que obtiene información directa de las medusas? ¿Sabe cuánto pagaría mi corporación a cambio? Lo bastante para que se construyera su propio hábitat anular. Se lo aseguro. En las naves medusa todavía hay tecnología que nadie ha conseguido descifrar. Yo podría conseguir datos concretos sobre su gravedad artificial. Eso valdría unos cuantos bits.

—Unos cuantos —murmuró Falconi.

—¡Si hasta lleva a dos entropistas en la bodega! Pídales que nos acompañen, a cambio de una copia de cualquier descubrimiento interesante. Con su ayuda —Kira abrió las manos—, ¿quién sabe todo lo que podríamos averiguar? No se trata solo de la guerra; podríamos adelantar de un plumazo nuestro nivel tecnológico un siglo entero, quizá más.

Falconi se volvió hacia ella y la miró frente a frente. Con el dedo medio, tamborileó sobre la empuñadura de su bláster.

—Sí, te sigo. Pero incluso si la FAU consigue inutilizar una nave, no es seguro que todas las medusas del interior mueran. —Señaló hacia el suelo—. Tengo que pensar en los pasajeros. Si terminamos entrando en combate, podría haber muchos heridos.

Kira no pudo contenerse:

—¿Y también pensaba en su bienestar cuando empezó a cobrarles a cambio de rescatarlos?

Por primera vez, Falconi pareció ofenderse.

—Eso no significa que quiera que mueran —se defendió.

—¿La Wallfish tiene armas?

—Las suficientes para ahuyentar a algún que otro fronterizo, pero no es ningún acorazado. No podemos acercarnos sin más a una nave medusa y pretender sobrevivir. Nos haría trizas.

Kira retrocedió y puso los brazos en jarras.

—¿Y qué piensa hacer?

Falconi la observó atentamente, y Kira se dio cuenta de que estaba haciendo cálculos mentales.

—Vamos a ir hacia el asteroide, porque es posible que nos haga falta si las cosas se ponen feas. Pero si alguna de las naves medusa queda inutilizada, y si lo veo factible, la abordaremos.

Kira se sentía abrumada solo de pensar en la posibilidad.

—De acuerdo —dijo en voz baja.

Falconi se rio entre dientes y se pasó la mano por el cabello hirsuto.

—Mierda. Como esto salga bien, los de la FAU van a cabrearse tanto que no sabrán si darnos una medalla o encerrarnos en el calabozo.

Y por primera vez desde que había despertado a bordo de la Wallfish, Kira también se echó a reír.

2.

La espera fue una tortura.

Kira se quedó en la cocina con la tripulación, siguiendo el avance de las medusas, aunque detestaba quedarse de brazos cruzados, esperando a ver lo que ocurría. Se mordió las uñas por la incertidumbre, pero notaba en la boca el leve sabor metálico del filo dúctil, y sus dientes rebotaban en el revestimiento fibroso.

Finalmente, tuvo que sentarse sobre las manos para contenerse. Ahora que lo pensaba, ¿por qué no le habían crecido las uñas en los últimos meses? El xeno no se las había quitado; al obligar al traje a retirarse de su mano izquierda, había podido verse las uñas, tan rosadas y sanas como siempre. La única explicación que se le ocurría era que el filo dúctil estaba impidiendo que le crecieran las uñas desde que se había manifestado en su organismo.

Cuando ya no pudo soportar seguir sentada, Kira se excusó y fue a hablar con Trig.

—¿Tenéis ropa de sobra en la nave, o una impresora? —Se tironeó del mono de vuelo—. Llevo dos meses con esto y no me vendría mal una muda.

El chico pestañeó al salir de su holofaz para mirarla.

—Claro —dijo—. No tenemos nada sofisticado, pero…

—Con algo sencillo me las arreglaré.

Salieron de la cocina y Trig la condujo hasta una taquilla de almacenamiento empotrada en la pared interior del pasillo. Mientras el chico rebuscaba dentro, Kira comentó:

—Parece que Nielsen y el capitán discuten mucho. ¿Es normal? —Si iba a quedarse a bordo de la Wallfish más tiempo del planeado, quería conocer mejor a la tripulación, y más concretamente a Falconi. Estaba confiando mucho en él.

Trig se dio un coscorrón con una balda.

—Bah. Al capitán no le gusta que lo atosiguen, es solo eso. Normalmente se llevan bien.

—Ah. —Al chico le gustaba hablar; Kira solamente tenía que ofrecerle el incentivo adecuado—. ¿Llevas mucho tiempo en la Wallfish?

—Unos cinco años, crionización aparte.

Kira enarcó las cejas. Entonces, tenía que haberse unido a la tripulación siendo muy joven.

—¿Ah, sí? ¿Y por qué te contrató Falconi?

—El capitán necesitaba a alguien que conociera bien la estación Undset. Más tarde le pedí que me dejara unirme a la Wallfish.

—¿La vida en la estación no era lo tuyo?

—¡Era un asco! Fugas de presión, escasez de comida, cortes de energía… de todo. Un. Asco.

—¿Y Falconi es buen capitán? ¿Te cae bien?

—¡Es el mejor! —Trig sacó la cabeza de la taquilla, llevando una pila de ropa en los brazos. La miró con expresión dolida, como si creyera que Kira estaba atacando a Falconi—. No podría haber encontrado un capitán mejor. ¡No, señora! No es culpa suya que hayamos terminado atrapados aquí. —En cuanto dijo esas palabras, el chico pareció darse cuenta de que había hablado de más, porque cerró la boca de golpe y le tendió la ropa.

—¿Ah, no? —Kira se cruzó de brazos—. ¿Y de quién es la culpa?

El chico se encogió de hombros con gesto incómodo.

—De nadie. Da igual.

—No da igual. Las medusas se acercan, me estoy jugando el cuello, y tú también. Me gustaría saber con quién trabajo. La verdad, Trig. Dime la verdad.

Su tono severo lo cambió todo. El chico claudicó de inmediato.

—No es… Mire, la Srta. Nielsen es quien suele llevar nuestros contratos. Por eso el capitán la contrató hace un año.

—¿De tiempo real?

Trig asintió.

—Quitando la crionización, es bastante menos.

—¿Y qué opinas de la primera oficial? —La respuesta le parecía evidente a Kira, pero tenía curiosidad por oír su respuesta.

El chico empezó a cambiar el peso de pierna y se puso colorado.

—En fin, eh… Es muy lista, y no me mandonea como Hwa-jung. Y sabe muchísimo sobre Sol. Así que… sí, me gusta… —Se ruborizó todavía más—. No me refiero a… eh… digo como primera oficial y eso. T-tenemos suerte de que esté a bordo… como compañera, ya sabes, no…

Kira se apiadó de él.

—Te he entendido. Pero Nielsen no fue quien os consiguió este trabajo, el que os trajo a 61 Cygni, ¿verdad?

Trig negó con la cabeza.

—Las chapucillas que estábamos haciendo no servían para pagar las facturas: transporte de mercancías, mensajes, esa clase de cosas. Así que el capitán nos encontró un encargo diferente, pero se torció. Podría haberle pasado a cualquiera. De verdad. —La miró a los ojos con expresión sincera.

—Te creo —dijo Kira—. Lamento que no saliera bien. —Sabía leer entre líneas: la misión no era del todo legal. Seguramente Nielsen solo aceptaba encargos legítimos, y no había muchos para una nave de carga vieja y remendada como la Wallfish.

Trig hizo una mueca.

—Sí, gracias. Es una mierda, pero es lo que hay. En fin, ¿te sirve la ropa?

Kira decidió que era mejor no insistir. Le echó un vistazo al montón de ropa: dos camisas, un pantalón, calcetines y botas con geckoadhesivos para las maniobras en gravedad cero.

—Es perfecta, gracias.

El chico regresó a la cocina, y Kira se dirigió a su camarote, pensativa. Así que Falconi estaba dispuesto a infringir la ley con tal de pagar el sueldo de su tripulación y mantener su nave a flote. No le sorprendía. Pero tenía la impresión de que Trig había dicho la verdad al asegurar que Falconi era un buen capitán. La reacción del joven había sido demasiado genuina para ser mentira.

Cuando Kira entró en el camarote, una luz parpadeaba en la pantalla del escritorio. Otro mensaje. Lo abrió con cierta inquietud.

Soy la chispa en el centro del vacío. Soy el aullido escalofriante que rasga la noche. Soy tu pesadilla escatológica. Soy el único y la palabra y la plenitud de la luz.

¿Quieres jugar a un juego? S/N —Gregorovich

Las mentes de a bordo solían ser excéntricas por naturaleza, y cuanto más grandes, más extravagantes. Pero Gregorovich se salía de la escala. Kira no sabía si siempre había sido así o si aquel comportamiento era resultado del exceso de aislamiento.

Falconi no puede estar tan loco como para volar con una mente de a bordo inestable... ¿verdad?

En cualquier caso, lo mejor era no arriesgarse.

No —Kira

La respuesta apareció al instante:

☹ —Gregorovich

Kira tuvo un mal presentimiento, pero lo ignoró mientras guardaba el mono de vuelo, lavaba la ropa nueva en el diminuto lavabo y la tendía para que se secara.

Comprobó la posición de las cuatro naves medusa (la trayectoria no había cambiado) y se pasó una hora practicando con el filo dúctil, obligándolo a retirarse de distintas partes de su cuerpo para aprender a controlarlo mejor.

Finalmente, agotada, se tapó con las mantas, apagó las luces y procuró no pensar en lo que le depararía el día siguiente.

3.

Las corrientes de cieno barrían las profundidades violáceas de la margen plañidera, tan blandas como la nieve y tan silenciosas como la muerte. Las gélidas aguas estaban impregnadas de yuxtolores de inquietud, la misma que ahora sentía ella. Tenía delante la áspera roca que se alzaba orgullosa en mitad del Cónclave Abisal; una roca coronada por una inmensa mole repleta de miembros y dotada de un millar de ojos de funesta mirada, siempre abiertos. A medida que los velos de cieno se posaban en el lecho, un nombre también se fue posando en su mente, un susurro teñido de miedo, cargado de odio... Ctein. El gran y poderoso Ctein. El enorme y ancestral Ctein.

Y la carne con la que estaba unida, el líder bancal Nmarhl, ansiaba volverse y huir, ocultarse de la ira de Ctein. Pero era tarde para eso. Era muy tarde, demasiado tarde...

Al entrar en modo amanecer, las luces del camarote fueron subiendo gradualmente de intensidad hasta que Kira despertó. Se quitó las lagañas y miró fijamente el techo.

Ctein. ¿Por qué ese nombre le inspiraba tanto temor? En realidad ese miedo no le pertenecía a ella, sino al filo dúctil... No, no exactamente. El miedo pertenecía al ser con el que el filo dúctil había estado unido en ese recuerdo.

El xeno estaba intentando avisarle, pero ¿de qué? Todo lo que le había mostrado hasta el momento había sucedido muchísimo tiempo atrás, antes de que el filo dúctil hubiera sido depositado en Adrastea.

Tal vez, sencillamente, el xeno estaba nervioso o quería hacerle comprender lo peligrosas que eran las medusas. Aunque a Kira no le hacía falta su ayuda para tenerlo claro.

—Todo sería mucho más fácil si pudieras hablar —murmuró, deslizando el dedo por las fibras del esternón. Estaba claro que el xeno entendía en cierto modo lo que estaba sucediendo a su alrededor, pero también era evidente que su capacidad de comprensión tenía carencias.

Kira abrió un archivo y grabó una descripción detallada del sueño. No sabía qué era lo que intentaba decirle el filo dúctil, pero sabía que era un error subestimar la preocupación del xeno. Si es que estaba preocupado. Kira nunca estaba segura de nada acerca del traje.

Cuando bajó de la cama, levantó una pequeña nube de polvo que la hizo estornudar. Mientras agitaba la mano para despejar el aire, se acercó al escritorio y abrió un mapa en directo del sistema.

Las cuatro naves medusa estaban a pocas horas de la estación Malpert. La Darmstadt y las demás naves espaciales se habían desplegado en formación defensiva a varias horas de propulsión de la estación, para disponer de espacio suficiente para combatir y maniobrar.

Malpert contaba con un impulsor de masas que se utilizaba para lanzar grandes cargas de metal, roca y hielo hacia el interior del sistema, pero se trataba de un artefacto enorme y lento que no estaba diseñado para alcanzar blancos pequeños y ágiles como una nave. Sin embargo, quienquiera que estuviera al mando de la estación lo estaba reorientando tan deprisa como se lo permitían sus propulsores; querían utilizarlo como arma contra las medusas.

Kira se lavó la cara, se vistió con la ropa nueva (que ya se había secado) y se dirigió rápidamente a la cocina. El único que estaba allí era Calcetines, que se había encaramado a la encimera para lamer el grifo del fregadero.

—¡Oye! —dijo Kira—. ¡Sal de ahí!

El gato bajó las orejas y le lanzó una mirada de ira y desdén antes de bajar de un salto y alejarse, lo más pegado posible a la pared.

Kira extendió la mano, en un intento por hacer las paces, pero el gato reaccionó erizando el lomo y enseñando las uñas.

—Como quieras, cabroncete —murmuró.

Mientras comía, siguió el avance de las medusas desde la holofaz. No pudo evitarlo; era el programa más interesante que ponían ese día.

La Wallfish se estaba acercando al asteroide que Falconi había llamado TSX-2212. Visto a través de las cámaras frontales, aquel pedazo de roca era un punto brillante y diminuto que se interponía directamente en su trayectoria.

Kira levantó la vista cuando Vishal entró en la cocina. El médico la saludó y fue a servirse una taza de té.

—¿Lo está viendo? —le preguntó.

—Sí.

Taza en mano, Vishal regresó hacia la puerta.

—Acompáñeme si quiere, Srta. Navárez. Lo estamos viendo desde Control.

Kira lo siguió hasta el conducto central, subieron a la cubierta inmediatamente superior y entraron en una pequeña sala blindada. Falconi y el resto de la tripulación, de pie o sentados, estaban en torno a una holopantalla del tamaño de una mesa. Los equipos electrónicos apenas dejaban ver las paredes de la sala, y en los distintos puestos de control había media docena de sillas acolchadas, muy gastadas y atornilladas al suelo. El aire enrarecido apestaba a sudor y a café frío.

Falconi la miró de reojo cuando entró con Vishal.

—¿Alguna novedad? —preguntó Kira.

Sparrow explotó una pompa de chicle.

—Mucha actividad en MilCom. Parece que la FAU se está coordinando con los civiles de Malpert para prepararles unas cuantas sorpresitas desagradables a las medusas. —Señaló a Trig con la frente—. Tenías razón. Va a ser un buen espectáculo.

Kira notó que se le erizaba la nuca.

—Un momento, ¿tenéis acceso a los canales de la FAU?

La expresión de Sparrow se volvió inescrutable. Miró a Falconi. Se hizo un tenso silencio, pero finalmente el capitán le restó importancia:

—Ya sabes cómo va esto, Navárez. Las naves se comunican, se corre la voz... En el espacio no hay demasiados secretos.

—... Ya. —Kira no se lo creía, pero tampoco pensaba insistir. Sin embargo, empezaba a preguntarse hasta qué punto habían sido turbios los chanchullos de Falconi. Y también si Sparrow había estado en el ejército. No sería descabellado...

—Las medusas están casi a distancia de tiro —anunció Nielsen—. Pronto empezará el combate.

—¿Cuándo llegaremos al asteroide? —preguntó Kira. Fue Gregorovich quien respondió:

—Tiempo estimado de llegada: catorce minutos.

Kira ocupó una de las sillas vacías y esperó con el resto de la tripulación.

En la holopantalla, los cuatro puntos rojos se separaron y rodearon la estación Malpert con una maniobra de flanqueo clásica. De pronto, unas líneas blancas empezaron a parpadear entre los alienígenas y las naves defensoras. Falconi conectó las imágenes en directo de los telescopios de la Wallfish. En la oscuridad, alrededor del feo pedazo de roca que era la estación Malpert, empezaron a brotar unas nubes blancas de partículas y señuelos.

Sparrow soltó un gruñido de aprobación.

—Nos servirán como cobertura.

Los destellos de los láseres absorbidos iluminaban el interior de las nubes de contramedidas, y la Darmstadt y las demás naves de la FAU empezaron a disparar salvas de misiles. Las medusas no se quedaron atrás. Sus láseres de proximidad inutilizaban los misiles en pleno vuelo, despidiendo pequeñas chispas.

De pronto, el impulsor de masas de Malpert arrojó una carga de hierro refinado contra una de las naves medusa. El proyectil pasó de largo y desapareció en las profundidades del espacio, trazando una larga órbita alrededor de la estrella. Se movía tan deprisa que únicamente vieron su icono en la holopantalla.

La estación se veía cada vez más borrosa por las nubes de señuelos; algunas procedían de la propia base y el resto, de las naves que volaban a su alrededor.

—¡Uf! —dijo Falconi cuando una especie de aguja candente apareció en una zona del espacio aparentemente vacía, cruzó casi nueve mil kilómetros en un instante y atravesó a una de las naves medusa esféricas por el mismo centro, como un soplete derritiendo poliestireno.

La nave dañada perdió el control, empezó a girar como una peonza y estalló con una explosión cegadora.

—¡Eso es, cabrones! —vociferó Sparrow.

Las imágenes en directo se oscurecieron momentáneamente para adaptarse al repentino fulgor.

—¿Qué mierda ha sido eso? —preguntó Kira. Sintió un hormigueo en la nuca que le hizo esbozar una mueca… *naves ardiendo en el espacio, motas titilantes en la oscuridad, incontables muertos…*

Falconi levantó la cabeza hacia el techo.

—Gregorovich, recoge los radiadores. No queremos que nos los destrocen.

—Capitán —dijo la mente de a bordo—, las probabilidades de que una partícula perdida dañe nuestro imprescindible sistema termorregulador a esta distancia son…

—Tú mételos, ¿quieres? No pienso arriesgarme.

—… Sí, señor. Iniciando metedura.

Otra aguja incandescente apareció en pantalla, pero solamente consiguió rozar a una de las naves medusa, que se apartó trazando una espiral a una velocidad casi imposible.

—Son obuses Casaba —le dijo Hwa-jung a Kira.

—No… no sé qué es eso —replicó ella que no quería perder tiempo buscando la definición.

—Cargas huecas de bombeo —insistió la jefa de máquinas—. Pero en este caso…

—¡… con una bomba nuclear! —dijo Trig. Parecía excesivamente entusiasmado.

Kira enarcó las cejas.

—Mierda. Ni siquiera sabía que existiera algo así.

—Oh, sí —dijo Sparrow—. Hace siglos que tenemos obuses Casaba. No solemos utilizarlos por motivos evidentes, pero son muy sencillos de fabricar. El plasma no se mueve a la velocidad de la luz, pero casi. Son prácticamente imposibles de esquivar a corta distancia, incluso para esos cabrones escurridizos.

En la pantalla se sucedían las explosiones. Esta vez eran naves humanas: los pequeños vehículos de apoyo que rodeaban Malpert estallaban como palomitas cada vez que las medusas las alcanzaban con láseres y misiles.

—Mierda —dijo Falconi.

Otro obús Casaba oscureció la pantalla y destruyó una segunda nave medusa. Mientras la tripulación de la Wallfish prorrumpía en vítores, una de las dos naves medusa restantes se abalanzó directamente contra la Darmstadt, mientras la otra abría fuego contra la plataforma de repostaje contigua a la estación Malpert.

Una gigantesca bola de hidrógeno ardiente engulló la plataforma.

En ese momento, el impulsor de masas disparó de nuevo; por los respiraderos del tubo de aceleración brotaban llamaradas de plasma al paso de la carga. El proyectil no alcanzó a la nave medusa más cercana a la plataforma destrozada (los alienígenas no eran tan tontos ni tan imprudentes como para interponerse en la trayectoria del cañón), pero impactó con algo en lo que Kira no había reparado hasta entonces: un satélite que flotaba en las inmediaciones de Malpert.

El satélite desapareció en una explosión de luz, vaporizado por la potencia del impacto.

La lluvia de materiales sobrecalentados se abatió sobre la nave medusa, acribillándola con el equivalente a miles de micrometeoros.

—*Shi-bal* —susurró Hwa-jung.

Falconi sacudió la cabeza.

—El que haya hecho ese disparo se ha ganado un buen aumento.

La nave medusa dañada se alejó a toda velocidad de Malpert, pero al cabo de un rato el motor empezó a fallar hasta que se apagó por completo. La nave quedó a la deriva, girando sobre sí misma; en un lado del casco se veía un gran desgarrón del que manaban gas y agua cristalizada.

Kira observó la nave con gran interés. *Ahí está*, pensó. Si no estallaba, tal vez podrían abordarla. Agradeciéndole a Thule aquel regalo, miró de reojo a Falconi.

El capitán se dio cuenta, pero no dijo nada. Kira se preguntó qué clase de pensamientos estaban teniendo lugar detrás de aquellos fríos ojos azules.

La Wallfish se colocó en posición detrás del asteroide TSX-2212 y apagó el motor de propulsión, mientras la Darmstadt y la última nave medusa se batían en duelo. Las pocas naves de apoyo supervivientes se apresuraron a ayudar al crucero de la FAU, pero no eran rivales para la nave alienígena, y solo servían como breves distracciones.

—Se va a sobrecalentar enseguida —dijo Sparrow, señalando la Darmstadt. Al igual que la Wallfish, el crucero había recogido sus radiadores. Justo entonces, de las válvulas de la sección central del crucero empezó a brotar una nube de propelente superfluo—. ¿Lo veis? Están soltando hidrógeno para poder seguir disparando.

Todo terminó muy deprisa. Una de las naves más pequeñas (parecía una plataforma minera tripulada) se lanzó directamente contra la nave medusa para embestirla.

La nave no llegó muy lejos, por supuesto: los alienígenas la hicieron pedazos enseguida. Pero esos mismos pedazos siguieron avanzando en la misma trayectoria, y obligaron a la nave medusa a salir de su nube protectora de señuelos para evitar que la alcanzaran.

La Darmstadt empezó a acelerar antes incluso que la nave medusa, ejecutando una maniobra orbital de emergencia para alejarse también de su nube de cobertura. Consiguió asomarse justo cuando la nave medusa quedaba al descubierto, y perforó a los alienígenas con un certero disparo al centro de masa del cañón láser principal.

Un chorro de materiales arrancados salió proyectado por el costado de la reluciente nave alienígena, que enseguida desapareció en una esfera ardiente de antimateria letal.

Finalmente, Kira dejó de estrujar los antebrazos de la silla.

—Se acabó —dijo Falconi.

Vishal hizo un gesto con la mano.

—Alabado sea Dios.

—Ya solo quedan nueve medusas —dijo Sparrow, señalando el resto del sistema en la pantalla—. Con un poco de suerte, no vendrán aquí buscando revancha.

—Por si acaso, deberíamos largarnos cuanto antes —dijo Nielsen—. Gregorovich, traza una ruta hasta la estación Malpert.

Kira volvió a mirar al capitán, que esta vez asintió con la cabeza.

—Cancela esa orden —dijo Falconi, enderezando los hombros—. Gregorovich, rumbo de interceptación hacia esa nave medusa dañada. Velocidad máxima permitida.

—¡Capitán! —protestó Nielsen.

Falconi se volvió hacia su atónita tripulación.

—Abrid bien los ojos, chicos. Vamos a recoger chatarra alienígena.

CAPÍTULO V

★ ★ ★ ★ ★ ★ ★

EXTREMIS

1.

Kira guardó silencio mientras Falconi exponía el plan. El capitán era quien debía convencer a la tripulación; todos confiaban en él, no en Kira.

—Señor —habló Sparrow. Kira nunca la había visto tan seria—. Es posible que todavía queden medusas vivas a bordo. No sabemos si han muerto todas.

—Lo sé —dijo Falconi—. Pero solo puede haber un puñado de esos calamares más grandes. ¿Verdad, Trig?

El chico tragó saliva y asintió.

—Sí, capitán.

Falconi también asintió, satisfecho.

—Muy bien. Es imposible que hayan sobrevivido todos. De ninguna manera. En el peor de los casos, quedarán todavía uno o dos con vida. Las probabilidades están a nuestro favor.

Con un rugido, la Wallfish volvió a poner los motores en marcha. Volvía a haber gravedad en la nave.

—¡Gregorovich! —exclamó Nielsen.

—Lo lamento —dijo la mente de a bordo, que parecía al borde de la risa—, pero el capitán ha decidido embarcarnos en toda una aventura. ¡Toda una aventura!

—Las probabilidades pueden torcerse rápidamente en cuanto empiece el tiroteo —protestó Sparrow—, y llevamos un montón de pasajeros.

Falconi la miró a los ojos con una expresión dura como el hierro.

—No hace falta que me lo digas… ¿Te ves capaz?

Después de un momento de reflexión, Sparrow mostró una sonrisa traviesa.

—Qué mierda. Pero me debe una prima doble por riesgos laborales.

—Trato hecho —respondió Falconi sin titubear. Se volvió hacia Nielsen—. Sigues sin estar de acuerdo. —No era una pregunta.

La primera oficial se inclinó hacia delante hasta apoyar los codos en las rodillas.

—Esa nave está dañada. Podría explotar de un momento a otro. Además, existe la posibilidad de que las medusas estén esperando a que entremos para matarnos. ¿Por qué arriesgarnos?

—Porque si hacemos esto —dijo Falconi—, solo este encargo, liquidaremos nuestra deuda de un plumazo. Y podremos conseguir toda la antimateria que nos hace falta para salir de este puto sistema.

Nielsen parecía extrañamente tranquila.

—¿Y...?

—Y es nuestra oportunidad de arrimar el hombro en la guerra.

Un momento después, Nielsen asintió.

—Está bien. Pero si vamos a hacerlo, hay que hacerlo bien.

—Eso déjamelo a mí —intervino Sparrow, levantándose de un salto. Señaló a Kira—. ¿Las medusas reconocerán esa cosa que llevas si la ven?

—Quizá... Sí, seguramente —dijo Kira.

—De acuerdo. Entonces hay que procurar que no te vean hasta que estemos seguros de que la nave está despejada. Tomo nota. Trig, conmigo. —Dicho esto, Sparrow salió del centro de mando, con Trig pisándole los talones. Hwa-jung también salió al cabo de un momento, para bajar a Ingeniería y supervisar personalmente los sistemas de la Wallfish durante el abordaje.

—¿Tiempo estimado de llegada? —preguntó Falconi en voz alta.

—Dieciséis minutos —contestó Gregorovich.

2.

—¿A dónde vamos? —preguntó Kira mientras trataba de seguir el ritmo de Falconi, Nielsen y Vishal.

—Ahora lo verás —dijo el capitán.

Nielsen se detuvo ante una estrecha puerta empotrada en la pared, más o menos en la zona central de la nave. Tecleó un código en el panel de acceso y la puerta se abrió con un chasquido.

Era un armario de suministros de un metro y medio de anchura y lleno hasta los topes. La estantería de la pared izquierda estaba repleta de rifles, blásteres (incluidos varios de la Valquiria) y otras armas. La de la derecha tenía multitud de enchufes de carga para los supercondensadores de los blásteres, además de cinturones, cartucheras, cajas de munición y cargadores para las armas de fuego convencionales. En la pared del fondo había un taburete, un pequeño banco de trabajo y una balda con herramientas de mantenimiento para las armas (sujetas por una tapa de plástico transparente). Sobre la balda se veía un holograma que mostraba un gato unicornio en brazos de un hombre huesudo y de cabello rosa, con las palabras «Bowie vive» escritas con letras de fantasía en la parte inferior.

La visión de semejante arsenal dejó perpleja a Kira.

—Pero ¿cuántas armas hay aquí?

Falconi soltó un gruñido.

—Es mejor tenerlas cuando las necesitas. Como hoy. Nunca se sabe con qué te puedes topar en los confines del espacio.

—Fronterizos —dijo Nielsen, empuñando un rifle corto con un cañón de aspecto imponente.

—Enchufatas —añadió Vishal mientras abría una caja de balas.

—Bichos grandes con muchos dientes —dijo Falconi, poniéndole un rifle en las manos a Kira. Esta retrocedió, recordando lo que había oído en las noticias.

—¿No dicen que los blásteres son más eficaces contra las medusas?

Falconi trasteó con la pantalla lateral de su arma.

—Ya lo creo. Y también son más eficaces abriendo agujeros en el casco. No sé tú, pero a mí no me apetece terminar arrojado al espacio. Fuera de la nave, usamos blásteres. Dentro, usamos armas de fuego. Las balas también hacen mucho daño y no hay forma de que atraviesen nuestro escudo Whipple.

Kira aceptó a regañadientes el razonamiento. Todas las naves tenían un escudo Whipple integrado en el casco exterior: capas espaciadas de materiales difusores capaces de fragmentar los proyectiles (naturales o artificiales). Los micrometeoros eran una amenaza constante en el espacio y, por lo general, las balas eran mucho más lentas y contenían menos energía por gramo.

—Además —dijo Vishal—, los láseres rebotan, y tenemos que pensar en los pasajeros. Si tan solo una pequeña parte de la energía de un láser incidiera en el ojo humano... —Sacudió la cabeza—. Mala cosa, Srta. Kira. Mala cosa.

Falconi se irguió.

—Aparte de eso, las contramedidas no pueden desviar las balas convencionales. Una cosa por la otra. —Le dio unos golpecitos al rifle de Kira—. Lo he vinculado a tu holofaz. Todos los que viajan en la Wallfish aparecen como aliados, así que no tienes que preocuparte por si nos pegas un tiro. —Sonrió—. No estoy diciendo que vayas a tener que usarlo. Es por pura precaución.

Kira asintió, nerviosa. Podía sentir cómo el filo dúctil se amoldaba a la empuñadura del rifle. Una terrible sensación de familiaridad se apoderó de ella.

La retícula de apuntado, roja y redonda, apareció en el centro de su campo de visión. Kira probó a centrarla en varios objetos dentro de la armería.

Nielsen le tendió un par de cargadores de repuesto, y Kira se los guardó en el bolsillo del pantalón.

—¿Sabe recargar? —le preguntó Nielsen.

Kira asintió. En Weyland había ido a disparar con su padre más de una vez.

—Creo que sí.

—A ver.

Kira sacó y sustituyó el cargador varias veces.

—Muy bien —dijo Nielsen con expresión satisfecha.

—Allá vamos —dijo Falconi, sacando el arma más grande de todas. Kira ni siquiera sabía qué era: no era un bláster, eso seguro, pero la boca del cañón era del tamaño de su puño. Era demasiado grande para tratarse de un rifle.

—¿Qué narices es eso? —preguntó.

Falconi soltó una risa maliciosa.

—Un lanzagranadas. ¿Qué va a ser? Lo compré en una subasta de excedente militar hace unos años. Se llama Francesca.

—Le ha puesto nombre a su arma… —dijo Kira.

—Claro que sí. Es de buena educación cuando tu vida va a depender de un objeto. Les ponemos nombre a las naves. A las espadas también se les ponía nombre. Y ahora les ponemos nombre a las armas de fuego.

Falconi se rio de nuevo. Kira empezaba a preguntarse si Gregorovich era el único loco de la nave.

—Dice que los blásteres son demasiado peligrosos, ¿y usa un lanzagranadas? —preguntó.

Falconi le guiñó un ojo.

—No hay peligro si sabes lo que haces. —Le dio unas palmadas al cargador en forma de tambor—. Estas preciosidades son granadas de conmoción. No producen metralla. Te destrozan igual, pero solamente si estallan a tu lado.

Se oyó una voz por el intercomunicador: era Hwa-jung.

—Capitán, ¿me recibe?

—Sí. Adelante, cambio.

—Tengo una idea para distraer a las medusas. Si enviamos los drones de reparación y los usamos para…

—Hazlo —dijo.

—¿Está seguro? Si…

—Sí. Hazlo, me fío de ti.

—Recibido, capitán.

Se cortó la comunicación. Falconi le dio una palmada en el hombro a Vishal.

—¿Ya tienes todo lo que necesitas, Doc?

Vishal asintió.

—He jurado no hacer daño a nadie, pero estos alienígenas carecen de compasión. A veces, la mejor manera de evitar el daño es minimizarlo. Si eso implica disparar a una medusa, que así sea.

—Ese es el espíritu —dijo Falconi, guiándolos de nuevo por el pasillo.

—¿Y yo qué voy a hacer mientras tanto? —preguntó Kira mientras lo seguía por la escalerilla del conducto central.

—Esconderte hasta que sea seguro entrar —le respondió Falconi—. Además, este no es tu campo.

Kira no pensaba negarlo.

—¿Y el suyo sí?

—Hemos tenido unos cuantos rifirrafes. —Falconi bajó de la escalerilla en la cubierta D, justo encima de las bodegas—. Ve delante y…

—Señor —dijo Gregorovich—. La Darmstadt ha contactado con nosotros. Quieren saber, y cito textualmente: «qué mierda hacen persiguiendo a esa nave medusa». Fin de la cita. Parecen bastante irritados.

—Joder —dijo Falconi—. Bien, entretenlos un minuto. —Señaló a Kira—. Ve a buscar a los dos entropistas. Si vamos a utilizarlos, es posible que no tengamos mucho tiempo.

Sin esperar a que Kira respondiera, Falconi se marchó apresuradamente, seguido de cerca por Nielsen y Vishal.

Kira siguió bajando hasta el pie de la escalerilla y corrió por el pasillo a la bodega de estribor. Giró la rueda de la compuerta, la abrió de un tirón y se sorprendió al encontrar a los entropistas esperándola justo al otro lado. La saludaron inclinando la cabeza.

—La mente de a bordo Gregorovich… —dijo Veera.

—… nos ha dicho que vendrías a buscarnos —continuó Jorrus.

—Bien. Seguidme —dijo Kira.

Al llegar a la cubierta D, sonó la alarma de gravedad cero. Los tres se agarraron a un asidero justo a tiempo para no salir volando.

La Wallfish giró hasta invertir su orientación, empujando a Kira y a los entropistas contra la pared exterior. Después reanudó la propulsión y se oyó la voz de Gregorovich:

—Contacto en ocho minutos.

Kira sentía la cercanía de la nave alienígena; a medida que se aproximaban, la intensidad de la llamada que emitía se multiplicaba. La notaba como una palpitación en la nuca, una presión constante en su brújula interna que, aunque fácil de ignorar, se negaba a remitir.

—Prisionera Kaminski… —dijo Jorrus.

—Navárez. Me llamo Kira Navárez.

Los entropistas se miraron entre sí.

—Estamos muy confundidos, prisionera Navárez, al igual que…

—… todos los pasajeros de la bodega. ¿Cuál es…?

—¿… nuestro rumbo actual, y por qué nos has hecho llamar?

—Escuchadme —dijo Kira, y les explicó rápidamente la situación. Tenía la impresión de que últimamente le hablaba a todo el mundo sobre el filo dúctil. Los entropistas abrieron los ojos de par en par al mismo tiempo mientras la escuchaban, pero no la interrumpieron—. ¿Estáis dispuestos a ayudarme? —concluyó.

—Sería un honor —dijo Jorrus—. La búsqueda del conocimiento...

—... es la más digna de las empresas.

—Claro —dijo Kira. Como ya no tenía nada que perder, les envió los resultados de las pruebas de Vishal—. Echad un vistazo a esto mientras esperáis. Cuando podáis entrar en la nave medusa sin peligro, os avisaremos.

—En caso de conflicto... —dijo Veera.

—... preferiríamos...

Pero Kira ya había echado a andar y no pudo oír el resto. Corrió por los lóbregos pasillos de la nave hasta que encontró a la tripulación, reunida delante de la esclusa de babor.

Casi toda la antecámara la ocupaban Trig y Sparrow, que ahora parecían un par de columnas de metal abolladas, de más de dos metros de altura. Eran servoarmaduras. De clase militar, aparentemente. Las armaduras civiles no solían llevar baterías de misiles acopladas en los hombros... ¿Cómo había conseguido la tripulación semejante armamento? Hwa-jung iba de uno a otro, ajustándoles las armaduras y atosigando a Trig con una retahíla inacabable de consejos:

—... no te emociones ni te muevas demasiado rápido. No hay espacio suficiente y solo conseguirás hacerte daño. El ordenador se ocupará de casi todo y te lo pondrá fácil.

El chico asintió, con el rostro pálido y empapado en sudor.

Kira se preocupó al ver a Trig. ¿De verdad Falconi iba a situarlo en primera línea, el lugar de mayor peligro? Entendía que hubiera elegido a Sparrow, pero Trig...

Nielsen, Falconi y Vishal estaban ocupados fijando a la cubierta una serie de cajones metálicos, justo detrás de Trig y de Sparrow. Tenían el tamaño perfecto para utilizarlos como cobertura.

Todos, incluida Hwa-jung, se habían puesto un dermotraje.

La jefa de máquinas se acercó a Sparrow y le dio un fuerte tirón a sus propulsores, zarandeando aquella armadura metálica de cientos de kilos como si tal cosa.

—Quédate quieta —gruñó Hwa-jung, tirando de nuevo de la armadura.

—Quédate quieta tú —respondió Sparrow entre dientes, intentando mantener el equilibrio.

Hwa-jung le dio un manotazo a la hombrera de Sparrow.

—*Aish*. Bruta. ¡Ten más respeto por tus mayores! ¿Es que quieres quedarte sin energía en mitad del combate? De verdad...

Sparrow sonrió; parecía gustarle que la jefa de máquinas se preocupara tanto por ella.

—Eh —dijo entonces Kira, sobresaltando a todo el mundo. Señaló a Trig—. ¿Por qué la lleva él? No es más que un chaval.

—¡No por mucho tiempo! Cumplo veinte años dentro de nada —dijo Trig, con la voz amortiguada dentro del casco.

Falconi se volvió hacia Kira. Su dermotraje era de color negro mate. Llevaba el visor levantado y acunaba a Francesca entre los brazos.

—Trig sabe utilizar un exo mejor que cualquiera de nosotros. Y te aseguro que está más protegido con esa armadura que sin ella.

—Sí, pero...

El capitán frunció el ceño.

—Tenemos trabajo, Navárez.

—¿Y qué pasa con la FAU? ¿Van a darnos problemas? ¿Qué les ha dicho?

—Les he dicho que vamos a buscar chatarra. No les ha hecho gracia, pero no es ilegal. Y ahora esfúmate. Te avisaremos cuando esté todo despejado.

Kira se disponía a marcharse, pero Hwa-jung la alcanzó rápidamente (haciendo retumbar la cubierta) y le tendió unos audífonos.

—Para poder estar en contacto contigo —le explicó la jefa de máquinas, dándose unos toquecitos en la sien.

Kira se lo agradeció y se marchó, pero se detuvo de nuevo en el primer recodo del pasillo. Se sentó en el suelo, se puso los audífonos y abrió su holofaz.

—Gregorovich —dijo—, ¿puedo ver las cámaras del exterior?

Al cabo de un momento apareció una ventana en su campo de visión, y en ella vio una imagen de la nave alienígena, muy cerca de la popa de la Wallfish. El desgarrón largo y estrecho de su costado permitía ver transversalmente varias cubiertas, llenas de salas oscuras en las que se adivinaban siluetas inciertas. Mientras intentaba identificarlas, unas grandes volutas de vapor envolvieron la sección central de la nave esférica, que siguió girando hasta que los daños dejaron de ser visibles.

Kira oyó la voz de Nielsen por los auriculares:

Capitán, las medusas están activando los propulsores.

Después de un momento de silencio, Falconi contestó:

¿Puede ser una estabilización automática del eje? ¿O un sistema de reparación?.

Imposible saberlo —contestó Hwa-jung.

¿Se ven criaturas vivas en el escáner térmico?.

El análisis no es concluyente —dijo Gregorovich. En la holofaz de Kira, la imagen de la nave medusa se transformó en una mancha de infrarrojos de estilo impresionista—. *Hay demasiadas señales térmicas para poder identificarlas*.

Falconi soltó un juramento.

Está bien. Vamos a andarnos con mucho ojo. Trig, ve detrás de Sparrow. Haz caso a Hwa-jung y deja que el ordenador trabaje por ti. Esperad a los drones de reparación antes de entrar en cualquier sala.

Sí, señor.

Iremos justo detrás de vosotros, así que no os preocupéis.

A medida que la reluciente mole de la nave medusa iba aumentando de tamaño en su holofaz, la intensidad de la llamada crecía proporcionalmente. Kira se frotó el esternón con el canto de la mano; aquella molestia se parecía a la acidez de estómago, una presión incómoda que no la dejaba estar quieta. Pero no era algo de lo que pudiera librarse con un eructo, una pastilla o un sorbo de agua. En los recovecos más profundos de su mente, estaba segura de que la única cura era que el xeno y Kira cumplieran con su deber y se presentaran ante la fuente de la llamada.

Kira se estremeció, abrumada por los nervios. Resultaba aterrador no saber lo que iba a suceder a continuación. Se sentía rara, casi mareada, como si estuviera a punto de ocurrir algo horrible. Algo *irremediable*.

El traje reaccionó ante su malestar; Kira sentía cómo se contraía en torno a su cuerpo, condensándose y endureciéndose como si lo hubiera hecho mil veces antes. El xeno sí que estaba preparado, de eso no había duda. Kira recordaba todas las veces que había soñado con batallas; el filo dúctil se había enfrentado a peligros mortales en muchas ocasiones a lo largo de los eones, pero aunque él siempre había prevalecido, Kira no sabía qué suerte habrían corrido sus hospedadores.

Lo único que tenían que hacer las medusas era acertarle en la cabeza. Con traje o sin él, la conmoción la mataría; ni siquiera la capacidad de reestructuración de tejidos del filo dúctil podría salvarla. Y así terminaría todo, sin puntos de control ni archivos de guardado. Una sola vida, un solo intento para hacer las cosas bien, y muerte permanente en caso de fracaso. Aunque claro, Kira no era la única que jugaba con esas reglas. Nadie podía recorrerse el nivel de antemano, por así decirlo.

Y sin embargo, aunque sabía que corría un peligro mortal por culpa del filo dúctil, se dio cuenta de que sentía una perversa gratitud por su presencia. Sin el xeno habría estado mucho más vulnerable, como una tortuga sin caparazón, meneando las patas en el aire e indefensa ante sus enemigos.

Estrujó su rifle con más fuerza.

En el exterior, las estrellas desaparecieron tras el inmenso casco blanco de la nave medusa, que resplandecía y brillaba como el caparazón de un abulón.

Kira luchó por reprimir otra punzada de miedo. Debajo de su ropa, el filo dúctil reaccionó erizándose, revistiéndole la piel de bultos afilados. Kira no había sido consciente hasta ese momento de lo *inmensa* que era aquella nave. Pero dentro solamente podía haber tres de aquellos alienígenas tentaculados. Solamente tres, y todos o casi todos ya deberían estar muertos. Deberían…

Ahora que la nave estaba tan cerca, la pulsión era más fuerte que nunca; se dio cuenta de que estaba inclinando el cuerpo hacia delante inconscientemente, presionando la pared del pasillo como si quisiera atravesarla.

Se obligó a tranquilizarse. No, no iba a ceder a aquel deseo. Era lo más estúpido que podía hacer. Por muy tentador que fuera, tenía que impedir que la pulsión tomara el control de sus actos. Y era tentador, aterradoramente tentador. No tenía más que obedecer, tal y como se esperaba de ella, y responder a la llamada. Aquella molestia se desvanecería. Y sabía, gracias a sus recuerdos, la satisfacción que sentiría como recompensa...

Una vez más, Kira luchó por ignorar aquella sensación intrusiva. Aunque el filo dúctil sintiera el deber de obedecer, Kira no. Su instinto de autoconservación era demasiado fuerte para limitarse a obedecer una señal alienígena.

O eso quería pensar.

Mientras su lucha interna proseguía, la Wallfish apagó los motores. Kira manoteó durante un segundo, pero enseguida el filo dúctil se adhirió al suelo y a las paredes que tocaba, anclándola igual que había hecho con los radiadores de la Circunstancias Atenuantes, después de haber sido arrojada al espacio.

La Wallfish maniobró con sus propulsores de control de reacción, rodeando el voluminoso casco de la nave medusa hasta llegar a una cúpula de tres metros de anchura que sobresalía del resto del casco. Kira la reconoció por los vídeos: los alienígenas las utilizaban a modo de esclusa.

¡Todos preparados! —ladró Falconi. A la vuelta del pasillo oyó los chasquidos de las armas y el zumbido de los condensadores—. *Activad los visores*.

Entonces, durante un momento que parecía no terminar jamás, no ocurrió nada. Kira solamente sentía tensión, expectación y el martilleo de su propio corazón.

En la imagen de las cámaras, la cúpula empezaba a acercarse. La Wallfish estaba a solo unos metros cuando una membrana gruesa, con aspecto de cuero, se retrajo de la cúpula, dejando al descubierto la superficie nacarada y pulimentada que había debajo.

Parece que nos están esperando —dijo Sparrow—. *Fantástico*.

Al menos no tendremos que abrir un agujero para entrar —comentó Nielsen.

Hwa-jung soltó un gruñido.

No lo sabemos. Podría ser un sistema de apertura automático.

¡Concentraos! —dijo Falconi.

Contacto en tres... dos... uno —anunció Gregorovich.

La cubierta se sacudió cuando la Wallfish y la nave alienígena entraron en contacto. Se hizo el silencio, un silencio tan rotundo que resultaba estremecedor.

CAPÍTULO VI

★　★　★　★　★　★　★

CERCA Y LEJOS

1.

Kira se acordó de respirar; inhaló dos veces, casi sin pausa, y procuró calmarse para no desmayarse. Solo faltaban unos segundos...

Su holofaz parpadeó. En vez de las imágenes de las cámaras exteriores, ahora veía la esclusa de la Wallfish desde la cámara instalada sobre la entrada: Gregorovich la estaba dejando ver lo que ocurría.

—Gracias —murmuró Kira, pero la mente de a bordo no contestó.

Falconi, Hwa-jung, Nielsen y Vishal estaban agazapados detrás de los cajones atornillados a la cubierta. Sparrow y Trig estaban delante, frente a la esclusa, como una pareja de gigantes con los brazos en alto y las armas dispuestas.

A través de las dos escotillas de la esclusa, Kira vislumbró la superficie abombada e iridiscente de la nave medusa. Parecía perfecta. Inexpugnable.

Bots de reparación desplegados —anunció Hwa-jung con una voz inhumanamente tranquila. Se persignó.

Vishal se inclinó (en dirección a la Tierra, sospechaba Kira), y Nielsen se llevó una mano a algo que llevaba oculto bajo el dermotraje. Por si acaso servía de algo, Kira rezó una silenciosa plegaria a Thule.

¿Y bien? —dijo Falconi—. *¿Estamos conectados?*.

Como respondiendo a su pregunta, la cúpula empezó a rotar como si fuera un globo ocular girando dentro de su cuenca, y reveló... no un iris, sino un tubo circular de tres metros de largo que se adentraba en la esfera. Al otro lado se veía una segunda membrana con aspecto de piel.

Por suerte, los microbios de las medusas no parecían ser infecciosos para los humanos, o al menos todavía no se había descubierto ninguno que lo fuera. Sin embargo, Kira se lamentó de que la tripulación de la Wallfish no hubiera aplicado los procedimientos de contención adecuados. A la hora de tratar con organismos alienígenas, era mejor pecar de precavidos.

Del exterior de la esclusa de la Wallfish empezó a extenderse un tubo presurizado, que avanzó unos centímetros hasta presionar el diámetro de la cúpula abierta.

Tenemos conexión hermética —anunció Gregorovich.

Al momento, la membrana interior se retrajo. El ángulo de la cámara no le permitía ver bien la nave medusa; tan solo distinguía una rendija oscura, iluminada por un tenue resplandor azul que le recordaba el mar abisal en el que había reinado antaño el gran y poderoso Ctein.

¡Dios santo, es enorme! —exclamó Vishal. Kira reprimió el impulso de asomarse por la esquina para verlo con sus propios ojos.

Abre la esclusa —ordenó Falconi.

El chasquido sordo de los pernos de fijación al abrirse retumbó por todo el pasillo. Al cabo de un momento, las dos escotillas estaban abiertas.

Gregorovich —dijo Falconi—. *Envía a los cazadores*. —Un par de drones esféricos y chirriantes salieron del techo y se lanzaron hacia el interior de la nave alienígena. Su inconfundible zumbido se perdió rápidamente.

No hay movimiento desde fuera —dijo Hwa-jung—. *Todo despejado*.

De acuerdo —dijo Falconi—. *Los cazadores tampoco detectan nada. Vía libre*.

Vigilad la retaguardia —ladró Sparrow, y unos pisotones hicieron temblar la cubierta cuando las dos servoarmaduras se dirigieron hacia la esclusa.

Kira la notó en ese preciso instante: una perniciosa combinación de yuxtolores de miedo y dolor.

—¡No! ¡Esperad! —empezó a gritar, pero tardó demasiado.

¡Contacto! —vociferó Sparrow.

Trig y Sparrow abrieron fuego desde la esclusa, desatando una lluvia de balas y rayos láser. A pesar de la distancia, Kira sentía la potencia de los disparos. El sonido era brutalmente intenso; constituía un ataque físico en sí mismo.

Una semiesfera de chispas iba cubriendo a Sparrow y a Trig a medida que sus láseres impactaban en los proyectiles enemigos. Sus exos soltaron los señuelos, sendas nubes de partículas brillantes que se expandieron formando esferas casi perfectas hasta que tocaron las paredes y el techo.

Entonces, del enorme lanzagranadas de Falconi brotó una llamarada. Un instante después, un destello cegador, entre blanco y azulado, iluminó el interior de la esclusa. Una explosión amortiguada sacudió toda la nave, dispersando la nube y permitiéndoles ver, entre jirones de neblina, lo que estaba ocurriendo dentro de la esclusa.

Algo pequeño y blanco llegó zumbando desde el interior de la nave alienígena, tan deprisa que Kira no pudo seguirlo con la mirada. De pronto, las imágenes de la cámara se cortaron y Kira sintió una fuerte conmoción que la estampó contra la pared y le hizo entrechocar dolorosamente los dientes. El impacto de aire sobrepresurizado era tan fuerte que no solo lo oía, sino que lo notaba en los huesos y los pulmones. Sentía que le apuñalaban los oídos.

Sin que Kira tuviera que pedírselo, el filo dúctil empezó a reptar sobre su rostro, cubriéndoselo por completo. Su visión vaciló antes de volver a la normalidad.

Kira estaba temblando de pura adrenalina. Sentía las manos y los pies fríos, y el corazón le retumbaba en el pecho como tratando de escapar. A pesar de ello, reunió el suficiente valor como para asomarse por la esquina del pasillo. Aunque fuera un error, tenía que averiguar qué estaba pasando.

Comprobó con horror que Falconi y los demás estaban suspendidos en el aire, muertos o aturdidos. Nielsen tenía un corte en el hombro del dermotraje por el que brotaban gotas de sangre. Del muslo de Vishal sobresalía una esquirla de metal. Trig y Sparrow parecían haber salido mejor parados (Kira los veía girar la cabeza dentro del casco), pero sus servoarmaduras estaban paralizadas, inutilizadas.

Al otro lado de la esclusa, en la nave alienígena, Kira distinguió una sala profunda y oscura, llena de extrañas máquinas. Y justo entonces, una monstruosidad tentaculada apareció dentro de la esclusa, tapando la luz.

La medusa ocupaba la totalidad de la cámara. La criatura parecía herida; un icor anaranjado manaba de más de una docena de cortes repartidos por sus brazos, y el caparazón de su cuerpo estaba agrietado.

¡Malcarnal!

Kira observó, paralizada, cómo la medusa se arrastraba hacia el interior de la Wallfish. Si huía ahora, solo conseguiría captar su atención. El rifle de Kira era demasiado pequeño para pensar siquiera en matar a la medusa, y sin duda le devolvería los disparos si abría fuego…

Intentó tragar saliva, pero tenía la boca seca como el polvo.

Un roce como de hojas muertas iba recorriendo la antecámara al paso de la medusa. Ese sonido le provocó un escalofrío en el cuero cabelludo: lo reconocía, *recordaba* haberlo oído hacía muchísimo tiempo. Al ruido lo acompañaba un cambio en el yuxtolor, que pasó del miedo a la ira, el desprecio y la impaciencia.

El instinto natural del filo dúctil fue responder a ese olor (Kira también sintió el mismo impulso), pero lo resistió con todas sus fuerzas.

Los tripulantes seguían sin moverse mientras la medusa se abría paso entre sus cuerpos ingrávidos.

Al pensar en los niños de la bodega, Kira recuperó su determinación. Ella era la responsable; había sido idea suya abordar la nave medusa. No podía permitir que el alienígena llegara hasta la bodega. Y tampoco podía quedarse mirando mientras mataba a Falconi y a sus compañeros. Tenía que hacer algo, aun a riesgo de su propia vida.

Sus reflexiones duraron tan solo un instante. Fijó la retícula de apuntado de su holofaz en la medusa y levantó su arma con intención de disparar.

El movimiento no le pasó desapercibido a la medusa. Una nube de humo blanco la envolvió de repente, y la criatura giró sobre sí misma, agitando los tentáculos y provocando una lluvia de icor. Kira disparó a ciegas hacia el centro de la nube, pero no pudo ver si sus balas alcanzaban el blanco.

De pronto, un tentáculo salió disparado como un látigo y rodeó una de las patas de la servoarmadura de Trig.

—¡No! —gritó Kira, pero ya era tarde. La medusa se retiró hacia su nave, arrastrando a Trig tras ella para utilizarla como escudo.

Los respiraderos de la antecámara empezaron a dispersar las volutas de humo.

2.

—Gregoro... —empezó a decir Kira, pero la mente de a bordo ya estaba hablando:

—Voy a tardar unos minutos en reactivar la servoarmadura de Sparrow. No quedan cazadores, y los láseres de proximidad han destruido todos los bots de reparación.

El resto de la tripulación seguía indefensa e inerte. No iban a poder ayudarla, y los refugiados de la bodega estaban demasiado lejos y tampoco estaban preparados.

La mente de Kira sopesó las opciones a toda velocidad. A cada segundo, las posibilidades de supervivencia de Trig mermaban.

—Por favor —le dijo entonces Gregorovich en voz baja, tan baja que parecía fuera de lugar.

Y Kira supo lo que tenía que hacer. Ahora ella ya no era lo más importante; por algún motivo, y a pesar del miedo que le obstruía las venas, eso hacía que todo fuera más fácil. Sin embargo, necesitaba más potencia de fuego. Su rifle no iba a ser de gran ayuda contra la medusa.

Kira le ordenó al filo dúctil que se despegara de las paredes y, de una patada, se impulsó hacia el lanzagranadas de Falconi, hacia Francesca. Introdujo el brazo por la correa.

El contador de la parte superior mostraba que quedaban cinco disparos en el tambor.

Tendrían que bastar.

Agarrando el arma con más fuerza de la necesaria, Kira se giró hacia la esclusa. La pared interior de la esclusa ahora tenía varias grietas diminutas por las que se estaban filtrando pequeñas corrientes de aire blanquecino, pero no parecía haber riesgo inminente de rotura.

Antes de perder el valor, Kira se apoyó en uno de los cajones metálicos, tomó impulso y saltó.

3.

Mientras avanzaba flotando por el tubo hacia la nave alienígena, Kira observó atentamente la esclusa de las medusas, lista para disparar a la menor señal de movimiento.

Thule. ¿Qué diablos estaba haciendo? Ella era xenobióloga, no soldado. No era una máquina de matar musculosa y transgénica fabricada por la FAU.

Y sin embargo, allí estaba.

Por un momento, pensó en su familia, y la ira fortaleció su determinación. No podía dejarse matar por las medusas. Y tampoco podía permitir que hicieran daño a Trig... Sentía un enojo similar emanando del filo dúctil: antiguas heridas sumadas a ofensas nuevas.

La tenue luz azul de la nave alienígena la envolvió en cuanto salió de la esclusa.

Algo muy grande chocó contra ella por la espalda y la estampó contra la pared curvada de la nave. *¡Mierda!* Kira sintió un fuerte dolor en el costado izquierdo, y el miedo se apoderó de ella de nuevo.

Con el rabillo del ojo, alcanzó a ver una masa de apretados tentáculos, justo antes de que la medusa se le echara encima, asfixiándola con aquellos brazos anillados, tan fuertes y duros como un cable trenzado. Sus potentes yuxtolores casi no le dejaban respirar.

Uno de los tentáculos reptantes le rodeó el cuello y tiró con todas sus fuerzas.

La violencia del movimiento debería haber bastado para matarla, para arrancarle la cabeza de cuajo. Pero el filo dúctil se endureció a tiempo, y el tirón del alienígena la hizo girar, difuminando los extraños recovecos y ángulos de la sala hasta que Kira quedó cabeza abajo.

Se le revolvió el estómago y vomitó dentro de la mascarilla flexible del traje.

El vómito no podía salir; Kira lo notaba (caliente, amargo y ardiente) llenándole la boca, antes de volver a bajar por su garganta. Le entraron arcadas, y cuando intentó respirar por puro instinto, terminó inhalando lo que le pareció un litro entero de aquel líquido abrasador.

Se dejó llevar por el pánico, un pánico cegador e irracional. Empezó a manotear y a forcejear, tratando de arrancarse la mascarilla del traje. Las fibras del traje se separaron, aunque Kira, histérica, apenas era consciente de ello.

Al notar el aire frío en el rostro, pudo por fin escupir el vómito, tosiendo con fuerza mientras su estómago se contraía rítmicamente.

El aire olía a salmuera y a bilis, y de no haber sido porque el filo dúctil todavía le tapaba la nariz, probablemente Kira se habría desmayado en la atmósfera alienígena.

Intentó recuperar el control de sí misma, pero su cuerpo se negaba a cooperar. Se dobló en dos mientras seguía tosiendo. No veía nada más que la carne naranja y moteada del tentáculo que la apresaba, cubierto por unas ventosas del tamaño de un plato.

El correoso miembro empezó a constreñirla. Era tan grueso como la pierna de Kira, y mucho más fuerte. Ella endureció el traje para defenderse (o tal vez el xeno lo hizo por sí mismo), pero seguía notando la presión cada vez mayor de la medusa que intentaba aplastarle la garganta.

[[Aquí Cfar: ¡Muere, biforma! Muere.]]

Kira no podía parar de toser. Cada vez que exhalaba, el tentáculo apretaba un poco más y le dificultaba la respiración. Kira se revolvió, en un intento desesperado y vano de liberarse. Entonces, una terrible convicción se apoderó de ella. Iba a morir. Lo sabía. La medusa iba a matarla y a devolver el filo dúctil a los suyos. Así terminaría todo. La certeza resultaba aterradora.

Unas chispas le empezaron a enturbiar la visión; Kira notaba que se balanceaba al borde de la inconsciencia. Le suplicó mentalmente al filo dúctil que la ayudara, con la esperanza de que pudiera hacer algo, cualquier cosa. *¡Vamos!* Pero sus pensamientos no parecían surtir efecto alguno, y mientras tanto la sensación de tensión seguía aumentando, creciendo, hasta que creyó que el alienígena le iba a partir los huesos y a reducirla a un amasijo sanguinolento.

Soltó un gemido cuando el tentáculo le exprimió los últimos restos de aire de los pulmones. Las chispas se desvanecieron, y con ellas toda sensación de urgencia y desesperación. La recorrió un reconfortante calor, y todas sus preocupaciones de pronto parecían insignificantes. ¿A qué venía tanta angustia?

...

   ...

     ...

Estaba flotando ante un diseño fractal de color azul oscuro, grabado en la superficie de un monolito. La complejidad del dibujo escapaba a su comprensión y parecía cambiar ante sus propios ojos; los bordes de las figuras resplandecían al fluir, crecer y evolucionar siguiendo los preceptos de alguna misteriosa lógica. Su visión era más que humana; veía líneas irradiando de aquel borde infinitamente largo, destellos electromagnéticos que solo podían deberse a unas descargas de energía inmensas.

Y Kira supo que aquel era el patrón al que servía el filo dúctil. El patrón al que servía... o el patrón que era en realidad. Y Kira comprendió que había una incógnita inherente en aquel diseño, una elección relacionada con la naturaleza misma del xeno. ¿Seguiría ella el patrón? ¿O ignoraría el diseño y grabaría nuevas líneas, sus propias líneas, en el sistema?

La respuesta requería información que Kira no tenía. Era un examen para el que no había estudiado, y no alcanzaba a comprender los parámetros de la cuestión.

Pero mientras observaba aquella forma cambiante, Kira recordó su dolor, su rabia y su miedo y los dejó salir, combinados con los que sentía el filo dúctil. Fuera cual fuera el significado del patrón, de lo que estaba segura era de la maldad de los apresadores, de su deseo de vivir y de su necesidad de rescatar a Trig.

Kira estaba dispuesta a luchar por ello, y estaba dispuesta a matar y a destruir con tal de detener a los apresadores.

De pronto su visión se aclaró, se estrechó, y sintió que se precipitaba dentro del fractal. Sus infinitas capas de detalles se expandían ante ella, transformándose en un universo entero de temas y variaciones…

El dolor despertó a Kira, un dolor abrasador y estremecedor. La presión que sentía en el torso desapareció, y consiguió llenarse los pulmones de aire con un jadeo desesperado, antes de proferir un grito.

Se le aclaró la vista, y se dio cuenta de que el tentáculo seguía rodeándola. Sin embargo, ahora un cinturón de espinas (negras, relucientes y agrupadas en un patrón fractal que le resultaba familiar) se extendía desde su torso, perforando el convulso tentáculo. Kira sentía aquellas espinas igual que los brazos o las piernas; eran extremidades nuevas y conocidas al mismo tiempo. Y las envolvía una tórrida presión de carne, huesos y fluidos. Por un momento, el recuerdo de la muerte de Alan y los demás a manos del traje se coló en su mente, y Kira se estremeció.

Sin pensar, soltó otro grito al tiempo que golpeaba el tentáculo con el brazo. Y mientras lo hacía, sintió cómo el traje cambiaba de forma, y rebanó la carne translúcida de la medusa como si no existiera.

Un chorro de líquido naranja la salpicó. Asqueada por su olor amargo y metálico, sacudió la cabeza para librarse de las gotas de icor.

Ahora que le había seccionado el tentáculo, el alienígena la había soltado. La medusa se retorcía, moribunda, mientras flotaba hacia el otro extremo de la sala, abandonando su miembro amputado. El tentáculo se agitaba y se enroscaba en el aire, como una serpiente decapitada. Por el centro del muñón asomaba el hueso.

El filo dúctil retrajo las espinas por sí solo.

Kira se estremeció. Así que el xeno por fin había decidido ponerse de su parte. Bien. Tal vez sí tuviera una oportunidad, después de todo. Al menos allí estaba segura de que no iba a herir a nadie por accidente. De momento.

Echó un vistazo a su alrededor.

A primera vista, la sala no tenía un techo ni un suelo diferenciados; no era de extrañar, ya que los propios alienígenas tampoco parecían distinguir la parte superior de la inferior. La única luz de la cámara era un haz amplio y uniforme que procedía de la mitad delantera. De las paredes curvadas sobresalían misteriosas máquinas negras y relucientes, y casi al fondo de la sala, medio oculta en la penumbra, había una especie de concha marina cuya forma recordaba a la de un percebe. Kira supuso que se trataba de algún tipo de puerta interna.

Mientras observaba la sala, Kira sintió un fuerte *déjà vu*. De pronto le tembló la visión, y aparecieron ante ella las paredes de otra nave similar. Por un momento creyó estar en dos lugares a la vez, en dos épocas al mismo tiempo...

Sacudió la cabeza y la imagen fantasmal desapareció.

—¡Para ya! —le gruñó al filo dúctil. No podía permitirse esa clase de distracciones.

De no haber sido por lo urgente de la situación, a Kira le habría encantado examinar exhaustivamente esa cámara. Aquel era el sueño de cualquier xenobiólogo: una nave alienígena auténtica, llena de alienígenas vivos, macro y microscópicos. Un solo centímetro cuadrado de aquel lugar bastaba para asegurarse su carrera profesional. E incluso dejando eso a un lado, Kira solamente quería *conocer*. Era lo que siempre había querido.

Pero no era el momento.

En la sala no había ni rastro de Trig. Por lo tanto, todavía quedaba al menos una medusa con vida.

Kira vio el lanzagranadas de Falconi flotando junto a la pared, a poca distancia. Se impulsó hacia él, apoyándose en el casco de la nave con las palmas adhesivas de su traje.

¡Había matado a un alienígena! Ella. Kira Navárez. Aquel hecho la turbaba y asombraba, pero también le proporcionaba una perversa satisfacción.

—Gregorovich —dijo—. ¿Tienes idea de adónde han llevado...?

Pero la mente de a bordo ya estaba hablando:

Sigue adelante. No puedo indicarte el lugar exacto, pero vas en la dirección correcta.

—Recibido —dijo Kira, recuperando el lanzagranadas.

Jorrus y Veera me están ayudando con Sparrow. Estoy inhibiendo todas las frecuencias salientes, para que las medusas no puedan dar la voz de alarma si te reconocen. Pero todavía pueden utilizar la comunicación de alcance visual por láser. Ten cuidado.

Mientras Gregorovich hablaba, Kira le ordenó al traje que la propulsara hacia aquella extraña puerta con forma de percebe. El filo dúctil le dio un ligero impulso, que fue más que suficiente para salvar la distancia que la separaba de la puerta en cuestión de segundos.

Ahora la pulsión era como un martilleo, insistente e insidioso. Kira frunció el ceño y procuró ignorar aquel dolor palpitante y seguir concentrada.

La concha marina se dividió en tres segmentos triangulares que se retrajeron al interior del mamparo, revelando un largo conducto circular. Dentro había más puertas del mismo estilo, dispuestas a intervalos irregulares, y al fondo parpadeaba un panel lleno de luces, que tan bien podía ser la consola de un ordenador como una extraña obra de arte. ¿Cómo iba a saberlo?

Kira maniobró para introducirse en el conducto, con el lanzagranadas preparado. Trig podía encontrarse en cualquiera de esas habitaciones; iba a tener que registrarlas todas. Sabía que los motores de la nave estaban en la parte trasera, pero aparte de eso ignoraba por completo la disposición de la nave. ¿Las medusas tendrían una sala de mando centralizada? No recordaba haber leído nada al respecto en las noticias...

Kira detectó un movimiento en la pared más cercana, y se giró justo a tiempo para ver cómo un alienígena con aspecto de cangrejo salía por una puerta abierta.

La medusa le disparó varios rayos láser a la vez, que trazaron una inofensiva curva en torno a su torso. Eran demasiado veloces para el ojo humano, pero con la mascarilla puesta los veía destellar durante apenas unos nanosegundos, como líneas incandescentes que se prendían y se apagaban instantáneamente.

Sin pensar, Kira disparó su lanzagranadas. O más bien lo hizo el filo dúctil; ella ni siquiera fue consciente de haber apretado el gatillo, pero de pronto la culata le golpeó el hombro como un mazazo y la envió volando hacia atrás, girando sobre sí misma.

Aquel cacharro casi se podía considerar artillería.

¡BUM!

La granada explotó con un destello de luz tan potente que la visión de Kira se oscureció casi por completo. Sintió la fuerza de la explosión por todo el cuerpo: el hígado, los riñones y varios tendones, ligamentos y músculos de los que ni siquiera era consciente prorrumpieron en un coro de protestas airadas.

Kira manoteó para agarrarse a algo, a cualquier cosa que estuviera a su alcance. Por pura suerte, rozó una nervadura de la pared y el xeno se adhirió a la superficie lisa y pétrea, deteniendo sus cabriolas. Abrió la boca para respirar mientras intentaba reorientarse, con el corazón desbocado. Delante de ella flotaban los restos triturados de la medusa. Las paredes del conducto estaban salpicadas por una lluvia naranja.

¿Qué había intentado hacer esa criatura? ¿Sorprenderla? Kira sintió un vacío en el estómago que nada tenía que ver con la ingravidez cuando se le ocurrió una explicación. Los alienígenas habían enviado a aquel cangrejo para entretenerla, aun sabiendo que fracasaría, mientras el resto de las medusas le preparaban alguna sorpresa desagradable en otro lugar de la nave.

Tragó saliva; la boca todavía le sabía a vómito. Lo mejor que podía hacer era seguir buscando y confiar en que los alienígenas no pudieran predecir todos sus movimientos.

Miró de reojo el contador del lanzagranadas. Cuatro disparos. Iba a tener que aprovecharlos al máximo.

Se impulsó para darse la vuelta y observar la puerta por la que había llegado la medusa. Los fragmentos triangulares de concha estaban sueltos y rotos. Al otro lado había una sala de forma globular, llena hasta la mitad de un agua verdosa. En aquel apacible estanque flotaban unas hebras con aspecto de algas, y por su superficie se deslizaban unas diminutas criaturas insectoides, dibujando líneas y círculos con sus movimientos. La palabra *pfennic* le vino a la mente de forma espontánea, junto con una sensación *crujiente, veloz en la piel...* En el fondo de la piscina se veía algún tipo de cápsula o zona de trabajo.

El agua debería haber estado flotando en forma de burbujas por el interior de aquella sala ingrávida. Y sin embargo, se mantenía adherida a una de las dos mitades de la sala, tan inmóvil y tranquila como cualquier estanque planetario.

Kira reconoció los efectos de la gravedad artificial de las medusas. Parecía tratarse de un campo gravitatorio localizado, porque ella no lo sentía desde la entrada de la sala.

La gravedad artificial no le interesaba especialmente. Lo que sí quería estudiar eran los *pfennic* y aquellos organismos tan parecidos a unas algas. Unas pocas células bastarían para realizar un análisis genómico completo.

Pero tenía que seguir adelante.

Fue comprobando las siguientes salas, moviéndose tan deprisa como se atrevía. No encontró a Trig en ninguna de ellas. Tampoco conseguía identificar su función. Tal vez esa fuera un cuarto de baño y aquella un altar, o quizá se trataba de algo totalmente distinto. El filo dúctil no iba a decírselo y, sin su ayuda, cualquier interpretación parecía igual de plausible. Ese era el problema de las culturas ajenas (humanas o alienígenas): la falta de contexto.

De una cosa sí estaba segura: las medusas habían cambiado la organización de sus naves desde que el filo dúctil las había visitado. La disposición de las salas le resultaba totalmente desconocida.

Había indicios evidentes de daños por el combate: agujeros de metralla, quemaduras de láser, materiales derretidos... indicios del encontronazo que había tenido la nave con la FAU en la estación Malpert. La luz parpadeaba, y en alguna zona de la nave resonaban unas alarmas distorsionadas que le recordaban al canto de las ballenas. El aire estaba impregnado de olores: alerta, peligro y miedo.

Al final del conducto, el camino se bifurcaba. El instinto de Kira le decía que fuera hacia la izquierda, así que le hizo caso, movida por la desesperación. *¿Dónde está?* Empezaba a temer que ya fuera demasiado tarde para salvar al chico.

Después de cruzar otras tres de aquellas omnipresentes conchas marinas que hacían las veces de puerta, Kira se detuvo ante la cuarta mientras se abría. Al otro lado apareció una nueva sala esférica.

Tenía la impresión de que la cámara era gigantesca, porque la curvatura de las paredes era casi imperceptible, pero no conseguía calcular su verdadero tamaño. El aire estaba enturbiado por una espesa nube de humo que difuminaba la luz azulada hasta tal punto que Kira apenas podía ver más allá de sus brazos.

Sintió un escalofrío de miedo. Aquel era el lugar perfecto para una emboscada.

Necesitaba *ver*. Si pudiera… Se concentró en su deseo, se concentró con todas sus fuerzas, y de pronto sintió un hormigueo en los ojos. Su visión se contrajo como una sábana escurrida, y cuando se alisó de nuevo, la neblina pareció retirarse (aunque el fondo de la sala seguía oscurecido) y todo se volvió monocromático.

La cámara debía de tener treinta metros de diámetro, tal vez más. A diferencia de las demás salas, allí había estructuras por todas partes, una especie de andamios blanquecinos, con una textura alveolar, similar a la de la matriz ósea. Una pasarela negra recorría toda la circunferencia de la mitad trasera. Y en las paredes, a ambos lados de la pasarela, había instaladas filas y filas de lo que parecían ser… cápsulas: unos artefactos enormes y robustos que no dejaban de zumbar, cargados de energía eléctrica. Kira distinguió los brillantes anillos de fuerza magnética que los unían a unos circuitos invisibles.

El temor empezó a mezclarse con la curiosidad mientras observaba la cápsula más cercana.

La parte delantera estaba hecha de un material translúcido, lechoso y pálido, como la cáscara de huevo. Al otro lado se adivinaba una silueta informe, retorcida y casi inidentificable.

El objeto se movió; estaba vivo.

Kira soltó un grito ahogado y retrocedió, enarbolando el lanzagranadas. El ser del interior de la cápsula era una medusa envuelta en sus propios tentáculos que nadaba en un líquido viscoso.

Estuvo a punto de disparar a la criatura. Si no lo hizo, fue porque la medusa no reaccionó en absoluto a su movimiento brusco, y también porque no quería atraer atención no deseada. ¿Eran cámaras de incubación? ¿Criotubos? ¿Contenedores de hibernación? ¿Una especie de guardería? Miró a su alrededor, moviendo los labios bajo la mascarilla mientras contaba: una, dos, tres, cuatro, cinco, seis, siete… Eran cuarenta y nueve en total. Catorce de las cápsulas eran más pequeñas que el resto, pero seguían sumando cuarenta y nueve medusas más, si es que todas las cápsulas estaban ocupadas. Eran más que suficientes para acabar con ella y con todos los ocupantes de la Wallfish.

Trig.

Ya se preocuparía por las cápsulas más tarde.

Kira se impulsó en el borde de la puerta y se lanzó hacia una de las barras del extraño andamio. Mientras volaba hacia ella, una estaca plateada salió disparada de entre la niebla del fondo de la sala.

Kira la apartó instintivamente de un manotazo, y el xeno le endureció el antebrazo justo a tiempo para que no se le rompiera la muñeca.

El movimiento y el impacto la hicieron salir despedida, girando sobre sí misma. Kira intentó agarrar la barra, y por un momento sus dedos solo tocaron el aire vacío…

No debería haberlo conseguido. Debería haber seguido dando vueltas sin control. Pero cuando estiró el brazo, el xeno se estiró con ella, proyectando unos zarcillos que, como una extensión natural de sus dedos, rodearon la barra y detuvieron su movimiento con una violenta y estremecedora sacudida.

Interesante.

A sus espaldas, Kira vio que un *ser* garrudo se acercaba saltando de barra en barra, persiguiéndola. Entre las sombras, la criatura parecía oscura, casi negra. De su cuerpo sobresalían en toda clase de extraños ángulos diversas espinas, garras y unas pequeñas y curiosas extremidades. Kira nunca había visto una medusa como esa. No era fácil calcular su tamaño, pero sin duda era más grande que ella. En una de las garras sostenía otra estaca plateada, de un metro de largo y tan reluciente como un espejo.

Kira disparó contra el alienígena con Francesca, pero se movía demasiado rápido para ella, incluso con la ayuda del traje. La granada estalló en el lado opuesto de la cámara y destruyó una de las cápsulas, provocando un destello cegador.

Esa luz repentina le permitió distinguir dos cosas: al fondo de la sala había una voluminosa figura de aspecto humanoide, atrapada entre los andamios. *Trig.* Y también pudo ver cómo el alienígena le arrojaba la segunda estaca con la garra.

Esta vez no consiguió esquivarla a tiempo. La estaca la golpeó en las costillas, y aunque el filo dúctil hizo lo posible por protegerla, el impacto la dejó aturdida y sin aliento. Se le entumeció el costado y soltó el lanzagranadas, que se alejó flotando y dando vueltas.

¡Trig! Tenía que arreglárselas para llegar hasta el chico.

El alienígena chasqueó las garras y se abalanzó sobre ella. Aquella criatura no era como las demás; carecía de tentáculos, y en un lateral de su cuerpo blando y gomoso se veían, arracimados, una serie de ojos y otros órganos sensoriales: un rostro rudimentario, gracias al cual Kira podía hacerse una idea de cuál era su parte delantera y cuál, la trasera.

Desesperada, Kira intentó atacar con el filo dúctil. *¡Golpea! ¡Raja! ¡Rasga!* Le imploró mentalmente al xeno que hiciera todo eso.

Y lo hizo. Pero no como ella esperaba.

Del cuerpo de Kira empezaron a brotar púas en direcciones aleatorias, de forma salvaje e indisciplinada. Cada una era un puñetazo que la empujaba en la dirección contraria a las mortales espinas. Intentó orientarlas con la mente, y aunque notaba que el xeno obedecía sus órdenes, su respuesta carecía de coordinación: era una bestia que atacaba ciegamente en busca de su presa, reaccionando con violencia ante unos estímulos caóticos.

La reacción fue instantánea. El alienígena garrudo giró sobre sí mismo en pleno vuelo, desviando su trayectoria justo a tiempo para no terminar empalado. En ese momento, un chorro de yuxtolor impregnó el aire de asombro, miedo y de algo que parecía sospechosamente similar a la veneración.

[[Aquí Kveti: ¡El Idealis! ¡La multiforma vive! ¡Detenedla!]]

Kira retrajo las espinas, y ya se disponía a saltar hacia el lanzagranadas cuando una silueta blanda y reptante rodeó el mismo andamio al que estaba sujeta ella: era un tentáculo grueso que avanzaba a tientas hacia ella. Kira lo golpeó, pero tardó demasiado. El voluminoso bloque de músculo la alcanzó primero, y la arrojó de cabeza hacia atrás hasta estamparle la espalda contra otro andamio.

A pesar del traje, el impacto le dolió. Resistiendo el dolor, Kira se concentró en mantener la posición. El filo dúctil se aferró al andamio y evitó que siguiera flotando a la deriva.

La monstruosidad garruda se había encaramado a un poste bifurcado, lejos del alcance del filo. Desde allí, levantó sus brazos huesudos y los agitó en el aire salvajemente, chasqueando las garras como si tocara unas castañuelas.

Detrás de él, Kira vio al dueño del tentáculo (otra de las medusas con aspecto de calamar), que aparecía detrás del andamio al que ella había estado agarrada hasta hacía un momento. Los anillos de sus tentáculos emitían un resplandor sorprendentemente intenso en la penumbra. En uno de los tentáculos, el alienígena sostenía... no era un láser, sino un arma larga, de cañón plano. ¿Una especie de cañón de riel portátil?

Kira localizó el lanzagranadas a diez o doce metros de distancia.

Y se lanzó de un salto a por él.

Se oyó un estampido, como el de dos tablas al chocar, y una descarga de dolor le traspasó las costillas.

Durante un instante se le paró el corazón y todo se volvió negro.

Kira, presa del pánico, atacó con el filo dúctil, acuchillando en todas direcciones. Pero no sirvió de nada, y otra descarga de dolor le alcanzó la pierna derecha. Notó que empezaba a girar sobre sí misma de nuevo.

Su visión se aclaró al mismo tiempo que chocaba con el lanzagranadas. Lo agarró con fuerza y vio que el alienígena garrudo con pinta de cangrejo se abalanzaba de nuevo a por ella.

El traje continuó proyectando espinas, pero el alienígena las esquivó sin dificultad. Los brazos de su cuerpo segmentado se desplegaron, tratando de alcanzarla con sus afilados espolones dentados. Entre sus extremos saltaban chispas eléctricas, como si fueran arcos de soldadura.

De forma distante, casi analítica, Kira comprendió que el alienígena pretendía decapitarla para romper su vínculo con el filo dúctil.

Kira levantó el lanzagranadas, pero tardó mucho. Demasiado.

Justo antes de que la criatura le cayera encima, un chorro de carne triturada brotó del costado del alienígena. Desde el otro de la sala, Trig empezaba a bajar el brazo de su servoarmadura.

El alienígena se dio de bruces con Kira, le enroscó las patas en la cabeza y le tapó la cara con su vientre blando. Kira no veía nada, pero notó un fuerte dolor en el antebrazo izquierdo; un gran peso parecía atenazarlo desde ambos lados. El dolor era tan intenso que casi le parecía verlo además de sentirlo, como si fuera un torrente de luz amarilla que irradiaba desde su brazo.

Con la boca cubierta por la mascarilla, Kira gritó y golpeó al alienígena con el brazo libre, propinándole un puñetazo tras otro. El músculo cedió bajo su puño, y se oyó el chasquido de los huesos, o de lo que la criatura tuviera por huesos.

El dolor pareció durar una eternidad.

Tan deprisa como había empezado, la presión del brazo se desvaneció y el alienígena garrudo quedó inerte.

Empujó el cadáver lejos de sí, temblando. Bajo la luz mortecina, la criatura parecía una araña muerta.

Kira tenía el antebrazo colgando del codo en un ángulo extraño, medio desgajado por un gran tajo que le había desgarrado tanto el traje como los músculos. Pero ante su atónita mirada, las hebras negras empezaron a entrecruzarse sobre la herida, y Kira sintió cómo el filo dúctil empezaba a cerrar el tajo y a sanarle el brazo.

Mientras ella estaba ocupada, el otro alienígena había regresado con Trig y ahora le envolvía la armadura con los tentáculos. Estaba tironeando al mismo tiempo de los brazos y las piernas de la armadura, retorciéndose con todas sus fuerzas para destrozar el exoesqueleto (y a Trig con él).

Unos segundos más y lo conseguiría.

La medusa estaba muy cerca de uno de los andamios. Kira apuntó con el lanzagranadas, rezó una breve plegaria a Thule para que velara por el chico y disparó.

¡BUM!

La onda expansiva arrancó tres de los tentáculos de la medusa y le partió el caparazón, del que empezó a chorrear una repugnante fuente de icor. Los tentáculos seccionados salieron volando, retorciéndose y dando coletazos.

Trig también salió despedido. Al principio no reaccionó, pero de pronto su servoarmadura se sacudió y se reorientó, activando los diminutos propulsores distribuidos por las piernas y los brazos.

Kira se impulsó hacia el chico, incapaz de creer que siguiera vivo, que ambos siguieran vivos. *No le hagas daño, no le hagas daño, no le hagas daño*, le suplicó mentalmente al filo dúctil, confiando en que la obedeciera.

A medida que se acercaba, el visor de Trig se volvió transparente y Kira vio su rostro. El chico estaba pálido y sudoroso, y la luz azulada le daba un aspecto cadavérico.

Trig la miró fijamente, con los ojos desorbitados.

—¡¿Qué mierda...?!

Kira bajó la mirada; del filo dúctil todavía asomaban varias espinas.

—Te lo explicaré más tarde —dijo—. ¿Estás bien?

Trig asintió, sacudiendo la cabeza para librarse del sudor que le resbalaba por la nariz.

—Sí. He tenido que reiniciar el exo. Hasta ahora no he podido volver a encenderlo... Creo, au, creo que me he roto la muñeca, pero aún puedo...

Justo entonces oyeron la voz de Falconi:

Navárez, ¿me recibes? Cambio. —Kira oía gritos y disparos de fondo.

—Aquí estoy. Cambio —contestó.

¿Has encontrado a Trig? ¿Dónde...?.

—Está conmigo. Está bien.

—Estoy bien, capitán —dijo Trig al mismo tiempo.

Pues moved el culo y venid a la bodega de estribor. Aquí hay otra medusa. Ha abierto un boquete en el casco. La hemos acorralado, pero no tenemos ángulo de....

Kira y Trig ya estaban en marcha.

4.

—Sujétate —gritó Trig. Kira enlazó el brazo en el asa superior del exo, el chico activó los propulsores y ambos salieron volando hacia la puerta por la que habían entrado.

Sin embargo, esta vez no se abrió automáticamente, y estuvieron a punto de estrellarse contra la puerta antes de que Trig consiguiera frenar. Levantó el brazo y disparó un láser hacia la pared. Con tres veloces cortes, destruyó el mecanismo de control de la puerta (fuera cual fuera) y los tres segmentos triangulares de la superficie de concha se separaron y quedaron suspendidos; de los cierres estancos de la base empezó a manar un fluido blanquecino.

Kira sintió un escalofrío cuando pasaron volando por la abertura y la punta de uno de los fragmentos le arañó la espalda.

Una vez fuera de la sala, la pulsión era insistente, seductora, imposible de ignorar. Atraía a Kira hacia una sección curvada del mamparo más cercano... y más allá. Si seguía la señal, Kira sabía con total certeza que encontraría su origen. Tal vez podría detenerla y obtener respuestas sobre la naturaleza y el origen del filo dúctil...

—Gracias por venir a por mí —dijo Trig—. Ya me daba por muerto.

Kira respondió con un gruñido.

—Acelera.

Las siguientes puertas tampoco se abrieron para dejarlos pasar. Trig tardaba tan solo unos segundos en abrirlas, pero cada retraso aumentaba la sensación de temor y urgencia de Kira.

Pasaron volando junto al panel de luces parpadeantes, cruzaron el conducto circular y atravesaron la sala inundada de las algas y los diminutos insectos de crestas ondulantes. Continuaron hacia la cámara de la esclusa, donde todavía flotaba el cadáver de la primera medusa, que goteaba icor y otros fluidos corporales.

Kira soltó a Trig en cuanto llegaron a la esclusa.

—¡No disparéis! —exclamó el chico—. Somos nosotros.

Hizo bien en avisar. Vishal, Nielsen y los entropistas los esperaban en la antecámara de la Wallfish, apuntando sus armas hacia la esclusa abierta. El doctor se había vendado la pierna herida.

El rostro de Nielsen se relajó en cuanto aparecieron.

—Deprisa —dijo, dejándoles paso.

Kira siguió a Trig hasta el centro de la nave, y después se dirigieron a popa, hacia el nivel inferior y las bodegas. Oyeron el eco de los láseres y los disparos a medida que se aproximaban, y también los gritos de terror de los pasajeros.

Al llegar a la bodega de estribor, se detuvieron frente a la compuerta presurizada y, con precaución, se asomaron al interior.

Todos los refugiados estaban apiñados en un extremo de la bodega, agachados detrás de las cajas, por pobre que fuera su cobertura. En el lado contrario acechaba la medusa tentaculada, agazapada a su vez detrás de otra caja, al lado de un boquete de medio metro de anchura en el casco. El viento que se colaba ruidosamente por la abertura había arrancado un panel suelto de la pared, taponando parcialmente el orificio. Un golpe de suerte. Por la abertura se distinguía la oscuridad del espacio.

Falconi, Sparrow y Hwa-jung se habían distribuido por la sección central de la bodega. Agarrados a las nervaduras de refuerzo de las paredes, disparaban como podían contra la medusa.

Kira se dio cuenta de que los refugiados no podían salir de la bodega sin arriesgarse a que la medusa abriera fuego contra ellos. Y la medusa tampoco podía moverse sin que Falconi y su tripulación hicieran lo propio.

Incluso con la puerta de la bodega abierta, apenas disponían de unos minutos antes de quedarse sin aire. Unos minutos. Kira ya empezaba a notar su escasez, y aquel viento era peligrosamente frío.

—Quédate aquí —le dijo Kira a Trig. Antes de que el joven pudiera responder, Kira inspiró hondo y, reprimiendo su miedo, saltó hacia Falconi.

Oyó varios zumbidos, procedentes del láser de la medusa. El alienígena tenía que haberle acertado, pero ella solamente sintió uno de los impactos, una aguja ardiente que se hundió profundamente en su hombro. Apenas tuvo tiempo de soltar un grito ahogado antes de que el dolor empezara a remitir.

Se oyó una andanada de disparos; Falconi y Sparrow intentaban protegerla.

Mientras Kira aterrizaba al lado de Falconi, el capitán la agarró por el brazo para que no pasara de largo.

—¡Joder! —gruñó—. ¿En qué mierda estabas pensando?

—En ayudar. Tome. —Y le tendió el lanzagranadas.

El rostro del capitán se iluminó. Le arrebató el arma y, sin dudar un solo instante, la sacó por encima de la nervadura que le servía de cobertura y disparó contra la medusa.

¡BUM! Un destello blanco envolvió el cajón tras el que se escondía la medusa. Las paredes cercanas quedaron salpicadas de fragmentos de metal, y empezó a brotar humo.

Varios refugiados gritaron.

Sparrow se giró hacia Falconi.

—¡Ojo! ¡Los civiles están muy cerca!

Kira señaló la caja; apenas estaba mellada.

—¿De qué está hecho ese trasto? ¿De titanio?

—Es un contenedor presurizado —dijo Falconi—. De biocontención. El muy cabrón está diseñado para aguantar la reentrada atmosférica.

Sparrow y Hwa-jung dispararon una ráfaga contra la medusa. Kira se quedó donde estaba. ¿Qué más podía hacer? La medusa estaba al menos a quince metros de distancia, demasiado lejos para...

Kira volvió a oír gritos entre los refugiados. Al girar la cabeza, vio un cuerpo menudo que se retorcía en el aire. Era una niña de seis o siete años. Se había soltado de su asidero y se alejaba flotando de la cubierta.

Un hombre salió de la masa de refugiados y se lanzó de un salto a por la niña.

—¡Al suelo! —gritó Falconi, pero llegó tarde. El hombre atrapó a la niña, pero el impacto los envió a los dos dando tumbos sin control por el centro de la bodega.

La sorpresa le impidió reaccionar con rapidez, y Sparrow se le adelantó: la mujer blindada abandonó su cobertura y se dirigió hacia los dos refugiados, con los propulsores de la armadura a plena potencia.

Falconi soltó un juramento y estiró el brazo, intentando inútilmente que Sparrow no saliera de su escondite.

Una nube de humo negro envolvió a la medusa, ocultándola de la vista. Gracias a su visión aumentada, Kira todavía distinguía el enmarañado contorno de sus tentáculos mientras la criatura se arrastraba hacia una escalerilla de servicio atornillada a la pared.

Kira disparó en dirección al humo, igual que Hwa-jung.

La medusa esquivó los disparos mientras enroscaba un tentáculo en uno de los barrotes verticales de la escalerilla. Lo arrancó de cuajo, aparentemente sin esfuerzo.

Veloz como una serpiente, el alienígena arrojó el barrote contra Sparrow.

El trozo de metal roto y afilado alcanzó a Sparrow en el abdomen, justo entre dos segmentos de su servoarmadura, hasta asomarle por la espalda.

Hwa-jung profirió un grito, un sonido horrible y agudo que parecía imposible para alguien de su tamaño.

5.

Una súbita ira cegadora eclipsó el miedo de Kira, que tomó impulso en el borde de la nervadura y se lanzó en pos de la medusa.

Oyó que Falconi le gritaba algo.

Mientras avanzaba rápidamente hacia la medusa, el alienígena extendió los tentáculos, como para recibirla con un abrazo. Emanaba el yuxtolor del desdén, y por primera vez, Kira le respondió en su misma lengua:

[[Aquí Kira: ¡Muere, apresador!]]

Tardó un instante en comprender, atónita, que el filo dúctil no solo le permitía entender el idioma alienígena, sino también comunicarse en él. Y entonces hizo lo único que podía hacer: atacó a la medusa con el brazo, y también con el corazón y con la mente, canalizando todo su miedo, su dolor y su rabia en ese golpe.

En ese momento, Kira notó que algo se quebraba dentro de su mente, como si una varilla de cristal acabara de partirse en dos, y sus fragmentos y esquirlas se estuvieran repartiendo por su consciencia como las piezas de un puzle, deslizándose hasta encajar en sus respectivos huecos. Y a esa sensación de conexión la acompañaba la plenitud más absoluta.

Ante la mirada atónita y aliviada de Kira, el xeno le fusionó los dedos en un bloque sólido, y una cuchilla plana y fina salió disparada desde su mano, que atravesó el caparazón del alienígena. La criatura se sacudió salvajemente, agitando y enroscando los tentáculos con vano frenesí.

Y entonces, sin que Kira tuviera que pedírselo, del extremo de la cuchilla brotó un amasijo de espinas negras que ensartaron a la medusa por todas partes.

La inercia empujó a Kira y a la medusa hasta la pared del fondo, y las nanoagujas del traje clavaron al alienígena al casco de la nave.

La medusa se estremeció una vez más hasta que finalmente dejó de moverse, aunque los tentáculos siguieron girando y retorciéndose con un ritmo perezoso, como banderines ondeando en una suave brisa. Y el yuxtolor de la muerte invadió toda la bodega.

CAPÍTULO VII

* * * * * * *

SÍMBOLOS Y SEÑALES

1.

Kira esperó un momento antes de dejar que la cuchilla y las espinas se retrajeran. La medusa se desinfló como un globo, rezumando icor por las incontables heridas que le perforaban el cuerpo.

La nube de humo ya empezaba a dispersarse, atraída hacia el espacio. Kira se apartó de la medusa de una patada, y el fuerte viento empujó el cadáver hacia el boquete. El alienígena se quedó encajado justo encima del panel suelto, tapando la brecha casi por entero y transformando el aullido del viento en un silbido agudo.

Kira se dio la vuelta; los refugiados la observaban con miedo y asombro. Comprendió que, por desgracia, ya no podía seguir ocultando al filo dúctil. Para mal o para bien, el secreto se había revelado.

Kira ignoró a los refugiados y se acercó a Trig, Falconi y Hwa-jung, que rodeaban el cuerpo inerte de Sparrow.

La jefa de máquinas apretaba la frente contra el visor de la servoarmadura de Sparrow y le hablaba en voz baja, con un murmullo ininteligible. La parte trasera de la armadura humeaba, y un cable roto soltaba chispas. El barrote que había atravesado a Sparrow ya estaba rodeado por un anillo de medigel blanco. Detendría la hemorragia, pero Kira no estaba segura de que eso bastara para salvarle la vida.

—Doc, baja aquí. ¡Ya! —dijo Falconi.

Kira tragó saliva. Tenía la boca seca.

—¿Qué puedo hacer? —Aunque ahora estaba más cerca, seguía sin entender los murmullos de Hwa-jung. En las comisuras de los ojos enrojecidos de la jefa de máquinas se habían formado unos glóbulos de lágrimas. Tenía las mejillas pálidas, salvo por dos manchas enrojecidas.

—Sujetadle los pies —dijo Falconi—. Que no se mueva. —Se giró hacia los refugiados, que ya empezaban a salir de sus escondites—. ¡Salgan todos de aquí antes de que nos quedemos sin aire! ¡A la otra bodega! ¡Deprisa!

Obedecieron, manteniendo claramente las distancias con Sparrow... y con Kira.

—Gregorovich, ¿cuánto tardará la presión del aire en caer por debajo del cincuenta por ciento? —preguntó Kira.

La mente de a bordo respondió al momento:

—Al ritmo actual, doce minutos. Si sacáis a la medusa del boquete, cuarenta segundos como mucho.

Kira agarró a Sparrow por las botas; estaban frías. Por un momento se preguntó cómo podía sentirlo, cuando ni siquiera el frío del espacio la incomodaba.

Se dio cuenta de que su mente estaba divagando. Ahora que había terminado el combate, su organismo empezaba a vaciarse de adrenalina. En unos minutos se vendría abajo.

Vishal llegó flotando por la puerta de la bodega, con una bolsa que lucía una cruz plateada en la parte delantera.

—Apártese —dijo mientras aterrizaba sobre la caja, al lado de Kira, que obedeció enseguida.

Vishal se situó encima de Sparrow y observó su rostro a través del visor, igual que Hwa-jung. Después se impulsó hasta el barrote que le sobresalía por el abdomen. Frunció el ceño, acentuando las arrugas de su rostro.

—¿Se va a...? —empezó a decir Trig.

—Silencio —le espetó Vishal.

El doctor observó el barrote durante unos segundos más, antes de examinar el otro extremo.

—Tú —dijo, señalando a Trig—, corta por aquí y por aquí. —Con el dedo medio, trazó una línea invisible sobre el barrote, más o menos a un palmo del vientre de Sparrow, e hizo lo mismo por el otro lado—. Y usa un rayo continuo, no un disparo.

Trig se situó al lado de Sparrow para que el láser no alcanzara a alguien por error. A través del visor, Kira veía su rostro empapado en sudor y sus ojos vidriosos. Levantó un brazo y apuntó el emisor del guantelete hacia la barra de metal.

—Cuidado —dijo.

El barrote se puso incandescente y el láser lo vaporizó con un chasquido. Kira notó un olor acre a plástico derretido.

En cuanto el barrote se partió, Falconi se apoderó del pedazo suelto y lo empujó con suavidad hacia el otro extremo de la bodega.

Trig repitió la operación con el otro lado. Hwa-jung arrojó el trozo de barrote lejos de sí, con rabia, y este se alejó flotando hasta rebotar en una pared.

—Bien —dijo Vishal—. He bloqueado su armadura; ya podemos moverla. Pero hay que procurar que no choque con nada.

—¿A la enfermería? —preguntó Falconi.

—De inmediato.

—Yo la llevo —dijo Hwa-jung. Su voz era dura y áspera como la roca hendida. Sin esperar a que los demás respondieran, Hwa-jung agarró la armadura de Sparrow por una de las asas y arrastró el rígido caparazón metálico hacia la compuerta abierta.

2.

Trig y Vishal acompañaron a Hwa-jung mientras esta sacaba a Sparrow de la bodega. Falconi se quedó dentro, y Kira también.

—Deprisa —exclamó, apremiando por señas a los pasajeros rezagados.

Todos fueron saliendo en una confusa maraña humana. Kira comprobó con alivio que la niña y el hombre a los que Sparrow había intentado proteger estaban ilesos.

Cuando salieron los últimos, Kira siguió a Falconi hasta el pasillo. El capitán cerró y bloqueó la compuerta, aislando la bodega dañada.

Kira dejó que la mascarilla se retirara de su rostro, contenta de poder librarse de ella. Ahora que volvía a distinguir los colores, todo parecía más real.

Se sorprendió cuando una mano la agarró por la muñeca. Falconi la fulminaba con la mirada.

—¿Qué mierda eran esas espinas? No me habías dicho nada de eso.

Kira se liberó de un tirón. No era el momento de hablar del traje, y mucho menos de la muerte de sus compañeros.

—No quería asustaros —dijo. El rostro de Falconi se ensombreció.

—¿Y hay algo más que no nos hayas…?

Justo entonces, cuatro refugiados, todos varones, se acercaron caminando gracias a los geckoadhesivos de sus botas. Traían cara de pocos amigos.

—Oye, Falconi —dijo el líder, un hombre grueso y de aspecto duro, con barba candado. Kira recordaba vagamente haberlo visto en la bodega.

—¿Qué? —dijo Falconi con brusquedad.

—No sé qué crees que estás haciendo, pero nosotros no hemos accedido a andar por ahí persiguiendo medusas. Ya nos estás jodiendo bastante con lo que nos cobras, ¿y ahora nos metes en una batalla? Y otra cosa: no sé qué le pasa a esta chica, pero no es normal. —Señaló a Kira—. En serio, ¿qué narices te pasa? Aquí hay mujeres y niños. Si no nos lleváis a Ruslan…

—¿Qué haréis? —replicó Falconi secamente, mirándolos sin soltar la empuñadura de su lanzagranadas. El arma estaba descargada, pero a Kira no le pareció prudente mencionarlo—. ¿Vais a intentar volar con una mente de a bordo cabreada?

—No se lo recomiendo —dijo la voz de Gregorovich desde el techo, y soltó una risilla nerviosa.

El hombre se encogió de hombros e hizo crujir los nudillos.

—Ya, ya. ¿Sabes qué, listillo? Prefiero una mente de a bordo majareta antes que dejar que esas medusas me hagan kebab, como a tu compañera. Y no soy el único que lo piensa.

Amenazó a Falconi con el dedo, antes de regresar a la otra bodega con sus compañeros.

—Muy diplomático —dijo Kira.

Falconi gruñó y se dirigió apresuradamente al centro de la nave, seguido por Kira. Ambos se impulsaron de una patada para ascender por el conducto principal.

—¿Quedan medusas en esa nave?

—Creo que no, pero me parece que Trig y yo hemos encontrado su cámara de incubación.

El capitán se agarró al asidero contiguo a la puerta de la cubierta C, donde estaba la enfermería. Se detuvo y levantó un dedo.

—Trig, ¿me recibes?… Navárez dice que habéis encontrado cápsulas de incubación… Eso es. Quémalas todas. Y date prisa o acabaremos cubiertos de mierda hasta las cejas.

—¿Va a volver a enviarlo ahí dentro? —preguntó Kira mientras Falconi se adentraba en el pasillo. El capitán asintió.

—Alguien tiene que hacerlo, y su armadura es la única que funciona.

A Kira no le hacía gracia la idea. El chico tenía la muñeca rota; si lo atacaban de nuevo…

Antes de que pudiera manifestar su desacuerdo, llegaron a la enfermería. Nielsen y Hwa-jung estaban fuera, flotando; la primera oficial le pasaba un brazo por los hombros a la jefa de máquinas para consolarla.

—¿Alguna novedad? —preguntó Falconi.

Nielsen lo miró con preocupación.

—Vishal acaba de echarnos. Está atendiéndola ahora mismo.

—¿Sobrevivirá?

Hwa-jung asintió. Tenía los ojos enrojecidos por el llanto.

—Sí, mi pequeña Sparrow vivirá.

Falconi se relajó un tanto, y se pasó la mano por la cabeza, revolviéndose el cabello.

—Ha sido una estúpida al abalanzarse de esa manera.

—Pero también valiente —replicó Nielsen con firmeza.

Falconi inclinó la cabeza.

—Sí. Muy valiente. —Se volvió hacia Hwa-jung—. Hay que solucionar el escape de presión de la bodega, y ya no quedan bots de reparación.

Hwa-jung asintió con lentitud.

—Lo arreglaré en cuanto Vishal haya terminado de operarla.

—Podría tardar un buen rato —dijo Falconi—. Es mejor que te pongas con ello ya. Te avisaremos si hay novedades.

—No —dijo Hwa-jung con su voz atronadora—. Quiero estar aquí cuando Sparrow despierte.

Los músculos de la mandíbula de Falconi se crisparon.

—Tengo un puto boquete en el casco de la nave, Hwa-jung. Hay que taparlo. *Ya.* No tendría ni que decírtelo.

—Seguro que puede esperar unos minutos —dijo Nielsen en tono conciliador.

—En realidad no —insistió Falconi—. La medusa ha cortado un tubo de refrigeración al entrar. No podemos movernos hasta que esté arreglado. Y tampoco quiero que los pasajeros husmeen demasiado en la otra bodega.

Hwa-jung negó con la cabeza.

—No me iré de aquí hasta que Sparrow despierte.

—Por los dioses de…

La jefa de máquinas continuó, como si no lo estuviera oyendo:

—Sparrow querrá que yo esté aquí cuando despierte. Se molestará si no estoy, así que esperaré.

Falconi plantó los pies en la cubierta, anclándolos para poder erguirse mientras su cuerpo se balanceaba en gravedad cero.

—Te estoy dando una orden directa, Song. Soy tu capitán. Lo entiendes, ¿verdad? —Hwa-jung lo miró a los ojos, impasible—. Te ordeno que bajes a la bodega de carga y repares ese escape, *shi-bal*.

—Sí, señor. En cuanto…

Falconi frunció el ceño.

—¿En cuanto? ¡¿En cuanto qué?!

Hwa-jung pestañeó.

—En cuanto…

—No. Vete para allá ahora mismo y vuelve a poner en marcha esta nave. Si no vas ahora mismo, puedes considerarte relevada de tu puesto, y pondré a Trig a cargo de Ingeniería.

Hwa-jung cerró los puños. Por un momento, Kira pensó que iba a propinarle un puñetazo a Falconi. Pero entonces la jefa de máquinas se vino abajo; Kira lo vio en su mirada y la flacidez de sus hombros. Con el rostro turbado, Hwa-jung se impulsó hacia el otro lado del pasillo. Cuando llegó al final, se detuvo y dijo sin mirar atrás:

—Si le ocurre algo a Sparrow en mi ausencia, tendrá que responder ante mí, capitán.

—Para eso estoy aquí —dijo Falconi con voz tensa. Cuando Hwa-jung desapareció por la esquina, se relajó ligeramente.

—Capitán… —dijo Nielsen. Falconi suspiró.

—Ya haré las paces con ella más tarde. No está pensando con claridad.

—¿Y le extraña?

—Supongo que no.

—¿Cuánto tiempo llevan juntas? —preguntó Kira.

—Mucho —contestó Falconi. Nielsen y el capitán empezaron a hablar sobre el estado de la nave, intentando determinar qué sistemas estaban afectados, cuánto tiempo podrían retener a los refugiados en la otra bodega, etcétera.

Kira los escuchaba, pero estaba cada vez más impaciente. La idea de que Trig entrara a solas en la nave alienígena seguía preocupándole, y estaba ansiosa por empezar a recabar información de los ordenadores de las medusas antes de que algún imprevisto los inutilizara.

—Escuchad —dijo, interrumpiéndolos—. Voy a entrar con Trig, por si necesita ayuda. Después intentaré descubrir todo lo que pueda sobre las medusas.

Falconi la miró con atención.

—¿Estás en condiciones? No tienes buena pinta.

—Estoy bien.

—… De acuerdo. Avisadme cuando la nave esté despejada y enviaré a los entropistas. Si es que les interesa examinar la tecnología de las medusas, claro.

3.

Kira bajó hasta la cubierta D y recorrió la curva del casco exterior hasta llegar a la esclusa que todavía conectaba a la Wallfish con la nave alienígena.

Volvió a protegerse la cara con el filo dúctil y, con una punzada de aprensión, volvió a entrar en el tubo blanco y chato de la esclusa de las medusas, aventurándose en sus sombrías profundidades.

La llamada volvía a ser tan fuerte como antes, pero Kira la ignoró de momento.

Cuando llegó a la cámara de las cápsulas de incubación, encontró a Trig prendiendo fuego a cada una de las cápsulas translúcidas con el lanzallamas integrado en el antebrazo de su armadura. Mientras deslizaba el chorro de llamas sobre una de las cápsulas más grandes, algo se revolvió en su interior: una inquietante colección de brazos, patas, garras y tentáculos.

—¿Todo en orden? —preguntó Kira cuando Trig terminó de quemarla. El joven levantó los dos pulgares.

Todavía quedan una docena, más o menos. El capitán me ha enviado justo a tiempo; había dos que ya estaban a punto de eclosionar.

—Qué bien —dijo Kira—. Voy a echar una ojeada. Si necesitas ayuda, avísame.

Lo mismo digo.

Mientras salía de la cámara, Kira se conectó con Falconi:

—Ya puede enviar a los entropistas. La nave está despejada.

Recibido.

Kira exploró sin prisas. Su impaciencia era mayor que nunca, pero no sabía qué otros peligros se ocultaban en la nave medusa, y no le apetecía caer en una trampa. Se mantuvo cerca de las paredes y, siempre que podía, procuraba tener una vía de escape clara.

La sirena parecía proceder de la parte delantera de la nave, así que Kira se dirigió allí, atravesando sinuosos pasillos y salas apenas iluminadas y a menudo inundadas. Ahora que ya no corría peligro inmediato, Kira reparó en el yuxtolor que impregnaba ciertas zonas de la nave.

Uno decía: [[Adelante.]]

Otro: [[Restringido a coformas *Sfar*.]]

Y un tercero: [[Aspecto del Vacío.]]

Había muchos más. También encontró texto: líneas ramificadas que repetían el mismo mensaje que el yuxtolor. El hecho de poder leer aquellas líneas le daba esperanza: las medusas seguían utilizando un lenguaje escrito que el filo dúctil reconocía.

Finalmente llegó a una sala semiesférica que formaba la proa de la nave. Estaba prácticamente vacía, salvo por una estructura sinuosa y ramificada que dominaba el centro de la sala. Estaba hecha de un material rojo (era lo único que había visto en la nave de ese color) y presentaba una textura alveolar, llena de orificios diminutos. Le recordaba inevitablemente a un coral. Aquella estructura despertó su interés profesional, así que se detuvo a examinarla.

Cuando intentó tocar una de las ramificaciones, una fuerza invisible repelió su mano. Kira frunció el ceño. Los campos gravitatorios naturales eran de *tracción* (o al menos lo aparentaban). Pero aquello... Las medusas tenían que estar empleando su tecnología inercial para incrementar la fluidez y la densidad del espacio-tiempo alrededor de esas ramas, dando como resultado una zona de presión positiva. Eso implicaba que su gravedad artificial era de presión, no de tracción. Es decir, que su fuerza la presionaba contra el suelo, en vez de arrastrarla hacia él. Aunque bien podía estar equivocada. Aquello escapaba a su campo de especialidad.

Los entropistas tienen que ver esto.

Por muy potente que fuera el campo gravitatorio, una vez que Kira se ancló al suelo mediante el filo dúctil, logró atravesarlo con la mano. Aquella estructura coralina (¿un ser vivo?, ¿una escultura?) estaba fría y resbaladiza por la condensación. A pesar de los orificios, era lisa y suave al tacto. Al darle unos toques con el dedo, produjo un tintineo agudo y frágil.

Se parecía mucho al carbonato cálcico, pero Kira nunca estaba segura de nada relativo a las medusas.

Dejó la estructura y siguió la pulsión acuciante hasta una sección de la pared que estaba cubierta de paneles vidriosos y sembrados de lucecitas. Al detenerse justo delante, el ansia que sentía en su interior era tan fuerte que la hacía lagrimear.

Pestañeó dos veces y procedió a estudiar los paneles, buscando algún indicio por el que empezar. Tocó el cristal (temiendo lo que pudiera ocurrir si activaba alguna máquina o programa por error), pero no hubo respuesta. Ojalá el xeno le revelara cómo hacer funcionar aquella consola. Tal vez no lo supiera.

Deslizó la mano por el cristal, pero tampoco obtuvo resultados. Y entonces, por primera vez, intentó producir yuxtolor de forma consciente. El filo dúctil respondió con una satisfactoria facilidad:

[[Aquí Kira: Abrir... Activar... Acceder... Ordenador...]]

Probó con todas las palabras y expresiones que ella habría utilizado con su holofaz, pero el cristal seguía oscuro. Kira empezó a preguntarse si de verdad tenía delante un ordenador. Tal vez aquellos paneles fueran decorativos. Pero no se lo parecía; era evidente que el transmisor de la llamada estaba muy cerca. Tenía que haber algún tipo de controles por allí.

Se planteó regresar a la cámara de incubación y cortarle un tentáculo a una medusa muerta. Tal vez hiciera falta ADN o huellas para acceder al ordenador.

Se reservó esa idea como último recurso y probó de nuevo:

[[Aquí Kira: Biforma... Multiforma... Idealis...]]

Los paneles se iluminaron con un verdadero caleidoscopio cromático, una cegadora exhibición de símbolos, señales, imágenes y texto. Al mismo tiempo, percibió volutas de yuxtolor, de una intensidad abrumadora.

Empezó a picarle la nariz. También sentía un dolor agudo en la sien derecha. Empezaron a llegarle palabras (algunas escritas y otras en forma de olor), palabras cargadas de significado y recuerdos ajenos.

[[...el Desgarro...]]

La punzada de dolor aumentó hasta dejarla ciega...

Batallas y masacres sobre el tapiz de las estrellas. Planetas ganados y perdidos, naves quemadas, cuerpos quebrantados. Y apresadores matando apresadores por doquier.

Ella luchó por la carne, y no fue la única. Otros seis habían descansado en el antiguo relicario, colocados allí a la espera de la llamada. Al igual que ella, se unieron a la carne apresadora, y al igual que ella, la carne los condujo a la violencia.

En algunas de esas contiendas, ella y sus hermanos eran aliados. En otras, se encontraron combatiendo los unos contra los otros. Y eso también pervertía el patrón. Jamás había sido tal el propósito de ninguna de las fracturas a las que habían servido.

El conflicto había despertado a un Buscador de su capullo cristalino. Este había contemplado el tormento de la guerra y había decidido erradicar todo aquel mal, tal y como dictaba su costumbre. Y el Desgarro había consumido carne vieja y nueva por igual.

De los seis, tres cayeron en batalla; otro se precipitó en el corazón de una estrella de neutrones, uno más enloqueció y se quitó la vida, y el último se perdió en el fulgurante reino del espacio superlumínico. El Buscador también había perecido; sus habilidades demostraron no ser rival para los enjambres de carne.

De entre todos sus hermanos, solamente quedaba ella. Solamente ella seguía albergando la forma del patrón en las fibras de su ser...

Kira soltó un profundo grito y se dobló en dos. La cabeza le daba vueltas. Una guerra. Había estallado una terrible guerra, y el filo dúctil había luchado en ella junto con otros de su misma especie.

Parpadeó para reprimir las lágrimas y se obligó a mirar de nuevo el panel. Volvieron a asaltarla palabras nuevas:

[[...ahora los Brazos...]]

Gritó de nuevo.

Ctein. El gran y poderoso Ctein se deleitaba con la corriente cálida de una fumarola del lecho oceánico, y sus tentáculos y antenas (demasiado numerosos como para contarlos) se mecían suavemente de placer.

[[Aquí Ctein: Enuncia tus noticias.]]

Su carne respondió:

[[Aquí Nmarhl: El banco rotante ha sido destruido por la indulgencia de los Tfeir.]]

Sentado en su montículo de roca, el terrible Ctein iluminó las violáceas profundidades de la margen plañidera con sus palpitantes anillos. Azotó la roca con un violento golpe, levantando una nube de lodo ennegrecido y repleto de partículas de quitina rotas y putrefactas.

[[Aquí Ctein: ¡TRAIDORES! ¡HEREJES! ¡BLASFEMOS!]]

Con una mueca, Kira bajó la vista hacia la cubierta mientras trataba de recordar quién era y dónde estaba. Le palpitaba tanto la cabeza que deseó tener un analgésico a mano.

Mientras analizaba el recuerdo, Kira percibió que el filo dúctil sentía una especie de... no era *afecto*, pero tal vez sí *aprecio* por Nmarhl. El xeno no parecía odiar a esa medusa como a las demás. Qué curioso.

Tomó aire para armarse de valor y volvió a mirar de frente el panel.

[[...Remolino...]] *Una impresión de hambre, peligro y distorsión entrelazados...*

[[...ultrolor, subsónico...]] *Comunicaciones superlumínicas...*

[[...formas...]] *Las medusas, en todas sus posibles versiones...*

[[...Wranaui...]] Kira se detuvo al llegar a esa palabra, como si acabara de chocar contra un muro. Notó que el filo dúctil la conocía, y con cierto asombro comprendió que «wranaui» era el nombre que se daban a sí mismas las medusas. No sabía si designaba una raza, una especie o solamente una cultura, pero el filo dúctil no tenía la menor duda: ese era el verdadero nombre de las medusas.

[[Aquí Kira: Wranaui.]] Exploró aquel olor. No existía un equivalente vocal exacto; el yuxtolor era la única forma de pronunciar correctamente ese nombre.

Siguió analizando las pantallas, cada vez más emocionada. Por suerte, los recuerdos eran cada vez más fugaces y distantes, aunque no se interrumpieron por completo. Era un regalo envenenado; aquellas visiones intrusivas le impedían concentrarse, pero también contenían información valiosa.

No se rindió.

El lenguaje de las medusas parecía haber cambiado relativamente poco desde la última vez que el filo dúctil lo había utilizado, pero los términos que encontraba Kira requerían mucho contexto, y el contexto era justo lo que le faltaba. Era como intentar entender la jerga técnica de un campo que no dominaba, pero mil veces peor.

Aquel esfuerzo exacerbaba el dolor de cabeza.

Procuró ser metódica y tomar nota de todo lo que hacía y de cada dato que le proporcionaba el ordenador, pero era demasiado. La tarea era inabarcable. Al menos su holofaz estaba realizando una grabación audiovisual. Tal vez podría poner en orden lo que estaba viendo cuando regresara a su camarote.

Por desgracia, no tenía forma alguna de registrar el yuxtolor para analizarlo más tarde. Kira se arrepintió una vez más de no tener unos implantes capaces de realizar grabaciones sensoriales completas.

Pero eso ya no tenía remedio.

Kira frunció el ceño. No pensaba que le costaría tanto extraer información útil del ordenador de las medusas. Al fin y al cabo, le resultaba muy fácil entender a los alienígenas cuando hablaban. O al menos esa era la impresión que le daba el filo dúctil.

Finalmente acabó pulsando símbolos al azar, confiando en no despresurizar la nave, disparar un misil o activar el sistema de autodestrucción por accidente. Habría sido un final lamentable.

«Vamos, trasto de mierda», murmuró, golpeando el panel con el canto de la mano.

Por desgracia, la técnica de mantenimiento percutivo tampoco sirvió de nada.

Al menos el sistema informático no parecía estar protegido por pseudointeligencias ni asistentes digitales de ningún tipo, y tampoco parecía que las medusas tuvieran nada similar a una mente de a bordo.

Lo que Kira quería averiguar de verdad era cuál era el equivalente medusa de una wiki o una enciclopedia. Parecía lógico que una especie tan avanzada como aquella contara con un almacén de conocimientos científicos y culturales en sus ordenadores, pero estaba descubriendo, para su pesar, que la lógica servía de poco a la hora de tratar con una especie alienígena.

Cuando dejó de obtener resultados útiles al pulsar botones aleatorios, se obligó a parar y reconsiderar su estrategia. Seguro que había algo más que podía intentar... El yuxtolor le había funcionado antes; tal vez ahora también.

Carraspeó mentalmente y dijo:

[[Aquí Kira: Abre... abre... registros de caracola.]]

«Caracola» parecía un equivalente apropiado para «nave», así que lo intentó.

Nada.

Probó otras dos veces más, reformulando la frase. Al tercer intento, se abrió una nueva ventana en la pantalla y un olor le dio la bienvenida.

¡Bingo!

La sonrisa de Kira creció en cuanto empezó a leer. Tal y como esperaba, era un registro de mensajes. No era ninguna wiki, pero también resultaban sumamente valiosos.

Aunque no entendía la mayor parte de las entradas, poco a poco empezó a comprender unas cuantas cosas. Para empezar, la sociedad de las medusas estaba muy jerarquizada y estratificada; el rango de cada individuo dependía de un sinfín de complejos factores, como el «Brazo» al que pertenecía y la «forma» que tenía. Kira no captaba los detalles, pero los Brazos parecían ser una especie de organizaciones políticas o militares. O eso creía.

En muchas ocasiones, los mensajes hacían referencia a las «biformas». Al principio pensó que era una manera de llamar al filo dúctil, pero a medida que leía le quedó claro que no podía tratarse de eso.

De pronto tuvo una epifanía: «biforma» tenía que ser el nombre con el que las medusas se referían a los humanos. Estuvo dándole vueltas un buen rato. *¿Será porque existen hombres y mujeres? ¿O es por otra cosa?* Curiosamente, el filo dúctil no parecía reconocer ese término. ¿Y por qué iba a hacerlo? Los humanos eran unos recién llegados al tablero galáctico.

Con ese dato crucial, los mensajes empezaron a cobrar sentido, y Kira leyó con creciente avidez diversa información sobre movimientos de naves, informes de batalla y evaluaciones tácticas de 61 Cygni y otros sistemas de la Liga. Había muchas referencias a la duración de los trayectos, y gracias al filo dúctil Kira pudo hacerse una idea de las distancias mencionadas. La base medusa más cercana (no estaba segura de si era un sistema, un planeta o una estación) se encontraba a varios cientos de años luz de distancia. Eso le hizo preguntarse por qué los telescopios de la Liga nunca habían detectado el menor rastro de los alienígenas. La civilización medusa debía de tener mucho más de dos o tres siglos de antigüedad, y la luz procedente de sus mundos tenía que haber llegado al espacio colonizado hacía mucho tiempo.

Siguió leyendo, intentando discernir las confluencias de significado y formarse una idea general.

Paradójicamente, cuanto más entendía el lenguaje escrito de los alienígenas, más confundida estaba. No había referencias a los acontecimientos de Adrastea ni al filo dúctil, y sí varias menciones a ataques de los que Kira no tenía noticia: no eran ataques de medusas a humanos, sino de humanos a medusas. También encontró líneas de texto que parecían indicar que los alienígenas estaban convencidos de que habían sido los humanos los que habían iniciado la guerra al destruir... la Torre de Yrrith. Posiblemente la palabra «torre» se refería a una estación espacial.

Al principio, a Kira le costó creer que las medusas (los wranaui) pensaran que *ellas* eran las víctimas. Se le ocurría una docena de posibilidades distintas. Tal vez un crucero de espacio profundo, como la Circunstancias Atenuantes, se había topado con las medusas y había iniciado las hostilidades por algún motivo.

Kira sacudió la cabeza. La llamada era exasperante, como tener una mosca revoloteando a su alrededor y zumbando sin parar.

Lo que estaba leyendo no tenía sentido. Las medusas parecían convencidas de que estaban luchando por su supervivencia, como si creyeran que las «biformas» representaban una amenaza capaz de llevarlos a la extinción.

Mientras continuaba indagando en el archivo de mensajes, Kira empezó a fijarse en ciertas menciones recurrentes a una... búsqueda que estaban llevando a cabo los wranaui. Buscaban un objeto. Un dispositivo de una importancia crucial. No se trataba del filo dúctil (de eso estaba segura, porque no había ninguna mención al «Idealis»), pero fuera lo que fuera aquel objeto, las medusas creían que no solo les permitiría derrotar a la Liga y ganar la guerra, sino también conquistar toda la galaxia.

Sintió un escalofrío de terror al leerlo. ¿Qué artefacto podía ser tan poderoso? ¿Un arma nueva? ¿Unos xenos aún más avanzados que el filo dúctil?

De momento, las medusas ignoraban el paradero del objeto. Esto estaba claro. Los alienígenas parecían creer que se encontraba dentro de un cúmulo estelar contrarrotante (Kira supuso que eso quería decir que giraba en contra de la rotación de la galaxia).

Una frase en concreto le llamó la atención: [[... cuando los Desaparecidos crearon el Idealis.]] La leyó varias veces, hasta estar segura de que la había entendido bien. Según eso, el filo dúctil era artificial. ¿Las medusas estaban diciendo que lo había construido una especie diferente? ¿O acaso los Desaparecidos también eran medusas?

Entonces, por pura casualidad, se topó con el nombre del objeto: «el Báculo del Azul».

Por un momento, todos los sonidos de la nave se acallaron; Kira no oía nada más que el latido de su propio corazón. *Conocía* aquel nombre. Un espasmo involuntario recorrió al filo dúctil, acompañado por una oleada de información. De comprensión. De recuerdos:

Vio una estrella, la misma estrella rojiza que había contemplado una vez. Su visión se amplió hasta que la estrella apareció inmersa entre sus vecinas, pero las constelaciones le resultaban extrañas y no percibía su conexión con la forma de los cielos.

Una disyunción, y entonces vio el Báculo del Azul, el temible Báculo del Azul. Al blandirlo, la carne y las fibras se hacían pedazos.

Al blandirlo, filas y filas de máquinas caían destrozadas.

Al blandirlo, un haz de torres fulgurantes se desmoronaban en un suelo lleno de cráteres.

Al blandirlo, las naves se transformaban en flores de fuego.

Otro lugar… otro tiempo… una cámara alta y sobria, con ventanas que dominaban un planeta pardo coronado de nubes. Más allá brillaba la estrella rojiza, inmensa y cercana. Frente a la ventana más grande, recortado contra el fulgor del astro, estaba el Mayoralto. Enjuto de miembros, fuerte de voluntad, el primero entre los primeros. El Mayoralto entrecruzó dos de sus brazos, mientras los otros dos sostenían el Báculo del Azul. Y ella lloró por lo que acababa de perder.

Kira regresó a la realidad con un sobresalto.

«Mierda», se sentía mareada, abrumada. Estaba segura de que acababa de ver a uno de los Desaparecidos, bajo la forma del Mayoralto. Y estaba claro que no era una medusa.

¿Qué significaba eso…? Le costaba concentrarse, y el dolor palpitante de la llamada no ayudaba en absoluto.

El Báculo del Azul era aterrador. Si las medusas le echaban el tentáculo… Kira se estremeció solo de pensarlo. Y el filo dúctil también. La humanidad debía encontrar primero el báculo. Tenían que hacerlo.

Temiendo haber pasado algo por alto, regresó al archivo de mensajes y los leyó de nuevo.

La presión del cráneo era cada vez más fuerte, y las luces de la sala de control se convertían en aureolas brillantes. Le lloraban los ojos. Parpadeó, pero no sirvió de nada.

—Ya basta —murmuró. Si acaso, la llamada se hizo más intensa, martilleándole la cabeza con un ritmo inexorable, tentándola, arrastrándola hacia el panel; aún no había cumplido su deber ancestral…

Se obligó a centrarse de nuevo en la pantalla. Tenía que haber algún modo de…

Una nueva punzada de dolor la dejó sin aliento.

El miedo y la frustración dieron paso a la rabia:

—¡Para! —gritó.

El filo dúctil tembló, y Kira sintió cómo respondía a la llamada con un eco de su airada negativa, un eco inaudible e invisible de energía irradiada que salió proyectada, extendiéndose... extendiéndose por todo el sistema.

Y en aquel instante, Kira supo que había cometido un terrible error. Se abalanzó hacia el panel de cristal con el puño por delante, ordenándole al xeno que lo rompiera, que lo aplastara, que lo destrozara, en un intento desesperado por destruir el transmisor antes de que recibiera y emitiera su respuesta.

El traje le fluyó por el brazo y los dedos, avanzando por la pared como las raíces de un árbol, buscando, palpando y perforando. Las pantallas titilaron, y las más cercanas se apagaron con un chisporroteo, dejando un halo de oscuridad alrededor de su mano.

Kira sintió que los zarcillos se aproximaban a la fuente de la llamada. Clavó los pies en la pared y de un tirón arrancó el transmisor del centro de las pantallas. Lo que sacó fue un cilindro de cristal púrpura que contenía una densa estructura apanalada de vetas plateadas, que temblaban como si las distorsionara un espejismo.

Kira estrujó el cilindro con los zarcillos de su traje, lo estrujó con todas su fuerzas, hasta que el dispositivo de cristal se rajó y se hizo añicos. Las esquirlas plateadas asomaron entre los zarcillos mientras el xeno aplastaba el metal como si fuera cera caliente. Y la pulsión dejó de ser una necesidad urgente para convertirse en una mera inclinación.

Antes de que pudiera recobrarse, Kira notó un olor, un olor tan fuerte que le parecía que le estaban gritando al oído:

[[Aquí Qwar: ¡Profanadora! ¡Blasfema! ¡Corruptora!]]

Y Kira supo que ya no estaba sola. Una de las medusas estaba a su espalda, tan cerca que sentía un remolino de aire agitado en la nuca.

Se puso rígida. Los pies seguían pegados al suelo. No iba a poder girarse a tiempo para...

¡PAM!

Kira dio un respingo y giró la cabeza, medio agazapada, mientras atacaba con el filo dúctil.

Detrás de ella había un alienígena que se sacudía en el aire. Era de color marrón, reluciente, con un cuerpo segmentado del tamaño del torso de un hombre. Un racimo de ojos amarillentos coronaba su cabeza plana y sin cuello. De lo que parecía ser una boca quitinosa pendían varias tenazas y antenas, y sus dos hileras de patas con doble articulación (cada una del tamaño y la longitud de un antebrazo humano) se agitaban violentamente a lo largo de su abdomen blindado. De su cola de langosta sobresalían un par de apéndices con aspecto de antena, de al menos un metro de longitud.

Un icor naranja empezaba a manar de la base de su cabeza.

¡PAM! ¡PAM!

En el caparazón del alienígena aparecieron dos agujeros, y sus vísceras salpicaron el suelo de icor. El alienígena volvió a sacudirse una vez más mientras se alejaba flotando, hasta que finalmente quedó inmóvil.

Desde el otro extremo de la sala, Falconi estaba bajando su pistola, de cuyo cañón salía un hilillo de humo.

—¿Qué mierda estás haciendo?

4.

Kira se irguió y retrajo las espinas que sobresalían de cada centímetro cuadrado de su piel. El corazón le latía tan deprisa que tardó unos segundos en convencer a sus cuerdas vocales para que colaboraran.

—¿Iba a...?

—Sí. —Falconi enfundó la pistola—. Estaba a punto de darte un buen mordisco en el cuello.

—Gracias.

—Invítame a una copa un día de estos y estamos en paz. —El capitán se acercó flotando y examinó el cadáver supurante—. ¿Qué crees que es? ¿Una especie de perro alienígena?

—No —contestó Kira—. Era inteligente.

Falconi la miró fijamente.

—¿Y eso cómo lo sabes?

—Porque me estaba hablando.

—Qué adorable. —Señaló el brazo de Kira, manchado de restos de la medusa—. Te lo repetiré: ¿qué mierda estás haciendo? ¿Por qué no respondías al comunicador?

Ella observó el agujero que acababa de abrir en la pared. El temor le aceleró el pulso. ¿De verdad Kira (o más bien el filo dúctil) había respondido a la llamada? La magnitud de la situación la llenaba de un temor cada vez mayor.

Antes de que Kira pudiera contestar al capitán, oyó un pitido y Gregorovich anunció:

Qué calamidad, mis deliciosas infestaciones. —Soltó una carcajada verdaderamente demencial—. *Todas las naves medusa del sistema se dirigen hacia la Wallfish en rumbo de interceptación. Me permito sugerir que cunda el pánico más absoluto y que procedamos a una rauda retirada*.

CAPÍTULO VIII

* * * * * * *

SIN ESCAPATORIA

1.

Falconi soltó un insulto y fulminó a Kira con la mirada.

—¿Es cosa tuya?

Eso, ¿qué te traes entre manos, saco de carne? —añadió Gregorovich.

Kira sabía que no podía ocultarles lo que había pasado. Se irguió, a pesar de que se sentía sumamente pequeña.

—Había un transmisor. Lo he destruido.

El capitán entornó los ojos.

—Lo has… ¿por qué? ¿Y por qué ha alertado eso a las medusas?

—No se llaman así.

—¿Perdón? —dijo Falconi, aunque no precisamente en tono de disculpa.

—No existe un equivalente exacto, pero se llaman…

—Poco me importa cómo se llamen en realidad las medusas —dijo Falconi—. Más vale que me expliques por qué vienen todas a por nosotros, y rapidito.

Con la mayor brevedad posible, Kira le habló de la llamada y le explicó que había respondido accidentalmente a ella.

Cuando terminó, la expresión de Falconi era tan inescrutable que Kira se asustó. Había visto esa misma expresión en algunos mineros, normalmente justo antes de que decidieran apuñalar a alguien.

—Primero esas púas, ahora esto… ¿Hay algo más que no nos hayas contado sobre el xeno, Navárez? —dijo.

Kira negó con la cabeza.

—Nada importante.

Falconi soltó un gruñido.

—Nada importante… —Kira dio un respingo cuando Falconi desenfundó de nuevo la pistola y la encañonó—. Debería abandonarte aquí con una cámara en directo, para que las medusas sepan dónde encontrarte.

—... ¿Y va a hacerlo?

Después de un largo silencio, el capitán bajó la pistola y la guardó.

—No. Si las medusas tienen tantas ganas de encontrarte, no es buena idea dejar que te atrapen. Pero eso no significa que te quiera a bordo de la Wallfish, Navárez.

Kira asintió.

—Lo comprendo.

Falconi desvió la mirada, y Kira le oyó decir en voz baja:

—Trig, sube a la Wallfish de inmediato. Jorrus, Veera, si queréis algo de la nave medusa, tenéis cinco minutos como mucho. Nos largamos de aquí.

Falconi se dio la vuelta para marcharse.

—Vamos. —Mientras Kira lo seguía, el capitán le preguntó—: ¿Has descubierto algo útil?

—Muchas cosas, creo —contestó.

—¿Algo que nos ayude a sobrevivir?

—No lo sé. Las medusas...

—A menos que sea urgente, ahórratelo.

Kira se tragó lo que iba a decir y siguió a Falconi mientras este salía apresuradamente de la nave alienígena. Trig los estaba esperando en la esclusa.

—Vigila hasta que los entropistas estén a bordo —le ordenó Falconi.

El chico contestó con un saludo formal.

Una vez fuera de la esclusa, se dirigieron a Control. Nielsen ya estaba allí, estudiando el holograma que proyectaba la mesa central.

—¿Cómo lo ves? —preguntó Falconi mientras tomaba asiento y se abrochaba el arnés.

—Fatal —contestó Nielsen. Miró de reojo a Kira con expresión insondable y abrió un mapa de 61 Cygni. Siete líneas discontinuas cruzaban todo el sistema y convergían en la posición actual de la Wallfish.

—¿Tiempo de interceptación? —preguntó Falconi.

—La nave medusa más cercana llegará aquí dentro de cuatro horas. —Nielsen lo miró fijamente, muy seria—. Vienen a toda velocidad.

Falconi se pasó la mano por el pelo.

—A ver. A ver... ¿Cuánto tardaríamos en llegar a la estación Malpert?

—Dos horas y media. —Nielsen titubeó—. Pero es imposible que esas naves puedan derrotar a siete medusas.

—Ya lo sé —contestó Falconi, sombrío—. Pero tampoco tenemos muchas más opciones. Con un poco de suerte, podrán entretener a las medusas el tiempo suficiente para que escapemos con un salto superlumínico.

—No tenemos antimateria.

Falconi enseñó los dientes.

—Pero la tendremos.

—Señor —susurró Gregorovich—, la Darmstadt intenta contactar con nosotros. Y con urgencia, debo añadir.

—Mierda. Entretenlos hasta que volvamos a tener propulsión. —Falconi pulsó un botón de la consola que tenía a su lado—. Hwa-jung, ¿cómo van esas reparaciones?

La jefa de máquinas tardó un momento en contestar:

—Casi he terminado. Estoy comprobando la presión del tubo de refrigeración nuevo.

—Acelera.

—Sí, señor. —A juzgar por su voz, todavía estaba molesta con el capitán.

Falconi señaló a Kira con el dedo.

—Tú. Habla. ¿Qué más has encontrado ahí dentro?

Kira hizo lo posible por resumírselo. Cuando terminó, Nielsen frunció el ceño.

—Entonces, ¿las medusas creen que las estamos atacando *nosotros*?

—¿Es posible que hayas malinterpretado algo? —preguntó Falconi.

Kira negó con la cabeza.

—Estaba bastante claro.

—Y ese «Báculo del Azul»... —dijo Nielsen—. ¿No sabemos qué es?

—Me parece que es literalmente un báculo —explicó Kira.

—Pero ¿para qué sirve? —insistió Falconi.

—Sé lo mismo que usted. ¿Tal vez sea una especie de módulo de control?

—Podría ser un simple objeto ceremonial —señaló Nielsen.

—No, las medusas parecen convencidas de que les permitiría ganar la guerra. —Kira tuvo que explicarles otra vez que había respondido involuntariamente a la llamada. Hasta el momento había procurado no pensar demasiado en ello, pero mientras le contaba lo ocurrido a Nielsen, empezó a sentir una profunda vergüenza. Aunque le había sido imposible predecir la reacción del filo dúctil, seguía siendo culpa suya—. La he cagado —concluyó.

Nielsen la observó con cara de pocos amigos.

—No se lo tome a mal, Navárez, pero la quiero fuera de esta nave.

—Ese es el plan —dijo Falconi—. Se la entregaremos a la FAU para que se ocupen ellos. —Falconi la miraba con un poco más de empatía que Nielsen—. Tal vez puedan subirte a un paquedrón y sacarte del sistema antes de que las medusas te atrapen.

Kira asintió con tristeza. Era un plan tan bueno como cualquier otro. *Mierda*. Tal vez hubiera valido la pena abordar la nave medusa, porque ahora tenía mucha más información que antes, pero todo indicaba que Kira y la tripulación de la Wallfish estaban a punto de pagarlo muy caro.

Pensó de nuevo en la estrella rojiza, situada en medio de sus vecinas, y se preguntó si sería capaz de localizarla en un mapa de la Vía Láctea.

Espoleada por una súbita determinación, Kira tomó asiento, accedió a su holofaz y abrió el mapa más grande y detallado de la galaxia que encontró.

El comunicador se activó.

—Todo listo —dijo Hwa-jung.

Falconi se inclinó hacia la holopantalla.

—Trig, sube a los entropistas a la Wallfish.

No había pasado ni un minuto cuando oyeron la voz del chico:

—Luz verde, capitán.

—Cierra la esclusa. Nos largamos de aquí. —Falconi conectó entonces con la enfermería—. Doc, hay que mover el culo. ¿Le ocurrirá algo a Sparrow si encendemos los propulsores?

Vishal respondió con voz tensa:

—No, capitán, pero le ruego que no pase de 1 g.

—Haré lo que pueda. Gregorovich, sácanos de aquí.

—Recibido, oh mi capitán. Iniciando «sacación».

Con una serie de sacudidas, la Wallfish se desacopló de la nave alienígena y maniobró con sus propulsores de control de reacción para alejarse a una distancia segura.

—Tanta antimateria... —dijo Falconi mientras contemplaba las imágenes en directo del desacoplamiento—. Es una pena que nadie sepa extraerla de sus naves.

—Prefiero que no nos explote en la cara mientras lo intentamos —dijo Nielsen secamente.

—No te falta razón.

La cubierta de la Wallfish empezó a vibrar a medida que los cohetes de la nave cobraban vida; una vez más, la agradable sensación de la gravedad los empujó contra sus asientos.

En la holofaz, una panoplia de estrellas refulgía ante los ojos atentos de Kira.

2.

Falconi estaba discutiendo con alguien por radio, pero Kira no lo escuchaba, absorta en el mapa que estaba examinando. Empezó por una imagen cenital de toda la galaxia, fijó el zoom en la zona de Sol y se fue desplazando lentamente en sentido contrarrotante (tal y como habían mencionado las medusas). Al principio le parecía una tarea inútil, pero en dos ocasiones percibió una sensación de familiaridad por parte del filo dúctil, y eso le infundió esperanzas.

Interrumpió su exploración de las constelaciones cuando la figura de Vishal apareció en el umbral de la sala de control. Parecía agotado, y tenía la cara enrojecida por habérsela lavado recientemente.

—¿Y bien? —dijo Falconi.

El doctor suspiró y se dejó caer en una de las sillas.

—He hecho todo lo que he podido. El barrote le ha destrozado la mitad de los órganos. El hígado se recuperará, pero hay que sustituir el bazo, los riñones y una parte de los intestinos. Tardarán un día o dos en imprimirse. Sparrow está durmiendo, recobrando las fuerzas. Hwa-jung está con ella.

—¿No sería mejor poner a Sparrow en crionización? —preguntó Nielsen. Vishal titubeó.

—Su cuerpo está muy débil. Es mejor que se recupere.

—¿Y si no hubiera más remedio? —preguntó Falconi.

El doctor separó las manos.

—Podemos hacerlo, pero yo no lo recomendaría.

Falconi siguió discutiendo por radio (estaba diciendo algo sobre la nave alienígena, unos permisos civiles y la maniobra de atraque en la estación Malpert); Kira se concentró de nuevo en su holofaz.

Notaba que se estaba acercando. A medida que volaba entre la simulación de las estrellas, girando, rotando y buscando elementos conocidos, no dejaba de sentir prometedores indicios de reconocimiento. La atraían hacia el núcleo, donde las estrellas estaban más juntas…

—Mierda —dijo Falconi, estampando el puño en la consola—. Se niegan a dejarnos atracar en Malpert.

Kira lo miró, distraída.

—¿Por qué?

El capitán sonrió sin ganas.

—¿Tú qué crees? Porque nos pisan los talones todas las medusas del sistema. Pero no sé qué esperan que hagamos. Malpert es nuestra única opción.

Kira se humedeció los labios.

—Dígale a la FAU que hemos obtenido información vital en la nave medusa y que por eso nos persiguen las demás. Dígales… que la información es un asunto de seguridad interestelar y que está en juego la existencia de la propia Liga. Si con eso no consigue que nos dejen entrar en Malpert, dígales mi nombre, pero a menos que sea necesario, preferiría que no…

Falconi gruñó.

—Está bien. —Reabrió la comunicación—. Póngame con el oficial de enlace de la Darmstadt. Sí, ya sé que está ocupado. Pero es urgente.

Kira sabía que la FAU terminaría enterándose de quién era ella tarde o temprano, pero no tenía sentido ir pregonando la verdad por todo el sistema innecesariamente. Además, en cuanto la FAU y la Liga descubrieran que Kira seguía con vida, sus opciones se verían drásticamente mermadas, si es que le dejaban alguna.

Nerviosa, volvió a prestar atención al mapa y procuró ignorar lo que ocurría a su alrededor. En cualquier caso, no podía hacer nada... ¡*Allí!* Un patrón de estrellas concreto le llamaba la atención. Al detenerse, le pareció oír campanadas en su cabeza: el filo dúctil se lo estaba confirmando. Kira supo entonces que había encontrado lo que buscaba: siete estrellas en forma de corona y, cerca del centro, una chispa roja y vieja que señalaba la ubicación del Báculo del Azul. O al menos el lugar donde el filo dúctil creía que estaba.

Kira se quedó mirándolo fijamente, al principio con incredulidad y después con una confianza cada vez mayor. No sabía si la información del xeno estaba actualizada, pero por lo menos ahora tenían el dato de la posición de aquel sistema. Por una vez, Kira (y toda la humanidad) iban un paso por delante.

Emocionada, se dispuso a anunciar su descubrimiento a la tripulación, pero un fuerte pitido la interrumpió; docenas de puntitos rojos invadían de pronto el holograma proyectado en el centro de la sala de control.

—Más medusas —dijo Nielsen con resignación.

3.

—Mierda. No me lo puedo creer —dijo Falconi. Por primera vez, parecía completamente perdido.

Kira abrió la boca, pero volvió a cerrarla.

A medida que entraban en el espacio normal, los puntos rojos empezaban a moverse, propulsándose en diferentes direcciones.

—A lo mejor hace bien en no creérselo, capitán —dijo Gregorovich. Parecía extrañamente perplejo.

—¿Qué quieres decir? —Falconi se inclinó hacia delante, recuperando su habitual mirada afilada.

La mente de a bordo tardó en contestar:

—Esta última hornada de invitados no deseados se comporta de forma opuesta a mis expectativas. Vuelan... *calculando... calculando...* No solo vuelan hacia nosotros; también hacia las demás medusas.

—¿Son refuerzos? —preguntó Nielsen.

—Incierto —contestó Gregorovich—. Las señales térmicas de sus motores no coinciden con las de las naves medusa que hemos visto hasta ahora.

—Sé que existen diferentes facciones entre las medusas —comentó Kira.

—Quizá sea eso —dijo Gregorovich—. Oh, por lo más... Vaya, quién lo iba a decir. Qué interesante.

El holograma principal cambió a una vista diferente del sistema: una imagen en directo de tres naves que se dirigían hacia una cuarta.

—¿Qué estamos viendo? —preguntó Falconi.

—Una transmisión de la estación Chelomey —contestó Gregorovich. Un contorno verde envolvió una de las naves—. Esta es una nave medusa. —Señaló con un contorno rojo las otras tres naves—. Estos son los recién llegados. Y esto... —junto a cada nave apareció un conjunto de cifras— es su aceleración y su velocidad relativa.

—¡Thule! —exclamó Falconi.

—Debería ser imposible —dijo Vishal.

—Exacto —respondió Gregorovich.

Los recién llegados estaban acelerando mucho más deprisa que cualquier nave medusa de la que se tuviera noticia: 60 g, 100 g o incluso más. Aun vistos a través de la pantalla, el fulgor de sus motores resultaba casi doloroso; aquellas potentes antorchas podían divisarse a años luz de distancia.

Las tres naves habían aparecido muy cerca de la nave medusa a la que perseguían. Cuando la alcanzaron, la medusa soltó una nube de contramedidas y el ordenador señalizó los rayos láser, ahora invisibles, con líneas rojas. Los intrusos devolvieron los disparos, y empezaron a volar los misiles entre ambos bandos.

—Bueno, pregunta resuelta —dijo Nielsen.

De pronto, uno de los tres recién llegados se adelantó a sus compañeros y, sin previo aviso, embistió a la nave medusa.

Ambos vehículos desaparecieron, engullidos por una explosión atómica.

—¡Guau! —dijo Trig mientras entraba en la sala de control y se sentaba al lado de Nielsen. Se había quitado la servoarmadura y volvía a llevar aquel mono que le quedaba varias tallas grande. Llevaba la muñeca izquierda envuelta en una férula de medigel.

—Gregorovich —dijo Falconi—, ¿puedes darnos un primer plano de una de esas naves?

—Un momento, por favor —contestó la mente de a bordo. Durante unos segundos, se oyó por los altavoces de la Wallfish un sonsonete de sala de espera. Finalmente la holopantalla volvió a cambiar, y mostró una imagen borrosa y estática de una de las naves nuevas. Era un vehículo oscuro, prácticamente negro y surcado por una especie de vetas de color naranja rojizo. El casco era asimétrico, lleno de extraños bultos, ángulos y protuberancias. Se parecía más a un tumor que a una nave espacial, como si se hubiera desarrollado espontáneamente en lugar de haber sido construida.

Kira nunca había visto nada parecido, y tenía la impresión de que el filo dúctil tampoco. Aquella silueta irregular le provocaba un desagradable nudo en el estómago; le costaba imaginarse un motivo para construir una máquina tan retorcida y deforme. Estaba claro que no era obra de las medusas: casi todo lo que construían ellas era liso, blanco y simétrico.

—Mirad —dijo Falconi, y regresó de nuevo a la vista general del sistema. A lo largo y ancho de 61 Cygni, los puntos rojos se dirigían como flechas hacia las medusas y los humanos, sin hacer distinción. Las medusas ya empezaban a alterar su rumbo para hacer frente a las nuevas amenazas; eso quería decir que, al menos de momento, la Wallfish tenía cierto margen de maniobra.

—Capitán, ¿qué está pasando? —preguntó Trig.

—No lo sé —respondió Falconi—. ¿Están todos los pasajeros en su bodega? —El chico asintió.

—Esas naves no son de las medusas —dijo Kira—. Estoy segura.

—¿Creerán las medusas que son nuestras? —aventuró Nielsen—. ¿Por eso piensan que las estamos atacando nosotros?

—No le veo sentido —dijo Vishal.

—Ni yo tampoco —afirmó Falconi—, pero al parecer hay muchas cosas que no entendemos ahora mismo. —Se tamborileó en la pierna con los dedos y miró de soslayo a Kira—. Lo que quiero saber es si han entrado en el sistema por culpa de la señal que has enviado.

—Tendrían que haber estado esperando justo al lado de 61 Cygni —dijo Nielsen—. Parece… improbable.

Kira estaba de acuerdo con ella. Sin embargo, le parecía todavía más improbable que los recién llegados se hubieran presentado en ese preciso momento por pura casualidad. Al igual que con la llegada de las medusas a Adra, el espacio era demasiado inmenso para semejantes casualidades.

Ese pensamiento le produjo un hormigueo en la piel; estaba ocurriendo algo terrible, pero no sabía qué. Abrió una ventana de mensajes en su holofaz y le escribió al capitán:

‹Creo que sé dónde podría estar el Báculo del Azul. —Kira›.

El capitán abrió los ojos de par en par, pero no ofreció ninguna otra reacción.

‹¿Dónde? —Falconi›.

‹A unos sesenta años luz de aquí. Es muy importante que hable con quien esté al mando en Malpert. —Kira›.

‹Estoy en ello. Todavía no se han decidido. —Falconi›.

Todos guardaron silencio durante un minuto mientras observaban la pantalla. Falconi se revolvió en su asiento y dijo:

—Tenemos permiso para atracar en Malpert. Kira, saben que tenemos información importante, pero no les he dicho nada sobre ti ni sobre tu… eh… *traje*. No hay razón para que enseñemos todas nuestras cartas de golpe.

Kira sonrió levemente.

—Gracias… Tiene nombre, por cierto.

—¿El qué?

—El traje. —Todos la miraron—. No lo entiendo del todo, pero la parte que entiendo significa «el filo dúctil».

—Qué genial —dijo Trig.

Falconi se rascó el mentón.

—Reconozco que le pega. Te pasan cosas muy raras, Navárez.

—Qué me va a contar —murmuró Kira entre dientes.

Entonces sonó otra alarma. Con voz apesadumbrada, Gregorovich anunció:

—Alerta de proximidad.

Dos de las naves recién llegadas iban directas a la estación Malpert. Llegarían allí unos minutos antes que la Wallfish.

—Cómo no —dijo Falconi.

4.

Kira se pasó las siguientes dos horas sentada con la tripulación, observando el avance de las extrañas naves deformes que sembraban el caos a su paso por todo el sistema. Atacaban indiscriminadamente a humanos y medusas, y parecían mostrar una indiferencia suicida por su propia integridad.

Cuatro de los recién llegados arrasaron la granja de antimateria situada cerca del sol. Las naves pasaron muy cerca de las aspas de los satélites, disparando láseres y misiles que los hacían desaparecer en una letal explosión de antimateria. Varios de los satélites contaban con torretas de proximidad y consiguieron alcanzar a dos de sus atacantes. Las naves dañadas embistieron de inmediato las torretas, autodestruyéndose en el proceso.

—Tal vez no estén tripuladas —dijo Nielsen.

—Tal vez —coincidió Gregorovich—, pero no es probable. Al resquebrajarse, liberan atmósfera. Tiene que haber criaturas vivientes en su interior.

—¡Es una nueva especie de alienígena! —dijo Trig—. ¡Seguro! —Casi daba saltos en su asiento.

Kira no podía compartir su entusiasmo. Ninguno de los rasgos de los recién llegados le parecía normal. La sola visión de sus naves bastaba para ponerla nerviosa. Y el hecho de que el filo dúctil no pareciera reconocerlas en absoluto no hacía más que acrecentar su preocupación. Le sorprendía lo mucho que había empezado a depender de los conocimientos del xeno.

—Al menos no son tan duros como las medusas —dijo Falconi. Era verdad; las naves de los recién llegados no parecían estar tan blindadas, aunque lo compensaban con su rapidez y su temeridad.

Las dos naves tumorosas seguían surcando el espacio en dirección a la estación Malpert. A medida que tanto ellas como la Wallfish se aproximaban, la Darmstadt y media docena de naves más pequeñas volvieron a ocupar posiciones defensivas alrededor de la estación. El crucero de la FAU seguía perdiendo refrigerante plateado por los radiadores dañados durante el combate contra las medusas. Pero, dañado o no, el crucero era la única esperanza de la estación.

Cuando la Wallfish estaba a cinco minutos de distancia, comenzó el tiroteo.

CAPÍTULO IX

★　★　★　★　★　★　★

AGRACIADA

1.

El ataque fue rápido y violento. Las dos naves alienígenas deformes se lanzaron sobre Malpert y la Darmstadt, cada una desde un vector distinto. Unas nubes de humo y señuelos lo cubrieron todo y, de pronto, el crucero de la FAU disparó una andanada de tres obuses Casaba. Iban a por todas.

Con una brusca finta, una de las naves atacantes esquivó las cargas nucleares huecas y siguió adelante, en ruta de colisión directa contra la estación.

—¡No! —gritó Nielsen.

Pero la nave alienígena no embistió la estación Malpert ni explotó. Frenó su avance y, con la inercia restante, entró en uno de los muelles de atraque de la estación. La nave alargada y de aspecto malsano se abrió paso entre las abrazaderas y las esclusas, hasta quedar encajada profundamente en la estación. Era una nave grande, casi el doble que la Wallfish.

La otra nave no intentó evitar los obuses Casaba, o al menos no del todo. Una de aquellas voraces lanzas mortales rozó el casco de la nave, que viró y se adentró en el cinturón de asteroides, echando humo por un desgarrón del flanco.

Un grupo de naves mineras se separó del grupo de defensores para perseguirla.

—Es nuestra oportunidad —dijo Falconi—. Gregorovich, vamos a atracar. Ya.

—Eh... ¿y qué pasa con ese trasto? —preguntó Nielsen, señalando la nave alienígena que sobresalía de la estación.

—No es problema nuestro —dijo Falconi. La Wallfish ya había parado los motores y avanzaba con los propulsores de control de reacción hacia la esclusa asignada—. Siempre podemos volver a despegar si es necesario, pero no nos queda más remedio que repostar.

Nielsen asintió, con el rostro crispado de preocupación.

—Gregorovich, ¿qué está pasando en la estación? —preguntó Kira.

—Caos y dolor —contestó la mente de a bordo. En la holopantalla aparecieron varias ventanas que mostraban imágenes en directo del interior de Malpert: comedores, túneles y vestíbulos diáfanos. Grupos de hombres y mujeres con dermotrajes pasaban corriendo frente a las cámaras, disparando armas de fuego y blásteres. El aire estaba turbio por las nubes de señuelos, y entre aquellas pálidas sombras acechaban unas criaturas inimaginables. Algunas, esbeltas como galgos, pero con unos ojos del tamaño de un puño, caminaban a cuatro patas. Otras avanzaban cojeando mediante sus extremidades deformes: brazos y piernas que parecían rotos y mal soldados, tentáculos retorcidos y flácidos, hileras de pseudópodos abotagados que no dejaban de palpitar de forma nauseabunda. Sin embargo, independientemente de su forma, todas aquellas criaturas compartían una piel de color rojizo y aspecto desollado, recubierta de mechones dispersos de cerdas negras y duras. Aquellos escabrosos pellejos supuraban un fluido similar a la linfa.

Las criaturas no llevaban armas, pero, en muchos casos, sus extremidades anteriores contaban con astas de hueso y bordes dentados. Luchaban como animales, persiguiendo a los mineros en retirada, abalanzándose sobre ellos y desgarrándoles el vientre.

Los monstruos desarmados no tardaron en caer, pero se llevaron consigo a varias docenas de personas.

—Por el amor de Dios... —dijo Vishal; parecía tan horrorizado como Kira.

Trig, sentado frente a ella, estaba pálido como un cadáver.

—Tú eres la xenobióloga —dijo Falconi—. ¿Cuál es tu opinión profesional?

Kira titubeó.

—No... no tengo ni idea. No puede ser una evolución natural. Miradlos bien. Ni siquiera sé si habrían sido capaces de construir la nave en la que venían.

—¿Está diciendo que alguien ha *creado* a esas cosas? —dijo Nielsen.

Falconi enarcó una ceja.

—¿Podrían haber sido las medusas? ¿Un experimento científico que les salió mal?

—Si fuera así, ¿por qué iban a culparnos a nosotros de los ataques? —dijo Vishal.

Kira sacudió la cabeza.

—No lo sé. No lo sé. Lo siento. No tengo ni la menor idea de lo que es esto.

—Ya te digo yo lo que es esto —dijo Falconi—. Una guerra. —Comprobó algo en su holofaz—. El capitán de la Darmstadt quiere hablar contigo, Navárez, pero tardarán un rato en atracar. Todavía están poniendo en orden la nave. Entretanto, vamos a repostar, reabastecernos y sacar a la gente de la bodega. Tendrán que buscarse la vida para llegar a Ruslan. Yo voy a hacer unas llamadas, a ver si consigo un poco de antimateria. Aunque no sé cómo.

2.

Kira acompañó a Trig, Vishal y Nielsen para echarles una mano. Era mejor que quedarse de brazos cruzados. Su mente no dejaba de dar vueltas mientras descendían flotando por el conducto central de la Wallfish. Las visiones sobre el báculo que le había transmitido el filo dúctil... el ser que el xeno había identificado como el Mayoralto no se parecía a las medusas ni a los deformes recién llegados. ¿Eso quería decir que la humanidad se las veía con *tres* especies sintientes?

Hwa-jung se reunió con ellos en la escalerilla, de camino a Ingeniería. Cuando Nielsen le preguntó por Sparrow, la jefa de máquinas soltó un gruñido.

—Está viva. Está durmiendo.

En la bodega de estribor, los recibió un aluvión de preguntas en cuanto Trig giró la rueda y abrió la compuerta. Nielsen levantó las manos y esperó a que todos guardaran silencio.

—Hemos atracado en la estación Malpert. Ha habido un cambio de planes. Finalmente, la Wallfish no va a poder llevarlos a Ruslan. —Al ver que un rugido de indignación empezaba a extenderse por el grupo de refugiados, Nielsen se apresuró a añadir—: Se les devolverá el noventa por ciento del pasaje. De hecho, ya debería haberles llegado el reembolso. Comprueben sus mensajes.

Kira levantó la cabeza; era la primera vez que oía mencionar el reembolso.

—Seguramente sea mejor así —le confesó Trig—. No somos precisamente... eh... bienvenidos en Ruslan. Habría sido bastante chungo intentar aterrizar allí.

—¿De verdad? Me sorprende que Falconi les devuelva el dinero. No parece propio de él.

El chico se encogió de hombros y esbozó una sonrisa astuta.

—Bueno, nos quedamos el dinero suficiente para llenar los depósitos de hidrógeno. Además, me he llevado unas cuantas cosillas de la nave medusa. El capitán cree que podemos venderlas a algún coleccionista a cambio de un buen montón de bits.

Kira frunció el ceño, pensando en toda la tecnología de la nave.

—¿Qué te has llevado exact...? —empezó a preguntar, pero el chirrido de unas juntas de metal la interrumpió.

La pared exterior de la cubierta se abrió, revelando una ancha pasarela que conectó la bodega con el puerto espacial de Malpert. Fuera aguardaban varios robots montacargas, acompañados por unos cuantos empleados de aduanas, armados con portapapeles y anclados al suelo.

Los refugiados empezaron a recoger sus pertenencias y a salir de la Wallfish. No era tarea fácil en gravedad cero: Kira tuvo que perseguir varios sacos de dormir y mantas isotérmicas para evitar que salieran volando de la bodega.

Los refugiados parecían recelosos al verla, pero no protestaron por su presencia. Probablemente porque estaban más interesados en salir de la Wallfish. Sin embargo, un hombre se acercó a ella, un tipo desgarbado y pelirrojo, vestido con un traje formal arrugado. Kira lo reconoció: era el mismo que había saltado a por la niña durante el combate contra la medusa.

—No he podido decirle nada antes —le dijo—, pero quisiera darle las gracias por haber ayudado a salvar a mi sobrina. De no haber sido por usted y por Sparrow... —Sacudió la cabeza.

Kira bajó la mirada; de pronto tenía los ojos empañados.

—Me alegro de haber sido de ayuda.

El hombre titubeó.

—Si no le importa que se lo pregunte, ¿*qué* es usted?

—... Un arma. Dejémoslo ahí.

El hombre le tendió la mano.

—Sea como sea, gracias. Si alguna vez viaja a Ruslan, búsquenos. Me llamo Hofer, Felix Hofer.

Se estrecharon la mano, y a Kira se le hizo un nudo en la garganta mientras lo veía volver con su sobrina y marcharse.

Por toda la cubierta se oían voces airadas. Jorrus y Veera estaban acorralados por cinco numenistas (tres hombres y dos mujeres) que los empujaban y gritaban algo acerca del «Número Supremo».

—¡Eh, ya está bien! —exclamó Nielsen mientras se impulsaba de una patada hacia el tumulto.

Kira también se acercó rápidamente. Justo entonces, uno de los numenistas, un hombre de nariz chata, cabello morado y una fila de implantes subdérmicos en los antebrazos, le dio un cabezazo a Jorrus en la cara, aplastándole la boca.

—Quieto ahí —dijo Kira con un gruñido. Entró en el grupo de un salto, agarró al hombre de cabello morado por el torso y le inmovilizó los brazos contra los costados, al tiempo que ambos salían flotando hasta una pared. A una orden suya, el filo dúctil se adhirió a la superficie, deteniendo el movimiento.

—¿Qué sucede aquí? —exigió saber Nielsen, interponiéndose entre los numenistas y los entropistas.

Veera levantó las manos con gesto conciliador.

—Solamente es una pequeña...

—... disputa teológica —concluyó Jorrus, y escupió sangre sobre la cubierta.

—Pues no va a ser aquí —dijo Nielsen—. Esas cosas, fuera de la nave. Y va por todos.

El hombre de cabello morado forcejeó para soltarse de Kira.

—Que te den, caracaballo. ¡Y tú suéltame, descabellada! ¡Agraciada mastodóntica!

—No hasta que prometas comportarte —contestó Kira, disfrutando de la sensación de poder del filo dúctil; con su ayuda, le resultaba muy fácil dominar a aquel hombre.

—¿Comportarme? ¡Vas a ver tú cómo me comporto! —El hombre echó la cabeza hacia atrás y le propinó un cabezazo en la nariz.

Sintió una cegadora explosión de dolor en el rostro y se le escapó un grito involuntario. Notó que el hombre se revolvía, intentando liberarse.

—¡Quieto! —gritó Kira. Tenía los ojos llenos de lágrimas y la nariz y la garganta, obstruidas por la sangre.

El hombre volvió a echar la cabeza hacia atrás, y esta vez le acertó en la barbilla. Le dolió. Le dolió muchísimo, tanto que lo soltó y el hombre se escabulló.

Kira lo agarró de nuevo, pero él se defendió a puñetazos. Ambos salieron volando por la cubierta.

—¡Ya está bien! —gritó, furiosa.

Y con esas palabras, del pecho de Kira brotó una espina que atravesó al hombre por las costillas. Él se la quedó mirando, incrédulo, y empezó a sufrir convulsiones, con los ojos en blanco. Su camisa empezó a teñirse de rojo.

Los otros cuatro numenistas de la bodega profirieron un grito.

El enfado de Kira dio paso al horror.

—¡No! Lo siento. No pretendía… —El traje reabsorbió la espina con un sonido de succión.

—¡Tome! —exclamó Vishal, lanzándole un cable desde la pared. Kira lo atrapó al vuelo sin pensar, y el doctor tiro de ambos para arrastrarlos—. Sujételo bien.

Vishal rasgó la camisa del hombre y, con un pequeño aplicador, roció la herida con medigel.

—¿Se va a…? —empezó a decir Kira.

—Sobrevivirá —contestó Vishal sin detenerse—. Pero tengo que llevarlo a la enfermería.

—Trig, ayuda al doctor —dijo Nielsen, acercándose.

—Sí, señora.

—Y vosotros —dijo Nielsen, señalando a los demás numenistas—, salid de aquí antes de que os saque yo. —Hicieron ademán de protestar, pero Nielsen los disuadió con una mirada asesina—. Os avisaremos cuando podáis venir a buscar a vuestro amigo. Y ahora, largo.

Trig sujetó al hombre por los pies, Vishal por la cabeza, y se lo llevaron igual que Hwa-jung había cargado con Sparrow.

3.

Kira se quedó junto a la pared, aturdida. Los demás refugiados la miraban con miedo y hostilidad, pero le daba igual. Para ella, el numenista inconsciente era Alan, desangrándose en sus brazos entre los aullidos del aire que escapaba por los agujeros de las paredes...

Había perdido el control. Tan solo un momento, pero había estado a punto de matar a un hombre, del mismo modo que había matado a sus compañeros de equipo. Y esta vez no podía echarle la culpa al filo dúctil; Kira había *querido* hacerle daño al numenista hasta que este dejara de hacerle daño a ella. El filo dúctil no había hecho más que reaccionar a su impulso.

—¿Se encuentra bien? —le preguntó Nielsen.

Kira tardó un momento en responder.

—Sí.

—El doctor debería echarle un vistazo.

Kira se tocó el rostro y dio un respingo. El dolor ya remitía, pero notaba la nariz torcida y abultada. Trató de recolocársela, pero el filo dúctil ya había empezado a curarla y no pudo moverla. Por lo visto al xeno le traía sin cuidado la estética.

—Mierda —murmuró, abatida. Iban a tener que romperle la nariz otra vez para poder enderezársela.

—¿Por qué no se queda aquí de momento? —le dijo Nielsen—. Creo que es mejor así, ¿no le parece?

Kira asintió y observó con ojos ausentes cómo Nielsen se marchaba flotando para supervisar el proceso de desembarco.

Los entropistas la abordaron.

—Te pedimos disculpas por causar...

—... tanto revuelo, prisionera. La culpa es nuestra, por haberles dicho a los numenistas...

—... que existen infinitos mayores que el conjunto de los números reales. Por algún motivo, eso ofende su concepto...

—... del Número Supremo.

Kira agitó la mano.

—Tranquilos. No os preocupéis.

Los entropistas asintieron a la vez.

—Al parecer... —dijo Jorrus.

—... nuestros caminos se separan aquí —añadió Veera—. Te damos las gracias por compartir con nosotros lo que sabes sobre tu traje, y...

—... por darnos la oportunidad de explorar la nave medusa...

—... y queríamos regalarte esto —dijo Jorrus. Le tendió una especie de gema, un pequeño disco de algo similar al zafiro, con un patrón fractal en el interior.

La imagen del fractal le produjo un escalofrío de familiaridad. El patrón no era el mismo que había visto en sueños, pero se le parecía.

—¿Qué es?

Veera extendió las manos, un gesto de bendición.

—Un salvoconducto para la Casa Madre de nuestra orden, la Nova Energium, en la órbita de Shin-Zar. Sabemos...

—... de tu inclinación por ayudar a la Liga, y no intentaremos disuadirte. Pero...

—... en caso de que cambies de opinión...

—... nuestra orden te ofrecerá santuario. La Nova Energium...

—... es el laboratorio de investigación más avanzado del espacio colonizado. Ni siquiera los mejores laboratorios de la Tierra están tan bien equipados... ni tan bien defendidos. Si alguien puede liberarte de este organismo...

—... son las mentes de la Nova Energium.

Santuario. La palabra conmovió a Kira, que se guardó el objeto en el bolsillo y dijo:

—Gracias. No sé si podré aceptar vuestra oferta, pero significa mucho para mí.

Veera y Jorrus cruzaron los antebrazos delante del pecho, ocultos bajo las mangas de sus túnicas.

—Que tu camino te guíe siempre al conocimiento, prisionera.

—Al conocimiento para alcanzar la libertad.

Cuando los entropistas se marcharon, Kira volvió a quedarse sola con sus pensamientos. Pero no por mucho tiempo. Aquella mujer, Inarë, se detuvo delante de ella, acompañada por su gato de nombre impronunciable. Su único equipaje era un gran bolso de mano con dibujos florales. El gato se había subido a sus hombros; la gravedad cero le erizaba todo el pelaje.

Inarë se rio entre dientes.

—Parece que tienes una vida muy interesante, *Ellen Kaminski.*

—No me llamo así —contestó Kira, que no estaba de humor para charlar.

—Por supuesto que no.

—¿Querías algo?

—Pues sí —dijo la mujer—. Lo cierto es que sí. Quería decirte esto: cómete el camino o el camino te comerá a ti. Parafraseando una vieja cita.

—¿Qué significa?

Por una vez, Inarë pareció adoptar una expresión seria.

—Todos hemos visto lo que eres capaz de hacer. Se diría que tu papel en este funesto enredo es más importante que el de la mayoría.

—¿Qué quieres decir?

La mujer ladeó la cabeza, y Kira vio en sus ojos una profundidad inesperada, como si acabara de descubrir un inmenso abismo tras llegar a la cima de una montaña.

—Esto, y nada más que esto: las circunstancias nos empujan a todos. Dentro de poco, lo único que te quedará, lo único que nos quedará a todos, será la más estricta necesidad. Antes de que eso suceda, debes decidir.

Kira frunció el ceño, irritada.

—¿Y qué tengo que decidir exactamente?

Se sorprendió cuando Inarë le acarició cariñosamente la mejilla, sonriendo.

—Quién quieres ser, por supuesto. ¿Acaso no se reducen a eso todas nuestras decisiones? Y ahora, debo irme. Tengo gente a la que incordiar y sitios de los que escapar. Elige bien, viajera. Piensa a la larga. Piensa deprisa. Cómete el camino.

Dicho eso, la mujer se impulsó en la pared y salió flotando de la bodega de carga hacia el puerto espacial de Malpert. Encaramado a su espalda, el gran gato melenudo siguió mirando fijamente a Kira y soltó un maullido lastimero.

4.

Cómete el camino. Kira no conseguía sacarse la frase de la cabeza. No dejaba de darle vueltas para intentar comprenderla.

Desde el otro lado de la bodega, Hwa-jung estaba guiando a un par de robots montacargas que transportaban los cuatro criotubos de la Valquiria. A través de las ventanillas congeladas, Kira entrevió el rostro de Orso, pálido y azulado como un cadáver.

Al menos no había tenido que comerse a Orso para sobrevivir. Él y los otros tres soldados iban a llevarse una buena sorpresa cuando la FAU los descongelara y les dijera lo que había ocurrido durante su letargo…

—Eres una catástrofe con patas, Navárez —dijo Falconi, acercándose—. Te lo digo yo.

Kira se encogió de hombros.

—Supongo que sí.

—Espera. —Sacó un pañuelo del bolsillo, lo humedeció con saliva y, sin pedirle permiso, empezó a limpiarle la cara. Kira se estremeció—. Quédate quieta. Tienes sangre por todas partes.

Ella procuró no moverse. Se sentía como una niña con la cara sucia.

—Ya está —dijo Falconi, retrocediendo—. Mucho mejor. Pero hay que arreglarte esa nariz. ¿Quieres que lo haga yo? No sería la primera vez.

—Gracias, pero prefiero que lo haga un médico —dijo—. El filo dúctil ya la ha curado, así que…

Falconi hizo una mueca.

—Entiendo. Como quieras.

Frente a la nave, los refugiados congregados junto a los agentes de aduanas estaban dando grandes voces. Varios señalaban las pantallas del puerto espacial.

—¿Y ahora qué? —dijo. ¿Qué más podía estar pasando?

—Vamos a verlo —respondió Falconi.

Kira abrió su holofaz y echó un vistazo a las noticias locales. Los siniestros recién llegados continuaban arrasando todo el sistema. Ya habían aniquilado a la mayoría de las medusas (autodestruyéndose en el proceso), pero las noticias más importantes venían de Ruslan. Seis de los recién llegados se habían abierto paso por la estación Vyyborg y el resto de las defensas del planeta y habían aterrizado en la capital, Mirnsk.

Pero había otra.

La nave restante se había dirigido al ascensor espacial de Ruslan, el expreso Petrovich. A pesar de las baterías orbitales del planeta. A pesar del acorazado de la FAU estacionado en las inmediaciones de Vyyborg, la Dechado de Dignidad. A pesar de los numerosos láseres y baterías de misiles instalados en torno a la cima y la base de la megaestructura. A pesar del esfuerzo y el ingenio de incontables ingenieros y físicos. A pesar de todo ello, la nave alienígena se las había arreglado para embestir y cortar el cable cinta del ascensor espacial, a poca distancia del asteroide que servía como contrapeso.

Ante la mirada atónita de Kira, la parte superior del ascensor (contrapeso incluido) se fue alejando de Ruslan a una velocidad mucho mayor que la de escape, al tiempo que la sección inferior empezaba a curvarse en dirección al planeta, como un látigo gigantesco enrollándose alrededor de un balón.

—Thule —murmuró Kira. Las partes más altas del cable se harían pedazos o se consumirían en la atmósfera. Pero abajo, cerca de la superficie, las consecuencias del derrumbe serían devastadoras. Arrasaría casi todo el puerto espacial que rodeaba el punto de anclaje, además de una larga franja de territorio en dirección este. En términos absolutos, el hundimiento no produciría demasiados daños, pero para aquellos que estuvieran cerca de la base, sería un verdadero apocalipsis. Se mareaba solo de pensar en lo aterrados (e indefensos) que debían de sentirse.

A lo largo del tramo de cable que seguía conectado a Ruslan fueron apareciendo pequeños destellos.

—¿Qué es eso? —preguntó.

—Apostaría a que son cápsulas de escape —contestó Falconi—. Casi todas deberían poder aterrizar sin problemas.

Kira se estremeció. El viaje en el ascensor espacial (el «tallo de habichuelas») había sido uno de sus mejores recuerdos con Alan durante su breve permiso antes de la misión de reconocimiento de Adra. Las vistas desde lo más alto del cable eran increíbles. Se distinguía incluso el Escarpe Numinoso, al norte...

—Me alegro de no estar ahí ahora mismo —dijo Kira.

—Amén. —Falconi señaló entonces hacia el puerto espacial—. Akawe, el capitán de la Darmstadt, va a recibirnos.

—¿A los dos?

Falconi asintió con brusquedad.

—El oficial de enlace ha dicho que quieren hacerme unas preguntas. Seguramente a propósito de nuestra pequeña excursión a la nave medusa.

—Oh. —Kira se tranquilizó un poco al saber que no iba a tener que enfrentarse sola a la FAU. Falconi no era su amigo, pero sabía que podía contar con él, y posiblemente Kira se había ganado su respeto al salvar a Trig y a Sparrow—. Está bien, vamos.

—Después de ti.

CAPÍTULO X

★ ★ ★ ★ ★ ★ ★

DARMSTADT

1.

Desde la esclusa de la Wallfish, Falconi llevó a Kira hasta un túnel que atravesaba el asteroide rocoso en el que se levantaba la estación Malpert. Ya llevaban recorrida la mitad de la circunferencia de la estación cuando Kira se percató de que no se dirigían al hábitat anular giratorio del centro.

—Akawe quiere que hablemos en la Darmstadt —dijo Falconi—. Supongo que les parece más seguro, allí no hay peligro de toparse con monstruos.

Kira se preguntó si debía preocuparse, pero se encogió de hombros. Daba igual. Al menos en la Darmstadt no habría gravedad cero.

Toda la estación acusaba el encarnizado combate contra los recién llegados: el aire olía a humo, las paredes estaban chamuscadas y abolladas, y la gente con la que se cruzaban tenía la mirada perdida y el rostro desencajado, como si siguieran en shock.

El túnel cruzaba una gran cúpula, la mitad de la cual quedaba oculta tras unas puertas cerradas en las que se podía leer «Industrias Ichen». Delante de esas puertas descansaban los restos de uno de los alienígenas no identificados. La criatura estaba destrozada y triturada por las balas, pero todavía se distinguían los rasgos básicos de su silueta. A diferencia de los demás, aquel ser tenía unas esquirlas negras en el lomo, aunque Kira no supo decir si eran de hueso o de concha. Patas de doble articulación (tres, si no se equivocaba al contar). Una mandíbula alargada, de carnívoro. ¿Y qué era eso que le sobresalía del pecho abultado? ¿Un *segundo* par de mandíbulas?

Kira se acercó un poco más, lamentándose de no disponer de un labochip, un escalpelo y un par de horas a sus anchas para analizar el espécimen.

Falconi le puso la mano en el hombro para disuadirla.

—No nos conviene hacer esperar a Akawe. Es mala idea.

—Bueno... —Kira le dio la espalda al cadáver. Ella solo quería hacer su trabajo, pero el universo no dejaba de conspirar para impedírselo. Lo suyo no era luchar; quería *aprender*.

Y entonces, ¿por qué había herido a aquel numenista? Por muy imbécil que fuera, no se merecía que le atravesaran el pecho con una cuchilla...

Un par de marines con servoarmaduras pesadas los esperaban frente a la esclusa de la Darmstadt.

—Nada de armas —dijo el más cercano, levantando la mano abierta.

Falconi hizo una mueca, pero se desabrochó el cinto y le entregó su pistola al marine sin rechistar.

La compuerta presurizada se abrió.

—El alférez Merrick los acompañará —dijo el marine.

Merrick, un tipo delgado y de aspecto angustiado, con la barbilla manchada de grasa de motor y un vendaje ensangrentado en la frente, los esperaba dentro.

—Por aquí —les dijo, guiándolos hacia el interior del crucero de la FAU.

Por dentro, la Darmstadt era idéntica a la Circunstancias Atenuantes. Kira se sintió incómoda al acordarse de su carrera por los pasillos de la nave y del eco de las sirenas y los disparos.

Cuando llegaron al conector esférico de la nave y entraron en los hábitats giratorios en forma de radios, pudieron volver a caminar con normalidad, cosa que Kira agradeció.

Merrick los invitó a entrar en una pequeña sala de juntas, con una mesa en el centro.

—El capitán Akawe llegará enseguida. —El alférez se marchó, cerrando la compuerta tras de sí.

Tanto Kira como Falconi permanecieron de pie. Ambos eran conscientes de que la FAU los vigilaba en todo momento.

No tuvieron que esperar mucho. La compuerta se abrió de golpe y entraron cuatro hombres: dos marines (que se quedaron junto a la entrada) y dos oficiales.

El capitán era fácilmente reconocible por los galones de su uniforme. De estatura media, tez oscura y barba de tres días, parecía llevar varios días sin descansar de verdad, aguantando a base de estimulantes. Su rostro se le antojaba demasiado simétrico, demasiado perfecto, casi un maniquí viviente. Kira tardó un momento en comprender que el cuerpo del capitán era un constructo.

El otro oficial parecía su segundo al mando. Era esbelto, con la mandíbula ancha y unas arrugas como de cicatrices a lo largo de los pómulos marcados. Bajo su cabello corto con entradas refulgían los ojos amarillos, penetrantes y cazadores de un torvotigre.

Kira había oído hablar de soldados que recurrían a la modificación genética para ver mejor durante el combate, pero nunca había conocido a ninguno con esa mejora.

Akawe rodeó la mesa y se sentó en la única silla de ese lado. Les hizo un gesto.

—Siéntense. —Su segundo al mando permaneció de pie, a su lado, derecho como un huso.

Kira y Falconi obedecieron. Las sillas eran duras e incómodas, sin acolchado.

Akawe se cruzó de brazos y los observó con cierto desagrado.

—Vaya pinta de mierda que traen. ¿No está de acuerdo, primer oficial Koyich?

—Señor, sí, señor —contestó el hombre de ojos amarillos.

El capitán asintió.

—Y tanto que sí. Voy a serles muy claro, Sr. Falconi y Srta. Como-se-llame: no tengo ni un minuto que perder con ustedes. Hay una invasión alienígena en marcha, tengo una nave dañada que necesita reparaciones, y por algún motivo el alto mando me está tocando los cojones para que lleve a Vyyborg a todos los tripulantes de la Valquiria cuanto antes. No sabe cómo se han cabreado al enterarse de que ha cambiado usted el rumbo para ir a Malpert en lugar de a Ruslan. Por si fuera poco, al abordar esa nave medusa han sacudido un verdadero avispero. No sé qué mierda están tramando, pero les doy exactamente treinta segundos para convencerme de que saben algo que merece la pena.

—Entiendo el lenguaje de las medusas —dijo Kira.

Akawe pestañeó dos veces.

—Lo dudo mucho. Veinticinco segundos, y bajando.

Kira levantó la barbilla, desafiante.

—Me llamo Kira Navárez. Soy la jefa de xenobiología del equipo de reconocimiento enviado al planeta Adrastea, en Sigma Draconis. Hace cuatro meses, descubrimos un artefacto alienígena en Adrastea, lo que desembocó en la destrucción de la NFAU Circunstancias Atenuantes.

Akawe y Koyich se miraron entre sí. Luego, el capitán descruzó los brazos, formó un triángulo con los dedos y se inclinó hasta apoyar el mentón en ellos.

—De acuerdo, Srta. Navárez. Tiene usted toda mi atención. Ilumíneme.

—Primero necesito enseñarles una cosa. —Kira levantó una mano, con la palma hacia arriba—. Prométanme que no se asustarán.

Akawe soltó un resoplido burlón.

—No sé qué podría hacer para…

Se quedó callado cuando un haz de púas brotó de la mano de Kira. Oyó que los marines de la puerta levantaban sus armas, y supo que le estaban apuntando a la cabeza.

—No pasa nada —dijo, esforzándose por mantener las espinas inmóviles—. Por lo general. —Se relajó y dejó que el traje reabsorbiera las púas.

Y entonces les contó su historia.

2.

Kira mintió.

No en todo, pero (al igual que había hecho con la tripulación de la Wallfish) mintió sobre la muerte de sus compañeros y amigos en Adra, echándoles la culpa a las medusas. Fue una estupidez; si Akawe descongelaba a Orso o a cualquiera de sus camaradas y los interrogaba, sus mentiras quedarían al descubierto. Pero no pudo contenerse. Admitir su responsabilidad en esas muertes, especialmente en la de Alan, era algo para lo que todavía no se sentía preparada. Y por otro lado, temía que eso confirmara los temores de Falconi acerca de ella.

Aparte de eso, contó la verdad lo mejor que supo, incluido el descubrimiento del Báculo del Azul. También les entregó los resultados de las pruebas de Vishal, todas las grabaciones que había hecho con las lentillas dentro de la nave medusa y las transcripciones de los recuerdos del xeno.

Cuando terminó, se hizo un largo silencio. Los ojos de Akawe y Koyich se movían velozmente, transmitiéndose mensajes por la holofaz.

—¿Qué tiene que decir usted, Falconi? —preguntó Akawe.

Falconi torció el gesto.

—Todo lo que les ha contado desde el momento en que subió a bordo de la Wallfish es correcto. Solo quiero añadir, por si sirve de algo, que hoy Kira ha salvado la vida de dos de mis tripulantes. Pueden comprobar nuestros registros si quieren. —Kira agradecía que no hubiera dicho nada sobre el numenista herido.

—Oh, ya lo creo que los comprobaremos —dijo Akawe—. Cuente con ello. —Se le volvieron a velar los ojos—. Un minuto.

Tras otra incómoda pausa, el capitán de la FAU sacudió la cabeza.

—El alto mando de Vyyborg confirma su identidad, así como el descubrimiento de un artefacto xenoforme en Adrastea, pero los detalles son confidenciales. —Miró a Kira—. Solo para estar seguros, ¿no sabe nada sobre estos seres de pesadilla que acaban de aparecer?

Ella negó con la cabeza.

—No. Pero como les he dicho, estoy bastante segura de que las medusas no crearon este traje. Lo hizo algún otro grupo o especie.

—¿Las pesadillas?

—No lo sé, pero… si tuviera que apostar, yo diría que no.

—Ajá. Muy bien, Navárez, está claro que esto me sobrepasa. Parece que las medusas y las pesadillas están ocupadas matándose entre sí. Cuando termine el tiroteo, la llevaremos a Vyyborg para que el mando se encargue de usted.

El capitán se disponía a levantarse de la silla, pero Kira se adelantó:

—Espere. No pueden hacer eso.

Akawe enarcó una ceja.

—¿Disculpe?

—Si me envían a Vyyborg, será una pérdida de tiempo. Tenemos que encontrar el Báculo del Azul. Las medusas parecen convencidas de que con él ganarán la guerra. Y yo también lo creo. Si consiguen el báculo, se acabó. Estamos muertos. Todos.

—Aunque eso fuera cierto, ¿qué espera que haga? —preguntó Akawe, cruzándose de brazos nuevamente.

—Ir a por el báculo —dijo Kira—. Apoderarnos de él antes que las medusas.

—¿Qué? —dijo Falconi, tan perplejo como los militares.

—Ya se lo he dicho: tengo una idea bastante aproximada de dónde se encuentra el báculo. Las medusas no lo saben. Estoy segura de que ya lo están buscando, pero si salimos ahora, es posible que consigamos llegar antes que ellas.

Akawe se pellizcó el puente de la nariz, como si le doliera la cabeza.

—Señorita… no sé cómo cree que funciona el ejército, pero…

—Escuche, ¿de verdad cree que la FAU y la Liga *no* querrían apoderarse del báculo?

—Eso depende de lo que opine Inteligencia Naval de sus afirmaciones.

Kira trató de contener la frustración.

—No pueden permitirse ignorar la posibilidad de que yo esté en lo cierto, y usted lo sabe. Y esa es la clave: si van a mandar una expedición a por el báculo —inspiró hondo—, yo tengo que participar. Me necesitarán allí como traductora. Nadie más puede hacerlo… Mandarme a Vyyborg es una pérdida de tiempo, capitán. Esperar a que Inteligencia evalúe todo lo que les he contado es una pérdida de tiempo. No pueden hacerlo. Tenemos que ir, y hay que hacerlo ya.

Akawe la miró fijamente durante casi medio minuto, y después sacudió la cabeza y se mordió el labio inferior.

—Mierda, Navárez.

—Ahora ya sabe lo que he tenido que aguantar yo —dijo Falconi.

Akawe señaló a Falconi como si estuviera a punto de comérselo vivo, pero pareció pensárselo mejor y volvió a recoger el índice dentro del puño.

—Puede que tenga razón, Navárez, pero en cualquier caso tengo que informar de esto a la cadena de mando. No es una decisión que pueda tomar por mi cuenta.

Kira suspiró, irritada.

—Pero ¿no ve que…?

Akawe empujó la silla hacia atrás mientras se ponía de pie.

—No pienso seguir discutiendo con usted, señorita. Debemos esperar órdenes del alto mando. No hay nada más que hablar.

—Muy bien —dijo Kira, inclinándose hacia delante—. Pero dígales a sus superiores que si me retienen en 61 Cygni, todo el sistema terminará invadido. Las medusas saben dónde estoy ahora. Ya ha visto su reacción cuando se emitió la señal. La única forma de impedir que se apoderen de *esto* —se apoyó un dedo en la frente— es sacarme del sistema. Y si la FAU me envía a Sol, echaremos a perder otras dos semanas, y lo único que conseguiremos será atraer a muchas más medusas hacia la Tierra.

Listo. Acababa de pronunciar las palabras mágicas: «la Tierra». El semilegendario planeta patrio que todos los miembros de la FAU habían jurado proteger. Kira consiguió el efecto deseado. Tanto Akawe como Koyich parecían turbados.

—Se lo diré, Navárez —dijo el capitán—, pero no se haga ilusiones. —Hizo un gesto a los dos marines—. Sacadla de aquí. Llevadla a un camarote libre y aseguraos de que no salga.

—¡Sí, señor!

Mientras los marines la flanqueaban, Kira miró a Falconi con impotencia. Falconi parecía enfadado, frustrado por el cariz que estaban tomando los acontecimientos, pero Kira se dio cuenta de que no pensaba discutir con Akawe.

—Siento que haya salido así —dijo.

Kira se levantó y se encogió de hombros.

—Sí, yo también. Gracias por todo. Despídame de Trig, ¿de acuerdo?

—Claro.

Los marines la escoltaron fuera de la sala de reuniones, dejando a Falconi a solas ante Akawe y la mirada felina de su primer oficial.

3.

Kira rabiaba mientras los marines la escoltaban por el interior del crucero. La dejaron en un camarote más pequeño que el de la Wallfish y cerraron la puerta al salir.

«¡Gaaah!», gritó Kira, paseándose por la habitación (solo podía dar dos pasos y medio en cada dirección). Después se dejó caer en el catre y enterró la cabeza entre los brazos.

Había pasado justo lo que no quería que pasara.

Comprobó su holofaz. Funcionaba, pero tenía bloqueado el acceso a la red de la Darmstadt, por lo que le resultaba imposible saber lo que ocurría en el resto del sistema o mandar mensajes a la tripulación de la Wallfish.

Lo único que podía hacer era esperar, así que esperó.

No fue fácil.

Repasó la conversación con Akawe de seis maneras distintas, intentando pensar qué más habría podido decirle para convencerlo. No se le ocurría nada.

Y entonces, en la quietud y el silencio de aquel cuarto, todo el peso de los acontecimientos del día se le vino encima. Habían pasado tantas cosas que tenía la impresión de que había transcurrido una semana entera desde aquella mañana. Las medusas, la pulsión, la respuesta, Sparrow... ¿Y cómo estaría el numenista al que había acuchillado? Por un momento se quedó pensando en eso, pero entonces recordó fugazmente las sensaciones que había tenido durante el combate en la nave medusa y se echó a temblar, aunque no de frío.

Siguió tiritando hasta que se le agarrotaron los músculos. El filo dúctil también se agitó, pero no podía hacer nada para ayudarla. Kira percibía la confusión del xeno.

Con los dientes castañeteando, se acurrucó en el catre y se tapó con la manta. Siempre se le habían dado bien las emergencias. No era nada fácil alterarla, pero tantísima violencia lo había conseguido. Todavía sentía el vómito en la garganta, obstruyéndole las vías respiratorias. *¡Thule! He estado a punto de morir.*

Pero no había muerto, y eso la reconfortaba un poco.

Poco después, un tripulante de aspecto asustado le trajo una bandeja de comida. Kira salió de la cama el tiempo justo para agarrar la bandeja. Se sentó con la almohada en los riñones y empezó a comer sin ganas, pero poco a poco se fue animando. Con cada bocado se sentía más normal, y cuando terminó, el camarote ya no le parecía tan gris y deprimente.

No iba a rendirse.

Si la FAU no quería escucharla, tendría que recurrir al representante de la Liga de mayor rango del sistema. (No estaba segura de quién sería: ¿el gobernador de Ruslan, tal vez?). Al fin y al cabo, la FAU seguía respondiendo ante el gobierno civil. También estaba el representante de la corporación en Malpert. Podría conseguirle asistencia jurídica para intentar ejercer alguna influencia. Como último recurso, siempre podía acudir a los entropistas en busca de ayuda...

Kira se metió la mano en el bolsillo y sacó la gema que le había regalado Jorrus. Giró el disco facetado, admirando el reflejo de la luz en el fractal central.

No, no iba a rendirse.

Guardó el salvoconducto, abrió un documento nuevo en su holofaz y empezó a redactar un resumen de todo lo que había averiguado acerca del filo dúctil, las medusas y el Báculo del Azul. Tenía que haber alguien influyente que comprendiera la importancia de sus descubrimientos y se diera cuenta de que merecía la pena arriesgarse.

Solamente había escrito una página y media cuando alguien llamó enérgicamente a su puerta.

—Pase —dijo Kira, bajando las piernas de la cama hasta sentarse erguida.

La puerta se abrió y entró el capitán Akawe. Llevaba una taza que olía a café, y su rostro perfectamente cincelado la miraba con severidad.

Detrás de él, junto a la puerta, había un ordenanza y un par de marines.

—Parece que hoy es el día de las sorpresas desagradables —dijo el capitán. Se sentó frente a Kira, en la única silla del camarote.

—¿Qué ha pasado ahora? —dijo Kira, sobrecogida por un repentino temor.

Akawe dejó la taza en un estante, a su lado.

—Todas las medusas del sistema están muertas.

—¿Eso es… bueno?

—Cojonudo —dijo—. Y significa que nuestras comunicaciones superlumínicas ya no están inhibidas.

Kira empezó a comprender lo que eso implicaba. ¡Tal vez ahora pudiera hacer llegar un mensaje a su familia!

—Y han recibido noticias del resto de la Liga. —No era una pregunta. El capitán asintió.

—Ya lo creo. Y no son precisamente alentadoras. —Sacó una moneda azul del bolsillo delantero del uniforme, la observó un momento y volvió a guardarla—. Las pesadillas no solo han atacado 61 Cygni; están atacando todo el espacio colonizado. El Eminente ha emitido un decreto para nombrar a las pesadillas y a las medusas *Hostis Humani Generis*. Enemigos de toda la humanidad. Es decir, que tenemos permiso para disparar sin previo aviso.

—¿Cuándo empezaron a aparecer las pesadillas?

—No estoy seguro. Aún no hay noticias de las colonias del otro extremo de la Liga, así que no sé lo que puede estar pasando allí. Los informes más recientes que tenemos son de hace una semana. Mire esto.

Akawe pulsó un panel de la pared y se encendió una pantalla que reprodujo una serie de vídeos cortos.

Dos naves de las pesadillas estrellándose contra una fábrica en la órbita de una de las lunas de Saturno. Un transporte civil explotando al recibir el impacto de un largo misil rojizo. Imágenes de la superficie de Marte: pesadillas invadiendo los estrechos pasillos de un hábitat cupular, mientras varios marines les disparaban desde unas barricadas. Una panorámica de una de las ciudades flotantes de Venus, sobre la cual llovían fragmentos de naves destruidas que atravesaban las capas de nubes de color lechoso y se precipitaban, como una andanada de fuego, sobre otra plataforma circular a varios kilómetros de distancia, destruyéndola por completo. Y en la Tierra, un enorme cráter ardiente en el centro de un mar de edificios, en algún lugar de una costa nevada.

Kira se quedó sin aliento al verlo. ¡*La Tierra*! No sentía especial afecto por ese planeta, pero resultaba sobrecogedor verlo en esa situación.

—Y no son solamente las pesadillas —dijo Akawe. Volvió a pulsar el panel.

Ahora aparecían medusas en los vídeos. Algunas luchaban contra las pesadillas, y otras contra la FAU o los civiles. Las grabaciones procedían de todos los rincones de la Liga. De Sol. Del mundo de Stewart. De Eidolon. Kira incluso vio unas pocas imágenes que parecían grabadas en Shin-Zar.

Para su consternación, uno de los vídeos parecía haber sido grabado en la órbita de Latham, el gigante gaseoso más alejado de Weyland: era un breve vídeo de dos naves medusa que bombardeaban una planta de procesamiento de hidrógeno en las capas bajas de la atmósfera.

Kira no se sorprendió; la guerra había llegado a todas partes. Tan solo esperaba que no estuvieran combatiendo en la superficie de Weyland.

Akawe interrumpió por fin aquel desfile de horrores.

Kira sentía todo el cuerpo en tensión. Estaba abatida, vulnerable. En cierto modo, todo lo que aparecía en aquellos vídeos era culpa suya.

—¿Se sabe qué está pasando en Weyland?

Akawe negó con la cabeza.

—Solamente lo que acaba de ver, y unos cuantos informes no confirmados de posible presencia de tropas medusa en una de las lunas del sistema.

No era el consuelo que ella esperaba. Decidió que buscaría más detalles en cuanto recuperara el acceso a la red.

—¿Cuál es la situación general? —preguntó en voz baja.

—Mala —dijo Akawe—. Vamos perdiendo. No nos van a vencer mañana, ni tampoco pasado mañana. Pero a este ritmo, es inevitable. Perdemos naves y tropas más deprisa de lo que podemos reemplazarlas. Y no hay forma de protegerse contra esos ataques suicidas que tanto parecen gustar a las pesadillas. —El cráter ardiente apareció de nuevo en la pantalla—. Y eso no es lo peor.

Kira respiró hondo.

—¿No?

Akawe se inclinó hacia delante; sus ojos duros centelleaban.

—Nuestra nave hermana, la Dechado de Dignidad, ha erradicado a las últimas pesadillas de este sistema hace exactamente veinticinco minutos. Y justo antes de que los alienígenas volaran en pedazos, ¿sabe lo que han hecho esa especie de escrotos malolientes?

—No.

—Pues se lo voy a decir: han emitido una señal. Y no una señal cualquiera. —Una sonrisa maliciosa apareció en su rostro—. Escuche esto.

Después de que los altavoces emitieran un siseo de interferencias, se oyó una voz, una voz horrible, rota, malsana y demente, y Kira se sobresaltó al darse cuenta de que estaba hablando en su idioma:

—… *moriréis. ¡Moriréis todos! ¡Carne para las fauces!* —La voz se echó a reír a carcajadas antes de que la grabación terminara repentinamente.

—Capitán —dijo Kira, eligiendo cuidadosamente sus palabras—, ¿la Liga tiene algún programa de bioingeniería del que no nos hayan informado?

Akawe soltó un gruñido.

—Docenas. Pero nada capaz de crear unas criaturas como esas. Usted es bióloga, ya debería saberlo.

—A estas alturas —dijo Kira—, ya no estoy segura de lo que sé. Entonces, estas... pesadillas conocen nuestro lenguaje. Tal vez por eso las medusas creen que nosotros somos los responsables de la guerra. Sea como sea, esas cosas tienen que haber estado vigilándonos, observándonos.

—Sin duda, y eso me pone muy nervioso.

Kira lo observó un momento, con aire calculador.

—No ha venido aquí solo para contarme las noticias, ¿verdad, capitán?

—No. —Akawe se alisó una arruga del pantalón.

—¿Qué le ha dicho el alto mando?

El capitán se miró las manos.

—El alto mando... lo dirige una mujer llamada Shar Dabo. La contralmirante Shar Dabo. Está al mando de las operaciones de Ruslan. Es una buena oficial, pero no siempre estamos de acuerdo... He tenido una charla con ella, una larga charla, y...

—¿Y? —preguntó Kira, procurando no perder la paciencia.

Akawe se dio cuenta y, con una mueca, se apresuró a responder:

—La almirante reconoce la gravedad de la situación, y por eso ha enviado toda la información que nos ha proporcionado a Sol, para consultarlo con Tierra Central.

—¡Tierra Central! —siseó Kira, levantando las manos de pura frustración—. ¿Cuánto tardará en...?

—Tendríamos respuesta dentro de unos nueve días —dijo Akawe—. Suponiendo que esos estirados no se demoren, lo que sería un milagro en sí. Un milagro de los buenos. —Frunció el ceño—. Pero tampoco serviría de nada. Las medusas se han pasado todo el mes entrando en este sistema a diario. En cuanto aparezca la siguiente oleada, volverán a inhibirnos y nos joderán las comunicaciones de aquí a Alfa Centauri. Eso quiere decir que habrá que esperar a que llegue un paquedrón desde Sol para entregarnos las órdenes. Y eso llevaría al menos dieciocho o diecinueve días. —Se inclinó hacia atrás y recogió su taza—. Hasta entonces, la almirante Dabo quiere que la lleve a usted, su traje y a esos marines congelados de la Circunstancias Atenuantes a Vyyborg.

Kira lo miró a los ojos, intentando adivinar lo que estaba pensando.

—¿Y no está de acuerdo con esas órdenes?

Bebió un sorbo de café.

—Digamos que la almirante Dabo y yo tenemos ahora mismo disparidad de opiniones.

—Se está planteando ir a por el báculo, ¿verdad?

Akawe señaló el cráter que seguía ardiendo en la pantalla holográfica.

—¿Ve eso? Tengo amigos y parientes en Sol. Y no soy el único. —Rodeó la taza con ambas manos—. La humanidad no puede ganar una guerra en dos frentes, Navárez. Nos tienen contra las cuerdas y encañonados. A estas alturas, incluso las malas decisiones empiezan a parecer buenas. Si está en lo cierto con lo del Báculo del Azul, es posible que aún tengamos una oportunidad.

Kira no se molestó en disimular su exasperación.

—Es lo mismo que le decía yo.

—Sí, pero no me basta con su opinión —dijo Akawe. Bebió otro sorbo. Kira esperó. Presentía que el capitán necesitaba manifestar en voz alta sus pensamientos—. Si vamos, estaríamos desobedeciendo órdenes o, como mínimo, ignorándolas. Abandonar el campo de batalla todavía se castiga con la pena capital, por si no lo sabía. Cobardía ante el enemigo y todo eso. Y aunque no fuera así, me está proponiendo una misión en el espacio profundo que duraría un mínimo de seis meses, ida y vuelta.

—Ya sé lo que…

—Seis. Meses —repitió Akawe—. ¿Y quién sabe lo que podría pasar en nuestra ausencia? —Negó con la cabeza brevemente—. La Darmstadt se ha llevado una buena tunda hoy, Navárez. No estamos en condiciones para irnos de excursión al culo de la Vía Láctea. Y solo tenemos una nave. ¿Qué pasa si hay una flota medusa entera esperándonos cuando lleguemos? *Bum.* Perderíamos la que tal vez sea nuestra única ventaja: usted. Joder, ni siquiera sabemos si entiende de verdad el lenguaje de las medusas. Es posible que ese traje suyo le esté friendo el cerebro.

Meneó la taza de café.

—Entienda la situación, Navárez. Hay muchas cosas en juego. Para mí, para mi tripulación, para la Liga… Aunque usted y yo hubiéramos sido compañeros de academia, ni de puta broma me largaría a Dios sabe dónde sin más garantía que su palabra.

Kira se cruzó de brazos.

—¿Y entonces a qué ha venido?

—Necesito pruebas, Navárez, y tiene que ser algo más que su palabra.

—¿Y qué espera que haga? Ya le he contado todo lo que sé… ¿Han recuperado algún ordenador de una nave medusa? Tal vez podría…

Akawe negó con la cabeza.

—No, ninguno. Además, seguiríamos sin poder confirmar lo que dice.

Kira puso los ojos en blanco.

—¿Qué mierda quiere entonces? Si no se fía de mí…

—Y no me fío.

—Si no se fía de mí, ¿qué sentido tiene esta conversación?

Akawe se pasó la mano por el mentón mientras la observaba.

—Sus implantes no funcionan, ¿verdad?

—No.

—Una pena. Podríamos resolverlo con un simple sensoescáner.

Kira empezaba a enfadarse.

—Pues lamento decepcionarlo.

A Akawe no pareció molestarle su respuesta.

—Dígame una cosa: ¿cuando prolonga una parte del xeno, puede sentirla? Por ejemplo, cuando arrancó el transmisor de la pared, ¿podía sentir todos esos tentáculos?

La pregunta tenía tan poco que ver con el tema de la conversación que Kira tardó un segundo en contestar:

—Sí. Como si fueran mis propios dedos.

—Ya. Entiendo. —Akawe la sorprendió al desabrocharse el puño de la manga derecha y remangarla—. Puede que tenga la solución para esta encrucijada, Srta. Navárez. En cualquier caso, vale la pena intentarlo. —Akawe se clavó las uñas en la piel de la muñeca desnuda, y Kira se estremeció al ver que la piel se levantaba en un rectángulo perfecto. Aunque sabía que el cuerpo de Akawe era artificial, parecía tan real que la visión de su piel levantada le resultaba instintivamente desconcertante.

Dentro del brazo de Akawe se veían cables, circuitos y piezas de metal.

Mientras sacaba un cable del interior de su antebrazo, el capitán dijo:

—Es un enlace neuronal directo, como los que usan los implantes. Es decir, que es analógico y no digital. Si el xeno puede interactuar con su sistema nervioso, también debería poder hacerlo con el mío.

Kira tardó un momento en sopesar la idea. Parecía poco probable, pero tenía que admitir que era teóricamente posible.

—¿Se da cuenta de lo peligroso que podría ser?

Akawe le tendió el extremo del cable. Parecía fibra óptica, aunque Kira sabía que no lo era.

—Mi constructo tiene varios dispositivos de seguridad integrados. Me protegerán en caso de sobrecarga eléctrica o…

—Pero no lo protegerán si el xeno decide colarse en su cerebro.

Akawe insistió, serio.

—Preferiría morir ahora mismo, intentando detener a las medusas y a las pesadillas, antes que quedarme de brazos cruzado sin hacer nada. Si existe una mínima posibilidad de que esto funcione…

Kira inspiró hondo.

—Está bien. Pero si le pasa algo…

—No será usted responsable, no se preocupe. Limítese a intentar que funcione. —En su mirada apareció un brillo irónico—. Le aseguro que no tengo ganas de morir, Srta. Navárez, pero estoy dispuesto a correr el riesgo.

Kira extendió la mano y agarró el extremo del enlace neuronal. Su tacto era cálido y suave. Kira cerró los ojos y acercó la piel del traje al extremo del cable, ordenándole que se uniera, que se fusionara, que se transformara en él.

Las fibras de la palma de su mano temblaron, y entonces... una leve descarga le recorrió el brazo.

—¿Lo ha notado? —preguntó. Akawe negó con la cabeza.

Kira frunció el ceño y se concentró en sus recuerdos de la nave medusa, intentando conducirlos a través de su propio brazo, hacia Akawe. *Enséñaselo*, pensó con insistencia. *Explícaselo... por favor*. Hizo lo que pudo por transmitirle su urgencia al filo dúctil, para hacerle entender por qué era tan importante.

—¿Y ahora? —dijo, con la voz tensa por el esfuerzo.

—Nada.

Kira apretó los dientes, desechó toda preocupación por la seguridad del capitán y se imaginó que su mente se derramaba por su brazo hasta entrar en la de Akawe, como un imparable torrente de agua. Aplicó cada gramo de energía mental que tenía, y justo cuando había llegado a su límite y estaba a punto de rendirse... justo entonces le pareció que se encendía un interruptor dentro de su cabeza, y de pronto sintió otro espacio, otra presencia en contacto con la suya.

Aquello no era muy distinto a unir la señal directa de dos implantes, aunque sí mucho más caótico.

Akawe se quedó rígido y boquiabierto.

—Oh —dijo.

Una vez más, Kira transmitió su deseo al filo dúctil. *Enséñaselo*. Rememoró sus recuerdos de la nave, incluyendo todos los detalles posibles, y cuando terminó, el capitán dijo:

—Otra vez. Más despacio.

Mientras tanto, sus pensamientos fueron interrumpidos por súbitos destellos de imágenes. *Un conjunto de estrellas. La silueta oscura del Mayoralto recortada contra el fulgor del astro. Un par de brazos cruzados. El Báculo del Azul, el temible Báculo del Azul...*

—Suficiente —dijo Akawe, sin aliento.

Kira relajó la presión sobre el enlace neuronal, y la conexión entre ambos se interrumpió.

El capitán se dejó caer contra la pared. La expresión de su rostro lo hacía parecer casi normal. Volvió a guardarse el cable de datos en el antebrazo y selló el panel de acceso.

—¿Y bien? —dijo Kira.

—Es impresionante, desde luego. —Akawe se bajó la manga, abrochó el puño, recuperó su taza y bebió un largo trago. Hizo una mueca—. Mierda. Me encanta el café, Navárez, pero desde que me metieron en este constructo, ya no me sabe igual.

—¿De verdad?

—Y tanto. Perder el cuerpo no es como hacerse un cortecito en el dedo, no señor. Me pasó hace... catorce años ya. Fue durante una escaramuza contra el Sindicato Reflexivo, en los astilleros de Ceres. ¿Sabes por qué lo llaman el Sindicato Reflexivo?

—No —dijo Kira, luchando por reprimir la impaciencia. ¿Es que el filo dúctil le había afectado al cerebro?

Akawe sonrió.

—Porque se pasan el día sentados sin trabajar, reflexionando sobre los entresijos de la burocracia y la mejor forma de utilizarla en su provecho. Las cosas se calentaron bastante entre el sindicato y el astillero durante las negociaciones contractuales, así que enviaron a mi unidad para calmar las aguas. Para apaciguar a la bestia salvaje. Para apagar el fuego. Una misión de paz... y una mierda. Terminamos enfrentándonos a una muchedumbre de manifestantes. Yo me olía que tenían malas intenciones, pero eran civiles, ¿entiendes? De haber estado en una zona de combate, no habría dudado. Apostar centinelas, desplegar drones, asegurar el perímetro y dispersar a la multitud de los nueve astilleros. Pero no lo hice... porque intentaba evitar que la situación se saliera de madre. Había niños, por el amor de Dios.

Akawe la observó por encima de su taza.

—La multitud se puso como loca y nos atacaron con un arma de microondas que nos frio los drones. Los muy cabrones planeaban una emboscada desde el principio. Empezaron a dispararnos por los flancos... —Sacudió la cabeza—. Yo caí con la primera salva. Murieron cuatro marines. Veintitrés civiles y un montón de heridos. Sabía que los manifestantes tramaban algo. Si hubiera actuado, si no me hubiera quedado esperando, habría podido salvar muchas vidas. Y ahora mismo podría saborear una taza de café como Dios manda.

Kira alisó las arrugas de la manta extendida sobre sus rodillas.

—Va a ir a buscar el báculo —dijo sin más. La idea era abrumadora.

Akawe apuró la taza de un solo trago.

—No.

—¿Qué? Pero pensaba que...

—Pues te equivocas, Navárez. Vamos a ir *los dos*. —Akawe le mostró una sonrisa desconcertante—. Puede que esta sea la peor decisión de toda mi vida, pero ni de broma voy a quedarme sentado mientras un puñado de alienígenas nos exterminan. Una última cosa, Navárez: ¿estás *absolutamente* segura de que no hay nada más que debamos saber? ¿Ningún dato relevante que se te haya escapado? Toda mi tripulación se va a jugar la vida por esto. Es más, están en juego muchas más vidas que las nuestras.

—No se me ocurre nada —dijo Kira—. Pero... sí que tengo una sugerencia.

—¿Por qué será que eso me pone nervioso?

—Debería acompañarnos la Wallfish.

El capitán estuvo a punto de soltar la taza.

—¿De verdad me estás sugiriendo que una nave civil y su tripulación, unos fronterizos, participen en una misión militar en una antigua instalación alienígena? ¿He oído bien, Navárez?

Kira asintió.

—Sí. No puede dejar 61 Cygni sin defensas, así que la Dechado de Dignidad tiene que quedarse, y ninguna de las naves mineras de Malpert están preparadas para una misión larga. Además, no conozco a su tripulación ni me fío de ellos.

—¿Y te fías de Falconi y su banda?

—¿En un combate? Sí, les confiaría mi vida. Como ha dicho usted mismo, posiblemente necesitemos apoyo cuando lleguemos a la ubicación del báculo. La Wallfish no es ningún crucero, pero puede luchar.

Akawe resopló.

—La Wallfish es un zurullo, eso es lo que es. No duraría ni diez minutos contra una nave medusa.

—Puede ser, pero hay otra cosa en la que no ha pensado.

—¿No me digas? Oigámosla.

Kira se inclinó hacia delante.

—La crionización ya no me hace efecto. Así que pregúntese una cosa: ¿se sentiría cómodo dejando al xeno suelto por su nave militar de última generación durante meses, mientras están todos congelados? —Akawe no contestó, pero Kira notó su mirada de suspicacia—. Y no se crea que podría encerrarme durante todo el trayecto. Ya me he hartado de eso. —Agarró el borde de la cama y el filo dúctil estrujó el catre de metal compuesto hasta aplastarlo.

Akawe siguió mirándola durante un buen rato. Cuando Kira empezaba a sentirse incómoda, el capitán negó con la cabeza.

—Aunque estuviera de acuerdo contigo, es imposible que una bañera como la Wallfish pueda seguirle el ritmo a la Darmstadt.

—No estoy tan segura —contestó—. ¿Por qué no lo comprueba?

El capitán volvió a resoplar, pero desvió la mirada para centrarse en su holofaz, y subvocalizó algunas órdenes, moviendo la garganta en silencio. Enarcó las cejas.

—Parece que tus *amigos* —dijo, haciendo especial hincapié en la última palabra— son una caja de sorpresas.

—¿La Wallfish podrá seguirles el ritmo?

Akawe inclinó la cabeza.

—Más o menos. Supongo que a los contrabandistas les interesa moverse deprisa.

Kira resistió el impulso de defender a la tripulación de la Wallfish.

—¿Lo ve? Hoy no todas las sorpresas son desagradables.

—Yo no diría tanto.

—Otra cosa…

—¿Otra cosa? ¿Qué más puede haber?

—A bordo de la Wallfish viajaban dos entropistas, Jorrus y Veera.

Las cejas impecables de Akawe se alzaron de nuevo.

—Entropistas, ¿eh? Menuda lista de pasajeros.

—Debería plantearse traerlos a ellos también. Si vamos a examinar tecnología alienígena, sus conocimientos podrían sernos de utilidad. Yo puedo traducir, pero no soy física ni ingeniera.

El capitán soltó un gruñido.

—Me lo pensaré.

—¿Eso quiere decir que la Wallfish vendrá con nosotros?

El capitán apuró los restos de café y se levantó.

—Depende. No es tan fácil como lo pintas. Te informaré en cuanto lo haya decidido.

Akawe se marchó, dejando el aroma del café como único indicio de su visita.

4.

Kira suspiró. Finalmente iban a marcharse en busca del Báculo del Azul. ¡Iba a ver el sistema que le había mostrado el filo dúctil! No terminaba de creérselo.

Se preguntó cómo se llamaría aquella vieja estrella roja. Tenía que tener un nombre.

Incapaz de permanecer sentada más tiempo, se levantó de un brinco y empezó a pasearse de nuevo por el estrecho camarote. ¿Accedería Falconi a acompañar a la Darmstadt si Akawe se lo pedía? No estaba segura, pero confiaba en que sí. Kira quería que la Wallfish los acompañara por los motivos que le había expuesto a Akawe, pero también por otras razones más egoístas. Después de su experiencia a bordo de la Circunstancias Atenuantes, no quería terminar atrapada en una nave de la FAU durante varios meses seguidos, sometida a vigilancia constante por sus médicos y sus máquinas.

Aunque ahora ya no estaba tan vulnerable como antes. Acarició las fibras de su antebrazo. Ahora que podía controlar al filo dúctil (de vez en cuando), sería capaz de enfrentarse a un soldado con servoarmadura de ser necesario. Y con el xeno, le resultaría muy fácil escapar de una sala de cuarentena como la de la Circunstancias Atenuantes... Ya no se sentía tan indefensa.

Transcurrió una hora. Kira oía golpes sordos que retumbaban por todo el casco del crucero. Supuso que lo estaban reparando o que estaban cargando suministros, pero no era fácil saberlo.

Entonces, una llamada entrante apareció en su holofaz. Kira la aceptó y se abrió un vídeo en el que aparecía Akawe delante de varias consolas. El capitán parecía molesto.

—Navárez, he tenido una amistosa conversación con el capitán Falconi sobre tu propuesta. Está siendo bastante cabrón con las condiciones. Le hemos prometido toda la antimateria que quepa en su nave y un indulto para toda la tripulación, pero no quiere aceptar hasta hablar contigo. ¿Quieres hablar con él?

Kira asintió.

—Pásemelo.

El rostro de Akawe desapareció (aunque Kira estaba segura de que el capitán seguía escuchando la conversación), sustituido por el de Falconi. Como siempre, sus ojos eran dos esquirlas de hielo.

—Kira —la saludó.

—Falconi. ¿Qué es eso de los indultos?

Eso pareció incomodarlo.

—Ya te lo explicaré luego.

—El capitán Akawe dice que quieres hablar conmigo.

—Sí. Esa idea de locos que has tenido… ¿Estás segura, Kira? ¿Estás segura de verdad?

La pregunta era tan parecida a la que le había hecho Akawe un rato antes que Kira estuvo a punto de echarse a reír.

—Todo lo segura que puedo estar.

Falconi ladeó la cabeza.

—¿Tan segura como para arriesgar tu vida? ¿Y la mía? ¿Y la de Trig? ¿Y qué me dices de la de Runcible?

Esta vez Kira sí que sonrió, aunque muy poco.

—No puedo prometerte nada, Falconi…

—No te pido que lo hagas.

—… pero sí, creo que no existe nada más importante que esto.

Falconi la observó un momento, antes de asentir secamente con la cabeza.

—Muy bien. Es lo que necesitaba saber.

Se cortó la comunicación y Kira cerró la holofaz.

Unos diez minutos después, alguien llamó a la puerta y oyó una voz de mujer:

—¿Señora? Tengo órdenes de escoltarla hasta la Wallfish.

Kira sintió tanto alivio que se sorprendió; la apuesta le había salido bien.

Abrió la puerta y encontró a una mujer menuda y algo asustada; una oficial de bajo rango.

—Por aquí, señora —dijo la mujer.

Kira la siguió hasta salir de la Darmstadt y regresar al puerto espacial. Cuando abandonaron el crucero, los dos marines con servoarmadura apostados en la entrada las acompañaron, siguiéndolas a una distancia discreta. Aunque sus servoarmaduras eran cualquier cosa menos discretas, claro.

La invadió una curiosa familiaridad a medida que se acercaban a la Wallfish. La puerta de la bodega de carga seguía abierta; varios robots montacargas entraban y salían, distribuyendo cajas de comida y otros suministros por el interior.

Trig estaba allí, acompañado por Nielsen y Falconi. El capitán dejó el portapapeles que estaba estudiando y la miró.

—Bienvenida de nuevo, Navárez. Parece que nos vamos de excursión por tu culpa.

—Eso parece —contestó Kira.

CAPÍTULO XI

★ ★ ★ ★ ★ ★ ★

REVELACIÓN

1.

Se dieron mucha prisa en despegar desde la estación Malpert. En muchas de las expediciones en las que había participado Kira, los preparativos eran casi tan largos como el propio trayecto. Pero esta vez, no. La tripulación aprestó la Wallfish para el inminente viaje con gran eficiencia, agilizando unas tareas que normalmente habrían llevado varios días. El capitán Akawe había dado órdenes a la autoridad portuaria para que les prestara toda la ayuda posible, y eso también aceleraba las cosas.

Mientras los robots montacargas llenaban la bodega de estribor de suministros y las mangueras surtían de hidrógeno los depósitos de la Wallfish, la tripulación sustituía las bombonas de aire vacías por otras nuevas, retiraba los desechos y se reabastecía de agua.

Kira los ayudaba en lo que podía. Había demasiado trabajo que hacer para andar charlando, pero cuando se presentó la oportunidad, se llevó a Vishal aparte para que los demás no los oyeran.

—¿Qué ha pasado con el numenista? —preguntó—. ¿Está bien?

El doctor pestañeó, como si ya no se acordara de él.

—¿El…? Ah, se refiere a Bob.

—¿Bob? —Por algún motivo, a Kira le costaba imaginar que aquel hombre de cabello morado se llamara Bob.

—Sí, sí —dijo Vishal, y se llevó un dedo a la sien—. Estaba más chiflado que un astrotaño, pero por lo demás, ningún problema. Unos días de reposo y como nuevo. No parecía molestarle que usted lo haya acuchillado.

—¿No?

El doctor negó con la cabeza.

—No. Parecía casi orgulloso de ello, aunque prometió, y cito textualmente, Srta. Navárez: «partirle esa cabeza de adoquín». Creo que lo decía en serio.

—Supongo que tendré que andarme con cuidado —dijo Kira, procurando aparentar que no estaba preocupada. Pero sí que lo estaba. Todavía sentía las espinas del filo dúctil penetrando en la carne fibrosa del numenista. Ella era responsable de ello; esta vez no podía alegar ignorancia, como con su equipo de Adra.

—En efecto.

Siguieron preparando la Wallfish para el despegue.

Poco después (sorprendentemente pronto), Falconi se comunicó con el crucero de la FAU:

—Estamos listos, Darmstadt. Cambio.

Un momento después, el primer oficial Koyich contestó:

—Recibido, Wallfish. El equipo Alfa llegará enseguida.

—¿El equipo Alfa? —preguntó Kira en cuanto Falconi cortó la comunicación. Estaban en la bodega de carga, supervisando la última remesa de alimentos.

Falconi hizo una mueca.

—Akawe ha insistido en que haya unos cuantos soldados a bordo para vigilarnos. No he podido negarme. Habrá que estar preparados por si causan jaleo.

—Si hay algún problema, estoy segura de que podremos ocuparnos —dijo Nielsen, mirando de reojo a Kira con expresión severa antes de desviar la vista.

Kira esperaba que la primera oficial de la Wallfish no se hubiera convertido en su enemiga. En cualquier caso, ella no podía hacer nada; la situación era la que era. Al menos Nielsen no se mostraba abiertamente hostil.

El equipo Alfa llegó al cabo de unos minutos: cuatro marines con exos que traían varias cajas de equipo envueltas en redes. Los acompañaban unos robots montacargas con criotubos y varias cajas de plástico alargadas. El marine que iba a la cabeza se propulsó hasta Falconi, lo saludó militarmente y se presentó:

—Teniente Hawes, señor. Permiso para subir a bordo.

—Permiso concedido —contestó Falconi, señalando hacia el interior de la nave—. En la bodega de babor estarán a sus anchas. Organícense como prefieran.

—Señor, sí, señor. —Hawes hizo un gesto con la mano y uno de los robots montacargas avanzó, empujando un palé con una botella de contención suspendida de unos muelles de absorción de impactos, dentro de una estructura metálica.

Kira reprimió el impulso de salir corriendo de allí. No conocía ningún puerto espacial planetario con permiso para vender antimateria. El menor fallo de la botella magnética provocaría una explosión que no solo destruiría todo el puerto (haciendo estallar a su vez toda la antimateria de las demás naves atracadas), sino que también destruiría cualquier asentamiento, pueblo o ciudad cercanos. La Tierra ni siquiera autorizaba el aterrizaje de naves equipadas con impulsores Markov, a menos que primero descargaran su antimateria en alguna de las estaciones de repostaje de su órbita alta.

La presencia de la botella de contención también parecía incomodar a Falconi.

—Al final del pasillo está la escalerilla. Mi jefa de máquinas ya está allí —le dijo al robot, dejándole espacio más que de sobra para que pasara flotando.

—Una cosa más, señor —dijo Hawes—. ¡Sánchez! ¡Súbelos!

El marine que guiaba a los robots que transportaban las cajas largas de plástico se acercó. En los laterales aparecían estampadas unas palabras en letras rojas: la primera línea en alfabeto cirílico y la segunda en alfabeto latino.

El texto decía «RSW7-Molotók», seguido por un logotipo que representaba una nova y el nombre «Industrias Defensivas Lutsenko^{MR}». Las dos líneas de texto estaban enmarcadas por sendos símbolos de radiación, en color amarillo y negro.

—Un regalo del capitán Akawe —dijo Hawes—. No es equipo de la FAU, son de fabricación local, pero servirán en caso necesario.

Falconi asintió, con gesto serio.

—Déjenlos junto a la puerta. Más tarde los llevaremos a los tubos de lanzamiento.

Kira le preguntó a Nielsen en voz baja:

—¿Son lo que creo que son? —La primera oficial asintió.

—Obuses Casaba.

Kira tragó saliva, pero tenía la boca demasiado seca. Aquellos misiles estaban llenos de material fisionable, y la fisión la asustaba casi tanto como la antimateria. Era la versión más sucia y peligrosa de la energía nuclear. Al desmantelar un reactor de fusión, los únicos materiales radiactivos que quedaban eran los producidos por el bombardeo de neutrones. Pero un reactor de fisión implicaba una montaña letal y potencialmente explosiva de elementos inestables con una semivida de miles de años.

Acababa de enterarse de que la Wallfish tenía tubos lanzamisiles. Tal vez debería haberle preguntado a Falconi con qué clase de armas estaba equipada su nave antes de ir a por los alienígenas.

Los marines pasaron de largo, emitiendo pequeños chorros de vapor con los propulsores de sus servoarmaduras. Trig, de pie junto al capitán, los miraba con los ojos abiertos de par en par, y Kira se dio cuenta de que se moría por bombardear a preguntas a los soldados.

Pocos minutos después aparecieron los entropistas, cargados con sus bolsas de viaje.

—Ya suponía que volvería a veros —dijo Falconi.

—¡Eh! —los saludó Trig—. ¡Bienvenidos de nuevo a bordo!

Los entropistas se sujetaron a un asidero de la pared e inclinaron la cabeza lo mejor que pudieron.

—Es un honor estar aquí. —Miraron a Kira; sus ojos resplandecían bajo las capuchas—. Nos ha sido imposible rechazar esta oportunidad de conocimiento. Nadie de nuestra orden lo habría hecho.

—Me parece muy bien —dijo Nielsen—. Pero dejad de hablar doble. Me da jaqueca.

Los entropistas inclinaron la cabeza de nuevo, y Trig los guio hacia el camarote en el que iban a alojarse.

—¿Tenéis suficientes criotubos? —preguntó Kira.

—Ahora sí —contestó Falconi.

Después de los últimos preparativos, la puerta de la bodega de estribor se cerró y Gregorovich anunció con su habitual tono trastornado:

—Al habla sssu mente de a bordo. Por favor, asssegúrense de que todas sssus pertenencias estén guardadas en los compartimentos sssuperiores. Amarraos bien al mástil, marineros: iniciamos el desacoplamiento, propulsores de control de reacción activados. Partimos hacia lugares ignotos para darle un buen tirón de orejas al destino.

Kira entró en la sala de control, tomó asiento y se abrochó el arnés. El resto de la tripulación ya estaba allí, a excepción de Hwa-jung, que seguía en Ingeniería, y Sparrow, que todavía se estaba recuperando en la enfermería. Los entropistas estaban en su camarote y el equipo Alfa en la bodega de babor, aún equipados con sus exos.

Mientras los propulsores de reacción de la Wallfish los iban alejando con suavidad de Malpert (manteniendo la popa orientada en dirección contraria a la estación para no freír todo el muelle con la radiación residual de los cohetes), Kira le envió un mensaje a Falconi:

<¿Cómo has convencido a todos para que acepten? —Kira>.

<Ha costado trabajo, pero saben lo que está en juego. Además, vamos a conseguir antimateria, indultos y la posibilidad de encontrar tecnología alienígena que nadie ha visto nunca. Seríamos unos tontos si rechazáramos esta oportunidad. —Falconi>.

<Nielsen no parecía demasiado contenta. —Kira>.

<Ella es así. Lo raro sería que se alegrara de partir rumbo a lo desconocido. —Falconi>.

<¿Y Gregorovich? —Kira>.

¿Cómo se las habría arreglado Falconi para despegar si la mente de a bordo no se hubiera mostrado de acuerdo?

El capitán empezó a tamborilearse en el muslo con los dedos.

<Cree que se lo va a pasar en grande. Lo ha dicho él mismo. —Falconi>.

<No te lo tomes a mal, pero ¿alguna vez le han hecho una evaluación psíquica a Gregorovich? Las mentes de a bordo están obligadas, ¿verdad? —Kira>.

Kira vio que Falconi hacía una mueca desde el otro lado de la sala.

‹Sí. Tienen que hacérsela más o menos cada seis meses (de tiempo real) cuando se acaban de instalar en una nave nueva, y después anualmente, suponiendo que los resultados sean estables... Andábamos mal de plazo cuando rescatamos a Gregorovich, así que tardamos un tiempo en atracar. Para entonces ya estaba mucho más calmado y aprobó la evaluación. —Falconi›.

‹¡¿Aprobó?! —Kira›.

‹Con matrícula de honor. Y ha seguido aprobando desde entonces. —Falconi›.

La miró de reojo.

‹Sé lo que estás pensando, pero las mentes de a bordo no se evalúan con los mismos criterios que tú y que yo. Lo que ellas entienden por «normal» es bastante más amplio. —Falconi›.

Kira reflexionó un momento.

‹¿Y un psiquiatra? ¿Gregorovich ha hablado alguna vez con alguien que le ayude a superar lo que le pasó en aquella luna? —Kira›.

Falconi resopló discretamente.

‹¿Sabes cuántos psiquiatras están capacitados para tratar a una mente de a bordo? Muy pocos. La mayoría están en Sol y también son mentes de a bordo. ¿Por qué no intentas TÚ psicoanalizar a una mente de a bordo, a ver qué pasa? Te desmontará y te volverá a armar como si fueras un puzle sin que te des cuenta. Sería como si un niño de tres años intentara jugar al ajedrez con una pseudointeligencia. —Falconi›.

‹Entonces, ¿no lo ayudas? —Kira›.

‹Me he ofrecido a llevarlo varias veces, pero siempre se ha negado. —Falconi›.

Se encogió ligeramente de hombros.

‹Para él, la mejor terapia es estar acompañado y recibir el mismo trato que cualquier otro tripulante. Ahora está mucho mejor que antes. —Falconi›.

No sonaba demasiado tranquilizador, aunque el capitán creyera que sí.

‹¿Y no te preocupa que dirija la nave? —Kira›.

Falconi volvió a mirarla con severidad.

‹La Wallfish la dirijo yo, para tu información. Y no, Gregorovich no me preocupa en absoluto. Ya no recuerdo la de veces que nos ha sacado de un apuro, y es un miembro importante y valorado de mi tripulación. ¿Alguna otra pregunta, Navárez? —Falconi›.

Kira decidió que era mejor no tentar a la suerte, así que negó levemente con la cabeza y se conectó a las imágenes de las cámaras exteriores.

Cuando la Wallfish se alejó a una distancia prudencial de Malpert, sonó la alarma de propulsión y el cohete principal se encendió. Kira tragó saliva y recostó la cabeza contra el respaldo de la silla. Ya no había vuelta atrás.

2.

La Darmstadt zarpó unas horas después que la Wallfish; el despegue se había retrasado por culpa de las reparaciones y las necesidades de avituallamiento de la tripulación, pero el crucero daría alcance a la Wallfish a la mañana siguiente.

Tardarían un día y medio en alcanzar el límite de Markov, y entonces... Kira se estremeció. Entonces pasarían al modo superlumínico y dejarían atrás la Liga. Era una perspectiva sobrecogedora. Su trabajo la había llevado muchas veces hasta los confines del espacio colonizado, pero nunca se había aventurado tan lejos. Muy pocos lo habían hecho. No había incentivos económicos para ello; tan solo las expediciones de investigación y las misiones de reconocimiento se adentraban tanto en las vastas profundidades del espacio desconocido.

La estrella a la que se dirigían era una enana roja de aspecto anodino, detectada hacía tan solo veinticinco años. Los análisis remotos indicaban la presencia de al menos cinco planetas en su órbita, lo cual coincidía con lo que le había mostrado el filo dúctil. Sin embargo, los telescopios de la Liga no habían detectado ninguna actividad tecnológica.

Sesenta años luz era una distancia abrumadoramente enorme. El viaje sería un duro trago para ambas naves y sus tripulaciones. Tendrían que entrar y salir del espacio superlumínico varias veces para deshacerse del exceso de temperatura, y aunque no era peligroso permanecer en crionización los tres meses que tardarían en llegar a la lejana estrella, la experiencia pasaría factura a la mente y al cuerpo.

Y a Kira más que a nadie. No le entusiasmaba precisamente la idea de pasar de nuevo por el letargo onírico inducido por el xeno, sobre todo cuando había pasado tan poco tiempo desde su llegada de Sigma Draconis. La duración sería similar, ya que la Valquiria era mucho más lenta que la Wallfish o la Darmstadt. Kira tan solo esperaba no volver a tener que pasar hambre para convencer al filo dúctil de que le indujera la hibernación.

No iba a animarse pensando en lo que le esperaba, así que procuró alejar esas ideas de su cabeza.

—¿Cómo se ha tomado la FAU que nos vayamos? —preguntó, desabrochando el arnés.

—No muy bien —dijo Falconi—. No sé qué les habrá contado Akawe a los de Vyyborg, pero no deben de estar muy contentos, porque nos están amenazando con un verdadero infierno legal si no damos media vuelta.

Gregorovich se rio entre dientes, y su risa resonó por toda la nave.

—Su rabia impotente me regocija. Parecen... espantados.

—¿Y te extraña? —inquirió Nielsen.

Falconi negó con la cabeza.

—No me gustaría estar en el pellejo del tipo que tenga que explicarles a los de Sol que han perdido un crucero entero, además de a Kira y su traje.

—Capitán —dijo entonces Vishal—, debería ver lo que están poniendo en las noticias locales.

—¿En qué canal?

—CTR.

Kira accedió a su holofaz y buscó el canal. Cuando lo encontró, aparecieron unas imágenes del interior de una nave, grabadas con unos implantes. Se oían gritos. El cuerpo de un hombre pasó flotando por delante de la cámara hasta chocar contra otra persona más menuda. Kira tardó un segundo en darse cuenta de que estaba viendo la bodega de la Wallfish.

Mierda.

Apareció una silueta abultada y palpitante: una medusa. La persona que estaba grabando se concentró en el alienígena, mientras este arrojaba un objeto que se salía del plano. Otro grito rasgó el aire; Kira lo recordaba muy bien.

Entonces se vio a sí misma volando frente a la cámara, como una flecha negra, y forcejeó con el alienígena mientras una cuchilla larga y plana brotaba de su piel y empalaba al furioso alienígena.

La imagen se congeló y se oyó la voz en *off* de una mujer:

—*¿Este traje de combate podría proceder de los programas de armamento avanzado de la FAU? Posiblemente. Otros pasajeros nos han confirmado que esta mujer había sido rescatada de un transbordador de la FAU unos días antes. Por lo tanto, cabe preguntarse qué otras tecnologías nos está ocultando la Liga. Y no podemos olvidar este otro incidente que se ha producido hoy mismo. Una vez más, avisamos a nuestros espectadores: las siguientes imágenes podrían herir su sensibilidad.*

El vídeo continuó, y Kira volvió a verse a sí misma, esta vez intentando someter al numenista de cabello morado. El hombre le daba un cabezazo en la cara y ella lo apuñalaba. No era muy diferente de lo que le había hecho a la medusa.

Vista desde fuera, la escena era más perturbadora de lo que Kira pensaba. No le extrañaba que los refugiados la hubieran mirado así; ella habría hecho lo mismo en su lugar.

La voz de la periodista habló de nuevo:

—*¿Estamos viendo un uso justificado de la fuerza o la reacción de una persona peligrosa y descontrolada? Decídanlo ustedes. Más tarde, Ellen Kaminski fue escoltada al crucero Darmstadt de la MEFAU y parece poco probable que se le imputen cargos legales. Hemos intentado entrevistar a los pasajeros que pudieron hablar con ella. Este es su testimonio:*

A continuación, el vídeo mostraba a la pareja de entropistas siendo abordada en un pasillo de Malpert.

—*Disculpen. Un momento, disculpen* —decía la periodista—. *¿Qué pueden contarnos sobre Ellen Kaminski, la mujer que mató a una medusa a bordo de la Wallfish?*

—*No tenemos nada que decir, prisionera* —dijeron Veera y Jorrus al unísono, mientras agachaban la cabeza para ocultar el rostro bajo la capucha.

El siguiente que apareció fue Felix Hofer, que llevaba de la mano a su sobrina.

—*La medusa iba a matar a mi sobrina Nala, y esa mujer la salvó. Nos salvó a todos. Por lo que a mí respecta, Ellen Kaminski es una heroína.*

La imagen pasó a Inarë, de pie en el puerto espacial, haciendo punto con expresión presumida. Su gato de orejas peludas, echado sobre sus hombros, asomaba la cabeza entre la mata de cabello rizado de la mujer.

—*¿Que quién es?* —decía Inarë, con una sonrisa de lo más inquietante—. *Pues es la furia de las estrellas, ni más ni menos.* —Se echó a reír, dándole la espalda a la cámara—. *Adiós, bicheja.*

La voz de la periodista habló de nuevo mientras en la pantalla aparecía una imagen estática de Kira empalando a la medusa.

—*«La furia de las estrellas». ¿Quién es la misteriosa Ellen Kaminski? ¿Una nueva clase de supersoldado? ¿Y qué hay de su traje de combate? ¿Se trata de una bioarma experimental? Por desgracia, es posible que nunca lo sepamos.* —La imagen pasó a un primer plano del rostro de Kira, con expresión sombría y amenazante—. *Sea cual sea la verdad, una cosa está clara, saya: las medusas harían bien en temerle. Y, aunque solo sea por eso, esta periodista le está agradecida. La furia de las estrellas, la furia estelar... sea quien sea en realidad, nos alivia saber que lucha a nuestro lado. Les ha informado Shinar Abosé para CTR Noticias.*

—Mierdaa —dijo Kira, cerrando la holofaz.

—Parece que nos marchamos justo a tiempo —dijo Falconi.

—Sí.

Desde el otro lado de la sala, Trig le sonrió.

—Furia estelar. ¡Ja! ¿Puedo empezar a llamarte así?

—Inténtalo y te arrepentirás.

Nielsen se recogió varios mechones de cabello sueltos en la coleta.

—Quizá no sea tan mala noticia. Cuanta más gente la conozca, más le costará a la Liga hacerla desaparecer y fingir que el filo dúctil no existe.

—Tal vez —dijo Kira, no demasiado convencida. No tenía mucha fe en la responsabilidad de los gobiernos. Si querían hacerla desaparecer, lo harían sin tener en cuenta la opinión pública. Además, aquella revelación significaba que a partir de ahora le sería prácticamente imposible mantener el anonimato.

3.

Ahora que la Wallfish ya estaba en camino, la tripulación se dispersó por la nave para seguir preparándola para el largo viaje. En palabras de Trig, hacía «una eternidad» que no entraban en modo superlumínico. Tenían que reorganizar los suministros, comprobar y configurar los sistemas, almacenar un montón de cosas (había que guardar todos los bolígrafos, tazas, mantas y cachivaches que la FAU había dejado fuera de su sitio al registrar la nave, antes de embarcarse en un largo período de gravedad cero) y docenas de tareas más.

Ya se estaba haciendo tarde, pero Falconi insistió en que siguieran trabajando mientras pudieran.

—Nunca se sabe lo que pasará mañana. Podría aparecer otra horda de hostiles pisándonos los talones.

Era bastante convincente. Hwa-jung le pidió a Kira que bajara a la bodega de carga para ayudarla a desembalar los bots de reparación que les había enviado la estación de Malpert para sustituir los que habían perdido al abordar la nave medusa.

Tras unos minutos trabajando en silencio, Hwa-jung miró de reojo a Kira.

—Gracias por matar a ese bicho.

—¿Te refieres a la medusa?

—Sí.

—De nada. Me alegro de haber sido de ayuda.

Hwa-jung gruñó.

—De no haber sido por ti... —Sacudió la cabeza, y Kira vio una expresión de emoción inusitada en su rostro—. Algún día te invitaré a *soju* y ternera para darte las gracias y nos emborracharemos las tres juntas: tú, yo y la pequeña Sparrow.

—Cuando quieras... —Después de un momento, Kira preguntó—: ¿Te parece bien que vayamos a buscar el Báculo del Azul?

Hwa-jung siguió sacando un robot de su embalaje.

—Estaremos muy lejos de cualquier puerto espacial si la Wallfish se avería. Creo que es bueno que la Darmstadt esté con nosotros.

—¿Y qué piensas de la misión en sí?

—Hay que cumplirla. *Aish.* ¿Qué más quieres que diga?

Mientras terminaban con la última caja, apareció un mensaje en su holofaz:

‹Ven a la sala de hidroponía en cuanto puedas. —Falconi›.

‹Cinco minutos. —Kira›.

Después de ayudar a Hwa-jung a deshacerse del embalaje sobrante, Kira se excusó y se marchó rápidamente de la bodega de carga. Al llegar al conducto principal, dijo en voz alta:

—Gregorovich, ¿dónde está la sala de hidroponía?

—Tienes que subir una cubierta. Al final del pasillo, gira a la izquierda y luego a la derecha.

—Gracias.

—*Bitte.*

A medida que Kira se acercaba a la sala de hidroponía, la recibió un aroma de flores, hierbas, algas y toda clase de vegetales. Aquellos olores le recordaban a los invernaderos de Weyland y a su padre cuidando de sus constelaciones de medianoche. Sintió unas ganas repentinas de estar al aire libre, rodeada de seres vivos, en lugar de atrapada en naves que apestaban a sudor y a lubricante.

Los aromas se multiplicaron en cuanto la compuerta presurizada se abrió y Kira entró en la atmósfera cargada de humedad de la sala de hidroponía, dividida en múltiples pasillos repletos de plantas colgantes y cubas llenas de agua oscura con cultivos de algas. Los aspersores del techo regaban las plantas por pulverización.

Kira se detuvo, sobrecogida por la escena. Aquella sala era muy similar a la de Adrastea, la misma en la que Alan y ella habían pasado tantas horas juntos, incluida aquella última noche tan especial, cuando Alan le había pedido que se casara con él.

Una tristeza más intensa que cualquier aroma se apoderó de ella.

Falconi estaba al fondo de la sala, inclinado sobre una mesa de trabajo mientras podaba una planta con una flor blanca y delicada, de pétalos brillantes y caídos, que Kira no conocía. El capitán se había remangado, dejando a la vista sus cicatrices.

A Kira le sorprendió que Falconi fuera aficionado a la jardinería, pero después se acordó del bonsái que había visto en su camarote.

—¿Querías verme? —le preguntó.

Falconi cortó una de las hojas de la planta, y luego otra. Cada vez que las tijeras de podar se cerraban producían un chasquido tajante. Todas las plantas de la sala debían ser reprocesadas antes de que la nave entrara en superlumínico. No sobrevivirían tanto tiempo sin cuidados, y además producirían un exceso de calor. Tal vez pudieran guardar en crionización las más especiales (no sabía con qué clase de equipo contaba la Wallfish), pero casi todas se perderían.

Falconi dejó las tijeras, se levantó y apoyó las dos manos en la mesa.

—Cuando acuchillaste a ese numenista…

—Bob.

—Eso, Bob el numenista. —Falconi no sonrió, y Kira tampoco—. ¿Quién lo acuchilló, tú o el filo dúctil?

—Creo que fuimos los dos.

Falconi gruñó.

—No sé si eso es mejor o peor.

Kira notó un nudo de vergüenza en el estómago.

—Mira, fue un accidente. No volverá a pasar.

Falconi la miró de reojo, con la cabeza gacha.

—¿Estás segura?

—N...

—Da igual. No podemos permitirnos otro *accidente* como el de Bob. No pienso permitir que nadie más de mi tripulación resulte herido, ni por las medusas ni mucho menos por este traje tuyo. ¿Me oyes? —La miró fijamente.

—Te oigo.

Falconi no parecía convencido.

—Mañana, quiero que vayas a ver a Sparrow. Habla con ella. Hazle caso. Tiene algunas ideas para ayudarte a controlar el filo dúctil.

Kira se revolvió, incómoda.

—No quiero discutir, pero Sparrow no es científica. Si...

—No creo que necesites un científico —dijo Falconi, frunciendo el ceño—. Lo que necesitas es disciplina y estructura. Entrenamiento. La cagaste con ese numenista, y también la cagaste en la nave medusa. Si no eres capaz de controlar este chisme, tendrás que quedarte en tu camarote a partir de ahora, por el bien de todos.

Falconi tenía razón, pero su tono le molestaba.

—¿Crees que voy a poder entrenar mucho? Nos vamos de Cygni pasado mañana.

—Pero tú no puedes entrar en crionización —contratacó Falconi.

—Bueno, pero...

Falconi volvió a fulminarla con la mirada.

—Haz lo que puedas. Habla con Sparrow. Espabila y resuelve tus mierdas. No es una sugerencia.

Kira sintió un hormigueo en la nuca. Irguió los hombros.

—¿Es una orden?

—Ya que lo preguntas, sí.

—¿Algo más?

Falconi le dio la espalda y volvió a inclinarse sobre la mesa de trabajo.

—Nada más. Largo de aquí.

Kira se marchó.

4.

Después de eso, a Kira ya no le apetecía interactuar con el resto de la tripulación, ni trabajando ni durante la cena.

Se retiró a su camarote. Con las luces atenuadas y la holofaz apagada, la habitación parecía más vacía, estrecha y destartalada que nunca. Kira se sentó en la cama y se quedó mirando las paredes abolladas, sin encontrar nada mínimamente agradable en su aspecto.

Quería enfadarse. En realidad ya estaba enfadada, pero no conseguía culpar a Falconi. Ella habría hecho lo mismo en su lugar. Aun así, seguía sin estar convencida de que Sparrow pudiera serle de ayuda.

Se tapó la cara con las manos. En parte, quería convencerse de que ella no era responsable de haber respondido a la llamada de la nave medusa ni de haber herido a Bob el numenista; de algún modo, el traje la había manipulado mentalmente, había actuado por voluntad propia, bien por ignorancia o por un perverso deseo de sembrar el caos y la destrucción.

Pero sabía que no era verdad. Nadie la había obligado a hacer ni una cosa ni la otra. Kira había *querido* hacer ambas cosas. Culpar al filo dúctil de sus acciones no era más que una excusa, una salida fácil para la dura realidad.

Inspiró hondo, temblando.

No todo había salido mal, por supuesto. El descubrimiento del Báculo del Azul era todo un logro; Kira deseaba con cada fibra de su ser que no se hubiera confundido y que su hallazgo los llevara a buen puerto. Aun así, esa idea no conseguía reducir en absoluto la culpabilidad que la corroía.

Por muy agotada que estaba, no conseguía descansar. Su mente seguía demasiado activa, demasiado alterada. En vez de eso, activó la consola de su camarote, comprobó las últimas noticias de Weyland (Akawe había dicho la verdad) y después empezó a leer todo lo que encontró sobre las pesadillas. No había gran cosa. Su llegada a 61 Cygni y al resto del espacio colonizado había sido tan reciente que nadie había podido analizarlos adecuadamente, o al menos Kira no encontró nada en las transmisiones que ya habían llegado a Cygni.

Llevaba una media hora sentada cuando apareció un mensaje de Gregorovich:

La tripulación se está congregando en el comedor. Tal vez desees asistir, espinoso saco de carne. —Gregorovich

Kira cerró el mensaje y siguió leyendo las noticias.

No habían pasado ni quince minutos cuando llamaron enérgicamente a su puerta. Kira dio un respingo. Oyó la voz de Nielsen:

—¿Kira? Sé que estás ahí. Ven con nosotros, tienes que comer algo.

Kira tenía la boca tan seca que tuvo que intentarlo tres veces antes de poder responder:

—No, gracias. Estoy bien.

—Qué tontería. Abre la puerta.

—... No.

Se oyó el chirrido del metal mientras la rueda exterior giraba. La puerta se abrió, y Kira se inclinó hacia atrás y se cruzó de brazos, un tanto ofendida. Por pura costumbre, había bloqueado la cerradura al recluirse en el camarote. No esperaba que nadie irrumpiera de esa manera, aunque sabía que probablemente la mitad de la tripulación era capaz de anular el cierre de seguridad.

Nielsen entró y la miró con exasperación. Kira se obligó a sostenerle la mirada, desafiante.

—Vamos —dijo Nielsen—. La cena está caliente. Son raciones de microondas, pero te sentirás mejor después de comer algo.

—Da igual. No tengo hambre.

Nielsen la observó un momento, cerró la puerta del camarote y, para sorpresa de Kira, se sentó en el otro lado de la cama.

—No, no da igual. ¿Cuánto tiempo piensas quedarte aquí?

Kira se encogió de hombros. La superficie del filo dúctil le hizo cosquillas.

—Estoy cansada, nada más. No me apetece hablar con nadie.

—¿Por qué? ¿De qué tienes miedo?

Por un momento, Kira se planteó no responder, pero después se armó de valor:

—De mí misma. ¿De acuerdo? ¿Ya estás contenta?

Nielsen no parecía impresionada.

—La cagaste, sí. Todos la cagamos alguna vez. Lo importante es cómo lo afrontes. Esconderte no es la solución. Nunca lo es.

—Ya, pero… —Kira no encontraba las palabras.

—¿Pero…?

—¡No sé si puedo controlar al filo dúctil! —soltó Kira. Ya está, ya lo había dicho—. Si vuelvo a enfadarme, a excitarme o… no sé lo que podría pasar, y… —Se le quebró la voz, abatida.

Nielsen resopló.

—Y una mierda. No me lo creo. —Kira, sorprendida, no consiguió articular una respuesta antes de que la primera oficial siguiera hablando—. Eres perfectamente capaz de cenar con nosotros sin matar a nadie. Ya, ya sé lo del parásito alienígena. —Miró a Kira con el ceño fruncido—. Perdiste el control porque Bob el numenista te partió la nariz. Eso cabrea a cualquiera. No, no deberías haberlo acuchillado. Y tal vez tampoco deberías haber respondido a esa señal de la nave medusa. Pero lo hecho, hecho está. Ahora ya lo sabes y no te volverá a pasar. Lo que te ocurre es que te asusta dar la cara delante de todos. Eso es lo que te da miedo.

—Te equivocas. Tú no entiendes lo…

—Lo entiendo bastante bien. Has metido la pata, y te cuesta mucho volver a mirarlos a la cara. ¿Y qué? Lo peor que puedes hacer es esconderte aquí y fingir que no ha pasado nada. Si quieres recuperar su confianza, sal, deja que te echen la bronca y te garantizo que después todos te respetarán más. Incluido Falconi. Todos la cagamos de vez en cuando, Kira.

—Pero no tanto —balbuceó Kira—. ¿A cuánta gente has acuchillado tú?

Nielsen le lanzó una mirada mordaz.

—¿Tan especial te crees?

—No veo a nadie más que esté infectado por un parásito alienígena.

Sin previo aviso, Nielsen estampó la mano en la pared con un estruendo metálico y Kira dio un brinco, sobresaltada.

—¿Ves cómo estás bien? —dijo Nielsen—. No me has acuchillado. Increíble, ¿eh? Todos la cagamos, Kira. Todo el mundo tiene sus mierdas. Si no estuvieras tan obsesionada contigo misma, te darías cuenta. Falconi no se hizo esas cicatrices en los brazos por no cometer errores, te lo aseguro.

—No... —Kira no terminó la frase, avergonzada.

Nielsen la señaló con el dedo.

—Trig tampoco lo ha tenido fácil. Ni Vishal, ni Sparrow ni Hwa-jung. Y Gregorovich es todo un ejemplo de buenas decisiones vitales. —Su tono burlón dejaba claro lo que pensaba en realidad—. Todos la cagamos. La manera de afrontarlo es lo que determina quién eres.

—¿Y qué hay de ti?

—¿De mí? No he venido a hablar de mí. Espabila, Kira. Tú no eres así. —Nielsen se levantó.

—Espera... ¿Por qué te preocupas por mí?

Por primera vez, la expresión de Nielsen se ablandó, aunque solo ligeramente.

—Porque eso es lo que hacemos. Cuando caemos, nos ayudamos a levantarnos. —La puerta chirrió cuando Nielsen la abrió de nuevo—. ¿Vienes? La cena aún no se habrá enfriado.

—Sí, ya voy. —Y aunque no le resultó fácil, Kira se puso de pie.

5.

Aunque ya era más de medianoche, todo el mundo seguía en la cocina, a excepción de Sparrow y los marines. A pesar de los temores de Kira, nadie la hizo sentir incómoda, pero no podía evitar pensar que todos la juzgaban... y no favorablemente. Sin embargo, la tripulación no le dijo nada desagradable, y solamente Trig mencionó de pasada al numenista herido. Siguiendo los consejos de Nielsen, Kira afrontó el tema sin tapujos.

También hubo algunos gestos de simpatía. Hwa-jung le trajo una taza de té, y Vishal le dijo:

—Venga a verme mañana, ¿sí? Le arreglaré la nariz.

Falconi resopló. Apenas la había mirado durante la cena.

—Si la anestesia no te hace efecto, te va a doler un huevo.

—No pasa nada —dijo Kira. Sí que pasaba, pero su orgullo y su responsabilidad no le dejaban reconocerlo.

En la cocina reinó el silencio durante gran parte de la cena; todos parecían agotados y absortos en sus pensamientos y sus holofaces.

Kira acababa de empezar a comer cuando los entropistas la sorprendieron sentándose frente a ella. Se inclinaron sobre la mesa con idéntica expresión ansiosa, como dos gemelos con cuerpos diferentes.

—¿Sí? —dijo Kira.

—Prisionera Navárez, hemos descubierto... —empezó Veera.

—... algo sumamente emocionante. Mientras cruzábamos la estación Malpert, nos...

—... topamos con los restos de una de las pesadillas, y...

—... conseguimos extraer una muestra de tejido.

Kira levantó la cabeza.

—Oh.

Los entropistas se agarraron a la vez a los bordes de la mesa con tanta fuerza que se les blanquearon las uñas.

—Hemos estado estudiándola...

—... hasta ahora mismo. Y lo que indica...

—¿Sí? —los apremió Kira.

—... lo que indica —prosiguió Jorrus—, es que las pesadillas...

—... no comparten la composición genómica...

—... del filo dúctil ni de las medusas.

Los entropistas se echaron hacia atrás, sonrientes y claramente encantados por su descubrimiento.

Kira dejó el tenedor.

—¿Me estáis diciendo que no hay ninguna similitud?

Veera inclinó la cabeza.

—Sí que las hay, pero...

—... solo las derivadas de las necesidades químicas más básicas. Por lo demás, las entidades son totalmente distintas.

Eso confirmaba la reacción inicial e instintiva de Kira, pero seguía teniendo dudas.

—Vi que una de las pesadillas tenía tentáculos. ¿Qué me decís de eso?

Los entropistas asintieron a la vez, complacidos.

—Sí. Su forma es familiar, pero su esencia es ajena. También habrás visto...

—... brazos, piernas, ojos, pelo y otros...

—... rasgos reminiscentes de la vida terrestre. Pero la pesadilla que examinamos no presentaba...

—... ninguna conexión con el ADN terrano.

Kira miró fijamente las raciones pastosas de su plato mientras pensaba.

—Entonces, ¿qué son?

Los dos entropistas se encogieron de hombros.

—No lo sabemos —contestó Jorrus—. Su estructura biológica subyacente parece...

—... informe, incompleta, contradictoria...

—... maligna.

—*Mmm*... ¿Puedo ver vuestros resultados?

—Por supuesto, prisionera.

Kira los miró de nuevo a los ojos.

—¿Ya habéis compartido esta información con la Darmstadt?

—Acabamos de enviarles nuestros archivos.

—Bien. —Akawe debía saber a qué clase de criaturas se enfrentaban.

Los entropistas volvieron a su mesa y Kira siguió cenando sin prisa mientras revisaba los documentos que le acababan de enviar. Era sorprendente la cantidad de información que habían podido recabar sin un laboratorio de verdad. La tecnología integrada en sus túnicas era sencillamente impresionante.

Dejó lo que estaba haciendo cuando los cuatro marines se presentaron en la cocina, vestidos con sus uniformes verde oliva. Incluso sin las servoarmaduras resultaban imponentes. Sus cuerpos vigorosos y abultados mostraban un nivel de masa muscular antinatural. Aquellos muñecos anatómicos andantes irradiaban fuerza, poder y velocidad; su complexión era el resultado de un conjunto de alteraciones genéticas que los militares aplicaban a sus tropas de primera línea. Aunque ninguno de ellos parecía haber crecido en alta gravedad, como Hwa-jung, Kira no tenía dudas de que eran tan fuertes como la jefa de máquinas, o incluso más. Le recordaban a las imágenes que había visto de animales con falta de miostatina. Hawes, Sánchez... No sabía cómo se llamaban los otros dos.

Los marines no se sentaron a comer con ellos, sino que calentaron agua para preparar té o café, se hicieron con unos cuantos aperitivos y se marcharon de nuevo.

—No queremos estorbarles, capitán —le explicó Hawes al salir.

Falconi se despidió de ellos con un saludo informal.

Los detalles técnicos de la biología de las pesadillas eran complejos y variados, y Kira enseguida se perdió en los puntos más oscuros. Todo lo que habían dicho los entropistas era verdad, pero no habían sido capaces de expresar con precisión hasta dónde llegaba la *singularidad* de las pesadillas. Comparadas con ellas, las medusas, a pesar de toda su manipulación genética, eran un libro abierto. Las pesadillas, en cambio... Kira no había visto nunca nada parecido. No dejaba de toparse con secuencias químicas sueltas que le resultaban familiares, pero que no lo eran. Ni siquiera su estructura celular era estable. ¿Cómo era posible una cosa así?

El plato de Kira llevaba un buen rato vacío. Seguía leyendo cuando alguien depositó ruidosamente un vaso en la mesa, muy cerca de ella. Kira dio un respingo.

Falconi estaba delante de ella, sujetando varios vasos con una mano y unas botellas de vino tinto con la otra. Le llenó el vaso hasta la mitad sin preguntar.

—Toma.

Después se alejó, distribuyendo vasos a la tripulación y los entropistas, y llenándolos uno tras otro.

Al terminar, levantó el suyo.

—Kira. No esperábamos que las cosas salieran así, pero de no ser por ti, es muy posible que estuviéramos todos muertos. Sí, ha sido un día duro. Y sí, has cabreado a las medusas de toda la puta galaxia. Y sí, nos dirigimos a Dios sabe dónde por tu culpa. —Se detuvo, mirándola fijamente—. Pero estamos vivos. *Trig* está vivo. *Sparrow* está viva. Y es gracias a ti. Así que este brindis va por ti, Kira.

Al principio nadie reaccionó, pero luego Nielsen extendió el brazo y levantó su vaso.

—¡Salud! —dijo, y los demás la imitaron.

Un inesperado velo de lágrimas empañó los ojos de Kira. Levantó el vaso y les dio las gracias entre balbuceos. Por primera vez, no se sentía horriblemente fuera de lugar en la Wallfish.

—Y en lo sucesivo, procuremos que no vuelva a pasar nada de esto —dijo Falconi mientras volvía a sentarse.

Algunos se rieron entre dientes.

Kira miró fijamente su bebida. *Medio vaso*. No era mucho. Lo apuró de un solo trago y se reclinó en el asiento con curiosidad.

Desde el otro lado del comedor, Falconi la miró con atención.

Pasó un minuto. Cinco. Diez. Y Kira seguía sin sentir nada. Hizo una mueca, asqueada. Después de varios meses de abstinencia, esperaba sentir aunque solo fuera un pequeño mareo.

Pero no. El filo dúctil inhibía los efectos del alcohol. Aunque hubiera querido emborracharse, le habría resultado imposible.

Kira se enfadó, aunque no tenía motivos.

—Maldito seas —murmuró. Nadie, ni siquiera el filo dúctil, tenía derecho a dictar lo que Kira hacía o dejaba de hacer con su cuerpo. Si quería hacerse un tatuaje, engordar, tener hijos o cualquier otra cosa, debería ser libre de hacerlo, joder. Sin esa oportunidad, Kira no era más que una esclava.

Estaba tan enfadada que se sintió tentada de levantarse, agarrar una botella de vino y bebérsela del tirón. Solo porque sí. Solo para demostrar que *podía* hacerlo.

Pero no lo hizo. Después de lo que había pasado, le aterraba pensar en lo que podría hacer el filo dúctil si Kira se emborrachaba. Y además, tampoco quería emborracharse. En realidad no.

Decidió no tentar al destino y quedarse sentada. Se dio cuenta de que, aunque Falconi les servía una segunda ronda a todos, con Kira hizo una excepción. Falconi entendía lo que estaba pensando, y Kira le estaba agradecida, aunque seguía un tanto resentida. Peligrosa o no, quería poder *elegir*.

—¿Alguien quiere apurarla? —preguntó Falconi, levantando la última botella. Todavía quedaba un cuarto.

Hwa-jung se la arrebató.

—Yo. Tengo más enzimas que nadie. —La tripulación se echó a reír, y Kira se sintió aliviada por no tener que seguir pensando en el dichoso vino.

Hizo rodar el tallo de su copa entre los dedos, y una leve sonrisa afloró a sus labios. Ya se sentía mejor, más tranquila. Nielsen tenía razón: Kira había hecho bien en salir del camarote y plantar cara a la tripulación. Esconderse no era la solución.

Era una lección que no pensaba olvidar.

6.

Una luz verde resplandecía en la consola del escritorio cuando Kira regresó a su camarote, bien entrada la noche. Al acercarse, se dio un golpe en el pie con la esquina de la cama.

«Au», murmuró por puro reflejo, ya que no sentía el menor dolor.

Como esperaba, el mensaje era de Gregorovich:

Ahora sé lo que puedes hacer, pero sigo sin saber lo que eres. Una vez más, te pregunto, y al preguntar inquiero: ¿qué eres, oh heterogéneo saco de carne? —Gregorovich

Kira pestañeó y tecleó la respuesta:

Soy lo que soy. —Kira

La respuesta fue casi instantánea.

Bah, qué sosa. Qué aburrida. —Gregorovich

Te aguantas. Uno no siempre consigue lo que quiere. —Kira

Ruge y brama, rabia y chifla; no puedes disfrazar el vacío de tus palabras. Si poseyeras tal conocimiento, tampoco te faltaría confianza. Mas no es así, quia. Resquebrajado el plinto, precario es el equilibrio de su estatua. —Gregorovich

¿Prosa poética? ¿En serio? ¿No tienes nada mejor? —Kira

Hubo una larga pausa. Por primera vez, Kira sintió que llevaba la delantera.

Cuesta encontrar entretenimiento dentro de una cáscara de nuez. —Gregorovich

Y sin embargo, bien podrías considerarte un rey del espacio infinito. —Kira

Si no fuera por mis pesadillas. —Gregorovich.

Ay, las pesadillas... —Kira

… —Gregorovich

Kira dio unos golpecitos con la uña en la consola.

No es fácil, ¿verdad? —Kira

¿Y acaso debería? La naturaleza no tiene consideración por aquellos que se arrastran y reptan por sus inmundas profundidades. La tormenta que azota, nos azota a todos. Nadie se libra. Ni tú, ni yo, ni las estrellas del cielo. Nos abrochamos la capa, agachamos la cabeza y nos centramos en nuestras vidas. Pero la tormenta no cesa ni amaina jamás. —Gregorovich

Qué optimista. Pero no sirve de nada pensar en ello, ¿verdad? Lo mejor que podemos hacer, como bien dices, es agachar la cabeza y centrarnos en nuestras vidas. —Kira

Pues no pienses. Sé una soñadora sin sueños. —Gregorovich

Me lo pensaré. —Kira

Eso no cambia el hecho de que la pregunta sigue sin respuesta: ¿qué eres, oh reina de los tentáculos? —Gregorovich

Vuelve a llamarme así y te juro que te echaré salsa picante en el baño de nutrientes. —Kira

Una voz vacía que hace promesas vacías. La mente temerosa nunca acepta sus límites. Aúlla y huye antes de admitir la ignorancia, incapaz de afrontar tamaña amenaza a su identidad. —Gregorovich

No sabes de lo que hablas. —Kira

Negación, negación, negación. Poco importa. La verdad de lo que eres saldrá a la luz de todas formas. Cuando ocurra, la decisión será tuya: creer o no creer. A mí me trae sin cuidado. Yo, por mi parte, estaré preparado sea cual sea la respuesta. Hasta entonces, me pasaré las horas vigilándote, vigilándote con toda mi atención, oh informe. —Gregorovich

Vigila todo lo que quieras. No encontrarás lo que buscas. —Kira

Kira cerró la pantalla con el dedo, y comprobó con alivio que la luz verde no volvía a encenderse. Las pullas de la mente de a bordo la habían dejado agitada. Sin embargo, se alegraba de haber mantenido el tipo. A pesar de sus afirmaciones, Gregorovich se equivocaba. Kira sabía quién era. Pero no podía decir lo mismo de aquel maldito traje. Todavía no.

Harta. Estaba *harta*.

Sacó la gema de los entropistas del bolsillo y la guardó en el cajón del escritorio. Estaría más segura allí que si se la llevaba a todas partes. Después, con un suspiro de gratitud, se despojó de la ropa hecha jirones. Se aseó con una toalla húmeda, se dejó caer en la cama y se tapó con la manta.

Durante un rato, Kira no consiguió que su mente dejara de funcionar. Veía sin parar imágenes de las medusas y de la pesadilla muerta, y a veces le parecía sentir el olor acre de las granadas de Falconi al estallar. Una y otra vez, sentía de nuevo cómo el filo dúctil se hundía en la carne de la medusa, pero después la sensación se confundía con el recuerdo del numenista herido y con el de Alan muerto en sus brazos... Tantos errores. Tantísimos errores.

Le costó, pero al final consiguió quedarse dormida. Y a pesar de lo que le había dicho a Gregorovich, Kira soñó, y mientras soñaba tuvo otra visión:

A la luz dorada de una tarde de verano, los chillidos resonaban en el hambriento bosque. Ella estaba sentada en un promontorio, observando el ajetreo de la vida entre los árboles púrpuras mientras aguardaba el esperado regreso de sus compañeros.

En el suelo, una bestezuela centípeda se escabullía entre la maleza sombría, dirigiéndose velozmente hacia una madriguera oculta bajo un amasijo de raíces. La perseguía un depredador de brazos largos, cuello de serpiente y cuerpo de perezoso, con la cabeza de un gusano dentado y unas patas de articulaciones invertidas. El cazador se abalanzó hacia la madriguera, pero fue demasiado lento para atrapar a su presa.

Frustrado, el perezoso cuellilargo se sentó sobre los cuartos traseros y rasgó con sus dedos ganchudos y sarmentosos el agujero de tierra, profiriendo siseos con su boca plana.

Siguió cavando y cavando, cada vez más nervioso. Las raíces eran duras, el terreno pedregoso, y apenas conseguía avanzar. El cazador introdujo uno de sus largos dedos en la madriguera, intentando sacar al centípedo.

De pronto, el perezoso cuellilargo retiró la zarpa con un agudo chillido; de la punta del dedo le goteaba sangre negruzca.

La criatura aulló de nuevo, pero no de dolor, sino de furia. Sacudió la cabeza salvajemente y pisoteó la maleza, aplastando hojas, flores y frutos. Con un nuevo aullido, agarró el tronco más próximo y lo zarandeó con tanta fuerza que el árbol se tambaleó.

Se oyó un fuerte crujido que resonó por el bosque sofocante, y un racimo de vainas espinosas se desprendieron del follaje y golpearon con fuerza la cabeza y los hombros del perezoso, que soltó un chillido lastimero y se desplomó, temblando y pataleando en el suelo mientras de sus fauces abiertas empezaba a brotar espuma.

No tardó en dejar de patalear.

Poco después, la criatura centípeda se aventuró, lenta y tímida, fuera de su madriguera. Reptó hasta el cuello flácido del perezoso y se quedó allí posada, meneando las antenas, antes de inclinarse y empezar a devorar la carne blanda de la garganta.

...

Otra de aquellas disyunciones ya familiares. Ahora estaba agazapada junto a una poza de marea, bajo la sombra de una roca volcánica, a salvo del cruel sol. En la superficie del agua flotaba un orbe translúcido, no más grande que su pulgar.

El orbe no estaba vivo, pero tampoco muerto. Era un ser intermedio. Un potencial latente.

Lo observó con esperanza, aguardando el momento de la transformación, cuando el potencial se tornaría realidad.

Allí. Un leve movimiento de luz desde el interior. El orbe empezó a palpitar, como tomando su primera bocanada de aire, indeciso. La dicha y la fascinación ocuparon el lugar de la esperanza al contemplar el regalo de la primera vida. Lo que acababa de ocurrir cambiaría todas las fracturas venideras, primero allí y después (con un poco de tiempo y de suerte) en el gran remolino de las estrellas.

Y supo que todo saldría bien.

CAPÍTULO XII

★ ★ ★ ★ ★ ★ ★ ★

LECCIONES

1.

Kira se despertó curiosamente descansada.

Una espesa capa de polvo se desprendió de su cuerpo al incorporarse. Estiró los músculos y escupió las partículas que le entraron en la boca. Sabía a pizarra.

Cuando fue a levantarse, se dio cuenta de que estaba sentada en un agujero en mitad de la cama. Durante la noche, el filo dúctil había absorbido casi toda la manta y el colchón, además de una parte del catre. Solamente unos centímetros de material compuesto la separaban del equipo de reciclaje que guardaban debajo.

Kira supuso que el xeno necesitaba reponerse tras el combate del día anterior. De hecho, lo notaba más grueso, como si se estuviera adaptando a las amenazas que habían ido afrontando. Concretamente, las fibras del pecho y los antebrazos parecían más duras y robustas.

La capacidad de reacción del traje no dejaba de impresionarla.

—Sabes que estamos en guerra, ¿cierto? —murmuró.

Al encender la consola, encontró un mensaje pendiente:

Ven a verme cuando te levantes. —Sparrow

Kira hizo una mueca. No tenía ganas de saber qué le tenía reservado Sparrow. Si le ayudaba con el filo dúctil, genial, pero Kira no estaba convencida. Aun así, si no quería contrariar a Falconi, tendría que seguirles la corriente. Y en cualquier caso necesitaba encontrar la manera de controlar mejor al xeno…

Cerró el mensaje de Sparrow y escribió a Gregorovich:

Hay que cambiar la cama y las mantas. El traje las ha devorado esta noche. A menos que sea mucha molestia para una mente de a bordo como tú, por supuesto. —Kira

La respuesta fue casi instantánea. A veces envidiaba la velocidad de pensamiento de las mentes de a bordo, pero después se acordaba de lo mucho que le gustaba tener un cuerpo propio.

A lo mejor deberías plantearte alimentar a tu voraz sanguijuela con algo más sustancial que un batiburrillo de policarbonatos. NO puede ser sano para un parásito en edad de crecer. —Gregorovich

¿Alguna sugerencia? —Kira

Pues ya que lo preguntas, sí. Si tu encantador simbionte insiste en masticarme los huesos, preferiría que lo hiciera lejos de mis sistemas básicos, como... no sé, ¿el soporte vital? En la sala de máquinas disponemos de materias primas para impresión y reparaciones. Seguro que allí encuentras algo más acorde con el paladar de tu amo alienígena. Habla con Hwa-jung, ella te llevará. —Gregorovich

Kira enarcó las cejas. Gregorovich estaba intentando ayudarla de verdad, aunque sin dejar de insultarla.

Pues muchas gracias. Me aseguraré de salvarte de la desintegración inmediata cuando mis amos alienígenas conquisten el sistema. —Kira

Jajajajaja. Ay, es lo más gracioso que he oído este siglo. Me vas a matar... ¿Por qué no te vas a liarla por ahí, como un monito bueno? Al parecer, es lo que mejor se te da. —Gregorovich

Kira puso los ojos en blanco y cerró la ventana. Después de vestirse con el mono de vuelo y ordenar sus pensamientos durante un momento, encendió la cámara de la pantalla y grabó un mensaje para su familia, igual que había hecho en la Valquiria. Pero esta vez, Kira no intentó ocultarles la verdad:

—Encontramos un artefacto alienígena en Adrastea —dijo—. Bueno, más bien lo encontré yo.

Les contó todo lo que había pasado desde entonces, incluido el ataque a la Circunstancias Atenuantes. Ahora que la existencia del filo dúctil era de dominio público, no tenía sentido ocultar los detalles a su familia, por mucho que la FAU o la Liga los consideraran información confidencial.

Después, grabó un mensaje similar para el hermano de Alan.

Tenía los ojos llenos de lágrimas cuando terminó. No trató de contener el llanto, y después se secó las mejillas con las palmas de las manos.

Accedió al transmisor de la Wallfish y programó el envío de ambos mensajes al retransmisor superlumínico más cercano de 61 Cygni.

Era probable que la Liga interceptara cualquier señal procedente de la Wallfish. Y era igualmente probable que las medusas estuvieran inhibiendo las comunicaciones de Weyland (como habían hecho en 61 Cygni) y que su familia no pudiera recibir el mensaje. Pero tenía que intentarlo. Y era un consuelo saber que había dejado un registro de sus palabras. Mientras permanecieran guardadas en los circuitos y los bancos de memoria de los ordenadores de la Liga, tal vez terminarían llegando a sus destinatarios.

Fuera como fuera, había cumplido con su responsabilidad lo mejor posible y se había quitado un peso de encima.

Dedicó los siguientes minutos a describir el último sueño que le había transmitido el filo dúctil. Después, resignándose a lo que sin duda iba a ser una experiencia desagradable con Sparrow, salió de su camarote y se dirigió rápidamente a la cocina.

Mientras descendía por la escalerilla central, Kira notó una punzada aguda en el bajo vientre. Sorprendida, se quedó sin aliento y se detuvo en seco.

Qué raro.

Esperó un momento, pero no volvió a sentirlo. Probablemente tenía el estómago alterado por la cena de anoche, o algún pequeño pinzamiento. Nada de qué preocuparse.

Siguió bajando.

Al llegar a la cocina, puso agua a hervir y aprovechó para escribir a Vishal:

‹¿Sparrow toma té o café? —Kira›.

Siempre era buena idea empezar con una ofrenda de paz.

El doctor contestó justo cuando el agua empezaba a burbujear:

‹Café. Y cuanto más negro, mejor. —Vishal›.

‹Gracias. —Kira›.

Preparó dos tazas: una de chell y otra de café extrafuerte. Las llevó a la enfermería y llamó a la compuerta.

—¿Puedo pasar?

—Está abierto —contestó Sparrow.

Kira empujó la compuerta con el hombro, procurando no derramar las bebidas.

Sparrow estaba sentada en la mesa de la enfermería, erguida, con las manos (que lucían una manicura impecable) entrelazadas sobre el regazo. Estaba mirando una holopantalla abierta. No tenía mal aspecto, dadas las circunstancias: la piel había recuperado algo de color, y tenía los ojos despiertos y alerta. Un vendaje de varias capas le ceñía la cintura, y llevaba una pequeña máquina cuadrada enganchada al pantalón.

—Me preguntaba cuándo aparecerías —dijo.

—¿Es mal momento?

—Es el único que tenemos.

Kira le tendió la taza de café doble.

—Vishal me ha dicho que te gusta el café.

Sparrow aceptó la taza.

—*Mmm*, sí. Aunque me da ganas de mear, y en estas condiciones ir al baño es un dolor. Literalmente.

—¿Prefieres chell? También tengo.

—No. —Sparrow inspiró el vapor del café—. No, es perfecto. Gracias.

Kira acercó el taburete del doctor y se sentó.

—¿Qué tal te encuentras?

—Bien, dadas las circunstancias. —Hizo una mueca—. El costado me duele un huevo, y Doc dice que no puede hacer nada. Además, no puedo digerir la comida como es debido. Me alimenta con gotero.

—¿Podrá curarte antes del salto?

Sparrow bebió otro sorbo.

—La intervención es esta noche. —Miró a Kira—. Gracias por pararle los tentáculos a esa medusa, por cierto. Te debo una.

—Tú habrías hecho lo mismo —dijo Kira.

Sparrow sonrió con ironía.

—Supongo que sí. Aunque no habría servido de mucho sin tu xeno. Das miedo cuando te enfadas, ¿sabes?

Aquel elogio no le hizo demasiada gracia.

—Ojalá hubiera llegado antes.

—No te castigues. —Sparrow ensanchó su sonrisa—. Les dimos una buena sorpresa a esas medusas, ¿eh?

—Ya... ¿Sabes lo de las pesadillas?

—Sí. —Sparrow señaló la pantalla—. Estaba leyendo los informes. Es una putada lo que le ha pasado al tallo de habichuelas de Ruslan. Habrían podido salvarlo de haber tenido una red defensiva decente.

Kira sopló su taza de chell para enfriarla.

—Tú has estado en la FAU, ¿verdad?

—En el CMFAU, técnicamente. Decimocuarta división, Mando Europa. Siete años de servicio. ¡Hurra!

—Por eso tienes acceso a MilCom.

—Exacto. Con la clave de acceso de mi antiguo teniente. —Una sonrisa feroz apareció en los labios de Sparrow—. Era un cabronazo de todas maneras. —Despejó la pantalla con un manotazo innecesariamente violento—. Deberían cambiar esas claves más a menudo.

—Así que ahora te encargas de la seguridad. ¿Es eso? ¿No me dijiste que levantabas cosas pesadas?

—No, en realidad no. —Sparrow se rascó el costado—. La mayoría de los días son bastante aburridos. Comer, cagar, dormir y vuelta a empezar. Aunque a veces es más emocionante. Doy un par de coscorrones, le cubro las espaldas a Falconi mientras cierra un trato, vigilo el cargamento cuando atracamos. Esas cosas. Me gano la vida. Es mejor que estar sentada en un tanque de realidad virtual, esperando a hacerme vieja.

Kira la entendía bien. Había pensado lo mismo al decidirse por una carrera como xenobióloga.

—Y de vez en cuando —dijo Sparrow, con los ojos centelleantes— acabas en el lado erróneo de la navaja, como ayer, y descubres de qué estás hecha. ¿No crees?

—Sí.

Sparrow la miró con seriedad.

—Hablando de dar coscorrones, he visto lo que le hiciste a Bob.

Kira sintió otra punzada de dolor en el abdomen, pero la ignoró.

—¿Lo conocías?

—Hablé con él. Vishal lo trajo aquí. Estuvo gimoteando, cagado de miedo, mientras le cosía la herida… ¿Qué pasó en la bodega?

—Seguro que Falconi ya te lo ha contado.

Sparrow se encogió de hombros.

—Sí, pero prefiero oírlo de tu boca.

La superficie del chell de Kira era oscura y oleosa, tanto que podía ver su propio reflejo distorsionado.

—¿En resumen? Me hizo daño. Intenté pararlo. Lo ataqué. O más bien fue el filo dúctil el que atacó por mí… A veces me cuesta ver la diferencia.

—¿Estabas cabreada? ¿El idiota de Bob te sacó de tus casillas?

—… Sí. La verdad es que sí.

—Ya. —Sparrow señaló la nariz de Kira para captar su atención—. Tuvo que dolerte un montón.

Kira se llevó la mano a la nariz, un poco abochornada.

—¿A ti te la han partido?

—Van tres veces. Pero me la enderecé.

A Kira le costaba encontrar las palabras.

—Mira… No te lo tomes a mal, Sparrow, pero no se me ocurre en qué podrías ayudarme con el xeno. He venido porque Falconi ha insistido, pero…

Sparrow ladeó la cabeza.

—¿Sabes lo que hace el ejército?

—N…

—Te lo voy a decir. El ejército acepta a cualquier voluntario que cumpla unos requisitos mínimos. Eso quiere decir que, por un lado, reciben gente capaz de rajarte la garganta con la misma tranquilidad con la que te estrecharían la mano. Y en el lado contrario hay gente tan tímida que no haría daño ni a una mosca. Y el ejército les enseña a ambos tipos de personas *cómo* y *cuándo* aplicar la violencia. Y también a obedecer órdenes.

»Un marine entrenado no va por ahí acuchillando a la gente solo porque le hayan partido la nariz. Eso sería un uso desproporcionado de la fuerza. Si se te ocurre hacer algo parecido en la FAU, tendrás suerte si se contentan con montarte un consejo de guerra. Eso suponiendo que tu error no te haya costado la vida a ti o a tu equipo. Perder los nervios es una excusa. Una excusa *barata*. No puedes permitirte perder los nervios cuando hay vidas en juego. La violencia es una herramienta. Ni más ni menos. Y su uso debería calibrarse con tanto cuidado como… como el bisturí de un cirujano.

Kira enarcó una ceja.

—Pareces más filósofa que soldado.

—¿Qué pasa, todos los soldados tenemos que ser bobos? —Sparrow se rio antes de volver a ponerse seria—. Todo buen soldado siempre es un filósofo, igual que un buen sacerdote o un buen profesor. No te queda otra cuando te enfrentas a cuestiones de vida o muerte.

—¿Llegaste a entrar en combate en la FAU?

—Ya lo creo. —Miró a los ojos a Kira—. Te crees que la galaxia es un lugar pacífico, y en su mayoría lo es. Quitando a las medusas, las probabilidades de terminar herida o muerta en un conflicto violento son más bajas ahora que en cualquier otra época de la historia. Y sin embargo, hay más gente luchando (y muriendo) que nunca. ¿Sabes por qué?

—Porque ahora hay más seres humanos que nunca —contestó Kira.

—Bingo. Los porcentajes han bajado, pero el número total no deja de crecer. —Sparrow se encogió de hombros—. Sí, entramos en combate bastantes veces.

Kira bebió el primer sorbo de chell. Estaba caliente y delicioso, con un retrogusto picante, como el de la canela. Volvió a notar un pinchazo en la barriga y se la frotó sin darse cuenta.

—Está bien. Pero sigo sin saber cómo podrías ayudarme a controlar el traje.

—Seguramente no pueda. Pero sí que puedo ayudarte a controlarte a ti misma, y esa es la mejor alternativa.

—No tenemos mucho tiempo.

Sparrow se dio un golpe en el pecho.

—*Yo* no, pero tú vas a tener un huevo de tiempo libre mientras los demás estemos crionizados.

—Y me pasaré casi todo ese tiempo durmiendo.

—Casi todo, pero no todo. —Sparrow sonrió fugazmente—. Tienes una gran oportunidad, Navárez. Puedes entrenar. Puedes mejorar. ¿No es eso lo que queremos todos? ¿Ser la mejor versión de nosotros mismos?

Kira la miró con escepticismo.

—Eso suena a eslogan de reclutamiento.

—¿Y qué pasa? —dijo Sparrow—. Denúnciame. —Pasó cautelosamente las piernas por encima de la mesa de exploración y las deslizó hasta el suelo.

—¿Necesitas ayuda?

Sparrow negó con la cabeza y se irguió, esbozando una mueca.

—Puedo apañármelas, gracias. —Recogió una muleta que había junto a la cama—. Bueno, ¿te he reclutado o no?

—No creo que tenga elección, pero...

—Claro que la tienes.

—... Pero sí, estoy dispuesta a intentarlo.

—Espléndido —dijo Sparrow—. ¡Eso quería oír! —Se apoyó en la muleta y salió de la enfermería—. ¡Por aquí!

Kira sacudió la cabeza, dejó la taza y la siguió.

En el conducto central, Sparrow enlazó el brazo en un hueco de la muleta y empezó a descender por la escalerilla con cuidado. Sus muecas de dolor eran constantes.

—Gracias a Dios que existen los analgésicos —dijo.

Bajaron por el conducto hasta la cubierta inferior. Una vez allí, Sparrow llevó a Kira hasta la bodega de babor.

Kira apenas la había visto hasta entonces. Su disposición era idéntica a la de la bodega de estribor; la diferencia principal eran las hileras de suministros y equipo anclados al suelo. Los cuatro marines se habían instalado entre dos pasillos. Allí habían colocado sus servoarmaduras, sus criotubos, sus sacos de dormir y varios maletines llenos de armas y solo Thule sabía qué más.

En aquel momento, Hawes estaba haciendo dominadas en una barra que había colocado entre dos estanterías, mientras los otros tres marines practicaban proyecciones y desarmes en una zona despejada de la cubierta. Al ver llegar a Kira y a Sparrow, dejaron lo que estaban haciendo.

—Ey —las saludó uno de ellos, un hombre de cejas oscuras y espesas, con varias líneas de texto azul (en un idioma que Kira desconocía) tatuadas a lo largo de los brazos desnudos. Los tatuajes oscilaban con el movimiento de los músculos, como las olas del mar. Señaló a Sparrow—. Tú eres la que acabó perforada por la medusa, ¿no?

—Correcto, marine.

Después señaló a Kira.

—Y tú eres la que acabó perforando a la medusa, ¿no?

Kira inclinó la cabeza.

—Sí.

Por un momento, no supo cuál iba a ser su reacción, pero entonces el marine les regaló una franca sonrisa. En sus dientes resplandecían unos nanocables implantados.

—Bien hecho. ¡Excelentísimo! —Levantó los dos pulgares con entusiasmo.

Otro de los marines se les acercó. Era más bajo, muy ancho de hombros y con unas manos tan grandes como las de Hwa-jung. Miró a Kira.

—Entonces, tú eres la culpable de este viaje de locos.

Kira levantó la barbilla.

—Me temo que sí.

—Eh, yo no me quejo. Si con eso les sacamos ventaja a las medusas, por mí genial. Conseguiste convencer al viejo Akawe, así que tienes mi apoyo. —Extendió una mano grande como una zarpa—. Soy el cabo Nishu.

El cabo señaló con la barbilla al marine tatuado.

—Ese adefesio de ahí es el soldado Tatupoa. Aquel es Sánchez. —Señaló a un marine de rostro anguloso y ojos tristes—. Y ya conocéis al teniente.

—Sí. —Kira les estrechó la mano a Tatupoa y a Sánchez—. Es un placer conoceros. Me alegro de que estéis a bordo. —Tal vez no fuera del todo verdad, pero era de buena educación.

—¿Tiene alguna idea de lo que encontraremos al llegar a ese sistema, señorita? —le preguntó Sánchez.

—El Báculo del Azul, espero —dijo Kira—. Siento no poder deciros nada más. Es lo único que sé.

Hawes se acercó.

—Bueno, ya está bien, chicos. Dejad tranquilas a las señoritas. Seguro que tienen cosas que hacer.

Nishu y Tatupoa las saludaron y siguieron entrenando, supervisados por Sánchez.

Sparrow pasó de largo, pero entonces se detuvo y miró a Tatupoa.

—Lo estás haciendo mal, por cierto —dijo.

El soldado parpadeó.

—¿Disculpa?

—Al hacer esa proyección. —Señaló al cabo.

—Creo que sabemos lo que intentamos hacer. No te ofendas.

—Deberías hacerle caso —intervino Kira—. Ella también estuvo en el CMFAU.

Kira notó que Sparrow se ponía rígida. Tuvo la sensación de que acababa de meter la pata.

Hawes se adelantó.

—¿Es cierto, señorita? ¿Dónde sirvió?

—No importa —dijo Sparrow, antes de dirigirse de nuevo a Tatupoa—. Tienes que apoyar más el peso en el pie adelantado. Avanza sin miedo y pivota con energía. Notarás la diferencia enseguida.

Sparrow siguió adelante, dejando a los cuatro marines mirándola con una mezcla de confusión y suspicacia.

—Lo siento —dijo Kira en cuanto los perdieron de vista.

Sparrow soltó un gruñido.

—Como he dicho, no importa. —Se le atascó el extremo de la muleta en el lateral de una estantería, y lo liberó de un tirón—. Por aquí.

Al fondo de la bodega, escondidas detrás de las cajas de raciones y los palés de equipo, Kira encontró tres cosas: una cinta de correr (apta para gravedad cero), una máquina de musculación (llena de cables, poleas y agarres) como las que ya había usado en la Fidanza y, para su sorpresa, un juego completo de pesos libre (mancuernas, halteras y discos de peso apilados y anclados al suelo como fichas de póquer gigantescas de color rojo, verde, azul y amarillo). Cuando cualquier kilo adicional suponía un gasto extra de propelente, había que aprovecharlos bien, y aquel gimnasio era una pequeña extravagancia que Kira no esperaba encontrar a bordo de la Wallfish.

—¿Todo esto es tuyo? —preguntó, señalando las pesas.

—Correcto —dijo Sparrow—. Mío y de Hwa-jung. Cuesta mucho mantenerla en forma en 1 g. —Con un suspiro de dolor, se sentó en el banco de ejercicio y extendió la pierna izquierda, llevándose la mano al costado, por encima de los vendajes—. ¿Sabes qué es lo peor de estar lesionada?

—¿Que no puedes entrenar?

—Bingo. —Sparrow sacudió la mano, señalándose el cuerpo—. Esto no está así por casualidad, ¿sabes?

Kira no tenía dónde sentarse, así que se acuclilló al lado del banco.

—¿En serio? ¿No te modificaron los genes como a esos tipos? —Señaló el campamento de los marines—. Una vez leí que con los retoques de la FAU, puedes comer lo que te dé la gana y seguir en forma.

—No es tan sencillo —dijo Sparrow—. Tienes que seguir haciendo cardio para no perder fuelle. Y hay que trabajar mucho para mantener la fuerza al máximo. Las modificaciones ayudan, pero te aseguro que no son mágicas. En cuanto a esos simios... va por grados. No todo el mundo recibe las mismas modificaciones. Nuestros ilustres invitados son lo que se conoce como R-7. Es decir, que tienen la serie completa de aumentos. Pero hay que ofrecerse voluntario para eso, porque a largo plazo no son sanos. La FAU no te permite llevarlos más de quince años, como mucho.

—*Mmm.* No lo sabía —dijo Kira, mirando de nuevo las pesas—. ¿Y qué hacemos aquí? ¿Cuál es el plan?

Sparrow se rascó su afilada mandíbula.

—¿Aún no lo has adivinado? Vas a levantar pesas.

—¿Que qué?

Ella se echó a reír.

—Este es el trato, Navárez. No te conozco especialmente bien. Pero lo que está claro es que cada vez que la cagas con el xeno, sientes estrés. Miedo. Ira. Frustración. Esa clase de cosas. ¿Me equivoco?

—No.

—Bien. Entonces, la clave es la incomodidad. Vamos a aplicarte un estrés cuidadosamente calibrado, y vamos a ver lo que provoca eso en ti y en el filo dúctil. ¿Entendido?

—... Entendido —respondió Kira, recelosa.

Sparrow señaló la máquina de musculación.

—Empecemos por algo sencillo, porque no sé si podrás con más.

Kira quiso rebatírselo... pero Sparrow tenía razón. Se tragó el orgullo y se sentó en la máquina. Sparrow fue guiándola durante un ejercicio tras otro, probando su fuerza y la del filo dúctil. Primero con la máquina y después con los pesos libres.

Los resultados fueron impresionantes, al menos para Kira. Con la ayuda del filo dúctil, era capaz de mover casi tanto peso como con un exoesqueleto pesado. Su relativa falta de masa era el mayor factor limitante: el más mínimo balanceo del peso amenazaba con desequilibrarla.

Sparrow no parecía demasiado complacida. Mientras Kira se esforzaba por hacer sentadillas con una barra cargada con un número absurdamente alto de discos, la mujer chasqueó la lengua.

—No tienes ni puta idea. —Al oír eso, Kira rugió, extendió las piernas, dejó caer la barra en el soporte de la jaula y fulminó con la mirada a Sparrow—. El traje te está protegiendo de los errores de tu postura.

—Pues dime qué estoy haciendo mal —dijo Kira.

—Lo siento, florecilla. Hoy no hemos venido a eso. Ponle otros veinte kilos más e intenta utilizar el traje para apoyarte en el suelo, como si fuera un trípode.

Kira lo intentó. Lo intentó de verdad, pero el peso era excesivo para sus rodillas, y era incapaz de dividir su atención entre el filo dúctil y el esfuerzo de mantener en equilibrio una barra que pesaba más que suficiente para matarla si se le caía encima. Podía endurecer el material del traje alrededor de las piernas, eso sí, pero proyectar una prolongación al mismo tiempo le resultaba imposible, y el xeno tampoco parecía dispuesto a colaborar.

Más bien al contrario. Kira notaba que, debajo del mono de vuelo, el traje temblaba y formaba pequeñas púas para reaccionar a los estímulos. Intentó tranquilizarse (y por extensión, tranquilizar al traje), pero no lo conseguía del todo.

—Sí —dijo Sparrow cuando Kira dejó la barra de nuevo—. Lo que me imaginaba. Bien, ven aquí, a la esterilla.

Kira obedeció. En cuanto estuvo en posición, Sparrow le lanzó un objeto pequeño y sólido. Kira se agachó instintivamente, y al mismo tiempo el filo dúctil proyectó un par de tentáculos que golpearon y desviaron el proyectil.

Sparrow se agazapó sobre el banco, empuñando un pequeño bláster. Toda emoción había desaparecido de su rostro, sustituida por la mirada impasible de alguien dispuesto a luchar por su vida.

En aquel instante, Kira se dio cuenta de que la bravuconería de Sparrow no era más que eso, una fachada, y que la mujer estaba tratando a Kira con la misma precaución con la que habría manipulado una granada sin anilla.

El rostro de Sparrow se crispó de dolor mientras volvía a incorporarse.

—Como te he dicho, necesitas entrenamiento. Disciplina. —Se guardó el bláster en el bolsillo del pantalón.

Kira se fijó en el objeto que Sparrow le había lanzado y que ahora descansaba junto al mamparo: era una pelota blanca.

—Lo siento —dijo Kira—. No…

—Da igual, Navárez. Ya sabemos cuál es el problema. Para eso estás aquí. Para que lo solucionemos.

Kira se pasó la mano por el contorno del cráneo.

—El instinto de autoconservación no tiene solución.

—¡Claro que sí! —le espetó Sparrow—. Eso es lo que nos distingue de los animales. Nosotros podemos *decidir* salir a caminar treinta kilómetros con una mochila pesada a la espalda. Podemos *decidir* soportar un sinfín de mierdas desagradables porque sabemos que nuestro yo futuro nos lo agradecerá. Justifícate como quieras con esa papilla que tienes por cerebro, pero te aseguro que es posible evitar que reacciones así al sorprenderte. Yo he conocido marines que se tomaban el café de la mañana al mismo tiempo que nuestro sistema defensivo de proximidad destruía una andanada entera de misiles, y te aseguro que eran los cabronazos más *fríos y tranquilos* que he visto nunca. Cuando jugaban al póquer, se apostaban cuántos misiles lograrían pasar. Si ellos podían, tú también, mierda. Incluso aunque tú estés unida a un parásito alienígena.

Un tanto abochornada, Kira asintió, inspiró hondo y, con gran esfuerzo, alisó los últimos bultos espinosos del filo dúctil.

—Tienes razón.

Sparrow asintió.

—Y tanto que sí.

Entonces, sin venir a cuento, Kira le preguntó:

—¿Qué te ha inyectado Vishal?

—No lo suficiente, eso seguro… Vamos a probar con otra cosa.

Sparrow la hizo subirse a la cinta de correr y alternar entre correr a toda velocidad y realizar ciertas tareas con el filo dúctil (sobre todo adoptar las formas que Sparrow le indicaba). Kira se dio cuenta de que no era capaz de concentrarse en nada que no fueran sus propios jadeos y el latido de su corazón; había demasiadas distracciones que no le dejaban imponer su voluntad sobre el filo dúctil. Además, a veces el xeno intentaba interpretar lo que ella quería que hiciera (como un ayudante demasiado ansioso), y a menudo terminaba excediéndose. Por suerte no proyectaba cuchillas ni espinas, ni tampoco llegaba lo bastante lejos para poner en peligro a Sparrow (que de todas formas se mantenía todo lo apartada que podía en aquel estrecho gimnasio).

La exmarine atormentó a Kira durante más de una hora, poniéndola a prueba tanto como Vishal y Carr. Pero no solo la examinaba: también la entrenaba. Obligó a Kira a explorar los límites del filo dúctil y de su capacidad de interacción con el organismo alienígena, y cada vez que encontraba dichos límites, luchaba contra ellos hasta expandirlos.

Kira seguía notando aquellos extraños dolores abdominales. Empezaba a preocuparse.

Había una cosa que Sparrow la obligó a hacer y que Kira detestaba particularmente: pincharse a sí misma en el brazo con la punta de un cuchillo e intentar con cada toque que el filo dúctil no se endureciera para protegerla.

—Si no eres capaz de aguantar un poco de incomodidad para mejorar, aquí sobras.

Así que Kira siguió pinchándose en el brazo, sin dejar de morderse el labio. No era tarea fácil. El filo dúctil insistía en escabullirse de su influencia mental y detener o desviar la hoja.

—Para ya —murmuró finalmente, hastiada. Volvió a clavar el cuchillo, pero no solamente pensando en su propio brazo, sino en el filo dúctil, deseando poder causarle el mismo dolor que este le había causado a ella.

—¡Eh! ¡Ojo! —le advirtió Sparrow.

Kira bajó la mirada y vio un haz de espinas dentadas que sobresalían casi medio metro de su brazo.

—¡Ah! ¡Mierda! —exclamó Kira, retrayendo las espinas lo más deprisa posible.

Con expresión sombría, Sparrow alejó el banco unos centímetros más.

—Muy mal, Navárez. Otra vez.

Kira obedeció. Le dolió. Y le costó. Pero no se rindió.

2.

Cuando Sparrow puso fin al entrenamiento, Kira estaba dolorida, sudorosa y hambrienta. Y no solamente su cuerpo estaba cansado, sino también su mente; luchar tanto tiempo con el xeno no era sencillo. Tampoco había tenido demasiado éxito, y eso la molestaba más de lo que quería reconocer.

—Por algo hay que empezar —dijo Sparrow.

—No hacía falta presionarme tanto —dijo Kira, secándose la cara—. Podría haberte hecho daño.

—Ya has hecho daño a alguien —replicó Sparrow en tono cortante—. Estoy intentando que no vuelva a ocurrir. Yo diría que te he presionado lo suficiente.

Kira la fulminó con la mirada.

—Seguro que eras la más popular de tu unidad.

—Voy a contarte una cosa. Una vez, durante el entrenamiento, había un idiota del mundo de Stewart que se llamaba Berk. Estábamos haciendo maniobras en la Tierra... ¿Has estado en la Tierra?

—No.

Sparrow se encogió de hombros.

—Es un lugar de locos. Es bonito, pero mires donde mires hay seres vivos que intentan matarte, igual que en Eidolon. El caso es que estábamos haciendo un ejercicio con fuego manual. Es decir, sin usar implantes ni holofaces. A Berk le estaba costando bastante, pero finalmente entendió cómo funcionaba y empezó a acertar a los blancos. Y *bum*, se le encasquilla el arma.

»Intentó desobstruirla, pero no lo conseguía. El caso es que Berk era más nervioso que una tetera sobrecalentada. Pataleaba, soltaba juramentos y se alteró tanto que arrojó su arma al suelo.

—Ni siquiera yo habría hecho eso —dijo Kira.

—Exacto. El director del campo de tiro y tres sargentos instructores le cayeron encima como los cuatro jinetes del apocalipsis. Se lo comieron vivo, y luego lo obligaron a recoger el rifle y marchar por todo el campamento. Detrás de la enfermería había un nido de avispones. ¿Alguna vez te ha picado un avispón?

Kira negó con la cabeza. Había tenido muchas experiencias con abejas en Weyland, pero no con avispones. La junta colonial de terraformación las había rechazado.

Sparrow esbozó una leve sonrisa.

—Son como balas hechas de odio y de furia. Sus picaduras duelen como mil demonios. Ordenaron a Berk que se acercara al nido de avispones y lo sacudiera con su rifle. Y luego, mientras los avispones hacían todo lo posible por matarlo a picotazos, tuvo que desobstruir el arma, desmontarla, limpiarla bien y volver a montarla. Y al lado tenía a un sargento, protegido por un exo, que le gritaba: «¿Sigues cabreado?».

—Parece un tanto… radical.

—Es mejor sufrir un poco durante el entrenamiento que tener un marine incapaz de mantener el tipo durante un tiroteo.

—¿Y funcionó? —preguntó Kira.

Sparrow se levantó.

—Ya lo creo. Berk terminó siendo uno de los mejores…

Se oyeron pasos, y Tatupoa asomó su ancha cabeza por la esquina de una estantería.

—¿Todo en orden? Tanto ruido nos tenía un poco preocupados.

—Estamos bien, gracias —dijo Sparrow.

Kira se secó las últimas gotas de sudor de la frente y se levantó.

—Solo estábamos haciendo un poco de ejercicio. —Esbozó una mueca de dolor al sentir un nuevo pinchazo.

El marine la observó con escepticismo.

—Si tú lo dices…

3.

Kira y Sparrow regresaron en silencio al conducto central de la nave. Una vez allí, Sparrow se apoyó un momento en la muleta para descansar.

—Mañana a la misma hora —le dijo.

Kira abrió la boca, pero volvió a cerrarla sin decir nada. Faltaba poco para el salto superlumínico. Podía sobrevivir a una sesión más con Sparrow, por muy difícil que fuera.

—De acuerdo —dijo—, pero a ver si te lo tomas con más calma.

Sparrow sacó un chicle del bolsillo delantero, le quitó el envoltorio y empezó a masticarlo.

—De eso nada. Las condiciones son las mismas. Si me acuchillas, te pego un tiro. Es un trato muy sencillo y claro, ¿no estás de acuerdo?

Kira no estaba dispuesta a admitirlo.

—¿Cómo demonios has aguantado tanto tiempo sin que te maten?

Sparrow se echó a reír.

—La seguridad no existe, solo los grados de peligro.

—No me estás respondiendo.

—Pues plantéatelo así: tengo más experiencia con el riesgo que la mayoría de la gente.

Había algo implícito en su afirmación: «porque no he tenido más remedio».

—… Creo que lo que pasa es que te gustan las emociones fuertes. —Sintió una nueva punzada de dolor en el abdomen. Sparrow se rio de nuevo.

—Es posible.

Cuando llegaron a la enfermería, Hwa-jung las esperaba en la puerta. Traía en una mano una máquina pequeña que Kira no reconoció.

—*Aish* —dijo la jefa de máquinas mientras Sparrow se acercaba cojeando—. No deberías caminar tanto. No te sienta bien. —Le echó el brazo libre por los hombros y la condujo al interior de la enfermería.

—Estoy bien —protestó débilmente Sparrow, pero era evidente que estaba más cansada de lo que quería dejar ver.

Una vez dentro, Vishal y Hwa-jung tumbaron a Sparrow en la mesa de exploración. Sparrow cerró los ojos un instante.

—Toma —dijo Hwa-jung, dejando la máquina en la pequeña repisa del lavabo—. Necesitas esto.

—¿Qué es? —preguntó Sparrow, entreabriendo los ojos.

—Un humidificador. Este aire es demasiado seco.

Vishal observó la máquina con ciertas dudas.

—El aire es igual en…

—Demasiado seco —insistió Hwa-jung—. No te sienta bien. Te pone enferma. Tiene que haber más humedad.

Sparrow sonrió débilmente.

—No vas a ganar el debate, Doc.

Vishal parecía querer protestar, pero levantó las manos y retrocedió.

—Como quiera, Srta. Song. Ni que yo trabajara aquí…

Kira se acercó a Vishal y le dijo en voz baja:

—¿Tienes un momento?

El doctor asintió.

—Faltaría más, Srta. Navárez. ¿Qué le pasa?

Kira miró de reojo a las dos mujeres, pero parecían ocupadas charlando. Volvió a bajar la voz.

—Me duele el estómago. No sé si será por algo que he comido o… —Se interrumpió. Había otras posibilidades que no quería mencionar.

Vishal la miró con seriedad.

—¿Qué ha desayunado?

—Todavía no he desayunado.

—Ah. Muy bien. Póngase aquí, Srta. Navárez, y veré lo que puedo hacer.

Kira se quedó en un rincón de la enfermería, un tanto abochornada de que Sparrow y Hwa-jung vieran cómo el doctor le examinaba el pecho con un estetoscopio y le palpaba el vientre con las manos.

—¿Le duele aquí? —preguntó, presionando justo debajo de las costillas.

—No.

El doctor bajó unos centímetros.

—¿Y aquí?

Kira negó con la cabeza. Vishal siguió bajando.

—¿Y aquí?

El resuello de Kira fue toda la respuesta que necesitaba.

—Sí —dijo, con la voz tensa de dolor.

Vishal frunció profundamente el ceño.

—Deme un minuto, Srta. Navárez. —Abrió un cajón cercano y rebuscó en su interior.

—Llámame Kira, por favor.

—Ah, sí. Por supuesto, Srta. Kira.

—No, quería decir… Da igual.

Desde el otro lado de la sala, Sparrow hizo una pompa de chicle.

—Date por vencida. Doc es más estirado que una barra de titanio.

Vishal murmuró algo en un idioma que Kira no entendía y regresó con un extraño dispositivo.

—Por favor, túmbese bocarriba en el suelo y ábrase el mono. Basta con que lo haga hasta la mitad.

La cubierta estaba áspera. Kira se mantuvo inmóvil mientras el doctor le untaba un gel frío y pringoso en el bajo vientre. Tenía que ser una máquina de ultrasonidos.

El doctor se mordió el labio mientras estudiaba los resultados en su holofaz.

Kira esperaba una respuesta cuando Vishal terminó, pero en vez de eso, el doctor levantó un dedo y dijo:

—Es necesario un análisis de sangre, Srta. Kira. ¿Tendría la bondad de retirar el filo dúctil de su brazo?

Mal asunto. Kira obedeció de nuevo, intentando ignorar la inquietud que le atenazaba las entrañas. O tal vez esa sensación también se debiera al dolor.

Notó un pinchazo cuando la aguja le perforó la piel desnuda. Esperaron en silencio unos minutos mientras los ordenadores de la enfermería realizaban el análisis.

—Ah, ya está —dijo el doctor, y empezó a leer en su holofaz, moviendo los ojos de un lado a otro.

—Bueno, ¿qué le pasa, Doc? —dijo Sparrow.

—Le corresponde a la Srta. Kira decidir si lo comparte con usted —dijo Vishal—. Sin embargo, sigue siendo mi paciente, yo sigo siendo su médico y, como tal, esto es información privilegiada. —Le indicó la puerta a Kira—. Después de usted, querida.

—Bueno, bueno —dijo Sparrow, pero el brillo de curiosidad de sus ojos era inconfundible.

Una vez en el pasillo y con la puerta cerrada, Kira le preguntó:

—¿Tan malo es?

—No es malo en absoluto, Srta. Kira —le aseguró Vishal—. Está menstruando. Lo que siente son calambres uterinos. Totalmente normales.

—¿Que est…? —Kira no entendía nada—. No es posible. Me inhibí el período al llegar a la pubertad. —Y la única vez que lo había reactivado había sido en la universidad, durante los seis meses más estúpidos de toda su vida, con *él*… Su mente se llenó de recuerdos no deseados.

Vishal extendió las manos.

—No lo dudo, Srta. Kira, pero los resultados son claros. Está usted menstruando, seguro. No hay sombra de duda.

—No debería ser posible.

—No, es cierto.

Kira se masajeó las sienes con los dedos. Empezaba a dolerle la cabeza.

—El xeno debía de pensar que estaba herida y me ha… reparado. —Kira caminó de un lado a otro por el pasillo y se detuvo, con los brazos en jarras—. Mierda. ¿Voy a tener que lidiar con esto a partir de ahora? ¿No puedes hacer nada para inhibirlo otra vez?

Vishal titubeó, pero finalmente hizo un gesto de impotencia.

—Si el traje insiste en curarla, yo no puedo hacer nada para impedirlo, salvo extirparle los ovarios, y…

—Y el filo dúctil nunca lo permitiría. Claro.

El doctor consultó de reojo su holofaz.

—Podríamos probar ciertos tratamientos hormonales, pero debo advertirle, Srta. Navárez, de que podrían tener efectos secundarios indeseables. Además, tampoco puedo garantizar su eficacia, ya que el xeno podría interferir también en su absorción y sus procesos metabólicos.

—Ya... ya. —Kira volvió a pasearse por el pasillo—. Está bien. Déjalo. Si la cosa va a peor, probaremos con las pastillas.

El doctor asintió.

—Como quiera. —Se pasó uno de sus largos dedos por el labio inferior—. Una... cosa a tener en cuenta, Srta. Navárez, y le pido mil disculpas por sacarlo a colación. En términos prácticos, ahora no hay motivos para que no pueda quedarse embarazada. Sin embargo, como su médico, debo acons...

—No voy a quedarme embarazada —lo interrumpió Kira, con más brusquedad de la debida. Se echó a reír, pero no había ni rastro de humor en su voz—. Además, no creo que el filo dúctil lo permitiera aunque quisiera.

—Exacto, Srta. Kira. No podría garantizar su seguridad, ni tampoco la del feto.

—Entendido. Te agradezco tu preocupación. —Frotó el talón contra la cubierta, pensativa—. No hace falta que informes de esto a la Darmstadt, ¿verdad?

Vishal agitó la mano en el aire.

—Ya les gustaría, pero yo nunca traicionaría la confidencialidad de una paciente.

—Gracias.

—Descuide, Srta. Kira... ¿Quiere que le arregle esa nariz ahora? Si no, tendrá que esperar hasta mañana; esta tarde estaré ocupado con Sparrow.

—Sí, ya me lo ha dicho. Lo dejaremos para mañana.

—Como quiera. —Vishal regresó a la enfermería, dejándola sola en el pasillo.

4.

Embarazada.

Kira tenía un nudo en el estómago, y no por culpa de los calambres. Después de lo que había pasado en la universidad, había jurado no tener hijos nunca. Solo se lo había replanteado después de conocer a Alan, y únicamente por lo enamorada que estaba. Pero ahora la sola idea la llenaba de aprensión. ¿Qué clase de monstruosidad híbrida produciría el xeno si Kira se quedaba embarazada?

Estiró la mano para juguetear con un mechón de pelo, pero sus dedos solamente tocaron el cuero cabelludo. *Bueno...* Tampoco es que fuera a quedarse embarazada por accidente. Lo único que tenía que hacer era no acostarse con nadie. No era tan difícil.

Durante un momento, se puso a divagar sobre los detalles mecánicos. ¿Sería capaz de mantener relaciones sexuales? Si hacía que el filo dúctil se retirara de sus piernas, entonces... Tal vez podría funcionar, pero su compañero tendría que ser muy valiente (pero que muy valiente), y si Kira perdía el control del traje y este se cerraba... *Au*.

Kira bajó la mirada para observar el traje. Al menos no tenía que preocuparse por el sangrado. El filo dúctil reciclaba todos los desechos de su cuerpo con la misma eficacia de siempre.

En ese momento, Hwa-jung salió de la enfermería.

—¿Tienes un momento? —le preguntó Kira—. ¿Puedes ayudarme?

La jefa de máquinas la miró fijamente.

—¿Qué? —La pregunta habría parecido grosera viniendo de cualquier otro, pero Kira supuso que para Hwa-jung era de lo más normal.

Kira le explicó lo que necesitaba y lo que quería. Eran cosas distintas.

—Por aquí —dijo Hwa-jung, echando a andar hacia el núcleo de la nave.

Mientras descendían por la escalerilla central, Kira observó con curiosidad a la jefa de máquinas.

—¿Cómo terminaste a bordo de la Wallfish, si se puede saber?

—El capitán Falconi necesitaba un jefe de máquinas. Yo necesitaba trabajo. Ahora trabajo aquí.

—¿Tienes familia en Shin-Zar?

Hwa-jung asintió, moviendo su enorme cabeza.

—Muchos hermanos y hermanas. Muchos primos. Les mando dinero cuando puedo.

—¿Por qué te fuiste?

—Porque... —dijo Hwa-jung mientras ponía los pies en la cubierta inmediatamente superior a las bodegas. Levantó las manos y juntó las puntas de los dedos—. *Bum*. —Las abrió violentamente, separando los dedos.

—Ah. —Kira no sabía si la jefa de máquinas estaba siendo literal, pero decidió que era mejor no preguntar—. ¿Has vuelto allí alguna vez?

—Una vez. Nunca más.

Se alejaron del conducto y recorrieron un estrecho pasillo hasta entrar en una sala pegada al casco.

Era un taller mecánico pequeño y abarrotado (con herramientas y equipo que Kira no había visto nunca) pero impecablemente organizado. Empezó a picarle la nariz por el olor a disolventes, y notaba un regusto amargo en la lengua por el ozono.

—Cuidado, la Liga de Mundos Aliados advierte de que algunos productos químicos provocan cáncer —dijo Hwa-jung mientras pasaba de lado entre las distintas máquinas.

—El cáncer se puede curar —dijo Kira. Hwa-jung rio entre dientes.

—Pero el descargo de responsabilidad sigue siendo obligatorio. Burócratas... —Se detuvo al fondo del taller, junto a una pared de cajones, y estampó la palma de la mano en la superficie—. Aquí tienes. Metales en polvo, policarbonatos, sustratos orgánicos, fibra de carbono y mucho más. Todas las materias primas que puedas necesitar.

—¿Hay algo que no deba usar?

—Lo orgánico. Los metales son fáciles de conseguir, pero los materiales orgánicos son más raros y caros.

—Muy bien, no los tocaré.

Hwa-jung se encogió de hombros.

—Puedes usar un poco, pero no te pases. Y hagas lo que hagas, nada de contaminación cruzada. Si no, cualquier cosa que hagamos con ellos después se echará a perder.

—Entendido. Descuida.

Hwa-jung le enseñó a desbloquear los cajones y a abrir los recipientes de almacenamiento.

—Lo entiendes, ¿sí? Voy a ver si puedo imprimir lo que querías.

—Gracias.

Mientras Hwa-jung se marchaba, Kira hundió los dedos en un montículo de aluminio en polvo mientras le transmitía una orden al xeno: *Come.*

Kira no sabía si la había entendido.

Selló el recipiente, cerró el cajón, se limpió la mano con una toallita húmeda del dispensador de la pared y, cuando se le secó la piel, volvió a intentarlo con el titanio en polvo.

Fue pasando por todos los suministros de la nave, abriendo un cajón tras otro. El traje parecía absorber muy poco o nada de los metales; al parecer, había saciado su hambre por la noche. Sin embargo, mostraba una clara preferencia por algunos elementos más raros, como el samario, el neodimio y el itrio, entre otros. También le gustaban el cobalto y el zinc. A Kira le sorprendió que ignorara los compuestos biológicos.

Cuando Kira terminó, se marchó del taller, dejando a Hwa-jung trabajando, inclinada sobre la pantalla de control de la impresora principal de la nave, y regresó a la cocina.

Se preparó un desayuno tardío y comió sin prisa. Apenas era mediodía y ya estaba agotada por los acontecimientos. La sesión de entrenamiento (si es que podía llamarse así) de Sparrow le había pasado factura.

Hizo una mueca al notar un nuevo calambre en el estómago. *Genial. Maravilloso.*

Levantó la vista cuando vio entrar a Nielsen. La primera oficial se sirvió algo de comida de la nevera y se sentó delante de Kira.

Comieron en silencio durante un rato.

Finalmente, Nielsen rompió el hielo:

—Nos llevas por un camino extraño, Navárez.

Cómete el camino.

—No te lo puedo discutir… ¿Te molesta?

Nielsen dejó el tenedor en la mesa.

—No me hace gracia ausentarnos durante más de seis meses, si es lo que preguntas. Cuando volvamos, la Liga estará en las últimas, a menos que haya un milagro y los alienígenas dejen de atacar.

—Pero podríamos ayudar si encontramos el Báculo del Azul.

—Sí, entiendo tu lógica. —Nielsen bebió un sorbo de agua—. Cuando me uní a la Wallfish, no estaba pensando en combatir, perseguir reliquias alienígenas ni explorar los confines de la galaxia. Y mira dónde estoy.

Kira ladeó la cabeza.

—Sí, yo tampoco quería nada de esto… salvo lo de explorar.

—Y lo de las reliquias alienígenas.

Kira no pudo contener una sonrisa.

—Eso también.

Nielsen también sonrió levemente.

—He oído que Sparrow te ha dado mucho trabajo esta mañana. ¿Qué tal estás?

Aquella pregunta tan sencilla sorprendió y conmovió a Kira.

—Bien. Pero ha sido duro. *Todo* es muy duro.

—Me lo imagino.

Kira hizo una mueca.

—Además, ahora… —Estuvo a punto de echarse a reír—. No te lo vas a creer, pero… —Le contó a Nielsen que volvía a tener la regla.

La primera oficial puso cara de compasión.

—Qué inoportuno. Al menos no tienes que preocuparte de ir sangrando por ahí.

—Es verdad. Algo es algo, ¿no? —Kira levantó el vaso, como si fuera a brindar, y Nielsen la imitó.

—Escucha, Kira, si necesitas hablar con alguien, alguien que no sea Gregorovich… ven a verme. Mi puerta siempre está abierta.

Kira la observó durante un largo momento, invadida por una enorme gratitud. Asintió.

—Lo tendré en cuenta. Gracias.

5.

Kira se pasó el resto del día ayudando en la nave. Todavía había muchas cosas que hacer antes de entrar en superlumínico: comprobar cables y filtros, realizar diversos análisis, hacer una limpieza general, etc.

A Kira no le importaba trabajar, porque así se sentía útil y no pensaba demasiado. Incluso ayudó a Trig a arreglar el estropicio de su cama. Y menos mal que lo hicieron, porque sabía que (si todo iba bien) iba a pasarse meses en aquel colchón, perdida en el profundo sopor de la hibernación inducida por el filo dúctil.

La idea la asustaba, así que se entregó al trabajo y procuró no obsesionarse.

Por la tarde, todos menos los marines se reunieron en la cocina, incluida Sparrow.

—Pensaba que te iban a operar —dijo Falconi, mirándola con severidad bajo sus espesas cejas.

—Lo he retrasado —contestó ella. Todos sabían por qué había querido asistir. Aquella cena sería su última oportunidad de pasar tiempo juntos antes de entrar en superlumínico.

—¿Es prudente, Doc? —preguntó Falconi. Vishal asintió.

—Con tal de que no coma nada sólido, no pasará nada.

Sparrow le dedicó una sonrisa socarrona.

—Menos mal que esta noche cocinas tú, Doc. La espera se me hará más fácil de soportar.

El rostro de Vishal se turbó un instante, pero no replicó.

—Me alegro, señorita —dijo sin más.

Un mensaje apareció en la holofaz de Kira.

‹Sparrow me ha contado lo de vuestra sesión de entrenamiento. Parece que te ha dado un buen repaso. —Falconi›.

‹Yo no lo habría expresado mejor. Esa chica es intensa. Pero concienzuda. Muy concienzuda. —Kira›.

‹Bien. —Falconi›.

‹¿Qué le ha parecido a ella? —Kira›.

‹Dice que había reclutas peores en su curso de entrenamiento. —Falconi›.

‹Gracias... supongo. —Kira›.

Falconi se rio discretamente.

‹Viniendo de ella, es un cumplido, créeme. —Falconi›.

El ambiente era más animado que el día anterior, aunque seguía habiendo cierta tensión subyacente que imprimía un ritmo desenfrenado a la conversación. Nadie quería hablar de lo que iba a pasar, pero estaba presente como una amenaza implícita.

Cuando la conversación se relajó un poco, Kira reunió el valor para decir:

—Bueno, ya sé que es de mala educación, pero tengo que preguntaros algo.

—De eso nada —dijo Falconi, bebiendo un sorbo de vino.

Kira continuó como si no lo hubiera oído.

—Akawe mencionó que queríais unos indultos. ¿Para qué son? —La tripulación se revolvió en sus asientos, incómoda, mientras los entropistas los miraban con interés—. Trig, me comentaste que habíais tenido algún problemilla en Ruslan, así que... tengo curiosidad. —Kira se reclinó en su asiento y esperó a ver lo que ocurría.

Falconi miró fijamente su copa con el ceño fruncido.

—No puedes evitar meter la nariz donde no te llaman, ¿verdad?

—Deberíamos decírselo —intervino Nielsen en tono conciliador—. Ya no hay razón para mantenerlo en secreto.

—... Bueno. Pues cuéntaselo tú.

Kira se preguntó qué tan grave sería. ¿Contrabando? ¿Robo? ¿Agresión?... ¿Asesinato?

Nielsen suspiró. Como si estuviera leyéndole el pensamiento a Kira, dijo:

—No es lo que te imaginas. Yo no estaba a bordo por entonces, pero el problema vino porque importaron un montón de tritones para venderlos en Ruslan.

Kira creía no haber oído bien.

—¿Tritones?

—Sí, una tonelada métrica. Lo que viene siendo una *metritonelada* —dijo Trig. Sparrow se echó a reír, pero enseguida hizo un gesto de dolor y se llevó la mano al costado.

—No —dijo Nielsen—. No, por favor.

Trig sonrió y siguió comiendo como si nada.

—En Ruslan ponían un programa infantil —dijo Falconi—. *Yanni el Tritón*, o algo así. Era muy famoso.

—¿Era?

El capitán hizo una mueca.

—Todos los críos querían un tritón como mascota. Así que me pareció buena idea llevar un cargamento entero.

Nielsen puso los ojos en blanco y negó con la cabeza, meneando la coleta de lado a lado.

—Si yo hubiera estado a bordo, no habría permitido esa tontería.

Falconi se lo tomó a mal.

—Era un buen negocio. Te habrías lanzado de cabeza a por esa oportunidad, antes que cualquiera de nosotros.

—¿Por qué no criaban tritones en laboratorio? —dijo Kira—. O también habrían podido modificar ranas o algo así para que se parecieran.

—Y eso hacían —le explicó Falconi—. Pero los críos más ricos querían tritones auténticos. De la Tierra. Ya te puedes imaginar.

Kira parpadeó.

—No... no podía ser barato.

Falconi asintió, con una sonrisa sardónica.

—Exactamente. Habríamos ganado una fortuna. Pero...

—Pero ¡los muy cabrones no tenían inhibidor! —dijo Sparrow.

—¿Que no...? —empezó a decir Kira, pero se interrumpió—. Claro, porque eran de la Tierra.

Todos los macroorganismos (y unos cuantos microorganismos también) cultivados en los mundos colonizados tenían un inhibidor integrado, un mecanismo letal de emergencia para regular su población e impedir que un único organismo perturbara la incipiente cadena alimentaria o la ecología nativa, en caso de haberla. Pero en la Tierra, no. Allí, las plantas y los animales *existían* a sus anchas, mezclándose y compitiendo en un ecosistema caótico que todavía se resistía a ser controlado.

Falconi extendió la mano.

—Sí. Encontramos una empresa que criaba tritones...

—«El Devoto Emporio del Tritón de Fink-Nottle» —apostilló Trig, solícito.

—... pero no les dijimos para qué los queríamos exactamente. No había motivos para que la CCI se enterara de lo que queríamos hacer, ¿verdad?

—Ni siquiera se nos ocurrió preguntarles si tenían inhibidor —dijo Sparrow—. Y para cuando los vendimos, ya era tarde.

—¿Cuántos vendisteis?

—Setecientos setenta y siete mil setecientos setenta y siete.

—Setenta y *seis* —le corrigió Sparrow—. No te olvides del que se comió Calcetines.

—Es verdad. Setenta y seis.

A Kira le costaba imaginarse tal cantidad de tritones.

Falconi siguió contándole la historia:

—Como era de esperar, unos cuantos tritones se escaparon, y al no tener depredadores naturales en Ruslan, exterminaron a buena parte de los insectos, gusanos, caracoles, etc.

—Dios santo. —Sin insectos y organismos similares, era prácticamente imposible que una colonia funcionara. Por sí solos, los gusanos valían más que su peso en uranio refinado durante los primeros años de transformación de un terreno estéril u hostil en suelo fértil.

—Y que lo digas.

—Sí, tuvimos que tocarles bastante los tritones —dijo Trig.

Sparrow y Nielsen soltaron un gemido, y Vishal dijo:

—Soportamos esta clase de chascarrillos durante todo el viaje, Srta. Kira. Fue muy desagradable.

Kira miró a Trig.

—Oye, ¿sabes cuál es la asignatura preferida de los tritones?

Trig sonrió.

—¿Cuál?

—¡La *tritonometría*!

—Permiso para echarlos a los dos al espacio, capitán —dijo Nielsen.

—Permiso concedido —gruñó Falconi—. Pero no hasta que hayamos llegado a nuestro destino.

En cuanto lo mencionó, el ambiente se volvió bastante más sombrío.

—¿Y qué pasó después con los tritones? —preguntó Kira. El castigo por violar los protocolos de biocontención era distinto en cada lugar, pero solía implicar fuertes multas y/o penas de cárcel.

Falconi gruñó.

—¿Tú qué crees? El gobierno local emitió una orden de arresto contra nosotros. Por suerte no era una orden estelar ni interestelar, solo planetaria, y ya nos habíamos largado mucho antes de que los tritones empezaran a dar problemas. Pero sí... digamos que no les caemos demasiado bien. Incluso terminaron cancelando *Yanni el Tritón* por el enfado de la gente.

Kira se echó a reír entre dientes, pero de pronto soltó una carcajada escandalosa.

—Lo siento. Sé que no tiene gracia, pero...

—Bueno, un poco de gracia sí que tiene —confesó Vishal.

—Sí, es para morirse de la risa —dijo Falconi—. Nos anularon los bits que habíamos ganado, así que nos quedamos sin comida, sin combustible y sin propelente para el viaje.

—Imagino que os pondríais bastante... *tristones* —dijo Kira.

Nielsen se dio una palmada en la cara.

—Thule. Ahora ya son dos.

—Dame eso —dijo Falconi, alargando la mano hacia la funda de su pistola, que estaba colgada del respaldo del asiento de Vishal.

El doctor rio y negó con la cabeza.

—Ni pensarlo, capitán.

—Bah. Hatajo de amotinados.

—¡Me está acusando *tritón* ni son! —dijo Trig.

—¡Ya está bien! Otro juego de palabras y te vas de cabeza al criotubo.

—Sí, seguro.

Nielsen se dirigió a Kira:

—Hemos tenido otras dificultades de menor importancia, sobre todo infracciones con la CCI, pero eso fue lo más grave.

Sparrow resopló.

—Eso y lo de Chelomey. —Ante la mirada inquisitiva de Kira, Sparrow continuó—: En Alfa Centauri, un tal Griffith nos contrató para traer un cargamento… *delicado* a un tipo de la estación Chelomey. Pero nuestro contacto no se presentó cuando dejamos la mercancía. Al muy idiota lo habían detenido los de seguridad. Así que la estación también quería echarnos el guante a nosotros. Griffith alegó que no habíamos hecho la entrega y se negó a pagarnos, y como ya habíamos gastado toda la antimateria para llegar aquí, no pudimos hacer nada.

—Y así fue cómo terminamos atrapados en 61 Cygni —dijo Falconi, vaciando su vaso—. No podíamos aterrizar en Chelomey ni en Ruslan… de manera legal, claro.

—Entiendo. —En general, no era tan grave como Kira se temía. Un poco de contrabandismo, una pizca de ecoterrorismo… Se esperaba algo mucho peor, la verdad.

Falconi agitó la mano.

—Pero ya está todo solucionado. —La observó con ojos ligeramente vidriosos por la bebida—. Supongo que te lo debemos a ti.

—Un placer.

Más tarde, cuando ya apenas quedaba comida en las mesas, Hwa-jung se levantó de su asiento y salió de la cocina.

Cuando la jefa de máquinas regresó, acompañada por Runcible y Calcetines, traía bajo el brazo lo que le había pedido Kira.

—Toma —dijo Hwa-jung, tendiéndole la concertina—. Recién impresa.

Kira se echó a reír mientras admiraba el instrumento.

—¡Gracias! —Ahora ya tendría algo más que hacer aparte de mirar la holofaz mientras esperaba sola en la nave desierta.

Falconi enarcó una ceja.

—¿Sabes tocar?

—Un poco —contestó Kira, deslizando las manos por las correas y probando los botones. Para calentar, tocó una cancioncilla muy simple, *Las travesuras de Chiara*.

La música animó el ambiente, y toda la tripulación se congregó a su alrededor.

—Oye, ¿te sabes *Toxopaxia*? —le preguntó Sparrow.

—Sí.

Kira tocó y tocó hasta que se le entumecieron los dedos, pero le daba igual. Por una vez, no pensó en el futuro y se olvidó de sus preocupaciones.

Calcetines seguía manteniendo las distancias, pero bien entrada la velada, mucho después de que Kira hubiera dejado a un lado la concertina, se encontró con el cálido cuerpo de Runcible en el regazo, mientras ella le rascaba las orejas y el cerdo meneaba la cola de placer. De pronto sentía un gran afecto por todos. Por primera vez desde la muerte de Alan y sus compañeros, estaba relajada, relajada de verdad.

Quizá Falconi fuera un cabronazo duro de pelar, y su mente de a bordo fuera un tanto excéntrica, y Sparrow un poco sádica, y Trig poco más que un niño, y Hwa-jung bastante rara a su manera, y Vishal... Kira seguía sin saber cuál era la historia de Vishal, pero le caía simpático. Quizá todo eso fuera cierto. ¿Y qué? La perfección no existía. Kira solo sabía una cosa: que estaba dispuesta a luchar por Falconi y su tripulación. Lucharía por ellos igual que habría luchado por su equipo en Adra.

6.

Todo el grupo se quedó en la cocina mucho más tiempo del debido, pero nadie se quejó, y mucho menos Kira. La velada terminó con una exhibición (a petición de los entropistas) de las diversas formas que podía adoptar la superficie del filo dúctil.

Cuando Kira formó una carita sonriente en la palma de la mano, Falconi dijo:

—¡Háblale a la mano!

Todos se echaron a reír.

Más tarde, Sparrow, Vishal y Hwa-jung se marcharon a la enfermería. Sin ellos, la cocina estaba mucho más silenciosa.

La operación de Sparrow iba a llevar su tiempo. Mucho antes de que terminara, Kira regresó a su camarote, se echó en su colchón nuevo y durmió. Y por una vez, no soñó.

7.

La mañana comenzó con una sensación angustiosa. Solo faltaban unas horas para el salto superlumínico. Kira se quedó tumbada un rato, intentando hacerse a la idea de lo que se avecinaba.

Yo me lo he buscado. Prefería pensar eso antes que considerarse una víctima de las circunstancias, pero tampoco era un gran consuelo.

Se levantó y consultó su holofaz. No había noticias relevantes (salvo algunos informes de escaramuzas en Ruslan) ni mensajes. Tampoco le dolía el vientre. Algo era algo.

Envió un mensaje a Sparrow:

<¿Todavía quieres entrenar? —Kira>.

Un minuto después:

<Sí. Estoy en la enfermería. —Sparrow>.

Kira se lavó la cara, se vistió y salió.

Al entrar en la enfermería, le sorprendió el aspecto débil de Sparrow. Tenía el rostro demacrado y pálido y llevaba un gotero conectado al brazo.

Un tanto desconcertada, Kira le preguntó:

—¿Estás en condiciones para entrar en crionización?

—Lo estoy deseando —contestó Sparrow secamente—. Doc cree que no me pasará nada, que incluso me ayudará a recuperarme.

—¿De verdad te apetece volver a… lo que sea esto?

Sparrow le mostró una sonrisa traviesa.

—Oh, ya lo creo. Se me han ocurrido unas cuantas formas nuevas de poner a prueba tu paciencia.

Sparrow cumplió su palabra. Una vez en el improvisado gimnasio, volvió a someter a Kira a una rigurosa serie de ejercicios mientras ella se esforzaba por mantener el control del filo dúctil. Sparrow no se lo puso fácil. Tenía talento para las distracciones, y se deleitó acosando a Kira con palabras, ruidos y movimientos inesperados durante las fases más duras de los ejercicios. Kira fallaba. Fallaba una y otra vez, y se frustraba más y más por su incapacidad para mantener la estabilidad mental. Con tantos estímulos, era casi inevitable perder la concentración, y cuando la perdía, el filo dúctil tomaba las riendas y decidía por sí mismo cuál era la mejor forma de actuar.

Las decisiones del organismo permitían intuir su carácter: su personalidad era impulsiva, ansiosa por encontrar fallos y aprovecharlos. Era una consciencia indagadora, de una curiosidad inagotable, a pesar de su naturaleza a menudo destructiva.

Y así siguieron. Sparrow siguió atormentándola y Kira siguió intentando mantener la compostura.

Una hora después, tenía el rostro empapado en sudor y se sentía casi tan exhausta como debía de estarlo Sparrow.

—¿Qué tal lo he hecho? —le preguntó, levantándose.

—No vayas a ver pelis de miedo. Solo te digo eso —dijo Sparrow.

—Ah.

—¿Qué querías, un caramelo? No has tirado la toalla; sigue así y puede que algún día me impresiones. —Sparrow se tendió en el banco y cerró los ojos—. Ahora todo depende de ti. Ya sabes lo que tienes que hacer mientras los demás estamos fiambres.

—Seguir practicando.

—Y no seas blanda contigo misma.

—No lo seré.

Sparrow entreabrió un solo ojo y sonrió.

—¿Sabes qué, Navárez? Te creo.

Los últimos preparativos fueron frenéticos. Kira ayudó a Vishal a sedar a las mascotas de a bordo, y tanto Runcible como Calcetines fueron colocados en un criotubo en el que cabían los dos.

Poco después sonó la alerta de propulsión y la Wallfish apagó los motores para enfriarse todo lo posible antes de alcanzar el límite de Markov. La cercana Darmstadt hizo lo mismo; la tenue luz de la estrella del sistema se reflejaba en sus radiadores de diamante.

Uno tras otro, los sistemas de la Wallfish se desconectaron, y el interior de la nave se fue enfriando y oscureciendo progresivamente.

Los cuatro marines de la bodega de babor fueron los primeros en entrar en crionización. Después de avisar al capitán, sus sistemas desaparecieron de la red interna de la nave a medida que se sumían en un letargo similar a la muerte.

Los siguientes fueron los entropistas, que habían guardado sus criotubos en su camarote.

—Vamos a tendernos…

—… en nuestros hibernáculos. Buen viaje, prisioneros —dijeron antes de marcharse.

Kira y la tripulación de la Wallfish se reunieron en el refugio central de la nave, justo debajo de Control y al lado de la sala sellada que contenía el sarcófago blindado al que Gregorovich llamaba hogar.

Kira permaneció junto a la puerta del refugio, sin saber qué hacer mientras Sparrow, Hwa-jung, Trig, Vishal y Nielsen se desvestían y entraban en sus respectivos tubos. Las tapas se cerraron y, en unos segundos, el interior se cubrió de escarcha.

Falconi esperó hasta el final.

—¿Estarás bien aquí sola? —preguntó, quitándose la camisa por la cabeza.

Kira rehuyó su mirada.

—Creo que sí.

—Cuando Gregorovich se duerma, nuestra pseudointeligencia Morven se ocupará de la navegación y del soporte vital, pero si hay algún problema, no dudes en despertar a cualquiera de nosotros.

—De acuerdo.

Falconi se descalzó y guardó las botas en una taquilla.

—Lo digo en serio. Aunque solamente te apetezca hablar con otra persona. De todas formas vamos a tener que volver al espacio normal varias veces.

—Si lo necesito, te prometo que lo haré. —Miró de reojo a Falconi, que ya se había quedado en ropa interior. Era más corpulento de lo que pensaba: ancho de pecho, brazos y espalda. Estaba claro que Sparrow y Hwa-jung no eran las únicas que utilizaban el gimnasio de la bodega.

—Bien. —Falconi flotó hasta Kira, impulsándose por la pared. Ahora que estaba más cerca, Kira notaba un leve olor a sudor, aunque limpio y almizclado. Una mata de vello negro y espeso le cubría el pecho, y por un momento (solo un momento) Kira se imaginó acariciándolo con los dedos.

Falconi se dio cuenta y le lanzó una mirada todavía más directa.

—Una cosa más —dijo—. Ya que eres la única persona que estará despierta...

—No mucho, si puedo evitarlo.

—Pero más que cualquiera de nosotros. Siendo así, te nombro capitana en funciones de la *Wallfish* mientras estemos en crionización.

Kira se sorprendió. Empezó a decir algo, pero cambió de opinión.

—¿Estás seguro? ¿Incluso después de lo que pasó?

—Estoy seguro —dijo Falconi con firmeza.

—¿Eso quiere decir que formo parte de la tripulación?

—Supongo que sí. Al menos durante este viaje.

Kira reflexionó.

—¿Qué responsabilidades tiene un capitán en funciones?

—Unas cuantas —contestó Falconi, dirigiéndose a su criotubo—. Dispones de acceso administrativo a ciertos sistemas, y también tienes permiso de anulación. Puede que te haga falta en caso de emergencia.

—... Gracias. De verdad.

Falconi asintió.

—Tú procura no estrellarme la nave, Navárez. Es lo único que tengo.

—Lo único no —dijo Kira, señalando los tubos congelados.

Una leve sonrisa cruzó el rostro de Falconi.

—No, lo único no. —Kira lo observó mientras entraba en el tubo y se conectaba el gotero al brazo y los electrodos a la cabeza y al pecho. Miró a Kira por última vez y se despidió con un saludo formal—. Nos vemos a la luz de una estrella desconocida, capitana.

—Capitán.

La tapa se cerró sobre el rostro de Falconi, y en el refugio de la *Wallfish* se hizo el silencio.

—Ya solo quedamos tú y yo, majareta —dijo Kira, mirando hacia el sarcófago de Gregorovich.

—Esto también pasará —contestó la mente de a bordo.

8.

Catorce minutos después, la *Wallfish* entró en el espacio superlumínico.

Kira observó la transición desde la pantalla de su camarote. En un instante, el campo de estrellas que los envolvía desapareció, sustituido por un espejo oscuro, de una redondez perfecta.

Kira siguió contemplando el reflejo de la nave durante largo rato, en absoluto silencio. Después cerró la pantalla y se abrazó el cuerpo.

Por fin estaban en camino.

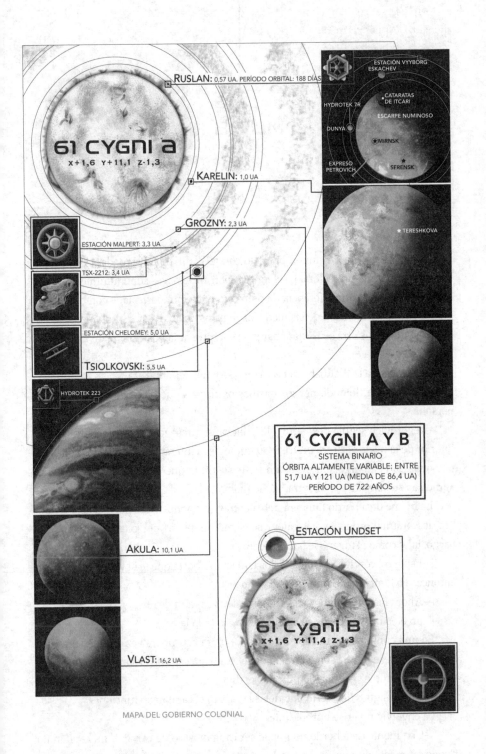

RUSLAN: 0,57 UA. PERÍODO ORBITAL: 188 DÍAS

ESTACIÓN VYYBORG
ESKACHEV

HYDROTEK 7R

CATARATAS
DE ITCARI

ESCARPE NUMINOSO

DUNYA

★ MIRNSK

EXPRESO
PETROVICH

★ SERENSK

★ TERESHKOVA

KARELIN: 1,0 UA

GROZNY: 2,3 UA

ESTACIÓN MALPERT: 3,3 UA

TSX-2212: 3,4 UA

ESTACIÓN CHELOMEY: 5,0 UA

TSIOLKOVSKI: 5,5 UA

HYDROTEK 223

61 CYGNI A Y B

SISTEMA BINARIO
ÓRBITA ALTAMENTE VARIABLE: ENTRE
51,7 UA Y 121 UA (MEDIA DE 86,4 UA)
PERÍODO DE 722 AÑOS

ESTACIÓN UNDSET

AKULA: 10,1 UA

VLAST: 16,2 UA

61 CYGNI A
x + 1,6 y + 11,1 z -1,3

61 Cygni B
x + 1,6 y + 11,4 z -1,3

MAPA DEL GOBIERNO COLONIAL

MUTIS II

★ ★ ★ ★ ★ ★ ★

1.

La Darmstadt volaba en rumbo paralelo con la Wallfish, enfundada en su propia burbuja de energía protectora. La comunicación entre naves superlumínicas era posible, pero difícil: la transferencia de datos era lenta e imperfecta, y como tampoco querían atraer la atención de las medusas ni otros posibles espías, solamente se enviaban alguna que otra señal de sonar para comprobar la posición relativa de ambas naves.

El silencio de la Wallfish era tal y como se había temido Kira.

Deambulaba flotando por los pasillos oscuros, sintiéndose más fantasma que persona.

Gregorovich seguía despierto y le hablaba: su presencia susurrante animaba el interior de la nave, pero era un triste sustituto de la interacción cara a cara con otras personas. Sin embargo, era mejor un triste sustituto que no tener ninguno, y Kira agradecía su compañía, por extraña que fuera.

La mente de a bordo también debía entrar en crionización; por sí solo, su cerebro descomunal producía más calor que el cuerpo de una persona normal. Sin embargo, tal y como él mismo le había dicho:

—Esperaré contigo, oh reina de los tentáculos, hasta que te hayas dormido. Solo entonces yo también me sumiré en el olvido.

—Ahora los dos estamos encerrados en una cáscara de nuez, ¿no?

—En efecto. —El eco de su suspiro recorrió toda la nave.

En una pantalla cercana apareció un icono; era la primera vez que la mente de a bordo se representaba a sí misma con un avatar. Kira estudió el símbolo un momento (su holofaz no consiguió identificarlo) y dijo:

—Ya que sigues despierto, ¿no deberías ser tú el capitán en funciones?

La envolvió una risa burbujeante.

—Una mente de a bordo no puede ser capitán, saco de carne. Y un capitán no puede ser mente de a bordo. Ya lo sabes.

—No es más que una tradición —dijo Kira—. No hay motivos para...

—Sí hay motivos, los más rectos y primorosos. Por su propia seguridad y cordura, una mente de a bordo jamás debe ser dueña de su propia nave... aunque dicha nave se haya convertido en nuestra carne.

—Tiene pinta de ser terriblemente frustrante.

Casi le pareció oír cómo Gregorovich se encogía de hombros.

—No tiene sentido despotricar contra la realidad. Además, mi encantadora infestación, aunque el texto de la ley diga una cosa, su ejecución suele ser bien distinta.

—¿Qué quieres decir?

—Que, en la práctica, casi todas las naves están dirigidas por una mente de a bordo. ¿Cómo podría ser de otro modo?

Kira se agarró a un asidero junto a la puerta de su camarote, frenando su avance.

—¿Cómo se llama la mente de la Darmstadt?

—Es la deliciosa y pizpireta Horzcha Ubuto.

—Menudo nombrecito.

—Cuando no tienes lengua con que paladear ni garganta con que cantar, todos los nombres son iguales.

2.

Cuando entró en su camarote, Kira atenuó las luces y bajó la temperatura. Había llegado el momento de relajar la mente y el cuerpo. Hibernaría en cuanto el filo dúctil se lo permitiera, pero esa no era su única preocupación. También necesitaba entrenar con el xeno. Sparrow tenía razón. *Falconi* tenía razón. Kira debía dominar el filo dúctil (en la medida de lo posible), y como con cualquier otra habilidad, hacía falta diligencia.

Durante los próximos tres meses, la Wallfish saldría del espacio superlumínico al menos seis veces para deshacerse del exceso de calor. Así pues, Kira tendría otras tantas oportunidades para ponerse a prueba físicamente, como había estado haciendo con Sparrow. Mientras tanto, tendría que minimizar su nivel de actividad, pero planeaba despertarse una vez por semana para entrenar con el filo dúctil. Eso sumaba un total de doce sesiones de entrenamiento antes de llegar a su destino; confiaba en que fueran suficientes para hacer avances significativos.

No estaba segura de si el filo dúctil la sacaría de la hibernación semanalmente, pero valía la pena intentarlo. Si no era capaz... Kira tendría que renunciar a una parte del entrenamiento. Independientemente del calor emitido y los recursos consumidos, era esencial minimizar el tiempo que iba a pasar despierta y sola. El aislamiento podía provocar graves daños psicológicos en un tiempo sorprendentemente corto. Era un problema recurrente para cualquier tripulación pequeña en misiones largas, y en su caso sería incluso peor, porque estaba completamente sola. En cualquier caso, debía estar atenta a su salud mental…

Al menos en aquel viaje no tenía que preocuparse por morir de inanición. En la Wallfish había alimentos de sobra. Aun así, no pensaba comer demasiado, solamente cuando estuviera haciendo ejercicio, durante las pausas sublumínicas. Además, el hambre parecía ser uno de los factores que animaban al filo dúctil a inducirle la hibernación.

Cómete el camino.

Una vez trazado el plan, Kira configuró la alarma manual y se pasó una hora lidiando con el filo dúctil durante la primera de sus sesiones.

Como esta vez no estaba usando el ejercicio para inducir estrés físico o mental, Kira encontró otra prueba igualmente difícil: intentar resolver retos mentales al mismo tiempo que obligaba al xeno a adoptar distintas formas. Las ecuaciones matemáticas demostraron ser un estresor excelente a tal efecto. También se imaginaba que estaba de nuevo en la nave medusa, aprisionada por unos tentáculos e incapaz de moverse, o el tremendo dolor que había sentido cuando el numenista le había partido la nariz. Dejaba que esos recuerdos le aceleraran el pulso y le llenaran las venas de adrenalina, y en *ese* momento se ponía a trabajar con el filo dúctil para intentar que adoptara la forma deseada.

Aquel segundo método no era el más saludable del mundo; estaba condicionando a su sistema endocrino para que hiperreaccionara ante el peligro físico. Pero necesitaba ser capaz de trabajar con el filo dúctil en circunstancias desfavorables, y en aquellos momentos no tenía muchas más opciones.

Cuando ya no pudo seguir practicando por falta de concentración, Kira se relajó tocando su concertina nueva, de botones nacarados e incrustaciones en espiral en los laterales de la caja. Aquel diseño había sido un añadido de Hwa-jung que a Kira le encantaba. Cuando dejaba de tocar, acariciaba aquellas espirales y admiraba el reflejo de las luces rojas de emergencia.

Gregorovich escuchaba tocar a Kira. La mente de a bordo se había convertido en un compañero constante e invisible. A veces hacía algún comentario (un elogio o una sugerencia), pero en general parecía satisfecho con su papel de oyente respetuoso.

Pasó un día, y luego otro. El tiempo parecía ralentizarse; era una sensación familiar, que la dejaba atrapada en un limbo desdibujado. Sus pensamientos se iban volviendo lentos y torpes, y sus dedos ya no encontraban los botones de la concertina.

Finalmente dejó el instrumento y, una vez más, recurrió a los conciertos de Bach para dejar que la música la adormeciera.

…

La voz de Gregorovich la sacó de su sopor. La mente de a bordo hablaba en voz baja y delicada:

—Kira... Kira... ¿Estás despierta?

—¿Qué pasa? —murmuró ella.

—Tengo que dejarte ya.

—... Sí.

—¿Estarás bien, Kira?

—Sí... Bien...

—De acuerdo. Buenas noches, Kira. Que sueñes con cosas bonitas.

3.

Kira yacía en su cama, adherida a ella por el filo dúctil. La estructura contaba con unas correas integradas para poder dormir en gravedad cero. Al principio las había usado, pero al darse cuenta de que el xeno la fijaba a la cama por voluntad propia, las desabrochó.

Mientras se adentraba cada vez más en el neblinoso crepúsculo de la inconsciencia, dejó que la mascarilla le cubriera el rostro. Era vagamente consciente de que el traje se estaba fusionando consigo mismo, uniendo sus extremidades y envolviéndola en un caparazón protector, negro como la tinta y duro como el diamante.

Pudo habérselo impedido, pero era una sensación agradable.

Duerme. Kira le pidió al filo dúctil que descansara y aguardara, como había hecho antes, que entrara en letargo y dejara de luchar. El xeno tardó en comprenderlo, pero con el tiempo los dolores del hambre remitieron y un frío ya familiar le recorrió las extremidades. Los compases de Bach desaparecieron de su consciencia y el universo se redujo a los confines de su mente...

Cuando soñó, sus sueños fueron turbadores, llenos de ira, miedo y siluetas malignas que acechaban entre las sombras.

Una enorme sala gris y dorada, con hileras de ventanas que revelaban la oscuridad del espacio exterior. Las estrellas refulgían en sus profundidades, y su luz tenue hacía centellear el suelo pulimentado y las columnas de metal acanalado.

La carne que era ella no podía ver nada entre los rincones ocultos de aquella cámara que parecía no tener fin, pero sentía las miradas de inteligencias desconocidas y hostiles, vigilando... vigilando con un hambre insaciable. La paralizaba el miedo, y no gozaba del consuelo de la acción, pues los ansiosos observadores permanecieron escondidos, aunque ella los sentía acercarse, acechantes.

Y las sombras se retorcieron y agitaron, formando siluetas incomprensibles.

... Destellos de imágenes: una caja invisible, con una promesa rota en su interior que se sacudía con una rabia irracional. Un planeta cubierto con un manto negro y preñado

de una inteligencia malévola. Cintas de fuego descendiendo por el cielo de la tarde: hermosas, aterradoras y desgarradoramente tristes. Torres abatidas. Sangre hirviendo en el vacío. La corteza de la tierra temblando, resquebrajándose, derramando lava sobre un valle fértil...

Y cosas peores. Cosas nunca vistas. Miedos sin nombre, antiguos y extraños. Pesadillas que se manifestaban únicamente por su perversión y su alteración de los ángulos fijos...

4.

B-b-b-bip... b-b-b-bip... b-b-b-bip...

La estridente alarma devolvió a Kira a la vigilia. Pestañeó, confundida y amodorrada, sin comprender nada durante largo rato. Después recuperó el sentido de quién era y dónde estaba, y soltó un gemido.

—Ordenador, apaga la alarma —susurró con voz nítida, a pesar de que tenía el rostro cubierto por el traje.

Aquel balido discordante cesó por fin.

Durante unos minutos siguió tendida en la oscuridad y el silencio, sin ánimo para moverse. *Una semana.* Parecía más tiempo, como si llevara anclada una eternidad a aquella cama. Y sin embargo, al mismo tiempo sentía que acababa de cerrar los ojos.

El camarote era sofocante, angustioso, como una cámara subterránea...

Se le aceleró el corazón.

—Muy bien. Vamos, arriba —le dijo al filo dúctil.

Kira apartó la mascarilla del rostro y se liberó las extremidades de la red de fibras que las unía a su torso. Después se puso a trabajar con y contra el xeno.

Cuando por fin paró, le rugía el estómago y se sentía totalmente despierta, aunque no había encendido las luces.

Bebió unos sorbos de agua e intentó dormir de nuevo. Tardó más de lo que le habría gustado (por lo menos medio día), pero finalmente su mente y su cuerpo se relajaron de nuevo y volvió a sumirse en aquella bendita latencia.

Y cuando se durmió, volvió a gimotear y a agitarse, atormentada por sus sueños, sin que nada pudiera romper el hechizo a bordo de la *Wallfish*, que seguía adentrándose cada vez más en el espacio desconocido.

5.

A partir de entonces, todo se volvió muy borroso y discontinuo. La monotonía de la nave desierta, unida a la extraña hibernación inducida por el xeno, la dejaban totalmente desorientada. Se sentía ajena a los acontecimientos, como si todo fuera un sueño y ella, un espíritu incorpóreo.

Sin embargo, se sentía plenamente corpórea durante sus sesiones de entrenamiento con el filo dúctil. Unas sesiones aparentemente infinitas. ¿Estaba cambiando algo su capacidad para controlar al xeno? ¿Estaba mejorando?... No estaba segura. Pero persistió. Aunque solo fuera por pura cabezonería, no pensaba dar su brazo a torcer. Tenía fe en el valor de lo que estaba haciendo. Si seguía esforzándose, terminaría sacando algo positivo.

Esa idea era su único consuelo cada vez que algo salía mal con el filo dúctil. Los fracasos adoptaban distintas formas. El xeno se negaba a moverse como ella quería. O su reacción era exagerada (esos eran los deslices que más preocupaban a Kira). O a veces la obedecía, pero de forma demasiado general, no específica. Kira le pedía que formara el dibujo de una rosa en la palma de su mano, y en su lugar el xeno producía un bulto amorfo.

Era un trabajo difícil y frustrante. Pero no se rindió. Y aunque a veces le parecía que el filo dúctil también se frustraba (lo notaba por su retraso al reaccionar, o por la clase de formas que adoptaba), Kira sentía la voluntad de cooperación del xeno, y eso la animaba.

Cuando la Wallfish salía del espacio superlumínico, Kira se permitía dar un paseo por la nave. Se tomaba una taza de chell en la cocina. Corría en la cinta de gravedad cero y hacía todos los ejercicios posibles con cintas y correas. No bastaba para mantener el estado de los músculos o los huesos (para eso dependía del filo dúctil), pero eran un cambio ameno frente a los monótonos entrenamientos semanales.

Y cuando los sistemas de la nave volvían a apagarse, sonaba la alerta de salto superlumínico y Kira se retiraba de nuevo a su oscura caverna.

6.

Había pasado un mes... Un mes, y a veces Kira se convencía de que estaba atrapada en un bucle interminable. Cerraba los ojos, despertaba, se soltaba las extremidades, entrenaba, cerraba los ojos, despertaba, se soltaba las extremidades, entrenaba...

El proceso empezaba a pasarle factura. Se planteó muy en serio despertar a Gregorovich, a Falconi o a Nielsen para tener a alguien con quien charlar, pero habría sido un engorro solo por disfrutar de unas horas de conversación. Incluso podría haber retrasado toda la expedición, dependiendo del calor generado. Por muy rara o sola que se sintiera, no estaba dispuesta a arriesgarse. Encontrar el Báculo del Azul era más importante que su deseo de compañía humana.

7.

Dos meses. Casi lo había conseguido. Eso era lo que se decía a sí misma. Lo celebró con una barrita y una taza de chocolate caliente.

El entrenamiento con el filo dúctil empezaba a resultarle más sencillo. O tal vez solo intentaba convencerse a sí misma. Ahora era capaz de controlar y dar forma al xeno de maneras que antes le habían resultado imposibles. Estaba progresando, ¿no?

Kira pensaba que sí. Pero se sentía tan ajena a todo lo tangible que ni siquiera se fiaba de su propio juicio.

Ya faltaba poco...

Faltaba poco...

TERCERA PARTE

★ ★ ★ ★ ★ ★ ★

APOCALYPSIS

In the villa of Ormen, in the villa of Ormen
Stands a solitary candle, ah ah, ah ah
In the center of it all, in the center of it all
Your eyes

On the day of execution, on the day of execution
Only women kneel and smile, ah ah, ah ah
At the center of it all, at the center of it all
Your eyes
Your eyes

Ah ah ah
Ah ah ah

★ —DAVID BOWIE

CAPÍTULO I

* * * * * * * *

PECADOS DEL PASADO

1.

Esta vez, en lugar de la alarma, fue un lento amanecer lo que devolvió a Kira a la consciencia.

Abrió los ojos. Durante un momento no pensó en nada; permaneció tumbada, serena y descansada, a la espera. Pero entonces vio al gato sentado a sus pies: un siamés de color gris claro, ligeramente bizco y con las orejas gachas.

El animal bufó y bajó de un salto a la cubierta.

—Kira, ¿me oyes?… Kira, ¿estás despierta?

Al girar la cabeza, encontró a Falconi sentado a su lado. Estaba ojeroso y muy pálido; parecía haber estado vomitando, pero sonreía.

—Bienvenida.

Un torrente de recuerdos irrumpió en su mente: la Wallfish, el viaje superlumínico, las medusas, el Báculo del Azul…

Kira dejó escapar un grito e intentó levantarse, pero no pudo; algo le presionaba el pecho y los brazos.

—Tranquila —dijo Falconi—. Ya puedes salir. —Le dio unos golpecitos en el hombro con los nudillos.

Al bajar la mirada, Kira descubrió la funda de fibras negras y lisas que envolvía e inmovilizaba su cuerpo. *¡Suéltame!* Sintiendo una repentina claustrofobia, empezó a forcejear, moviendo los hombros de lado a lado, y profirió otro grito.

Con un roce seco, el filo dúctil aflojó su abrazo protector y deshizo la sólida carcasa que había formado a su alrededor. Una pequeña cascada de polvo se deslizó desde su cuerpo hasta el suelo, levantando volutas grises que flotaban por el aire.

Falconi estornudó y se frotó la nariz.

Los músculos de Kira protestaron mientras se levantaba del colchón y se incorporaba lentamente. Volvía a haber gravedad en la nave, por suerte. Intentó hablar, pero tenía la boca demasiado seca y solo le salió un croar de rana.

—Toma —dijo Falconi, tendiéndole una bolsa de agua.

Kira, agradecida, asintió con la cabeza y se llevó la pajita a la boca para beber. Intentó hablar de nuevo:

—¿Lo… lo hemos conseguido? —Tenía la voz ronca por la falta de uso.

Falconi asintió.

—Más o menos. Se han activado unas cuantas alertas de mantenimiento, pero seguimos de una sola pieza. Feliz Año Nuevo y bienvenida al 2258. Casi hemos llegado a Gamus.

—¿Gamus?

—Sí, por «Gamusino». Así han bautizado los marines a la estrella.

—¿Hay… hay medusas o pesadillas en el sistema?

—Parece que no.

Qué alivio: habían llegado antes que los alienígenas.

—Bien. —Kira se dio cuenta de que seguían sonando los conciertos de Bach—. Ordenador, apaga la música. —Los altavoces se desconectaron—. ¿Hace cuánto que…?

—¿Que hemos llegado? Pues… unos treinta minutos, más o menos. He venido a despertarte enseguida. —Falconi se humedeció los labios; parecía mareado. Kira reconocía los síntomas: la resaca crónica era muy molesta, y una larga temporada en el criotubo no hacía sino empeorarla.

Bebió otro sorbo de agua.

—¿Cómo te encuentras? —le preguntó Falconi.

—Bien… Me siento un poco rara, pero estoy bien. ¿Cómo estás tú?

Falconi se puso de pie.

—Como un saco de diez kilos con veinte kilos de mierda dentro. Pero se me pasará.

—¿Hemos detectado algo en los sensores o…?

—Compruébalo tú misma. Es evidente que el sistema estuvo habitado en algún momento, así que algo es algo; no nos has metido en un callejón sin salida. Voy a subir a Control, ven en cuanto puedas.

Falconi se dirigió hacia la puerta.

—¿Están todos bien?

—Sí. Hechos polvo, pero todos de una pieza. —Cerró la puerta al salir.

Kira se tomó un momento para ordenar sus ideas. Lo habían conseguido. *Ella* lo había conseguido. Resultaba difícil de creer. Abrió y cerró las manos, rotó los hombros y tensó con cuidado los músculos de todo el cuerpo. Estaba agarrotada por los últimos días de hibernación, pero todo parecía funcionar correctamente.

—Eh, majareta —dijo en voz alta—. ¿Tú sigues entero?

Un momento después, Gregorovich contestó. Aunque su voz fuera sintetizada, la mente de a bordo parecía mareada y débil:

—Ya he estado fracturado antes, y fracturado estoy ahora. Pero las piezas siguen formando la misma imagen maltrecha.

Kira soltó un gruñido.

—Sí, ya veo que estás bien.

Abrió su holofaz… y no ocurrió nada. Lo intentó dos veces más, sin éxito. Al pestañear, sintió la ausencia de las lentillas que le había regalado Vishal. Tampoco las notó al tocarse el ojo derecho con el dedo.

«Mierda», el filo dúctil debía de haber destruido o absorbido las lentillas durante las últimas semanas de sueño.

Ansiosa por echar un vistazo al sistema al que habían llegado, Kira se vistió, se lavó la cara y se apresuró a salir del camarote. Pasó por la cocina para buscar otra bolsa de agua y un par de barritas y subió a Control mientras mordisqueaba la primera.

Toda la tripulación estaba allí, y también los entropistas. Al igual que Falconi, todos parecían demacrados: cabello revuelto, ojeras y expresión mareada. Sparrow era la que tenía peor pinta. Pero claro, a ella la habían operado poco antes de entrar en crionización.

Todo lo que había sucedido en 61 Cygni se le antojaba lejano y borroso, pero Kira sabía que, para la tripulación, acababan de abandonar el sistema. Para ellos, los últimos tres meses no existían. Para ella, sin embargo, esos meses habían sido de lo más reales. Incluso sumida en su letargo artificial, había seguido siendo consciente del paso del tiempo. Notaba las horas y los días que iban dejando atrás; eran tan tangibles como la estela que habían ido trazando por el espacio. 61 Cygni ya no era una experiencia inmediata para ella. Y Adra, mucho menos.

La inevitable acumulación de tiempo había ido embotando su dolor, antes tan intenso. El recuerdo de las muertes de Adra seguía doliéndole, y nunca dejaría de hacerlo, pero ahora eran recuerdos difuminados y endebles, despojados de la nitidez que tanta angustia le había provocado.

Todo el mundo la miró de reojo en cuanto entró en Control, antes de devolver su atención al holograma proyectado en la mesa central. En él aparecía representado el sistema en el que acababan de entrar.

Kira se apoyó en el borde de la mesa para estudiar la imagen. Siete planetas rodeaban la pequeña y mortecina estrella: un gigante gaseoso y seis terrestres. Los planetas rocosos estaban apiñados muy cerca de la estrella. La órbita del más lejano estaba a solo 0,043 UA. Después había un hueco vacío, un campo de asteroides dispersos, y el gigante gaseoso, a 0,061 UA. Más cerca de la estrella (de Gamus) se extendía un segundo cinturón de asteroides, más delgado, que ocupaba el hueco entre el segundo y el tercer planeta.

Un escalofrío recorrió la espalda de Kira. Reconocía aquel lugar. Lo había visto antes, en sueños. Y no era solo eso: su otra carne, el filo dúctil, había paseado entre aquellos mismos planetas en multitud de ocasiones, en un pasado muy remoto.

Y con ese conocimiento, sintió también una curiosa vindicación. Kira no se lo había imaginado. No lo había malinterpretado. El filo dúctil no la había engañado. Había acertado con la ubicación del Báculo del Azul… si es que seguía en el sistema después de tantos años.

La Darmstadt y la Wallfish aparecían en el holograma, señaladas con iconos luminosos, pero Kira también vio un tercer símbolo, cerca del límite de Markov. Teniendo en cuenta la reducida masa de la estrella y las órbitas compactas de sus planetas, aquel punto se encontraba a unos dos días de distancia de Gamus (calculando una propulsión de 1 g y el procedimiento de frenado; si no aminoraban la velocidad, solo tardarían un día y medio).

—¿Qué es eso? —preguntó Kira, señalando el icono.

—La Darmstadt soltó una radiobaliza en cuanto regresó al espacio normal. Así, si nos ocurre algo, podremos enviar una señal —explicó Falconi.

Tenía lógica, aunque la señal tardaría muchísimo en regresar a la Liga. Cuanto más veloz era una señal superlumínica, más débil era. Una señal lo bastante potente para llegar hasta 61 Cygni de forma más o menos intacta tendría que ser más lenta incluso que una nave como la Wallfish. Kira no había hecho los cálculos, pero posiblemente la señal tardaría *años* en llegar.

Falconi señaló el holograma.

—Estamos detectando indicios de estructuras por todo el sistema.

Kira sintió un escalofrío, incluso con la protección del filo dúctil. Primero encontraba un xeno, ¿y ahora *esto*? Era lo que siempre había soñado de niña: hacer descubrimientos tan grandes y trascendentales como la Gran Baliza de Talos VII. Las circunstancias no eran las deseables, pero a pesar de todo, si la humanidad sobrevivía a la guerra contra las medusas y las pesadillas… ¡Cuánto podrían aprender!

Carraspeó.

—¿Alguna está… activa?

—No es fácil saberlo. No lo parece. —Falconi acercó el zoom a la franja de residuos que separaba el segundo y el tercer planeta—. Echa un vistazo. Gregorovich, díselo.

La mente de a bordo respondió sin rodeos:

—La composición de estos restos sugiere un origen artificial. Contienen un porcentaje inusitadamente alto de metales, además de otros materiales cuyo albedo ya nos indica que no pueden ser de origen natural.

—¿Todos esos restos de ahí? —preguntó Kira, asombrada. Era abrumador. Allí había suficiente material de estudio para toda una vida. Para varias vidas.

Hwa-jung modificó la perspectiva del holograma mientras lo examinaba.

—Podrían ser los restos de un anillo de Dyson.

—No sabía que hubiera materiales lo bastante resistentes como para construir un anillo tan grande —comentó Vishal.

Hwa-jung sacudió la cabeza.

—No tendría por qué haber sido un anillo sólido. Quizá fueran un montón de satélites o estaciones colocados en torno a la estrella. ¿Ves?

—Ah.

—¿Cuántos años crees que tienen? —preguntó Nielsen.

—Muchos —susurró Gregorovich—. Muchos, muchos años.

Se hizo un silencio incómodo.

—¿Qué creéis que les pasó a los alienígenas que vivían aquí? ¿Una guerra? —dijo entonces Trig.

—Nada bueno, eso seguro —contestó Falconi, y miró a Kira—. Vas a tener que darnos alguna pista. Podríamos tirarnos una eternidad deambulando a ciegas en busca del báculo.

Kira estudió la proyección. No le venía a la mente ninguna respuesta. El xeno no parecía querer (o poder) decírselo. Los había ayudado a localizar el sistema, pero al parecer, ahora estaban solos.

Al ver que guardaba silencio, Falconi insistió:

—¿Kira? —Parecía preocupado.

—Un minuto —contestó, reflexionando. Casi todos los recuerdos en los que aparecía el báculo parecían tener lugar en uno de los planetas del sistema, o en sus inmediaciones. Un planeta de color parduzco, envuelto en un mar de nubes…

Ese. El cuarto planeta. Tenía el color apropiado y las nubes, y además se encontraba en la zona habitable de Gamus, aunque por poco. Kira lo examinó: no había indicios de ninguna estación orbital. *Bueno.* Eso no quería decir nada; podría haber sido destruida.

Resaltó el planeta en el holograma.

—No puedo daros la posición exacta, pero deberíamos empezar por aquí.

—¿Estás segura? —preguntó Falconi. Kira lo miró fijamente y el capitán levantó las manos en gesto de rendición—. Está bien. Voy a avisar a Akawe. ¿Qué estamos buscando? ¿Ciudades? ¿Edificios?

Kira añadió varios puntos a la lista de Falconi:

—Monumentos, estatuas, obras públicas… Básicamente, cualquier cosa artificial.

—Entendido.

Gregorovich corrigió el rumbo de la nave, y las paredes parecieron oscilar a su alrededor.

—Capitán —dijo Nielsen, levantándose. Tenía peor pinta que antes—. Voy a tener que…

Falconi asintió.

—Te avisaré si hay noticias.

La primera oficial se cruzó de brazos, como si tuviera frío, y salió de la sala de control.

Todos guardaron silencio durante un minuto, mientras Falconi hablaba con la Darmstadt. Finalmente, el capitán soltó un gruñido.

—Bien, tenemos un plan. Kira, vamos a ir pasándote imágenes de la superficie del planeta. Necesitamos que las examines e intentes determinar dónde debemos aterrizar. El planeta está en rotación sincrónica con Gamus, como todos los demás, pero a lo mejor tenemos suerte con la cara que podemos ver desde aquí. Mientras tanto, vamos a acercarnos al cinturón de asteroides. Contiene bastante hielo, así que podremos craquear algo de hidrógeno para rellenar los depósitos.

Kira miró a Vishal.

—Necesito otro par de lentillas; el traje ha absorbido las mías durante el viaje.

El doctor se levantó de su asiento.

—Pues venga conmigo, Srta. Kira.

Mientras lo seguía hacia la enfermería, Kira no pudo evitar una cierta inquietud al pensar en lo lejos que estaban de la Liga. Por si fuera poco, estaban en territorio alienígena, aunque dichos alienígenas llevaran mucho tiempo muertos.

Los Desaparecidos, pensó, recordando el término que había encontrado en la nave medusa. ¿Dónde estarían ahora? ¿Los creadores del filo dúctil eran medusas? ¿Pesadillas? ¿O pertenecían a otra especie diferente y más antigua?

Tenía la esperanza de encontrar respuestas en el planeta.

Al llegar a la enfermería, Vishal le entregó otro par de lentillas.

—¿Podrías imprimir unas cuantas más? —le pidió Kira—. Seguramente vuelva a perderlas durante el viaje de vuelta.

—Sí, sí. —El doctor asintió con la cabeza—. ¿Quiere que le recoloque la nariz, Srta. Kira? Podría hacerlo ahora mismo. Un simple… —Vishal colocó las manos en paralelo y las movió hacia un lado con brusquedad—… *crac* y listo.

—No, no pasa nada. Más tarde. —Lo último que le apetecía ahora mismo era someterse a ese dolor. Además, sentía cierta reticencia a arreglarse la nariz, aunque no habría sabido explicar por qué.

2.

De nuevo en la cocina, Kira se preparó un chell y se sentó en uno de los bancos para ponerse las lentillas. Por suerte, todos los datos de las anteriores se habían cargado en los servidores de la nave y no los había perdido.

La próxima vez, tenía que acordarse de guardar dos copias de seguridad distintas.

Una vez conectada, en una esquina de su visión aparecieron diversas alertas de mensajes de Gregorovich y de Horzcha Ubuto, la mente de a bordo de la Darmstadt. Al abrirlos, Kira se encontró con una colección de imágenes telescópicas del cuarto planeta (el «planeta E», como lo habían llamado) tomadas por ambas naves. Había una nota adjunta al primer lote de imágenes.

Si necesita otro tipo de imagen, avíseme. —Horzcha Ubuto

Kira se puso a estudiar la superficie del planeta E. Y había mucho que estudiar. Tenía prácticamente la misma densidad que la Tierra, y el 70% de su diámetro. Eso quería decir que contenía agua y, posiblemente, vida.

Estaba segura de que el planeta tenía un nombre, pero el filo dúctil no se lo dijo.

Las imágenes que tenía procedían casi todas de la cara oscura del planeta. Desde la posición actual de las naves, solamente era visible una rendija del terminador que separaba el día de la noche. El terminador era la ubicación más probable de una ciudad o algún tipo de instalación, puesto que sería la zona más templada, a medio camino entre el calor abrasador de una cara y el frío gélido de la otra.

Aquel lado del planeta era de color marrón y naranja. Su superficie estaba surcada por enormes desfiladeros y sembrada de manchas negras que posiblemente fueran lagos gigantes. Los polos, especialmente el más alejado de la estrella, estaban cubiertos por una corteza de hielo.

Los telescopios de sus naves no eran particularmente grandes (ni la Wallfish ni la Darmstadt eran naves científicas), y teniendo en cuenta la distancia, la resolución de las imágenes no era la ideal. Pero Kira se esforzó y las examinó todas en busca de cualquier cosa que le resultara familiar.

Por desgracia, no encontró nada evidente. Había varios indicios de ocupación (diligentemente resaltados por Gregorovich y Horzcha Ubuto): unas débiles líneas que podían ser carreteras o canales, a lo largo de una sección del hemisferio norte. Pero nada reseñable.

Kira se ensimismó tanto con las imágenes que dejó de prestar atención a sus alrededores. Cuando quiso beberse el chell, este ya se había enfriado. Se lo bebió de todas formas, aunque con cierto fastidio.

La puerta de la cocina se abrió con un chirrido. Era Trig.

—Oye —le dijo—, ¿has visto lo que ha encontrado Gregorovich?

Kira parpadeó, ligeramente desorientada, mientras cerraba la holofaz.

—No. ¿El qué?

—Mira. —Trig se acercó a su mesa de un brinco y activó la pantalla integrada, en la que surgió una imagen. Aparentemente eran los restos de una estación espacial, ahora abandonada y ruinosa. Su forma no se parecía a ninguna estructura hecha por el hombre. Era alargada y afilada como un cristal natural. Era evidente que aquella estación nunca había girado para que sus habitantes pudieran moverse en gravedad. Eso quería decir que o bien disponían de gravedad artificial o a los alienígenas no les incomodaba vivir en gravedad cero.

—Bueno —dijo Kira lentamente—, creo que ya sabemos una cosa.

—¿El qué? —preguntó el chico.

—No se parece para nada a las naves que construyen actualmente las medusas y las pesadillas. O han cambiado de estilo o es...

—Otra especie. —A Trig se le iluminó el rostro, como si acabaran de darle la mejor noticia del mundo—. Los Desaparecidos, ¿verdad? Me lo ha contado el capitán.

—Exacto. —Kira ladeó la cabeza—. Te lo pasas bien, ¿eh?

—¡Es que es genial! —Trig clavó un dedo en la pantalla—. ¿Cuántas civilizaciones alienígenas crees que hay por ahí? En toda la galaxia, me refiero.

—No tengo ni idea... ¿Dónde ha encontrado esta estación Gregorovich?

—En mitad del anillo de Dyson.

Kira apuró su taza de chell.

—¿Qué tal la muñeca, por cierto? —El chico ya no llevaba la férula.

Trig rotó la muñeca en círculos.

—Mucho mejor. Doc dice que quiere volver a examinarme dentro de unas semanas de tiempo real, pero aparte de eso, como nuevo.

—Me alegra oírlo.

El chico fue a buscar algo de comer, y Kira continuó estudiando las imágenes de reconocimiento del planeta E. Ya había llegado otra tanda nueva.

La tarea era bastante similar a lo que había hecho su equipo antes de llegar a Adrastea. Por pura costumbre, Kira buscó indicios de flora y fauna. La atmósfera contenía oxígeno, lo cual era buena noticia, y también nitrógeno. Las imágenes térmicas parecían indicar una especie de zonas de vegetación cerca de la línea del terminador, pero como ocurría con todos los planetas en rotación sincrónica, era difícil saberlo por culpa de las caóticas convecciones atmosféricas.

Mientras trabajaba, la tripulación fue entrando y saliendo de la cocina. Kira intercambió algunas palabras con ellos, pero en general se mantuvo concentrada en las imágenes. Nielsen no se presentó, y Kira se preguntó si la primera oficial seguiría afectada por la resaca crónica.

No dejaban de llegar imágenes, y a medida que las dos naves se iban acercando al planeta E, su resolución mejoraba. A media tarde (hora de a bordo), Kira recibió un mensaje de la Darmstadt:

¿Relevante? —Horzcha Ubuto

El archivo adjunto era una imagen del hemisferio sur, que mostraba un complejo de edificios resguardados al abrigo de unas montañas, justamente en el centro del terminador. Al verlos, la invadieron recuerdos antiguos y escalofriantes: miedo, incertidumbre y la tristeza que nace del arrepentimiento. *Y vio al Mayoralto subiendo a un pedestal, iluminado por el perpetuo amanecer...*

Kira dejó escapar un grito ahogado. De pronto, estaba segura. Tragó saliva antes de contactar con Falconi.

—Lo he encontrado. O... por lo menos he encontrado *algo*.

—Enséñamelo. —Falconi guardó silencio mientras estudiaba el mapa—. Dirás que te lo pregunto mucho, pero... ¿estás segura?

—Como te dije antes de marcharnos: todo lo segura que puedo estar.

—Bien. Voy a hablar con Akawe. —El capitán cortó la comunicación.

Kira se preparó otra taza de chell y se calentó las manos con ella mientras esperaba.

No habían pasado ni diez minutos cuando la voz de Falconi resonó por los intercomunicadores de toda la nave:

—Escuchad todos. Cambio de planes. Por cortesía de Kira, ahora tenemos una ubicación en el planeta E. Iremos directos allí y Kira aterrizará con un equipo para examinar el objetivo. Mientras tanto, la Wallfish y la Darmstadt volverán al cinturón de asteroides para repostar. Solo tardaremos cuatro o cinco horas en llegar al asteroide, así que las naves no estarán demasiado lejos en caso de emergencia. Cambio y corto.

3.

Kira regresó a Control y se quedó allí el resto de la tarde, contemplando los nuevos hallazgos que aparecían constantemente en las pantallas. Había montones de estructuras artificiales por todo el sistema, tanto en los planetas como en el espacio: monumentos de una civilización perdida. Todos parecían inactivos y sin energía. Cerca del gigante gaseoso flotaba el casco de lo que parecía ser una nave. Junto al planeta E había un conjunto de satélites desguazados, cerca de lo que habría sido una órbita geoestacionaria, de no ser por la rotación sincrónica del planeta. Y por supuesto, también estaba el anillo Dyson (si es que lo era), que parecía repleto de reliquias tecnológicas.

—Este lugar... —dijo Veera.

—... es un tesoro sin parangón —concluyó Jorrus.

Kira estaba de acuerdo.

—Nos pasaremos siglos estudiándolo. ¿Creéis que estos alienígenas eran los mismos que crearon la Gran Baliza?

Los entropistas inclinaron la cabeza.

—Quizá. Es muy posible.

La cena fue informal y tranquila. Nadie se molestó en cocinar, porque todos salvo Kira seguían con el estómago revuelto por la crionización. Por lo tanto, el menú consistió en raciones preenvasadas, un menú monótono, aunque saludable.

Los marines no cenaron con ellos, ni tampoco Nielsen. La ausencia de la primera oficial era evidente; sin su presencia silenciosa y apacible, la conversación general era más animada.

—Mañana me gustaría examinarla, Srta. Sparrow —dijo Vishal—. Quiero asegurarme de que sus órganos nuevos funcionan bien.

Sparrow asintió en silencio, imitando los gestos de Vishal.

—Claro, Doc. —Esbozó una sonrisa pícara—. Buscas cualquier excusa para ponerme las manos encima, ¿eh?

Vishal se ruborizó y empezó a balbucear:

—¡Señorita! Yo nunca… Es decir, no. No. Sería muy poco profesional.

Trig se echó a reír con la boca llena.

—¡Ja! Mirad, se ha puesto rojo.

Sparrow también se echó a reír, y una leve sonrisa apareció en el rostro ancho de Hwa-jung.

Siguieron metiéndose con el doctor; Kira se dio cuenta de que Vishal cada vez se frustraba y se enfadaba más, pero nunca llegaba a estallar ni a increparlos. Kira no lo entendía. Si se hubiera defendido, los demás lo habrían dejado en paz, al menos un tiempo. Kira lo había visto muchas veces en los puestos mineros: los que no devolvían los golpes terminaban recibiendo más. Era una ley de la naturaleza.

Falconi no intervino directamente, pero Kira se dio cuenta de que procuraba cambiar de tema discretamente. Vishal se reclinó en su asiento, como intentando pasar desapercibido.

Mientras los demás charlaban, Kira se acercó a los entropistas, que estaban inclinados sobre un objeto azulado y oblongo que habían colocado sobre su mesa. Le daban vueltas, como buscando un cierre o una llave para abrirlo.

Kira se sentó al lado de Veera.

—¿Qué es eso? —preguntó, señalando el objeto. Era tan grande como sus dos puños juntos.

Los entropistas la miraron con solemnidad, con el rostro oscurecido bajo las capuchas.

—Lo encontramos… —dijo Jorrus.

—… en la nave de las medusas —continuó Veera—. Creemos que es un…

—… procesador, o el módulo de control de un ordenador. Pero, sinceramente…

—… no estamos seguros.

Kira miró de reojo a Falconi.

—¿El capitán sabe que lo tenéis?

Los entropistas sonrieron con idéntica expresión.

—No sabe que tenemos este objeto en concreto —dijeron al unísono—, pero sí que nos llevamos varias piezas de la nave.

—¿Puedo verlo? —preguntó Kira, extendiendo las manos.

Tras un momento de duda, los entropistas cedieron y le permitieron examinar el objeto. Era más denso de lo que parecía. La superficie era ligeramente rugosa, y olía a... ¿sal?

Kira frunció el ceño.

—Si el xeno sabe lo que es, no quiere decírmelo. ¿Dónde lo encontrasteis?

Los entropistas se lo enseñaron con las imágenes de sus implantes.

—El Aspecto del Vacío —murmuró Kira. La traducción le sonaba un tanto extraña; era precisa, pero no conseguía captar el sabor del original—. Así se llamaba esa sala. No entré, pero vi el letrero.

Veera recuperó el objeto oblongo, manipulándolo con sumo cuidado.

—En este caso, ¿a qué...?

—¿... se refiere la palabra «vacío»? ¿Y la...?

—¿... palabra «aspecto»?

Kira titubeó.

—No estoy segura. ¿Tal vez a... «comunicación»? Lo siento. Creo que no puedo seros de ayuda.

Los entropistas inclinaron la cabeza.

—Ya nos has dado más de lo que teníamos. Seguiremos meditando sobre este asunto. Que tu camino te guíe siempre al conocimiento, prisionera.

—Al conocimiento para alcanzar la libertad —contestó Kira.

Cuando terminó la cena y la tripulación empezó a dispersarse, Kira se las arregló para hablar con Falconi a solas, junto al fregadero.

—¿Nielsen está bien? —le preguntó en voz baja.

La vacilación del capitán confirmó sus sospechas.

—No es nada. Mañana estará como nueva.

—¿De verdad? —Kira lo miró fijamente.

—De verdad.

No era muy convincente.

—¿Y si le llevo un té?

—No creo que sea buena id... —Falconi se interrumpió mientras secaba un plato—. ¿Sabes qué? Lo retiro. Creo que Audrey te agradecerá el detalle. —Abrió un armario superior y sacó un paquete—. Este es el que más le gusta. Té de jengibre.

Por un momento, Kira se preguntó si Falconi le estaba tendiendo una trampa. Finalmente decidió arriesgarse.

Después de preparar el té, siguió las indicaciones de Falconi para llegar al camarote de Nielsen, procurando no derramar el líquido de los vasos.

Llamó a la puerta. No hubo respuesta, así que probó de nuevo.

—¿Nielsen? Soy yo, Kira.

—… Vete —contestó la primera oficial con un hilo de voz.

—Te traigo té de jengibre.

Unos segundos después, la puerta se abrió con un chirrido. Nielsen llevaba un pijama rojo oscuro y unas pantuflas a juego. Su cabello, normalmente impecable, estaba recogido en un moño descuidado. Tenía unas profundas ojeras y la piel pálida y macilenta, a pesar de su bronceado espacial.

—¿Lo ves? —dijo Kira, tendiéndole un vaso—. Lo prometido. He pensado que te gustaría tomar algo caliente.

Nielsen miró fijamente el vaso, como si fuera un artefacto misterioso. Finalmente su expresión se relajó (aunque no mucho), aceptó el vaso y se hizo a un lado para franquearle la entrada.

—Será mejor que entres.

El interior del camarote estaba limpio y ordenado. Los únicos efectos personales eran un holograma sobre el escritorio, que mostraba a dos niños y una niña. Las holofaces de las paredes creaban la ilusión de unas ventanas ovaladas, con marcos de latón, que daban a un paisaje de nubes infinitas de color naranja, marrón y crema.

Kira se acomodó en la única silla del camarote, mientras Nielsen se sentaba en la cama.

—No sé si te gusta la miel, pero… —Kira le tendió un paquetito. El movimiento de las nubes no dejaba de distraerla.

—La verdad es que sí.

Mientras Nielsen disolvía la miel en el té, Kira la observó atentamente. Nunca había visto a la primera oficial con un aspecto tan frágil.

—Si quieres, puedo traerte algo de comer de la cocina. Solo tardaré un…

Nielsen negó con la cabeza.

—No, seguro que lo vomitaría.

—La resaca criónica te ha dado fuerte, ¿eh?

—Podría decirse que sí —contestó Nielsen.

—¿Quieres que te traiga algo más? ¿Algo de la enfermería?

Nielsen bebió un sorbo.

—Muy amable por tu parte, pero no. Solo necesito descansar bien y… —De pronto se quedó sin aliento, y un espasmo de dolor le crispó el rostro. Se dobló en dos y apoyó la cabeza entre las rodillas, respirando con dificultad.

Se acercó enseguida, alarmada, pero Nielsen levantó la mano y Kira se detuvo en seco, sin saber qué hacer.

Estaba a punto de llamar a Vishal cuando Nielsen se incorporó. Tenía los ojos llorosos y el semblante en tensión.

—Mierda —murmuró—. No pasa nada, estoy bien.

—De eso nada —replicó Kira—. No puedes ni moverte. Tú tienes algo más que resaca.

—Sí —admitió Nielsen, apoyando la espalda en la pared.

—¿Qué es? ¿Dolor menstrual? —No le cabía en la cabeza que Nielsen no hubiera inhibido su período, pero de ser así...

Nielsen soltó una risotada.

—Ojalá fuera eso. —Sopló el vaso de té y bebió un largo trago.

Todavía alarmada, Kira se sentó de nuevo en la silla y observó a la mujer.

—¿Quieres hablar de ello?

—No especialmente.

Se hizo un silencio incómodo entre ambas. Kira bebió un trago de su té. Quería sonsacarle algo a Nielsen, pero sabía que sería un error insistir.

—¿Has visto todo lo que hemos encontrado en el sistema? Es increíble. Nos pasaremos siglos estudiándolo.

—A menos que nos exterminen primero.

—Sí, se me olvidaba ese pequeño detalle.

Nielsen observó a Kira mientras bebía, con los ojos febriles.

—¿Sabes por qué accedí a este viaje? Podría haber discutido con Falconi. De haberlo intentado, incluso habría podido convencerlo de que rechazara la oferta de Akawe. En esta clase de asuntos, siempre me hace caso.

—No, no lo sé —dijo Kira—. ¿Por qué?

La primera oficial señaló el holograma de los niños.

—Por ellos.

—¿Sois tus hermanos y tú?

—No. Son mis hijos.

—No sabía que tuvieras familia propia —dijo Kira, sorprendida.

—Hasta tengo nietos.

—¡Será una broma! ¿De verdad?

Nielsen sonrió levemente.

—Soy bastante mayor de lo que aparento.

—Nunca habría imaginado que llevaras inyecciones madre.

—¿Lo dices por la nariz y las orejas? —Nielsen se las palpó—. Me las operé hace unos diez años. Era la costumbre en mi planeta. —Miró por la ventana proyectada en la pared, con la mirada perdida, como si estuviera viendo algo más que las nubes de Venus—. Viajar a Gamus era lo único que podía hacer para proteger a mi familia. Por eso accedí. Aunque ojalá... En fin, ahora ya no importa.

—¿Qué? —preguntó Kira en voz baja.

El rostro de Nielsen se cubrió de tristeza. Suspiró.

—Ojalá hubiera podido hablar con ellos antes de irnos. Quién sabe lo que habrá pasado cuando volvamos.

Kira la entendía muy bien.

—¿Viven en Sol?

—Sí, en Venus y en Marte. —Nielsen se rascó un lunar de la palma de la mano—. Mi hija sigue en Venus. Seguro que viste que las medusas atacaron el planeta no hace mucho. Por suerte no fue cerca de donde vive ella, pero…

—¿Cómo se llama?

—Yann.

—Estarán bien. Sol es el lugar más seguro en el que podrían estar.

Nielsen la miró como diciendo «no me cuentes historias».

—Ya viste lo que ocurrió en la Tierra. No creo que queden lugares seguros.

Kira intentó distraerla.

—¿Y cómo terminaste a bordo de la Wallfish, tan lejos de tu familia?

Nielsen contempló los reflejos de la superficie de su vaso.

—Hubo muchos motivos… La editorial para la que trabajaba se declaró en bancarrota. Reestructuraron la junta directiva, despidieron a la mitad de los empleados y nos dejaron sin pensión. —Nielsen sacudió la cabeza—. Veintiocho años de mi vida trabajando para ellos, y desaparecieron de un plumazo. Lo de la pensión ya era desastroso, pero además perdí el seguro sanitario, y eso era un gran problema teniendo en cuenta mi… situación particular.

—Pero ¿no…?

—Claro que sí. El acceso básico está garantizado para cualquier ciudadano que pague sus impuestos. A veces incluso para los que no los pagan. Pero lo que yo necesitaba no era el seguro básico. —Nielsen miró a Kira con el rabillo del ojo—. Y ahora te estás preguntando qué es lo que tengo y si es contagioso.

Kira enarcó una ceja.

—Bueno, imagino que Falconi no te habría dejado subir a bordo si fueras portadora de unas bacterias carnívoras letales.

Nielsen estuvo a punto de reírse, pero se llevó una mano al pecho y esbozó una mueca de dolor.

—No es tan peligroso. Al menos para los demás.

—¿Te vas a… quiero decir, es terminal?

—La *vida* es terminal —dijo Nielsen secamente—. Incluso con inyecciones madre. La entropía siempre termina venciendo.

Kira levantó su vaso.

—Por los entropistas, pues. Que encuentren el modo de revertir el deterioro de todas las cosas.

—Salud. —Nielsen brindó con Kira—. Aunque, personalmente, la perspectiva de una vida eterna no me seduce.

—No. Pero estaría bien poder elegir.

Tras otro sorbo y otro silencio, Nielsen dijo:

—Mi… enfermedad fue un regalo de mis padres, lo creas o no.

—¿Cómo?

La primera oficial se frotó la cara, y Kira se dio cuenta de hasta dónde llegaba su agotamiento.

—Intentaban hacer lo correcto. Como todo el mundo. Pero la gente se olvida del viejo refrán sobre el infierno y las buenas intenciones.

—Es un punto de vista bastante cínico.

—Es que hoy estoy bastante cínica. —Nielsen extendió las piernas sobre la cama. Parecía dolorida—. Antes de que naciera, las leyes de manipulación genética no eran tan estrictas como ahora. Mis padres querían que su hija tuviera todas las ventajas posibles. ¿Qué padre no querría algo así?

Kira comprendió el problema al instante.

—Oh, no.

—Oh, sí. Me pusieron todas las secuencias genéticas de inteligencia que existían, incluidas algunas artificiales, que se acababan de desarrollar.

—¿Y funcionó?

—Nunca he necesitado usar la calculadora, si es lo que preguntas. Pero hubo efectos secundarios inesperados. Los médicos no están seguros de qué fue lo que pasó, pero algunas de esas alteraciones activaron mi sistema inmunitario. Lo activaron como si fuera una alarma de presión en una cúpula resquebrajada. —Nielsen adoptó una expresión sarcástica—. En resumen, que puedo calcular la velocidad con la que se escapa el aire sin usar la calculadora, pero no puedo hacer nada para no asfixiarme. Metafóricamente hablando.

—¿Nada? —dijo Kira.

Nielsen negó con la cabeza.

—Los médicos intentaron solucionarlo con retrovirales, pero… solo funcionan hasta cierto punto. Los genes me alteraron los tejidos de la azotea. —Se dio unos toques en la sien—. Si los eliminan, los retiran o los editan, podrían matarme o cambiar mis recuerdos o mi personalidad. —Frunció los labios—. La vida está llena de pequeñas ironías.

—Lo siento.

—Cosas que pasan. No soy la única, aunque casi todos los demás no llegaron a los treinta. Si tomo las pastillas, no es para tanto, pero a veces… —Nielsen hizo una mueca—. A veces las pastillas no me hacen nada. —Se puso la almohada detrás de la cabeza. Su voz era amarga como el arsénico—. Cuando tu cuerpo no te pertenece, es peor que cualquier cárcel. —Miró de reojo a Kira—. Tú lo sabes bien.

Era verdad, pero Kira también sabía que no servía de nada obsesionarse.

—¿Y qué pasó después de que te despidieran?

Nielsen apuró el té de un solo trago y dejó el vaso vacío al borde de la mesa.

—Se me empezaron a acumular las facturas y… Sarros, mi marido, me abandonó. En realidad no lo culpo, pero el caso es que tuve que empezar de cero a los sesenta y tres años… —Soltó una carcajada tan afilada que habría podido cortar un cristal—. No te lo recomiendo.

Kira asintió, compasiva.

—No encontraba ningún empleo adecuado para mí en Venus, así que me marché.

—¿Así, sin más?

Nielsen dejó entrever de nuevo el acero del que estaba hecha.

—Exactamente así. Estuve un tiempo viajando por Sol, intentando encontrar un puesto fijo. Finalmente terminé en la estación Harcourt, en Titán, y allí conocí a Falconi y lo convencí de que me contratara como primera oficial.

—Me encantaría haber estado presente en esa conversación —dijo Kira.

Nielsen se rio entre dientes.

—Puede que me pusiera un poco pesada. Prácticamente tuve que entrar por la fuerza en la Wallfish. La nave estaba hecha un desastre cuando llegué; necesitaba orden y planificación, y ese siempre ha sido mi fuerte.

Kira jugueteó con el otro paquete de miel que había traído.

—¿Puedo hacerte una pregunta?

—Un poco tarde para pedir permiso, ¿no?

—Es sobre Falconi.

Nielsen la miró con suspicacia.

—Adelante.

—¿Cómo se hizo esas cicatrices en los brazos? ¿Y por qué no se las ha eliminado?

—Ah. —Nielsen cambió las piernas de sitio, intentando ponerse cómoda—. ¿Por qué no se lo preguntas tú misma?

—No sabía si sería un tema delicado.

Nielsen la miró fijamente. Por primera vez, Kira reparó en que los ojos de Nielsen tenían reflejos verdes.

—Si a Falconi le apetece contártelo, te lo contará. En cualquier caso, no me corresponde a mí. Seguro que lo entiendes.

Kira no insistió, pero la reticencia de Nielsen solo sirvió para acrecentar su curiosidad.

Pasaron una agradable media hora charlando sobre la vida y el trabajo en Venus. A Kira le parecía un planeta hermoso, exótico y seductoramente peligroso. La labor de Nielsen en la industria editorial había sido radicalmente diferente de la profesión de Kira; empezaba a ser consciente de la inmensa diversidad de experiencias personales que existían a lo largo y ancho de la Liga.

Finalmente, cuando a Kira se le terminó el té y Nielsen parecía haber recuperado el buen humor (más o menos), Kira se levantó para marcharse, pero la primera oficial la sujetó por la muñeca.

—Gracias por el té. Has sido muy amable. De verdad.

Aquel elogio conmovió a Kira.

—Cuando quieras. Un placer.

Nielsen esbozó una sonrisa (una sonrisa franca), y Kira no pudo evitar devolverle el gesto.

4.

De nuevo en su camarote, Kira contempló su reflejo en el espejo del lavabo. Las tenues luces nocturnas proyectaban unas grandes sombras sobre su rostro que ponían de relieve su nariz torcida.

Recorrió la curvatura con los dedos; arreglarla sería sencillísimo. Un golpe seco bastaría para recolocarla en su lugar, y el filo dúctil se la curaría de nuevo, esta vez en la posición correcta.

Sin embargo, en el fondo Kira no quería que lo hiciera, y ahora comprendía por qué. El xeno había borrado todas las marcas de su cuerpo, todos los bultos, arrugas, pecas y grasa sobrante. Había destruido el registro físico de la vida de Kira y lo había sustituido por un revestimiento de fibras impersonales, que no retenían la menor impronta de sus experiencias. El xeno le había quitado muchas cosas, y no quería perder nada más.

Aquella nariz torcida era *su* decisión, *su* forma de moldear la carne que ambos compartían. También le servía como recordatorio de los pecados de su pasado, unos pecados que estaba decidida a no repetir.

Animada por esa nueva determinación (además de por el aluvión de imágenes del sistema al que habían llegado), se tumbó en la cama y, aunque había pasado tres meses en una hibernación casi total, se quedó dormida.

Ella y su carne fusionada (la que liberaba en lugar de apresar) caminaban como testigos tras el Mayoralto, en mitad del campo de excrecencias deformes, designios cancerosos que rendían venenoso fruto. Y el Mayoralto alzó el Báculo del Azul y pronunció una única y tajante palabra:

—No.

El báculo cayó y golpeó la tierra saturada. Un cerco gris se fue expandiendo alrededor del Mayoralto, a medida que cada célula mutada se destruía por sí sola. El hedor de la muerte y la putrefacción bañaron el campo, y la tristeza postró al Mayoralto.

Una fractura anterior: uno de sus hermanos se alzaba ante el Heptarcado, congregado bajo los altos arcos de su cámara presencial. El Mayoralto descendió hasta el suelo de intrincado patrón y tocó con el Báculo del Azul la frente ensangrentada de su hermano.

—Ya no eres digno.

Entonces la carne se separó de la carne, y el otro filo dúctil fluyó para alejarse del báculo, huyendo de su poder y dejando desnudo y vulnerable el cuerpo de su anfitrión. Pues nadie podía rechazar al Báculo del Azul.

Otra disyunción, y ella misma se vio ante el Mayoralto, en la cubierta de observación de una enorme nave estelar. Bajo sus pies se extendía un planeta rocoso, verde y rojo, inundado de vida. Pero había una perversión en él, una amenaza implícita que la hacía desear estar en otra parte, como si el propio planeta fuera ruin.

El Mayoralto alzó el Báculo del Azul una vez más.

—Basta.

Extendió el báculo frente a sí, y un destello de luz azul zafiro envió un torrente de sombras que hizo desaparecer el planeta.

A lo lejos, más allá del planeta ahora ausente, la luz estelar se deformó. Y ella sintió que se le contraía el estómago, porque sabía lo que auguraba esa distorsión…

Kira despertó con el corazón desbocado. Se quedó en la cama varios minutos más, interpretando los recuerdos del filo dúctil. Después se incorporó y contactó con Falconi y Akawe.

—Tenemos que encontrar el Báculo del Azul —les dijo en cuanto contestaron. Les describió el sueño que acababa de tener.

—Aunque solo una parte de ese sueño sea verdad… —dijo Falconi.

—Es crucial que las medusas no le echen el tentáculo a esa tecnología —concluyó Akawe.

Cuando cortaron la comunicación, Kira comprobó su ubicación: seguían rumbo al planeta E. *Hay que buscarle un nombre mejor.* A esa distancia, y sin posibilidad de ampliación, el planeta seguía siendo un puntito luminoso en las cámaras de la nave, no muy distinto del resto de puntos que señalaban el cúmulo de planetas del sistema.

Durante la noche, las mentes de a bordo habían seguido encontrando estructuras diseminadas por todo Gamus. Estaba claro que el sistema había servido como asentamiento a largo plazo. Kira echó un vistazo a los nuevos hallazgos, pero no encontró nada demasiado revelador, así que guardó las imágenes para estudiarlas más tarde.

Después comprobó sus mensajes. Tenía dos pendientes de lectura. El primero, como esperaba, era de Gregorovich:

El polvo de tu amigo alienígena me está volviendo a obstruir los filtros, saco de carne. —Gregorovich

Kira contestó:

Lo siento. Ayer no me dio tiempo a limpiar. Luego me ocupo. —Kira

No es necesario; seguramente lo dejarías todavía peor. Deja la puerta abierta y enviaré a uno de mis avezados bots de mantenimiento para que barran tus sobras. ¿Quieres que te cambien las sábanas? S/N —Gregorovich

…No, gracias. Puedo hacerlo sola. —Kira

Como desees, saco de carne. —Gregorovich

El otro mensaje era de Sparrow:

Es la hora. Te espero en la bodega. —Sparrow

Kira se pasó una mano por la nuca. Ya se temía que hoy tendría noticias de Sparrow. No sabía qué tenía planeado para ella, pero desde luego no iba a ser fácil. Sin embargo, no le molestaba. Tenía curiosidad por saber si sus esfuerzos con el filo dúctil habían dado frutos. Además, interactuar con el xeno debería resultarle más sencillo ahora que estaba totalmente despierta y bien alimentada.

Kira se preparó su chell matutino en la cocina y bajó a la bodega. Los marines estaban allí, preparando su equipo para la expedición al planeta E. Sánchez la recibió con un saludo militar, y los demás se limitaron a asentir con la cabeza y soltar un gruñido. No sabía si era por sus aumentos militares o por su constitución natural, pero los soldados no parecían tan afectados por la crionización como los tripulantes de la Wallfish.

Tal y como le había prometido, Sparrow ya estaba en el pequeño gimnasio camuflado entre las estanterías de suministros. Mascaba chicle mientras hacía abdominales en una esterilla, con cara de dolor.

—Es mi rehabilitación —explicó al reparar en la mirada interrogativa de Kira. Cuando terminó la serie, Sparrow se incorporó hasta ponerse de rodillas—. ¿Y bien? Has tenido tres meses. ¿Has seguido con el entrenamiento?

—Sí.

—¿Y qué tal ha ido?

Kira también se arrodilló.

—Creo que bien. A veces era difícil saberlo, pero lo he dado todo. De verdad.

Una sonrisa traviesa afloró a los labios de Sparrow.

—Vamos a verlo.

Y eso hicieron. Kira levantó, empujó, corrió y realizó todos los ejercicios que le propuso Sparrow… al mismo tiempo que moldeaba al filo dúctil. Comprobó con satisfacción que lo hacía bien. No perfecto, pero casi. En ningún momento perdió el control del xeno hasta el punto de que proyectara espinas o se desbocara; como mucho, formaba pequeños bultos u ondas al reaccionar a los estímulos impuestos. Además, ahora era capaz de crear formas y patrones complejos con las fibras. Sentía que el organismo trabajaba *con* ella y no contra ella, un cambio más que bienvenido.

Sparrow la observaba con toda su atención. No la elogió ni hizo el menor gesto de aprobación, y cuando comprobaba que Kira conseguía cumplir sus órdenes, se limitaba a pedirle más cosas. Más carga. Más complejidad. Más tiempo en tensión. *Más*.

Kira creía que ya habían tenido suficiente, que sus nuevas habilidades estaban más que demostradas. Pero Sparrow tenía otra cosa en mente.

La mujer bajó de un salto del banco en el que estaba sentada y caminó hasta el soporte para pesas frente al que Kira estaba sudando y jadeando. Se detuvo a tan solo unos centímetros de ella; demasiado cerca para su gusto.

Kira reprimió el impulso de retroceder.

—Haz el patrón más detallado que se te ocurra —dijo Sparrow.

Kira estuvo a punto de negarse, pero se contuvo. Después de pensarlo un momento, ordenó al filo dúctil que imitara el fractal que le había enseñado más de una vez en sueños. La superficie del traje tembló y se deformó hasta trazar un complejo diseño de detalles casi microscópicos. No era fácil mantenerlo estable, pero precisamente de eso se trataba.

Kira aguantó la respiración.

—Bueno, ¿y ahora qué…?

Sparrow le dio un bofetón. Con fuerza.

Aturdida, Kira parpadeó, notando lágrimas en el ojo izquierdo, el lado donde había recibido el golpe.

—¿Qué co…?

Sparrow volvió a abofetearla; una descarga de dolor gélido e intenso le hizo ver las estrellas. Sintió que la mascarilla empezaba a reptar por su rostro y que el filo dúctil se erizaba. Tuvo que esforzarse al máximo para contenerlo. Sentía que estaba sujetando un cable de alta tensión atado a una tonelada métrica de peso, que tiraba de ella y amenazaba con partirse.

Apretó los dientes y fulminó con la mirada a Sparrow. Ahora ya sabía lo que pretendía.

Sparrow sonrió, y su sonrisa maliciosa solo consiguió cabrear aún más a Kira. Aquella expresión sádica de superioridad la exasperaba.

Sparrow la abofeteó por tercera vez.

Kira vio venir el golpe. Pudo haberlo esquivado o haberse protegido con el filo dúctil. De hecho, *quería* hacerlo. También pudo haberle devuelto el golpe con el traje. El xeno estaba ansioso por luchar, por detener aquella amenaza.

En cuestión de un segundo, Sparrow habría terminado tendida en el suelo, sangrando por media docena de heridas. Kira se lo imaginaba perfectamente.

Inspiró hondo y se obligó a sonreír. No era una sonrisa de rabia. Ni de maldad. Era una sonrisa tranquila y serena, que significaba «no puedes alterarme». Y era verdad. El filo dúctil y ella ahora trabajaban juntos, y Kira sentía que ejercía un control total sobre el xeno… y sobre sí misma.

Sparrow gruñó y retrocedió, relajando los hombros.

—No está mal, Navárez… No está mal.

Kira dejó que el dibujo volviera a fundirse en la superficie del filo dúctil.

—Te has arriesgado mucho, joder.

Sparrow soltó una risotada.

—Pero ha funcionado, ¿no?

Volvió a sentarse en el banco.

—¿Y si no hubiera funcionado? —insistió Kira.

En el fondo, no podía evitar sentir un cierto triunfo. Había progresado mucho durante el viaje a Gamus. Todas esas sesiones de entrenamiento a oscuras habían valido la pena…

Sparrow enganchó un agarre recto a la máquina de musculación.

—Mañana vas a explorar una ciudad alienígena en busca de una puta superarma de destrucción. La cosa podría torcerse enseguida, y lo sabes. Si no hubieras podido mantener el control con una bobada como esta, no deberías salir de la Wallfish. —Se encogió de hombros—. Además, tenía confianza en ti.

—Estás loca, ¿lo sabías? —dijo Kira, aunque sonreía.

—Menuda noticia. —Sparrow empezó a hacer jalón al pecho con la máquina de musculación, aunque con poco peso. Después de una serie de diez repeticiones, se detuvo y se inclinó hacia delante, cerrando los ojos con fuerza.

—¿Cómo va esa rehabilitación? —le preguntó Kira.

Sparrow puso cara de fastidio.

—Bastante bien. El doctor me puso un ritmo metabólico algo más rápido de lo habitual durante la crionización, y eso ha acelerado la curación, pero todavía tardaré unas semanas en poder llevar un exo. Y me molesta un montón.

—¿Por qué?

—Porque así no puedo luchar. —Se masajeó el costado.

—No debería hacer falta. Además, ahora tenemos a la FAU.

Sparrow resopló.

—¿Es que has nacido en una colonia?

—Pues sí. ¿Qué tiene eso que ver?

—Que deberías saber que no puedes ceder la responsabilidad a los demás. Tienes que ser capaz de cuidarte sola cuando las cosas se ponen feas.

Kira reflexionó un momento mientras guardaba las pesas que había utilizado.

—Pero a veces no se puede, y entonces es cuando tenemos que depender de otros. Así funcionan las sociedades.

Sparrow le mostró una sonrisa desagradable, succionando los labios contra los dientes.

—Puede ser. Pero eso no significa que me tenga que gustar ser una minusválida.

—Ahí te doy la razón.

5.

Mientras salían de la bodega, pasaron al lado de los marines. Kira los saludó, tal y como había hecho al entrar. Le estaban devolviendo el saludo cuando vieron a Sparrow y su expresión se enfrió de repente.

Tatupoa señaló a Sparrow con la barbilla. Entre las sombras que proyectaban las estanterías, sus tatuajes resplandecían como alambres de zafiro.

—Sí, te hemos investigado. Fuera de mi vista, carne de vapor. No queremos a los de tu calaña por aquí.

—¡Soldado! —ladró Hawes—. ¡Ya basta! —Pero el teniente también evitó mirar a Sparrow, igual que los demás.

—Sí, señor.

Sparrow siguió andando sin reaccionar, como si no los hubiera oído. Kira, confundida, la siguió. Cuando salieron al pasillo, le preguntó:

—¿Qué mierda ha sido eso?

Para su sorpresa, Sparrow apoyó una mano en la pared. Parecía a punto de vomitar, y no tenía nada que ver con la crionización.

—Oye, ¿estás bien?

Sparrow se estremeció.

—Claro que sí. A tope hasta meta. —Se frotó los ojos con la mano libre.

Al no saber qué otra cosa hacer, Kira insistió:

—¿Cómo han sabido quién eres?

—Por mi hoja de servicio. Todas las naves de la flota incluyen un registro completo de todos los soldados, menos los de operaciones clandestinas. Seguro que han cotejado mi foto con los archivos. No es difícil. —Sparrow se sorbió la nariz y se separó de la pared—. Si se lo cuentas a alguien, te mato.

—A lo mejor se te adelantan las medusas... ¿Qué es eso de «carne de vapor»? Me imagino que nada bueno.

Sparrow esbozó una sonrisa amarga.

—Así es como llaman a alguien que se merece que lo arrojen al espacio. La sangre hierve y se evapora. ¿Entiendes?

Kira la miró fijamente, intentando leer entre líneas.

—¿Y por qué te llaman así a ti?

—Da igual —musitó Sparrow, irguiéndose. Echó a andar de nuevo, pero Kira se interpuso en su camino.

—No, no da igual.

Sparrow la miró fijamente, apretando los dientes.

—Quítate de mi camino, Navárez.

—No hasta que me lo cuentes. No estás en condiciones de obligarme a apartarme.

—Bueno, pues me quedaré aquí sentada. —Sparrow se sentó en el suelo, con las piernas cruzadas.

Kira se acuclilló a su lado.

—Si no puedes colaborar con los marines, necesito saber por qué.

—Tú no eres el capitán.

—No, pero todos nos estamos jugando el pellejo... ¿Qué pasó, Sparrow? No puede ser tan malo.

La mujer resopló.

—Tienes una imaginación verdaderamente lamentable si crees eso. Está bien. A la mierda. ¿Quieres saber la verdad? Me echaron del CMFAU por cobardía ante el enemigo. Me pasé siete meses en aislamiento. Ya está, ¿contenta?

—No me lo creo —dijo Kira.

—Concretamente, los cargos fueron abandono de mi puesto, cobardía ante el enemigo y agresión a un superior. —Sparrow se cruzó de brazos con gesto desafiante—. De ahí viene lo de carne de vapor. Ningún marine quiere servir con cobardes.

—Tú no eres una cobarde —dijo Kira con sinceridad—. Te he visto combatir. Te lanzaste a salvar a esa niña sin pensarlo dos veces.

Sparrow sacudió la cabeza.

—Es diferente.

—Y una mierda... No sé por qué, pero sospecho que lo de «agresión a un superior» es el verdadero motivo de todo.

Sparrow recostó la cabeza contra la pared, suspirando. El choque de su cráneo contra la chapa retumbó por todo el pasillo.

—Piensas demasiado. Se llamaba teniente Eisner, y era un gilipollas integral. Me transfirieron a su unidad en mitad del despliegue. Fue durante la guerra fronteriza con Shin-Zar, ¿sabes? Eisner era un oficial de mierda. Siempre metía a su unidad en problemas en el campo de batalla, y no sé por qué, pero la tenía tomada conmigo. Siempre intentaba joderme, hiciera lo que hiciera. —Sparrow se encogió de hombros—. Cuando uno de los nuestros acabó muerto, me harté. Eisner estaba intentando cargarle el muerto a mi artillero con alguna excusa de mierda, así que me acerqué a él y me desahogué. Perdí la paciencia y terminé sacudiéndolo. Le dejé un ojo morado precioso. El caso es que era mi turno de vigilancia y había salido de mi puesto, así que Eisner me acusó de cobardía ante el enemigo. —Sparrow volvió a encogerse de hombros—. Siete años de servicio tirados a la basura. Solo pude quedarme con mis aumentos. —Flexionó el brazo y volvió a bajarlo.

—Mierda —dijo Kira—. ¿No pudiste defenderte de la acusación?

—Bah. Todo ocurrió en el campo de batalla, durante una operación de combate. La Liga no iba a traernos de vuelta para una investigación. Las imágenes mostraban que había abandonado mi puesto y golpeado a Eisner. Eso era lo único importante.

—¿Y por qué no vuelves a la bodega y se lo explicas? —dijo Kira, señalando la puerta.

—No serviría de nada —replicó Sparrow, poniéndose de pie—. ¿Por qué iban a creerme? Para ellos, soy poco menos que una desertora. —Le dio una palmada en el hombro a Kira—. En el fondo, da igual. No hace falta que nos llevemos bien para hacer nuestro trabajo… Y ahora, ¿te vas a quitar de mi camino o no?

Kira se hizo a un lado y Sparrow se marchó cojeando, dejándola sola en el pasillo.

Después de pensarlo durante un largo minuto, Kira subió al centro de la nave y se dirigió a Control. Tal como esperaba, Falconi estaba allí. También Nielsen, con bastante mejor aspecto que el día anterior.

La primera oficial y Kira intercambiaron una mirada cómplice, y Kira se acercó al capitán.

—¿Alguna noticia?

—De momento no.

—Bien… Tengo que pedirte un favor.

Él la miró con recelo.

—¿No me digas?

—¿Vendrías conmigo al planeta?

Falconi enarcó ligeramente las cejas.

—¿Por qué?

Nielsen interrumpió su lectura para escucharlos.

—Porque no quiero estar allí sola con la FAU —contestó Kira.

—¿No te fías de ellos? —preguntó Nielsen.

Kira titubeó un segundo.

—Me fío más de vosotros.

Falconi guardó silencio unos segundos, antes de contestar:

—Bueno, pues hoy es tu día de suerte. Ya lo he acordado con Akawe.

—¿Vas a venir? —preguntó Kira, incrédula.

—Y no solo yo. Trig, Nielsen y los entropistas también vienen.

La primera oficial resopló.

—Justo lo que me apetecía hacer un domingo por la tarde.

Falconi sonrió a Kira.

—No he llegado tan lejos para no salir a admirar el paisaje.

Kira empezó a sentir un cierto alivio.

—Entonces, ¿Sparrow, Hwa-jung y Vishal se quedan a bordo?

—Exacto. La FAU traerá a su propio médico. Sparrow todavía no está lista para el servicio, y a Hwa-jung no le sirven nuestros exos. Además, quiero que Hwa-jung se quede en la nave por si hay algún problema.

Tenía lógica.

—¿Y quién va a llevar los exos?

Falconi señaló a Nielsen con la frente.

—Ella y Trig.

—No es necesario —dijo Nielsen—. Soy perfectamente capaz de…

El capitán no la dejó terminar.

—Lo sé, pero prefiero que mi tripulación esté bien protegida durante esta excursión. Además, a mí nunca me han gustado los exos. Me limitan demasiado. Yo siempre he sido más de dermotraje.

6.

Ese día trabajaron mucho y hablaron poco. La tripulación iba de acá para allá, preparándose para el descenso al planeta, mientras Kira revisaba los protocolos para evitar la contaminación en un entorno alienígena desconocido (y potencialmente habitado). Se los sabía de memoria, pero siempre era aconsejable volver a leerlos antes de una expedición.

En una situación ideal, se habrían pasado meses, o incluso años, estudiando a distancia la biosfera del planeta antes de atreverse a poner un pie en su superficie, pero dadas las circunstancias, ese era un lujo que no podían permitirse. Aun así, Kira quería reducir al mínimo los riesgos de contaminación (en uno u otro sentido). El planeta era una fuente de información increíble, y sería un crimen infectarlo con microbios humanos. Por desgracia, ni siquiera la descontaminación más exhaustiva era capaz de eliminar todos los cuerpos extraños de su equipo, pero harían todo lo posible.

Tras pensarlo un rato, redactó una lista de consejos, prácticas recomendables para proteger el planeta y a sí mismos, en base a su experiencia profesional. Envió la lista a Falconi y a Akawe.

‹¿Va en serio, Navárez? ¿Doble descontaminación? ¿No tocar objetos sin permiso explícito? ¿Caminar en fila de a uno? ¿No expulsar CO_2? La MEFAU ya tiene protocolos más que adecuados para esta clase de situaciones. —Akawe›.

‹No, en absoluto. Nunca hemos encontrado nada como este lugar. No podemos meter la pata. La próxima generación nos lo agradecerá. —Kira›.

‹Eso será si hay una próxima generación. —Akawe›.

El capitán continuó refunfuñando, pero después de discutir un rato, accedió a aplicar sus directrices durante la misión en tierra.

‹Pero no son más que eso, Navárez: directrices. En el campo de batalla siempre ocurren imprevistos que te obligan a adaptarte. —Akawe›.

‹Lo único que pido es que intentemos preservar el yacimiento. —Kira›.

‹Recibido. —Akawe›.

Kira siguió examinando las imágenes recopiladas por Gregorovich y Horzcha Ubuto, tanto del planeta E como del resto del sistema. No sacó mucho en claro, pero no se rindió. Tenía la esperanza de toparse con alguna otra cosa que los ayudara a localizar el Báculo del Azul.

La cena fue más animada que la anterior. Nielsen también se unió, y aunque todos estaban un poco nerviosos por la inminente expedición, prevalecía el optimismo. Sentían que por fin ellos (y la humanidad en general) les llevaban ventaja a las medusas.

En general, todos hablaron sobre lo que podrían encontrar en el planeta, y también sobre el equipo más conveniente para el viaje. En el transbordador de la FAU no habría demasiado espacio, así que tendrían que escoger muy bien.

Como era de esperar, Sparrow estaba indignada por tener que quedarse en la Wallfish (aunque a Hwa-jung no parecía importarle).

—Cuando ya no tenga que preocuparme por que se te salten los puntos, podrás volver a subirte a un exo. Ni un minuto antes.

Sparrow cedió, pero era evidente que seguía disgustada. Kira decidió distraerla:

—Tengo curiosidad: ¿Sparrow es tu nombre o tu apellido? Nunca me lo has dicho.

—¿Ah, no? —Sparrow bebió un sorbo de vino—. Qué despiste.

—En su identificación solamente pone «Sparrow» —dijo Falconi, inclinándose hacia Kira.

—¿En serio? ¿Tienes un solo nombre?

Los ojos de Sparrow centellearon.

—Un solo nombre al que respondo.

Seguro que los marines me lo dirían. Pero no pensaba preguntárselo.

—¿Y tú qué? —dijo entonces, mirando a Trig. El chico gimió y se tapó la cara con las manos.

—Nooo, hombre. ¿Por qué has tenido que preguntarlo?

—¿Eh?

Toda la tripulación sonreía de oreja a oreja.

Vishal dejó su vaso en la mesa y señaló a Trig.

—Nuestro joven grumete tiene un nombre de lo más interesante, ya lo creo.

—Trig es un apodo —dijo Sparrow—. En realidad se llama…

—¡Nooo! —le interrumpió el chico, ruborizándose—. Mi tía tenía un sentido del humor muy particular, ¿de acuerdo?

—No me cabe duda —le dijo Vishal a Kira—. El pobrecillo se llama Epiphany Jones.

Todos rompieron a reír, salvo Trig.

—Es un nombre… interesante —dijo Kira.

—Y la cosa no acaba ahí —intervino Falconi—. Contadle cómo encontramos a Trig.

El chico sacudió la cabeza mientras todos los demás intentaban hablar al mismo tiempo.

—¡Venga ya! Esa historia no.

—Oh, claro que sí —dijo Sparrow, sonriendo.

—¿Por qué no me lo cuentas tú mismo? —le preguntó Kira. El chico arrugó la nariz.

—Era bailarín —soltó Hwa-jung, asintiendo como si acabara de revelar un gran secreto.

Kira miró a Trig con expresión interrogativa.

—Conque bailarín, ¿eh?

—En la estación de Undset, en la órbita de Cygni B —añadió Vishal—. Se ganaba la vida bailando para los mineros en un bar.

—¡No lo estás contando bien! —protestó Trig. Los demás intentaron intervenir, así que el chico alzó la voz para hacerse oír—. ¡De verdad que no! Un amigo mío trabajaba allí, y buscaba la forma de atraer más clientes. Se me ocurrió la idea de colocar unas bobinas de Tesla en el escenario y usarlas para tocar música. Después modifiqué un dermotraje para que funcionara como una jaula de Faraday, y yo me colocaba entre las bobinas y atrapaba los rayos con las manos y los brazos. Era brutal.

—Y no te olvides del baile —dijo Falconi, sonriendo. Trig se encogió de hombros.

—Está bien, también bailaba un poquito.

—Yo no lo vi —dijo Nielsen, poniéndole la mano en el brazo a Kira—. Pero me han dicho que le ponía… mucho entusiasmo. —A pesar de su evidente bochorno, Trig parecía orgulloso del cumplido de la primera oficial, por muy socarrón que fuera.

—Oh, desde luego —dijo Vishal—. Desde luego.

Kira se apiadó de la turbación del chico y cambió de tema.

—¿Qué clase de música tocabais?

—Sobre todo chirrock, agrometal, ese estilo.

—¿Y por qué te fuiste?

—No tenía motivos para quedarme —musitó Trig, y se bebió su agua de un solo trago.

La conversación empezaba a decaer, pero Falconi se secó la boca con una servilleta y dijo:

—Ya sé lo que te hace falta.

—¿Qué? —preguntó Trig, sin levantar la vista del plato.

—Una experiencia religiosa.

El chico resopló, pero luego sonrió a regañadientes.

—Sí… A lo mejor tiene razón.

—Claro que tengo razón —dijo Falconi.

Con renovado entusiasmo, Trig rebañó los restos de su plato y los engulló rápidamente.

—Me voy a arrepentir —dijo mientras se levantaba, sonriendo.

—No te hagas daño —le advirtió Hwa-jung.

—Venga, a ver si esta vez te lo comes entero —lo retó Sparrow.

—¡Vídeo! ¡Lo queremos en vídeo! —exclamó Falconi.

—Procura lavarte las manos después —dijo Nielsen, con una mueca de aprensión.

—Sí, señora.

Kira los miró, confundida.

—¿Una experiencia religiosa?

Falconi llevó su plato al fregadero.

—Trig siente una curiosa pasión por el picante. En Eidolon, le compró un Nova Negra a un enchufata.

—Deduzco que un Nova Negra es una variedad de chile.

Trig brincó sobre los talones.

—¡El más picante de toda la galaxia!

—Pica tanto —explicó Sparrow— que se dice que, si eres tan tonto como para comerte uno, ves el rostro de Dios. O eso… o te caes redondo y te mueres.

—¡Oye! —protestó Trig—. No es para tanto.

—¡Ja!

—¿Tú lo has probado? —le preguntó Kira a Falconi. El capitán negó con la cabeza.

—Prefiero no joderme el estómago.

Kira miró a Trig.

—¿Por qué te gusta tanto?

—Pues… eh… cuando apenas tienes comida, la salsa picante ayuda, ¿sabes? Mata el hambre. Por eso me aficioné al picante. Y también porque me gusta el desafío. Me hace sentir que tengo el control. Llega un momento en que ya no notas el picor, y te sientes… ¡ueeeeeh! —Trig giró la cabeza de un lado a otro, como si estuviera mareado.

—Mata el hambre, ¿eh? —Kira empezaba a comprender.

—Sí. —Trig llevó sus cosas al fregadero y se apresuró a salir de la cocina—. ¡Deseadme suerte!

Kira bebió un sorbo de chell.

—¿Lo esperamos? —preguntó, mirando a los demás.

Falconi activó la holopantalla de su mesa.

—Si quieres…

—Hace tiempo, Trig mencionó que hubo escasez de comida en la estación Undset…

Sparrow frunció el ceño.

—Si quieres llamarlo así… Más bien fue una cagada.

—¿Eh?

—Sí. Por lo que sé, el transporte sublumínico que reabastecía la estación Undset desde Cygni A se averió y se desvió del rumbo. Nada importante, ¿verdad? La estación tenía un hidrocraqueador y un montón de comida almacenada. El único problema era…

—El único problema —intervino Falconi, mirando a Kira por encima del holograma luminoso— era que el intendente había estado recortando el presupuesto y embolsándose la diferencia. En realidad no había ni un tercio de la comida que figuraba en el inventario. Y casi toda estaba podrida. Embalajes defectuosos o algo así.

Kira hizo una mueca.

—Mierda.

—Y que lo digas. Para cuando se dieron cuenta de lo peligrosa que era la situación, la estación estaba prácticamente sin comida, y la nave de repuesto estaba a varias semanas de distancia.

—¿Semanas? ¿Por qué tardaron tanto? Cygni B no está tan lejos de Cygni A.

—El papeleo, el tiempo para reunir los suministros y preparar la nave, etcétera. Parece que no tenían ningún transporte superlumínico disponible en ese momento, y tuvieron que usar uno sublumínico. Una cagada tras otra.

—Según dijo Trig —añadió Sparrow—, las cosas se pusieron muy feas en Undset antes de que llegara el nuevo transporte. Por lo visto terminaron lanzando al espacio al intendente y al comandante de la estación.

—Thule. —Kira sacudió la cabeza—. ¿Cuándo ocurrió todo eso?

Sparrow miró a Falconi.

—Hace diez o doce años, ¿no?

El capitán asintió.

—Algo así.

Kira jugueteó con su plato, pensativa.

—Trig debía de ser muy pequeño.

—Sí.

—No me extraña que quisiera marcharse de Undset.

Falconi volvió a observar el holograma.

—No fue el único motivo, pero… sí.

7.

Unos cuarenta minutos después, todos seguían en la cocina cuando Trig entró pavoneándose. Tenía las mejillas rojas como la grana, los ojos hinchados, inyectados en sangre y vidriosos, y la piel húmeda de sudor. Sin embargo, parecía contento, casi eufórico.

—¿Qué tal ha ido? —le preguntó Sparrow, apoyando la espalda en la pared.

Trig sonrió y sacó pecho.

—Brutal. Pero... uf, ¡me *arde* la garganta!

—¿Por qué será? —preguntó Nielsen secamente.

El chico se dirigió a los armarios de la cocina, pero de pronto se detuvo y se volvió hacia Kira.

—¡¿Te puedes creer que mañana vamos a explorar unas ruinas alienígenas?!

—¿Tienes ganas?

Trig asintió, serio pero emocionado.

—¡Y tanto! Pero... Me estaba preguntando... ¿Y si los alienígenas siguen allí?

—A mí también me gustaría saberlo —musitó Nielsen.

Kira volvió a visualizar la silueta del Mayoralto blandiendo el Báculo del Azul y haciendo desaparecer del cielo un planeta oscuro y horrible.

—Pues esperemos que estén de buen humor.

8.

Kira no podía quitarse de la cabeza la pregunta de Trig mientras regresaba a su camarote. *¿Y si los alienígenas siguen allí?* ¿Qué pasaría entonces? Comprobó el avance de la nave en su consola (el rumbo no había variado, y ahora el planeta E brillaba más que cualquiera de las estrellas visibles), se tumbó en la cama y cerró los ojos.

Las preocupaciones de mañana podían esperar hasta mañana.

Se quedó dormida, y esta vez ningún recuerdo se inmiscuyó en sus sueños.

9.

Un pitido insistente la despertó.

Molesta, abrió los ojos. En la holopantalla parpadeaba la hora: 0345. Faltaban quince minutos para el despegue.

Saltó de la cama con un gemido, lamentando cada segundo de sueño perdido. Entonces se acordó de que ella no había puesto ninguna alarma por la noche. ¿Había sido Gregorovich quien la había despertado?

Mientras se vestía, Kira abrió una ventana nueva y le envió una única palabra a la mente de a bordo.

Gracias. —Kira

Un segundo después, llegó la respuesta:

De nada. —Gregorovich

Había que tener buenos modales con las mentes de a bordo, especialmente con una que no estaba del todo cuerda.

Todavía adormilada, Kira echó a correr por la nave y trepó por la escalerilla, en dirección al morro de la Wallfish. La nave todavía no había apagado los propulsores, y eso quería decir que el transbordador aún no había llegado. Menos mal. No era demasiado tarde.

La tripulación (junto con los dos entropistas y los cuatro marines con servoarmadura) ya estaban en la parte superior de la nave, frente a la esclusa.

—Ya era hora —la saludó Falconi, pasándole un bláster. Iba vestido con un dermotraje, casco incluido, y llevaba al hombro a Francesca, su descomunal lanzagranadas.

—¿El transbordador está cerca? —preguntó Kira.

En ese momento, como respondiendo a su pregunta, sonó la alerta de propulsión y Gregorovich anunció:

—Iniciando maniobras de acoplamiento con la NFAU Ilmorra. Por favor, utilicen el asidero, cinturón de seguridad o almohadilla adhesiva más cercanos.

Cuando Vishal la vio bostezar, le ofreció una píldora de Espabirol.

—Tenga, Srta. Kira. Tómesela.

—No creo que…

—Puede que no le haga nada, pero merece la pena intentarlo.

Kira masticó la cápsula, que estalló entre sus dientes con una intensa explosión mentolada. Le empezó a picar la nariz y se le llenaron los ojos de lágrimas. En unos segundos, su cansancio y su embotamiento metal empezaron a disiparse, como si hubiera dormido toda la noche a pierna suelta.

Miró de nuevo al doctor, perpleja.

—¡Ha funcionado! ¡¿Cómo es posible?!

Una sonrisa astuta apareció en el rostro del doctor, que se dio unos toques en la nariz con el dedo.

—Tenía mis sospechas. El fármaco pasa directamente a la sangre, y de ahí al cerebro. El efecto es muy rápido, y al filo dúctil le costaría mucho neutralizarlo sin hacerle daño a su cerebro. Además, el efecto es beneficioso, así que tal vez el xeno sepa que no debe interferir.

Fuera cual fuera la explicación, Kira agradecía aquel empujón químico. No era el momento de estar aturdida por la falta de sueño.

De pronto, la sensación de gravidez desapareció y se le subió la bilis a la garganta.

La maniobra de acoplamiento fue rápida y eficiente. El transbordador de la FAU se aproximó a la Wallfish de frente, para que ninguna de las dos naves resultara dañada por el cono de radiación de sus blindajes de sombra. Cuando las naves entraron en contacto, un leve temblor sacudió la Wallfish.

Las esclusas acopladas se abrieron, y un marine asomó la cabeza desde el otro lado.

—Bienvenidos a bordo —los saludó.

Falconi miró a Kira con una sonrisa pícara.

—Ha llegado el momento de meter las narices donde no nos llaman.

—Vamos allá —contestó Kira, y se lanzó de un salto hacia el interior de la Ilmorra.

CAPÍTULO II

★ ★ ★ ★ ★ ★ ★

A CAELO USQUE AD CENTRUM

1.

Kira contempló en su holofaz cómo la Wallfish y la Darmstadt se iban alejando: dos puntos luminosos que se fueron desvaneciendo hasta casi desaparecer. Las naves avanzaban juntas en dirección al asteroide que habían elegido como objetivo. Tras ellas resplandecía el orbe rojizo de Gamus, un ascua moribunda sobre un campo negro.

Kira se sentó al lado de Falconi, en un asiento plegable de la pared, y se abrochó el arnés. El resto de la expedición ya había hecho lo propio, salvo aquellos equipados con servoarmadura, como Trig y Nielsen. Ellos estaban sujetos a unos anclajes, al fondo del transbordador.

En total eran veintiuno. Catorce, incluidos Hawes y los otros tres marines de la Wallfish, llevaban exos. Dos de los exos militares eran de clase pesada: verdaderos tanques andantes con torretas portátiles fijadas a la placa pectoral.

La mayoría de los marines eran soldados rasos, pero Akawe también había enviado a Koyich, su segundo, para supervisar la operación.

El oficial de ojos amarillos estaba hablando con Falconi:

—… decimos que saltan, saltan. ¿Entendido?

—Perfectamente —respondió Falconi, aunque no parecía contento.

Koyich torció el gesto.

—No sé por qué el capitán permite que nos acompañen unos fronterizos, pero las órdenes son las órdenes. Si la cosa se tuerce, apartaos de nuestro camino, ¿me oyes? Si os interponéis en nuestra línea de tiro, no vamos a dejar de disparar. ¿Está claro?

Si acaso, la expresión de Falconi se volvió aún más gélida.

—Sí, lo capto. —Kira marcó la casilla de «imbécil» al lado del nombre de Koyich.

Las tiras lumínicas del techo cambiaron su luz blanca de espectro completo por el resplandor morado de la radiación ultravioleta, y las boquillas de las paredes empezaron a rociar a Kira y a los demás pasajeros con gases descontaminantes.

El diseño de la Ilmorra no era igual que el de la Valquiria, pero se parecía lo suficiente para hacer que Kira sintiera un fuerte *déjà vu*. Intentó apartar a un lado sus emociones y centrarse en el presente; ocurriera lo que ocurriera en el planeta, no iban a quedarse atrapados en el transbordador, estando tan cerca de la Darmstadt y la Wallfish. Aun así, resultaba inquietante estar dentro de una nave tan pequeña y tan lejos de cualquier sistema colonizado por el hombre. Verdaderamente, se habían convertido en exploradores del espacio profundo y desconocido.

Llevaban suficiente comida para permanecer una semana en el planeta. Si necesitaban más, la Darmstadt podía lanzarla desde la órbita cuando regresara del cinturón de asteroides. A menos que hubiera imprevistos, se quedarían en el planeta hasta que hubieran encontrado el Báculo del Azul (o hasta que pudieran verificar que el artefacto no se encontraba allí). Regresar a las naves iba a ser un verdadero engorro, no solo por la gran cantidad de propelente necesaria para poner en órbita el transbordador, sino también por el proceso de descontaminación al que tendrían que someterse antes de que les permitieran regresar a bordo.

Al igual que todos los que no llevaban un exo, Kira se había puesto un dermotraje y un casco; no podría quitárselos hasta salir del planeta. Todos salvo los entropistas, que se las habían arreglado misteriosamente para transformar el tejido inteligente de sus túnicas degradadas en unos trajes ceñidos, equipados con cascos y visores. Como siempre, su tecnología resultaba impresionante.

En cualquier caso, habrían tenido que llevar los trajes independientemente de las necesidades de biocontención específicas de su misión. Los análisis de espectrografía indicaban que la atmósfera de la superficie los mataría si no llevaban protección (no inmediatamente, pero con relativa rapidez).

La Wallfish y la Darmstadt habían decelerado considerablemente al aproximarse al planeta, pero ninguna de las dos naves había frenado por completo, y por lo tanto la Ilmorra disponía de varias horas de propulsión inercial antes de poder entrar en órbita.

Kira cerró los ojos y esperó.

2.

El aullido de las alarmas sacó violentamente a Kira de su ensimismamiento. Unas luces rojas parpadeaban en el techo, y los marines se hablaban a gritos, ladrando en una jerga incomprensible.

—¿Qué pasa? —Nadie contestó, pero Kira pudo comprobarlo por sí misma en cuanto accedió a su holofaz.

Naves.

Montones de naves estaban entrando en el sistema. *Medusas.*

Un torrente de adrenalina le aceleró el corazón, y el filo dúctil se revolvió bajo su dermotraje. Comprobó los detalles. Cuatro, cinco, seis naves habían aparecido hasta el momento. Habían entrado en el espacio normal un tanto desviados del corazón del sistema; tal vez se tratara de un error de sus sistemas de navegación, pero conociendo la velocidad de los motores de las medusas, estaban a pocas horas de distancia de su posición.

Siete naves.

Falconi, sentado a su lado, hablaba frenéticamente por el micrófono de su casco. Desde la zona central del transbordador, Koyich hacía lo mismo.

—Mieeeerda —dijo Sánchez—. Las medusas ya debían de estar aquí, buscando el Báculo del Azul.

Se oyó un *clonc* cuando Tatupoa le dio un manotazo a Sánchez en el casco blindado.

—No, atontado. Nos han hecho un rastreo lumínico, te lo digo yo. Tiene que ser eso.

—Pues es la primera vez que nos lo hacen. Cabrones —añadió el cabo Nishu.

—No sé cómo, pero se las han arreglado para rastrearnos a pesar de los ajustes de rumbo —dijo el teniente Hawes, negando con la cabeza—. Mal asunto.

—¿Qué ajustes de rumbo? —preguntó Kira. Fue Nishu quien respondió:

—Siempre que salimos de superlumínico para soltar calor, hacemos un pequeño cambio de rumbo. Solo variamos un grado, o incluso menos, pero sirve para despistar a cualquiera que esté intentando calcular nuestro destino final en función de la trayectoria. En la Liga no sirve de mucho porque las estrellas están muy juntas, pero la cosa cambia si vas, por ejemplo, de Cygni a Eidolon.

Koyich y Falconi seguían hablando por los micrófonos.

—¿Y la Wallfish también ha ido haciendo esas correcciones? —preguntó Kira. Hawes asintió.

—Horzcha se coordinó con vuestra mente de a bordo. Eso debería haber impedido que nos hicieran un rastreo lumínico, pero… parece que no.

Rastreo lumínico. Kira recordaba haber oído el término de *Siete minutos para Saturno,* una película bélica que a Alan le encantaba. El concepto era muy sencillo. Si querías saber lo que había ocurrido en un lugar determinado antes de tu llegada, lo único que tenías que hacer era entrar en el espacio superlumínico y alejarte hasta haber viajado más lejos que la luz procedente del acontecimiento deseado. Después, era tan sencillo como aparcar la nave en el espacio abierto, conectar el telescopio y esperar.

El nivel de detalle de las imágenes recibidas dependía del tamaño del equipo de a bordo, pero incluso a distancias interestelares, sería relativamente sencillo detectar algo como, por ejemplo, el salto superlumínico de la Wallfish y la Darmstadt. El impulsor de una nave era una antorcha ardiente sobre el frío telón de fondo del espacio, sumamente fácil de encontrar y rastrear.

Kira se reprendió por no haber pensado antes en esa posibilidad. Pues claro que las medusas habrían hecho lo posible por averiguar adónde había ido el filo dúctil tras escapar de 61 Cygni. Kira sabía lo importante que era el xeno para ellas. Tal vez, tras la aparición de las pesadillas, había dado por hecho que las medusas tendrían mayores preocupaciones.

Por lo visto, se había equivocado.

Falconi estaba hablando a gritos. Kira solamente oía una versión amortiguada por el casco, ya que el capitán tenía el altavoz desconectado. Finalmente dejó caer la cabeza hacia atrás, apoyándola en la pared con expresión taciturna.

Kira le dio un toque con los nudillos en el visor, y Falconi la miró.

—¿Qué ocurre? —preguntó Kira. El capitán frunció el ceño.

—Estamos demasiado lejos para que la Wallfish nos alcance antes que las medusas. Y aunque pudiera, lleva los depósitos medio vacíos y no conseguiríamos… —Se interrumpió, frunció los labios y miró de reojo a Trig—. Digamos que la balanza no está a nuestro favor.

—Vamos a continuar —dijo Koyich, asegurándose de que lo oyeran todos—. Ahora nuestra única oportunidad es encontrar ese báculo antes que las medusas. —Clavó en Kira sus ojos felinos—. Si lo encontramos, más vale que sepas usarlo, Navárez.

Kira levantó la barbilla con altivez. Aunque no las tenía todas consigo, contestó:

—Conseguidme ese báculo y os aseguro que las medusas se llevarán una buena sorpresa.

Koyich parecía complacido, pero Kira recibió enseguida un mensaje en su holofaz:

‹¿Es verdad eso? —Falconi›.

‹Parece que el xeno sabe cómo se usa, así que… esperemos que sí. —Kira›.

En ese momento sonó la alerta de propulsión, y Kira se sintió aplastada bajo un manto de plomo cuando la Ilmorra aceleró hasta alcanzar las 2 g.

—Tiempo estimado de llegada a Nidus: catorce minutos —anunció la pseudointeligencia del transbordador.

—¿Nidus? —preguntó Nielsen, adelantándose a Kira.

—Así lo hemos llamado de manera extraoficial —contestó el teniente Hawes—. Es más fácil recordar eso que una sola letra.

A Kira le parecía apropiado. Cerró los ojos y accedió desde su holofaz a las cámaras exteriores del transbordador. La superficie curva del planeta se extendía ante ellos, una mitad en sombras y la otra iluminada; el terminador era un reino crepuscular que separaba ambas mitades de polo a polo. La zona central del orbe estaba envuelta en jirones de nubes que no dejaban de moverse, tormentas inmensas espoleadas por la transferencia de calor desde la cara en constante iluminación. *Nidus*.

El vértigo la obligó a agarrarse a los reposabrazos de su asiento. Por un momento, le parecía que estaban suspendidos sobre un inmenso precipicio, a punto de caer.

No era necesario, pero la pseudointeligencia actualizaba continuamente la información, tal vez para relajarlos, o tal vez porque así lo dictaba el protocolo de la FAU:

—Recuperando ingravidez en cinco... cuatro... tres... dos... —El manto de plomo desapareció, y Kira tragó con fuerza cuando el estómago intentó salírsele por la boca—. Iniciando inversión de eje Z. —Sintió una fuerte presión en el lado derecho del cuerpo, al mismo tiempo que Nidus desaparecía de su vista, sustituido por las profundidades estrelladas del espacio. Cuando la Ilmorra terminó de invertir su orientación, detuvo el movimiento giratorio con otra violenta sacudida. Kira desactivó la holofaz y se concentró en controlar su estómago rebelde—. Recogiendo radiadores... Entrada atmosférica en T menos un minuto y quince segundos. —El tiempo transcurrió con exasperante lentitud—. Contacto en diez... nueve... ocho...

Mientras la pseudointeligencia continuaba su cuenta atrás, Kira comprobó la posición de las medusas. Cuatro de sus naves habían cambiado de rumbo y perseguían ahora al transbordador. Las otras tres se dirigían al cinturón de asteroides, posiblemente para repostar, igual que habían hecho la Darmstadt y la Wallfish. De momento, los alienígenas no parecían mostrar el menor interés por atacar a ninguna de las dos naves, pero Kira sabía que eso no tardaría en cambiar.

—Contacto.

Un fuerte temblor recorrió la Ilmorra, y Kira se reclinó en su asiento mientras la vibración crecía hasta convertirse en un rugido estremecedor. Echó un rápido vistazo al exterior por las cámaras de popa. Solo se veía un muro de llamas. Con un escalofrío, apagó las imágenes.

—Iniciando desaceleración —anunció la pseudointeligencia.

Un devastador mazazo clavó a Kira a su asiento, empujándole la cabeza hacia atrás. Apretó los dientes, agradecida por la protección del filo dúctil. Los temblores iban a peor, y la Ilmorra se sacudía con tanta fuerza que Kira notaba cómo le castañeteaban los dientes.

Varios marines lanzaron vítores.

—¡Eso es, nena! ¡Doma a ese dragón!

—¡Písale a fondo!

—¡Igualito que el paracaidismo orbital!

—¡Esto sí que es un descenso como Dios manda!

Kira no pudo evitar sospechar que a Sparrow también le habrían encantado esas turbulencias.

El sonido de los motores cambió de pronto, volviéndose más profundo y sordo, y la frecuencia de las vibraciones aumentó.

—Transición de motor de fusión a motor de ciclo cerrado —dijo la pseudointeligencia.

Eso quería decir que estaban a unos noventa kilómetros de la superficie. Por debajo de esa altura, un reactor de ciclo abierto provocaría tanta retrodispersión térmica en aquella atmósfera tan densa que corrían el riesgo de derretir la popa del transbordador. Y no solo eso, sino que irradiaría toda la zona de aterrizaje con sus gases de escape.

Sin embargo, el problema de la propulsión de ciclo cerrado era que el reactor consumía hidrógeno a un ritmo diez veces más alto del normal. Y en aquel momento, Kira sospechaba que iban a necesitar cada gramo de propelente para escapar de las medusas.

A menos, claro, que consiguieran apoderarse del Báculo del Azul.

Los mamparos gemían y chirriaban. En otra zona de la nave, algo cayó al suelo ruidosamente.

Kira comprobó las cámaras: una espesa capa de nubes no le dejaba ver nada. De pronto la atravesaron y avistó el pequeño pliegue de las montañas erosionadas a las que se dirigían. El complejo de los Desaparecidos era apenas un destello de líneas blancas profundamente ocultas en el valle tenebroso.

La Ilmorra se sacudió de nuevo, con más violencia incluso que antes. Kira sintió un dolor agudo en la lengua y notó que tenía la boca llena de sangre. Se había mordido. Intentó tragar, pero se le fue por el otro lado y empezó a toser.

—¿Qué ha sido eso? —gritó.

—Los paracaídas de frenado —contestó Koyich, con una voz fastidiosamente serena. Cualquiera habría dicho que se lo estaba pasando en grande.

—¡Así ahorramos combustible! —añadió Sánchez.

Kira estuvo a punto de echarse a reír por lo absurdo de la situación.

El viento empezó a amainar, y la presión que sentía en el pecho se redujo. Respiró hondo. Ya faltaba poco…

Se oyó el ruido de los propulsores de control de reacción: ráfagas cortas repartidas por todo el casco. La nave osciló, girando levemente. La Ilmorra estaba haciendo los últimos ajustes de estabilidad, reposicionándose para el aterrizaje.

Kira empezó a contar mentalmente. Después de casi medio minuto, una súbita aceleración la estampó contra su asiento, y la dejó sin aliento. La Ilmorra se tambaleó, Kira notó que recuperaba su peso habitual, y desde la popa de la nave se oyeron dos golpes sordos y atronadores. Los motores se apagaron y se hizo un silencio sobrecogedor.

Habían llegado al planeta.

CAPÍTULO III

★ ★ ★ ★ ★ ★ ★

ESQUIRLAS

1.

—Lo hemos conseguido —dijo Kira. Después de tanto tiempo viajando, no terminaba de creerse que hubieran aterrizado.

Falconi se soltó el arnés.

—Vamos a saludar a los nativos.

—Todavía no —dijo Koyich, poniéndose de pie—. Atentos, macacos. Exos desanclados. Recoged vuestro equipo; quiero un informe de situación para ayer, y los drones no se sueltan hasta que yo lo diga. ¡Ya me habéis oído! ¡Moveos!

En el transbordador reinó el bullicio mientras los marines se preparaban para el despliegue.

Antes de abrir la esclusa, analizaron la atmósfera en busca de factores de riesgo desconocidos y señales de movimiento cercanas.

—¿Y bien? —preguntó Koyich.

Uno de los marines de la Darmstadt negó con la cabeza.

—Nada, señor.

—Análisis térmico.

—Ya está hecho, señor. No hay señales de vida.

—Bien. Desplegaos. Exos en vanguardia.

Kira se vio atrapada entre los dos entropistas mientras los marines se colocaban en formación frente a la esclusa.

—¿Verdad que es...? —dijo Veera.

—¿... sumamente emocionante? —concluyó Jorrus.

Kira aferró la empuñadura de su bláster.

—No sé si lo describiría con esa palabra.

En realidad ni siquiera sabía lo que sentía. Una potente combinación de temor, expectación y... no tenía sentido pensar en ello. Era mejor guardarse las emociones para más tarde. Ahora tenían trabajo que hacer.

Miró de reojo a Trig. El rostro del joven estaba pálido, pero todavía parecía absurdamente ansioso por ver dónde habían aterrizado.

—¿Cómo vas? —le preguntó Kira.

Trig asintió, sin dejar de mirar fijamente la esclusa.

—Luz verde.

La esclusa se abrió con un ruidoso siseo, y un halo de condensación envolvió los bordes de la puerta mientras se abría. La tenue luz roja de Gamus bañó el interior de la nave, proyectando un óvalo alargado en la cubierta corrugada, seguida por el aullido solitario de un viento abandonado.

A una seña de Koyich, cuatro de los marines blindados salieron al exterior. Al cabo de un momento, uno de ellos anunció:

—Despejado.

Kira tuvo que esperar a que todos los demás marines salieran del transbordador. Finalmente, los entropistas y ella pudieron seguirlos.

El mundo exterior estaba dividido en dos. Al este, el cielo oxidado lucía el resplandor de un eterno atardecer, y por el distorsionado horizonte asomaba el orbe rojo e hinchado de Gamus, mucho menos luminoso que Épsilon Indi, el sol bajo el que se había criado Kira. Al oeste se extendía un reino de perpetua oscuridad, envuelto en una noche sin estrellas. Unas espesas nubes rojas, naranjas y moradas flotaban a poca altura, repletas de vórtices creados por el viento incesante. Los relámpagos iluminaban las abultadas entrañas de las nubes, y a lo lejos se escuchaba el rumor de los truenos.

La Ilmorra había aterrizado en lo que parecía ser una zona adoquinada. Kira supuso inmediatamente que aquellas piedras resquebrajadas eran artificiales, pero sabía que no era prudente sacar conclusiones precipitadas.

La zona de aterrizaje estaba rodeada de amplios campos, cubiertos por una especie de musgo negro, que se empinaban progresivamente hasta fundirse con las altas montañas. Las cumbres nevadas estaban redondeadas por el tiempo y la erosión, pero sus siluetas oscuras y macizas seguían resultando amenazadoras. Sus laderas, al igual que los campos cercanos, estaban invadidas por una reluciente vegetación negra, un color que absorbía mejor la luz roja de su estrella madre.

Los edificios que Kira había identificado desde el espacio no eran visibles desde allí; estaban valle arriba, al otro lado de la falda de la montaña más cercana, tal vez a unos dos o tres kilómetros (siempre le costaba mucho calcular distancias en planetas nuevos; tardaba un tiempo en acostumbrarse a la densidad de la atmósfera, la curvatura del horizonte y el tamaño relativo de los objetos cercanos).

—Impresionante —murmuró Falconi, situándose a su lado.

—Parece un cuadro —dijo Nielsen, reuniéndose con ellos.

—O un videojuego —añadió Trig.

La antigüedad de aquel lugar se le antojaba incalculable. Parecía poco probable que se tratara del planeta natal de los Desaparecidos (sería *extremadamente* difícil que una especie sintiente y tecnológicamente avanzada evolucionara en un planeta de rotación sincrónica), pero no tenía ninguna duda de que los Desaparecidos se habían asentado allí hacía mucho tiempo... y que habían permanecido allí mucho tiempo después.

Los marines iban de un lado a otro, instalando autotorretas alrededor del transbordador, lanzando drones al aire (que ascendían por el cielo con un zumbido enervante) y estableciendo un perímetro amplio de sensores (activos y pasivos).

—¡Formación! —ladró Koyich, y los marines se situaron delante de la esclusa ya cerrada. El oficial se acercó rápidamente a Kira, que seguía observando el paisaje con Falconi y los entropistas—. Tenemos dos horas antes de que las medusas entren en la órbita.

Le dio un vuelco el corazón.

—No es suficiente.

—Es lo que hay —dijo Koyich—. No se arriesgarán a atacarnos con bombas, misiles ni barras de Dios, así que...

—¿Barras de Dios?

Fue Falconi quien respondió:

—Proyectiles cinéticos. Moles de tungsteno u otros metales. Son casi tan potentes como cargas nucleares.

Koyich levantó la barbilla.

—Eso es. Las medusas no se arriesgarán a destruir tu traje ni el báculo. Van a tener que bajar aquí a ensuciarse las manos. Si conseguimos llegar hasta los edificios que encontraste, podemos intentar retrasarlos y ganar tiempo. Si resistimos el tiempo suficiente, es posible que la Darmstadt pueda enviar refuerzos. Esta batalla no va a decidirse en el espacio, eso seguro.

—Supongo que ya me puedo ir olvidando de los protocolos de biocontención —musitó Kira.

Koyich soltó un gruñido.

—Tú lo has dicho.

El primer oficial ladró unas cuantas órdenes y, al cabo de unos momentos, el grupo echó a andar a paso ligero por el suelo de adoquines rotos; cada pisada de las catorce servoarmaduras retumbaba como un aciago tambor. Dos de los marines de la Darmstadt se quedaron protegiendo el transbordador. Cuando Kira volvió la vista atrás, los vio dando vueltas alrededor de la nave, buscando daños en su blindaje térmico.

El viento le presionaba constantemente el costado. Después de tanto tiempo metida en naves y estaciones, el movimiento del aire le resultaba extraño, y también la irregularidad del suelo.

Hizo algunos cálculos mentales. Habían pasado unos seis meses desde la última vez que había pisado Adrastea. Seis meses de habitaciones cerradas, luces artificiales y tufo a humanidad.

El musgo negro crujía bajo las suelas de sus botas. No era la única vegetación cercana; unas enredaderas carnosas (si es que eran plantas) se extendían sobre las formaciones rocosas más próximas, cayendo sobre la faz de piedra como mechones de cabello grasiento. Kira no pudo evitar fijarse en sus características: una especie de hojas con venación reticulada, similares a las dicotiledóneas terrestres; ramificación alterna, con surcos profundos en los tallos; no había flores ni cuerpos fructíferos a la vista.

Una cosa era mirarlas, pero lo que de verdad le apetecía era recoger una muestra de las células de aquellas plantas y empezar a indagar en su composición bioquímica. Eso era lo verdaderamente mágico. Tenía a su disposición un bioma totalmente nuevo, pero no se atrevía a detenerse para averiguar nada sobre él.

En cuanto bordearon la falda de la montaña, los diecinueve se detuvieron en seco al mismo tiempo.

Ante ellos, en la depresión del terreno en la que comenzaba el valle, se alzaba el complejo de edificios alienígenas. El asentamiento medía varios kilómetros de largo; era incluso mayor que Highstone, la capital de Weyland (aunque Highstone no era una ciudad especialmente grande de la Liga; el año en que Kira se había marchado, solamente vivían allí ochenta y cuatro mil personas).

Unas torres altas y ahusadas arañaban el cielo, blancas como el hueso y revestidas por una película de aquel musgo invasivo que se había introducido en cada grieta y defecto de las estructuras. A través de las paredes rotas se distinguían salas de diversos tamaños, ahora llenas de suciedad y ocultas bajo las enredaderas parasitarias. En los huecos entre torre y torre se arracimaban otros edificios más pequeños, todos con tejados estrechos y ventanas lancetadas, carentes de vidrios o cualquier otro tipo de cubierta. Había muy pocos ángulos rectos; las curvas naturales dominaban claramente la estética del diseño.

Incluso en su actual estado ruinoso, los edificios irradiaban una elegancia atenuada que Kira solamente había visto en obras de arte o en vídeos de las comunidades planificadas más lujosas de la Tierra. En aquel complejo todo parecía intencionado, desde la curvatura de las paredes hasta la disposición de los caminos que recorrían el asentamiento como riachuelos.

Era innegable que el lugar estaba abandonado. Y sin embargo, a la luz de aquel infinito atardecer, bajo aquel banco de nubes llameantes, la ciudad no parecía muerta, sino meramente dormida, como esperando a una señal para resucitar y restaurar el esplendor de su antigua gloria.

Kira exhaló profundamente. El estupor la había dejado sin palabras.

—Thule —dijo Falconi, rompiendo el hechizo. Parecía tan impresionado como ella.

—¿Adónde? —dijo Koyich.

Kira tardó un momento en despejarse la mente para poder contestar al oficial.

—No lo sé. De momento no percibo nada. Necesito acercarme.

—¡Adelante! —ladró Koyich, y empezaron a descender hacia la ciudad.

—Ciertamente, es una bendición poder contemplar esto, prisionera —comentaron los entropistas.

No podía estar más de acuerdo.

2.

La altura de las torres parecía aumentar a medida que se aproximaban a la periferia del asentamiento. El color blanco predominaba entre los edificios, pero también se distinguían paneles sueltos de color azul, que contrastaban vivamente en las estructuras y conferían un toque de decoración y viveza en un paisaje urbano por lo demás desierto.

—Sabían reconocer la belleza —dijo Nielsen.

—Eso no lo sabemos —dijo Falconi—. Todo podría tener una función pragmática.

—¿De verdad te lo parece?

El capitán no contestó.

Mientras entraban en la ciudad desde el sur, por una ancha avenida, una intensa sensación de familiaridad se apoderó de Kira. De pronto se sentía desplazada, como si estuviera viajando en el tiempo. *Ella* nunca había estado en aquella ciudad crepuscular, pero el filo dúctil sí, y los recuerdos del xeno eran casi tan vívidos como los suyos. Recordaba… *vida. Seres que se desplazaban volando y caminando, y máquinas que hacían lo mismo. El tacto de la piel, el sonido de las voces, el dulce aroma de las flores arrastrado por el viento…* Por un momento, casi pudo ver la ciudad tal y como había sido antaño: activa, exuberante, henchida de esperanza y de orgullo.

No pierdas el control, se dijo. *No pierdas el control.* Estrechó su influencia mental sobre el filo dúctil. Pasara lo que pasara, estaba decidida a no permitir que el xeno escapara de su control y se desbocara, sobre todo después de sus anteriores errores.

—¿Cuándo crees que se construyó todo esto? —preguntó Trig. Su rostro, cubierto por el visor, estaba boquiabierto. No intentaba disimular su fascinación.

—Hace siglos —contestó Kira, paladeando la sensación de antigüedad que impregnaba los recuerdos del filo dúctil—. Antes de que los humanos saliéramos de la Tierra. Mucho antes.

Koyich la miró por encima del hombro.

—¿Aún no sabes dónde debemos buscar?

Kira titubeó.

—Todavía no. Vayamos hacia la zona central.

Dos de los marines con servoarmadura tomaron la delantera y se adentraron en el laberinto de edificios. El viento que aullaba entre las esbeltas torres parecía querer susurrarle algún secreto, pero por mucho que escuchaba, Kira no distinguía las palabras que arrastraba el aire.

Siguió escudriñando los edificios y las calles, buscando cualquier cosa que despertara un recuerdo más concreto. Los huecos entre las estructuras eran inusitadamente angostos; las proporciones eran más altas y estrechas, algo que encajaba con las imágenes de los Desaparecidos que Kira había visto.

La avenida estaba bloqueada por un montón de escombros, por lo que se vieron obligados a dar un rodeo. Veera y Jorrus se detuvieron un momento para agacharse a recoger un pedazo que se había desprendido de una de las torres cercanas.

—No parece piedra —dijo Veera.

—Ni metal —añadió Jorrus—. Este material…

—Ahora no importa —dijo Koyich—. No os detengáis.

Las pisadas del grupo reverberaban en las fachadas de los edificios vacíos con un eco fuerte y desconcertante.

Clinc.

Kira se giró inmediatamente hacia el ruido, como el resto del grupo. Allí, junto a un umbral vacío, acababa de encenderse un panel rectangular. Era una especie de pantalla de color blanco azulado, llena de grietas. No mostraba texto ni imágenes, tan solo un rectángulo de luz artificial.

—¿Cómo es posible que aún tenga energía? —preguntó Nielsen, en un tono demasiado tranquilo.

—Puede que no seamos los primeros visitantes —aventuró Trig.

Kira hizo ademán de acercarse a la pantalla, pero Koyich interpuso un brazo para impedírselo.

—Espera. No sabemos si es peligroso.

—No pasa nada —contestó Kira, esquivando su brazo.

Al acercarse, descubrió que el panel luminoso emitía un leve zumbido. Kira apoyó la mano en él, pero no hubo ningún cambio.

—¿Hola? —dijo, sintiéndose un poco boba.

No ocurrió nada.

La pared contigua al panel estaba cubierta de mugre. La limpió con la mano, preguntándose si habría algo debajo.

Lo había.

Había un símbolo grabado en la superficie del material. Al verlo, se quedó paralizada. El emblema era una línea de formas fractales en espiral, muy juntas.

Kira no pudo descifrar su significado, pero reconocía el lenguaje: era el mismo patrón esencial que regía la existencia del filo dúctil. Incapaz de apartar los ojos del emblema, retrocedió.

—¿Qué es? —preguntó Falconi.

—Creo que los Desaparecidos construyeron la Gran Baliza —contestó Kira.

Koyich se reajustó la bandolera de su arma.

—¿Por qué lo dices?

Kira señaló.

—Fractales. Los fractales eran su obsesión.

—Eso ahora no nos sirve de mucho —replicó Koyich—. A menos que sepas leerlos.

—No.

—Entonces, no nos hagas perder más… —De pronto, Koyich se puso en tensión, igual que Falconi.

Alarmada, Kira comprobó su holofaz. Allí, al otro lado de Gamus, otras cuatro naves medusa acababan de salir del espacio superlumínico. Se acercaban a toda velocidad, mucho más deprisa que la primera escuadra de vehículos enemigos.

—Mierda —murmuró Falconi, con los dientes apretados—. Pero ¿cuántas naves han traído?

—Mirad: el resto de las medusas han acelerado su propulsión; llegarán todas al mismo tiempo —anunció Koyich. De pronto, el oficial estaba anormalmente tranquilo; había entrado en modo de combate. Kira reconoció el mismo cambio en Falconi—. Nos queda una hora para encontrar ese báculo. Quizá menos. Hay que apretar el ritmo. Paso ligero.

Con los exos todavía en cabeza, se adentraron rápidamente en la ciudad hasta que llegaron a una amplia plaza abierta, en cuyo centro se alzaba un gran monolito erosionado y agrietado. Mientras Kira examinaba la piedra, sintió lo mismo que al ver el emblema: el monolito también estaba cubierto por un patrón fractal. Al mirarlo más de cerca, los diminutos detalles del patrón parecieron oscilar, como si se movieran por voluntad propia.

Estuvo a punto de perder el equilibrio. ¿Qué le estaba pasando? Un hormigueo le recorrió la piel, y el filo dúctil se agitó, nervioso.

—¿Y bien? —dijo Koyich.

—No… no reconozco nada específico.

—Está bien. No podemos quedarnos a esperar. Hawes, peinad la zona. Buscad cualquier cosa que se parezca a un báculo. Utilizad los drones y todo lo que tenemos. Si no habéis encontrado el báculo cuando las medusas entren en órbita, nos centraremos en atrincherarnos e impedir que ganen terreno.

—¡Sí, señor!

El teniente y el cabo Nishu dividieron a los marines en cuatro equipos y se dispersaron por los edificios. Todos salvo Koyich, que se apartó a un lado de la plaza y sacó de su mochila una antena parabólica que apuntó hacia el cielo.

—Navárez —dijo mientras manejaba los controles—. Voy a conectarte con las imágenes de los equipos de búsqueda. A ver si reconoces algo.

Kira asintió y se sentó en el suelo, junto al monolito. Una solicitud de contacto apareció en su holofaz. Cuando la aceptó, una cuadrícula de ventanas apareció en su visión; cada una de ellas mostraba el vídeo en directo de un marine o un dron.

La mezcla era confusa, pero Kira hizo lo que pudo, desviando su atención entre las diferentes ventanas mientras los marines recorrían rápidamente los edificios ruinosos, cruzando una habitación desierta tras otra.

Seguía sin sentir nada concreto. Estaba segura de que se hallaban en el lugar correcto, pero ignoraba en qué parte del complejo debían buscar.

¡Dímelo ya!, le ordenó al filo dúctil, desesperada. No hubo respuesta. A cada segundo que pasaba, Kira era más consciente de la proximidad de las medusas.

Falconi, Trig y Nielsen patrullaban el perímetro de la plaza. Los entropistas se habían detenido junto a un panel suelto en la esquina de un edificio y estaban estudiando lo que fuera que hubiera debajo.

—Navárez… —insistió Koyich al cabo de un rato. Kira negó con la cabeza.

—Aún nada.

Koyich soltó un gruñido.

—Hawes, empezad a buscar un buen sitio donde hacernos fuertes.

Sí, señor —contestó el teniente por radio.

Tras media hora de un silencio casi absoluto, Falconi se acercó y se acuclilló al lado de Kira, apoyándose a Francesca sobre las rodillas.

—Casi no queda tiempo —dijo en voz baja.

—Ya lo sé —contestó ella, moviendo los ojos frenéticamente entre las ventanas.

—¿Puedo ayudarte?

Ella negó con la cabeza.

—¿Se nos escapa algo?

—Ni idea —contestó Kira—. A lo mejor ha pasado demasiado tiempo desde que el filo dúctil estuvo aquí. Podrían haber cambiado muchas cosas. Tengo… Tengo miedo de que acabemos todos muertos por mi culpa.

Falconi se rascó la barbilla y se quedó callado unos segundos.

—No, tiene que ser aquí. Sencillamente, nos falta perspectiva… El filo dúctil no quiere morir ni ser capturado por las medusas, ¿verdad?

—No —contestó Kira lentamente.

—Bueno. Entonces, ¿por qué te enseña este sistema? ¿Esta ciudad? El filo espera que encuentres algo, algo tan obvio que lo estamos pasando por alto.

Kira miró de reojo el monolito. *Nos falta perspectiva.*

—Koyich, ¿me dejarías controlar un dron? —dijo Kira en voz alta.

—De acuerdo, pero no me lo estrelles —contestó el primer oficial—. Nos van a hacer falta todos.

Kira conectó el dron a su holofaz y cerró los ojos para concentrarse mejor en las imágenes de la máquina. Estaba volando cerca de una torre, a medio kilómetro de distancia.

—¿Has tenido alguna idea? —le preguntó Falconi. Aunque tenía los ojos cerrados, Kira lo sentía a su lado.

—Fractales —contestó sin más.

—¿Podrías explayarte un poco?

Kira no contestó. Elevó el dron en el aire, cada vez más alto, hasta superar incluso la más alta de las torres. Entonces observó el asentamiento como un todo, intentando no ver únicamente los edificios individuales, sino la silueta general. Sintió un ramalazo de reconocimiento del filo dúctil, pero nada más.

Hizo girar el dron lentamente en círculo, orientándolo hacia arriba y hacia abajo para asegurarse de que no se saltaba nada. Desde el aire, las torres tenían un aspecto sobrio y hermoso, pero no se regodeó en la imagen, por muy majestuosa que fuera.

Un crujido resonó por toda la ciudad, procedente del oeste. Kira abrió los ojos de par en par y, mientras buscaba el origen del ruido, la imagen de la ciudad se desenfocó.

Entonces su percepción cambió, y encontró lo que estaba buscando. El deterioro de los edificios y la flora invasiva lo habían ocultado hasta ese momento, pero ahora lo veía. Tal y como sospechaba, el antiguo contorno de la ciudad tenía forma de fractal, y su silueta albergaba significado.

Allí. En el nexo del patrón, donde el fractal se enrollaba sobre sí mismo como el caparazón de un nautilo. En el mismísimo centro.

La estructura que acababa de identificar se encontraba en el lado más alejado del asentamiento: un edificio de poca altura, con forma de cúpula. De haber estado en la Tierra, lo habría tomado por un templo de alguna civilización extinta. Pero «templo» no parecía la palabra adecuada. Si acaso, «mausoleo» era más apropiado, dada la sobriedad y la palidez del edificio.

La imagen no despertaba ningún recuerdo ni confirmación del filo dúctil, no más que la propia ciudad en su conjunto. Conociendo la afición de los Desaparecidos por los fractales, parecía innegable que aquel edificio era importante, pero en cuanto a si tenía o no que ver con el báculo... Kira no lo sabía.

Comprendió con consternación que iban a tener que jugársela. No tenían tiempo para esperar a que el xeno tuviera a bien entregarle otro fragmento de información útil. Tenían que actuar, y tenían que hacerlo ya. Si Kira se había equivocado, todos morirían. Pero la indecisión también tendría consecuencias letales.

—Hawes, ¿habéis sido vosotros? —dijo Koyich.

Sí, señor. Hemos localizado la entrada a una estructura subterránea. Parece defendible.

Kira señalizó el edificio en las imágenes del dron y cerró el programa.

—Puede que no nos haga falta —anunció, poniéndose de pie—. Creo que he encontrado algo.

3.

—Lo *crees*, pero no estás segura —dijo Koyich.

—Exacto.

—No me sirve, Navárez. ¿No puedes darnos nada mejor que una *corazonada*?

—No, lo siento.

—Mierda.

—No sé si podremos llegar antes de que las medusas aterricen —dijo entonces Falconi.

Kira comprobó la posición de los alienígenas: las primeras tres naves acababan de entrar en órbita y se disponían a descender hacia la atmósfera.

—Hay que intentarlo.

—A la mierda —dijo Koyich—. En el peor de los casos, nos encerraremos en ese edificio e intentaremos contener a las medusas desde dentro. No saben adónde nos dirigimos, así que todavía tenemos una ventaja. Hawes, que dos exos se adelanten a la ubicación que ha señalizado Navárez. A toda velocidad. Los demás, reagrupaos conmigo lo más deprisa que podáis. La zona de patrulla está a punto de llenarse de hostiles.

¡Sí, señor!.

El primer oficial plegó la parabólica y volvió a guardarla en su mochila, mientras todos salían corriendo de la plaza y entraban en la primera calle curva.

—¿La Ilmorra puede cubrirnos? —preguntó Kira.

Tatupoa y otro marine aparecieron por una calle secundaria y se unieron a ellos.

—No, las medusas la derribarían enseguida —dijo Koyich.

El zumbido de los drones se intensificó cuando varias máquinas ocuparon posiciones sobre ellos, vigilándolos desde el cielo. El viento los azotaba, zarandeándolos mientras intentaban mantenerse estables.

—La Wallfish ya está volviendo —anunció Falconi—. En maniobra de emergencia. Llegará dentro de poco.

—Es mejor que no se acerque —replicó Koyich—. Esa bañera no tiene nada que hacer contra las medusas.

Falconi no contestó, pero era evidente que no estaba de acuerdo.

‹¿Qué tienes en mente? —Kira›.

‹Con un par de obuses Casaba bien apuntados, podríamos eliminar al menos a la mitad de las medusas. —Falconi›.

‹¿La Wallfish podrá acercarse lo suficiente? —Kira›.

‹Eso déjaselo a Sparrow y a Gregorovich. —Falconi›.

Trig avanzaba a su lado con su ruidosa servoarmadura. Parecía casi tan preocupado como Kira.

—Quédate cerca de mí y no te pasará nada —dijo para tranquilizarlo. Él sonrió débilmente.

—Sí, pero procura no ensartarme con el traje.

—Descuida.

Con un gran estruendo, dos naves medusa atravesaron el banco de nubes y descendieron por el cielo vespertino, dejando una estela cegadora de llamas azules. Los vehículos desaparecieron detrás de las torres, cerca del extremo oriental del asentamiento, y el rugido de sus cohetes se acalló de pronto.

—Deprisa —ladró Koyich, aunque pudo habérselo ahorrado: el grupo corría a toda velocidad. Hawes, Nishu y los demás equipos de búsqueda se reagruparon con ellos y se colocaron en formación, escoltando a Kira y a los demás.

Kira oyó el chisporroteo de la radio. Uno de los dos marines que se habían adelantado dijo:

Señor, hemos llegado al objetivo. Está sellado como una cámara acorazada. No hay ninguna entrada a la vista.

—Intentad abrir brecha —dijo Koyich, respirando agitadamente—. Pase lo que pase, defended esa posición a toda costa.

Recibido.

Por un momento, Kira se preguntó si corrían el riesgo de dañar el báculo, pero pronto apartó sus preocupaciones. Si no conseguían entrar en el edificio, todo lo demás daría igual.

—¡Movimiento! —gritó Sánchez desde su izquierda—. Cuatrocientos metros y bajando.

—Mierda, qué rápidas son —dijo Nielsen, bombeando la corredera de su rifle corto.

Kira activó el programa de apuntado de su bláster. Una mira roja en forma de cruz apareció en el centro de su visión.

Sánchez soltó un juramento en un idioma que Kira no reconoció (y que su holofaz tampoco supo traducir).

—Acaban de cargarse mi dron —dijo.

—El mío también —añadió otro marine.

—Mierda, mierda, mierda, mierda —dijo Hawes—. Ya van tres.

—Tenemos que salir de las calles —dijo Falconi—. Aquí fuera somos blancos fáciles.

Koyich negó con la cabeza.

—No, hay que seguir adelante. Si paramos, nos alcanzarán.

—Doscientos cincuenta metros y bajando —anunció Sánchez. Ahora ya se oían ruidos entre los edificios: golpes sordos, traqueteos y el chirrido de los drones.

Kira reajustó su control mental sobre el filo dúctil. *Haz solo lo que yo quiera*, pensó, haciendo lo posible por transmitirle su deseo al xeno. Por muy caótica que se volviera la situación, por mucho dolor o miedo que sintiera, no iba a permitir que el filo dúctil hiciera daño a alguien involuntariamente. Eso nunca.

Le ordenó al xeno que le cubriera el rostro. Aunque ya llevaba el casco del dermotraje, prefería un poco de protección adicional. Su visión se oscureció durante un instante, y de pronto volvió a ver igual que antes, pero con el añadido de las líneas violetas y desdibujadas de los campos electromagnéticos locales. Las paredes de varios edificios cercanos irradiaban unos gruesos bucles, delatando aquellos que seguían teniendo energía. (¿Por qué no lo había hecho antes?).

—Esto es un suicidio —dijo Falconi. Agarró a Kira por el brazo y tiró de ella hacia el umbral del edificio más cercano—. Por aquí.

—¡Quieto! —gritó Koyich—. Es una orden.

—Vete a la mierda. No estoy a tus órdenes —replicó Falconi. Nielsen lo siguió, y también Trig y los entropistas. Un momento después, Koyich no tuvo más remedio que ordenar a los marines que hicieran lo mismo.

El primer piso del edificio era alto y diáfano. Unas altísimas columnas dividían la zona a intervalos irregulares, como un bosque de troncos de piedra que se ramificaban a medida que ascendían hacia el techo. Aquella imagen evocaba los sueños de Kira con una fuerza casi física.

Koyich se encaró con Falconi.

—Vuelve a hacer algo parecido y tendrán que llevarte en volandas. —Señaló a los marines con el cañón de su bláster.

—No me... —Falconi se quedó callado en mitad de la frase. El ruido del exterior se acercaba. Kira vio movimiento en la calle que acababan de abandonar.

La primera medusa apareció reptando ante ellos: un calamar tentaculado, muy parecido a los que Kira ya conocía. Lo seguían varios calamares más, una criatura con aspecto de langosta, otra con unas fauces enormes y varias más que solo había visto en las noticias. Por encima de ellos flotaban unos drones esféricos de color blanco, y por detrás se acercaba una especie de vehículo segmentado que surcaba las calles sembradas de escombros...

Las medusas y los marines soltaron sus nubes de señuelos reflectores casi al mismo tiempo, camuflando su posición ante el enemigo.

—¡Vamos, vamos, vamos! —gritó Hawes.

Los dos bandos empezaron a intercambiar balas y rayos láser. Un pedazo de roca se desprendió de la columna que Kira tenía justo encima.

Se agachó y corrió para apartarse, procurando no alejarse demasiado del exo de Trig. A sus espaldas se oían explosiones. Falconi se dio la vuelta y disparó con su lanzagranadas, pero Kira no miró atrás.

Ahora su única esperanza era la velocidad.

Con sus hombreras blindadas, los dos marines de vanguardia embistieron el muro que tenían delante. Después de cruzar otra sala vacía y derribar otra pared, salieron a una callejuela.

—¡No os detengáis! —gritó Nielsen.

Kira buscó a los entropistas con la mirada y los distinguió vagamente entre las espesas nubes: unas siluetas fantasmagóricas, casi dobladas en dos, que avanzaban con las manos extendidas.

—¡Por aquí! —gritó, esperando que eso les ayudara a orientarse.

Todo el grupo cruzó la calle a la carrera y entró en el siguiente edificio. Aquel era más pequeño, con unos pasillos altos y estrechos en los que apenas entraban los exos. A cada paso, las grandes máquinas arañaban las paredes cubiertas de musgo, sembrando el suelo de restos.

Los marines se abrieron paso por la fuerza, derribando todos los obstáculos. A los futuros arqueólogos no les iba a hacer ninguna gracia tanto destrozo.

Cruzaron una habitación con el suelo lleno de pequeñas depresiones en forma de estanques (*Kira recordó el aroma de los perfumes y el chapoteo del agua*), y después una galería con las paredes repletas de grandes tubos verticales rotos, hechos de un material transparente (*cuerpos alzándose por el espacio, extendiendo ambos pares de brazos para mantener el equilibrio*). Finalmente salieron a otra calle, más amplia que la anterior.

El zumbido de los drones iba en aumento. Kira veía los finos destellos de aire sobrecalentado de los láseres que atravesaban las nubes de señuelos que los envolvían.

Entonces, una de las medusas con aspecto de langosta trepó por la fachada de un edificio alto, arrastrándose por la pared como un gigantesco insecto, y se abalanzó de un salto sobre la espalda blindada de Tatupoa.

El marine gritó y giró sobre sí mismo, sacudiendo los brazos para intentar quitarse de encima a la criatura estridente.

—¡Estate quieto! —gritó Hawes, disparando una ráfaga con su rifle. Kira sintió en el pecho la presión de cada disparo.

Del costado de la langosta brotó un chorro de icor, y la criatura cayó sobre el pavimento resquebrajado, retorciéndose de dolor.

Pero había cumplido con su cometido. Ese retraso bastó para que tres calamares dieran la vuelta al edificio y los alcanzaran.

Los marines no se inmutaron. En cuanto los calamares entraron en su campo de tiro, los cañones de cadena instalados en los dos exos pesados cobraron vida. A pesar del casco y de la mascarilla del filo dúctil, el ruido era doloroso y aterrador, de una intensidad visceral.

Kira siguió adelante a trompicones, sintiendo cada disparo en los huesos.

Los tres calamares se retorcían bajo la lluvia de balas explosivas de los marines, pero devolvieron los disparos con sus tentáculos armados con blásteres y armas de fuego. Incluso arrojaron una cuchilla de aspecto mortífero, que terminó clavándose profundamente en una pared, calle abajo.

Uno de los marines lanzó una granada. Falconi disparó con Francesca, y las dos explosiones hicieron desaparecer a los calamares.

Una lluvia de trozos de carne salpicó los edificios y cayó alrededor de Kira, que se agachó y se protegió el rostro con un brazo.

Volvieron a ponerse a cubierto en un edificio, y la mitad de los marines se dio la vuelta para cubrir la retaguardia, desplegándose por los flancos y aprovechando las esquinas, los escombros y una especie de bancos de respaldo alto como cobertura. Tres de ellos (Tatupoa y dos marines equipados con dermotraje) estaban ensangrentados, aparentemente heridos por disparos láser.

Los soldados no se detuvieron para evaluar sus heridas. Uno de ellos, sin dejar de apuntar con su bláster, sacó un bote de medigel, se roció la herida y se lo pasó a su compañero, que lo atrapó al vuelo e hizo lo mismo con la suya. En ningún momento dejaron de moverse.

—¡Vamos! ¡Vamos! ¡Salimos por detrás! —gritó Koyich, alejándose de la entrada del edificio.

—¿Cuánto falta? —preguntó Nielsen.

—¡Cien metros! —gritó Hawes.

—C...

¡BUM!

Las paredes y el techo vibraron como la piel de un tambor, y el polvo acumulado durante varios siglos flotó por el aire mientras la esquina del edificio se venía abajo. El techo se combó, y Kira oyó crujidos, chirridos y gemidos por toda la estructura. Le ordenó al filo dúctil que pasara a visión infrarroja. A través de aquella nueva abertura en la pared, vio que el vehículo medusa estaba justo al otro lado: una mole negra y amenazante, con un caparazón segmentado que lo hacía parecerse a una inmensa cochinilla. Llevaba una gran torreta en la parte superior, y les estaba apuntando...

Trig y Nielsen abrieron fuego junto con los marines. Pero entonces Jorrus y Veera sorprendieron a todos al adelantarse. Como una sola persona, describieron un tajo con los brazos mientras gritaban una palabra al unísono.

Un intenso fulgor inundó la sala. Kira parpadeó, sintiendo una punzada de miedo por verse cegada.

Unas motas rojas aparecieron en su visión mientras la luz se desvanecía. Delante del grupo, una fina red de monofilamentos cubría las paredes, la esquina rota del edificio y el vehículo medusa, que había caído de costado y ahora se sacudía, incapacitado por unos zarcillos de electricidad que recorrían las placas de su caparazón expuesto.

A lo lejos, otro grupo de medusas avanzaba hacia ellos.

—¡Corred! —gritaron los entropistas.

No tuvieron que decirlo dos veces.

—¿Qué ha sido eso? —gritó Kira.

—Magia —contestó Veera. Kira quiso insistir, pero no podía malgastar el aliento interrogándola.

Salieron por la parte trasera del edificio, que daba a otra gran plaza. En el lado opuesto, Kira avistó el mausoleo que había identificado desde el aire. Los dos marines blindados estaban agazapados junto a la entrada sellada; sus guanteletes de metal estaban iluminados por el resplandor azulado de sendos sopletes de corte.

Los soldados apagaron los sopletes y les dieron fuego de cobertura mientras Kira y sus compañeros cruzaban la plaza a todo correr.

Uno de los marines que avanzaban junto a Koyich tropezó y cayó. Tenía la rodilla ensangrentada y le asomaba el hueso. Trig lo levantó con una sola mano y cargó con él hasta el templo.

Kira se agachó detrás de una losa de piedra caída, utilizándola como cobertura mientras recuperaba el aliento. Si las medusas se acercaban lo suficiente, podía eliminarlas con el filo dúctil, pero de momento guardaban las distancias. Sabían a qué se enfrentaban y actuaban en consecuencia. ¿Por qué tenían que ser tan listas?

Un dron medusa apareció por encima de la losa tras la que se ocultaba Kira, y Nielsen lo frio con un solo disparo de su exo. La primera oficial de la Wallfish tenía el rostro sudoroso y enrojecido. Unos mechones de cabello se le habían soltado de la coleta y le caían sobre el rostro.

Trig recostó al marine malherido detrás de otra losa. La etiqueta de su dermotraje decía «Redding». Sánchez se acercó corriendo y, antes de que Kira pudiera creer lo que veían sus ojos, le cortó la pierna herida al marine con su bláster.

Redding no gritó, pero mantuvo los ojos fuertemente cerrados durante la operación. Debía de estar usando un inhibidor nervioso para contener el dolor. Sánchez le hizo un torniquete en el muñón ensangrentado, lo roció con medigel, le dio una palmada en el hombro a Redding y se reunió con el resto de los marines que estaban disparando por encima de los escombros.

Kira observó la fachada del templo. La entrada parecía sellada con un gran tapón de metal macizo; los dos marines solo habían conseguido atravesar un palmo de material, tal vez menos.

Una lluvia de tierra le cayó encima cuando Nielsen y Trig agarraron la losa de piedra tras la que se ocultaba y la enderezaron con sus exos, formando una barricada vertical entre ellos y las medusas que se agrupaban en las bocacalles de la plaza. Los marines hicieron lo mismo, colocando varias losas en semicírculo delante del templo.

—Si vas a hacer algo, ahora es el momento —dijo Falconi, sacando un cargador nuevo de la bolsa que llevaba en el cinturón.

—A la mierda —dijo Koyich—. Usad cargas huecas. Reventadlo.

—¡No! —protestó Kira—. Podríais destrozar el báculo.

Koyich se agachó para esquivar una lluvia de balas y metralla. Le quitó la anilla a una granada de humo y la arrojó al centro de la plaza.

—¡Nos van a destrozar a nosotros si no entramos!

Una imagen fugaz apareció en la mente de Kira: el instante en que había arrancado el transmisor de la nave medusa.

—Contenedlos —dijo, levantándose rápidamente. Corrió agazapada hasta la entrada del templo y apoyó las manos en la fría puerta de metal.

Con la frente bañada en sudor, redujo su control sobre el filo dúctil (solo un poco) y le ordenó al traje que se extendiera, que se propagara, que se estirara como una lámina de goma tensada. *No pierdas el control… no pierdas el control…*

Una bala se aplastó contra la superficie de metal, justo encima de su cabeza, salpicándola de astillas plateadas. Kira tensó los hombros y procuró ignorar el estruendo continuo y ensordecedor de los disparos y las granadas.

Sintió un hormigueo en la piel cuando el filo dúctil le rajó el dermotraje y formó una red de zarcillos trenzados entre sus dedos. Los zarcillos se prolongaron, fluyendo por la superficie de metal, buscando y palpando con millones de hebras finas como un cabello.

—¡Thule! —exclamó Trig.

—Convendría darse prisa —dijo Falconi con voz casual.

Kira hizo presión con el xeno, empujándolo hacia cada recoveco, hueco y fractura microscópica. Sintió cómo el xeno… cómo *ella misma* penetraba en la estructura de metal, como las raíces de un árbol al hundirse en la tierra compacta.

La capa de metal era increíblemente gruesa: metros y metros protegían la entrada del templo. *¿Qué intentaban mantener fuera?*, se preguntó. Tal vez el filo dúctil fuera la respuesta.

La superficie de metal comenzó a irradiar calor a medida que cedía.

—¡Preparaos! —gritó. En cuanto percibió movimiento entre las prolongaciones del traje, tiró con todas sus fuerzas.

Con un chirrido agónico, las fibras del traje arrancaron grandes pedazos del metal plateado, levantando una polvareda de partículas relucientes. Ante ella se abría una oscura cámara.

En lo alto, otras tres naves medusa surcaban ruidosamente el cielo como meteoritos, dejando una estela de fuego y humo. Mientras avanzaban, iban soltando docenas de cápsulas de desembarco, plantando aquellas malignas semillas por toda la ciudad. *Llegáis tarde*, pensó Kira con aire triunfal.

Recuperó el control del filo dúctil; volvía a ser ella misma.

4.

Las balas silbaban y rebotaban en el metal destrozado; los impactos de láser abrían agujeros de un dedo de ancho, salpicando gotas derretidas en todas direcciones mientras Kira se adentraba en la oscuridad.

Falconi la siguió enseguida, y después Trig, Nielsen y el resto del equipo. Los marines activaron unas luces hemisféricas planas y las arrojaron por el perímetro de la sala.

La cámara era enorme y profunda. A pesar de la iluminación irregular, Kira reconoció el techo abovedado y el patrón de las baldosas del suelo. Había caminado por aquel mismo lugar mucho tiempo atrás, al lado del Mayoralto, cerca del fin de los tiempos... Un escalofrío mortal la obligó a detenerse, y dijo en voz baja:

—Tened cuidado. No toquéis nada.

Hawes ladró varias órdenes y los marines apuntaron hacia la abertura por la que habían entrado.

—Defended esta posición —ordenó Koyich—. Que no pase ni una sola medusa.

—¡Señor, sí, señor!

Kira siguió avanzando hacia la oscuridad del fondo de la sala; Falconi, Koyich, Nielsen, Trig y los entropistas la seguían de cerca, pero dejaron que ella fuera primero.

Ahora que estaban dentro del templo, Kira sabía exactamente adónde ir. Su mente no albergaba dudas: sus recuerdos ancestrales le aseguraban que aquel era el lugar correcto y que lo que buscaba se encontraba justo delante...

Los atronadores disparos seguían resonando por la cámara cavernosa. ¿Cuánto tiempo había reinado el silencio en ese lugar? Ahora, la violencia de las medusas y los humanos había arruinado esa paz. Kira se preguntó a quién habrían culpado más los Desaparecidos, si es que seguían existiendo.

A unos treinta metros de la entrada, la sala terminaba en unas puertas dobles enormemente altas, estrechas y convexas, de color blanco y con incrustaciones de líneas fractales azules. Eran con diferencia los elementos más ornamentados que había visto en aquella ciudad.

Kira levantó la mano. Antes de que pudiera tocar las puertas, un anillo de luz apareció a la altura de su cabeza, justamente en la rendija que separaba ambas hojas. Las puertas se abrieron sin un ruido, deslizándose a un lado hasta desaparecer en unos huecos invisibles de las paredes.

Otra sala se extendía ante ellos, más pequeña que la antecámara, de forma heptagonal, con un centelleante techo constelado y un suelo que resplandecía con el brillo sutil e iridiscente de una pompa de jabón. En cada vértice de la sala se elevaba un obelisco cristalino y translúcido, de color blanco azulado. Por el contrario, el que Kira tenía justo delante era de color rojo y negro. Aquel, como todos los demás, tenía un aspecto severo, como si estuviera vigilando la cámara con expresión ceñuda.

Pero lo que llamó la atención de Kira fue el centro de la estancia. Tres escalones (demasiado altos y cortos para la anatomía humana) conducían hasta un estrado, también heptagonal. En medio del estrado se alzaba un pedestal, y sobre el pedestal descansaba un estuche cúbico que relucía como el diamante.

El estuche de diamante contenía siete esquirlas suspendidas en el aire: los restos rotos del Báculo del Azul.

Kira se quedó paralizada, mirándolo fijamente. Era incapaz de comprenderlo o de aceptarlo.

—No —susurró.

En ese momento, varios avisos parpadearon en su holofaz. Se obligó a comprobarlos a regañadientes. Un gemido escapó de su garganta y reverberó en el mausoleo de los Desaparecidos.

Acababan de llegar catorce naves más al sistema. Y no eran medusas. Eran pesadillas.

CAPÍTULO IV

★ ★ ★ ★ ★ ★ ★

TERROR

1.

Estaban rodeados. Iban a tener que luchar, y lo más probable era que terminaran todos muertos.

La cabeza le daba vueltas a medida que la realidad de la situación la iba envolviendo como un ataúd de hierro. Esta vez no había escapatoria. Ya no quedaban trucos, golpes de suerte ni esperanzas de salvación. Estaban demasiado alejados de todo como para esperar ayuda, y no cabía esperar clemencia de las medusas ni de las pesadillas.

Todo era culpa suya, y no tenía forma de arreglarlo.

—¿Es normal que esté así? —preguntó Falconi con voz ronca, señalando el báculo roto.

—No —contestó Kira.

—¿Puedes arreglarlo? —preguntó Koyich, poniendo voz a sus pensamientos.

—No. Ni siquiera sé si tiene arreglo.

—Eso no me vale, Navárez. Te…

¡BUM!

Todo el edificio tembló, y del techo constelado se desprendieron varios pedazos que se estrellaron contra el suelo; el cielo se desplomaba sobre sus cabezas. El estuche de diamante se tambaleó y se hizo añicos contra el suelo, desperdigando las esquirlas del Báculo del Azul en todas direcciones.

Los entropistas se agacharon para recoger una.

A través de la puerta del santuario, Kira vio que las medusas habían volado la fachada del templo. El vehículo cochinilla de las medusas estaba aparcado fuera, apuntándolos con su torreta principal. Los marines se retiraban de la entrada mientras rociaban el vehículo con balas y disparos láser.

El arma de la cochinilla empezó a soltar chispas, inhabilitada por el fuego concentrado de los marines.

—¡Falconi! ¿A qué distancia está la Wallfish? —preguntó Koyich, llevándose el arma al hombro mientras se colocaba a un lado de la puerta.

—A quince minutos —contestó Falconi, ocupando el otro lado del umbral.

—Mierda. ¡Entrad todos! ¡Entrad! ¡Vamos, vamos, vamos! —vociferó Koyich a sus hombres mientras disparaba hacia las nubes de humo y señuelos con la precisión de una máquina.

—¡Nos han acorralado! —replicó Hawes—. ¡Tenemos heridos! No...

Kira dio un respingo al oír los pisotones del exo de Nielsen. La primera oficial pasó corriendo a su lado y se lanzó hacia la antecámara del templo. Falconi soltó un juramento y disparó rápidamente tres granadas para darle algo de cobertura.

La detonación de cada granada despejó un área esférica de humo, señuelos y polvo, pero la neblina grisácea no tardó en cubrirlo todo de nuevo, obstruyéndoles la vista.

Avergonzada de sí misma, Kira echó a correr detrás de Nielsen. La mujer levantó a un par de marines heridos y regresó corriendo al santuario del templo, cargando con ellos. Kira vio a otro marine herido que todavía seguía dentro de su exo. Frenó en seco a su lado y abrió los cierres de emergencia laterales de la máquina.

La cubierta frontal se abrió con un chasquido y el marine cayó al suelo, tosiendo sangre.

—Vamos —dijo Kira, echándose el brazo del soldado por los hombros.

Se apresuró a volver al santuario, cargando a medias con el marine. Nielsen ya había dejado a buen recaudo a los suyos y se dirigía de nuevo hacia la antecámara.

Un impacto alcanzó a Kira en el costado derecho, entumeciéndoselo y obligándola a hincar una rodilla en tierra. Bajó la vista, y de inmediato deseó no haberlo hecho: las fibras negras que le recubrían las costillas estaban separadas y abiertas como una acícula, y por debajo se distinguía el músculo ensangrentado y los huesos.

De inmediato, las fibras empezaron a trenzarse y a cerrarse de nuevo sobre la herida.

Kira, sin aliento, se levantó con unas piernas que ya no sentían nada e intentó seguir adelante. Un paso, dos pasos... Volvía a caminar, notando la pesada carga del soldado sobre los hombros.

En cuanto cruzó el umbral, Falconi le quitó al soldado de encima.

Kira se dio la vuelta para volver a salir, pero Falconi la agarró del brazo.

—¡No seas idiota! —le gritó.

Kira se soltó de él y volvió a adentrarse en las turbias nubes, buscando a los últimos marines. En el exterior del templo seguían oyéndose explosiones y disparos. De no haber sido por el filo dúctil, seguramente no habría podido pensar ni actuar con tanto ruido. Sentía cada impacto en los huesos, y su potencia lo desdibujaba todo a su alrededor. El ruido también parecía ir a más.

¿Dónde están? No veía ninguna medusa entre aquel humo caótico, tan solo siluetas deformes e incomprensibles que se movían entre la bruma.

—¡Fuego de SJAM! —ladró Koyich—. ¡Cuerpo a tierra!

Kira se lanzó al suelo y se protegió la cabeza con los brazos.

Medio segundo después, cuatro explosiones arrasaron las bocacalles de la plaza, iluminando toda la zona con una llamarada infernal. El suelo tembló y Kira se dio un golpe en la mejilla que le hizo entrechocar los dientes dolorosamente.

—¡Estado! —bramó Koyich—. Posición de los hostiles.

—Parece que han caído casi todos —dijo Hawes—. Pero no estoy seguro. A la espera de visual.

Las explosiones habían enturbiado las nubes hasta tal punto que en la plaza reinaba una oscuridad casi absoluta.

Kira escuchó con atención; ya no se oían disparos ni movimiento. A medida que el viento iba despejando el aire, se arriesgó a asomar la cabeza y mirar a su alrededor.

¡*Clanc!* Al otro lado de la antecámara del templo, Nielsen retrocedió a trompicones, con una gran abolladura en la parte delantera de su servoarmadura. Disparó varias veces con la ametralladora del brazo en dirección a la bruma, y Kira oyó el ruido húmedo de las balas al impactar en la carne.

Por las calles turbias se estaban acercando docenas de señales térmicas. Otra oleada de medusas.

Trig salió corriendo del santuario del templo, directo hacia Nielsen. Mientras el chico se detenía a su lado, Koyich dijo:

—No podemos esperar más ayuda de la Ilmorra. Tendremos suerte si no van a buscarla por haber lanzado esos SJAM. Todo el mundo adentro. ¡Deprisa!

Todavía quedaban cuatro marines en el suelo. Kira se dirigió al más cercano.

Uno de los drones blancos de las medusas apareció volando sobre la fachada rota del templo, al mismo tiempo que un gran calamar tentaculado trepaba sobre un montón de escombros, blandiendo un par de blásteres en sus extremidades retorcidas.

Kira echó mano a su arma, pero no la encontró. ¿Dónde estaba? ¿Se le había caído? No había tiempo, no había tiempo, no...

Trig se plantó delante de Nielsen de un salto, disparando a la vez con el bláster y el rifle. Tenía el rostro crispado y gritaba por la radio:

—¡Aaaaah! ¡Toma, hijo de puta! ¡A merendar!

El dron esférico empezó a girar sobre sí mismo, alcanzado por las balas, y cayó al suelo echando chispas. Detrás de él, el calamar se agazapó y alzó un tentáculo con el que sostenía un cañón de riel largo y delgado.

El filo dúctil trató de extenderse desde el cuerpo de Kira, ansioso por atacar. Lo contuvo por puro hábito, reacia a dejar suelto al xeno, a confiar en él. *Bang.*

El sonido del arma de la medusa eclipsó el barullo general como un signo de puntuación auditivo, breve y agudo. Se hizo un silencio sobrecogedor. Las armas de Trig dejaron de disparar, al tiempo que su armadura se quedaba inmóvil. Cayó lentamente hacia atrás, desplomándose como una estatua.

En el centro de su visor había un agujero de un dedo de ancho. El rostro de Trig lucía una espeluznante expresión de sorpresa.

—¡No! —aulló Falconi.

Kira se quedó paralizada un momento, pero recuperó el control de su cuerpo al mismo tiempo que comprendía lo que había pasado, horrorizada. *Has tardado demasiado.* Inmediatamente, soltó al filo dúctil y se lanzó hacia delante, decidida a hacer trizas a esa medusa.

Pero antes de que pudiera hacerlo, una mujer vestida con un dermotraje apareció corriendo y se interpuso entre el calamar y Kira, agitando un trapo blanco.

—¡Esperad! ¡Quietos! ¡Quietos! ¡Venimos en son de paz!

Kira se quedó helada, incapaz de asimilar lo que veían sus ojos.

Mientras la desconocida entraba en el templo, trepando sobre los escombros, los reflejos dorados de su visor desaparecieron, dejando al descubierto un rostro severo, arrugado.

Por un momento, Kira no veía nada más que una colección de rasgos desconocidos. Pero entonces su perspectiva cambió, y el planeta entero pareció escorarse bajo sus pies.

—¡*Usted!* —gritó.

—Navárez —contestó la mayor Tschetter.

2.

Las medusas seguían agrupándose alrededor de la fachada en ruinas, pero por algún motivo habían dejado de disparar, así que Kira las ignoró y corrió a atender a Trig.

Falconi y el médico de los marines le pisaban los talones. El médico le quitó el casco a Trig con movimientos expertos y veloces; la sangre acumulada del chico se derramó por el suelo de baldosas, formando riachuelos carmesíes.

Trig seguía consciente, y sus ojos desorbitados se movían velozmente, presa del pánico. Una bala lo había alcanzado en la parte baja del cuello, rasgándole las arterias. La sangre brotaba a un ritmo terrorífico, y cada chorro era más débil que el anterior. Trig movía la boca, pero de ella no salía ningún sonido, tan solo un horrible burbujeo, el resuello desesperado de un nadador a punto de ahogarse.

Es culpa mía, se dijo Kira. Debería haber reaccionado más deprisa. Debería haber confiado en el xeno. Si no hubiera estado tan centrada en controlarlo, habría podido proteger al chico.

El médico sacó de un bolsillo una mascarilla de oxígeno y se la puso sobre la boca a Trig. Después extrajo una lata de medigel, apoyó la boquilla en el centro de la herida y la roció.

Trig puso los ojos en blanco y volvió a respirar, aunque entrecortadamente. Le temblaban los brazos. El médico se puso de pie.

—Hay que congelarlo. A menos que la Ilmorra se presente aquí en unos minutos, está muerto. —Mientras hablaba, Nielsen se puso en pie de nuevo, llevándose una mano a la abolladura de su placa pectoral. El médico la señaló—. ¿Necesitas ayuda?

—Sobreviviré —contestó ella. El médico regresó rápidamente con los marines heridos a los que todavía no había atendido.

—¿No podemos…? —empezó a decirle Kira a Koyich.

—La Ilmorra ya está de camino.

Kira levantó la vista hacia el cielo. Unos segundos después, oyó el característico rumor de un cohete aproximándose.

—¿Dónde…?

Desde algún punto de las afueras de la ciudad aparecieron tres gruesos rayos láser, cada uno equivalente a una docena de blásteres de mano. Un segundo después, una estrella ardiente cayó en picado a través del banco de nubes: la Ilmorra. Dejaba a su paso una estela de diamantes de choque azules y gases de escape blancos. El transbordador desapareció detrás de la montaña más cercana, y un destello cegador iluminó todo el valle, proyectando largas sombras hacia el este desde la base de los edificios.

—¡A cubierto! —gritó Koyich, abalanzándose hacia un montón de escombros.

Falconi se lanzó encima de Trig para protegerlo con su cuerpo. Kira hizo lo mismo, sujetándolos a ambos con una red de fibras del filo dúctil.

Contó mentalmente: *uno, dos, tres, cuatro, cinco, seis, siete…*

El suelo empezó a temblar, y el viento invirtió su dirección cuando los alcanzó la onda expansiva, más ruidosa y potente que un millar de truenos. La acompañaba una oleada de calor sofocante. Las torres se tambaleaban, gemían y se desmoronaban, y el viento aullante recorría las calles, arrastrando corrientes de polvo y suciedad. Por todas partes caían cascotes, tan letales como cualquier bala. Docenas de fragmentos golpeaban los escombros tras los que se ocultaban. Al asomarse por debajo del brazo, Kira vio el cuerpo acribillado de la cochinilla, arrastrado hacia la oscuridad por el viento.

Levantó la vista. Un gigantesco hongo nuclear se elevaba sobre la montaña, trepando hacia la estratosfera. Aquella columna de furia nuclear era sobrecogedoramente enorme; Kira nunca se había sentido tan pequeña.

De no haber sido por la protección de la montaña, todos estarían muertos.

Kira liberó a Trig y a Falconi de la red de fibras.

—¿Eso ha sido…? —dijo Falconi.

—La Ilmorra ha caído —dijo Koyich.

El grueso de la explosión debía de proceder de la antimateria almacenada en el impulsor Markov del transbordador. *¿Y ahora qué?* La situación acababa de pasar de «desesperada» a «apocalíptica».

Cuando el aullido del viento empezó a remitir, se pusieron en pie. Trig seguía sufriendo convulsiones; era evidente que no le quedaba mucho tiempo de vida.

Las medusas se habían acercado a ellos durante la explosión. Ahora Tschetter estaba al lado de uno de los alienígenas y parecía estar hablando con él, aunque Kira no oía nada.

El calamar se dirigió hacia Trig.

Falconi bufó y enarboló su lanzagranadas. Kira se agazapó, proyectando unas cuchillas afiladas desde sus dedos.

—Apártate o te hago pedazos, cabrón —lo amenazó el capitán.

—Mis compañeros dicen que pueden ayudarlo —dijo Tschetter.

—¿Y por eso le han disparado?

Tschetter lo miró con expresión disgustada.

—Ha sido por error.

—Claro. ¿Y quién mierda eres tú? —Falconi tenía las fosas nasales dilatadas y los ojos entornados, feroces.

La mujer se puso firme.

—Mayor Ilina Tschetter del SIFAU, humana y ciudadana leal de la Liga de Mundos Aliados.

—Es la mujer de la que te hablé —murmuró Kira a Falconi.

—¿La de la Circunstancias Atenuantes?

Kira asintió, sin despegar la vista de Tschetter y las medusas. Falconi no parecía impresionado.

—¿Cómo…?

Nielsen le puso una mano en el hombro al capitán.

—Trig va a morir si no dejas que lo ayuden.

—Decídete, Falconi —dijo Koyich—. No tenemos tiempo que perder en tonterías.

Un momento después, Falconi se desembarazó de la mano de Nielsen y se apartó de Trig, sin dejar de apuntar a los alienígenas con Francesca.

—Está bien. Pero si lo matan, les pegaré un tiro sin pestañear.

La nube de hongo continuaba creciendo.

Kira no retrajo las cuchillas de sus dedos mientras el calamar se acercaba a rastras a Trig. Con movimientos tan precisos y delicados como los de cualquier cirujano, la medusa utilizó sus tentáculos para desmontar la servoarmadura de Trig y tumbar al chico en el suelo lleno de escombros, sin nada más que su dermotraje y la mascarilla de oxígeno. A continuación, la medusa le envolvió el cuerpo con uno de sus gruesos tentáculos y, en unos segundos, una sustancia densa y gelatinosa empezó a rezumar por las ventosas.

—¿Qué mierda es eso? —dijo Falconi, con una furia apenas contenida.

—No pasa nada —le aseguró Tschetter—. A mí me hicieron lo mismo. No es peligroso.

La medusa utilizó el tentáculo para untar aquel pringue por todo el cuerpo del chico. Al cabo de un momento, el extraño recubrimiento se volvió opaco y se endureció, formando una reluciente vaina con forma humana. No tardó más de un minuto.

El alienígena depositó la vaina en el suelo y regresó al lado de Tschetter.

Falconi palpó el duro caparazón.

—¿Qué le ha hecho? ¿Podrá respirar ahí dentro? No hay tiempo para…

—Las medusas lo utilizan como crionización —dijo Tschetter—. Hágame caso, está a salvo. —Volvían a oírse disparos lejanos en las calles. Varias medusas se marcharon en dirección al ruido. Tschetter se incorporó y miró fijamente a Kira, a Koyich y a lo que quedaba de la expedición—. Intentarán conseguirnos más tiempo. Entretanto, tenemos que hablar. *Ya.*

3.

—¿Cómo sabemos que sigue siendo la misma? —preguntó Koyich. El primer oficial había estado presente cuando Kira le había contado a Akawe que se había visto obligada a abandonar a la mayor y al cabo Iska en Adrastea.

Tschetter apretó los labios mientras se sentaba sobre unos escombros y miraba a Kira.

—Si no recuerdo mal, yo misma le pregunté algo parecido a bordo de la Circunstancias Atenuantes, Navárez.

La mayor seguía tal y como Kira la recordaba, aunque ahora parecía más delgada (como si hubiera adelgazado cuatro o cinco kilos) y lucía una expresión exaltada que no había visto antes. Tal vez se debiera a las circunstancias actuales… o tal vez fuera un indicio de alguna otra cosa. Kira no lo sabía.

Le estaba costando mucho asimilar la presencia de Tschetter. Kira pensaba que no volvería a ver jamás a la mayor, y mucho menos allí, en un planeta muerto en el confín del espacio. La pura incongruencia de la situación la había dejado más aturdida que la explosión que se acababa de producir.

Falconi se cruzó de brazos.

—Las medusas podrían haberte escaneado los implantes y haber recopilado toda la información necesaria para suplantarte.

—Da lo mismo que no me crean —dijo Tschetter—. Lo importante no es quién soy yo, sino por qué estoy aquí.

Koyich la observó con escepticismo.

—¿Y *por qué* está aquí, mayor?

—Lo primero es lo primero: ¿han encontrado el Báculo del Azul?

Al ver que ni Kira ni nadie más respondía, Tschetter chasqueó los dedos.

—Es importante. ¿Lo tienen o no? Necesitamos saberlo. *Ahora.*

Koyich les hizo un gesto a los entropistas.

—Enseñádselo.

Veera y Jorrus extendieron las manos, mostrándole uno de los pedazos del Báculo del Azul.

—Está roto… —dijo Tschetter, consternada.

—Sí.

La mayor dejó caer los hombros.

—Mierda —dijo en voz baja—. Las medusas contaban con poder usar el báculo contra los corruptos. Así es cómo llaman a las pesadillas. Sin él… —Se irguió de nuevo, enderezando la espalda—. No sé qué posibilidades tenemos. Ni las medusas ni nosotros.

—¿Tan mal está la situación? —preguntó Kira.

La mayor asintió, sombría.

—Es peor de lo que cree, Navárez. Los corruptos están atacando a las medusas por todo su territorio. Al principio eran incursiones a pequeña escala, pero se han vuelto cada vez más osados y numerosos. Algunos corruptos ya empezaban a asomarse por Sigma Draconis cuando nos recogieron a Iska y a mí. Destruyeron dos naves medusa, y la nuestra escapó por los pelos.

—¿Qué son los corruptos? —preguntó Kira—. ¿Lo sabe?

Tschetter negó con la cabeza.

—Lo único que sé es que las medusas están *cagadas* de miedo. Dicen que ya se habían enfrentado antes a los corruptos. Por lo que he podido recabar, la lucha fue desesperada, y esta nueva hornada de corruptos es todavía más peligrosa. Tienen formas diferentes, mejores naves, etcétera. Además, las medusas están convencidas de que nosotros tenemos algo que ver con los corruptos, pero no termino de entender los detalles.

Nielsen levantó la mano.

—¿Cómo sabe usted que las llamamos «medusas» y «pesadillas»? ¿Y cómo es que puede hablar con las medusas?

—Las medusas espían todas las comunicaciones de la Liga. Me han puesto al corriente antes de venir. —Se dio unos toques en la parte delantera del casco—. Hablamos transformando los olores en sonidos y viceversa. Es el mismo método que usan las medusas para la conversión en ondas electromagnéticas. Así pude aprender su lenguaje, aunque les aseguro que no fue nada fácil.

Koyich se revolvió, impaciente.

—Todavía no nos ha explicado qué hace aquí, mayor. ¿Por qué las medusas que la acompañan no nos atacan?

Tschetter respiró hondo. El tiroteo callejero se acercaba.

—Encontrarán todos los detalles en el informe que les estoy enviando ahora mismo. Resumiendo: las medusas que me acompañan representan a una facción que quiere derrocar a su líder actual y establecer una alianza con la Liga para garantizar la supervivencia de ambas especies. Pero para eso necesitan nuestra ayuda.

A juzgar por las expresiones de los demás, Kira no era la única a la que le estaba costando asimilar la situación.

Koyich entornó sus ojos amarillos y levantó la mirada hacia el cielo.

—¿Lo está oyendo, capitán?

Unos segundos después, Akawe contestó:

Alto y claro. Si eso es verdad, mayor, ¿por qué no informó a la Liga directamente? ¿Por qué ha venido hasta aquí para plantearnos su oferta?.

—Porque, como les acabo de decir, las medusas espían todas las comunicaciones que entran y salen del espacio humano. Mis compañeros no podían arriesgarse a intentar contactar de manera directa con el Eminente. Si sus superiores los hubieran descubierto, los habrían apresado y ejecutado. Además, también querían encontrar el Báculo del Azul e impedir que Kira y su traje cayeran en malas manos.

Entiendo. De acuerdo, revisaré el archivo. Mientras tanto, encuentren el modo de salir de ese pedrusco. Nosotros estamos ocupados de momento. Se acercan medusas y pesadillas a su posición.

—Recibido —dijo Koyich.

—Y hay más —se apresuró a añadir Tschetter—. Las medusas están construyendo una flota inmensa muy cerca de la Liga. En cuanto esté lista, nos invadirán y aplastarán a nuestras fuerzas, antes de concentrarse en los corruptos. Me han dicho que las medusas planeaban conquistarnos desde hacía mucho tiempo, pero los recientes acontecimientos han acelerado su calendario. El alto mando de las medusas supervisará personalmente los últimos trabajos de construcción de la flota durante varios meses. Lo que proponen mis compañeros es que la FAU se reúna con ellos cerca de esa flota y que coordinemos un ataque relámpago para descabezar a su gobierno.

A lo lejos, en la ciudad, retumbó una explosión. La lucha parecía estar desplazándose en paralelo a la plaza y al templo.

¿Sus amigos están cien por cien seguros de que sus líderes estarán con esa flota? —preguntó Akawe.

—Eso dicen —dijo Tschetter—. Si le vale de algo, yo creo que están diciendo la verdad.

Akawe soltó un gruñido ronco.

Entendido. En cualquier caso, nuestra nueva prioridad es hacer llegar esta información a la Liga. Las medusas inhiben nuestras comunicaciones en todo el sistema, así que una señal directa queda descartada. Además, tardaría demasiado. A esta distancia, haría falta una señal de alta energía y más lenta que una mula vieja. Por lo tanto, al menos una de nuestras naves tiene que escapar de aquí. Y no va a ser fácil.

Mientras Akawe seguía hablando, Falconi se alejó unos pasos, moviendo los labios en silencio. De pronto soltó un juramento tan fuerte que se lo escuchó a través del casco.

—¡Mierda! No me lo puedo creer.

—¿Qué pasa? —preguntó Kira.

Falconi hizo una mueca.

—El tubo de refrigeración que Hwa-jung reparó en Cygni acaba de averiarse otra vez. La Wallfish no podrá frenar hasta que lo arreglen. Pasarán de largo.

—Mierda.

—Mis compañeros tienen dos naves a las afueras de la ciudad —dijo Tschetter, haciendo gestos a las medusas que habían estado esperando pacientemente detrás de ella todo ese tiempo—. Pueden llevarlos a todos al espacio.

Kira miró de reojo a Falconi, a Koyich y a Nielsen. Era evidente que todos estaban pensando lo mismo. ¿Podían fiarse de las medusas hasta el punto de subir a sus naves? ¿Y si decidían arrebatarle el filo dúctil? ¿Podría impedírselo?

—Seguro que tiene razón, mayor —dijo Koyich—, pero la idea no me hace dar saltos de alegría precisamente.

Akawe le interrumpió:

Mala suerte, comandante. Necesitan salir de esa roca inmediatamente. En cuanto a usted, mayor, si esto es una trampa, la Darmstadt reventará sus dos naves antes de que puedan salir del sistema, así que más vale que sus amigos no intenten nada raro.

Tschetter levantó la cabeza, como si se dispusiera a hacer un saludo militar.

—Sí, señor. No, señor.

Koyich se dio la vuelta.

—Muy bien, vamos a…

—Esperad —dijo Kira, y se encaró con Tschetter—. Tengo una pregunta.

—Ahórratela, Navárez —le espetó Koyich—. No hay tiempo.

Kira no se movió.

—¿Por qué creen las medusas que nosotros empezamos la guerra? Fueron ellas las que atacaron la Circunstancias Atenuantes.

Koyich se quedó quieto, con el dedo apoyado en el gatillo del bláster.

—A mí también me gustaría saberlo, mayor.

Tschetter respondió rápidamente:

—Las medusas con las que he estado parlamentando guardaron el xeno en Adra para ocultarlo del resto de su especie. Por lo visto, el xeno fue una gran amenaza para su especie en el pasado, y las medusas lo ven con una mezcla de miedo y veneración. Por lo que me han dicho, su grupo habría hecho cualquier cosa, *absolutamente* cualquier cosa, para impedir que el xeno se asociara con un nuevo hospedador.

—Por eso se presentaron a tiro limpio —dedujo Kira.

Tschetter asintió.

—Desde su punto de vista, éramos unos ladrones que se habían colado en una instalación militar ultrasecreta. Imaginen cómo habría reaccionado la FAU en ese caso.

—Pero eso sigue sin explicar por qué nos están atacando las demás medusas —dijo Koyich—. ¿Sus... *amigos* les contaron lo que pasó en Adra?

La mayor respondió sin titubeos:

—En absoluto. Por lo que sé, la mayoría de las medusas no se enteraron de la existencia de Kira hasta que ella misma envió una señal desde 61 Cygni. —Hizo una mueca irónica—. Fue entonces cuando mis *amigos* me sacaron de la celda en la que me habían encerrado y empezaron a hablar conmigo. La cuestión es que, para los líderes de las medusas, esta guerra empezó cuando los corruptos los atacaron sin previo aviso, al mismo tiempo que emitían mensajes en nuestro idioma. Por eso pensaron que eran aliados nuestros. Por eso y porque, en ese momento, los corruptos todavía no atacaban territorio humano.

—Pero las medusas seguían planeando invadirnos en cualquier caso —dijo Falconi.

—Correcto.

Kira tomó la palabra de nuevo:

—¿Los corruptos saben algo del Báculo del Azul o del filo dúctil?

Tschetter se puso en pie.

—Ignoro si conocen el báculo, pero las medusas parecen creer que los corruptos se sienten atraídos por la presencia del traje, o algo parecido. Todavía no domino su lenguaje, así que no estoy del todo segura.

Como para remarcar sus palabras, una doble explosión sónica sacudió todo el valle, y cuatro naves oscuras y angulosas descendieron aullando desde el cielo y se estrellaron contra distintos puntos de la ciudad. No se parecían a las naves corruptas de 61 Cygni, pero Kira percibía la inconfundible perversión que emanaban.

La idea de que las pesadillas la estuvieran buscando específicamente a ella era demasiado perturbadora.

El ruido de las balas y los láseres reverberó en las torres de la ciudad, como distorsionados heraldos de violencia. *Están a medio kilómetro, quizá menos.* La refriega volvía a acercarse a su posición.

—¡Muy bien, todos en formación! —vociferó Koyich—. Hay que moverse.

—Primero voy a asegurarme de que mis compañeros entienden el plan —dijo Tschetter.

La mayor se volvió hacia las medusas y empezó a hablar; su voz resultaba inaudible dentro del casco.

Mientras tanto, Kira aprovechó para arrancarse el dermotraje desgarrado. No haría más que estorbarle, y además quería... sí, ahí estaba: el yuxtolor del grupo de medusas. Con la piel del filo dúctil totalmente expuesta, ahora podía percibir las señales que emitían las medusas al observar y reaccionar a su entorno.

Debería habérselo quitado antes. Debería haber preguntado directamente a los alienígenas.

Le resultó fácil identificar al líder de las medusas por las formas y las estructuras de los olores que empleaba. Era un calamar enorme, con las extremidades revestidas por un blindaje oscuro y flexible. Un blindaje que, a primera vista, no parecía muy distinto del filo dúctil.

Kira se aproximó al alienígena para saludarlo:

[[Aquí Kira: ¿Cómo te llamas, líder bancal?]]

El grupo de medusas se agitó por la sorpresa, y sus tentáculos se movieron como si tuvieran vida propia.

[[Aquí Lphet: ¡El Idealis te permite olernos! ¿Qué más te ha...?]]

Una serie de explosiones encadenadas los interrumpió. Sonaban peligrosamente cerca. Desde el este, por una de las avenidas, se aproximaba una hueste de medusas que intercambiaban disparos con un par de calamares que se batían en retirada; Kira supuso que formaban parte del grupo de Lphet. Y al mismo tiempo, por varias de las calles del oeste, avanzaban hordas de criaturas de cuerpos retorcidos que trepaban sobre los escombros (y también unas sobre otras). Su carne deformada, roja y negra, parecía derretida, como las cicatrices de los antebrazos de Falconi. Un ejército de corruptos. Un ejército de pesadillas.

Entonces se oyó un crujido a sus espaldas, tan potente como un disparo. Kira se agachó y giró sobre sí misma, esperando una emboscada.

En las profundidades del santuario del templo, el obelisco negro se resquebrajó; unas líneas blancas recorrieron su superficie, desprendiendo polvo. A Kira se le erizó la nuca cuando la cara frontal de la columna se desplomó, con un estruendo funesto.

El obelisco estaba hueco. En su interior empezaba a moverse un ser alto y anguloso, una figura flaca como un esqueleto, con piernas de articulaciones invertidas y dos pares de brazos. Un manto negro parecía suspendido de sus hombros afilados, y una especie de capucha sólida le ocultaba por completo el rostro. No, por completo no: unos ojos carmesíes ardían como ascuas dentro de aquel hueco tenebroso.

Kira pensaba que no podía sentir más miedo del que ya tenía. Pero se equivocaba. Porque reconocía a aquella criatura; la había visto en sueños. No era un Desaparecido, sino uno de sus temibles sirvientes.

Era un Buscador, y traía la muerte consigo.

CAPÍTULO V

★ ★ ★ ★ ★ ★ ★

SIC ITUR AD ASTRA

1.

El Buscador se movía, aunque despacio, como si su largo letargo lo hubiera dejado desorientado.

—Corred —les dijo Kira a los humanos y a las medusas—. Ya. No paréis. No luchéis. Corred.

[[Aquí Lphet: ¡Un rasgamentes! ¡Retirada!]]

Los alienígenas desplegaron una pantalla de humo que ocultó al Buscador. Marines y medusas se alejaron a toda prisa de la fachada rota del templo. El corazón de Kira retumbaba con un pánico que no conseguía contener. *Un Buscador*. Lo recordaba de épocas pasadas: criaturas creadas para hacer cumplir la palabra del Heptarcado. Uno solo de aquellos seres había sembrado el caos entre las medusas durante el Desgarro; Kira temblaba solo de pensar en lo que podría hacer en la Liga si escapaba del planeta.

Nielsen llevaba en brazos al momificado Trig mientras salían al exterior. Falconi le protegía el flanco izquierdo, y Kira, el derecho.

—Por aquí —dijo Tschetter, guiándolos hacia una callejuela contigua al templo y en la que, al menos de momento, no había enemigos.

Al otro lado de la plaza, las dos medusas que habían estado entreteniendo al enemigo lanzaron sus drones al aire, abandonaron la cobertura y cruzaron la plaza a toda velocidad para reunirse con sus compañeros. El caparazón de uno de los alienígenas tenía varios agujeros de los que goteaba icor naranja.

—¿Qué era esa cosa? —exclamó Nielsen, inclinando el torso hacia delante para proteger a Trig.

—Una mala noticia —contestó Kira.

El hongo nuclear seguía alzándose sobre sus cabezas; su tamaño era sobrecogedor. El viento azotaba la columna central, arrastrando corrientes hacia el oeste, hacia la cara nocturna del planeta. Un olor a tierra quemada impregnaba el aire, y también a ozono, como si se avecinara una tormenta.

Pero la tormenta ya había llegado, una tormenta de antimateria letal.

Kira se preguntó hasta qué punto el filo dúctil podría protegerla de la lluvia radiactiva. Si conseguían regresar al espacio, tendría que pedirle unas pastillas antirradiación al médico...

Un aterrador coro de gritos bestiales resonaba a varias calles de distancia: miles de voces que aullaban de ira y de dolor. Una oleada de yuxtolor, de una intensidad asfixiante, barrió toda la ciudad. Las medusas que los perseguían estaban siendo atacadas por las pesadillas.

—Salimos del fuego...

—... para caer en las brasas —dijeron Jorrus y Veera.

A sus espaldas oyeron un extraño y agudo lamento que cortó el aire. El coro de aullidos aumentaba.

—Mierda. Mirad esto —dijo Hawes.

En la holofaz de Kira apareció una ventana con imágenes de uno de los drones de los marines, que sobrevolaba la plaza del templo. El Buscador ya había salido del edificio en ruinas y caminaba entre las nubes de humo, mientras varios grupos de medusas y pesadillas seguían luchando a su alrededor.

Ante la atónita mirada de Kira, el Buscador agarró a una pesadilla de color rojo y aspecto canino y le hundió los dedos negros en el cráneo. Medio segundo después, el Buscador soltó a la pesadilla, que cayó al suelo. La criatura se puso en pie de un brinco y, en lugar de atacar al Buscador, se colocó tras él, como una mascota obediente. Y no era la única: media docena de medusas y pesadillas ya habían formado un séquito alrededor del Buscador, rodeándolo y protegiéndolo de cualquier ataque directo.

Ni las medusas ni las pesadillas parecían haber reparado todavía en la presencia del Buscador, que tan ocupados estaban luchando entre sí.

—Dioses —dijo Nielsen—. ¿Qué hace?

—No estoy segura —contestó Kira.

[[Aquí Lphet: El rasgamentes controla tu cuerpo y te obliga a hacer lo que él quiera.]]

Kira estaba segura de que el Buscador podía hacer más que eso, pero no recordaba los detalles, lo cual era muy frustrante. Pero confiaba en su miedo; si el filo dúctil le decía que tuviera cuidado con él, tenía que suponer una gran amenaza.

Tschetter tradujo las palabras de Lphet.

—Si se acerca, no dejéis que os toque —dijo Koyich.

—¡Sí, señor!

—¡Descuide, señor! —dijeron los marines. El grupo estaba bastante maltrecho. Tatupoa cargaba con Redding, el marine que había perdido una pierna. Nishu tenía todo el exo manchado de sangre. Hawes y el médico cojeaban, y casi todos tenían marcas y abolladuras en los cascos por la lluvia de escombros. Dos marines de la Darmstadt habían desaparecido. Kira no sabía dónde ni cuándo habían caído.

Oyeron un estruendo sobre sus cabezas. Al levantar la vista, Kira vio un grupo de pesadillas que corrían a lo largo de un saliente cubierto de enredaderas, en torno a una torre cercana.

Los marines abrieron fuego, y las medusas también: la andanada ensordecedora de sus rifles automáticos y sus blásteres detuvo a varias pesadillas, haciendo trizas sus grotescos torsos en carne viva, pero las demás se abalanzaron sobre el grupo. Dos de ellas aterrizaron encima de sendos marines, derribándolos. Las criaturas eran grandes como torvotigres, con varias hileras de dientes de tiburón tan grandes como la mano de Kira. Otras tres pesadillas con formas radicalmente dispares (una dotada de brazos erizados de espolones de hueso, otra con un par de alas escamosas que brotaban de su lomo arqueado, y otra colmilluda y con tres patas dispuestas en forma de trípode) cayeron sobre las medusas de Lphet, enredándose en sus tentáculos.

Estas son distintas, fue lo primero que pensó Kira mientras las pesadillas avanzaban hacia ellos.

Esta vez no pensaba contenerse, como había hecho durante el ataque contra Trig; antes prefería morir. Le ordenó al filo dúctil que proyectara sus espinas y corrió para embestir a la pesadilla más cercana, que forcejeaba con Sánchez.

Las púas negras de su traje atravesaron a la pesadilla cuadrúpeda, que murió profiriendo un grito aterradoramente humano, mientras manaba sangre de su garganta flácida.

A él no le hagas daño, pensó Kira. Comprobó con alivio que el filo dúctil la obedecía y que ninguna de sus espinas llegaba a rozar a Sánchez. El marine le dio las gracias, levantando el pulgar.

Kira se volvió hacia la siguiente pesadilla, pero no le hizo falta intervenir. La potencia de fuego combinada de los marines y las medusas aliadas ya había destrozado al resto de las criaturas.

Falconi se limpió una mancha de sangre del visor, con expresión taciturna.

—Ahora ya conocen nuestra posición.

—¡Seguid adelante! —ladró Koyich. El grupo continuó avanzando por la calle.

—Nos queda poca munición —dijo Hawes.

—Ya lo veo —dijo Koyich—. Pasad a ráfagas de dos disparos.

Se concentraron en seguir corriendo.

—¡Contacto! —exclamó un marine mientras disparaba varias veces contra una pesadilla que acababa de aparecer por la esquina de un edificio. La cabeza de la criatura explotó, salpicándolo todo de rojo.

Hemoglobina, pensó Kira. Su sangre tenía base de hierro, a diferencia de las medusas.

Las pesadillas continuaron acosándolos en solitario o en parejas mientras corrían hacia las afueras de la ciudad. Cuando los edificios dieron paso al suelo musgoso, Kira comprobó lo que estaba ocurriendo en la órbita. La Wallfish ya había pasado de largo junto al planeta y continuaba hacia los límites del sistema. Más arriba, las naves de las medusas y las pesadillas combatían confusamente. Algunas medusas también se atacaban entre sí. La Darmstadt todavía estaba a una distancia considerable de Nidus, pero se acercaba rápidamente. El casco del crucero tenía varias marcas de quemaduras humeantes.

—Por aquí —dijo Tschetter, adelantándose mientras corrían sobre la tierra arrasada. El musgo de aquella zona no estaba protegido por la sombra de la ciudad, y había quedado expuesto a toda la furia de la explosión nuclear; los matojos quemados crujían bajo sus pies, dejándoles un residuo de ceniza en las suelas.

Avanzaron en dirección oeste, alejándose de los edificios y adentrándose en la cara oscura del planeta.

Mientras corrían, Kira alcanzó a Tschetter:

—Cuando la rescataron, ¿les contó a las medusas que yo seguía viva?

La mayor negó con la cabeza.

—Claro que no. Nunca proporcionaría información valiosa al enemigo.

—Entonces, ¿Lphet y los suyos no sabían dónde estaba yo... ni que el traje existía?

—No hasta que usted envió la señal, Navárez. —Tschetter la miró de reojo—. De hecho, no me lo preguntaron. Creo que daban por hecho que el traje había sido destruido junto con la Circunstancias Atenuantes. ¿Por qué lo pregunta?

Kira guardó silencio un momento para recuperar el aliento.

—Solo intento entenderlo.

Había algo en las explicaciones de Tschetter que no terminaba de encajar. ¿Qué sentido tenía que a las medusas que habían ocultado el filo dúctil no les interesara conocer su ubicación después de lo ocurrido en Adra? Con un simple rastreo lumínico habrían comprobado que la Valquiria había escapado de Sigma Draconis. Sin duda, eso habría bastado para seguirla hasta 61 Cygni. ¿Por qué no lo habían hecho? Y también quedaba la cuestión de las pesadillas...

—¿Iska está con usted? —le preguntó Kira a Tschetter.

La mayor tardó un poco en responder, con una mueca de agotamiento.

—Se quedó atrás por si a mí me ocurría algo.

—¿Y cómo nos han encontrado?

—Lphet sabía que las medusas habían enviado naves a por vosotros. Las hemos seguido hasta aquí. No fue difícil. Supongo que los corruptos han hecho lo mismo.

Con un aullido bestial, un grupo de siluetas oscuras se lanzaron contra ellos desde el cielo, batiendo sus alas membranosas. Kira se agazapó mientras atacaba con un brazo. Al tocar un cuerpo perturbadoramente blando, el traje se endureció, formando una cuchilla que cortó la carne y el hueso sin apenas resistencia.

La cubrió una lluvia de icor naranja. El resto de la bandada tuvo un final parecido, acribilladas por los humanos y las medusas. Las criaturas tenían mandíbulas de insecto en lugar de bocas, y unos diminutos brazos con pinzas pegados a sus torsos fofos.

Cuando cesó el tiroteo, tres marines yacían inmóviles en el suelo, y otra media docena parecían heridos.

Nishu le dio un puntapié a una de las criaturas muertas.

—Estos no saben lo que es la autoconservación.

—Sí —añadió Tatupoa, agachándose para levantar a un compañero herido—. Están ansiosos por que los matemos.

[[Aquí Kira: ¿Estos seres son de los vuestros?]] Señaló los cadáveres alados.

[[Aquí Lphet: No, también son corruptos.]]

El desconcierto de Kira fue en aumento mientras traducía las palabras de Lphet. Esta versión no tenía hemoglobina; no parecía haber coherencia entre las distintas formas de las pesadillas. Con las medusas, al menos estaba claro que todas sus variantes estaban relacionadas: compartían la misma sangre, las marcas de la piel, las fibras musculares, etc. Pero las pesadillas no presentaban más cohesión que el aspecto enfermizo de su pellejo.

Tschetter señaló un risco, un poco más adelante.

—Las naves están al otro lado.

Mientras ascendían por el risco a la carrera (y los marines se quedaban algo más atrás para ayudar a sus compañeros heridos), Nielsen exclamó:

—¡Mirad el cielo!

El hongo nuclear había despejado un gran agujero circular en el manto de nubes del cielo. A través de la abertura, entre los jirones de niebla, se veían grandes láminas de colores que ondeaban en el espacio estrellado; cintas de seda rojas, azules, verdes y amarillas que oscilaban en un inmenso espectáculo de neón de miles de kilómetros de longitud.

La imagen la dejó fascinada. En Weyland solamente había visto la aurora un par de veces, y siempre en noches oscuras. Parecía irreal. Parecía una holofaz de mala calidad, demasiado intensa, uniforme y *colorida* para ser natural.

—¿De dónde sale? —preguntó.

—Explosiones nucleares o antimateria en las capas superiores de la atmósfera —le explicó Tschetter—. Algo está soltando partículas cargadas en la ionosfera.

Kira se estremeció. La imagen era preciosa, pero ahora que conocía su origen, también resultaba aterradora.

—Desaparecerá dentro de unas horas —dijo Hawes.

Al llegar a la cima del risco, Kira se detuvo para echar un vistazo a la ciudad que habían dejado atrás. Y no fue la única.

Una horda de cuerpos salía en torrente de las calles ruinosas: pesadillas y medusas, olvidadas ya sus diferencias. Y caminando tras ellas venía el Buscador: alto, esquelético, vestido con aquella especie de capa con capucha que le otorgaba un aspecto casi monacal. El Buscador se detuvo al llegar al límite de los edificios. El mismo lamento agudo que habían oído antes recorrió los campos de musgo abrasado, y el Buscador levantó y abrió sus dos pares de brazos. Su capa también se elevó, desplegándose y revelando dos alas venosas, violáceas, de casi nueve metros de envergadura.

—Moros —dijo Koyich, sorprendentemente tranquilo—. A ver si puedes meterle una bala entre ceja y ceja a ese cabrón.

Kira estuvo a punto de protestar, pero se contuvo. Si tenían la posibilidad de matar al Buscador, sería lo mejor, aunque una parte de ella lamentara la pérdida de una criatura tan antigua, poderosa y evidentemente inteligente.

—Sí, señor —contestó uno de los marines con servoarmadura. Se adelantó, levantó un brazo y disparó sin perder un segundo.

El Buscador ladeó la cabeza violentamente. Volvió a girarse hacia ellos muy despacio, mirándolos con una expresión inconfundible de pura maldad.

—¿Le has dado? —preguntó Koyich.

—No, señor —contestó Moros—. Lo ha esquivado.

—Lo… Marine, reviéntalo con el láser a máxima potencia.

—¡Sí, señor!

El chirrido de los supercondensadores resonó dentro de la servoarmadura de Moros. De pronto se oyó un zumbido tan fuerte como cualquier disparo. Kira notó un cosquilleo en la piel por la electricidad residual.

Gracias a su visión térmica, pudo percibir el disparo láser: una línea aparentemente instantánea de potencia devastadora que unió a Moros con el Buscador.

Pero el disparo no tocó al enlutado alienígena, sino que se curvó alrededor de la piel de la criatura y abrió un agujero del tamaño de un puño en la fachada del edificio que tenía justo detrás.

Incluso a esa distancia, Kira habría jurado que el Buscador sonreía. Y entonces le llegó un recuerdo: eran ellos los que ejecutaban los deseos del Heptarcado y los que custodiaban las peligrosas profundidades del espacio…

[[Aquí Lphet: Es inútil.]]

Mientras hablaba, la medusa empezó a descender por la otra cara del risco, acompañada por sus camaradas.

No hizo falta traducir las palabras de Lphet. Kira y el resto del grupo se apresuraron a seguirlo. Sonó de nuevo aquel lamento afilado como un cuchillo, por encima del tamborileo de las pisadas, cada vez más cerca.

Las naves medusa habían aterrizado al pie del risco. Los dos vehículos globulares eran más pequeños que la mayoría de las naves (a su lado, la Darmstadt era inmensa), pero allí, en el suelo, parecían enormes, tan grandes como el edificio administrativo de Highstone, donde Kira había obtenido su licencia de cultivo.

De la panza de cada nave descendió una rampa de carga.

Las medusas se dividieron en dos grupos, y cada uno se dirigió a una de las naves. Tschetter acompañó a Lphet y a otras medusas para abordar el vehículo de la izquierda.

—Ustedes suban a la otra —le dijo a Koyich mientras señalaba la nave de la derecha.

—¡Venga con nosotros! —exclamó Kira. Tschetter negó con la cabeza, sin detenerse.

—Es más seguro que nos dividamos. Además, quiero quedarme con las medusas.

—Pero…

—La paz todavía es posible, Navárez, y no pienso renunciar a ella. ¡Vamos!

Kira quería seguir discutiendo, pero no había tiempo. Mientras echaba a correr con Falconi hacia la otra nave medusa, no pudo evitar sentir una reticente admiración hacia Tschetter. Suponiendo que la mayor todavía siguiera en sus cabales, lo que estaba haciendo era increíblemente valiente, como cuando había decidido quedarse en Adra.

Quizá Tschetter nunca llegaría a caerle bien del todo, pero su sentido del deber era incuestionable.

En lo alto de la rampa los esperaban más medusas, que defendían la entrada con un impresionante arsenal. Se apartaron para dejarlos subir. Koyich guio a sus hombres al interior, metiéndoles prisa a gritos. Entraron a trompicones, goteando sangre y fluido hidráulico. Nishu y Moros cerraban la marcha. En cuanto entraron, la rampa se retrajo y la zona de carga se cerró, sellando el casco.

—No me puedo creer que estemos haciendo esto —musitó Falconi.

2.

[[Aquí Wrnakkr: Listos para el ascenso.]]

Los surcos de la pared servían como prácticos asideros. Kira se agarró a uno de ellos y los demás humanos la imitaron, mientras las medusas hacían lo mismo con sus tentáculos o (en el caso de las medusas con patas) se escabullían por los pasillos oscuros.

Al igual que la otra nave medusa en la que había estado Kira, aquella también olía a agua salada. Las luces eran de un tenue color azul acuoso. La sala en la que se encontraban tenía forma ovoide, con tubos y misteriosas máquinas en una mitad y cápsulas en forma de huevo en la otra. En unas estanterías dobles guardaban todo tipo de armas: blásteres, armas de fuego e incluso cuchillas.

Ahora que estaban tan cerca, el yuxtolor de las medusas prácticamente eclipsaba cualquier otro olor. Los alienígenas apestaban a ira, angustia y miedo, y Kira percibía una sucesión de formas, funciones y cargos honoríficos en constante cambio.

Tenía la impresión de que ella y sus compañeros estaban rodeados de monstruos. Mantenía al filo dúctil listo para la acción, dispuesta a erizarlo de espinas si cualquiera de las medusas daba muestras de hostilidad. Koyich y sus marines parecían opinar lo mismo, porque formaron un semicírculo defensivo cerca de la puerta de carga. Aunque apuntaban sus armas al suelo, no se relajaron en ningún momento.

—¿Podéis llevarnos a nuestra nave, la Wallfish? —preguntó Falconi. Miró a Kira—. ¿Pueden llevarnos a la Wallfish?

—Debemos ir a la Darmstadt, no a vuestra bañera oxidada —protestó Koyich.

—La Wallfish está más cerca —insistió Falconi—. Y además...

Kira repitió la pregunta de Falconi, y la medusa que había hablado antes contestó:

[[Aquí Wrnakkr: Intentaremos alcanzar la nave más próxima, pero los corruptos están cerca.]]

Un leve rumor recorrió toda la cubierta curvada, y Kira sintió una extraña sensación de vacío, como si la estuvieran soltando y levantando en el aire al mismo tiempo, como si saltara dentro de un ascensor en pleno descenso. De pronto, la sensación de gravedad superó ligeramente 1 g: era perceptible, pero no molesta. Sin embargo, Kira sabía que la propulsión de la nave era muy muy superior a 1 g.

Esta debe de ser la gravedad del mundo natal de las medusas, comprendió.

—Dios —dijo Hawes—. ¿Habéis visto nuestra altitud?

Kira comprobó su holofaz. Las coordenadas locales se habían vuelto locas; era como si el ordenador fuera incapaz de decidir dónde estaban ni a qué velocidad se movían exactamente.

—Su gravedad artificial debe de estar interfiriendo en nuestros sensores —aventuró Nishu.

—¿Podéis enviar una señal? —preguntó Falconi, con el rostro crispado de preocupación.

Hawes negó con la cabeza.

—Las comunicaciones siguen inhibidas.

—Mierda. No podemos avisar a la Wallfish.

Kira se volvió hacia Wrnakkr. El alienígena lucía una franja blanca en el centro del caparazón que lo hacía muy fácil de identificar.

[[Aquí Kira: ¿Podemos ver lo que está pasando fuera de la nave?]]

La medusa rozó la pared con uno de sus tentáculos.

[[Aquí Wrnakkr: Aquí tienes.]]

Una pequeña zona del casco curvado se volvió transparente. A través de ella, Kira pudo ver el disco de Nidus, pequeño como una moneda, cada vez más lejos.

Una serie de explosiones recorrían la línea del terminador: potentes destellos que le recordaban a las descargas fluorescentes de los espectros rojos. Incluso desde tan lejos, todavía se distinguían las auroras que recubrían la parte superior de la turbulenta atmósfera.

Kira buscó más naves con la mirada, pero, si las había, no estaban tan cerca como para detectarlas a simple vista. Aunque en el espacio eso no significaba nada.

—¿Cuánto tardaremos en llegar hasta la Wallfish? —preguntó. Fueron los entropistas los que respondieron:

—Si avanzamos con la misma...

—... aceleración que suele observarse en las naves medusa...

—... y teniendo en cuenta la distancia anterior de la Wallfish...

—... no más de cinco o diez minutos.

Nielsen suspiró y se acuclilló, haciendo chirriar las juntas de su servoarmadura. Todavía sostenía al inerte Trig.

—¿De verdad tenemos alguna posibilidad de salir del sistema? La...

La luz de la sala emitió un destello, y un yuxtolor de alarma invadió las fosas nasales de Kira.

[[Aquí Wrnakkr: Los corruptos nos persiguen.]]

Kira avisó a los demás. Todos se sentaron en silencio a esperar, mientras la nave seguía avanzando a plena potencia. No podían hacer nada más. Al otro lado de la ventanilla que había creado Wrnakkr, las estrellas oscilaban trazando curvas delirantes, pero la única fuerza centrífuga que sentía Kira era una leve presión a favor de los giros.

Tal y como habían comprobado en 61 Cygni, las pesadillas eran capaces de adelantar incluso a las naves medusa más veloces. Eso implicaba un nivel tecnológico propio de una civilización interestelar muy avanzada, lo que no encajaba en absoluto con las criaturas que habían visto hasta ahora.

No te fíes de las apariencias, se dijo Kira. Era posible que aquellas pesadillas animalescas y salvajes con dientes de tiburón fueran tan inteligentes como una mente de a bordo.

Una ráfaga de señuelos plateados centelleó al otro lado de la ventanilla; un momento después, una nube de humo lo enturbió todo durante varios segundos.

Koyich y Hawes murmuraban entre sí. Kira se dio cuenta de que los marines se estaban preparando para el combate.

De pronto la nave se sacudió bajo sus pies, y a Kira se le subió el estómago a la garganta cuando, por un instante, se sintió arrastrada en los tres ejes al mismo tiempo. La gravedad artificial *osciló*, comprimiéndole todo el cuerpo antes de desaparecer del todo.

Las luces parpadeaban. En el interior del mamparo apareció una hilera de agujeros de un dedo de ancho, y un golpe sordo hizo retumbar todo el casco. El alarido de las alarmas eclipsaba incluso el siseo de las fugas de aire.

Kira se quedó donde estaba, agarrada a la pared sin saber qué hacer.

La nave tembló de nuevo. Un círculo incandescente apareció en la pared que un momento antes había sido el techo. Al cabo de unos segundos, una sección circular del casco cayó flotando dentro de la nave.

—¡Formación! —vociferó Koyich cuando un denso enjambre de pesadillas irrumpió en la nave medusa.

CAPÍTULO VI

★ ★ ★ ★ ★ ★ ★

HACIA LA OSCURIDAD

1.

En un instante, un denso muro de humo y señuelos enturbió el aire. Los marines abrieron fuego, al igual que Wrnakkr y el resto de las medusas; el estrépito ensordecedor de las armas acallaba cualquier otro sonido.

La potente descarga apenas ralentizó a las pesadillas, cuya enorme masa bastó para que salvaran rápidamente la distancia que las separaba de la primera línea de medusas.

Las medusas se lanzaron a la acción, agarrando y desgarrando con sus tentáculos a cuantas pesadillas se ponían a su alcance. Los bestiales atacantes resultaban repulsivos a la vista. Ya tuvieran cuatro extremidades o solamente dos, ya estuvieran dotadas de brazos o de tentáculos, de dientes o de picos, de escamas o de pelaje (o de anárquicas combinaciones de unos y otros), todas y cada una de las criaturas presentaban un aspecto enfermizo, lleno de malformaciones y de tumores. Sin embargo, los animaba una energía demencial, como si les hubieran inyectado suficientes estimulantes para matar a un hombre adulto.

Kira sabía que tal vez ella sí podría sobrevivir al ataque, pero Nielsen y Falconi no. Y ella tampoco podría protegerlos, ni a ellos ni a Trig; las pesadillas eran demasiado numerosas.

Falconi parecía haber llegado a la misma conclusión, porque ya estaba retrocediendo hacia una puerta abierta al fondo de la sala, arrastrando la vaina protectora de Trig. Nielsen lo seguía de cerca, disparando alguna que otra ráfaga contra la horda de cuerpos.

Kira no titubeó: se lanzó tras ellos. Varias balas rebotaron en su cuerpo mientras flotaba por el aire, propinándole golpes secos que la dejaban sin aliento.

Llegó a la puerta de concha marina justo después de Nielsen, y se apresuraron a salir al pasillo a oscuras.

—¡He conseguido enviar una señal a la Wallfish! —anunció Falconi—. Están de camino.

—¿Tiempo estimado de llegada? —preguntó Nielsen, serena y profesional.

—Siete minutos.

—Entonces…

Por el rabillo del ojo, Kira vio *algo* que se movía. Se dio la vuelta rápidamente, esperando un ataque. Nielsen la imitó.

Una medusa apareció arrastrándose por la pared del pasillo cilíndrico. Tenía una grieta en el caparazón de la que goteaba icor, y le habían volado la punta de un tentáculo de un disparo.

[[Aquí Itari: El líder de ataque Wrnakkr me ordena que os proteja.]]

—¿Y este qué quiere? —preguntó Falconi, receloso.

—Ayudarnos —contestó Kira.

Varios marines salieron al pasillo a toda prisa y se apostaron a ambos lados de la puerta abierta.

—¡No os paréis! —les apremió uno de ellos—. ¡Poneos a cubierto!

—Vamos —dijo Falconi, impulsándose de una patada hacia el fondo del pasillo.

[[Aquí Itari: Seguidme.]]

La medusa se adelantó, dejando manchas de icor en las paredes con el tentáculo herido.

Se adentraron rápidamente en la nave, cruzando salas apenas iluminadas y estrechos pasadizos. El fragor del combate continuaba reverberando por todo el casco: explosiones, crujidos y agudos alaridos de las pesadillas rabiosas.

De pronto la nave se sacudió con más violencia que antes. Kira chocó contra la pared, sin aliento y con la visión repleta de motas rojas. El brusco movimiento de la nave desestabilizó a Falconi, que soltó a Trig…

Con un horrendo chirrido, una gigantesca púa roja y negra perforó la cubierta justo delante de Kira y de Trig, aislándolos de los demás. La púa siguió avanzando unos metros hasta detenerse, enterrada en el corazón de la nave medusa. Era una imagen aparentemente imposible.

Kira intentó interpretar lo que estaba viendo. De pronto lo comprendió: las pesadillas habían embestido la nave medusa. Lo que estaba viendo era la proa de una de las naves pesadilla.

Mientras sujetaba al inconsciente Trig, oyó el chisporroteo de la radio:

Kira, ¿estás bien? —preguntó Nielsen.

—Sí, y Trig está conmigo. No me esperéis, daré un rodeo.

Recibido. Hay una esclusa cerca de la proa. La Wallfish va a intentar recogernos allí.

Si es que consiguen acercarse lo suficiente —añadió Falconi.

Kira se dio la vuelta y se impulsó por el pasillo hacia la puerta más cercana, arrastrando a Trig tras de sí. El ruido de la refriega era cada vez más fuerte.

«Mierda», murmuró.

La puerta de concha marina se dividió y Kira se apresuró a cruzarla. Recorrió rápidamente sala tras sala, procurando alejarse de cualquier indicio de las pesadillas.

En un pasadizo redondo, de techo bajo, se topó con uno de los alienígenas con aspecto de langosta. Este chasqueó las pinzas, alarmado, y dijo:

[[Aquí Sffarn: Por allí, Idealis.]]

Y señaló otra salida, justo al lado de la puerta por la que acababa de entrar Kira.

[[Aquí Kira: Te doy las gracias.]]

La puerta se abrió; al otro lado había una gran masa de agua suspendida en el aire, despojada de la gravedad que normalmente la habría anclado a una de las dos mitades de la sala. Kira no se detuvo a pensar, sino que se lanzó hacia la masa líquida para atravesarla y llegar al otro lado.

Unas diminutas criaturas con aspecto de mantis le rozaron el rostro mientras nadaba. Vagamente, recordó que su sabor le agradaba. Eran… crujientes, y estaban muy buenas con *yrannoc*, fuera lo que fuera eso.

Cuando alcanzó la superficie del agua, esta se le adhirió al rostro con una película temblorosa que le enturbiaba la visión. Pestañeó y extendió un zarcillo desde la mano hacia la pared más cercana, para fijarse a ella y salir. Una vez fuera, con los pies de Trig bien sujetos bajo el brazo, se limpió el agua de la cara.

Sacudió la mano, y las gotas diminutas se alejaron volando.

Por un instante, se sintió abrumada por la situación, paralizada de miedo. Inspiró hondo, relajando el vientre.

Concéntrate. Lo único que importaba ahora era sobrevivir el tiempo suficiente para reunirse con Falconi y los demás. Hasta ahora había tenido suerte y no se había topado con ninguna pesadilla.

Se arrastró por la pared curva de la nave hasta que encontró la siguiente puerta. Salió a otro pasillo oscuro, tirando de Trig.

«Esto te habría encantado», murmuró, pensando en lo mucho que le interesaban las medusas (y los alienígenas en general) al chico.

Oyó un nuevo chisporroteo en el oído.

Kira, estamos en la esclusa. ¿Cómo vas?.

—Creo que me estoy acercando —contestó en voz baja.

Date prisa. La Wallfish está a punto de llegar.

—Recibido. No…

¡Mierd…! —exclamó Falconi, y el canal de comunicación se llenó de interferencias. Un segundo después, la nave se escoró con brusquedad, y los mamparos crujieron y rechinaron con una violencia de lo más alarmante. Kira se detuvo en seco.

—¿Qué? ¿Qué ha sido eso?... ¿Falconi? ¿Nielsen? —Probó varias veces más, pero nadie contestaba.

Su temor iba en aumento. Maldiciendo entre dientes, agarró a Trig con más fuerza y continuó avanzando por el pasillo, más deprisa incluso que antes.

Al percibir un súbito movimiento al fondo del corredor, Kira se agarró a un saliente de la pared y se quedó inmóvil. Una confusa masa de sombras había aparecido en el siguiente cruce, y lo que las proyectaba se estaba acercando...

Buscó un escondite, desesperada. Su única opción era un pequeño nicho de la pared, justo delante de ella, que contenía una curiosa estructura coralina.

Kira se impulsó hasta el nicho y escondió a Trig detrás del coral, ocultándose después a su lado. El cuerpo rígido de Trig chocó ruidosamente contra el mamparo, y Kira se quedó paralizada, rezando por que el sonido no hubiera llamado demasiado la atención.

Un chirrido insectil avanzaba hacia ella, volviéndose cada vez más fuerte. Más fuerte.

... Más fuerte.

Kira se apretujó contra la pared del fondo del nicho. *No me veas. No me veas. No me...*

Cuatro pesadillas aparecieron en el pasillo. Tres de ellas eran muy parecidas a las que Kira había visto antes: mutaciones desolladas que se arrastraban por la cubierta con cuatro y seis patas, respectivamente: sus hocicos colmilludos subían y bajaban mientras buscaban a su presa. La cuarta pesadilla era diferente. Su aspecto era humanoide, con un único par de piernas y unos brazos que empezaban recubiertos de un caparazón segmentado y terminaban en unos tentáculos desprovistos de ventosas. Su cabeza alargada tenía unos ojos profundos, tan azules como los de Falconi, y una boca dotada de unas pequeñas mandíbulas de insecto que parecían capaces de atravesar el acero. En la entrepierna se veía un bulto blindado de aspecto genital.

La criatura estaba aterradoramente alerta; no dejaba de mirar a todas partes, buscando en los rincones para asegurarse de que nadie los emboscara. Irradiaba una inteligencia que Kira no había visto en ninguna otra pesadilla. Y algo más: la piel de su torso acorazado emitía un resplandor que le resultaba incómodamente familiar, aunque no sabía por qué...

El humanoide soltó un breve chirrido, y las otras tres pesadillas reaccionaron colocándose a su alrededor, en estrecha formación.

A pesar de que su prioridad absoluta era la protección de Trig y de sí misma, Kira estaba intrigada. Era la primera vez que veía indicios de jerarquía entre las pesadillas. Si aquel humanoide era uno de sus líderes, tal vez... tal vez los demás se dispersarían si lo mataba.

No. Si llamaba su atención, solo conseguiría empeorar la situación. *No me veas. No me veas...*

Le hizo falta todo su autocontrol para mantenerse inmóvil al paso de las pesadillas. Todos sus instintos de autoconservación la apremiaban a abalanzarse desde el nicho y atacarlas antes de que la descubrieran, pero la parte racional de su mente le aconsejaba paciencia y, por algún motivo, fue a esa parte a la que hizo caso.

Y las pesadillas no la vieron.

Mientras pasaban rápidamente a su lado, Kira percibió su hedor, una repulsiva y acanalada mezcla de olor a quemado, a mierda y a putrefacción. Aquellas criaturas, fueran lo que fueran, no estaban sanas. Dos de las pesadillas animalescas miraron de reojo hacia el nicho al pasar a su lado. Sus ojillos enrojecidos goteaban un fluido amarillento.

Kira no entendía nada. ¿Por qué no la habían visto? El nicho no era tan profundo. Bajó la vista un momento, y de pronto se mareó: ya no veía su cuerpo, únicamente la pared bañada en sombras. Levantó una mano para examinarla. Nada, tan solo una sutil distorsión cristalina en el contorno de los dedos, pero su mano ya no estaba.

El cuerpo petrificado de Trig seguía visible, pero por lo visto no atraía la atención de las pesadillas.

Sonrió sin poder evitarlo. El filo dúctil estaba doblando la luz a su alrededor, igual que la capa de invisibilidad con la que su hermana y ella solían jugar de niñas. Pero el xeno lo hacía mejor, con menos distorsiones.

Las pesadillas se alejaron unos metros más por el pasillo. Entonces, la que tenía seis patas se detuvo y giró su cabeza huesuda hacia atrás. Dilató las fosas nasales mientras olfateaba, y retrajo sus labios cuarteados, gruñendo con maldad.

Mierda. Que los alienígenas no pudieran verla no significaba que no pudieran olerla…

La pesadilla hexápoda siseó y se dio la vuelta por completo, clavando las garras en la cubierta para sujetarse.

Kira no esperó. Se abalanzó sobre la criatura, profiriendo un grito. Extendió una mano, y el filo dúctil reaccionó ensartando a la ulcerosa pesadilla con una cuchilla triangular que se cubrió de agujas negras, como un alfiletero.

La criatura chilló, se sacudió y quedó inerte.

Con la otra mano, Kira atacó a la siguiente pesadilla y la mató del mismo modo.

Dos menos. Faltaban dos.

La pesadilla humanoide la apuntó con un pequeño dispositivo. Kira notó un golpe seco en los oídos y la cadera, que la desvió de su trayectoria. Notaba la cadera entumecida y un fuerte dolor a lo largo de la columna vertebral, que le atenazaba los nervios de los brazos mediante descargas eléctricas.

Soltó un grito ahogado al darse cuenta de que no podía moverse.

Fue entonces cuando la otra pesadilla animalesca se le echó encima. El impacto las envió a las dos dando tumbos por el pasillo. Kira se cubrió el rostro con los brazos mientras la criatura trataba de destrozarla con sus fauces. Los dientes patinaban en la superficie endurecida del filo dúctil, y las garras le arañaban el vientre sin hacerle daño.

A pesar de su miedo instintivo, la pesadilla no parecía capaz de hacerle daño.

De pronto, la criatura echó la cabeza hacia atrás y de su boca abierta brotó un chorro de líquido verdoso que le salpicó la cabeza y el pecho.

Notó un fuerte olor acre, y brotaron volutas de humo de las zonas de piel alcanzadas por el líquido. Pero no sentía dolor.

Kira se enfureció al comprender que la criatura la había rociado con ácido. *¡¿Cómo te atreves?!* De no haber sido por el filo dúctil, el ácido la habría desfigurado.

Embutió ambos puños en la boca de la pesadilla y, con un potente tirón, le partió la cabeza en dos, salpicando las paredes de sangre y trozos de carne.

Jadeando, buscó con la mirada a la pesadilla humanoide. Tenía que matarla.

El humanoide estaba justo a su lado, con las mandíbulas de insecto abiertas de par en par, dejando ver los dientes redondeados y blancos que había debajo. Y entonces *habló*, con una voz siseante y bronca:

—¡Tú! ¡Carne olvidada! ¡Te unirásss a lasss faucesss!

La sorpresa le impidió reaccionar a tiempo, y la pesadilla aprovechó la oportunidad para rodearle el brazo derecho con uno de sus tentáculos. Kira sintió que una llamarada le recorría la piel hasta abrasarle el cerebro.

Una horrible sensación de familiaridad se apoderó de ella; no pudo evitar proferir un aullido. Todo a su alrededor se volvió blanco hasta desaparecer.

2.

Se vio a sí misma desde dos ángulos distintos, dentro del almacén de la Circunstancias Atenuantes. Su perspectiva era confusa: dos puntos de vista contradictorios que se solapaban y entremezclaban, produciendo una recreación distorsionada de aquel momento. Al igual que ocurría con la visualización de las imágenes, sentía una mezcla de emociones desordenadas que no parecían encajar entre sí: sorpresa, miedo, triunfo, rabia, desprecio, arrepentimiento.

Una de las perspectivas estaba intentando esconderse detrás de un estantería, moviéndose con una rapidez nacida del terror. La otra parecía confiada, envalentonada. Atacaba sin moverse del sitio, rasgando el aire con sus ardientes haces de luz.

Se vio a sí misma huyendo hacia la salida, pero era muy lenta, demasiado lenta. Unas púas negras brotaban de su piel de manera aleatoria, indisciplinada.

Entonces se dio la vuelta, con el rostro contraído de miedo y de furia, mientras levantaba la pistola que le había quitado a un muerto. El cañón se iluminó con un destello, y las balas golpearon las paredes.

La perspectiva temerosa gritaba y agitaba la mano, tratando desesperadamente de disuadirla.

La perspectiva audaz esquivaba los disparos, lanzándose velozmente entre las paredes, sin la menor preocupación.

Sus láseres hacían saltar chispas al vaporizar las balas.

Entonces, una de las balas impactó en la tubería roja del fondo del almacén, y sus dos perspectivas salieron volando en direcciones opuestas, zarandeadas por un trueno. Hubo un momento de negrura, y cuando recuperó la percepción, la fractura era aún mayor: ahora había tres conjuntos de recuerdos, y ninguno de ellos le resultaba familiar. El recién llegado era más pequeño y menos nítido que los anteriores; carecía de ojos, pero aun así era vagamente consciente de sus alrededores. Y lo poseían el mismo miedo y la misma ira que ella misma había sentido, pero amplificado por la confusión y la ausencia de rumbo.

La explosión había rasgado el casco de la Circunstancias Atenuantes. El viento arrastró todas sus perspectivas aisladas, y de pronto estaba flotando por el espacio, girando sobre sí misma. La trinidad de carnes desgarradas se retorcía de dolor, mientras contemplaba el mismo caleidoscopio de estrellas con tres mentes diferentes. Las dos primeras parecían más débiles, pues su visión se iba difuminando junto con su consciencia. Pero la tercera, no. Aun dañada, asustada y furiosa, aun incompleta, no carecía de fuerza motriz.

¿Adónde ir? Había perdido el contacto con su forma madre y la facultad de localizarla. Se habían roto demasiadas fibras; se habían interrumpido demasiados bucles. La redundancia fallaba, y el ciclo de autorreparación se detenía; faltaban los datos y los elementos necesarios.

Movida por una rabia y un terror que se negaban a remitir, se extendió cuanto pudo hasta aplanarse, esparciendo sus telarañas hacia el vacío, persiguiendo las fuentes de calor más cercanas, buscando frenéticamente a su forma madre, tal y como dictaba el patrón. Si fracasaba, la hibernación sería su sino.

Justo cuando el último resplandor de luz se desvanecía de la vista de las otras dos perspectivas (y ya sentían el abrazo asfixiante del olvido), las hebras los alcanzaron y se adhirieron a su carne. Por un momento reinó la confusión, pero entonces el imperativo sanador canceló las directrices de búsqueda de las hebras, y un nuevo dolor se manifestó: un pinchazo que se expandió rápidamente hasta convertirse en una agonía que abarcaba cada centímetro de sus cuerpos maltrechos.

La carne se unió con la carne en agitado apareamiento, y los tres puntos de vista se fundieron en uno. Ya no eran apresador, biforma y filo dúctil, sino algo completamente distinto.

Era una asociación grotesca, nacida de la urgencia y la ignorancia. Las partes no encajaban entre sí, aunque estuvieran unidas a un nivel elemental, y se rebelaban contra sí mismas y contra la propia realidad. Entonces, dentro de la mente amalgamada de la nueva carne, la locura tomó el control. El pensamiento racional ya no habitaba dentro de ella, tan solo la ira y el miedo que antes habían sido suyos. El resultado fue el pánico más absoluto… y una disfuncionalidad aún mayor.

Porque estaban incompletas. Las fibras que las habían conectado eran deficientes; estaban envenenadas por las emociones. Y de tal semilla, tal fruto.

Cuando intentaban moverse, sus impulsos contradictorios los hacían forcejear y sacudirse sin rumbo.

Entonces, la luz de un doble sol las bañó con su calor cuando la Circunstancias Atenuantes detonó, destruyendo también la Tserro, la nave apresadora.

La explosión las alejó del disco luminoso de la cercana luna, como un pecio arrastrado por una tormenta. Durante un tiempo, flotaron a la deriva por el frío espacio, a merced de la inercia. Pero pronto su nueva piel las dotó de medios para moverse, y al fin pudieron estabilizar su rotación y contemplar nuevamente el universo desnudo.

Un hambre incesante las atormentaba. Deseaban comer, crecer y propagarse más allá de aquel lugar estéril, tal y como les ordenaba su carne. Tal y como dictaba el patrón fracturado. Y ese apetito voraz iba acompañado de un rugido constante de furia y de miedo: un rechazo instintivo a su propia extinción, heredado de su confrontación con Carr/Qwon.

Necesitaban alimento. Y energía. Pero primero alimento, para nutrir a la carne. Se extendieron cuanto pudieron para captar la luz de la estrella del sistema y recorrer la escasa distancia que las separaba de los anillos de rocas que envolvían al gran gigante gaseoso, en cuyo pozo gravitatorio habitaban.

Las rocas contenían las materias primas necesarias. Se atiborraron de piedra, metal y hielo, y los aprovecharon para crecer, crecer y crecer. La energía abundaba y era fácil de adquirir en el espacio; la estrella las proveía de cuanta necesitaban. Se desplegaron por el vasto espacio y convirtieron cada rayo de luz captado en formas de energía útiles.

Aquel sistema podría haber sido su hogar: contenía lunas y planetas aptos para albergar vida. Pero su ambición iba más lejos. Conocían otros lugares, otros planetas, donde la vida se contaba por billones y trillones. Un banquete de carne y de energía listas para ser devoradas y convertidas y puestas al servicio de su causa principal: la expansión. Con semejantes recursos a su disposición, el crecimiento sería exponencial. Se propagarían como el fuego entre las estrellas, cada vez más, hasta colmar esta galaxia y las siguientes.

Llevaría tiempo, pero el tiempo les sobraba. Porque ahora ya no podían morir. Su carne no podía dejar de crecer, y mientras perdurara una simple mota, sus semillas seguirían proliferando y germinando…

Pero había un obstáculo en su plan, un problema de ingeniería que no podían solucionar, ni siquiera con toda la carne y toda la energía reunidas.

No sabían cómo construir el dispositivo que les permitiría colarse en el tejido del espacio y viajar más deprisa que la luz. Conocían el dispositivo, pero ninguna de las partes de su mente estaba familiarizada con los detalles de su construcción.

Por lo tanto, estaban atrapadas en aquel sistema, a menos que estuvieran dispuestas a viajar a una velocidad menor. Y no lo estaban. Su impaciencia les impelía a quedarse allí, porque sabían que llegarían otros. Otros que traerían el codiciado dispositivo.

Así que aguardaron, vigilando y sin dejar de prepararse.

...

No tuvieron que esperar demasiado. Tres destellos en los límites del sistema les advirtieron de la llegada de naves apresadoras. Dos de ellas fueron lo bastante imprudentes como para acercarse a investigar. La carne estaba lista. ¡Atacaron! Capturaron sus naves y, espoleadas por la rabia, las vaciaron, absorbieron los cuerpos de los apresadores y reclamaron los vehículos como propios.

La tercera nave escapó de sus fauces, pero poco importaba. Ya tenían lo que necesitaban: las máquinas que les permitirían salvar los abismos que separaban las estrellas.

Y se marcharon para saciar su hambre. Primero se dirigieron al sistema apresador más cercano: una colonia reciente, débil e indefensa. Allí encontraron una estación que orbitaba en la oscuridad: un fruto maduro, listo para la cosecha. Cayeron sobre ella y pasaron a formar parte de su estructura. La información contenida en sus ordenadores se volvió suya, y su ambición y su confianza se vieron acrecentadas.

Esa confianza, sin embargo, era prematura. Los apresadores enviaron más naves a por ellas: naves que quemaban, bombardeaban y cortaban su carne. Poco importaba. Ya tenían lo que necesitaban, aunque no lo que querían.

Regresaron volando al espacio interestelar. Esta vez escogieron un sistema libre de apresadores y biformas, aunque no de vida. Uno de sus planetas era una buba purulenta, rebosante de criaturas vivas demasiado ocupadas devorándose entre sí. Las Fauces cayeron sobre ellas y las devoraron a todas, convirtiéndolas en nuevas formas de carne.

Allí aguardaron. Allí comieron, crecieron y construyeron con ardoroso frenesí. Pronto, la superficie y el cielo del planeta quedaron cubiertos por las naves que construían.

No, no las construían... las cultivaban.

Junto con las naves, también cultivaban sirvientes, seres cuya sustancia se basaba en modelos casi olvidados de la carne que las unía, y cuya forma era un injerto de formas sugeridas por las diversas partes de su mente. Los resultados eran toscos y repulsivos, pero obedecían sus órdenes, y con eso bastaba. Una horda de criaturas hechas para ejecutar los dictados del patrón, formas de vida autosuficientes y capaces de reproducirse. No obstante, algunos de esos sirvientes eran algo más: pedazos de las propias Fauces, obsequiados con una semilla de su propia carne para que su esencia pudiera viajar entre las estrellas.

Cuando el poderío de sus fuerzas fue suficiente, las enviaron a reconquistar el sistema de los apresadores, y también a atacar muchos otros. El hambre aún no se había saciado, y la ira temerosa de sus dos mentes tampoco se había aplacado todavía.

Se sucedió una orgía de banquetes. Los apresadores se defendieron, pero no estaban preparados y tardaban demasiado en reemplazar a los caídos. Las Fauces no tenían ese inconveniente. Cada sistema conquistado se convertía rápidamente en una nueva base permanente que reiniciaba el proceso de propagación por todos los planetas disponibles.

Las conquistas de sus servidores los condujeron más cerca del espacio de las biformas. La carne de las Fauces ya abarcaba siete sistemas, y estas se sentían seguras de su fuerza. Así, lanzaron a sus esbirros contra las biformas, para someterlas e iniciar el proceso de conversión.

Y entonces, cuando menos lo esperaban, oyeron un grito en la oscuridad: «¡Para!». Reconocieron la señal, y también la voz. La primera pertenecía a los creadores de la carne, largo tiempo desaparecidos, y la segunda a ella, a Kira Navárez.

Volvió a ver su rostro contraído de miedo y rabia mientras disparaba su pistola…

Con un poderoso rugido, las Fauces dieron una orden a sus sirvientes:

—*¡Encontrad a la carne olvidada! ¡Destruidla! ¡Aplastadla! ¡DEVORADLA!*

3.

Kira… ¿Dónde estás…? ¿Kira?.

Kira profirió un grito al volver en sí.

La pesadilla humanoide seguía aferrándole el brazo con su tentáculo, pero algo había cambiado. Unos hilos negros unían la superficie del filo dúctil con la carne de la pesadilla, y Kira sentía cómo la consciencia de la criatura forcejeaba con la suya, intentando expulsarla. La piel de la pesadilla estaba devorando la suya mientras asimilaba al filo dúctil. Kira no podía detener ese proceso con su fuerza de voluntad; el xeno no reconocía a la pesadilla como un enemigo, sino que parecía *desear* fusionarse con la carne enfermiza de aquella criatura, con el fin de volver a reunirse con sus fragmentos perdidos.

Si esperaba más, Kira sabía que moriría o que, como mínimo, se convertiría en un ser aborrecible.

Intentó liberarse el brazo de un tirón, pero el humanoide y ella giraron sobre sí mismos hasta chocar con la cubierta. La carne de la pesadilla seguía fundiéndose con la suya.

—Ríndete —dijo el monstruo, chasqueando sus mandíbulas de insecto—. No puedesss vencer. Todo ssserá carne para la boca de muchosss. Únete a nosotrosss y déjate devorar.

—¡No! —gritó Kira. A una orden suya, el filo dúctil se erizó de espinas y las proyectó hasta atravesar de parte a parte a la pesadilla. La criatura aulló y se retorció, pero no murió. Entonces Kira sintió que las espinas que empalaban el cuerpo del monstruo se disolvían y fluían hacia él, dejando al filo dúctil más delgado, más débil que antes.

El tentáculo se había hundido profundamente en su brazo; ya solamente se veía la parte superior sobre la superficie agitada del filo dúctil.

¡No! Se negaba a morir así. La carne era prescindible. La consciencia, no.

Kira formó una cuchilla con el brazo izquierdo y, con un grito desesperado, trazó dos cortes.

El primero le seccionó el brazo derecho a la altura del codo.

El segundo partió a la pesadilla por la mitad, a la altura de la cintura.

La sangre manó a borbotones del muñón de su brazo, pero solo un instante. El filo dúctil se apresuró a cerrarse sobre la terrible herida.

Debería haberle dolido, pero ya fuera por la adrenalina o por la ayuda del xeno, no era así.

Las dos mitades de la pesadilla volaron hacia extremos opuestos del pasillo. La criatura seguía viva: la mitad superior continuaba agitando los brazos y la cabeza y chasqueando las mandíbulas, mientras la mitad inferior pataleaba, como queriendo echar a correr. Ante la mirada atónita de Kira, unos zarcillos negros se extendieron desde las superficies expuestas de sus entrañas, buscándose para volver a unirse.

Kira supo entonces que no era rival para esa criatura.

Buscó el nicho con la mirada. *Allí*. Se impulsó de una patada, agarró la vaina de Trig con su única mano y ordenó al filo dúctil que los propulsara de nuevo por el pasillo, siguiendo su rumbo original.

Cuando llegaban al final del pasillo, se arriesgó a mirar por encima del hombro. Las dos partes del cuerpo de la pesadilla casi estaban unidas del todo. La mitad superior estaba levantando el tentáculo restante y la apuntaba con el mismo dispositivo de antes.

Kira trató de esconder la cabeza debajo del brazo. Demasiado lenta.

...

...

...

Un campaneo le invadió los oídos mientras recuperaba la consciencia. Al principio no recordaba quién era ni dónde estaba. Miró boquiabierta las paredes azuladas que daban vueltas a su alrededor, intentando comprender lo que pasaba, porque estaba convencida de que algo iba mal. Terriblemente mal.

De pronto recuperó el aliento, y con él la memoria. El conocimiento. El miedo.

La pesadilla le había disparado en la cabeza. Kira sentía un dolor palpitante en el cráneo y espasmos en el cuello. La criatura seguía al otro lado del pasillo, reunificando sus dos mitades seccionadas.

¡Bum! Volvió a abrir fuego, pero esta vez la bala le rebotó en el hombro, desviada por la superficie endurecida del filo dúctil.

Kira no esperó al siguiente disparo. Todavía aturdida, se agarró a la pared y se impulsó por la esquina del pasillo, arrastrando a Trig hasta que ambos salieron del campo de tiro de la pesadilla.

Mientras avanzaba por la nave, Kira se sentía ajena a la realidad, como si todo aquello le estuviera ocurriendo a otra persona. No podía interpretar los sonidos, y las luces parecían envueltas en halos multicolor.

Debo de tener una conmoción, pensó.

Lo que le había enseñado la pesadilla... No era posible, y sin embargo sabía que era cierto. Los fragmentos del filo dúctil que le había arrancado la explosión habían fusionado al Dr. Carr y a la medusa, creando una abominación. Si Kira no se hubiera dejado dominar por sus emociones durante el enfrentamiento... Si hubiera hecho caso a la súplica de Carr... Si no hubiera disparado a la tubería de oxígeno... *Ella* era la madre de los corruptos. Sus acciones habían desembocado en su creación, y los pecados de las pesadillas también eran suyos. Tantos muertos... medusas, humanos y formas de vida inocentes de planetas lejanos... Le dolía el corazón solo de pensarlo.

Apenas era consciente de adónde iba. El filo dúctil parecía tomar las decisiones en su lugar: ahora a la izquierda, ahora a la derecha...

Una voz la sacó de su ensimismamiento:

—¡Kira! ¡Por aquí, Kira! ¿Dónde...?

Al levantar la vista, vio a Falconi flotando delante de ella, con una expresión feroz en el semblante. La medusa, Itari, estaba a su lado, apuntando hacia la puerta con sus armas. Tras ellos, en el casco de la nave, había un gran boquete de bordes dentados, por el que habría podido pasar un coche. Al otro lado se veía la oscuridad del espacio, y suspendida en la negrura, como una joya reluciente, estaba la Wallfish, a unos cien metros de distancia.

Kira se sobresaltó al darse cuenta de que estaban en vacío. Ni siquiera se había percatado hasta ahora.

—¡... el brazo! ¿Dónde...?

Kira sacudió la cabeza, incapaz de encontrar palabras.

Falconi pareció comprender lo que pasaba. La agarró por la cintura y tiró de ella y de Trig hacia la abertura en el casco.

—Tienes que saltar. No pueden acercarse más. ¿Crees que...?

Kira vio que la esclusa lateral de la Wallfish estaba abierta. Varias siluetas se movían en su interior: Nielsen y varios marines.

Kira asintió, y Falconi la soltó. Hizo acopio de sus fuerzas y se lanzó de un salto al vacío.

Durante unos instantes, avanzó flotando en completo silencio.

El filo dúctil ajustó su rumbo unos centímetros, hasta que Kira entró volando por la esclusa de la Wallfish. Un marine la sujetó para frenar su inercia.

Falconi llegó un momento después, cargando con Trig. Itari también venía detrás, para sorpresa de Kira; la medusa encogió su corpachón tentaculado para colarse dentro de la esclusa.

En cuanto la escotilla exterior se cerró, Falconi exclamó:

—¡Písale!

La voz susurrante de Gregorovich contestó:

—A la orden, capitán. Iniciando «pisamiento».

Un violento acelerón los hizo caer al suelo. Kira soltó un gemido al golpearse el muñón del brazo contra la pared interior de la esclusa. De pronto pensó en la pesadilla a la que había cortado en dos, y el miedo centró sus pensamientos.

Se volvió hacia Falconi.

—Hay que... Hay que... —No conseguía que su lengua pronunciara las palabras.

—¿Hay que qué?

—¡Hay que destruir esa nave!

Fue Sparrow quien respondió desde el comunicador del techo:

—Ya está hecho, corazón. Agarraos fuerte.

En el espacio, al otro lado de la esclusa, un destello de pura luz blanca oscureció la ventanilla hasta volverla opaca. Segundos después, la Wallfish se estremeció, y una serie de repiqueteos recorrieron el exterior del casco, antes de que la nave volviera a recuperar la estabilidad.

Kira soltó un largo suspiro y apoyó la cabeza en la cubierta.

Estaban a salvo. De momento.

CAPÍTULO VII

★ ★ ★ ★ ★ ★ ★

NECESIDAD

1.

La compuerta interior de la esclusa se abrió. Sparrow los recibió al otro lado, enarbolando un rifle con el que apuntó a la medusa agazapada al fondo de la esclusa. La fuerte aceleración de la Wallfish le aplastaba el cabello corto.

—¿Qué hace ese bicho aquí, capitán? —dijo—. ¿Me lo cargo?

Los marines se apartaron de la medusa, apuntándole también con sus armas. Se hizo un tenso silencio.

—¿Falconi? —insistió Hawes.

—La medusa nos ha ayudado —afirmó Falconi, poniéndose de pie con mucho esfuerzo.

[[Aquí Itari: El líder de ataque Wrnakkr me ordenó protegeros, y os protegeré.]]

Kira tradujo sus palabras, y Falconi contestó:

—Está bien. Pero se quedará aquí hasta que aclaremos la situación. No quiero que husmee por la nave. Díselo a él también.

—En realidad no tienen género —dijo Kira.

Falconi gruñó.

—Fascinante. —Se echó el lanzagranadas al hombro y salió de la esclusa—. Estaré en Control.

—Recibido —dijo Nielsen, con la voz amortiguada tras el casco de la servoarmadura, que ya estaba quitando.

El capitán se alejó a trompicones por el pasillo, tan deprisa como se lo permitía la aceleración de la nave, y Sparrow lo siguió de cerca.

—¡Me alegro de que sigáis vivos, zopencos! —exclamó por encima del hombro.

Kira le informó a la medusa de las órdenes de Falconi. La criatura enroscó los tentáculos hasta formar una especie de nido y se sentó encima, al fondo de la esclusa.

[[Aquí Itari: Aguardaré.]]

[[Aquí Kira: ¿Necesitas ayuda con tus heridas?]]

Percibió enseguida el yuxtolor de la negación.

[[Aquí Itari: Esta forma sanará por sí sola. No requiere ayuda.]]

Kira vio que la grieta del caparazón ya estaba recubierta por una costra sólida de una sustancia marrón.

Al salir de la esclusa, Kira pasó al lado de Nielsen.

—¡Tu brazo! —gritó la primera oficial.

Kira se encogió de hombros. Todavía estaba tan conmocionada por lo que había descubierto sobre las pesadillas que la pérdida de un antebrazo no le parecía especialmente importante. Y sin embargo, hasta ahora había evitado mirar hacia abajo.

Los dos entropistas también estaban allí. En cuanto a los marines, solo habían sobrevivido siete.

—¿Y Koyich? ¿Y Nishu? —le preguntó a Hawes.

El teniente sacudió la cabeza mientras atendía a Moros, al que le sobresalía un trozo de húmero por el dermotraje. A pesar de su estado mental, Kira sintió una punzada de lástima por los hombres que habían perdido.

Vishal llegó corriendo a la esclusa, bolsa en mano. Tenía el rostro crispado y perlado de sudor. Miró a Trig con preocupación, antes de volverse hacia los demás.

—¡Srta. Nielsen! ¡Srta. Kira! Ya los dábamos por muertos a todos. Me alegro de verlas.

—Lo mismo digo, Vishal —contestó Nielsen, saliendo de su servoarmadura—. Cuando puedas, vamos a necesitar unas pastillas antirradiación.

El doctor asintió.

—Tenga, Srta. Nielsen. —Le entregó un blíster a la primera oficial y otro a Kira. Por despiste, Kira extendió el brazo mutilado para recoger las pastillas. El doctor abrió los ojos de par en par—. ¡Srta. Kira!

—Estoy bien —contestó, apoderándose de las pastillas con la mano restante. Pero no era verdad.

Vishal la siguió con la mirada mientras salía de la esclusa.

Una vez lejos de la vista de todos, Kira se detuvo en el pasillo para tomarse las pastillas. Se le quedaron atascadas en la garganta durante un momento. Cuando consiguió tragarlas, se quedó allí plantada. No sabía qué quería hacer, y durante un rato su cerebro se negó a darle una respuesta.

—Gregorovich, ¿qué está pasando? —dijo finalmente.

—Ahora mismo estoy un poquito ocupado —contestó la mente de a bordo en un tono inusualmente serio—. Lo siento, oh espinoso saco de carne.

Kira asintió y echó a andar hacia Control, notando a cada paso la gravedad en los talones.

2.

Falconi estaba inclinado sobre la pantalla central, acompañado por Sparrow. En el holograma, una ventana mostraba las imágenes en directo de la cámara de un dermotraje; su dueño se movía alrededor del casco de la Wallfish.

Se oyó la voz de Hwa-jung por el comunicador:

—… comprobando la soldadura. Lo prometo. Solo cinco minutos, capitán.

—Y ni un segundo más —contestó él—. Falconi fuera.

Pulsó un botón y el holograma cambió a un mapa del sistema, con todas las naves resaltadas para identificarlas mejor.

Mientras Kira se dejaba caer en uno de aquellos benditos asientos acolchados, Sparrow la miró de reojo. Abrió los ojos como platos al ver lo que antes se le había escapado.

—Mierda, Kira… ¿Qué te ha pasado…?

—Ahora no —dijo Falconi—. Las batallitas para más tarde.

Sparrow se tragó sus preguntas, pero Kira seguía sintiendo el peso de su mirada.

Las medusas y las pesadillas continuaban luchando en las inmediaciones de Nidus. Pero era una batalla confusa. Las tres naves restantes de las medusas aliadas (incluida la que transportaba a Tschetter) abrían fuego contra las pesadillas y contra las otras medusas. Dos naves medusa y una de las pesadillas habían despegado desde el planeta y disparaban a cualquier cosa que se ponía a tiro. Kira sospechaba que el Buscador las estaba controlando. Del mismo modo, el resto de las pesadillas luchaban contra todos los demás bandos.

Una de las naves medusa desapareció en medio de una explosión nuclear (por suerte, no era una nave aliada), y Sparrow esbozó una mueca.

—Menudo caos —dijo.

Al principio, Kira pensó que la Wallfish se las había arreglado para despistar a sus perseguidores, pero entonces se fijó en las trayectorias de dos naves pesadilla: rumbo de interceptación. Sus largas naves angulosas (recordaban a un haz de fémures gigantescos, atados con tiras de músculo desollado) seguían en la cara contraria del planeta, pero se acercaban a la misma aceleración demencial y devastadora que las demás pesadillas. A ese ritmo, los alcanzarían en catorce minutos.

O tal vez no.

La Darmstadt se aproximaba desde el cinturón de asteroides más cercano, dejando una estela de refrigerante por los radiadores dañados. Kira hizo cálculos: el crucero lograría interponerse justo a tiempo, antes de que pasaran las pesadillas. Si estas aceleraban solamente un cuarto de g más, la FAU tardaría demasiado.

Se oyó el chisporroteo del comunicador, y la voz de Akawe:

—Capitán Falconi, ¿me recibe?

—Lo recibo.

—Creo que podemos conseguiros un poco de tiempo. Tal vez os sirva para alcanzar el límite de Markov.

Falconi se agarró a los bordes de la mesa hasta que las puntas de sus dedos palidecieron.

—¿Y ustedes, capitán?

La carcajada de Akawe sorprendió a Kira.

—Os seguiremos si podemos, pero ahora lo único que importa es que alguien informe al alto mando de la propuesta de las medusas de Tschetter, y en este momento la Wallfish tiene más probabilidades de escapar del sistema. Soy consciente de que es un civil y no puedo ordenarle una mierda, Falconi, pero le aseguro que no existe nada más importante que esto.

—Llevaremos el mensaje a la Liga —afirmó Falconi. Al cabo de un momento, añadió—: Le doy mi palabra, capitán.

Se oyó otro chisporroteo.

—Y yo le tomo la palabra, capitán… Prepárese, está a punto de ver unos buenos fuegos artificiales. Cambio y corto.

—¿Qué planean? —preguntó Kira—. Las pesadillas son más rápidas que ellos.

Sparrow se humedeció los labios, con la vista fija en la holopantalla.

—Sí, pero tal vez Akawe pueda golpearlas lo bastante fuerte y rápido como para quitárnoslas de encima. Todo depende de cuántos misiles le queden a la Darmstadt.

Kira y los demás seguían sentados, esperando y observando, cuando Hwa-jung entró pesadamente en la sala de control. Falconi la saludó con la cabeza.

—¿Solucionado?

Kira se sorprendió cuando Hwa-jung se inclinó ante el capitán con una profunda reverencia, doblándose a más de noventa grados.

—Ha sido culpa mía. Estaba enfadada cuando hice la reparación en 61 Cygni. Fue una chapuza. Lo lamento. Debería contratar a un jefe de máquinas mejor.

Falconi se acercó a ella, le puso las manos en los hombros y la obligó a erguirse de nuevo.

—Bobadas —dijo, con un tono inesperadamente afectuoso—. Tú procura que no vuelva a pasar.

Un momento después, Hwa-jung bajó la cabeza, con los ojos llorosos.

—No volverá a pasar. Lo prometo.

—Es lo único que pido —continuó Falconi—. Y si…

—Mierda —dijo Sparrow, señalando la pantalla, abatida.

Las pesadillas habían aumentado la aceleración; iban a sacarle una buena ventaja a la Darmstadt, más que suficiente para mantenerse fuera del alcance de los láseres principales del crucero.

—¿Y ahora qué? —dijo Kira. Aquella sucesión de catástrofes la aturdía. ¿Qué más podía salir mal? Daba igual. *Afróntalo.* Si las pesadillas abordaban la Wallfish, Kira podría acabar con algunas, pero si había más criaturas como la que la había agarrado a bordo de la nave medusa, estaba perdida. Todos estaban perdidos.

—Vamos a prepararles una encerrona en el conducto principal —anunció Falconi—. Obligaremos a las pesadillas a entrar allí para atacarlas desde todos lados.

—Eso suponiendo que no nos revienten la nave antes —dijo Sparrow.

—No —replicó Hwa-jung, señalando a Kira—. La buscan a ella.

—Es verdad —admitió Falconi—. Tenemos una ventaja.

—Usarme como cebo —adivinó Kira.

—Exacto.

—Entonces…

Un cegador destello blanco en el centro de la holopantalla interrumpió sus palabras. Todos se quedaron quietos y miraron fijamente la pantalla.

Las dos naves pesadilla habían explotado. No quedaba de ellas más que una nube de vapor expansiva.

—Gregorovich —dijo Falconi—. ¿Qué acaba de pasar?

—Obuses Casaba —contestó la mente de a bordo—. Tres, concretamente.

La imagen de la holopantalla rebobinó, y las explosiones se retrajeron de nuevo al interior de las naves pesadilla. Un instante antes, tres agujas de luz trazaban líneas discontinuas a varias decenas de miles de kilómetros.

—¿Cómo? —preguntó Kira, confundida—. La Darmstadt está demasiado lejos.

Sparrow estaba a punto de contestar cuando el comunicador chisporroteó, dando paso a la voz de Akawe:

—¿Qué os ha parecido el espectáculo? —dijo, siniestramente contento—. De camino a Nidus, fuimos soltando unos cuantos RD 52. Son unos juguetes nuevos que estamos probando: obuses Casaba refrigerados con hidrógeno. Son casi imposibles de detectar. En caso de emergencia, funcionan bastante bien como minas. Solo hemos tenido que obligar a las pesadillas a ponerse a su alcance. Las muy imbéciles ni se han dado cuenta de que volaban hacia una trampa. Estamos variando el rumbo; haremos lo posible para quitaros de encima al resto de los hostiles. Seguid adelante, ni se os ocurra deteneros. Cambio.

—Recibido —dijo Falconi—. Y… gracias, capitán. Le debemos una. Cambio.

—Ya me invitará a una ronda cuando termine todo esto, capitán. Cambio y corto —dijo Akawe.

Cortó la comunicación.

—Ya había oído hablar de los RD 52, pero no llegué a probarlos —dijo Sparrow.

Falconi se apartó de la holopantalla y se pasó las manos por el cabello hirsuto, frotándose la piel con las puntas de los dedos.

—De acuerdo. Nos han dado un poco de cancha. No mucho, pero algo es algo.

—¿Cuánto tardaremos en poder saltar? —preguntó Kira.

—Al ritmo actual de 2 g de aceleración —susurró Gregorovich—, seremos libres de abandonar este cementerio sagrado dentro de exactamente veinticinco horas.

Es demasiado. Kira no tuvo que decirlo: era evidente que los demás pensaban igual. Las pesadillas y las medusas solo habían tardado unas horas en llegar a Nidus tras salir del espacio superlumínico. Si otro grupo decidía perseguir a la Wallfish, la alcanzarían enseguida.

—Gregorovich —dijo Falconi—. ¿Alguna señal de erupciones solares?

Qué listo. Como todas las enanas rojas, Gamus presentaría una gran variabilidad, lo que se traducía en erupciones solares enormes e impredecibles. Una erupción lo bastante potente alteraría los campos magnéticos que empleaban los tubos de escape de sus motores de fusión e impediría que las medusas y las pesadillas alcanzaran a la Wallfish. Eso suponiendo que sus enemigos no contaran ya con alguna medida de protección.

—De momento, no —dijo Gregorovich.

—Mierda —murmuró Falconi.

—Tendremos que confiar en que Akawe y las medusas de Tschetter nos los quiten de encima —dijo Sparrow.

Falconi parecía que acababa de masticar una piedra.

—Esto no me gusta. No me gusta ni un pelo. Si una sola de esas cabronas viene a por nosotros, estamos de mierda hasta las cejas.

Sparrow se encogió de hombros.

—No creo que podamos hacer nada, capitán. La Wallfish no es un caballo; no va a ir más deprisa aunque la espoleemos.

Entonces a Kira se le ocurrió algo: la corrupción deforme de las pesadillas había sido capaz de aprovechar la tecnología de las medusas. Tal vez ellos pudieran hacer lo mismo.

La idea era tan extravagante que estuvo a punto de desecharla. Solo se decidió a proponerla por lo desesperado de su situación.

—¿Y la medusa, Itari?

—¿Qué le pasa? —dijo Falconi.

—Quizá pueda ayudarnos.

Hwa-jung entornó los ojos.

—¿Qué quieres decir? —preguntó con abierta hostilidad.

—No estoy segura —contestó Kira—. Pero a lo mejor puede modificar nuestro impulsor Markov para que podamos saltar antes.

Hwa-jung soltó un juramento.

—¿Quieres dejar que esa *cosa* hurgue en la Wallfish? *¡Puaj!*

—Vale la pena intentarlo —dijo Sparrow, mirando a Falconi. El capitán hizo una mueca.

—No puedo decir que me guste la idea, pero si esa medusa puede ayudarnos, hay que intentarlo.

Hwa-jung parecía profundamente ofendida.

—No, no, no —murmuró—. No sabemos lo que podría hacer. Podría averiar todos los sistemas de la nave. Podría hacernos estallar. ¡No! La medusa no conoce nuestros ordenadores ni nuest...

—Pues le ayudarás tú —dijo Falconi con voz serena—. Si no conseguimos salir de este sistema, estamos muertos, Hwa-jung. Llegados a este punto, vale la pena intentar cualquier cosa.

La jefa de máquinas frunció el ceño y se retorció las manos una y otra vez. Después gruñó y se levantó.

—Está bien. Pero si esa medusa le hace el menor daño a la Wallfish, la hago trizas.

Falconi sonrió levemente.

—No esperaba menos. Gregorovich, échale un ojo tú también.

—Siempre —susurró la mente de a bordo.

Falconi se volvió hacia Kira.

—Kira, tú eres la única capaz de hablar con la medusa. Pregúntale si cree que puede ayudarnos, y si puede, haz de intérprete con Hwa-jung.

Kira asintió y se levantó del asiento acolchado, notando en el cuerpo cada kilo adicional.

El capitán aún no había terminado.

—Sparrow, ve tú también. Asegúrate de que la situación no se desmadre.

—Sí, señor.

—Cuando hayáis terminado, volved a encerrar a la medusa en la esclusa.

—¿Vas a dejarla allí? —preguntó Sparrow.

—Es el único lugar mínimamente seguro. A menos que tengas una idea mejor... —Sparrow negó con la cabeza—. De acuerdo. Vamos allá. Y Kira... Cuando hayáis acabado, busca al doctor para que le eche un vistazo a ese brazo.

—Está bien —dijo Kira.

3.

Mientras Kira salía de Control, acompañada por las otras dos mujeres, Hwa-jung señaló su brazo mutilado.

—¿Te duele?

—No —contestó Kira—. La verdad es que no. Pero es una sensación rara.

—¿Qué ha pasado? —preguntó Sparrow.

—Una de las pesadillas me agarró. Tuve que cortarme el brazo para soltarme.

Sparrow hizo una mueca de dolor.

—Mierda. Por lo menos conseguiste escapar.

—Sí. —Pero Kira seguía preguntándose si de verdad había escapado.

Dos marines (Tatupoa y otro al que Kira solo conocía de vista) estaban apostados en la antecámara de la esclusa, vigilando a la medusa. Los demás se habían marchado, dejando la cubierta llena de vendas y manchas de sangre.

Los dos hombres engullían unas raciones cuando Kira y sus compañeras se acercaron. Parecían pálidos y agotados por el estrés. Ella se sentía igual. Cuando la adrenalina remitía, llegaba el bajón. Y el de Kira había sido de los gordos.

Tatupoa dejó de comer, con el cuchador en vilo.

—¿Venís a hablar con la medusa?

—Sí —contestó Kira.

—Bueno. Si necesitáis ayuda, dadnos una voz. Estaremos aquí mismo.

Aunque Kira dudaba de que los marines pudieran ofrecerle mejor protección que el filo dúctil, la tranquilizaba saber que estarían allí, armados y alerta.

Sparrow y Hwa-jung dejaron que Kira se adelantara. Se acercó a la esclusa y miró por la ventanilla presurizada de diamante. La medusa, Itari, seguía sentada en el suelo, sobre una maraña de sus propios tentáculos. Durante un momento, la aprensión paralizó a Kira, pero después pulsó el botón de desbloqueo y la escotilla interior de la esclusa se abrió.

El olor de la medusa le recordaba a una mezcla de salmuera, especias y cobre.

El alienígena habló primero:

[[Aquí Itari: ¿En qué puedo ayudarte, Idealis?]]

[[Aquí Kira: Intentamos salir del sistema, pero nuestra nave no es lo bastante veloz para nadar más deprisa que los wranaui o los corruptos.]]

[[Aquí Itari: No puedo construiros un modificador de caudal.]]

[[Aquí Kira: ¿Te refieres a un...]] Le costaba encontrar la palabra adecuada: [[...a un variador de peso?]]

[[Aquí Itari: Sí. Es lo que permite que una nave nade más deprisa.]]

[[Aquí Kira: Comprendo. ¿Y qué hay de la máquina que nos permite nadar más deprisa que la luz?]]

[[Aquí Itari: El Orbe de Conversión.]]

[[Aquí Kira: Sí, eso. ¿Puedes hacer algo para mejorar su funcionamiento y que podamos marcharnos antes?]]

La medusa se revolvió, y pareció señalarse a sí misma con dos de sus tentáculos.

[[Aquí Itari: Esta forma está diseñada para luchar, no para construir. No poseo los ensambladores ni los materiales necesarios para esa clase de trabajo.]]

[[Aquí Kira: Pero ¿sabes cómo mejorar nuestro Orbe de Conversión?]]

La medusa entrelazó sus tentáculos, frotándolos y retorciéndolos con nerviosismo.

[[Aquí Itari: Sí, pero tal vez no sea posible sin el tiempo, las herramientas y la forma necesarios.]]

[[Aquí Kira: ¿Estarías dispuesto a intentarlo?]]

... [[Aquí Itari: Ya que lo pides tú, Idealis, sí.]]

[[Aquí Kira: Sígueme.]]

—¿Y bien? —preguntó Sparrow en cuanto Kira salió de la esclusa.

—Va a intentar ayudarnos —contestó Kira—. ¿Hwa-jung?

La jefa de máquinas frunció el ceño.

—Por aquí.

—Eh, alto ahí —dijo Tatupoa, levantando la mano tatuada—. Nadie nos ha dicho nada de esto. ¿Queréis sacar a la medusa?

Sparrow tuvo que llamar a Falconi, que a su vez tuvo que llamar a Hawes, antes de que los marines cedieran y les permitieran escoltar a Itari hasta Ingeniería. Kira no se alejaba de la medusa, cubriendo el filo dúctil de espinas chatas y romas por si se veía obligada a luchar y a matar.

Pero creía que no sería necesario. Todavía no.

Aunque seguía alerta y activa, se sentía débil, exhausta por los dramáticos acontecimientos. Necesitaba comer. Y no solo ella: el filo dúctil también necesitaba alimentarse. El traje parecía más... delgado, como si la energía invertida en el combate y la pérdida del material del antebrazo hubieran agotado sus reservas.

—¿No tendrás una barrita? —le preguntó Kira a Sparrow.

Ella negó con la cabeza.

—No, lo siento.

¿Dónde está Trig cuando hace falta? Kira se estremeció al recordarlo. Daba igual, esperaría. No iba a desmayarse de hambre, y la comida (o más bien la falta de ella) no era precisamente su prioridad.

Ingeniería era una sala estrecha y llena de pantallas. Las paredes, los suelos y el techo estaban pintados del mismo color gris apagado que Kira recordaba de la Circunstancias Atenuantes. Por el contrario, todas las tuberías, cables, válvulas y manivelas eran de un color distinto: rojo, verde, azul e incluso naranja; tonos muy vivos y distintos, para evitar confusiones. Los objetos estaban marcados con grandes puntos de braille, para poder identificarlos también a oscuras y con un dermotraje.

El suelo estaba más limpio que la encimera de la cocina, pero el aire estaba cargado de calor y humedad e impregnado de un desagradable olor a lubricante, productos de limpieza y ozono. Kira notaba un regusto metálico en la lengua, y también que las cejas se le erizaban por la electricidad estática.

—Aquí —dijo Hwa-jung, guiándolos al fondo de la sala, por donde asomaba la mitad de una gran esfera negra, de más de un metro de diámetro: el impulsor Markov de la Wallfish.

El siguiente cuarto de hora fue una frustrante sucesión de traducciones fallidas. La medusa utilizaba constantemente terminología que ella no entendía ni podía traducir de manera coherente, y viceversa: Hwa-jung hablaba con jerga técnica que Kira era incapaz de traducir adecuadamente al lenguaje de las medusas. La jefa de máquinas activó una holopantalla integrada en la consola del impulsor Markov y desplegó los diagramas y otras representaciones visuales de las entrañas de la máquina. Eso les facilitó un poco las cosas, pero seguían siendo incapaces de superar la brecha lingüística.

Los cálculos por los que se regía el impulsor Markov eran cualquier cosa menos sencillos. Sin embargo, su ejecución (al menos tal y como la entendía Kira) era bastante clara. La aniquilación de la antimateria generaba electricidad, que a su vez se utilizaba para dar energía al campo electromagnético condicionado que permitía la transición superlumínica. Cuanto menor era la densidad energética del campo, más deprisa podía volar la nave, puesto que en el espacio superlumínico (exactamente al contrario de lo que ocurría en el espacio normal), menos energía equivalía a más velocidad. Las eficiencias de escala implicaban que las naves más grandes obtenían una velocidad máxima más alta, pero, en el fondo, el factor limitante definitivo era de carácter ingenieril. Mantener campos de baja energía era complicado, puesto que eran propensos a la disrupción de numerosas fuentes internas y externas, y por eso un pozo gravitatorio potente obligaba a la nave a regresar al espacio normal. Incluso durante el vuelo interestelar, el campo debía reajustarse varias veces por nanosegundo para mantenerlo mínimamente estable.

Por todo ello, Kira desconfiaba de que Itari pudiera rediseñar su impulsor Markov así como así, sin el equipo necesario y sin entender ni su idioma ni la codificación de las matemáticas humanas. Sin embargo, a pesar de lo que le decía la razón, todavía albergaba esperanzas.

Finalmente, Falconi les habló por el comunicador.

—¿Algún avance? Esto no pinta bien.

—Todavía no —contestó Hwa-jung, que parecía tan irritada como Kira.

—Seguid intentándolo —dijo el capitán, antes de cortar la comunicación.

—Tal vez… —empezó a decir Kira, pero se interrumpió cuando la medusa le dio la espalda a la pantalla y se encaramó a la superficie convexa del impulsor Markov.

—¡No! —exclamó Hwa-jung al ver que el alienígena empezaba a tirar de los paneles con un tentáculo. La jefa de máquinas se abalanzó sobre ella con sorprendente agilidad y trató de arrancar a la medusa del impulsor, pero la criatura la rechazó fácilmente con otro tentáculo—. Kira, dile que pare. Si provoca una fuga, nos matará a todos.

Sparrow acababa de levantar su bláster y tenía el dedo apoyado en el gatillo.

—¡Quieta! —exclamó Kira—. Tranquila. Se lo voy a decir, pero no dispares. Sabe lo que se hace.

En ese momento, Itari arrancó la cubierta que protegía las entrañas del impulsor Markov. El chirrido del metal doblado la hizo estremecer.

—Más le vale —murmuró Sparrow. Bajó un poco el bláster, pero no del todo.

[[Aquí Kira: ¿Qué estás haciendo? Mis compañeras de banco están preocupadas.]]

[[Aquí Itari: Necesito ver cómo está construido vuestro Orbe de Conversión. No te preocupes, biforma. No voy a destruirnos.]]

Kira les tradujo sus palabras, pero la promesa de Itari no alivió la inquietud de Hwa-jung. La jefa de máquinas se quedó cerca de la medusa, retorciéndose las manos mientras miraba por encima de sus abultados tentáculos con el ceño fruncido.

—*Shi-bal* —gruñó—. No toques eso... ¡No...! Ah, bicho estúpido, ¿qué estás haciendo?

Tras varios tensos minutos, la medusa apartó sus pinzas del interior del impulsor y se volvió hacia Kira.

[[Aquí Itari: No puedo mejorar el funcionamiento de vuestro Orbe.]] Empezó a dolerle el estómago mientras la medusa seguía hablando: [[Sí que podría hacerlo más fuerte, pero...]]

[[Aquí Kira: ¿Más fuerte?]]

[[Aquí Itari: Si se aumenta el caudal de energía, la fuerza de la burbuja se puede incrementar para que la conversión pueda producirse más cerca de la estrella. Pero para eso necesitaría equipamiento de alguna de nuestras naves. No hay tiempo para fabricar las piezas necesarias con materias primas.]]

—¿Qué dice? —preguntó Hwa-jung. Kira se lo explicó—. ¿Cómo de cerca?

[[Aquí Itari: Con vuestro Orbe de Conversión... la distancia mínima se reduciría a la mitad.]]

—No pareces impresionada —dijo Kira cuando terminó de traducir. Hwa-jung resopló.

—Pues no. No es la primera vez que aumentamos la fuerza del campo antes de entrar en superlumínico. Es un truco muy viejo. Pero el impulsor no puede soportar más energía. La cámara de reacción fallará o se quemarán los circuitos. No es viable.

—En realidad da igual —dijo Sparrow—. Tú misma lo has dicho: la medusa no puede hacer nada sin el equipamiento adecuado. Estamos cagando dentro de la esclusa. —Se encogió de hombros.

Kira no dejaba de pensar mientras hablaban. Al principio se preguntó si el filo dúctil podría proveer a Itari de las herramientas y materiales que necesitaba. Estaba segura de que era posible, pero no tenía ni idea de por dónde empezar ni cómo hacerlo, y el xeno tampoco iba a darle pistas. Después repasó mentalmente todo lo que sabía sobre la Wallfish, buscando algo, cualquiera cosa, que pudiera serles de ayuda.

La respuesta le vino a la mente casi de inmediato.

—Esperad —dijo. Hwa-jung y Sparrow se quedaron calladas, mirándola. Kira activó su comunicador y llamó a los entropistas—. Veera, Jorrus, os necesitamos en Ingeniería ahora mismo. Traed el artefacto que encontrasteis en la nave medusa.

—Vamos para allá, prisionera —contestaron los dos.

Hwa-jung entornó los ojos.

—No esperarás que una pieza arrancada al azar de una nave alienígena sirva de algo, Navárez.

—No —contestó Kira—. Pero vale la pena intentarlo. —Se lo explicó a Itari, y la medusa se sentó en la cubierta a esperar, envuelta en sus propios tentáculos.

—¿Cómo es posible que este calamar sepa cómo arreglarlo? —preguntó Sparrow, señalando a Itari con el cañón de su bláster—. Es un soldado. ¿Es que todos sus soldados también son ingenieros?

—A mí también me gustaría saberlo —apuntó Hwa-jung, enarcando las cejas.

Kira le hizo la misma pregunta a la medusa, que respondió:

[[Aquí Itari: No, esta forma no está diseñada para crear máquinas, pero todas las formas reciben una semilla de información para que les sirva en caso necesario.]]

—¿A qué te refieres con «forma»? —preguntó entonces Sparrow.

El alienígena retorció varios de sus tentáculos, señalándose.

[[Aquí Itari: Esta forma. Diferentes formas tienen diferentes usos. Ya deberíais saberlo: vosotros también tenéis dos formas.]]

—¿Se refiere a hombres y mujeres? —preguntó Hwa-jung. Sparrow también frunció el ceño.

—¿Las medusas pueden cambiar de forma? ¿A eso se ref...?

La llegada de los entropistas la interrumpió. Los dos indagadores se aproximaron cautelosamente a Kira y, sin perder de vista a Itari, le entregaron el objeto oblongo y azulado que habían sacado de la nave medusa en 61 Cygni.

Un yuxtolor de excitación llenó las fosas nasales de Kira cuando le tendió el objeto a Itari. La medusa le dio varias vueltas al artefacto con sus brazos de cangrejo, y sus tentáculos se tiñeron de tonos otoñales, rojos y naranjas.

[[Aquí Itari: Esto es un nódulo de un Aspecto del Vacío.]]

[[Aquí Kira: Sí. Así se llamaba la sala donde lo encontraron mis compañeros de banco. ¿El nódulo sirve de algo?]]

[[Aquí Itari: Quizás.]]

Kira observó con interés y algo de asombro cómo un par de brazos más pequeños se desplegaban desde una ranura oculta en el borde del caparazón de la medusa. Al igual que los de mayor tamaño, aquellas extremidades también estaban revestidas de un material reluciente y quitinoso, pero estos nuevos brazos poseían unas articulaciones más finas y estaban rematados por unos delicados cilios de apenas uno o dos centímetros de largo.

Itari los utilizó para desmontar rápidamente el nódulo. En su interior había varios componentes sólidos que no se parecían en absoluto a las piezas de ningún ordenador o dispositivo mecánico que Kira conociera. Si acaso, parecían más bien secciones de una gema o un cristal.

Sosteniendo los componentes con sus cilios, Itari regresó al impulsor Markov e introdujo sus pequeñas extremidades terciarias en las entrañas del dispositivo esférico. Empezaron a oírse golpes, arañazos y chirridos metálicos dentro del impulsor.

—Kira... —dijo Hwa-jung en tono de advertencia.

—Dale una oportunidad —insistió Kira, aunque ella también estaba nerviosa. Los entropistas, la jefa de máquinas y la propia Kira miraron por encima de los tentáculos de Itari, escudriñando el interior del impulsor. La medusa estaba fijando los componentes cristalinos a distintas piezas internas de la máquina. Los componentes se fusionaban con todo lo que tocaban en unos instantes, uniéndose al material del impulsor mediante unas diminutas y relucientes hebras. Pero Kira se dio cuenta de que solamente se adherían en los lugares apropiados. Las hebras parecían guiarse por la voluntad de Itari o por algún tipo de programación interna.

—¿Cómo lo hace? —preguntó Hwa-jung, con una curiosa voz de asombro. Kira tradujo la pregunta.

[[Aquí Itari: Por la gracia de los Desaparecidos.]]

La respuesta de la medusa no aplacó la inquietud de Kira, y era evidente que tampoco la de Hwa-jung. Pero dejaron trabajar a la medusa sin estorbarle. Y al cabo de un rato:

[[Aquí Itari: Tendréis que desconectar a la mente pétrea que gobierna el Orbe de Conversión para que los cambios funcionen.]]

—¿Mente pétrea? —dijo Hwa-jung—. ¿Se refiere al ordenador?

—Creo que sí —contestó Kira.

—*Mmm.* —La jefa de máquinas no parecía precisamente contenta, pero sus ojos se movieron velozmente por su holofaz invisible y al cabo de unos segundos dijo—: Listo. Ahora es Gregorovich quien controla el impulsor.

Kira informó a la medusa.

[[Aquí Itari: El Orbe de Conversión está listo. Ahora podréis activarlo el doble de rápido que antes.]]

Hwa-jung frunció el ceño y se inclinó sobre el impulsor, estudiando los misteriosos añadidos internos de la máquina.

—¿Y después?

[[Aquí Itari: Después, el caudal de energía volverá a la normalidad y vuestra nave podrá nadar tan deprisa como siempre.]]

La jefa de máquinas no parecía convencida, pero gruñó y dijo:

—Supongo que no podemos conseguir nada mejor.

—El doble de rápido que antes —dijo Sparrow—. Ahora mismo vamos a 2 g, así que podremos saltar... ¿cuándo?

—Dentro de siete horas —respondió Hwa-jung.

Era mejor de lo que Kira se temía, pero mucho peor de lo que esperaba. Siete horas seguía siendo tiempo más que suficiente para que una o más naves enemigas alcanzaran a la Wallfish. Hwa-jung llamó a Control e informó a Falconi de la nueva situación.

—De acuerdo. Muy bien. No hemos salido del bosque, pero por lo menos ahora ya se ve el sol entre los árboles. Ni las medusas ni las pesadillas esperarán que saltemos tan pronto. Con un poco de suerte, creerán que tienen tiempo de sobra para perseguirnos y se centrarán en reventarse mutuamente primero... Buen trabajo. Kira, dale las gracias a la medusa y pregúntale si necesita comida, agua, mantas... esas cosas. Sparrow, asegúrate de que vuelve a la esclusa.

—Sí, señor —contestó Sparrow. En cuanto se cortó la comunicación, añadió—: «Con un poco de suerte». Claro que sí, porque últimamente tenemos muchísima suerte.

—Seguimos vivos —apuntó Jorrus—. Algo...

—... es algo —añadió Veera.

—Ya —dijo Sparrow. Le hizo un gesto a Itari—. Venga, adefesio enorme. Es hora de irse.

La mención de las pesadillas volvió a introducirle ideas desagradables en la cabeza. Mientras conducían a la medusa al estrecho pasillo que salía de Ingeniería, Kira le transmitió el agradecimiento de Falconi y se interesó por las necesidades de la medusa, a lo que esta respondió:

[[Aquí Itari: Agradecería un poco de agua. Eso es todo. Esta forma es robusta y apenas requiere sustento.]]

Al cabo de un rato, Kira preguntó:

[[Aquí Kira: ¿Sabíais que los corruptos proceden del Idealis?]] Al alienígena pareció sorprenderle la pregunta.

[[Aquí Itari: Por supuesto, biforma. ¿Vosotros no?]]

[[Aquí Kira: No.]]

La superficie de sus tentáculos se llenó de colores chillones, y el yuxtolor de la confusión impregnó el aire.

[[Aquí Itari: ¿Cómo es posible? Tuviste que estar presente durante el desove de estos corruptos... Teníamos mucha curiosidad por conocer las circunstancias, Idealis.]]

Kira le puso una mano en el hombro a Sparrow.

—Espera. Necesito un minuto.

La mujer miró de reojo a Kira y a la medusa.

—¿Qué pasa?

—Intento entender una cosa.

—¿En serio? ¿Ahora? Podéis hablar todo lo que queráis en la esclusa.

—Es importante.

Sparrow suspiró.

—Está bien, pero deprisita.

A regañadientes, Kira le describió a Itari la secuencia de acontecimientos que había desembocado en el nacimiento de las Fauces. Sin embargo, evitó darle detalles sobre la explosión de la Circunstancias Atenuantes; se avergonzaba de lo que había hecho y de las consecuencias.

Cuando terminó, la piel de la medusa despedía una mezcla de olores desagradables.

[[Aquí Itari: Entonces, ¿los corruptos que estamos viendo son una mezcla de wranaui, biformas y el bendito Idealis?]]

[[Aquí Kira: Sí.]]

La medusa se estremeció. Kira nunca había visto a ninguna reaccionando así.

[[Aquí Itari: Es... una desgracia. Nuestro enemigo es aún más peligroso de lo que pensábamos.]]

Qué me vas a contar.

Itari continuó:

[[Hasta que respondiste al tsuro, la señal de búsqueda de los Desaparecidos, pensábamos que tú eras una corrupta. ¿Cómo podía ser de otro modo, cuando encontramos corruptos esperándonos cerca de la estrella en la que ocultamos el Idealis?]]

[[Aquí Kira: ¿Por eso no me buscasteis cuando me marché del sistema?]] Percibió un yuxtolor de afirmación.

[[Aquí Itari: Te buscamos, Idealis, pero creíamos que eras una corrupta, así que seguíamos a los corruptos, no a tu pequeña caracola.]]

Kira frunció el ceño, sin terminar de comprenderlo.

[[Aquí Kira: Entonces, todos los wranaui creíais que los corruptos eran nuestros aliados... ¿porque sabíais que yo los había creado?]]

[[Aquí Itari: Sí. Ya ocurrió algo semejante en una ocasión, durante el Desgarro, y casi supuso nuestra perdición. Aunque los demás de nuestra especie no sabían cuál era la fuente exacta de estos corruptos, sí sabían que tenían que proceder de un Idealis. Tal y como dijo tu coforma, los corruptos empleaban vuestro lenguaje y tardaron un tiempo en atacar vuestros estanques, así que parecía evidente que erais compañeros de banco. No fue hasta que oímos tu señal y vimos la reacción de los corruptos que comprendimos que no los estabais criando para guerrear contra nosotros.]]

[[Aquí Kira: Los demás wranaui deben de haber llegado a la misma conclusión, ¿no?]]

[[Aquí Itari: Sí.]]

[[Aquí Kira: Y aun así continúan atacándonos.]]

[[Aquí Itari: Porque siguen creyendo que tú y tus coformas sois responsables de los corruptos. Y es verdad, Idealis. Desde ese punto de vista, el cómo y el por qué no importan. Llevamos mucho tiempo planeando represar vuestros estanques y poner límite a vuestra propagación. La aparición de los corruptos no cambia nada. Pero aquellos a quienes sirve esta forma piensan de otro modo. Creen que los corruptos son una amenaza demasiado grande para que los wranaui la derroten solos. Y creen que no ha habido un momento mejor desde el Desgarro para derrocar al líder de los Brazos. Pero para eso necesitamos tu ayuda, Idealis, y la ayuda de tus coformas.]]

[[Aquí Kira: ¿Y qué esperáis que haga yo exactamente?]]

La piel de la medusa se cubrió de tonos azules y rosados.

[[Aquí Itari: Enfrentarte a los corruptos, ¿qué si no? ¿No es evidente? Sin el Báculo del Azul, ahora tú eres nuestra mayor esperanza.]]

4.

Después de dejar a Itari a buen recaudo en la esclusa, Kira se dirigió a la cocina. Se bebió un vaso de agua y sacó tres barritas. Mientras mordisqueaba una, entró de nuevo en el conducto para bajar al taller de la Wallfish. Como ya había hecho una vez, fue abriendo los cajones de materia prima para impresión e introdujo el muñón del brazo en los diferentes materiales en polvo. *Come,* le ordenó al filo dúctil.

Y el xeno obedeció.

Metales, plásticos, materiales orgánicos... el xeno lo absorbía todo, y en grandes cantidades. Parecía estar preparándose para lo que pudiera pasar.

Mientras el traje se daba un banquete, Kira se comió las otras dos barritas, aunque no le resultó fácil rasgar el envoltorio con una sola mano, que además no era la dominante. *¿No podría haber sido la izquierda?*

En cualquier caso, la dificultad de la tarea le impidió pensar en cosas más sombrías y amargas.

Cuando el traje y ella terminaron de comer, Kira calculó que Vishal ya habría acabado de atender a los heridos. Como mínimo, podría dedicarle unos minutos a ella. Cerró los cajones de materiales y se dirigió a la enfermería.

La sala era un caos. La cubierta estaba sembrada de vendas, gasas, latas de medigel vacías y jirones de ropa ensangrentada. Había cuatro marines dentro: uno tendido sobre la solitaria mesa de exploración y otros tres echados en la cubierta, medio desvestidos. El médico de la FAU y Vishal los estaban atendiendo. Todos los heridos parecían sedados.

Sin embargo, Kira no veía a la persona que más le preocupaba. Mientras Vishal iba de acá para allá, Kira le preguntó:

—¿Dónde está Trig? ¿Está bien?

La expresión de Vishal se ensombreció.

—No, Srta. Kira, no está bien. Le he quitado la membrana que le puso la medusa. No hay duda de que le ha salvado la vida, pero... —El doctor chasqueó la lengua y negó con la cabeza mientras se quitaba los guantes ensangrentados.

—¿Sobrevivirá?

Vishal sacó otro par de guantes de una caja de la encimera y se los puso antes de contestar:

—Si conseguimos llevar a Trig a una instalación médica adecuada, sí, sobrevivirá. De lo contrario, no lo creo.

—¿No puedes curarlo aquí?

Vishal negó con la cabeza.

—El proyectil le partió las vértebras de esta zona —se palpó la nuca— y le incrustó varios fragmentos en el cráneo. Necesita una operación quirúrgica para la que este medibot no está preparado. Es posible que haya que transferir su cerebro a un constructo hasta que le cultivemos un cuerpo nuevo.

La idea la hizo sentir aún peor. Que un chico tan joven como Trig perdiera su cuerpo... Eso no estaba bien.

—¿Está en crionización?

—Sí, sí, en el refugio de la nave. —Vishal extendió la mano hacia el muñón de Kira—. Déjeme ver, Srta. Kira. Oh, ¿se puede saber qué ha estado haciendo?

—Nada divertido —contestó.

Vishal asintió mientras sacaba un escáner y empezaba a examinar el muñón del brazo.

—No, ya me lo imagino. —La miró de reojo—. Los soldados me han enseñado lo que hizo en Nidus. Cómo luchó contra las medusas y las pesadillas.

Kira se encogió de hombros, algo incómoda.

—Solo intentaba que no nos mataran.

—Claro, Srta. Kira. Claro. —El doctor palpó el extremo del muñón—. ¿Le duele?

Ella negó con la cabeza.

Mientras seguía palpando los músculos que rodeaban el brazo, Vishal añadió:

—El vídeo que me han enseñado... Las cosas que es capaz de hacer con este xeno... —Chasqueó la lengua y rebuscó en uno de los armarios superiores.

—¿Qué pasa? —preguntó Kira. Su parte más morbosa se preguntaba qué pensaría el doctor ahora que había visto las habilidades letales del filo dúctil. ¿La consideraría un monstruo?

Vishal regresó con un tubo de gel verde, frío y viscoso que procedió a untarle por todo el muñón. Le apoyó un proyector de ultrasonidos en el brazo y accedió a su holofaz.

—Se me ha ocurrido un nombre para su xeno, Srta. Kira.

—¿Ah, sí? —dijo Kira, curiosa. Acababa de caer en la cuenta de que nunca le había explicado al doctor que el traje se llamaba a sí mismo «el filo dúctil».

Vishal la miró a los ojos, muy serio.

—El Varunastra.

—¿Qué significa?

—Es un arma muy famosa de la mitología hindú. El Varunastra está hecho de agua y puede adoptar la forma de cualquier arma. Sí, y muchos guerreros lo portaron, como Aryuna. Aquellos que portan las armas de los dioses son conocidos como Astradhari. —La miró de nuevo, inclinando la cabeza—. *Usted* es una Astradhari, Srta. Kira.

—Tengo mis dudas, pero… me gusta el nombre. El Varunastra.

El doctor sonrió levemente y le tendió una toalla.

—Se llama así por el dios Varuna, su creador.

—¿Y cuál es el precio de usar el Varunastra? —dijo Kira mientras se limpiaba el gel del brazo—. Usar las armas de los dioses siempre sale caro.

Vishal guardó la máquina de ultrasonidos.

—No hay un precio *per se*, Srta. Kira, pero debe utilizarse con sumo cuidado.

—¿Por qué?

El doctor parecía reacio a responder, pero finalmente añadió:

—Si pierde el control del Varunastra, este podría destruirla.

—¿Ah, sí? —preguntó Kira, con un ligero escalofrío—. Bueno, el nombre es muy apropiado. Varunastra. —Señaló su muñón—. ¿Puedes hacer algo?

Vishal meneó la mano de un lado a otro.

—No parece sentir dolor, pero…

—No.

—… pero no tenemos tiempo para imprimir un brazo de repuesto antes de abandonar el sistema. Tal vez Hwa-jung pueda fabricarle una prótesis, pero andamos justos de tiempo.

—Y aunque no fuera así, ¿crees que serías capaz de conectarme el brazo de repuesto? —preguntó Kira—. Puedo obligar al traje a retirarse de esta zona, pero… no sé cuánto tiempo podré contenerlo, y si necesitas cortarme la piel para unirlo… —Negó con la cabeza. Tampoco podían anestesiarla. Tal vez una prótesis fuera la mejor opción.

Vishal se agachó para ajustar los vendajes de la pierna de un marine.

—Cierto, cierto. Pero el xeno sabe curarla, ¿verdad?

—Sí —contestó Kira, pensando en la fusión de Carr y la medusa. *A veces demasiado bien.*

—Pues tal vez también pueda conectarle un brazo nuevo. No estoy seguro, pero el xeno parece capaz de grandes cosas, Srta. Kira.

—El Varunastra.

—Eso es. —Vishal sonrió, mostrándole sus dientes blancos—. Aparte de la herida en sí, no veo que le ocurra nada a su brazo. Infórmeme si siente algún dolor y volveré a examinarla, pero de momento no creo que sea necesario tomar precauciones especiales.

—De acuerdo, gracias.

—De nada, Srta. Kira. Es un placer ayudarla.

Al salir de la enfermería, Kira se detuvo en el pasillo, con la mano en la cadera, y aguardó unos segundos para poner sus pensamientos en orden. Lo que necesitaba de verdad era un poco de tiempo para sentarse, pensar y procesar todo lo ocurrido.

Pero, tal y como había dicho Vishal, andaban justos de tiempo y quedaba mucho por hacer (y no todo era tan evidente ni tan directo como el combate).

Desde la enfermería, Kira regresó al centro de la nave y entró en el refugio forrado de plomo, situado justo debajo de la sala de control. Allí encontró a Nielsen al lado de uno de los siete criotubos instalados en las paredes. Trig estaba dentro de la cápsula; su rostro apenas era visible tras la ventanilla helada. Todavía tenía el cuello manchado de sangre oscura, y su rostro estaba tan laxo, tan ausente, que Kira sintió un escalofrío. El cuerpo que estaba viendo no se parecía a la persona que conocía, sino más bien a un objeto inanimado. Una cosa. Una cosa a la que le faltaba la chispa de la vida.

Nielsen le dejó sitio a Kira, que se acercó y puso la mano en el lateral del tubo. Estaba frío. Pasaría una temporada sin volver a ver al chico. ¿Qué era lo último que le había dicho? No se acordaba, y eso la irritaba.

«Lo siento», susurró. Si hubiera sido más rápida, si no hubiera tenido tanto cuidado de mantener al filo dúctil bajo control, podría haberlo salvado. Y sin embargo, tal vez no… Teniendo en cuenta lo que acababa de descubrir sobre la creación de las pesadillas, liberar al xeno era lo último que debería haber hecho. Utilizar al filo dúctil era como hacer malabarismos con una bomba con detección de movimiento: en cualquier momento podía estallar y llevarse a alguien por delante.

¿Cuál era la solución? Tenía que existir un punto medio, algo que le permitiera actuar con confianza, sin miedo. Pero no sabía dónde estaba ese punto. Si lo controlaba en exceso, el filo dúctil era poco más que un dermotraje vistoso. Y si no lo controlaba lo suficiente… en fin, ya había visto los resultados. Una catástrofe. Kira estaba intentando hacer equilibrios sobre el filo de una navaja, y hasta ahora no había hecho más que resbalar y cortarse.

«Cómete el camino», murmuró, recordando las palabras de Inarë.

—Es culpa mía —dijo Nielsen, sobresaltándola. La primera oficial se puso a su lado, mirando el criotubo.

—No, qué va —dijo Kira.

Nielsen sacudió la cabeza.

—Debería haber sabido que Trig haría alguna tontería si creía que yo estaba en peligro. Siempre se porta como un perrito cuando estoy cerca. Debería haberle dicho que se quedara en la nave.

—No te culpes —dijo Kira—. Si acaso... la responsable soy yo. —Se explicó.

—No sabes qué habría pasado si hubieras dejado suelto al traje.

—Ya. Pero tú tampoco podías saber que iba a aparecer esa medusa. No has hecho nada malo.

Un momento después, Nielsen cedió.

—Supongo que no. El caso es que nunca deberíamos haber metido a Trig en esa situación.

—¿Y teníamos elección? Tampoco es que estuviera a salvo en la Wallfish.

—Eso no significa que hiciéramos bien. Es más joven que mis dos hijos.

—Pero no es ningún niño.

Nielsen tocó la tapa del tubo.

—No, es verdad. Ya no.

De pronto, Kira la abrazó. Cuando se repuso de la sorpresa, Nielsen le devolvió el abrazo.

—Oye, Doc dice que sobrevivirá —dijo Kira, retrocediendo—. Y tú estás viva. No hemos perdido a nadie de la Wallfish. Yo creo que Trig lo consideraría una victoria.

La primera oficial consiguió sonreír débilmente.

—Procuremos evitar más victorias como esta en lo sucesivo.

—Trato hecho.

5.

Veintiocho minutos después, la Darmstadt explotó. Una de las naves pesadilla controladas por el Buscador consiguió alcanzar al crucero de la FAU con uno de sus misiles, fracturando su impulsor Markov y vaporizando media nave.

Kira estaba en Control cuando ocurrió, pero aun así oyó los juramentos de los marines heridos de la enfermería.

Contempló con consternación el holograma del sistema y el puntito rojo parpadeante que señalaba la última posición de la Darmstadt. Toda esa gente había muerto por su culpa. Era abrumador.

Falconi debió de notarlo en su expresión.

—No podíamos impedirlo.

Tal vez no, pero eso no la hacía sentir mejor.

Tschetter contactó con ellos casi de inmediato:

—Capitán Falconi, las medusas que me acompañan seguirán ofreciéndoles cobertura mientras puedan. No podemos garantizar su seguridad, así que les sugiero que mantengan su aceleración actual.

—Recibido —contestó Falconi—. ¿Cómo van sus naves?

—No se preocupe por nosotros, capitán. Céntrense en volver a la Liga de una pieza. Nosotros nos encargamos del resto. Cambio y corto.

En el holograma, Kira vio que las tres naves medusa aliadas entraban y salían velozmente de la zona de conflicto. Solamente quedaban cuatro naves medusa hostiles, y casi todas las pesadillas habían sido destruidas o inutilizadas, pero las que quedaban seguían luchando. Seguían siendo peligrosas.

—Gregorovich —dijo Falconi—. Aumenta otro cuarto de g.

—Capitán —dijo Hwa-jung en tono de advertencia—. Es posible que las reparaciones no lo resistan.

Falconi la miró con decisión.

—Confío en ti, Song. Resistirán.

Gregorovich carraspeó (con su garganta simulada) y anunció:

—Aumentando propulsión, oh capitán, mi capitán.

Kira sintió que sus extremidades se volvían aún más pesadas. Se hundió en la silla más cercana y suspiró cuando el acolchado alivió un poco la presión de los huesos. Incluso con la ayuda del filo dúctil, aquella aceleración adicional resultaba muy molesta. El solo hecho de respirar requería un esfuerzo considerable.

—¿Cuánto tiempo ahorramos así? —preguntó Falconi.

—Veinte minutos —contestó Gregorovich.

Falconi hizo una mueca de fastidio.

—Habrá que conformarse. —La fuerza de la aceleración le encorvaba los hombros y le tensaba la piel del rostro, haciéndolo parecer mayor de lo que era.

Nielsen, al otro lado del holograma, preguntó:

—¿Qué vamos a hacer con los marines?

—¿Hay algún problema? —quiso saber Kira.

Falconi se sentó en su silla, dejando que cargara con parte del peso adicional.

—No hay criotubos para todos. Nos faltan cuatro. Y está claro que tampoco tenemos víveres suficientes para aguantar despiertos hasta la Liga.

Kira recordó con aprensión el viaje en ayunas a bordo de la Valquiria.

—¿Y qué hacemos?

Los ojos de Falconi centellearon con malicia.

—Pues pedir voluntarios. Si la medusa pudo crionizar a Trig, podrá hacer lo mismo con los marines. A Tschetter no le pasó nada, por lo visto.

Kira suspiró ruidosamente.

—A Hawes y a sus hombres no les va a gustar ni un pelo.

Falconi se rio entre dientes, pero era evidente que seguía totalmente serio.

—Que se aguanten. Es mejor eso que darse un paseíto por el espacio. Prefiero que se lo digas tú, Audrey. Es menos probable que le partan la cara a una mujer.

—Vaya, muchas gracias —dijo Nielsen con ironía, pero se levantó despacio de su asiento y echó a andar hacia la bodega sin rechistar.

—¿Y ahora qué? —preguntó Kira cuando la primera oficial se marchó.

—Ahora, a esperar —contestó Falconi.

CAPÍTULO VIII

* * * * * * *

PECADOS DEL PRESENTE

1.

El día había sido muy largo. Uno tras otro, la tripulación, los entropistas y los marines capaces de caminar se reunieron en la cocina. La sala estaba abarrotada, pero a nadie parecía molestarle.

Hwa-jung y Vishal se encargaron de calentar y servir la cena. A pesar de las barritas que se había comido antes, Kira no rechazó el cuenco de estofado rehidratado que le pusieron en la única mano que le quedaba.

Se sentó en el suelo, en un rincón, con la espalda apoyada en la pared. A 2,25 g, esa era con diferencia la opción más cómoda, a pesar de lo mucho que le costaba levantarse y sentarse. Cenó mientras miraba y escuchaba a los demás.

En cada mesa, un holograma mostraba imágenes en directo de las naves que habían dejado atrás. Las proyecciones eran el centro de atención; todos querían saber qué estaba pasando.

Las medusas y las pesadillas seguían combatiendo. Algunas habían huido al planeta C o al B, y se perseguían por los límites de sus atmósferas, mientras que otro grupo (tres naves en total) daba vueltas alrededor de la estrella, Gamus.

—Parece que todavía creen que tienen tiempo de sobra para atraparnos antes de que podamos saltar —dijo el teniente Hawes. Tenía los ojos enrojecidos y el rostro sombrío, como todos los marines. Las pérdidas sufridas durante la huida del planeta, sumadas a la destrucción de la Darmstadt, los habían dejado lívidos, destrozados.

Su aspecto representaba bastante bien cómo se sentían todos los demás.

—Crucemos los dedos para que no cambien de opinión —dijo Falconi.

Hawes gruñó y miró a Kira.

—Cuando estés dispuesta, tenemos que hablar con la medusa. Es nuestra primera oportunidad de comunicarnos con una. Los mandamases querrán hasta el último dato que podamos sacarle a esa cosa. Hasta ahora hemos estado luchando a ciegas. Estaría bien empezar a tener alguna respuesta.

—¿Podríamos hacerlo mañana? —preguntó Kira—. Estoy hecha polvo, y en cualquier caso primero tenemos que escapar del sistema.

El teniente se frotó el rostro y suspiró. Parecía más exhausto que ella.

—Bien, de acuerdo. Pero no lo pospongamos más.

Mientras esperaban, Kira se fue retrayendo más y más en sí misma, como si se refugiara dentro de un caparazón. No podía dejar de pensar en lo que había descubierto sobre las pesadillas. *Ella* era la responsable de su creación. Sus malas decisiones, su miedo y su ira habían dado pie al nacimiento de las mismas monstruosidades que estaban causando estragos entre las estrellas.

Aunque Kira sabía que, lógicamente, ella no tenía la culpa de las acciones del ser que la pesadilla humanoide había llamado «las Fauces» (la fusión deforme y mutante del Dr. Carr, la medusa y los fragmentos dañados del filo dúctil), eso no cambiaba cómo se sentía. La emoción podía más que la lógica; al pensar en todos los que habían muerto en el conflicto entre humanos, medusas y pesadillas, sentía un dolor persistente y devastador en el corazón, un dolor que el filo dúctil no podía aliviar de ningún modo.

Se sentía envenenada.

Los marines terminaron de cenar rápidamente y se retiraron a la bodega para supervisar los preparativos de la transición superlumínica. Los entropistas y la tripulación de la Wallfish se quedaron mirando las holopantallas, sin hacer nada más que algún comentario ocasional.

En un momento dado, Hwa-jung habló con su franqueza habitual:

—Echo de menos a Trig.

No pudieron hacer otra cosa que asentir.

A mitad de la cena, Vishal se volvió hacia Falconi.

—¿Lo encuentra soso, capitán?

Falconi levantó el pulgar.

—Está perfecto, Doc. Gracias.

—Sí, pero ¿a qué viene tanta zanahoria? —protestó Sparrow, levantando la cuchara llena de rodajas naranjas—. Parece que siempre le echas una bolsa de más.

—Son muy saludables —dijo Vishal—. Y además, a mí me gustan.

Sparrow sonrió con sorna.

—Oh, ya lo sé. Seguro que tienes zanahorias escondidas en la enfermería para picar algo cuando te entra hambre. Como un conejillo. —Se puso a mover rápidamente los dientes superiores, simulando que masticaba—. Cajones y cajones llenos de zanahorias. Rojas, amarillas, moradas y hasta…

Vishal se ruborizó y dejó la cuchara sobre la mesa con un fuerte ruido. Kira y los demás lo miraron.

—Srta. Sparrow —dijo el doctor, con un tono airado muy impropio de él—. Se pasa el día «tocándome los cojones», como diría usted. Y Trig, que la admiraba tanto, hacía lo mismo.

Sparrow adoptó una expresión traviesa.

—No te lo tomes tan a pecho, Doc. Solo te estoy tomando el pelo. Si…

Vishal la miró a los ojos.

—Pues deje de hacerlo, Srta. Sparrow. No le toma usted el pelo a nadie más, así que le agradecería que me tratara con el mismo respeto con el que yo la trato a usted. Eso es. Gracias. —Y dicho esto, siguió cenando.

Sparrow parecía avergonzada y atónita. Falconi le lanzó una mirada de advertencia, y la mujer carraspeó.

—Bueno, si tanto te molesta, Doc…

—Sí, me molesta —aseguró Vishal con una firmeza tajante.

—Eh… pues lo siento. No volverá a ocurrir.

Vishal asintió y siguió comiendo.

Bien hecho, pensó Kira, distraída. Se fijó en que Nielsen sonreía levemente. Al cabo de unos minutos, la primera oficial se levantó, fue a sentarse al lado de Vishal y se puso a hablar con él en voz baja.

Poco después, Sparrow se marchó a comprobar cómo estaba la medusa.

Todos habían terminado de cenar. Nielsen y Vishal estaban fregando los platos cuando Falconi se acercó a Kira y se sentó lentamente en el suelo, a su lado.

Ella lo miró sin demasiado interés.

Falconi no le devolvió la mirada, sino que se quedó contemplando el techo mientras se rascaba la barba de un día.

—¿Vas a contarme lo que te pasa o te lo tengo que sacar yo?

A Kira no le apetecía hablar. La verdad de las pesadillas seguía demasiado fresca y, si era sincera consigo misma, se sentía avergonzada. Y cansada; el cansancio le calaba hasta los huesos. Ahora mismo no se veía capaz de afrontar una conversación delicada y difícil.

Trató de rehuir la pregunta señalando las holopantallas.

—Eso es lo que me preocupa. ¿Qué va a ser? Todo nos ha salido mal.

—Y una mierda —replicó Falconi con voz afectuosa. Inclinó la cabeza y la miró fijamente con sus ojos azul claro—. Estás rara desde que escapamos de la nave medusa. ¿Qué te pasa? ¿Es por el brazo?

—Sí, es por el brazo. Es eso.

Una sonrisa torva apareció en su rostro, pero su expresión seguía seria.

—Bueno. De acuerdo. Si es lo que quieres… —Abrió un bolsillo de su chaqueta y estampó una baraja de cartas contra la cubierta—. ¿Alguna vez has jugado al suma siete?

Kira lo miró con suspicacia.

—No.

—Yo te enseño. Es muy sencillo. Juega una ronda conmigo. Si gano yo, respondes a mi pregunta. Si ganas tú, responderé a lo que quieras.

—Lo siento, no estoy de humor. —Hizo además de levantarse, pero la mano de Falconi la sujetó por la muñeca izquierda para retenerla.

Sin pensar, Kira formó un brazalete de espinas alrededor de su muñeca, unas espinas lo bastante puntiagudas para resultar molestas, pero no tanto como para rasgar la piel.

Falconi hizo una mueca, pero no la soltó.

—Ni yo tampoco —le aseguró con voz grave y gesto serio—. Vamos, Kira. ¿De qué tienes miedo?

—De nada. —Ni siquiera ella se lo creyó. Falconi enarcó las cejas.

—Pues quédate. Vamos a jugar una ronda… Por favor.

Kira titubeó. Aunque no le apetecía hablar, tampoco quería estar sola. Ahora no. No con el peso plomizo que sentía dentro del pecho y la batalla que seguía librándose a su alrededor.

Eso, por sí solo, no era suficiente para hacerle cambiar de opinión, pero entonces pensó en las cicatrices de los brazos de Falconi. Tal vez así conseguiría que el capitán le contara cómo se las había hecho. Esa idea la atraía. Además, una parte de ella, una parte enterrada profundamente, se moría de ganas de contarle a alguien lo que había averiguado. La confesión no solucionaría nada, pero tal vez aliviaría el dolor de su corazón.

Si Alan estuviera allí… Más que ninguna otra cosa, Kira deseaba hablar con él. Alan la habría entendido. Alan la habría consolado, compadecido, quizás incluso ayudado a encontrar una solución para el problema de dimensiones galácticas que ella había provocado.

Pero Alan estaba muerto. Solo tenía a Falconi. Tendría que conformarse.

—¿Y si me preguntas algo a lo que no quiero contestar? —dijo Kira, notando que su voz empezaba a recuperar las fuerzas.

—Pues te retiras de la apuesta. —Falconi lo dijo como si la estuviera retando a no hacerlo.

Una cierta rebeldía se agitó en su interior.

—De acuerdo. —Volvió a sentarse y Falconi le soltó la muñeca—. Enséñame cómo se juega.

Falconi se examinó la mano y se la frotó contra el muslo.

—Es un juego de puntos, nada del otro mundo. —Barajó las cartas y empezó a repartir: tres para Kira, tres para él y otras cuatro en el centro, todas bocabajo. Dejó el resto de la baraja a un lado—. El objetivo es conseguir el máximo número de sietes o de múltiplos de siete.

—¿Cómo?

—Sumando las cartas. Un uno y un seis. Un diez y un cuatro. Fácil, ¿no? Las jotas valen once, las reinas, doce y los reyes, trece. Los ases valen uno. No hay comodines ni triunfos. Como cada jugador tiene siete cartas, contando las cartas comunes —señaló las cuatro cartas de la cubierta—, la mano natural más alta es una escoba simple: cuatro reyes, dos reinas y un as. Eso suma…

—Setenta y siete.

—Lo que da once puntos. Muy bien. Las cartas siempre mantienen su valor, a menos… —levantó un dedo— que tengas los cuatro sietes. En ese caso, los sietes valen doble. Por lo tanto, la mano más alta posible es la escoba doble: cuatro sietes, dos reyes y un nueve. Lo que nos da… —Esperó a que Kira hiciera el cálculo.

—Noventa y uno.

—Y un total de trece puntos. Normalmente se apuesta después de revelar cada carta común, pero vamos a hacerlo más sencillo y apostar una única vez, al revelar la primera carta. Pero hay un truco.

—¿Eh?

—No puedes usar la holofaz para sumar. Sería demasiado fácil. —Justo entonces, apareció un mensaje en una esquina de su visión. Al abrirlo, Kira vio que era la solicitud de una aplicación de privacidad que mantendría sus holofaces bloqueadas durante el tiempo que quisieran.

Kira, contrariada, aceptó la solicitud. Falconi hizo lo mismo, y la holofaz de Kira se quedó congelada.

—Hecho —dijo.

Falconi asintió y recogió sus cartas.

Kira miró las suyas. Un dos, un ocho y una jota: veintiuno. ¿A cuántos sietes equivalía? A pesar de que había estado practicando las matemáticas durante el viaje superlumínico, multiplicar y dividir mentalmente seguía costándole bastante. Tendría que sumar. *Siete y siete, catorce. Y siete, veintiuno.* Sonrió, complacida: ya tenía tres puntos.

Falconi extendió la mano y le dio la vuelta a la primera de las cuatro cartas comunes: un as.

—Empiezo apostando yo —dijo el capitán. En ese momento, los entropistas tiraron a la basura los envoltorios vacíos de su cena y salieron de la cocina.

—Has repartido tú. ¿No debería empezar yo?

—Privilegio de capitán. —Al ver que no rechistaba, añadió—: La misma pregunta de antes: ¿qué te pasa?

Kira ya tenía lista su pregunta:

—¿Cómo te hiciste las cicatrices de los brazos? —El rostro de Falconi se tornó severo. Era evidente que no se lo esperaba. *Mejor.* Le estaba bien empleado—. Iguala tu apuesta. A menos que creas que la estoy subiendo con mi pregunta. —Lo dijo con el mismo tono desafiante que había utilizado Falconi antes con ella.

El capitán apretó los labios.

—No, creo que eso cuenta como igualar la apuesta.

Le dio la vuelta a la siguiente carta: un cinco.

Los dos guardaron silencio mientras hacían cálculos. Kira volvía a tener el mismo número: veintiuno. ¿Era una buena mano? No estaba segura. Si no lo era, su única posibilidad de ganar era hacer otra pregunta, una que obligara a Falconi a abandonar.

Nielsen y Vishal se estaban secando las manos después de terminar con la vajilla. La primera oficial se acercó a ellos (con unos pasos desesperadamente lentos por culpa de la alta gravedad) y le puso la mano en el hombro a Falconi.

—Vuelvo a Control. Seguiré vigilando desde allí.

El capitán asintió.

—Bien. Te relevaré dentro de una hora, más o menos.

Ella le dio unas palmaditas y se marchó. Al salir de la cocina, se dio la vuelta.

—No apuestes nada demasiado valioso, Kira.

—Sería capaz de robarle la lengua de la boca, señorita —añadió Vishal, acompañando a Nielsen.

Se habían quedado solos en la cocina.

—¿Y bien? —lo apremió Kira.

Falconi reveló la tercera carta: un nueve.

Kira procuró no mover los labios mientras sumaba. Llevar la cuenta de tantos números no era fácil; perdió el hilo un par de veces y tuvo que volver a empezar.

Treinta y cinco. Era lo mejor que tenía: cinco sietes. Bastante mejor que antes. Empezaba a pensar que tenía posibilidades de ganar la mano. Había llegado el momento de arriesgarse.

—Voy a subir la apuesta —anunció.

—¿Ah, sí? —preguntó Falconi.

—Sí. ¿Cómo conseguiste comprar la Wallfish? —Notó que el contorno de los ojos de Falconi se tensaba. Kira acababa de tocar otra fibra sensible. Bien. Si ella iba a hablarle de las pesadillas, no quería ser la única que revelara secretos. Al ver que pasaban unos segundos sin que Falconi respondiera, añadió—: ¿Qué vas a hacer? ¿Abandonas, igualas o subes?

Falconi se rascó la barbilla ruidosamente con el pulgar.

—Veo tu apuesta. ¿Qué te ha pasado en el brazo? ¿Cómo lo has perdido? Y no me vengas con esa bobada que le has contado a Sparrow de que una pesadilla te agarró. Harían falta media docena de exos para hacerte sudar.

—Eso son dos preguntas.

—Es una paráfrasis. Si quieres que sean dos, digamos que… he subido la apuesta.

Kira reprimió una réplica sarcástica. Falconi no se lo estaba poniendo fácil, eso seguro.

—Da igual. Sigue.

—Última carta —anunció Falconi, aparentemente impasible.

Un rey: trece.

La mente de Kira se puso a funcionar a toda velocidad, probando distintas combinaciones. El siguiente múltiplo de siete era siete por seis, o sea… cuarenta y dos. Once más trece más uno más ocho más nueve… ¡Exacto! ¡Cuarenta y dos!

Satisfecha, Kira empezó a relajarse. Y entonces cayó en la cuenta: si añadía el dos y el cinco, tenía otro siete: cuarenta y nueve. Siete por siete. Sus labios se curvaron en una sonrisa. Qué apropiado.

—Esa cara no me da buena espina —dijo Falconi, y extendió sus cartas sobre la cubierta. Dos treses y un siete—. Pero no te va a servir de nada. Cinco sietes.

Kira reveló sus cartas.

—Siete sietes.

La mirada de Falconi pasó de una carta a otra, haciendo cálculos. Finalmente, frunció el ceño.

—La suerte del principiante.

—Sí, debe de ser eso. Desembucha. —Cruzó sus brazos ahora asimétricos, satisfecha.

Falconi tamborileó con los dedos sobre la cubierta, antes de quedarse quieto.

—Las cicatrices son de un incendio. Y pude comprar la Wallfish porque me pasé casi una década ahorrando todos los bits que podía. Conseguí un buen precio y… —Se encogió de hombros.

Su oficio debía de estar *muy* bien pagado para haberse podido comprar una nave.

—Vaya respuestas —protestó Kira.

Falconi recogió las cartas y las mezcló con el resto de la baraja.

—Pues juega otra ronda. A lo mejor vuelves a tener suerte.

—A lo mejor —dijo Kira—. Reparte.

Y Falconi repartió. Tres para ella, tres para él y cuatro en el centro.

Kira echó un vistazo a sus cartas. No tenía ningún siete, ni tampoco nada que sumara siete ni múltiplos de siete. Falconi le dio la vuelta a la primera carta común: el dos de picas. Eso le daba… un siete.

—¿Por qué no te has quitado las cicatrices? —preguntó.

—¿Por qué te importa? —contratacó Falconi, para sorpresa de Kira.

—¿Esa… es tu apuesta?

—Sí.

Falconi reveló la siguiente carta. Kira seguía teniendo un único siete. Decidió seguir apostando.

—¿Qué hacías exactamente antes de comprar la Wallfish?

—Igualo tu apuesta: ¿qué te preocupa?

Ninguno de los dos volvió a apostar durante el resto de la ronda. Con su última carta común, Kira tenía tres sietes. No estaba tan mal.

—Cuatro sietes —anunció Falconi, mostrándole sus cartas.

Mierda. Kira se quedó callada mientras hacía cálculos. Finalmente soltó un gruñido de fastidio.

—Tres.

Falconi se reclinó contra la pared y se cruzó de brazos, expectante.

Durante unos segundos, solo se oyó el rumor de la nave y el zumbido de los ventiladores de soporte vital. Kira aprovechó el tiempo para poner en orden sus pensamientos antes de contestar:

—Me importa porque tengo curiosidad. Hemos viajado fuera de los confines del espacio colonizado, y sin embargo no sé nada de ti.

—¿Y qué más da?

—Eso es otra pregunta.

—*Mmm*... Ya sabes que me preocupo por la Wallfish. Y por mi tripulación.

—Sí —contestó Kira, sintiendo una inesperada afinidad. Verdaderamente, Falconi era muy protector con su nave y su tripulación; Kira lo había comprobado. Y también con su bonsái. Eso no implicaba necesariamente que fuera una buena persona, pero no podía negar su sentido de la lealtad hacia las personas y las cosas que consideraba suyas—. Y en cuanto a qué me preocupa... son las pesadillas.

—Menuda respuesta.

—Tienes razón —se disculpó Kira, y recogió las cartas del suelo con su única mano—. A lo mejor consigues sacarme algo más si vuelves a ganarme.

—A lo mejor —dijo Falconi, con un brillo peligroso en los ojos.

Le costó, pero Kira consiguió barajar las cartas. Las dejó al lado de su rodilla, las extendió en un montón caótico y repartió recogiendo cartas individualmente con el pulgar y el índice. Se sentía horriblemente torpe, y le irritaba tanto que a punto estuvo de ayudarse del filo dúctil. Pero no lo hizo. Ahora mismo no quería saber nada del xeno. Ni ahora ni nunca.

Como no había conseguido respuesta para sus anteriores preguntas, las repitió. A su vez, Falconi le preguntó:

—¿Qué es lo que te preocupa tanto de las pesadillas? —Y después—: ¿Cómo has perdido el brazo?

Kira se llevó un chasco monumental cuando volvió a perder la ronda, esta vez por tres a uno. Sin embargo, también sintió cierto alivio por no tener que seguir rehuyendo la verdad.

—... No he bebido bastante para esto —dijo.

—Hay una botella de vodka en el armario —dijo Falconi.

—No. —Kira echó la cabeza hacia atrás y la apoyó en la pared—. En realidad no serviría de nada.

—Quizá te haga sentir mejor.

—Lo dudo. —De pronto notaba los ojos llenos de lágrimas; parpadeó con fuerza para alejarlas—. Nada me hará sentir mejor.

—Kira... —dijo Falconi, con voz inesperadamente tierna—. ¿Qué pasa? ¿Qué te ocurre en realidad?

Suspiró temblorosamente.

—Las pesadillas... son culpa mía.

—¿Qué quieres decir? —preguntó sin dejar de mirarla.

Kira se lo contó. Le contó toda aquella lamentable historia, empezando por la creación de la monstruosidad Carr-medusa-filo dúctil y todo lo que había sucedido después. Era como si se hubiera derribado un dique dentro de ella; una oleada de palabras y sentimientos brotaba de su interior en una tumultuosa mezcla de culpa, tristeza y arrepentimiento.

Cuando terminó, la expresión de Falconi era inescrutable; Kira no sabía qué estaba pensando, tan solo que tenía los ojos caídos y que las arrugas de su boca se habían vuelto más pronunciadas. Cuando por fin fue a decir algo, Kira lo interrumpió:

—El caso es que no creo que pueda luchar contra las pesadillas. Al menos contra las que son como el filo dúctil. Cuando me tocó, sentí que me absorbía. Si no hubiera... —Sacudió la cabeza—. No puedo derrotarlas. Somos demasiado similares, y ellas son muchísimas más. Me ahogaría en su carne. Si me topara con esa criatura Carr-medusa, me devoraría. Estoy segura. Carne para las Fauces.

—Tiene que haber un modo de detener a esas cosas —dijo Falconi. Hablaba en voz baja y ronca, como si estuviera reprimiendo una emoción desagradable.

Kira levantó la cabeza y la recostó ruidosamente contra la pared. A 2,25 g, el impacto fue tan doloroso que le hizo ver las estrellas.

—El filo dúctil es capaz de muchas cosas. Más de las que yo puedo entender. Si está descontrolado y desequilibrado, no veo cómo podríamos detenerlo... Lo de las pesadillas es una catástrofe, la peor plaga gris de nanobots que se pueda imaginar. —Resopló—. Una *pesadilla*. Seguirá comiendo, creciendo y construyendo... Aunque matáramos al ser en el que se han convertido Carr y esa medusa, Qwon... sigue habiendo otras pesadillas que poseen la carne del filo dúctil. Cualquiera de ellas podría reiniciar todo el proceso. Thule, si una sola molécula de las Fauces sobrevive, podría infectar a otros, como hizo en Sigma Draconis. No hay forma, no hay forma de...

—Kira.

—... contenerlas. Y yo no puedo luchar, no puedo detenerlas, no...

—*Kira*. —El deje autoritario de Falconi se abrió paso entre la maraña de pensamientos. Sus gélidos ojos azules la miraban fijamente, de un modo casi tranquilizador.

Kira dejó escapar parte de la tensión que le atenazaba el cuerpo.

—Sí. Ya… Creo que las medusas se han enfrentado antes a algo parecido. O por lo menos sabían que era posible. A Itari no parecía sorprenderle.

Falconi ladeó la cabeza.

—Eso es buena noticia. ¿Tienes idea de cómo consiguieron contener a las pesadillas?

Kira se encogió de hombros.

—Con muchos muertos, creo. No conozco los detalles, pero estoy bastante segura de que toda su especie llegó a estar en peligro de extinción. No necesariamente por las pesadillas, sino por la magnitud del conflicto. Incluso se enfrentaron a un Buscador, igual que nosotros.

—En ese caso, parece que Hawes tiene razón; debes hablar con esa medusa. Quizá pueda darte respuestas. Podría existir algún modo de detener a las pesadillas que nosotros no conozcamos.

Kira no se esperaba que Falconi la animara, pero era un alivio.

—Hablaré con Itari. —Miró fijamente la cubierta y recogió una migaja de comida seca del enrejado—. Aun así… es culpa mía. Todo esto es culpa mía.

—No podías saberlo —dijo Falconi.

—Eso no cambia el hecho de que soy yo quien ha provocado esta guerra. Yo y nadie más.

Falconi empezó a dar toques con sus cartas en el suelo distraídamente, pero estaba tan concentrado que ni siquiera ese gesto parecía descuidado.

—No puedes pensar así. Solo conseguirás destruirte.

—Hay más —replicó Kira, abatida.

Falconi se quedó inmóvil un momento, antes de recoger el resto de las cartas y empezar a barajarlas.

—¿Ah, sí?

Ahora que había empezado a confesar, ya no podía parar.

—Os mentí. Las medusas no mataron a mi equipo…

—¿Qué quieres decir?

—Fue como lo que pasó con el numenista. Cuando estoy asustada, enfadada o alterada, el filo dúctil reacciona. O lo intenta… —Ahora le resbalaban lágrimas por las mejillas, y esta vez no hizo nada por contenerlas—. Casi todos los del equipo estaban cabreados cuando salí del criotubo. No exactamente conmigo, claro, pero en el fondo era culpa mía, ¿sabes? La colonización se iba a cancelar, íbamos a perder nuestra bonificación… Estábamos hechos polvo. Terminé peleándome con Fizel, nuestro médico, y cuando Alan y yo nos fuimos a dormir… —Sacudió la cabeza; tenía las palabras atascadas en la garganta—. Seguía muy alterada. Después… después, esa noche, Neghar estaba tosiendo mucho. Una parte del xeno debió de metérsele dentro cuando bajó a rescatarme, ¿sabes? Tosía y tosía sin parar, y había… había mucha *sangre*. Me asusté. N-no pude evitarlo. Me asusté. Y-y el filo dúctil reaccionó sacando las espinas. Mató a Alan. Y a Yugo. Y a Seppo. Y a J-Jenan. Pero fue culpa mía. Yo soy la responsable. Yo los maté.

Kira inclinó la cabeza, incapaz de sostenerle la mirada a Falconi, y dejó que las lágrimas le cayeran en el pecho y las piernas. Cuando el traje se agitó, Kira sintió una tremenda repugnancia, y sometió al xeno para que parara, furiosa.

Dio un respingo al notar que Falconi le rodeaba los hombros con los brazos. La abrazó durante unos segundos, hasta que Kira descansó la cabeza en su pecho mientras lloraba. No lloraba tan abiertamente desde que había estado en la Circunstancias Atenuantes. La revelación de las pesadillas había removido viejos dolores y añadido otros nuevos.

Cuando empezó a quedarse sin lágrimas y su respiración se normalizó, Falconi la soltó. Kira, abochornada, se secó los ojos.

—Lo siento —se disculpó.

El capitán sacudió la mano para restarle importancia y se puso de pie. Moviéndose como si tuviera una enfermedad ósea, echó a andar a trompicones hacia el otro lado de la cocina. Kira lo observó mientras Falconi encendía la tetera, preparaba dos tazas de chell y las traía hasta donde ella estaba sentada.

—Cuidado, que quema —dijo, tendiéndole una.

—Gracias. —Kira rodeó la taza caliente con las manos y aspiró el vapor, disfrutando de su aroma.

Falconi se sentó y pasó el pulgar por el borde de su taza, persiguiendo una gota de agua.

—Antes de comprar la Wallfish, trabajaba para Tensegridades Hanzo. Es una gran empresa de seguros de Sol.

—¿Vendías seguros? —A Kira le costaba creerlo.

—Me contrataron para investigar reclamaciones de mineros, accionistas, trabajadores independientes… cosas así. El único problema era que la empresa no quería que investigáramos nada. En realidad nuestro trabajo consistía en… eh… *disuadir* a los demandantes. —Se encogió de hombros—. Al final me harté y dimití. Pero eso no es lo importante. Uno de mis casos fue de un niño que…

—¿Un niño?

—Es una historia, calla y escucha. Había un niño que vivía en un hábitat anular, cerca del Atracadero de Farrugia. Su padre trabajaba en mantenimiento, y el chico lo acompañaba todos los días y limpiaba y revisaba los dermotrajes de todo el equipo de mantenimiento. —Falconi secó la gota de agua de la taza—. No era un empleo de verdad, claro. Su padre quería mantenerlo ocupado mientras él trabajaba.

—¿No tenía madre? —preguntó Kira. Falconi negó con la cabeza.

—No tenía madre, ni otro padre, ni abuelos, ni siquiera hermanos. El chico solo tenía a su padre. Y todos los días limpiaba y revisaba los trajes, los colocaba en fila y los analizaba antes de que el equipo de mantenimiento saliera a ocuparse del casco del hábitat.

—¿Y qué pasó?

Falconi la fulminó con la mirada.

—A uno de los tipos de mantenimiento, porque eran casi todos hombres, no le gustaba que nadie tocara su traje. Decía que lo ponía nervioso. Le ordenó al chico que dejara de hacerlo. El caso es que las normas eran claras: al menos dos personas debían inspeccionar todo el equipo de seguridad, dermotrajes incluidos. Así que el padre del niño le dijo que ignorara a ese payaso y siguiera trabajando igual que antes.

—Pero no lo hizo.

—Pero no lo hizo. Era muy joven, un crío. El otro payaso lo convenció de que no pasaría nada, de que él (el payaso, quiero decir) analizaría él mismo su traje.

—Pero no lo hizo —murmuró Kira.

—Pero no lo hizo. Y un día… *puf*. El traje se rajó, se rompió un cable y el Sr. Payaso tuvo una muerte horrible y agónica. —Falconi se inclinó hacia ella—. ¿Quién crees que tuvo la culpa?

—El payaso, claro.

—Tal vez. Pero las normas eran claras, y el chico las había incumplido. De no haberlas ignorado, ese hombre seguiría vivo.

—Pero solo era un niño —protestó Kira.

—Cierto.

—Entonces, la culpa fue de su padre.

Falconi se encogió de hombros.

—Quizá. —Sopló su taza de chell y bebió un sorbo—. Al final resultó que era un defecto de fábrica. Los demás trajes también habrían fallado con el tiempo. Hubo que sustituir todo el lote.

—No entiendo.

—A veces todo se va a la mierda y no podemos hacer nada. —Falconi miró a Kira—. Nadie tiene la culpa. O a lo mejor *todos* tienen la culpa.

Kira reflexionó sobre la anécdota, buscando la moraleja. Presentía que Falconi se la había contado para que comprendiera algo, y le estaba agradecida. Pero no era suficiente para aplacar su corazón.

—Puede ser, pero seguro que ese niño se sentía responsable —dijo Kira.

Falconi inclinó la cabeza.

—Claro. Yo creo que sí. Pero no puedes dejar que la culpa te corroa por algo así. Consumirá toda tu vida.

—Claro que puedes.

—Kira…

Ella cerró los ojos de nuevo, incapaz de quitarse de la cabeza la imagen de Alan desplomado sobre ella.

—No se puede cambiar lo que pasó. Maté al hombre al que amaba, Falconi. Yo pensaba que no podía haber nada peor que eso, pero luego tuve que hacer estallar una guerra, una puta guerra interestelar. Y *es* culpa mía. Eso no tiene arreglo.

Se hizo un largo silencio, hasta que Falconi suspiró y dejó la taza sobre la cubierta.

—Cuando tenía diecinueve años...

—Nada de lo que me cuentes me hará sentir mejor.

—Tú escúchame. Es otra historia. —Jugueteó con el asa de la taza, y solo continuó al ver que Kira no volvía a interrumpirlo—: Cuando tenía diecinueve años, mis padres me dejaron cuidando de mi hermana mientras ellos salían a cenar fuera. Lo último que me apetecía era hacer de niñera, sobre todo un fin de semana. Me enfadé bastante, pero no conseguí nada. Mis padres se fueron y se acabó la historia. —Falconi repiqueteó en la cubierta con la taza—. Pero no acabó ahí. Mi hermana tenía seis años menos que yo, pero supuse que ya tenía edad suficiente para cuidarse sola, así que me escabullí y me fui a pasar el rato con unos amigos, como cualquier otro sábado. Antes de que me diera cuenta... —Se le quebró la voz. Abrió y cerró las manos, como si estuviera estrujando un objeto invisible—. Hubo una explosión. Cuando regresé a nuestras habitaciones, casi se habían venido abajo. —Sacudió la cabeza—. Entré a buscarla, pero ya era demasiado tarde. La inhalación de humo... Así fue cómo me hice las quemaduras. Después nos enteramos de que mi hermana se había puesto a cocinar y había terminado quemando la casa. Si yo hubiera estado con ella, como debería, no le habría pasado nada.

—Eso no lo sabes —dijo Kira.

Falconi ladeó la cabeza.

—¿Ah, no?... —Recogió la baraja, introdujo las cartas sueltas en el centro y las mezcló dos veces—. Tú no mataste a Alan ni a tus compañeros.

—Sí. Los...

—Déjalo ya —dijo Falconi, señalándola con el dedo medio—. Puede que sí seas responsable, pero no fue una decisión consciente. Tú nunca habrías querido matarlos, igual que yo nunca habría querido matar a mi hermana. En cuanto a esta puta guerra, tú no eres todopoderosa, Kira. Las medusas toman decisiones propias. También la Liga y esas... Fauces. A fin de cuentas, solamente ellas pueden responder por sus propias decisiones. Así que deja de culparte.

—No puedo evitarlo.

—Y una mierda. Lo que pasa es que no *quieres*. Te sientes bien al echarte la culpa. ¿Y sabes por qué? —Kira negó con la cabeza en silencio—. Porque te hace sentir que tienes el control. La lección más dura de la vida es aprender a aceptar que hay cosas que no podemos cambiar. —Falconi se interrumpió, mirándola con ojos duros y centelleantes—. Echarse la culpa es perfectamente normal, pero no te hace ningún bien. Hasta que dejes de hacerlo, hasta que seas capaz de dejar de hacerlo, nunca podrás recuperarte del todo.

Se desabrochó los puños de la camisa y se remangó para revelar la superficie derretida de sus antebrazos. Se los mostró a Kira.

—¿Por qué crees que sigo teniendo estas cicatrices?

—Porque… te sientes culpable de…

—No —dijo Falconi con severidad, antes de añadir en voz baja—: No. Las sigo teniendo para no olvidar a qué clase de cosas puedo sobrevivir. A qué clase de cosas he sobrevivido ya. Cuando lo paso mal, me miro los brazos y sé que puedo superar cualquier problema al que me enfrente. La vida no va a doblegarme. No puede. Podrá matarme, pero nada de lo que me ponga delante me hará rendirme.

—¿Y si yo no soy tan fuerte?

Sonrió, aunque su expresión seguía siendo seria.

—Pues te arrastrarás por la vida con un mono subido a tu espalda que te arañará hasta matarte. Fíate de mí.

—… ¿Y cómo conseguiste ahuyentarlo?

—Bebí mucho. Me metí en unas cuantas peleas. Estuve a punto de morir varias veces. Al cabo de un tiempo, me di cuenta de que me estaba castigando sin motivo. Además, sabía que mi hermana no querría que yo terminara así, de manera que me perdoné. Aunque no había sido culpa mía directamente (igual que todo esto no es culpa tuya), me perdoné a mí mismo. Y fue entonces cuando finalmente pude seguir adelante y hacer algo con mi vida.

En ese momento, Kira tomó una decisión. No veía un camino de salida para el lodazal en el que se había metido, pero al menos podía intentar salir de él. Eso sí que podía hacerlo: intentarlo.

—Está bien —dijo.

—Está bien —repitió Falconi en voz baja. En ese momento, Kira sintió una profunda conexión con él: el vínculo de las penas compartidas.

—¿Cómo se llamaba tu hermana?

—Beatrice, pero siempre la llamábamos Bea.

Kira miró fijamente la superficie oleosa de su chell, estudiando su reflejo turbio.

—¿Qué quieres, Falconi?

—Salvo… Llámame Salvo.

—¿Qué quieres en realidad, Salvo? ¿Qué quieres del universo?

—Quiero… —dijo, arrastrando las palabras—… ser libre. Libre de las deudas. Libre de los gobiernos y las corporaciones que me dicen cómo debo vivir. Si eso significa que me pasaré el resto de mis días como capitán de la Wallfish, entonces… —levantó la taza como para hacer un brindis—… acepto gustosamente mi destino.

Kira levantó la suya.

—Un digno propósito. Por la libertad.

—Por la libertad.

El chell le hizo cosquillas en la garganta al beber otro trago, y en ese momento los terrores del día dejaron de parecerle tan cercanos.

—¿Eres del Atracadero de Farrugia? —preguntó.

Falconi asintió brevemente.

—Nací en una nave, pero me crie allí.

Un recuerdo medio olvidado se agitó en la mente de Kira.

—¿Allí no hubo una revuelta? ¿Una especie de rebelión corporativa? Recuerdo haber leído un artículo. Casi todos los trabajadores se pusieron en huelga, y mucha gente terminó herida o encarcelada.

Falconi bebió un trago de chell.

—Lo recuerdas bien. No tardó en correr la sangre.

—¿Tú también luchaste?

Falconi resopló.

—¿Tú qué crees? —La miró por el rabillo del ojo, y por un momento pareció indeciso—. ¿Qué se siente?

—¿Perdón?

—Al llevar el filo dúctil.

—Pues… esto. —Kira extendió la mano y tocó la muñeca de Falconi. Este la observó con atención, sorprendido—. No sientes nada. Es como si fuera mi propia piel.

Entonces Kira hizo aparecer una hilera de cuchillas afiladas en el dorso de su mano. Ahora el xeno estaba tan integrado con ella que no le costó prácticamente ningún esfuerzo crearlas.

Al cabo de un momento, dejó que se reabsorbieran.

Falconi puso su mano encima de la de Kira. Ella se estremeció y casi dio un respingo cuando el capitán deslizó las puntas de los dedos por su palma. Un escalofrío le recorrió el brazo.

—¿Nada?

—Nada.

Falconi siguió rozando las yemas de sus dedos con las de Kira durante un momento más. Después retiró la mano y recogió las cartas.

—¿Otra ronda?

El último trago de chell ya no le supo tan bien. ¿Qué diablos estaba haciendo? *Alan…*

—Creo que ya he tenido suficiente.

Falconi asintió, comprensivo.

—¿Vas a contarle a Hawes lo de Carr y las Fauces? —preguntó Kira.

—No hay por qué. Podrás enviar un informe cuando volvamos a la Liga.

Kira esbozó una mueca solo de pensarlo.

—Gracias por hablar conmigo y escucharme —añadió, conmovida.

Falconi se guardó las cartas en el bolsillo.

—De nada. Tú no te rindas. No sobreviviremos si dejamos de luchar.

—No lo haré. Te lo prometo.

2.

Kira dejó a Falconi solo y meditabundo en la cocina. Consideró ir directamente a hablar con Itari. (¿Estaría despierto? ¿Las medusas dormían?). Pero, por muchas ganas que tuviera de obtener respuestas, ahora mismo necesitaba descansar. El día la había dejado agotada, y eso no iba a solucionarse con Espabirol. El único remedio era el sueño.

Así que regresó a su camarote. No había mensajes pendientes de Gregorovich, y tampoco habría respondido de haberlos tenido. Se tumbó en la cama sin encender las luces y suspiró de alivio cuando dejó de sentir la gravedad en los pies doloridos y palpitantes.

Las palabras de Falconi (todavía no era capaz de pensar en él por su nombre de pila) seguían dando vueltas en su cabeza mientras Kira cerraba los ojos y, casi de inmediato, se sumía en un plácido sueño.

3.

Un fuerte campaneo resonó por toda la Wallfish.

Kira intentó incorporarse, y forcejeó al encontrarse clavada al colchón, sujeta por los zarcillos del filo dúctil. La aceleración de 2,25 g había desaparecido, devolviéndola a la ingravidez. De no haber sido por el xeno, habría flotado por todo el camarote mientras dormía.

Con el corazón desbocado, obligó al filo dúctil a aflojar la presión y se impulsó hasta el escritorio. ¿Se había imaginado aquel ruido? ¿Tanto tiempo había dormido?

Comprobó la consola. Sí, había dormido mucho.

Acababan de entrar en el espacio superlumínico.

Estación, ID 4209

Anillo de Dyson

g

e

c

b

GAMUS

d

a

f

Cinturón de asteroides

PLANETA E

- 0,35R⊕ Superficie: -200 °C — 200 °C
- Atmósfera: 78% N_2, 20% O_2, 1% CH_4
- Rotación sincrónica; sin lunas
- Indicios de satélites en órbita
- Asentamientos identificados: 9+
- Nidus, ID 4412

NIDUS

MUTIS III

★ ★ ★ ★ ★ ★ ★ ★

1.

Habían escapado, pero no estaban a salvo.

Kira comprobó los registros de la nave, incapaz de creer que ni las medusas ni las pesadillas los hubieran alcanzado.

Una de las naves medusa había empezado a perseguir a la Wallfish hacía poco más de una hora, seguida de cerca por las dos naves pesadilla supervivientes. Cuando faltaban solamente unos minutos para que las tres tuvieran a tiro a la Wallfish, la nave había iniciado la transición superlumínica.

Para salir de Gamus lo más deprisa posible, la Wallfish había tenido que ejecutar un salto en caliente, sin esperar a enfriar adecuadamente la nave. Para enfriarla habrían tenido que apagar el motor de fusión durante casi un día entero, algo muy poco práctico cuando les pisaban los talones varias naves hostiles.

Incluso con el motor apagado, el calor que irradiaba la nave (además de la energía térmica que contenía el resto del casco de la Wallfish) pronto alcanzaría niveles intolerables dentro de la burbuja de Markov. No tardarían en sufrir un golpe de calor y, poco después, averías en los equipos.

Kira ya notaba que los ventiladores de soporte vital funcionaban más deprisa de lo habitual.

La Wallfish no tardaría mucho en tener que regresar al espacio normal. Pero poco importaba. Tanto en el espacio superlumínico como en el subluminínico, las naves que los perseguían eran más veloces que ningún vehículo construido por el ser humano.

Habían escapado, pero todo apuntaba a que las medusas y las pesadillas terminarían atrapándolos. Y cuando lo hicieran, Kira no se hacía ilusiones sobre el desenlace.

No veía forma de salir de aquella situación. Tal vez Falconi o Gregorovich tuvieran alguna idea, pero Kira estaba convencida de que la única opción iba a ser luchar. No confiaba en absoluto en su capacidad para proteger a la tripulación (y mucho menos a sí misma) si los atacaban más pesadillas como la de antes.

Se le hizo un nudo en la garganta, así que se obligó a respirar hondo y tranquilizarse. La Wallfish no estaba siendo atacada. Ni abordada. Era mejor guardar la adrenalina para entonces...

Acababa de levantarse y se dirigía a la puerta cuando aquel ruido de campanas sonó de nuevo. *¿Tan pronto?* ¿Le pasaba algo a la Wallfish? Por un instinto derivado del exceso de viajes espaciales, Kira se agarró al asidero que había al lado de su escritorio.

El muñón del brazo pasó junto al asa sin tocarla.

«Mierda», la inercia la hizo girar sobre sí misma, pero Kira logró agarrarse con la mano izquierda y recuperar el equilibrio.

Un leve cosquilleo le recorrió la piel, como si la carga eléctrica del aire hubiera aumentado. Se dio cuenta de que acababan de regresar al espacio normal.

Entonces sonó la alerta de propulsión, y sintió la presión de la pared cuando la Wallfish giró y empezó a acelerar en una nueva dirección.

—Diez minutos para el siguiente salto —anunció Gregorovich con su susurro cantarín.

Kira se dirigió rápidamente a Control. Falconi, Nielsen y Hawes la miraron al entrar.

El teniente estaba pálido y serio. Si acaso, parecía peor que el día anterior.

—¿Qué está pasando? ¿Por qué hemos parado? —preguntó Kira.

—Vamos a cambiar de rumbo —le explicó Falconi.

—Ya, pero ¿por qué? Si acabamos de salir del sistema.

El capitán señaló la omnipresente holopantalla del centro de la sala. Mostraba un mapa de Gamus.

—Esa es la cuestión. Las medusas inhiben las comunicaciones de toda la zona, y seguimos dentro de su zona de interferencias. Eso quiere decir que nadie nos ha visto salir del espacio superlumínico, y como la luz de la Wallfish tardará más de un día en llegar a Gamus...

—Nadie sabe que estamos aquí —adivinó Kira. Falconi asintió.

—De momento, no. Los sensores superlumínicos no pueden captar objetos sublumínicos, así que esas cabronas que nos persiguen no nos verán y pasarán de largo, a menos que...

—A menos que tengamos la mala suerte de que decidan volver al espacio normal para echar una ojeada —dijo Nielsen.

Hawes arrugó la frente.

—Pero no deberían. No tienen motivos.

Falconi inclinó la cabeza y observó a Kira.

—Al menos esa es la idea. Esperaremos a que las medusas y las pesadillas pasen de largo y nos largaremos en otra dirección.

Kira frunció el ceño, imitando la expresión de Hawes.

—Pero... ¿no nos detectarán en cuanto salgamos de la zona de inhibición?

—No deberían —contestó Falconi—. Imagino que las medusas no quieren que el resto de las pesadillas sepan nada sobre ti, el Báculo del Azul ni nada de lo ocurrido en Gamus. Si estoy en lo cierto, las medusas que nos persiguen mantendrán la inhibición, y por lo tanto tendrán que limitarse a observaciones superlumínicas de corto alcance.

Kira no las tenía todas consigo.

—Eso es mucho suponer.

Falconi asintió.

—Sí, pero incluso si las medusas cancelaran la inhibición... ¿Sabes algo de sensores superlumínicos?

—No mucho —admitió.

—Son una mierda. Los pasivos tienen que ser muy grandes para ser eficaces, tanto que la mayoría de las naves no pueden llevarlos. Los activos son incluso peores, y esos son los únicos que pueden tener las medusas. Su alcance es de unos pocos días luz como mucho, lo cual no es gran cosa a las velocidades a las que viajamos, y tampoco son especialmente sensibles, lo que supone un problema cuando intentas detectar burbujas de Markov, ya que su estado energético es muy bajo. Además... Hawes, ¿por qué no se lo dice usted?

El teniente no despegó la vista de la pantalla mientras hablaba con voz lenta y firme:

—La FAU ha descubierto que los sensores de las medusas son un 20% menos eficaces para detectar aquello que se encuentra justo detrás de sus naves. Seguramente se deba a que sus blindajes de sombra y su motor de fusión se interponen.

Falconi asintió de nuevo.

—Lo más probable es que las pesadillas tengan el mismo problema, aunque no usen blindaje. —Abrió una imagen holográfica de las tres naves que los perseguían—. Cuando hayan pasado de largo, les costará bastante detectarnos (suponiendo que dejen de inhibirnos), y les será más difícil a cada minuto que pase.

—¿Cuánto tiempo tardarán en darse cuenta de que la Wallfish ya no va por delante de ellos? —preguntó Kira. Falconi se encogió de hombros.

—Ni idea. En el mejor de los casos, un par de horas. En el peor, menos de treinta minutos. Sea como sea, debería ser tiempo suficiente para que salgamos del alcance de su sensor superlumínico.

—¿Y luego?

Una sonrisa astuta surcó el rostro de Falconi.

—Daremos un paseo aleatorio. —Señaló la popa de la nave con el pulgar—. La FAU nos ha dado antimateria más que de sobra para el viaje de ida y vuelta a Gamus. Vamos a usar el sobrante para hacer unos cuantos saltos más, cambiando de rumbo en cada uno para despistar a cualquiera que nos siga.

—Pero... —dijo Kira, intentando visualizar todo el plan—... todavía podrían hacernos un rastreo lumínico, ¿no?

Gregorovich soltó una risotada.

—Sí que podrían, oh mi inquisitiva mamífera, pero llevará tiempo, un tiempo que nos permitirá emprender una rauda retirada.

Falconi señaló los altavoces del techo con el dedo.

—Con cada salto, será más y más difícil que las medusas y las pesadillas nos rastreen. Esto no va a ser como el viaje de ida. No vamos a salir del espacio superlumínico a intervalos regulares, en una trayectoria prácticamente recta.

—Tomamos precauciones en el viaje de ida —dijo Hawes—, pero nada tan radical como esto.

—Cuando estemos fuera del alcance de sus sensores —le explicó Nielsen—, las medusas no podrán predecir nuestra entrada sublumínica. Y si se equivocan al calcular una trayectoria o pasan por alto un solo salto...

—Acabarán en la otra punta del espacio —dijo Falconi con una sonrisa de satisfacción—. La Wallfish puede recorrer casi tres cuartas partes de un año luz al día. Imagínate cuánto tiempo tendrían que esperar con un rastreo lumínico si se equivocaran al calcular uno de nuestros saltos, aunque solo fuera por un par de horas. Podrían tardar días, semanas o incluso meses en detectar la luz.

—Así que vamos a escapar de verdad —dijo Kira.

Una sonrisa sombría apareció en el rostro del capitán.

—Eso parece. Cuando nos hayamos alejado lo suficiente, las posibilidades de que alguna de esas naves encuentre a la Wallfish, aunque sea por accidente, son prácticamente cero. A menos que nos rastreen hasta nuestro último salto, ni siquiera sabrán a qué sistema de la Liga nos dirigimos.

La presión que empujaba a Kira contra la pared remitió, y tuvo que trabar el muñón del brazo en un asidero para no salir flotando por la sala. Entonces sonó de nuevo la alerta de propulsión, y volvió a sentir aquel extraño cosquilleo en la piel.

—¿Y a qué sistema vamos? —preguntó.

—A Sol —contestó Nielsen.

2.

El segundo salto fue más largo que el primero: cuarenta y tres minutos, concretamente.

Mientras esperaban, Kira acompañó a Hawes a hablar con Itari.

—¿Todo bien? —le preguntó al teniente al salir de Control. Hawes no la miraba a los ojos.

—Sí, gracias.

—Akawe parecía buen capitán.

—Sí, lo era. Y también un tipo muy listo. Él y Koyich... Había muchas buenas personas a bordo de la Darmstadt.

—Lo sé. Lamento lo ocurrido.

Hawes asintió, aceptando sus condolencias.

—¿Hay algo que *no* quieres que diga? —le preguntó Kira mientras se acercaban a la esclusa de la medusa.

El teniente reflexionó un momento.

—Seguramente ya no importe a estas alturas, pero no le des información sobre Sol, la Liga ni la FAU.

Kira asintió, empujando la pared con suavidad para mantenerse en equilibrio.

—Lo intentaré. Si tengo dudas sobre algo, te preguntaré primero.

Hawes asintió.

—Muy bien. Sobre todo nos interesa el ejército de las medusas: posición de sus tropas, tácticas, planes futuros, etcétera. También su tecnología. Y el motivo exacto por el que esa facción de medusas quiere aunar fuerzas con nosotros. En resumen, temas políticos, aunque cualquier otra cosa que consigas averiguar nos vendrá bien.

—Entendido.

Itari estaba flotando cerca de la pared del fondo, envuelto en sus propios tentáculos. El alienígena se agitó y separó dos tentáculos para observarla con uno solo de sus ojos brillantes. *Siente curiosidad.* Era de esperar en un organismo sintiente, pero a Kira le resultaba intimidante de todas formas. La inteligencia que acechaba en los ojos de la medusa era un recordatorio constante de que se las veían con una criatura tan capaz como cualquier ser humano. Probablemente incluso más, gracias a su caparazón blindado y sus numerosas extremidades.

Hawes habló con los marines apostados a ambos lados de la esclusa (Sánchez y otro al que Kira no reconoció). Les abrieron la puerta para que entraran. Kira iba delante; Hawes un poco más atrás y a su derecha.

[[Aquí Kira: Nos gustaría hacerte unas preguntas. ¿Responderás?]]

La medusa reorganizó sus tentáculos para posarse en la cubierta, sujetándose al suelo con las ventosas.

[[Aquí Itari: Habla, biforma, y responderé lo mejor que pueda.]]

Lo primero era lo primero: definición de términos.

[[Aquí Kira: ¿Por qué nos llamáis «biformas»? ¿Es por...?]] Se interrumpió. No sabía si las medusas conocían el concepto de «macho», «hembra» o «sexo». [[¿...como nosotros?]] Señaló a Hawes, y luego a sí misma.

Percibió un yuxtolor de desacuerdo respetuoso.

[[Aquí Itari: No. Me refiero a la forma que tenéis y a la forma que habita en vuestras naves espaciales.]]

Pues claro.

[[Aquí Kira: ¿Nuestras mentes de a bordo?]]

[[Aquí Itari: Si así es como las llamáis, sí. Nos dificultan mucho el abordaje de vuestras caracolas. Nuestro primer objetivo siempre es desconectarlas o destruirlas.]]

Cuando Kira tradujo sus palabras a Hawes, el teniente resopló, casi complacido.

—Bien. Al menos ya han aprendido a temer a las mentes.

—Y hacen bien —susurró Gregorovich desde el techo.

Hawes miró de reojo los altavoces, irritado.

—Esto es información confidencial, Gregorovich. Largo de aquí.

—Y esta es mi nave —respondió Gregorovich con una calma letal.

Hawes gruñó, pero no insistió.

La medusa se revolvió, y sus tentáculos se tiñeron de un color rosa rojizo.

[[Aquí Itari: Nos preguntamos qué relación guardan vuestras mentes de a bordo con vuestras formas actuales. Aquella a quien llamáis...]] Itari produjo una mezcla de olores. No sin cierta dificultad, Kira comprendió que la medusa estaba intentando reproducir el nombre de Tschetter. [[Tschetter se negaba a hablar de ello. ¿Las mentes están subordinadas a vuestras formas, o son vuestras superiores?]]

Kira lo consultó con Hawes, que le dio su visto bueno.

—No pasa nada por contarle alguna cosa —dijo el teniente—. La reciprocidad tiene que valer algo, ¿no? Su civilización no funcionaría sin ella.

—Quizá —dijo Kira. Con las civilizaciones alienígenas, no podía estar segura de nada.

[[Aquí Kira: Las mentes de a bordo empiezan siendo uno de nosotros. Convertirse en mente de a bordo es una decisión individual, no ocurre sin más. Una mente de a bordo suele conocer y comprender más que nosotros, pero no siempre obedecemos sus órdenes. Eso depende de qué cargo o autoridad ostente la mente de a bordo. Y no todas las mentes están dentro de naves; también pueden existir en otros lugares.]]

La medusa pareció reflexionar durante un rato.

[[Aquí Itari: No comprendo. ¿Cómo es posible que una forma más grande y más inteligente no sea vuestra líder bancal?]]

—Eso, ¿cómo es posible? —preguntó Gregorovich en cuanto Kira tradujo las palabras de la medusa. Se echó a reír entre dientes.

Le costó encontrar la respuesta.

[[Aquí Kira: Porque... todos somos diferentes. En nuestra especie, tenemos que ganarnos nuestra posición. No la recibimos solo por nacer con ciertos rasgos.]] Siguió definiendo términos: [[Con «formas» te refieres a cuerpos, ¿verdad?]]

[[Aquí Itari: Sí.]] Por una vez, la medusa le había dado la respuesta esperada.

Kira quería continuar hablando del tema, pero Hawes tenía otras ideas.

—Pregúntale por el filo dúctil —le dijo—. ¿De dónde procede?

El yuxtolor de la medusa se volvió más denso, más nítido, y su piel se cubrió de colores contradictorios.

[[Aquí Itari: Preguntas por secretos que no compartimos con nadie.]]

[[Aquí Kira: Yo misma soy un secreto.]] Señaló su propio cuerpo, cubierto por el filo dúctil. [[Y los corruptos nos persiguen. Dímelo.]]

La medusa rotó y retorció los tentáculos.

[[Aquí Itari: Hace muchos ciclos, descubrimos las creaciones de los Desaparecidos. Fueron sus obras las que nos permitieron nadar por el espacio, más deprisa incluso que la luz. Sus obras nos dieron armas con las que luchar.]]

[[Aquí Kira: ¿Y encontrasteis esas... obras en vuestro mundo natal?]]

De nuevo, el yuxtolor de confirmación.

[[Aquí Itari: En las profundidades de la planicie abisal. Más tarde encontramos otros restos de los Desaparecidos flotando alrededor de una estrella contrarrotante a nuestro mundo natal. Los Idealis, incluido el que portas ahora, estaban entre esos hallazgos. Así se inició la guerra que desembocó en el Desgarro.]]

¿Las medusas inventarían algo de su tecnología?

[[Aquí Kira: ¿Quiénes son los Desaparecidos? ¿Son wranaui?]]

[[Aquí Itari: No. Nadaron mucho antes que nosotros, y no sabemos adónde se marcharon ni qué fue de ellos. De no ser por ellos, nosotros no seríamos lo que somos. Por eso alabamos a los Desaparecidos y sus obras.]]

[[Aquí Kira: Pero sus obras provocaron una guerra.]]

[[Aquí Itari: No podemos culpar a los Desaparecidos por nuestros fracasos.]]

Hawes tomaba notas mientras Kira traducía.

—Entonces, se confirma que hay o hubo otras dos civilizaciones avanzadas en esta zona de la galaxia, como mínimo. Genial.

—La vida sintiente es más común de lo que pensamos —contestó Kira.

—Eso no es una buena noticia si resulta que nosotros estamos en el último escalafón. Pregúntale si todavía quedan Desaparecidos.

La respuesta fue rápida y tajante:

[[Aquí Itari: Ninguno que sepamos, pero siempre hay esperanza... Dime, Idealis, ¿cuántas obras de los Desaparecidos habéis encontrado vosotros?]] Las palabras del alienígena estaban cargadas de avidez, de ansia. [[Debieron de dejar muchas en vuestro sistema para que os hayáis propagado tan deprisa.]]

Kira frunció el ceño y tradujo sus palabras a Hawes.

—Parece que creen que...

—Sí.

—¿Puedo mencionar la Gran Baliza?

El teniente reflexionó un segundo.

—De acuerdo, pero no le des su ubicación.

Un tanto nerviosa, Kira contestó:

[[Aquí Kira: Hemos encontrado una de las obras de los Desaparecidos. Creo. Hallamos... un gran agujero que emite ultrolor subsónico a intervalos regulares.]]

La piel de la medusa se cubrió del color rojo de la satisfacción.

[[Aquí Itari: ¡Hablas de un Remolino! Y tiene que ser uno que nosotros desconocíamos, pues vigilamos muy de cerca todas las obras de los Desaparecidos.]]

[[Aquí Kira: ¿Hay más Remolinos?]]

[[Aquí Itari: Que nosotros sepamos, seis.]]

[[Aquí Kira: ¿Y cuál es su propósito?]]

[[Aquí Itari: Tan solo los Desaparecidos sabrían decirlo... Pero no lo comprendo. Nuestros exploradores no han olfateado un Remolino en ninguno de vuestros sistemas.]]

Kira ladeó la cabeza.

[[Aquí Kira: Eso es porque no se encuentra en ninguno de nuestros sistemas principales y porque lo encontramos hace apenas unos ciclos. Las obras de los Desaparecidos no nos enseñaron a luchar ni a nadar por el espacio.]]

Itari se tiñó de un color grisáceo, y sus tentáculos se enroscaron entre sí, como si se estuviera retorciendo las manos, unas manos con dedos demasiado largos y flexibles. El alienígena parecía irracionalmente perturbado. Incluso su aroma cambió; le recordaba a las almendras amargas. *¿Arsénico?*

—¿Navárez? —dijo Hawes—. ¿Qué pasa?

Kira abrió la boca, pero entonces la medusa dijo:

[[Aquí Itari: Mientes, Idealis.]]

[[Aquí Kira: No miento.]] Impregnó sus palabras con el yuxtolor de la sinceridad.

La agitación de la medusa iba en aumento.

[[Aquí Itari: Los Desaparecidos son la fuente de toda sabiduría, Idealis.]]

[[Aquí Kira: La sabiduría puede proceder del interior, no solo del exterior. Todo lo que ha hecho mi especie lo ha hecho por sí sola, sin ayuda de los Desaparecidos, los wranaui, los Idealis ni ninguna otra forma ni especie.]]

Con un sonido húmedo y pegajoso, Itari soltó sus ventosas de la cubierta y empezó a impulsarse alrededor de la esclusa, como si nadara en círculos. Kira comprendió que aquel gesto era el equivalente a caminar de un lado a otro con impaciencia.

—La idea de que nosotros hayamos inventado toda nuestra tecnología sin ayuda parece alterar un poco a nuestro amigo —le dijo discretamente a Hawes.

El teniente sonrió con suficiencia.

—Un punto para la humanidad, ¿no?

La medusa se detuvo y volvió sus tentáculos hacia Kira, como si tuviera ojos en sus extremos.

[[Aquí Itari: Ahora lo comprendo.]]

[[Aquí Kira: ¿El qué?]]

[[Aquí Itari: Ahora comprendo por qué, desde la primera vez que olfateamos a vuestra especie tras el Desgarro, hemos planeado destruir vuestros cónclaves cuando alcanzáramos una ola con la fuerza apropiada.]]

Kira sintió una punzada de inquietud. Trató de que no se le notara.

[[Aquí Kira: Entonces, ¿has cambiado de opinión? ¿Estás de acuerdo con ese plan?]]

La medusa expulsó un olor que equivalía a encogerse de hombros.

[[Aquí Itari: De no ser por los corruptos, sí. Pero las circunstancias ya no son las que eran ni las que serán.]]

—¿De verdad ha dicho eso? —preguntó Hawes—. ¿En serio?

Fascinada (y no para bien), Kira contestó:

—No parece preocuparle nuestra reacción.

El teniente se pasó los dedos por el cabello corto.

—¿Qué quiere decir eso...? ¿Que a las medusas les parece normal el xenocidio? ¿Es eso?

De pronto, Kira se fijó en que Hawes era muy joven. No había recibido inyecciones madre. Tendría unos veintipocos. Seguía siendo un niño, a pesar de todas las responsabilidades que el ejército le había puesto sobre los hombros.

—Tal vez.

Hawes la miró con preocupación.

—¿Y cómo vamos a vivir en paz con ellas? A largo plazo, quiero decir.

—No lo sé... Voy a hacerle unas preguntas más.

Hawes señaló a Itari con la frente.

—Adelante.

Kira se volvió de nuevo hacia la medusa.

[[Aquí Kira: Háblanos del Desgarro. ¿Qué fue exactamente?]]

[[Aquí Itari: El mayor conflicto de nuestra especie. Los Brazos lucharon entre sí, en un intento por controlar las obras de los Desaparecidos. Finalmente, las obras estuvieron a punto de destruirnos a todos. Planetas enteros quedaron inhabitables, y tardamos muchos ciclos en reconstruir y recuperar nuestras fuerzas.]]

—Vaya —dijo Hawes—. ¿Crees que el Desgarro explica que no hayamos detectado señales de las medusas en el último siglo? Si su civilización sufrió un atraso y tuvieron que reconstruir su tecnología, es posible que la luz no haya llegado hasta nosotros todavía.

—Es posible —contestó Kira.

—*Mmm*. A los mandamases les va a encantar.

Ahora estaban llegando al quid de la cuestión.

[[Aquí Kira: Gran parte de la destrucción del Desgarro fue provocada por los corruptos, ¿verdad?]]

Una vez más, percibió el yuxtolor de la confirmación.

[[Aquí Itari: Fueron ellos quienes ocasionaron las mayores calamidades de la guerra. Fueron ellos quienes protagonizaron los días más oscuros del conflicto. Y fueron ellos quienes despertaron de su sueño a uno de los seres que llamas Buscadores.]]

[[Aquí Kira: ¿Y cómo detuvieron a los corruptos?]]

[[Aquí Itari: Muy pocos registros sobrevivieron al Desgarro, así que no lo sabemos exactamente. Pero sí sabemos una cosa: la colonia en la que emergieron los primeros corruptos fue borrada de la existencia por un impacto desde lo alto. El lecho marino se resquebrajó, y todas las formas de vida del planeta desaparecieron. Algunos corruptos nadaron hasta el espacio y se propagaron tanto como ahora. Hicieron falta muchos recursos y esfuerzos para matarlos.]]

Kira sintió náuseas, y no solo por la ingravidez.

[[Aquí Kira: ¿Crees que podremos detener a los corruptos ahora?]]

En los tentáculos de la medusa centelleó un vivo color púrpura.

[[Aquí Itari: ¿Tú y el resto de tus coformas? No. Tampoco creemos que los wranaui puedan hacerlo. Solos no. Estos corruptos son más fuertes y virulentos que los del Desgarro. Debemos enfrentarnos a ellos todos juntos si queremos albergar esperanzas de éxito. Debes saber una cosa, Idealis: para detener a los corruptos, es necesario destruir hasta la última célula de sus cuerpos. De lo contrario, se regenerarán. Por eso buscábamos el Báculo del Azul. Entre muchos otros, tenía el poder de dominar a los Idealis. Con él habríamos podido destruir a los corruptos. Sin él, somos débiles y vulnerables.]]

—¿Qué te pasa? —murmuró Hawes—. Te has puesto pálida.

—Las pesadillas... —empezó a decir Kira, pero se interrumpió, notando un regusto ácido en la boca. Ahora mismo no quería revelar su responsabilidad en la creación de las Fauces al teniente, ni a la FAU en general. Tarde o temprano saldría a la luz, pero probablemente la verdad no tendría demasiado peso en la respuesta de la Liga. Necesitaban matar a las pesadillas. ¿Qué importaba los demás?—. Las pesadillas proceden de los Desaparecidos —dijo, y tradujo el resto del mensaje de Itari.

El teniente se rascó la nuca.

—Mal asunto.

—Sí.

—No subestimes a la FAU —añadió con fingida confianza—. Se nos da de puta madre matar cosas, y tenemos a unos cuantos genios que se pasan el día imaginando nuevas formas de repartir muerte. Todavía tenemos mucho que decir en esta guerra.

—Espero que tengas razón —dijo Kira.

Hawes jugueteó con el parche de la FAU que tenía en la manga.

—Lo que no entiendo es por qué las pesadillas han aparecido justamente ahora. Existen desde hace tiempo, ¿no? ¿Qué las ha despertado? ¿El hallazgo del xeno?

Kira se encogió de hombros, incómoda.

—La medusa no lo ha dicho. —Técnicamente, era verdad.

—Tiene que ser eso —musitó el teniente—. Es lo único que tiene sentido. Tu traje emitió una señal y... —Su expresión cambió—. ¿Y cómo supieron las medusas de Tschetter en qué momento debían presentarse en Adra? ¿Estaban vigilando el sistema por si alguien encontraba el xeno por casualidad?

[[Aquí Itari: No, eso habría atraído una atención no deseada. Cuando el relicario fue invadido, se liberó ultrolor subsónico. En cuanto llegó hasta nosotros, enviamos una nave, la Tserro, a investigar.]]

—¿Quiere que le pida detalles sobre ese «nosotros»?

Hawes asintió.

—Buena idea. Es mejor saber con quién estamos a punto de formar una alianza.

[[Aquí Kira: Aquellos a quienes sirves, los que quieren formar un... un banco... con nuestros líderes, ¿tienen nombre?]]

Yuxtolor de confirmación.

[[Aquí Itari: El Nudo de Mentes.]]

El filo dúctil le transmitió una imagen de tentáculos entrelazados estrechamente y una sensación de confianza y lealtad. Kira dedujo que un «nudo» era una forma de asociación entre las medusas, una que implicaba una causa común e irrompible.

Itari seguía hablando:

[[El Nudo se formó para proteger el secreto del líder bancal Nmarhl.]]

Al oír ese nombre, Kira sintió que lo conocía. Recordaba a Nmarhl de uno de los recuerdos que le había enseñado el filo dúctil mientras investigaba el sistema informático de la nave medusa de 61 Cygni. Rememoró el curioso aprecio que sentía el xeno por el líder bancal.

[[Aquí Kira: ¿Y cuál era ese secreto?]]

[[Aquí Itari: La ubicación del Idealis, que Nmarhl ocultó al final del Desgarro.]]

Kira tenía tantas preguntas que no sabía por dónde empezar.

[[Aquí Kira: ¿Por qué ocultó Nmarhl el Idealis?]]

[[Aquí Itari: Porque el líder bancal fracasó en su intento de obtener el control de los Brazos. Y porque ocultar el Idealis era la única forma de protegerlo, y de protegernos a todos de nuevas corrupciones. Si este Idealis se hubiera utilizado, el Desgarro habría podido significar el fin de los wranaui.]]

Kira se tomó un momento para procesar la información y traducírsela a Hawes.

—¿Recuerdas a ese «líder bancal»? —preguntó el teniente.

Kira asintió sin dejar de mirar a Itari.

—Un poco. Estoy segura de que estuvo unido al filo dúctil durante un tiempo.

Hawes le hizo un gesto a Kira para que lo mirara a los ojos.

—A ver si lo he entendido. Hace mucho tiempo, el Nudo de Mentes intentó dar un golpe de Estado durante el Desgarro. ¿Y ahora quiere volver a intentarlo?

Dicho así, no sonaba demasiado bien.

—Eso parece —contestó Kira.

—¿Cómo lo justificaron entonces? ¿Y cómo lo justifican ahora?

La medusa respondió rápidamente:

[[Aquí Itari: Nuestros motivos eran y siguen siendo los mismos: creemos que existe una corriente mejor. La corriente en la que estamos inmersos ahora solamente conduce a la muerte de los wranaui, en esta ola y en cualquier otra.]]

[[Aquí Kira: Si conseguís derrocar a vuestro líder, ¿hay alguien en el Nudo de Mentes capaz de liderar a los wranaui?]]

La medusa tardó en responder:

[[Aquí Itari: Eso dependerá de aquellos cuyos patrones sobrevivan. Mdethn, quizá, sería apto para la tarea. También Lphet, pero a los demás Brazos les desagradaría responder ante alguien que siguió la herejía de los Tfeir. En cualquier caso, sería muy difícil que algún otro wranaui pudiera sustituir al gran y poderoso Ctein.]]

Al oír ese nombre, ese epíteto, una esquirla de hielo se deslizó por la espalda de Kira. Le invadieron la mente retazos de imágenes de sus sueños: una inmensa mole posada en el centro del Cónclave Abisal; una presencia enorme y astuta que saturaba el agua con la pungencia de su olor.

[[Aquí Kira: ¿Ctein es un nombre o un título?]]

[[Aquí Itari: No comprendo.]]

[[Aquí Kira: ¿Todos vuestros líderes se llaman «Ctein», o es el nombre de uno solo de ellos?]]

[[Aquí Itari: No existe más que un único Ctein.]]

—No puede ser —murmuró Kira, sintiendo un cosquilleo de miedo en la nuca.

[[Aquí Kira: ¿Qué edad tiene Ctein?]] Tuvo que contenerse para no añadir «el gran y poderoso».

[[Aquí Itari: El sabio y ancestral Ctein ha guiado a los Brazos desde los últimos ciclos del Desgarro.]]

[[Aquí Kira: ¿Cuántos ciclos alrededor de vuestro sol han pasado desde entonces?]]

[[Aquí Itari: Ese número no significaría nada para ti, pero Nmarhl depositó al Idealis en su relicario cuando tu especie empezaba a aventurarse fuera de vuestro mundo natal, si eso te da una idea.]]

Kira hizo cálculos mentalmente: más de dos siglos y medio.

[[Aquí Kira: ¿Y Ctein ha gobernado las aguas tanto tiempo?]]

[[Aquí Itari: Y mucho más.]]

[[Aquí Kira: ¿Siempre con la misma forma?]]

[[Aquí Itari: Sí.]]

[[Aquí Kira: ¿Cuánto tiempo viven los wranaui?]]

[[Aquí Itari: Depende de cuándo nos maten.]]

[[Aquí Kira: ¿Y si... no os matan? ¿Cuánto tiempo tardaríais en morir por la edad?]]

Yuxtolor de comprensión.

[[Aquí Itari: La edad no nos mata, biforma. Siempre podemos revertir a nuestra forma de larva y desarrollarnos de nuevo.]]

[[Aquí Kira: ¿Vuestra forma de larva...?]]

Las siguientes preguntas no hicieron más que acrecentar su confusión sobre el ciclo vital de las medusas. Había huevos, larvas, vainas, formas arraigadas, formas móviles, formas que no parecían sintientes y, según insinuaba Itari, toda una serie de formas adaptadas a tareas o entornos concretos. La naturaleza única de la biología de las medusas despertaba la curiosidad profesional de Kira, y pronto volvió a adoptar su papel de xenobióloga. Aquello no tenía sentido. Los ciclos vitales complejos no eran ninguna novedad: había muchos ejemplos en la Tierra y en Eidolon. Pero Kira no podía imaginar cómo encajaban todas las partes y piezas que enumeraba Itari. Cada vez que pensaba que ya lo había entendido, la medusa mencionaba algo nuevo. Era como un rompecabezas, frustrante pero estimulante.

Hawes tenía otras cosas en mente.

—Ya está bien de hablar de huevos —dijo—. Puedes seguir preguntándole más tarde. Ahora mismo tenemos problemas más importantes.

A partir de ahí, la conversación giró en torno a asuntos que Kira consideraba menos interesantes, pero cuya importancia reconocía. Cosas como la ubicación y el número de sus flotas, el tamaño de sus astilleros, las distancias de viaje entre sus bases, sus planes de batalla, sus capacidades tecnológicas, etc. Itari respondió a casi todas las preguntas de manera directa, pero evitó o directamente se negó a responder a ciertas cuestiones, sobre todo aquellas relativas a la ubicación de los mundos de las medusas. A Kira le parecía comprensible, aunque frustrante.

Y sin embargo, fuera cual fuera el tema de conversación, no podía dejar de pensar en el gran y poderoso Ctein. En el formidable Ctein. Finalmente, Kira interrumpió la retahíla de preguntas de Hawes y coló una propia:

[[Aquí Kira: ¿Por qué Ctein se niega a unirse a nosotros en la lucha contra los corruptos?]]

[[Aquí Itari: Porque la edad ha abotargado al cruel y voraz Ctein, y su arrogancia lo lleva a pensar que los wranaui pueden derrotar a los corruptos sin ayuda. El Nudo de Mentes no está de acuerdo.]]

[[Aquí Kira: ¿Ctein ha sido un buen líder?]]

[[Aquí Itari: Ctein ha sido un líder fuerte. Gracias a Ctein, hemos reconstruido nuestros bancos y nos hemos propagado de nuevo entre las estrellas. Pero muchos wranaui están insatisfechos con las decisiones que ha tomado Ctein en estos últimos ciclos, así que luchamos por tener un nuevo líder. No es un gran problema. La próxima ola será mejor.]]

Hawes soltó un gruñido de impaciencia, así que Kira siguió traduciendo las preguntas del teniente y no sacó de nuevo el tema de Ctein.

Seguían hablando con Itari cuando sonó la alerta de salto y la Wallfish entró de nuevo en el espacio subluminíco.

—Faltan dos —dijo Hawes, secándose la frente con la manga.

Durante el tiempo que habían pasado en la burbuja de Markov, el aire de la nave se había ido calentando y enrareciendo tanto que incluso Kira se notaba incómoda. No podía ni imaginarse cómo se sentirían los demás.

Se agarraron a los asideros de las paredes mientras Gregorovich reorientaba la Wallfish, y al cabo de un rato saltaron de nuevo y siguieron viajando a varias veces la velocidad de la luz.

Reanudaron el interrogatorio de Itari.

El tercer salto fue más corto que el anterior (tan solo quince minutos), y el cuarto todavía más.

—Una buena acrobacia para confundirlos —dijo Gregorovich.

Finalmente, la Wallfish apagó el impulsor Markov y se quedó aparentemente inmóvil en las oscuras profundidades del espacio interestelar, con los radiadores desplegados y el interior de la nave palpitando de calor.

—Gregorovich, ¿hay señal de las medusas o las pesadillas? —preguntó Kira.

—Ni rastro, ni sombra, ni huella —contestó la mente de a bordo.

Se relajó un poco. Quizá, solo quizá, habían conseguido escapar de verdad.

—Gracias por sacarnos de ahí de una pieza —dijo.

Una leve risa resonó por los altavoces.

—Yo también me estaba jugando el pescuezo, oh saco de carne. Pero de nada.

—Muy bien —dijo Hawes—. Vamos a dejarlo por ahora. Tenemos mucha información. Nuestros espías van a tardar años en analizarla toda. Gracias por hacer de intérprete.

Kira dejó de adherirse a la pared con el filo dúctil.

—De nada.

—No te vayas todavía. Necesito que traduzcas un poco más. Hay que preparar a mis hombres.

Kira se quedó allí mientras Hawes convocaba a los marines que no tenían criotubos. Uno tras otro, Itari los fue recubriendo con aquella sustancia. La idea no les hacía ninguna gracia, pero en vista de que no había alternativas razonables, no tuvieron más remedio que aceptar.

Cuando dejaron a los marines a salvo en la bodega de carga, cerca de los criotubos en los que Hawes y el resto de su equipo descansarían dentro de poco, Kira se marchó a ayudar a la tripulación a preparar la Wallfish para el viaje de tres meses hasta la Liga.

—Gregorovich me ha puesto al corriente —le dijo Falconi mientras bajaba por la escalerilla central.

Mejor. Así no tendría que repetir todo lo que le había contado Itari.

—Me da la impresión de que ahora tengo más preguntas que respuestas.

Falconi soltó un gruñido ambiguo y se detuvo frente a ella.

—No se lo has contado a Hawes, ¿verdad?

Kira sabía a qué se refería.

—No.

El capitán clavó en ella sus ojos azules.

—No puedes evitarlo eternamente.

—Ya lo sé, pero… todavía no. Cuando regresemos. Entonces se lo contaré a la Liga. En cualquier caso, esa información no les sirve de nada —dijo, con un tono ligeramente suplicante.

Falconi tardó en responder.

—Está bien. Pero no lo retrases más. De un modo u otro, vas a tener que afrontarlo.

—Lo sé.

Falconi asintió y siguió bajando por la escalerilla, pasando tan cerca que Kira notó el olor almizcleño de su sudor.

—Pues vamos. Nos vendrá bien tu ayuda.

3.

Mientras la Wallfish se enfriaba, Kira ayudó a Falconi a afianzar el equipamiento, purgar las tuberías, apagar los sistemas secundarios y el resto de preparativos para el inminente viaje. No le resultó nada fácil trabajar con una sola mano, pero se las arregló, utilizando al filo dúctil para sostener objetos cuando no podía sujetarlos directamente.

No dejaba de pensar en la conversación con Itari. Había varias palabras y frases de la medusa a las que no encontraba sentido. Expresiones aparentemente inocuas y que seguramente se podían achacar a las peculiaridades del lenguaje de las medusas; sin embargo, cuanto más reflexionaba, más se convencía de que apuntaban a misterios mucho mayores.

Y no se sentía cómoda con esa clase de misterios, sobre todo después de haber descubierto la verdad sobre las Fauces.

Una vez terminadas la mayor parte de las tareas más pesadas y urgentes, Falconi encargó a Kira y a Sparrow que llevaran agua y unas bolsas de azúcar a Itari. La medusa aseguraba que su forma era capaz de digerir las moléculas simples del azúcar sin dificultad, aunque no era un alimento ideal a largo plazo.

Por suerte, Itari también hibernaría en su propia vaina cuando la Wallfish regresara al espacio superlumínico. O eso decía. Kira se ponía nerviosa al pensar en que la medusa siguiera despierta mientras todos los demás estaban en estado comatoso, ajenos a lo que les rodeaba.

Dejaron a la medusa vertiendo las bolsas de azúcar en la boca picuda que tenía en la parte inferior del caparazón y entraron en el refugio central de la nave.

Con una creciente sensación de soledad, Kira fue contemplando cómo todos se iban metiendo de nuevo en sus criotubos. (Los entropistas ya se habían retirado a su camarote y a los tubos que guardaban en él).

Antes de cerrar la tapadera del suyo, Vishal le dijo:

—Ah, Srta. Kira, se me olvidaba decirle que he dejado otro par de lentillas para usted en la enfermería. Lo siento. Están en el armario, encima del lavabo.

—Gracias —contestó Kira.

Al igual que en 61 Cygni, Falconi fue el último en entrar. Se descalzó con una mano mientras se sujetaba a un asidero con la otra.

—Kira.

—Salvo.

—¿Vas a entrenar con el xeno durante el viaje, como hiciste en el viaje de ida?

Kira asintió.

—Lo intentaré. Siento que ya lo controlo, pero… no es suficiente. Si hubiera dominado mejor al xeno, creo que habría podido salvar a Trig.

Falconi la observó con expresión comprensiva.

—Ten cuidado.

—Sabes que lo tendré.

—Ya que vas a ser la única levantada, ¿podrías hacerme un favor?

—Claro. ¿Qué?

Falconi guardó las botas en su taquilla y empezó a despojarse del chaleco y la camiseta.

—Vigila a la medusa en nuestra ausencia. Estamos confiando en que no se escape y nos mate a todos. Y si te soy sincero, eso es mucho confiar.

Kira asintió lentamente.

—Yo he pensado lo mismo. Puedo instalarme delante de la esclusa y quedarme allí todo el viaje.

—Perfecto. He configurado las alarmas por si la medusa se escapa, así que deberías enterarte enseguida. —Sonrió con ironía—. Sé que en la antecámara no estarás tan cómoda, pero no se me ocurre nada mejor.

—Estaré bien —dijo Kira—. No te preocupes.

Falconi asintió, se quitó la camisa, los pantalones y los calcetines, lo guardó todo en la taquilla y se impulsó hasta el único criotubo vacío. De camino, deslizó la mano por el tubo de Trig, dejando las huellas de tres dedos impresas en la capa de escarcha que recubría el aparato.

Kira acompañó a Falconi mientras este abría la tapa de su tubo. Sin poder evitarlo, se quedó mirando el movimiento de su espalda musculosa.

—¿Estarás bien? —le preguntó el capitán, con una inesperada mirada de solidaridad.

—Sí, estaré bien.

—Gregorovich seguirá despierto un rato más. Y recuerda: si en cualquier momento necesitas hablar, despiértame. Lo digo en serio.

—Lo haré. Te lo prometo.

Falconi titubeó un momento, y entonces le puso una mano en el hombro. Kira la cubrió con la suya, sintiendo el calor de la piel del capitán. Falconi le apretó el hombro con suavidad antes de soltarla y meterse dentro del criotubo.

—Nos vemos en Sol —dijo. Kira sonrió al reconocer la letra de la canción.

—A la sombra de la luna.

—Y al fulgor de la verde Tierra... Buenas noches, Kira.

—Buenas noches, Salvo. Que duermas bien.

La tapa del criotubo se cerró sobre su rostro y, con un zumbido, la máquina empezó a bombear los productos químicos inductores de la hibernación.

4.

Kira llevó un revoltijo de sábanas flotando por los pasillos de la nave. Los había envuelto cuidadosamente con varios zarcillos del filo dúctil, para tener la mano libre y evitar que las mantas se separaran y salieran volando.

Cuando llegó a la esclusa, vio a Itari flotando cerca de la compuerta exterior, mirando las estrellas por la ventanilla transparente de zafiro.

La Wallfish todavía no había regresado al espacio superlumínico. Gregorovich iba a esperar hasta que la nave estuviera totalmente fría. La temperatura ya había descendido considerablemente, gracias a los radiadores.

Kira fijó las mantas a la cubierta con cinchas y pinzas de la bodega de babor. Después fue a buscar los pocos suministros que necesitaría durante el largo viaje que le esperaba: agua, barritas, toallitas húmedas, bolsas de basura, las lentillas que le había impreso Vishal y su concertina.

Cuando quedó satisfecha con su pequeño nido, abrió la esclusa y se ancló a la puerta abierta. Estaba a punto de hablar cuando la medusa se le adelantó:

[[Aquí Itari: Tu aroma perdura, Idealis.]]

[[Aquí Kira: ¿Qué quieres decir?]]

[[Aquí Itari: Lo que dijiste antes... Tu especie y la mía difieren en muchas más cosas que la simple carne. He intentado entenderlas, pero me temo que sobrepasan las capacidades de esta forma.]]

Kira ladeó la cabeza.

[[Aquí Kira: Yo me siento igual.]]

La medusa parpadeó, cubriendo fugazmente los orbes negros de sus ojos con una pálida membrana nictitante.

[[Aquí Itari: ¿Qué es sagrado para las biformas, Idealis? Si no son los Desaparecidos, ¿qué?]]

La pregunta la abrumaba. ¿Ahora tenía que ponerse a debatir de religión y filosofía con un alienígena? Sus clases de xenobiología nunca habían tenido en cuenta esa posibilidad.

Inspiró hondo para armarse de valor.

[[Aquí Kira: Muchas cosas. No existe una única respuesta correcta. Cada biforma tiene que decidir por sí misma. Es una decisión...]] Le costaba encontrar la traducción de «individual». [[... una decisión que cada biforma debe tomar por sí misma. Algunos la encuentran con más facilidad que otros.]]

La medusa deslizó uno de sus tentáculos sobre su caparazón.

[[Aquí Itari: ¿Qué es sagrado para ti, Idealis?]]

Kira se quedó paralizada. ¿Qué era sagrado para ella? Nada tan abstracto como el concepto de Dios, la belleza ni cosas parecidas. Tampoco los números, como en el caso de los numenistas, ni el conocimiento científico, como los entropistas. Estuvo a punto de contestar «la humanidad», pero tampoco era exacto. Demasiado limitado. Finalmente respondió:

[[Aquí Kira: La vida. Eso es lo que considero sagrado. Sin ella, nada importa.]]

La medusa no respondió inmediatamente, así que Kira añadió: [[¿Y los wranaui? ¿Y tú? ¿Consideráis sagrado algo más que los Desaparecidos?]]

[[Aquí Itari: A nosotros mismos. A los wranaui. A los Brazos y a nuestra expansión por la vorágine de las estrellas. Es nuestro derecho natural, nuestro destino y el ideal al que se entregan todos los wranaui, aunque en ocasiones disintamos sobre los medios para alcanzar nuestra meta.]]

Su respuesta perturbaba a Kira. Tenía demasiado de fanatismo, xenofobia e imperialismo para su gusto. Hawes tenía razón: no iba a ser fácil vivir en paz con las medusas.

Difícil no es lo mismo que imposible, se recordó. Cambió de tema:

[[Aquí Kira: ¿Por qué a veces te refieres a ti mismo diciendo «esta forma»? ¿Es porque los wranaui tienen muchas apariencias distintas?]]

[[Aquí Itari: Nuestra forma determina nuestra función. Si fuera necesaria otra función, la forma puede cambiarse.]]

[[Aquí Kira: ¿Cómo? ¿Podéis cambiar la organización de vuestra propia carne con solo pensarlo?]]

[[Aquí Itari: Por supuesto. Sin pensamiento, ¿para qué acudir al Nido de Transferencia?]]

Kira no reconocía ese término.

[[Aquí Kira: ¿El Nido de Transferencia también es obra de los Desaparecidos?]]

[[Aquí Itari: Sí.]]

[[Aquí Kira: Entonces, si quisieras revertir a tu forma de larva o a tu forma arraigada, tendrías que acudir al Nido de Transferencia y...]]

[[Aquí Itari: No. Te equivocas, Idealis. Esas son formas de la carne original. El Nido de Transferencia se utiliza para las formas manufacturadas.]]

Kira se quedó muda por la sorpresa.

[[Aquí Kira: ¿Estás diciendo que tu forma actual se creó artificialmente? ¿En una máquina?]]

[[Aquí Itari: Sí. Y si fuera preciso, podría elegir otra forma en el Nido de Transferencia. Del mismo modo, si esta carne fuera destruida, podría seleccionar otra.]]

[[Aquí Kira: Pero si tu forma fuera destruida, estarías muerto.]]

[[Aquí Itari: ¿Cómo puedo estar muerto cuando hay un registro de mi patrón en el Nido de Transferencia?]]

Kira frunció el ceño, intentando comprenderlo. Las siguientes preguntas no lograron aclarar la cuestión. No conseguía que la medusa distinguiera entre su cuerpo y su «patrón», fuera lo que fuera eso.

[[Aquí Kira: Si tu forma fuera destruida ahora mismo, ¿tu patrón contendría todos tus recuerdos?]]

[[Aquí Itari: No. Todos mis recuerdos desde que abandonamos el sistema de los Desaparecidos se perderían. Por eso nuestras caracolas siempre nadan en grupos de dos o más, a menos que sea necesaria una gran discreción, como cuando enviamos a la Tserro al relicario.]]

[[Aquí Kira: Entonces... el patrón no eres tú, ¿verdad? El patrón sería una copia desactualizada. Una versión tuya del pasado.]]

Los colores de la medusa se volvieron más apagados y neutros.

[[Aquí Itari: Pues claro que el patrón seguiría siendo yo. ¿Cómo podría ser de otro modo? El transcurso de unos momentos no cambia mi naturaleza.]]

[[Aquí Kira: ¿Y si tu patrón recibe una nueva forma mientras la antigua sigue viva? ¿Sería eso posible?]]

El yuxtolor de la repugnancia impregnó el aire.

[[Aquí Itari: Estaría incurriendo en la herejía de los Tfeir. Ningún wranaui de los demás Brazos haría tal cosa jamás.]]

[[Aquí Kira: Entonces, ¿te opones a Lphet?]]

[[Aquí Itari: Nuestros objetivos son más importantes que nuestras diferencias.]]

Kira reflexionó durante un rato. Las medusas estaban cargando sus consciencias, o al menos sus recuerdos, en cuerpos diferentes. Pero no parecía preocuparles la muerte real... No podía comprender la aparente indiferencia de Itari por su destino como individuo.

[[Aquí Kira: ¿Es que no quieres vivir? ¿No quieres conservar esta forma?]]

[[Aquí Itari: Mientras mi patrón perdure, yo perduraré.]] Itari extendió un tentáculo, y Kira procuró no retroceder cuando el gomoso apéndice le tocó el pecho. El filo dúctil se endureció, dispuesto a atacar.

[[Aquí Itari: La forma carece de importancia. Aunque mi patrón fuera borrado, tal y como hizo Ctein con Nmarhl hace largo tiempo, este seguiría propagándose en las siguientes olas.]]

[[Aquí Kira: ¿Cómo puedes decir eso? ¿A qué te refieres con «ola»? ¿Cómo que «las siguientes»?]]

La medusa empezó a emitir destellos rojos y verdes y se abrazó el caparazón con los tentáculos, pero se negó a responder. Kira repitió las preguntas un par de veces más, sin éxito. No pudo sacarle nada más a la medusa sobre el asunto de las olas.

Probó con una pregunta distinta.

[[Aquí Kira: Tengo curiosidad. ¿Qué es el tsuro, la llamada que sentí cuando el Nudo de Mentes llegó al lugar de reposo del Idealis? Lo he sentido en todas vuestras caracolas, salvo en este sistema.]]

[[Aquí Itari: El tsuro es otro de los artefactos sagrados de los Desaparecidos. Habla al Idealis y lo convoca. Si no estuviera unido a ti, el Idealis respondería por sí solo y correría a presentarse ante la fuente de la llamada. Gracias al tsuro, todas las caracolas wranaui pueden buscar al Idealis.]]

[[Aquí Kira: ¿Y habéis encontrado algún otro Idealis desde el fin del Desgarro?]]

[[Aquí Itari: ¿Desde entonces? No. El tuyo es el último superviviente. Pero vivimos con la esperanza de que los Desaparecidos nos hayan dejado otras obras y que, esta vez, las tratemos con mayor sabiduría que antes.]]

Kira miró fijamente el entramado de fibras del dorso de su mano, aquellas hebras negras, relucientes e intrincadas.

[[Aquí Kira: ¿Tu forma sabe... el Nudo de Mentes sabe cómo extraer al Idealis del ser al que se ha unido?]]

En la piel de la medusa brillaron los colores del agravio, y su yuxtolor expresó una mezcla de asombro e indignación.

[[Aquí Itari: ¿En qué ola sería deseable tal cosa? ¡Unirse al Idealis es todo un honor!]]

[[Aquí Kira: Lo comprendo. Es simple... curiosidad.]]

Al alienígena parecía costarle hacerse a la idea, pero finalmente contestó:

[[Aquí Itari: Esta forma solo conoce una manera de separar al Idealis, y es la muerte. Tal vez Lphet y las demás formas gobernantes del Nudo conozcan otros métodos, pero de ser así, no las han compartido.]]

Kira aceptó la noticia con resignación. No estaba sorprendida, solo... decepcionada.

De pronto, la voz fantasmal de Gregorovich sonó por los altavoces:

—Retracción de radiadores. Transición superlumínica dentro de cuatro minutos. Prepárense vuestras mercedes.

Solo entonces Kira se dio cuenta del frío que hacía en la antecámara. Frustrada por no disponer de más tiempo, informó a Itari del inminente salto y se alejó de la puerta para cerrar la esclusa.

Las luces pasaron al tono rojo apagado del modo nocturno, se oyó un zumbido en la popa de la Wallfish y Kira sintió un hormigueo en la piel desnuda de las mejillas mientras el impulsor Markov se activaba y emprendían el último y más largo tramo de su viaje: el trayecto hasta Sol.

5.

A través de la ventanilla de la esclusa, Kira observó con interés cómo Itari se untaba el cuerpo con la baba viscosa que secretaba la parte inferior de sus tentáculos. La sustancia se endureció rápidamente; en cuestión de minutos, la medusa yacía en el interior de una cápsula opaca y verdosa, adherida al suelo de la esclusa.

Kira se preguntó cómo se las arreglaría para saber cuándo debía despertar.

No era problema suyo.

Ella también se retiró a su nido personal, se sujetó con las cinchas y se tapó con unas mantas. Las luces nocturnas de la antecámara creaban un ambiente oscuro e inquietante, muy poco agradable para pasar los próximos tres meses.

Se estremeció, notando por fin el frío que reinaba en la nave.

—Ya solo quedamos tú y yo, majareta —dijo, mirando hacia el techo gastado.

—No te apures —susurró Gregorovich—. Te haré compañía, oh Varunastra, hasta que te pesen los párpados y las suaves arenas del sueño te emboten la mente.

—Me dejas más tranquila —contestó Kira. Pero no estaba siendo del todo sarcástica. Era agradable poder hablar con alguien.

—Disculpa mi irrefrenable curiosidad —dijo Gregorovich, riendo entre dientes—. ¿Qué extraños olores has intercambiado con nuestro tentaculado huésped? Has estado dentro varios minutos, y el hedor que invadía tus delicadas narices parecía afectarte sobremanera.

Kira soltó un resoplido burlón.

—Podría decirse que sí... Luego haré un informe completo. Ya leerás los detalles.

—Nada inmediatamente útil, deduzco —dijo Gregorovich.

—No, pero... —Le explicó todo lo relativo al Nido de Transferencia—. Itari ha dicho que «la forma carece de importancia».

—Es cierto que últimamente los cuerpos son bastante fungibles —comentó la mente de a bordo secamente—. Como tú y yo bien sabemos.

Kira se arropó con las mantas.

—¿Te fue difícil convertirte en mente de a bordo?

—Ciertamente, «fácil» no sería la palabra que yo usaría —contestó Gregorovich—. Todos mis sentidos me fueron arrebatados, sustituidos. Y lo que yo era, los mismísimos cimientos de mi consciencia, se expandieron más allá de cualquier límite natural. Una confusión detrás de otra.

La experiencia sonaba profundamente desagradable, y Kira se acordó (no sin cierto disgusto) de las veces que ella había extendido al filo dúctil y, con él, también el alcance de su propia consciencia.

Se estremeció. El leve bamboleo de su cuerpo en gravedad cero la hizo tragar saliva con fuerza y concentrarse en un punto fijo de la pared mientras trataba de estabilizar su oído interno. La oscuridad de la antecámara y la sensación desierta y abandonada de la Wallfish la afectaban más de lo que le habría gustado. ¿De verdad había pasado menos de medio día desde la batalla en las calles de Nidus?

A ella le parecía que había pasado más de una semana.

Intentando alejar su repentina sensación de soledad, dijo:

—En mi primer día aquí, Trig me contó que tu nave anterior se estrelló y quedó varada. ¿Cómo fue... estar solo tanto tiempo?

—¿Que cómo fue? —dijo Gregorovich, soltando una carcajada demencial. Kira supo de inmediato que se había excedido—. ¿Que *cómo* fue?... Fue como la muerte, como la aniquilación del ser. Las paredes de mi mente se desmoronaron y me dejaron farfullando sinsentidos ante el rostro desnudo del universo. Tenía el conocimiento de toda la raza humana a mi disposición. Tenía todos los descubrimientos científicos, todas las teorías y teoremas, todas las ecuaciones, todas las evidencias, y un millón de millones de millones de libros y canciones y películas y juegos; más de lo que una sola persona, incluso una mente de a bordo, podría consumir jamás. Y sin embargo... —Soltó un suspiro—. Y sin embargo estaba *solo*. Vi morir de hambre a mi tripulación, y cuando todos desaparecieron, ya no pude hacer nada más que esperar en la oscuridad, solo. Trabajé con ecuaciones, conceptos matemáticos que tu cerebro enclenque jamás podrá comprender. Leí, observé y conté hasta el infinito, igual que los numenistas. Y lo único que conseguí fue mantener a raya a la oscuridad durante un segundo más. Durante un instante más. Grité, aunque no tenga boca con la que gritar. Lloré, aunque no tenga ojos. Me arrastré por el espacio y el tiempo, como un gusano reptando por un laberinto construido por los sueños de un dios loco. Y aprendí una cosa, saco de carne. Una y nada más: cuando el aire, el sustento y el techo están asegurados, solo importan dos cosas. El trabajo y la compañía. Estar solo y sin propósito es la muerte en vida.

—¿Se supone que es una gran revelación? —preguntó Kira en voz baja.

La mente de a bordo se rio. Kira notó que se debatía al borde de la locura.

—En absoluto. Claro que no. ¡Ja! Es una obviedad, ¿verdad? Resulta casi banal. Cualquier persona razonable estaría de acuerdo, ¿no? ¡Ja! Pero vivirlo no es lo mismo que oírlo o que leerlo. En absoluto. La revelación de la verdad rara vez resulta fácil. Me preguntas cómo fue, oh espinosa. Fue una revelación. Y preferiría morir antes que pasar de nuevo por semejante experiencia.

Kira lo entendía y lo valoraba. Sus revelaciones también habían estado a punto de destruirla.

—Sí. Lo mismo digo… ¿Cómo se llamaba la nave en la que viajabas?

Gregorovich se negó a responder. Al cabo de un momento de reflexión, Kira concluyó que era mejor así. Hablar sobre el accidente parecía volverlo aún más inestable.

Abrió su holofaz y la miró sin verla. ¿Cómo se le hacía psicoterapia a una mente de a bordo? No era la primera vez que se lo preguntaba. Falconi le había dicho que casi todos los psiquiatras que trabajaban con ellas también eran mentes de a bordo, pero incluso así… Esperaba que Gregorovich lograra encontrar la paz que buscaba, tanto por su bien como por el de toda la tripulación, pero resolver los problemas de Gregorovich no estaba en su mano.

6.

La larga noche avanzaba.

Kira redactó su conversación con Itari, tocó la concertina, vio varias películas de la base de datos de la Wallfish (ninguna especialmente memorable) y entrenó con el filo dúctil.

Antes de empezar a trabajar con el xeno, Kira se tomó un tiempo para decidir cuál era su objetivo. Tal y como le había dicho a Falconi, no bastaba con controlarlo. Necesitaba… síntesis. Una unión más natural entre el filo dúctil y ella. *Confianza*. En caso contrario, nunca dejaría de cuestionarse sus acciones, y también las del xeno. ¿Y cómo no iba a hacerlo, teniendo en cuenta sus errores pasados? (Su mente se empeñaba en volver a divagar sobre las Fauces; le hizo falta toda su fuerza de voluntad para apartar esos pensamientos). A base de experiencias dolorosas, había aprendido que la duda podía ser tan mortal como la sobrerreacción.

Suspiró. ¿Por qué tenía que ser todo tan difícil?

Con ese objetivo en mente, Kira empezó su entrenamiento de manera muy parecida al anterior: ejercicios isométricos, recuerdos desagradables, esfuerzos físicos y emocionales... todo lo que se le ocurría para poner a prueba al filo dúctil. Cuando estuvo segura de que su control del xeno era tan fuerte como siempre, y solo entonces, probó a relajar su control dictatorial. Al principio solo un poco: le ofrecía un diminuto margen de maniobra para comprobar cómo decidía actuar el filo dúctil.

Los resultados fueron contradictorios. La mitad de las veces, el xeno hacía exactamente lo que Kira quería y tal como ella quería, tanto si se trataba de crear una figura sobre la piel como de ayudarla a mantener una posición difícil o cualquier otra tarea que le hubiera impuesto al organismo. Un cuarto de las veces, el filo dúctil hacía lo que ella quería, pero no de la forma que esperaba. El resto del tiempo reaccionaba de forma totalmente desproporcionada o irracional, lanzando espinas y zarcillos en todas direcciones. Esos eran los incidentes que más le preocupaban, por supuesto.

Cuando se hartó y paró, no sentía que hubiera hecho ningún avance perceptible. Esa idea la puso de mal humor, pero entonces recordó que tardarían más de tres meses en llegar a Sol. Todavía tenía mucho tiempo por delante para trabajar con el filo dúctil. Mucho, muchísimo tiempo...

Gregorovich volvió a dirigirle la palabra poco después, y por suerte parecía el mismo de antes. Jugaron varias partidas de *Trascendencia*, y aunque Gregorovich ganaba siempre, a Kira no le importaba, porque disfrutaba al tener compañía, *cualquier* compañía.

Procuró no pensar demasiado en las pesadillas ni en las Fauces. Ni siquiera en el gran y poderoso Ctein, agazapado en las profundidades de la margen plañidera... pero su mente regresaba a ellos una y otra vez, y no conseguía relajarse lo suficiente para entrar en el estado latente que le permitiría sobrevivir al viaje.

Quizá pasaran un par de horas, o quizá más de un día entero, pero finalmente Kira sintió aquella familiar ralentización de su cuerpo, a medida que el filo dúctil reaccionaba ante la falta de alimento y actividad y empezaba a prepararla para sumirla en aquel sueño que era más que un sueño. Cada vez le resultaba más sencillo entrar en hibernación; al xeno cada vez se le daba mejor interpretar sus intenciones y tomar las medidas adecuadas.

Kira configuró su alarma semanal. Mientras se le cerraban los párpados, dijo:

—Gregorovich... creo que me voy a quedar dormida.

—Que descanses, saco de carne —susurró la mente de a bordo—. Creo que yo también.

—... tal vez soñar.

—En efecto.

La voz de la mente de a bordo se fue apagando, sustituida por los suaves compases de un concierto de Bach. Kira sonrió, se arrebujó en las mantas y por fin se permitió relajarse hasta sumirse en el olvido.

7.

Transcurrió un tiempo informe, un tiempo de pensamientos e impulsos a medio formar: temores, esperanzas, sueños y dolorosos arrepentimientos. Una vez por semana, la alarma despertaba a Kira, y esta, atontada y somnolienta, entrenaba con el filo dúctil. A menudo sentía que era un esfuerzo infructuoso, pero no cejó. Y el xeno tampoco. Kira sentía que deseaba complacerla, y la repetición de las acciones fue desembocando en la claridad de la intención, aunque no el dominio de la forma, y Kira empezó a percibir una especie de anhelo por parte del filo dúctil. Era como si el xeno deseara que sus esfuerzos tuvieran algo de artístico, algo de creativo. Kira rehuía casi siempre esos instintos, pero suscitaban su curiosidad, y a menudo Kira tenía largos y extraños sueños sobre los invernaderos de su infancia, sobre plantas que germinaban, se entrelazaban, echaban hojas y propagaban la vida, una vida buena y saludable.

Cada dos semanas, la Wallfish salía del espacio superlumínico y Kira bajaba al gimnasio de Sparrow para poner al límite su mente y su cuerpo mientras la nave se enfriaba. Y cada vez lamentaba amargamente la pérdida de su mano derecha. Su ausencia le causaba un sinfín de contratiempos, aunque se servía del filo dúctil para sujetar y levantar las cosas. Se consolaba sabiendo que ese uso adicional del xeno también le servía como entrenamiento. Y así era.

Mientras entrenaba en la bodega, los marines montaban guardia entre las estanterías de suministros: Hawes y otros tres, congelados en sus criotubos azulados; Sánchez, Tatupoa, Moros y uno más, envueltos en las mismas vainas que le habían salvado la vida a Trig. Al verlos allí, Kira sentía que se había topado con una fila de antiguas estatuas, destinadas a defender las almas de los muertos. Guardaba las distancias y procuraba no mirarlas, aunque ella no se consideraba supersticiosa.

A veces se comía una barrita después del entrenamiento, para recuperar fuerzas, pero en general se contentaba con un poco de agua antes de volver a hibernar.

A mitad del primer mes, durante las horas vacías de la noche, mientras flotaba frente a la esclusa de Itari, prácticamente ajena a lo que la rodeaba, una visión se manifestó tras sus párpados cerrados, un recuerdo de otro tiempo, de otra mente:

Convocada una vez más bajo el alto techo de la cámara presencial, ella y su carne se presentaron ante el Heptarcado congregado: tres de cada ascensión, con el Mayoralto en medio.

El sello central se rompió, y a través del mosaico de baldosas se alzó un prisma reluciente. En la jaula facetada, una semilla de negrura fractal se debatía con salvaje furia; su perversión palpitaba, golpeaba, arañaba y sacudía su cárcel transparente. Carne de su carne, pero ahora manchada y pervertida por funestas intenciones.

—¿Qué debe hacerse? —preguntó el Mayoralto.

El Heptarcado contestó con muchas voces, pero una habló con mayor claridad:

—Debemos cortar la rama; debemos quemar la raíz. La plaga no debe propagarse.

Pero la disensión se manifestó en forma de otra voz:

—Es cierto que hemos de proteger nuestros jardines, pero solicito un momento de reflexión. Aquí hay potencial para una vida que sobrepase nuestros planes. ¿Cuán arrogantes seríamos si la desecháramos sin examinarla? Nosotros no vemos ni sabemos todas las cosas. Dentro del caos bien podría habitar la belleza y, tal vez, un suelo fértil para las semillas de nuestra esperanza.

Siguió una larga discusión, llena de enojo. Mientras tanto, la cautiva negrura luchaba por escapar.

Entonces el Mayoralto se levantó y golpeó el suelo con el Báculo del Azul.

—La culpa es nuestra, pero la plaga no puede persistir. El riesgo es excesivo y las recompensas demasiado inciertas y endebles. Aunque pueda surgir luz de la oscuridad, sería un error permitir que la oscuridad extinguiera la luz. Hay actos que están más allá del perdón. Iluminad las sombras. Acabad con la plaga.

—¡Acabad con la plaga! —exclamó el Heptarcado.

Y entonces, el prisma arcoíris se iluminó con un fulgor cegador, y la malevolencia que encerraba aulló y explotó en una nube de rescoldos.

CUARTA PARTE

★ ★ ★ ★ ★ ★ ★

FIDELITATIS

No nacemos solo para nosotros mismos.

—Marco Tulio Cicerón

CAPÍTULO I

★ ★ ★ ★ ★ ★ ★

DISONANCIA

1.

Kira abrió los ojos de golpe.

¿Por qué estaba despierta? Algún cambio en el ambiente tenía que haber desvelado al filo dúctil, y este a ella. Una diferencia casi imperceptible en las corrientes de aire que circulaban por la Wallfish. El lejano zumbido de la maquinaria volviendo a la vida. Un leve descenso de la temperatura, por lo demás asfixiante. Algo.

Súbitamente alarmada, Kira miró de reojo por la ventanilla que estaba a su lado. La medusa, Itari, seguía en su sitio, dentro de la esclusa, encerrada en su vaina secretada y apenas visible bajo el resplandor rojizo y mortecino de las luces nocturnas.

Kira suspiró de alivio. Lo último que quería era tener que luchar contra Itari.

—¿G-Gregorovich? —dijo. Notaba la voz más oxidada que una llave inglesa vieja. Tosió y probó de nuevo, pero la mente de a bordo no contestaba. Cambió de táctica:

»Morven, ¿me oyes?

—Sí, Srta. Navárez —contestó la pseudointeligencia de la Wallfish.

—¿Dónde estamos? —Tenía la garganta tan seca que las palabras le raspaban al salir. Intentó tragar saliva sin mucho éxito.

—Acabamos de llegar a nuestro destino —contestó Morven.

—A Sol —graznó Kira.

—Correcto, Srta. Navárez. Al sistema de Sol. La Wallfish salió del espacio superlumínico hace cuatro minutos y veintiún segundos. Se han iniciado los procedimientos de entrada estándar. El capitán Falconi y el resto de la tripulación despertarán enseguida.

Lo habían logrado. Lo habían logrado de verdad. No se atrevía a pensar en todo lo que podía haber sucedido en su ausencia. Se habían marchado de 61 Cygni hacía seis meses.

Le costaba creer que llevaban medio año viajando; milagros de la hibernación, natural o artificial.

—¿Alguien ha contactado con nosotros? —preguntó.

—Sí, Srta. Navárez —contestó Morven con una diligencia ejemplar—. Han llegado catorce mensajes de las estaciones de control de la FAU. Les he explicado que la tripulación se encuentra indispuesta. No obstante, las autoridades locales insisten enérgicamente en que identifiquemos cuanto antes nuestro sistema de origen y nuestra misión actual. Están bastante alterados, Srta. Navárez.

—Claro, claro —murmuró Kira. Sería mejor dejar que Falconi hablara con la FAU una vez descongelado. Se le daban bien esas cosas, y además Kira sabía que Falconi preferiría hablar personalmente en nombre de la Wallfish.

Sintiéndose agarrotada e incómoda, empezó a forcejear para salir del nido de mantas y cinchas que se había construido junto a la esclusa.

Su mano.

El antebrazo y la mano que se había cortado ella misma en la nave medusa habían... reaparecido. Incrédula, estupefacta, Kira levantó el brazo y lo giró de un lado a otro para examinarlo, abriendo y cerrando los dedos.

No eran imaginaciones suyas. El brazo era real. Incapaz de creerlo, lo tocó con la otra mano, sintiendo el roce de sus dedos. Solo habían pasado cinco días desde la última vez que Kira había despertado, y en ese tiempo el filo dúctil había construido una réplica perfecta de la carne que había perdido.

¿O no?

Un repentino temor invadió los pensamientos de Kira, que inspiró hondo y se concentró en el dorso de su mano, obligando al filo dúctil a retirarse a base de fuerza de voluntad.

El xeno obedeció, y Kira dejó escapar un grito ahogado al contemplar cómo el contorno de su mano se hundía y se derretía como un helado en un día caluroso. Kira retrocedió, tanto física como mentalmente, y perdió la concentración. El filo dúctil volvió a recuperar su forma, reconstruyendo la extremidad perdida.

Un velo de lágrimas le cubrió los ojos. Kira pestañeó con fuerza, sintiendo amargamente su pérdida.

«Mierda», murmuró, furiosa consigo misma. ¿Por qué dejaba que la ausencia de la mano le afectara tanto? No era tan difícil conseguir un brazo o una pierna de repuesto.

Pero sí que le afectaba. Kira era su cuerpo, y su cuerpo era ella. La separación entre mente y materia no existía. Su mano había formado parte de la imagen que Kira tenía de sí misma hasta los acontecimientos de Gamus. Sin ella, Kira se sentía incompleta. Acababa de tener la fugaz esperanza de volver a estar entera, pero se había desvanecido.

Sin embargo, ahora tenía *otra* mano (aunque no fuera suya), y eso era mejor que la alternativa. Además, el hecho de que el filo dúctil hubiera sido capaz de replicar su extremidad perdida era motivo de optimismo. ¿Por qué lo había hecho ahora y no antes? ¿Acaso sabía que el final del viaje estaba próximo? ¿Estaba haciendo gala de la síntesis que Kira intentaba alcanzar con su entrenamiento desde Gamus? Fuera como fuera, el resultado parecía justificar sus esfuerzos. El filo dúctil había actuado por voluntad propia (aunque tal vez guiado por los deseos tácitos de la propia Kira) y de manera constructiva.

Volvió a examinarse la mano, maravillada por el nivel de detalle. Aparentemente, era una copia casi perfecta de la original. El único cambio que notaba era una leve diferencia de densidad: sentía el brazo nuevo más pesado, aunque muy ligeramente. Pero era una disparidad muy pequeña, apenas perceptible.

Mientras seguía probando la movilidad de sus dedos nuevos, Kira salió de su nido. Al intentar consultar la fecha en su holofaz, se dio cuenta de que el filo dúctil había vuelto a absorber sus lentillas, igual que durante el viaje de ida a Gamus.

Se acordó del pequeño recipiente de las lentillas de repuesto que le había impreso Vishal. Lo rescató de debajo de las mantas y se colocó cuidadosamente las lentes transparentes en los ojos.

Pestañeó una vez y comprobó, complacida, que la familiar configuración de su holofaz reaparecía. *Mucho mejor.* Volvía a ser una persona completamente funcional.

Kira resistió el impulso de consultar las noticias, salió de la antecámara y se impulsó por las paredes hasta llegar a la zona central de la Wallfish. Empezó a ascender por el conducto principal.

La nave seguía tan silenciosa, desierta y oscura que parecía abandonada. De no haber sido por el zumbido de los ventiladores de soporte vital, cualquiera la habría tomado por un derrelicto, flotando a la deriva desde hacía una eternidad. Kira se sentía como una saqueadora, avanzando por pasillos que habían estado habitados en otra época... o como una exploradora que acababa de abrir un antiquísimo mausoleo.

Eso la hizo pensar en la ciudad de Nidus y en los funestos hallazgos que habían hecho allí. Gruñó y sacudió la cabeza, irritada. Su imaginación la traicionaba.

Cuando llegó al nivel inferior a la cubierta de Control, sonó la alerta de propulsión. Inmediatamente, Kira plantó los pies en la cubierta, y la sensación de gravedad la empujó hacia abajo (¡por fin volvía a existir la noción de «abajo»!) en cuanto el motor de fusión de la Wallfish resucitó con un rugido.

Suspiró de alivio, agradecida por el regreso de la propulsión.

Las tiras lumínicas cercanas titilaron y pasaron del resplandor rojo al brillo blanco azulado del modo diurno. Después de tanto tiempo en la penumbra, su intensidad resultaba casi dolorosa. Kira se protegió la cara hasta que se le acostumbró la vista.

Falconi y su tripulación estaban saliendo de los criotubos justo cuando Kira entró en el refugio de la nave. Sparrow se había dejado caer a gatas en la cubierta y tosía ruidosamente, como una gata con una bola de pelo.

—Dios, cómo odio los viajes largos —protestó la mujer, secándose la boca.

—Bien, ya estáis en marcha —los saludó Kira. Falconi soltó un gruñido.

—Si es que se puede llamar así. —El capitán estaba tan pálido como Sparrow y lucía unas profundas ojeras, como todos los demás. Kira no envidiaba los efectos secundarios de un criosueño tan prolongado.

Sparrow tosió una vez más, antes de ponerse en pie con dificultad. Falconi, Nielsen, Hwa-jung y ella empezaron a sacar su ropa de las taquillas. Vishal tardó un poco más. En cuanto se levantó, repartió entre sus compañeros unas píldoras azules que Kira conocía muy bien. Aliviaban las náuseas y reponían parte de los nutrientes perdidos del cuerpo.

Vishal le ofreció otra pastilla a Kira, pero esta le dijo que no era necesario.

—¿Cómo pinta la situación? —preguntó Falconi mientras se calzaba las botas.

—Aún no lo sé —contestó Kira.

En ese momento, la voz de Gregorovich sonó por los altavoces con tono jovial y socarrón.

—Saludos, queriditos míos. Bienvenidos de nuevo a la tierra de los vivos. Sí, señor. Hemos sobrevivido a nuestro gran periplo por el vacío. Una vez más, hemos desafiado a la oscuridad y vivido para contarlo. —Se echó a reír con tanta fuerza que hizo temblar toda la nave.

—Parece que alguien está de buen humor —comentó Nielsen, cerrando su taquilla. Vishal se acercó a la primera oficial y se inclinó para decirle algo en voz baja.

—Oye —dijo entonces Sparrow, fijándose en Kira por primera vez—. ¿De dónde has sacado el brazo nuevo?

Kira se encogió de hombros, algo abochornada.

—Ha sido el filo dúctil. Me he despertado así.

—*Mmm*. Pues asegúrate de que no se te escape.

—Sí, gracias.

Todos los criotubos estaban abiertos, salvo el de Trig. Kira se acercó para presentarle sus respetos. Al otro lado de la ventanilla congelada, el chico tenía el mismo aspecto y la misma expresión inquietantemente serena. De no haber sido por la palidez cadavérica de su piel, cualquiera habría dicho que dormía.

—De acuerdo —dijo Falconi, echando a andar hacia la puerta—. Vamos a ver qué hay de nuevo.

2.

—Su puta madre —murmuró Sparrow. Hwa-jung frunció el ceño y soltó un gruñido desaprobador, aunque ella tampoco despegó la mirada de la pantalla. Nadie podía dejar de mirar.

Falconi estaba pasando varias imágenes provenientes de todo el sistema. Sol era una zona de guerra. En la órbita de Mercurio flotaban las ruinas de las granjas de antimateria. Los cielos de Venus y Marte estaban oscurecidos por una alfombra de restos de naves destruidas. Los hábitats cupulares de los asteroides estaban resquebrajados como cáscaras de huevo. A lo largo y ancho del sistema flotaban toda clase de estaciones espaciales, anillos y cilindros de O'Neill, dañados y abandonados. Los depósitos agujereados de las estaciones de repostaje Hydrotek expulsaban llamaradas de hidrógeno ardiente. En la Tierra (¡en la Tierra, nada menos!), los hemisferios norte y sur estaban sembrados de cráteres, y un manto negro cubría parte de Australia.

Un gran número de naves y plataformas orbitales se arremolinaban en torno a los planetas colonizados. La Séptima Flota de la FAU se había congregado cerca de Deimos: estaban a poca distancia del límite de Markov (para poder realizar un salto superlumínico casi de inmediato), pero sin alejarse demasiado (para defender los planetas interiores en caso de emergencia).

Los combates proseguían en varios lugares. Las medusas habían establecido una pequeña base de operaciones en Plutón y habían invadido varios asentamientos subterráneos de las regiones árticas de Marte. Por culpa de los túneles, la FAU no podía expulsar a los alienígenas con ataques aéreos, pero ya había iniciado operaciones terrestres con el objetivo de eliminar a las medusas y salvar a los civiles de la zona. Pero lo más grave era la mancha de Australia: una nave pesadilla se había estrellado allí, y en cuestión de horas su infección había propagado el tejido corrupto por todo el territorio. Por suerte para la Tierra, el impacto se había producido en el más yermo de los desiertos; gracias al uso inmediato de una batería solar orbital, habían incinerado toda la zona, conteniendo así la infección, aunque seguían trabajando para asegurarse de que ni un solo fragmento de tejido hubiera escapado de la destrucción.

—Dios santo —dijo Vishal, persignándose.

Incluso Falconi parecía abrumado por la magnitud de los daños.

Nielsen soltó un gemido de angustia mientras abría una ventana de noticias procedentes de Venus. Kira pudo leer parte de un titular: «Falling City ha...».

—Tengo que hacer una llamada —dijo la primera oficial, pálida como un muerto—. Tengo que ver si... si...

—Vete —la apremió Falconi, poniéndole la mano en el hombro—. Nosotros nos ocupamos de esto.

Nielsen lo miró a los ojos, agradecida, y salió apresuradamente de Control.

Kira intercambió miradas de preocupación con el resto de la tripulación. Si Sol estaba así de mal, ¿qué habría pasado en el resto de la Liga? ¿*Y en Weyland?* La angustia empezaba a hacer presa de ella.

Justo cuando Kira empezaba a buscar noticias de su hogar, Gregorovich dijo:

—Ejem... Me permito sugerir que sería buena idea responder a la FAU antes de que hagan alguna tontería. Nos están amenazando con toda suerte de violencia si no les proporcionamos de inmediato nuestra información de vuelo, amén de una explicación clara de nuestras intenciones.

Falconi suspiró.

—Será mejor que acabemos con esto de una vez. ¿Saben quiénes somos?

La mente de a bordo se rio entre dientes.

—A juzgar por el talante exaltado de sus mensajes, la respuesta es un rotundo «sí».

—Muy bien. Ponme con ellos.

Kira se sentó al fondo de la sala de control para escuchar la conversación de Falconi con quienquiera que le hubiera pasado Gregorovich.

—Sí... No... Eso es. La NFAU Darmstadt... Gregorovich, no... Ajá. Sí, está aquí mismo... De acuerdo. Recibido. Cambio y corto.

—¿Y bien? —dijo Kira.

Falconi se frotó el rostro y miró por turnos a Kira, Sparrow y Hwa-jung. Sus ojeras parecían más marcadas que antes.

—Nos toman en serio, que no es poco. La FAU quiere que atraquemos en la estación Orsted inmediatamente.

—¿A qué distancia está? —preguntó Kira. Antes de que pudiera abrir la holofaz para consultarlo, Falconi contestó:

—Siete horas.

—Orsted es un hábitat anular de Ganímedes, una de las lunas de Júpiter —explicó Sparrow—. Es uno de los puntos de paso más importantes de la FAU.

Era lógico. En Sol, el límite de Markov estaba muy cerca de la órbita de Júpiter. Kira no sabía demasiado sobre Sol, pero recordaba ese dato de sus clases de Geografía estelar.

—¿No les has contado que llevamos una medusa a bordo? —preguntó.

Falconi bebió un largo trago de una botella de agua.

—No, no quería que se asustaran demasiado. Se lo diremos cuando estén preparados para oírlo.

—Van a enfadarse cuando lo descubran —le advirtió Kira.

—Efectivamente.

En ese momento, por el intercomunicador sonó la voz de Hawes, ronca por los efectos de la crionización.

—Capitán, mis hombres y yo hemos salido de los criotubos, pero necesitamos que la medusa les quite estas putas vainas a los demás. Podríamos cortarlas nosotros mismos, pero no sabemos qué consecuencias podría tener.

—Recibido, teniente —contestó Falconi—. Envíe a uno de los suyos a la esclusa. Kira irá enseguida.

—Gracias, capitán.

Falconi miró de reojo hacia el techo.

—Gregorovich, ¿ya se ha despertado la medusa?

—Está en ello —respondió la mente de a bordo.

—¿Cómo habrá sabido cuándo tenía que hacerlo? —murmuró Falconi.

Miró a Kira, pero esta ya se dirigía hacia la puerta.

—Voy para allá —dijo.

3.

El proceso de escoltar a Itari hasta la bodega de carga y esperar a que la medusa sacara a los tres marines y los reanimara (con otra secreción de sus tentáculos) les llevó unos cuarenta minutos. Cuando no tenía que hacer de intérprete, Kira se apoyaba en una estantería y consultaba noticias de Weyland.

No eran halagüeñas.

Al menos un artículo aseguraba que Weyland había sufrido un bombardeo orbital en las inmediaciones de Highstone. Su familia no vivía demasiado cerca de la ciudad, pero sí lo suficiente para que la noticia dejara a Kira más preocupada que antes.

Las medusas también habían aterrizado cerca de Toska, un asentamiento del hemisferio sur de Weyland, pero según los últimos informes (fechados hacía casi un mes), no se habían asentado allí. Varias naves pesadilla habían pasado por los límites del sistema y se habían trabado en furioso combate con las medusas, pero el resultado de la contienda no estaba claro, porque todas las naves participantes habían ido desapareciendo con sendos saltos superlumínicos. La Liga había enviado refuerzos al sistema, pero solamente un pequeño destacamento. El grueso de sus naves se concentraba en Sol y sus alrededores, para proteger la Tierra.

Kira dejó de leer cuando Itari terminó de despertar a los marines y acompañó a la medusa hasta la esclusa. Cuando le explicó que se dirigían a Orsted, Itari se limitó a expresar una afirmación cortés. El alienígena mostraba una sorprendente falta de curiosidad por el rumbo de la Wallfish y lo que ocurriría cuando llegaran. Kira le preguntó por qué.

[[Aquí Itari: La ola se propagará oportunamente.]]

Con la medusa encerrada de nuevo en la esclusa, Kira se pasó por la cocina para recoger algo de comida y subió de nuevo a Control. Nielsen llegaba al mismo tiempo que ella; la primera oficial tenía el rostro enrojecido y los ojos húmedos.

—¿Todo bien? —preguntó Falconi desde el otro lado de la pantalla.

Nielsen asintió mientras se desplomaba en su asiento.

—Mi familia está viva, pero mi hija Yann ha perdido su casa.

—¿En Venus? —preguntó Kira.

Nielsen se sorbió la nariz y se alisó la pechera de la camisa parda.

—Han arrasado toda la ciudad. Ella ha escapado por los pelos.

—Mierda —dijo Falconi—. Por lo menos ha sobrevivido.

Guardaron silencio un minuto. Después, Nielsen se irguió y miró a su alrededor.

—¿Y Vishal?

Falconi señaló hacia la popa de la nave, distraído.

—Ha ido a la enfermería. Dice que quiere hacerles unas pruebas a los marines.

—¿Vishal no vivía en un hábitat cilíndrico de Sol?

El rostro de Falconi se ensombreció.

—¿Ah, sí? Nunca me lo había dicho.

Nielsen soltó un gruñido de exasperación.

—*Hombres*... Si os molestarais en preguntar, aprenderíais algo... —Se levantó de la silla con brusquedad y salió de Control.

Falconi la observó mientras se iba, un tanto perplejo. Miró por encima del hombro a Kira, como buscando una explicación, pero ella se encogió de hombros y volvió a consultar su holofaz.

Las guerras interestelares avanzaban despacio, incluso con una tecnología tan avanzada como la de las medusas, pero lo que había ocurrido presentaba una homogeneidad deprimente. La experiencia de Weyland era idéntica a la de otras colonias (aunque las batallas en el mundo de Stewart eran de una escala similar a las de Sol).

Y por otro lado estaban las pesadillas. Con el paso de los meses, sus ataques se habían vuelto cada vez más habituales, hasta el punto que ahora la FAU se enfrentaba a ellas con la misma frecuencia que a las medusas. Cada vez que aparecían, los monstruos parecían adoptar formas distintas. Era como si estuvieran mutando de forma constante, o más bien como si la inteligencia que las dirigía (aquellas Fauces trituradoras, nacidas de la nefasta fusión de humano, wranaui y filo dúctil) estuviera experimentando de forma frenética, demencial y aleatoria con el fin de encontrar la mejor carne posible para el combate.

Kira se ponía enferma solo de pensar en el nivel de sufrimiento que las pesadillas estaban soportando... provocando.

No le sorprendió comprobar que la guerra había suscitado un hermanamiento sin precedentes en el bando de la humanidad. Incluso los zarianos habían dejado de lado sus diferencias con la Liga para unir fuerzas contra sus enemigos comunes.

Y a pesar de todo, la fuerza combinada de todos los seres humanos vivos no bastaba para rechazar a los atacantes. Por muy fragmentadas que fueran las noticias, estaba más que claro que iban perdiendo. *La humanidad* iba perdiendo, pese a todos sus esfuerzos por impedirlo.

Las noticias eran abrumadoras, agotadoras y depresivas. Finalmente, incapaz de soportarlo más, Kira salió de su holofaz y se quedó sentada, mirando fijamente las filas de luces e interruptores del techo y procurando no pensar en que todo se estaba viniendo abajo.

De pronto apareció un aviso en la esquina inferior de su visión. Era un mensaje pendiente. Kira lo abrió, suponiendo que sería de Gregorovich.

Se equivocaba.

En su bandeja de entrada había una respuesta al vídeo que Kira había enviado a su familia desde 61 Cygni. Una respuesta enviada desde la cuenta de su madre.

Kira lo miró fijamente, anonadada. Se dio cuenta de que estaba conteniendo la respiración. No esperaba una respuesta; su familia no podía saber dónde ni cuándo regresaría. ¿Cómo podía haber un mensaje esperándola precisamente *allí*, en Sol? A menos que…

Abrió el archivo, temblando ligeramente.

Apareció un vídeo delante de ella, una ventana oscura que mostraba lo que parecía ser un búnker subterráneo. Kira lo reconoció: los primeros colonos de Weyland los habían usado para protegerse de la radiación… Sus padres estaban sentados frente a la cámara, junto a un escritorio abarrotado de herramientas y medikits. Isthah estaba detrás de ellos, asomándose entre su padre y su madre con expresión ansiosa.

Kira tragó saliva.

Su padre llevaba el muslo derecho vendado. Kira lo encontró extremadamente delgado, y las arrugas de los ojos y la nariz parecían mucho más profundas de lo que ella recordaba. En sus patillas se veían unas canas que no habrían estado allí de haber seguido su calendario de inyecciones madre. En cuanto a su madre, ahora tenía un aspecto todavía más duro, como un águila tallada en granito, y llevaba el cabello corto, como era costumbre entre los colonos que casi nunca se quitaban el dermotraje.

Isthah era la única que conservaba su aspecto de siempre, y eso la consoló un poco.

Su madre carraspeó.

«Kira, ayer recibimos tu mensaje. Ha llegado con un mes de retraso, pero lo importante es que ha llegado».

«Nos alegramos muchísimo de saber que estás viva, cielo», continuó su padre. «Nos alegramos muchísimo. Nos tenías preocupados». Isthah bajó la cabeza. A Kira le sorprendía el silencio de su hermana; esa seriedad era muy rara en ella. Aunque claro, corrían tiempos raros.

Su madre miró de reojo a su marido y su hija antes de volver a mirar hacia la cámara.

«Siento… *sentimos* mucho lo de tus compañeros, Kira. Y… lo de Alan. Parecía un buen hombre».

«Sabemos que lo estarás pasando mal», añadió su padre. «Queremos que sepas que pensamos en ti y te deseamos lo mejor. Estoy seguro de que los científicos de la Liga encontrarán la forma de sacarte a ese…», titubeó, «… a ese parásito alienígena del cuerpo».

Su madre le puso la mano en el brazo para reconfortarlo.

«No sé por qué la Liga no ha interceptado tu mensaje», dijo su madre. «A lo mejor se les pasó por alto. Da igual, lo que importa es que lo hemos recibido. Como puedes ver, no estamos en casa. Las medusas llegaron hace unas semanas y ha habido combates en los alrededores de Highstone. Tuvimos que evacuar, pero estamos bien. No pasa nada. Ahora vivimos con una familia, los Niemeras…».

«Al otro lado de las montañas», precisó su padre. Su madre asintió.

«De momento nos dejan vivir en su refugio. Aquí estamos bastante protegidos y hay *espacio de sobra*». A Kira no le parecía que aquello fuera espacio de sobra.

«Las medusas incendiaron los invernaderos», dijo entonces Isthah, en voz baja. «Los incendiaron, Tata. Lo quemaron todo…».

No.

Sus padres se revolvieron en sus asientos, incómodos, y su padre se miró las enormes manos, que tenía apoyadas en las rodillas.

«Sí», dijo, con una risa amarga. Kira nunca lo había visto tan triste y abatido. «Me hice este rasguño intentando escapar a tiempo». Se palpó la venda de la pierna y mostró una sonrisa forzada. Entonces su madre se irguió.

«Escúchame, Kira. No te preocupes por nosotros, ¿de acuerdo? Tú vete a tu expedición; estaremos aquí cuando vuelvas… Vamos a enviar esta grabación a todos los sistemas de la Liga para que lo encuentres esperándote dondequiera que vayas».

«Te queremos, cielo», dijo su padre. «Y estamos muy orgullosos de ti y de lo que estás haciendo. Cuídate. Nos vemos muy pronto».

Después de unas palabras de despedida de su madre y de Isthah, el vídeo terminó.

La holofaz de Kira empezó a temblar, borrosa y húmeda. Se dio cuenta de que estaba llorando y respirando entrecortadamente. Cerró la ventana, se inclinó y enterró el rostro entre las manos.

—Oye, oye —dijo Falconi, alarmado y conmovido al mismo tiempo. Kira sintió que le apoyaba la mano con delicadeza entre los hombros—. ¿Qué pasa?

—Me ha llegado un mensaje de mi familia —contestó.

—¿Y están...?

—No, no, están bien, pero... —Kira sacudió la cabeza—. Han tenido que abandonar nuestra casa, donde yo crecí. Y el solo hecho de verlos... a mi madre, a mi padre, a mi hermana... Lo están pasando mal.

—Como todos —dijo Falconi en voz baja.

—Lo sé, pero este mensaje... —Comprobó la fecha del archivo—. Es de hace casi dos meses. Dos meses. Las medusas atacaron Highstone con un bombardeo orbital hace un mes, y... y ni siquiera sé si... —Se le quebró la voz. El filo dúctil reaccionó a su emociones recubriéndole los brazos de diminutos bultos. Le cayó una lágrima en el antebrazo izquierdo, y las fibras la absorbieron rápidamente.

Falconi se arrodilló a su lado.

—¿Puedo hacer algo?

Sorprendida, Kira lo pensó un momento.

—No, pero... gracias. Lo único que podemos hacer tú, yo o cualquiera es encontrar la manera de poner fin a esta maldita guerra.

—Eso estaría bien, sí.

Kira se secó los ojos con la mano.

—¿Y tu familia? ¿Los has...?

La expresión de Falconi se turbó.

—No, y están demasiado lejos para llamarlos. Además, no creo que quieran saber nada de mí.

—Eso no lo sabes —replicó Kira—. No puedes saberlo. Mira lo que está pasando. Esto podría acabar siendo nuestro fin. Deberías llamar a tus padres. ¿Cuándo lo vas a hacer si no es ahora?

Falconi se quedó callado un momento, antes de darle unas palmadas en el hombro y levantarse.

—Me lo pensaré.

No era gran cosa, pero seguramente no podía esperar nada más de él. Ella también se puso de pie.

—Voy a mi camarote. Quiero responderles antes de que lleguemos a Orsted.

Falconi soltó un gruñido, inmerso como estaba en la holopantalla.

—Yo no contaría con que la Liga te deje emitir un mensaje. Ni la Liga ni las medusas. Te apuesto un cubo lleno de bits a que las comunicaciones de Weyland están tan atascadas como el váter que teníamos antes en la bodega.

La confianza de Kira se tambaleó fugazmente por la incertidumbre. Pero entonces se armó de valor, aceptando la situación tal cual era.

—No importa. Tengo que intentarlo, ¿sabes?

—La familia es importante para ti, ¿eh?

—Pues claro. ¿Para ti no?

Falconi no contestó, pero se le tensaron visiblemente los músculos de los hombros.

4.

Siete horas.

Transcurrieron más deprisa de lo que Kira esperaba. Grabó el mensaje de respuesta para su familia (contándoles lo ocurrido en Gamus, aunque omitió su papel en la creación de las Fauces, como había hecho con Hawes) e incluso les hizo una pequeña demostración de las habilidades del filo dúctil, haciendo aparecer en la palma de su mano una constelación de medianoche. Esperaba que eso hiciera sonreír a su padre. Después de desearles que fuera todo bien y decirles que tuvieran cuidado, concluyó con:

«Espero que este mensaje os llegue dentro de una semana, más o menos. No sé qué van a pedirme los de la Liga, pero imagino que no me dejarán comunicarme con vosotros durante una temporada… Pase lo que pase en Weyland, resistid. Tenemos la oportunidad de firmar la paz con las medusas, y voy a luchar para que sea lo antes posible. Así que no os rindáis, ¿me oís? No os rindáis… Os quiero a los tres. Adiós».

Después, Kira se quedó unos minutos más a solas en su camarote, con los ojos cerrados y las luces apagadas, para dejar que su respiración se ralentizara y su cuerpo se enfriara.

Luego se recompuso y volvió a Control. Vishal estaba allí, hablando en voz baja con Falconi y Sparrow. El doctor inclinaba el cuello para estar a su altura.

—… qué mala suerte, Doc —dijo Falconi—. Si tienes que irte, lo entenderé. De verdad. Conseguiremos otro…

Pero Vishal ya estaba negando con la cabeza antes de que terminara.

—No, no será necesario, capitán, aunque se lo agradezco. Mi tío ha dicho que me avisará en cuanto sepan algo.

Sparrow sobresaltó a Vishal con una palmada en el hombro.

—Sabes que estamos contigo, Doc. Si puedo hacer algo para ayudarte, no tienes más que decirlo y —soltó un agudo silbido— aquí me tendrás.

A Vishal pareció ofenderle su familiaridad, pero enseguida se relajó.

—Se lo agradezco, Srta. Sparrow. Se lo digo de corazón.

Mientras Kira se sentaba, miró a Falconi con expresión inquisitiva.

‹¿Qué pasa? —Kira›.

‹Las medusas han destruido el hábitat cilíndrico de Vishal. —Falconi›.

‹Mierda. ¿Y su madre y sus hermanas? —Kira›.

‹Es posible que hayan escapado a tiempo, pero de momento no hay noticias. —Falconi›.

Mientras Vishal tomaba asiento a su lado, Kira se volvió hacia él.

—Falconi me lo acaba de contar. Lo siento muchísimo, es terrible.

Vishal se desplomó en la silla. Tenía el ceño fruncido, pero respondió con la misma educación de siempre:

—Gracias por su amabilidad, Srta. Kira. Estoy convencido de que todo saldrá bien, Dios mediante.

Kira esperaba que tuviera razón.

Accedió a su holofaz y abrió las imágenes de las cámaras traseras de la Wallfish para observar la llegada a la mole de Júpiter y al diminuto disco moteado de Ganímedes.

La imagen de Júpiter en toda su anaranjada y veteada gloria le recordó dolorosamente a Zeus, suspendido en el cielo de Adrastea. Y no era de extrañar: esas mismas similitudes eran las responsables de que el equipo de reconocimiento original lo hubiera bautizado con el nombre de Zeus.

En comparación, Ganímedes parecía pequeñísima, casi insignificante, aunque Kira sabía (gracias a su holofaz) que se trataba de la luna de mayor tamaño del sistema, más grande incluso que el planeta Mercurio.

En cuanto a su destino, la estación Orsted, no era más que una mota de polvo flotando sobre la gastada superficie de Ganímedes. Varios puntos relucientes, aún más pequeños, la acompañaban en su órbita, señalando la posición de los numerosos transportes, remolcadores y naves no tripuladas que rodeaban la estación.

Kira se estremeció. No pudo evitarlo. Aunque a menudo creía entender la inmensidad del espacio, siempre ocurría algo que le dejaba muy claro que no, no lo entendía en absoluto. El cerebro humano era físicamente incapaz de asimilar semejantes distancias y escalas. Al menos, el cerebro de los humanos inalterados. Tal vez las mentes de a bordo sí que pudieran. Nada que los humanos hubieran construido (o pudieran construir en el futuro) podría compararse nunca con aquel vastísimo desierto.

Sacudió la cabeza y siguió contemplando la estación. Incluso los astronautas más avezados podían terminar por volverse locos si contemplaban el vacío durante demasiado tiempo.

Kira siempre había querido visitar Sol, especialmente la Tierra, aquel gran tesoro de la biología. Pero nunca se había imaginado que su visita se produciría en semejantes circunstancias: con prisas y en mitad de una guerra.

Sin embargo, la imagen de Júpiter la llenaba de fascinación, y deseó que Alan pudiera haber compartido la experiencia con ella. Lo habían hablado varias veces: querían ganar dinero suficiente para irse de vacaciones a Sol. O tal vez conseguir una beca de investigación para viajar al sistema a cuenta de la corporación. Pero no eran más que ilusiones, fantasías de futuro.

Kira se obligó a pensar en otras cosas.

—¿Todo en orden de revista? —preguntó Falconi cuando Nielsen entró flotando, minutos después.

—En la medida de lo posible —contestó Nielsen—. No creo que tengamos problemas con los inspectores.

—Te olvidas de Itari —le recordó Kira.

La primera oficial sonrió con sorna.

—Bueno, pero al menos no podrán decir que nos hemos saltado la cuarentena. Las medusas han hecho que nos olvidemos de la biocontención. —Se sentó al lado de Vishal.

Sparrow soltó un gruñido de disgusto y miró a Nielsen.

—¿Habéis visto lo que están haciendo los estelaristas?

—*Mmm*. Nada que no hubieran hecho el partido expansionista o el conservador si estuvieran al mando.

Sparrow sacudió la cabeza.

—Bueno, lo que tú digas. El Eminente está aprovechando el estado de emergencia para apretarles las tuercas a las colonias.

—Uf —dijo Kira. ¿Por qué no le sorprendía? Los estelaristas siempre daban prioridad a Sol. Era comprensible hasta cierto punto, pero no por ello tenía que gustarle.

Nielsen se mantuvo impasible y cordial.

—Es un punto de vista un tanto extremo, Sparrow.

—Tú hazme caso —replicó la mujer—. Cuando haya terminado todo este lío, si es que termina alguna vez, no podremos ni escupir sin el permiso de Tierra Central. Te lo garantizo.

—Estás exag…

—Pero ¿qué digo? Tú eres de Venus. *Claro* que vas a apoyar a la Tierra, como todos los que se han criado con la cabeza en las nubes.

Nielsen frunció el ceño; se disponía a contestar cuando Falconi intervino:

—Ya fue suficiente de política. Dejadlo para cuando haya alcohol suficiente para aguantaros.

—Sí, señor —dijo Sparrow en tono hosco.

Kira devolvió su atención a la holofaz. Los entresijos de la política interestelar siempre se le escapaban. Demasiadas variables. Pero lo que sí sabía era que no le gustaban los estelaristas (ni prácticamente ningún político, en realidad).

Orsted fue creciendo ante sus ojos hasta que ocupó por completo la vista de popa. La estación parecía maciza y tosca, como un giróscopo gótico, oscuro y anguloso. El anillo blindado fijo no parecía haber sufrido daños, pero uno de los cuadrantes del hábitat anular giratorio presentaba varios desgarrones, como si un monstruo inmenso hubiera arañado la estación con sus garras. La descompresión explosiva había despegado los bordes de los agujeros del casco, transformando el revestimiento en una especie de pétalos dentados. Entre dichos pétalos se distinguían varias salas, cubiertas por una capa de escarcha blanca y reluciente.

La cara superior del conector central de Orsted (la que no estaba orientada hacia Ganímedes) estaba erizada de antenas parabólicas, telescopios y armas instalados sobre anclajes sin fricción. Casi todos los aparatos parecían averiados o quemados. Por suerte, los ataques no parecían haber penetrado en el reactor de fusión, bien protegido en el núcleo del conector de la estación.

El largo armazón de puntales cruzados que se extendía varios cientos de metros desde la cara inferior del conector central de Orsted parecía intacto, pero muchos de los radiadores transparentes que lo bordeaban estaban perforados o hechos trizas, reducidos a esquirlas afiladas como cuchillos, por cuyas venas cercenadas goteaba metal fundido. Docenas de bots de mantenimiento revoloteaban alrededor de los radiadores dañados, intentando restañar la hemorragia de refrigerante.

Las comunicaciones auxiliares y la batería defensiva instalada en el lado opuesto del armazón parecían chamuscadas y dañadas. Por un increíble golpe de suerte, la cámara de contención del generador Markov (que alimentaba los sensores superlumínicos de la estación) no había sufrido desperfectos. El generador solo contenía una cantidad minúscula de antimateria, pero si se hubiera producido una brecha de contención, habría volatilizado toda la batería defensiva (y buena parte del armazón).

Cuatro cruceros de la FAU aguardaban a babor de la estación, haciendo gala del poderío militar de la Liga.

—Thule —dijo Sparrow, sentándose—. Han dejado la estación hecha polvo.

—¿Ya habías estado en Orsted? —preguntó Kira.

Sparrow se humedeció los labios.

—Una vez, durante un permiso. Y no tenía deseos de repetir la experiencia.

—Abrochaos los cinturones —les avisó Falconi desde el otro lado de Control.

—Sí, señor.

Se pusieron los arneses, y al cabo de un rato la propulsión cesó. Kira hizo una mueca cuando volvieron a gravedad cero. La Wallfish realizó una última maniobra de inversión (para seguir volando de frente hacia la estación) y Gregorovich anunció:

—Tiempo estimado de llegada: catorce minutos.

Kira procuró dejar la mente en blanco.

Hwa-jung se reunió con ellos poco después, flotando con la gracilidad de una bailarina de ballet. Parecía asqueada y más hosca que de costumbre.

—¿Cómo están Runcible y Calcetines? —preguntó Falconi.

La jefa de máquinas hizo una mueca.

—El gato ha tenido otro «percance». Puaj. Había caca por todas partes. Si alguna vez me compro una nave, nada de gatos. Cerdos, pase. Pero nada de gatos.

—Gracias por limpiarlo.

—*Mmm.* Me he ganado una prima por riesgo laboral.

Después de un rato de silencio, Sparrow dijo:

—Por cierto, hablando de biocontención, creo que en Ruslan se pasaron un poco con nosotros.

—¿Por qué lo dices? —preguntó Nielsen.

—Porque todos esos bichitos sueltos eran una excelente fuente de *nutritón*.

Todos soltaron un gemido al unísono, pero el abucheo era fingido. Seguramente todos lamentaban que Trig no estuviera allí para contar chistes.

—Que Thule nos proteja de los chascarrillos —dijo Vishal.

—Podría ser peor —replicó Falconi.

—¿Sí? ¿Cómo?

—Sparrow podría habernos hecho un espectáculo de mímica.

La mujer le lanzó uno de sus guantes, y Falconi se echó a reír.

5.

A Kira se le hizo un nudo en el estómago cuando la Wallfish frenó y, con un leve temblor, se acopló al puerto de atraque que les habían asignado en el anillo blindado de Orsted.

Unos segundos después, sonó el aviso de finalización del proceso.

—Muy bien, escuchadme —dijo Falconi, desabrochándose el arnés—. El capitán Akawe consiguió indultos para todos… —Miró de reojo a Kira—. Para toda esta tripulación de granujas, quiero decir. La Liga debería estar al corriente, pero eso no significa que tengáis que ir por ahí haciéndoos los gallitos. Que nadie abra la boca hasta que tengamos representación legal y la situación bien clara. Y lo digo sobre todo por ti, Gregorovich.

—Como usted diga, oh capitán, mi capitán —respondió la mente de a bordo. Falconi gruñó.

—Y tampoco les digáis nada sobre la medusa. Nos encargaremos Kira y yo.

—¿No crees que Hawes y sus hombres ya habrán avisado de eso a la FAU? —preguntó Kira.

Falconi sonrió con picardía.

—No me cabe duda de que lo habrían hecho… si les hubiera dado acceso a las comunicaciones. Pero no es el caso.

—Y Hawes está bastante cabreado —añadió Nielsen.

Falconi se impulsó de una patada hasta la compuerta presurizada.

—No importa. Vamos a hablar directamente con la FAU, y seguro que tardarán un rato en interrogar a nuestros simpáticos marines.

—¿Tenemos que ir todos? —preguntó Hwa-jung—. La Wallfish necesita reparaciones después de *ese* salto.

Falconi señaló la puerta.

—Tendrás tiempo de sobra para ocuparte de la nave, Hwa-jung. Te lo prometo. Y sí, tenemos que ir todos. —Sparrow soltó un gemido de protesta, y Vishal puso los ojos en blanco—. El oficial de enlace de Orsted ha pedido específicamente que se presenten todos los tripulantes de la nave. Creo que aún no saben qué hacer con nosotros. Han mencionado que tenían que consultarlo con Tierra Central. Además, no vamos a dejar que Kira entre ahí sola.

—... Gracias —contestó ella de corazón.

—Descuida. No dejaría que nadie de mi tripulación fuera solo. —Falconi sonrió, y aunque era una sonrisa dura y peligrosa, a Kira le infundió ánimos—. Si no te tratan bien, montaremos bronca hasta que lo hagan. Los demás ya conocéis la consigna: ojos abiertos y boca cerrada. Recordad que esto no es una visita de placer.

—Recibido.

—Sí, señor.

—Por supuesto, capitán.

Hwa-jung asintió.

Falconi plantó la mano ruidosamente en el mamparo.

—Gregorovich, ten la nave lista por si tenemos que marcharnos deprisa. Y estate atento a nuestras holofaces hasta que volvamos.

—Por supuesto —contestó Gregorovich con voz cantarina—. Vigilaré muy de cerca vuestras imágenes oculares. Seré un exquisito y sofisticado fisgón.

Kira resopló. Estaba claro que el largo período de hibernación no lo había cambiado en absoluto.

—¿Esperas que haya problemas? —preguntó Nielsen mientras salían de Control.

—No —contestó Falconi—. Pero más vale prevenir que curar.

—Amén —añadió Sparrow.

Con Falconi en cabeza, se dirigieron al conducto central de la Wallfish y bajaron por la escalerilla hasta alcanzar la esclusa del morro de la nave. Los entropistas se reunieron enseguida con ellos; sus túnicas de indagadores flotaban en gravedad cero como las velas de un barco azotadas por el viento. Agacharon la cabeza para saludarlos mientras se detenían.

—Capitán.

—Bienvenidos a la fiesta —les dijo Falconi.

Apenas cabían todos en la esclusa, sobre todo porque Hwa-jung ocupaba el espacio de tres personas juntas, pero con un par de empujones consiguieron entrar.

Dentro de la cámara reverberó la habitual mezcla de chasquidos, siseos y otros sonidos inidentificables. Y cuando la escotilla exterior se abrió, Kira vio un muelle de carga idéntico al que había pisado al llegar a Vyyborg, hacía más de un año. Era una sensación extraña: no era exactamente *déjà vu*, ni tampoco nostalgia. Lo que antaño le había resultado familiar, casi simpático, ahora se le antojaba frío, adusto y (aunque sabía que era por culpa de los nervios) desangelado.

Un pequeño dron esférico los esperaba flotando a la izquierda de la esclusa. La luz amarilla de la cámara estaba encendida, y se oyó una voz masculina por el altavoz:

—Por aquí, por favor.

Expulsando chorros de aire comprimido, el dron se dio la vuelta y avanzó hacia la compuerta presurizada, al otro lado de un largo pasillo metálico.

—Habrá que seguirlo —dijo Falconi.

—Supongo que sí —añadió Nielsen.

—¿No se dan cuenta de que tenemos prisa? —preguntó Kira.

Sparrow chasqueó la lengua.

—Parece mentira, Navárez. No puedes meter prisa a la burocracia. Existen dos clases de tiempo: el de la gente normal y el del ejército. Su máxima es «Dense prisa que la fila es larga».

En ese momento, Falconi se impulsó en el borde de la esclusa y salió volando hacia la compuerta. Mientras avanzaba por el aire, giraba lentamente sobre sí mismo, manteniendo un brazo por encima de la cabeza para sujetarse al aterrizar.

—Será presumido… —murmuró Nielsen mientras salía gateando de la esclusa y se agarraba a los asideros de la pared cercana.

Todos salieron de la Wallfish y cruzaron el muelle de carga, lleno de telemanipuladores giratorios y ranuras estriadas para sujetar contenedores de mercancías. Mientras avanzaban, Kira sabía que diversos láseres, imanes y otros dispositivos estaban verificando sus identificaciones y escaneándolos en busca de explosivos, armas, contrabando, etc. Se le puso la piel de gallina, pero no podía hacer nada al respecto.

Durante un segundo pensó en cubrirse la cara con la mascarilla del traje… pero luego desechó la idea.

Al fin y al cabo, no se dirigía hacia ninguna batalla.

Al atravesar la compuerta, el dron se lanzó velozmente por un amplio pasillo de al menos siete metros de ancho. Después de tanto tiempo en la Wallfish, aquel espacio se le antojaba enorme.

Todas las puertas del pasillo estaban cerradas y bloqueadas. Aparte de ellos, no se veía a nadie más. Tampoco encontraron a nadie al doblar el primer recodo del pasillo. Ni el segundo.

—Menudo comité de bienvenida —dijo secamente Falconi.

—Creo que les damos miedo —aventuró Vishal.

—No —replicó Sparrow—. Es *ella* quien les da miedo.

—Y hacen bien —murmuró Kira.

Sparrow se echó a reír tan fuerte que el sonido reverberó por todo el pasillo.

—Bien dicho. Enséñales quién manda. —Incluso Hwa-jung parecía animada.

El pasillo recorría las cinco plantas del anillo blindado. Tal y como Kira suponía, al final los esperaba un coche maglev vacío y con la puerta lateral abierta.

Al otro lado del coche, en la oscuridad, se distinguía el susurro del anillo rotatorio de la estación, girando, girando y girando sin parar.

—Por favor, tengan cuidado con las manos y los pies al entrar —dijo el dron, deteniéndose junto al coche.

—Ya, ya —murmuró Falconi.

Todos se sentaron y se abrocharon los cinturones. En ese momento se oyó un soniquete musical por los altavoces, seguido por una voz femenina:

—El coche está a punto de salir. Por favor, abróchense los cinturones de seguridad y tengan cuidado con los objetos sueltos. —La puerta se deslizó lateralmente hasta cerrarse con un chirrido—. Próxima parada: hábitat, sección C.

El coche aceleró de manera fluida, sin emitir apenas ruido. Al llegar al final de la terminal, atravesó el sello presurizado y entró en el conducto de tránsito principal, situado entre el anillo de atraque y el de hábitat. En ese momento, Kira notó cómo el coche (y ella misma) rotaba hacia dentro. La sensación de gravedad empezó a empujarla contra el asiento hasta que pudo apoyar los brazos y las piernas. Al cabo de unos segundos, sentía que había recuperado su peso habitual.

La mezcla de rotación y aceleración producían una sensación extraña. Kira se mareó momentáneamente, pero su perspectiva cambió enseguida y se adaptó a la nueva noción de «abajo».

«Abajo» estaba entre sus pies (que era donde correspondía). «Abajo» señalaba hacia fuera, hacia el anillo blindado y en dirección opuesta al conector de la estación.

El coche empezó a frenar sin dejar de deslizarse. Cuando se detuvo del todo, la puerta contraria se abrió.

—Aaah. Me siento como una peonza —protestó Vishal.

—Ya somos dos, Doc —añadió Falconi.

Todos se desabrocharon los cinturones de seguridad, con el consabido coro de chasquidos, y salieron a la terminal a trompicones, con las piernas temblorosas.

Falconi se detuvo en seco tras un par de pasos. Kira, a su lado, lo imitó.

—*Shi-bal.*

Los estaba esperando una falange entera de soldados con servoarmadura negra. Todos iban armados y apuntaban a Kira y a la tripulación. Un par de unidades de asalto pesadas aguardaban detrás de los demás, como corpulentos gigantes con fríos rostros de insecto. En el suelo, intercaladas con los soldados a intervalos regulares, habían instalado torretas. Y saturando el aire con el zumbido de un millón de avispas furiosas, los sobrevolaba un enjambre de drones de combate.

La puerta del coche magnético se cerró de golpe, y se oyó una voz atronadora:

—¡Las manos a la cabeza! ¡De rodillas! ¡Obedezcan o abriremos fuego! ¡AHORA!

CAPÍTULO II

* * * * * * *

ESTACIÓN ORSTED

1.

No sabía muy bien por qué, pero Kira se esperaba una reacción distinta, y la conducta de la FAU la decepcionaba y enfadaba a partes iguales.

—¡Qué hijos de puta! —gritó Falconi.

La voz volvió a hacer temblar toda la terminal:

—Al suelo. ¡YA!

No tenía sentido resistirse; solo habría conseguido que la mataran. O que mataran a la tripulación. O incluso a los soldados, que en realidad no eran sus enemigos (al menos eso repetía Kira para sus adentros). Al fin y al cabo, eran humanos.

Se llevó las manos a la cabeza y se arrodilló en el suelo, sin dejar de mirar a los soldados. La tripulación y los entropistas la imitaron.

Media docena de soldados se adelantaron, produciendo un estruendo metálico con sus pisadas y haciendo temblar toda la cubierta con el peso de sus trajes; Kira sentía la vibración en las espinillas.

Los soldados se colocaron a sus espaldas y empezaron a esposar a la tripulación y a los entropistas. Hwa-jung soltó un gruñido cuando uno de ellos la agarró por los brazos. La corpulenta mujer forcejeó durante un segundo; Kira oía el chirrido de la armadura del soldado tratando de sobreponerse al vigor de la mujer. Finalmente Hwa-jung dejó de luchar y murmuró un juramento en coreano.

Los soldados los pusieron en pie por la fuerza y los hicieron desfilar hasta una compuerta presurizada, que se abrió lateralmente en cuanto se acercaron.

—¡No consientas que te hagan daño! —exclamó Falconi mientras se lo llevaban—. Si te tocan, les cortas las manos. ¡¿Me oyes?! —Uno de los soldados le dio un empujón—. ¡Eh! ¡Tenemos un indulto! Como no nos soltéis, mi abogado desmantelará todo este sitio por incumplimiento contractual. No tenéis nada contra nosotros. No...

Su voz se fue alejando en cuanto cruzaron la puerta y desaparecieron de su vista. En unos segundos, la tripulación y los entropistas ya no estaban.

A pesar de la protección del filo dúctil, Kira notó un escalofrío en los dedos de las manos. Se había vuelto a quedar sola.

—Esto es una pérdida de tiempo —dijo en voz alta—. Necesito hablar con quienquiera que esté al mando. Tenemos información muy urgente sobre las medusas. Os aseguro que el Eminente querrá escucharnos.

De pronto los soldados se echaron a un lado, despejándole el camino. Por un instante Kira creyó que sus palabras habían tenido el efecto deseado, pero entonces sonó de nuevo la voz retumbante:

—Quítese las lentillas y déjelas en el suelo.

Mierda. Debían de haberlas detectado con los escáneres de Orsted.

—¿No me habéis oído? —insistió Kira, casi a gritos. La piel del filo dúctil empezó a endurecerse—. Mientras nosotros perdemos el tiempo aquí, las medusas continúan matando humanos. ¿Quién está al mando? No pienso hacer una mierda hasta que...

La voz era tan potente que le dolían los oídos:

—¡Si NO obedece, la abatiremos! Tiene diez segundos para decidirse. Nueve. Ocho. Siete...

Por un momento, Kira se imaginó que creaba una barrera con el filo dúctil y dejaba que los soldados dispararan. Estaba bastante segura de que el xeno podía protegerla de todas sus armas, salvo las de mayor calibre. Pero a juzgar por la batalla de Nidus, dicho armamento pesado era más que capaz de hacerle daño, y entonces Falconi y su tripulación pagarían las consecuencias...

—¡Está bien! ¡De acuerdo! —dijo finalmente, reprimiendo su enfado. No iba a perder el control. Ahora no. Nunca más. A una orden suya, el filo dúctil se relajó y volvió a la normalidad.

Kira se llevó las manos a la cara para quitarse las lentillas. Le fastidiaba volver a perder su punto de acceso informático.

Cuando depositó las lentillas en el suelo, la voz habló de nuevo:

—Las manos a la cabeza. Bien. Ahora, a mi orden, se levantará y caminará hasta el otro lado de la terminal. Verá una puerta abierta; crúcela. Si se desvía, abriremos fuego. Si intenta retroceder, abriremos fuego. Si baja las manos, abriremos fuego. Si hace cualquier movimiento en falso, abriremos fuego. ¿Comprendido?

—Sí.

—Empiece a caminar.

Aunque le costó, Kira consiguió levantarse sin utilizar los brazos para mantener el equilibrio. Echó a andar.

—¡Más deprisa! —la apremió la voz.

Aceleró el paso, aunque no demasiado. No pensaba ponerse a correr como un robot programado para obedecer.

Los drones de combate la siguieron; su zumbido incesante amenazaba con volverla loca. Cuando pasó junto a los soldados, estos fueron cerrando filas tras ella, impasibles, creando un muro de hierro.

Al fondo de la terminal vio la puerta abierta prometida. Otro grupo de soldados la esperaban al otro lado, dispuestos en dos filas y apuntándola con sus armas.

Con el mismo paso moderado, Kira salió de la terminal y pasó a un vestíbulo, una sala muy amplia (su uso extravagante del espacio disponible le confería un aire casi decadente), con paneles luminosos empotrados en el techo que hacían que toda la estancia pareciera bañada por la luz del sol terrícola. Y esa luz era muy necesaria, porque tanto las paredes como el techo de la sala eran de colores oscuros, y ni siquiera la intensa iluminación conseguía contrarrestar su aspecto opresivo.

Todas las puertas y pasillos del vestíbulo estaban cerrados o tapiados, algunos con planchas recién soldadas. Diversos asientos, ordenadores y macetas salpicaban toda la zona formando una cuadrícula, pero lo que más llamó la atención de Kira fue la estructura instalada en el centro de aquel vestíbulo.

Se trataba de una especie de poliedro de unos tres metros de altura, pintado de color verde militar. Lo envolvía una estructura de alambre con la forma exacta del poliedro, pero separada aproximadamente un palmo de distancia de este. Una serie de gruesos discos de metal (cada uno tan ancho como un plato llano) estaban fijados al armazón de alambre y dispuestos de tal manera que el hueco entre ellos fuera mínimo. Cada disco contaba con un panel trasero equipado con botones y una diminuta pantalla iluminada.

Había una puerta en el lado frontal del poliedro, una puerta abierta que dejaba ver que estaba hueco por dentro. El interior era tan oscuro que Kira no distinguía los detalles.

Frenó en seco.

Oyó que los soldados y los drones que la rodeaban también se detenían.

—Adentro. *¡Ya!* —le ordenó la voz.

Kira sabía que estaba poniendo a prueba la paciencia de la FAU, pero se quedó inmóvil un poco más, saboreando su último instante de libertad. Después se armó de valor y siguió caminando hasta entrar en el poliedro.

Un segundo después la puerta se cerró ruidosamente, y en los oscuros confines de aquella cámara reverberó un sonido muy parecido al de una campana que anunciaba su muerte.

2.

Transcurrieron varios minutos. Kira escuchó cómo los soldados iban de acá para allá, acarreando y colocando cosas cerca de su pequeña prisión.

Entonces se oyó una nueva voz masculina al otro lado de la puerta: una voz áspera, cuyo acento resaltaba fuertemente las erres. Kira se lamentó de no tener su holofaz para activar los subtítulos.

—Srta. Navárez, ¿me oyes?

Aunque las paredes amortiguaban sus palabras, Kira las distinguía.

—Sí.

—Soy el coronel Stahl, el responsable de su interrogatorio.

Un coronel. No era un rango de la MEFAU.

—¿Es del ejército de tierra?

El hombre tardó un instante en contestar.

—No, señorita. Del SIFAU. Inteligencia.

Pues claro. Igual que Tschetter. Kira estuvo a punto de echarse a reír. Debería haberlo imaginado.

—¿Estoy detenida, coronel Stahl?

—No exactamente, señorita. Está *retenida* en virtud del artículo treinta y cuatro de la Ley de Seguridad Estelar, según el cual...

—Sí, lo conozco —lo interrumpió Kira.

Se hizo otro silencio, como si su respuesta hubiera sorprendido a Stahl.

—Ya veo. Soy consciente de que esta no es la bienvenida que esperaban, Srta. Navárez, pero debe comprender nuestra situación. En estos últimos meses, han ocurrido toda clase de locuras por culpa de las pesadillas. No podemos fiarnos del xeno que lleva usted encima; es demasiado arriesgado.

Kira reprimió una réplica sarcástica.

—Sí, está bien. Lo entiendo. Y ahora, ¿podemos...?

—Todavía no, señorita. Me gustaría ser meridianamente claro con usted para evitar, eh... *accidentes* más adelante. ¿Sabe qué son los discos que ha visto en el exterior de su celda?

—No.

—Son cargas huecas. Penetradores autoformados. Las paredes de la celda están electrificadas. Si se interrumpe la corriente, las cargas detonarán y aplastarán el material que la rodea (y a usted con él) hasta convertirlo en una esfera de metal fundido de menos de medio metro de diámetro. Ni siquiera su xeno podría sobrevivir a algo así. ¿Lo ha entendido?

—Sí.

—¿Alguna pregunta?

Kira tenía muchas preguntas. Andanadas de preguntas. Tantísimas preguntas que sospechaba que jamás obtendría respuestas para todas ellas. Pero tenía que intentarlo.

—¿Qué le ocurrirá a la tripulación de la Wallfish?

—Serán detenidos e interrogados hasta que determinemos su grado de implicación con usted, el traje y las medusas.

Kira reprimió su frustración. Era exactamente lo que cabía esperar de la FAU, pero no por eso tenía que parecerle bien. En cualquier caso, no tenía sentido enemistarse con Stahl. Todavía no.

—De acuerdo. ¿Me interroga ya o qué?

—Muy bien, Srta. Navárez. Tenemos la grabación de su conversación inicial con el capitán Akawe en la estación Malpert. ¿Por qué no empezamos por ahí y nos pone al día?

Kira le contó todo lo que quería saber. Habló con rapidez y concisión, procurando presentar la información de la manera más ordenada posible. Primero le expuso sus motivos para viajar desde 61 Cygni hasta Gamus. Después le explicó lo que habían encontrado en Nidus y el ataque de las pesadillas. Por último, describió con todo lujo de detalles la proposición de alianza que le había transmitido Tschetter en nombre de las medusas rebeldes.

Lo único que Kira *no* le contó a Stahl fue su papel en la creación de las pesadillas. Tenía pensado hacerlo. Se lo había prometido a Falconi. Pero el trato que le estaba dispensando la Liga no le daba buena espina. Si esa información les hubiera podido ayudar a ganar la guerra, se lo habría contado sin dudar, independientemente de cualquier inquietud personal. Pero estaba convencida de que sería una información inútil para ellos, así que se la guardó.

Cuando terminó de hablar, Stahl se quedó callado tanto tiempo que Kira empezó a preguntarse si se habría marchado.

—¿Su mente de a bordo puede corroborar todo esto? —preguntó finalmente el coronel.

Kira asintió, aunque Stahl no pudiera verla.

—Sí, pregúnteselo. También tiene todos los informes pertinentes de la Darmstadt.

—Entiendo. —La concisión del coronel no disimulaba su ansiedad. La historia de Kira lo había alterado, y mucho—. En tal caso, será mejor que lo compruebe inmediatamente. Si eso es todo, Srta. Navárez, me...

—Ahora que lo dice... —dijo Kira.

—¿Qué? —preguntó Stahl con suspicacia.

Kira inspiró hondo, preparándose para lo que estaba a punto de ocurrir.

—Deberían saber que llevamos una medusa a bordo de la Wallfish.

—¿¡Cómo!?

Inmediatamente, Kira oyó las pisadas apresuradas de varios soldados corriendo hacia su celda.

—¿Todo en orden, señor? —preguntó una voz.

—Sí, sí —contestó Stahl, molesto—. Estoy bien. Largo de aquí.

—Sí, señor. —Los pisotones se alejaron de nuevo.

Stahl soltó un juramento en voz baja.

—Vamos a ver, Navárez, ¿qué mierda es eso de que llevan una puta medusa a bordo de la Wallfish? Explíquese.

Kira se lo explicó. Cuando terminó, Stahl soltó otro juramento.

—¿Qué piensa hacer? —preguntó Kira. Si la FAU intentaba entrar por la fuerza en la Wallfish, Gregorovich no podría hacer mucho por impedírselo, a menos que tomara medidas drásticas y probablemente suicidas.

—… Llamar a Tierra Central. Esto me sobrepasa, Navárez.

Kira oyó las pisadas de Stahl alejándose, y acto seguido el clamor de los pisotones de los soldados pasando junto a su celda. El sonido creció durante un momento y luego se desvaneció como una ola pasajera, dejándola sola y en silencio.

«Sí, ya lo sospechaba», dijo entonces Kira, con no poca satisfacción.

3.

Kira miró a su alrededor.

El poliedro estaba totalmente vacío. No había cama. Ni retrete. Ni lavabo. Ni desagüe. Las paredes, el suelo y el techo estaban construidos con paneles verdes idénticos. En lo alto había una pequeña luz redonda, la única fuente de iluminación. El techo estaba bordeado por unas rendijas cubiertas de malla fina: respiraderos, seguramente.

Y luego estaba ella, la única ocupante de aquella extraña cárcel facetada.

Aunque no las veía, daba por hecho que había varias cámaras grabándola, y que Stahl o algún otro vigilaban todos sus movimientos.

Pues muy bien.

Kira le ordenó al filo dúctil que le cubriera el rostro, para poder examinar la celda con su visión electromagnética e infrarroja.

Stahl no había mentido: en las paredes resplandecían unos bucles de energía azulada. Una corriente de electricidad zigzagueante y brillante conectaba los extremos de cada bucle. Al parecer, los cables no estaban integrados en las paredes del poliedro, sino que la corriente eléctrica procedía del armazón exterior de alambre (el que contenía las cargas huecas) y entraba en el poliedro a través de varios puntos de contacto repartidos por toda su superficie. Incluso el suelo emitía el leve resplandor que delataba un campo magnético inducido.

Encima de la puerta y en las esquinas del techo, Kira detectó varias perturbaciones menores en los campos magnéticos, una especie de nudos conectados a delgadas hebras de electricidad. Tenía razón: cámaras.

Retiró la mascarilla de su rostro y se sentó en el suelo.

No se le ocurría qué otra cosa hacer.

Durante un momento, estuvo a punto de dejarse llevar por la ira y la frustración, pero consiguió contenerlas. *No*. No iba a alterarse por cosas que no podía remediar. Esta vez, no. Pasara lo que pasara, lo afrontaría con autocontrol. La situación ya era bastante difícil de por sí como para que ella la complicara aún más.

Además, no les había quedado más opción que viajar hasta Sol. La propuesta del Nudo de Mentes era demasiado importante como para transmitirla desde cualquier otro sistema de la Liga, con el consiguiente retraso. En medio de tanta violencia, y con las comunicaciones inhibidas, no tenían ninguna garantía de que la información llegaría a su destino. Y por otro lado estaba Itari; la medusa era un vínculo importante con el Nudo de Mentes, y Kira quería estar presente como intérprete. Seguramente habrían podido entrar en el sistema, transmitir la información a la Liga y largarse inmediatamente, pero eso habría sido incumplimiento del deber. Qué menos que entregar en persona el mensaje de las medusas, aunque solo fuera para honrar al capitán Akawe.

Lo único de lo que Kira se lamentaba de verdad era de haber enredado a Falconi y a su tripulación en sus problemas. De eso *sí* que se sentía culpable. Tenía la esperanza de que la FAU no los retuviera demasiado tiempo. Era un consuelo menor, pero ahora mismo era el único que le parecía posible.

Inspiró hondo varias veces, intentando dejar la mente en blanco. Al ver que no funcionaba, pensó en una de sus canciones favoritas, *Tangagria*, y dejó que la melodía expulsara sus pensamientos. Y cuando se cansó de esa canción, pensó en otra, y luego en otra.

Transcurrió el tiempo.

Le parecía que habían pasado varias horas cuando oyó los pisotones de una servoarmadura aproximándose. Los pasos se detuvieron al lado de la celda, se abrió una estrecha rendija en la puerta y una mano blindada introdujo una bandeja de comida.

En cuanto Kira la aceptó, la mano desapareció y la ranura se cerró con un chasquido.

—Cuando haya terminado, llame a la puerta.

Los pasos se alejaron, aunque no demasiado.

Kira se preguntó cuántos soldados estarían vigilándola. ¿Solamente uno? ¿O un pelotón entero?

Dejó la bandeja en el suelo y se sentó delante, con las piernas cruzadas. De un solo vistazo, catalogó su contenido: un vaso de agua y un plato (ambos desechables) con dos raciones en barra, tres tomates amarillos, medio pepino y una raja de melón cantalupo. No había tenedor. Ni cuchillo. Ni condimentos.

Suspiró. No quería volver a ver una barrita durante el resto de su vida, pero al menos la FAU le daba de comer. Y agradecía que también le hubieran traído alimentos frescos.

Mientras comía, observó la rendija de la puerta. Era evidente que podían introducir y sacar objetos por ella sin activar los explosivos. Si conseguía deslizar un par de fibras del traje por las juntas, tal vez encontraría la manera de desconectar la corriente del exterior de la celda...

No. No iba a intentar fugarse. Esta vez, no. Si ella (o más bien el filo dúctil) podía ayudar a la Liga, Kira tenía la responsabilidad de quedarse. Aunque fueran un hatajo de gilipollas, que lo eran.

Cuando terminó de comer, llamó al soldado en voz alta un par de veces. Dicho y hecho, este regresó y se llevó la bandeja.

Después, Kira intentó distraerse paseando de un lado a otro por la celda, pero solamente había espacio para dar dos pasos y medio. Al cabo de un rato se rindió y se puso a hacer flexiones, sentadillas y la vertical, cualquier cosa con tal de librarse del exceso de energía y los nervios.

Acababa de terminar los ejercicios cuando la luz del techo empezó a atenuarse y a volverse roja. En menos de un minuto, estaba sumida en una oscuridad casi total.

A pesar de que estaba decidida a no preocuparse ni obsesionarse, y a pesar del cansancio, a Kira le costó quedarse dormida. Habían pasado demasiadas cosas durante el día como para relajarse y dejarse arrastrar por el sueño así como así. Su mente no dejaba de dar vueltas y vueltas inútilmente, y siempre acababa pensando en las pesadillas. Tampoco ayudaba demasiado la dureza del suelo; ni siquiera con el traje conseguía ponerse cómoda.

Se concentró en ralentizar su respiración. Todo lo demás escapaba a su control, pero eso sí que dependía de ella. Gradualmente, su pulso se fue reduciendo, la tensión del cuello remitió y notó que un agradable frescor se extendía por sus extremidades.

Mientras esperaba, contó las caras del poliedro: eran doce en total, un... ¿dodecaedro? Creía recordar que se llamaba así. Bajo aquella tenue luz rojiza, las paredes verdes parecían marrones. Tanto su color como su forma cóncava le recordaban al interior de una cáscara de nuez.

Se rio entre dientes. *Un rey del espacio infinito...* Ojalá Gregorovich pudiera verla ahora. Seguro que no se le escaparía lo irónico de la situación.

Kira esperaba que la mente de a bordo estuviera bien. Si no hacía ninguna tontería con la FAU, seguramente solo le caerían una multa y un par de citaciones judiciales. Las mentes de a bordo eran demasiado valiosas para castigarlas, incluso por infracciones relativamente graves. Sin embargo, si Gregorovich les hablaba igual que le había hablado a ella algunas veces, y la FAU decidía que era inestable, la Liga no dudaría en expulsarlo de la Wallfish y prohibirle volver a volar en una nave. En cualquier caso, iba a tener que enfrentarse a unas cuantas pruebas psíquicas, y Kira no sabía si Gregorovich querría o podría disimular su locura. Y si no lo hacía...

Se interrumpió, molesta consigo misma. Aquellas ideas eran precisamente las que tenía que evitar. Lo que tuviera que pasar, pasaría. Lo único importante era el presente. La realidad, no las teorías ni los castillos en el aire. Y ahora mismo lo que necesitaba era dormir.

Debían de ser casi las tres de la madrugada cuando su cerebro finalmente accedió a sumirla en la deseada inconsciencia. Tenía la esperanza de que el filo dúctil decidiera compartir una nueva visión con ella, pero los sueños de esa noche fueron solamente suyos.

4.

La luz de la celda volvió a intensificarse.

Kira abrió los ojos de par en par y se incorporó, con el corazón acelerado, lista para la acción. Al ver las paredes de la celda, recordó dónde estaba, soltó un gruñido y se dio un puñetazo en el muslo.

¿Por qué tardaban tanto? Era obvio que la Liga debía aceptar la propuesta de las medusas de Tschetter. ¿Por qué tanta demora?

Al ponerse de pie, una fina capa de polvo se desprendió de su cuerpo. Alarmada, Kira examinó el suelo sobre el que había estado durmiendo.

No parecía haber cambiado nada.

Suspiró, aliviada. Si el filo dúctil hubiera consumido los paneles del suelo, Kira se habría llevado una sorpresa de lo más explosiva. Pero el xeno no lo había hecho. Tenía tantas ganas de seguir vivo como ella.

—Pórtate bien —murmuró Kira.

Un puño aporreó la puerta, sobresaltándola.

—Navárez, tenemos que hablar. —Era Stahl.

Por fin.

—Lo escucho.

—Tengo que hacerle varias preguntas más.

—Dispare.

Stahl no perdió más tiempo. Le preguntó por Tschetter (¿la mayor parecía estar en sus cabales? ¿Se comportaba igual que en la Circunstancias Atenuantes?), por las medusas, por el Buscador y el Báculo del Azul. También le hizo muchísimas preguntas sobre las pesadillas.

—Hemos terminado —concluyó Stahl.

—Un momento —dijo Kira—. ¿Y la medusa? ¿Qué han hecho con ella?

—¿La medusa? —preguntó Stahl—. La hemos trasladado a Biocontención.

Kira sintió una punzada de pánico.

—¿Sigue... sigue viva?

El coronel parecía casi ofendido por su insinuación.

—Por supuesto, Navárez. ¿Nos toma por unos completos incompetentes? No ha sido fácil, pero hemos conseguido «incentivar» a su... tentaculado amiguito para que saliera de la Wallfish y entrara en la estación.

Kira se preguntaba en qué habría consistido ese incentivo, pero decidió que era mejor no insistir.

—Entiendo. ¿Y qué va a hacer la Liga? ¿Qué van a hacer con Tschetter, el Nudo de Mentes y todo este asunto?

—Eso es confidencial, señorita.

Kira apretó los dientes.

—Coronel Stahl, después de todo lo que ha pasado, ¿no cree que yo debería formar parte de ese debate?

—Puede ser, señorita, pero eso no depende de mí.

Kira inspiró hondo para tranquilizarse.

—¿Puede decirme al menos cuánto tiempo me van a tener aquí? —Si la Liga pensaba transferirla a una nave de la FAU, sería una prueba bastante clara de que querían organizar un encuentro con el Nudo de Mentes para negociar las condiciones de la alianza.

—Mañana, a las nueve cero cero, será usted trasladada a un paquedrón que la llevará a la estación de investigación LaCern, para proceder a un examen completo.

—¿*Disculpe?* —dijo Kira, casi escupiendo—. ¿Por qué... es que la Liga ni siquiera va a parlamentar con el Nudo de Mentes? ¿Quién más podría hacer de intérprete? ¿Iska? ¿Tschetter? ¡Ni siquiera sabemos si sigue viva! Además, yo soy la única que *habla* de verdad el lenguaje de las medusas.

Stahl suspiró, y le respondió con una voz mucho más cansada que hacía un momento.

—No vamos a parlamentar con ellos, Navárez. —Kira se dio cuenta de que estaba infringiendo el protocolo al decírselo.

Un horrible temor se apoderó de ella.

—¿Qué quiere decir? —preguntó, incrédula.

—Quiero decir que el Eminente y sus asesores han decidido que es demasiado peligroso confiar en las medusas. *Hostis Humani Generis* y todo eso. Seguro que lo ha oído. Lo anunciaron antes de que ustedes se marcharan de 61 Cygni.

—¿Y qué van a hacer entonces? —dijo, casi en un susurro.

—Ya está hecho, Navárez. La Séptima Flota ha zarpado hoy, comandada por el almirante Klein, para atacar a la flota medusa estacionada junto a la estrella de la que nos informó Tschetter. Es una estrella de tipo-K que se encuentra a un mes y medio de aquí. El objetivo es aplastar a las medusas cuando menos se lo esperen y asegurarse de que no vuelvan a amenazarnos.

—Pero... —A Kira se le ocurrían mil cosas que podían tirar por tierra aquel plan. Los de la FAU serían unos cabrones, pero no eran bobos—. Las medusas los verán llegar. Y pueden escapar de un salto antes de que la Séptima los tenga a tiro. Nuestra única oportunidad es eliminar a sus líderes antes de...

—Está todo previsto, señorita —le interrumpió Stahl, tan seco como siempre—. No llevamos seis meses de brazos cruzados, ¿sabe? Puede que las medusas sean más rápidas y tengan más potencia de fuego que nosotros, pero si hay algo que se nos da bien a los humanos es la improvisación. Tenemos medios para evitar que nos detecten, y también para impedir que escapen. No servirán eternamente, pero aguantarán el tiempo suficiente.

—¿Y qué pasa con las medusas de Tschetter? —preguntó Kira—. ¿Qué pasa con el Nudo de Mentes?

Stahl dejó escapar un gruñido, y esta vez contestó con voz crispada, como si la cosa no fuera con él.

—Se ha enviado una escuadra de cazadores-rastreadores al punto de encuentro designado.

—¿Para...?

—Neutralizarlos de manera terminante.

Kira sintió que acababan de darle una bofetada. La Liga nunca le había gustado especialmente, pero tampoco los creía tan despreciables.

—Coronel, ¿qué mierda dice? ¿Por qué van a...?

—Es una decisión política, Navárez. No está en nuestras manos. Se ha decidido que dejar con vida a algunos de sus líderes, aunque sean rebeldes, supone un riesgo demasiado grande para la humanidad. Esto no es una guerra, Navárez. Es un exterminio. Primero derrotaremos a las medusas y después nos centraremos en eliminar a las pesadillas.

—«Se ha decidido» —repitió Kira, escupiendo las palabras con todo el desdén que pudo reunir—. ¿*Quién* lo ha decidido?

—El Eminente en persona. —Se hizo un breve silencio—. Lo siento, Navárez. Es lo que hay.

Cuando el coronel empezó a alejarse, Kira gritó:

—¡Pues que le den por el culo al Eminente! ¡Y a usted también!

Se quedó inmóvil, respirando agitadamente y apretando los puños. Solo entonces se dio cuenta de que el filo dúctil estaba cubierto de espinas que le habían agujereado el mono de vuelo. Una vez más, su temperamento la había dominado.

—No, no, no —susurró, aunque no sabía si lo decía por sí misma o por la FAU.

Más tranquila, pero aún invadida por una furia fría y calculadora, Kira se sentó en el suelo mientras intentaba analizar la situación. Ahora que lo pensaba bien, le parecía evidente que Stahl tampoco aprobaba la decisión del Eminente. El coronel le había informado de los planes de la Liga, y eso tenía que significar algo, aunque no sabía muy bien qué. Tal vez Stahl quería prevenirla.

Pero eso era lo de menos. La inminente traición de la Liga al Nudo de Mentes era mucho más importante que sus problemas personales. Por fin tenían la oportunidad de alcanzar la paz (al menos con las medusas), y el Eminente iba a tirarlo todo por la borda porque no estaba dispuesto... *ni a intentarlo.* ¿Tan peligroso era eso?

Su enfado empezaba a mezclarse con la frustración. Ella ni siquiera había votado al Eminente (¡nadie lo había votado!), la persona que estaba a punto de crear un conflicto perpetuo con las medusas. Los movía el miedo, no la esperanza. Y los acontecimientos le habían enseñado que el miedo era mal consejero.

¿Cómo se llamaba el Eminente? Ni siquiera se acordaba. La Liga los intercambiaba como si fueran cromos.

Si hubiera alguna forma de alertar al Nudo de Mentes... Tal vez aún estuvieran a tiempo de preservar algo parecido a una alianza. Kira se preguntó si el filo dúctil tenía alguna manera de contactar con las medusas. Pero no, las señales que producía el xeno parecían propagarse indiscriminadamente por toda la galaxia. Y atraer a más medusas y pesadillas hasta Sol no era la solución.

Si se las arreglaba para fugarse, entonces... ¿qué? Kira no había consultado el archivo que Tschetter le había entregado a Akawe (y que la Darmstadt le había enviado a su vez a la Wallfish), pero estaba segura de que contenía información de contacto: horarios, frecuencias, ubicaciones y esa clase de cosas. Pero seguramente los técnicos de la FAU no dejarían ni una sola copia del archivo en los ordenadores de la Wallfish, y Kira no tenía ni idea de si Gregorovich se habría molestado en memorizar la información.

Si no lo había hecho (y era una irresponsabilidad dar por hecho que sí), Itari sería su única esperanza de alertar al Nudo de Mentes. Kira no solo tendría que salvarse a sí misma; también tendría que rescatar a Itari, subir a la medusa a una nave y alejarse del sistema hasta salir de la zona de inhibición. Y la FAU haría todo lo que estuviera en su mano para detenerlas.

Era pura fantasía, y Kira lo sabía.

Soltó un gemido y levantó la vista hacia el techo facetado. La impotencia que sentía era casi dolorosa. De todos los tormentos que una persona podía soportar, aquel tenía que ser el peor.

El desayuno tardó en llegar. Kira apenas pudo comer nada, porque tenía el estómago revuelto y hecho un nudo. Después de devolver la bandeja, se sentó en el centro de la celda para meditar e intentar pensar qué hacer.

Ojalá tuviera la concertina... Estaba segura de que un poco de música la habría ayudado a concentrarse.

5.

Nadie más vino a verla en todo el día. La rabia y la frustración de Kira no habían desaparecido, pero el tedio asfixiaba las llamas. Sin su holofaz, ya no tenía nada con lo que entretenerse, salvo el contenido de su mente. Y en aquellos momentos, sus pensamientos eran cualquier cosa menos amenos.

Finalmente hizo lo que hacía siempre que intentaba matar el tiempo durante los largos viajes superlumínicos a los que se había sometido desde Sigma Draconis: echó una cabezada, sumiéndose en el neblinoso duermevela que permitía que el filo dúctil conservara sus fuerzas para lo que pudiera ocurrir.

Y así pasó el día, interrumpida solamente por el insulso almuerzo y la cena aún más insulsa que le trajeron los soldados.

Más tarde, las luces se atenuaron y el duermevela dio paso al sueño más pleno.

6.

Un temblor sacudió el suelo.

Kira abrió los ojos de golpe, invadida por recuerdos de la Circunstancias Atenuantes. No sabía si era medianoche o las tres de la mañana, pero llevaba tumbada tanto tiempo que tenía la cadera dolorida y el brazo entumecido.

Notó otro temblor, más fuerte que el primero, y esta vez acompañado por una curiosa sensación de oscilación muy parecida a la que había sentido en el maglev. Un repentino vértigo la obligó a plantar las manos en el suelo para sujetarse, pero pronto recuperó el equilibrio.

El subidón de adrenalina terminó de despejarle la mente. Solo había una explicación: todo el hábitat anular se estaba tambaleando. *Mierda*. Mal asunto. Aquello era la definición misma de «mal asunto». Las medusas o las pesadillas estaban atacando la estación Orsted.

Miró hacia una de las cámaras.

—¡Eh! ¿Qué está pasando? —No hubo respuesta.

El tercer temblor agitó su celda, haciendo titilar la luz del techo. Oyó un ruido sordo, muy lejano, sospechosamente parecido a una explosión.

La mente de Kira entró en modo de supervivencia. Estaban atacando la estación. ¿Estaba a salvo allí dentro? Todo dependía de la fuente de energía de la celda, siempre que no la alcanzara un misil o un láser. Si la celda estaba conectada al reactor principal y este se apagaba en algún momento, los explosivos que la rodeaban podían detonar. Y pasaría lo mismo en caso de que se produjera una sobrecarga de energía. Por otro lado, si la celda estaba conectada a una batería independiente, tal vez no le pasaría nada. Pero era una apuesta arriesgada. Muy arriesgada.

¡Buum!

Kira se tambaleó cuando la celda empezó a temblar. La luz parpadeó de nuevo, bastante más que antes. Le dio un vuelco el corazón. Por un momento se dio por muerta, pero... el universo siguió existiendo. Y ella también.

Kira se irguió y se volvió hacia la puerta.

A la mierda la FAU. A la mierda la Liga. Iba a escapar de allí.

CAPÍTULO III

* * * * * * *

¡EVASIÓN!

1.

Kira caminó con decisión hasta la puerta.

Solo tenía dos opciones. O encontraba el modo de desactivar los explosivos, o desviaba la corriente eléctrica para poder echar la puerta abajo sin terminar convertida en un amasijo de metal derretido.

El suelo temblaba.

Tenía que actuar con rapidez.

Desactivar los explosivos era algo menos peligroso, pero no tenía ni idea de *cómo* hacerlo. Aunque pudiera deslizar unos zarcillos del traje por la rendija de la puerta, no podría ver lo que hacía. Y trastear a ciegas era una forma segura de terminar convertida en pulpa.

Muy bien. Tendría que desviar la corriente. Sabía que el xeno podía protegerla de una descarga eléctrica. Eso quería decir que podía canalizar la electricidad alrededor de su cuerpo. En teoría, debería ser capaz de crear algún tipo de cable que mantuviera la corriente estable aunque abriera la puerta. ¿Verdad? Si se equivocaba, estaba muerta.

La luz se atenuó momentáneamente.

A lo mejor terminaba muerta de todas maneras, así que no perdía nada por intentarlo.

Se cubrió el rostro con la mascarilla del traje y examinó con atención las líneas de electricidad integradas en la superficie exterior del poliedro. Alrededor de media docena cruzaban la puerta; esas eran las que tenía que derivar.

Kira aguardó un momento para visualizar su objetivo, con la máxima claridad y precisión. Y lo más importante, procuró transmitir sus *intenciones* al filo dúctil, así como las consecuencias que tendría su fracaso. Como habría dicho Alan: «Haremos catapum».

—Nada de «catapum» —musitó Kira—. Esta vez, no.

Cautelosamente, liberó al filo dúctil y lo dejó actuar a sus anchas.

Un haz de finos hilos negros brotaron de su pecho y se extendieron hacia ambos lados de la puerta hasta tocar los puntos exactos donde se originaban las líneas de electricidad. Después, otro conjunto de cables cruzó la puerta a través de la rendija y unió cada punto de contacto con su homólogo exterior.

A continuación, sintió que el xeno empezaba a taladrar las paredes, abriéndose paso entre los paneles con sus extremos infinitesimalmente afilados, en dirección a los cables.

La celda se sacudió con tanta fuerza que Kira perdió el equilibrio un momento. Contuvo la respiración.

Unas micras más y... ¡contacto! Las líneas azuladas de electricidad saltaron desde sus circuitos establecidos hasta los cables que acababa de tender el filo dúctil. A su alrededor, los bucles translúcidos de fuerza magnética también cambiaron, agitándose y realineándose en busca de un nuevo estado de equilibrio.

Kira se quedó inmóvil, esperando a la inevitable explosión. Al ver que no se producía, se relajó ligeramente.

Aguanta, le dijo al filo dúctil, y extendió la mano entre los cables. Colocó los dedos sobre el mecanismo de bloqueo de la puerta y le ordenó al traje que fluyera hacia su interior. El sello hermético se abrió, produciendo un quejido metálico y un sonido pegajoso de succión.

El alarido estridente de una sirena se coló por la rendija.

Como si estuviera intentando acariciar a un torvotigre dormido sin despertarlo, Kira empujó lentamente la puerta.

Esta se abrió con un chirrido de protesta, pero *se abrió*.

Estuvo a punto de echarse a reír. *Nada de catapum.*

Salió de la celda. Los cables se doblaron a su alrededor al atravesar el umbral. Aunque las líneas de electricidad se curvaron, no se interrumpieron.

¡Libre!

El vestíbulo se había convertido en un cuadro de colores chillones. Las luces de emergencia teñían las paredes de rojo, y unas hileras de flechas amarillas resplandecían en el techo y el suelo. Si las seguía, la llevarían hasta el refugio más cercano.

¿Y ahora qué?

—¡No te muevas! —gritó una voz—. ¡Las manos a la cabeza!

Al darse la vuelta, Kira vio a dos soldados con servoarmadura a unos nueve metros a su derecha, al lado de una columna. Uno empuñaba un bláster y el otro, un rifle de proyectiles. Detrás de los soldados, un grupo de cuatro drones alzaron el vuelo y se quedaron suspendidos en el aire, zumbando.

—¡Tienes cinco segundos para obedecer o te atravieso el cráneo! —la amenazó el soldado del bláster.

Kira levantó los brazos y se alejó un paso de la celda. Dos delgados zarcillos seguían conectándola a los circuitos de derivación que el traje había creado en la puerta.

Los soldados se pusieron rígidos, y el zumbido de los drones se incrementó cuando las cuatro máquinas se separaron y tomaron posiciones a su alrededor, volando en círculos.

Kira avanzó otro paso.

¡Bang!

Un proyectil dorado impactó en la cubierta, justo delante de ella. Kira sintió un pinchazo en la pantorrilla izquierda; una esquirla del proyectil aplastado la había golpeado.

—¿Te crees que es una puta broma? ¡Te juro que te pegaremos un tiro! ¡Al suelo, ya! No pienso rep...

—No seáis idiotas —le interrumpió Kira con firmeza—. No me vais a disparar, marine. ¿Sabéis la que os montaría el coronel Stahl si me matarais? La FAU ha perdido a muchos hombres para traerme hasta aquí.

—Eso cuéntaselo a otro. Tenemos órdenes de detenerte si intentas escapar, aunque para eso tengamos que matarte. ¡Y ahora, échate al puto suelo!

—Está bien. Está bien.

Kira hizo cálculos. Estaba aproximadamente a metro y medio de la celda. Esperaba que fuera suficiente distancia...

Se inclinó hacia delante como si fuera a arrodillarse, pero de pronto se dejó caer hasta dar una voltereta. Al hacerlo, arrancó los cables de la celda para recogerlos.

Un destello blanco la cegó por completo, y se oyó un trueno tan fuerte que le temblaron hasta los dientes.

2.

De no haber sido por el traje, la explosión habría proyectado a Kira hasta el otro lado del vestíbulo. Pero el xeno la ancló a la cubierta y aguantó, como un percebe resistiendo el embate de un tsunami. Un calor asfixiante la envolvió, demasiado intenso para que el filo dúctil pudiera protegerla por completo.

Al cabo de un momento, el aire se enfrió de nuevo y se le aclaró la visión.

Kira se puso en pie, aturdida.

La explosión había arrancado varios metros de la cubierta, dejando un cráter de paneles, cables, tuberías y maquinaria inidentificable. En el centro del cráter yacía un amasijo de metal y plástico medio derretido. Era lo que quedaba del poliedro.

La metralla había salpicado el techo y el suelo, formando un amplio abanico alrededor del epicentro. Un trozo afilado de una carga hueca se había incrustado en la cubierta, a escasos centímetros de su cabeza.

Kira no se esperaba una explosión tan potente. La FAU debía de estar verdaderamente desesperada por que el filo dúctil no se escapara. Aquellas cargas no estaban diseñadas únicamente para matarla, sino para pulverizarla.

Tenía que encontrar a Itari.

Los dos marines yacían en el suelo, a un lado de la sala. Uno de ellos movía los brazos erráticamente, como si no supiera dónde estaba. El otro ya empezaba a gatear hacia su bláster.

Tres drones habían caído al suelo, rotos. El cuarto seguía flotando, aunque estaba torcido y sus aspas rotaban de manera irregular y discontinua.

Kira hizo aparecer una cuchilla en la mano que le había construido el xeno y atravesó al dron con ella. La máquina destrozada se estrelló contra el suelo, y dejó escapar un chirrido lastimero cuando sus hélices se detuvieron.

Acto seguido, echó a correr por el vestíbulo y embistió al marine que buscaba su bláster. El hombre cayó bocabajo. Antes de que pudiera reaccionar, Kira hundió el filo dúctil en las bisagras de su armadura y cortó los cables para inmovilizarla. La armadura pesaba media tonelada (en realidad más), pero Kira le dio la vuelta, plantó la mano en el visor y se lo arrancó de un tirón.

—¡... responded, maldita sea! —vociferaba el hombre. Cerró la boca de golpe y la miró con un miedo disfrazado de ira. Tenía los ojos verdes, y parecía tan joven como Trig, aunque eso no significaba nada.

Así que las comunicaciones no funcionaban. Eso jugaba a su favor. Sin embargo, Kira dudó durante un segundo. Escapar de la celda había sido una decisión improvisada, pero ahora era plenamente consciente de la realidad de la situación. En una estación espacial no existían los escondites. Era imposible evitar las omnipresentes cámaras. La FAU vigilaría todos sus movimientos. Y aunque las comunicaciones no funcionaran, en cuanto Kira le preguntara a ese marine por el paradero de Itari, le estaría diciendo cuál era su objetivo.

El soldado reparó en su indecisión.

—¿Y bien? —dijo, con una mueca de desdén—. ¿A qué mierda estás esperando? Termina de una vez.

Cree que voy a matarlo. Kira se sintió casi insultada.

La estación se tambaleó de nuevo. A lo lejos sonó el pitido estridente de una alarma de presión.

—Escúchame —dijo Kira—. Intento ayudarte, imbécil.

—Sí, claro.

—Calla y escucha. Nos están atacando. No sé si son las pesadillas o las medusas. Da igual. El caso es que, si nos vuelan por los aires, se acabó. Adiós. Fin del juego. ¿Lo entiendes?

—Y una mierda —dijo el marine, escupiéndole a la cara—. El almirante Klein acaba de zarpar con la Séptima para mandar a esos hijos de puta de vuelta a la Edad de Piedra. Él se encargará de que reciban su merecido.

—No lo entiendes, marine. La medusa que venía conmigo en la Wallfish, la misma que habéis encerrado, traía una oferta de paz. De *paz*. Si muere, ¿cómo crees que lo interpretarán las demás medusas? ¿Cómo crees que se lo tomará el *Eminente*? —En el rostro del soldado apareció una indecisión muy parecida a la suya—. Si esa medusa muere, dará igual lo que haga la Séptima. ¿Lo entiendes? ¿Cuánto crees que aguantará esta estación?

Como para enfatizar su pregunta, Orsted volvió a sacudirse, haciendo oscilar todo a su alrededor.

Kira, mareada, tragó saliva para contener la bilis que le subía por la garganta.

—*Debemos* sacar de aquí a esa medusa.

El marine cerró los ojos con fuerza. Después sacudió la cabeza con una mueca de dolor, y dijo:

—Mierda. Biocontención. Se han llevado a la medusa a Biocontención.

—¿Dónde est...?

—En esta misma cubierta. Sentido contrarrotante. Junto a Hidroponía.

—¿Y la tripulación de la Wallfish?

—En el calabozo. Está en la misma sección, no tiene pérdida.

Kira lo empujó contra el suelo y se levantó.

—Bien. Has hecho lo correcto.

El soldado volvió a escupir, esta vez en el suelo.

—Si nos traicionas, yo mismo te mataré.

—No esperaba menos —contestó Kira, alejándose. El soldado tardaría al menos media hora en liberarse de la servoarmadura inutilizada, así que de momento no suponía una amenaza. Por el contrario, el segundo marine ya empezaba a moverse. Kira se acercó rápidamente, le agarró el casco, abrió la cubierta trasera y le arrancó el sistema de refrigeración. La armadura se desconectó inmediatamente para no derretirse por el sobrecalentamiento.

Listo. ¡A ver cómo la perseguían ahora!

Kira los dejó allí y echó a correr en la dirección contraria a la que señalaban las flechas amarillas. *Camúflame*, le pidió al filo dúctil. Un rumor suave y sedoso le recorrió la piel, y cuando bajó la mirada, Kira pudo ver a través de su cuerpo, como si estuviera hecha de cristal.

Todavía podían detectarla con infrarrojos, pero no era probable que las cámaras interiores de la estación fueran de espectro total. En cualquier caso, ahora la FAU lo tendría mucho más difícil para encontrarla. ¿Cuánto tardarían los soldados en ir a investigar la implosión de la celda? Seguramente llegarían enseguida, aunque la estación Orsted estuviera sufriendo un ataque.

El vestíbulo daba a un largo pasillo desierto. Todo el mundo debía de estar escondido, ayudando a los servicios de emergencia o luchando contra los agresores. Mejor para ella. No le apetecía en absoluto tener que pelear contra los marines. Al fin y al cabo, estaban en el mismo bando. Supuestamente.

Corrió por el pasillo, evitando las pasarelas móviles: iba más deprisa corriendo. Examinaba todas las paredes en busca de letreros que le indicaran la ubicación de Hidroponía. Casi todo el mundo utilizaba su holofaz para orientarse, pero, por ley, todas las naves y estaciones debían contar con letreros claramente legibles, en caso de emergencia.

Y está claro que esto es una emergencia, pensó Kira. A pesar de las obligaciones legales, aquellos letreros eran pequeños, descoloridos y difíciles de leer, por lo que se veía obligada a aminorar el paso continuamente para descifrarlos.

Llegó a una intersección con otro pasillo, en cuyo centro había una fuente con un chorro de agua que dibujaba dos terceras partes de un símbolo de infinito al subir y bajar. La rodeó. Aquel detalle le resultaba extrañamente fascinante. El efecto Coriolis siempre trastocaba su sentido de la gravedad (aunque fuera una gravedad aparente). Seguramente no le habría extrañado nada de haberse criado en un hábitat anular, sobre todo en uno tan pequeño como el de Orsted.

Habría recorrido casi medio kilómetro, y empezaba a preguntarse si el marine le habría mentido y si no sería mejor dar media vuelta, cuando en una esquina cercana encontró dos líneas de texto verde y desdibujado.

La línea superior decía: «Área de hidroponía 7G».

Y la inferior: «Centro de detención 16G».

Al otro lado del mismo pasillo vio otro letrero: «Biocontención y descontaminación 21G». Al avanzar un poco más, Kira avistó lo que parecía ser un control de seguridad: una puerta cerrada, con dos portales blindados y un par de ventanillas. Dos marines con exos montaban guardia delante. A pesar del ataque contra la estación, no habían abandonado sus puestos. Lo más probable era que hubiera más guardias al otro lado.

Hizo cálculos rápidamente. Podía acercarse lo suficiente como para inutilizar las armaduras de los dos marines, pero ir más allá sería muy difícil. Y en cuanto liberara a Itari, toda la FAU sabría dónde estaba.

Mierda. Si atacaba ahora, era imposible predecir lo que ocurriría. Las cosas podían descontrolarse muy deprisa… y mucha gente podía terminar muerta.

Un leve temblor recorrió la cubierta. Tenía que actuar ya. Si esperaba más, toda la estación podía venirse abajo.

Soltó un gruñido y dio media vuelta. A la mierda. Necesitaba ayuda. Si conseguía liberar a la tripulación de la Wallfish, sabía que la apoyarían. Tal vez entre todos darían con una solución. Tal vez.

Le retumbaban los oídos por el latido de su propio corazón mientras se apresuraba a recorrer el pasillo lateral que conducía al calabozo. Si encontraba tantas medidas de seguridad como las que acababa de ver en Biocontención, ya no sabría qué hacer. La idea de dejar suelto al filo dúctil era tentadora, pero Kira había aprendido bien la lección. Pasara lo que pasara, no podía cometer otro error como el que había desembocado en la creación de las pesadillas. La galaxia no sobreviviría.

Los letreros de las paredes la guiaron por varios tramos de pasillo idénticos.

Al doblar una esquina, se topó con dos personas, un hombre y una mujer, arrodillados en mitad del pasillo junto a una compuerta presurizada, con las manos metidas hasta la muñeca en un panel abierto de la pared y el rostro iluminado por el resplandor actínico de la electricidad. Solamente llevaban puestos unos pantalones cortos de color gris. Tenían la piel blanca como la leche, y todo su cuerpo, salvo el rostro, estaba cubierto de tatuajes azules resplandecientes. Sus líneas formaban unos patrones similares a circuitos, que le recordaban mucho a las figuras que había visto en la cuna de Adrastea.

Debido a su desnudez, tardó un momento en reconocerlos. Eran Veera y Jorrus, los entropistas.

Kira seguía siendo invisible y estaba demasiado lejos para que la oyeran acercarse, pero los entropistas la detectaron. Sin girarse para mirarla, Jorrus dijo:

—Ah, prisionera Navárez...

—... has logrado reunirte con nosotros. No...

—... esperábamos menos.

En ese momento, los entropistas arrancaron algo de la pared y la compuerta presurizada se abrió. Al otro lado había una celda de aspecto sobrio de la que salió Falconi.

—Ya era hora —dijo.

3.

Kira le pidió al filo dúctil que la hiciera visible de nuevo para que Falconi pudiera verla.

—Ahí estás —la saludó—. Ya me temía que tendríamos que ir a buscarte.

—Pues no —contestó ella, acercándose rápidamente. Los entropistas ya estaban delante de la siguiente celda.

—¿A ti también te han encerrado? —le preguntó Falconi. Kira levantó la barbilla.

—Claro.

—Supongo que no habrás podido escapar sigilosamente.

—Todo lo contrario.

Falconi enseñó los dientes.

—Mierda. Hay que actuar deprisa.

—¿Cómo habéis conseguido escapar vosotros? —les preguntó Kira a los entropistas.

Veera soltó una carcajada breve y tensa.

—Siempre nos quitan las túnicas y creen...

—... que con eso basta. Pero somos algo más que nuestras vestiduras multicolor, prisionera.

Falconi soltó un gruñido.

—Por suerte para nosotros. —Se volvió hacia Kira—. ¿Sabes quién está atacando la estación?

Kira iba a responderle que no, pero entonces se detuvo un momento para reflexionar. No sentía ni rastro de la pulsión que notaba cuando las naves medusa andaban cerca. Por lo tanto...

—Estoy bastante segura de que son pesadillas —contestó.

—Genial. Razón de más para largarnos enseguida. Podremos aprovechar el caos para despegar.

—¿Estás seguro? —preguntó Kira.

Falconi entendió al instante a qué se refería. Si la tripulación escapaba, sus indultos quedarían anulados. A diferencia del gobierno local de Ruslan, la FAU no dejaría de perseguirlos en la frontera del sistema. Pasarían a ser fugitivos en todo el espacio conocido, con la posible excepción de Shin-Zar y algunas pequeñas colonias periféricas e independientes.

—Y tanto que lo estoy —contestó Falconi. Su respuesta llenó a Kira de confianza y camaradería. Al menos no iba a estar sola—. Veera, Jorrus, ¿habéis podido contactar con Gregorovich?

Los entropistas negaron con la cabeza, sin dejar de trastear con los cables de la siguiente compuerta.

—El acceso al sistema de la estación está restringido y...

—... nuestros transmisores no son lo bastante potentes para llegar a la Wallfish a través de tantas paredes.

—Mierda —masculló Falconi.

—¿Dónde están los de seguridad? —preguntó Kira. Esperaba que hubiera un pelotón entero de marines vigilando los calabozos.

Falconi señaló a los entropistas con la barbilla.

—No estoy seguro. Esos dos han pirateado las cámaras para ganar tiempo. Tenemos unos cinco minutos antes de que Control pueda vernos.

Veera levantó un dedo en alto, sin dejar de prestar atención al interior del panel.

—Es posible que podamos burlar los...

—... sensores de la estación para ganar más tiempo —concluyó Jorrus.

Falconi soltó otro gruñido.

—Haced lo que podáis... ¿Qué pasa con esa condenada puerta?

—Estamos en ello, capitán —dijeron ambos.

—Permitidme —dijo Kira. Levantó la mano derecha y dejó que el filo dúctil transformara sus dedos artificiales en cuchillas y espinas.

—Cuidado —le advirtió Falconi—. Podría haber conductos presurizados o cables de alto voltaje en la pared.

—No debería...

—... haber ningún problema —dijeron los entropistas, haciéndose a un lado.

Kira avanzó, contenta de poder ser de utilidad. Estampó el puño en la superficie de metal y ordenó al filo dúctil que se extendiera por ella, introduciendo sus zarcillos en las entrañas del mecanismo que mantenía la puerta cerrada. Después tiró con fuerza. Con un chirrido, los pernos saltaron y la puerta se deslizó sobre su raíl engrasado.

Al otro lado había una pequeña celda. Sparrow estaba agazapada delante del catre, en posición de combate.

—Thule —dijo al ver a Kira—. Menos mal que luchas de nuestro lado.

Falconi chasqueó los dedos.

—Vigila el perímetro.

—Recibido —dijo la mujer, apresurándose a salir de la celda. Se alejó trotando por el pasillo y se asomó por la esquina.

—¡Ahora aquella! —le dijo Falconi a Kira, señalando otra compuerta. Kira se acercó y la arrancó igual que la primera. Hwa-jung se puso de pie.

—¡A luchar! —exclamó la jefa de máquinas, sonriendo.

—A luchar —repitió Kira.

—¡Esta! —le dijo entonces Falconi.

Tras otra puerta (y otro chirrido) apareció Nielsen. La mujer saludó a Kira con la cabeza y se reunió con Falconi.

Por último, Kira abrió la celda en la que estaba encerrado Vishal. El médico parecía algo pálido, pero sonrió a Kira.

—Fascinante —dijo. Cuando salió y vio a Nielsen y a los demás, su expresión se llenó de alivio.

Falconi volvió con los entropistas.

—¿Lo habéis encontrado?

Se hizo el silencio. Kira tenía ganas de gritar de impaciencia.

—No estamos seguros, pero parece que...

—... han dejado a Trig en su hibernáculo de la Wallfish.

—Falconi —dijo entonces Kira, bajando la voz—. Tenemos que rescatar a la medusa. Si no conseguimos sacarla de aquí, es posible que todo esto no sirva de nada.

Falconi la miró fijamente, escudriñándola con sus gélidos ojos azules, casi vacíos de emoción. Pero Kira sabía que (al igual que ella) Falconi estaba preocupado. Tan preocupado que no había margen para el pánico.

—¿Estás segura? —le preguntó, mortalmente sereno.

—Estoy segura.

Fue como accionar un interruptor. La expresión de Falconi se endureció, y en sus ojos apareció un brillo mortífero.

—Sparrow —dijo.

—Sí, señor.

—Necesitamos rescatar a una medusa y escapar de este armatoste de metal. Dame opciones.

Por un momento, Kira creyó que Sparrow iba a ponerse a discutir. Pero entonces, al igual que acababa de ocurrir con Falconi, la mujer pareció dejar a un lado sus objeciones y concentrarse únicamente en el problema inmediato.

—Podríamos intentar cortar la electricidad de Biocontención —propuso Nielsen, acercándose. Sparrow negó con la cabeza.

—No funcionaría. Tienen una fuente de energía auxiliar. —Mientras hablaba, se arrodilló y se remangó la pernera izquierda. Se clavó los dedos en la piel de la espinilla y, ante la mirada atónita de Kira, abrió un pequeño compartimento empotrado en el hueso—. Una siempre tiene que estar preparada —dijo Sparrow al fijarse en la expresión de Kira.

Entonces sacó del compartimento un cuchillo delgado, con la hoja hecha de un material vítreo que no parecía metal, una malla negra que se puso en las manos a modo de guantes, y tres canicas de aspecto blando, que casi parecían hechas de carne.

—Algún día me lo tendrás que explicar —dijo Falconi, señalándole la espinilla.

—Algún día —contestó la mujer, tapando de nuevo el compartimento y volviendo a levantarse—. Pero hoy no. —Se volvió hacia Kira—. ¿Qué has visto en Biocontención? —Kira le describió el control de seguridad y a los dos marines apostados fuera. Una leve sonrisa apareció en el rostro de Sparrow—. De acuerdo, este es el plan. —Chasqueó los dedos y le indicó a Veera que se acercara—. Cuando te dé la señal, entropista, quiero que te acerques a los marines hasta que te puedan ver.

—¿Vas a...?

—Tú hazme caso. Kira...

—Yo puedo ocultarme —se apresuró a decir. Cuando se lo explicó, Sparrow levantó su afilado mentón.

—Así será más sencillo. Yo me ocuparé de los dos centinelas, y tú estate preparada para neutralizar a cualquiera que salga del interior. ¿Entendido?

—Entendido.

—Bien. En marcha.

4.

Kira volvió a hacerse invisible mientras se escondía con Sparrow en la sala contigua al pasillo central.

—Buen truco —susurró Sparrow.

Un poco más adelante, Veera atravesó el cruce de pasillos y se dirigió hacia Biocontención. La entropista era más voluptuosa de lo que sugería su túnica degradada, y los tatuajes que le cubrían la piel no hacían sino realzar sus curvas. Su aspecto era muy llamativo, y precisamente de eso se trataba.

—Vamos —dijo Sparrow, lanzándose hacia un lateral, fuera del campo de visión de los marines. Kira avanzó por el lado contrario.

Las dos flanquearon a Veera y tomaron posiciones a ambos lados del pasillo que conducía a Biocontención.

Justo cuando Veera llegaba a la puerta, los dos marines repararon en ella. Kira oyó los pisotones de sus armaduras al darse la vuelta. Uno de ellos le dio el alto, claramente perplejo.

—¡Eh, usted! ¿Qué dem...?

No terminó la frase. Sparrow se asomó por la esquina y arrojó las canicas carnosas contra los marines. Con tres cortos zumbidos, los láseres de sus exos interceptaron los proyectiles en pleno vuelo.

Grave error.

Tres destellos estroboscópicos inundaron el pasillo y el ambiente se llenó de humo. Gracias a su visión aumentada, Kira distinguió el brillo violeta de la energía electromagnética. ¿Qué demonios acababa de pasar?

Sparrow no dudó un segundo: echó a correr desde la esquina y se internó en el humo. Se oyeron varios chirridos metálicos y, al cabo de un momento, los golpes sordos de los dos exos al caer en cubierta, inmovilizados.

Kira la seguía de cerca. Activó la visión infrarroja y vio que la puerta de Biocontención se abría. Otro marine con servoarmadura salía en ese momento, con el bláster en alto. A sus espaldas, otros tres marines tomaban posiciones detrás de unos escritorios.

A pesar de todos los sensores de su exo militar, el marine de la puerta no la vio llegar. Kira embistió su servoarmadura al mismo tiempo que introducía un centenar de fibras del filo dúctil en la máquina. Tan solo tardó una fracción de segundo en localizar los puntos débiles e inutilizar el exo.

La armadura del marine se quedó bloqueada y se desplomó como un saco. Kira la apartó a un lado, entró de un salto en Biocontención y aprovechó la inercia para dar una voltereta y ponerse de pie. Los marines apostados en el interior no pudieron triangular su posición exacta, pero eso no les impidió disparar a ciegas hacia la silueta borrosa de Kira.

Demasiado lentos. Un impacto láser agujereó el respaldo de la silla que estaba a su lado, pero Kira ya estaba en marcha, proyectando zarcillos por toda la sala y atrapando con ellos a los tres marines.

No los mates, le ordenó al filo dúctil, confiando en que le hiciera caso.

Unos segundos después, los demás marines cayeron al suelo. El peso de sus armaduras aplastó las mesas y las estanterías y dejó la cubierta abollada.

—¿Los tienes a todos? —preguntó Sparrow, asomando la cabeza por la puerta.

Kira volvió a hacerse visible y asintió. Al fondo de la sala había otra puerta que conducía a lo que parecía ser una cámara de descontaminación extraordinariamente grande. Y al otro lado había una tercera compuerta que, probablemente, llevaba a la cámara de aislamiento en la que retenían a Itari.

—Cúbreme —dijo Kira.

—Recibido.

Tal vez habrían podido obtener los códigos de acceso de los marines, pero no tenía sentido perder más tiempo. Se acercó rápidamente, extendió los brazos y dejó que el filo dúctil fluyera y arrancara la puerta de descontaminación.

Tras cruzar la cámara, vio a Itari por la ventanilla de la tercera puerta. La medusa estaba sentada encima de sus propios tentáculos aovillados, semejantes a las patas de una araña muerta.

Kira sintió un ramalazo de alivio. Al menos estaban en el lugar correcto.

Se apoyó en la compuerta y nuevamente dejó que el filo dúctil penetrara en el mecanismo y lo desgarrara.

Clanc. La cerradura se partió. Después de forcejear un poco con el xeno, Kira abrió la puerta.

La medusa desplegó los tentáculos mientras emitía un yuxtolor de curiosidad.

[[Aquí Itari: ¿Idealis?]]

[[Aquí Kira: Si de verdad deseas la paz, debemos abandonar este lugar.]]

[[Aquí Itari: ¿Estas biformas son nuestras enemigas?]]

[[Aquí Kira: No, pero no saben lo que hacen. Te ruego que no las mates, pero tampoco dejes que te maten a ti.]]

[[Aquí Itari: Como desees, Idealis.]]

Kira se reunió con los demás en la entrada de Biocontención. A sus espaldas oía el roce de hojas secas de los tentáculos de Itari al arrastrarse por la cubierta.

—¿Todo bien? —preguntó Falconi mientras Kira, Sparrow e Itari emergían del humo. Veera había encontrado una chaqueta en las oficinas de Biocontención y se la estaba poniendo para tapar su desnudez.

—Sí —dijo Sparrow—. Un par de tetas siempre funcionan como un reloj. Todos pican como bobos.

—Larguémonos de aquí —dijo Kira.

La estación Orsted seguía retumbando a su alrededor.

—Que los cielos nos guarden, sí —dijo Vishal.

—¡Veera! ¡Jorrus! —exclamó Falconi.

—¿Sí, señor?

—¿No ha habido suerte con Gregorovich?

—No.

—¿Hay interferencias?

—No. Lo tienen aislado.

—Estará rabioso como un perro —dijo Hwa-jung.

—Eso nos vendrá bien —concluyó Falconi, volviéndose hacia los demás—. De acuerdo. Vamos a regresar por el pasillo principal. Si vemos a alguien, giramos a la derecha y buscamos cobertura. No dejéis que os utilicen como rehenes. Kira, tendrás que encargarte de cualquier amenaza. Los demás no llevamos armas.

—Habla por ti —dijo Sparrow, levantando la mano derecha y mostrando la reluciente daga cristalina.

Kira señaló a los marines caídos.

—¿Y si...?

—No sirven —le interrumpió Falconi—. Están bloqueados. Los civiles no pueden usar armas de la FAU sin autorización. Basta de cháchara. Vamos a...

Con un chasquido sordo, las compuertas presurizadas del cruce se cerraron de golpe, bloqueando todas las salidas salvo la misma por la que había llegado Kira. Y por ese pasillo empezaba a oírse el ruido atronador de las servoarmaduras. Al cabo de un momento, más de una veintena de marines aparecieron al trote, armados con blásteres, cañones de riel y torretas pesadas, y acompañados por un pequeño enjambre de drones que no dejaban de zumbar.

—¡Quietos! ¡No se muevan! —gritó una voz amplificada.

5.

Todos, incluida la medusa, retrocedieron hasta el pasillo de Biocontención y se escondieron detrás de la puerta.

La voz habló de nuevo:

—Sabemos que intentan rescatar a la medusa, Navárez. El soldado Larrett nos lo ha contado todo.

Kira supuso que Larrett era el nombre del marine al que había interrogado tras salir de la celda.

—Será cabrón... —murmuró.

—A menos que se os ocurra algo, estamos jodidos —dijo Falconi con expresión sombría.

Entonces se oyó la voz de Stahl por los altavoces del techo iluminado, más fuerte incluso que las continuas alarmas.

—Kira, no lo haga. La violencia no va a ayudar a nadie, y mucho menos a usted. Ríndase, dígale a la medusa que vuelva a la celda y nadie saldrá...

La cubierta tembló y osciló bajo sus pies.

Kira no titubeó. *Tenía* que hacer algo.

Se plantó de un salto en mitad del pasillo y proyectó desde el pecho y las piernas una serie de gruesas estacas descendentes que se clavaron en distintos puntos de la cubierta.

No pierdas el control. No...

Le zumbaron los oídos cuando una bala le rozó la cabeza, y sintió que varias más le aporreaban las costillas, justo sobre el corazón. Kira retrajo las estacas, arrancando con ellas grandes trozos de la cubierta.

A una orden suya, el filo dúctil fusionó los pedazos, superponiéndolos como si fueran escamas y formando con ellos un alto escudo en forma de cuña.

El escudo se cubrió de agujeros anchos e incandescentes que goteaban metal derretido, mientras el zumbido furioso de los láseres reverberaba por todo el vestíbulo.

Kira avanzó un paso, y el filo dúctil empujó el escudo hacia delante. Al hacerlo, volvió a extender el traje para arrancar más fragmentos del suelo y unirlos a su barricada, que cada vez era más gruesa y ancha.

—¡Conmigo! —vociferó. La tripulación y la medusa se apresuraron a colocarse tras ella.

—¡Te seguimos! —gritó Falconi.

Las balas silbaban por el aire, y una explosión zarandeó el escudo. Kira notó la sacudida por todo el cuerpo.

—¡Granada! —gritó Sparrow.

[[Aquí Itari: ¿Puedo ayudarte, Idealis?]]

[[Aquí Kira: No mates a nadie si puedes evitarlo ni te pongas delante de mí.]]

Un par de drones se asomaron por el borde del escudo. Kira los atravesó rápidamente y continuó avanzando. El suelo era un confuso revoltijo de vigas retorcidas y tuberías expuestas, y le costaba mantener el equilibrio.

—¡Hay que llegar a la terminal! —exclamó Falconi.

Kira asintió, sin apenas prestarle atención. Aunque no veía lo que tenía delante, siguió utilizando el traje para arrancar la cubierta, los paneles de la pared, los bancos... cualquier cosa que pudiera protegerlos. No sabía cuánto peso podía acarrear o soportar el traje, pero estaba decidida a averiguarlo.

Otra granada golpeó el escudo, pero esta vez apenas sintió el impacto.

Varios tentáculos del traje se toparon con un objeto largo, liso y caliente (abrasador, de hecho; de haberlo tocado con las manos desnudas, sospechaba que le habría agujereado la carne): era una de las torretas láser. También la añadió a la barricada, arrancando el arma del suelo y encajándola en el hueco entre dos bancos.

—¡Más drones! —gritó Vishal.

Antes de que hubiera terminado de hablar, Kira creó una red de puntales y estacas (algunas de metal y otras hechas con el propio traje) y la interpuso entre el escudo, el techo y las paredes más alejadas. Oyó y sintió cómo varios drones chocaban contra la barrera; el ruido de sus aspas cambiaba al tocar el obstáculo.

Se estremeció cuando una nueva lluvia de granadas abrió un agujero en la red.

—¡Dios! —gritó Falconi.

Los drones se lanzaron hacia el boquete. Uno de ellos logró cruzarlo, pero Itari sacudió un tentáculo y lo derribó de un certero golpe. Antes de que los demás pudieran entrar y encontrar un ángulo que les permitiera disparar, Kira atrapó a los robots en el aire (como una rana atrapando moscas al vuelo) y los aplastó.

A todos.

Sentía claramente cómo el traje iba aumentando de tamaño y reforzándose con metal, carbono y todos los materiales que necesitaba de la estación. Notaba los brazos y las piernas más robustos, y una energía inusitada; se sentía capaz de atravesar roca maciza con las manos desnudas.

De pronto, los primeros marines dejaron de disparar y retrocedieron por el vestíbulo, golpeando pesadamente la cubierta con sus armaduras al correr.

Kira sonrió con ferocidad. Se habían dado cuenta de que era inútil luchar. Bien. Ahora solo faltaba llevar a todos hasta la Wallfish y...

Aunque no podía verla, oyó el ruido que hizo al cerrarse la compuerta presurizada que tenían delante. Una tras otra, las puertas de todo el vestíbulo se fueron cerrando también.

—¡Mierda! —dijo Nielsen—. Nos han encerrado.

—¡No os separéis! —gritó Kira.

Continuó avanzando hasta que sintió que su escudo chocaba contra la compuerta. La puerta en sí era demasiado grande y pesada para cortarla, pero el marco que la sujetaba parecía mucho más fino. Kira y el filo dúctil solo tardaron unos momentos en conseguir que la puerta se desplomara hacia delante hasta caer sobre la cubierta, con ensordecedores resultados.

La siguiente puerta cerrada estaba a diez metros.

Kira repitió el proceso, y la segunda compuerta no tardó en seguir el ejemplo de la primera. Después la tercera... y la cuarta.

Al parecer, las habían cerrado todas. Eso no iba a detenerlos, pero sí a ralentizarlos.

—La FAU intenta ganar tiempo —le dijo Falconi.

Kira gruñó.

—Seguro que nos están preparando un comité de bienvenida en la terminal. —De pronto se oyó un fuerte siseo cerca de las paredes. Se le erizó la nuca por el sobresalto. ¿Estaban succionando el aire… o introduciendo alguna sustancia?

—¡Es gas! —gritó Falconi, tapándose la nariz y la boca con el cuello de la camisa. Los demás lo imitaron. La tela se adaptó a sus rostros, formando un filtro hermético. Los entropistas hicieron varios pases enigmáticos con las manos, y acto seguido las líneas de sus tatuajes se deslizaron por la piel de sus rostros, formando una membrana fina como el papel que les cubrió la nariz y la boca.

Kira estaba impresionada: nanotecnología de primer nivel.

Supo exactamente cuándo había atravesado la última sección del vestíbulo (la sección contigua a la terminal) porque su barricada fue sacudida por una andanada de balas, disparos láser, proyectiles de riel y explosivos. Los impactos la hicieron tambalearse, pero clavó el hombro en el escudo y avanzó con decisión.

Habían recorrido un tercio de la última sección cuando Falconi le puso la mano en el hombro.

—¡Derecha! ¡A la derecha! —Señaló la entrada de la terminal.

Mientras Kira empezaba a desviarse en esa dirección, las tuberías que tenía bajo los pies empezaron a temblar. Con un sonido muy parecido al de una avalancha, los marines cargaron contra ellos.

Tenía menos de un segundo. Kira levantó varias vigas del suelo para apuntalar el escudo desde dentro y evitar que resbalara.

—¡Aguantad! —gritó.

A pesar de su grosor, el escudo se dobló y empezó a ceder cuando los soldados lo embistieron con sus servoarmaduras y empezaron a destrozarlo con un terrible chirrido.

—Ya sois míos —murmuró Kira, enseñando los dientes.

Atravesó la mole del escudo con centenares de fibras tan finas como un cabello, que se colaron por todos los recovecos y fisuras hasta que, tanteando a ciegas, entraron en contacto con la superficie lisa de las armaduras. En ese momento, Kira hizo lo mismo que antes: ordenó a las fibras que taladraran las bisagras y junturas de las armaduras para cortar todos los cables y tubos de refrigeración que encontró. Las hebras solamente se detenían al palpar la carne caliente de los soldados.

Le suponía un gran esfuerzo detenerse a tiempo, pero el filo dúctil obedecía su voluntad y respetaba los límites de la carne. Su confianza era cada vez mayor.

Al otro lado del escudo dejaron de oírse chirridos, y los soldados se desplomaron con un sonido digno de un ejército de titanes derrotados.

—¿Los has matado? —preguntó Nielsen. En aquel repentino silencio, le parecía que hablaba demasiado alto. Kira se humedeció los labios.

—No. —Le resultaba raro hablar. Sentía que el escudo formaba parte de ella, una parte que ocupaba más espacio que su propio cuerpo. Sentía cada centímetro cuadrado de la barricada. La cantidad de información era abrumadora. Se preguntó si las mentes de a bordo sentirían algo parecido.

Estaba a punto de soltar definitivamente el escudo cuando se oyeron más pisadas de botas por delante, al otro lado del vestíbulo.

Antes de que Kira pudiera reaccionar, las luces titilaron y se apagaron. Tan solo quedaron las pequeñas luces de emergencia del suelo. La cubierta se sacudió violentamente, como alcanzada por una ola, y todos cayeron al suelo, a excepción de Kira e Itari.

Un estruendo de metal aplastado reverberó por todo el pasillo y, como un dardo, el casco de una nave oscura y cubierta de venas atravesó la cubierta un poco más adelante, por detrás de los marines recién llegados. Las alarmas de presión empezaron a berrear, y de una grieta supurante en el flanco de la nave intrusa empezaron a brotar docenas de pesadillas furibundas.

El claqueteo de las ametralladoras pesadas inundó el aire, acompañado por el chasquido eléctrico de los láseres: los marines abrían fuego contra los monstruosos invasores.

—¡*Shi-bal!* —gritó Hwa-jung.

Kira profirió un grito e impulsó el escudo hacia delante, pasando por encima de los marines incapacitados. Si las pesadillas descubrían quién y qué era Kira, se les echarían todas encima. Empujó el escudo por el suelo, casi corriendo, y dejó de reforzarlo con nuevos materiales por el momento. Ahora solamente quería escapar.

Giró sobre los talones, haciendo pivotar el escudo alrededor de Falconi y los demás hasta darle la espalda a la salida del vestíbulo y la terminal. Después retrocedió, paso a paso, hasta que los bordes del escudo chocaron contra las paredes, a ambos lados de la puerta.

Con rápidos movimientos, Kira atrajo el escudo hacia sí, plegándolo hasta taponar por completo la puerta. Luego lo clavó al suelo, el techo y las paredes con pedazos rotos de metal, de tal modo que la única manera práctica de retirarlo fuera cortándolo.

Falconi le puso la mano en el hombro.

—¡Déjalo! —gritó.

Una granada estalló detrás de la barrera, haciendo retumbar toda la terminal. Un momento después, los marines empezaron a golpearla; oían los golpes amortiguados al otro lado.

El escudo aguantaría, pero no demasiado.

Kira desvinculó el traje de la barricada, y al hacerlo sintió que su consciencia mermaba hasta volver a ser como antes.

Al darse la vuelta, vio que los demás ya habían cruzado la pequeña terminal y que estaban forzando las puertas de un maglev.

Desde el techo se oyó una voz masculina:

—Al habla Udo Grammaticus, jefe de estación. No se resistan y les garantizo que no sufrirán ningún daño. Es el último aviso. Hay una veintena de soldados blindados al otro lado de...

Siguió hablando, pero Kira lo ignoró y se acercó rápidamente al coche maglev.

—¿Podemos usarlo? —preguntó Falconi.

—Han cortado toda la electricidad, menos las luces —explicó Hwa-jung.

—Entonces, ¿no podemos salir de aquí? —dijo Nielsen. Hwa-jung gruñó.

—Así no. El maglev no funciona.

—Tiene que haber otra forma de llegar hasta el anillo de atraque —dijo Vishal.

—¿Cómo? —preguntó Sparrow—. La estación se mueve demasiado deprisa para llegar de un salto. Kira y la medusa quizá lo conseguirían, pero los demás nos haríamos papilla. Estamos en un puto callejón sin salida.

Al otro lado del escudo continuaban los disparos: los marines rechazaban a las pesadillas con ráfagas controladas y amortiguadas. O eso le parecía.

—Sí, muchas gracias —replicó Falconi secamente. Se volvió hacia Hwa-jung—. Tú eres la ingeniera. ¿Alguna idea? —Miró de reojo a los entropistas—. ¿Y vosotros?

Veera y Jorrus extendieron las manos en un gesto de impotencia.

—La mecánica...

—... no es nuestra especialidad.

—Vamos. Tiene que haber un modo de llegar hasta allí sin morir por el camino.

La jefa de máquinas frunció el ceño.

—Claro que lo hay, si tuviéramos tiempo y materiales.

Se oyó otra explosión en el vestíbulo.

—Pues no tenemos ni una cosa ni la otra —continuó Falconi—. Venga, lo que sea. No importa lo descabellado que suene. Un poco de *creatividad*, Srta. Song. Por eso te contraté.

Hwa-jung volvió a fruncir el ceño y se quedó callada un momento. De pronto murmuró:

—*Aigoo*. —Se metió dentro del coche y deslizó las manos por el piso, golpeándolo con los nudillos en diferentes zonas. Le hizo un gesto a Kira para que se acercara—. Corta por aquí. —Dibujó un cuadrado en el suelo con el dedo—. Con cuidado. Solo la capa superior. No dañes lo que hay debajo.

—Entendido.

Kira trazó el mismo cuadrado con el dedo índice, rayando el compuesto gris con la punta de la uña. Repitió el movimiento ejerciendo mayor presión, y una cuchilla delgada y diamantina se extendió desde el dedo y atravesó un centímetro del material. Kira agarró el recuadro cortado, que se adhirió a su mano como si llevara geckoadhesivos en la palma, y lo arrancó del suelo como si se tratara de cartón troquelado.

Hwa-jung se puso a gatas y se asomó por el agujero, estudiando los cables y los dispositivos del interior. Kira no tenía ni idea de para qué servía cada cosa, pero Hwa-jung parecía comprender lo que estaba viendo.

Los golpes en el exterior de la terminal iban en aumento. Kira miró de reojo hacia el escudo abandonado. Estaba empezando a abollarse. Dentro de un minuto tendría que acercarse a reforzarlo.

Hwa-jung carraspeó y se levantó.

—Puedo reactivar el coche, pero necesito una fuente de energía.

—¿No puedes...? —empezó Falconi.

—No —le interrumpió Hwa-jung—. Sin energía, no es más que un trasto inútil. No me sirve de nada.

Kira miró a la medusa.

[[Aquí Kira: ¿Podrías arreglar esta máquina?]]

[[Aquí Itari: No tengo ninguna fuente de energía adecuada.]]

—¿Y una servoarmadura? —preguntó Nielsen—. ¿Te serviría?

Hwa-jung negó con la cabeza.

—Tendría suficiente energía, pero no es compatible.

—¿Y una torreta láser? —aventuró Kira.

La jefa de máquinas vaciló antes de asentir con la cabeza.

—Quizá. Si logro reconfigurar los condensadores para...

Kira no esperó a oír el resto. Saltó del coche y corrió hacia la improvisada barrera. Justo cuando llegó, los golpes se detuvieron. Era preocupante, pero tampoco iba a quejarse.

Extendió varias docenas de tentáculos con el traje y los hundió en el amasijo de restos, buscando la torreta que había empotrado antes. No le costó mucho encontrarla: un pedazo de metal duro, liso y todavía caliente por el uso. Tan deprisa como se atrevió, fue doblando y presionando el escudo hasta crear un túnel lo bastante ancho para sacar la torreta, procurando mantener la integridad estructural de toda la barrera y la solidez de su parte frontal.

—¡Date prisa, por favor! —la apremió Falconi.

—¿Crees que no lo intento? —gritó Kira.

Finalmente la torreta se soltó y Kira la atrapó con las manos. Acunándola como si fuera una bomba a punto de estallar, regresó corriendo hasta el coche y se la entregó a Hwa-jung.

Sparrow se daba golpecitos en el muslo con el plano de su cuchillo de vidrio mientras miraba furtivamente de un lado a otro. De pronto, agarró a Kira por el brazo y se la llevó aparte.

—¿Qué pasa? —le preguntó Kira.

En voz baja y tensa, Sparrow contestó:

—Esos exos van a abrir un boquete en el techo o las paredes para entrar. Te lo garantizo. Más vale que prepares una puta fortaleza, o podemos darnos por muertos.

—Ya voy.

Sparrow asintió y regresó junto al coche; Vishal estaba ayudando a Hwa-jung a desmontar la torreta.

—¡Todos atrás! —gritó Kira. Se volvió hacia la estrecha terminal y, tal y como había hecho en el vestíbulo, envió docenas de extensiones del filo dúctil para que cumplieran su voluntad. Con un estruendo escalofriante, el xeno empezó a arrancar el suelo, las paredes y el techo. Kira acercó los pedazos y, tan deprisa como pudo, empezó a moldear con ellos una cúpula que cubriera por completo la zona de atraque del coche.

Cada vez que un nuevo pedazo encajaba en su sitio, volvía a sentir que su consciencia se expandía. Era embriagador. Recelaba de aquella sensación (tanto por sí misma como por el filo dúctil), pero la tentación de seguir creciendo era muy seductora. La facilidad con la que el xeno y ella estaban trabajando juntos aumentaba su confianza.

Uno de los paneles arrancados debía de contener el altavoz de intercomunicación, porque se oyó un chisporroteo y la voz del jefe de estación desapareció.

Metro a metro, fue desmantelando toda la terminal, dejando al descubierto el esqueleto de Orsted: un entramado de vigas, anodizadas para evitar la corrosión y llenas de orificios para aligerarlas.

Al cabo de un rato, ya no veía nada más que el interior de la cúpula, pero aun así continuó reforzándola. La oscuridad los envolvió, y Vishal exclamó desde el interior del coche:

—¡Ahora no vemos nada, Srta. Navárez!

—¿Prefieres que nos disparen? —gritó Kira.

Una nueva explosión sacudió la terminal.

—Ya va siendo hora de poner en marcha este trasto —dijo Falconi.

—Estoy en ello —replicó Hwa-jung.

Kira siguió extendiendo el traje más y más; cada vez que creía haber alcanzado su límite, descubría que podía llegar todavía más lejos. Su consciencia se iba difuminando al dividirse en un área cada vez mayor. La gran cantidad de información empezaba a desorientarla: presiones, arañazos, tuberías, cables, el cosquilleo de las descargas eléctricas, calor, frío y un millar de sensaciones diferentes, procedentes de un millar de puntos distintos del filo dúctil. Y todo ello se movía, cambiaba y se expandía, ahogándola en un mar de sensaciones que no dejaban de aumentar.

Era demasiado. No podía controlarlo todo, no podía seguir el ritmo. En algunos lugares su influencia flaqueaba, y entonces el filo dúctil actuaba por sí solo, avanzando con intenciones letales. Kira sentía que su mente se fragmentaba al intentar concentrarse en un lugar, después en otro y en otro. Siempre conseguía someter al traje a su voluntad, pero mientras estaba ocupada, el traje continuaba avanzando por otro lado, creciendo… construyendo… *transformándose*.

Kira se ahogaba, desaparecía dentro de la existencia expansiva del filo dúctil. El pánico hizo presa de ella, pero la chispa de su espanto era demasiado débil para contener al traje. Al sentirse por fin libre de perseguir su propósito, el filo dúctil irradiaba un extraño gozo. Kira percibía retazos de… *campos amarillos con flores cantarinas*… recuerdos de… *un ser arbóreo con escamas metálicas a modo de corteza*… que la desorientaban hasta el punto de que le resultaba… *un grupo de criaturas de cuerpo largo y peludo, que gañían con las mandíbulas abiertas*… imposible concentrarse.

En un fugaz instante de lucidez, Kira fue consciente de lo horrendo de la situación. ¿Qué había hecho?

Con unos oídos que no eran los suyos, escuchaba un sonido que anunciaba la muerte: las pisadas cautelosas de varios soldados blindados que avanzaban por la terminal. Sintió una molestia aguda y lacerante en varios de sus pseudópodos, y los retrajo con un sobresalto.

¿Conque querían atacarla/lo?

Empezó a echar abajo las paredes, las vigas y los soportes estructurales, derrumbando la estación alrededor de la cúpula. La cubierta tembló, pero no importaba. Lo único importante para ella/ello era encontrar más masa: más metales, más minerales, más, *más*. Sentía un apetito en su interior, un hambre insaciable, capaz de devorar el mundo entero.

—¡Kira!

La voz parecía llegar desde el fondo de un túnel. Ella/ello no reconocía a su dueño. O tal vez le traía sin cuidado. Había cosas más acuciantes que requerían su atención.

—¡*Kira!* —Notó vagamente que unas manos la/lo agarraban y zarandeaban. Por supuesto, nunca podrían moverla/lo: sus gruesas fibras eran demasiado fuertes—. ¡*Kira!* —Un estallido de dolor en el rostro, pero tan nimio y lejano que podía ignorarlo fácilmente.

El dolor regresó una segunda vez. Y una tercera.

La ira empezaba a apoderarse de ella/ello. Miró hacia el interior desde todas direcciones, con ojos superiores, inferiores y otros todavía hechos de carne, y con todos ellos distinguió a un hombre de rostro enrojecido y vociferante.

Le cruzó la cara de una bofetada.

El sobresalto le despejó la mente durante un momento. Kira soltó un grito ahogado y Falconi bramó:

—¡Espabila! ¡Nos vas a matar a todos!

Sentía que se hundía de nuevo en la ciénaga que era el filo dúctil.

—Pégame otra vez —dijo Kira. Falconi titubeó, pero obedeció.

Un destello rojo inundó su visión, pero el escozor de la mejilla le proporcionó algo en lo que concentrarse que no fuera el filo dúctil. No era nada fácil; volver a reunir las distintas partes de su mente era como intentar liberarse de un mar de manos ansiosas, una por cada fibra del traje. Y todas eran fuertes como gigantes.

El miedo le dio la motivación que necesitaba. Se le aceleró el corazón hasta que creyó estar al borde del desmayo. Pero no se desmayó, y poco a poco consiguió retroceder hacia su interior. Al mismo tiempo, obligaba al filo dúctil a replegarse, alejándose de las paredes y las salas de la estación. Al principio, el xeno se resistió; se negaba a abandonar su ambicioso proyecto y a renunciar a todo lo que ya había subsumido.

Pero finalmente le obedeció. El filo dúctil se replegó sobre sí mismo, constriñéndose y contrayéndose mientras regresaba al cuerpo de Kira. Ahora era mucho más grande de lo que Kira necesitaba. Con solo pensarlo, hebras enteras del material se marchitaron hasta quedar pulverizadas, sin dejar nada útil tras de sí.

Falconi levantó la mano de nuevo.

—Espera, ya está —dijo Kira. El capitán se detuvo.

Volvía a oír con normalidad; escuchó el silbido de las fugas de aire y las alarmas de presión, más fuertes que las demás.

—¿Qué te ha pasado? —le preguntó Falconi. Kira sacudió la cabeza. Todavía no se sentía la misma de antes—. Has abierto un boquete en el casco. Casi nos lanzas al espacio.

Kira levantó la vista y se estremeció al ver, justo encima de ellos, una estrecha rendija por la que se veía la oscuridad del espacio, entre el techo arruinado y varias capas de cubiertas arrancadas. Las estrellas giraban al otro lado de la abertura, formando un vertiginoso caleidoscopio de constelaciones.

—He perdido el control. Lo siento. —Tosió.

Algo impactó contra la pared exterior de la cúpula.

—¡Hwa-jung! —vociferó Falconi—. Hay que salir de aquí. ¡Va en serio!

—¡*Aigoo*! ¡Deje de molestar!

Falconi se volvió hacia Kira.

—¿Podrás moverte?

—Creo que sí. —La presencia intrusiva del filo dúctil seguía agitándose dentro de su mente, pero Kira conservaba su propia identidad.

En el mismo sitio donde se acababa de oír un golpe metálico, empezó a sonar un chisporroteo siseante, como el de un soplete. En el interior de la cúpula apareció una mancha de color rojo apagado, que poco a poco se fue volviendo amarilla. Casi de inmediato, notó que la temperatura aumentaba en el interior de la cúpula.

—¿Qué es eso? —preguntó Nielsen.

—¡Mierda! —exclamó Sparrow—. ¡Esos cabrones están usando una lanza térmica!

—¡El calor nos matará! —exclamó Vishal. Falconi les hizo un gesto.

—¡Todos al coche!

—¡Yo puedo detenerlos! —dijo Kira, aunque la sola idea la llenaba de miedo. Si se concentraba en una sola zona y no dejaba que el filo dúctil se desbocara… Empezó a arrancar el suelo del interior de la cúpula y a tapar el punto caliente con los pedazos. Los trozos de material compuesto humeaban a medida que se enrojecían y ablandaban.

—Olvídalo. ¡Hay que irse! —gritó Falconi.

—Cerrad las puertas del coche. Intentaré ganar tiempo.

—¡Deja de hacer el idiota y entra en el coche! Es una orden.

[[Aquí Itari: Idealis, debemos irnos.]]

La medusa estaba apretujada en la parte delantera del coche, con los tentáculos aplastados contra los laterales.

—¡No! Puedo contenerlos. Avisadme cuando hayáis…

Falconi la agarró por los hombros y la obligó a mirarlo a la cara.

—¡*Ya!* No pienso abandonar a nadie. ¡Vamos! —Bajo la luz rojiza, sus ojos azules parecían dos soles llameantes.

Kira cedió. Soltó la cúpula y dejó que Falconi la arrastrara hasta el coche. Sparrow y Nielsen cerraron la puerta del maglev, que se bloqueó con un ruidoso chasquido.

—¿Es que quieres que te maten? —le gruñó Falconi al oído—. No eres invencible.

—No, pero…

—Ahórratelo. Hwa-jung, ¿todo listo?

—Casi, capitán. Casi…

Una lluvia de metal incandescente empezó a brotar por el centro del punto luminoso cuando la lanza térmico atravesó por completo la gruesa cúpula. La lluvia empezó a desplazarse hacia abajo lentamente, empezando a trazar una abertura del tamaño de un hombre.

—¡No miréis! —gritó Sparrow—. Os quemará las retinas.

—Hwa-jung…

—¡Listo! —exclamó la jefa de máquinas. Kira y los demás se giraron hacia ella. La torreta desmontada yacía a sus pies. La batería estaba abierta, y de su interior salían unos cables que se perdían en la parte inferior del coche—. Escuchadme bien —dijo Hwa-jung, dándole unos golpecitos a la batería—. Está dañada. Cuando la encienda, es posible que se funda y explote.

—Correremos el riesgo —dijo Falconi.

—Hay más.

—No es momento para una conferencia.

—¡Escuchad! ¡*Aish!* —Los ojos de Hwa-jung resplandecían bajo la luz cegadora de la lanza térmica—. He conseguido empalmarla a la alimentación de los electroimanes.

Nos elevará en el aire, pero nada más. No tengo acceso a los controles de dirección: no puede movernos hacia delante ni hacia atrás.

—¿Y entonces cómo…? —empezó a decir Nielsen.

—Kira, atiende: arranca un asiento para cada uno y rompe las ventanillas, esta y esta. —Hwa-jung señaló los laterales del coche—. Cuando active el circuito, utiliza tu traje para impulsarnos hacia delante, y entraremos en el conducto principal. Los supercondensadores solo tienen energía para mantenernos suspendidos durante cuarenta y tres segundos. Iremos a unos doscientos cincuenta kilómetros por hora en relación con el anillo de atraque. Tenemos que reducir al máximo nuestra velocidad antes de chocar. Lo haremos sacando los asientos por las ventanillas y presionando las paredes del tubo con ellos, como si fueran unos frenos. ¿Entendido?

Kira y los demás asintieron. La fuente de metal derretido desapareció un instante, cuando la lanza térmica tocó el suelo. Luego reapareció en la parte superior de la incisión goteante y empezó a trazar un corte horizontal.

—Tendréis que empujar con mucha fuerza —les advirtió Hwa-jung—. Con *todas* vuestras fuerzas. Si no, el choque nos matará.

Kira agarró el asiento más cercano y lo arrancó de su anclaje giratorio de un tirón. Hizo lo mismo con los tres siguientes, que se soltaron con sendos chasquidos. Con un veloz intercambio olfativo, le explicó el plan a Itari, y la medusa también agarró un par de asientos con sus tentáculos.

—Es un plan de locos, Unni —dijo Sparrow. Hwa-jung gruñó.

—Funcionará, bruta. Ya lo verás.

—Cerrad los ojos —dijo Kira, antes de romper las ventanillas laterales con el filo dúctil.

Una oleada de calor abrasador los envolvió. Falconi, Nielsen, Vishal y los entropistas se echaron al suelo.

—¡Por los siete infiernos!

La lanza térmica inició el segundo corte vertical.

—Preparaos —dijo Hwa-jung—. Contacto en tres, dos, *uno.*

El piso del coche se alzó unos centímetros bajo los pies de Kira, y se ladeó ligeramente antes de estabilizarse.

Kira levantó los brazos y extendió varias hebras gruesas desde sus dedos, atravesando las ventanillas rotas hasta tocar las paredes. El xeno comprendió sus intenciones y las hebras se adhirieron como telarañas. Y entonces tiró con fuerza.

El coche pesaba, pero se deslizó sin fricción aparente. Con un suave roce, cruzó el sello presurizado al llegar al final de la estación, se inclinó hacia abajo y se lanzó a toda velocidad hacia el oscuro túnel que recorría la cara interna del anillo de atraque.

El viento aullaba. De no haber sido por la mascarilla, a Kira le habría costado ver u oír algo en medio de aquel feroz torrente de aire. El viento era frío, pero (también gracias al traje) no sabía exactamente cuánto.

Recogió uno de los asientos arrancados y lo sacó por la ventanilla más cercana. Un horrible chirrido rasgó el aire, y una estela de chispas se extendió a lo largo del tubo. El impacto estuvo a punto de arrancarle el asiento de las manos, incluso con la ayuda del filo dúctil, pero Kira apretó los dientes, agarró el respaldo con más fuerza y lo mantuvo en su sitio.

Tenía delante a Itari, que estaba haciendo lo mismo que ella. Notó vagamente que los demás también se ponían de pie, tambaleándose. El chirrido aumentó en cuanto Nielsen, Falconi, Vishal, Sparrow y los entropistas presionaron también sus respectivos asientos contra la pared del conducto. El coche traqueteaba y se balanceaba como un martillo neumático.

Kira intentó contar los segundos, pero había demasiado ruido, demasiado viento. Sin embargo, tenía la impresión de que no estaban frenando. Se apoyó en el asiento con todas sus fuerzas, y este se sacudió entre sus manos como si estuviera vivo.

El tubo ya había devorado la base y la mitad del asiento; pronto no quedaría nada a lo que agarrarse.

Lentamente, muy lentamente, sintió que se volvía cada vez más ligera; las plantas de los pies le empezaban a resbalar. Se ancló al piso del coche con el traje y extendió nuevas hebras con las que sujetó a los demás para que pudieran seguir haciendo fuerza sin salir flotando.

El chirrido empezó a remitir. Las chispas se volvieron más cortas y gruesas, y pronto empezaron a dibujar espirales y curvas, en lugar de volar en línea recta.

Kira empezaba a pensar que tal vez iban a conseguirlo… cuando los electroimanes se apagaron.

El maglev se estampó contra el raíl exterior con un aullido lastimero que eclipsó el ruido de los asientos. El coche se sacudió violentamente; el techo se deformó y se abrió como si fuera de caramelo. Itari salió disparado por el parabrisas, agitando los tentáculos en el aire. En la parte posterior del coche apareció un destello eléctrico, tan potente como un relámpago, y el maglev empezó a echar humo.

Con un chirrido agonizante, el coche se deslizó hasta detenerse por completo.

6.

El estómago de Kira dio un vuelco en cuanto desapareció la sensación de gravedad, pero por una vez no se le subió la bilis a la garganta. Menos mal. Lo último que necesitaba ahora mismo eran náuseas. Explosiones, lanzas térmicas, accidentes de maglev… Por hoy ya era suficiente. Con traje o sin él, le dolía todo el cuerpo.

¡Itari! ¿La medusa seguiría viva? Sin ella, todo lo que estaban haciendo sería en vano.

Moviéndose con dificultad, incluso en gravedad cero, Kira dejó de sujetar el coche y a la tripulación. Falconi tenía un corte sangrante en la sien. Se tapó la herida con la mano.

—¿Estáis todos bien?

Vishal gimoteó.

—Creo que acabo de perder varios años de esperanza de vida, pero sí.

—Sí —contestó Sparrow—. Yo también.

Nielsen se quitó los restos de vidrio del cabello, que pasaron flotando a través del parabrisas destrozado como una nubecilla de motas de cristal.

—Un poco aturdida, capitán.

—Nosotros también —dijeron Veera y Jorrus. Este último tenía varios arañazos sanguinolentos a lo largo de las costillas desnudas. No parecían graves, pero sí dolorosos.

Kira se impulsó hasta la parte delantera del maglev y se asomó al exterior. Itari estaba unos metros más adelante, agarrado a un riel del casco. Tenía una herida de aspecto atroz en la base de uno de los tentáculos más grandes, que rezumaba icor naranja.

[[Aquí Kira: ¿Estás bien? ¿Puedes moverte?]]

[[Aquí Itari: No te inquietes por mí, Idealis. Esta forma puede aguantar un gran castigo.]]

Mientras hablaba, la medusa extendió desde su caparazón uno de sus brazos huesudos. Ante la mirada atónita de Kira, Itari empezó a cortarse el tentáculo herido con sus tenazas.

—¿Qué mierda…? —exclamó Sparrow, acercándose a Kira.

Con una velocidad asombrosa, el alienígena amputó el tentáculo y lo dejó flotando por el aire, abandonado y rodeado de burbujas naranjas. Sin embargo, el enorme muñón que ahora sobresalía del caparazón de Itari ya había dejado de sangrar.

Hwa-jung tosió y emergió de la nube de humo, como un barco saliendo de las profundidades de un mar oleoso. Se agarró a un asidero y señaló hacia delante.

—La siguiente estación maglev está ahí mismo.

Kira salió primero, utilizando su traje para retirar los restos afilados del parabrisas. Uno tras otro, todos fueron saliendo del coche accidentado. Hwa-jung fue la última; su corpachón apenas cabía por el chasis, pero con un poco de esfuerzo lo consiguió.

Apoyándose en los asideros de mantenimiento de las paredes, se arrastraron por el interior del conducto negro hasta que vieron unas luces encendidas, unos metros más adelante.

Con cierto alivio, Kira se dirigió hacia ellas.

Cuando entraron flotando en la estación, las puertas automáticas de la pared se abrieron, franqueándoles la entrada al vestíbulo que había al otro lado.

Se detuvieron un momento para reagruparse y orientarse.

—¿Dónde estamos? —preguntó Kira. Se dio cuenta de que Vishal tenía un feo corte en el antebrazo derecho. Hwa-jung, por su parte, tenía las dos manos quemadas y en carne viva. Debían de dolerle muchísimo, pero la jefa de máquinas lo disimulaba bien.

—A dos paradas de nuestro objetivo —dijo Nielsen, señalando en la dirección que indicaban las flechas.

Con Nielsen en cabeza, recorrieron los pasillos abandonados del anillo de atraque de Orsted.

De vez en cuando se topaban con robots: algunos estaban recargándose en los enchufes de las paredes, mientras que otros avanzaban velozmente sobre rieles o se propulsaban con aire comprimido, ocupados en alguna de las innumerables tareas necesarias para el buen funcionamiento de la estación. Ninguno de los robots les prestó atención, pero Kira sabía que todos y cada uno estaban registrando su posición y sus movimientos.

Las cubiertas exteriores estaban repletas de maquinaria pesada e instalaciones industriales: refinerías que seguían rugiendo y funcionando como siempre, a pesar del ataque de las pesadillas; estaciones de procesamiento de combustible, donde se craqueaba agua para obtener sus elementos constitutivos; unidades de almacenamiento, llenas hasta los topes de materiales útiles; y, por supuesto, filas inacabables de fábricas que funcionaban en gravedad cero para producir de todo, desde medicamentos hasta ametralladoras, y en cantidad suficiente para satisfacer no solo las necesidades de la población de Orsted, sino también las de gran parte de la flota de la MEFAU.

Las secciones inferiores de la estación, ahora totalmente desiertas, resultaban de lo más inquietantes. Las sirenas seguían aullando, y las flechas luminosas (más pequeñas y tenues que las de las secciones principales de la estación) señalaban los refugios más cercanos. Pero en aquel momento ningún refugio podía ayudarlos. Kira lo reconocía y lo aceptaba. La única protección en la que podía confiar era la soledad y el aislamiento del espacio profundo, e incluso allí era posible que las pesadillas o las medusas terminaran encontrándola.

Avanzaban con rapidez. Al cabo de unos minutos, Falconi dijo:

—Allí. —Señaló un pasillo que conducía hacia los límites de la estación.

Lo reconoció: era el mismo pasillo que habían cruzado al llegar a Orsted.

Sintiendo un entusiasmo cada vez mayor, Kira se fue impulsando por el tortuoso pasillo. Después de todo lo ocurrido en la estación, volver a la Wallfish era como volver a casa.

La compuerta presurizada del muelle de atraque se abrió, y al otro lado de la esclusa vio...

Oscuridad.

Vacío.

Aproximadamente a un kilómetro de distancia, la Wallfish se iba haciendo cada vez más pequeña, impulsada por la humareda blanca de sus propulsores de reacción.

7.

Falconi gritó. No una palabra ni una frase, sino un lamento descarnado de furia y de dolor. Al oírlo, Kira sintió que ella misma se derrumbaba, rendida a la desesperanza. Dejó que la mascarilla se retirara de su rostro.

Habían perdido. A pesar de todo, habían...

Falconi se abalanzó hacia la esclusa. Aterrizó de bruces y el choque lo dejó sin aliento, pero se agarró a los peldaños que había justo al lado de la compuerta. Después se arrastró hasta la ventanilla de zafiro y apretó el rostro contra ella para contemplar la Wallfish.

Kira apartó la mirada. No soportaba verlo así. Se sentía avergonzada, como si estuviera entrometiéndose en su intimidad. El dolor de Falconi era demasiado sincero, demasiado desgarrador.

—¡Ja! —exclamó entonces Falconi—. ¡Te tengo! ¡Bien! Justo a tiempo. —Se dio la vuelta, con una sonrisa traviesa en el rostro.

—¿Capitán? —dijo Nielsen, que se acercó flotando. Falconi señaló la ventanilla, y Kira comprobó con asombro que la Wallfish había frenado y empezaba a invertir el rumbo para regresar a la esclusa.

—¿Cómo es posible? —murmuró Hwa-jung.

Falconi se dio unos toques con el dedo en la sien ensangrentada.

—Una señal visual directa enviada desde mi holofaz. Mientras los sensores pasivos de la nave funcionen, y siempre que estén a mi alcance y tenga un campo de visión claro, no pueden inhibirlos como si fueran señales de radio o superlumínicas.

—Son muchas condiciones, capitán —dijo Vishal. Falconi se rio entre dientes.

—Sí, pero ha funcionado, ¿no? Instalé un sistema de emergencia por si alguien intentaba llevarse la Wallfish. A mí nadie me roba la nave.

—¿Y no nos lo habías dicho? —preguntó Nielsen con expresión ofendida. Kira, por el contrario, estaba impresionada. Falconi volvió a ponerse serio.

—Ya me conoces, Audrey. Siempre hay que saber dónde están todas las salidas. Y siempre hay que guardarse un as en la manga.

—Ya. —No parecía convencida.

—Déjeme verle las manos, por favor —dijo entonces Vishal, acercándose a Hwa-jung. La mujer se dejó examinar, obediente—. *Mmm*, no es demasiado grave —decidió el médico—. Quemaduras de segundo grado, principalmente. Le daré un espray para evitar las cicatrices.

—Y unos analgésicos, por favor —añadió Hwa-jung. El doctor se echó a reír discretamente.

—Eso también, por descontado.

La Wallfish no tardó mucho en llegar. Cuando el tamaño de la nave empezó a aumentar, Veera sujetó el asa central de la esclusa para verla mejor por la ventanilla.

—¡Aaaah! —Su grito se convirtió en un borboteo entrecortado, mientras la espalda se le arqueaba casi al máximo y todo su cuerpo se quedaba rígido, salvo por unos leves espasmos en pies y manos. Apretaba los dientes, con el rostro contraído en un rictus espeluznante.

Jorrus también gritó, aunque él no estaba cerca de la esclusa, y también empezó a retorcerse.

—¡No la toquéis! —gritó Hwa-jung.

Kira no le hizo caso; sabía que el traje la protegería.

Rodeó la cintura de Veera con varios tentáculos mientras se sujetaba a la pared más cercana. Después tiró de la convulsa entropista hasta separarla de la puerta. No fue fácil; la mano de Veera estrujaba el asa con una fuerza antinatural, como una tenaza. Finalmente, la mano de la mujer empezó a ceder. Kira esperaba no haberle desgarrado ningún músculo de la mano.

En cuanto los dedos de Veera dejaron de estar en contacto con la puerta, su cuerpo se quedó inerte y Jorrus dejó de aullar, aunque su expresión seguía siendo la de un hombre que acababa de ser testigo de un horror innombrable.

—¡Que alguien la sujete! —exclamó Nielsen.

Vishal se impulsó desde la pared y agarró a Veera por la manga de la chaqueta. Rodeó a la entropista con un brazo y, con la mano libre, le separó los párpados. Después le abrió la boca y le examinó la garganta.

—Sobrevivirá, pero debo llevarla a la enfermería.

Jorrus gimió. Tenía la cabeza entre los brazos y estaba preocupantemente lívido.

—¿Qué le pasa? —dijo Falconi. El doctor lo miró con preocupación.

—No estoy seguro, capitán. Tendré que vigilarle el corazón. Es posible que el shock le haya quemado los implantes, pero todavía no lo sé. Necesita un reinicio completo.

Jorrus murmuraba para sus adentros, y Kira no entendía ni una sola palabra.

—Qué truco tan rastrero —escupió Nielsen.

—Están asustados —contestó Sparrow—. Lo intentarán todo con tal de detenernos. —Se giró hacia el centro de la estación y levantó el dedo corazón—. ¡Meteos esos voltios por el culo! ¡¿Me oís?!

—Es culpa mía —dijo Kira, señalándose la cara—. No debería haberme quitado la mascarilla; habría visto la corriente eléctrica.

—No es culpa tuya —replicó Falconi—. No te culpes. —Se acercó a Jorrus—. Oye, Veera se pondrá bien, ¿de acuerdo? Estate tranquilo, no pasa nada.

—No lo entiendes —contestó Jorrus, jadeando.

—Pues explícamelo.

—Veera... Yo... Nosotros... —Jorrus se retorció las manos, y el brusco movimiento lo hizo salir volando otra vez. Falconi lo agarró para estabilizarlo—. ¡Ya no hay un nosotros! Ya no hay un nuestro. No hay un yo. Ya no está. ¡No está, no está, aaaah! —Y volvió a mascullar incoherencias.

Falconi lo zarandeó.

—¡Espabila! La nave casi ha llegado. —No sirvió de nada.

—Su mente colmena está rota —dijo Hwa-jung.

—¿Y qué? Sigue siendo él mismo, ¿no?

—Es...

Veera despertó con un grito ahogado, y una violenta sacudida la hizo dar vueltas por el aire. Un instante después, se llevó las manos a las sienes y empezó a gritar. Al oírla, Jorrus se hizo un ovillo y se puso a sollozar.

—Genial —dijo Falconi—. Ahora también tenemos que preocuparnos de este par de majaras. Genial.

Con la suavidad de una hoja al caer de un árbol, la Wallfish frenó hasta detenerse delante de la esclusa. Las abrazaderas de atraque se activaron ruidosamente, inmovilizando el morro de la nave.

Falconi le hizo una seña.

—¿Te importa, Kira?

Mientras el doctor se esforzaba por tranquilizar a los entropistas, Kira dejó que la mascarilla le cubriera el rostro de nuevo. La corriente eléctrica era una gruesa barra de luz azulada, como un trozo de relámpago atascado en la puerta de la esclusa. La luz era tan amplia e intensa que le sorprendía que no hubiera matado inmediatamente a Veera.

Kira extendió un par de zarcillos, los hundió en la puerta y, tal y como había hecho con su celda, desvió la corriente eléctrica a través de la superficie del filo dúctil.

—Podéis pasar.

—Estupendo —dijo Falconi, aunque se acercó a los controles de la esclusa con cierto recelo. Al ver que no recibía descarga alguna, relajó los hombros y activó rápidamente la compuerta.

Sonó un pitido, y una luz verde apareció sobre el panel de control. Con un siseo, la puerta se abrió.

Kira la soltó, haciendo retroceder al filo dúctil y dejando que la electricidad volviera a su circuito normal.

—Que nadie toque el asa —advirtió—. Sigue electrificada. —Se lo repitió a Itari.

Falconi pasó primero. Flotó hasta el morro de la Wallfish, pulsó una serie de botones y la esclusa de la nave se abrió. Kira y los demás lo siguieron. Vishal rodeaba a Veera con un brazo, mientras Hwa-jung ayudaba a Jorrus, que apenas era capaz de moverse por sí solo. Itari entró en último lugar; la medusa se coló por la esclusa flotando con la elegancia de una anguila.

A Kira se le ocurrió algo en ese momento, una idea horrible y cínica. ¿Y si la FAU decidía volar las abrazaderas de anclaje en ese preciso instante y arrojarlos a todos al espacio? Teniendo en cuenta todo lo que habían hecho tanto la Liga como los militares, ya los creía capaces de cualquier cosa.

Sin embargo, el cierre hermético que unía las esclusas resistió. En cuanto el último centímetro de los tentáculos de Itari entró en la Wallfish, Nielsen cerró la puerta de la nave.

—*Sayonara,* Orsted —dijo Falconi, dirigiéndose al conducto central.

La nave parecía muerta. Abandonada. Casi todas las luces estaban apagadas, y hacía mucho frío. Sin embargo, su olor familiar reconfortaba a Kira.

—Morven —dijo Falconi en voz alta—. Inicia secuencia de ignición y prepara el despegue. Y pon la puta calefacción, ¿quieres?

La pseudointeligencia respondió:

—Señor, los procedimientos de seguridad indican claramente que no…

—Anula los procedimientos de seguridad —le interrumpió Falconi, y recitó un largo código de autorización.

—Procedimientos de seguridad anulados. Iniciando preparativos para el despegue.

Falconi se volvió hacia Hwa-jung.

—A ver si puedes reconectar a Gregorovich antes de que nos larguemos.

—Sí, señor. —La jefa de máquinas dejó a Jorrus con Sparrow y se lanzó volando por el pasillo, hacia las entrañas de la nave.

—Venga conmigo, por favor —dijo Vishal, tirando de Veera en la misma dirección—. Vamos a la enfermería. Usted también, Jorrus.

Después de dejar a los incapacitados entropistas con Sparrow y el doctor, Kira, Nielsen y Falconi se dirigieron a Control. Itari los siguió, y nadie se opuso, ni siquiera el capitán.

Falconi soltó un gruñido de fastidio al entrar en la sala. Había docenas de objetos flotando por el aire: varios bolígrafos, dos tazas, un plato, varias memorias Q y otros cachivaches. Al parecer, los de la FAU habían registrado todos los cajones, armarios y recipientes, y no habían sido precisamente cuidadosos.

—Despejad todo esto —dijo Falconi, acercándose a la consola principal.

Kira moldeó una red con el filo dúctil y empezó a atrapar en ella todos los restos flotantes. Itari permaneció al lado de la compuerta, con los tentáculos recogidos.

Falconi pulsó varios botones ocultos bajo la consola. Las luces y los dispositivos empezaron a encenderse. La holopantalla central se iluminó.

—Muy bien —dijo Falconi—. Volvemos a tener acceso total. —Pulsó varios botones del borde de la holopantalla, que pasó a mostrar un mapa de los alrededores de la estación Orsted, registrando la posición y el vector de trayectoria de todas las naves cercanas. Cuatro puntos rojos parpadeaban: eran las pesadillas que en aquellos momentos combatían contra las fuerzas de la FAU en torno a Ganímedes. Un quinto punto señalaba a la nave pesadilla que se había estrellado contra el anillo interior de Orsted.

Kira esperaba que el teniente Hawes y sus hombres estuvieran a salvo en la estación. Aunque respondieran ante la FAU y la Liga, eran buena gente.

—Parece que han atacado la estación y han pasado de largo —dijo Nielsen.

—Volverán —replicó Falconi con sombría certeza. Sus ojos se movían a toda velocidad mientras estudiaba algo en su holofaz. Soltó una carcajada ronca—. ¡No me...!

—¿Quién lo iba a decir? —añadió Nielsen.

—¿Qué pasa? —A Kira le fastidiaba tener que preguntarlo.

—La FAU nos ha llenado los depósitos de combustible —contestó Falconi—. ¿Te lo puedes creer?

—Seguramente planeaban requisar la Wallfish y aprovecharla para trasladar suministros —dijo Nielsen. Falconi gruñó.

—Y también nos han dejado los obuses. Qué considerados.

El intercomunicador se encendió con un chisporroteo y oyeron la característica voz de Gregorovich:

—Cáspita, qué ocupados habéis estado, pequeñuelos míos. *Mmm.* Habéis estado hurgando en un avispero, por lo que veo. Bueno, haremos algo al respecto. Ya lo creo que sí. Ji, ji... Por cierto, mis encantadoras infestaciones, he reiniciado el motor de fusión. De nada. —En la popa de la nave empezó a resonar un zumbido grave.

—Gregorovich, quita el limitador —dijo Falconi.

La mente de a bordo titubeó durante un milisegundo.

—¿Está absolutamente seguro, oh capitán, mi capitán?

—Estoy seguro. Quítalo.

—Vivo para servir... —dijo Gregorovich, y soltó una risilla que a Kira no le gustó nada.

Mientras se acomodaba en el asiento más cercano y se abrochaba el arnés, no pudo evitar preocuparse por el estado de Gregorovich. La FAU lo había tenido aislado, y eso quería decir que, desde su llegada a la estación, había sufrido una privación sensorial casi total. Eso no le sentaba bien a nadie, pero especialmente a la inteligencia de una mente de a bordo, y mucho menos a Gregorovich, teniendo en cuenta su traumático pasado.

—¿Qué es el limitador? —le preguntó a Falconi.

—Es largo de contar. El motor de fusión tiene un limitador que modifica la señal que emite nuestra propulsión y la vuelve ligeramente menos eficiente. Si lo apagas… ¡*Bam!* Nos convertimos en una nave distinta.

—¿Y no lo apagaste en Gamus? —preguntó Kira, escandalizada.

—No habría sido suficiente. La diferencia es de apenas unas centésimas de un punto porcentual.

—Entonces, tampoco nos servirá para escondernos de…

Falconi hizo un gesto impaciente.

—Gregorovich cuela un virus informático en todos los ordenadores a los que enviamos nuestra información de registro. Ese virus crea una segunda entrada para una nave con un nombre diferente, una ruta de vuelo diferente y unas característi-cas que coinciden con las de nuestro motor sin limitador. Para los ordenadores, la nave que está a punto de marcharse no es la Wallfish. Seguramente no los engañe-mos más de unos minutos, pero ahora mismo necesitamos cualquier ventaja, por pequeña que sea.

—Buen truco.

—Por desgracia —añadió Nielsen—, es un dispositivo de un solo uso, al menos hasta que atraquemos e instalemos uno nuevo.

—¿Y cómo se llama nuestra nave ahora? —preguntó Kira.

—Dedo Cochino —contestó Falconi.

—¿Qué obsesión tienes con los cerdos?

—Son animales muy listos. A propósito… Gregorovich, ¿y las mascotas?

—Convertidas en peludos bloques de hielo, oh capitán. LA FAU prefirió conge-larlas a tener que alimentarlas y limpiar sus desaguisados.

—Qué simpáticos.

Con una sacudida, la Wallfish se desconectó del anillo de atraque. Sonó la alerta de maniobra segundos antes de que los propulsores de control de reacción se activa-ran y empezaran a alejar la nave de la estación.

—Hoy Orsted se va a llevar ración doble de radiación—dijo Falconi—. Pero creo que se la han ganado.

—A pulso —añadió Sparrow, pasando junto a Itari para entrar en la sala y sen-tarse. La medusa se sujetó al suelo, preparándose para la inminente propulsión.

El rostro de Vishal apareció en la holopantalla.

—Todo listo en la enfermería, capitán. Hwa-jung también está aquí.

—Recibido. Gregorovich, ¡larguémonos de una puta vez!

—Sí, capitán. Iniciando protocolo «larguémonos de una puta vez».

El cohete principal de la Wallfish cobró vida con un rugido y clavó a Kira en su asiento mientras se alejaban a toda velocidad de la estación Orsted. Se le escapó una carcajada involuntaria, que se perdió en el mar de ruido de la propulsión. Lo habían conseguido. Resultaba casi absurdo pensarlo. Quizás todavía estuvieran a tiempo de impedir que la Séptima Flota arruinara cualquier posibilidad de paz.

De pronto empezó a sonar una alarma, y el entusiasmo se le heló en las venas.

Giró el cuello con dificultad para mirar la pantalla central, lamentándose de no tener las lentillas. La holopantalla mostró una imagen de Saturno; cerca del gigante gaseoso acababa de aparecer un gran enjambre de puntos rojos.

Otras catorce naves pesadilla habían entrado en el sistema.

CAPÍTULO IV

* * * * * * *

NECESIDAD II

1.

Itari se acercó a la pantalla, sujetándose a la cubierta con los tentáculos.

—Kira... —dijo Falconi en tono de advertencia.

—No pasa nada —replicó ella. Esperaba que fuera verdad.

Nielsen alejó el zoom de la holopantalla, y por primera vez Kira pudo ver lo que ocurría por todo el sistema de Sol. Además de las pesadillas de Orsted y de las catorce naves que habían aparecido en Saturno, había docenas de naves pesadilla en el sistema. Algunas se dirigían a toda velocidad hacia Marte. Otras merodeaban cerca de Neptuno, hostigando la red defensiva del planeta. Y otras volaban directas hacia la Tierra y Venus.

Una línea luminosa centelleó en la pantalla, conectando un satélite de Júpiter con una de las naves pesadilla, que se desvaneció en medio de un fogonazo. El satélite siguió proyectando una línea tras otra, y cada una hacía estallar una nave intrusa.

—¿Qué es *eso*? —preguntó Kira.

—No... no estoy segura —dijo Sparrow, estudiando su holofaz con el ceño fruncido.

Gregorovich rio entre dientes.

—Yo os lo explicaré. Yo y nadie más. La Liga ha construido un láser solar. Las granjas de energía de Mercurio recogen la energía solar y la envían a receptores repartidos por todo el sistema. En general se utiliza para producir electricidad, pero en caso de intrusión exógena... en fin, ya estáis viendo el resultado. Al canalizar esa energía por un láser colosal, obtenemos un rayo de la muerte. Y tanto que sí.

—Muy listos —murmuró Falconi. Sparrow sonrió.

—Sí. Los receptores locales permiten minimizar el retraso lumínico. No está mal.

—¿Nos sigue alguien? —preguntó Kira.

—Todavía no, queridos míos —contestó Gregorovich—. Nuestras credenciales falsificadas todavía resisten.

—¿Y qué diablos es un «dedo cochino»? —dijo Kira.

—¡Gracias! —exclamó Nielsen con tono exasperado, haciéndole un gesto a Falconi—. ¿Ves como no soy la única?

El capitán sonrió con picardía.

—Pues un dedo con forma de cerdo.

—O un cerdo con forma de dedo —añadió Sparrow.

En la pantalla, el rostro de Vishal enarcó las cejas.

—Tengo entendido que es una manera coloquial de llamar a los perritos calientes de cerdo. —Dicho esto, se desconectó y su rostro desapareció de la pantalla.

—Entonces, ¿estamos volando en una salchicha gigante? —preguntó Kira. Falconi se rio discretamente.

—Quizá.

Sparrow soltó un resoplido burlón.

—Para los marines significa otra cosa.

—¿El qué? —preguntó Kira.

—Te lo contaré cuando seas mayor.

—Suficiente cháchara por ahora —dijo Falconi, girándose en su asiento para mirar a Kira—. Aquí ocurre algo que no sabemos, ¿verdad? Por eso insistías en que rescatáramos a la medusa.

Kira se puso tensa. La evasión había sido sencilla en comparación con lo que tenía que hacer ahora.

—¿La FAU no os ha dicho lo que han decidido?

—No.

—Qué va.

—Ni una palabra.

—… Está bien. —Kira se tomó un momento para armarse de valor, pero antes de que pudiera abrir la boca, un pitido inapropiadamente animado sonó desde la pantalla.

—La estación Orsted está emitiendo un mensaje por todos los canales —dijo Gregorovich—. Es el coronel Stahl. Creo que el mensaje es para *ti*, oh espinosa.

—Reprodúcelo —dijo Falconi—. No pasa nada por escucharlo.

—No estoy tan segura —murmuró Sparrow.

Una imagen holográfica de Stahl sustituyó a la vista panorámica del sistema. El coronel parecía nervioso y sin aliento. Tenía un arañazo sanguinolento en el pómulo izquierdo.

—Srta. Navárez —comenzó—. Si puede oír esto, le imploro que dé la vuelta. Ese xeno es demasiado importante para la Liga. *Usted* es demasiado importante.

No sé qué cree que está haciendo, pero le garantizo que no nos está ayudando. Si acaso, está empeorando la situación. Si la matan, si nuestros enemigos se apoderan del xeno, podría ser nuestro fin. No le conviene cargar con ese peso en la conciencia, Navárez. Hágame caso. Sé que la situación no es la que usted quería, pero le ruego, por la supervivencia de nuestra especie, que dé la vuelta. Le prometo que ni usted ni la tripulación de la Wallfish serán acusados de nada más. Le doy mi palabra.

El mensaje terminó y la holopantalla volvió a mostrar la imagen del sistema.

Kira sentía el peso de todas las miradas, incluida la de Itari, que la observaba con sus múltiples ojos diminutos y redondos repartidos por el caparazón.

—¿Y bien? —le dijo Falconi—. Tú decides. Nosotros no vamos a volver, pero si quieres puedo apagar el motor el tiempo suficiente para que saltes por la esclusa sin terminar calcinada. Seguro que la FAU te recoge enseguida.

—No —contestó Kira—. Continuamos. —Y entonces les contó a todos (también a Itari) que el Eminente había decidido traicionar al Nudo de Mentes y atacar la flota medusa.

Sparrow dejó escapar un ruido asqueado.

—Esto era lo que más odiaba del ejército. La puta política.

La piel de la medusa se tiñó de diversas tonalidades verdes y moradas. Retorcía los tentáculos con evidente angustia.

[[Aquí Itari: Si no se forma un Nudo entre vuestra especie y la nuestra, los corruptos nos anegarán a todos.]]

Después de que Kira tradujera sus palabras, Falconi dijo:

—¿Cuál es tu plan?

Kira miró a Itari.

—Tenía la esperanza de que Itari pudiera alertar al Nudo de Mentes antes de que los cazadores-rastreadores de la FAU lleguen allí.

Le repitió su idea a la medusa y añadió:

[[Aquí Kira: ¿Puedes usar nuestro transmisor para alertar al Nudo de Mentes?]]

[[Aquí Itari: No. Vuestro ultrolor no es lo bastante veloz. No llegaría al punto de encuentro a tiempo para salvar al Nudo de Mentes... Ese Séptimo Banco que ha enviado vuestro cónclave no logrará matar al gran Ctein por sí solo. Necesitan nuestra ayuda. Necesitan que tomemos el liderazgo de los Brazos para guiarlos en la dirección correcta. Sin el Nudo de Mentes, vuestro banco está perdido, y nosotros también.]]

Kira estaba a punto de dejarse llevar por la desesperación, mientras veía cómo todos sus planes se desintegraban. ¡Tenía que haber una solución!

[[Aquí Kira: Si nadáramos tras el Séptimo Banco, ¿podríamos acercarnos lo suficiente al punto de encuentro para advertir a tiempo al Nudo de Mentes?]]

Los tentáculos de la medusa se sonrojaron, e impregnó el aire con el yuxtolor de la confirmación.

[[Aquí Itari: Sí.]]

Eso no solucionaría el conflicto principal entre las medusas y la Liga, pero ese problema era demasiado grande para solucionarlo desde la Wallfish.

Kira hizo lo que pudo por disimular su emoción mientras traducía la respuesta a Falconi y los demás.

Con un tono comedido muy poco habitual en ella, Sparrow dijo:

—Lo que estás proponiendo es que nos infiltremos en territorio enemigo. *Aish.* Si las demás medusas o las pesadillas nos descubren...

—Ya lo sé.

—Stahl tiene razón —dijo Nielsen—. No podemos permitir que el xeno caiga en las manos equivocadas. Lo siento, Kira, pero es así.

—Tampoco podemos permitirnos quedarnos de brazos cruzados.

Sparrow se frotó el rostro con las manos.

—Para la Liga ya somos unos delincuentes, pero esto sería traición. La complicidad con el enemigo se castiga con la pena de muerte en casi todas partes.

Falconi se inclinó hacia delante y activó el intercomunicador.

—Hwa-jung, Vishal, subid a Control en cuanto podáis.

—Sí, señor.

—Voy para allá, capitán, sí, sí.

Kira tenía un nudo de angustia en las entrañas. El filo dúctil era el problema. *Siempre* había sido el problema, incluso en el pasado más remoto. Por culpa del filo dúctil, millones (tal vez miles de millones) habían muerto, tanto humanos como medusas. Por culpa del filo dúctil, las pesadillas amenazaban ahora con propagar su enfermedad por toda la galaxia, infestando a cualquier otra forma de vida.

Aunque eso no era totalmente cierto. El xeno no era el único culpable de la aparición de las pesadillas. También *Kira* había sido responsable de la creación de las Fauces devoradoras. Habían sido su miedo y su violencia imprudente los que habían desencadenado tantísimo dolor entre las estrellas.

Kira gimió y se tapó el rostro con las manos, clavándose los dedos en el cuero cabelludo hasta que empezó a dolerle casi tanto como el estómago. El xeno parecía confundido; Kira notó que empezaba a endurecerse, como preparándose para recibir un ataque.

Si pudiera deshacerse del filo dúctil, todo sería más fácil. Tendrían muchas más opciones. El Nudo de Mentes había custodiado al xeno durante siglos; podía volver a hacerlo.

Se le escapó otro lamento. De no ser por el filo dúctil, Alan seguiría vivo, y muchos otros también. Lo único que quería, lo único que había querido desde que el filo dúctil la había infectado, era ser libre. *¡Libre!*

Se soltó el arnés, se levantó del asiento con brusquedad y se irguió, a pesar de que la gravedad alcanzaba las 2,5 g. El traje la ayudó a mantenerse recta, aunque le parecía que tenía los brazos hechos de plomo. Las rodillas y los pies empezaban a palpitarle por el esfuerzo.

No le importó.

—Kira... —empezó a decir Nielsen.

Kira gritó. Gritó igual que había gritado al descubrir que Alan estaba muerto. Gritó y abrió los brazos de par en par, utilizando todo lo que había aprendido durante su entrenamiento con el filo dúctil, cada gramo del control y el dominio que con tanto esfuerzo había conseguido en aquellos largos y oscuros meses superlumínicos, con el objetivo de expulsar al xeno de su cuerpo. Volcó toda su rabia, su pena y su frustración en ese único y primitivo deseo.

El xeno se extendió violentamente, proyectando espinas y crestas en todas direcciones, vibrando con fuerza ante el ataque mental de Kira. Pero ella lo mantenía controlado con la mente, sujeto de tal forma que el xeno no fuera una amenaza para sus compañeros.

Aun así, era peligroso.

En los huecos que quedaban entre sus protrusiones, Kira sentía que el traje se retraía y afinaba hasta que empezó a notar el aire frío y seco en la piel desnuda, una estremecedora sensación de intimidad que le puso la carne de gallina. Las zonas desnudas eran cada vez mayores, como islas pálidas entre la espinosa oscuridad.

Itari, que seguía junto a la puerta, retrocedió, levantando los tentáculos como para proteger su caparazón.

Kira siguió empujando, obligando al xeno a retirarse hasta que tan solo quedó conectado a su cuerpo por varias hebras gruesas como tendones. Un puñado de fibras y nada más. Kira se concentró en ellas. Intentó convencerlas, amenazarlas, apremiarlas, *obligarlas* a que se dividieran.

Los tendones temblaban y se agitaban, pero se negaban a ceder. Y dentro de su mente, Kira sentía que el filo dúctil se resistía. Había obedecido y se había retirado, pero ya no iba a continuar. Si lo hacía, los dos quedarían separados, y al parecer eso era totalmente inaceptable.

Kira redobló sus esfuerzos, furiosa. Empezaba a ver borroso, y por un momento creyó que iba a desmayarse. Pero permaneció de pie, y el filo dúctil seguía desafiándola. Le transmitía pensamientos extraños, misteriosos y apenas comprensibles, que se abrían paso desde las profundidades de su mente hasta las regiones superiores de su consciencia. Pensamientos como: *La obra no escindida no debía ser erróneamente expulsada.* Y también: *El momento era inoportuno. Los apresadores multiformes seguían ansiosos, y no había ninguna cuna cerca. Por el momento, la obra debía perdurar.*

Aunque sus palabras fueran extrañas, el significado estaba bastante claro.

Kira aulló y lanzó contra el filo dúctil todas las fuerzas que le quedaban. No se contuvo en absoluto, en un último intento por expulsarlo; una última oportunidad de liberarse y recuperar algo de lo que había perdido.

Pero el filo dúctil resistió. Kira no sabía si empatizaba con ella, si sentía la menor compasión por su situación o si se arrepentía de su resistencia. Tan solo percibía su resolución, su firmeza y su satisfacción ante la permanencia de la obra.

Y por primera vez desde que había visto a Alan muerto, Kira se rindió. El universo estaba lleno de cosas que escapaban a su control, y al parecer esta también era una de ellas.

Con un grito ahogado, paró de luchar y se dejó caer a gatas sobre la cubierta. Con la elegancia de la arena, el xeno fluyó de nuevo hacia ella hasta que dejó de notar el frescor del aire en el cuerpo, salvo en la cara. Todavía sentía el tacto del suelo y las corrientes de la atmósfera de la nave en la espalda, pero solamente filtradas a través de la piel artificial del filo dúctil. Y el xeno aliviaba cualquier molestia, eliminando el mordisco del frío y la dureza de la cubierta corrugada bajo sus rodillas, para que todo fuera comodidad y calor.

Kira cerró los ojos con fuerza, notando que le caían lágrimas por las comisuras, y sollozó entrecortadamente.

—Padre celestial —dijo Vishal desde la puerta. Se acercó a Kira y la rodeó con un brazo—. ¿Se encuentra bien, Srta. Kira?

—Sí, estoy bien —contestó ella, obligándose a pronunciar las palabras a pesar del nudo de la garganta. Había perdido. Lo había dado todo, y aun así no había sido suficiente. Y ahora, lo único que le quedaba era la más estricta necesidad. Esa era la expresión que había utilizado Inarë, y se ajustaba bien. Se ajustaba tanto como unas argollas de metal negro, envolviéndole todo el cuerpo...

—¿Estás segura? —le preguntó Falconi.

Kira asintió sin mirarlo, y las lágrimas le cayeron sobre el dorso de la mano. No las notaba frías. Ni calientes. Solamente húmedas.

—Sí. —Tomó aire entrecortadamente—. Sí, estoy segura.

2.

Mientras Kira se ponía de pie y volvía a su asiento, Hwa-jung entró a grandes zancadas en la sala de control. La propulsión no parecía afectarle en absoluto. De hecho, la jefa de máquinas se movía con una elegancia natural, a pesar de que Kira sabía que su aceleración actual era más fuerte que la gravedad de Shin-Zar.

—Supongo que nos quedamos con el xeno —dijo Falconi.

Kira tardó un momento en responder, ocupada como estaba tranquilizando a Itari.

—Supones bien —contestó finalmente.

—Disculpe, capitán —dijo Vishal—. ¿Para qué nos ha convocado? Tenemos que decidir adónde vamos ahora, ¿sí?

—Sí —contestó Falconi, con un tono de voz claramente sombrío. Explicó la situación al doctor y a Hwa-jung con unas pocas frases cortas y añadió—: Lo que quiero saber es si la Wallfish resistiría otro viaje largo.

—Capitán... —empezó a decir Nielsen. Él la hizo callar con un gesto tajante.

—Solo quiero saber qué opciones tenemos. —Señaló a Hwa-jung con la frente—. ¿Y bien?

La jefa de máquinas se mordisqueó el labio inferior.

—Eh... hay que purgar las tuberías, comprobar el motor de fusión y el impulsor Markov... No vamos mal de agua, aire y comida, pero sería mejor reabastecernos si vamos a estar mucho tiempo fuera. *Mmm...* —Volvió a morderse el labio.

—¿Se puede hacer o no? —preguntó Falconi—. Un viaje superlumínico de tres meses, ida y vuelta. Calcula tres semanas fuera de los criotubos, para no pillarnos los dedos.

Hwa-jung bajó la cabeza.

—Se puede hacer, pero no lo recomiendo.

A Falconi se le escapó una carcajada ronca.

—Casi todo lo que hemos hecho este año entra en la categoría de «no lo recomiendo». —Miró a Kira—. La cuestión es si *deberíamos* hacerlo.

—No sacaremos beneficio —dijo Sparrow, inclinándose hasta apoyar los codos en las rodillas.

—No —admitió Falconi—. Ninguno.

—Es muy posible que acabemos muertos. Y si no... —añadió Nielsen.

—... ejecutados por traición —la interrumpió Falconi. Jugueteó con un parche de su pantalón—. Sí, yo también lo veo así.

—¿Y qué queréis hacer? —preguntó Kira en voz baja. Sentía que era un momento delicado. Si insistía demasiado, los perdería.

Durante un rato, nadie contestó.

—Podríamos llevar a Trig a una instalación médica de verdad, pero fuera de la Liga —dijo finalmente Nielsen.

—Pero tu familia sigue en Sol, ¿verdad? —replicó Kira. El silencio de la primera oficial fue respuesta suficiente—. Y también la tuya, ¿no, Vishal?

—Sí —contestó el doctor.

Kira los fue mirando a todos a los ojos.

—Todos tenemos a alguien que nos importa. Y ninguno está a salvo. No podemos escondernos sin más... No podemos.

Hwa-jung murmuró algo mientras asentía, y Falconi se miró las manos entrelazadas.

—Guardaos de la tentación de las falsas esperanzas —susurró Gregorovich—. Resistid y buscad consuelo en otra parte.

—Calla —le espetó Nielsen.

Falconi levantó la barbilla y se rascó el cuello. El roce de sus uñas en la barba incipiente era sorprendentemente ruidoso.

—Pregúntale una cosa a Itari: si alertamos al Nudo de Mentes, ¿todavía podría firmarse la paz entre las medusas y los humanos?

Cuando Kira le repitió la pregunta, la medusa contestó:

[[Aquí Itari: Sí. Pero si cortan el Nudo, el cruel y poderoso Ctein reinará sobre nosotros hasta el fin de esta ola, para desgracia de todos.]]

Falconi soltó otro de sus característicos gruñidos.

—Bueno. Lo que pensaba. —Se giró hacia Kira tanto como se lo permitían el asiento y el arnés—. ¿Tú estarías dispuesta a ir?

A pesar del miedo que le producía la perspectiva de volver a aventurarse en lo desconocido, Kira asintió.

—Sí.

Falconi miró a su alrededor, escudriñando los rostros de todos sus tripulantes.

—¿Y bien? ¿Cuál es el veredicto?

Sparrow hizo una mueca.

—No me hace mucha gracia ayudar a la FAU después del numerito que nos han montado, pero... sí. Qué mierda. Vamos allá.

Vishal suspiró y levantó la mano.

—No me gusta la idea de que esta guerra continúe. Si podemos hacer algo para detenerla, creo que es nuestro deber.

—Yo iré donde vaya ella —dijo Hwa-jung, poniéndole la mano en el hombro a Sparrow.

Nielsen pestañeó varias veces, y Kira tardó un momento en darse cuenta de que la primera oficial tenía lágrimas en los ojos. Finalmente se sorbió la nariz y asintió.

—Yo también voto que sí.

—¿Y los entropistas? —preguntó Kira.

—Ahora mismo no están en condiciones de decidir nada —respondió Falconi—. Pero les voy a preguntar. —Sus ojos se quedaron ausentes al acceder a la holofaz. Movió los labios, subvocalizando un mensaje. La sala de control quedó en silencio.

Kira supuso que se estaba comunicando con los entropistas mediante alguna de las pantallas de la enfermería, ya que los implantes de la pareja no funcionaban. Aprovechó para poner al día a Itari. Aquella constante labor de intérprete empezaba a agotarla. También echó un vistazo a la holopantalla central, y comprobó con alivio que no los perseguía ninguna nave. Sin embargo, las pesadillas habían conseguido destruir el receptor-emisor más cercano del láser solar.

—Muy bien —dijo Falconi—. Veera no puede hablar, pero Jorrus ha votado que sí. El voto es unánime. —Volvió a mirarlos a todos a los ojos—. ¿Estamos todos de acuerdo?... Muy bien. Decidido. Gregorovich, traza una ruta hasta el punto de encuentro que nos dio Tschetter.

La mente de a bordo soltó un resoplido, un sonido curiosamente ordinario viniendo de él.

—Os habéis olvidado de mí, ¿a que sí? ¿Acaso mi voto no cuenta?

—Claro que cuenta —contestó Falconi, exasperado—. ¿Cuál es tu voto?

—¿*Mi* voto? —dijo Gregorovich con voz exaltada—. Vaya, qué bien que me lo pregunte. Mi voto es un *NO*.

Falconi puso los ojos en blanco.

—Lamento que pienses así, pero ya está decidido, Gregorovich. Somos siete contra uno. Configura la ruta y sácanos de aquí.

—De eso nada.

—¿*Disculpa?*

—Que no. No pienso hacerlo. ¿He sido lo bastante claro, oh capitán, mi severo capitán, mi superfluo capitán? —Gregorovich empezó a reírse entre dientes, y el sonido fue aumentando hasta convertirse en una carcajada enloquecida que hizo temblar los pasillos de la Wallfish.

Kira sintió que el miedo le helaba las entrañas. La mente de a bordo siempre le había parecido un tanto inestable, pero ahora Gregorovich se había vuelto completamente loco, y todos ellos estaban a su merced.

3.

—Gregorovich... —empezó a decir Nielsen.

—Yo objeto —susurró la mente de a bordo, interrumpiendo la risotada—. *Objeto* enérgicamente. No pienso llevaros allí. No. Y no podéis decir ni hacer nada para convencerme de lo contrario. Cepilladme el cabello, acariciadme la cabeza, emperejiladme con cintas de satén o agasajadme con jugosas naranjas; no habré de revertir, anular, cancelar ni rescindir mi decisión.

[[Aquí Itari: ¿Cuál es el dilema?]] Cuando Kira se lo explicó, la medusa se tiñó de un desagradable color verde. [[Aquí Itari: Las formas que habitan vuestras naves son tan peligrosas como una corriente impredecible.]]

Falconi soltó un juramento.

—¿Qué narices te pasa, Gregorovich? No tenemos tiempo para estas bobadas. Te estoy dando una orden directa. Cambia el rumbo de una puta vez.

—Jamás. ¡Jamás!

El capitán estampó la mano abierta en la consola que tenía delante.

—¿En serio? ¿No te quejaste cuando viajamos a Gamus... y vas a amotinarte *ahora*?

—En esa ocasión, la expectativa de peligro no era una certeza. El cálculo de los riesgos se mantenía dentro de un margen de tolerancia razonable de acuerdo con la información disponible. No nos estabais lanzando de cabeza al corazón de una tormenta bélica. Y no voy a permitir que lo hagáis ahora. No, no lo haré. —Su voz sonaba exasperadamente arrogante.

—¿Por qué? —preguntó Nielsen—. ¿De qué tienes miedo?

La mente de a bordo volvió a reírse desaforadamente.

—El universo se está desgajando, como un molinillo al borde del colapso. Oscuridad, vacío... ¿Y qué es lo único que importa aún? El calor de los amigos, la luz de la bondad humana. Trig yace congelado en una tumba de hielo, al borde de la muerte, y no permitiré que esta tripulación siga desintegrándose. No, no seré yo quien lo haga. Si nos inmiscuimos en la batalla entre pesadillas y medusas, mientras la Séptima Flota merodea con aviesas intenciones, lo más seguro es que la coyuntura desencadene nuestra perdición, bajo la forma de alguna nave que caerá sobre nosotros como la ira del cruel destino, sin un ápice de piedad ni el menor atisbo de consideración humana.

—Tomo nota de tu inquietud —dijo Falconi—. Y ahora te ordeno que des media vuelta.

—No puedo hacerlo, capitán.

—Querrás decir que no quieres.

Gregorovich volvió a soltar una larga y grave carcajada.

—¿La incapacidad es innata o adquirida? Usted dice «digo» y yo digo «Diego».

Falconi miró de reojo a Nielsen, alarmado.

—Ya has oído a Kira. Si no avisamos al Nudo de Mentes, perderemos nuestra única oportunidad de conseguir la paz con las medusas y, seguramente, de derrotar a las pesadillas. ¿Es lo que quieres?

Gregorovich rio de nuevo.

—Cuando una fuerza inamovible se encuentra con un objeto irresistible, la causalidad se desdibuja. Las probabilidades se expanden fuera del alcance de los recursos computacionales. Las variables estadísticas pierden sus restricciones.

—Querrás decir una fuerza irresistible y un objeto inamovible —dijo Nielsen.

—Yo siempre digo lo que quiero decir.

—¿Tú?

Sparrow carraspeó.

—A mí me parece una forma muy pretenciosa de admitir que no sabes lo que va a pasar.

—¡Ah! —exclamó Gregorovich—. Esa es la cuestión. Ninguno de nosotros lo sabe, y os estoy protegiendo contra la propia incertidumbre, pichoncitos míos. Oh, ya lo creo.

—Muy bien, ya me he hartado de tu insubordinación —dijo Falconi—. No quiero hacer esto, pero no me dejas elección. Código de acceso cuatro-seis-seis-nueve-porelculo. Autorización: Falconi-alfa-bravo-bravo-whisky-tango.

—Lo siento, capitán —dijo Gregorovich—. ¿De verdad esperaba que funcionara? No puede expulsarme del sistema. La Wallfish es mía, mucho más mía que suya. Carne de mi carne y todas esas zarandajas. Acepte su derrota con buen talante. Iremos a Alfa Centauri, y si resultara ser demasiado peligroso, buscaremos refugio en los confines del espacio colonizado, donde los alienígenas y sus tentáculos fisgones no tendrán motivos para importunarnos. Así lo haremos.

Mientras hablaba, Falconi le hizo una seña a Hwa-jung y chasqueó los dedos en silencio. La jefa de máquinas asintió, se desabrochó el arnés y caminó con pasos rápidos hacia la puerta de Control.

La compuerta se cerró con un sonoro *clonc* antes de que la mujer pudiera cruzarla.

—Srta. Song… —canturreó la mente de a bordo—. ¿Qué está haciendo, Srta. Song? Conozco todos sus trucos y estratagemas. No se crea capaz de burlarme; no podría aventajarme ni en mil años de conspiración, Srta. Song. Su melodía es evidente, Srta. Song. Renuncie a sus deshonrosas intenciones; sus compases carecen de sorpresas, no hay sorpresas para mí…

—Deprisa —dijo Falconi—. La consola. Tal vez puedas…

Hwa-jung giró los talones y se acercó rápidamente a uno de los paneles de acceso, justo debajo de los controles contiguos a la mesa central.

—¿Y yo qué? —dijo Kira en voz alta. No sabía lo que pretendía la jefa de máquinas, pero le pareció buena idea distraer a Gregorovich—. No puedes retenerme aquí. Detén esta locura o te abriré la carcasa y te arrancaré todos los cables.

Una lluvia de chispas brotó del panel en cuanto Hwa-jung lo tocó. La mujer soltó un grito lastimero y retiró el brazo, aferrándose la muñeca con expresión dolorida.

—¡Serás cabrón! —gritó Sparrow.

—Seguid intentándolo —susurró la mente de a bordo. La Wallfish empezó a temblar—. Sí, intentadlo. No cambiará nada, nada en absoluto. He activado el piloto automático, y nada de lo que hagáis podrá desconectarlo. Aunque formatearais el ordenador central y lo reconstruyerais desde…

El rostro de Hwa-jung se turbó. La mujer soltó un fuerte siseo, enseñando los dientes. Sacó un trapo de la bolsa que llevaba en el cinturón y se cubrió los dedos de la mano vendada. Acto seguido, acercó la mano de nuevo al panel de acceso.

—Déjame a… —empezó a decir Kira, pero la jefa de máquinas ya había abierto el panel y estaba hurgando en su interior.

—Song… —canturreó Gregorovich—. ¿Qué crees que haces, bella Song? Mis raíces son profundas. No puedes arrancarme de aquí ni de allí, ni con un millar de láseres y otros tantos bots. En la Wallfish, yo soy omnisciente y omnipresente. Soy el único y la palabra, la voluntad y el camino. Renuncia a este dislate descabellado y demencial y ríndete a…

Hwa-jung dio un fuerte tirón bajo la consola y las tiras lumínicas del techo titilaron. Se oyó un chisporroteo en los altavoces, la voz de Gregorovich se desconectó y la mitad de los indicadores de las paredes se apagaron.

—Error —dijo la jefa de máquinas.

4.

Todos guardaron silencio un momento, atónitos.

—Mierda. ¿Estás bien? —preguntó Sparrow.

Hwa-jung gruñó.

—Estoy bien.

—¿Qué has hecho? —le preguntó Falconi. Kira notaba por su voz que el capitán estaba enfadado con Gregorovich, pero que también le preocupaba que la jefa de máquinas hubiera dañado a la mente de a bordo o a la Wallfish.

—He echado a Gregorovich del ordenador —contestó Hwa-jung, poniéndose de pie. Se frotó la mano herida, esbozando una mueca de dolor.

—¿Y cómo? —insistió Falconi. Kira se estaba preguntando lo mismo. Gregorovich había dicho la verdad: las mentes de a bordo estaban integradas totalmente con los entresijos de una máquina como la Wallfish, y extraerlas era como intentar sacarle el corazón palpitante a un ser vivo (sin matarlo, además).

Hwa-jung bajó los brazos.

—Gregorovich es muy listo, pero hay cosas que ni siquiera él comprende sobre la Wallfish. Él conoce los circuitos, pero yo conozco los tubos por los que discurren. Aish. El muy… —Sacudió la cabeza—. Hay disyuntores mecánicos en todas las conexiones de Gregorovich, por si se produce una sobrecarga eléctrica. Pueden activarse desde aquí o desde el refugio. —Se encogió de hombros—. Es sencillo.

—Entonces, ¿está totalmente aislado? ¿Solo y a oscuras? —preguntó Nielsen.

—No del todo —contestó Hwa-jung—. Tiene un ordenador integrado en el sarcófago. Podrá seguir viendo todo lo que esté almacenado en él.

—Gracias a Dios —dijo Vishal.

—Pero ¿no puede contactar con nadie? —insistió Nielsen.

Hwa-jung negó con la cabeza.

—No hay conexión alámbrica ni inalámbrica. Podemos hablar con él si queremos, conectándonos al exterior de su carcasa, pero debemos tener cuidado. Si le damos acceso a cualquier sistema externo, podría volver a controlar la Wallfish.

—Esto no le va a hacer ninguna gracia —dijo Sparrow.

Kira estaba de acuerdo. Gregorovich debía de estar furioso. Para él, volver a estar atrapado en su baño de nutrientes, sin el menor contacto con el mundo exterior, sería una pesadilla. Se estremeció solo de pensarlo.

—¿Qué más da que se enfade? —gruñó Falconi, pasándose la mano por el cabello—. Tenemos que salir de Sol antes de que alguien nos reviente. ¿Puedes trazar una ruta?

—Sí, señor.

—Pues vamos. Programa otro rodeo aleatorio. Con tres saltos debería bastar.

Hwa-jung regresó a su asiento y abrió su holofaz. Un minuto después, sonó la alerta de caída libre. La sensación de aplastamiento se desvaneció en cuanto se apagaron los motores.

El filo dúctil mantuvo a Kira soldada a su asiento mientras la Wallfish se reorientaba. *Qué simpático*. Cuánto se preocupaba el xeno por su seguridad y su bienestar. Salvo cuando se trataba de lo que Kira quería de verdad, claro. Su odio brotó de nuevo, como un amargo veneno que gotea de una pústula sajada. Pero era un odio inútil. Un odio débil e ineficaz, porque Kira no podía hacer nada al respecto, absolutamente nada, del mismo modo que Gregorovich era incapaz de liberarse de la cárcel de su mente.

—¿Cuánto tardaremos en hacer el primer salto? —preguntó.

—Treinta minutos —contestó Hwa-jung—. Las modificaciones de la medusa siguen funcionales. Podremos saltar antes de lo habitual.

[[Aquí Itari: ¿Idealis?]] Kira informó a la medusa de lo ocurrido, y el color verde enfermizo se desvaneció de sus tentáculos, sustituido por su saludable tono naranja habitual.

—Qué curioso —dijo Sparrow, señalando al alienígena—. No me había dado cuenta de que tenían tantos colorines.

A Kira le impresionaba lo bien que la tripulación (y ella misma) se estaba tomando la presencia de la medusa.

La Wallfish dejó de girar, y Kira sintió de nuevo la presión de la cubierta cuando reanudaron la propulsión para dirigirse a algún otro punto del límite de Markov del sistema.

5.

Aprovecharon los treinta minutos para preparar la Wallfish para el salto superlumínico y mentalizarse para un nuevo período de criosueño. Lo ideal habría sido disponer de más tiempo para recuperarse de la hibernación anterior, ya que cada ciclo pasaba factura al organismo. Sin embargo, seguían estando muy por debajo del límite anual. La corporación Lapsang imponía un límite máximo de dos crionizaciones al mes durante tres meses, pero Kira sabía que los ciudadanos privados y el personal militar solían exceder esos límites con creces (aunque no sin consecuencias).

Recibieron una buena noticia antes de su partida: Vishal irrumpió en Control con una amplia sonrisa y anunció:

—¡Escuchen! Tengo noticias de mi tío. Mi madre y mis hermanas están en Luna, gracias a Dios. —Se persignó—. Mi tío ha prometido cuidar de ellas. Tiene un refugio muy seguro y profundo allí. Podrán quedarse con él en Luna el tiempo que haga falta. ¡Gracias a Dios!

—Es una noticia fantástica, Vishal —dijo Falconi, dándole una palmada en el hombro—. En serio.

Todos felicitaron al doctor.

En cuanto pudo, Kira se retiró un momento a su camarote. Abrió una imagen en directo del sistema y la centró en el puntito verde y azul que era la Tierra.

La Tierra. El hogar ancestral de la humanidad. Un planeta rebosante de vida compleja, organismos pluricelulares mucho más avanzados que los que se encontraban en la mayoría de xenosferas. Únicamente Eidolon se acercaba a los logros evolutivos de la Tierra, aunque Eidolon no poseía ni una sola especie autoconsciente.

Kira había estudiado la inmensa diversidad del bioma terrestre, como todo xenobiólogo. Y siempre había tenido la esperanza de viajar allí algún día. Pero la estación Orsted era lo más cerca que había llegado, y le parecía muy improbable que algún día pudiera llegar a poner un pie en el planeta.

La imagen de la Tierra le parecía un tanto irreal. Y pensar que, hasta hacía apenas tres siglos, toda la humanidad había vivido y muerto en aquella esfera de arcilla. Tantísima gente atrapada, incapaz de aventurarse entre las estrellas, a diferencia de Kira y de tantos otros.

Incluso la palabra «tierra» procedía del planeta que estaba contemplando ahora mismo. Y «luna», de la pálida esfera que flotaba en sus inmediaciones. Ambos orbes estaban rodeados por una aureola de anillos orbitales, tan brillantes como cables plateados.

La tierra.

La luna.

Las originales, nada menos.

Kira inspiró hondo, temblorosa y conmovida por una inusual emoción.

«Adiós», susurró, aunque no estaba segura de a quién o a qué se lo decía.

Cerró la pantalla y se reunió con la tripulación. Poco después sonó la alerta de salto y la Wallfish entró en el espacio superlumínico, dejando atrás Sol, la Tierra, Júpiter, Ganímedes, a las pesadillas invasoras y a la inmensa mayoría de la bulliciosa humanidad.

GANÍMEDES: ESTACIÓN ORSTED

MUTIS IV

★ ★ ★ ★ ★ ★ ★

1.

Al final del tercer salto aleatorio, todos estaban ya en sus criotubos, salvo Falconi, Hwa-jung y (por supuesto) Kira. Incluso Itari había entrado en su estado aletargado; su vaina protectora descansaba en la bodega de carga de babor (Falconi había decidido que ya no tenía sentido confinarla en una esclusa).

Mientras esperaban en el espacio interestelar a que la Wallfish se enfriara antes de emprender el último tramo de su viaje, Kira fue a la cocina y dio buena cuenta de tres paquetes de comida recalentada, cuatro vasos de agua y una bolsa entera de nueces de berilo caramelizadas. Comer en gravedad cero no era precisamente su experiencia favorita, pero las proezas del xeno en Orsted la habían dejado famélica.

No pudo dejar de pensar en Gregorovich mientras comía. La mente de a bordo seguía aislada del sistema informático de la Wallfish, aguardando a solas en su féretro. Ese hecho la inquietaba por varios motivos, pero sobre todo porque empatizaba con él. Kira sabía muy bien lo que era estar sola en la oscuridad (su viaje en la Valquiria la había familiarizado más de la cuenta con esa sensación) y le preocupaba lo que pudiera pasarle a Gregorovich. Estar abandonado y aislado era un destino que Kira no le deseaba ni a su peor enemigo. Ni siquiera a las pesadillas. La muerte era un final preferible, sin ninguna duda.

Además… aunque le costó admitirlo, con Gregorovich se habían hecho amigos, o al menos tanto como pudieran llegar a serlo una humana y una mente de a bordo. Sus conversaciones durante los viajes superlumínicos habían sido un consuelo para ella, y no le gustaba nada ver a Gregorovich en aquella situación.

De vuelta en Control, llamó la atención de Falconi poniéndole la mano en el brazo.

—Oye, ¿qué piensas hacer con Gregorovich?

Falconi suspiró, y la luz reflejada de su holofaz se desvaneció de sus ojos.

—¿Qué puedo hacer? He intentado hablar con él, pero lo que dice no tiene demasiado sentido. —Se frotó las sienes—. Ahora mismo mi única opción es crionizarlo.

—¿Y después? ¿Vas a tenerlo congelado eternamente?

—Quizá —contestó Falconi—. No sé cómo voy a poder confiar en él después de esto.

—¿No podrías…?

Falconi la hizo callar con una sola mirada.

—¿Sabes lo que se hace con las mentes de a bordo que desobedecen una orden, exceptuando que haya circunstancias atenuantes?

—¿Jubilarlas?

—Exacto. —Falconi levantó la barbilla—. Las sacan de sus naves y revocan sus credenciales de vuelo. Sin más. Incluso en las naves civiles. ¿Y sabes por qué?

Kira apretó los labios, adivinando la respuesta.

—Porque son demasiado peligrosas.

Falconi movió un dedo alrededor de su cabeza, abarcando toda la sala de control.

—Cualquier nave, incluso una tan pequeña como la Wallfish, es a todos los efectos una bomba voladora. ¿Has pensado en lo que pasaría si a alguien, como por ejemplo… no sé, una mente de a bordo desquiciada, se le ocurriera estrellar un remolcador o un crucero contra un planeta?

Kira esbozó una mueca al recordar el accidente de Orlog, una de las lunas de su sistema natal. El cráter todavía se distinguía a simple vista.

—Nada bueno.

—Nada bueno.

—Y a pesar de todo, antes no te preocupaba que Gregorovich estuviera a bordo. —Kira observó a Falconi con curiosidad—. Parece un riesgo demasiado grande.

—Lo era. Lo sigue siendo. Pero Gregorovich necesitaba un hogar, y pensé que podríamos ayudarnos mutuamente. Hasta ahora, nunca me ha dado motivos para creer que fuera un peligro para nosotros ni para la Wallfish. —Se pasó la mano por el pelo—. Mierda. Ya no estoy seguro de nada.

—¿No podrías limitar el acceso de Gregorovich a las comunicaciones y la navegación sublumínica?

—No funcionaría. Cuando una mente de a bordo accede a una parte del sistema, es casi imposible mantenerla aislada del resto. Son demasiado inteligentes, y su integración con los ordenadores es casi perfecta. Es como intentar sujetar una anguila con las manos desnudas; tarde o temprano se escabulle.

Kira se frotó los brazos, pensativa. *Mal asunto*. Aparte de su preocupación por Gregorovich en tanto que persona, tampoco le entusiasmaba la idea de entrar en territorio hostil sin una mente de a bordo al timón.

—¿Te importa que hable con él? —Señaló el techo.

—En realidad sería más bien… —Falconi señaló el suelo—. ¿Por qué? Es decir, me parece bien, pero no sé de qué va a servir.

—Aunque no sirva de nada, estoy preocupada por él. Puede que yo consiga tranquilizarlo. Hemos estado charlando bastante durante los viajes superlumínicos.

Falconi se encogió de hombros.

—Inténtalo, pero no creo que sirva de nada. Gregorovich estaba muy raro.

—¿Qué quieres decir? —preguntó Kira, cada vez más inquieta. Falconi se rascó la barbilla.

—Pues que estaba... raro. Él siempre ha sido diferente, claro, pero esto va más allá. Es como si le pasara algo grave de verdad. —Falconi sacudió la cabeza—. Sinceramente... Da igual lo tranquilo que esté o deje de estar. No pienso devolverle el control de la Wallfish a menos que pueda convencerme de que esto ha sido algo excepcional. Y no se me ocurre cómo podría convencerme. Hay cosas que no pueden deshacerse.

Kira lo miró fijamente.

—Todos cometemos errores, Salvo.

—Y tienen sus consecuencias.

—... Sí, y puede que necesitemos a Gregorovich cuando lleguemos hasta las medusas. Morven es muy útil, pero sigue siendo una pseudointeligencia. Si tenemos problemas, no nos servirá de mucho.

—Tienes razón.

Kira le puso la mano en el hombro.

—Además, tú mismo lo has dicho: Gregorovich es uno de los vuestros, igual que Trig. ¿De verdad vas a abandonarlo tan fácilmente?

Falconi la miró largo rato, tensando los músculos de la mandíbula. Finalmente, cedió.

—Está bien. Habla con él. A ver si puedes meterle un poco de sensatez en ese bloque de hormigón que tiene por cerebro. Habla con Hwa-jung, ella te explicará qué hacer.

—Gracias.

—*Mmm.* Tú asegúrate de no darle acceso al ordenador principal.

Kira lo dejó en Control y fue en busca de Hwa-jung. Encontró a la jefa de máquinas en Ingeniería. Cuando le explicó lo que quería, Hwa-jung no pareció sorprenderse.

—Por aquí —dijo, guiándola de nuevo en la dirección de Control.

Los pasillos de la Wallfish estaban oscuros, fríos y siniestramente silenciosos. El aire frío condensaba la humedad en los mamparos, y las sombras alargadas de Kira y Hwa-jung flotaban por la nave como almas en pena.

En la cubierta inmediatamente inferior a Control, muy cerca del núcleo de la nave, había una puerta cerrada. Kira había pasado por allí varias veces, pero apenas se había fijado en ella. Parecía un armario o un cuarto de servidores.

Y en cierto modo, lo era.

Hwa-jung la abrió. A un metro de distancia había una segunda puerta.

—Funciona como miniesclusa, por si el resto de la nave se despresuriza —le explicó la mujer.

—Entiendo.

La segunda puerta se abrió también. Al otro lado había una sala pequeña y sofocante, llena de ventiladores que no dejaban de zumbar y con las paredes repletas de indicadores encendidos como luces de Navidad: cada punto luminoso señalaba un interruptor, un conmutador o un dial. En el centro de la sala descansaba el enorme y macizo sarcófago neuronal, una estructura de metal el doble de ancha y profunda que la cama de Kira, y tan alta que le llegaba por el pecho. Su presencia era imponente, como si estuviera diseñado para disuadir a cualquier intruso. «No te acerques o te arrepentirás», parecía decir. Las conexiones y acoples eran oscuros, casi negros; en un lateral había una holopantalla y varias barras verdes que medían el nivel de diferentes gases y líquidos.

Kira había visto otros sarcófagos en juegos y vídeos, pero nunca había estado cerca de uno de verdad. Sabía que el dispositivo estaba conectado a las tuberías y a la energía eléctrica de la Wallfish, pero incluso desconectado era perfectamente capaz de mantener con vida a Gregorovich durante meses o incluso años, en función de la eficiencia de su fuente de energía interna. Aquel aparato era un cráneo y un cuerpo artificiales, construidos con la solidez necesaria para sobrevivir a la reentrada a velocidades y presiones que harían trizas a la mayoría de las naves. La durabilidad de aquellas carcasas era legendaria. Muy a menudo, el sarcófago (y la mente que lo habitaba) era lo único que quedaba intacto tras la destrucción de su nave madre.

Resultaba extraño pensar que había un cerebro dentro de aquella losa de metal y zafiro. Y no un cerebro ordinario. Un cerebro más grande, muchísimo más grande y disperso: arrugadas alas de mariposa de materia gris envolviendo un núcleo en forma de nuez, la sede original de la consciencia de Gregorovich, desarrollada hasta alcanzar unas proporciones inmensas. Kira se sentía incómoda al imaginárselo, y la parte más irracional de su mente no podía evitar pensar que el sarcófago blindado también estaba vivo y que la vigilaba, aunque sabía que Hwa-jung había desactivado todos los sensores de Gregorovich.

La jefa de máquinas sacó unos auriculares alámbricos del bolsillo y se los dio.

—Conéctalos ahí. No te los quites de las orejas mientras habláis. Si consigue transmitir sonidos, podría colarse otra vez en el sistema.

—¿En serio? —preguntó Kira, recelosa.

—En serio. Cualquier señal sería suficiente.

Kira encontró el puerto de entrada lateral del sarcófago, conectó el cable y, sin saber muy bien qué esperar, dijo:

—¿Hola?

La jefa de máquinas gruñó.

—Espera. —Activó el interruptor que había al lado del puerto de conexión.

Un aullido ensordecedor invadió los oídos de Kira, que dio un respingo y se apresuró a bajar el volumen. El aullido se transformó en un torrente de murmullos desiguales; una retahíla de palabras sin apenas interrupción, un monólogo interior que daba voz a todos los pensamientos que recorrían la mente de Gregorovich. Sus murmullos se dividían en diferentes capas: era una muchedumbre clonada que hablaba consigo misma, porque una única lengua no podía mantener el ritmo de los procesos incesantes y veloces como el rayo de su consciencia.

«Te espero fuera», dijo Hwa-jung con los labios, y se marchó.

—... ¿Hola? —repitió Kira, preguntándose en qué se estaba metiendo.

El murmullo no cesó, pero pasó a un segundo plano. Una única voz, la misma voz que ella conocía, tomó la palabra:

—¡¿Hola?! Hola, preciosa, cariño. Hola, mi nena marchosa. ¿Ha venido a regodearse, Srta. Navárez? ¿A señalarme, chincharme y reírse de mi desgracia? ¿A...?

—¿Qué? No, claro que no.

Una risa le estremeció los oídos, una carcajada cortante y estridente que le erizaba la piel. La voz sintetizada de Gregorovich tenía un deje extraño, un temblor distorsionado que complicaba la comprensión de las vocales. Además, el volumen no dejaba de subir y bajar; el sonido se interrumpía de forma irregular, como si se tratara de una emisión de radio con interferencias.

—¿Entonces? ¿Vienes a aliviar tu conciencia? Esto es obra tuya, oh angustiado saco de carne; es tu decisión; es tu responsabilidad. Una cárcel hecha por ti y nada más que...

—Has sido tú el que ha intentado apoderarse de la Wallfish, no yo —dijo Kira. Si no le interrumpía, sospechaba que la mente de a bordo no se callaría nunca—. Pero no he venido a discutir contigo.

—¡Jajajajaja! ¿Entonces? Pero me estoy repitiendo. Eres lenta, demasiado lenta; tu mente es de barro, tu lengua, de plomo deslustrado, y tu...

—A mi mente no le pasa nada —le espetó—. La diferencia es que yo pienso antes de hablar.

—¡Vaya, vaya! Por fin muestras tus verdaderos colores. ¡Piratas a estribor! Las tibias y la calavera, dispuestas a apuñalar a un amigo necesitado, jajajaja, un faro apagado se alza en un arrecife rocoso y el farero se ahoga solo. «Malcolm, Malcolm, Malcolm», grita, y el milpiés chilla con solitaria compasión.

Kira estaba cada vez más alarmada. A la mente de a bordo le pasaba algo grave, algo que iba mucho más allá de su negativa a ayudar al Nudo de Mentes. *Ten cuidado.*

—No —contestó—. He venido a ver cómo estabas antes de que nos vayamos.

Gregorovich soltó una risa escandalosa.

—Tienes la conciencia tan despejada como el aluminio transparente, ya veo. Sí, sí. Que cómo estoy, dice… —Su verborrea se interrumpió, por suerte, e incluso el murmullo del fondo se detuvo. Su tono de voz se volvió más mesurado, regresando a algo sorprendentemente similar a la normalidad—. La impermanencia de la naturaleza ya me dejó más loco que la Liebre de Marzo hace mucho tiempo. ¿O es que no te has dado cuenta?

—Intentaba ser educada y no mencionarlo.

—Verdaderamente, tu tacto y tu consideración no tienen parangón.

Eso ya era otra cosa. Kira casi sonrió. Pero aquel remedo de cordura era frágil, y no sabía hasta qué punto podía insistir.

—¿Estarás bien?

A Gregorovich se le escapó una risilla burlona, pero la reprimió enseguida.

—¿Yo? Oh, estaré *bieeeeen*, claro que sí. Feliz como una perdiz, muy a gusto. Me quedaré aquí solito y me dedicaré a pensar en cosas bonitas y a cultivar la esperanza en el futuro. Eso es, eso es, eso es.

Eso es un no. Kira se humedeció los labios.

—¿Por qué lo has hecho? Sabías que Falconi no te dejaría controlar la nave sin más. ¿Por qué?

El coro de fondo aumentó de nuevo.

—¿Cómo puedo explicarlo? ¿Acaso debería? ¿Qué sentido tiene hacerlo ahora, con las acciones ya tomadas y las consecuencias al alcance de la mano? Je, je. Solo diré esto: ya estuve a oscuras en una ocasión, perdidas mi nave y mi tripulación. No querría… no *podría* volver a pasar por algo así, de ningún modo. Antes prefiero el dulce olvido: la muerte, clásico final. Un destino infinitamente preferible al exilio entre los fríos acantilados, donde las almas yerran y se marchitan en soledad, paradojas de Boltzmann todas ellas, angustiosas pesadillas todas ellas. La mente sin materia, la materia sin mente. Y el aislamiento, la más cruel reducción de abril y…

Un chisporroteo interrumpió su voz. Kira dejó de oírlo, pero en realidad ya no lo estaba escuchando. Volvía a desvariar. Creía entender lo que estaba diciendo, pero eso no era lo que le preocupaba. Unas pocas horas de aislamiento no deberían haber desequilibrado *tanto* a Gregorovich. Tenía que haber otro motivo. ¿Qué podía afectar tanto a una mente de a bordo? Kira se dio cuenta de que no tenía ni la menor idea.

Quizá, si guiaba la conversación hacia aguas más tranquilas, su actitud mejoraría y podría averiguar cuál era el problema subyacente. Quizá.

—Gregorovich… Gregorovich, ¿me oyes? Si estás ahí, responde. ¿Qué ocurre?

Un momento después, la mente de a bordo respondió con una voz débil y lejana:

—Kira… No me encuentro bien. No… Todo está del revés.

Se ajustó los auriculares para oír mejor.

—¿Me puedes decir cuál es la causa?

Se echó a reír entre dientes.

—Oh, ¿es la hora de las confidencias? *¿Mmm?* ¿Es eso? —Soltó otra de sus siniestras carcajadas—. ¿Alguna vez te he contado por qué decidí ser mente de a bordo, oh inquisidora?

Kira no quería desviarse del tema, pero tampoco quería contrariarlo. Mientras Gregorovich estuviera dispuesto a hablar, ella estaba dispuesta a escucharlo.

—No, no me lo has contado nunca —contestó.

La mente de a bordo resopló.

—Pues porque en ese momento me pareció buena idea, poresssssso. Ah, la idiocia destemplada de la juventud… Mi cuerpo estaba mínimamente maltrecho, ¿sabes? No, no lo sabes. Pero sí, sí lo sabes. Oh, sí. Me faltaban varias extremidades y ciertos órganos importantes, y según me dijeron, pinté la carretera con una cantidad *espectacular* de sangre y materia fecal. Una cinta negra sobre piedra negra, luego rojo, rojo, rojo, y el cielo, un descolorido tapiz de dolor. Las únicas opciones viables eran instalarme en un constructo mientras me cultivaban un cuerpo nuevo, o la transición a una mente de a bordo. Y yo, en mi arrogancia y mi ignorancia, decidí atreverme a lo desconocido.

—¿Aunque sabías que era irreversible? ¿No te preocupaba eso? —Kira se arrepintió de inmediato; no quería trastornarlo todavía más. Por suerte, Gregorovich se lo tomó bastante bien.

—Por entonces no era tan listo como ahora. Oh, no, no, no. Las únicas cosas que creía que echaría de menos eran las súbitas sensaciones, tan suaves, sabrosas, seductoras y suculentas, y el sensible solaz de la compañía carnal, sí, y en ambos casos razoné, así es, razoné que la realidad virtual sería un sustituto más que adecuado. Bits y bytes, fruslerías binarias, sombras de ideales fundidos y famélicos de electrones, famélicos, famélicos… ¿Me equivoqué, hice mal? Mal, mal, *mal*. Siempre podría proveerme de un constructo para abandonarme a los goces sensuales que más me pluguieran.

Eso atrajo la curiosidad de Kira.

—Pero ¿por qué? —dijo, intentando apaciguarlo con su voz—. ¿Por qué te hiciste mente de a bordo?

Gregorovich rio con arrogancia.

—Por la pura euforia, por supuesto. Para ser más de lo que era, y para cabalgar sobre las estrellas como un coloso, sin estar encorsetado por los ruines confines de la carne.

—Pero no pudo ser un cambio fácil para ti —dijo Kira—. Tu vida seguía un rumbo y de pronto, un día, un accidente te envía en otra dirección completamente distinta. —Estaba pensando más en sí misma que en Gregorovich.

—¿Quién ha dicho que fuera un accidente?

Kira parpadeó, perpleja.

—Pensaba que...

—La verdad del hecho no importa, qué va. Ya me había planteado presentarme voluntario para ser mente de a bordo. Mi precipitado desmontaje solamente aceleró mi arriesgada decisión. El cambio es más natural para unos que para otros. La monotonía es aburrida. Además, como solían señalar los antiguos, las expectativas de lo que *podría* o *debería* pasar son la fuente más común de nuestro descontento. La expectativa conduce a la decepción, y la decepción conduce a la ira y al resentimiento. Y sí, soy consciente de la ironía, de la deliciosa ironía, pero el conocimiento de uno mismo no nos protege contra la estupidez, mi simplona simbiótica. Como mucho, es una armadura defectuosa. —Cuanto más hablaba Gregorovich, más tranquilo y cuerdo parecía.

Que siga hablando.

—Si pudieras volver a hacerlo, ¿tomarías la misma decisión?

—Volvería a ser mente de a bordo, sí. Otras decisiones, no tanto. Dedos y arcos mongoles.

Kira frunció el ceño. Volvía a desvariar.

—¿Echas de menos algo de tu vida anterior? Iba a decir «de tener un cuerpo», pero supongo que la Wallfish es tu cuerpo.

Un suspiro resonó en sus oídos.

—La libertad. Eso es lo que añoro. La libertad.

—¿Qué quieres decir?

—Todo el espacio conocido está, o estaba, a mi disposición. Puedo adelantar a la mismísima luz. Puedo zambullirme en la atmósfera de un gigante gaseoso y deleitarme con la aurora de Eidolon, y lo he hecho. Pero como tú misma has dicho, mi pequeño y perspicaz incordio, la Wallfish es mi cuerpo, y seguirá siéndolo hasta que llegue el momento, si es que llega alguna vez, de ser retirado. Cuando atracamos, tú eres libre de salir de la Wallfish e ir donde más te plazca. Pero yo no. Puedo participar a distancia mediante cámaras y sensores, pero sigo estando atado a la Wallfish, y ocurriría lo mismo aunque tuviera un constructo que pudiera pilotar a distancia. Eso es lo que echo de menos: la libertad de moverme sin restricciones, de reubicarme por voluntad propia, sin embrollos ni dificultades... He oído que hay una mente de a bordo en el mundo de Stewart que se construyó un cuerpo mecánico de diez metros de altura, y que ahora pasa los días deambulando por las zonas deshabitadas del planeta, pintando paisajes montañosos con un pincel tan alto como un hombre. Algún día me gustaría tener un cuerpo así. Me gustaría mucho, aunque en estos momentos las probabilidades son bastante escasas.

»Si pudiera darle un consejo a mi yo del pasado, antes de mi transición, le diría que aprovechara al máximo lo que tenía mientras lo tuviera. Demasiado a menudo, no valoramos algo hasta que ya está fuera de nuestro alcance.

—A veces esa es la única forma de aprender —dijo Kira. Se quedó paralizada, asombrada de sus propias palabras.

—Eso parece. Es la ignara tragedia de nuestra especie.

—Y aun así, ignorar el futuro o regodearnos en nuestros errores puede ser igual de dañino.

—En efecto. Lo importante es intentarlo y, al intentarlo, mejorarnos a nosotros mismos. De lo contrario, más nos valdría no haber descendido jamás de los árboles. Pero no tiene sentido mirarnos el ombligo y lloriquear cuando dicho ombligo vuela a la deriva, girando sin parar, desubicado. Tengo memorias que escribir, bases de datos que purgar, subrutinas que reprogramar, superposiciones que diseñar, enoptromancia que dominar, cuadrados sobre cuadrados, una onda o ápices indivisibles que me dicen me dicen me dicen...

Gregorovich parecía haberse quedado atascado; las palabras «me dicen» se repetían una y otra vez, a distintos volúmenes. Kira frunció el ceño, frustrada. Todo había ido muy bien hasta ahora, pero la mente de a bordo no parecía capaz de mantener la concentración.

—Gregorovich... —Lo intentó de nuevo, con más brusquedad de la esperada—. ¡Gregorovich!

La mente interrumpió su logorrea. Y entonces:

—Kira, algo no va bien. No va nada bieeeeeeen. —Hablaba tan bajo que Kira casi no lo oía.

—¿Puedes...?

El coro de voces aullantes volvió a la vida con un rugido ensordecedor, y Kira bajó el volumen de los auriculares, esbozando una mueca.

Entre aquel torrente de ruido, oyó la voz de Gregorovich, ahora casi demasiado apacible, demasiado educada:

—Que tengas vientos favorables en tu inminente sueño, mi conciliadora confesora. Espero que alivien un tanto tu bilis fermentada. La próxima vez que nuestros caminos se crucen, me aseguraré de darte las gracias adecuadamente. Sí. Desde luego. Y que no te fastidien esas molestas expectativas.

—Gracias, lo intentaré —dijo, intentado animarlo—. La reina del espacio infinito, ¿eh? Pero no has...

Se oyó una risa entre la extraña cacofonía.

—Todos somos reyes y reinas de nuestra propia demencia. La única cuestión es cómo gobernamos. Y ahora vete; déjame con mi método, átomos que contar, cuantos que enlazar, causalidades que cuestionar, todo ello dentro de una matriz de indecisión que gira y gira, y la realidad se dobla como los fotones más allá de la deformación de la masa del espacio-tiempo qué superlumínicas transgresiones torturan tangenciales altiplanos puestos patas arriba por jajajajajaja.

2.

Kira se quitó los auriculares y contempló el suelo con el ceño fruncido.

Moviéndose lentamente en gravedad cero, salió del cuarto y se encontró con Hwa-jung esperándola fuera.

—¿Cómo está? —le preguntó la jefa de máquinas.

Kira le devolvió los auriculares.

—No está bien. Está... —Le costaba encontrar la manera de describir el comportamiento de Gregorovich—. Está muy raro. Le pasa algo malo, Hwa-jung. Algo muy malo. Es incapaz de dejar de hablar, y a menudo no logra hilar una sola frase coherente.

La jefa de máquinas también frunció el ceño.

—*Aish* —murmuró—. Ojalá Vishal siguiera despierto. Yo trabajo con máquinas, no con cerebros blanduchos.

—¿Podría tratarse de un problema mecánico? —preguntó Kira—. ¿Podría haberle pasado algo a Gregorovich mientras nosotros estábamos en Orsted? ¿O cuando lo desconectaste del ordenador principal?

Hwa-jung la fulminó con la mirada.

—Solo era un disyuntor. No puede haberle causado ningún problema. —Pero Hwa-jung no dejó de fruncir el ceño mientras se guardaba los auriculares en el bolsillo—. Espera aquí —le dijo de pronto—. Voy a comprobar una cosa.

La jefa de máquinas se dio la vuelta y se alejó por el pasillo de una patada.

Kira esperó con toda la paciencia posible. No podía dejar de pensar en su conversación con Gregorovich. Se echó a temblar y se abrazó el cuerpo, aunque no tenía frío. Si Gregorovich estaba tan mal como parecía... tal vez la única opción que tenían era mantenerlo crionizado. Una mente de a bordo desequilibrada podía convertirse en una pesadilla.

En la galaxia existían muchos tipos de pesadillas. Algunas más grandes y otras más pequeñas. Pero las peores eran aquellas con las que tenías que convivir.

Kira quería hablar con Falconi sobre Gregorovich, pero se obligó a esperar a Hwa-jung.

Pasó casi media hora antes de que la jefa de máquinas regresara. Tenía las manos manchadas de grasa, quemaduras nuevas en las mangas arrugadas y una expresión turbada que no alivió en absoluto la inquietud de Kira.

—¿Has encontrado algo?

Hwa-jung le mostró un pequeño objeto negro: una cajita rectangular, de unas dos pulgadas de ancho.

—Esto —escupió—. ¡Bah! Lo habían conectado a los circuitos del sarcófago de Gregorovich. —Sacudió la cabeza—. Qué tonta. Ya sabía que pasaba algo cuando las luces de Control parpadearon al accionar el disyuntor.

—¿Qué es? —preguntó Kira, acercándose.

—Un inhibidor de impedancia —contestó Hwa-jung—. Impide que las señales viajen por un cable. La FAU debió de instalarlo para evitar que Gregorovich escapara. Mis análisis no lo detectaron cuando regresamos a la nave. —Sacudió la cabeza de nuevo—. Al activar el disyuntor, provoqué una sobrecarga en este aparato, y eso es lo que ha afectado a Gregorovich.

Kira tragó saliva.

—¿Y qué implica?

Hwa-jung suspiró y desvió la mirada un momento.

—La sobrecarga ha quemado los cables que entran en Gregorovich. Ya no están bien conectados a sus neuronas, y los que sí los están, *aish*, funcionan mal.

—¿Está sufriendo?

La jefa de máquinas se encogió de hombros.

—No lo sé. Pero el ordenador dice que muchos de los cables averiados se encuentran en el córtex visual y la zona de procesamiento del lenguaje, así que es posible que Gregorovich esté viendo y oyendo cosas que no existen. *Aaaah.* —Zarandeó la cajita—. Vishal tiene que ayudarme con esto. Yo no puedo arreglar a Gregorovich.

La abrumó la impotencia.

—Entonces, hay que esperar. —No era una pregunta. Hwa-jung asintió.

—Lo mejor que podemos hacer ahora es crionizar a Gregorovich. Vishal lo examinará cuando lleguemos, pero sospecho que él tampoco podrá arreglarlo.

—¿Quieres que se lo diga a Falconi? Voy a hablar con él.

—Sí, díselo. Yo voy a congelar a Gregorovich. Cuanto antes, mejor. Después iré a mi criotubo.

—De acuerdo. —Kira le puso una mano en el hombro—. Y gracias. Al menos ahora ya sabemos lo que le pasa.

La jefa de máquinas gruñó.

—¿Y de qué sirve saberlo? Ah, qué desastre. Qué desastre.

Cada una se fue por su lado; la jefa de máquinas se impulsó hacia la sala de la mente de a bordo, mientras Kira regresaba a Control. Falconi no estaba allí, ni tampoco en la ya inhabilitada sala de hidroponía.

Un tanto intrigada, Kira se dirigió al camarote del capitán. No parecía propio de él quedarse en su habitación en un momento como aquel, pero…

—Pasa —dijo Falconi cuando Kira llamó a la puerta.

La compuerta presurizada rechinó al abrirse. Falconi estaba sentado en su escritorio, sujeto a su silla para no salir volando. En una mano llevaba una bolsa de líquido de la que bebía a sorbos.

Entonces Kira se fijó en el olivo bonsái que había al fondo del escritorio. Tenía las hojas rotas y rasgadas, casi todas las ramas tronchadas y el tronco doblado hacia el borde de la maceta; la tierra que cubría las raíces parecía haber sido removida: bajo la tapadera de plástico transparente que cubría la maceta se veían varios terrones sueltos, suspendidos en el aire.

El estado del árbol la sorprendió. Sabía cuánto le importaba aquella planta a Falconi.

—¿Y bien? ¿Qué tal ha ido? —preguntó el capitán.

Kira se sujetó a la pared antes de darle su informe.

La expresión de Falconi se fue volviendo cada vez más sombría a medida que hablaba.

—Mierda —dijo cuando terminó—. Puta FAU. Siempre tienen que empeorarlo todo. Siempre… —Se pasó una mano por la cara y miró fijamente un punto imaginario, al otro lado del casco de la nave. Kira no recordaba haberlo visto nunca tan enfadado ni tan cansado—. Debería haber confiado en mi instinto mucho antes. Está averiado.

—No está averiado —dijo Kira—. A Gregorovich no le pasa nada, la que está averiada es la máquina a la que está conectado.

Falconi resopló.

—Detalles semánticos. El caso es que no funciona. Por lo tanto, está averiado. Y no puedo hacer nada al respecto. Eso es lo peor de todo. Para una vez que Greg necesita ayuda, no… —Sacudió la cabeza.

—Te importa mucho, ¿verdad?

Falconi bebió de su bolsa, haciendo crujir el material de aluminio. Rehuía su mirada.

—Si le preguntas al resto de la tripulación, descubrirás que Gregorovich se ha pasado mucho tiempo hablando con cada uno. Cuando estábamos todos reunidos no solía decir mucho, pero siempre que lo necesitábamos estaba ahí. Y nos ha sacado de unos cuantos apuros muy gordos.

Kira plantó los pies en la cubierta y dejó que el filo dúctil la anclara.

—Hwa-jung ha dicho que tal vez Vishal no pueda curarlo.

—Ya —contestó Falconi, suspirando—. Reparar los implantes de una mente de a bordo es muy complicado. Y nuestro medibot no está preparado para tanto… Thule. Ni siquiera cuando encontramos a Greg estaba así de mal.

—¿Qué harás si entramos en combate con las medusas?

—Dar media vuelta y salir corriendo, si es que podemos —dijo Falconi—. La Wallfish no es una nave militar. —Señaló a Kira con el dedo—. Y esto no cambia lo que ha hecho Gregorovich. No se ha amotinado por culpa de un inhibidor de impedancia.

—… No. Supongo que no.

Falconi negó con la cabeza.

—Mente idiota… Le daba tanto miedo perdernos que ha saltado por un precipicio, y ahora mira dónde está… mira dónde estamos *todos*.

—Supongo que es la prueba de que todo el mundo comete errores, incluso con un cerebro tan grande como el suyo.

—*Mmm*. Eso suponiendo que Gregorovich se equivoque. A lo mejor tiene razón.

Kira ladeó la cabeza.

—Si piensas así de verdad, ¿por qué estamos yendo a advertir al Nudo de Mentes?

—Porque creo que el riesgo merece la pena.

A Kira le pareció conveniente cambiar de tema. Se acercó al olivo bonsái.

—¿Qué le ha pasado?

Falconi enseñó los dientes.

—La FAU, eso es lo que le ha pasado. Lo han arrancado de la maceta criónica buscando… yo qué sé. Hasta ahora no he podido ordenar este sitio.

—¿Se recuperará? —Kira no tenía experiencia con esa clase de plantas.

—Lo dudo mucho. —Falconi acarició una rama, pero solo un momento, como si le diera miedo estropearlo más—. El pobrecillo se ha pasado casi un día entero sin tierra, con la temperatura baja, sin agua y con las hojas arrancadas… —Le tendió la bolsa—. ¿Quieres un trago?

Kira aceptó la bolsa y acercó los labios a la pajita. Estuvo a punto de toser cuando el líquido ardiente le llenó la boca; era puro matarratas.

—Está bueno, ¿eh? —dijo Falconi al ver su reacción.

—Sí —contestó Kira, tosiendo. Bebió otro sorbo y le devolvió la bolsa. Falconi le dio unos toquecitos al plástico plateado.

—Seguramente no sea la mejor idea antes de entrar en el criotubo, pero qué demonios, ¿no?

—Qué demonios.

Falconi bebió un sorbo, soltó un largo suspiro y echó la cabeza hacia atrás para mirar fijamente la pared que, de haber habido gravedad en la nave, habría sido el techo.

—Vivimos tiempos locos, Kira. Tiempos muy locos. De todas las putas naves que podíamos haber rescatado, tuvimos que rescatar la tuya.

—Lo siento. Yo tampoco quería nada de esto.

Falconi le lanzó la bolsa. Kira la observó flotar lentamente por el aire y la atrapó. Otro trago de matarratas, otra estela ardiente bajándole por la garganta.

—No es tu culpa —dijo Falconi.

—Yo creo que sí —replicó ella en voz baja.

—No. —Falconi atrapó la bolsa que Kira le acababa de lanzar—. La guerra habría llegado de todas formas, aunque no te hubiéramos rescatado.

—Sí, pero…

—Pero nada. ¿Te crees que las medusas iban a dejarnos en paz para siempre? Cuando encontraste el traje en Adrastea, les diste una excusa para invadirnos, pero lo habrían hecho tarde o temprano.

Kira lo sopesó un momento.

—Puede ser. Pero ¿y las pesadillas?

—Bueno, eso… —Falconi sacudió la cabeza. La bebida parecía empezar a afectarle—. Es la típica mierda que siempre pasa. Por mucho que te prepares, las cosas que no te esperas son las que *siempre* te joden. Y pasa siempre. Vas a lo tuyo, tan tranquilo, y ¡*bam!* Un asteroide aparece de la nada y te arruina la vida. ¿Cómo se puede vivir en un universo así?

Era una pregunta retórica, pero Kira respondió de todas formas:

—Tomando precauciones razonables y no dejando que las posibilidades nos vuelvan locos.

—Como a Gregorovich.

—Como a Gregorovich —admitió Kira—. Todos tenemos que jugárnosla, Salvo. Es la esencia de la vida. La única alternativa es pasar por caja antes de tiempo, y eso es lo mismo que rendirse.

—*Mmm.* —Falconi la miró inclinando la cabeza, como solía hacer. Sus ojos azules como el hielo estaban entrecerrados y fantasmalmente pálidos bajo la tenue luz del modo nocturno—. En Orsted, parecía que el filo dúctil se te estaba yendo de las manos.

Kira se revolvió, incómoda.

—Puede que un poco.

—¿Debería preocuparme?

Kira tardó un tiempo incómodamente largo en contestar.

—Quizá. —Flexionó las piernas para acuclillarse sobre la cubierta—. Cuanto más libero al xeno, más insiste en comer y comer y comer.

Los ojos de Falconi centellearon.

—¿Con qué objetivo?

—No lo sé. Ninguno de sus recuerdos lo muestran reproduciéndose, pero…

—Pero puede que te lo esté ocultando.

Kira señaló a Falconi. Este le tendió la bolsa de nuevo, y Kira la aceptó.

—Conmigo estás derrochando el alcohol. No puedo emborracharme con el filo dúctil.

—No te preocupes por eso… ¿Crees que el xeno es una especie de nanoarma apocalíptica?

—Tiene esa capacidad, pero no creo que lo construyeran necesariamente para eso. —A Kira le costaba encontrar las palabras adecuadas—. No *siento* que el traje tenga malas intenciones. ¿Tiene sentido lo que digo? No me parece que sienta ira ni crueldad.

Falconi enarcó una ceja.

—Porque es una máquina.

—No, lo digo porque sí que siente otras cosas. Me cuesta explicarlo, pero tampoco creo que sea únicamente una máquina. —Trató de pensar en otra forma de explicarlo—. Cuando estaba sujetando el escudo alrededor del maglev, introduje unas fibras diminutas en las paredes. Podía *sentirlas*, y no me parecía que el filo dúctil quisiera destruir. Más bien parecía que quería construir.

—¿Construir el qué? —dijo Falconi en voz baja.

—... Algo. Sé lo mismo que tú. —Un silencio sombrío interrumpió la conversación—. Ah, se me olvidaba decírtelo. Hwa-jung ha dicho que iba a entrar en su criotubo en cuanto durmiera a Gregorovich.

—Entonces ya solo quedamos tú y yo —dijo Falconi, levantando la bolsa como para hacer un brindis.

Kira sonrió ligeramente.

—Sí. Y Morven.

—Bah. Esa no cuenta.

La alerta superlumínica los interrumpió. La Wallfish activó su impulsor Markov, que emitió un lejano zumbido mientras salía del espacio normal.

—Y allá vamos —dijo Falconi, sacudiendo la cabeza como si le costara aceptarlo.

Kira volvía a contemplar el bonsái destrozado sin darse cuenta.

—¿Cuántos años tiene el árbol? —preguntó.

—¿Te puedes creer que tiene casi trescientos años?

—¡No!

—En serio. Es de la Tierra, de antes del cambio de milenio. Un tipo me lo dio como parte del pago por un trabajillo. No sabía lo valioso que era.

—Trescientos años... —Era un número difícil de asimilar. Aquel árbol era más antiguo que toda la historia espacial del ser humano. Era anterior a las colonias de Marte y de Venus, anterior a cualquier hábitat anular y estación de investigación habitada fuera de la órbita baja terrestre.

—Sí. —Su expresión se turbó—. Y esos burros despóticos han tenido que cargárselo. No les bastaba con un simple escáner.

—*Mmm.* —Kira seguía pensando en Orsted, en la sensación del filo dúctil y en el propósito para el que había sido construido o engendrado. No podía olvidar la sensación de sus incontables y finísimos zarcillos introduciéndose en la fascia de la estación, palpando, rompiendo, construyendo, *comprendiendo.*

El filo dúctil era más que un arma, de eso estaba segura. Y de esa certeza surgió una idea que dejó sin habla a Kira. No sabía si funcionaría, pero quería intentarlo para dejar de sentirse tan mal. Por sí misma y por el xeno. Así tendría una razón de peso para ver al filo dúctil como algo más que un instrumento de destrucción.

—¿Te importa que pruebe una cosa? —preguntó, extendiendo la mano hacia el árbol arruinado.

—¿El qué? —preguntó Falconi con suspicacia.

—No estoy segura, pero… déjame intentarlo. Por favor.

Falconi jugueteó con el borde de la bolsa mientras lo pensaba.

—De acuerdo. Como quieras. Pero no te pases de la raya. La Wallfish ya tiene suficientes agujeros.

—Confía un poco en mí, ¿quieres?

Kira se desancló del suelo y se arrastró por la pared hasta llegar a la mesa. Una vez allí, acercó la maceta y apoyó las manos en el tronco del bonsái. La corteza era áspera y desprendía un olor fresco y lozano, como a brisa marina sobre un campo de hierba recién cortada.

—¿Vas a quedarte ahí, o…?

—*Chssst.*

Kira se concentró y le ordenó al filo dúctil que se introdujera en el árbol, con un único pensamiento, una sola directriz: *sánalo*. La corteza crujió y se resquebrajó, y unos hilillos negros recorrieron toda la superficie del árbol. Kira sentía las estructuras internas de la planta, las capas exteriores e interiores de la corteza, los anillos, el duro núcleo de duramen, cada una de sus estrechas ramas y el pecíolo de todas sus hojas delicadas de envés plateado.

—Oye… —dijo Falconi, levantándose.

—Espera —se apresuró a decir Kira, con la esperanza de que el traje fuera capaz de hacer lo que ella le estaba pidiendo.

Por toda la superficie del olivo, las ramas rotas empezaron a regresar a su lugar, levantándose y enderezándose hasta volver a alzarse orgullosas. El olor a hierba recién cortada se intensificó cuando la savia empezó a gotear por todo el tronco. Las hojas arrugadas se tersaban, sus agujeros se cerraban y, donde ya no las había, brotaban hojas nuevas que crecían como relucientes dagas de plata, repletas de vida.

Los cambios se fueron haciendo progresivamente más lentos, hasta detenerse; Kira estaba satisfecha con la reparación de los daños. El filo dúctil podría haber continuado (y de hecho quería continuar), pero entonces la directriz habría pasado de «sánalo» a «hazlo crecer», y eso le parecía avaricioso, insensato. Estaría tentando al destino imprudentemente.

Hizo retroceder al traje.

—Ya está —dijo, levantando las manos. El árbol volvía a estar tan entero y lozano como antes. Parecía emanar un aura de energía, una *vida* renacida y bruñida.

La abrumó la fascinación por lo que el xeno era capaz de hacer. Por lo que *ella* era capaz de hacer. Había conseguido sanar a un ser vivo, moldear la carne (o algo equivalente) y ofrecer bienestar en lugar de dolor, crear en lugar de destruir. Se le escapó una carcajada sin poder evitarlo. Acababa de quitarse un peso de los hombros; de pronto sentía que la propulsión había caído por debajo de medio g.

Aquello era un don: una habilidad preciosa, colmada de posibilidades. Con ella habría podido hacer muchísimas cosas en Weyland, en los huertos de la colonia. Con ella podría haber ayudado a su padre a cultivar sus constelaciones de medianoche. En Adrastea, podría haber ayudado a cubrir de vegetación la rocosa corteza lunar.

Vida. Y todo lo que eso implicaba. Se le llenaron los ojos de lágrimas de triunfo y gratitud, y sonrió, feliz.

El rostro de Falconi reflejaba una emoción similar.

—¿Cómo has aprendido a hacer eso?

Falconi rozó una hoja con la punta del dedo, como si no terminara de creer lo que veía.

—Dejando de tener miedo.

—Gracias —dijo. Kira nunca había oído tanta sinceridad en su voz.

—De… de nada.

Entonces Falconi se inclinó hacia ella, tomó su rostro entre las manos y, antes de que Kira fuera consciente de lo que estaba pasando, la besó.

Su sabor era distinto del de Alan, más fuerte. La aspereza de su barba incipiente le arañó ligeramente la piel, alrededor de los labios.

Kira se quedó paralizada, sin saber cómo reaccionar. El filo dúctil le cubrió los brazos y el pecho de hileras de bultos romos, pero al igual que ella, estos permanecieron quietos, sin avanzar ni retroceder.

Cuando Falconi separó los labios de los suyos, Kira trató de recuperar la compostura. Notaba el corazón desbocado, y de pronto le parecía que hacía mucho calor en aquel camarote.

—¿Y eso? —dijo, con una voz inesperadamente ronca.

—Lo siento —contestó Falconi. Parecía un tanto abochornado. Kira no estaba acostumbrada a verlo así—. Creo que me he dejado llevar.

—Ya. —Kira se relamió los labios sin darse cuenta, y se reprendió de inmediato. *Mierda*.

Una sonrisa pícara apareció en el rostro de Falconi.

—No tengo por costumbre intimar así con mis tripulantes ni mis pasajeras. Es poco profesional. Y muy malo para los negocios.

El corazón de Kira latía cada vez más fuerte.

—¿No me digas?

—Sí… —Apuró la bolsa de matarratas—. ¿Seguimos siendo amigos?

—¿Es que somos amigos? —preguntó Kira en tono desafiante, ladeando la cabeza.

Falconi la observó un momento, como si estuviera sopesándolo.

—Solo confiaría en un amigo para que me guardara las espaldas durante un tiroteo. Por lo que a mí respecta, sí, somos amigos. A menos que tú no opines lo mismo.

—Sí —contestó Kira, guardando un silencio igual de largo que el de Falconi—. Somos amigos.

Los ojos de Falconi centellearon de nuevo.

—Bien, me alegro de que lo hayamos aclarado. Te pido disculpas de nuevo. La bebida se me ha subido a la cabeza. Te doy mi palabra de que no volverá a ocurrir.

—De… acuerdo. Bien.

—Será mejor que lo ponga a hibernar —dijo Falconi, acercándose al bonsái—. Y después me voy a mi criotubo antes de que sigamos calentando la Wallfish. ¿Qué vas a hacer tú?

—Lo de siempre —contestó Kira—. Creo que esta vez me quedaré en mi camarote, si no te importa.

Falconi asintió.

—Nos vemos en las estrellas, Kira.

—Lo mismo digo, Salvo.

3.

Cuando llegó a su camarote, Kira se lavó la cara con una toalla húmeda y se quedó suspendida delante del lavabo, mirándose en el espejo. Aunque ella no había iniciado el beso, se sentía culpable. Mientras Alan y ella habían estado juntos, Kira nunca había mirado (de ese modo) a otro hombre. La súbita audacia de Falconi no solo la había sorprendido; la había obligado a reflexionar sobre el futuro, si es que tenía un futuro.

Y lo peor de todo era que el beso le había gustado.

Alan… Alan llevaba más de nueve meses muerto. Por culpa de la hibernación, Kira no tenía la impresión de que hubiera transcurrido tanto tiempo, pero esa era la realidad para el resto del universo. Era una verdad difícil de asimilar.

¿Le gustaba Falconi? Kira tuvo que pensarlo un buen rato. Finalmente decidió que sí. Tenía cierto encanto rudo, robusto e hirsuto. Pero eso no significaba nada de por sí. Kira no estaba en condiciones de tener una relación romántica con nadie, y mucho menos con el capitán de la nave. Eso siempre creaba problemas.

Era egoísta pensar así, pero Kira se alegraba de que Gregorovich no hubiera podido ver aquel incómodo momento. Con su extravagante sentido del humor, las bromas a costa de ambos no habrían tenido fin.

Tal vez lo mejor fuera volver a hablar con Falconi y dejarle *muy* claro que no iba a pasar nada más entre ellos. Falconi había tenido mucha suerte de que el filo dúctil no se hubiera asustado y hubiera intentado protegerla. Había sido muy valiente... o muy ingenuo.

—Lo has hecho bien —susurró, mirando al filo dúctil. Por un instante, tuvo la impresión de que el xeno estaba orgulloso. Pero la sensación fue muy fugaz; tal vez fueran imaginaciones suyas.

»Morven —dijo en voz alta—. ¿Falconi sigue despierto?

—No, Srta. Navárez —contestó la pseudointeligencia—. Acaba de recibir la primera dosis de inyecciones. Ya no puede comunicarse.

Kira soltó un gruñido de fastidio. *Bueno.* Seguramente no fuera necesario volver a hablar con él sobre el tema. Y si lo era, siempre podía abordarlo cuando llegaran a su destino.

La idea *no* era volar directamente hasta el punto de encuentro propuesto por las medusas de Tschetter. La Wallfish saldría del espacio superlumínico a cierta distancia, aunque lo bastante cerca para poder enviar una advertencia al Nudo de Mentes antes de que este sufriera una emboscada y, con ello, quizá frustrar una catástrofe aún mayor que la actual guerra entre humanos y medusas. Después, con los requisitos del honor y el deber satisfechos, pondrían rumbo al espacio colonizado.

Sin embargo, Kira sospechaba que Itari querría regresar con sus compatriotas, y para eso sería necesario concertar algún tipo de encuentro.

«En el fondo no somos más que transportistas», murmuró mientras se arrastraba hacia la cama. Como su abuelo paterno solía decir: «El sentido de la vida, Kira, es trasladar cosas del punto A al punto B. Nada más. Eso es lo único que hacemos».

«¿Y al hablar?», le había preguntado ella, sin entenderlo del todo.

«Hablar es trasladar una idea desde aquí», y le apoyaba un dedo en la frente, «al mundo real».

Kira nunca había olvidado esa conversación. Tampoco había olvidado que su abuelo había descrito todo lo que estaba fuera de su cabeza como «el mundo real». Desde entonces, Kira no había dejado de preguntarse si eso era cierto o no. ¿Hasta qué punto era real el contenido de la mente?... Cuando soñaba, ¿esos sueños eran simples sombras o contenían un poso de verdad?

Tal vez Gregorovich tuviera algo que decir al respecto.

Mientras Kira utilizaba el filo dúctil para tejer una red con la que sujetarse al colchón, volvió a pensar en el bonsái. El recuerdo la hizo sonreír. *Vida*. Se había pasado tanto tiempo en naves espaciales, estaciones y asteroides fríos y áridos que casi había olvidado el placer de cultivar.

Rememoró todas y cada una de las sensaciones que le había transmitido el filo dúctil durante el proceso de sanación, y las comparó con lo que había sentido en Orsted: había similitudes. Valía la pena indagar en ello. Durante el viaje superlumínico, seguiría mejorando su control sobre el xeno (eso siempre) y la comunicación entre el organismo y ella, para que este pudiera obedecer sus deseos sin tanta supervisión. Pero, más que ninguna otra cosa, Kira quería explorar aquel impulso del filo dúctil (que antes había intuido fugazmente, pero que cada vez sentía con mayor intensidad). El impulso de construir y crear.

Despertaba su interés; por primera vez, había algo que Kira *quería* hacer con el xeno.

Configuró la alarma semanal, como había hecho en cada viaje desde 61 Cygni, y una vez más empezó a trabajar con el xeno.

Fue una experiencia curiosa. Kira estaba decidida a evitar que el xeno hiciera en la Wallfish lo mismo que había hecho en Orsted, pero al mismo tiempo quería experimentar. Siempre de un modo controlado, quería eliminar cualquier restricción y dejar que el filo dúctil hiciera lo que se moría de ganas por hacer.

Empezó por el asidero de su cama. Era una parte no esencial de la nave; si el xeno la destruía, Hwa-jung podía imprimir fácilmente una pieza de repuesto, aunque tal vez a Falconi no le hiciera gracia...

Adelante, susurró mentalmente.

Unas fibrillas negras y blandas se extendieron desde la palma de su mano. Cuando se fusionaron con el material compuesto, Kira volvió a notar la sensación deliciosa y adictiva de estar *creando* algo. No sabía qué, pero sentía una satisfacción bastante parecida a la de resolver un problema complicado.

Dejó escapar un suspiro, y su aliento flotó como un pálido espectro en el aire frío.

Cuando las fibras del filo dúctil cubrieron por completo el asidero, Kira percibió que ya había terminado, pero también su deseo de ir más allá y adentrarse en el casco de la nave. En ese momento detuvo al xeno y lo obligó a retroceder, curiosa por ver su creación.

La vio, aunque sin entenderla.

Allí, en el asidero curvo y cilíndrico, había... *algo*. Un material estampado (le recordaba a una estructura celular o una intrincada escultura), cubierto por un patrón repetido de triángulos subdivididos. La superficie tenía un aspecto ligeramente metalizado, con un brillo iridiscente verdoso. Dentro de los triángulos resplandecían pequeños nódulos redondos de un color verde amarillento muy pálido.

Tocó el asidero transformado. Estaba caliente.

Deslizó el dedo por la superficie, totalmente fascinada. Fuera lo que fuera lo que el filo dúctil había construido, Kira lo encontraba hermoso. Además, intuía que el material estaba vivo o que tenía el potencial de estarlo.

Kira quería hacer más. Pero sabía que con aquello… con aquello sí que debía tener cuidado, incluso más que con las letales púas que tanto gustaban al xeno. La vida era lo más peligroso que existía.

Sin embargo, no pudo evitar preguntarse si *ella* podía guiar o controlar el impulso creativo del filo dúctil. Si las Fauces podían, ¿por qué ella no? *Mucho cuidado.* No en vano la guerra biológica estaba prohibida por todos los miembros de la Liga (y también en Shin-Zar). Pero Kira no estaba intentando crear un arma. Ni tampoco a unos sirvientes que lucharan en su nombre, como habían hecho las Fauces.

Hazlo así, pensó, apoyando la mano en la barandilla de su cama e imaginándose la silueta enroscada de un helecho oros, su planta favorita de Eidolon.

Al principio, el xeno no reaccionó. Pero justo cuando Kira empezaba a rendirse, fluyó desde su mano hasta cubrir la barandilla. Como por arte de magia, los delicados tallos de los helechos oros brotaron desde la barandilla. Eran réplicas imperfectas, tanto en forma como en sustancia, pero reconocibles. Y cuando Kira retrajo el filo dúctil, pudo oler su fragancia.

Las plantas no eran simples esculturas. Eran seres vivos, y su naturaleza orgánica los hacía preciosos.

El asombro la dejó sin aliento. Mientras acariciaba cada uno de los helechos, las lágrimas le enturbiaron la visión. Parpadeó varias veces, sin saber si reír o llorar. Ojalá sus padres hubieran podido verlo… Ojalá Alan hubiera podido verlo…

Kira sabía que era una imprudencia intentar algo más ambicioso en aquel momento. Estaba satisfecha con lo que había logrado. Con lo que *habían* logrado.

Y a pesar de la incertidumbre que le deparaba el futuro, sintió una chispa de esperanza que llevaba mucho tiempo ausente. El filo dúctil no era solamente una fuerza destructiva. No sabía cómo, pero cada vez sentía con mayor certeza que el xeno sería capaz de detener a las Fauces, si Kira encontraba una manera de canalizar sus habilidades.

De pronto se sentía ligera como una pluma (y no por la gravedad cero). Sonrió, y no perdió esa sonrisa en ningún momento mientras se preparaba para el largo sueño que se avecinaba. *Tal vez soñar*, pensó, riendo largo y tendido, mucho más de lo que solía reír estando acompañada. Y sobria.

Sin dejar de pensar, cerró los ojos y ordenó al filo dúctil que se relajara, que descansara, que la protegiera del frío y la oscuridad. Y pronto, mucho antes que las otras veces, la consciencia se desvaneció y las blandas alas del sueño la envolvieron.

4.

Una vez por semana, Kira despertaba y entrenaba con el filo dúctil. Esta vez no salió de su camarote durante todo el viaje; no necesitaba pesas ni máquinas para trabajar con el xeno. Ya no.

Una vez por semana, y en cada ocasión permitía que el filo dúctil se extendiera un poco más por el interior de su camarote, que construyera y cultivara *más*. A veces ella también contribuía, pero por lo general le daba libertad para hacer lo que quisiera, y contemplaba el resultado con una fascinación cada vez mayor. Le imponía ciertos límites (no debía tocar la pantalla de su escritorio), pero el resto del camarote estaba a su disposición.

Una vez por semana, nada más. Y cuando no entrenaba, se quedaba flotando, inmóvil y en silencio, hibernando en un sueño similar a la muerte, en el que todo era frío y gris, en el que los sonidos le llegaban filtrados, como si vinieran de muy lejos.

Y en aquel páramo descolorido, tuvo un sueño:

Se vio a sí misma (tal cual era de verdad, despojada del traje y desnuda como el día en que nació) rodeada por la más negra oscuridad. Al principio no había nada más que ella en aquel vacío, y todo estaba inmóvil a su alrededor, como si existiera en un tiempo anterior al propio tiempo.

Entonces, ante ella floreció una profusión de líneas azules: una tracería fractal que se enroscaba y se extendía como una enredadera. Las líneas formaron una cúpula de formas interconectadas, un caparazón de curvas y espinas repetidas infinitamente, que albergaba un universo de detalle en cada uno de sus puntos, y en cuyo centro estaba ella.

Y sin saber cómo, supo que estaba viendo al filo dúctil tal cual era en realidad. Extendió la mano y tocó una de las líneas. Un frío eléctrico la recorrió, y en aquel instante contempló el nacimiento y la muerte de un millar de estrellas, cada una con sus propios planetas, especies y civilizaciones.

De haber podido gritar, lo habría hecho.

Apartó la mano y retrocedió, sobrecogida y fascinada. Se sentía pequeña, humilde. Las líneas fractales seguían cambiando y girando con el roce de la seda, pero ni su brillo ni su cercanía aumentaron. Ella se sentó a observar, sintiéndose protegida y vigilada por la matriz luminosa que la envolvía.

Pero no sentía paz. Porque fuera de aquel entramado, percibía, como con un instinto ancestral, que había una amenaza al acecho. Un hambre sin fin que se propagaba como un cáncer por la oscuridad circundante, acompañada por una perversión de la naturaleza que provocaba la alteración de los ángulos rectos. Sin el filo dúctil, habría estado expuesta, vulnerable, indefensa ante aquella amenaza.

El miedo hizo presa de ella y se acurrucó, sintiendo que la cúpula fractal era la llama temblorosa de una vela en mitad del vacío, amenazada por un viento hostil desde todas direcciones. Sabía que ella era el objetivo de la amenaza, tanto ella como el filo dúctil, y el peso de su malévolo apetito era tan grande, tan absoluto, tan cruel y extraño, que se sentía indefensa ante ella. Insignificante. Desesperanzada.

Y así permaneció, sola y asustada, sintiendo que su perdición estaba tan cerca que cualquier cambio, incluida la misma muerte, habría supuesto un consuelo.

QUINTA PARTE

* * * * * *

MALIGNITATEM

Y al doblar una rama, esta crece.

—Marion Tinsley

CAPÍTULO I

★ ★ ★ ★ ★ ★ ★

LLEGADA

1.

Kira despertó.

Al principio no supo dónde estaba. La envolvía la oscuridad, una negrura tan profunda que no había diferencia entre tener los ojos abiertos o cerrados. Las luces de emergencia habían sido reemplazadas por las tinieblas. El aire era más cálido (y húmedo) de lo normal en un viaje superlumínico, y ni un soplo de aire recorría aquella especie de matriz uterina.

—Morven, enciende las luces —murmuró Kira, todavía adormilada por su largo período de inactividad. Su voz sonaba curiosamente amortiguada en aquel aire estático.

No se encendió ninguna luz, ni hubo respuesta alguna por parte de la pseudointeligencia.

Kira, irritada, probó otra cosa. *Luz*, le pidió al filo dúctil. No sabía si el xeno podría hacer algo, pero valía la pena intentarlo.

Con gran satisfacción, comprobó que un tenue resplandor verdoso empezaba a dar forma a su entorno. Kira seguía en su camarote, pero este ya no se parecía en nada a la habitación que había sido al abandonar Sol. Las paredes estaban revestidas de nervaduras de un material negro y orgánico, y una alfombra de fibras entrecruzadas cubría también el suelo y el techo. La nueva luz procedía de unos orbes de aspecto frutal que colgaban, palpitantes, de una serie de enredaderas ensortijadas que habían ido trepando por todos los rincones de la habitación. En las hojas de aquellas plantas descubrió la silueta del helecho oros, repetida y desarrollada en barrocas florituras. Y todo ello (las enredaderas, los orbes, las nervaduras y las alfombras) estaba repleto de diminutos motivos texturizados, como si algún escultor obsesivo hubiera decidido decorar cada milímetro cuadrado con adornos fractales.

Kira miró a su alrededor, fascinada. *Ella* había hecho todo eso. Ella y el filo dúctil. Algo infinitamente mejor que luchar y matar.

No solo podía ver los resultados de sus esfuerzos, sino que podía *sentirlos*, como si fueran extensiones de su propio cuerpo, aunque sí que notaba la diferencia entre el material de su traje y aquellas creaciones vegetales. Estas últimas las percibía más distantes, y se daba cuenta de que no podía moverlas ni manipularlas igual que las fibras del filo dúctil. En cierto sentido, eran independientes tanto de ella como del xeno; formas de vida autónomas que podrían seguir viviendo sin ellos, siempre que tuvieran el sustento adecuado.

Aparte de las plantas, el propio filo dúctil también había crecido durante el viaje. Había producido mucho más material del necesario para cubrir el cuerpo de Kira. ¿Qué hacer con él? Se planteó ordenar al xeno que destruyera el material, igual que había hecho con el sobrante en Orsted, pero no le gustaba la idea de destruir lo que habían construido entre ambos. Además, tal vez fuera una imprudencia desprenderse de aquel músculo adicional cuando existía la posibilidad (resultaba desagradable pensarlo, pero existía) de que lo necesitara en un futuro próximo.

¿Sería posible abandonar el material sobrante en el camarote? *Solo hay una forma de averiguarlo.*

Cuando se disponía a liberarse de la red que la sujetaba a la cama, Kira bajó la vista para echar un vistazo a su cuerpo. Su mano derecha (la que había perdido en Gamus) se había fundido con el colchón, disolviéndose en una maraña de hilos que recorrían toda la cama hasta fusionarse con el revestimiento de las paredes.

Kira sintió una punzada de pánico, que provocó que el material se agitara y proyectara hileras de espinas dentadas.

¡No! Las espinas remitieron, y Kira inspiró hondo para relajarse.

Primero se concentró en volver a moldear su mano ausente. Los hilos entrelazados temblaron y regresaron a ella, fluyendo sobre la cama y dando forma, una vez más, a la muñeca, la palma y los dedos. Hecho esto, Kira le ordenó al filo dúctil que la despegara de la cama.

Su cuerpo se desprendió con un ruido pegajoso. Sorprendida, Kira se dio cuenta de que no tenía ninguna conexión física con los oscuros cultivos de las paredes, aunque los sintiera como parte de sí misma. Era la primera vez que conseguía separarse conscientemente de una parte del filo dúctil. Por lo visto, al xeno no le importaba, siempre que siguiera cubriéndole el cuerpo.

Era un descubrimiento alentador.

Un tanto desorientada todavía, Kira se impulsó por la pared hasta la zona donde sabía que estaba la puerta del camarote. Al acercarse, la mezcla de la consciencia del xeno y su propia voluntad logró que aquella sección del reluciente material negro se dividiera con un suave roce.

Debajo estaba la compuerta presurizada que buscaba.

Cuando esta se abrió, Kira comprobó con alivio que los paneles del pasillo mantenían su color marrón. Sus esfuerzos por limitar el desarrollo del filo dúctil habían tenido éxito: el xeno no se había propagado al resto de la nave.

Volvió la vista hacia el camarote.

—Quédate —dijo, como si hablara con una mascota.

Salió al pasillo. La masa de fibras negras del camarote no la siguió.

Kira probó cerrar la compuerta. Todavía sentía la presencia del xeno al otro lado. Y seguía sin intentar ir tras ella.

Se preguntó cómo se comunicaban las distintas partes del filo dúctil. ¿Ondas de radio? ¿Señales superlumínicas? ¿Algún otro medio? ¿Cuál era la distancia máxima a la que podían estar? ¿Esa señal podía inhibirse? Tal vez le diera problemas en combate. Tendría que estar atenta.

Pero de momento Kira se contentó con abandonar el sobrante en su camarote. Si lo necesitaba, un simple pensamiento bastaría para convocar al resto del xeno a su lado. Y con un poco de suerte, sin dañar la Wallfish.

Esbozó una sonrisa. A Falconi no le iba a hacer mucha gracia lo que había pasado en el camarote. Tampoco a Hwa-jung… ni a Gregorovich, si la mente de a bordo volvía a ser la misma de antes algún día.

Kira suponía que ya habían llegado a su destino, pero la Wallfish parecía más tranquila de lo normal. Intentó abrir su holofaz, pero, al igual que en los dos últimos viajes superlumínicos, el filo dúctil había absorbido sus lentillas. No sabía cuándo exactamente, pero debía de haber sido durante su último período de hibernación.

—¿Cuándo vas a aprender? —murmuró con frustración.

Estaba a punto de dirigirse al refugio de la nave para comprobar cómo estaba la tripulación cuando el intercomunicador chisporroteó y la voz de Falconi sonó desde un altavoz, justo a su lado:

—Kira, ven a verme a Control cuando te levantes. —Hablaba con un hilo de voz, como si acabara de vomitar.

Se pasó por la cocina para llevarse una bolsa de chell autocalentado antes de encaminarse a la proa de la nave.

Mientras la compuerta de Control se abría con un chirrido de protesta, Falconi levantó la mirada de la holopantalla. Tenía la piel pálida y enfermiza, los ojos amarillentos y le castañeteaban los dientes como si se estuviera muriendo de frío. Síntomas clásicos de la resaca criónica.

—Thule —dijo Kira, impulsándose hacia él de un puntapié—. Toma, creo que lo necesitas más que yo. —Le puso en las manos la bolsa de chell.

—Gracias —contestó Falconi entre dientes.

—Te ha dado fuerte, ¿eh?

Falconi agachó la cabeza.

—Sí. Ha ido a peor con cada salto. Creo que a mi cuerpo no le sientan bien las sustancias que usamos. Tengo que hablar con… —sufrió un temblor tan violento que le entrechocaron ruidosamente los dientes—… con Doc.

—¿Qué pasará cuando volvamos? —preguntó Kira. Se acercó a uno de los botiquines de emergencia de la pared, sacó una manta térmica y se la llevó a Falconi.

El capitán no protestó cuando Kira se la echó por los hombros.

—Sobreviviré —contestó con cierta ironía amarga.

—Estoy segura —dijo Kira secamente. Deslizó la vista por la sala vacía—. ¿Y los demás?

—No quería despertarlos solo para volver a congelarlos. —Falconi se arrebujó en la manta—. No tiene sentido hacerles pasar por esto más veces de las necesarias.

Kira se impulsó hasta el asiento contiguo al del capitán y se abrochó el arnés.

—¿Ya has enviado el aviso?

Falconi negó con la cabeza.

—Estaba esperando a Itari. He avisado a la medusa por el intercomunicador. Debería llegar enseguida. —Falconi la miró de reojo—. ¿Y tú? ¿Todo bien?

—Todo bien. Pero tengo que contarte una cosa… —Kira le explicó lo que el filo dúctil y ella habían estado haciendo.

Falconi soltó un lamento de exasperación.

—¿No tenías otra cosa mejor que hacer que desmantelarme la nave?

—No, lo siento —contestó ella—. Pero ha sido solo un poco.

El capitán gruñó.

—Genial. ¿Hay peligro de que destroce el resto de la Wallfish?

—No —contestó Kira—. A menos que me ocurra algo a mí, aunque creo que tampoco le haría nada a la nave.

Falconi ladeó la cabeza.

—¿Y qué haría el filo dúctil si murieras?

—No… no estoy segura. Supongo que volvería a su estado latente, tal y como lo encontré en Adrastea. O puede que intentara adherirse a otro hospedador.

—*Mmm.* Me dejas mucho más tranquilo. —Falconi bebió otro sorbo de chell y le devolvió la bolsa. Sus mejillas pálidas empezaban a adoptar un color más saludable.

Tal y como había predicho, Itari llegó a Control poco después. Todavía tenía restos de su vaina de hibernación adheridos a los tentáculos, y Kira se quedó impresionada al descubrir que la medusa había regenerado casi por completo el tentáculo que se había amputado durante la huida de Orsted (aunque el nuevo miembro era más corto y delgado que los demás).

[[Aquí Itari: ¿Cómo discurren las aguas?]]

Kira le ofreció la respuesta protocolaria:

[[Aquí Kira: Las aguas están tranquilas… Estamos listos para enviar un aviso de ultrolor al Nudo de Mentes.]]

[[Aquí Itari: En tal caso, no malgastemos la idoneidad temporal.]]

2.

La transmisión de la señal resultó ser una tarea más engorrosa de lo que Kira esperaba. Tuvo que enseñarle a Itari cómo funcionaban las comunicaciones superlumínicas de la Wallfish, y después la medusa tuvo que explicarle a ella (con gran dificultad y abundante reiteración) cómo emitir y codificar el mensaje de tal forma que el Nudo de Mentes no solo lo recibiera, sino que lo comprendiera. Al carecer del dispositivo medusa que convertía sus olores en señales, Kira tuvo que traducir las palabras de Itari (si es que podían llamarse «palabras») con la esperanza de que el Nudo se molestara en hacer lo mismo.

Después de varias horas de trabajo, enviaron el aviso.

—Bueno, ya está —dijo Falconi.

—Ahora, a esperar —añadió Kira.

El aviso tardaría medio día en llegar al punto de encuentro propuesto (a varios días de viaje de Cordova-1420, el sistema en el que las medusas estaban construyendo su flota), y ellos tardarían otro medio día en recibir la respuesta, si es que la había.

—¿Hay peligro de que los cazadores de la FAU intercepten la señal? —preguntó Kira.

—Oye, podría ocurrir, pero la probabilidad de que *no* pase es, literalmente, astronómica.

3.

Kira pasó el resto del día ayudando a Falconi a ejecutar diagnósticos en la Wallfish, verificando todos los sistemas necesarios para el buen funcionamiento de la nave. Había que limpiar los filtros de los conductos de aire, purgar las tuberías de agua, probar el motor de fusión, reiniciar los ordenadores y sustituir los sensores exteriores, además de un sinfín de tareas menores y no tan menores que hacían posible la supervivencia en el espacio.

Falconi no le pidió ayuda, pero Kira no era de las que se quedaban cruzadas de brazos cuando había trabajo por hacer. Además, era evidente que el capitán seguía afectado por las secuelas de la crionización. Ella solo había tenido una reacción parecida en una ocasión, durante su segundo viaje para la corporación Lapsang. Un fallo en su criotubo le había suministrado una dosis ligeramente más alta de uno de los sedantes. Incluso esa minúscula diferencia la había dejado confinada en el cuarto de baño, vomitando como una fuente durante toda la misión. Una experiencia divertidísima, vamos.

Por eso empatizaba con el malestar de Falconi, aunque su caso era peor que una simple reacción adversa a los sedantes. Parecía enfermo de verdad. La resaca remitiría con el tiempo (al menos eso pensaba ella), pero posiblemente Falconi no tendría demasiado tiempo para recobrarse antes de emprender el viaje de vuelta a la Liga. Eso era lo que más preocupaba a Kira.

Aparte de las tareas de mantenimiento habituales, la Wallfish estaba en buenas condiciones. La reparación más urgente que requería su atención era un fallo en el cierre hermético de la bodega de babor, pero lo solucionaron rápidamente.

Durante todo el proceso, Kira sentía la presencia del contenido de su camarote, aquella armadura negra con la que el filo dúctil había revestido las paredes. Incluso llevó a Falconi a ver lo que el xeno y ella habían construido. El capitán asomó la cabeza (lo justo para echar un vistazo) y salió de nuevo.

—No —dijo—. No te ofendas, Kira, pero… *no.*

—No me ofendo —contestó ella con una sonrisa. No se había olvidado de su beso, pero tampoco había razón para mencionarlo ahora. Además, Falconi no estaba en condiciones para hablar de algo así.

Tras una tarde bastante tranquila, Falconi y ella se retiraron a sus respectivos camarotes (e Itari, a la bodega de carga) para pasar la noche. El revestimiento negro de la habitación de Kira le daba un aspecto opresivo y siniestro, pero también seguro (algo era algo). Además, las enredaderas y las flores mitigaban la sensación de pesadez. Le preocupaba taponar los conductos de aire, pero sabía que el filo dúctil se aseguraría de que Kira tuviera oxígeno suficiente para no asfixiarse.

—He vuelto —susurró, deslizando la mano por la pared rugosa.

La superficie tembló ligeramente, como la piel al tiritar de frío. Y Kira sonrió, sintiendo un orgullo inesperado. Aquella habitación era suya y solo suya, y aunque casi todo era obra del filo dúctil, aquellos cultivos seguían siendo parte de ella, algo nacido de su mente, ya que no de su carne.

Recordó el sueño que había tenido durante su larga hibernación.

—Intentabas protegerme, ¿verdad? —dijo, un poco más alto que antes.

Las luces verdosas de la estancia parecieron palpitar, pero el cambio fue tan leve que no estaba segura. Sintiéndose más cómoda, se tumbó en la cama y se adhirió a ella para dormir.

4.

Al día siguiente, bien entrada la mañana, cuando habían transcurrido más de veinticuatro horas desde que habían enviado el mensaje superlumínico, Kira y Falconi se reunieron en la cocina para esperar a la posible respuesta del Nudo de Mentes. Itari los acompañó, acomodándose encima de una de las dos mesas de la sala. La medusa se sujetaba a la superficie con los pequeños brazos prensiles que ocultaba en su caparazón.

Falconi estaba ensimismado en su holofaz, y Kira estaba viendo un vídeo (un noticiario que la Wallfish había recibido antes de abandonar Sol) en la holopantalla de la mesa. No era demasiado interesante, así que al cabo de unos minutos lo apagó y se dedicó a contemplar a la medusa sentada al otro lado de la sala.

Los colores otoñales y oscuros de los tentáculos de Itari ahora estaban fijos, pero Kira sabía que eso cambiaría en función de sus emociones. Le parecía muy curioso no solo que la medusa tuviera emociones, sino que ella fuera capaz de identificarlas. Tal vez le resultaba más fácil entenderlas por el tiempo que el filo dúctil había pasado con los apresadores.

Apresadores... Incluso en los momentos más tranquilos, el xeno seguía dentro de su mente, coloreando sus pensamientos con significados de otra era. Antes le molestaba, pero ahora reconocía y aceptaba ese hecho sin acritud. Era *ella* quien decidía el valor de las cosas, no el xeno, por muy intensos que fueran sus recuerdos heredados.

La medusa emanaba una nube continua de olores. En aquel momento eran muy sutiles (un simple «Estoy aquí», como un zumbido distante), intercalados con soplos ocasionales de yuxtolor de interés, intenso y un tanto molesto.

Kira se preguntó qué estaba haciendo la medusa. ¿Itari también tenía implantes, o solamente estaba pensando y recordando?

[[Aquí Kira: Háblame de tu banco, Itari.]]

[[Aquí Itari: ¿A qué banco te refieres, Idealis? ¿A mi freza? ¿A mis coformas? ¿A mi Brazo? Existen muchas clases de bancos. ¿El Idealis no te habla de estas cosas?]]

Kira se quedó callada un momento; aquella pregunta le recordaba a lo que ella misma estaba pensando.

[[Aquí Kira: Sí, pero lo hace a través de aguas turbias. Dime: ¿dónde eclosionaste? ¿Cómo te criaron?]]

[[Aquí Itari: Eclosioné en una poza de puesta, cerca de la costa de Alto Lfarr. Era un lugar cálido, con abundante luz y alimento. Cuando alcancé mi tercera forma, se me asignó mi forma actual, y con ella he servido desde entonces.]]

[[Aquí Kira: ¿No tuviste elección sobre tu forma?]]

La medusa emitió un olor de desconcierto.

[[Aquí Itari: ¿Por qué iba a tenerla? ¿Qué elección puede haber?]]

[[Aquí Kira: Quiero decir... ¿qué deseabas *tú*?]]

La perplejidad de Itari iba en aumento.

[[Aquí Itari: ¿Qué importancia tiene eso? Esta forma era la mejor para servir a mi Brazo. ¿Qué otra cosa podría hacer?]]

[[Aquí Kira: ¿No tienes deseos propios?]]

[[Aquí Itari: Por supuesto. Servir a mi Brazo y a toda la raza wranaui.]]

[[Aquí Kira: Pero sí que tienes ideas propias sobre la mejor forma de servirles, ¿verdad? No opinas igual que todos los wranaui acerca del curso de esta... ola.]]

Los tentáculos de la medusa se cubrieron de un leve rubor.

[[Aquí Itari: Existen muchas soluciones para un mismo problema, pero la meta en sí no cambia.]]

Kira probó con un enfoque distinto:

[[Aquí Kira: Si *no* tuvieras que servir, ¿qué harías? Si los Brazos no existieran y no hubiera nadie que te dijera cómo invertir tu tiempo.]]

[[Aquí Itari: Entonces recaería sobre mí la tarea de reconstruir nuestra raza. Cambiaría de forma y desovaría sin cesar hasta restablecer nuestra fuerza.]]

Kira soltó un leve siseo de frustración, y Falconi se dio cuenta.

—¿Estás hablando con esa cosa? —preguntó, señalando con la cabeza a Itari.

—Sí, pero no llego a ninguna parte.

—Seguro que piensa lo mismo de ti.

Kira gruñó. Falconi no se equivocaba. Estaba intentando comunicarse con una especie alienígena. Hablar con un ser humano de otra ciudad (por no hablar de uno de otro *planeta*) podía llegar a ser prácticamente imposible. ¿Cómo iba a ser más fácil hablar con un alienígena? Sin embargo, sentía que debía seguir intentándolo. Si en el futuro la humanidad iba a tener que relacionarse con las medusas de manera regular, Kira quería comprender mínimamente cuáles eran sus inquietudes (y no solo a partir de los recuerdos del filo dúctil).

[[Aquí Kira: Respóndeme a esto: ¿qué haces cuando no queda nada por hacer? No puedes trabajar *todo* el tiempo. Ninguna criatura puede.]]

[[Aquí Itari: Descanso. Considero mis acciones futuras. Honro las obras de los Desaparecidos. Si es posible, nado.]]

[[Aquí Kira: ¿También juegas?]]

[[Aquí Itari: Los juegos son para las primeras y segundas formas.]]

La falta de imaginación de las medusas le llamaba muchísimo la atención. ¿Cómo había conseguido su especie desarrollar una civilización interestelar sin las aspiraciones ni los sueños personales a los que tan dados eran los humanos? La tecnología de los Desaparecidos que habían recuperado no podía haberles ayudado tanto... ¿o sí? Se recordó a sí misma que no debía caer en el antropocentrismo. Al fin y al cabo, la medusa a la que había estado unida el filo dúctil (el líder bancal Nmarhl) había hecho gala de una gran iniciativa en el pasado. Tal vez se le estaba escapando alguna diferencia lingüística o cultural entre ella e Itari.

[[Aquí Kira: ¿Qué quieren los wranaui, Itari?]]

[[Aquí Itari: Vivir, comer, propagarnos por todas las aguas favorables. En eso somos iguales que vosotros, biforma.]]

[[Aquí Kira: ¿Y qué *son* los wranaui? ¿Cuál es el corazón de vuestra naturaleza?]]

[[Aquí Itari: Somos lo que somos.]]

[[Aquí Kira: El Idealis os llama «apresadores». ¿Por qué crees que lo hace?]]

La medusa se frotó los tentáculos.

[[Aquí Itari: Porque nos hemos apoderado de las obras sagradas que los Desaparecidos dejaron a su paso. Porque todo aquello que podemos asir... lo asimos con fuerza. Porque cada Brazo debe hacer lo que considere apropiado.]]

[[Aquí Kira: Los Desaparecidos estuvieron en vuestro mundo natal, ¿verdad?]]

[[Aquí Itari: Sí. Encontramos sus obras en tierra y en las profundidades de la planicie abisal.]]

[[Aquí Kira: Entonces, ¿en vuestro planeta *también* hay tierra sólida?]]

[[Aquí Itari: La hay, pero menos que en la mayoría de los planetas.]]

[[Aquí Kira: ¿Y qué nivel tecnológico tenían los wranaui antes de encontrar las obras de los Desaparecidos?]]

[[Aquí Itari: Ya habíamos aprendido a fundir metal en las tórridas fumarolas de nuestros océanos, pero todavía había muchas cosas que nos sobrepasaban, debido a nuestra vida subacuática. Si logramos expandirnos más allá de las profundidades, fue solo por la gracia de los Desaparecidos.]]

[[Aquí Kira: Ya veo.]]

Siguió interrogando a la medusa, intentando sonsacarle todo lo posible sobre su especie y su civilización, pero quedaban demasiados conceptos confusos como para poder hacer verdaderos avances. Cuanto más hablaba con Itari, más comprendía Kira lo diferentes que eran sus dos especies, unas diferencias que iban mucho más allá de sus disparidades físicas, que ya de por sí eran inmensas.

Casi era medianoche y Falconi estaba recogiendo la cocina para retirarse a su camarote, cuando se oyó un pitido por los altavoces.

—Transmisión entrante, capitán —anunció Morven.

5.

Kira sintió un cosquilleo eléctrico en la espalda; por fin iban a saber qué iba a pasar, a dónde debían ir y qué tenían que hacer.

—En pantalla —ordenó Falconi secamente. Se secó las manos en un paño y se impulsó hasta la mesa de Kira.

La holopantalla integrada se encendió y apareció una imagen de Tschetter, vestida con el mismo dermotraje con el que la habían visto por última vez. Kira respiró aliviada: la mayor había sobrevivido a la batalla de Gamus.

—Capitán Falconi, Navárez, su mensaje ha sido recibido y descifrado. Gracias. De no ser por ustedes, ahora mismo estaríamos de mierda hasta las cejas, aunque la situación actual tampoco es mucho mejor. Debido al cambio de circunstancias, es imprescindible que nos reunamos para hablar en persona. —Kira ya se lo esperaba—. Repito: es imprescindible que nos reunamos. No podemos confiar en los mensajes a larga distancia; no son seguros ni nos permiten mantener una conversación fluida. Lphet ha propuesto las siguientes coordenadas, y he hecho lo posible por traducirlas a la notación estándar. Por la seguridad de todos nosotros, no respondan a este mensaje. Viajaremos al punto especificado y aguardaremos allí exactamente cuarenta y dos horas después de que reciban este mensaje. Si la Wallfish no está allí para entonces, Lphet dará por hecho que usted (*usted* específicamente, Navárez) ya no está dispuesta a contribuir a esta empresa, y el Nudo de Mentes obrará en consecuencia. —Kira notó un deje de súplica en la voz de Tschetter, aunque su rostro seguía tan adusto como siempre—. No puedo expresar con palabras lo importante que es esto, Kira. Tiene que venir, se lo ruego. Y usted también, Falconi. La humanidad necesita a todos los aliados posibles en estos momentos… Tschetter fuera.

—Ellos no saben que ahora nuestra nave se llama Dedo Cochino, ¿verdad? —dijo Kira, señalando la pantalla. Se le acababa de ocurrir.

—No —contestó Falconi—. Bien visto. Volveremos a cambiar el transpondedor. Sería una putada que nos volaran en pedazos por un malentendido.

—Entonces, ¿vamos a ir? —preguntó Kira.

—Un segundo. Déjame comprobar esas coordenadas. Mientras, pon al corriente a nuestro viscoso amiguito.

Kira se dio cuenta de que Itari parecía bastante alterado. Sus tentáculos se habían teñido de color rojo y azul y se deslizaban por la mesa, aferrando los bordes con un nerviosismo muy parecido al de un ser humano.

Kira le contó las novedades.

[[Aquí Itari: Iremos al encuentro del Nudo, ¿sí? ¿Sí?]]

Su manera de hablar le recordó a Vishal, y Kira sonrió sin pretenderlo.

[[Aquí Kira: Sí, creo que sí.]]

—Muy bien —dijo Falconi—. Parece que quieren que nos veamos más cerca de Cordova-1420. Si salimos enseguida, podremos llegar al punto de encuentro en unas veintiocho horas.

—¿En un salto superlumínico? —preguntó Kira.

—Pues claro.

—Entonces… vamos justísimos de tiempo, ¿verdad?

Falconi se encogió de hombros.

—Solo están a doce horas por señal, tampoco es para tanto.

—¿Tendrás que volver al criotubo?

—No, pero voy a dejar a la tripulación durmiendo, y tendremos que mantener la nave lo más fría posible. ¿Puedes decírselo a Itari?

Después de informar a la medusa, se prepararon para abandonar la zona desierta del espacio interestelar por la que la Wallfish avanzaba velozmente (aunque al no haber ningún punto de referencia cercano, era como si estuvieran totalmente quietos).

Cuando la nave estuvo adecuadamente refrigerada, el impulsor Markov volvió a encenderse con el zumbido de costumbre y entraron en el espacio superlumínico.

6.

Las veintiocho horas transcurrieron en medio de un silencio frío y oscuro. Kira y Falconi se pasaron casi todo el tiempo aislados y razonablemente quietos en sus respectivos camarotes, para no producir calor adicional. Del mismo modo, Itari se retiró a la bodega de babor, donde se quedó inmóvil y atenta.

Kira se reunía con Falconi de vez en cuando en la cocina para comer. Hablaban en voz baja, y esos encuentros le recordaban a las largas conversaciones de madrugada que mantenía con sus amigos de la escuela.

Cuando terminaban de comer, jugaban varias rondas de suma siete. A veces ganaba Falconi y otras, Kira. A diferencia de las partidas anteriores, ahora no apostaban preguntas, sino fichas que fabricaban con envoltorios doblados de sus raciones.

Durante la última partida, Kira rompió el silencio:

—Salvo… ¿por qué compraste la Wallfish?

—¿*Mmm*?

—Quiero decir… ¿por qué quisiste irte de casa? ¿Por qué lo cambiaste por esto?

Sus ojos azules la miraron por encima del borde de sus cartas.

—¿Y tú por qué te hiciste xenobióloga? ¿Por qué te marchaste de Weyland?

—Porque quería explorar, ver el universo. —Kira sacudió la cabeza con tristeza—. Supongo que me está bien empleado… Pero sospecho que tú no te fuiste del Atracadero de Farrugia por eso.

Falconi reveló una de las cartas comunes adherida a la cubierta: un seis de tréboles. Sumada a las cartas de su mano, Kira tenía… cuatro sietes en total.

—A veces es imposible quedarse en casa, aunque uno quiera.

—¿Y tú querías quedarte?

Falconi se encogió de hombros bajo la manta térmica.

—La situación no era la mejor. No había muchas más opciones. ¿Te acuerdas de la revuelta que hubo allí?

—Sí.

—La empresa estaba estafando a sus clientes de mil maneras distintas: pensiones por discapacidad, indemnizaciones… Todo lo que se te ocurra. La cosa terminó por salirse de madre y… todos tuvieron que escoger bando.

Kira empezaba a comprender.

—Tú eras perito de seguros, ¿no?

Salvo asintió, aunque a regañadientes.

—Por eso me di cuenta de que estaban timando a la gente. Cuando empezaron las protestas, no pude quedarme sin hacer nada. Tienes que entender que yo me había criado con esas personas. Eran mis amigos. Mis parientes.

—¿Y después?

—Después… —Falconi dejó sus cartas y se frotó las sienes con los dedos—. Después no pude quedarme. Se habían dicho y hecho cosas que no tenían perdón. Así que me puse a trabajar, ahorré durante varios años y compré la Wallfish.

—¿Para huir?

—No, para ser libre —la corrigió—. Prefiero esforzarme y fracasar por mí mismo que tener una vida acomodada de esclavo.

Su convicción era tan fuerte que a Kira se le erizó la nuca. Y le gustó esa sensación.

—Conque sí que tienes principios… —dijo en un tono ligeramente burlón.

Salvo rio entre dientes.

—Ándate con ojo. No se lo digas a nadie o les darás una mala imagen de mí.

—Ni se me pasaría por la cabeza. —Kira dejó sus cartas—. Espera, vuelvo enseguida.

Salvo la miró sin comprender mientras salía de la cocina. Kira entró rápidamente en su camarote, sacó la concertina de debajo de una alfombra del tejido viviente del filo dúctil y regresó.

Al ver la concertina, Salvo soltó un lamento.

—¿Y esto? ¿Me vas a obligar a escuchar una polka?

—Calla —dijo Kira, escondiendo su nerviosismo tras una respuesta brusca—. No sé si recuerdo todas las notas, pero…

Empezó a tocar *Saman-Sahari*, una de las primeras canciones que había aprendido. Era una canción larga y lenta, con una melodía que a ella le parecía preciosa. A medida que la música lánguida llenaba la sala, Kira se acordó de los invernaderos de Weyland, de sus fragantes aromas y del zumbido de los insectos polinizadores. Se acordó de su familia, de su hogar y de todas las cosas que se habían perdido para siempre.

Se le llenaron los ojos de lágrimas sin poder evitarlo. Cuando terminó de tocar, se quedó quieta largo rato, mirando fijamente su concertina.

—Kira. —Al levantar la vista, descubrió que Falconi la estaba mirando con una expresión de ternura. Tenía los ojos brillantes y húmedos—. Ha sido precioso —dijo, poniendo su mano sobre la de ella.

Kira asintió, se sorbió la nariz y se rio tímidamente.

—Gracias. Tenía miedo de fastidiarla.

—Pues no lo has hecho.

—Bueno... —Kira carraspeó y, no sin cierta reticencia, retiró la mano—. Supongo que deberíamos irnos a dormir. Mañana va a ser un día complicado.

—Sí, supongo que sí.

—... Buenas noches, Salvo.

—Buenas noches, Kira. Gracias por la canción.

—De nada.

7.

Kira estaba subiendo por el conducto central de la Wallfish, después de comprobar que todo iba bien en la bodega de Itari, cuando sonó la alerta de salto y notó un sutil pero inconfundible cambio en la posición de la nave. Comprobó la hora: 1501 HGE.

La voz de Falconi sonó desde el techo:

—Hemos llegado. Y no estamos solos.

CAPÍTULO II

* * * * * * *

NECESIDAD III

1.

La Wallfish había emergido cerca de una enana marrón: un oscuro orbe de color magenta, carente de lunas y de planetas, que residía en medio del vacío, lejos de la heliosfera de Cordova-1420, orbitando en torno al núcleo galáctico como un solitario, eterno y mudo vagabundo.

Cerca del ecuador de la enana marrón parpadeaban veintiún puntos blancos, muy juntos: las naves del Nudo de Mentes estaban posicionadas de tal forma que la masa de la malograda estrella las protegiera de cualquier telescopio superlumínico que los estuviera buscando desde Cordova-1420.

En cuanto la Wallfish apagó su impulsor Markov, Falconi activó el procedimiento de reanimación de toda la tripulación (salvo Gregorovich). La Wallfish tardaría cuatro horas en alcanzar la velocidad del Nudo de Mentes, un tiempo más que suficiente para que todos se descongelaran, repusieran fluidos y comieran algo para volver a estar en forma.

«Hablaremos cuando lleguen», les había dicho Tschetter al contactar con ella. «Cuando Kira esté aquí en persona, podrá comunicarse con las medusas directamente».

Después de la llamada, Kira fue a la cocina para saludar a la tripulación a medida que iban llegando con paso vacilante. Ninguno tenía buen aspecto.

—He sobrevivido a otro... —musitó Sparrow, secándose la cara con una toalla—. Yupi.

Nielsen tenía peor pinta que Falconi, aunque ella no manifestaba los síntomas de la resaca criónica. Sufría espasmos y mantenía los labios apretados, como si padeciera fuertes dolores. Kira sospechaba que la primera oficial volvía a sufrir los efectos de su vieja enfermedad.

—¿Te traigo algo? —se ofreció Kira, comprensiva.

—No, pero gracias.

Los entropistas también se reunieron con ellos. Entraron a trompicones, vestidos con nuevas túnicas degradadas, abrazados y con el rostro demacrado. Al menos parecían tranquilos y cuerdos, que no era poca cosa. El tiempo que habían pasado en crionización parecía haber mitigado el trastorno por la ruptura de su mente colmena. Sin embargo, procuraban no apartarse más de un metro el uno del otro y estar siempre en contacto, como si estuvieran utilizando el contacto físico para suplir su conexión mental perdida.

Kira ayudó a calentar y servir comida para todos; quería hacer todo lo posible para facilitarles la recuperación. Mientras, Vishal se sentó con Nielsen, le rodeó los hombros con un brazo y le habló en voz baja. Sus palabras parecían aliviar a la primera oficial; no dejaba de asentir, y la crispación de su cuerpo se redujo un tanto.

Cuando todos estuvieron sentados y bien servidos, Falconi se puso de pie.

—Tengo que contaros una cosa.

Les informó de lo que le pasaba a Gregorovich.

—Es horrible —dijo Nielsen, tiritando.

—¿Vas a descongelarlo? —preguntó Sparrow.

Falconi negó con la cabeza.

—No hasta que sepamos lo que quiere el Nudo de Mentes. Es posible que tengamos que dar media vuelta y volver a la Liga. Pero si finalmente le pido a Hwa-jung que descongele a Gregorovich, necesito que lo examines enseguida, Doc.

—Por supuesto —contestó Vishal—. Haré cuanto esté en mi mano.

—Me alegra oírlo.

2.

Cuatro horas más tarde, con todos ya despiertos aunque un tanto groguis todavía, la Wallfish se acopló a la nave insignia de las medusas: un orbe grande y reluciente, con más de una docena de troneras dispuestas alrededor de la proa.

Kira y la tripulación se dirigieron rápidamente a la esclusa. Solo los entropistas se quedaron en la cocina, tomando algo caliente mientras contemplaban la holopantalla.

—Lo veremos desde...

—... desde aquí.

A pesar de su recelo, Kira estaba ansiosa por zanjar aquella reunión y, de un modo u otro, saber qué les depararía el futuro, porque en aquel momento no tenía ni la más remota idea. Si terminaban regresando a la Liga... ¿se escondería? ¿Se entregaría a la FAU? ¿Buscaría un modo de luchar contra las medusas y las pesadillas sin acabar encerrada en una celda? Tal vez podría volver a Weyland e intentar encontrar a su familia para protegerlos… Tanta incertidumbre no le gustaba. No le gustaba nada.

Era evidente que a Falconi lo atormentaban sus mismas inquietudes; estaba inusualmente taciturno desde la llegada a la enana marrón. Cuando Kira le preguntó a qué se debía, el capitán negó con la cabeza.

—Estoy pensativo, nada más. Qué ganas tengo de que termine todo esto.

Y que lo digas.

Un temblor sacudió la Wallfish cuando las dos naves entraron en contacto. La escotilla exterior de la esclusa se abrió; al otro lado se retrajo una membrana, revelando una de las puertas nacaradas de las medusas, que rotó sobre sí misma hasta dejar ver el túnel de tres metros de largo que conducía al interior de la nave medusa.

Dentro los esperaba Tschetter y una medusa tentaculada, a la que Kira identificó rápidamente como Lphet por los olores que emanaba.

—¿Permiso para subir a bordo, capitán? —dijo Tschetter.

—Permiso concedido —contestó Falconi.

Tschetter y Lphet entraron flotando en la antecámara de la esclusa.

[[Aquí Lphet: Saludos, Idealis.]]

—Me alegro de volver a verla, mayor —la saludó Falconi—. La cosa se puso bastante fea en Gamus. Pensé que no saldría viva de allí. —El capitán, como el resto de la tripulación, iba armado y no apartaba la mano de la empuñadura de su bláster.

—Faltó poco —admitió Tschetter.

—¿Qué pasó con…? ¿Cómo lo llamaste, Kira? ¿El Buscador? —La sola mención de aquella amenaza ancestral le produjo un escalofrío. Ella se había preguntado lo mismo.

Tschetter esbozó una fugaz mueca de decepción.

—Huyó de Gamus antes de que pudiéramos destruirlo.

—¿Y dónde está ahora? —preguntó Kira.

La mayor se encogió de hombros ligeramente.

—Merodeando por las estrellas. Lo siento, eso es todo lo que sé. No tuvimos tiempo de perseguirlo.

Kira frunció el ceño, preocupada. La idea de un Buscador suelto entre las estrellas, libre de llevar a cabo sus crueles propósitos, libre de la supervisión de sus creadores, los Desaparecidos… la llenaba de temor. Pero no podía hacer nada al respecto, y aun de haber podido, tenían problemas más acuciantes.

—De puta madre, menuda noticia —dijo Sparrow, poniendo voz a los pensamientos de Kira.

Falconi levantó la barbilla.

—¿Por qué quería que nos viéramos en persona, mayor? ¿Qué es tan importante para no poder decírnoslo por radio?

Aunque era imposible que hubiera entendido la pregunta de Falconi, la medusa contestó:

[[Aquí Lphet: Las corrientes discurren en nuestra contra, Idealis. En estos momentos, el banco de vuestro Brazo se dispone a atacar a nuestras fuerzas congregadas alrededor de la estrella vecina. El ataque fracasará, sin duda, pero se producirán grandes pérdidas en ambos bandos. El mar vacío se inundará de sangre, y nuestros quebrantos compartidos serán en pro de los corruptos. Debemos invertir esta marea, Idealis.]]

Un yuxtolor suplicante y sincero invadió el aire. Itari se frotó los tentáculos, que se tiñeron de un color amarillo fermentado.

Tschetter señaló a la medusa con la cabeza.

—Lphet le está explicando la situación a Kira. Es peor de lo que imaginan. Si no intervenimos, la Séptima Flota será destruida y se perderá toda esperanza de paz entre humanos y medusas.

—La Liga quería matarla, mayor —le recordó Nielsen.

Tschetter no se inmutó.

—Dadas las circunstancias, era una decisión razonable. No estoy de acuerdo con ella, pero desde un punto de vista estratégico, tenía cierto sentido. Lo que *no* tiene sentido es perder a la Séptima. Es la mayor flota permanente de la FAU. Sin ella, la desventaja de la Liga será aún mayor. Cualquier ataque a gran escala por parte de las medusas o los corruptos superaría totalmente a nuestras fuerzas.

—¿Y qué tiene en mente? —preguntó Kira—. Ya debe de tener alguna idea, o no estaríamos aquí.

Tschetter asintió.

[[Aquí Lphet: Estás en lo cierto, Idealis. El plan es un salto desesperado hacia el abismo, pero eso es lo único que nos queda.]]

[[Aquí Kira: ¿Cómo es que entiendes mis otras palabras?]]

Kira percibió un yuxtolor de comprensión.

[[Aquí Lphet: La máquina que lleva tu coforma Tschetter nos las traduce.]]

La mayor seguía hablando:

—Por desgracia, la decisión del Eminente de destruir al Nudo de Mentes tira por tierra nuestro plan original. Suponiendo que viajen a la máxima velocidad posible, la Séptima Flota llegará a Cordova-1420 dentro de unas horas. En cuanto estén a tiro, las medusas empezarán a disparar. Salvar a la Séptima y encontrar una manera de establecer la paz entre nuestras dos especies va a ser complicado. Muy complicado.

Kira se volvió hacia Falconi.

—¿Podríamos enviar un mensaje para avisar a la Séptima antes de que lleguen a Cordova? Tschetter, seguro que conoce alguna forma de contactar con ellos por los canales militares.

—Vale la pena intentarlo —admitió Falconi—. Pero...

—No funcionaría —replicó Tschetter—. No sabemos dónde se encuentra la Séptima exactamente. Si Klein es listo (que lo es), no traerá a su flota en línea recta desde la Tierra. Se arriesgaría demasiado a toparse con naves medusa.

—¿No podéis localizarlos con vuestros sensores superlumínicos? —preguntó Kira.

Tschetter mostró una sonrisa torva.

—Lo hemos intentado, pero no los detectamos. No sé por qué. Las demás medusas tampoco los han encontrado; de ser así, el Nudo de Mentes se habría enterado.

Entonces, Kira recordó algo que había mencionado el coronel Stahl:

—En la estación Orsted, el oficial que me interrogó comentó que la FAU tenía un modo de impedir que las medusas detectaran a la Séptima.

—¿Ah, sí? —dijo Tschetter, pensativa—. Antes de que me capturaran, recuerdo que en las divisiones de investigación corrían rumores sobre técnicas experimentales para camuflar una nave durante un salto superlumínico. Era algo relacionado con la generación de señales de corto alcance (ruido blanco, básicamente) para inhibir cualquier intento de rastreo. Tal vez el oficial se refería a eso. —Sacudió la cabeza—. No importa. La cuestión es que no podemos detectar a la Séptima en el espacio superlumínico. Y en cuanto regresen al sublumínico, las medusas inhibirán todas las comunicaciones del sistema. Ninguna señal lo bastante veloz para llegar a tiempo hasta la Séptima sería lo bastante potente para atravesar esas interferencias. Además, dudo mucho que nos hicieran caso.

Empezaba a dominarla la frustración.

—¿Y qué pretende, entonces? ¿Luchar al lado de la Séptima? ¿Es eso?

—No exactamente —contestó Tschetter.

Falconi levantó la mano para intervenir.

—Un momento. ¿Cuál *era* su plan original, Tschetter? Nunca lo he tenido demasiado claro. Las medusas nos dan cien mil vueltas en velocidad y potencia de fuego. ¿Por qué nos necesitan a nosotros para liquidar a sus peces gordos? A mí me parece que no haríamos más que estorbar.

—A eso iba —replicó Tschetter, tironeándose de los dedos del dermotraje para alisar el dorso de las manos—. El plan era (y sigue siendo, debería añadir) que el Nudo de Mentes escolte a una nave hasta el otro lado del perímetro defensivo de las medusas. El Nudo alegará que han capturado la nave durante una incursión en la Liga y que contiene información valiosa. Una vez dentro, el Nudo identificará el objetivo y nosotros eliminaremos a sus cabecillas. Así de sencillo.

—Sí, sencillísimo —se burló Sparrow.

—Coser y cantar. Habremos acabado antes de la hora de cenar —añadió Vishal, soltando una amarga carcajada.

Los tentáculos de la medusa temblaron.

[[Aquí Lphet: Ansiamos tu ayuda, Idealis... Ansiamos tu ayuda para matar al gran y poderoso Ctein.]]

Kira percibió una mezcla de mareo, dolor y pánico, como si la medusa acabara de ponerse físicamente enferma. No pudo disimular su asombro:

[[Aquí Kira: ¿Ctein está *aquí*?]]

[[Aquí Lphet: En efecto, Idealis. Por primera vez en cuatro olas e incontables ciclos, el inmenso y terrible Ctein ha desarraigado sus muchos miembros para supervisar la invasión de vuestros planetas y el exterminio de los corruptos. Esta es la mejor y única oportunidad de derrocar a nuestro ancestral tirano.]]

—¿Kira? —dijo Falconi, inquieto. Su mano se acercó un poco más a la empuñadura del bláster.

—No pasa nada. Es que… espera —contestó Kira. Su mente iba a mil por hora.

[[Aquí Kira: ¿Para *eso* queríais la ayuda de la Liga? ¿Para matar al único e incomparable Ctein?]]

Un yuxtolor de afirmación.

[[Aquí Lphet: Por supuesto, Idealis. ¿Para qué si no?]]

Kira se volvió hacia Tschetter.

—¿Conoce usted a ese Ctein del que hablan?

La mayor frunció el ceño.

—Han mencionado antes ese nombre, sí. Pero no pensé que tuviera ninguna importancia especial.

A Kira se le escapó una carcajada de incredulidad.

—Ninguna importancia especial… Thule.

Falconi la miró con preocupación.

—¿Qué ocurre?

—Que… —Kira sacudió la cabeza. *¡Piensa!*—. Dadme un momento.

Se volvió de nuevo hacia la medusa.

[[Aquí Kira: Sigo sin entenderlo. ¿Por qué no matáis vosotros mismos a Ctein? Vuestras naves son mejores que las nuestras y podéis nadar cerca de Ctein sin levantar sospechas. ¿Por qué no habéis matado ya a Ctein? ¿Queréis que nos...?]]

No se le ocurría ninguna traducción para el concepto de «culpar», así que lo reformuló: [[... conozcan a nosotros por el asesinato?]]

[[Aquí Lphet: No, Idealis. Necesitamos vuestra ayuda porque nosotros *no podemos* hacerlo. Después de los sucesos del Desgarro, y tras la fallida rebelión de Nmarhl, el sabio y astuto Ctein se aseguró de que todos los wranaui, incluidos nosotros, los Tfeir, fuéramos modificados para que nunca quisiéramos ni pudiéramos dañar a nuestro gran Ctein.]]

[[Aquí Kira: ¿Estás diciendo que sois físicamente incapaces de hacer daño a Ctein?]]

[[Aquí Lphet: Ese es precisamente el problema, Idealis. Si lo intentamos, un fuerte malestar nos paraliza. El simple hecho de *pensar* en perjudicar al inmenso y poderoso Ctein nos provoca una enorme turbación.]]

Kira frunció profundamente el ceño. Entonces, ¿las medusas habían sido convertidas en esclavos mediante modificación genética? La idea le repugnaba. Verse obligadas por sus propios genes a postrarse... era aberrante. Ahora empezaba a entender mejor las intenciones del Nudo de Mentes, pero no le gustaba el cariz que estaban tomando.

—Necesitáis que la nave sea humana —dijo, mirando a Tschetter.

La expresión de la mayor perdió algo de su dureza.

—Y que sea un humano quien apriete el gatillo, literal o metafóricamente.

El miedo empezaba a hacer presa de ella.

—La Wallfish no es un crucero, y mucho menos un acorazado. Las medusas nos harían trizas. No podéis...

—Echa el freno —le interrumpió Falconi—. Un poco de contexto, Kira, por favor. No todos sabemos hablar con olores, ¿recuerdas? —La tripulación empezaba a ponerse nerviosa. Y no era de extrañar.

Kira se pasó una mano por la cabeza, intentando poner en orden sus ideas.

—De acuerdo, de acuerdo...

Les contó lo que le acababa de decir Lphet. Cuando terminó, Tschetter lo confirmó y explicó varios puntos que Kira todavía no terminaba de entender.

Falconi sacudió la cabeza.

—A ver si lo he entendido. Queréis que dejemos que el Nudo de Mentes nos lleve directos al corazón de la flota medusa. Y luego queréis que ataquemos la nave en la que viaja ese tal Ctein...

—La Hierofante Curtido —apuntó Tschetter, solícita.

—Me importa una puta mierda cómo se llame. Queréis que ataquemos esa nave para que hasta la última medusa de Cordova se nos eche encima a tiro limpio. No tendremos ni una oportunidad. Ni una sola.

A Tschetter no pareció sorprenderle su reacción.

—El Nudo de Mentes promete que hará todo lo posible para proteger a la Wallfish cuando hayan lanzado sus obuses Casaba contra la Hierofante Curtido. Parecen confiar bastante en sus capacidades para mantener la Wallfish a salvo.

A Falconi se le escapó una carcajada burlona.

—Y una mierda. Sabe tan bien como yo que cuando empieza el tiroteo ya nadie puede garantizar nada.

—Si lo que busca en la vida son garantías, se va a llevar una buena decepción —replicó Tschetter. Se irguió, lo que no resultaba nada fácil en gravedad cero—. Cuando Ctein esté muerto, el Nudo de Mentes podrá...

—Espere —dijo Kira. Se le acababa de ocurrir algo escalofriante—. ¿Y qué pasa con el Nido de Transferencia?

Tschetter parecía confundida.

—¿El qué?

—Eso —dijo Falconi—. ¿El qué?

—¿Es que no leíste mi informe sobre la conversación que mantuve con Itari durante el viaje de vuelta desde Gamus? —preguntó Kira, consternada.

Falconi abrió la boca, pero negó con la cabeza.

—Pues… Mierda. Se me debió de olvidar con tanto jaleo.

—¿Y Gregorovich no te lo dijo?

—No salió el tema.

Tschetter chasqueó los dedos.

—Navárez, explíquese.

Kira les contó todo lo que sabía sobre el Nido de Transferencia.

—Tiene que ser una puta broma —dijo Falconi.

Sparrow empezó a mascar un chicle.

—¿Estás diciendo que las medusas pueden resucitar?

—En cierto sentido —contestó Kira.

—A ver si lo entiendo: después de que les disparemos, ¿vuelven a salir de sus cápsulas de incubación, frescos como lechugas y sabiendo todo lo que acaba de pasar? ¿Incluido dónde y cómo murieron?

—Sí, más o menos.

—No me jodas.

Kira se volvió hacia Tschetter.

—¿Las medusas no se lo contaron?

La mayor negó con la cabeza, claramente decepcionada consigo misma.

—No. Supongo que no les hice las preguntas adecuadas, pero… eso explica muchas cosas.

Falconi tamborileó sobre la empuñadura de su bláster, distraído.

—Mierda. Si las medusas son capaces de almacenar copias de seguridad de sí mismas, ¿cómo vamos a matar a ese Ctein? Matarlo para siempre, quiero decir. —Miró de reojo a Kira—. Esa era tu pregunta, ¿no?

Kira asintió. En ese momento, el yuxtolor de la comprensión impregnó el aire, y Kira recordó que las medusas entendían sus palabras.

[[Aquí Lphet: Tu inquietud es razonable, Idealis, pero infundada.]]

[[Aquí Kira: ¿Por qué?]]

[[Aquí Lphet: Porque no existe ninguna copia del patrón del gran y poderoso Ctein.]]

—¿Cómo es posible? —preguntó Nielsen en cuanto Kira tradujo sus palabras. Ella se preguntaba lo mismo.

[[Aquí Lphet: En los ciclos que siguieron al Desgarro, Ctein se ha entregado a los peores excesos de su apetito, y su desarrollo ha superado todos los límites normales de la carne wranaui. La glotonería del orgulloso y taimado Ctein le impide utilizar el Nido de Transferencia. No hay Nido lo bastante grande para copiar el patrón de Ctein. Las corrientes no resistirían su tamaño.]]

Sparrow hizo explotar una pompa de chicle.

—Vamos, que Ctein está más gordo que un cachalote. Entendido.

[[Aquí Lphet: Harías bien en temer la fuerza de Ctein, biforma. No existe wranaui en los Brazos capaz de igualarla. La supremacía del gran y terrible Ctein es lo que lo ha vuelto descuidado.]]

Sparrow soltó un gruñido de desdén.

[[Aquí Kira: Entonces, ¿si matamos a Ctein, todo terminará? ¿La muerte de Ctein será definitiva?]]

Kira percibió un yuxtolor de angustia, y la medusa se tiñó de un color enfermizo.

[[Aquí Lphet: Correcto, Idealis.]]

Cuando Kira terminó de traducir, Tschetter tomó la palabra:

—Como iba diciendo… con Ctein muerto, el Nudo de Mentes tomará el control de todas las naves de Cordova y ya no tendrá que preocuparse de que revienten su preciosa nave, capitán.

Falconi soltó un gruñido.

—Me preocupa más que nos revienten a nosotros.

El rostro de Tschetter se contrajo de irritación.

—No sea obtuso. Ustedes no tendrían por qué estar a bordo de la Wallfish. Su pseudointeligencia podría pilotarla. Las medusas alojarán a la tripulación en sus naves, y cuando Ctein haya muerto, los transportarán a todos de vuelta a la Liga.

Hwa-jung carraspeó.

—Gregorovich.

—Sí —dijo Falconi—. Es verdad. —Volvió a mirar a Tschetter—. Por si no lo sabe, tenemos una mente de a bordo.

La mayor abrió los ojos de par en par.

—¿Cómo?

—Es una larga historia. Pero el hecho es que está aquí, que es grande y que tendríamos que desmantelar media cubierta B para sacarlo de la nave. Tardaríamos por lo menos dos días.

El autocontrol de Tschetter empezaba a flaquear.

—Es… un inconveniente. —Se pellizcó el puente de la nariz y cerró los ojos con fuerza, como si intentara contener una jaqueca—. ¿Gregorovich accedería a pilotar la Wallfish solo? —Levantó la vista hacia el techo—. Mente de a bordo, ¿qué opinas de todo este asunto?

—No la oye —contestó Falconi escuetamente—. Es otra larga historia.

—Alto ahí —dijo Sparrow—. Si el objetivo es destruir la Hierofante Curtido, ¿por qué no se lo decimos a la Séptima? El almirante Klein es un arrogante, no un idiota.

Tschetter levantó bruscamente la barbilla.

—Las medusas jamás permitirán que la Séptima se acerque a la Hierofante. Aunque lo lograran, la Hierofante sacaría a Ctein del sistema inmediatamente, y ninguna nave de la Liga está a la altura de los motores de las medusas. —Era verdad, y todos lo sabían—. En cualquier caso, creo que está siendo demasiado optimista sobre la disposición del almirante Klein a escuchar nada de lo que yo le diga.

[[Aquí Lphet: Por culpa de nuestra pulsión, los wranaui protegeremos al gran y poderoso Ctein con todas nuestras fuerzas. Créeme, Idealis, porque es cierto. Aunque nos costara la vida a todos, lo haríamos.]]

La palabra «pulsión» le produjo un escalofrío. Si lo que sentían las medusas se parecía mínimamente al instinto persistente que obligaba al filo dúctil a responder a la antigua llamada de los Desaparecidos... ahora entendía por qué les resultaba tan difícil derrocar a Ctein.

—Necesitamos discutirlo en privado —le dijo Kira a Tschetter. Miró de reojo a Falconi, y el capitán asintió con la cabeza.

—Por supuesto.

Kira y la tripulación salieron al pasillo, junto a la antecámara de la esclusa. Itari se quedó dentro.

En cuanto la compuerta presurizada se cerró, Falconi tomó la palabra:

—Gregorovich no está en condiciones de pilotar la Wallfish. Y aunque lo estuviera, nunca lo enviaría a una misión suicida.

—¿De verdad crees que es una misión suicida? —preguntó Nielsen. Falconi soltó un resoplido burlón.

—No pensarás que ese plan delirante es buena idea...

La primera oficial se recogió un mechón que se le había escapado de la coleta. Todavía parecía dolorida, pero sus ojos y su voz reflejaban lucidez.

—Yo solo digo que el espacio es muy grande. Si la Wallfish consiguiera matar a ese Ctein, las medusas tardarían un tiempo en reaccionar. Un tiempo que el Nudo de Mentes podría aprovechar para impedirles atacar la nave.

Falconi se volvió hacia Sparrow.

—Y yo que pensaba que la estratega eras tú. —Miró de nuevo a Nielsen—. Estamos hablando de la medusa más grande y cabrona de todas. Su rey, su reina o lo que sea. Seguramente, la Hierofante Curtido estará rodeada de escoltas. En cuanto la Wallfish dispare...

—*Bum* —dijo Hwa-jung.

—Exactamente —añadió Falconi—. El espacio es muy grande, sí, pero las medusas son muy rápidas y sus armas llegan muy lejos.

—No sabemos cuál será la situación en Cordova —apuntó Kira—. No lo sabemos. Es posible que la Hierofante esté protegida por media flota medusa... o que esté totalmente sola. No hay manera de saberlo con antelación.

—Hay que dar por hecho lo peor —replicó Sparrow.

—De acuerdo, supongamos que está protegida. ¿Qué posibilidades creéis que tiene la Séptima Flota de destruir la Hierofante? —Al ver que nadie respondía, Kira estudió los rostros de cada miembro de la tripulación. Ella ya había tomado su decisión: los humanos y las medusas debían unir sus fuerzas para que sus especies pudieran tener alguna esperanza de sobrevivir a las Fauces devoradoras.

—Creo que aquí hay dos cuestiones importantes —dijo Vishal.

—¿Cuáles? —preguntó Falconi, paciente.

El doctor formó un triángulo con sus largos dedos.

—Primera cuestión: ¿podemos permitirnos perder la Séptima Flota? Respuesta: creo que no. Segunda cuestión: ¿cuánto vale la paz entre humanos y medusas? Respuesta: ahora mismo, no existe nada más valioso en todo el universo. Sí, así es como lo veo yo.

—Me sorprendes, Doc —comentó el capitán en voz baja. Kira se dio cuenta de que, detrás de esos ojos ojerosos, los engranajes del cerebro de Falconi funcionaban a toda velocidad. Vishal asintió.

—A veces es bueno ser impredecible.

—No sé por qué, pero sospecho que no ganaremos ni un triste bit por conseguir la paz —dijo Sparrow, rascándose la nariz con una de sus uñas pintadas de rojo—. En esta misión, solo nos pagarán con sangre.

—Yo me temo lo mismo —dijo Falconi. Y Kira le creía. Él tenía miedo. Cualquier persona sensata lo tendría. Ella también tenía miedo, y eso que estaba más protegida que nadie gracias al filo dúctil.

Nielsen había estado mirando fijamente la cubierta mientras los demás hablaban, con el rostro oculto.

—Deberíamos ayudar. Tenemos que hacerlo —dijo en voz baja.

—¿Y eso por qué? —preguntó Falconi, aunque no en tono burlón. Quería saberlo de verdad.

—Díganoslo, Srta. Audrey —dijo Vishal afectuosamente. Kira reparó en que la había llamado por su nombre de pila.

Nielsen frunció los labios, como intentando reprimir sus emociones.

—Es nuestra obligación moral.

Las cejas de Falconi subieron de un brinco hasta su frente.

—¿*Obligación moral?* Eso es mucho decir. —Empezaba a recuperar su habitual estilo mordaz.

—Para con la Liga. Para con la humanidad. —Nielsen señaló hacia la esclusa—. Y también para con las medusas.

Sparrow soltó un gruñido de incredulidad.

—¿Esas hijas de puta?

—Sí, ellas también. No me importa que sean alienígenas. Nadie debería estar obligado a vivir de un modo concreto solo porque jugaran con su ADN antes de nacer. Nadie.

—Eso no quiere decir que estemos obligados a dejarnos matar para ayudarlas.

—No —admitió Nielsen—. Pero tampoco significa que debamos ignorarlas.

Falconi jugueteó con la culata de su arma.

—Hablemos claro. Sparrow tiene razón: no tenemos ninguna obligación. Nadie la tiene. No tenemos por qué hacer nada de lo que nos digan Tschetter ni el Nudo de Mentes.

—Tan solo la obligación que dicta la decencia más elemental —dijo Vishal, mirándose los pies fijamente. Cuando habló de nuevo, su voz parecía muy lejana—. Me gusta poder dormir por las noches sin tener pesadillas, capitán.

—Pues a mí me gusta poder *dormir*, en general, y para eso viene muy bien seguir vivo —replicó Falconi, suspirando. Kira vio un cambio en su expresión, como si acabara de tomar una decisión—. Hwa-jung, descongela a Gregorovich. No podemos tomar esta decisión sin él.

La jefa de máquinas abrió la boca como para protestar, pero luego la cerró ruidosamente y soltó un gruñido mientras accedía a su holofaz, con la mirada ausente.

—Ya hablaste con Gregorovich antes del viaje —le dijo Kira a Falconi—. Sabes cómo es. ¿Qué sentido tiene esto?

—Forma parte de la tripulación —contestó Falconi—. Y no estaba *completamente* ido. Tú misma dijiste que podía seguir el hilo de vuestra conversación. Aunque esté medio loco, tenemos que intentarlo. Su vida también está en juego. Si fuera uno de nosotros el que estuviera en la enfermería, haríamos lo mismo.

No se equivocaba.

—Está bien. ¿Cuánto tardará en despertar? —preguntó Kira.

—Diez o quince minutos —respondió Falconi. Se acercó a la compuerta y la abrió—. Tardaremos un cuarto de hora —les dijo a Tschetter y a las medusas que aguardaban al otro lado—. Vamos a descongelar a nuestra mente de a bordo.

Era evidente que el retraso contrariaba a Tschetter, pero la mayor se limitó a contestar:

—Hagan lo que tengan que hacer. Esperaremos.

Falconi se despidió con un breve saludo militar y cerró de nuevo la compuerta.

3.

Transcurrieron diez minutos de muda expectación. Kira veía que los demás estaban dando vueltas a todo lo que les habían dicho Tschetter y Lphet. Ella también, claro.

Si Falconi accedía al plan (dijera lo que dijera Gregorovich), tenían bastantes probabilidades de perder la Wallfish y terminar en una nave medusa, a merced de las decisiones del Nudo de Mentes. No era una perspectiva halagüeña, pero tampoco lo eran la destrucción de la Séptima Flota, la prolongación de la guerra entre humanos y medusas ni la extinción de ambas razas por la invasión de las pesadillas.

Habían pasado casi quince minutos cuando Falconi rompió el silencio:

—¿Hwa-jung? ¿Qué pasa?

La voz de la jefa de máquinas sonó por el intercomunicador:

—Está despierto, pero no dice nada.

—¿Le has explicado la situación?

—*Aish*. Pues claro. Le he enseñado la grabación de nuestra conversación con Tschetter y las medusas.

—¿Y sigue sin responder?

—Sí.

—¿No puede o no quiere?

Hwa-jung guardó silencio un momento, antes de contestar:

—No lo sé, capitán.

—Mierda. Voy para allá. —Falconi desancló las botas de la cubierta y se impulsó de una patada hasta el asidero más cercano para dirigirse al refugio.

En su ausencia, se hizo un silencio incómodo.

—Me lo estoy pasando en grande —dijo Sparrow.

Nielsen sonrió, aunque con cierta amargura.

—La verdad es que no me imaginaba así mi jubilación.

—Yo tampoco.

Falconi no tardó mucho en volver, con el rostro turbado.

—¿Y bien? —dijo Kira, aunque la respuesta parecía evidente.

El capitán negó con la cabeza mientras plantaba los pies en cubierta para que los geckoadhesivos lo fijaran de nuevo a su superficie.

—No entiendo nada de lo que dice. Está peor que antes. Vishal, tendrás que examinarlo en cuanto hayamos terminado con esto. Mientras tanto, hay que decidirse. Una cosa o la otra. Aquí y ahora.

Nadie parecía dispuesto a decir lo que Kira sabía que estaban pensando todos. Finalmente, decidió tomar la iniciativa:

—Mi voto es un sí —dijo con fingida confianza.

—¿Sí a *qué* exactamente? —preguntó Sparrow.

—Sí a ayudar a Tschetter y al Nudo de Mentes. Sí a intentar matar a su líder, a Ctein. —Ya lo había dicho. Sus palabras quedaron suspendidas en el aire, como un olor fastidioso.

Entonces sonó la voz grave y atronadora de Hwa-jung:

—¿Y qué pasa con Gregorovich? ¿Queréis abandonarlo en la Wallfish?

—Yo no —se apresuró a decir Vishal.

Al ver que Falconi negaba con la cabeza, a Kira le dio un vuelco el corazón.

—No. Yo soy el capitán de esta nave, y de ningún modo voy a enviar solo a Gregorovich ni a ninguno de vosotros a una misión como esta. Tendría que llevar doce días muerto para dejar que eso pasara.

—Entonces… —dijo Kira.

—Es mi nave —repitió Falconi. Un brillo extraño centelleó en sus fríos ojos azules: era una mirada que Kira había visto muchas veces a lo largo de los años. Era la mirada de un hombre a punto de hacer algo temerario—. Yo iré con Gregorovich. Es la única manera.

—Salvo… —empezó a decir Nielsen.

—No me vas a disuadir, Audrey, así que ni lo intentes.

Sparrow hizo una mueca, contrayendo sus delicadas facciones.

—Bah, a la mierda… Cuando me alisté en la MEFAU, juré proteger la Liga contra cualquier amenaza interna o externa. Ni por todos los bits del mundo volvería a los marines, pero… en fin, supongo que lo juré entonces y sigue siendo cierto ahora, aunque los de la FAU sean un hatajo de cabrones hipócritas.

—No vas a venir —sentenció Falconi—. No vendrá ninguno.

—Lo siento, capitán. Si tengo la opción de no ir, también tengo la opción de sí ir. Tú no vas a ser el único que se las dé de héroe. Además, necesitarás que alguien te cubra la retaguardia.

Entonces Hwa-jung apoyó una mano en el hombro de Sparrow.

—Yo iré donde vaya ella. Además, si la nave se avería, ¿quién la va a arreglar?

—Cuenta también conmigo, Salvo —añadió Nielsen.

Falconi los miró uno por uno; a Kira le sorprendió su expresión angustiada.

—No hacéis falta todos para manejar la nave. No seáis imbéciles. Si la Wallfish explota, moriréis por nada.

—No —replicó Nielsen en voz baja—. Te equivocas. Moriremos con nuestros amigos y haciendo algo importante.

Vishal asintió.

—No puede impedírmelo, capitán. Ni aunque fuera yo el que llevara doce días muerto.

A Falconi no le hizo gracia que Vishal utilizara en su contra su propia expresión.

—¿Y tú? —le preguntó entonces a Kira.

Ella ya tenía la respuesta preparada:

—Por supuesto. Estoy más, eh… capacitada que nadie si las cosas salen mal.

—Saldrán mal —sentenció Falconi sombríamente—. La única pregunta es de qué forma. Eres consciente de que si alcanzan nuestro impulsor Markov, ni siquiera el filo dúctil podrá protegerte, ¿verdad?

—Lo sé —respondió Kira. Ya había aceptado ese riesgo. Asustarse ahora no servía de nada—. ¿Y los entropistas?

—Si quieren irse con Tschetter, pueden hacerlo. Si no... cuantos más seamos, más divertido será.

—¿Y qué hay de Trig? —preguntó Nielsen—. Deberíamos...

—... sacarlo de la Wallfish —se adelantó Falconi—. Sí, buena idea. En última instancia, a lo mejor Tschetter puede llevarlo de vuelta a la Liga. ¿Alguna objeción? ¿No? Estupendo. —Falconi inspiró hondo, se rio y sacudió la cabeza—. Mierda. Parece que seguimos adelante. ¿Estáis todos seguros? Última oportunidad. —Todos respondieron con un murmullo de asenso—. De acuerdo. Vamos a cargarnos a esa medusa.

4.

Después de un poco más de negociación, ambas partes acordaron que Itari se quedaría de momento en la Wallfish, tanto como gesto de buena voluntad por parte de Lphet como para ayudarles en caso de que surgiera algún problema con las modificaciones que la medusa había efectuado en su impulsor Markov. La pareja de entropistas también decidió permanecer a bordo.

—¿Cómo podríamos negarnos...?

—¿... a ayudar en un momento tan crucial...?

—¿... de la historia?

Kira no sabía si Jorrus y Veera podrían serles de mucha utilidad ahora que su mente colmena estaba rota, pero les agradecía el gesto.

Hwa-jung y Sparrow trajeron el criotubo de Trig desde el refugio hasta la esclusa. Cuando le entregaron el tubo a la mayor, Falconi le dijo:

—Si le ocurre algo al chico, la consideraré personalmente responsable.

—Lo protegeré como si fuera hijo mío —dijo Tschetter.

Más tranquilo, Falconi le dio unas palmadas a la ventanilla escarchada. Los demás miembros de la tripulación (y Kira) también se acercaron a presentar sus respetos, y después Tschetter se llevó el tubo hacia el interior de la nave medusa por el túnel nacarado.

En cuanto la nave insignia del Nudo de Mentes se desancló de la esclusa, Falconi se dio la vuelta.

—Hay que prepararlo todo. Nielsen, te vienes conmigo a Control. Hwa-jung, Ingeniería. Sparrow, abre la armería y tenlo todo a punto. Por si acaso.

—Sí, señor.

—Recibido.

—¿Podremos llegar a Cordova estando todos despiertos? —preguntó Kira. Falconi soltó un gruñido.

—Va a hacer más calor que en el ojete de Satanás, pero sí, creo que lo consegui-remos.

—Es mejor eso que volver a congelarnos —bromeó Sparrow mientras se iba.

—Me lo has quitado de la boca —contestó Falconi.

5.

Kira creía que Falconi exageraba al describir el calor que iban a experimentar, pero comprobó con consternación que no era así. La Wallfish estaba a medio día de viaje superlumínico de Cordova-1420, y ahora que todos (incluido Gregorovich) habían salido de crionización, con todos los sistemas de la nave encendidos y ningún medio para librarse de la energía térmica emitida, el interior de la Wallfish no tardó en convertirse en una sauna.

El filo dúctil protegía a Kira de la peor parte, pero sentía las mejillas y la frente ardiendo, con un picor que no dejaba de aumentar. Le caían ríos de sudor sobre los ojos, y era tan molesto que terminó utilizando al xeno para crear una visera artificial sobre sus cejas.

—Tienes una pinta rarísima, Kira —dijo Sparrow con su habitual descaro.

—Sí, pero funciona —replicó ella, secándose las mejillas con un paño húmedo.

Medio día de viaje no suponía prácticamente nada en la escala estelar o interes-telar. Sin embargo, era mucho tiempo para estar encerrados en un sofocante cajón de metal con las paredes calientes, donde te ahogabas al respirar y cualquier cosa que hicieras solo conseguía empeorarlo. Y no les ayudaba nada saber que se dirigían a un lugar donde tenían muchas probabilidades de terminar vaporizados por un láser o un misil.

Kira pidió a Vishal que le diera otro par de lentillas antes de que el médico fuera a examinar a Gregorovich. En cuanto se las puso, se encerró en su camarote. Estar separados ayudaba a dispersar el calor y evitar que los sistemas de soporte vital de una misma sala se saturaran.

«Esto no le sienta nada bien a la Wallfish», había dicho Hwa-jung.

«Ya lo sé», había contestado Falconi. «Pero podrá soportarlo unas horas».

Kira hizo lo posible por distraerse de la realidad de su situación, leyendo y ju-gando. Pero no dejaba de pensar en Gregorovich (cuanto más tiempo pasaba sin noticias de Vishal, más se preocupaba), y los peligros de Cordova seguían llenándo-la de temor. La presencia del gran y poderoso Ctein, que les aguardaba allí como un sapo hinchado, abotagado por su propia arrogancia y confianza, seguro de su fuer-za y su crueldad. La respuesta que cabía esperar del almirante Klein cuando la Wallfish y el Nudo de Mentes llegaran al sistema. El incierto resultado de toda aque-lla precaria empresa…

Aunque no encontró respuestas, Kira siguió rumiando sus preocupaciones mientras leía. La situación se alejaba tantísimo de cualquier cosa familiar que la única luz por la que podía guiarse era su propio sentido de la identidad. Aunque esa identidad estaba un tanto desmejorada últimamente, deformada por el filo dúctil.

Una vez más, sintió la presencia del oscuro recubrimiento interior de su camarote. Era carne de su carne, y al mismo tiempo… *no*. Era una sensación extraña.

Sacudió la cabeza y se obligó a prestar atención a su holofaz…

6.

Habían transcurrido casi cuatro horas cuando el intercomunicador chisporroteó y Falconi anunció:

—Escuchad todos. Vishal acaba de darme su informe.

Kira levantó la cabeza, ansiosa por escucharlo.

—En pocas palabras, Greg está muy tocado. La descarga del inhibidor de impedancia ha dañado toda su red neuronal. No solo ha quemado buena parte de los cables, sino que la conexión entre el ordenador y el cerebro de Greg no deja de degradarse a medida que las neuronas electrocutadas van fallando.

Varias voces preocupadas se solaparon en el intercomunicador.

—¿Se va a morir? —preguntó Sparrow con su habitual falta de tacto.

—No, a menos que mañana saltemos todos por los aires —contestó Falconi—. Vishal no está seguro de si Greg tendrá problemas permanentes o si tan solo va a perder unas cuantas células cerebrales más. De momento no hay forma de saberlo, y Doc tampoco puede llevar a Greg a la enfermería para hacerle un escáner. Ha dicho que él seguramente esté sufriendo una distorsión sensorial extrema. Dicho de otro modo: alucinaciones. Vishal lo mantiene sedado y seguirá vigilándolo.

—Aish —dijo Hwa-jung. La jefa de máquinas parecía inusualmente conmovida—. Es culpa mía. No debería haber accionado el disyuntor sin comprobar los cables primero.

Falconi soltó un resoplido.

—No, no es culpa tuya, Song. Tú no podías saber nada de ese inhibidor, y el cabrón testarudo de Greg no nos había dejado otra opción. Esto es culpa de la FAU; de nadie más. No te castigues.

—No, señor.

—De acuerdo. Os avisaré si hay novedades. —Cortó la comunicación.

En la penumbra de su camarote, iluminado solamente por el resplandor verde de los orbes que pendían de las enredaderas cultivadas por el filo dúctil, Kira se abrazó a sí misma. Gregorovich había cometido un error por no querer viajar a Cordova, de acuerdo, pero en el fondo intentaba hacer lo correcto. No se merecía lo que le estaba pasando, y Kira no soportaba imaginárselo atrapado y solo en la locura de su mente, sin saber qué era real y qué no, o incluso creyendo que sus compañeros lo habían abandonado. Era una idea terrible.

Ojalá… Ojalá ella pudiera hacer algo.

Contempló el brazo que el filo dúctil le había construido. Aunque *ella* no pudiera hacer nada, tal vez el xeno sí. Pero no, era una idea absurda. Había un universo entero de diferencias entre un brazo (o un árbol) y un cerebro. Y si cometía algún error con Gregorovich, podía causarle un daño aún peor.

Procuró apartar ese pensamiento de su mente.

7.

Gracias a las modificaciones de Itari, el impulsor Markov de la Wallfish les permitió adentrarse en el pozo gravitatorio de Cordova casi tanto como las medusas.

Emergieron cerca de una luna muy erosionada que orbitaba alrededor del gigante gaseoso menor cuya ubicación les había proporcionado el Nudo de Mentes. En cuanto el impulsor Markov se apagó, Kira, los entropistas y la tripulación (a excepción de Vishal) abandonaron su exilio voluntario y se dirigieron en grupo a Control.

Mientras iban entrando en la sala, Kira comprobó las cámaras exteriores de la Wallfish. La luna tapaba buena parte de la imagen, pero pudo ver las naves del Nudo de Mentes rodeándolos, el gigante gaseoso de color púrpura no muy lejos de allí y, a varias horas de viaje hacia el interior del sistema, un racimo de puntos brillantes que indicaban la posición de la Séptima Flota.

Había muchas (*muchas*) naves de la FAU, pero Kira divisó algo en lo más profundo del sistema que le hizo soltar un grito ahogado.

—*Shi-bal* —murmuró Hwa-jung. Casi sin darse cuenta, la jefa de máquinas le puso una mano en el hombro a Sparrow y la acarició, como para reconfortarla. Sparrow ni siquiera pestañeó.

Una horda de naves medusa rodeaban un pequeño planeta rocoso, muy cerca de la estrella naranja de tipo-K. En el planeta había más que simples naves: astilleros estacionarios, campos enteros de colectores solares inmensos y resplandecientes, satélites de todo tipo y tamaño, láseres defensivos tan grandes como una fragata de la MEFAU, dos ascensores espaciales y cuatro anillos orbitales para transportar materiales de forma rápida y sencilla desde la mellada superficie del planeta.

Las medusas habían montado una explotación a cielo abierto. Ya habían extraído una cantidad inmensa de material de la corteza; las marcas eran visibles incluso desde el espacio, formando un delirante tapiz de excavaciones rectangulares, realzadas todavía más por las sombras que proyectaban.

No todas las naves medusa eran de combate, pero las que sí lo eran superaban en número a las de la Séptima Flota en una proporción de dos a uno, como mínimo. La mayor de todas (Kira supuso que se trataba de la Hierofante Curtido) se encontraba junto a los astilleros: una ballena hinchada que holgazaneaba en el pozo gravitatorio del planeta. Como todas las naves medusa, era de color blanco perla, estaba repleta de troneras y, a juzgar por sus sutiles ajustes de propulsión, parecía mucho más maniobrable que cualquier nave humana. Varios vehículos más permanecían cerca de ella, pero no parecían escoltas, sino naves de mantenimiento.

—Thule —murmuró Nielsen—. ¿Por qué no da media vuelta la Séptima Flota? No tienen nada que hacer.

—Es pura física —contestó Falconi, sombrío—. Para cuando consigan decelerar, ya estarán a tiro de las medusas.

—Además, si intentan huir, a las medusas les será muy fácil atraparlos —añadió Sparrow—. No es buena idea luchar contra una fuerza más numerosa en el espacio interestelar. No hay ventajas tácticas. Al menos aquí tienen planetas, lunas y otras cosas que pueden usar para maniobrar mientras combaten contra las medusas.

—Aun así… —insistió Nielsen.

—Extendiendo radiadores —anunció Morven.

—Ya era hora —dijo Sparrow. Estaba empapada en sudor, igual que todos.

Mientras Falconi tomaba asiento, la imagen de Tschetter apareció en la holopantalla principal. Detrás de ella se veía una sala llena de luces azules, estructuras coralinas y varias medusas que se deslizaban por los mamparos curvos.

—¿Algún problema con la Wallfish, capitán?

—Todo en orden por aquí.

La mayor parecía complacida.

—Lphet dice que tenemos permiso para atravesar las defensas medusa. Vamos a marcarles la posición de la Hierofante Curtido.

—Parece que ha habido suerte —dijo Kira, señalando la nave insignia—. No está excesivamente protegida.

—Qué va, solamente por la batería de blásteres, cañones de riel y misiles que lleva encima —replicó Sparrow.

Tschetter sacudió la cabeza.

—No sabremos con seguridad cuál es la situación hasta que nos acerquemos más. La flota medusa reposicionará sus naves ante la llegada de la Séptima. De hecho, ya han empezado. Tendremos que confiar en que no decidan ponerle escolta a la Hierofante.

—Crucemos los dedos —dijo Falconi.

—Sí, los de las manos y los de los pies —añadió Sparrow.

La mayor apartó la vista de la cámara un momento.

—Estamos listos. Inicien la propulsión a mi señal… Ahora.

Entonces sonó la alerta de propulsión, y Kira dejó escapar un suspiro de alivio al notar el regreso de la gravedad. Sabía que el Nudo de Mentes estaría avanzando al mismo ritmo que la Wallfish, formando un cuadro defensivo alrededor de la nave. Al menos, ese era el plan.

—No corte la comunicación. Voy a contactar con la Séptima.

—Recibido.

—Morven, ponme con la Séptima Flota. Transmisión por láser. Diles que Kira Navárez viene con nosotros y que necesitamos hablar con el almirante Klein.

—Un momento, por favor —dijo la pseudointeligencia.

—Al menos el tiroteo no ha empezado todavía —comentó Sparrow.

—Habría sido una decepción perdernos la fiesta —añadió Falconi.

No tuvieron que esperar mucho: en el comunicador parpadeó la luz de la llamada entrante, y Morven anunció:

—Señor, la NFAU Fuerza Inexorable quiere hablar con nosotros.

—En pantalla —ordenó Falconi.

Al lado del rostro de Tschetter apareció una imagen en directo de lo que Kira identificó como el centro de mando de un acorazado. En primer plano estaba sentado el almirante Klein, un hombre de espalda muy recta, mandíbula ancha, cuello musculoso, cabello rapado y cuatro filas de pasadores militares en el lado izquierdo del uniforme. Como todo el personal de carrera de la MEFAU, lucía un marcado bronceado espacial, aunque el suyo era más oscuro que el de la mayoría; Kira supuso que el almirante nunca llegaba a perderlo del todo.

—¡Falconi! ¡Navárez! En nombre de todo lo sagrado, ¿qué están haciendo aquí?

El acento del almirante le resultaba imposible de ubicar, aunque supuso que procedía de algún lugar de la Tierra.

—¿No lo ha adivinado todavía, señor? Somos la caballería. —La sonrisa socarrona de Falconi hizo que Kira se sintiera orgullosa y que, al mismo tiempo, le entraran ganas de darle una bofetada.

El rostro del almirante se enrojeció.

—¡¿La caballería?! Hijo, lo último que supe de ustedes era que estaban encerrados en la estación Orsted. No sé por qué, pero dudo que la Liga los haya soltado sin más, por no hablar de enviarlos aquí en esa lata oxidada a la que llaman nave.

Falconi pareció ofenderse un poco por la descripción de la Wallfish, pero a Kira le interesaba más el hecho de que la FAU no había conseguido informar a la Séptima de su huida. *La flota debe de haber desconectado las comunicaciones. O eso, o la situación en Sol ha empeorado mucho desde que nos fuimos.*

El almirante no había terminado aún:

—Por si fuera poco, deduzco por las naves medusa que los acompañan que han alertado ustedes al Nudo de Mentes, lo que significa que mis cazadores-rastreadores están dando vueltas como idiotas en mitad de la nada, en lugar de estar aquí ayudándonos.

El almirante clavó un dedo en el holograma, y Kira dio un respingo.

—Y *eso* se llama traición, capitán. Y le digo lo mismo a usted, Navárez. A todos.

Kira y la tripulación se miraron entre sí.

—No somos traidores —dijo Sparrow, dolida—. Señor.

—Hemos venido a ayudar —añadió Kira, más tranquila—. Si quieren tener alguna oportunidad de sobrevivir a esta batalla, por no hablar de ganar la guerra, tiene que escucharnos.

—No me diga. —El escepticismo de Klein alcanzaba niveles espectaculares.

—Sí, señor. Por favor.

La mirada del almirante se desvió hacia un lado, y Kira tuvo la impresión de que alguien le estaba hablando fuera de cámara. De pronto volvió a centrar su atención en la pantalla, mirándolos con sus ojos duros e inflexibles.

—Tiene *una* oportunidad para convencerme de que no clasifique a la Wallfish como combatiente enemigo, Navárez. Aprovéchela.

Kira le tomó la palabra. Habló con claridad, con rapidez y fue lo más directa que pudo, pero sin intentar disimular su desesperación. Eso también era importante.

Tuvo que reconocer que el almirante la escuchó sin interrumpirla. Cuando acabó, su ceño oscuro estaba profundamente fruncido.

—Menuda historia, Navárez. ¿De verdad espera que me la crea?

Fue Tschetter quien respondió:

—Señor, no hace falta que nos crea. Solo necesitamos…

—¿Por qué habla en plural, mayor? —la interrumpió Klein—. Que yo sepa, sigue usted formando parte de las Fuerzas Armadas Unificadas. No responde ante las medusas, sino ante su oficial superior más cercano, que en este momento soy *yo*.

Tschetter se puso rígida.

—Sí, señor. Soy consciente, señor. Solamente intento responder a su pregunta. —A Kira le resultaba extraño ver a Tschetter tratando a otra persona como una figura de autoridad.

Klein se cruzó de brazos.

—Continúe.

—Sí, señor. Como iba diciendo, no necesitamos que nos crea. No le estamos pidiendo ayuda, ni tampoco que ignore sus órdenes. Lo único que queremos es que no rompan las hostilidades hasta que hayamos entrado en el sistema. Y si conseguimos matar a Ctein, que no ataquen al Nudo de Mentes inmediatamente. Deles la oportunidad de tomar el mando de las medusas y retirar sus fuerzas. Almirante, podríamos poner fin a la guerra entre nuestras dos especies de un solo golpe. Merece la pena arriesgarse.

—¿De verdad creen poder matar a ese tal Ctein? —preguntó Klein. Falconi asintió.

—Yo diría que tenemos bastantes posibilidades. No lo intentaríamos de no ser así.

El almirante soltó un gruñido.

—Mis *órdenes* eran eliminar al Nudo de Mentes, a la flota medusa y a sus líderes actuales, y los dos últimos son los objetivos prioritarios. —Los miró fijamente bajo sus espesas cejas—. Si logran matar a Ctein, y si el Nudo consigue controlar al resto de las medusas... Bueno, supongo que en ese caso el Nudo se convertiría en el nuevo líder de las medusas. Técnicamente dejarían de ser el Nudo. Y eso también neutralizaría la amenaza de la flota medusa... Es un poco enrevesado, pero creo que el Eminente podría tragárselo.

Kira notó que la tensión del ambiente se aliviaba un poco.

—Gracias, señor —dijo Tschetter—. No se arrepentirá.

Klein soltó un gruñido ambiguo.

—Lo cierto es que ir a por el Nudo de Mentes era una cagada estratégica, y yo no era el único que lo pensaba... Si tienen éxito, muchos hombres y mujeres les deberán la vida. —Entornó los ojos—. En cuanto a usted, mayor, si sobrevivimos a esto, se presentará ante la Séptima sin dilación. Es una orden. Haber descabezado a las medusas le vendrá muy bien para facilitar su reincorporación, pero en cualquier caso Inteligencia querrá hacerle un interrogatorio de lo más... exhaustivo. Ya sabe cómo es esto. Después ya pensaremos qué mierda hacemos con usted.

—Sí, señor —contestó la mayor—. Entendido. —A Kira le dio la impresión de que la idea no la entusiasmaba a Tschetter.

—Bien. —Klein devolvió la atención al centro de mando—. Tengo que dejarlos. Entraremos en combate con las medusas en algo menos de siete horas. Nos van a tener muy ocupados, pero intentaremos alejar a sus fuerzas de la Hierofante Curtido. El resto depende de ustedes. Si hay algún cambio de planes, avisen a Aletheia, nuestra mente de a bordo. Buena suerte y buen vuelo. —Kira se sorprendió cuando el almirante se despidió con un saludo militar—. Navárez. Capitán Falconi.

CAPÍTULO III

★ ★ ★ ★ ★ ★ ★ ★

INTEGRATUM

1.

—Ha ido… bien —dijo Nielsen. Sparrow chasqueó la lengua.

—¿Qué otra cosa podía hacer?

—¿Cuánto nos falta para llegar? —preguntó Kira.

Falconi miró de reojo la pantalla.

—La flota nos lleva un poco de ventaja, así que… siete horas, más o menos, hasta que estemos a tiro de la Hierofante.

—Eso suponiendo que las medusas no muevan la Hierofante, ¿no? —preguntó Veera. Mientras su compañera hablaba, Jorrus movía la boca en silencio, recreando sus palabras.

Tschetter, que volvía a ocupar la mayor parte de la pantalla, fue quien respondió:

—No deberían. Lphet les ha dejado claro que en la Wallfish tenemos información que Ctein debe oler.

—¿Oler? —preguntó Hwa-jung, arrugando la nariz.

—Así lo ha expresado Lphet.

Siete horas. No disponían de mucho tiempo antes de saber si iban a vivir o a morir. Fuera cual fuera su destino, ya no tenían escapatoria. Aunque en realidad nunca la habían tenido.

Falconi pareció adivinar sus pensamientos. Cuando cerró la llamada de Tschetter, dijo:

—Ha sido un día muy largo, y no creo que yo sea el único al que el calor ha dejado como una bayeta escurrida. —La tripulación asintió—. Muy bien. Comed y descansad un poco. Dormid si podéis. Si no podéis, Doc os dará unos estimulantes más tarde. Pero sería mejor que durmierais. Tenemos que estar espabilados cuando lleguemos. Aseguraos de regresar a Control una hora antes del contacto. Ah, y todos con dermotraje completo. Por si acaso.

2.

Por si acaso. La expresión le resonaba en los oídos. ¿Qué podían hacer si las cosas se torcían, como ocurría casi siempre? Un solo disparo de cualquiera de las naves medusa sería más que suficiente para inutilizar o destruir la Wallfish... No servía de nada pensar en ello, y sin embargo no podía evitarlo. Estar preparado era la mejor precaución contra los inevitables contratiempos de los viajes espaciales, pero sus opciones eran limitadas cuando el resultado lo iban a decidir naves y no individuos.

Ayudó a Hwa-jung a realizar varias tareas de mantenimiento en la nave. Después se pasaron por la cocina. Todos salvo Vishal estaban ya allí, congregados en torno a la mesa más cercana.

Kira se sirvió unas raciones y fue a sentarse con Nielsen. La primera oficial la saludó con la cabeza.

—Creo... que voy a grabar un mensaje para mi familia y se lo voy a enviar a Tschetter y a la Séptima. Por si acaso.

Por si acaso.

—Me parece buena idea. Puede que yo haga lo mismo.

Al igual que los demás, Kira comió y habló; especulaban acerca del mejor modo de destruir a la Hierofante Curtido con uno de sus obuses Casaba (porque seguramente solo podrían efectuar un disparo antes de que los detectaran), y también sobre cómo iban a sobrevivir al caos que se produciría enseguida.

El consenso general era que tenían una grave desventaja ahora que Gregorovich no podía supervisar las operaciones de la Wallfish. Como la mayoría de mentes de a bordo, Gregorovich se ocupaba de manejar los láseres, los obuses Casaba, las contramedidas antiláser y antimisiles y las defensas contra ciberataques, además de supervisar el pilotaje de la Wallfish en combate, donde era tan importante la estrategia como el cálculo de las implacables matemáticas de su delta-v.

Morven, la pseudointeligencia, era bastante capaz, pero como todo los programas de su clase, tenía unos límites de los que carecía la inteligencia humana (o de origen humano).

—Le falta imaginación —resumió Sparrow—. Es la verdad. No voy a decir que seremos patos de feria, pero casi.

—¿Hasta qué punto crees que perderemos eficacia operacional? —le preguntó Falconi.

Sparrow encogió sus anchos hombros.

—Dímelo tú. Piensa en cómo funcionaba la nave antes de que Gregorovich estuviera a bordo. Las cifras de la FAU calculan una diferencia de entre el 14 y el 28%. Y...

—¿Tanto? —preguntó Nielsen. Fue Hwa-jung quien respondió:

—Gregorovich ayuda a supervisar el equilibrio entre todos los sistemas de la nave y se comunica con cada uno de nosotros.

Sparrow asintió con firmeza.

—Sí. Lo que iba a decir es que, en términos estratégicos y logísticos (y en cualquier proceso creativo de resolución de problemas), las mentes de a bordo le dan diez mil vueltas a cualquier otra persona o cosa. En realidad no es del todo cuantificable, pero la FAU calcula que, para esa clase de tareas, las mentes de a bordo están al menos un orden de magnitud por encima de cualquier humano normal, por no hablar de una pseudointeligencia.

—Pero solo mientras... —empezó a decir Jorrus. Titubeó, esperando a que Veera terminara su frase. Cuando la mujer negó con la cabeza, sin saber qué decir, Jorrus continuó, desconcertado—: Eh... solo mientras estén funcionales.

—Gran verdad —dijo Falconi—. Eso se aplica a todos.

Kira jugueteó con su comida mientras pensaba en la situación. *Ojalá...* No. La idea seguía siendo demasiado extravagante. Entonces recordó la imagen de la flota medusa alrededor de Cordova. Tal vez, dadas las circunstancias, ninguna idea era demasiado extravagante.

La conversación de la cocina se detuvo en cuanto Vishal apareció en el umbral. Parecía demacrado y exhausto.

—¿Y bien? —preguntó Falconi.

Vishal sacudió la cabeza y levantó un dedo. Sin decir una palabra, caminó hasta el fondo de la cocina, buscó una bolsa de café instantáneo y se lo bebió de un tirón. Entonces, y solo entonces, se plantó delante del capitán.

—¿Tan mal está? —preguntó Falconi.

Nielsen se inclinó hacia ellos.

—¿Cómo está Gregorovich?

Vishal suspiró y se frotó las manos.

—Sus implantes están demasiado dañados; yo no puedo repararlos. No puedo retirar ni sustituir los cables quemados. Y tampoco puedo identificar cuáles terminan en una neurona muerta. He intentado derivar las señales a otras zonas de su cerebro en las que los cables aún funcionen, pero no hay suficientes, o bien Gregorovich no distingue la señal entre la información sensorial desorganizada que recibe.

—¿Continúa sedado? —preguntó Falconi.

—Sí.

—Pero ¿se pondrá bien? —preguntó Nielsen. Sparrow se revolvió en su asiento.

—Eso, ¿va a tener daños permanentes?

—No —respondió Vishal con cautela—. Pero tendremos que llevarlo a una instalación adecuada. Las conexiones continúan degradándose. Dentro de un día, es posible que Gregorovich se quede completamente aislado de su ordenador interno. Estaría totalmente solo.

—Mierda —dijo Sparrow.

Falconi se volvió hacia los entropistas.

—Supongo que vosotros tampoco podéis hacer nada…

Ambos negaron con la cabeza.

—Me temo que no —dijo Veera—. Los implantes son algo muy delicado…

—… preferiríamos no trabajar con una red neuronal de tamaño ordinario, y no digamos…

—… con la de una mente de a bordo. —Los entropistas parecieron alegrarse de la fluidez de aquella conversación.

Falconi hizo una mueca.

—Me lo temía. Doc, todavía puedes congelarlo, ¿no?

—Sí, señor.

—Pues es mejor que lo hagas ya. Así estará más seguro.

Kira golpeó su plato con el tenedor. Todos la miraron.

—A ver si lo he entendido —dijo, sopesando sus palabras—. Lo único que no le funciona bien a Gregorovich son los cables conectados a su cerebro, ¿verdad?

—Oh, hay muchas otras cosas que no le funcionan bien —bromeó Sparrow.

Vishal puso cara de exasperación.

—Correcto, Srta. Kira.

—¿No tiene una gran cantidad de tejido dañado ni nada parecido?

Vishal empezó a caminar hacia la puerta, evidentemente ansioso por regresar con Gregorovich. Se detuvo al llegar al umbral.

—No. El único daño es el de las neuronas situadas en los extremos de algunos cables, pero es una pérdida insignificante para una mente de su tamaño.

—Entiendo —dijo Kira, volviendo a chocar el tenedor con el plato.

Falconi la miró con suspicacia.

—Kira —dijo en tono de advertencia—. ¿Qué estás pensando?

Aguardó un momento antes de responder:

—Estoy pensando… en utilizar al filo dúctil para ayudar a Gregorovich.

Todos empezaron a hablar a grandes voces.

—¡Dejad que me explique! —exclamó Kira. Consiguió que se calmaran un poco—. Podría hacerle lo mismo que hice con Akawe en Cygni: conectar el filo dúctil a los nervios de Gregorovich. Pero en este caso volvería a conectarlos con los cables de su red neuronal.

Sparrow soltó un silbido largo y agudo.

—Thule. ¿Crees que funcionaría?

—Sí. Pero no puedo garantizarlo. —Kira volvió a mirar a Falconi—. Tú mismo me viste resucitar al bonsái. Y también has visto lo que hice en mi camarote. El filo dúctil no es solamente un arma. Es capaz de muchísimo más.

Falconi se rascó la barbilla.

—Greg es una persona, no una planta. Hay una gran diferencia.

—Aunque el filo dúctil sea capaz, ¿crees que *tú* serías capaz, Kira? —preguntó Nielsen.

La pregunta resonó dentro de su cabeza. Ella se lo había preguntado a menudo desde que el xeno se había unido a ella. ¿Podía controlarlo? ¿Podía utilizarlo de manera responsable? ¿Podía dominarse a sí misma lo bastante para eso? Se irguió y levantó la barbilla, sintiendo que la respuesta crecía en su interior, alimentada por el dolor y los largos meses de entrenamiento.

—Sí. No sé hasta qué punto funcionará (es probable que Gregorovich tenga que volver a acostumbrarse a sus implantes, como cuando se los instalaron por primera vez), pero creo que puedo volver a conectarlo.

Hwa-jung se cruzó de brazos.

—No deberías hurgar dentro de la cabeza de alguien si no sabes lo que haces. No es una máquina.

—Sí —dijo Sparrow—. ¿Y si le trituras el cerebro? ¿Y si te cargas todos sus recuerdos?

—No interactuaría con todo su cerebro, solamente con la interfaz a la que conecta el ordenador.

—No puedes estar segura de eso —dijo Nielsen con cautela.

—Estoy bastante segura. Mirad, si creéis que no vale la pena, no vale la pena. —Kira separó las manos—. Yo solo digo que puedo intentarlo. —Miró fijamente al capitán—. Tú decides.

Falconi se daba golpes en la pierna con un ritmo endiablado.

—Estás muy callado, Doc. ¿Tú qué opinas?

Vishal, que seguía junto a la puerta, se pasó los largos dedos por su rostro igualmente alargado.

—¿Qué espera que le diga, capitán? Como médico de a bordo, no puedo recomendarlo. Los riesgos son demasiado altos. El único tratamiento razonable sería llevar a Gregorovich a una instalación médica adecuada, en la Liga.

—Pero eso no va a poder ser, Doc —dijo Falconi—. Aunque consigamos salir de esta con vida, no sabemos en qué condiciones estará la Liga cuando regresemos.

Vishal inclinó la cabeza.

—Lo sé perfectamente, capitán.

Falconi frunció el ceño profundamente. Durante varios segundos, se quedó mirando a Kira en silencio, escudriñándola como si pudiera ver su alma. Ella le sostuvo la mirada sin pestañear ni apartar la vista.

—Está bien. Hazlo —dijo finalmente Falconi.

—Capitán, como médico del paciente, es mi obligación objetar —dijo Vishal—. Tengo serias dudas sobre el resultado de este procedimiento.

—Tomo nota de tu objeción, pero voy a tener que rechazarla, Doc.

Vishal no parecía sorprendido.

—Capitán —dijo Nielsen en tono de advertencia—. Podría matarlo.

Falconi se giró hacia ella.

—Estamos volando directamente hacia el corazón de la flota medusa. Eso tiene prioridad.

—Salvo...

—*Audrey*. —Falconi le enseñó los dientes mientras hablaba—. Uno de mis tripulantes está incapacitado, lo que pone en peligro tanto a mi nave como al resto de mi tripulación. Esto no es un trabajillo de transporte ni un recado de poca monta. Es un asunto de vida o muerte. No tenemos ni un milímetro de margen de maniobra. Si la cagamos, se acabó. Gregorovich es crucial para la misión, y ahora mismo no nos sirve de nada. Yo soy su capitán, y ya que él no puede tomar la decisión por sí mismo, voy a tener que tomarla en su nombre.

Nielsen se levantó y cruzó la cocina hasta encararse con Falconi.

—¿Y qué pasa si decide desobedecerte de nuevo? ¿Ya te has olvidado?

La tensión iba en aumento.

—Greg y yo tendremos una pequeña charla —contestó Falconi, con los dientes apretados—. Lo resolveremos, confía en mí. Él se juega la vida tanto como nosotros. Si puede ayudarnos, lo hará. De eso estoy seguro.

Durante un momento, pareció que Nielsen no iba a apartarse. Pero después cedió con un suspiro de derrota.

—De acuerdo, capitán. Si estás convencido de que es lo mejor...

—Lo estoy. —Falconi volvió a mirar a Kira—. Será mejor que te des prisa. No tenemos mucho tiempo.

Kira asintió y se levantó.

—Y Kira... —Falconi la miró con severidad—. Ten mucho cuidado.

—Por supuesto.

Falconi asintió, aparentemente satisfecho.

—Hwa-jung, Vishal, id con ella. Echadle un ojo a Gregorovich y aseguraos de que no le pase nada.

—Sí.

—Sí, señor.

3.

Con el doctor y la jefa de máquinas a la zaga, Kira salió corriendo de Control y descendió una cubierta hasta la sala sellada que contenía el sarcófago de Gregorovich. De camino, Kira sentía un hormigueo en la piel por el subidón de adrenalina.

¿De verdad iba a hacerlo? *Mierda*. Falconi tenía razón: no había margen de error. El repentino peso de la responsabilidad hizo que Kira se detuviera un segundo para cuestionarse sus decisiones. No, ella podía con esto. Solamente tenía que asegurarse de trabajar en armonía con el xeno. Lo último que quería era que el filo dúctil tomara la iniciativa y empezara a modificar a su antojo el cerebro de Gregorovich.

Al llegar junto al sarcófago, Hwa-jung le tendió a Kira los mismos auriculares alámbricos que había usado la vez anterior.

—Srta. Kira, el capitán ha dado la orden, pero si considero que Gregorovich corre el menor peligro, le diré que pare y tendrá que parar.

—Entendido —dijo Kira. No creía que el doctor pudiera hacer nada por detener a Kira o al filo dúctil una vez que empezaran su tarea, pero quería respetar la petición de Vishal. Pasara lo que pasara, no quería hacer daño a Gregorovich.

Vishal asintió.

—Bien. Estaré supervisando las constantes vitales de Gregorovich. Si alguna entra en la zona roja, le avisaré.

—Yo vigilaré los implantes de Gregorovich —añadió Hwa-jung—. Ahora mismo están al… 42% de capacidad operativa.

—De acuerdo —dijo Kira, sentándose al lado del sarcófago—. Voy a necesitar un puerto de acceso para el filo dúctil.

—Aquí —respondió Hwa-jung, señalando el lateral del sarcófago.

Kira se puso los auriculares en las orejas.

—Primero voy a intentar hablar con Gregorovich para pedirle permiso.

Vishal negó con la cabeza.

—Inténtelo si quiere, Srta. Kira, pero yo no he logrado hablar con él y la situación no ha mejorado.

—Aun así, me gustaría intentarlo.

En cuanto Kira conectó los auriculares, un rugido atronador le llenó los oídos. Distinguía retazos de palabras, como gritos perdidos en una tormenta incesante. Llamó a la mente de a bordo por su nombre, pero no sabía si podía oírla. Y en caso de que estuviera respondiendo, su voz se perdía en el estruendo.

Siguió intentándolo un minuto más antes de quitarse los auriculares.

—No ha habido suerte —les dijo a Vishal y a Hwa-jung.

Entonces, Kira envió las primeras hebras del filo dúctil hacia el puerto de acceso. *Cuidado*. Esa era la directriz que le estaba transmitiendo al xeno: *Ten cuidado y no le hagas daño*.

Al principio solo notó metal y electricidad. Después paladeó el baño de nutrientes en el que estaba inmerso Gregorovich, hasta que el metal dio paso a la materia cerebral. Despacio, sumamente despacio, Kira buscó un punto de conexión, una manera de salvar el abismo que separaba la materia de la consciencia, un portal que le permitiera llegar hasta la mente desde el cerebro.

Dejó que los zarcillos se subdividieran hasta formar una alfombra de monofilamentos tan finos y sensibles como nervios. Las hebras tantearon el interior del sarcófago hasta que, finalmente, se toparon con lo que Kira estaba buscando: la membrana de cables que cubría el enorme cerebro de Gregorovich y penetraban profundamente en sus surcos grises, dando forma a la estructura física de sus implantes.

Se enroscó alrededor de cada uno de los diminutos cables y los siguió hacia el interior. Algunos terminaban en una dendrita, señalando el punto en el que lo artificial se fusionaba con lo orgánico. Pero muchos de ellos acababan en una esfera de metal derretido o en una neurona muerta y marchita.

Entonces, delicadamente, muy delicadamente, Kira empezó a reparar las conexiones dañadas. En el caso de los cables derretidos, alisaba la esfera del extremo para asegurar una conexión adecuada con la dendrita correspondiente. Y en el caso de los que terminaban en una neurona muerta, reposicionaba el cable hasta conectarlo con la dendrita sana más próxima, desplazándolo distancias infinitesimales por el tejido cerebral de Gregorovich.

Con cada cable reconectado, Kira sentía una breve descarga de electricidad que pasaba de uno a otro. Era una sensación intensa y satisfactoria, que le dejaba un leve regusto metálico en la lengua. A veces creía detectar una fugaz sensación proveniente de una neurona, como un cosquilleo en el fondo de la mente.

A pesar de la escala microscópica a la que estaba trabajando, le resultaba relativamente fácil conectar los cables. Lo que *no* era fácil era la magnitud de la tarea. Había miles y miles de cables, y era necesario comprobarlos todos. Tras los primeros minutos, Kira se dio cuenta de que tardaría días en completar la tarea a mano (por así decirlo). Y no tenían tanto tiempo.

Pero no estaba dispuesta a rendirse, y eso quería decir que solo podía hacer una cosa. Rezando desesperadamente por no estar cometiendo un grave error, visualizó su objetivo con claridad: *alisar los cables fundidos y conectarlos a las neuronas más cercanas*. Hizo lo posible por transmitírselo al filo dúctil. Acto seguido, aflojó su control sobre el xeno con el mayor cuidado posible, como si estuviera dejando suelto a un animal salvaje que podía reaccionar de un modo imprevisible.

Por favor.

Y el filo dúctil obedeció. Se deslizó por los cables formando una película casi atómica, desplazando el metal, apartando las células y realineando los cables con las dendritas.

La consciencia de su propio cuerpo (además del material sobrante de su camarote) empezó a desdibujarse; cada fragmento de su consciencia se dividía entre los miles y miles de monofilamentos que manipulaba el xeno. En un momento dado, oyó que Hwa-jung decía:

—¡Cuarenta y cinco por ciento!… Cuarenta y siete… Cuarenta y ocho…

Kira se aisló del sonido de su voz mientras se concentraba en su tarea. *Cables, alisar, conectar.*

La conexión de tantísimos cables le producía una oleada de hormigueos fríos y cálidos en la cabeza, diminutas explosiones acompañadas por una sensación expansiva.

La sensación se acumulaba, crecía cada vez más deprisa. Y entonces...

En su mente se abrió un telón, y un vasto paisaje se desplegó ante ella. Kira sentía una Presencia en su interior. De no haber sido por su entrenamiento con el filo dúctil, la experiencia habría resultado abrumadora, insoportable... como si un titán le cayera encima con todo su peso.

Soltó un grito ahogado e intentó retroceder, pero se dio cuenta de que no podía moverse.

Vishal y Hwa-jung hablaban con voz alarmada, y el doctor le dijo desde muy lejos:

—¡Srta. Kira! ¡Pare! No sé qué está haciendo, pero está alterando sus neurotr...

Su voz se apagó, y Kira ya solo fue consciente de la inmensidad que la rodeaba.

Gregorovich —dijo, pero no hubo respuesta. Insistió, procurando manifestar su presencia—: *¡Gregorovich! ¿Me oyes?*.

Unos pensamientos lejanos se arremolinaban en lo alto, como nubes de tormenta fuera de su alcance y demasiado inmensas para comprenderlas. Entonces restalló un relámpago y...

La nave temblaba, y en el exterior las estrellas daban vueltas. Brotaba fuego del flanco izquierdo: un meteoro había alcanzado el generador principal...

Destellos. Gritos. Un aullido rasgó el cielo. Bajo sus pies, un paisaje distorsionado de humo y fuego se acercaba. Demasiado rápido. No podía frenar. Los paracaídas de emergencia fallaron.

Oscuridad durante un período de tiempo ya olvidado. Gratitud e incredulidad frente a la continuidad de su existencia: la nave tendría que haber explotado. Debería haberlo hecho. Quizá habría sido mejor así. Siete tripulantes vivos, siete de veintiocho.

Después, el lento avance de los días. Hambre e inanición para sus protegidos, y después muerte para todos, uno tras otro. Y en su caso, algo peor que la muerte: el aislamiento. La soledad más total y absoluta. Una reina del espacio infinito, atrapada en una cáscara de nuez y atormentada por unos sueños que la hacían gritar, gritar y gritar...

El recuerdo comenzó de nuevo, repitiéndose como un ordenador atascado en un bucle, incapaz de romperlo, incapaz de reiniciarse.

No estás solo —gritó Kira en la dirección de la tormenta. Pero era como intentar captar la atención de la tierra, del mar o del universo entero. La Presencia no reparó en ella. Volvió a intentarlo. Volvió a fracasar. En lugar de palabras, probó con emociones: consuelo, compañía, compasión y solidaridad. Y por debajo de todas ellas, urgencia.

No supuso ninguna diferencia, o al menos Kira no notó ninguna.

Volvió a llamarlo, pero la mente de a bordo seguía sin oírla. O si la oía, se negaba a responderle. Las nubes de tormenta seguían allí. Intentó contactar dos veces más con Gregorovich, con el mismo resultado.

Tenía ganas de gritar. No podía hacer nada más. El lugar en el que la mente de a bordo se había encerrado estaba fuera del alcance del xeno y de Kira.

Y el tiempo... el tiempo se agotaba.

Finalmente, el filo dúctil dio por terminada su tarea. A regañadientes, Kira desconectó los zarcillos del traje de los entresijos del cerebro de Gregorovich y los extrajo cuidadosamente. El telón volvió a cerrarse al interrumpir el contacto, y la Presencia también se desvaneció, dejando a Kira sola con su consorte alienígena, el filo dúctil.

...

4.

Kira se tambaleó en cuanto abrió los ojos. Mareada, se apoyó en el frío sarcófago de metal.

—¿Qué ha ocurrido, Srta. Kira? —preguntó Vishal, acercándose. Hwa-jung también la observaba con preocupación—. Hemos intentado despertarla, pero no ha habido manera.

Kira se humedeció la lengua, sintiéndose desorientada.

—¿Y Gregorovich? —dijo con voz ronca.

—Sus lecturas vuelven a ser normales —contestó la jefa de máquinas.

Kira asintió, aliviada, y se apartó del sarcófago.

—He reparado sus implantes, supongo que podéis verlo. Pero ha pasado una cosa rarísima...

—¿Qué ha sucedido, Srta. Kira? —preguntó Vishal, inclinándose hacia ella con el ceño fruncido.

Kira intentó buscar las palabras adecuadas.

—El filo dúctil ha conectado mi cerebro con el suyo.

Vishal abrió los ojos de par en par.

—No. ¡¿Un enlace neuronal directo?!

Kira volvió a asentir.

—No era mi intención. El xeno nos ha conectado de pronto. Durante un momento, los dos teníamos una... una...

—¿Una mente colmena? —le ayudó Hwa-jung.

—Sí. Igual que los entropistas.

Vishal chasqueó la lengua mientras ayudaba a Kira a levantarse.

—Formar una mente colmena con una mente de a bordo es algo muy peligroso para un humano sin aumentos, Srta. Kira.

—Lo sé. Menos mal que yo sí que tengo aumentos —replicó Kira con ironía, palpando las fibras negras de su brazo para dejar claro a qué se refería.

—¿Has podido hablar con él? —preguntó Hwa-jung.

Kira frunció el ceño, turbada por los recuerdos.

—No. Lo he intentado, pero las mentes de a bordo son...

—Diferentes —se le adelantó Hwa-jung.

—Sí. Ya lo sabía, pero nunca había entendido hasta qué punto lo son. —Le devolvió los auriculares—. Lo siento, no he conseguido que me oiga.

Hwa-jung le tendió los auriculares a Vishal.

—Estoy seguro de que ha hecho todo lo posible, Srta. Kira.

Se preguntó si sería verdad.

El doctor volvió a conectar los auriculares al sarcófago. Ante la mirada interrogativa de Kira y Hwa-jung, dijo:

—Voy a intentar hablar con Gregorovich de una forma más convencional, ¿sí? A lo mejor ahora está en condiciones de comunicarse.

—¿Vas a mantenerlo aislado del resto de la nave? —preguntó Kira, adivinando la respuesta.

Hwa-jung soltó un gruñido afirmativo.

—Hasta que estemos seguros de que no es una amenaza para la Wallfish, lo mantendremos así.

Esperaron mientras Vishal intentaba contactar con Gregorovich varias veces. Después de repetir las mismas frases durante un minuto, el doctor se desconectó del sarcófago y suspiró.

—Sigue sin decir nada que yo pueda entender.

—Informaré a Falconi —dijo Kira, decepcionada.

Vishal levantó la mano.

—Espere unos minutos más, Srta. Kira, se lo ruego. Creo que sería muy positivo realizarle algunas pruebas. Hasta entonces, no puedo afirmar con seguridad cuál es el estado de Gregorovich. Y ahora, salgan las dos. Necesito espacio.

—Está bien —dijo Kira.

Hwa-jung y ella se quedaron en el pasillo mientras esperaban a que el doctor realizara las pruebas.

La mente de Kira seguía acelerada por la experiencia. Sentía que era su propia mente la que se había vuelto del revés. Incapaz de estarse quieta, caminó de un lado a otro por el pasillo. Hwa-jung se acuclilló con la espalda apoyada en la pared, cruzada de brazos y con la barbilla sobre el pecho.

—No sé cómo lo hace —dijo Kira.

—¿Quién?

—Gregorovich. Tiene *muchísimas* cosas en la cabeza. No sé cómo es capaz de procesarlo todo, y mucho menos interactuar con nosotros.

Hwa-jung se encogió lentamente de hombros.

—Las mentes de a bordo se divierten con cosas muy raras.

—Ya lo creo. —Kira dejó de caminar y se acuclilló al lado de Hwa-jung. La jefa de máquinas la miró, impasible. Kira se frotó las manos y pensó en las cosas que le había contado Gregorovich en Sol, concretamente cuánto envidiaba a la mente que pintaba paisajes—. ¿Qué harás cuando termine todo esto, si es que sobrevivimos? ¿Volverás a Shin-Zar?

—Si mi familia me necesita, los ayudaré. Pero no volveré a vivir en Shin-Zar. Esa época ya pasó.

Entonces Kira recordó que los entropistas le habían ofrecido santuario en su cuartel general de Shin-Zar. Todavía guardaba su insignia en el escritorio de su camarote, oculta bajo una alfombra de tejido del filo dúctil.

—¿Cómo es Shin-Zar?

—Depende —contestó Hwa-jung—. Shin-Zar es un planeta grande.

—¿Cómo es el sitio donde creciste?

—He vivido en varios lugares. —La mujer se miró los brazos. Un momento después, añadió—: Mi familia se instaló en unas colinas, junto a una cresta montañosa. Era un sitio muy alto y bonito.

—¿Los asteroides os daban muchos problemas? Vi un documental sobre Tau Ceti en el que decían que por ese sistema hay muchas más rocas que en Sol, por ejemplo.

Hwa-jung negó con la cabeza.

—Teníamos un refugio profundo. Pero solo lo usamos una vez, cuando hubo una gran tormenta. Nuestras fuerzas de defensa destruyen casi todos los asteroides antes de que se acerquen a Shin-Zar. —Levantó la vista para mirarla a los ojos—. Por eso nuestro ejército es tan bueno. Practicamos mucho el tiro al blanco. Y el que falla, muere.

—La atmósfera es respirable, ¿verdad?

—Los humanos terranormativos necesitan oxígeno adicional. —La jefa de máquinas se señaló el esternón—. ¿Por qué crees que tenemos unos pulmones tan grandes? Dentro de doscientos años, habrá oxígeno suficiente incluso para los estrechos como tú. Pero de momento nos hace falta un pecho grande para respirar bien.

—¿Y has estado en la Nova Energium?

—La he visto, pero no he estado dentro.

—Ah… ¿Qué opinas de los entropistas?

—Es gente lista, culta, pero se meten donde no los llaman. —Hwa-jung separó los brazos y los apoyó en sus rodillas—. Siempre dicen que se marcharán de Shin-Zar si nos unimos a la Liga; es una de las razones por las que no lo hemos hecho. Traen mucho dinero a nuestro sistema, tienen muchos amigos en los gobiernos y, con sus descubrimientos, nuestras naves aventajan a las de la FAU.

—Ya. —A Kira le empezaban a doler las rodillas de estar acuclillada—. ¿Echas de menos tu hogar, el sitio donde te criaste?

Hwa-jung tamborileó en la cubierta con los nudillos.

—Haces muchas preguntas. ¡Fisgona!

—Lo siento. —Abochornada, se volvió para mirar a Vishal.

Hwa-jung murmuró algo en coreano, antes de añadir en voz baja:

—Sí, lo echo de menos. Pero mi familia no me aceptaba. No aceptaba la clase de gente que me gustaba.

—Pero sí que aceptan tu dinero.

Se le pusieron las orejas rojas.

—Es mi familia. Mi deber es ayudarlos. ¿Es que no lo entiendes? De verdad…

—Lo entiendo —contestó Kira, avergonzada.

La jefa de máquinas apartó la mirada.

—No podía hacer lo que ellos querían, pero hago lo que puedo. Tal vez algún día todo cambie. Hasta entonces… es lo que me merezco.

Desde el fondo del pasillo se oyó la voz de Sparrow:

—Te mereces algo mejor. —Se acercó a ellas y le puso una mano en el hombro a Hwa-jung. La jefa de máquinas se relajó y apoyó la cabeza en la cadera de Sparrow, que sonrió a Hwa-jung y le besó la coronilla—. Vamos. Si sigues poniendo esa cara, te vas a volver una *ajumma*.

Hwa-jung soltó un gruñido ronco, pero bajó los hombros y entornó los ojos.

—Bruta —dijo en tono afectuoso.

Vishal ya salía de la sala del sarcófago. Parecía sorprendido de verlas a las tres en mitad del pasillo.

—¿Y bien? ¿Cuál es tu diagnóstico, Doc? —preguntó Sparrow. Vishal hizo un gesto de impotencia.

—El diagnóstico es esperar y rezar, Srta. Sparrow. Gregorovich parece recuperado, pero creo que tardará un tiempo en acostumbrarse a los cambios de sus implantes.

—¿Cuánto tiempo? —preguntó Hwa-jung.

—No lo sé.

Kira también tenía sus dudas. Si el estado mental de Gregorovich no mejoraba, poco importaría que sus implantes funcionaran o no.

—¿Puedo decírselo al capitán?

—Sí, por favor —respondió Vishal—. Yo le enviaré mi informe más tarde, con los resultados de las pruebas.

Los demás se marcharon, pero Kira se quedó allí mientras llamaba a Falconi. No tardó mucho en ponerlo al corriente.

—Siento no haber podido hacer más —concluyó Kira—. He intentado hablar con él, de verdad, pero...

—Al menos te has esforzado —dijo Falconi.

—Sí.

—Y me alegro de que lo hayas hecho. Ahora vete a descansar. No nos queda mucho tiempo.

—Eso haré. Buenas noches, Salvo.

—Buenas noches, Kira.

Desanimada, regresó sin prisa a su camarote. Falconi tenía razón. No les quedaba mucho tiempo. Tendría suerte si conseguía dormir seis horas. Por la mañana no tendría más remedio que recurrir a las pastillas. No podía permitirse estar adormilada cuando atacaran la Hierofante Curtido.

La puerta se cerró a sus espaldas con un frío chasquido. Le pareció oírlo también en su corazón, recordándole que se aproximaba lo inevitable.

Procuró no pensar en lo que estaban a punto de hacer, pero le resultaba imposible. Ella jamás había querido ser soldado y, sin embargo, allí estaba, volando directamente hacia el corazón de una batalla, dispuesta a atacar a la medusa más poderosa de todas...

«Si me vierais ahora mismo...», murmuró, pensando en sus padres. Estarían orgullosos de ella. Al menos eso esperaba. No les haría gracia que anduviera matando por ahí, pero se enorgullecerían de que la tripulación y Kira estuvieran intentando proteger a la humanidad. Eso, más que ninguna otra cosa, lo considerarían digno.

Alan también habría estado de acuerdo.

Se estremeció.

A una orden suya, el filo dúctil despejó el escritorio y la silla de su camarote. Kira se sentó, conectó la consola con un dedo y empezó a grabar.

«Hola, mamá, papá, hermanita. Estamos a punto de atacar a las medusas en Cordova-1420. Es una larga historia, pero por si la misión no sale bien, quería enviaros esto. No sé si os llegó mi mensaje anterior, así que voy a incluir una copia en este».

Con frases breves y concisas, Kira les describió su malograda visita a Sol y los motivos por los que habían accedido a ayudar al Nudo de Mentes. Concluyó diciendo:

«Como ya os he dicho, no sé lo que va a pasar. Aunque consigamos salir con vida de esta, la FAU querrá capturarme de nuevo. Sea como sea, me parece que no volveré a ver Weyland en una buena temporada... Lo siento. Os quiero a todos. Si puedo, intentaré enviaros otro mensaje, pero tal vez tarde un tiempo. Espero que estéis bien. Adiós».

Se dio un beso en los dedos y después los presionó contra la cámara.

Cuando cortó la grabación, se permitió un breve momento de duelo, un sollozo hiposo que le oprimió el corazón en un puño antes de poder relajarse.

La calma era buena. Era necesaria. Necesitaba calma.

Le pidió a Morven que enviara su mensaje a la Séptima Flota, y después apagó la consola y caminó hasta el lavabo. Se lavó la cara con agua fría y, parpadeando, dejó que las gotas le resbalaran por las mejillas. Después se quitó el mono arrugado, le pidió al filo dúctil que atenuara el resplandor de los orbes y se metió bajo las sábanas raídas.

Le hizo falta toda su fuerza de voluntad para no abrir su holofaz y consultar lo que estaba ocurriendo en el sistema. Si lo hacía, sabía que no conseguiría dormirse.

Así que permaneció a oscuras y se concentró en ralentizar la respiración y relajar los músculos, imaginándose que se hundía en el colchón hasta la cubierta...

Hizo todo eso, y sin embargo el sueño continuaba eludiéndola. Las palabras y los pensamientos no conseguían borrar la proximidad del peligro, y por eso su cuerpo se negaba a aceptar aquella falsa seguridad y no se relajaba ni permitía que su mente hiciera otra cosa que estar alerta ante las criaturas colmilludas que su instinto le decía que acechaban entre las sombras.

Dentro de unas horas, tal vez estaría muerta. Todos ellos. *Finito. Kaput.* En el otro barrio. Sin reinicios. Sin segundas oportunidades. *Muerta.*

El corazón de Kira empezó a retumbar bajo el mazazo de la adrenalina, más potente que cualquier bebida alcohólica. Se incorporó, jadeando y aferrándose el pecho. Un profundo gemido escapó de su garganta mientras se encorvaba, tratando de respirar.

A su alrededor oyó el oscuro susurro de miles de espinas, afiladas como agujas, que brotaban de las paredes del camarote.

No le importaba. Nada de eso importaba, tan solo el hielo que le atenazaba las entrañas y el dolor que le perforaba el corazón.

Muerta. Kira no estaba preparada para morir. Todavía no. Faltaba mucho, mucho tiempo para eso. Preferiblemente, nunca. Pero no había escapatoria. No había escapatoria para lo que les deparaba el día siguiente...

«¡Gaaah!».

Tenía miedo, más miedo del que había tenido jamás. Y lo peor de todo era saber que absolutamente *nada* podía cambiar la situación. Todos los tripulantes de la Wallfish estaban encerrados en un cohete que se dirigía como una flecha hacia su perdición, y no era posible bajarse en la parada anterior, a menos que uno quisiera ponerse un bláster en la sien y apretar el gatillo para tomar un atajo.

¿Los oscuros sueños de Gregorovich le habían infectado la mente? No lo sabía. No importaba. En realidad no importaba nada, nada salvo el abismo aterrador que se extendía ante ella.

Incapaz de estarse quieta ni un minuto más, bajó las piernas de la cama. Ojalá pudiera escribirle un mensaje a Gregorovich. Él *sí* que la entendería.

Se estremeció y le pidió al filo dúctil que reactivara los nódulos luminosos que envolvían el camarote. Un tenue resplandor verde iluminó las paredes erizadas.

Kira intentó respirar lo más hondo posible. *No lo pienses. No lo pienses. No...* Dejó que su mirada vagara por la habitación, buscando algo con lo que distraerse.

Se fijó en el arañazo de su mesa, el arañazo que ella misma había hecho la primera vez que había intentado obligar al filo dúctil a despegarse de su cuerpo. Había sido... ¿en su segundo día en la Wallfish? ¿En el tercero?

Daba igual.

Un sudor helado le cubría el rostro. Se abrazó el cuerpo, pero ningún calor externo podía remediar el frío que sentía.

No quería estar sola. Ahora no. Necesitaba ver a otra persona, oír otra voz, consolarse con su cercanía y saber que la suya no era la única consciencia que se enfrentaba al vacío. No era una cuestión de lógica ni de filosofía (Kira *sabía* que hacían lo correcto al ayudar al Nudo de Mentes), sino más bien un instinto animal. La lógica solo servía hasta cierto punto. A veces, el remedio contra la oscuridad pasaba por encontrar otra llama encendida.

Sintiendo todavía que el corazón intentaba escapársele del pecho, Kira se puso en pie de un brinco, abrió su taquilla y sacó el mono. Se vistió con manos temblorosas.

Suficiente.

Atrás, le ordenó al filo dúctil. Las protuberancias de las paredes temblaron y retrocedieron varios centímetros, pero se negaron a desaparecer.

Le daba igual. Las espinas se apartaron mientras caminaba hasta la puerta; eso era lo único que necesitaba.

Kira avanzó por el pasillo con paso firme. Ahora que se estaba moviendo, no quería demorarse, y mucho menos parar. Con cada paso sentía que se balanceaba al borde de un precipicio.

Subió un nivel por el conducto central, hasta la cubierta C. El pasillo, apenas iluminado, estaba tan silencioso que a Kira le dio miedo hacer ruido. Tenía la impresión de que ella era la única persona a bordo, una solitaria chispa rodeada por la sofocante inmensidad del espacio.

Sintió algo de alivio al llegar frente a la puerta del camarote de Falconi.

Su alivio duró poco. Sintió una punzada de pánico al oír un golpe en el pasillo. Dio un respingo y se giró. Nielsen estaba abriendo la puerta de un camarote.

Pero no era el suyo, sino el de Vishal.

La primera oficial tenía el cabello húmedo, como si acabara de ducharse, y llevaba una bandeja con unos aperitivos envueltos, dos tazas y una tetera. Se detuvo en seco al ver a Kira y la miró fijamente.

688 — DORMIR EN UN MAR DE ESTRELLAS

En los ojos de la primera oficial, Kira percibió algo que le resultaba familiar. Tal vez fuera una necesidad parecida. Un miedo parecido. Y también empatía.

Antes de que Kira pudiera decidir cómo reaccionar, Nielsen la saludó con la cabeza brevemente y desapareció dentro del camarote. A pesar de que seguía agitada por el susto, Kira no pudo evitar una sonrisa. Vishal y Nielsen. *Vaya, vaya.* Aunque en el fondo no era tan sorprendente.

Titubeó un momento antes de levantar la mano y llamar tres veces a la puerta de Falconi. Esperaba que no estuviera dormido.

—Está abierto.

El sonido de su voz no consiguió refrenarle el pulso. Kira giró la rueda y empujó la puerta.

Una luz amarilla bañó el pasillo. Falconi estaba sentado en la única silla del camarote, con los pies (aún calzados) cruzados sobre la mesa. Se había quitado el chaleco e iba remangado, dejando a la vista las cicatrices de sus antebrazos. Cerró su holofaz para mirarla.

—Tú tampoco puedes dormir, ¿eh?

Kira negó con la cabeza.

—¿Te importa que...?

—Adelante —contestó él, bajando los pies de la mesa y echándose hacia atrás.

Kira entró y cerró la puerta. Falconi enarcó una ceja, pero no puso objeción. Se inclinó hacia delante, apoyando los codos en las rodillas.

—A ver si lo adivino: ¿te preocupa lo de mañana?

—Sí.

—¿Quieres hablar de ello?

—No especialmente.

Falconi asintió, comprensivo.

—Solo... quería... —Kira hizo una mueca y sacudió la cabeza.

—¿Una copa? —Falconi alargó el brazo hacia la taquilla que había sobre su escritorio—. Tengo una botella de whisky venusiano por aquí. La gané en una partida de póquer hace años. Dame un...

Avanzó dos pasos hacia él, tomó su rostro entre las manos y le dio un beso en la boca. Con ganas.

Falconi se puso rígido, pero no se apartó.

Kira notó su agradable olor, cálido y almizcleño. Sus labios gruesos. Sus pómulos afilados. Su sabor intenso y las curiosas cosquillas de aquella barba de un día.

Interrumpió el beso para mirarlo. El corazón le latía más deprisa que nunca, y su cuerpo pasaba rápidamente del frío al calor. Falconi no era Alan; no se parecía en nada a él, pero serviría. En aquel preciso momento, serviría.

Kira intentó no echarse a temblar, sin éxito.

Falconi suspiró. Tenía las orejas enrojecidas y parecía casi aturdido.

—Kira... ¿Qué haces?

—Bésame.

—No sé si es buena idea.

Kira inclinó el rostro hacia él, manteniendo la mirada fija en sus labios. No se atrevía a mirarlo a los ojos.

—Esta noche no quiero estar sola, Salvo. Es lo último que quiero.

Falconi se humedeció los labios. Kira notó el cambio en su actitud: estaba relajando los hombros y el pecho.

—Yo tampoco —confesó en voz baja. Kira volvió a temblar.

—Pues cállate y bésame.

Sintió un hormigueo en la espalda cuando el brazo de Falconi le ciñó la cintura y la atrajo hacia sí. Y entonces la besó, sujetándole la nuca con la otra mano; durante un rato, Kira solo fue consciente de aquella avalancha de sensaciones intensas y abrumadoras. El roce de la piel, las manos, los brazos, los labios y las lenguas.

Eso no bastaba para que se olvidara de su miedo, pero sí para transformar su pánico y su ansiedad en una energía salvaje. Y eso *sí* que sabía cómo canalizarlo.

Falconi la sorprendió al ponerle una mano en el centro del pecho, haciéndola retroceder y eludiendo su boca.

—¿Qué pasa? —rugió ella, impaciente.

—¿Qué sientes? —preguntó Falconi, palpándole el esternón cubierto por el filo dúctil.

—Ya te lo dije —contestó ella—. Es como si me tocaras la piel.

—¿Y aquí? —Deslizó la mano hacia abajo.

—Lo mismo.

Falconi esbozó una sonrisa. Una sonrisa peligrosa que no hizo más que avivar el calor que Kira sentía en su interior. Con un gruñido, le hundió los dedos en la espalda mientras se lanzaba a por su oreja, atrapándola entre los dientes.

Con un ansia nacida de la impaciencia, Falconi le desabrochó el mono, y Kira se despojó de la prenda con idéntica urgencia. Le preocupaba que la visión del filo dúctil le provocara rechazo, pero Falconi siguió acariciándola, tan ávido y solícito como cualquiera de sus anteriores amantes, y si la textura del filo dúctil no le resultaba tan excitante como su piel, lo disimulaba muy bien. Al cabo de unos minutos, Kira dejó de preocuparse y empezó a relajarse y a disfrutar de sus caricias.

En cuanto al filo dúctil, no parecía saber cómo reaccionar ante sus... actividades, pero en uno de sus momentos más lúcidos, Kira le ordenó (en términos muy claros) que no debía interferir. Y comprobó con alivio que el xeno le obedecía.

Falconi y ella se movían con ardor, espoleados por su deseo compartido y porque ambos sabían lo que les esperaba al término de aquella noche. En su febril afán, no dejaron sin explorar ni un solo centímetro de piel. Disfrutaron de cada gota de sensación que podían extraer de sus cuerpos, no tanto por el goce en sí, como para colmar su deseo de cercanía e intimidad. El placer alejaba el futuro de Kira, la obligaba a centrarse en el presente, a sentirse *viva*.

Hacían todo lo que podían, pero, por culpa del filo dúctil, no todo lo que querían. Se complacieron con manos, dedos, boca y lengua, pero no era suficiente. Falconi no protestaba, pero Kira veía su frustración. Ella también la sentía; quería algo más.

—Espera —dijo, llevándose una mano al pecho. Falconi se inclinó hacia atrás con expresión interrogativa.

Kira concentró toda su fuerza de voluntad en sí misma, hasta obligar al filo dúctil a retirarse de su ingle y sus zonas más íntimas. El roce del aire en la piel desnuda la dejó sin aliento.

Falconi la miró con una sonrisa pícara.

—¿Y bien? —lo apremió Kira, con la voz tensa por el esfuerzo. Contener al traje le costaba un poco, pero no demasiado. Arqueó una ceja—. Veamos lo valiente que eres.

Resultó que Falconi era muy valiente.

Muy, muy valiente.

5.

Kira tenía la espalda apoyada en el mamparo y la sábana envolviéndole la cintura. Falconi, a su lado, estaba tumbado bocabajo, mirándola. Tenía el brazo extendido sobre el regazo de Kira, que notaba su peso cálido y reconfortante.

—Oye… —murmuró—. No suelo acostarme con tripulantes ni pasajeras. Que conste.

—Y yo tampoco suelo seducir al capitán de la nave en la que viajo.

—*Mmm*. Pues me alegro de que lo hayas hecho…

Kira sonrió y le pasó la mano por el pelo, rascándole suavemente el cuero cabelludo. Falconi soltó un ronroneo de satisfacción y se acercó más a ella.

—Yo también, Salvo —dijo Kira en voz baja.

Falconi no respondió. Su respiración no tardó en ralentizarse y volverse más profunda; se había quedado dormido.

Kira contempló los músculos de su espalda y sus hombros. Ahora estaban relajados, pero todavía distinguía el contorno y los huecos que los dividían, y los recordó tensos y prominentes mientras se movían sobre ella.

Se pasó una mano por el vientre. ¿Podía quedarse embarazada? Parecía poco probable que el filo dúctil tolerara el desarrollo de un bebé en su seno. Pero se lo preguntaba.

Recostó la cabeza en la pared y dejó escapar un largo suspiro. A pesar de sus preocupaciones, estaba contenta. No feliz (las circunstancias eran demasiado extremas para eso), pero tampoco triste.

Solo faltaban unas horas para que llegaran hasta la Hierofante Curtido. Permaneció despierta hasta que, a mitad del trayecto, sonó la alerta de caída libre, y Kira utilizó al filo dúctil para sujetarse, y también a Falconi, mientras la Wallfish invertía su orientación antes de reanudar la propulsión.

Falconi murmuró algo incoherente cuando se reactivó la propulsión, pero como el auténtico astronauta que era, no se despertó.

Kira se deslizó bajo las sábanas, se tumbó a su lado y dejó que sus párpados se cerraran.

Y finalmente, se quedó dormida ella también.

6.

Kira soñó, pero los sueños no eran suyos.

Fracturas sobre fracturas: ¿avanzaban? ¿Retrocedían? Por dos veces la cuna envolvió su figura yacente. Por dos veces despertó sin encontrar rastro de aquellos que la habían depositado allí.

La primera vez que despertó, los apresadores la estaban esperando.

Luchó contra ellos, contra todas sus múltiples formas. Luchó contra ellos por millares, en las profundidades de los océanos y en el frío del espacio, en naves, estaciones y lunas largo tiempo olvidadas. Batalla tras batalla, grandes y pequeñas. Algunas las perdía y otras las ganaba; poco importaba.

Luchó contra los apresadores, pero ella misma estaba unida a uno de ellos. Los apresadores guerreaban entre sí, y ella permaneció fiel a su vínculo carnal. Aunque no sentía deseos de matar, se abrió paso entre las estrellas acuchillando, tajando y disparando. Y cuando la carne quedó dañada e irreparable, otra ocupó su lugar, y después muchas otras. Y con cada unión, el bando al que servía cambiaba una y otra vez.

No le importaba. Los apresadores no se parecían en nada a quienes la habían creado. Eran advenedizos belicosos, arrogantes y necios. La usaban mal, pues no sabían lo que era. Aun así, ella cumplió con su deber lo mejor que supo. Tal era su naturaleza.

Y cuando los apresadores murieron (porque murieron), su final le produjo cierta satisfacción. Deberían haber sabido que hacían mal en robar y fisgonear en cosas que no les pertenecían.

Entonces llegó la carne del líder bancal Nmarhl y la malograda rebelión del Nudo de Mentes, que culminó con la victoria de Ctein. Volvió a reposar en la cuna una vez más, cuando Nmarhl depositó allí su carne, y descansó durante varias fracturas.

La segunda vez que despertó, lo hizo ante una forma nueva. Una forma antigua. Una forma extraña. La carne se unió con la carne, y de la carne manó sangre. La conjunción era imperfecta; tuvo que aprender, adaptarse. Llevó tiempo. Se produjeron errores; hubo que efectuar reparaciones. Y un extraño frío la embotó, ralentizándola, antes de que el emparejamiento pudiera concluir.

Cuando emergió, le resultó difícil. Doloroso. Había ruidos y luz, y aunque intentó proteger a la carne, sus intentos fueron deficientes. Sintió tristeza al despertar, al comprobar que había vuelto a causar la muerte, y con esa tristeza, una cierta… responsabilidad. Una disculpa, incluso.

…

Un destello, y una disyunción. De algún modo sabía que estaba en un tiempo anterior, en una época antigua, antes de que los primeros se marcharan. Observó la espiral de estrellas que componía la galaxia y, en medio de aquel vórtice en expansión, los millones y millones de asteroides, meteoros, lunas, planetas y astros que llenaban los cielos. La mayoría eran estériles. En algunos bullían organismos pequeños y primitivos. Los que más escaseaban eran los lugares donde la vida había desarrollado formas más complejas: tesoros incalculables, jardines resplandecientes que palpitaban de movimiento y calor en mitad de aquel vacío inmortal.

Lo contempló todo, y supo cuál era su causa sagrada: viajar entre los mundos desiertos, arar la tierra baldía y plantar en ella el germen del desarrollo futuro. Pues nada era más importante que la propagación de la vida; nada era más importante que nutrir a quienes algún día se unirían a ella entre las estrellas. Al igual que los que habían venido antes, era su responsabilidad, su deber y su disfrute cultivar y proteger. Sin una consciencia que la apreciara, la existencia carecía de sentido, como una tumba abandonada, que se desmorona en el olvido.

Espoleada, alimentada y guiada por su propósito, emprendió el viaje hacia los desolados confines. Allí, con un simple toque, parió seres vivientes, seres móviles, seres pensantes. Vio planetas de roca desnuda colorearse y cubrirse de plantas en flor. Manchas de verdor y rojor (según el color de la estrella reinante). Raíces horadando la tierra. Músculos extendidos. Canciones y palabras que rompían el silencio primordial.

Y oyó una voz, aunque no hablaba con palabras:

—¿Está bien?

Y ella contestó:

—Está bien.

A veces, el patrón se veía interrumpido por batallas. Pero estas eran diferentes. Ella era diferente. Ni ella ni sus enemigos eran apresadores. Y sus acciones eran justas, pues tenía la sensación de que estaba sirviendo a los demás, y los enfrentamientos, aunque feroces, eran breves.

De pronto volaba a través de una nebulosa, y durante un momento divisó un pliegue en el espacio; lo supo porque el gas circundante se deformaba. Y en ese pliegue percibió una sensación de deformidad y malignidad que la aterrorizaba, pues conocía su significado. Caos. Maldad. Hambre. Una inteligencia vasta y monstruosa, unida a un poder que ni siquiera los primeros habían ostentado…

Dejó atrás estrellas y planetas, atravesando recuerdos antiguos y ancestrales, hasta que una vez más, al igual que antaño, se encontró flotando ante un patrón fractal grabado en la faz de un monolito. Y al igual que antaño, el patrón cambiaba, girando y retorciéndose de tal forma que ella no podía seguirlo, iluminándose con líneas blancas de pura energía.

El nombre del filo dúctil inundó su mente, con todos sus múltiples significados. Imagen tras imagen, asociación tras asociación. Y mientras tanto, el fractal seguía suspendido ante ella, como impreso sobre su visión.

El diluvio de información era un bucle, un ciclo sin pausa. Entre aquel torrente, reconoció la secuencia que ella había traducido como «filo dúctil». Seguía siendo correcta, pero ya no le parecía adecuada. No con todo lo que había aprendido.

Se concentró en las demás imágenes, en las demás asociaciones, intentando rastrear las conexiones que las unían. Y mientras lo hacía, empezó a emerger una estructura de lo que antes le había parecido informe e incierto. Sentía que estaba ensamblando un puzle tridimensional cuya imagen final desconocía por completo.

Los detalles más sutiles del nombre se le escapaban, pero pieza a pieza, terminó por asimilar el tema principal, que tomó forma dentro de su mente, como un edificio de cristal: brillante, transparente, con líneas rectas y perfectas. Y cuando su silueta se hizo visible, lo comprendió.

La invadió la fascinación, pues la verdad del nombre era mayor, muchísimo mayor de lo que implicaban las palabras «filo dúctil». El organismo tenía un propósito, y dicho propósito era de una complejidad y (de esto estaba segura) una importancia casi inimaginables. Y aunque pareciera una contradicción, ese propósito, esa complejidad no se resumía en páginas ni en párrafos enteros, sino en una única palabra. Y la palabra era esta:

Simiente.

El respeto y la dicha se unieron a la fascinación. El organismo no era un arma. O más bien, no había sido creado con esa única intención. Era una fuente de vida. De muchas vidas. Una chispa capaz de bañar un planeta entero con el fuego de la creación.

Estaba feliz. ¿Acaso podía existir algo más hermoso?

7.

Una mano le sacudió el hombro con delicadeza.

—Kira. Despierta.

—*Mmm.*

—Vamos, Kira. Ya es la hora. Casi hemos llegado.

Abrió los ojos, notando que le rodaban lágrimas por las mejillas. *Simiente.* El descubrimiento era abrumador. Todos los recuerdos lo eran. El Mayoralto. El horrible pliegue distorsionado en el espacio. Las batallas incesantes. La disculpa del traje por las muertes de Alan y sus compañeros.

Simiente. Por fin lo entendía. ¿Cómo podía haberlo adivinado? La invadió la culpa por el terrible abuso que había cometido con el xeno; su miedo y su ira habían dado lugar a una monstruosidad como las Fauces. Y lo más trágico de todo era que Kira se disponía a conducir al xeno a la batalla una vez más. A la luz de su verdadera naturaleza, casi le parecía una obscenidad.

—Oye, oye. ¿Qué te pasa? —Falconi se apoyó en un codo y se inclinó sobre ella.

Kira se secó los ojos con la mano.

—Nada. Solo era un sueño. —Se sorbió la nariz. Detestaba que su voz sonara tan débil.

—¿Seguro que estás bien?

—Sí. Vámonos, hay que matar al gran y poderoso Ctein.

CAPÍTULO IV

★　★　★　★　★　★　★

FERRO COMITANTE

1.

La Hierofante Curtido era un brillante punto luminoso sobre el telón negro del espacio.

La nave medusa era más grande que ningún vehículo que Kira hubiera visto nunca. Era tan larga como siete acorazados de la FAU puestos en fila y prácticamente igual de ancha, con una forma ligeramente ovoide. En cuanto a su masa, era similar o incluso superior a la de una estructura como la estación Orsted, pero a diferencia de esta, la Hierofante era totalmente maniobrable.

Kira comprobó con consternación que tres naves más pequeñas habían tomado posiciones frente a la Hierofante Curtido, listas para defender a su líder con su potencia de fuego adicional, en caso de que alguna de las naves humanas se acercara lo suficiente para plantear una amenaza.

La Hierofante y sus escoltas estaban a apenas unos siete mil kilómetros de la Wallfish, pero incluso a esa distancia relativamente corta (en la escala de los viajes interplanetarios, estaba prácticamente a tiro de piedra), a simple vista la nave gigante seguía siendo una mota luminosa.

—Podría ser peor —musitó Sparrow.

—Y también muchísimo mejor —replicó Falconi.

Aparte de Itari, que había insistido en quedarse en la bodega de carga, todos los demás estaban reunidos en el refugio de la Wallfish. Ninguno parecía especialmente descansado, pero Jorrus y Veera estaban más fatigados y demacrados. Sus túnicas, habitualmente impecables, estaban arrugadas, y no dejaban de moverse nerviosamente, de un modo muy parecido a los enchufatas de Highstone, en Weyland. Sin embargo, estaban alerta y escuchaban la conversación con mucho interés.

Cuando les preguntaron sobre su vestuario (salvo Kira, toda la tripulación se había puesto un dermotraje en lugar de su ropa habitual), Jorrus y Veera contestaron:

—Estamos perfectamente…

—… equipados, gracias. —Nielsen se encogió de hombros y volvió a guardar los trajes que les había ofrecido.

A Kira le hizo gracia darse cuenta de que la primera oficial y Vishal se mantenían en lados opuestos del refugio, pero intercambiaban sonrisas discretas y movían los labios de vez en cuando, como si se estuvieran enviando mensajes subvocalizados.

El rostro de Tschetter apareció en la esquina superior derecha de la pantalla. A sus espaldas, las medusas iban de acá para allá, aprestando su nave para lo que se avecinaba. El criotubo de Trig estaba apoyado en una de las paredes curvas y fijado con unas curiosas abrazaderas.

—Capitán Falconi —lo saludó Tschetter. Tenía unas profundas ojeras; Kira cayó en la cuenta de que la mayor no tenía acceso a estimulantes ni a somníferos.

—Mayor.

—Estén atentos. Pronto estaremos a distancia de tiro.

—No se preocupe por nosotros —respondió Falconi—. Estamos listos. Usted asegúrese de que el Nudo nos cubra cuando la cosa se caliente.

La mayor asintió.

—Harán todo lo que puedan.

—¿Todavía tenemos autorización para estar aquí?

El rostro de Tschetter mostró una sonrisa siniestra.

—Si no fuera así, ya nos estarían disparando. Ahora mismo esperan que escoltemos a la Wallfish hasta la Hierofante para que sus técnicos puedan acceder a los ordenadores.

Kira se frotó los brazos. Ya no había vuelta atrás. La inevitabilidad de la situación le helaba la sangre en las venas. El resto de la tripulación parecía igual de inquieta.

—Recibido —dijo Falconi.

Tschetter asintió secamente.

—Esperen a mi señal. Cambio y corto. —La imagen desapareció del holograma.

—Allá vamos —dijo Falconi.

Kira se ajustó el monoauricular que le había dado Hwa-jung, asegurándose de que no fuera a caerse en el peor momento, y accedió a su holofaz para comprobar el curso de la batalla. La Séptima Flota se había dispersado al aproximarse a las medusas, alejándolas del planeta rocoso que estaban minando y atrayéndolas hacia dos pequeñas lunas. La FAU había designado al planeta como R1, y a las lunas como r2 y r3. Nombres poco elegantes, pero muy prácticos a efectos de estrategia y navegación.

Nubes de humo y reflectores ocultaban a la mayoría de las naves de la FAU (al menos ante la luz visible; los infrarrojos las mostraban perfectamente). En el interior de dichas nubes resplandecían chispas cada vez que los láseres de proximidad de la

FAU destruían los misiles enemigos. A diferencia de sus naves, los proyectiles de las medusas no eran más veloces ni ágiles que los de la FAU, y por lo tanto la Séptima conseguía destruir o inhabilitar casi todos.

Casi todos, pero no todos. A medida que los láseres se sobrecalentaban, más y más misiles lograban atravesar sus defensas.

El tiroteo había empezado hacía poco, pero tres de los cruceros de la FAU ya estaban fuera de juego: uno destruido y otros dos incapacitados, flotando a la deriva. Un grupo de naves medusa intentaban abordar las dos naves averiadas, pero las fuerzas del almirante Klein se afanaban en mantener a los alienígenas ocupados y alejados de las naves incapacitadas.

En cuanto a las pérdidas de las medusas, era difícil saberlo con seguridad, pero Kira creía que la FAU había destruido al menos cuatro de sus naves y dañado unas cuantas más. No era suficiente para cambiar las tornas, pero sí para ralentizar a la primera oleada.

En ese momento, varios proyectiles impactaron en dos de las naves de la FAU, justo en la zona de los motores. Sus cohetes chisporrotearon hasta apagarse, y los dos cruceros se alejaron a la deriva, girando sobre sí mismos.

Cerca de la vanguardia de la Séptima Flota, una nave medusa avanzaba con velocidades y trayectorias que habrían aplastado a cualquier humano. Media docena de las naves capitales de la Séptima dispararon sus láseres principales contra la intrusa, perforándola con un entramado de lanzas escarlata. Las luces de la nave medusa se apagaron y el vehículo empezó a girar sobre su propio eje, chorreando agua hirviendo en una espiral expansiva.

—Eso es —musitó Kira.

Se clavó las uñas en las palmas de las manos cuando un par de naves medusa se lanzaron hacia un enorme acorazado que por algún motivo se había quedado aislado cerca de la luna r2. El acorazado y las medusas intercambiaron disparos láser y misiles.

Sin previo aviso, una púa incandescente salió disparada desde uno de los misiles del acorazado, y avanzó casi nueve mil kilómetros en cuestión de un segundo. Desintegró los proyectiles enemigos y vaporizó la mitad de la nave alienígena más cercana, como si estuviera hecha de poliestireno.

La nave medusa dañada giró como una peonza mientras perdía su atmósfera interna, y de pronto la engulló una explosión, un sol artificial creado por su propia antimateria que no tardó en disiparse.

La nave medusa restante se alejó del acorazado describiendo una espiral. Una nueva aguja blanca brotó de uno de los dos misiles restantes de la FAU. La segunda lanza de plasma sobrecalentado erró el tiro, pero la tercera, no.

Una bola de fuego nuclear ocupó el lugar de la nave alienígena en la holopantalla.

—¿Lo habéis visto? —dijo Kira. Hwa-jung gruñó.

—Obuses Casaba.

—¿Sabemos algo de Gregorovich? —preguntó Kira, mirando a Vishal y a Hwa-jung.

Ambos negaron con la cabeza.

—Me temo que no hay novedad —respondió el doctor—. Sus constantes vitales están igual que ayer.

A Kira no le sorprendía: si Gregorovich se hubiera recuperado, ya estaría parloteando sin parar. Sin embargo, se sentía decepcionada. Esperaba no haber empeorado las cosas al utilizar el filo dúctil... al utilizar la *simiente* para curar su cerebro.

Tschetter reapareció en el holograma.

—Es el momento. Si se acercan mucho más, las naves que protegen a la Hierofante empezarán a sospechar. Prepárense para el disparo.

—Recibido —contestó Falconi—. Sparrow.

—Voy. —En algún lugar de la Wallfish se oyó un golpe sordo—. Obús cargado. Troneras abiertas. Listos para disparar.

Falconi asintió.

—Muy bien. ¿Lo ha oído, Tschetter?

—Afirmativo. El Nudo de Mentes se está colocando en la posición final. Les estamos transmitiendo la posición actualizada del objetivo. Esperen mi señal.

—A la espera.

Al otro lado de R1, un crucero de la FAU se desvaneció en medio de una gran llamarada. Kira hizo una mueca y consultó su nombre: la NFAU Hokulea.

—Oh, pobres desdichados. Descansen en paz —dijo Vishal.

Se hizo el silencio en el refugio mientras esperaban, tensos y sudorosos. Falconi se acercó a Kira y, discretamente, le puso una mano encima de la cintura. El tacto de su piel la hizo entrar en calor y se inclinó ligeramente hacia atrás. Los dedos de Falconi le acariciaron la piel revestida, distrayéndola.

Un mensaje apareció en su holofaz:

‹¿Nerviosa? —Falconi›.

Kira subvocalizó su respuesta:

‹¿Y quién no? —Kira›.

‹Si salimos de esta, deberíamos hablar. —Falconi›.

‹¿Es necesario? —Kira›.

Falconi estuvo a punto de sonreír.

‹No es necesario, pero me gustaría. —Falconi›.

‹Está bien. —Kira›.

Nielsen se los quedó mirando. Kira se preguntó qué estaría pensando la primera oficial, y levantó la barbilla, desafiante.

Entonces se oyó la voz de Tschetter.

—Luz verde. Repito: luz verde. Disparen, Wallfish.

Sparrow soltó una risotada, y un fuerte golpe resonó por todo el casco.

—¿A quién le apetecen unos calamares fritos?

2.

La Wallfish había invertido su orientación antes de decelerar en dirección a la Hierofante. Por lo tanto, la salvaje antorcha de muerte nuclear que era el motor de fusión de la Wallfish estaba orientada hacia su objetivo.

Eso planteaba dos ventajas. En primer lugar, el escape del motor protegería parcialmente a la Wallfish de cualquier misil o láser que la nave insignia o sus escoltas pudieran disparar. En segundo lugar, la cantidad de energía térmica y electromagnética que emitía el motor era suficiente para sobrecargar cualquier sensor dirigido hacia la Wallfish. La reacción de fusión producía más calor que la superficie de cualquier estrella, y también más luz: no había linterna más potente en la galaxia.

Por eso, el obús Casaba que Sparrow acababa de lanzar por la tronera de popa (del lado de babor) resultaría casi invisible al lado de la incandescencia azulada del motor. Y como el obús continuaba apagado de momento, con el cohete frío e inactivo, pasaría de largo sin que la Wallfish tuviera que alejarse mediante una maniobra de propulsión, que tal vez habría atraído una atención no deseada.

—T menos catorce segundos —anunció Sparrow. Era el tiempo que el obús Casaba necesitaba para pasar junto al blindaje de sombra de la Wallfish y situarse a una distancia más o menos segura, antes de que pudieran detonarlo y arrojar un rayo de energía nuclear directamente contra la Hierofante Curtido.

La bomba estallaría muy cerca, muchísimo más de lo que preferiría cualquier persona cuerda, y (con la excepción de Gregorovich), Kira pensaba que estaban todos bastante cuerdos. El blindaje de sombra debería protegerlos de la peor parte de la radiación, como hacía con los peligrosos subproductos de su motor de fusión. El refugio en el que se encontraban haría lo mismo. El peligro principal era la metralla que produciría la explosión. Si los restos de la carcasa del obús alcanzaban a la Wallfish, rajarían el casco como una bala al atravesar un pañuelo de papel.

—T menos diez segundos —dijo Sparrow.

Hwa-jung retiró los labios hacia atrás, enseñando los dientes y soltando un siseo desdeñoso.

—Vamos a tener que tomar antirradiactivos un año entero.

Los dos entropistas estaban sentados junto a la pared, balanceándose hacia delante y hacia atrás y dándose la mano.

—T menos cinco, cuatro...

—*¡Mierda!* ¡Están virando! —exclamó Tschetter.

—... tres...

—¡Ya no hay tiempo para rectificar! —dijo Falconi.

—... dos...

—Apunten a...

—... uno.

El cuello de Kira giró violentamente hacia un lado cuando los propulsores de control de reacción de la Wallfish los desviaron con brusquedad de su trayectoria actual. La aceleración de la nave aumentó por lo menos hasta 2 g; Kira hizo una mueca mientras trataba de resistir la presión repentina.

Menos de un segundo después, la Wallfish se sacudió y Kira oyó chasquidos y repiqueteos por todo el casco.

En la pantalla, una flecha de luz ardiente avanzaba hacia la Hierofante Curtido. La nave medusa seguía rotando, ocultando sus motores e invirtiendo su orientación.

—Maldita sea —murmuró Falconi.

Con horrorizada fascinación, Kira observó cómo la llamarada de plasma avanzaba velozmente hacia la Hierofante. Lphet y el Nudo de Mentes les habían proporcionado información precisa sobre la ubicación del impulsor Markov de la Hierofante. Su mejor opción para destruir la nave era alcanzar y dañar el contenedor de antimateria del impulsor. Era la única forma de garantizar que el obús Casaba matara a Ctein.

Tal y como les había explicado Itari, incluso las coformas medusa más pequeñas estaban blindadas contra el calor y la radiación, y la FAU había comprobado que las medusas eran criaturas muy difíciles de matar. Una tan grande como Ctein (fuera cual fuera su forma actual) sería muchísimo más resistente. Sparrow había comentado que aquello se parecía más a intentar matar un hongo que a una persona.

Un humo negro brotaba por diversos respiraderos repartidos por la abultada sección central de la nave alienígena, como si la Hierofante fuera un calamar amenazado, ocultándose en una nube de tinta. Sin embargo, eso no les ofrecería ninguna protección contra la carga hueca del obús. Casi no existía protección contra algo así.

La aguja de plasma impactó en la panza de la Hierofante. Una porción semiesférica del casco se vaporizó, liberando aire y agua que se transformó en vapor.

Sparrow soltó un lamento cuando el humo se despejó.

La carga hueca había abierto un surco tan grande como la Wallfish a lo largo de la Hierofante. Su motor principal parecía inutilizado (la tobera escupía propelente que no se prendía), pero por lo demás la nave parecía mayoritariamente intacta.

El Nudo de Mentes disparó una andanada de láseres y misiles contra las tres naves escolta de la Hierofante, que ya empezaban a virar para atacar. La Wallfish activó su propia nube de contramedidas, envolviendo la nave en la oscuridad. La pantalla cambió a visión infrarroja.

—Lanza otro obús —dijo Falconi.

—Solo nos quedan dos —le advirtió Sparrow.

—Ya lo sé. Lánzalo.

—Sí, señor.

Otro estruendo resonó por todo el casco, y el obús Casaba salió disparado desde la Wallfish, buscando la distancia mínima de seguridad antes de la detonación.

El misil no alcanzó su objetivo. Del morro brotó un chorro de chispas violetas, el cohete se apagó y el obús se desvió de su rumbo inofensivamente.

—¡Mierda! —dijo Sparrow—. Se lo han cargado con un láser.

—Ya lo veo —contestó Falconi, manteniendo la calma.

Kira deseó ser capaz de morderse las uñas. Como no podía, se contentó con estrujar los reposabrazos de su asiento.

—¿Ctein está muerto? —le preguntó a Tschetter—. ¿Sabemos si Ctein está muerto?

La mayor negó con la cabeza desde la holopantalla. En la cubierta de su nave parpadeaban luces.

—Creo que no. No…

Una explosión sacudió la nave medusa.

—¿Se encuentra bien, mayor? —preguntó Nielsen, inclinándose hacia la pantalla.

Tschetter reapareció, agitada. Se le habían escapado varios mechones de pelo del recogido.

—De momento sí. Pero…

—Se acercan más medusas —anunció Sparrow—. Una veintena por lo menos. Tenemos unos diez minutos. Puede que menos.

—Lo que faltaba —gruñó Falconi.

—Tienen que matar a Ctein —insistió Tschetter—. Desde aquí no podemos hacerlo. La mitad de mis medusas ya están indispuestas.

—No p…

—El almirante Klein quiere hablar con usted, capitán Falconi —dijo Morven.

—Ponlo en espera. Ahora no tengo tiempo.

—Sí, señor —contestó la pseudointeligencia, con un tono absurdamente jovial, dada la situación.

Una luz amarilla empezó a parpadear en la holopantalla, avanzando hacia ellos desde la Hierofante.

—¿Qué es eso? —preguntaron Jorrus y Veera, señalando la pantalla.

Falconi acercó el zoom. Se trataba de un objeto redondo y oscuro, de unos cuatro metros de largo. Su aspecto era el de varias esferas interconectadas y soldadas juntas.

—Eso no es ningún misil.

Un recuerdo despertó en la mente de Kira: el almacén donde había visto peleando al Dr. Carr y a la medusa Qwon, frente a un boquete en el casco. Un boquete que brillaba con un resplandor azulado, procedente del pequeño vehículo que se había aferrado como una lapa al exterior de la Circunstancias Atenuantes.

—Es una nave de abordaje —dijo Kira—. O una cápsula de escape. En cualquier caso, puede abrir un agujero en el casco.

—Vienen más —señaló Vishal en tono de alarma.

Tenía razón. Una docena de orbes similares se dirigían hacia ellos.

—Mayor —dijo Falconi—. Tienen que ayudarnos a eliminarlas o...

—Lo intentaremos, pero estamos un poco ocupados —respondió Tschetter.

Una de las tres naves escolta de la Hierofante explotó, pero las otras dos continuaban disparando contra el Nudo de Mentes, al igual que la propia Hierofante. De momento, el Nudo no había perdido ninguna de sus naves, pero varias empezaban a soltar humo y vapor por las brechas del casco.

—Sparrow... —insistió Falconi.

—Estoy en ello.

En su interfaz, Kira observó las líneas que centelleaban entre la Wallfish y los orbes que se acercaban: disparos láser, resaltados por el ordenador para que fueran visibles al ojo humano.

Se mordió el labio. Resultaba horrible no poder hacer nada. Deseó tener una nave propia. O aún mejor, estar lo bastante cerca para poder destrozar a los enemigos con el filo dúctil.

De pronto, las luces internas del refugio empezaron a titilar. Se oyó la voz de Morven:

—Brecha de seguridad en curso. Cortafuegos afectado. Desactivando los sistemas no esenciales. Por favor, desconecten los dispositivos electrónicos personales hasta nuevo aviso.

—¿Ahora también pueden piratear nuestros sistemas? —gritó Nielsen.

Jorrus y Veera se apresuraron a decir:

—Dadnos...

—... acceso total e...

—... intentaremos solucionarlo.

Falconi titubeó, pero finalmente asintió.

—He enviado la contraseña a vuestras consolas. —Los entropistas se inclinaron sobre las pantallas integradas de sus asientos.

Varios destellos rojizos aparecieron en la nube de humo que envolvía a la Hierofante Curtido: estaban disparando misiles.

Las alarmas de la Wallfish empezaron a sonar.

—Alerta: objetos próximos. Colisión inminente.

Los misiles emergieron entre el humo y adelantaron rápidamente a las naves de abordaje; algunos avanzaron hacia el Nudo de Mentes y el resto, cuatro en total, hacia la Wallfish.

La popa de la Wallfish liberó una nueva descarga de reflectores plateados. La nave seguía decelerando, pero los misiles que se acercaban a toda velocidad iban todavía más deprisa, salvando la distancia que los separaba con una velocidad pasmosa.

La Wallfish disparó su láser. Uno de los misiles estalló y desapareció. Después otro, más cerca de la nave. Quedaban dos.

—*Sparrow* —dijo Falconi, con los dientes apretados.

—Lo veo.

Una nave del Nudo de Mentes derribó el tercer misil. El cuarto siguió adelante, eludiendo sus disparos láser con movimientos rapidísimos en todas direcciones.

El rostro de Sparrow se cubrió de sudor mientras, sin pestañear, concentraba el fuego en el proyectil inminente.

—Alerta: prepárense para el impacto —anunció Morven.

En el último momento, cuando el misil ya se les echaba encima, el bláster de la Wallfish lo alcanzó por fin. El misil estalló a apenas unos cientos de metros del casco.

Sparrow profirió un grito triunfal.

La nave se sacudió violentamente y los mamparos rechinaron. Sonaban nuevas alarmas, y por uno de los respiraderos del techo empezó a brotar humo. La mitad de las luces de los paneles de control se apagaron. Por los altavoces se oyó un sonido extraño y repentino. No eran interferencias... ¿una transmisión de datos?

—Informe de daños —dijo Falconi.

En la pantalla, y también en la holofaz de Kira, apareció un diagrama de la Wallfish. Las bodegas de carga y una gran sección del anillo de hábitat parpadeaban en color rojo escarlata. Hwa-jung, con cara de poseída, movía los labios, murmurando órdenes al ordenador.

—Brechas en las cubiertas C y D. Bodega de carga A. Daños masivos en el sistema eléctrico. Láser principal desconectado. Unidad de reciclaje, sala de hidroponía... está todo afectado. Motor al 28% de eficiencia. Protocolos de emergencia activados —dijo Hwa-jung. La jefa de máquinas hizo un gesto y abrió las imágenes de una cámara exterior: en el casco curvado del anillo de la Wallfish se veía un gran agujero que dejaba al descubierto las paredes interiores y las salas, que estaban totalmente a oscuras salvo por algún chispazo eléctrico.

Falconi cerró el puño y lo estampó contra el reposabrazos de su asiento. Kira hizo una mueca; sabía cuánto le importaba la nave a Falconi.

—Thule —murmuró Nielsen.

—¿Cómo está Itari? —ladró Falconi. El holograma mostró una imagen de la medusa trepando por el centro de la nave. Parecía ilesa—. ¿Y Morven? —Giró el cuello hacia los entropistas.

Tenían los ojos entrecerrados, y en ellos resplandecía la luz reflejada de sus implantes.

—El cortafuegos está restaurado, pero… —dijo Veera.

—… todavía queda un programa malicioso en el…

—… ordenador principal. Lo hemos confinado en las subrutinas de gestión de residuos mientras intentamos purgarlo. —Veera hizo una mueca—. Es muy…

—Muy resistente —añadió Jorrus.

—Sí —dijo Veera—. De momento es mejor que nadie entre en el cuarto de baño.

—Alerta: objetos próximos. Colisión inminente —anunció de nuevo la pseudointeligencia.

—¡Mierda!

Esta vez se trataba de las naves de abordaje medusa. Una de ellas iba directa hacia la Wallfish, y las demás se dirigían hacia el Nudo de Mentes.

—¿Podemos esquivarla? —preguntó Falconi. Hwa-jung negó con la cabeza.

—No, sin propulsores no es posible. *Aish.*

—¿Y un obús? —preguntó Falconi, volviéndose hacia Sparrow. La mujer esbozó una mueca.

—Se puede intentar, pero lo más seguro es que sus contramedidas lo inutilicen.

Falconi frunció el ceño y maldijo entre dientes. Tschetter apareció un momento en el holograma para decir:

—Guarden el obús para la Hierofante Curtido. Vamos a intentar abrirles camino a través de sus defensas.

—Recibido… Morven, reduce la propulsión a 1 g.

—Afirmativo, capitán. Reduciendo la propulsión a 1 g.

Sonó la alerta correspondiente, y Kira dejó escapar un leve suspiro de alivio cuando la presión que la aplastaba regresó a la normalidad. Falconi estampó la mano en la consola y se levantó.

—Zafarrancho de combate. Están a punto de abordarnos.

3.

—Mierda —dijo Nielsen.

—Parece que van a entrar por la brecha de la bodega de carga —apuntó Sparrow.

Alguien llamó a la compuerta presurizada del refugio. Cuando Vishal la abrió, la silueta de Itari apareció en el umbral.

[[Aquí Itari: ¿Cuál es la situación?]]

[[Aquí Kira: No lo sé. Espera.]]

—Contacto en seis minutos —anunció Hwa-jung.

Falconi acarició la empuñadura de su bláster.

—Las compuertas presurizadas de las zonas dañadas se han sellado. Las medusas tendrán que abrirse paso cortándolas. Eso nos da un poco de tiempo. Cuando entren en el conducto principal, las emboscaremos desde arriba. Kira, tendrás que ir delante. Si consigues matar a un par, nos ocuparemos del resto.

Kira asintió. Había llegado el momento de pasar de las palabras a los hechos. Falconi se dirigió hacia la puerta.

—¡A un lado! —dijo, meneando la mano. Itari lo comprendió y retrocedió, franqueándole el paso.

[[Aquí Kira: Nos están abordando wranaui de la Hierofante Curtido.]]

Percibió un yuxtolor de comprensión, acompañado por cierto… entusiasmo.

[[Aquí Itari: Entiendo. Haré todo lo posible por proteger a tus coformas, Idealis.]]

[[Aquí Kira: Gracias.]]

—¡Vamos! ¡Vamos! Kira, Nielsen, Doc, id a buscar armas para todos. Sparrow, tú conmigo. ¡Deprisa! —exclamó Falconi.

Kira y Vishal siguieron a Nielsen por los pasillos a oscuras hasta llegar a la pequeña armería de la Wallfish. La atmósfera de la nave estaba cargada y olía a plástico quemado.

Abrieron la armería y se pertrecharon con blásteres y armas de fuego. Kira se contuvo; si iba a luchar, el filo dúctil sería su mejor arma (le parecía más apropiado llamarlo «filo dúctil» al entrar en combate, aunque la perspectiva de volver a cometer actos violentos con la simiente le parecía profundamente errónea). Sin embargo, sabía que sería una imprudencia no contar con un plan secundario, así que se colgó un bláster al hombro.

A pesar del miedo que le atenazaba los nervios y le zumbaba en los oídos, también sentía alivio. La espera había terminado. Ahora solo tenía que centrarse en la supervivencia (la suya y la de la tripulación). Todo lo demás era irrelevante.

La vida era mucho más sencilla ante una amenaza física. El peligro resultaba… esclarecedor.

El xeno reaccionó ante su estado de ánimo, endureciéndose, condensándose y realizando invisibles preparativos para el caos que estaba a punto de desatarse. Al notar los cambios del traje, se acordó de su otra carne, el revestimiento negro que había devorado el interior de su camarote. En caso necesario, podía convocarlo, atraerlo hasta ella y permitir que el filo dúctil aumentara de tamaño una vez más.

—Toma —dijo Nielsen, lanzándole varios recipientes a Kira: dos azules y dos amarillos—. Humo y reflectores. Es mejor que los tengas a mano.

—Gracias.

Acarreando varias armas cada uno, los tres regresaron rápidamente por los pasillos hasta el conducto principal de la Wallfish. Itari y los entropistas les esperaban allí, pero no vieron a Falconi ni a Sparrow.

Mientras Nielsen pertrechaba a los entropistas, Kira le ofreció a Itari varios blásteres y rifles de proyectiles. El alienígena eligió dos blásteres, que empuñó con los brazos huesudos que sobresalían de la parte inferior de su caparazón.

—Capitán… —dijo Nielsen en tono de advertencia. Falconi respondió por el intercomunicador:

—Estamos en ello. Colocaos en posición, llegaremos enseguida.

La primera oficial no parecía convencida. Y Kira la entendía.

Todos, incluido Itari, obedecieron al capitán y se colocaron en círculo alrededor del conducto, aprovechando la cobertura de las compuertas abiertas.

Ya estaban listos cuando Sparrow y Falconi llegaron a grandes zancadas por el pasillo más cercano, enfundados en sendas servoarmaduras.

Como si ya lo hubieran acordado de antemano, Sparrow se situó en un lado del conducto y Falconi, en el contrario.

—Te he traído esto —dijo Nielsen, y le lanzó a Falconi su lanzagranadas. Él asintió, tenso.

—Gracias. Te debo una.

Al ver a Sparrow y a Falconi con las armaduras, Kira se sintió ligeramente menos nerviosa por el inminente enfrentamiento con las medusas. Al menos ahora no todos los enemigos se le echarían encima a ella. Aunque le preocupaba que se expusieran demasiado. Especialmente Falconi.

Las luces titilaban. Durante un segundo se apagaron, sustituidas por las hileras de luces de emergencia rojas, antes de volver a encenderse.

—Energía al 25% y bajando —leyó Falconi en su holofaz—. Mierda. Dentro de cinco minutos ya no podremos movernos.

—Contacto —dijo Hwa-jung.

La Wallfish se estremeció cuando la cápsula medusa chocó contra las cubiertas inferiores. Se oyó un estruendo, y Kira se agarró a un asidero cuando los motores de la nave se detuvieron.

—Que empiece el espectáculo —murmuró Sparrow. Levantó los brazos blindados y apuntó las armas integradas de su exo hacia el fondo del conducto.

4.

A popa, en la bodega de carga A, se oían extraños golpes y traqueteos, como si unos tentáculos estuvieran chocando contra las compuertas presurizadas selladas.

Kira dejó que la mascarilla del filo dúctil le cubriera el rostro. Inspiró hondo para tranquilizarse, se llevó el bláster al hombro y apuntó hacia el conducto. *Pronto...*

—Cuando entren —les advirtió Hwa-jung—, tendrán catorce segundos hasta que se sellen las siguientes puertas.

—Entendido —contestó Sparrow. Con su armadura, le era imposible esconderse. Su silueta ocupaba casi todo el umbral, como un gigantesco gorila de metal con el rostro oculto tras el casco polarizado. Falconi también estaba bastante expuesto, aunque él mantenía el visor semitransparente, para ver mejor.

¡Bang!

Kira sintió la presión del aire comprimido en los oídos, incluso a través de la mascarilla del traje. Apretó las mandíbulas, notando una molestia en la base del cráneo.

Apareció humo al fondo del conducto vertical, que ahora, debido a la ingravidez, parecía el otro extremo de un largo túnel horizontal. La alarma de presión de la Wallfish empezó a aullar.

Una ráfaga de viento le rozó la mejilla: a bordo de una nave espacial no existía sensación más peligrosa.

A su alrededor, la tripulación abrió fuego con sus blásteres y sus armas de proyectiles contra las siluetas oscuras de las medusas que entraban en el conducto central, los salvajes y odiosos apresadores. Los alienígenas no se detuvieron para devolver los disparos, sino que pasaron de largo frente al tubo y desaparecieron por otro pasillo.

Segundos después, una compuerta invisible cerca de la bodega de carga se cerró con un funesto ruido metálico, y el viento cesó.

—Mierda. Se dirigen a Ingeniería —dijo Falconi, asomándose al conducto.

—Desde allí podrán incapacitar toda la nave —les avisó Hwa-jung.

Justo entonces, las luces volvieron a parpadear hasta que se apagaron del todo, dejándolos sumidos en el resplandor mortecino y rojizo de las luces de emergencia.

Y entonces, la más inesperada de las estampas captó su atención: en el extremo opuesto del conducto acababa de aparecer un solitario tentáculo que sostenía en su abrazo mortal la criocaja transparente que contenía ni más ni menos que a Runcible, todavía en hibernación.

A pesar del visor, Kira notó que el rostro de Falconi se contraía de rabia.

—Qué hijos de puta. *¡No!* —rugió. Estaba a punto de lanzarse por el conducto cuando Nielsen lo agarró del brazo.

—Capitán —dijo, con una expresión idéntica a la de Falconi—. Es una trampa. Se te echarán encima.

—Pero...

—Ni se te ocurra.

—Tiene razón —añadió Sparrow.

La única que podía hacer algo era Kira, y lo sabía. ¿De verdad iba a arriesgar la vida por el cerdo? ¿Y por qué no? Una vida era una vida, y tarde o temprano tendría que hacer frente a las medusas. ¿Qué más daba hacerlo ahora? Solo lamentaba tener que hacerlo a bordo de la Wallfish…

El tentáculo empezó a mecer suavemente la caja del cerdo, un gesto inconfundible de invitación.

—¡Será cabrón! —dijo Falconi. Empezó a levantar su lanzagranadas, pero se contuvo—. No tengo ángulo.

Las luces de emergencia se apagaron de pronto, sumiéndolos en la más pura e inquietante oscuridad durante varios segundos. Gracias a sus infrarrojos, Kira todavía distinguía el contorno del conducto, y se fijó en la extraña confluencia de campos electromagnéticos que lo recorrían, como remolinos de energía violeta.

—Fallo en el campo de contención de plasma —anunció Morven—. Evacúen de inmediato, por favor. Repito: evacúen…

Hwa-jung soltó un lamento.

Las luces volvieron a encenderse, primero las rojas y después las tiras lumínicas de espectro total, tan intensas que dañaban la vista. Un leve temblor sacudió las paredes de la Wallfish, y entonces una potente voz bramó:

—¡SUELTA A ESE CERDO!

Gregorovich.

5.

La compuerta presurizada del otro extremo del conducto se cerró inmediatamente, amputando el tentáculo de la medusa y desatando una lluvia de icor naranja. El tentáculo flotó por el aire, retorciéndose de agonía y soltando la criocaja de Runcible, que chocó contra la pared y rebotó varias veces en las paredes del conducto hasta que Falconi la atrapó al vuelo.

La caja y el cerdo que contenía parecían ilesos, salvo por un largo arañazo en el lateral.

—Acabad con esa porquería —dijo Falconi, señalando el tentáculo cortado.

Nielsen, Sparrow y Kira obedecieron con gusto.

—¡Bienvenidos de nuevo, mis simbióticas infestaciones! —exclamó Gregorovich—. Qué feliz reencuentro, irritantes sacos de carne. Tiempos oscuros nos ha tocado vivir: yo, enfrascado en mi tortuoso laberinto de infructuosas falacias; vosotros, deambulando entre indiscretas desventuras. Por suerte para vosotros, una luminosa linterna me ha mostrado el camino de vuelta. ¡Regocijaos, pues he renacido! ¿Qué le habéis hecho a este pobre caracolillo nuestro, *mmm*? Si no os importa, retomo el control de las operaciones. Morven, ese triste simulacro, no es apta para la tarea. Primero vamos a purgar este grotesco código alienígena que infecta mis procesadores, yyyyyy… listo. Aislando y estabilizando el reactor. Y ahora les demostraremos a estos huelecloacas de qué soy capaz. ¡Yupiii!

—Ya era hora —musitó Falconi.

—Hola —dijo Sparrow, estampando la mano en el mamparo—. Te he echado de menos, chiflado.

—No te emociones demasiado —dijo Nielsen, mirando hacia el techo con gesto de advertencia.

—¿Emocionarme? ¿Yo? —dijo la mente de a bordo—. *¡Jamás!* Por favor, apartad las manos y los pies de suelos, paredes, techos y asideros.

—Eh… —dijo Vishal.

[[Aquí Kira: ¡Itari, apártate de las paredes!]]

La medusa reaccionó con rapidez ante la urgencia del yuxtolor. Retrajo los tentáculos y se estabilizó en el aire mediante unas pequeñas volutas de gas que expulsaba por el centro de su caparazón.

Sonó un ominoso zumbido, y Kira sintió que la piel del xeno se erizaba. Y entonces, al otro lado de la puerta que había seccionado el tentáculo se produjo una sucesión de estridente descargas eléctricas, minirrelámpagos que crepitaban y restallaban sin parar.

Un nauseabundo olor a carne quemada flotó en su dirección.

—Solucionado —dijo Gregorovich con evidente satisfacción—. Tu ración de calamares fritos ya está lista, Sparrow. Lo siento, Hwa-jung, pero vas a tener que sustituir unos cuantos cables.

La jefa de máquinas sonrió.

—No pasa nada.

—¿Es que has oído lo que he dicho antes? —preguntó Sparrow. La mente de a bordo se echó a reír.

—Claro que sí, el suave eco de una voz sobre aguas neblinosas.

—¿Cómo? —preguntó Falconi—. Te teníamos aislado del resto de la nave.

Gregorovich resopló.

—Veréis, Hwa-jung tendrá sus secretitos, pero yo también. Cuando mi mente se despejó de visiones pérfidas y dudas debilitantes, fue un reto bastante sencillo de sortear, ya lo creo que sí. Un poquito de esto y de lo otro, una pata de lagarto, una lengua de víbora y una pizca de pícara torsión.

—No sé —dijo Nielsen—. Creo que prefería al Gregorovich de antes. —Pero estaba sonriendo.

—¿Y Calcetines? —preguntó Vishal.

—Durmiendo como un gatito —contestó Gregorovich—. En fin, pongámonos manos a la obra. Nos habéis metido en un enredo de lo más precario, amigos míos, sí señor.

Falconi miró fijamente una de las cámaras instaladas en la pared.

—¿Seguro de que estás en plena forma?

Una mano fantasmal, azul y peluda, apareció proyectada en la pantalla más cercana y levantó el pulgar.

—Fuerte como una manzana y sano como un roble. ¿O era al revés? *Mmm...* ¡Pero sí, estoy listo, capi! Y aunque no lo estuviera, ¿de verdad querríais enfrentaros a esta polípoda horda sin mí?

Falconi suspiró.

—Cabronazo chiflado...

—El mismo que viste y calza —respondió con orgullo.

—El plan era... —dijo Nielsen.

—Sí —le interrumpió Gregorovich—. Conozco el plan. Todos los registros y grabaciones están revisados y archivados. Sin embargo, el plan, hablando en plata, se ha ido a tomar por culo. Veintiuna naves medusa se dirigen hacia nosotros, y traen cara de pocos amigos.

—¿Y bien? ¿Tienes alguna idea en ese cerebrón tuyo? —preguntó Sparrow.

—Efectivamente —susurró Gregorovich—. Permiso para actuar, capitán. Se requieren acciones drásticas si usted, yo o ese cerdo que acuna entre sus brazos queremos tener alguna posibilidad de volver a ver la luz del alba.

Falconi titubeó durante un buen rato, antes de levantar la barbilla.

—Adelante.

Gregorovich se echó a reír.

—¡Jajajajaja! Su confianza es un regalo para mí, oh capitán. ¡Agarraos! ¡Listos para maniobra de inversión!

—¿Maniobra de inversión? —exclamó Nielsen—. ¿Qué crees que...?

Kira se agarró con fuerza y cerró los ojos al sentir que ella misma y todo lo que la rodeaba se volvían del revés.

—Reactivando propulsión —dijo entonces la mente de a bordo; las plantas de sus pies volvieron a entrar en contacto con la cubierta y recuperó su peso habitual.

—Explícate —dijo Falconi.

Gregorovich empezó a hablar con voz tranquila:

—El Nudo de Mentes no puede defendernos de todos nuestros oponentes. Tampoco son capaces de actuar en contra de su querido líder. Eso solo nos deja una opción.

—Aún tenemos que matar a Ctein —le recordó Kira.

—Exacto —contestó Gregorovich, con el orgullo de quien habla a una mascota obediente—. Por eso vamos a agarrar la oportunidad por el pescuezo y la vamos a *estrangular*. Vamos a enseñarles a esos acuáticos réprobos lo que significa el ingenio humano. No hay nada que no podamos convertir en un arma o hacer estallar, ¡jajajajaja!

—*No* vamos a embestir la Hierofante —dijo Falconi, con los dientes apretados.

—Pssss, pssss. ¿Quién ha dicho nada de embestir? —La mente de a bordo parecía demasiado contenta, dada la situación—. Tampoco vamos a usar nuestro motor de fusión para flambear a nuestro objetivo, porque entonces explotaría y nos destruiría a nosotros también. No, no haremos nada de eso.

—Deja de andarte por las ramas —gruñó Sparrow—. ¿Qué estás tramando, Greg? Escúpelo ya.

La mente de a bordo carraspeó.

—*¿Greg?* ¿En serio? Como quieras, gorrioncilla. La Hierofante Curtido se está alejando de nosotros, pero dentro de siete minutos y cuarenta y dos segundos, aparcaré el morro de la Wallfish dentro del gran mordisco que le habéis dado en el pellejo.

—*¡¿Cómo?!* —exclamaron Sparrow y Nielsen.

Los ojos de Falconi iban de un lado a otro, comprobando datos en su holofaz. Tenía los labios apretados y pálidos.

—Oh, sí —continuó Gregorovich, encantado de haberse conocido—. Las medusas no se atreverán a abrir fuego estando nosotros tan cerca de su amado y temido líder. Y una vez allí (y ahora te hablo *a ti*, oh reina de las espinas), podrás entrar a la carga y eliminar a esa problemática medusa de una vez por todas.

Vishal miró a Falconi y a Sparrow, confundido.

—¿No nos disparará la Hierofante? ¿Y sus defensas?

—Mira —respondió Falconi, y señaló la pantalla.

En ella apareció una imagen compuesta que mostraba el exterior de la Wallfish. Una densa nube de diminutos señuelos plateados los envolvía, brotando de los respiraderos de proa. Cinco naves del Nudo de Mentes formaban un círculo defensivo alrededor de la Wallfish. Justo entonces dispararon sus láseres, destruyendo otra andanada de misiles de la Hierofante.

La Wallfish tembló, pero no pareció sufrir ningún daño.

—¿Lo conseguiremos? —preguntó Kira en voz baja.

—Vamos a averiguarlo. —Falconi apagó la pantalla—. Es mejor no mirar. Muy bien, todos a la esclusa B. Vamos a tener que luchar. A brazo partido. —Le entregó a Vishal la criocaja de Runcible—. Guárdalo en lugar seguro. En la enfermería, tal vez.

Vishal asintió mientras recogía la caja.

—Por supuesto, capitán.

El miedo regresaba, reptando por las entrañas de Kira con sus garras de acero. Suponiendo que pudieran *llegar* hasta Ctein, y suponiendo que los recuerdos de Nmarhl fueran correctos, Kira iba a vérselas con una criatura tan grande como había llegado a serlo el filo dúctil durante su huida de Orsted, o quizá más. Y la vieja medusa también era astuta, tan inteligente como la mente de a bordo más grande de todas.

Se estremeció. Falconi se dio cuenta.

<No lo pienses. —Falconi>.

<No es tan fácil. —Kira>.

Al pasar a su lado, el capitán le puso una de sus manos blindadas en el hombro.

6.

La Wallfish no explotó.

Asombrosamente, las cinco naves del Nudo de Mentes consiguieron detener todos los misiles enemigos salvo uno, que pasó de largo por varios centenares de metros y se perdió para siempre en el espacio.

Kira comprobó el estado general de la batalla. Iba tan mal como se temía. La Séptima Flota se había disgregado, y las medusas iban aislando y eliminando las naves de la FAU con inexorable eficacia. El número de naves dañadas o destruidas le heló la sangre en las venas y redobló su determinación. La única forma de poner fin a la masacre era matar a Ctein, costara lo que costara.

¿Y si tenemos que hacer explotar la Hierofante con nosotros a bordo? Notó una fuerte convicción en su interior. En ese caso, lo harían. La alternativa era igualmente letal.

Si tenía que luchar contra las medusas, no se dejaría matar fácilmente. Kira convocó mentalmente a la parte del xeno que había invadido su camarote. Atrajo a la carne huérfana por los pasillos de la Wallfish, haciendo todo lo posible por no dañar la nave, y la dirigió hacia la esclusa donde estaban todos.

Nielsen soltó un grito cuando la simiente se abalanzó sobre ellos como una marea negra de fibras reptantes.

—No pasa nada —la tranquilizó Kira, pero toda la tripulación se apartó de un brinco mientras las fibras fluían sobre la cubierta y le trepaban por los pies, las piernas, la cintura y el torso, envolviéndola en una capa de blindaje viviente de casi un metro de espesor.

Aunque el volumen del xeno restringía los movimientos de Kira, no notaba un aumento de peso. No se sentía atrapada. Más bien se sentía rodeada de músculos ansiosos por cumplir su voluntad.

—¡Mierda! —dijo Sparrow—. ¿Algo más que no nos hayas contado?

—No, esto era lo último —contestó Kira.

Sparrow sacudió la cabeza y soltó otro juramento. Solamente Itari parecía impertérrito ante la irrupción de la simiente… del Idealis. La medusa se limitó a frotarse los tentáculos y emitir un yuxtolor de interés.

Una sonrisa torva apareció en el rostro de Falconi.

—Por si acaso alguien seguía adormilado.

—Casi me da un infarto —protestó Vishal. Estaba arrodillado en el suelo, repasando el contenido de su bolsa médica, un sombrío recordatorio de lo que estaba a punto de ocurrir.

Una sensación de irrealidad atenazó a Kira. Lo rocambolesco de la situación superaba todas sus expectativas. Los acontecimientos que los habían conducido hasta aquel momento y aquel lugar exactos eran totalmente improbables, casi imposibles. Y sin embargo, allí estaban.

Una descarga eléctrica iluminó la antecámara. Hwa-jung gruñó y se inclinó sobre los cuatro drones que estaba manipulando en un rincón.

—¿Esos chismes estarán listos a tiempo? —preguntó Sparrow.

La jefa de máquinas no despegó la vista de los drones.

—Sí… Dios mediante. —Los manipuladores de cada dron estaban equipados con un soldador y un láser de reparación. Kira sabía que un mal uso de ambas herramientas podía causar graves lesiones, y sospechaba que Hwa-jung pretendía usarlas decididamente mal.

—¿Cuál es el plan? —preguntó Nielsen. Falconi señaló a Kira.

—Muy sencillo. Kira, tú irás delante y nos cubrirás. Nosotros te protegeremos los flancos y te daremos fuego de apoyo. Igual que en Orsted. Atravesaremos la Hierofante en línea recta, sin detenernos, desviarnos ni frenar hasta que encontremos a Ctein.

—¿Y si tenemos heridos? —preguntó Sparrow, enarcando una de sus afiladas cejas—. Va a ser un puto caos, y lo sabes.

Falconi tamborileó sobre la culata de su lanzagranadas.

—Si tenemos heridos, los enviaremos de vuelta a la Wallfish.

—No es…

—Y si no podemos enviarlos a la Wallfish, se quedarán con nosotros. —Su mirada recorrió a toda la tripulación—. En cualquier caso, no abandonaremos a nadie. A nadie.

Era un pensamiento reconfortante, pero Kira no estaba segura de si lo que Falconi planteaba era posible. *Trig…* No quería perder a ningún compañero más. A ningún amigo más. Si podía hacer algo para mantenerlos a salvo, tenía que aprovechar la oportunidad, por mucho miedo que le diera.

—Iré yo —anunció. Nadie la oyó, así que lo repitió en voz más alta—: Iré yo. Sola.

Se hizo el silencio en la antecámara; todos la miraban.

—Ni hablar —replicó Falconi.

Kira sacudió la cabeza, ignorando el nudo de amargura que se le estaba formando en el estómago.

—Lo digo en serio. Yo tengo el filo dúctil. Me mantendrá a salvo mucho mejor que vuestros exos. Y si voy sola, no tendré que preocuparme de proteger a nadie más.

—¿Y quién te protegerá a ti, chica? —dijo Sparrow, acercándose—. ¿Qué pasa si un francotirador te dispara desde una esquina? ¿Y si te tienden una emboscada? Si vas sola, Navárez, estamos todos jodidos.

—Sigo estando mejor equipada que nadie para cualquier cosa que nos tengan preparada —insistió Kira.

—¿Y Ctein? —preguntó Nielsen, cruzándose de brazos—. Si tu descripción es acertada, vamos a necesitar hasta la última bala para terminar con él.

—A menos que quieras dejar totalmente suelto al filo dúctil —dijo Falconi.

El capitán era el único que conocía su papel en la creación de las pesadillas, y por eso sus palabras le provocaron un miedo más profundo. Apretó las mandíbulas con frustración.

—Podría obligaros a quedaros aquí. —Extendió unos zarcillos desde los dedos con gesto amenazador.

La mirada de Falconi volvió a centellear.

—Si lo haces, Kira, encontraremos la manera de liberarnos, aunque tengamos que partir la Wallfish por la mitad. Te lo prometo. Y luego entraremos a buscarte... No vas a ir sola. Se acabó la discusión.

Procuró que la situación no le afectara, aceptar lo que había dicho Falconi y seguir con el plan. Pero no podía. La frustración la dejó sin respiración.

—No... Vais a... Solo conseguiréis acabar heridos o muertos. No quiero ir sola, pero es nuestra mejor opción. ¿Por qué no podéis...?

—Srta. Kira —dijo Vishal, poniéndose de pie y uniéndose a ellos—. Conocemos los riesgos, y... —inclinó la cabeza, con una mirada tierna y afectuosa—... los aceptamos con el corazón abierto.

—Pero no tenéis por qué —protestó Kira.

Vishal sonrió, y la pureza de su expresión la dejó sin habla.

—Por supuesto que no, Srta. Kira. Pero así es la vida, ¿sí? Y la guerra también.

De pronto, el doctor la sorprendió dándole un abrazo. Nielsen la abrazó también, y tanto Falconi como Sparrow le pusieron una mano enguantada en los hombros.

Kira se sorbió la nariz y miró hacia el techo para ocultar las lágrimas.

—Está bien... Está bien. Iremos juntos. —Entonces pensó en la suerte que había tenido al encontrar a la tripulación de la Wallfish. Eran buenas personas, mucho mejores de lo que había creído al subir a bordo por primera vez. Ellos también habían cambiado. Sospechaba que la tripulación que Kira había conocido en 61 Cygni no se habría mostrado dispuesta a ponerse en peligro, como estaba haciendo ahora.

—Lo que quiero saber yo —dijo Sparrow— es cómo vamos a localizar al tal Ctein. Esa nave es una puta mole. Podríamos deambular durante horas sin encontrar nada.

—¿Alguna idea? —dijo Falconi. Miró a Itari—. ¿Y tú, calamar? ¿Se te ocurre algo?

Kira tradujo la pregunta, y la medusa contestó:

[[Aquí Itari: Si podemos nadar al interior y consigo encontrar un nodo para acceder al retículo de la Hierofante Curtido, podré determinar la ubicación exacta de Ctein.]]

Hwa-jung levantó la cabeza.

—¿Retículo? ¿Qué...?

—Más tarde —la interrumpió Falconi—. ¿Qué pinta tienen esos nodos?

[[Aquí Itari: Son cuadrados de estrellas. Se encuentran en todas las intersecciones de las naves, para facilitar la comunicación.]]

—Es posible que yo los haya visto antes —dijo Kira, recordando la primera nave medusa en la que había estado.

[[Aquí Itari: Una vez que sepamos dónde se encuentra Ctein, hay tubos de descenso que permiten atravesar las cubiertas. Podremos usarlos para desplazarnos con rapidez.]]

—¿Podrás ayudarnos, Itari? ¿O tu programación genética te lo va a impedir? —preguntó Nielsen.

[[Aquí Itari: Siempre que no mencionéis el objetivo de nuestra misión... sí, debería ser capaz de ayudaros.]] Una franja roja de inquietud recorrió sus tentáculos.

—«Debería ser capaz» —dijo Falconi—. Bah.

Sparrow parecía preocupada.

—En cuanto las medusas nos detecten, se nos echarán todas encima.

—No —replicó Falconi—. Se le echarán encima *a ella*. —Señaló a Kira—. Protégenos, Kira, y te protegeremos a ti.

Kira, decidida, empezó a mentalizarse para el inminente desafío.

—Eso haré.

Falconi soltó un gruñido.

—Solo tenemos que encontrar uno de esos nodos. Ese es nuestro primer objetivo. Después, iremos de cacería. Por cierto... —Se giró hacia Jorrus y Veera, que estaban agazapados en una esquina, agarrados de los antebrazos mientras susurraban—. ¿Y vosotros, indagadores? ¿Seguro que podéis con esto?

Los entropistas recogieron sus armas y se levantaron. Seguían vestidos con sus túnicas degradadas, con el rostro al descubierto. Kira se preguntó cómo esperaban sobrevivir al vacío, por no hablar de los disparos láser.

—Sí. Gracias, prisionero —respondió Veera.

—Este es el único lugar en el que querríamos estar —añadió Jorrus. Sin embargo, los dos parecían mareados.

A Sparrow se le escapó una risotada cínica.

—Yo no puedo decir lo mismo, os lo garantizo.

Falconi carraspeó.

—No creáis que me estoy ablandando, pero... eh... no se puede pedir mejor tripulación que vosotros. Quería decíroslo.

—Bueno, tú también eres un capitán bastante decente, capitán —dijo Nielsen.

—Casi siempre —dijo Hwa-jung.

—Casi siempre —coincidió Sparrow.

El intercomunicador se encendió.

—Contacto dentro de sesenta segundos. Agarraos bien, mis delicados sacos de carne. Va a ser un viaje movidito.

Vishal sacudió la cabeza.

—Ah, qué poco tranquilizador.

Nielsen se llevó la mano a la frente y murmuró algo.

Kira accedió a su holofaz. La Hierofante se aproximaba rápidamente. Vista desde cerca, la nave medusa parecía incluso más grande: redonda y blanca, con su abultada sección central erizada de antenas. El agujero del obús Casaba había dejado al descubierto una larga hilera de cubiertas interiores: docenas y docenas de salas de función desconocida, expuestas ahora al frío del espacio. En su interior distinguió a varias medusas flotantes: algunas seguían vivas, pero la mayoría estaban muertas y envueltas en témpanos de icor congelado.

Ahora que la Hierofante se cernía sobre ellos, Kira volvió a sentir la misma pulsión de antes: la llamada de los Desaparecidos, conminándola a responder.

Se permitió una sonrisa lúgubre. Sospechaba que a Ctein y a sus apresadores no les iba a gustar nada su respuesta a la llamada.

¿Apresadores? Estaban empezando a regirse por los patrones de pensamiento del filo dúctil/la simiente. ¿Y por qué no? Eran apropiados. Las medusas *eran* unos apresadores, y hoy Kira iba a recordarles por qué hacían bien en temer al Idealis.

A su lado, percibió un yuxtolor enfermizo. Itari temblaba y se teñía de desagradables tonos verdosos y pardos.

[[Aquí Itari: El solo hecho de estar aquí ya me resulta difícil, Idealis.]]

[[Aquí Kira: Concéntrate en proteger a mis coformas. No te preocupes por el gran y poderoso Ctein. Tu tarea no tiene nada que ver con eso.]]

Una oleada de color púrpura recorrió sus tentáculos.

[[Aquí Itari: Eso me ayuda mucho, Idealis. Gracias.]]

Mientras la Wallfish entraba de frente en el agujero que el obús había desgarrado en la Hierofante, y sus cubiertas medio derretidas iban oscureciendo las ventanas de zafiro de la Wallfish, Falconi dijo:

—Oye, Gregorovich, ya que estás en plena forma, ¿qué tal unas palabras antes de que nos vayamos?

La nave fingió que se aclaraba la garganta.

—Muy bien. Escuchadme. Que el Señor de los Espacios Vacíos nos proteja mientras vamos al encuentro de nuestros enemigos. Que guíe nuestra mano (y nuestra mente), y también nuestras armas para imponer nuestra voluntad sobre estas perversiones de la paz. Que la bravura sea nuestro escudo, que la justa ira sea nuestra espada, que nuestros enemigos huyan despavoridos ante nosotros, protectores de los desvalidos, y que permanezcamos indómitos e invictos frente al mal. Pues hoy es el Día de la Ira, y nosotros somos el instrumento de retribución de nuestra especie. *Deo duce, ferro comitante.* Amén.

—Amén —repitieron Hwa-jung y Nielsen.

—¡Menuda plegaria! —dijo Sparrow, sonriente.

—Gracias, gorrioncilla.

—Un tanto belicosa para mi gusto —comentó Kira—. Pero me sirve.

Falconi se echó al hombro el lanzagranadas.

—Esperemos que alguien la haya escuchado.

En ese momento, la Wallfish se sacudió al encallar en las entrañas de la Hierofante Curtido. De no haber sido por que el filo dúctil la ancló a la pared, Kira habría caído al suelo. Los demás se tambalearon y Nielsen tuvo que hincar una rodilla en la cubierta. El rumor del motor de fusión cesó, y la gravedad artificial de la Hierofante engulló a la Wallfish.

7.

Al otro lado de la esclusa, Kira vio lo que parecía ser un almacén, repleto de filas y filas de glóbulos translúcidos de color rosado, dispuestos alrededor de una oscura estructura en forma de tallo. Las tres paredes que el obús Casaba no había vaporizado estaban llenas de estantes con máquinas inidentificables. Las gotas de metal fundido se habían helado en el suelo enrejado, las paredes curvas y la familiar compuerta de tres segmentos con aspecto de concha marina. Toda la sala tenía que ser altamente radiactiva, pero ahora mismo esa era la menor de sus preocupaciones.

No veían medusas en la cámara; un golpe de suerte que Kira no se esperaba.

—No está mal, Greg —dijo Falconi—. ¿Todo el mundo listo?

—Un momento —dijo Hwa-jung, que seguía agachada al lado de los drones.

Falconi entornó los ojos.

—Apúrate. Aquí somos blanco fácil.

La jefa de máquinas murmuró algo en coreano. Después se irguió, y los drones emprendieron el vuelo con un irritante zumbido.

—Listos —dijo Hwa-jung.

—Por fin. —Falconi pulsó el botón y la escotilla interior de la esclusa se abrió—. Vamos a montar escándalo.

—Eh... —dijo Kira, mirando a los entropistas. ¿Cómo pretendían respirar en vacío?

No tendría que haberse preocupado. Simultáneamente, Veera y Jorrus se cubrieron el rostro con las capuchas. El tejido se endureció, se volvió transparente y creó un cierre hermético alrededor de sus cuellos, como el casco de un dermotraje.

—Buen truco —dijo Sparrow.

El silencio del vacío los engulló en cuanto Falconi despresurizó la esclusa y abrió la escotilla exterior. Al cabo de un instante, Kira solo oía su propia respiración y el latido de su corazón.

De pronto, su auricular chisporroteó.

Oh, cielos —dijo Gregorovich. Su voz sonaba muy cercana.

¿Cómo que «oh, cielos»? —inquirió Falconi, con la voz un tanto enlatada por la transmisión de radio.

La mente de a bordo parecía reacia a contestar.

Lamento deciros esto, mis queridos amigos. Lo lamento en el alma, pero me temo que la astucia ya no baste para salvarnos. La suerte no dura eternamente para nadie, y la nuestra acaba de agotarse.

Y en la holofaz de Kira apareció una imagen del sistema. Al principio no entendió lo que estaba viendo: los puntos azules y amarillos que señalaban las posiciones de las medusas y la FAU estaban casi ocultos detrás de una constelación roja.

¿Qué...? —empezó a decir Sparrow.

Oh, fatalidad —continuó Gregorovich. Por primera vez, su dramatismo parecía sincero—. *Las pesadillas, ay, han decidido unirse a la batalla. Y esta vez se han traído algo más. Algo grande. Algo que está emitiendo por todos los canales. Algo que se hace llamar... las Fauces*.

CAPÍTULO V

★ ★ ★ ★ ★ ★ ★ ★

ASTRORUM IRAE

1.

Kira observaba con horror.

En su holofaz había aparecido algo pavoroso. Una auténtica pesadilla, moldeada por los pecados de su pasado. Las Fauces… Una grotesca colección de carne negra y roja que flotaba en el espacio, rezumando fluidos que hacían resplandecer su superficie despellejada. Aquella masa era mayor que la Hierofante Curtido, mayor que cualquier estación espacial que Kira hubiera visto. Tenía casi el mismo tamaño que las dos pequeñas lunas que orbitaban el planeta R1. Su forma era la de un amasijo canceroso y disgregado, demasiado caótico para encontrar nada parecido a un orden, pero sí la insinuación (el intento, incluso) de una silueta fractal a lo largo de sus bordes.

La visión de las Fauces le produjo una repugnancia instantánea y visceral, seguida por un miedo enfermizo, casi extenuante.

Aquel obsceno tumor había emergido del espacio superlumínico cerca de la órbita de R1, junto con un vasto enjambre de corrupciones menores. Las Fauces y sus fuerzas ya avanzaban para atacar a humanos y alienígenas por igual, sin hacer diferencia.

Kira se abrazó el cuerpo y se dejó caer en cuclillas, mareada. Era imposible que la simiente pudiera derrotar a un ser como las Fauces. Era demasiado inmenso, demasiado malsano, demasiado atroz. Aunque tuviera tiempo para hacer crecer la simiente hasta igualar su tamaño, sabía que se perdería a sí misma dentro del cuerpo del xeno. Su identidad dejaría de existir, o tal vez se convertiría en una parte tan pequeña de la simiente que pasaría a ser totalmente insignificante.

Aquella idea era más aterradora que la propia muerte. Si moría, seguiría siendo ella misma hasta el final. Pero si la simiente la consumía, Kira se enfrentaría a la destrucción de su ser mucho antes de que su mente o su cuerpo dejaran de existir.

De pronto, las manos blindadas del exo de Falconi la sujetaron y el capitán la puso de pie, hablándole en tono tranquilizador:

Eh, no pasa nada. Todavía no hemos perdido.

Kira sacudió la cabeza, notando las lágrimas que se acumulaban bajo la mascarilla del xeno.

—No, no puedo. No puedo. No...

Falconi la zarandeó con la fuerza justa para llamar su atención. El filo dúctil reaccionó con una capa de espinas romas.

No digas eso, mierda. Si tú te rindes, estamos todos muertos.

—No lo entiendes. —Kira señaló con gesto impotente la silueta deforme que flotaba en su holofaz, aunque Falconi no pudiera verla—. Es, es...

Ya está bien. —Su severidad captó la atención de Kira—. *Cada cosa a su tiempo. Tenemos que matar a Ctein. ¿Puedes hacerlo?*.

Kira asintió, notando que empezaba a recuperar el control.

—Sí... Creo que sí.

Bien. Pues espabila y vamos a liquidar a esa medusa. Ya nos preocuparemos después por las pesadillas.

Aunque sentía las entrañas atenazadas por el miedo, Kira intentó ignorarlo. Intentó fingir confianza. Apagó la imagen de su holofaz, pero en el fondo de su mente seguía impresa la silueta de las Fauces, como si se hubiera grabado a fuego en su retina.

A una orden mental de Kira, el xeno la propulsó hacia la salida de la esclusa.

—Vamos allá —dijo.

2.

Fuera de la Wallfish, en el almacén alienígena, las sombras giraban con el movimiento de la Hierofante. Sin embargo, gracias al campo gravitatorio de la nave medusa, Kira no sentía en absoluto la rotación. La oscilación de la luz deslumbrante, tan típica del espacio, producía un efecto estroboscópico muy desorientador.

—No os alejéis —dijo Kira.

Vamos detrás de ti —respondió Falconi.

Intentando no perder un solo segundo, Kira avanzó por el almacén de luces parpadeantes. Las sombras giratorias la mareaban, así que mantuvo la vista fija en el suelo y procuró no pensar en que en realidad estaban dando vueltas por el espacio.

Mientras pasaba junto a las filas de glóbulos translúcidos (cada uno de los cuales medía al menos cuatro metros de diámetro y contenía unas extrañas siluetas petrificadas), el que estaba más cerca de su cabeza se partió, alcanzado por una explosión del tamaño de un puño.

No se produjo ningún ruido, pero Kira sintió que una lluvia de metralla impactaba contra la superficie endurecida del xeno.

¡A cubierto! —gritó Falconi.

Pero Kira no intentó esconderse. Por el contrario, prolongó el xeno y arrancó la cubierta nacarada, los glóbulos y el curioso tallo que los conectaba, y compactó todo aquel material en un escudo que los protegiera a ella y a la tripulación. Igual que en Orsted. La diferencia era que ahora se sentía segura y confiada. Esta vez, controlar a la simiente no le costaba ningún esfuerzo, y no temía perder el control. Ejecutaba todos sus deseos.

Cambió su visión a infrarrojos a tiempo para ver cómo un rayo incandescente salía de entre las estanterías y le abría un orificio de un dedo de ancho en el traje, justo en el pecho. Se asustó un momento, pero entonces se dio cuenta de que el agujero no era lo bastante profundo como para llegar a tocar su cuerpo.

Más adelante, dos medusas (calamares, concretamente) acechaban entre los glóbulos. Se batían en retirada, desplazándose sobre sus tentáculos enroscados mientras la apuntaban con dos enormes blásteres que blandían con las tenazas.

De eso nada. Kira proyectó varios zarcillos con el filo dúctil para perseguirlas.

Atrapó a las medusas, las estrujó y las desgarró hasta convertirlas en un amasijo de carne convulsa que chorreaba icor. Tal vez la misión iba a ser más fácil de lo que esperaba…

Por la radio, Kira oyó las arcadas de alguno de sus compañeros.

—¡Conmigo! —exclamó, dirigiéndose a la puerta nacarada que les permitiría acceder al interior presurizado de la Hierofante.

La compuerta se negó a abrirse cuando Kira se acercó, pero tres rápidos tajos del filo dúctil destruyeron el mecanismo que la mantenía cerrada.

Un huracán de viento la azotó cuando los tres segmentos en forma de cuña cayeron y se separaron.

El escudo que había construido era demasiado voluminoso para pasarlo por esa puerta, así que lo desechó a regañadientes antes de dejar que el xeno la propulsara hacia las entrañas de la nave alienígena. Itari y la tripulación la seguían de cerca.

3.

Por dentro, la Hierofante era distinta a las dos naves medusa en las que había estado Kira. Las paredes eran más oscuras y sombrías, con una mezcla de tonos grises y azules, y estaban decoradas con franjas de patrones coralinos que, en cualquier otra circunstancia, le habría encantado poder estudiar.

Se encontraban en un largo corredor desierto, lleno de pasadizos laterales, puertas y túneles con nichos que subían y bajaban a otras cubiertas. Ahora que volvían a estar rodeados de aire, Kira oía un silbido penetrante proveniente de la puerta destrozada que acababan de cruzar, además del zumbido de los drones de Hwa-jung y un claxon aullante que le recordaba al canto de las ballenas; era como si la nave entera estuviera bramando de dolor, furia y miedo.

El viento apestaba a yuxtolor de alarma, y también lo impregnaba una orden: todas las coformas de servicio debían nadar sin dilación en sentido transumbrío. Significara lo que significara eso.

Durante un momento fugaz, Kira pensó que tal vez habían burlado los sensores de la Hierofante y que, por lo tanto, no se verían obligados a luchar a cada paso.

Y entonces, con un sonoro chasquido, una membrana blanca se deslizó sobre la puerta que Kira había forzado, deteniendo el escape de aire. Al fondo del pasillo apareció una masa de extremidades de todo tipo: docenas de medusas furiosas y armadas, que iban directas hacia Kira y los demás.

Se le aceleró el corazón. Aquel era exactamente el escenario que había querido evitar. Pero tenía consigo el filo dúctil, que era su brazo, su espada y su escudo. Las medusas iban a tener que esforzarse para detenerla. Kira proyectó tentáculos en todas direcciones, agarró las paredes del pasillo y tiró hacia ella para rasgar los mamparos y curvarlos hacia el interior, formando con ellos un tapón macizo.

Sparrow levantó la voz para hacerse oír sobre el estruendo de los láseres, los rifles de proyectiles y las explosiones que sonaban al otro lado de la barricada:

¡A eso llamo yo un buen comité de bienvenida!.

¡Itari! —gritó Falconi—. *¿Dónde está el nodo más cercano?*.

Kira tradujo la pregunta; la medusa reptó hasta colocarse a su lado y palpó la cara interior de su improvisado escudo.

[[Aquí Itari: Adelante.]]

—¡Adelante! —repitió Kira, y empezó a avanzar por el pasillo, manteniendo el escudo suspendido delante de ella y utilizándolo para obstruir el pasillo redondo. Sentía los impactos enemigos en la cara exterior, tanto por la inercia transferida como por las punzadas de nodolor que atravesaban sus zarcillos: el filo dúctil le informaba así de dónde se encontraba el peligro, sin llegar a hacerle daño.

Kira atravesó la primera puerta, y casi había llegado a la segunda cuando oyó un grito. Al darse la vuelta, vio que una medusa salía de una de las puertas abiertas, con los tentáculos extendidos como una jibia a punto de engullir a su presa. La medusa iba acompañada por un par de drones esféricos de color blanco, equipados con lentes centelleantes...

El alienígena embistió la servoarmadura de Sparrow, estrellándola contra la pared. Entonces ocurrieron varias cosas a la vez, tan deprisa que le costaba seguirlas: Itari agarró a la medusa atacante con varios tentáculos para intentar quitársela de encima a Sparrow, y los tres se golpearon con la pared más cercana. Una ráfaga de disparos láser del exo de Sparrow abrió una fila de agujeros en el caparazón del enemigo. Falconi se adelantó para ayudar, pero el alienígena lo dejó tendido en cubierta de un solo golpe.

Nielsen se interpuso de un salto entre el capitán y la medusa. El alienígena la alcanzó con el golpe de revés y le acertó de lleno en el pecho. Nielsen se desplomó.

Los drones de Hwa-jung dispararon sus láseres de soldadura, y los dos orbes blancos cayeron al suelo, soltando un chorro de chispas. De pronto, la jefa de máquinas se situó delante de Nielsen y Falconi. La corpulenta mujer agarró el tentáculo que los amenazaba, lo abrazó contra su pecho y lo estrujó.

Se oyó el crujido de los huesos del nervioso tentáculo cubierto de ventosas.

Vishal disparó su rifle de proyectiles. *¡Bam! ¡Bam! ¡Bam!* Kira notaba las sacudidas en los huesos. Titubeó, paralizada. Si utilizaba al filo dúctil para atacar a la medusa, era muy posible que terminara hiriendo o matando también a Itari.

No había nada que temer. Itari asió a la otra medusa y la arrojó al fondo del pasillo, lejos de Sparrow.

A Kira no le hacía falta más. Lanzó un haz de agujas negras que atravesaron a la medusa y la dejaron clavada a la pared, incapaz de escapar. La criatura sacudió los tentáculos, se estremeció y finalmente quedó inerte. En el suelo empezó a formarse un charco de icor naranja que manaba de la parte inferior de su caparazón.

¡Srta. Audrey! —gritó Vishal, corriendo al lado de la primera oficial.

4.

¡Cierra esa puerta antes de que aparezcan más! —gritó Falconi, poniéndose en pie con dificultad. Su pesado exo resonaba contra la cubierta, dejando manchas grisáceas en el material blanco.

Con el filo dúctil, Kira arrancó y dobló varios trozos de la pared hasta dejar la puerta infranqueable. Había sido una estupidez por su parte no bloquear la entrada nada más cruzarla.

Como precaución final, levantó un gran trozo de la cubierta curvada para que sirviera como escudo. Después regresó con el grupo.

Vishal estaba agachado junto a Nielsen, pasándole un labochip por encima mientras le palpaba el costado con una mano.

¿Cómo está, Doc? —preguntó Falconi.

Dos costillas rotas, me temo —contestó Vishal.

Mierda —dijo Falconi, sin dejar de apuntar su lanzagranadas hacia el pasillo—. *¿Por qué has hecho eso, Audrey? El de la armadura soy yo*.

Nielsen tosió, y unas gotas de sangre le salpicaron el visor.

Perdona, Salvo. La próxima vez dejaré que te hagan papilla a ti.

Eso espero —contestó él, irritado.

Hay que seguir moviéndose —les advirtió Sparrow, acercándose. Su exo estaba arañado y abollado, pero los daños parecían superficiales. Más adelante seguían reverberando los disparos: las medusas luchaban por destruir el tapón con el que Kira bloqueaba el pasillo.

Nielsen intentó levantarse, pero se le contrajo el rostro y se dejó caer con un grito que Kira oyó incluso a través del casco de la primera oficial.

Mierda —musitó Falconi—. *Habrá que cargar con ella. Sparrow...*.

Ella negó con la cabeza.

Sería un estorbo. Hay que llevarla de vuelta a la nave. Todavía estamos cerca. El camino hasta la Wallfish es todo recto.

Los entropistas se acercaron entonces.

Nosotros podemos escoltarla a la nave, capitán, y luego....

... volver con el grupo.

Mierda —dijo Falconi, frunciendo el ceño—. *Está bien. Adelante. Gregorovich os enseñará dónde está la armería. Traed unas cuantas cargas de minería, de paso. Las usaremos para bloquear los pasillos laterales*.

Veera y Jorrus inclinaron la cabeza.

Así se....

... hará.

A Kira le impresionó lo bien que volvían a interactuar los entropistas, aun con su mente de colmena destruida. Casi parecían estar compartiendo sus pensamientos.

A pesar de la mueca de dolor de Nielsen, Jorrus y Veera la levantaron, rodearon el escudo que había levantado Kira y regresaron corriendo por el pasillo.

Sigamos —los apremió Falconi, volviéndose hacia Kira—. *Hay que encontrar uno de esos nodos antes de que las medusas hieran a alguien más*.

Kira asintió y volvió a avanzar por el pasillo, asegurándose de tapiar todas las puertas que encontraba.

La emboscada había supuesto un golpe para su confianza. Aun con su poder, el filo dúctil no la hacía invulnerable. En absoluto. Una sola medusa había conseguido atravesar sus defensas y, como consecuencia, ahora eran tres menos. Tal y como ella se temía. Y no sabían si los entropistas lograrían volver con ellos. ¿Y si alguien más resultaba herido? Dentro de poco, regresar a la Wallfish ya no sería una opción, a menos que Kira los acompañara para protegerlos en el camino de vuelta.

De todos ellos, Kira era la única que podía mantener realmente a raya a las medusas. Y si *podía* hacerlo, *debía* hacerlo. El único límite de los poderes del filo dúctil era su propia imaginación. ¿Por qué se contenía?

Con solo pensarlo, Kira empezó a extender el filo dúctil hacia atrás, formando una jaula reticular alrededor de todo el grupo. Con un poco de suerte, los protegería de nuevos ataques. También reforzó el escudo delantero, incorporando pedazos de la pared y la cubierta, engrosando el material del filo dúctil hasta crear lo que esperaba que fuera una barrera impenetrable.

Por supuesto, sus ojos no veían a través del escudo, pero sí que percibía lo que había más adelante gracias a los zarcillos del xeno: los contornos del pasillo, las corrientes de aire (a menudo sobrecalentadas por los láseres) y el impacto continuo del fuego de las medusas.

Cruzaron rápidamente puerta tras puerta, y cada vez que Kira le preguntaba si iban en la dirección correcta, Itari respondía:

[[Adelante.]]

El tamaño de la Hierofante no dejaba de sobrecogerla. Sentía que estaba dentro de una estación espacial o una base subterránea, en vez de en una nave. La Hierofante irradiaba una solidez y un peso que ella nunca había experimentado en ningún vehículo, ni siquiera en la Circunstancias Atenuantes.

Falconi habló por el canal de comunicación:

Por cierto, buen manejo de ese rifle, Doc.

Ah, sí, gracias.

Un golpe sordo al otro lado de la puerta que Kira acababa de bloquear los hizo dar un respingo. Los trozos de concha marina temblaron al intentar abrirse, y la puerta se combó hacia dentro, como si alguien la estuviera empujando desde fuera. Pero los fragmentos de mamparo que Kira había fijado resistieron, y lo que intentaba entrar en el pasillo (fuera lo que fuera) no lo consiguió.

Siguió avanzando hasta que sintió que una pared le bloqueaba el paso y que el pasillo se bifurcaba. Kira dejó que el filo dúctil se dividiera y se extendiera hasta sellar ambos pasadizos. La andanada de disparos, tanto de energía como de proyectiles físicos, continuaba, aunque la mayoría procedían de la bifurcación de la izquierda.

Cuando el filo dúctil fluyó hacia los lados, dejó al descubierto la superficie del mamparo que había detenido su avance.

Un panel empotrado en la pared resplandecía como un campo de estrellas, repleto de diminutos puntos de luz de todos los colores.

[[Aquí Itari: ¡El retículo!]]

La medusa se adelantó reptando y emanando por sus extremidades un yuxtolor de alivio y determinación.

[[Aquí Itari: Vigila, Idealis.]]

La medusa presionó el panel iluminado con un tentáculo. Ante la mirada atónita de Kira, el tentáculo se fundió con la pared, hundiéndose en ella hasta desaparecer casi por completo.

¿Es esto? —preguntó Falconi, acercándose.

—Sí. —Pero la atención de Kira estaba en otra parte; los impactos que sacudían las barreras del xeno se volvían cada vez más fuertes. Se apresuró a reforzarlas arrancando más material de las paredes, pero se dio cuenta de que no podría contener a las medusas mucho más tiempo.

Una punzada de nodolor recorrió los zarcillos del pasadizo de la izquierda; el xeno le estaba avisando de los daños sufridos. Kira soltó un grito ahogado.

¿Qué ocurre, Srta. Kira? —preguntó Vishal.

—Es... —Otra punzada, más fuerte que la anterior. Kira esbozó una mueca, con los ojos llorosos. Negó con la cabeza. Una llama azul estaba cortando las capas exteriores de su escudo, derritiendo y marchitando su segunda carne con un calor abrasador. El filo dúctil podía protegerla de muchas cosas, pero terminaría cayendo bajo el voraz mordisco de una lanza térmica. Parecía que las medusas recordaban viejos métodos para combatir contra el Idealis—. Me están dando... problemas.

[[Aquí Kira: Date prisa si puedes, Itari.]]

Una oleada de variopintos colores recorrió la piel de la medusa. De pronto, Itari extrajo el tentáculo de la pared. Sus ventosas goteaban una extraña mucosa.

[[Aquí Itari: Ctein se encuentra a cuatro *nsarro* de aquí, catorce cubiertas por debajo.]]

[[Aquí Kira: ¿Qué distancia es un *nsarro*?]]

[[Aquí Itari: La distancia que se puede nadar en siete pulsos.]]

Gracias a los recuerdos de la simiente, Kira intuía que un pulso era un tiempo relativamente corto, aunque no sabía acotarlo exactamente.

Una explosión sacudió la cubierta.

Kira —dijo Falconi, nervioso. Los drones de Hwa-jung volaban sobre sus hombros, iluminando el suelo con los potentes focos que llevaban debajo de los manipuladores.

—¡Agarraos bien! —gritó Kira—. Vamos a bajar. Son catorce cubiertas.

Moldeó unas vigas negras que atravesaron de lado a lado la jaula que había creado, distribuyéndolas entre sus protegidos. Cuando Falconi y los demás se agarraron bien a las vigas, Kira empezó a excavar en la cubierta con el xeno, dejando que sus miles de diminutas fibras rasgaran el suelo, las tuberías, los circuitos y los extraños órganos palpitantes que separaban un nivel del siguiente.

Era peligroso; si alcanzaba una tubería presurizada, la explosión podría matarlos a todos. El filo dúctil era consciente del peligro, pero Kira estaba bastante segura de que el xeno sabría evitar los elementos letales.

En unos segundos, había abierto un agujero lo bastante ancho para que entrara todo el grupo. Por debajo de ellos, unas sombras azules se movían entre un centelleo de motas flotantes, luminosas como ascuas.

Entonces Kira obligó a la simiente a soltar las paredes y el escudo, y tanto ella como sus compañeros se precipitaron hacia aquel azulado crepúsculo.

5.

El remolino de motas cegó a Kira momentáneamente.

Cuando se despejaron por fin, vio que se encontraban en una sala alargada, de techo bajo y suelo y paredes negros, con una serie de estrechos lechos inundados distribuidos por toda la estancia. Unos orbes ovalados del tamaño de una cabeza humana brillaban con un suave resplandor encima de unos nichos con aspecto de altar, instalados a intervalos regulares a lo largo de los mamparos.

Dentro de aquella agua se movían unas oscuras siluetas, pequeñas e insectiles, que huían de la potente luz proyectada por los focos de los drones de Hwa-jung, buscando refugio entre las sombras.

¿Estanques de puesta? No se le ocurría por qué las medusas querrían instalar algo así en una nave espacial. Ya tenían otras tecnologías reproductivas, como el Nido de Transferencia.

De pronto, unas cubiertas transparentes de varios centímetros de espesor se cerraron ruidosamente sobre los estanques y, sin la menor alerta olfativa, la sensación de gravedad se desvaneció por completo.

¡No me jodas! —gritó Falconi. Manoteó un momento para no perder el equilibrio, hasta que pudo usar los propulsores de su exo y estabilizarse. Los demás se agarraron a las vigas que había creado la simiente.

Normalmente, la transición a gravedad cero le revolvía el estómago. Pero esta vez, no. Su estómago estaba igual que antes; no le había dado un vuelco ni sentía que estaba a punto de precipitarse hacia la muerte. Sentía una refrescante libertad. Por primera vez, disfrutaba de la ingravidez (o lo habría hecho en otras circunstancias). Era como volar, como estar en un sueño. O en una pesadilla.

La gravedad cero siempre le había dado problemas. Si eso había cambiado, tenía que deberse al filo dúctil. En cualquier caso, agradecía aquella sensación de alivio.

[[Aquí Itari: Sin gravedad, los bancos de Ctein serán libres de nadar hacia nosotros desde todas direcciones, Idealis.]]

—Ya —gruñó Kira, aunque no se dirigía a nadie en particular. Volvió a enviar al exo a abrir otro agujero en la cubierta. Con el material arrancado, construyó un escudo pequeño y denso bajo sus pies: era muy posible que les estuviera esperando un batallón entero de medusas en la siguiente cubierta.

Sus zarcillos agarraron las paredes y los hicieron descender al piso inferior.

Esta vez se encontraban en una cámara enorme, de techo abovedado. También era azul, pero estaba decorada con franjas rojas y naranjas, no más anchas que su pulgar. Un haz de columnas hexagonales se alzaban como árboles, uniendo el suelo con el techo; alrededor del tronco, unos nidos enmarañados se balanceaban suavemente, suspendidos de unos cables que reflejaban el resplandor metalizado del peltre. El aire estaba impregnado de un intenso yuxtolor de concentración.

Fuera cual fuera la función de aquella sala, Kira no la reconocía. Sin embargo, no pudo evitar detenerse un instante fugaz para admirar la majestuosidad, la belleza barroca y la singularidad de aquella estancia.

Reanudó su tarea y abrió un nuevo agujero en la tercera cubierta, por el que accedieron a un pequeño pasillo que solo contenía unas pocas puertas. A unos diez o veinte metros por delante, el corredor acababa en una abertura circular que daba a otra habitación en penumbra.

Acababa de empezar a rasgar la cubierta para seguir bajando, cuando sintió un yuxtolor familiar:

[[Aquí Itari: Por aquí, Idealis.]] La medusa pasó rápidamente a su lado y se dirigió hacia la sala contigua.

Kira soltó un juramento, reposicionó el escudo y se apresuró a seguir a Itari, arrastrando a la tripulación tras de sí. Se sentía como un barco de vela, con los marineros colgados de sus jarcias, listos para rechazar el abordaje del enemigo.

Mientras cruzaban el umbral circular, Kira sintió que las paredes se ensanchaban. Deseaba ver lo que tenía delante, y la simiente accedió a sus deseos. Su visión se distorsionó un momento, y de pronto dejó de ver la cara interior del escudo y pasó a contemplar la habitación en la que se encontraban, como si al xeno le acabaran de brotar un par de ojos en la superficie exterior del escudo.

Era muy posible que así fuera.

Libre de obstáculos, Kira comprobó que la sala era una especie de zona de alimentación. Lo supo por los recuerdos del filo dúctil. Había comederos en las paredes, y también nichos, tubos, cubas y contenedores transparentes llenos de criaturas flotantes, listas para ser consumidas. En uno estaban los *pfennic*, que sabían a cobre. En otro los polípodos *nwor*, tan suaves, salados y divertidos de cazar…

Entre los nichos distinguió más puertas cerradas. Itari no eligió ninguna de ellas, sino que se propulsó hacia una zona concreta del suelo, haciendo ondear los tentáculos tras de sí.

[[Aquí Itari: Por aquí.]]

El alienígena palpó varios surcos circulares del suelo, y una tapa con forma de disco se abrió con un sonoro *clonc*, revelando un tubo rojo de un metro de diámetro.

[[Aquí Itari: Nadad por aquí.]] Y dicho esto, la medusa se lanzó por el estrecho conducto, desapareciendo de su vista.

—Mierda —dijo Kira. Ojalá el alienígena le hubiera dejado ir primero a ella—. Salid de la jaula, solo cabremos de uno en uno.

La tripulación soltó las vigas de Kira, que empezó a moldear a la simiente para que le permitiera entrar en el tubo de descenso.

No había terminado todavía cuando sintió una punzada de nodolor en el costado, seguida por otra en el escudo, desde un ángulo distinto, y acompañadas por las detonaciones de varias armas. Kira se estremeció, y el traje hizo lo propio, atrayendo hacia sí la maltrecha barricada.

Por las puertas que separaban los nichos entró un enjambre de ruidosos orbes. Drones. Docenas de drones armados con blásteres, rifles de proyectiles y cuchillas, que cayeron sobre ella. Sus mandíbulas soltaban chispas eléctricas mientras restallaban los manipuladores, como si fueran tijeras ansiosas por cortarle la carne.

¡Buum! El disparo del lanzagranadas de Falconi la alcanzó con su fuerza percutiva. Un destello luminoso apareció al otro lado de la sala, y varios restos de maquinaria medusa rebotaron en la pared. El resto de la tripulación también abría fuego con láseres y rifles de proyectiles.

Uno de los drones de Hwa-jung explotó.

Kira arrojó un haz de espinas letales, una para cada uno de los orbes zumbadores. Pero por muy rápido que fuera el filo dúctil, los orbes lo eran más. Esquivaron sus ataques, propulsándose en ángulos extraños e impredecibles que no podía seguir a simple vista. La carne no era rival para la velocidad y la precisión de una máquina, ni siquiera la carne de su simbionte.

Se oyó un grito de dolor por el comunicador.

Kira también gritó, deseando poder ahuyentar a los drones.

—¡Aaah!

De pronto, el filo dúctil electrificó su superficie externa, incluido el escudo. Cinco de los drones alienígenas se desplomaron entre lluvias de chispas, cerrando sus manipuladores en un puño al caer. Kira no se esperaba aquel ataque eléctrico del filo dúctil, aunque lo agradecía. Sin embargo, no bastaba para detener la embestida.

Los drones parecían concentrar casi todo su fuego sobre Kira. Seguramente no serían capaces de matarla, pero sí a la tripulación. No podía destruir a los drones lo bastante deprisa para proteger a Falconi y a los demás.

Así que hizo lo único que se le ocurría: se imaginó una esfera hueca que los envolviera a ella y a la tripulación.

El filo dúctil obedeció, moldeando una burbuja de una redondez perfecta a su alrededor.

¡¿Qué mierda...?! —gritó Sparrow. Los cañones de sus blásteres estaban al rojo vivo.

Pero su burbuja era delgada. Demasiado delgada. Kira ya sentía más de una docena de puntos calientes en su superficie, por culpa de los disparos de los drones. Ahora ya no podía ver lo que había fuera, no podía determinar la posición de los orbes para destruirlos. A medio metro por encima de su cabeza, un chorro de chispas atravesó la membrana negra.

Un pedazo de la cúpula, del tamaño de un puño, se soltó del resto; por un instante, una luz cegadora se derramó en el interior. Pero el filo dúctil volvió a fluir enseguida para tapar el agujero.

Kira no sabía qué hacer. Desesperada, se preparó para separarse de la burbuja y lanzarse hacia delante para atraer el fuego enemigo y proteger a la tripulación. Tal vez entonces podría acabar con los orbes. Pero era una acción casi suicida: las medusas no podían andar muy lejos de sus máquinas...

—Quedaos aquí —le dijo a Falconi, pero justo entonces los alcanzó una onda sónica, un alarido estridente que le hizo vibrar los dientes con tanta fuerza que Kira creyó que iban a partírsele bajo aquel castigo demoledor y palpitante.

6.

Las zonas sobrecalentadas de la burbuja se desvanecieron, y el repiqueteo de la andanada de láseres y proyectiles cesó. Perpleja, Kira abrió un portal para asomarse (asegurándose de que su cabeza siguiera protegida por una gruesa capa de su segunda piel).

Los drones giraban y volaban en direcciones aleatorias por toda la sala. El ruido parecía desorientarlos: disparaban sus armas en ráfagas intermitentes contra las paredes, el suelo y el techo, y sus manipuladores se sacudían de manera débil y errática.

Los dos entropistas avanzaban hacia ella, volando sobre los tubos y los comederos. Sus túnicas estaban plegadas con precisión origámica. Una luz resplandecía en sus manos, y los precedía una onda expansiva de aire comprimido, la causante del horrible ruido. Los láseres golpeaban la onda, pero esta desviaba los impactos de energía, que no alcanzaban a los entropistas. Los proyectiles físicos no lograban mucho más; explotaban, convertidos en esquirlas de metal fundido que caían a más de metro y medio de Jorrus y Veera.

Kira no entendía nada, pero no se detuvo a preguntar. Utilizó al xeno para atacar al dron más cercano, atrapándolo por el centro de su carcasa de aspecto óseo. Sin dudar un momento, destrozó la máquina.

¡Kira! —gritó Falconi—. *¡No puedo disparar! ¡Apárt...!*.

Kira aumentó el tamaño de la abertura de la burbuja.

Los drones de mantenimiento de Hwa-jung levantaron el vuelo por encima de Kira, formando una aureola mecánica sobre su cabeza que resplandecía con el brillo cegador de sus soldadores. Se abalanzaban sobre cualquier orbe que se le acercara, y más de una vez la salvaron de recibir un impacto que la habría hecho perder la concentración.

Un poco de ayuda para ti —le dijo la jefa de máquinas.

Los siguientes segundos transcurrieron confusamente entre descargas eléctricas, ataques del filo dúctil y disparos láser. Sparrow y Falconi disparaban desde detrás de Kira, y entre los dos consiguieron destruir casi tantos drones como ella.

Los entropistas demostraron ser sorprendentemente capaces en la refriega, a pesar de no llevar armadura. Sus túnicas eran algo más que eso; parecían estar equipadas con algún tipo de bláster camuflado. Kira no estaba segura, pero sabían luchar (y lo más importante, *matar*) a sus enemigos, y les estaba agradecida.

Cuando el último orbe cayó, Kira se detuvo para recuperar el aliento. Incluso con el filo dúctil suministrándole oxígeno, estaba casi sin respiración. Y con la mascarilla que le cubría la cara y la masa aumentada del xeno, sentía tanto calor que empezaba a marearse.

Deshizo la burbuja negra y se giró para echar un vistazo a la tripulación, temerosa de lo que podría encontrar.

Hwa-jung se presionaba la cadera izquierda con una mano. Entre sus dedos goteaban sangre y medigel. Su rostro redondo mantenía una expresión dura, con las fosas nasales dilatadas y los labios apretados y blancos. Vishal estaba flotando a su lado, abriendo el envoltorio de un vendaje que había sacado de su bolsa de médico. El propio doctor también parecía haber sido alcanzado; su hombro lucía una pequeña mancha blanca de medigel. Sparrow parecía ilesa, pero un disparo láser había fundido la articulación del codo izquierdo del exo de Falconi, inmovilizándole el brazo.

—¿Te duele? —preguntó Kira. Falconi hizo una mueca.

No, pero no hay forma de moverlo.

Sparrow se propulsó hasta Hwa-jung, con una angustia muy parecida a la de la jefa de máquinas. La mujer menuda le puso la mano en el hombro a Hwa-jung, pero no interfirió en el trabajo de Vishal.

Estoy bien —gruñó Hwa-jung—. *No os paréis por mí*.

Kira se mordió el labio mientras los miraba. Se sentía impotente. Y sentía que les había fallado. Si hubiera sabido usar mejor el filo dúctil, los habría protegido a todos.

Falconi respondió a su pregunta no formulada:

Ya no hay vuelta atrás. Ahora solo podemos continuar.

Antes de que Kira pudiera contestarle, una medusa se asomó por el agujero redondo de la cubierta. Kira estuvo a punto de atravesarlo con el xeno, pero entonces olió a la criatura. Era Itari.

[[Aquí Itari: ¿Idealis?]]

[[Aquí Kira: Ya vamos.]]

Una nube de yuxtolor que no pertenecía a Itari entró flotando desde las puertas, ahora abiertas, por las que habían llegado los drones blancos. Se acercaban más medusas, y venían con muy malas intenciones.

—Hay que irse ya —los apremió Kira—. Todo el mundo al tubo de descenso. Yo os cubro la retaguardia.

Itari volvió a precipitarse por el agujero de la cubierta. Falconi lo siguió, y después Jorrus, Veera y Sparrow.

—¡Deprisa, Doc! —exclamó Kira.

Vishal no contestó, pero cerró su bolsa médica con gestos expertos. Después se impulsó de una patada hasta el tubo y se introdujo por él. Hwa-jung entró un segundo después; su bláster ondeaba tras ella, colgado de la bandolera.

—Ya era hora —murmuró Kira.

Comprimió el filo dúctil en torno a sus costados, desechó parte del material adicional que había ido recogiendo por la nave y se lanzó de cabeza hacia el tubo de descenso.

7.

Matar a Ctein.

Ese pensamiento reverberaba en el cráneo de Kira mientras avanzaba a toda velocidad por el conducto carmesí. Se movía deprisa, muy deprisa, como en el maglev de la estación Orsted.

De cuando en cuando, cruzaba un panel transparente. A través de ellos, Kira divisó una serie de salas: una llena de vegetación oscilante (como un bosque de algas sobre un telón estrellado), otra con una espiral de metal enroscada en torno a una llama, otra llena de misteriosas máquinas encendidas, y muchas otras llenas de objetos y siluetas que no reconocía.

Fue contando las cubiertas al pasar... Cuatro. Cinco. Seis. Siete. Ahora sí que estaban avanzando. Solo faltaban cuatro para llegar al nivel donde los aguardaba el gran y poderoso Ctein.

Tres más y...

Una detonación la estrelló contra el lateral del tubo. La superficie curvada cedió, y Kira se encontró girando como una peonza, junto con Itari y la tripulación, por una habitación larga y ancha con estanterías repletas de cápsulas metálicas.

8.

Mierda, mierda, mierda.

Kira abrió el recipiente que llevaba a la cintura. Una nube blanca los envolvió a todos, y fue creciendo y avanzando hacia las paredes de la sala, perdiendo densidad. Esperaba que los protegiera el tiempo suficiente para tomar el control de la situación.

Tenía que actuar deprisa. Su única esperanza de supervivencia era ser rápidos.

Hundió unos zarcillos en el suelo de la sala y, de un doloroso tirón, dejó de flotar a la deriva.

A través de la nube, distinguió una criatura con aspecto de langosta y cola acampanada reptando por la pared del fondo, en dirección a un agujero pequeño y oscuro, de menos de un metro de diámetro.

Detenla.

Con solo pensarlo, el filo dúctil se deshizo de buena parte de la masa acumulada mientras se impulsaba hacia la medusa. Kira utilizó unas hebras finísimas para deslizarse sobre la cubierta, trazando una trayectoria curva a través de la nube.

La langosta se revolvió e intentó esquivarla.

Demasiado lenta. Kira atravesó a la medusa con una de las cuchillas triangulares del xeno y dejó que la hoja se erizara de espinas, empalando al alienígena igual que un alcaudón al clavar a su presa en una maraña de espinos.

Kira escudriñó la sala. Todo despejado. Sparrow y Falconi tenían unas cuantas marcas de quemaduras más en las armaduras, pero por lo demás parecían ilesos. Mantenían la posición junto al tubo de descenso destrozado, al lado de los entropistas.

Justo delante del tubo, la cubierta estaba visiblemente electrificada, cortándoles el paso. Hwa-jung se acercó y extendió la mano hacia aquellos infernales relámpagos azulados, sosteniendo una herramienta de su cinturón.

Un instante después, las descargas eléctricas desaparecieron.

Entonces Kira vio que Vishal estaba flotando cerca de la pared del fondo, totalmente inmóvil, con el cuerpo rígido y los brazos pegados a los costados. Su dermotraje había entrado en modo de emergencia, bloqueando su cuerpo para protegerlo.

El motivo era evidente: una quemadura le surcaba el pecho, que ya empezaba a cubrirse de medigel.

Kira se dirigió hacia él, con la intención de atraparlo y sujetarlo con el filo dúctil. Pero entonces vio por el rabillo del ojo una sombra reptante que llamó su atención.

Se dio la vuelta, con el corazón acelerado.

Una criatura con aspecto de milpiés avanzaba rápidamente por la cubierta superior, directa hacia Jorrus, que le daba la espalda. Sus centenares de patas negras se plegaban y extendían como un acordeón por el cuerpo largo y segmentado del milpiés. Entre sus tenazas desplegadas se veía la boca abierta, repleta de apéndices babeantes.

Kira y Veera vieron al milpiés, pero Jorrus no. Cuando Veera gritó, Jorrus la miró, sin saber qué estaba pasando.

Kira ya estaba atacando con el filo dúctil, pero estaba demasiado lejos.

El milpiés se abalanzó sobre Jorrus. Cerró las tenazas en torno a su cabeza, y sus patas le aprisionaron el cuerpo. El entropista logró soltar un único gemido ahogado antes de que las tenazas afiladas como cuchillas le atravesaran el cráneo y el cuello, separándole la cabeza del cuerpo y liberando un chorro de sangre arterial.

9.

El milpiés empujó el cuerpo de Jorrus a un lado y se lanzó de un salto hacia la espalda desprotegida de Hwa-jung.

Kira gritó, incapaz de alcanzar al alienígena…

Entonces oyó el rugido de los propulsores: Sparrow inició una aceleración de emergencia con su armadura y pasó volando a su lado. Embistió al milpiés al mismo tiempo que este se aferraba a la espalda de Hwa-jung, y los tres salieron dando vueltas por el aire.

Sus cuerpos apretujados se iluminaban por los disparos láser, y del caparazón segmentado del alienígena brotaban chorros de icor. Después notó un olor a sangre y oyó un chirrido de protesta del exo de Sparrow.

Por el comunicador se escuchaban jadeos desesperados.

Kira se lanzó hacia ellos a toda velocidad. Llegó hasta las tres siluetas forcejeantes al mismo tiempo que Sparrow le propinaba una patada al milpiés, arrojándolo hacia la pared del fondo; el alienígena se debatía y retorcía sin parar.

¡BUUM!

El lanzagranadas de Falconi disparó y el milpiés explotó en una lluvia de trozos de carne anaranjada.

—¿Estáis...? —empezó a decir Kira mientras se acercaba a Sparrow y a Hwa-jung. Lo supo de inmediato. El blindaje de la pierna izquierda de Sparrow tenía una grieta de aspecto atroz; la rodilla de la mujer estaba bloqueada y recta como una columna, mientras se cubría de medigel.

Hwa-jung no estaba mucho mejor. El milpiés le había dado un buen mordisco en el lado derecho de la espalda. El dermotraje ya había contenido la hemorragia, pero la jefa de máquinas tenía el brazo derecho inútil y el torso ladeado.

Veera seguía gritando. La mujer se acercó flotando al cuerpo de Jorrus, acunándolo entre sus brazos, aferrándolo como si fuera el único objeto sólido en un océano infinito.

El rostro crispado de Veera era demasiado doloroso para mirarlo; Kira tuvo que apartar la vista. *No podemos seguir así.* Ese pensamiento apareció en su mente con fría claridad.

¿Qué puedo hacer? —preguntó Falconi, propulsándose hasta Hwa-jung.

Vigila —dijo Sparrow, con la voz tensa por el dolor mientras aplicaba un vendaje de emergencia a la espalda de Hwa-jung.

¡Agh! —se quejó Hwa-jung.

Kira hizo algo más que vigilar. Atrapó a Vishal, cuyo cuerpo rígido seguía flotando a la deriva por el otro extremo de la sala, y lo atrajo hacia sí. El doctor la miró, asustado y frustrado por no poder moverse. Tenía la frente perlada de sudor, como si tuviera mucha fiebre. Después atrapó a Veera y a Jorrus (y también su cabeza decapitada) y los atrajo con delicadeza. Veera no protestó, pero se abrazó a Jorrus con más fuerza y enterró su visor en la túnica ensangrentada de su compañero.

Itari se reunió con el menguado grupo, arrastrando sus tentáculos tras de sí, como si fueran banderas ondeando en la brisa.

Ahora que los tenía a todos cerca, Kira empezó a desgarrar la cubierta con la intención de construir una cúpula protectora a su alrededor. Las medusas no tardarían mucho en caerles encima, y Hwa-jung, Vishal y Veera no estaban en condiciones de luchar.

Mientras hundía el filo dúctil en los paneles del suelo, sintió una extraña resistencia del xeno, una resistencia que no entendía ni tenía tiempo de descifrar, así que la ignoró y...

Dio un respingo cuando Itari le rodeó el cuerpo con un tentáculo. Las ventosas de la criatura agarraron al filo dúctil, en un vano intento de inmovilizarlo. Por un instante, Kira tuvo que luchar contra el instinto de atravesar a la medusa con sus espinas.

[[Aquí Kira: ¿Qué estás...?]]

[[Aquí Itari: No, Idealis. Detente. Es peligroso.]]

Kira se quedó inmóvil, y el xeno también.

[[Aquí Kira: Explícate.]]

Falconi los observó por el visor.

¿Qué pasa, Kira?.

—Estoy intentando averiguarlo.

[[Aquí Itari: Hay un tubo de energía en este suelo. ¿Lo ves?]] Y señaló con uno de sus brazos huesudos una línea de marcas que recorría el centro de la cubierta. [[Larga y rauda corriente. Es muy peligroso interrumpirla. La explosión nos mataría.]]

Kira retrajo de inmediato al filo dúctil. Debería haber prestado más atención a las reacciones del xeno. Aquel error podría haberles costado la vida a todos.

[[Aquí Kira: ¿La cubierta superior es segura?]]

[[Aquí Itari: ¿Para atacarla con tu segunda carne? Sí.]]

Con esa garantía, Kira desgarró el techo y lo utilizó para construir una gruesa cúpula a su alrededor.

—Hay un conducto de energía en el suelo —le explicó a Falconi mientras trabajaba—. Tengo que cortar por otro sitio. —Después, señaló al doctor y a la jefa de máquinas—. No podemos traerlos con nosotros.

Y ni de puta broma los vamos a abandonar —replicó Falconi, furioso.

Kira le sostuvo la mirada, pero no dejó de construir; los zarcillos parecían moldear la cúpula por voluntad propia.

—¿Es que *quieres* que los maten? Yo no puedo protegerlos. Es demasiado. Y tampoco podemos enviarlos de vuelta. ¿Qué quieres que haga?

Se hizo un tenso silencio.

¿Puedes curarlos como hiciste con mi bonsái? También te metiste en el cerebro de Gregorovich, ¿no? ¿Te sería muy difícil curarles los huesos y el músculo?.

Kira negó con la cabeza.

—Demasiado difícil. Podría intentarlo, pero no aquí ni ahora. Cometería algún un error, y no podría ocuparme de las medusas al mismo tiempo.

Falconi hizo una mueca.

Ya, ya, pero si los abandonamos aquí, las medusas....

—Vendrán a por mí. Hwa-jung, Vishal y Veera deberían estar a salvo durante un rato. Pero no sé si Sparrow...

Puedo luchar —le interrumpió la mujer con brusquedad—. *No os preocupéis por mí*.

Presionó una última vez el vendaje de Hwa-jung, abrazó la cabeza de la jefa de máquinas y se propulsó hacia Kira, que estaba suspendida entre docenas de espinas negras, todas conectadas al caparazón que estaba construyendo.

—Deberías quedarte. Deberíais quedaros todos —protestó Kira—. Yo...

No vamos a dejarte sola —dijo Falconi—. *Y punto*.

Hwa-jung plantó las botas en la cubierta, bloqueándolas con sus geckoadhesivos, y empuñó el bláster con el brazo ileso.

No te preocupes por nosotros, Kira. Sobreviviremos.

[[Aquí Itari: Hay que apresurarse. El gran y poderoso Ctein se estará preparando para nuestra llegada.]]

—Mierda… De acuerdo. Vosotros tres, fuera de la cúpula. Ya. —Kira estaba informando a Itari cuando la Hierofante se sacudió más de un metro hacia estribor y todas las luces parpadearon. Alarmada, miró a su alrededor. Nada parecía haber cambiado.

¡Gregorovich! —exclamó Falconi. Se dio un manotazo en el lateral del casco—. *¡Responde, Gregorovich!* —Negó con la cabeza—. *Mierda. No hay señal. Tenemos que movernos*.

Y se movieron. Kira salió de la cúpula y, tras unos segundos de frenético trabajo, la selló y reforzó desde el exterior. Las medusas podrían abrirse paso cortándola, pero les costaría trabajo. Además, estaba segura de lo que había dicho: a los alienígenas les interesaba más ella (y el Idealis) que ninguna otra cosa.

Hwa-jung y Sparrow no dejaron de mirarse hasta que el último fragmento de cubierta se clavó en su lugar, interponiéndose entre ambas. Entonces, Sparrow enderezó los hombros y se dio la vuelta, con una expresión tan fría y homicida en su rostro afilado que, por primera vez desde que la conocía, Kira sintió miedo.

Llévanos hasta Ctein —rugió Sparrow.

—Por aquí —contestó Kira. Manteniendo medio metro de cubierta delante de ella, a modo de escudo, avanzó hacia la puerta que señalaba Itari. Sparrow, Falconi e Itari la siguieron.

El portal se abrió lateralmente. Al otro lado había una sala llena de filas y filas de lo que parecían ser cochinillas gigantes, almacenadas en estrechos recintos de metal.

Kira titubeó. *¿Será otra trampa?*

—Dejadme pasar a mí primero —dijo, repitiendo el mensaje para Itari. Falconi asintió, y humanos y alienígena retrocedieron para dejarle espacio.

Kira inspiró hondo y avanzó.

En cuanto cruzó el umbral, una explosión atronadora la cegó y sintió que una cincha de acero le ceñía la cintura, cortándole la piel, el músculo y los huesos.

10.

No estaba muerta.

Eso fue lo primero que pensó Kira. Y se extrañó. Si las medusas habían minado la puerta, *debería* estar muerta. No le dolía la cintura; solamente sentía presión, una incómoda tirantez y una copiosa cantidad de nodolor.

La explosión la había lanzado por los aires, dando vueltas sobre sí misma. Al intentar moverse, descubrió que solamente le respondían el cuello y los brazos. Sintió una descarga de disparos láser y proyectiles en la espalda, y entonces se arriesgó a echar un vistazo hacia abajo.

Deseó no haberlo hecho.

La explosión había consumido la capa de medio metro de material del xeno que le envolvía la cintura. Jirones de intestinos grisáceos afloraban por los agujeros, acompañados por chorros de sangre de un color sorprendentemente intenso. Cuando la inercia le hizo girar las caderas, vislumbró el hueso blanco que asomaba entre aquella carnicería, y creyó reconocer el contorno de una vértebra.

El xeno ya había empezado a contener los intestinos y a cerrar las heridas, pero Kira sabía que esas lesiones eran suficientes para matarla. Los recuerdos de la simiente se lo habían dejado muy claro: la muerte de su hospedador era perfectamente posible.

Mientras giraba sobre sí misma, un proyectil de metal incandescente atravesó su escudo como la lanza de un dios.

Después llegó otra, que se detuvo aún más cerca de su vulnerable núcleo. Las gotas de metal derretido le salpicaban las piernas, rebotando en la superficie endurecida del traje y enfriándose hasta volverse de un color gris negruzco.

Kira no sentía dolor, pero veía borroso: todo parecía lejano e incorpóreo. No podía luchar; apenas si era capaz de pensar.

Vislumbró al variopinto grupo de medusas que se propulsaban hacia ella: tentáculos, garras… apresadores al ataque. No había tiempo para esquivarlas, no había tiempo para escapar…

De pronto Falconi, Sparrow e Itari aparecieron a su lado, abriendo fuego con sus armas; oía el retumbo del lanzagranadas de Falconi, el traqueteo de los rifles de Sparrow y el zumbido de los láseres de Itari.

Al principio creyó que estaba salvada. Pero las medusas eran demasiadas. Se dividieron en grupos e hicieron retroceder a Sparrow y a Falconi hacia las paredes de la sala, obligándolos a buscar cobertura tras los recintos metálicos, y acorralaron a Itari en una esquina.

¡No! Pensó Kira mientras los tres desaparecían tras la convulsa muralla de cuerpos.

Las medusas se le echaron encima entonces: grandes, pequeñas, con patas, con garras y con apéndices que ni siquiera reconocía. Un calor tan abrasador como el de una estrella empezó a abrirse paso por su piel protectora.

Kira intentó atacar con el xeno. Sus cuchillas mataron a algunos alienígenas, pero los demás la eludían o la obligaban a detenerse mediante sus ataques térmicos, paralizando al traje a fuerza de nodolor.

Siguió intentándolo, aunque el calor empezaba a marearla. Intentó rodear los sopletes y buscar los huecos microscópicos en el blindaje de las medusas. Y mientras tanto, la envolvía un asco casi desquiciante: la horda de medusas proyectaba sobre ella todo su odio y repugnancia.

[[¡Informa malcarnal!]], gritaban mientras la acuchillaban, arañaban y quemaban para llegar hasta su carne. Eran tantas que le costaba moverse, incluso aplicando toda la fuerza del filo dúctil.

Así que Kira hizo lo único que podía hacer: dejarse llevar. Le entregó voluntariamente el control a la simiente y le pidió que hiciera lo que fuera necesario. Tenía que hacerlo la simiente, porque Kira no podía. En unos segundos se quedaría inconsciente...

El escudo, las paredes y las criaturas se desdibujaron y perdieron su color. La sala oscilaba a su alrededor. Percibía destellos, sacudidas y ruidos sordos. Pero nada tenía sentido; era un paisaje de invierno, abstracto y carente de interés.

Notó que la simiente se expandía, alimentándose de la Hierofante Curtido como nunca antes, floreciendo, brotando y propagando una marea de enredaderas negras. Kira era consciente de que aumentaba de tamaño, porque su espacio mental también se expandía. Su individualidad se dividía en un área cada vez mayor, dispersada por las exigencias neuronales del traje.

Las enredaderas atravesaron el escudo que había construido y siguieron extendiéndose hasta encontrar la fuente de cada punzada de nodolor. Palpando. Probando. Entendiendo. Y cada vez que tocaba quitina y músculos gelatinosos, los sujetaba, aferraba, retorcía y rasgaba hasta que su convulsa presa dejara de forcejear.

Poco a poco, los sonidos se volvieron más nítidos y el universo recuperó su color. El primero de todos fue el rojo; pudo ver la sangre que salpicaba las paredes. Después el azul; se fijó en los indicadores de alerta de presión que parpadeaban cerca del techo. Más tarde el amarillo y el verde del icor mezclado con sangre.

Su mente se despejó al mismo tiempo que el aire: el humo y los señuelos estaban siendo arrastrados hacia tres agujeros que habían aparecido en los mamparos; el mayor de todos era del tamaño de su puño.

Una nanocapa de las fibras negras del xeno cubría buena parte de la cámara, y Kira... flotaba en el centro de la sala, suspendida de docenas de vigas y cables que la unían a las paredes. Entre los estrechos establos donde yacían las cochinillas muertas, flotaban los restos de docenas de medusas. Una nube de icor y vísceras impregnaba el aire; una horrible tormenta de fluidos y extremidades mutiladas, sembrada de armamento abollado y roto. La fuga de aire arrastró a un cangrejo muerto hasta uno de los agujeros, taponándolo por completo.

Ella era la responsable. Ella. Sintió un dolor agudo en el corazón. Kira nunca había aspirado a hacer daño, a matar. La vida era demasiado preciosa para eso. Y sin embargo, las circunstancias la habían empujado hacia la violencia, la habían obligado a convertirse en un arma. A ella y a la simiente.

Oyó un chisporroteo en el oído:
¡Kira! ¿Me oyes? ¡Suéltanos!.

11.

—¿Eh?

Al darse la vuelta, Kira vio que el filo dúctil también se había extendido hacia atrás, saliendo de la sala y sujetando a Falconi, Sparrow e Itari a las paredes del pasillo con una alfombra de fibras, a ambos lados de la entrada chamuscada. La invadió el alivio. Estaban vivos. Las medusas no los habían matado. La simiente no los había matado. Ella no los había matado.

Con un esfuerzo consciente, retrajo las fibras y liberó a Falconi y a los demás. Podía controlar cualquier parte individual de la simiente si se concentraba, pero en cuanto desviaba su atención, esa misma parte volvería a moverse y a actuar como el xeno considerara oportuno. El torrente de información sensorial, combinado con el shock de la explosión y las heridas, la mareaban y la aturdían.

Por Dios —musitó Falconi, abriéndose paso entre la nube de vísceras para llegar hasta ella.

No metas a Dios en esto —replicó Sparrow.

Falconi se detuvo al lado de Kira y la miró con preocupación a través de su visor.

¿Estás bien?.

—Sí. Solo… —No quería hacerlo, pero volvió a echar un vistazo a su cuerpo.

Su cintura parecía estar bien. El volumen del traje la engrosaba y ocultaba las curvas de su cuerpo, pero no había rastro de heridas. Y se sentía bien. Inspiró hondo e intentó flexionar los músculos abdominales. Funcionaban, pero estaban raros, como cuerdas de piano mal afinadas al golpearlas.

¿Puedes continuar? —preguntó Sparrow, sin dejar de apuntar sus armas hacia la puerta del fondo.

—Creo que sí.

Kira sabía que Vishal iba a tener que examinarla si conseguían salir de la Hierofante. El problema principal no eran sus músculos (eso tenía arreglo), sino el riesgo de infección. Le habían perforado los intestinos. A menos que la simiente supiera diferenciar entre las bacterias buenas y las malas (o las bacterias buenas en el lugar incorrecto), no tardaría en sufrir una septicemia.

Bueno, tal vez el xeno sí pudiera distinguirlas. Ahora tenía más fe en él que antes. Solamente tenía que confiar y esperar no desmayarse por el shock.

Kira retrajo una parte del traje para liberarse los brazos y puso la mano en la placa pectoral de Falconi.

¿Llevas antibióticos ahí dentro?.

Falconi levantó una mano; una pequeña aguja asomó por el dedo índice de su exo. A una orden de Kira, el filo dúctil le expuso la piel del hombro; el aire estaba caliente.

Sintió el pinchazo de la aguja al atravesarle la piel y el ardor de los antibióticos al abrirse paso hacia el deltoides. Por lo visto, el filo dúctil no consideraba la inyección lo bastante importante para inhibir el dolor.

—Au —dijo Kira.

Falconi formó algo parecido a una sonrisa.

Te he puesto una dosis de elefante. Debería ser suficiente.

—Gracias.

El traje volvió a taparle el hombro. Kira arqueó la espalda y flexionó los abdominales de nuevo, concentrándose en la sensación correcta, no en la actual. Se le escapó un siseo cuando las fibras mal colocadas cambiaron de sitio con un chasquido; una descarga eléctrica le recorrió todo el cuerpo, desde las puntas de los dedos hasta los huesos.

Sparrow sacudió la cabeza.

¡Thule! Lo que has hecho... Nunca había visto nada igual, chica.

Kira percibió un yuxtolor de respeto.

[[Aquí Itari: Idealis.]]

Kira gruñó. Ahora que las medusas sabían cómo hacerle daño, iba a tener que ser más lista. Mucho más lista. No podía volver a abalanzarse a ciegas. Había estado a punto de morir, y si hubiera muerto, las medusas habrían acabado después con Falconi, Sparrow e Itari. Esa idea le provocaba un terror que no había vuelto a sentir desde Adrastea.

[[Aquí Itari: No debemos demorarnos aquí, Idealis. Estamos cerca de Ctein, y la guardia de Ctein seguirá llegando.]]

[[Aquí Kira: Lo sé. Hay que seguir bajando...]]

Un movimiento furtivo captó su atención: la puerta que tenían delante palpitó, escupiendo *algo* al interior. Antes de que Kira pudiera ver de qué se trataba e interponer su escudo entre ellos y el objeto desconocido, Falconi activó sus propulsores de emergencia, colocándose delante de ella, y se oyeron dos fuertes golpes.

Falconi salió disparado hacia atrás, en medio de una lluvia de chispas y metralla.

12.

Ahora que el capitán ya no le tapaba la vista, Kira comprobó que uno de los drones de las medusas se estaba alejando, soltando una estela de humo protector.

Enfurecida, envió una maraña de fibras por el suelo y el techo hasta atrapar al dron. Acto seguido, el dron chirrió cuando media docena de espinas lo empalaron desde ambos lados.

Inspiró hondo, temblando. De no haber sido por Falconi, esos disparos podrían haberle arrancado la cabeza...

Sparrow agarró la armadura de Falconi desde atrás y tiró de él para acercarlo. El brazo derecho del capitán estaba totalmente aplastado. Le recordaba tanto a una nuez resquebrajada y abierta que le costaba mirarlo. Entonces la invadió una súbita determinación: no iba a perder a nadie más. *Otra vez, no.*

Falconi jadeaba, pero estaba tranquilo; sus implantes debían de estar inhibiendo la mayor parte del dolor. Los bordes rotos de su armadura se cubrieron de medigel, deteniendo la hemorragia e inmovilizándole el brazo instantáneamente con una férula.

Mierda —musitó Falconi.

—¿Puedes moverte? —preguntó Kira. La Hierofante tembló de nuevo. Kira lo ignoró.

Falconi comprobó los sistemas de su exo.

Todavía puedo usar el brazo izquierdo, pero los propulsores están fuera de juego.

—Mierda. —Ya tenían cuatro heridos y un muerto. Kira miró a Falconi, Sparrow e Itari—. Volved. Deprisa. Tenéis que volver con los demás.

Falconi apretó los dientes y negó con la cabeza.

De eso nada. No vamos a dejarte sola.

—Oye. —Kira lo agarró y apoyó la frente en su casco. Sus ojos azules estaban a apenas unos centímetros, separados por la superficie curva y transparente de zafiro—. Yo tengo el filo dúctil. Si os quedáis, solo conseguiréis que os maten. —No le dijo el otro motivo: si estaba sola, podría dejar suelto al filo dúctil sin miedo a hacerles daño.

Tras varios segundos y otros tantos jadeos, Falconi cedió.

Mierda. Está bien. Sparrow, vienes conmigo. Vamos todos.

La mujer negó con la cabeza.

No pienso dejar que Kira....

¡Es una orden!.

¡Mierda! —Pero Sparrow empezó a propulsarse hacia la sala que acababan de abandonar. Falconi la seguía de cerca, con Itari.

—¡Deprisa! —les apremió Kira—. ¡Vamos, vamos, vamos!

Regresaron enseguida a la cúpula improvisada, y Kira tardó solo unos segundos en abrir un agujero del tamaño de una medusa. En el interior, Hwa-jung apuntaba su bláster hacia el boquete.

Ten cuidado —dijo Falconi, disponiéndose a entrar.

Kira lo abrazó lo mejor que pudo, a pesar de la armadura.

—No conserves también estas cicatrices, ¿eh? Prométemelo.

... Lo vas a conseguir, Kira.

—Por supuesto que sí.

Ya está bien —les interrumpió Sparrow—. *¡Tienes que irte! ¡Ya!*.

[[Aquí Itari: Idealis...]]

[[Aquí Kira: Tres cubiertas más abajo y adelante: lo sé. Allí encontraré a Ctein. Tú asegúrate de que mis coformas estén a salvo.]]

Después de un momento de duda:

[[Aquí Itari: Te lo prometo.]]

Kira volvió a sellar la cúpula. Y cuando ya desaparecían de su vista, Falconi le envió un último mensaje:

Puedes hacerlo. No olvides quién eres.

13.

Kira apretó los labios. Ojalá fuera tan fácil. Dejar al xeno a sus anchas sería la forma más sencilla y segura de matar a Ctein, pero se arriesgaba a perder su identidad y, posiblemente, a crear unas nuevas Fauces. Y no estaba dispuesta a correr ese riesgo.

Tenía que ingeniárselas para mantener el control del xeno a toda cosa. Sin embargo, ahora le permitía hacer más cosas que antes, pero para ello tenía que confiar en la simiente y concederle cierto grado de autonomía.

Eso la asustaba. La aterraba. Pero ese equilibrio era necesario, un paseo por la cuerda floja en el que no podía permitirse ni un solo resbalón.

Regresó rápidamente a la habitación de las cochinillas. El aire estaba tan cargado de sangre y restos que apenas veía nada. Atrajo el xeno hacia su cuerpo, compactándolo en un denso cilindro de material. Después envió zarcillos hacia la cubierta para taladrarla y entrar en el conducto de transporte que había debajo.

Ahora estaba sola. Ella y la simiente... y una nave llena de medusas furiosas, y el gran y poderoso Ctein esperándola más adelante.

Estuvo a punto de esbozar una sonrisa. Si por algún milagro sobrevivían (si la *raza humana* sobrevivía) iban a impartir unos cursos de xenobiología muy interesantes sobre las experiencias de Kira. Solo esperaba seguir viva para verlos con sus propios ojos.

Estaba cortando el suelo del conducto horizontal cuando la Hierofante se sacudió como un balancín descontrolado. Las paredes temblaban y Kira oía una cantidad alarmante de siseos y chasquidos. Las luces se apagaron, sustituidas por el tenue resplandor rojo de las luces de emergencia. Media docena de chorros de vapor a alta presión brotaron de las paredes, señalando las tuberías rotas.

A lo largo del conducto, Kira veía agujeros de bordes afilados en las paredes, agujeros que antes no estaban allí. Algunos tenían el tamaño de una uña, pero otros eran más grandes que su cabeza.

El auricular chisporroteó.

¿... recibes? Repito, saco de carne; ¿me recibes?.

—¡¿Gregorovich?! —exclamó Kira, incrédula.

El mismo. Tienes que apresurarte, saco de carne. Las pesadillas se están acercando. Acaban de destruir una nave medusa, y los restos han alcanzado a la Hierofante. Parece que ha inutilizado sus inhibidores.

—¿Una nave del Nudo de Mentes?

Por suerte, no.

Kira siguió abriéndose paso por el suelo.

—Los demás están atrincherados una cubierta más arriba. ¿Puedes ayudarlos a volver a la Wallfish?

Ya estamos en plena negociación —la tranquilizó Gregorovich—. *Estamos barajando opciones, trazando planes y considerando contingencias*.

Kira gruñó mientras arrancaba una viga de apoyo. Un proyectil de metal le rebotó en un costado, procedente del otro extremo del conducto de transporte; lo ignoró.

—Está bien. Avísame si salen de la nave.

Afirmativo. Dales duro, Varunastra.

—Recibido —contestó con los dientes apretados—. Iniciando protocolo «Dales duro».

La lluvia de proyectiles y disparos láser se fue recrudeciendo a medida que una horda de medusas furiosas se congregaba al fondo del conducto. Los costados del filo dúctil eran tan gruesos que Kira no les prestó atención. Había asimilado tanto material de la nave que ahora era prácticamente inmune a las armas de pequeño calibre. Las medusas iban a tener que traer algo mucho más grande para hacerle daño.

Esa idea le produjo cierta satisfacción.

Atravesó el suelo del conducto y entró en una sala de tenues luces rojas, repleta de tubos transparentes llenos de agua y lo bastante grandes para que las medusas nadaran en ellos. Acto seguido, taladró el suelo de la sala para llegar hasta la cubierta final. *Por fin*. Kira desnudó los dientes. Ctein estaba cerca: un poco más adelante.

La cubierta a la que había llegado era de color púrpura, y los motivos de las paredes le recordaban a los diseños de Nidus: ecos de los Desaparecidos, reutilizados por unos apresadores que ni conocían ni respetaban el significado de los artefactos de los que se apoderaban.

La repugnancia que sentía no procedía de la propia Kira, sino de la simiente. Era un desprecio tan fuerte que la conminaba a destruir esas paredes para erradicar sus réplicas ramplonas, arrogantes y ridículas.

Avanzó volando, abriendo las puertas con cortes demasiado veloces para el ojo humano, matando medusas con estocadas y tajos, sin dejar que nada la detuviera ni la ralentizara. Era posible que se hubiera desorientado, pero más adelante flotaba una espesa nube de yuxtolor, y reconocía en ella a Ctein: el hedor del odio, la furia, la impaciencia y la... ¿satisfacción?

Antes de que Kira pudiera interpretarlo, llegó a una puerta circular de más de diez metros de alto. A diferencia de todas las demás que había visto en las naves medusa, aquella no estaba hecha de concha, sino de metal, compuesto, cerámica y otros materiales que no reconoció. Era de color blanco, adornada con círculos concéntricos de oro, cobre y lo que parecía ser platino.

Alrededor del marco de la puerta habían instalado siete armas pesadas fijas. Y apostadas a lo largo de las paredes, muy cerca de las armas, había al menos un centenar de medusas de toda clase de forma y tamaño.

Kira no titubeó. Se lanzó directa hacia ellas al mismo tiempo que el filo dúctil arrancaba el mamparo que tenía justo delante, enviaba agujas negras a perforar las armas y arrojaba mil hebras distintas por el aire... en busca de carne.

Las armas fijas abrieron fuego con un estruendo ensordecedor, pero la sala pareció quedar en silencio cuando el xeno amortiguó el estrépito para protegerla. Más de una docena de proyectiles impactaron en su cuerpo, y algunos rompieron o perforaron partes del traje, provocándole latigazos de nodolor.

Las medusas se defendieron con valor, pero Kira había aprendido demasiado, y confiaba en sí misma. Los esfuerzos de los alienígenas no bastaban ni de lejos para detenerla. Medio segundo después, sintió que las puntas de sus agujas rozaban las armas fijas. Las atravesó violentamente, destruyendo las máquinas.

Los músculos, huesos y caparazones de las medusas no supusieron mayor desafío. Durante unos escasos y frenéticos segundos, Kira sintió su carne y sus entrañas blandas y convulsas al ser horadadas por las cuchillas del traje. Era una sensación íntima y obscena, pero no se detuvo ni frenó, por muy enfermiza que fuera.

Ella retrajo entonces al filo dúctil. El área que rodeaba la puerta circular era ahora una nube de icor y cuerpos mutilados: una masacre de la que ella era responsable.

La invadió una sensación de impureza y vergüenza, acompañada por un fugaz pero intenso deseo de absolución. Kira nunca había sido religiosa, pero sentía que había pecado, al igual que al crear a las Fauces involuntariamente.

¿Qué otra cosa podía haber hecho? ¿Dejar que los apresadores la mataran?

No tenía tiempo para pensar en eso. Se propulsó hacia delante y agarró la puerta con varios zarcillos que extendió en todas direcciones. Profiriendo un grito, arrancó de un tirón la gigantesca estructura y arrojó a un lado los restos, que golpearon los mamparos abollados.

14.

Un pungente yuxtolor invadió la nariz de Kira; era más intenso que ningún otro que hubiera olido antes. Sintió arcadas y parpadeó varias veces, con los ojos llorosos tras la mascarilla del traje.

Ante ella se extendía una inmensa sala esférica. Una isla de roca se elevaba desde lo que (cuando la Hierofante Curtido estaba bajo propulsión) debía de ser el suelo. Rodeando la isla (envolviéndola, acotándola, *subsumiéndola*) había un enorme orbe de agua de color azul oscuro, cuya superficie se deformaba y temblaba como una gran burbuja de jabón. Y allí, en el centro del orbe, encaramado a la isla rocosa, estaba el gran y poderoso Ctein.

La criatura parecía una pesadilla, en ambos sentidos de la palabra. Una maraña de tentáculos de color gris moteado y rojo brotaba de su pesado corpachón, protegido por un caparazón naranja tachonado de anárquicos bultos. Cientos, no... *miles* de ojos con bordes azules cubrían la mitad superior de la arrugada carne de Ctein, y todos ellos la fulminaban con una mirada colectiva tan intensa que Kira se echó a temblar.

El gran y poderoso Ctein era, en efecto, enorme. Más grande que una casa. Más grande que una ballena azul. Más grande incluso que la Wallfish, y también más pesado, puesto que su cuerpo era totalmente macizo. El tamaño del monstruo era difícil de asimilar. Kira nunca había visto una criatura tan inmensa, solamente en películas o juegos. Era muchísimo mayor de lo que recordaba por sus sueños, sin duda a consecuencia de la insaciable glotonería de Ctein a lo largo de los siglos.

Y había más. Gracias a la visión ampliada que le concedía el filo dúctil, Kira descubrió lo que parecía ser un sol en miniatura ardiendo dentro del corazón de la masa informe de Ctein; una explosión latente, desesperada por escapar de su caparazón endurecido. Una reluciente perla de destrucción.

Activó el espectro de luz visible y volvió al infrarrojo. Con la luz visible, no había nada inusual: el cuerpo de Ctein era del mismo color gris oscuro y rojo que Kira recordaba de épocas pasadas. Pero a través de los infrarrojos, su interior ardía, brillaba, resplandecía. *Refulgía*.

En pocas palabras, parecía que aquella medusa se hubiera tragado un puto reactor de fusión.

Kira se sintió diminuta, insignificante y ampliamente superada. Estuvo a punto de fallarle el valor. A pesar de todo lo que había hecho el filo dúctil, le costaba imaginar que pudiera igualar el poder de Ctein. Aquella criatura tampoco era ningún animal irracional. Era tan astuto como una mente de a bordo; su inteligencia era lo que le había permitido dominar a las medusas durante siglos.

Ese pensamiento llenó a Kira de dudas, unas dudas que la hicieron titubear.

Arraigados en el suelo, alrededor del rocoso promontorio de Ctein, estaba buena parte del Cónclave abisal: caparazones con aspecto de percebe, moteados de color verde y naranja. Los brazos poliarticulados de sus ocupantes se mecían en las corrientes, agitándose y gimiendo con un estrépito infernal que, a los oídos humanos de Kira, se asemejaba a un coro de almas en pena. Nmarhl, el apresador que había en ella, se sentía como en casa, y los recuerdos de la margen plañidera le inundaron la mente.

Entonces, el abrumador hedor del yuxtolor pasó de la satisfacción a la diversión. Y aquella criatura de pesadilla emanó una única y apocalíptica afirmación:

[[Aquí Ctein: Te veo.]]

En ese momento, Kira supo que su vacilación había sido un error. Convocó al filo dúctil, enroscándolo como un gran muelle mientras se preparaba para atacar y acabar con Ctein.

Pero fue lenta. Demasiado lenta.

Desde la sección central del cuerpo de la medusa se desplegó un brazo garrudo, que arrancó un objeto oscuro de la parte superior de su caparazón. Y lo apuntó contra ella…

Mierda. Era un cañón de riel inmenso, un arma lo bastante grande para instalarla en la proa de un crucero, lo bastante potente para atravesar de lado a lado un acorazado de la FAU. Estaba muerta. No había tiempo para huir, ni sitio donde ocultarse. *Ojalá…*

Ocurrieron dos cosas, una detrás de la otra, tan deprisa que Kira apenas tuvo tiempo para asimilar la secuencia de los acontecimientos: el traje se desplegó a su alrededor, expandiéndose, y…

¡BANG!

La cubierta se sacudió bajo sus pies, y Kira oyó un sonido tan fuerte que todo quedó en silencio. Al otro lado de la cámara, una burbuja de relucientes llamas verdes brotó desde la pared curva, y una onda de presión atravesó el orbe de agua, aplastando al Cónclave abisal y arrancando al gran y poderoso Ctein de su trono ancestral. La criatura agitó violentamente los tentáculos, pero fue en vano.

A su derecha, Kira vio desaparecer el mamparo y oyó el aullido de una fuga de aire. Antes de que pudiera reaccionar, el muro de agua chocosa la embistió.

El agua la golpeó con la fuerza de un tsunami. El impacto le arrancó todos sus tentáculos y zarcillos, separando la parte principal del traje de la masa adicional, y la envió dando tumbos hasta el fulgor blanco del espacio exterior.

¡Kira! —gritó Falconi.

CAPÍTULO VI

★ ★ ★ ★ ★ ★ ★

SUB SPECIE AETERNITATIS

1.

¿El espacio era blanco?

Kira ignoró aquella obvia incoherencia. Lo primero era lo primero. Le ordenó mentalmente al filo dúctil que la estabilizara, y este reaccionó soltando volutas de gas por los hombros y las caderas del traje. Empezó a girar cada vez más despacio, hasta que en unos segundos el casco de la Hierofante Curtido, que no dejaba de alejarse, ocupó un punto fijo en su campo de visión.

Fuera lo que fuera lo que había golpeado a la Hierofante, le había arrancado un gran pedazo del costado, reventando casi todas las cubiertas de la sección de popa. *¿Otro obús Casaba?*

Sentía los fragmentos huérfanos del filo dúctil todavía dentro de la Hierofante, separados de ella y sin embargo aún conectados. Temerosa de lo que pudiera ocurrir si los perdía definitivamente, Kira los atrajo con la mente y estos empezaron a abrirse paso por la estructura de la nave, buscándola.

Miró a su alrededor. Sí, el espacio era blanco. Desactivó su visión de infrarrojos. Seguía siendo blanco. Y brillaba, aunque no tanto como si hubiera estado directamente delante del cercano sol del sistema.

Su cerebro cayó en la cuenta de pronto. Kira estaba dentro de una nube de humo, que defendía a la Hierofante de los disparos láser enemigos. Algo muy práctico para la nave, pero muy inconveniente para ella. Sus ojos solamente alcanzaban unos veinte metros de distancia, incluso con la visión de espectro visible.

¡Kira! —repitió Falconi.

—Sigo viva. ¿Estás bien?

Sí. Una nave pesadilla acaba de embestir a la Hierofante. Ha....

—¡Mierda!

Exacto. Estamos regresando a la Wallfish. Parece que las medusas nos ignoran de momento. Su flota tiene entretenidas al resto de las pesadillas, pero no tenemos mucho tiempo. Tschetter dice que Ctein todavía sigue vivo. Tienes que matar a esa medusa, y deprisa.

—Lo intento, lo intento.

Kira tragó saliva, intentando reprimir el temor que le inspiraba Ctein. No podía permitirse esa distracción. Además, había amenazas peores aproximándose. Las pesadillas. Las Fauces.

Nunca había tenido tanto miedo en toda su vida. Tenía las manos y los pies helados, a pesar de que el filo dúctil se esforzaba por hacerla entrar en calor, y el corazón le palpitaba tan deprisa que hasta le dolía. Pero daba igual. *Sigue adelante. No te detengas.*

Kira recuperó la visión de infrarrojos y utilizó al xeno para mantenerse estable mientras miraba arriba, abajo y a su alrededor. Ctein era grotescamente grande; ¿dónde mierda se había metido? La cámara de la que habían sido expulsados era ahora una cavidad tenebrosa en las entrañas de la Hierofante, un cascarón despojado de su monstruoso fruto. Al igual que ella, Ctein debía de haber sido arrojado al espacio, pero sospechaba que la medusa contaba con propulsores de actitud escondidos en su corpachón. Si Ctein había rodeado el casco curvado de la Hierofante… Kira tardaría mucho en encontrar al alienígena en aquella espesa nube. Demasiado, de hecho. La superficie de la Hierofante medía kilómetros y kilómetros.

—Gregorovich —dijo, sin dejar de buscar—. ¿Ves algo?

Me temo que la Wallfish, ay, sigue alojada dentro de la Hierofante. Mis sensores están bloqueados.

—Habla con Tschetter. Puede que el Nudo…

Delante de ella, en una zona libre de humo de medio metro de anchura, centelleó algo que salió disparado desde el casco de la Hierofante, pasó cerca de su pecho y continuó su camino, perdiéndose en el espacio profundo. A su paso, el humo se dispersaba en volutas y resplandecía, con el brillo característico de la transferencia térmica.

Kira soltó un juramento. A una orden suya, el xeno invirtió la trayectoria y la propulsó de nuevo hacia la nave dañada. En el espacio abierto era un blanco fácil. Tenía que encontrar cobertura antes de…

Por detrás de la curva silueta de la Hierofante emergió un enorme tentáculo, que no dejaba de buscar y retorcerse con aviesas intenciones. Con la visión de infrarrojos, el tentáculo parecía una lengua de fuego; sus ventosas, cráteres incandescentes; y los huesos interiores, una columna flexible de lingotes candentes, brillando a través de la carne translúcida. El último tercio del tentáculo estaba cubierto de cilios: cada uno era una serpiente de varios metros de longitud y aparentemente dotada de inteligencia propia, pues todos ellos se movían, agitaban y enroscaban de manera independiente.

Un segundo tentáculo se unió al primero, y después un tercero y un cuarto, mientras el cuerpo del gigantesco Ctein aparecía ante ella.

La piel de la medusa había cambiado: ahora era lisa y descolorida, como revestida de pintura plateada. Algún tipo de armadura, seguramente. Y lo peor de todo: la criatura seguía sosteniendo aquel cañón del tamaño de una nave en su brazo garrudo.

Kira profirió un grito en el vacío mientras espoleaba al filo dúctil para que se diera prisa. Se propulsó entre las cubiertas expuestas de la Hierofante, pero justo cuando empezaba a relajarse ligeramente, la sombra abigarrada de Ctein la cubrió y el monstruo abrió fuego.

El disparo la alcanzó con una fuerza devastadora y la estrelló contra un mamparo.

Pero seguía viva.

El xeno se había hinchado como un gigantesco globo negro, cubriendo todo su cuerpo, incluida la cabeza, aunque seguía viendo perfectamente, igual que con la mascarilla. Percibía estructuras dentro de aquel globo: matrices complejas de fibras, barras y rellenos maleables. Y todo ello lo había fabricado el filo dúctil en apenas una fracción de segundo.

Otra explosión la alcanzó de frente, zarandeándola con tanta fuerza que se quedó aturdida. Esta vez sintió que el traje contrarrestaba el proyectil con una explosión propia, desviando el letal chorro de metal a ambos lados del globo, sin que la tocara.

Asombrada, Kira comprendió que el xeno había construido una especie de blindaje reactivo, parecido al que el ejército usaba en sus vehículos.

Se habría reído de haber podido.

Era imposible saber cuánto tiempo podría mantenerla a salvo el filo dúctil, y Kira no tenía ninguna intención de quedarse a averiguarlo. No podía medirse cara a cara con Ctein. No mientras estuviera armado. La única forma de luchar era esquivarlo, huir y esperar a que la medusa se quedara sin munición. O eso, o encontraba la manera de acercarse lo suficiente para que el filo dúctil lo hiciera pedazos.

Extendió una mano (se movió, pero permaneció escondida dentro del globo), formó un cable y lo arrojó hacia un haz de vigas medio derretidas, a varios metros por encima de su cabeza. El cable se adhirió a las vigas al tocarlas, y Kira tiró con todas sus fuerzas, impulsándose para salir del boquete lateral de la Hierofante. Al llegar al borde del cráter, soltó el primer cable, lanzó un segundo (que se sujetó al casco) y tiró, convirtiendo la inercia vertical en horizontal. Cuando superó el punto de anclaje del cable, extendió otro más, y luego otro y otro, deslizándose por encima del casco hasta que dejó de ver a la medusa.

El monstruo la seguía. Justo antes de que desapareciera de su vista, Ctein estaba saltando tras ella; sus tentáculos ondeaban con una elegancia hipnótica.

Kira esbozó una mueca y trató de tirar con más fuerza del siguiente cable. Pero ya había alcanzado el límite de su cuerpo... y del xeno.

Mientras volaba alrededor del costado de la Hierofante, como una pelota atada a un poste, se le ocurrió algo. Una idea.

No se detuvo a sopesar su viabilidad ni sus posibilidades de éxito; solamente actuó y confió, confió ciegamente en que lo que iba a hacer funcionaría.

Lanzando varios cables más, se detuvo de un tirón junto a un desgarrón que la metralla había abierto en el casco. Deshizo el globo que la envolvía y convirtió el material en varios tentáculos, con los que empezó a arrancar y cortar pedazos del casco roto.

Cada pedazo tenía algo más de un metro de espesor y estaba hecho de capas delgadas de compuesto, intercaladas con algún tipo de espuma metálica. Justo lo que esperaba. Como las naves humanas, el casco exterior de la Hierofante contaba con un escudo Whipple que lo protegía de los impactos de la basura espacial. Si ese blindaje podía detener micrometeoros, un número suficiente de capas deberían bastar para detener el proyectil de un arma cinética como aquel cañón de riel.

Mientras colocaba las piezas delante de ella, una oscura corriente de material fluyó desde el interior de la grieta enmarañada, flotando hacia Kira con voluntad propia. Kira retrocedió, alarmada y lista para rechazar a ese nuevo enemigo.

Pero entonces reconoció el tacto familiar del filo dúctil; los fragmentos perdidos del xeno venían a su encuentro.

Con la sensación del agua fresca sobre la piel, las fibras huérfanas se fundieron con el cuerpo principal del xeno, y añadieron una muy necesaria masa al organismo.

La distracción provocó que Kira solo pudiera apilar cuatro fragmentos del casco antes de que la mole mastodóntica de Ctein coronara el costado de la Hierofante y disparara con su arma.

¡BUUM!

El improvisado escudo detuvo el proyectil con las primeras tres capas de casco. Ni una sola mota de polvo llegó hasta la piel del traje. Y aunque el impacto fue potente, el filo dúctil resistió y lo amortiguó lo suficiente para hacerlo tolerable.

Kira se preguntó cuánta munición le quedaría a la medusa.

Ctein disparó de nuevo; Kira ignoró el golpe y se propulsó hacia delante. Los trozos de casco no resistirían mucho; tenía que aprovechar la oportunidad mientras pudiera.

La gigantesca criatura se movía más deprisa de lo que parecía posible en un ser de su tamaño. En el lado izquierdo de su caparazón apareció una serie de volutas blancas, y toda aquella masa de caparazón y tentáculos se desvió hacia la derecha. Aquel cabronazo tenía propulsores integrados en el caparazón (ya fueran artificiales u orgánicos). Eso complicaba un poco el plan de Kira, pero podía conseguirlo. Por muy rápida que fuera la medusa, era imposible que pudiera desplazar sus miles y miles de kilos tan deprisa como el filo dúctil.

«A ver cómo esquivas esto», musitó Kira, y envió centenares de hebras afiladas como cuchillas reptando por la superficie de la Hierofante. Los hilos avanzaban desordenadamente, amontonándose unos sobre otros en distintos ángulos, de forma que fuera imposible predecir el punto de impacto de cada uno.

Antes de que el gran y poderoso Ctein pudiera ponerse fuera de su alcance, las diminutas puntas de sus hebras cortantes rozaron y arañaron los tentáculos más cercanos de la medusa. Kira comprobó con desaliento que la armadura delgada y gris que lo cubría era un nanomaterial no muy distinto de las fibras que componían el filo dúctil. La ira del traje fue en aumento; reconocía aquel material: era otro de los dispositivos tecnológicos que los apresadores habían robado a sus creadores. Kira estaba segura de que el xeno lograría atravesar aquel material con tiempo, pero eso era precisamente lo que Ctein no iba a darle: tiempo.

Mientras el coloso giraba su arma hacia ella de nuevo, Kira dejó que la maraña de hilos saltara desde un tentáculo al siguiente, hasta que vio y sintió que el cañón de riel estaba al alcance de sus millares de hebras. Lo arrancó de los dedos del brazo huesudo de la medusa y lo arrojó bien lejos, hacia las profundidades del espacio vacío, donde flotaría a la deriva durante un millón de años o más.

Durante apenas un instante, Kira creyó que llevaba las de ganar. Y entonces, con uno de sus tentáculos libres, Ctein se tanteó la espalda hasta sacar un gran tubo blanco que debía de llevar fijado a la parte trasera del caparazón. El tubo medía al menos seis metros de largo, y cuando la medusa lo orientó hacia Kira, distinguió un iris oscuro en el extremo.

Soltó un grito mientras intentaba apartarse de la trayectoria, pero esta vez fue ella la que tardó demasiado.

En la abertura del tubo apareció un destello blanco, y una lanza llameante salió disparada hacia ella. Quemó las fibras del traje como si fueran leña seca; se derritieron y evaporaron, y Kira sintió una oleada de nodolor tan intensa que se asustó.

Tenía que escapar. Empujó a Ctein, pero este se aferró a ella mientras acercaba más y más aquel fuego devorador. La criatura era tremendamente fuerte, tanto que rivalizaba con el xeno.

Pero su filo era dúctil; Kira dejó que se relajara y se ablandara bajo los ataques de Ctein, que fluyera como el agua y se escurriera de su férreo agarre. Las ventosas de la medusa no podían retenerla; hicieran lo que hicieran, el traje sabía cómo derrotarlas.

Retorciéndose de un lado a otro mientras gritaba, Kira consiguió escabullirse.

Se alejó de Ctein con la sensación de haberse salvado por los pelos.

La criatura no le dio la oportunidad de rehacerse y saltó tras ella. Kira huyó por la superficie de la Hierofante, en dirección a la lejana proa. La persecución transcurrió en silencio, interrumpida solamente por sus jadeos y el latido de su corazón, y ejecutada con una terrible elegancia, consecuencia natural de la ingravidez.

El tamaño de Ctein se le antojaba irreal; le parecía que la perseguía un monstruo del tamaño de una montaña. Se le ocurrieron varios nombres para él: *Kraken. Cthulhu. Jörmungandr. Tiamat.* Pero ninguno reflejaba el puro horror de la bestia que la perseguía: un nido de serpientes reptantes, ansiosas por arrancarle la carne de los huesos.

Echó un vistazo por encima del hombro, y entonces comprendió por fin qué era en realidad aquel tubo: un motor cohete, con su propio suministro de combustible. La medusa estaba utilizando un *cohete* como arma.

Ctein había planeado su llegada. La llegada del Idealis. Y Kira no había planeado nada en absoluto. No se había dado cuenta de hasta qué punto aquella ancestral criatura planteaba una amenaza.

En cualquier otro momento, el absurdo de un motor cohete utilizado a modo de arma la habría dejado atónita. Pero ahora no era más que otro factor que incluyó en sus cálculos mentales: velocidades, distancias, ángulos, fuerzas y posibles reacciones y comportamientos. Cálculos de supervivencia.

Entonces se le ocurrió: además del calor que emitía, el cohete también producía una propulsión más que notable. Al fin y al cabo, esa era la función de los cohetes. Y eso quería decir que Ctein tenía que sujetarse a algo mientras lo utilizaba, para que el cohete no lo lanzara volando en la dirección contraria. Era verdad que Ctein también contaba con sus propulsores de maniobra, pero Kira no creía que fueran tan potentes como aquel cohete.

«¡Ja!», dijo.

Justo entonces, su auricular chisporroteó y oyó una voz masculina:

Aquí el teniente Dunroth. ¿Me recibe?.

—¿Quién coño es usted?

El asistente del almirante Klein. Hemos lanzado un misil hacia su posición desde la Fuerza Inexorable. ¿Cree que podría guiar a la medusa hacia la popa de la Hierofante?.

—¿Intentan matarnos a los dos?

Negativo, Navárez. Es munición dirigida. Usted no debería sufrir daños. Pero necesitamos una línea de tiro clara.

—Recibido. Ya voy.

Entonces apareció la voz de Tschetter:

Navárez, asegúrese de alejarse todo lo posible de Ctein. Recuerde que no existe eso del fuego amigo.

—Entendido.

Kira se sujetó al casco con el traje para detener su avance. Después se impulsó hacia arriba y hacia atrás, pasando por encima de la medusa con lo que, en circunstancias normales, habría sido una vertiginosa voltereta, pero que en el vacío parecía más bien una elegante zambullida. Ctein trató de alcanzarla con tres de sus tentáculos, extendiéndolos al máximo, pero falló por pocos metros. Tal y como ella esperaba, la criatura permaneció sujeta a la Hierofante, para poder seguir utilizando su descomunal soplete.

El filo dúctil estabilizó el vuelo de Kira y la dirigió de nuevo hacia la superficie de la nave. Kira notó que el xeno se movía más deprisa y con más eficiencia que antes, y recordó que, en sus sueños, el traje volaba por el espacio con la agilidad de un dron no tripulado, algo que solo era posible si el organismo podía fabricar unos propulsores propios. Propulsores de verdad, capaces de un funcionamiento continuado y estable.

También se fijó en que no se había quedado sin aire todavía. Mejor. Mientras el traje siguiera suministrándole oxígeno, Kira podría seguir luchando.

Se deslizó sobre la Hierofante, propulsándose más y más deprisa, hasta que no supo si podría detenerse a tiempo antes de llegar al blindaje de sombra. Y aun así, sentía que Ctein se aproximaba, como una ola inmensa, indiferente e imparable.

Oyó la voz entrecortada del teniente Dunroth:

Cinco segundos hasta el objetivo. Despeje la zona. Repito: despeje la zona.

Más adelante, Kira vio un meteoro que trazaba una curva en dirección a la Hierofante; una estrella fulgurante, visible incluso a través del humo más espeso.

El tiempo pareció ralentizarse. Kira se quedó sin respiración y deseó estar en cualquier otro lugar. Lo peor de todo era que no podía hacer nada para cambiar la situación. El misil la mataría… o no. El resultado escapaba a su control.

Cuando faltaba apenas un segundo (y más de cien metros de distancia) para el impacto, Kira se sujetó al casco y se tumbó encima cuan larga era, transformando el traje en un duro caparazón.

Y en ese preciso momento, el misil se desvaneció con un destello decepcionantemente breve, y a su alrededor se formó una esfera de espacio sin humo.

Mierda. Kira había visto suficientes láseres de proximidad en acción como para saber lo que había ocurrido. Uno de los blásteres del casco de la Hierofante había derribado el misil.

Kira se despegó del casco de la nave y se lanzó hacia un lado; un momento más tarde y Ctein la habría aplastado.

Percibió un intenso yuxtolor burlón.

[[Aquí Ctein: Patético.]]

Lo siento, Navárez —dijo el teniente Dunroth—. *Parece que los láseres de la Hierofante siguen sin dejar pasar nuestros misiles. Vamos a dar la vuelta a r2 y haremos otra pasada. El almirante Klein dice que más le vale cargarse a ese hijo de puta o ingeniárselas para alejarse de la Hierofante, porque vamos a lanzarle otros tres obuses Casaba*.

Ctein descargó uno de sus tentáculos, y Kira se propulsó para apartarse de la trayectoria justo antes de que aquel enorme tronco de músculos y tendones pasara a su lado. La medusa volvió a atacar; Kira se sentía como un colibrí evitando los golpes de un pulpo furioso.

El humo se espesó un momento, antes de despejarse definitivamente; la Hierofante había emergido de la neblina. Por primera vez desde que la explosión la había arrancado de la nave, pudo contemplar la auténtica oscuridad del espacio. Todo lo que veía adquirió una nitidez casi dolorosa. Por el rabillo del ojo, percibió lejanas chispas y destellos (evidencias de que la batalla entre la Séptima, las medusas y las pesadillas no había terminado todavía).

Kira activó la visión de espectro visible. Ahora que el humo se había disipado, ya no necesitaba infrarrojos.

Se encontró suspendida delante del monstruo como un juguete, un diminuto juguete frente a un depredador hambriento. Ctein atacó; ella esquivó. Kira se lanzó hacia delante; Ctein encendió durante un segundo su motor cohete, haciéndola retroceder con su calor abrasador. Estaban en tablas. Los dos buscaban alguna pequeña ventaja, pero ninguno la encontraba.

Un chorro de yuxtolor la alcanzó, excretado por alguna glándula oculta en el cuerpo de la medusa:

[[Aquí Ctein: No comprendes la carne con la que estás unida, biforma. Eres indigna e insignificante, estás destinada a fracasar.]]

Ella respondió del mismo modo, dirigiendo su propio yuxtolor hacia la masa nudosa de la criatura.

[[Aquí Kira: Tú ya has fracasado, apresador. Los corruptos...]]

[[Aquí Ctein: Cuando yo me una al Idealis, como era mi destino antes de la traición de Nmarhl, los corruptos caerán ante mí como el cieno en el abismo. Nadie resistirá ante mí. Puede que esta ola haya sido perturbada, pero la próxima será un triunfo para los wranaui, y todos se doblegarán bajo la fuerza de nuestros bancos.]]

[[Aquí Kira: ¡Jamás tendrás el Idealis!]]

[[Aquí Ctein: Lo tendré, biforma. Y disfrutaré partiéndote el caparazón y exprimiéndote la carne para devorarla.]]

Kira gritó e intentó colocarse detrás de la medusa para arrebatarle el cohete, pero el alienígena imitó sus movimientos, retorciéndose de tal forma que su arma siempre estuviera apuntándola.

Era una danza frenética y desagradable, pero danza al fin y al cabo, llena de momentos de elegancia y osadía. Ctein era demasiado grande y fuerte para que el filo dúctil resistiera su fuerza (al menos con su tamaño actual). Así que Kira hizo todo lo posible por evitar su agarre. Y a su vez, el alienígena hacía todo lo que podía para evitar que el filo dúctil lo tocara. Parecía saber que, si dejaba que Kira lo sujetara durante demasiado tiempo, lograría traspasar su armadura.

Kira avanzaba; la medusa retrocedía. Ctein avanzaba; ella retrocedía. Por dos veces consiguió sujetar uno de sus tentáculos, pero en ambas ocasiones Ctein la golpeó con tanta fuerza que Kira se vio obligada a soltarlo o arriesgarse a quedar inconsciente. Los golpes eran tan poderosos que arrancaban pedazos del traje: varillas y haces que se licuaban, formando goterones amorfos antes de volver a unirse a ella.

Si conseguía acortar la distancia que la separaba de Ctein, si conseguía envolver con el filo dúctil el caparazón de la medusa y aferrarse a él, sabía que podía matarlo. Pero a pesar de todos sus esfuerzos, Kira no conseguía atravesar las defensas de la medusa.

El viejo y astuto Ctein parecía comprender que llevaba las de ganar. Parecía darse cuenta de que podía causarle más daño a Kira del que ella podía causarle a Ctein, porque empezó a perseguirla por el casco de la Hierofante, activando su soplete cohete mientras sacudía los tentáculos de manera errática, obligándola a retroceder y dejando grandes abolladuras en el casco tras cada golpe fallido. Y Kira no tenía más opción que retroceder. Iba cediendo metro tras metro, desesperada por mantener la distancia, porque si el coloso conseguía aplastarla contra el casco con sus tentáculos, el impacto le haría papilla el cerebro, por muy bien que pudiera protegerla el filo dúctil.

Respiraba entrecortadamente y notaba que sudaba debajo del traje; su cuerpo se cubría de una película de humedad que el filo dúctil absorbía rápidamente.

No podía seguir así. Al menos ella no podía. Tarde o temprano se despistaría y Ctein la mataría. Huir no serviría de nada; no había más escondite que el vacío, y no podía abandonar a sus amigos. Tampoco a la FAU; a pesar de sus defectos, estaban luchando por la supervivencia de la humanidad, igual que ella.

El último ataque de Ctein pasó a su lado como una flecha. ¿Cuánto tiempo podía continuar? Sentía que llevaba luchando días enteros. ¿Cuándo había encallado la Wallfish en la Hierofante? No lo recordaba.

Golpeó el caparazón de la medusa por enésima vez. Y por enésima vez, sus púas infinitesimalmente afiladas resbalaron sobre el blindaje del alienígena.

Kira gruñó por el esfuerzo mientras se enganchaba a una antena cercana y se alejaba de la medusa de un tirón, escapando por los pelos de su contrataque. Ctein volvió a descargar otro latigazo, y Kira se lanzó hacia la proa de la nave, intentando esquivarlo, intentando seguir libre.

Entonces, por sorpresa, Ctein se abalanzó sobre ella de un salto, dejando de agarrarse a la Hierofante.

«¡Ah!». El filo dúctil reaccionó empujándola hacia atrás y maniobrando alrededor del ancho casco de la nave. Los propulsores de la medusa soltaban volutas blancas mientras la perseguían. Consiguió igualar su trayectoria y empezó a ganarle terreno a Kira, extendiendo el cohete como un gigantesco dedo acusador.

Kira escudriñó el casco de la Hierofante, buscando algo, cualquier cosa que le sirviera. Un trozo desgarrado y afilado del casco llamó su atención. Si se dirigía hacia allí, tal vez podría usarlo para catapultarse detrás de la medusa y...

¡Kira! ¡Apártate! —gritó Falconi.

Distraída, Kira se dio la vuelta con brusquedad y el filo dúctil la lanzó volando hacia la Hierofante, perseguida por un tentáculo. A cierta distancia divisó el torso blindado del exo de Falconi, que asomaba por el borde del boquete del casco. Levantó su lanzagranadas con un brazo, un destello iluminó el cañón y...

El motor cohete de Ctein explotó, soltando una llamarada torcida de combustible ardiente que arrojaba fuego líquido en todas direcciones.

Kira se estremeció cuando el combustible la salpicó. No le dolió, pero los viejos instintos eran difíciles de ignorar.

La explosión lanzó a la medusa hacia atrás, pero, increíblemente, logró sujetarse a la Hierofante con la punta de un solo tentáculo. Kira comprobó con decepción que Ctein parecía ileso.

El yuxtolor de una ira inmensa y terrible bañó el espacio cercano.

La criatura se impulsó de nuevo hacia la nave y atacó a Falconi con uno de sus tentáculos. El capitán desapareció por el borde del agujero y Kira lo vio escapar por una compuerta un instante antes de que el tentáculo aplastara las paredes y las vigas.

Todo tuyo, guapa —dijo Falconi.

—Gracias. Te debo una.

Kira se detuvo a varios metros de la Hierofante y se dio la vuelta para hacer frente a Ctein. Sin armas, solo tentáculos y zarcillos, y sus dos mentes enfrentadas. Se preparó para abalanzarse una vez más sobre la monstruosa medusa, para luchar con ella a brazo partido hasta que solo quedara uno (o ninguno). A pesar de las muchas ventajas que le daba el filo dúctil, Kira no estaba en absoluto segura de poder vencer. Lo único que tenía que hacer Ctein era aplastarla contra el casco de la Hierofante, y todo habría terminado.

Pero no iba a rendirse. Ahora no. No después de todo por lo que habían pasado. No con todo lo que estaba en juego.

«Muy bien, adefesio», murmuró, haciendo acopio de sus fuerzas. «Terminemos con esto».

Y entonces Kira lo vio: un desgarrón diminuto en la piel blindada de uno de sus tentáculos; el mismo tentáculo, probablemente, con el que había blandido el cohete. Después de todo, el ataque de Falconi sí había conseguido hacer mella en Ctein. Aquel desgarrón parecía una grieta delgada en una superficie de lava fría, un acceso a la cálida carne del interior.

Sintió una chispa de esperanza. Por pequeña que fuera, aquella grieta era una oportunidad. Tardó solo un instante en pensar cómo utilizarla para matar a Ctein. Era terriblemente peligroso, pero no tendría una oportunidad mejor.

Los labios se le curvaron en algo parecido a una sonrisa. La solución no era mantenerse a distancia, sino acercarse a Ctein, costara lo que costara, y unirse con él del mismo modo que Kira estaba unida con la simiente. La solución estaba en la fusión de sus cuerpos, no en su separación.

Kira se lanzó hacia delante, y el traje reaccionó con un violento empuje de los propulsores que le había construido en la espalda. Se abalanzó sobre Ctein a más de 1 g de aceleración, tan deprisa que Kira no pudo evitar enseñar los dientes y reír.

La medusa levantó los tentáculos, no para cortarle el paso, sino para atraparla en una cuna de carne. Kira pasó como una flecha entre dos de los tentáculos y se abrazó al que estaba desgarrado.

Entonces Ctein pareció comprender lo que Kira intentaba hacer, y enloqueció.

El universo giró alrededor de Kira mientras la medusa descargaba el tentáculo sobre la Hierofante. Logró endurecer el traje un instante antes del choque, pero aun así se le oscureció momentáneamente la visión y quedó desorientada.

El tentáculo empezó a elevarse de nuevo. Si no actuaba deprisa, la haría papilla. Era tan inevitable como la entropía. Y aunque detestaba la idea de morir, soportaba aún menos la idea de dejar ganar a Ctein.

Sentía la grieta debajo de su vientre, una pequeña zona blanda en la superficie dura del tentáculo. Introdujo las fibras del traje por el desgarrón, acuchillando, apuñalando y retorciendo. El tentáculo tembló y se sacudió de lado a lado, en un frenético intento por desembarazarse de ella. Pero Ctein no iba a librarse de ella. Ahora no.

Sentía el calor de la carne de Ctein en sus cuchillas, y sus glóbulos de espeso icor le salpicaron la piel. Kira siguió introduciéndose en la criatura, avanzando más y más hasta que encontró los huesos ocultos en el centro del tentáculo. Aferró esos huesos y separó la carne, ensanchando la grieta. Y entonces vertió al filo dúctil dentro del cuerpo del alienígena.

El tentáculo oscuro, húmedo y fuerte se enroscó en torno a Kira. Aunque el traje seguía suministrándole aire, Kira sentía que estaba a punto de ahogarse; la claustrofobia le atenazaba la garganta.

De pronto vio una chispa, y comprendió, alarmada, que Ctein estaba usando sus brazos para cortar el tentáculo al que ella estaba agarrada.

Decidida a no perder su ventaja, espoleó al filo dúctil para que siguiera avanzando, para que hiciera lo necesario.

El xeno se dividió en un millar de delicadas hebras que se enterraron en el cuerpo de Ctein. Sin embargo, esas hebras no cortaban su carne, como Kira esperaba. No desagarraban ni mutilaban. Más bien eran suaves y blandas, y todo lo que tocaban lo... *remodelaban*. Nervios y músculos, tendones y hueso; todo era alimento para el xeno.

Ctein se debatía y forcejeaba. ¡Cómo forcejeaba! La golpeaba a través de su propia carne; agarraba y estrujaba su propio tentáculo, intentando aplastarla. Un estruendo le invadió los oídos.

Pero el poder del gran y terrible Ctein no era rival para la persistencia del filo dúctil. Las fibras fractales del organismo se plegaban y trenzaban al transformar la carne de Ctein. Rompían las células de la criatura, secándolas y comprimiéndolas para convertirlas en algo duro y firme. La silueta resultante era angulosa; planos y líneas rectos, filos de precisión atómica. Un objeto sin vida, desprovisto de movimiento, incapaz de hacer daño.

Veinte metros más y sus zarcillos entraron en el caparazón. El músculo dio paso a órganos y máquinas.

Kira percibía la ira del filo dúctil, ira por las penurias del pasado. Sin pretenderlo, de pronto se encontró vociferando:

[[Aquí Kira: ¡Por Nmarhl!]]

El xeno volvió a crecer, reduplicándose hasta que llenó aquel amplio caparazón, transformando cada centímetro cúbico en una brutal perfección.

Ctein se estremeció una vez más, una sola. Se estremeció y quedó inerte.

Kira activó la visión de infrarrojos un momento y comprobó que el brillo del reactor de fusión empezaba a disiparse.

El filo dúctil no había terminado todavía: siguió construyendo hasta consumir la piel y el caparazón de la medusa. A su alrededor, unas venas de aspecto pétreo aparecieron a lo largo del tentáculo al que Kira seguía aferrada y se propagaron, expandiéndose por todo el cuerpo de Ctein.

Al no saber qué era lo que estaba haciendo el xeno, Kira retrajo el filo dúctil y, con gran alivio, se alejó del gigantesco cadáver de un puntapié.

Mientras ambos flotaban en direcciones opuestas, lo contempló.

Donde había estado Ctein, había ahora un asterisco erizado de color negro mate: una enorme colección de columnas basálticas facetadas. Un amasijo sin vida de carbono reestructurado. Algunas zonas de su superficie estaban cubiertas por un patrón familiar, parecido al de una placa base... Con asombro, Kira reconoció las similitudes entre aquellas columnas flotantes y la formación rocosa que había encontrado en Adrastea. Y comprendió que eso también había sido un ser vivo. Mucho tiempo atrás.

Kira observó fijamente los restos de Ctein, con una sensación agridulce. *Ella* había hecho eso. Ella y la simiente. Después de siglos de reinado, el gran y poderoso Ctein había muerto definitivamente. Muerto para siempre. Y ellas eran las responsables.

Todo su conocimiento se había perdido. Todos esos años de recuerdos. Todas esas esperanzas, sueños y planes, reducidos a un pedazo de piedra que vagaba por el espacio.

Sentía una curiosa tristeza. Pero entonces se estremeció y soltó una carcajada. No sabía qué sentía; tenía tanta adrenalina en el organismo que casi se podía considerar drogada. Pero lo que sí sabía era que había vencido. La simiente y ella habían vencido.

Oía los vítores de varias personas por el auricular, demasiadas para seguirlas todas. Pero entonces la voz de Tschetter interrumpió el estrépito:

¡Lo has conseguido, Kira! ¡Lo has logrado! Las medusas se retiran! Lphet y el Nudo de Mentes están tomando el control de su flota. ¡Lo has conseguido!

Bien. Tal vez ahora hubiera esperanzas de futuro. Kira se limpió el icor de la cara y escudriñó el casco de la Hierofante mientras se reorientaba.

—Gregorovich, ¿dónde...?

Una sombra se proyectó sobre ella, ocultando la luz de la estrella cercana. Un profundo escalofrío le caló los huesos. Kira levantó la vista hacia el nuevo obstáculo, y su sensación de triunfo se esfumó.

Por encima de ella surcaban el espacio cuatro naves de casco deforme y color rojizo, que desprendían el brillo de la carne cruda. Pesadillas.

2.

El temor le aceleró el corazón. Kira se propulsó en dirección a la Hierofante, pasando al lado del pétreo cadáver de Ctein, desesperada por ponerse a cubierto. Más pesadillas se aproximaban: docenas y docenas, tan veloces como el misil de la Fuerza Inexorable. Sus siluetas parecían manchas recortadas sobre el campo de estrellas, sombras casi ocultas en la oscuridad del vacío. Y tras ellas, demasiado lejos para verla todavía, Kira sabía que se acercaba rápidamente, con una energía insaciable, la masa grumosa de las Fauces.

Miró a su alrededor, buscando contra todo pronóstico la salvación.

Entre sus pies se veía el planeta que las medusas habían estado minando, R1; desde allí tenía el tamaño de una escotilla de esclusa, con la superficie de color rojo oxidado y veteada de nubes. A cierta distancia del orbe, las lunas r2 y r3 hacían cabriolas alrededor de su astro madre. Detrás de las lunas vio las chispas y destellos de la gran batalla: la FAU y las medusas unían sus fuerzas contra las pesadillas. Cada destello de luz era una punzada en su corazón, porque sabía que indicaba la muerte de docenas o tal vez cientos de seres sintientes. Y también de pesadillas.

A semejantes distancias, era imposible saber quién iba ganando. Solo veía las explosiones, no las naves individuales. Pero Kira tenía la corazonada de que la batalla no iba bien ni para la Séptima Flota ni para las medusas. Había demasiadas pesadillas, por no hablar de las Fauces.

Las cuatro naves pesadilla que habían pasado por encima de ella se detuvieron sobre unas llamaradas de fuego nuclear más brillantes que el sol, de color blanco azulado. Viraron y se lanzaron en picado hacia la Hierofante hasta entrar en contacto con ella, a varios metros a popa de donde se encontraba Kira.

Un profundo temblor recorrió todo el casco.

Cerró los ojos con fuerza, temiendo lo que estaba a punto de suceder. No había nada que hacer; lo único que podía hacer ahora era luchar y confiar en que la tripulación de la Wallfish lograra escapar. Luchar y luchar hasta que las pesadillas se rindieran o hasta que las Fauces acudieran a devorarla. Y sabía que la devorarían si les daba la oportunidad.

Kira inspiró hondo. Ya se sentía medio muerta. Su cuerpo seguía entero gracias al filo dúctil, pero «entero» y «bien» eran dos conceptos distintos, y no podía decir que estuviera «bien».

A una orden suya, el xeno volvió a abrir un agujero en el casco de la Hierofante.

¡Guau! ¿Será posible? —exclamó Falconi—. *Un par de naves medusa y un crucero de la FAU van a por las Fauces*.

Kira notó un escalofrío en la nuca. Se giró hacia el cuadrante del espacio donde sabía que se encontraba la monstruosidad. Y contuvo la respiración, expectante.

Del casco de la Hierofante empezaron a brotar pequeñas explosiones. Cargas de demolición o algo parecido.

—¿Qué está pasando? —preguntó Kira.

Falconi tardó un momento en responder.

Las Fauces acaban de crear una nube de humo a base de pedos. No creo que puedan alcanzarla con los láseres. Espera... Intentan atacarla con misiles. Con un montón de misiles. —Se hizo un tenso silencio—. *Los misiles no sirven* —concluyó después Falconi, con clara decepción—. *Las Fauces los han derribado como si fueran moscas. Mierda. Un par de docenas de naves pesadilla vuelven hacia las Fauces. Si las medusas o la FAU quieren acabar con esa cosa, no tienen mucho tiempo... ¡No, mierda! ¡Mierda!*.

Y entre las estrellas, Kira distinguió un potente destello de luz, una supernova en miniatura.

—¿Eso ha sido...?

Las Fauces tienen una especie de mezcla entre un láser y un rayo de partículas. Acaba de reventar dos naves medusa. Ha atravesado sus nubes como si nada. Parece que el crucero va a intentar....

Tres nuevas estelas de luz palpitaron y se difuminaron sobre el telón de terciopelo, demasiado pequeñas para su potencial destructor.

Nada —dijo Falconi, abatido—. *El crucero ha lanzado dos obuses. Deberían haber sido impactos directos, pero las Fauces los han interceptado y dispersado con su arma de rayos. ¡Han desviado dos putas explosiones nucleares de un disparo!*.

—¿Cómo vamos a matarlo? —preguntó Kira, luchando por no caer en la desesperación. El casco de la Hierofante vibraba bajo sus pies.

No creo que podamos —contestó Falconi—. *No hay forma de acercar tanto a nuestras naves para superar su...*.

Mientras hablaba, en la esquina superior derecha de su visión, cerca del neblinoso puntito naranja de r2, apareció un cúmulo de destellos.

Kira apretó los puños, clavándose las uñas en las palmas. No podía ser. No podía ser.

—Gregorovich, ¿qué ha sido eso?

Ah, tú también lo has visto, ¿eh? —dijo en tono disgustado.

—Sí. ¿Qué son?

Más pesadillas.

Eran exactamente las palabras que se temía, y la golpearon como un martillazo.

—¿Cuántas?

Doscientas veinticuatro.

3.

—Mier... —Se le quebró la voz y cerró los ojos, incapaz de soportar el peso de la existencia. Después apretó los dientes y se armó de valor para afrontar la desagradable realidad.

Sin pensarlo conscientemente, se soltó de la Hierofante Curtido y se quedó flotando sobre el casco mientras pensaba. Tenía que pensar; no se sentía capaz de actuar hasta haber comprendido mínimamente lo que estaba pasando.

Falconi le dijo por el comunicador:

Kira, ¿qué haces? Tienes que volver aquí antes de que....

Kira ignoró su voz hasta que dejó de oírla.

Inspiró hondo una vez. Y luego otra.

Ahora ya no podían vencer. Una cosa era luchar sabiendo que podía morir, pero que también era igualmente posible que derrotaran a sus enemigos, y otra muy distinta saber que *iba* a morir y que la victoria era imposible.

Resistió el impulso de gritar. Después de todo lo que habían hecho, de todo lo que habían perdido y sacrificado, la derrota se le antojaba injusta. Era una injusticia en el sentido más profundo de la palabra, como si las doscientas veinticuatro pesadillas que acababan de llegar supusieran una ofensa para la naturaleza.

Respiró hondo una vez más, más despacio que antes.

Kira pensó en los invernaderos de Weyland, en el aroma a marga y flores, en el polvo flotando perezosamente bajo los rayos de sol, en el sabor de los cálidos tomates de verano, y también en su familia. Después pensó en Alan y en el futuro que habían planeado, un futuro que nunca se haría realidad, algo que había aceptado hacía mucho.

Los recuerdos le producían un dolor agridulce. Nada duraba eternamente, y todo indicaba que su fin estaba muy próximo.

Se le llenaron los ojos de lágrimas. Se sorbió la nariz y miró las estrellas, la franja resplandeciente de la Vía Láctea, que abarcaba la bóveda celestial. El universo era tan bello que casi resultaba doloroso. Era bellísimo. Y sin embargo, al mismo tiempo, estaba lleno de fealdad. En parte procedía de las inexorables exigencias de la entropía, pero también de la crueldad que parecía innata en todos los seres sintientes. Y nada de todo ello tenía sentido. Todo era un glorioso y horrible sinsentido, capaz de inspirar tanto desesperanza como espiritualidad.

El ejemplo perfecto: mientras ella estaba contemplando la galaxia y deleitándose con su esplendor, otra de las naves pesadilla apareció ante ella, un tumor carmesí en forma de torpedo. Aquella nave emitía una vaga pulsión, una afinidad que atraía la carne hacia la carne, como si un cable le saliera del ombligo y tirara de ella, como si tirara de la esencia misma de su ser.

Una nueva sensación se apoderó de Kira: la determinación. Y con ella, la tristeza. Porque ahora lo entendía: ahora tenía delante una elección que antes no había tenido. Podía permitir que los acontecimientos siguieran su curso desenfrenado… o podía desencajarlos y obligarlos a adoptar un nuevo patrón.

En realidad, no había nada que decidir.

Comerse el camino. Eso era lo que iba a hacer. Se comería el camino y sobrepasaría la más estricta necesidad. No era lo que ella deseaba, pero sus deseos habían dejado de importar. Con ese acto, no solamente ayudaría a la Séptima, sino también a sus amigos, a su familia y a toda su especie.

No había nada que decidir.

Si ella y la tripulación de la Wallfish no iban a sobrevivir, al menos intentaría impedir que las Fauces se propagaran. Ahora eso era lo único importante. Abandonada a su suerte, la simiente corrupta se extendería por toda la galaxia en un abrir y cerrar de ojos cósmicos, y las medusas y los humanos no podrían hacer prácticamente nada por impedirlo.

Había también cierta belleza en su decisión: una simetría que le resultaba atractiva. De un solo golpe, resolvería todo el problema de su propia existencia, un problema que la atormentaba no solo a ella, sino a todo el espacio colonizado desde que se había topado con aquella sala oculta en Adrastea. La simiente le había enseñado cuál era su verdadero propósito, y ahora Kira entendía también cuál era el suyo. Y las dos mitades de su ser estaban de acuerdo.

—Gregorovich —dijo, y el sonido de su propia voz la sobresaltó en el silencio del vacío—. Todavía os quedaba un obús Casaba, ¿verdad?

MUTIS V

★　★　★　★　★　★　★

1.

Kira —dijo Falconi—. *¿Qué está pasando? No te vemos en nuestras pantallas*.

—¿Habéis llegado a la Wallfish?

De milagro. ¿Qué...?.

—Necesito un obús Casaba.

¿Para qué? Tenemos que largarnos de aquí antes de que las putas pesadillas nos hagan pedazos. Si volamos directos hacia el límite de Markov, es posible que lleguemos a tiempo de....

—No —dijo Kira en voz baja—. Las pesadillas son más rápidas que nosotros, lo sabes tan bien como yo. Envíame el obús. Creo que sé cómo detener a las Fauces.

¡¿Cómo?!.

—¿Confías en mí?

Hubo un momento de vacilación.

Confío en ti. Pero no quiero que te maten.

—No tenemos muchas opciones, Salvo... Pásame esa bomba. Deprisa.

Falconi guardó silencio, y Kira empezó a preguntarse si iba a negarse. Finalmente:

Obús Casaba lanzado. Va a detenerse a medio kilómetro del lado oscuro de la Hierofante. ¿Podrás llegar hasta él?.

—Creo que sí.

Bien. Si te posicionas con los pies hacia popa, mirando en sentido contrario a la Hierofante, verás el obús a tus siete. Gregorovich lo está iluminando con un láser de focalización. Deberías verlo claramente con tus infrarrojos.

Kira escudriñó la oscuridad. Divisó un pequeño punto brillante y solitario en medio del vacío. Parecía estar lo bastante cerca para tocarlo, pero no se engañó. Siempre resultaba difícil calcular las distancias sin puntos de referencia.

—Lo veo —dijo Kira—. Voy para allá. —Mientras hablaba, el filo dúctil empezó a propulsarla hacia la bomba latente.

Genial. ¿Te importa explicarme qué planeas exactamente? Por favor, dime que no es lo que creo que es.

—Espera.

¡¿Que espere?! Venga ya, Kira, ¿qué...?.

—Necesito concentrarme. Dame un minuto.

Falconi gruñó y dejó de incordiarla.

«Más deprisa. ¡Más deprisa!», murmuró Kira para sí, animando al filo dúctil. Sabía que tenía poco tiempo antes de que las pesadillas se acercaran a investigar. Tenía que alcanzar el obús Casaba antes que ellas...

El misil fue aumentando de tamaño ante sus ojos: un grueso cilindro de morro bulboso y letras rojas en el lateral. Su motor principal estaba apagado, pero la tobera del cohete todavía resplandecía por el calor residual.

Chocó de lleno contra el obús y el aire se le escapó del pecho ruidosamente. Se abrazó a él con fuerza. El tubo era demasiado grueso para que sus dedos se tocaran al otro lado. El impacto los lanzó por el espacio, pero la simiente los estabilizó enseguida.

Por el rabillo del ojo, Kira vio que la nave pesadilla que antes se aproximaba a la Hierofante ahora venía a por ella, y muy deprisa.

Oyó la voz de Falconi en su oído:

Kira....

—La veo.

Podemos....

—Quedaos donde estáis. No intervengáis.

Su mente trabajó a toda velocidad mientras envolvía el obús Casaba con el traje, hundiendo incontables fibras en la carcasa exterior. Palpó los cables, interruptores y estructuras diversas que componían la bomba. Y sintió el calor del plutonio almacenado, el cálido baño de su radiación. Se alimentó de él.

Tenía que impedir que las pesadillas la detuvieran. Si intentaba luchar, la entretendrían y traerían refuerzos. Además, recordaba que había entrado en trance al tocar a una sola pesadilla durante su huida de Gamus. No podía arriesgarse a que se repitiera algo así. No hasta que estuviera frente a las Fauces.

La luz penetrante de los retrocohetes de la nave pesadilla la iluminó cuando el vehículo se detuvo en paralelo a ella, a unas docenas de metros. A esa distancia, distinguía las venas que palpitaban bajo su descarnado exterior. El solo hecho de *contemplar* aquel vehículo la obligaba a esbozar una mueca de compasión y dolor.

Un pensamiento se revolvió en su interior, un pensamiento que no le pertenecía: *lo que se oye puede ser respondido*. Y recordó cómo el traje había contestado a la llamada al subir a la nave medusa de 61 Cygni. Más recuerdos la abordaron entonces, transportándola a otra época, a otro lugar, a una parte de la galaxia muy lejana y ya olvidada, donde había sentido la llamada de sus amos y había respondido adecuadamente. Como dictaba su deber.

Entonces Kira supo qué hacer.

Reunió sus fuerzas y, a través de la simiente, envió un mensaje a las pesadillas y a las Fauces que las habían creado, impulsando su señal con toda la fuerza de que disponía: *¡Atrás! Te entregaré lo que quieres. Deja ir a mis amigos y yo iré a tu encuentro. Lo prometo.*

2.

La nave pesadilla que volaba a su lado no respondió de palabra ni de obra, pero tampoco la atacó ni la persiguió cuando Kira empezó a alejarse de la Hierofante Curtido.

Recibió la respuesta un momento después: una transmisión que no contenía nada más que un aullido incoherente y salvaje, un grito lastimero de dolor, ira, hambre y ansia. Sintió un escalofrío al reconocer el sonido de las Fauces.

La simiente le permitió identificar la fuente de la transmisión. Actuando en contra de todos los instintos de su cuerpo, Kira viró hacia el origen de la señal e incrementó la propulsión.

¡Kira! —dijo Falconi, con voz firme—. *¿Qué has hecho?*.

—Les he dicho a las Fauces que voy a reunirme con ellas.

... ¿Y esa cosa se lo ha creído?.

—Lo bastante para dejarme pasar.

Entonces Tschetter tomó la palabra; Kira ni siquiera se había dado cuenta hasta ahora de que la mayor los estaba escuchando:

Navárez, no podemos permitir que los corruptos se apoderen del Idealis. Dé media vuelta.

—Ya tienen el Idealis —replicó Kira—. O al menos una parte. —Parpadeó, pero la mascarilla que le cubría el rostro absorbía sus lágrimas—. Salvo, explícaselo tú. Tenemos que impedir que las pesadillas... que los corruptos se propaguen. Si consigo detener a las Fauces, deberíamos tener una oportunidad. *Todos* nosotros, humanos y medusas.

¡Gah! —exclamó Falconi con frustración—. *No puede ser la única opción. Tiene que haber una alternativa mejor*.

Nielsen también se unió a la conversación. Kira se alegró de volver a oír su voz.

Kira, no deberías tener que sacrificarte para salvarnos a nosotros.

Se rio entre dientes.

—Ya, qué me vas a contar.

No vamos a poder disuadirte, ¿verdad? —musitó Falconi. Kira se lo imaginaba con el ceño fruncido de irritación.

—Si tenéis alguna otra idea, estoy abierta a sugerencias.

Sácate del trasero otro de tus trucos increíbles y mata a todas las pesadillas.

—Mi trasero es increíble, pero no tanto.

Pues yo creo que sí.

—Ja, muy gracioso. ¿No lo entendéis? Este es el truco increíble. Voy a romper el patrón; voy a reiniciar la ecuación. Si no lo hago, todos sufriremos las consecuencias. No es culpa vuestra; no podíais impedirlo. Nadie podía impedirlo. Creo que fue inevitable desde el momento en que toqué el traje, en Adra.

¿Dices que estabas predestinada? No seas pesimista... ¿Estás segura?.

—Ahora ya no os disparan, ¿verdad?

No.

—Entonces, estoy segura.

Falconi suspiró, y Kira percibió su cansancio. Se lo imaginó en la sala de control de la Wallfish, flotando delante de la holopantalla, con la armadura manchada de icor y sangre. Sintió una punzada de dolor. Ahora mismo, abandonar a Falconi y a su tripulación era más doloroso que abandonar a su familia. Falconi y los demás eran algo presente, inmediato; su familia le parecía lejana y abstracta: vagos espectros de los que ya se había despedido hacía mucho.

Kira... —dijo Falconi, con la voz teñida de dolor.

—Esto es lo que tiene que ocurrir. Saca la Wallfish de aquí mientras puedas. Las pesadillas no deberían molestaros. Vamos, date prisa.

Se hizo un largo silencio; casi podía oír a Falconi discutiendo con Nielsen y Tschetter. Finalmente respondió a regañadientes, con voz tensa:

Recibido.

—Y me tenéis que explicar cómo se detona este obús.

El siguiente silencio fue todavía más largo.

Gregorovich dice que hay un panel de acceso en el lateral. Dentro debería haber un teclado. El código de activación es delta-siete-épsilon-gamma-gamma....

—Kira se concentró para memorizar la retahíla de comandos—. *Después de introducirlo, tendrás diez segundos para salir de la zona*.

Pero Kira no iba a salir de la zona, y Falconi lo sabía tan bien como ella. Intentaría alejarse, desde luego, pero no se hacía ilusiones sobre la capacidad de la simiente para escapar de una explosión nuclear.

Se concentró en fusionar la simiente con el misil, entretejiendo ambos hasta que le costó distinguir dónde terminaba el organismo y dónde empezaba el obús Casaba. Se introdujo en la bomba hasta tal punto que sentía todas sus partes, desde las microsoldaduras de la campana del cohete hasta las imperfecciones del recipiente del plutonio. Fue muy minuciosa, y cuando terminó, estaba convencida de que incluso a las Fauces les costaría distinguir la simiente de la bomba.

Entonces buscó a las Fauces. Todavía estaba demasiado lejos para verlas a simple vista, pero sentía su presencia, como una tormenta fraguándose en el horizonte, a punto de descargar un aguacero.

La distancia entre ellos disminuía velozmente, pero no lo suficiente para su gusto. No quería dar a las Fauces la oportunidad de cambiar de opinión. La simiente ya la impulsaba tan deprisa como podía, pero Kira no llevaba propelente, así que su propulsión era limitada.

¿Qué más podía hacer?

Cuando se le ocurrió la respuesta, esbozó una sonrisa.

Se concentró en la imagen que había creado (en la imagen y en la idea) e hizo lo posible por mantenerlas en su mente mientras se las transmitía a la simiente.

El xeno captó su intención casi de inmediato, y respondió con una rapidez de lo más satisfactoria.

Cuatro costillas negras, curvas y delgadas brotaron desde la corona del obús Casaba y se extendieron, formando una gran X. Las costillas se afinaban a medida que crecían, haciéndose cada vez más delgadas, hasta volverse invisibles. Kira las sentía como si fueran unos dedos extendidos cuyas puntas estaban separadas por treinta metros, cuarenta… y la distancia seguía aumentando.

Empezando por la base de cada costilla, empezó a formarse una membrana espejada, delgada como una pompa de jabón y lisa como un estanque de aguas tranquilas. La membrana fluyó hacia el exterior, uniendo cada costilla curvada con sus vecinas hasta alcanzar el extremo más alejado. Kira se vio a sí misma en el reflejo: un pequeño bulto negro aferrado al costado del obús Casaba, un ser anónimo y sin rostro sobre la pálida inmensidad de la galaxia.

Kira levantó la mano derecha y saludó. La imagen de su reflejo la divertía. La situación era tan extravagante y absurda que se echó a reír. ¿Qué otra cosa podía hacer? El humor era la única respuesta apropiada para alguien que se había adherido a una bomba nuclear y acababa de moldear unas velas solares.

Las velas siguieron expandiéndose. Su masa era insignificante, pero Kira parecía una enana a su lado, una diminuta vaina suspendida en el centro de unas alas plateadas, un potencial rodeado de realidad. Una simiente sin plantar, flotando a la deriva.

Giró despacio, con cuidado, hasta que las velas captaron la luz del sol, que se reflejó con un fulgor cegador. Sintió la presión de los fotones en la membrana, impulsándola hacia delante, alejándola del sol, de las naves y de los planetas y conduciéndola hacia la mancha oscura y rojiza de las Fauces. El viento solar no le proporcionaba una propulsión especialmente potente, pero Kira estaba segura de que había hecho todo lo posible por acelerar el vuelo.

Guau —dijo Falconi—. *No sabía que pudieras hacer eso*.

—Yo tampoco.

Es precioso.

—¿Puedes calcular cuánto tardaré en llegar hasta las Fauces?

Catorce minutos; se acerca deprisa. Es un bicho enorme, Kira. Más grande que la Hierofante.

—Lo sé. —Se hizo el silencio, y Kira percibió la frustración de Falconi, que se contenía para no decirle lo que quería decir de verdad—. No pasa nada.

Falconi gruñó.

Claro que pasa, pero no podemos hacer nada al respecto... Espera, el almirante Klein quiere hablar contigo. Te lo paso....

Oyó un *clic*, y de pronto la voz del almirante le habló al oído con toda claridad:

Tschetter me ha explicado lo que intenta hacer. También me ha explicado el origen de las Fauces. Es usted una valiente, Navárez. Parece que ninguna de nuestras naves puede hacer nada contra las Fauces, así que ahora mismo usted es nuestra mejor opción. Si lo consigue, es posible que tengamos una oportunidad de vencer a las pesadillas.

—Esa es la idea.

Bien dicho. He enviado cuatro cruceros en su dirección, pero no llegarán antes de que usted haya establecido contacto con las Fauces. Si tiene éxito, le ayudarán a hacer limpieza, además de ofrecerle asistencia si la necesita.

Si la necesita. Porque seguramente no iba a necesitarla.

—Almirante Klein, si no le importa, quiero pedirle un favor.

Adelante.

—Si la Séptima sobrevive, ¿se encargará de que retiren los cargos contra la tripulación de la Wallfish?

No puedo garantizarle nada, Navárez, pero hablaré en su favor en el paquedrón que vamos a enviar. Teniendo en cuenta lo que han hecho en Cordova, creo que su marcha no autorizada de la estación Orsted podrá pasarse por alto.

—Gracias.

Se oyó una explosión.

Tengo que dejarla. Buena suerte, Navárez. Cambio y corto.

—Recibido.

El auricular de Kira quedó en silencio, y durante un rato nadie más se comunicó con ella. Se sintió tentada de llamar a Falconi o a Gregorovich, pero se contuvo. Por muchas ganas que tuviera de hablar con alguien, quien fuera, ahora mismo necesitaba concentración.

3.

Los catorce minutos transcurrieron sorprendentemente deprisa. A sus espaldas, Kira veía los destellos de la batalla ininterrumpida entre las pesadillas y las fuerzas combinadas de humanos y medusas. Las flotas defensoras estaban atrincheradas alrededor de las dos lunas de R1, y utilizaban los rocosos planetoides como cobertura mientras intentaban rechazar las hordas de naves carmesíes, sin éxito.

Las Fauces se hicieron visibles mucho antes de que se cumpliera el plazo de catorce minutos: primero aparecieron como una estrella de color rojo apagado sobre el telón de terciopelo del espacio. La estrella se fue hinchando hasta convertirse en un tumor dendrítico y nudoso, en cuyos bordes se extendía un bosque enmarañado de brazos, patas y tentáculos tan apretados que parecían cilios. Muchos de aquellos miembros individuales eran mayores que el propio Ctein. Aquellos enormes troncos de carne deforme, de docenas o incluso cientos de metros de longitud, deberían haber quedado aplastados bajo su propia masa. Y enterrada entre ellos, como una úlcera supurante y abierta de par en par, estaba la boca de las Fauces: una rendija de piel, tensada en torno a un pico rugoso que, al abrirse, dejaba al descubierto hileras e hileras de dientes torcidos (dientes blancos y siniestramente humanos) que daban paso a una garganta convulsa y nauseabunda.

Más que una nave, las Fauces eran una isla de carne que flotaba por el espacio. Una tumorosa montaña de dolor, rebosante de rabia.

Kira se retrajo en sí misma mientras contemplaba la abominación que ella misma había creado con sus actos. ¿Cómo se le había podido ocurrir que ella podría matar a las Fauces? En comparación, incluso el obús Casaba le parecía insuficiente, irrisorio.

Pero ya no había vuelta atrás. El rumbo estaba trazado; las Fauces y Kira iban a chocar, y no había nada en todo el universo capaz de impedirlo.

Se sentía increíblemente pequeña y asustada. Su fin se encontraba frente a ella, y no había forma de escapar.

—Mierda —susurró, temblando tanto que se le agarrotaron las piernas—. Deseadme suerte —dijo entonces en voz alta, para que la oyeran.

Tras unos segundos de retraso, Sparrow dijo:

Dale duro, corazón.

¡A luchar! —exclamó Hwa-jung.

Puedes hacerlo —la tranquilizó Nielsen.

Rezo por usted, Srta. Kira —añadió Vishal.

Sé una fastidiosa piedra en su zapato, oh engorroso saco de carne —dijo Gregorovich.

Que sea grande no significa que no puedas matarlo —le aseguró Falconi—. *Dale donde más le duela y será pan comido... Todos estamos contigo, Kira. Buena suerte*.

—Gracias —contestó Kira de corazón, con cada átomo de su ser.

Falconi estaba en lo cierto, y ese había sido el plan de Kira desde el principio. Si destruía un solo pedazo de las Fauces, no detendría a la criatura. Al igual que la simiente, era capaz de regenerarse, y aparentemente sin límites. No, la única forma segura de detener a las Fauces sería destruir la inteligencia que las dirigía, la corrompida unión entre los cuerpos heridos del doctor Carr y la medusa Qwon. En un desatinado intento de curarlos a ambos, el xeno había fusionado sus dos cerebros, cosiéndolos para crear una única mente malformada. Si conseguía llegar hasta ese cerebro, ese amasijo de materia gris atormentada, Kira creía poder enmendar su error y acabar con las Fauces.

Pero no sería fácil. Nada fácil.

«Que Thule me guíe», susurró, deshaciendo las velas solares para que la simiente formara un caparazón pequeño y duro alrededor de su cuerpo y del misil.

El infernal paisaje de carne de las Fauces flotaba ante ella. Kira no tenía ni idea de dónde se encontraría exactamente el cerebro que buscaba, pero supuso que estaría cerca del centro de aquella carne invasiva. Tal vez se equivocara, pero no se le ocurría un lugar mejor que atacar. Tenía que jugársela.

Varios de los tentáculos más grandes se alzaron desde el cuerpo de las Fauces y se extendieron hacia ella con lo que parecía una exasperante lentitud, pero que en realidad, dado su tamaño, era una velocidad pasmosa.

«¡Mierda!».

Kira obligó a la simiente a variar la trayectoria y realizar un derrape lateral que le permitió colarse entre los tentáculos. Miles de miembros más pequeños se agitaban por debajo, tratando inútilmente de atraparla.

Si lo conseguían, Kira sabía que la harían trizas, por mucho que la simiente intentara mantenerla a salvo.

Una nube de yuxtolor la abrumó, y estuvo a punto de vomitar ante aquel hedor a muerte y putrefacción que expresaba su deseo cruel y ansioso de alimentarse de su carne.

La ira empezó a apoderarse de ella. Ni de puta broma iba a dejar que aquel tumor descomunal se saliera con la suya y la devorara. No sin provocarle una buena indigestión.

Más adelante, de la superficie de las Fauces empezaron a brotar, como ásperas cerdas, unos zarcillos negros similares a los de la simiente. Pero estos eran gruesos como troncos de árbol y estaban dotados de púas afiladas.

¡*A la izquierda!* Con un acelerón de sus propulsores, el xeno la hizo descender lateralmente, alejándola de los zarcillos lacerantes.

Estaba acercándose al centro de las Fauces. Unos segundos más…

El gigantesco pico negro asomó justo a su lado, saliendo de entre el bosque de miembros convulsos y las montañas de carne supurante, chasqueando, mordiendo y (estaba segura) rugiendo de muda frustración. Su boca abierta escupió nubes de saliva congelada.

Kira soltó un grito y la simiente le ofreció un último empuje, lanzándose directa hacia la superficie trémula, sanguinolenta y purulenta de las Fauces.

«¡A ver si te gusta esto!», murmuró con los dientes apretados.

Pero en el último segundo, justo antes de golpear, sus pensamientos fueron más de súplica que de desafío. *Por favor*. Por favor, que su plan funcionara. Por favor, que expiara sus pecados y detuviera a las Fauces. Por favor, que su vida no hubiera sido en vano. Por favor, que sus amigos sobrevivieran.

Por favor.

4.

En el mismo instante en que la simiente tocó a las Fauces, un aullido rabioso invadió la mente de Kira. Era más fuerte que cualquier huracán, más fuerte que un motor cohete, y le sacudía dolorosamente el cráneo.

La fuerza de la colisión fue mayor que ninguna aceleración de emergencia que hubiera sentido antes. Se le enrojeció la visión, y sus articulaciones protestaron cuando los huesos chocaron unos contra otros, exprimiéndole los fluidos, los tendones y los cartílagos.

No sabía a qué profundidad se encontraban ahora ella y el obús Casaba, pero sabía que no era suficiente. Necesitaba estar más cerca del oculto núcleo de las Fauces antes de detonar el misil.

Kira no esperó a que la atacaran, sino que tomó la iniciativa, dejando a la simiente más libre que nunca. Las Fauces estaban furiosas. Pero ella también. Kira dio rienda suelta a su rabia, vertiendo hasta la última gota de miedo, frustración y dolor en su ataque.

El xeno respondió del mismo modo, cortando la carne que rodeaba como una sierra circular, enterrándose en ella. Los chorros de sangre caliente la salpicaban, y el aullido que oía en su mente se preñó de dolor y de pánico.

Entonces la carne se tensó, aplastándola con una fuerza imparable. Kira se resistió, y si las Fauces hubieran estado hechas únicamente de carne, tal vez habría vencido. Pero no era así. Aquel tejido canceroso también contenía la misma sustancia de la que estaba hecha la simiente: un entramado de fibras negras, duras como el diamante, que se movían y se propagaban inexorablemente, cortando, arrastrando y constriñendo.

Cuando los dos xenos se tocaron, lucharon ferozmente. Al principio ninguno parecía tener ventaja, pues sus habilidades estaban a la par, pero entonces Kira percibió, alarmada, que su segunda piel empezaba a disolverse bajo los hilos atacantes.

La alarma dio paso al horror cuando comprendió que los xenos *querían* fusionarse. Para la simiente, no había diferencia sustancial entre la parte que estaba unida a ella y la parte que estaba unida a las Fauces. Eran dos mitades de un mismo organismo, y anhelaban volver a estar juntas.

Kira gritó de frustración mientras la superficie exterior de la simiente continuaba fundiéndose con las Fauces, haciendo desaparecer cualquier atisbo de control. Y entonces una descarga le atenazó todo el cuerpo y empezó a sufrir convulsiones, sintiendo que mil cables eléctricos acababan de tocarla. Se le llenó la boca de sangre caliente y metálica.

Un torrente de información sensorial le recorrió los nervios, y por un momento perdió toda consciencia de dónde estaba.

Ahora podía *sentir* a las Fauces, igual que sentía su propio cuerpo. Una montaña de carne amontonada, que palpitaba por el dolor agónico de los nervios expuestos, además del tormento de tantos miembros, músculos y órganos amalgamados sin orden ni concierto. Las partes humana y medusa habían sido injertadas unas sobre otras sin prestar la menor atención a su estructura o su función. El icor rezumaba por unas venas diseñadas para contener sangre; por el contrario, la sangre chorreaba por unos tejidos porosos como esponjas, solo aptos para secreciones más espesas; los huesos rozaban y rascaban tendones, cartílagos y otros huesos; los tentáculos aplastaban los intestinos desubicados, y todo el conjunto temblaba con el equivalente físico de un alarido.

Sin las fibras del xeno entremezcladas con las Fauces, ofreciéndoles trabazón y sustento, aquella abominación habría muerto en cuestión de minutos o incluso segundos.

El dolor iba acompañado por un hambre acuciante, un primitivo deseo de alimentarse, crecer y propagarse infinitamente. Era como si los protocolos de seguridad integrados en la simiente hubieran sido olvidados, dejando tan solo el deseo de expansión. También había cierto regocijo sádico en las emociones de las Fauces, aunque eso no sorprendía a Kira. El egoísmo era más esencial que el altruismo. Pero lo que no esperaba percibir era la confusión infantil y errática que la acompañaba. La inteligencia nacida de las mentes fusionadas de Carr y Qwon parecía incapaz de comprender sus circunstancias. Lo único que conocía era su propio sufrimiento, su odio y su deseo de multiplicarse hasta cubrir cada centímetro de cada planeta y asteroide del universo, hasta que su prole colmara cada estrella del cielo, y cada rayo de luz fuera absorbido por la *vida*, la vida, la VIDA que había germinado de sus deformes entrañas.

Eso era lo que deseaba. Lo que necesitaba.

Kira lanzó un grito hacia la oscuridad mientras luchaba contra las Fauces, mientras luchaba contra ellas en cuerpo, alma y simiente. Opuso su propia rabia y su odio contra el monstruo, haciendo estragos en la carne que la aplastaba con toda la fuerza de su desesperado deseo, debatiéndose como un animal atrapado entre las mandíbulas de un depredador.

Sus intentos no lograron nada. Ante las Fauces, la rabia de Kira era el calor de una vela frente a un volcán. Su odio era un grito perdido en una tempestad.

El insondable poderío de las Fauces la confinaba. La constreñía. La cegaba. Contrarrestaba cada uno de sus esfuerzos. Igualaba y sobrepasaba con creces su fuerza. La simiente se derretía a su alrededor, disipándose átomo tras átomo mientras se unía a las Fauces. Y cuanto más luchaba, más deprisa notaba que el xeno se le escabullía.

Cuando las Fauces se aproximaron a su piel desnuda (a su verdadera piel, no a la de la simiente), Kira se dio cuenta de que se le había agotado el tiempo. Si no actuaba, si no actuaba *ya*, todo lo que había hecho sería en vano.

De nuevo presa del pánico, buscó los controles del obús Casaba con lo que quedaba de la simiente. *Ahí*. Notó el contorno duro y cuadrado de los botones bajo los zarcillos del xeno.

Kira empezó a introducir el código de activación.

Y entonces… perdió sus zarcillos. Se quedaron flácidos y fluyeron como un riachuelo hacia la invasiva oscuridad. La carne se reunió con la carne, y con ella su única esperanza de salvación.

Había fracasado. Total y absolutamente. Y le había entregado a su mayor enemigo lo que tal vez fuera la única esperanza de victoria para la humanidad.

La rabia de Kira se recrudeció, pero era una rabia fútil y desesperada. Entonces, las últimas moléculas del xeno quedaron sublimadas, y la masa sofocante, sanguinolenta y ávida de las Fauces cayó sobre ella.

5.

Kira gritó.

Las fibras de las Fauces la estaban haciendo pedazos. Piel, músculos, órganos, huesos… todo su cuerpo estaba siendo despedazado, triturado como si fuera un trapo.

La simiente todavía seguía impregnándola, y finalmente empezó a resistirse de verdad a las Fauces, intentando protegerla al mismo tiempo que se fundía con su carne perdida. Pero los dos impulsos eran contradictorios, e incluso si la simiente se hubiera centrado únicamente en defender a Kira, quedaba muy poca masa para resistir el poder de las Fauces.

Su impotencia era total. Y también su derrota. La agonía abrumadora que sentían tanto ella como las Fauces palidecía en comparación con esa impotencia. Habría podido soportar cualquier dolor imaginable por una causa justificada, pero la derrota hacía que la ofensa contra su carne fuera mil veces peor.

Era un error. Todo era un error. La muerte de Alan y sus compañeros de equipo, el ataque a la Circunstancias Atenuantes y la creación de las Fauces, los miles y miles de seres sintientes (humanos, medusas y pesadillas) que habían muerto en aquellos diez meses y medio de combate. Tanto dolor y sufrimiento... ¿y para qué? *Un error.* Y lo peor de todo era que el patrón de la simiente iba a terminar tan retorcido y pervertido que su legado (y por extensión también el de Kira) sería un legado de destrucción, muerte y sufrimiento.

La ira se convirtió en congoja. Apenas quedaba nada de Kira. No sabía cuánto tiempo se mantendría consciente. Unos segundos. Quizá menos.

Recordó a Falconi y la noche que habían pasado juntos. El sabor salado de su piel. La sensación de sus cuerpos apretados. Su calor dentro de ella. Esos momentos habían sido la última experiencia normal e íntima que compartiría con otra persona.

Recordó los músculos de su espalda flexionándose, y detrás de él, en el escritorio, el nudoso bonsái, el único resto de verdor de la Wallfish. Pero en realidad no estaba allí, ¿verdad?

Verdor. Se acordó de los huertos de Weyland, tan llenos de vida, una vida tan fragante, frágil y preciosa que no podía describirse.

Y entonces, en el momento final, Kira se rindió. Aceptó su derrota y se desprendió de su rabia. Ya no tenía sentido luchar. Además, entendía el dolor de las Fauces y los motivos de su ira. En el fondo, no eran tan distintos de los suyos.

De haber podido llorar, lo habría hecho. Y en el límite mismo de su existencia, una ola de calidez bañó a Kira, una calidez relajante y purgadora, de una pureza catártica y transformadora.

Te perdono. Y en vez de rechazar a las Fauces, las aceptó, abriéndose para acogerlas en su seno.

Un cambio...

Cuando las fibras de las Fauces la tocaron, desmantelando su carne inexorablemente, hubo una pausa en su movimiento. Un cese de actividad. Y entonces Kira sintió algo muy extraño: en vez de que la simiente fluyera hacia las Fauces, ahora eran las Fauces las que empezaban a fluir hacia la simiente, uniéndose a ella, *transformándose* en ella.

Kira aceptó el influjo de material, atrayéndolo hacia su seno como si se tratara de un bebé. Su dolor remitió, y también el del tejido que empezaba a dominar. A medida que su alcance aumentaba, su sentido de la identidad se expandió como un abanico, abarcando una consciencia recién descubierta, como si un paisaje se desplegara ante ella.

La ira de las Fauces no dejaba de crecer. La abominación era consciente del cambio, y su furia no conocía límites. La golpeó con toda la fuerza y el poder que contenía su cuerpo contrahecho, aplastándola, estrujándola, retorciéndola, cortándola.

Pero cuando las fibras fractales de las Fauces se cerraban en torno suyo, inmediatamente se relajaban y se fundían con la simiente, rindiéndose a la influencia de Kira.

El aullido que profería la mente torturada de las Fauces era de una potencia apocalíptica; una nova de rabia pura y desatada que explotaba desde su núcleo. La criatura se sacudió como si sufriera convulsiones, pero ni con toda su cólera logró detener ni ralentizar el avance de Kira.

Porque ella no luchaba contra la pesadilla, ya no; le estaba permitiendo ser aquello que era, estaba reconociendo su existencia y el papel que había jugado ella en su creación. Y al hacerlo, estaba curando la carne agonizante de las Fauces.

A medida que crecía, Kira sentía que ella se iba diluyendo más y más, disolviéndose en la masa creciente de la simiente. Pero esta vez no se contuvo. Dejarse llevar era la única forma de vencer a las Fauces, así que se dejó llevar por completo.

Una singular claridad consumió la consciencia de Kira. Ahora ya no habría sabido decir quién era ni cómo había llegado a existir, pero podía *sentir* todo. La presión de la carne de las Fauces, el brillo de las estrellas, las nubes de yuxtolor que flotaban a su alrededor. Y envolviéndolo todo, los bucles de radiación violeta que palpitaban con vida propia.

La mente de las Fauces se debatía y luchaba con frenesí, mientras la simiente se cernía sobre ellas y se enterraba entre los pliegues de su carne sanguinolenta. Ahora la mayor parte de aquella montaña de carne le pertenecía a Kira, que dedicó tanta energía a aliviar sus numerosos dolores como a localizar y aislar su cerebro.

Podía sentir la proximidad de la consciencia corrupta de Carr y de Qwon, dominada por la frustración. Kira sabía que, si le daba la oportunidad, su demencia volvería a resurgir y seguiría propagando el sufrimiento por toda la galaxia.

Ni Kira ni la simiente podían permitirlo.

Allí. En medio de unas esquirlas de hueso había una carne más blanda, diferente del resto, una densa red de nervios que emanaban de la materia gris del interior. *Ahí.* Incluso a distancia, la fuerza de los pensamientos que contenía bastaba para que Kira (y la simiente) se echaran a temblar. Deseó poder unirse también a aquel montículo de tejido, igual que había hecho con Gregorovich, para poder sanarlo, pero la mente de las Fauces seguía siendo demasiado poderosa para ella. Corría el riesgo de volver a perder el control de la simiente.

No. La única solución era cortar por lo sano.

Moldeó una cuchilla de fibras sólidas, tomó impulso y…

Una señal la alcanzó desde uno de los planetas cercanos que orbitaban en torno a la tenue estrella azulada. Eran ondas electromagnéticas, pero las oía con la claridad de una voz: un chillido estridente, repleto de información encriptada.

En lo más profundo de su ser, una sacudida eléctrica recorrió los circuitos del obús Casaba, y una pieza interna del misil se movió con un golpe sordo y pesado. Y entonces supo con terrible certeza lo que estaba pasando:

Activación.

No había tiempo para escapar. No había tiempo.

Alan.

De la oscuridad, surgió la luz.

SEXTA PARTE

★ ★ ★ ★ ★ ★ ★ ★

QUIETUS

...

Yo he visto, colosales y modestos,
más prodigios de los que veréis jamás.
Estoy en paz; este es mi último aliento,
y sé que no podría pedir más.
Si escogí esta vida que he vivido,
fue por sobrepasar lo cotidiano.
Nuestra raza ansía el viaje;
buscar en el confín de las fronteras.
Y al arribar por fin a costas nuevas,
pronto se fijará distinta meta.
Para mí todo acabó: llegó el silencio.
Las fuerzas fallan,
y Sol ya es poco más que un mal destello.
Aguardo pues, como un vikingo
sobre su fiel navío.
No habrá piras ardientes para mí,
sino un inmenso mar de hielo y frío
por el que eternamente vagaré.
¿Qué reyes del pasado te dirán
que el suyo fue un entierro tan ilustre?
Un féretro de oscuro y gris metal,
inmerso en un tesoro de oro y joyas.
Ceñido está el arnés;
cruzo los brazos sobre el pecho,
dispuesto a aventurarme una vez más
en el ignoto cosmos. Feliz, pues dejo atrás
el reino del mortal y afronto el fin.
Y aquí habré de esperar para dormir,
dormir en un mar de estrellas.

—La costa más lejana, 41-70
Harrow Glantzer

CAPÍTULO I

★　★　★　★　★　★　★

COGNICIÓN

1.

Existía.

No sabía cómo, dónde ni en qué forma... pero existía. La falta de información no la incomodaba. Existía, y la existencia ya era en sí satisfactoria.

Sentía su consciencia débil, temblorosa, como si estuviera repartida por un área demasiado extensa. Se sentía insustancial, una neblina de cognición flotando sobre un mar oscurecido.

Y durante un tiempo, le bastó con eso.

Entonces notó que la membrana de su ser empezaba a condensarse, primero despacio, pero después con una velocidad cada vez mayor. Y en ese momento llegó la pregunta que daba pie a todas las demás: *¿por qué?*

Mientras su carne continuaba solidificándose, sus pensamientos también se fortalecían y se volvían más coherentes. Aun así, la confusión seguía reinando. ¿Qué estaba ocurriendo? ¿Acaso debía saberlo? ¿Dónde estaba? ¿La noción de «dónde» era real o imaginaria?

La conexión de los nervios le produjo una punzada de dolor tan hiriente como la luz que la iluminaba. Porque ahora había luz, una luz procedente de muchas fuentes: chispas frías sobre un fondo negro, y también una gran esfera de fuego que ardía sin cesar.

Se sucedieron nuevas descargas nerviosas, e incluso su pensamiento flaqueó ante aquella andanada de dolor. Y en todo momento continuó aumentando de tamaño. Aglomerándose. Materializándose.

Entonces percibió un recuerdo y, con él, el recuerdo de la memoria: *Estaba sentado en la clase de Anatomía de tercero, escuchando a la puta pseudointeligencia soltando una perorata sobre la estructura interna del páncreas. Miraba el cabello pelirrojo de la alumna sentada dos filas por delante de él...*

¿Qué significaba? ¿Qu...?

Más recuerdos: *Perseguía a Isthah entre las tomateras del invernadero contiguo a su casa domo... nadaba con sus coformas hacia la planicie abisal, rodeando las grandes lámpalgas con el pico bien abierto... discutía con su tío, que no quería que se alistara en la FAU, al mismo tiempo que hacía sus exámenes de ingreso en la corporación Lapsang y entraba en el Nido de Transferencia antes de asumir su nueva forma y pronunciar el juramento de lealtad a la luz de Épsilon Indi con la concertina formas veloces café doble sujeto verificación de cuatro fases yuxtolor herejía con las volutas de humo de...*

De haber tenido boca, ella/él/ello habría gritado. Todo sentido de la identidad se desvaneció bajo un tsunami de imágenes, olores, sabores y sensaciones. Nada tenía sentido, y cada elemento lo sentía como suyo, porque era suyo.

El miedo la/lo asfixió, y se revolvió erráticamente.

Entre los recuerdos, había un conjunto más lúcido y organizado que los demás: *vegetación mezclada con amor y soledad y largas noches de trabajo en planetas alienígenas...* Y ella/él/ello se aferró como si esos recuerdos fueran un salvavidas en medio de una tempestad. Y a partir de ese conjunto, intentó construir una identidad.

No fue fácil.

Entonces, en algún lugar de aquel aullante caos, emergió una sola palabra, y ella/él/ello la oyó con una voz que no era la suya:

«Kira».

... *Kira*. El nombre resonaba como una campana. Se envolvió en ese nombre, utilizándolo como armadura para defender su esencia, para concederse algún remedo de coherencia interna.

Sin esa coherencia, no era nadie. Tan solo una colección de instintos dispares, carentes de significado o propósito. Así que se aferró a ese nombre con dedos de hierro, intentando mantener algo parecido a la individualidad en medio de aquella locura continua. *Quién* era Kira no era una pregunta que pudiera responder aún, pero al menos ese nombre era un punto fijo en el que centrarse mientras intentaba averiguar cómo definirse exactamente.

2.

El tiempo avanzaba a trompicones, entrecortadamente. No sabía si estaban transcurriendo segundos o eones. Su carne continuaba expandiéndose, como si fuera la precipitación de una nube de vapor, acumulándose, arracimándose, *transformándose*.

Sentía extremidades y también órganos. Un calor abrasador interrumpido por adustas sombras de frío. Su piel reaccionó endureciéndose, formando una protección suficiente incluso para sus tejidos más delicados.

Su mirada permanecía casi siempre fija en su propio interior. Un coro de voces enfrentadas continuaba aullando en su mente, y cada fragmento estaba desesperado por dominar a los demás. A veces le parecía que en realidad se llamaba Carr. Otras veces, Qwon. Pero su sentido de la identidad siempre volvía a *Kira*. Esa era la única voz lo bastante potente para resistir a las demás, la única lo bastante reconfortante para tranquilizar sus aullidos desaforados y aplacar su turbación.

Siguió creciendo y creciendo hasta que ya no quedó material que añadir a su carne. Su tamaño estaba fijado, aunque podía cambiar su organización a voluntad, desplazar o remodelar a su antojo cualquier cosa que le pareciera errónea o desubicada.

Su mente empezó a apaciguarse, y la forma de las cosas empezó a cobrar sentido. Recordaba algo de su vida en Weyland, mucho tiempo atrás. Recordaba haber trabajado como xenobióloga, y haber conocido a Alan, su querido Alan. Y más tarde, haber encontrado la simiente en Adrastea. Y, sin embargo, también recordaba ser Carr. Julian Aldus Carr, médico de la MEFAU, hijo de dos padres no demasiado cariñosos y coleccionista acérrimo de nueces de berilo talladas. También recordaba ser el wranaui Qwon, leal sirviente del Nudo de Mentes, miembro del banco de ataque Hfarr y ávido devorador de los deliciosos *pfennic*. Pero los recuerdos de Carr y Qwon eran borrosos, incompletos, eclipsados por los recuerdos mucho más vívidos del tiempo que habían pasado unidos, dando forma a las Fauces devoradoras.

Un escalofrío recorrió su carne. Las Fauces… Con ese pensamiento, un nuevo torrente de información entró en su mente; dolor, rabia y la tortura de las expectativas insatisfechas.

¿Cómo era posible que siguieran vivos?

3.

Finalmente, empezó a prestar atención a su entorno.

Estaba suspendida en el vacío, aparentemente inmóvil. No veía escombros, gases, polvo ni resto de ninguna clase. Estaba sola.

Su cuerpo estaba oscuro y endurecido, como la superficie de un asteroide. Las fibras de la simiente la mantenían unida, pero ella era más que aquellas fibras; en su interior también había carne, carne blanda y vulnerable.

Los ojos que ya había desarrollado le permitieron ver las franjas de fuerza magnética de todo el sistema. También la neblina centelleante del viento solar. El sol que lo iluminaba todo era de un tenue color blanco azulado que le recordaba a… No sabía a qué, pero le resultaba familiar, nostálgico, aunque esa nostalgia no procedía de ella/Carr/Qwon, sino de la propia simiente.

Miró más allá.

Docenas de naves relucientes salpicaban el sistema. Creía reconocer algunas. Otras no, pero sí que conocía su clase: eran vehículos de los apresadores o las biformas... o la carne desubicada de las Fauces... que era la suya propia. Ella era responsable. Y vio cómo la carne de su carne había continuado atacando a las demás naves, sembrando el dolor, la muerte y la destrucción por todo el sistema.

No comprendía la situación, no del todo, pero sabía que aquello estaba mal. Así que llamó a sus hijos revoltosos, convocándolos a su lado para poner fin al conflicto.

Algunos obedecieron. Volaron hacia ella, dejando grandes estelas de llamas tras sus motores, y cuando llegaron, ella los abrazó con fuerza, alivió sus dolores, apaciguó sus mentes y devolvió su carne a donde correspondía. Porque ella era su madre, y cuidar de ellos era su deber.

Otros se rebelaron, y envió tras ellos partes de sí misma, para atraparlos, reprenderlos y traerlos de vuelta a donde ella los esperaba. No escapó ninguno. No odiaba a sus hijos por su mala conducta. No, más bien se compadecía de ellos y les cantaba mientras aliviaba sus miedos, su rabia y sus muchos dolores. Su agonía era tal que habría llorado de haber podido.

Mientras reunía a su descarriada prole, algunos de los apresadores y las biformas dispararon contra sus enviados, atacándolos con láseres, misiles y proyectiles sólidos. Eso habría desatado la ira de las Fauces, pero no la suya. Los ataques apenas la incomodaban, pues sabía que los apresadores y las biformas no sabían lo que hacían. Ella no les temía. Sus armas no podían hacer daño a aquello en lo que se había convertido.

Muchas de esas naves siguieron a las sobras de su carne mientras ella las absorbía, y tomaron posiciones delante de ella, suponiendo que estaban a una distancia segura. Se equivocaban, pero ella se guardó mucho de decirlo.

Cientos de señales emanaban de esas naves, todas orientadas hacia ella. Los haces electromagnéticos eran conos deslumbrantes de energía prismática que centelleaban en su visión, y los sonidos y la información que transportaban eran como el zumbido de un millar de mosquitos.

Aquello la distraía tanto que le costaba pensar. Irritada, pronunció una sola palabra, utilizando medios que entendieran todas las especies:

—Esperad.

Con eso, las señales cesaron, sumiéndola en un plácido silencio. Satisfecha, Kira volvió a centrar su atención en sí misma. Había muchas cosas que todavía no comprendía, muchas cosas que todavía necesitaba desentrañar.

4.

Fragmento a fragmento, fue ensamblando una imagen coherente de los acontecimientos recientes. Revivió la visita a Gamus. Revivió la evasión de la estación Orsted, el largo viaje hasta Cordova y la batalla subsiguiente.

El obús Casaba había explotado. De eso estaba segura. Y de algún modo, no sabía cómo, la simiente había rescatado de aquel infierno nuclear un resto de su consciencia, y también de las de Carr y Qwon.

Ella era... Kira Navárez. Pero también era mucho más que eso. Era en parte Carr, en parte Qwon y en parte simiente.

Porque una cerradura parecía haberse abierto dentro de su mente, y se daba cuenta de que ahora tenía acceso a un almacén de conocimiento... el conocimiento de la simiente. Conocimientos de la época de los Desaparecidos. Pero no era así como se llamaban a sí mismos. Ellos se hacían llamar... los Antiguos. Los que habían llegado antes.

En el proceso de salvarla, el xeno y ella por fin se habían integrado de manera absoluta. Pero había algo más, algo que ahora también comprendía: las habilidades de la simiente se dividían en niveles, y la mayor parte de esos niveles permanecían cerrados, inaccesibles hasta que el xeno alcanzara un tamaño determinado (que en aquel momento sobrepasaba con creces).

De modo que quien antes había sido solamente Kira ahora era muchísimo más, algo mucho más grande, suspendido en la negrura del espacio. Y pensó, reflexionó y contempló el sinfín de posibilidades que se extendían ante ella. El camino estaba enmarañado, pero sabía que el principio rector de la simiente la ayudaría a guiarse, porque también era el suyo: la vida era sagrada. Cada elemento de su código moral descansaba sobre ese principio fundamental. La vida era sagrada, y su deber consistía en protegerla y, cuando fuera razonable, propagarla.

Mientras cavilaba, se fijó en que las naves del sistema se iban separando: humanos a un lado y wranaui al otro. Y aunque continuaban apuntándola a ella con sus armas, también se apuntaban entre sí: dos flotas enfrentadas, con ella en medio. El alto al fuego era precario. Incluso tras la muerte del gran y poderoso Ctein, haría falta muy poco para volver a prender la chispa de la guerra. Lo único que había unido a las dos especies eran las Fauces, y ambas eran, en esencia, crueles, sanguinarias y expansionistas. Lo sabía muy bien por su vida como Kira, y también por su vida como el líder bancal Nmarhl.

Entonces, ella también se sintió responsable por la guerra. La parte de ella que era Carr y Qwon. La parte de ella que había sido las Fauces y su prole. La parte de ella que ahora flotaba en la órbita de la estrella cordovana.

Y sabía que sus desventurados retoños seguían vagando entre las estrellas, repartiendo terror, dolor y muerte entre humanos y wranaui. Y la parte de ella que era Kira temió por su familia. Y no era solo eso: recordaba el planeta que las Fauces habían infestado, una esfera entera de seres vivos, transformada al servicio de su desatinada carne. También había máquinas, naves y toda clase de peligrosos dispositivos.

Esa idea la turbaba.

Quería… la paz, en todas sus formas. Quería ofrecer el regalo de la vida, quería que tanto humanos como wranaui pudieran estar juntos y respirar un aire que oliera a vegetación y a bondad, y no a metal y a desdicha.

Entonces supo lo que tenía que hacer.

—Observad y no interfiráis —les dijo a las flotas expectantes.

Lo primero era lo más doloroso. Recurrió al conocimiento antes oculto de la simiente y transmitió una potente señal desde el sistema. No era un grito ni una súplica, sino una orden. Una orden asesina, dirigida a las creaciones de las Fauces. Al recibirla, las células de los corruptos se desbaratarían, deshaciendo sus cuerpos y reduciéndolos a los compuestos orgánicos que los conformaban. Lo que la simiente había hecho, también podía deshacerlo.

Era necesaria una purga, y no se le ocurría otra manera más rápida de detener la violencia y el sufrimiento. La tarea había recaído sobre ella, y no la eludiría por penosa que fuera.

Hecho esto, moldeó varios agentes con su carne y los envió hacia las naves dañadas que flotaban abandonadas en torno al planeta que habían estado minando los wranaui. Envió otras partes de sí misma a los cinturones de asteroides, con la misión de extraer los materiales que necesitaba.

Mientras los drones cumplían con su cometido, ella se puso a trabajar en el cuerpo principal de su carne, reestructurándola para adaptarla a su intención. Alrededor de su núcleo, formó una esfera blindada que serviría para proteger lo que quedaba de su cuerpo original. Desde allí, extrajo unos paneles negros y pulidos, diseñados para absorber cada rayo de sol que los tocara. Energía. Necesitaba energía si quería alcanzar su meta. La simiente tenía de sobra para sí misma, pero no para lo que ella tenía en mente.

¿Qué mente? En mente… Se rio para sus adentros, entonando una muda canción en el espacio.

Tras acceder a la reserva de conocimientos codificados de la simiente, empezó a fabricar las máquinas necesarias, construyéndolas desde el nivel atómico. Con la energía obtenida mediante los paneles, hizo nacer un sol ardiente en su interior: un reactor de fusión lo bastante grande como para impulsar el acorazado más grande de la FAU. Con la energía de la estrella artificial, empezó a manufacturar antimateria, mucha más de la que permitían las burdas técnicas de los humanos y los wranaui. Los Antiguos ya dominaban los métodos de producción de antimateria antes de que cualquiera de las dos especies hubiera nacido siquiera. Y usando la antimateria como combustible, construyó un motor de torsión modificado que le permitiera retorcer el tejido del universo y canalizar energía directamente desde el espacio superlumínico. Ahora comprendía que así era cómo obtenía su energía la simiente.

Mientras sus agentes tomaban posesión de las naves dañadas, a veces encontraban humanos o wranaui heridos y olvidados en los vehículos. Los heridos solían atacar, pero ella ignoró sus ataques y atendió sus heridas a pesar de sus protestas, antes de enviar a los abandonados tripulantes con sus semejantes, en cápsulas de escape de las propias naves o fabricadas por ella misma.

Cuando los drones regresaban acarreando naves y piedras, Kira devoraba los materiales que contenían, tal y como habrían hecho las Fauces, y los añadía a las estructuras que iban tomando forma a su alrededor.

Las expectantes flotas se ponían nerviosas al verla, y varias naves la deslumbraron con potentes señales, en un intento de hablar con ella.

—Esperad —repitió. Y eso hicieron, aunque tanto los humanos como los wranaui retrocedieron aún más, dejándole un amplio margen a su alrededor.

Ahora que tenía energía y masa de sobra, Kira dedicó todos sus esfuerzos a la construcción. La tarea no era únicamente mecánica; además de vigas, puntales y travesaños, permitió que la simiente creara cámaras especiales que llenó con un caldo primigenio: biorreactores térmicos que empezaron a producir los materiales vivientes que necesitaba para el producto final: maderas más resistentes que cualquier acero; semillas, brotes, huevos y mucho más; enredaderas que crecían, se adherían y transmitían la electricidad con la eficacia de un cable de cobre; superconductores fúngicos, y todo un ecosistema de flora y fauna extraídas de la vasta experiencia de la simiente, y que tanto esta como Kira creían que podrían convivir en armonía.

Avanzaba deprisa, pero sus esfuerzos llevaban tiempo. Transcurrieron los días. Las flotas seguían esperando y observando, mientras ella seguía construyendo.

De su núcleo central sacó cuatro enormes puntales que se extendieron hacia delante, hacia atrás, hacia la izquierda y hacia la derecha, formando una cruz con brazos de idéntica longitud. Prolongó la cruz, metro a metro, hasta que cada brazo tuvo tres kilómetros y medio de largo y la anchura necesaria para dejar pasar un crucero. Después, ordenó a la simiente que uniera los extremos de la cruz con un gran anillo ecuatorial, y del extremo de cada uno empezó a crecer una costilla hacia arriba y hacia abajo, curvándose como si abrazaran la superficie de un orbe invisible.

Para entonces, la simiente ya era tan grande que a Kira le costaba imaginarse confinada en un cuerpo del tamaño de un humano o un wranaui. Su consciencia abarcaba toda la estructura, y sentía cada una de sus secciones en todo momento. Algo parecido debían de sentir las mentes de a bordo. La sustancia de su ser se expandió para satisfacer las demandas del influjo sensorial, y esa expansión vino acompañada de un desarrollo de sus pensamientos que no había experimentado nunca.

La construcción continuaba, pero ya no estaba dispuesta a esperar. El tiempo apremiaba. Además, todos los que observaban ya podían ver qué era lo que estaba creando: una estación espacial mayor que ninguna construida por humanos o wranaui. Algunas partes eran de color gris metalizado, pero la mayoría era verde y roja, delatando el material orgánico que componía el grueso de la estación. Era un ser vivo, tan vivo como cualquier persona, y Kira sabía que continuaría creciendo y evolucionando durante décadas, si no siglos.

Pero, como todo jardín, necesitaba cuidados.

Centró su atención en varias cámaras cercanas a su núcleo, las aisló del vacío, las llenó de aire respirable tanto para humanos como para wranaui, las dotó de gravedad apta para ambas especies y las remató con un estilo que le pareció apropiado. Para ello, combinó elementos de diseño de los wranaui, de los Antiguos y de la parte de ella que era Kira, eligiendo lo que más se ajustaba a sus gustos.

A una orden suya, un par de agentes le trajeron el núcleo solidificado de lo que antes había sido Ctein. El gran y poderoso Ctein. A los wranaui no les importaría lo que le ocurriera (para ellos los cuerpos no significaban nada), pero a ella sí. Tomó sus restos ennegrecidos y volvió a moldear la sustancia de su carne, convirtiendo las columnas grisáceas en siete esquirlas de cristal reluciente y deslumbrante, de color blanco azulado. Colocó cada cristal en una cámara distinta, para que sirvieran como advertencia, como recordatorio y como símbolo de renacimiento.

Finalmente, rompió su silencio:

—Almirante Klein, líder bancal Lphet, deseo hablar con vosotros. Reuníos conmigo aquí. Falconi, tú también. Y... trae a Trig.

CAPÍTULO II

★ ★ ★ ★ ★ ★ ★

UNIDAD

1.

Kira contempló la llegada de las tres naves espaciales: la NFAU Fuerza Inexorable, la VSL Wallfish y una nave wranaui con marcas de la batalla, cuyo nombre traducido significaba «Raudas corrientes bajo olas silenciosas».

Cada nave era radicalmente distinta de las demás. La Fuerza Inexorable era larga y gruesa, con numerosos puntos de anclaje repartidos por el casco para sus láseres, lanzamisiles y cañones de riel. Estaba pintada de un color gris mate que contrastaba vivamente con los resplandecientes radiadores de diamante con tubos plateados. En comparación, la Wallfish era mucho más corta y pequeña, casi achaparrada, con su casco de color marrón, rayado y abollado por años de impactos de micrometeoros, y un gran agujero por el que los wranaui habían abordado una de las bodegas de carga. Al igual que el acorazado de la FAU, la Wallfish había desplegado las aletas de sus radiadores, muchas de las cuales estaban partidas. En último lugar llegó la nave wranaui, un orbe reluciente de color blanco perla, con una quemadura de bláster que mancillaba la blancura de su proa.

Las tres naves utilizaron sus propulsores de control de reacción para aminorar la velocidad al aproximarse a los muelles de atraque que Kira había construido. Sobre el telón de terciopelo, sus drones volaban en grupo, tan atareados como un enjambre de abejas. Kira prestaba tanta atención a sus drones como a los visitantes, pero no pudo evitar sentir un cosquilleo.

¿Era *inquietud*? Le sorprendía. A pesar de todo en lo que se había convertido, seguía preguntándose qué pensaría Falconi de ella.

Y no solo Falconi. Cuando la esclusa de la Wallfish se abrió, toda la tripulación bajó en tropel, incluida Nielsen (con las costillas vendadas) y Veera, la entropista. Traían el criotubo de Trig, instalado en un palé rodante. Kira se alegró de verlo.

De la Fuerza Inexorable descendió el almirante Klein... y con él una tropa de marines de la MEFAU con servoarmadura completa. Del mismo modo, un nutrido grupo de wranaui armados escoltaron a Lphet cuando el líder bancal abandonó su nave. Los apresadores emanaban yuxtolor de preocupación y curiosidad. Los acompañaba Itari, y también una humana: la mayor Tschetter, con la misma expresión inescrutable de siempre.

—Por aquí —dijo Kira, iluminando el pasillo por el que estaban entrando con una hilera de luces verde esmeralda.

Humanos y wranaui siguieron sus indicaciones. Kira los observaba desde las paredes, los suelos y el techo, pues ella era todo eso y mucho más. Falconi parecía indeciso, pero Kira se alegró de ver que se veía sano y salvo y que la herida del hombro ya no le molestaba. Klein no mostraba ninguna emoción, pero sus ojos miraban furtivamente de lado a lado, esperando lo inesperado.

Salvo los marines, todos los humanos vestían dermotrajes con los cascos bien calados. Los wranaui, como siempre, no prestaban demasiada atención a su entorno, confiando en que sus formas actuales los protegieran.

Mientras los visitantes entraban en la cámara presencial que Kira había creado para recibirlos, trasladó su visión a la carne que había moldeado para sí misma, de manera que Klein, Lphet y Falconi pudieran ver una imagen de Kira. Le parecía de buena educación.

La cámara era alta y estrecha, con un techo abovedado y una doble hilera de columnas cubiertas de *nnar*, la excrecencia coralina que conocía gracias a Qwon (y que por eso le gustaba). Las paredes estaban enmarcadas por vigas de metal pulido de color gris oscuro, adornadas con líneas azules que formaban patrones cuyo significado tan solo conocían los Antiguos... y ahora ella también. Y entre esos marcos se extendían grandes secciones curvadas de madera, enredaderas y vegetales de hojas oscuras.

Esto último procedía de la parte de ella que era Kira. También las flores que descansaban en nichos oscuros y sombríos: unas flores que se vencían bajo su propio peso, con pétalos de color púrpura con el interior moteado. Constelaciones de medianoche, en memoria de su hogar y de Alan... de todo lo que Kira había sido una vez.

La silueta de las flores se repetía en el suelo, formando espirales fractales que se enroscaban sin fin. La imagen le agradaba, le transmitía satisfacción.

Entre las espirales se alzaba uno de los cristales que había fabricado con Ctein: una llama congelada de facetada belleza. Una vida atrofiada, pero todavía con potencial.

Varias globoluces colgaban de las ramas de *nnar*, frutos maduros en los que palpitaba un resplandor suave y dorado. El polen flotaba entre los haces de luz moteada que bañaban el suelo, y se arremolinaba como un humo denso y fragante. Se oía el rumor del agua corriente entre las columnas alveoladas, el único sonido en aquella cámara apacible, silenciosa y sagrada.

Kira no tuvo que recurrir a exigencias ni ultimátums. A una sola palabra de Klein, los marines se apostaron junto al arco de entrada mientras el almirante continuaba solo. Lphet hizo lo mismo con sus guardias (incluido Itari), y el humano y el wranaui avanzaron hacia ella, seguidos por la mayor Tschetter y la tripulación de la Wallfish.

Cuando se aproximaban al fondo de la cámara presencial, Kira intensificó el brillo de las globoluces, invocando un amanecer que expulsó las sombras para que todos pudieran verla.

Los visitantes se detuvieron.

Kira bajó la vista para mirarlos desde la estructura de raíces de la pared en la que descansaba su nuevo cuerpo, verde sobre verde, unido por las fibras negras y relucientes de la simiente, de la portentosa simiente, dadora de vida.

—Bienvenidos —los saludó Kira. Le resultaba extraño hablar con una boca y una lengua, y todavía más oír su propia voz: una voz más profunda de lo que recordaba, una voz que contenía notas y ecos de Carr y de Qwon.

—Oh, Kira —dijo Nielsen—. ¿Qué has hecho? —Tras el visor, su expresión reflejaba preocupación.

—¿Estás bien? —preguntó Falconi, con su habitual ceño fruncido.

El almirante Klein carraspeó.

—Srta. Navárez…

—Bienvenidos —repitió Kira, y sonrió. O al menos lo intentó: no sabía si recordaba cómo se hacía—. Os he pedido que vengáis, almirante Klein y líder bancal Lphet, como representantes de las razas humana y wranaui.

[[Aquí Lphet: Ya no soy líder bancal, Idealis.]]

Tschetter tradujo las palabras de la medusa a los humanos presentes.

—¿Y cómo debo dirigirme a ti entonces, Lphet? —Kira hablaba ambas lenguas al mismo tiempo, para que todos la entendieran.

[[Aquí Lphet: Como el gran y poderoso Lphet.]]

Un leve hormigueo recorrió la estructura de la estación, como un soplo de aire frío en la espalda.

—Has ocupado el lugar de Ctein, ahora que Ctein ha muerto. —No era una pregunta.

Los tentáculos del wranaui se tiñeron de rojo y de blanco, y los frotó con gesto orgulloso.

[[Aquí Lphet: Correcto, Idealis. Todos los Brazos de los wranaui están ahora a mis órdenes.]]

El almirante Klein cambió su peso de una pierna a otra. Parecía estar impacientándose.

—¿De qué va todo esto, Navárez? ¿Para qué nos has traído aquí? ¿Qué estás construyendo… y para qué?

Kira se rio ligeramente, con un sonido musical parecido a la corriente de un arroyo musgoso.

—¿Para qué? Para lo que os voy a decir. Humanos y medusas seguirán luchando mientras no tengan un interés común. Las pesadillas, los corruptos, eran un enemigo común, pero ese enemigo ya no existe.

[[Aquí Lphet: ¿Estás segura de eso, Idealis?]]

Kira entendió lo que Lphet le estaba preguntando en realidad: ¿las Fauces habían desaparecido de verdad? ¿Seguía ella/ello suponiendo una amenaza?

—Sí, lo prometo. El traje al que estoy unida, al que tú llamas Idealis y que el almirante Klein conoce como el filo dúctil, no volverá a causar problemas. Además, he enviado una orden a todos los corruptos fuera de este sistema. Cuando llegue, cesarán de ser una amenaza para todos los seres vivos.

El almirante parecía receloso.

—¿Cómo? ¿Quieres decir…?

—Quiero decir —le interrumpió Kira, eclipsando la voz del almirante— que he deshecho a los corruptos. Ya no tenéis que preocuparos por ellos.

—Los has matado —dijo Nielsen en voz baja. Los demás parecían tan complacidos como inquietos.

Kira bajó la mirada.

—No había más remedio. Pero, en cualquier caso, la alianza entre humanos y medusas no perdurará sin un motivo. Pues bien, yo he creado ese motivo. He creado un territorio común.

—¿Esto? —dijo Klein, mirando a su alrededor—. ¿Este lugar?

Kira sonrió de nuevo. Esta vez le costó menos esfuerzo.

—Es una estación espacial, almirante. No es una nave. Ni un arma. Es un hogar. La he construido a imagen de lo que habrían querido los Antiguos… los Desaparecidos. En su lengua, se llamaría Mar Íneth. En la nuestra, se llama Unidad.

—Unidad —repitió Klein, saboreando la palabra.

Kira asintió como pudo.

—Es un lugar de confraternización, almirante. Es un ser vivo; respira y continuará creciendo y floreciendo con el tiempo. Hay salas aptas para humanos y salas para medusas. También vivirán aquí otras criaturas, unos cuidadores que atenderán las diversas partes de Unidad.

Tschetter tomó la palabra entonces:

—Quieres que utilicemos esta estación como embajada, ¿verdad?

—Más bien como centro de conexión entre nuestras dos razas —replicó Kira—. Aquí habrá espacio suficiente para que vivan millones. Tal vez más. Todos los que vengan serán bienvenidos, siempre que mantengan la paz. Si la idea os produce inquietud, tened en cuenta esto: he construido Unidad con medios y métodos que ni siquiera las medusas entienden. Aquellos que se queden aquí tendrán mi permiso para estudiar la estación… y estudiarme a mí. Eso debería ser incentivo suficiente.

El almirante Klein parecía turbado. Se cruzó de brazos y se mordisqueó la mejilla un momento.

—¿Y qué garantías tenemos de que este xeno no volverá a descontrolarse y matar a todos los que estén a bordo?

Los tentáculos de Lphet se tiñeron de púrpura: una ofensa.

[[Aquí Lphet: El Idealis te ha dado su palabra, biforma. Tu recelo es infundado.]]

—¿No me digas? —replicó Klein—. Pues los millones o billones de personas que han matado las pesadillas no están de acuerdo.

[[Aquí Lphet: Tú no…]]

Kira agitó las hojas de las paredes, y su suave susurro paralizó la conversación. Todos se quedaron inmóviles y la miraron.

—No puedo darte garantías, almirante Klein, pero ya has visto que he ayudado y curado a todos los miembros de tu flota que he encontrado.

Klein ladeó la cabeza.

—Eso es verdad.

—A veces no queda más remedio que recurrir a la fe, almirante. A veces hay que apostar.

—Pero es una apuesta muy arriesgada, Navárez.

Tschetter se volvió hacia él.

—Sería peor no tener ninguna relación con las medusas.

En el rostro de Klein se formó una expresión amarga.

—Eso no significa que este sea el lugar adecuado para entablar relaciones diplomáticas, y ni un solo civil va a poner un pie en Cordova hasta que Inteligencia haya podido estudiarla con lupa. Además, yo no tengo autoridad para negociar un acuerdo como este. Vas a tener que hablar con la Liga, Kira, no conmigo, y eso llevará su tiempo. Sospecho que querrán enviar a un representante aquí para hablar contigo cara a cara. Eso implica al menos otro mes y medio antes de poder cerrar ningún trato.

Kira no discutió, sino que miró al wranaui.

[[Aquí Kira: ¿Qué dices tú, gran y poderoso Lphet?]]

Unas volutas rojas y naranjas recorrieron los tentáculos de las medusas cercanas.

[[Aquí Lphet: Será un honor para los Brazos aceptar tu oferta, Idealis. Ni en esta ni en ninguna otra ola hemos tenido la oportunidad de estudiar una obra semejante. Dinos cuántos wranaui pueden quedarse en esta estación, y los convocaré de inmediato.]]

Mientras Tschetter traducía, Klein apretó los dientes.

—¿Ah, sí?... Está bien. La Liga ya se ocupará de los detalles, pero no pienso dejar que las medusas se nos adelanten. Pido permiso para traer aquí a tanta gente como ellas.

Esta vez, Kira se guardó mucho de sonreír.

—Por supuesto, almirante. Pero tengo una condición.

El almirante se irguió.

—¿Y cuál es, Navárez?

—Esto va por todos aquellos que deseen visitar o vivir en Unidad: nada de armas. Si las traéis a bordo, las destruiré y os expulsaré.

[[Aquí Lphet: Por supuesto, Idealis. Obedeceremos tus deseos.]]

Klein ladeó la cabeza.

—¿Y bots de reparación, por ejemplo? ¿O láseres de mantenimiento? En las manos adecuadas, hasta un tenedor puede ser un arma letal.

Humanos...

—Utilicemos el sentido común, almirante. Las servoarmaduras están permitidas, a menos que lleven armas. Pero que quede claro: si alguien, humano o alienígena, empieza una pelea en esta estación, me aseguraré de ponerle fin. —Su voz se volvió más profunda hasta reverberar en las paredes, como si toda Unidad fuera su garganta. En cierto modo, así era.

A pesar de su bronceado espacial, Klein palideció.

—Entendido. Mi gente no te dará problemas, Navárez. Tienes mi palabra.

[[Aquí Lphet: Tampoco las formas leales a los Brazos.]]

Kira les permitió sentir entonces su aprobación a través del color y el brillo de las globoluces, el alegre canto del agua y el agradable roce de las hojas.

—Asunto resuelto. —Satisfecha, centró su atención en Falconi y la tripulación de la Wallfish, y los miró a todos, uno tras otro.

Sparrow se rascó el costado por encima del dermotraje.

—Mierda, Kira, tú nunca haces nada a medias, ¿eh?

—Sparrow.

—¿Cómo sobrevivió, Srta. Kira? —preguntó entonces Vishal—. Dábamos por hecho que el obús Casaba la había matado.

Al oír eso, el almirante Klein se puso todavía más nervioso. Kira estaba segura de que había sido él quien había autorizado la detonación. Pero no le importaba. Buscar culpables no iba a ayudar en nada. Además, activar el obús Casaba había sido la decisión más lógica. Debían detener a las Fauces.

Kira contestó con cierta vacilación:

—Creo que sí que me mató. Al menos durante un tiempo.

Hwa-jung soltó un gruñido. Con un rápido gesto, la jefa de máquinas se persignó.

—¿Sigues siendo tú?

Un recuerdo inconexo centelleó en el cerebro reconstituido de Kira: *una celda gris, un espejo polarizado, un frío enrejado bajo las rodillas, un holograma encendiéndose delante de ella, mostrando a la mayor Tschetter con su uniforme gris. «¿Aún siente que es la misma de siempre?», le había preguntado.*

Se le escapó una leve risa.

—Sí... y no. Soy algo más de lo que fui.

Los ojos de la jefa de máquinas la escudriñaron, tan ardientes como dos lanzas térmicas.

—No. ¿Eres tú, Kira? Aquí. —Se palpó el esternón—. Donde más importa. ¿Tu alma sigue siendo la misma?

Kira reflexionó.

—¿Mi alma? No sé cómo responder a esa pregunta, Hwa-jung. Pero lo que quiero ahora es lo mismo que quería antes: la paz y la proliferación de la vida. ¿Quiere eso decir que soy la misma persona? Quizá. Quizá no. El cambio no siempre es malo.

Hwa-jung seguía inquieta.

—No, es verdad. Y lo que dices está bien, Kira, pero no olvides lo que significa ser humano.

—Olvidar es justo lo que no quiero hacer —le aseguró Kira. La jefa de máquinas se quedó, si no contenta, al menos satisfecha.

Entonces, Kira miró a Veera. La entropista tenía los brazos cruzados y las manos ocultas en las voluminosas mangas de su túnica degradada. Tenía unas profundas ojeras y las mejillas hundidas, como si estuviera muy enferma.

—Mis condolencias, indagadora Veera, por la pérdida de tu compañero. Te... entendemos.

La entropista apretó los labios, asintió e inclinó la cabeza.

—Gracias, prisionera Kira. Tu interés me reconforta.

Kira también inclinó la cabeza.

—Ya no soy prisionera, indagadora.

La entropista abrió los ojos de par en par por la sorpresa.

—¿Qué? No puedes... ¿Qué quieres decir?

Pero Kira no contestó, sino que volvió a mirar a Falconi.

—Salvo.

—Kira —contestó él, sombrío.

—Has traído a Trig.

—Por supuesto.

—¿Confías en mí, Salvo?

Falconi titubeó un momento antes de asentir.

—No habría traído al joven si no.

Kira sintió una agradable calidez en el centro de su ser, y volvió a sonreír. Se estaba convirtiendo rápidamente en su expresión preferida.

—Pues vuelve a confiar en mí.

Desde el suelo fractal, Kira envió una maraña de zarcillos (esta vez verdes, no negros) para que envolvieran el criotubo de Trig. Sparrow y Hwa-jung soltaron un juramento y se apartaron de un brinco del tubo, mientras al fondo de la sala, los marines blindados se erguían y levantaban las armas.

—¡Quietos! —ladró Klein—. ¡Descansen!

La sonrisa de Kira no desapareció mientras los zarcillos se enroscaban en el criotubo de Trig, envolviéndolo con su abrazo viviente y enterrándolo bajo una masa verde.

—Kira… —dijo Nielsen en voz baja. No denotaba advertencia ni enfado, tan solo preocupación.

—Confiad en mí —repitió Kira.

Por medio de las ramas que ahora eran sus extremidades, se introdujo en el criotubo y recorrió con mil hebras diferentes la carne herida de Trig, buscando la fuente de sus lesiones. *Ahí.* Un grupo de células quemadas, músculos desgarrados, tendones dañados, vasos sanguíneos rotos y nervios seccionados… ahora todas aquellas afrentas al cuerpo de Trig eran tan suyas como la estructura interna de la estación.

¿Cómo podía haberle costado tanto antes? Le parecía inconcebible.

Vertió la energía necesaria en el cuerpo congelado de Trig, guiando a la simiente mientras se afanaba en reparar sus heridas. Cuando todo pareció en orden, le quitó el respirador de la boca y desconectó los tubos de los brazos, separándolo de la máquina que lo había mantenido en animación suspendida durante más de medio año.

Lentamente, con mucho cuidado, hizo entrar en calor su cuerpo, tratándolo con tanta delicadeza como una gallina a un huevo recién puesto. Sentía el calor de su metabolismo aumentando, una chispa que se convertía en llama, hasta que por fin pudo respirar por primera vez sin ayuda.

Entonces lo liberó. Las hiedras retrocedieron y regresaron al suelo, dejando al descubierto la pálida silueta de Trig, acurrucado en posición fetal y sin más ropa que los calzones térmicos grises que solían llevarse debajo del dermotraje. El chico jadeó, como un ahogado al llegar a la superficie, tosió y escupió, pero su saliva se deshizo como si nunca hubiera existido.

—¡Trig! —gritó Nielsen. Vishal y ella se lanzaron hacia el chico. Hwa-jung, Sparrow y Falconi se aproximaron también, vigilantes.

—¿D-dónde estoy? —dijo Trig con voz débil y ronca.

—Es un poco complicado de explicar —contestó Vishal.

Falconi se quitó el chaleco y se lo echó por los hombros al chico.

—Toma, para que entres en calor.

—¿Eh? ¿Qué hacéis todos con dermotraje? ¿Dónde estoy? —Entonces Sparrow se hizo a un lado y Trig pudo ver a Kira, suspendida en mitad de la pared. Se quedó boquiabierto—. ¿Eres... tú, Kira?

—Bienvenido —respondió ella, y su voz se inundó de ternura—. No estaba segura de que fueras a conseguirlo.

Trig miró a su alrededor, contemplando la cámara columnada con los ojos abiertos como platos.

—¿Todo esto es tuyo?

—Así es.

El chico intentó levantarse, pero le fallaron las rodillas. Se habría caído de bruces si Hwa-jung no lo hubiera sujetado por el brazo.

—Ten cuidado —gruñó.

—Sí... sí... —Trig sacudió la cabeza. Entonces miró a Falconi con expresión lastimera—. ¿Seguimos en Gamus?

—No —contestó Falconi—. Para nada. Vamos a llevarte a la Wallfish para que Doc te examine. Después podrás descansar y te contaremos todo lo que te has perdido.

—Ha sido divertido —dijo Sparrow secamente.

—Sí, señor. Me apetece mucho un buen descanso. Me siento como si un par de tipos me hubieran dado una paliza a martillazos. No... —Se le quebró la voz cuando vio a Lphet y, al fondo de la cámara, al resto de los wranaui. Soltó un grito e intentó retroceder, pero Hwa-jung volvió a agarrarlo por el brazo para sujetarlo—. ¡M-medusas! Deprisa, hay que...

—Ya lo sabemos —le interrumpió Nielsen en tono tranquilizador—. No pasa nada. Trig, estate quieto. Mírame. No pasa nada. Respira hondo y tranquilízate. Aquí todos somos amigos.

El chico titubeó, mirándolos a todos como si no supiera qué creer. Entonces Sparrow le dio un puñetazo cariñoso en el hombro.

—Ya te he dicho que ha sido divertido.

—Es una manera de describirlo —murmuró Falconi—. Pero Nielsen tiene razón. Aquí todos somos amigos. —Miró fugazmente a Kira antes de volverse hacia Trig.

Finalmente, Trig se relajó y dejó de forcejear con Hwa-jung.

—Sí, señor. Lo siento, señor.

—Es perfectamente comprensible —le aseguró Falconi, dándole una palmada en la espalda.

Entonces Kira volvió a centrar su atención en los demás invitados.

—Almirante Klein, gran y poderoso Lphet, ya habéis visto de lo que soy capaz. Si tenéis algún otro tripulante cuyas heridas sobrepasen vuestras capacidades, traedlo aquí y haré lo mismo que he hecho con Trig.

[[Aquí Lphet: Tu generosidad no tiene parangón, Idealis, pero aquellos wranaui cuyas heridas no pueden repararse serán transferidos a nuevas formas.]]

—Como desees.

Klein frunció profundamente el ceño.

—Es una oferta muy generosa, Navárez, pero nuestro protocolo de biocontención no permite…

—El protocolo de biocontención —le interrumpió Kira en voz baja— ya está total e irremediablemente roto. ¿No estás de acuerdo, almirante?

Klein frunció aún más el ceño.

—Razón no te falta, pero la Liga me montaría un consejo de guerra por semejante violación de la cuarentena.

—Seguro que ya les habéis hecho pruebas a los hombres y mujeres que he curado.

—Por supuesto.

—¿Y bien?

—Nada —gruñó Klein—. Los técnicos no han encontrado absolutamente nada fuera de lo normal.

—Todo arreglado.

Klein sacudió la cabeza.

—No, de eso nada. La Circunstancias Atenuantes tampoco te encontró nada a ti antes de que el xeno se manifestara. Así que perdóname si me muestro un poco reacio, Navárez.

Kira sonrió, pero esta vez no lo hizo con satisfacción, sino para no parecer una amenaza.

—La Liga no tiene poder aquí, almirante. Ni la tendrá. Reclamo este sistema para mí, para Unidad. Y ni la Liga ni las medusas dictarán leyes aquí. Mientras estés bajo mi protección, eres un hombre libre, almirante, libre de tomar las decisiones que dicte tu conciencia.

—Un hombre libre. —Klein resopló y sacudió la cabeza—. Qué valor tienes, Navárez.

—Puede ser. No hago esta oferta por consideración hacia ti, almirante, sino hacia tu tripulación. Si tenéis hombres o mujeres que están sufriendo y no podéis curarlos, yo sí que puedo. Eso es todo. La decisión es tuya.

Entonces su mirada se desvió hacia los wranaui que aguardaban al fondo de la cámara.

—Itari, me alegro de verte ileso. Te doy las gracias por la ayuda prestada a bordo de la Hierofante Curtido.

Los tentáculos del wranaui se colorearon.

[[Aquí Itari: A esta forma le agrada haber sido de utilidad.]]

Kira volvió a mirar a los representantes.

—Gran y poderoso Lphet, sin los servicios de Itari durante los recientes aconte-cimientos, tal vez nunca habríamos podido derrotar a Ctein. Te pido como favor personal que otorgues a Itari derechos de puesta y que le permitas elegir la forma que desee.

Kira percibió un yuxtolor de asenso.

[[Aquí Lphet: Tu petición es razonable, Idealis. Así se hará.]]

Itari se tiñó de azul y de púrpura.

[[Aquí Itari: Gracias, Idealis.]]

Kira respondió con su propio yuxtolor de agrado, y después centró su atención en los demás.

—Ya he dicho cuanto debía decirse. Ahora debo volver al trabajo. Dejadme sola. Os haré llamar cuando esté lista para hablar con vosotros de nuevo.

El almirante Klein asintió secamente, giró sobre los talones y echó a andar hacia la entrada de la cámara. Lphet se detuvo un momento para hacer un gesto de corte-sía con sus tentáculos (retorciéndolos y haciéndolos destellar; Kira reconocía ese gesto por los recuerdos de Qwon), antes de seguir al almirante. La tripulación de la Wallfish fue la última en salir, pero no sin que antes Falconi la mirara por última vez.

—¿Estarás bien, Kira?

Ella lo miró con ternura, y la cámara entera pareció inclinarse hacia él.

—Estaré bien, Salvo. Perfectamente bien. Todo va a salir bien. —Lo decía desde el fondo mismo de su ser.

—De acuerdo —contestó él. Pero no parecía convencido.

2.

Una vez que se marcharon sus invitados, Kira reanudó las tareas de construcción de la estación. Lphet no tardó en enviar a los wranaui prometidos, y Kira los guio hasta sus acuosos aposentos. Poco después, Klein envió un contingente de investigadores de la FAU. A ellos también les ofreció alojamiento en las entrañas de su cuerpo en expansión, y también frutos cultivados en Mar Íneth. Pero, aunque los investigadores los aceptaron, no los probaron ni se quitaron los dermotrajes en ningún momento, a pesar de que Kira sabía que los trajes podían llegar a ser una molestia considerable. No le importó. No podía obligarlos a confiar en ella. A los wranaui les preocupaba menos su seguridad y aceptaron de buen grado su hospitalidad, ya fuera por su co-nocimiento de la simiente y sus hermanos o por su indiferencia hacia los cuerpos individuales. Kira no estaba segura.

Tschetter acompañaba a los wranaui. Kira le preguntó por qué no había regre-sado a la FAU.

—Después de pasar tanto tiempo con las medusas, el SIFAU nunca me devolvería mi cargo. Para ellos, soy un riesgo inaceptable.

—¿Y qué harás? —preguntó Kira.

La exmayor señaló a su alrededor, el recinto de la estación.

—Trabajar como enlace entre humanos y medusas para intentar evitar otra guerra. Lphet me ha escogido como intérprete y mediadora con la FAU y la Liga, y el almirante Klein ha accedido a lo mismo. —Se encogió de hombros—. A lo mejor aquí consigo hacer algo útil. «Embajadora Tschetter». No suena mal, ¿verdad?

Kira estaba de acuerdo. Y le alentaba ver la esperanza que depositaba Tschetter en su nuevo trabajo, así como su optimismo por su futuro en común.

Fuera de la estación, seguían congregándose las naves humanas y wranaui, y también aquellas que Kira había construido para que le trajeran suministros de todo el sistema de Cordova. Revoloteaban como abejas en torno a una flor rebosante de néctar, y sentía cierto orgullo al mirarlas.

Una señal centelleó desde la Wallfish. Contestó por curiosidad, y el sonido familiar de la voz de Gregorovich llenó sus oídos invisibles:

Saludos, oh saco de carne. Ahora eres como yo. ¿Qué te parece estar encerrada en tu propia cáscara de nuez?.

—Yo he trascendido la cáscara de nuez, mente de a bordo.

¡Vaya, vaya! Qué audaz afirmación.

—Pero es cierta —contestó—. ¿Cómo consigues llevar la cuenta de todo lo que eres? Hay… mucha información.

Su respuesta fue sorprendentemente seria:

Requiere tiempo, oh reina de las espinas. Tiempo y trabajo. No tomes decisiones apresuradas hasta estar segura de ti misma. Después de mi transición, tardé un año y medio en saber quién era mi nuevo yo. —Se echó a reír, tirando por tierra su aire solemne—. *Aunque tampoco diría que sé quién soy. ¿Quién puede saber algo así, mmm? Cambiamos con las circunstancias, como volutas de humo arrastradas por el viento*.

Reflexionó un rato sobre las palabras de la mente de a bordo.

—Gracias, Gregorovich.

De nada, mente de estación. Cuando necesites hablar, llama y te escucharé.

Kira se tomó su consejo muy en serio. Mientras seguía trabajando en Unidad, redobló sus esfuerzos para poner orden en el caos de recuerdos repartidos por su cerebro reconstituido, luchando por fijar e identificar cuáles correspondían a cada parte de su ser. Intentando averiguar quién era exactamente ella. Prestó especial atención a los recuerdos de las Fauces, y precisamente mientras los estudiaba fue cuando descubrió algo que la llenó de un frío pavor.

Oh, no.

Ahora se acordaba. Antes de viajar a Cordova-1420, las Fauces habían tomado precauciones contra su posible derrota (por improbable que les pareciera). En las profundidades más oscuras del espacio interestelar, habían moldeado siete avatares hechos de su carne y de la carne de la simiente; siete copias vivientes, pensantes e independientes. Y las Fauces habían despedido a sus virulentos y coléricos clones, sin saber dónde podrían acabar.

Kira pensó en la orden letal que había emitido antes. *Seguro que eso basta para…* Pero entonces la simiente le transmitió la convicción inquebrantable de que esa orden no detendría a los avatares de las Fauces, pues ellos *eran* la simiente. Eran tan perversos y corruptos como lo habían sido las Fauces, pero estaban compuestos por la misma sustancia.

A diferencia de los corruptos, Kira no podía deshacer a la ponzoñosa prole de las Fauces con una simple frase, del mismo modo que no habría podido deshacer a las Fauces. La simiente no poseía ese poder sobre sí misma. Los Antiguos no habían considerado oportuno dotar a sus creaciones de tal habilidad, y habían preferido reservarla para ellos, bajo la forma del Báculo del Azul.

Pero el báculo estaba roto, y Kira sabía que, aunque conservara las piezas, no podía repararlo. Por obra de los Antiguos, ese conocimiento tampoco estaba dentro de ella.

Concluyó que los Antiguos habían sobreestimado su supremacía.

Su temor se agravó al reflexionar sobre la situación. La prole de las Fauces propagaría su mal allá donde fuera, sembrando los planetas de corruptos, transformando o suplantando cualquier forma de vida existente. Aquellos siete representaban una amenaza existencial contra todos los seres de la galaxia… El suyo sería un legado de desdicha, todo lo contrario que la simiente debía encarnar.

Esa idea la atormentaba.

Con pesar, Kira comprendió que su vida después de la muerte no iba a ser como ella se había imaginado. Las Fauces eran su responsabilidad, y también los siete mortíferos dardos que habían dejado sueltos entre las estrellas.

CAPÍTULO III

★ ★ ★ ★ ★ ★ ★

PARTIDA

1.

Kira actuó con decisión. El tiempo apremiaba y no tenía intención de malgastarlo.

Se dirigió a las naves reunidas a su alrededor.

—Echaos atrás.

Los capitanes se apresuraron a hacer retroceder sus naves.

Entonces activó los propulsores instalados en las costillas de la estación y empezó a desplazarla, lenta y meticulosamente, hacia el planeta que habían estado minando los wranaui. La FAU lo había llamado R1, pero Kira pensaba que se merecía un nombre mejor. Pero eso se lo dejaría a los residentes de Unidad. Era su derecho como habitantes del sistema.

Tanto Lphet como el almirante Klein contactaron con ella cuando la estación empezó a cambiar de posición.

Navárez, ¿qué estás haciendo? —preguntó Klein.

—Trasladarme a la órbita alta de R1 —contestó—. Será una ubicación mejor para Unidad.

Recibido, Navárez. Despejaremos tu ruta de vuelo. Para la próxima, no estaría de más que nos avisaras.

[[Aquí Lphet: ¿Necesitas asistencia, Idealis?]]

—De momento, no.

2.

Kira tardó varios días en reubicar Unidad, y aprovechó ese tiempo para hacer todos los preparativos. Y cuando asentó la estación en su órbita definitiva, convocó de nuevo a la tripulación de la Wallfish.

No se demoraron. La vieja y destartalada nave atracó cerca de su conector central; la mayor parte de los daños sufridos por la Wallfish ya estaban reparados (aunque varios radiadores seguían siendo poco más que esquirlas puntiagudas).

La tripulación hablaba nerviosamente entre sí mientras caminaban por sus pasillos, pero mantenían apagados los altavoces externos de sus dermotrajes, y el movimiento de sus labios era lo único que los delataba. Kira tenía curiosidad, e iluminó sus visores con un baño invisible de luz colimada que le permitió leer las vibraciones de sus voces.

—¿… idea de qué es lo que quiere? —decía Trig. Parecía entusiasmado.

Falconi gruñó.

—Es la tercera vez que lo preguntas.

—Perdón. —Parecía un tanto abochornado.

—Klein ha sido muy claro sobre lo que podemos… —dijo Nielsen.

—Me importa una mierda lo que opine el mandamás —la interrumpió Sparrow—. Estamos hablando de Kira, no de una medusa ni una pesadilla. De Kira.

—¿Estás segura de eso? —preguntó Falconi.

Se hizo un breve silencio, después del cual Sparrow se golpeó el pecho con el puño.

—Sí. Ella está con nosotros. Al fin y al cabo, curó a Trig.

—Y por eso mismo aún nos tienen en cuarentena —apuntó Falconi.

Hwa-jung sonrió levemente.

—La vida nunca es perfecta.

El capitán se rio al oír eso, y Nielsen también.

Kira transfirió su visión y su audición a su cuerpo modelado mientras la tripulación entraba en su cámara presencial. Se detuvieron ante ella, y Kira les sonrió desde lo alto, recibiéndolos con una lenta cascada de pétalos rosados y blancos que desprendían un cálido perfume.

—Bienvenidos —los saludó. Falconi agachó la cabeza. Una sonrisa irónica asomó a sus labios.

—No sé por qué, pero tengo la impresión de que debo inclinarme ante ti.

—No, os lo ruego —replicó ella—. No deberíais inclinaros ante nada ni nadie. No sois sirvientes, ni mucho menos esclavos.

—Eso está claro —dijo Sparrow, haciendo un breve saludo militar. Kira miró a Trig.

—¿Cómo te encuentras?

El chico se encogió de hombros, intentando aparentar indiferencia. Sus mejillas habían recuperado el color.

—Bastante bien. Pero no me puedo creer todo lo que me he perdido.

—No te quejes. Si yo pudiera haberme pasado durmiendo los últimos seis meses, lo habría hecho.

—Sí, lo sé. Seguramente tengas razón, pero… ¡Os lanzasteis desde el maglev de Orsted! Tuvo que ser una pasada.

Sparrow resopló.

—Sí, es una manera de decirlo. También se podría decir que fue un puto suicidio.

El chico sonrió fugazmente, antes de volver a ponerse serio.

—Gracias de nuevo por remendarme, Kira. De verdad.

—Me alegro de haber podido ayudar —contestó ella, y toda la cámara pareció resplandecer. Entonces se volvió hacia Vishal. Estaba al lado de Nielsen, tan cerca que sus hombros casi se tocaban—. ¿He pasado algo por alto? ¿Le he causado algún problema a Trig?

—¡Que estoy bien! —insistió el joven, sacando pecho.

El doctor negó con la cabeza.

—Trig es la viva imagen de la salud. Sus análisis de sangre y sus respuestas neuronales no podrían mejorarse ni queriendo.

Falconi asintió.

—En serio, Kira, te debemos una. Si podemos hacer algo por ti…

Las hojas lo interrumpieron con un roce de desaprobación.

—Teniendo en cuenta que nada de esto habría ocurrido de no ser por mí —dijo Kira—, estamos en paz.

Falconi se rio entre dientes. Le gustó volver a verlo reír.

—Como quieras.

Trig parecía a punto de explotar de emoción, porque no paraba de cambiar el peso de un pie al otro, casi saltando.

—Decídselo —dijo, mirando a Vishal y a Nielsen—. ¡Venga! ¡Si no, se lo digo yo!

—¿Decirme qué? —preguntó Kira, curiosa.

Nielsen esbozó una mueca de bochorno.

—No te lo vas a creer —dijo Falconi.

Entonces Vishal tomó la mano de Nielsen y los dos se adelantaron.

—Srta. Kira, tengo que anunciarle algo. La Srta. Audrey y yo nos hemos comprometido. Y fue ella quien me lo pidió a mí, Srta. Kira. ¡A mí!

Nielsen se ruborizó y se rio discretamente.

—Es verdad —dijo, y miró al doctor con una ternura que Kira no había visto nunca en su semblante.

Ahora muy pocas cosas sorprendían a Kira. Ni el movimiento de las estrellas, ni la desintegración de los núcleos atómicos, ni las fluctuaciones cuánticas aparentemente aleatorias que subyacían en la realidad aparente. Sin embargo, esto sí que la sorprendió, aunque pensándolo bien tal vez no fuera del todo inesperado.

—Felicidades —les dijo, con toda la emoción y la sinceridad que pudo reunir. La felicidad de dos seres tal vez fuera algo muy pequeño en comparación con la inmensidad del universo, pero ¿qué era más importante en última instancia? El sufrimiento era ineludible, pero cuidar de otra persona y ser cuidado a cambio... eso era lo más cerca que podía estar nadie del paraíso.

Vishal inclinó la cabeza.

—Gracias, Srta. Kira. No nos casaremos hasta que podamos celebrar una boda de verdad, con mi madre, mis hermanas, muchos invitados y un banquete con...

—Bueno, ya veremos —dijo Nielsen con una leve sonrisa.

El doctor le devolvió la sonrisa y le rodeó los hombros con el brazo.

—Sí, tampoco queremos esperar demasiado, ¿verdad? Hasta hemos hablado de comprar una nave de carga algún día y fundar una compañía de transportes, Srta. Kira.

—Hagamos lo que hagamos, lo haremos juntos —dijo Nielsen. Besó la mejilla rasurada de Vishal, y él le devolvió el beso.

Falconi fue a rascarse la barbilla, pero sus dedos chocaron con el visor.

—A la mierda —gruñó, y se quitó el casco.

—¡Capitán! —exclamó Hwa-jung, escandalizada. El capitán agitó la mano con gesto displicente.

—No pasa nada. —Se rascó la barbilla. El roce de sus uñas contra la barba incipiente reverberó en la cámara presencial—. Como puedes ver, todos estamos bastante sorprendidos, pero... eh... parecen felices, así que nosotros también.

—Sí —dijo Trig, con aire melancólico. Miró de reojo a la primera oficial y suspiró discretamente.

Falconi olisqueó el aire.

—Huele bien —dijo.

Kira esbozó una sonrisa más dulce que antes.

—Eso intento.

—De acuerdo —dijo Sparrow, rotando los hombros como si se dispusiera a levantar una pesada haltera—. ¿Para qué nos has llamado, Kira? ¿Solo para charlar? No parece propio de ti, perdona que te lo diga.

—Sí, yo también tengo curiosidad —añadió Falconi. Pasó un dedo por una de las columnas arbóreas y lo acercó a su cara para examinar el residuo.

Kira inspiró hondo. No era necesario, pero ese gesto le ayudaba a centrar sus pensamientos.

—Os he pedido que vengáis por dos motivos. El primero es para contaros algo sobre las Fauces.

—Continúa —dijo Falconi, receloso.

Y Kira se lo contó. Les contó el secreto de las siete semillas malignas que había descubierto entre los recuerdos de las Fauces. Mientras hablaba, observó cómo sus rostros palidecían y su semblante se turbaba.

—¡Dioses! —exclamó Nielsen.

—¿Estás diciendo que hay otras siete cosas de esas deambulando solo Thule sabe dónde? —dijo Sparrow. Incluso ella parecía atemorizada por esa perspectiva.

Kira cerró los ojos un momento.

—Exacto. Y el Buscador también sigue suelto, y os garantizo que no trama nada bueno. Ni la Liga ni las medusas pueden lidiar con esa clase de amenazas. Sencillamente, no están capacitadas. Yo… la simiente es la única que puede detenerlos.

—¿Y qué vas a hacer al respecto? —preguntó Falconi, totalmente inmóvil.

—Lo que debo hacer, por supuesto. Voy a darles caza.

Durante un rato, en la cámara solo se oyó el suave roce de los pétalos.

—¿Cómo? —preguntó entonces Sparrow—. Podrían estar en cualquier parte.

—En cualquier parte, no. Y en cuanto al cómo… Prefiero no decirlo todavía.

—Está bien —dijo Falconi, arrastrando las palabras—. ¿Cuál es el otro motivo por el que estamos aquí?

—Para recibir regalos. —Y Kira descendió de la pared, soltándose de la red de fibras enraizadas que la habían mantenido envuelta en un apretado abrazo. Sus pies tocaron el suelo; por primera vez desde la Hierofante, Kira volvió a ser ella misma. Su cuerpo era del mismo material verde y negro de las paredes de la estación y su cabello ondeaba al viento, aunque no había viento alguno.

—Guau —dijo Trig.

Falconi se adelantó, escudriñándola con sus gélidos ojos azules.

—¿Eres tú de verdad?

—Tanto como todo lo que hay en Unidad.

—Me vale —contestó el capitán, y la abrazó con fuerza. Kira sintió su abrazo incluso en las vigas más lejanas de la estación.

El resto de la tripulación la rodeó, tocándola, abrazándola y palmeándole la espalda (con delicadeza).

—¿Y dónde está tu cerebro? —preguntó Trig, con los ojos como platos—. ¿En la cabeza? ¿O ahí arriba? —Señaló la pared de la que había descendido.

—¡Trig! —le reprendió Hwa-jung—. *Aish*. Ten más respeto.

—No pasa nada —dijo Kira, tocándose la sien—. Una parte está aquí, pero la mayoría está ahí atrás. No cabría en un cráneo normal.

—No es muy distinto de una mente de a bordo —dijo Hwa-jung. Kira inclinó la cabeza.

—No, no es muy distinto.

—En cualquier caso, me alegra verte de una pieza —dijo Sparrow.

—Lo mismo digo —añadió Nielsen.

—Aunque ahora parezca que estés hecha de espinacas hervidas —le soltó Sparrow con una carcajada.

Entonces, Kira retrocedió para darse espacio.

—Escuchad —dijo, y todos guardaron silencio—. A partir de ahora no podré ayudaros mucho, así que quiero hacer lo que pueda mientras pueda.

—No es necesario —dijo Falconi. Kira le sonrió.

—Si fuera necesario, no serían regalos… Trig, sé que siempre te han interesado los alienígenas. Esto es para ti.

Y desde el suelo, a sus pies, brotó una vara de madera verde que creció en altura hasta formar un báculo tan alto como el propio Trig. En la parte superior, engastada entre las ramas trenzadas, había una especie de esmeralda del tamaño de un huevo de petirrojo, que resplandecía con luz propia.

Cuando Kira agarró el báculo, este se desprendió del suelo y pasó a su mano. Le crecieron pequeñas hojas verdes, y el aire se impregnó del olor a savia fresca.

—Toma —dijo, tendiéndole la vara de madera a Trig—. Esto no es un Báculo del Azul, sino un Báculo del Verde. No es un arma, aunque podrás luchar con él en caso necesario. Hay una parte de la simiente en él, y si cuidas del báculo y lo tratas bien, descubrirás que puedes cultivar casi cualquier cosa, por muy baldío que sea el terreno. Podrás hablar con las medusas, y allí donde plantes el báculo, la vida florecerá. El báculo también es capaz de hacer otras cosas, y si demuestras ser un digno portador, es posible que también las descubras. No permitas que la FAU se haga con él.

El rostro de Trig se iluminó de asombro y fascinación.

—Gracias —dijo—. Gracias, gracias, gracias. No sé qué… Ay, madre. ¡Gracias!

—Una cosa más —añadió Kira, acariciando la cabeza del báculo—. Una vez al día, el báculo producirá un fruto. Un único fruto rojo. No es mucho, pero con esos frutos nunca volverás a pasar hambre. Ya no tendrás que preocuparte por la comida nunca más, Trig.

Al oír eso, los ojos de Trig se llenaron de lágrimas, y abrazó el báculo con fuerza.

—No lo olvidaré —balbuceó.

Eso pensaba ella. Pasó al siguiente.

—Hwa-jung. —Kira extrajo dos orbes de su costado, uno blanco y otro marrón, del tamaño exacto para descansar cómodamente en la palma de la mano. Le entregó el orbe marrón a la jefa de máquinas—. Esto es tecnología de los Antiguos. Puedes usarlo para reparar casi cualquier máquina.

La jefa de máquinas se mordisqueó el labio inferior mientras miraba fijamente el orbe que sostenía Kira.

—*Aish.* ¿Y se comerá toda mi nave?

Kira rio y negó con la cabeza.

—No, no es como la simiente. No se propagará sin control. Pero úsalo con cuidado, porque a veces intentará hacer… mejoras.

Hwa-jung guardó el orbe en una de las bolsas de su cinturón y le dio las gracias con voz temblorosa. Sus mejillas se llenaron de manchas de rubor, y Kira se dio cuenta de lo mucho que significaba su regalo para la jefa de máquinas.

Complacida, Kira le tendió el orbe blanco al doctor.

—Vishal, esto también es tecnología de los Antiguos. Podrás usarlo para sanar casi cualquier herida. Pero úsalo con cuidado, porque...

—Porque a veces hará mejoras —dijo Vishal con una franca sonrisa—. Sí, lo entiendo.

Kira le devolvió la sonrisa.

—Bien. Esto podría haber salvado a Trig en Gamus. Espero que no lo necesites nunca, pero por si fuera así...

—Es mejor tenerlo que no tenerlo. —Vishal rodeó el orbe cuidadosamente con ambas manos y se inclinó—. Gracias, Srta. Kira. De todo corazón.

Sparrow fue la siguiente. Kira se agachó, sacó una pequeña daga totalmente negra de su muslo y se la tendió a la mujer menuda. La hoja del cuchillo presentaba un sutil relieve fibroso, similar al de la simiente.

—Esto *sí* que es un arma.

—No me digas.

—Los detectores de metales, los rayos x y las microondas no pueden verlo. Pero eso no es lo que lo hace especial. Este cuchillo puede cortar cualquier cosa.

Sparrow la miró con escepticismo.

—¿Lo dices en serio?

—Lo digo en serio —insistió Kira—. Aunque lleve su tiempo, podrás cortar incluso los materiales más duros. Y no, no tienes que preocuparte de que se descontrole, como me pasaba a mí con la simiente.

Sparrow observó la daga con renovado interés. La hizo girar sobre el dorso de su mano, la sujetó por la empuñadura y probó el filo con una de las bolsas de su cinturón. Tal y como había prometido Kira, la hoja cortó limpiamente el material. Al hacerlo, un tenue resplandor azul recorrió todo el filo.

—Muy útil. Gracias. Esto me habría sacado de un par de apuros.

Kira no tenía ninguna solución fácil para Nielsen.

—Audrey... podría curar tu enfermedad. La simiente tiene la capacidad de remodelar cualquier tejido, de recodificar cualquier gen. Pero si lo hiciera...

—Tendrías que cambiar casi todo mi cerebro —adivinó Nielsen, sonriendo con tristeza—. Lo sé.

—Tal vez no alteraría tu personalidad y tus recuerdos, pero no puedo garantizarlo, aunque la simiente no tiene ningún deseo de hacerte daño. Todo lo contrario.

La primera oficial tomó aire temblorosamente, levantó la barbilla y negó con la cabeza.

—No. Agradezco la oferta, Kira, pero no. Prefiero evitar ese riesgo. No me ha sido fácil averiguar quién soy, y me gusta bastante la persona en la que me he convertido. No vale la pena perder eso.

—Lo siento. Ojalá pudiera hacer algo más.

—No pasa nada —dijo Nielsen—. La gente tiene que lidiar con cosas mucho peores. Estaré bien.

Vishal la abrazó.

—Además, Srta. Kira, yo haré todo lo que esté en mi mano para ayudar a la Srta. Audrey. Las modificaciones genéticas siempre fueron mi especialidad, sí.

La expresión de Nielsen se ablandó, y le devolvió el abrazo.

—Me alegra oírlo —dijo Kira—. Aunque no pueda curarte, sí que hay algo que puedo darte. Varias cosas, en realidad, ahora que estáis prometidos.

Nielsen quiso protestar, pero Kira no le prestó atención. Se arrodilló y trazó dos círculos idénticos en el suelo, de no más de cuatro o cinco centímetros de diámetro. Al tocar la superficie, trazó unas líneas doradas, cuyo brillo aumentó hasta volverse deslumbrante.

Entonces la luz se desvaneció. En su lugar había dos anillos de color dorado y verde, engastados con zafiros resplandecientes. Kira los recogió y se los entregó a Nielsen.

—Para ti y para Vishal. Un regalo de bodas anticipado. No estáis obligados a usarlos, pero si lo hacéis, descubriréis que tienen ciertas ventajas.

—Son preciosos —dijo Nielsen, aceptando los anillos—. Gracias. Pero me temo que me van a quedar grandes.

Kira decidió divertirse un poco.

—Pruébate uno.

Nielsen se puso uno de los anillos, y soltó un grito cuando el aro se ciñó a su dedo. El ajuste era firme pero cómodo.

—¡Cielos! —dijo Trig.

Kira sonrió.

—¿Qué te parece?

Entonces caminó hasta la columna más cercana y, de un nicho lateral, extrajo un par de objetos. Le tendió el primero a Nielsen. Era un disco del tamaño de la palma de la mano, con el aspecto de una concha marina blanca y rugosa. En la superficie había una serie de cuentas azules incrustadas, no mayores que un guisante.

—Esto es lo que iba a darte.

—¿Qué es? —preguntó Nielsen, examinando el disco.

—Un consuelo. La próxima vez que te ataque la enfermedad, tómate una de estas. —Señaló las pequeñas cuentas—. Solo una, nada más. No pueden curarte, pero te aliviarán para que puedas seguir haciendo vida normal.

—Gracias —dijo Nielsen, un tanto abrumada.

Kira inclinó la cabeza.

—Con el tiempo, las cuentas volverán a crecer, así que nunca se agotarán, por mucho tiempo que vivas.

Se le llenaron los ojos de lágrimas.

—En serio, Kira... *gracias*.

—Es demasiado generosa, Srta. Kira. Demasiado generosa. Pero le doy las gracias desde el fondo de mi corazón —dijo Vishal.

A continuación, Kira le tendió el otro objeto: una memoria Q de aspecto corriente.

—Y esto también.

La primera oficial negó con la cabeza.

—Ya has hecho más que suficiente, Kira. No puedo aceptar nada más.

—No es un regalo —replicó Kira en voz baja—. Es una petición... Si accedes, me gustaría nombrarte mi representante legal. En esta memoria hay un documento que te otorga poder de representación en mi nombre.

—¡Kira!

Tomó a Nielsen por los hombros y la miró a los ojos.

—Trabajé más de siete años para la corporación Lapsang, con un buen sueldo. Alan y yo pensábamos invertir ese dinero para empezar una nueva vida en Adrastea, pero... ahora no me sirve de nada. Mi petición es esta: asegúrate de que el dinero llegue a Weyland, a mi familia, si es que siguen vivos. Si no, los bits son tuyos.

Nielsen abrió la boca, sin palabras. Después asintió solemnemente.

—Por supuesto, Kira. Haré todo lo que pueda.

Kira continuó, complacida:

—Puede que la corporación te dé algún problema, así que el almirante Klein lo ha validado como testigo. Eso debería quitarte de encima a los abogados. —Puso la memoria Q en la palma de la mano de Nielsen, y la primera oficial asintió, antes de darle un fuerte abrazo.

—Tienes mi palabra, Kira. Haré todo lo que esté en mi mano para hacérselo llegar a tu familia.

—Gracias.

Cuando Nielsen la soltó, Kira avanzó hasta el último: Falconi. El capitán enarcó una ceja y se cruzó de brazos, suspicaz.

—¿Y a mí qué me vas a dar, Kira? ¿Unas entradas para un resort de Eidolon? ¿Polvo de hadas para decorar la Wallfish?

—Algo mucho mejor —contestó. Levantó una mano, y cuatro de los cuidadores de la estación entraron por un umbral lateral, empujando un palé con una caja sellada, pintada de gris militar y con las insignias de la FAU.

—¿Qué son esas cosas? —preguntó Trig, señalando a los cuidadores con el Báculo del Verde.

Las pequeñas criaturas eran bípedas, con patas de doble articulación y bracitos cortos de tiranosaurio, con los dedos delicados y pálidos, casi translúcidos. Tenían una larga cola flexible y la piel blindada con unas placas de aspecto pulido, semejantes al caparazón de una tortuga, y el centro de su estrecha cabeza lucía un penacho de plumas rojas y moradas. De la espalda les sobresalían cuatro alas de libélula.

—Se ocupan de la estación —contestó Kira—. Hasta podría decirse que han nacido de la estación.

—Querrás decir que han nacido de *ti* —dijo Falconi.

—En cierto sentido, sí. —Los cuidadores dejaron el palé a su lado y se retiraron, gorjeando entre sí. Al abrir la tapa, Kira dejó al descubierto filas y filas de recipientes de antimateria, todos con la luz lateral verde que indicaba que estaban cargados y activos.

Nielsen se quedó sin aliento.

—¡Thule! —exclamó Hwa-jung.

Kira se volvió hacia Falconi.

—Para ti y para la Wallfish. Antimateria. Una parte procede de las naves que desmantelé, pero el resto la fabriqué yo y la transferí a las cápsulas de contención.

Falconi contempló la caja, aturdido.

—Aquí tiene que haber suficiente para…

—Para dar energía a la Wallfish durante años —dijo Kira—. Sí. O también puedes venderla y ahorrar los bits para el futuro. Tú eliges.

—Grac…

—Aún no he terminado —lo interrumpió Kira.

Levantó la mano de nuevo y los cuidadores regresaron con un segundo palé. En este había maceteros llenos de tierra oscura, en los que habían arraigado una serie de extrañas y variopintas plantas que no se parecían en absoluto a las de la Tierra, Eidolon ni Weyland. Algunas emitían luz, otras se movían, y una de ellas (una planta roja de aspecto pétreo) incluso zumbaba.

—Como tuviste que desmantelar tu sala de hidroponía, pensé que te vendrían bien unas cuantas plantas de repuesto —dijo Kira.

—Eh… —Falconi sacudió la cabeza—. Es un detalle por tu parte, pero ¿cómo vamos a llevárnoslas? No tenemos suficientes criocápsulas, y…

—Los maceteros las protegerán durante el viaje superlumínico —dijo Kira—. Confía en mí. —Le entregó otra memoria Q—. Aquí hay información sobre el cuidado de estas plantas, y detalles sobre cada una. Creo que te será de utilidad.

Por primera vez, los ojos de Falconi se humedecieron por las lágrimas. Extendió la mano hacia una de las plantas (un organismo moteado, con forma de jarra, sobre cuya boca abierta se movían unos pequeños tentáculos), pero se lo pensó mejor y la retiró.

—No sé cómo darte las gracias.

—Dos cosas más —dijo Kira—. Esta es la primera. —Le entregó un pequeño rectángulo de metal, de tamaño similar a una baraja de cartas—. Para que lo estudien Veera y los entropistas.

Falconi le dio la vuelta al rectángulo para examinarlo. Su aspecto no tenía nada de especial.

—¿Qué es?

—Algo que los guiará en la dirección adecuada, si es que logran descifrarlo. —Sonrió—. Con el tiempo, lo harán. Y esta es la segunda. —Tomó el rostro de Falconi entre sus manos y le dio un beso en los labios, un beso suave, delicado y sentido—. Gracias, Salvo —susurró.

—¿Por qué?

—Por creer en mí. Por confiar en mí. Por tratarme como a una persona en vez de un experimento científico. —Volvió a besarlo una vez más y retrocedió, levantando los brazos a ambos lados. De la pared posterior se desenrollaron unas enredaderas que la envolvieron con un amoroso abrazo y la elevaron de nuevo hacia el hueco que había dejado—. Los regalos ya han sido entregados —dijo, mientras volvía a fundirse con la sustancia y la protección de la estación—. Ahora marchaos, y recordad esto: allí donde nos lleven el tiempo o el destino, siempre os consideraré mis amigos.

—¿Qué vas a hacer, Kira? —preguntó Falconi, inclinando la cabeza hacia atrás para mirarla.

—¡Ya lo veréis!

3.

Mientras la tripulación salía de la cámara y regresaba por los pasillos hacia la zona de atraque, Kira contactó con Gregorovich, pues sabía que la mente de a bordo había estado escuchando la conversación por su sistema de comunicación.

—También tengo algo para ti —le dijo—. Si lo quieres.

¿De verdad? ¿Y de qué se trata, oh forjadora de anillos?.

—De un cuerpo. Un cuerpo nuevo, tan grande o tan pequeño como tú quieras, metálico u orgánico, con la forma o el diseño que más te agrade. Solo tienes que decírmelo y la simiente lo hará. —Kira se extrañó de que la mente de a bordo no respondiera inmediatamente. Se quedó callado, y Kira percibía su silencio como algo físico: la presión de la reflexión y la incertidumbre al otro lado de la línea—. Piénsalo; podrías ir donde tú quisieras, Gregorovich. Ya no tendrías que estar siempre encerrado en la Wallfish.

Tras un largo rato, la mente de a bordo contestó:

Tienes razón. Pero creo que, tal vez, prefiero seguir estándolo. Tu oferta es tentadora, Kira, poderosamente tentadora. Y no pienses que soy un desagradecido, pero por el momento creo que mi lugar está aquí, con Falconi y Nielsen y Trig y Hwajung y Sparrow y Vishal. Me necesitan, y... no te voy a mentir, es agradable tener sacos de carne como ellos correteando por mis cubiertas. Es posible que ahora entiendas a qué me refiero. Estaría muy bien tener un cuerpo, pero eso es algo que siempre podría tener. Lo que no podría tener siempre es esta tripulación, estos amigos.

Kira lo entendía y valoraba su respuesta.

—Si cambias de opinión, la oferta sigue en pie.

Me alegro de haberte conocido, oh reina de las flores. Eres una persona espinosa y problemática, pero la vida es más interesante contigo cerca... Yo no habría podido escoger, como has hecho tú, perseguir a los secuaces de las Fauces en absoluta soledad. Cuentas con mi admiración por eso. Además, me has mostrado el camino a la libertad. Me has salvado de mí mismo, y por eso también tendrás mi eterna gratitud. Si te encuentras en el futuro lejano, recuérdanos como nosotros te recordamos a ti. Y si las mareas del tiempo nos son propicias, y mi mente sigue fuerte, recuerda esto: siempre podrás contar con mi ayuda.

—Gracias —respondió sin más.

4.

Tras la marcha de los visitantes, y con la mente mucho más tranquila, Kira inició la siguiente fase de su plan. El concepto era sencillo, pero la ejecución era más complicada y peligrosa que nada que hubiera intentado hacer después de la destrucción de las Fauces.

Primero, se situó cerca de la piel de la estación. Allí reunió materiales orgánicos e inorgánicos hasta formar un segundo núcleo, idéntico al que formaba el centro de Unidad. Y entonces (y esto fue lo más difícil) dividió su cerebro en dos partes desiguales.

Todo lo que había de Qwon y de Carr lo aisló y lo colocó en el corazón de Unidad; todo lo que había de Kira, de la simiente y de las Fauces lo atrajo hacia sí misma. Fue necesaria cierta duplicación (todavía recordaba los exámenes de medicina de Carr y el tiempo que había pasado Qwon cazando en las aguas de su mundo natal), y fueron inevitables algunas omisiones y descuidos. Pero lo hizo lo mejor que pudo.

El proceso era aterrador. Con cada movimiento, Kira temía cortar alguna parte esencial de sí misma, o bloquear el acceso a algún recuerdo que no sabía que tenía, o terminar matándose.

Pero una vez más, lo hizo lo mejor que pudo. Había aprendido que a veces había que tomar una decisión, cualquier decisión, incluso cuando el camino correcto no estaba claro. Rara vez la vida concedía ese lujo.

Trabajó durante una noche y un día, hasta que todo lo que parecía ser *ella* encajó dentro del cráneo que había elegido. Un cráneo diminuto, limitado. Se sentía empequeñecida, pero al mismo tiempo era un alivio haberse liberado del torrente sensorial de toda la estación.

Verificó una última vez la consciencia de Qwon/Carr, como una madre contemplando a su hijo dormido, antes de separarse de Mar Íneth y dirigirse hacia el cercano cinturón de asteroides, utilizando su recién construido núcleo de fusión para impulsarla por el espacio.

Como siempre, Klein y Lphet exigieron explicaciones, así que Kira les habló de las siete letales semillas de las Fauces y les expuso sus intenciones.

—Me marcho para darles caza —concluyó.

Klein balbuceaba.

—¿Y qué pasa con la estación?

[[Aquí Lphet: Sí, Idealis, comparto la preocupación del líder bancal. La estación es demasiado importante para dejarla desprotegida.]]

Kira se echó a reír.

—No lo está. He dejado a Carr-Qwon al mando.

—¿Qué? —dijo Klein.

[[Aquí Lphet: ¿Qué?]]

—La parte de mí que era ellos ahora supervisa Unidad. Cuidarán de ella y, en caso necesario, la protegerán. Os sugiero que no los hagáis enfadar.

[[Aquí Lphet: ¿Estás intentando crear más corruptos, Idealis?]]

—Odio tener que decirlo, pero estoy de acuerdo con la medusa —añadió Klein—. ¿Intentas crear otras Fauces?

La voz de Kira se endureció.

—Las Fauces ya no existen. He retirado de Carr-Qwon todas las partes de la simiente. Ahora son algo diferente. Algo inmaduro e indeciso, pero una cosa sí os puedo decir: la rabia y el dolor que guiaban a las Fauces ya no existen. Y si existen, están dentro de *mí*, no de ellos. Almirante Klein, Lphet, ahora tenéis una nueva forma de vida que guiar hacia la existencia. Tratadla como corresponde y os llevaréis una grata sorpresa. No me defraudéis.

5.

Cuando llegó al cinturón de asteroides, Kira frenó hasta detenerse cerca de uno de los asteroides más grandes: un enorme pedazo de roca metálica que medía kilómetros de diámetro, lleno de cráteres producto de innumerables colisiones a lo largo de los años.

Allí estacionó, y allí empezó a construir de nuevo. Esta vez, utilizó un diseño ya existente: uno que había encontrado profundamente enterrado en los bancos de memoria de la simiente. Era una tecnología de los Antiguos, concebida en la cumbre de su civilización, y se ajustaba perfectamente a su propósito.

Kira devoró el asteroide con la simiente, adaptándolo a sus necesidades, y utilizó el diagrama de los Antiguos para construir una nave.

No era una nave cuadrada, de ángulos rectos, ahusada ni forrada de radiadores, como las naves humanas. Tampoco esférica, blanca e iridiscente como las naves wranaui. Nada de eso. No, la nave de Kira tenía forma de flecha, larga y afilada, con líneas onduladas que recordaban el contorno de una hoja. Tenía venas y surcos, y membranas desplegadas a lo largo de la popa acampanada. Al igual que Unidad, la nave era un ser vivo. El casco se expandía y contraía con movimientos sutiles, y el vehículo desprendía un aura de consciencia, como si observara todo lo que la rodeaba.

Y en cierto modo así era, porque la nave era una extensión del cuerpo de Kira. Le servía como ojos, y a través de ella podía ver mucho más lejos de lo que le habría sido posible a simple vista.

Cuando terminó, Kira disponía de una nave más o menos la mitad de grande que un acorazado de la FAU, con un armamento mucho más pesado. La impulsaba otro motor de torsión; con él, Kira estaba segura de poder superar incluso al más veloz de los inmundos retoños de las Fauces.

Entonces echó un último vistazo al sistema. A la estrella cordovana, al planeta R1 y al verdoso armazón de Unidad, flotando en su órbita alta. A las flotas de naves humanas y wranaui congregadas a su alrededor, que, si bien no eran del todo aliadas, al menos habían dejado de dispararse.

Y Kira sonrió, porque todo iba bien.

Con la mente en paz, se despidió, profiriendo un lamento mudo por todo lo que se había perdido, todo lo que había desaparecido. Y entonces su nave viró hasta dar la espalda a la estrella, orientándose hacia el último recuerdo de las Fauces, y con el más liviano de los pensamientos, se puso en camino.

MUTIS VI

★ ★ ★ ★ ★ ★ ★ ★

1.

Kira no estaba sola. Todavía no.

Mientras avanzaba sobre la faz del vacío, cuatro acorazados de la FAU y tres cruceros wranaui la seguían en estrecha formación. La mayoría de esas naves estaban dañadas, marcadas por explosiones y quemaduras; las naves humanas aguantaban sobre todo a fuerza de cinta superlumínica, soldaduras de emergencia y plegarias de sus tripulantes. Aun así, las naves estaban en condiciones de acompañarla.

El almirante Klein y Lphet parecían decididos a escoltarla hasta el límite de Markov. Sospechaba que no lo hacían tanto para protegerla como para vigilarla. Y también quizás para hacerle compañía. A ella le parecía bien. Si algo iba a desgastarla durante su viaje, serían el silencio y el aislamiento...

Una vez que llegara al límite de Markov (que para su nave estaba mucho más cerca de la estrella que para las naves humanas o wranaui), dejaría atrás a sus escoltas. Ellos carecían de medios para mantener su ritmo en el espacio superlumínico.

Y entonces se quedaría sola de verdad.

Era algo que esperaba desde el momento en que había tomado su decisión. Pero la inminencia le resultaba abrumadora. Con Carr y Qwon expulsados de su consciencia, su mente se había convertido en un lugar mucho más vacío. Volvía a ser un individuo, no una pluralidad. Y aunque la simiente era su compañera, no sustituía la interacción humana normal.

Siempre se había sentido cómoda trabajando sola, pero incluso en los puestos más solitarios a los que la había destinado la corporación Lapsang, siempre había habido gente con la que charlar y beber. Gente con la que pelearse, follar y descargarse física y mentalmente. Y en el largo viaje que se disponía a emprender, no habría nada de eso.

La perspectiva no la asustaba, pero sí que le preocupaba. Aunque de momento se sentía segura de sí misma, se preguntaba si un extenso período de aislamiento la desequilibraría tanto como a Gregorovich, y si eso podría llevarla a parecerse más a las Fauces.

Un hormigueo recorrió la superficie de la simiente y Kira se estremeció, aunque no tenía ni frío ni calor.

Dentro de su oscura cuna, abrió los ojos, sus verdaderos ojos, y contempló la superficie curvada de su nave: un mapa de carne texturizada, en parte vegetal y en parte animal. Recorrió los dibujos con los dedos, siguiendo los trazos y leyendo sus trayectorias.

Un rato después, volvió a cerrar los ojos y envió una señal a la Wallfish para hablar con Falconi.

Este contestó en cuanto se lo permitió el retraso lumínico.

Hola, Kira. ¿Qué pasa?.

Ella le confesó su preocupación, y terminó diciendo:

—No sé en qué podría llegar a convertirme con suficiente tiempo y espacio.

Eso nos pasa a todos... Pero te diré una cosa: no vas a volverte loca, Kira. Eres demasiado fuerte. Y tampoco te vas a perder a ti misma dentro de la simiente. Ni siquiera las putas Fauces pudieron destruirte. En comparación, esto es un juego de niños.

Kira sonrió en la oscuridad.

—Tienes razón. Gracias, Salvo.

¿Necesitas que alguien te acompañe? Estoy seguro de que la FAU y las medusas tendrán un montón de voluntarios a los que les encantaría recorrer la galaxia contigo.

Consideró seriamente la idea, pero negó con la cabeza, aunque Falconi no pudiera verla.

—No, esto es algo que tengo que hacer sola. Si me acompañara alguien, estaría demasiado preocupada por su seguridad.

Tú decides. Si cambias de opinión, avísanos.

—Lo haré… Lo único que lamento es no poder estar presente para ver cómo evolucionan las cosas entre nosotros y las medusas.

Me alegra que hayas dicho «nosotros». Klein no estaba seguro de si seguías considerándote humana.

—En parte, sí.

Falconi soltó un gruñido.

Sé que vas a viajar más allá de la frontera, pero todavía podrás enviar mensajes, y seguro que descubrimos la manera de hacer lo mismo desde aquí. Llevará un tiempo, pero lo conseguiremos. Es importante mantener el contacto.

—Lo intentaré.

Pero Kira sabía que era poco probable que tuviera noticias de la Liga o los wranaui. Incluso si descubrían dónde estaba, para cuando la alcanzaran sus señales, seguramente ella ya estaría en otro lugar. Solamente sería posible si los avatares de las Fauces la guiaban de nuevo hacia el espacio colonizado, y esperaba de todo corazón que eso no ocurriera.

Aun así, el interés de Falconi significaba mucho para ella. Y sintió cierta paz. Fuera lo que fuera lo que le deparara el futuro, estaba lista para hacerle frente.

Cuando terminaron de hablar, contactó con la Fuerza Inexorable. El almirante Klein accedió a enviar un mensaje de Kira (eliminando cualquier dato que la FAU considerara confidencial) a Weyland y a su familia. Le habría resultado muy fácil emitir una señal lo bastante potente para que llegara a Weyland, pero no sabía cómo estructurar las ondas de energía para que fueran recibidas e interpretadas por las antenas de escucha de su sistema natal.

Ojalá tuviera tiempo para esperar a la respuesta de su familia. Sin embargo, incluso en la mejor de las circunstancias, esta tardaría más de tres meses en llegar. Suponiendo que encontraran a su familia… y que siguieran vivos. A Kira le dolía pensar que tal vez nunca sabría la verdad.

Mientras se aproximaban al límite de Markov, Kira escuchó la música que le enviaban desde la Wallfish. Algo de Bach, pero también unas piezas orquestales largas y pausadas, que parecían acompasadas con el giro de los planetas y el movimiento de las estrellas. La música dotaba de cierta estructura al tiempo informe, de cierto propósito al avance impersonal de los cuerpos más grandes de la naturaleza.

Dormitó tras su ventana viviente, entrando y saliendo de la vigilia de manera intermitente. El verdadero sueño estaba casi al alcance de la mano, pero lo pospuso; no estaba lista para rendir su consciencia. Todavía no. No hasta que el espacio se distorsionara a su alrededor y la aislara del resto del universo.

2.

Cuando llegó al límite de Markov, Kira sintió que la nave estaba lista. El tejido de la realidad parecía estrecharse y reblandecerse a su alrededor, y supo que se acercaba el momento de partir.

Se permitió un último vistazo al sistema. La nostalgia, la ansiedad y la emoción se revolvían dentro de ella. Pero su propósito era justo, y fortalecía su determinación. Su misión era aventurarse en lo desconocido, extirpar las semillas malignas y propagar una nueva vida por la galaxia. Era un propósito digno.

Entonces desvió la energía al motor de torsión, preparándose para la transición superlumínica, y un profundo zumbido hizo temblar la carne de la nave.

Cuando el zumbido alcanzaba el punto álgido, le llegó una transmisión entrecortada de la Wallfish. De Falconi.

Kira, la FAU dice que vas a saltar ya. Sé que piensas que a partir de ahora vas a estar sola, pero no lo estás. Todos pensamos en ti. No lo olvides, ¿me oyes? Es una orden directa de tu capitán. Patéales el culo a las pesadillas y espero verte sana y salva cuando....

El zumbido cesó, las estrellas se deformaron y un espejo oscuro la envolvió, aislándola en una burbuja no mayor que su nave. Se hizo el silencio.

Aunque no quería, se permitió sentir plenamente la tristeza que sentía, aceptar su pérdida y respetar sus emociones como se merecían. Una parte de ella se resistió, buscando excusas. Si conseguía encontrar a los emisarios de las Fauces y erradicarlos en un tiempo razonable, tal vez todavía podría volver a casa, disfrutar de una vida de paz.

Inspiró hondo. *No.* Lo hecho, hecho estaba. No había vuelta atrás, no tenía sentido lamentar las decisiones que había tomado ni, como había dicho Falconi, aquello que escapaba a su control.

Había llegado la hora. Cerró los ojos y, aunque la perspectiva todavía la inquietaba, se permitió dormir por fin.

Y esta vez no soñó.

3.

...

  ...

    ...

Una nave esmeralda surcaba la oscuridad; un diminuto punto resplandeciente, perdido en la inmensidad del espacio. Ningún otro vehículo la acompañaba, ninguna escolta, compañero ni dron vigilante. Estaba sola en el firmamento, y todo estaba en silencio.

Aunque navegaba, la nave no parecía moverse. Era una mariposa colorida y delicada, congelada en un cristal, preservada por toda la eternidad. Inmortal e inmutable.

Antes ya había volado más deprisa que la luz. Muchas veces. Pero ahora no. El rastro que perseguía era demasiado sutil para detectarlo de ese modo.

La galaxia giró sobre su eje durante un tiempo desmedido.

Entonces, apareció un destello.

Otra nave surgió delante de la primera. La recién llegada estaba abollada y sucia, con el casco remendado. En su morro, unas letras descoloridas formaban una única palabra.

Las dos naves se cruzaron durante una diminuta fracción de segundo, a una velocidad relativa tan inmensa que solo hubo tiempo para que una breve transmisión pasara de la una a la otra.

La transmisión era la voz de un hombre, y decía:

Tu familia está viva.

Acto seguido, la recién llegada desapareció, desvaneciéndose a lo lejos.

Dentro de la nave solitaria, dentro de la vaina de carne esmeralda, yacía una mujer. Y a pesar de que tenía los ojos cerrados y la piel azulada, a pesar de que su sangre estaba helada y su corazón inerte, a pesar de todo eso, una sonrisa afloró en su rostro.

Y siguió navegando, contenta de esperar y de dormir, dormir en un mar de estrellas.

ADENDA

★ ★ ★ ★ ★ ★ ★

APÉNDICE I

★ ★ ★ ★ ★ ★ ★ ★

EL ESPACIO-TIEMPO Y LOS VIAJES

SUPERLUMÍNICOS

Extracto de *Los principios entrópicos* (versión revisada)

… necesario enunciar un breve resumen de los fundamentos, como introducción y guía de referencia rápida para estudios posteriores y más exhaustivos.

* * *

El viaje superlumínico es la tecnología *definitoria* de la era moderna. Sin él, la expansión humana más allá del sistema solar implicaría viajes con una duración de varios siglos, a bordo de naves generacionales o naves sembradoras automatizadas que cultivaran a los colonos *in situ* tras la llegada al lugar de destino. Ni siquiera los motores de fusión más potentes cuentan con la delta-v necesaria para viajar entre las estrellas como hacemos actualmente.

Aunque se ha teorizado sobre él desde hace mucho, el viaje superlumínico no se convirtió en una realidad práctica hasta que Ilya Markov codificó la teoría del campo unificado (TCU) en 2107. La confirmación empírica llegó poco después, y el primer prototipo funcional de impulsor superlumínico se construyó en 2114.

La genialidad de Markov consistió en reconocer la naturaleza fluida del espacio-tiempo y demostrar la existencia de los diferentes planos lumínicos que Froning, Meholic y Gauthier describieron a finales del siglo XXI en sus obras puramente teóricas. Anteriormente, todo el pensamiento estaba acotado por las limitaciones de la relatividad general.

De acuerdo con las formulaciones de la relatividad especial de Einstein (junto con las transformaciones de Lorentz), ninguna partícula con masa real es capaz de acelerar hasta alcanzar la velocidad de la luz. Ello no solo requeriría una cantidad de energía infinita, sino que violaría la causalidad, y posteriores demostraciones prácticas han dejado claro que el universo *nunca* viola la causalidad a una escala no cuántica.

Sin embargo, no hay nada en la relatividad especial que prohíba que una partícula sin masa *siempre* esté viajando a la velocidad de la luz (es decir, un fotón), ni que siempre esté viajando *por encima* de la velocidad de la luz (es decir, un taquión). Y eso es exactamente lo que demuestran los cálculos. Al combinar varias ecuaciones de la relatividad especial, se hace evidente la simetría relativista subyacente entre las partículas sublumínicas, lumínicas y superlumínicas. En el caso de las superlumínicas, la sustitución de la masa relativista por la masa en reposo permite que la masa y la energía superlumínicas se conviertan en propiedades definibles y no imaginarias.

De este modo, obtenemos nuestro modelo actual del espacio físico (fig. 1):

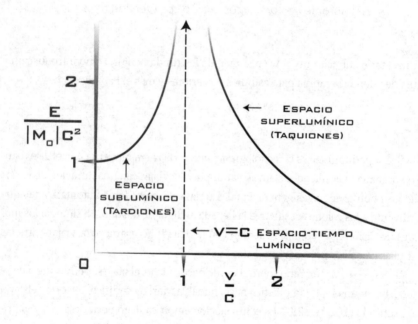

Figura 1: Energía positiva vs. velocidad

Aquí, la asíntota vertical v=c representa la membrana fluida del espacio-tiempo (que presenta un grosor insignificante aunque no igual a cero).

Al examinar esta gráfica, quedan aclaradas varias cosas de forma inmediata e intuitiva. En primer lugar, del mismo modo que una partícula sublumínica nunca podrá alcanzar la velocidad de la luz c, tampoco podrá hacerlo una partícula superlumínica. En el espacio subluminico normal, al gastar energía (por ejemplo, al expulsar propelente desde una nave espacial) podemos acercarnos a la velocidad de la luz. En el espacio superlumínico ocurre lo mismo. Sin embargo, en este espacio la velocidad de la luz es la *menor* velocidad posible, no la mayor, y nunca se puede frenar tanto como para igualarla mientras se posea masa.

Debido a que en el espacio superlumínico el aumento de velocidad nos *aleja* de c, no existe un límite superior a la velocidad de los taquiones, aunque sí que existen límites prácticos, dado el nivel de energía mínimo necesario para mantener la integridad de las partículas (recordemos que en el espacio superlumínico menos energía = más velocidad). Y mientras que en el espacio subluminico la masa en reposo es real, positiva y aumenta por la relatividad especial a medida que v se aproxima a c; en el espacio lumínico la masa en reposo es cero y v siempre = c; y en el espacio superlumínico la masa en reposo es imaginaria cuando v=c, pero se convierte en real, positiva y decreciente cuando su velocidad es superior a c.

Una de las implicaciones de este hecho es la inversión de los efectos de dilación temporal con respecto a la aceleración. Tanto en el espacio subluminico como en el superlumínico, a medida que nos aproximamos a c, envejecemos más despacio en relación con el universo. Es decir, que el universo envejece mucho más deprisa que una nave espacial que se desplaza al 99% de c. Sin embargo, en el espacio superlumínico, la aproximación a c se consigue frenando. Si en su lugar aceleráramos, moviéndonos a múltiplos todavía mayores de c, envejeceríamos más y más deprisa en comparación con el resto del universo. No hace falta decir que esto supondría un gran inconveniente de los viajes superlumínicos si las naves no estuvieran encerradas dentro de una burbuja de Markov en todo momento (como veremos más adelante).

Como podemos ver en la gráfica, es posible alcanzar una velocidad de 0 en el espacio subluminico. ¿Qué implica esto cuando el movimiento es relativo? Que estamos en reposo en relación con cualquier punto de referencia que elijamos, ya sea un observador externo o el punto de destino del viaje. Una velocidad de 0 en el espacio subluminico se traduce en una velocidad de aproximadamente 1,7c en el espacio superlumínico. Pese a ser alta, sigue siendo más baja que las velocidades de muchas partículas superlumínicas. De hecho, incluso los impulsores Markov más básicos son capaces de alcanzar 51,1c. Sin embargo, si necesitamos llegar a nuestro destino lo más deprisa posible, puede merecer la pena gastar la delta-v necesaria para detener por completo la nave (en relación con el punto de destino) antes de la transición superlumínica, para obtener así ese 1,7c de velocidad adicional.

Si fuera posible convertir directamente la masa subluminica en masa superlumínica, sin el uso de una burbuja de Markov, 1,7c sería la mayor velocidad alcanzable posible, ya que no existe ningún modo práctico de acelerar aún más la masa (es decir, de reducir aún más el estado energético de dicha masa), aparte de enfriarla.

No es posible absorber propelente *hacia* los depósitos, por ejemplo. Esta sería la segunda desventaja principal de los viajes superlumínicos si (insistimos) no contáramos con la burbuja de Markov.

La tercera desventaja sería el hecho de que la materia se comporta de un modo radicalmente distinto en el espacio superlumínico que en el sublumínico, hasta tal punto que la vida tal y como la conocemos sería insostenible. Este inconveniente, una vez más, se evita gracias a la burbuja de Markov.

Los tres continuos (sublumínico, lumínico y superlumínico) coexisten en el mismo tiempo y espacio y se solapan en cada punto del universo. El lumínico existe en forma de membrana fluida que separa el sublumínico del superlumínico y actúa como medio de interferencia entre ambos. La membrana es semipermeable y presenta una superficie definida en ambos lados, en la que se producen todas las fuerzas electromagnéticas.

La propia membrana, y por tanto la totalidad del espacio tridimensional, está constituida por cuantos de energía translumínica (CET), los cuales son, en pocas palabras, los bloques de construcción más elementales de la realidad. Como entidad cuantizada, los CET poseen una longitud de Planck de 1, una energía de Planck de 1 y una masa de 0. Sus movimientos e interacciones dan lugar a todas las demás partículas y campos.

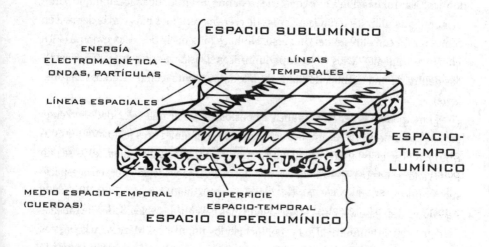

Figura 2: Diagrama simplificado del espacio-tiempo

En conjunto, los CET (y el propio espacio-tiempo) se comportan de un modo cuasifluido. La membrana lumínica presenta las siguientes propiedades de los fluidos:

- Presión
- Densidad y compresibilidad
- Viscoelasticidad
- Superficie y tensión superficial

Examinaremos en detalle cada uno de estos puntos más adelante, pero de momento basta con precisar que la viscoelasticidad es la propiedad que da origen a la gravedad y la inercia, y la que posibilita el movimiento relativo. A medida que la masa aumenta, empieza a desplazar la membrana espacio-temporal, que se va diluyendo bajo el objeto. Esto es la gravedad. Del mismo modo, la membrana es resistente a los cambios, de manera que para desplazarla aplicando una fuerza se tarda un tiempo. (La viscosidad del espacio-tiempo provoca fricción entre las capas límite, lo cual origina el efecto Lense-Thirring, también conocido como arrastre de marcos).

Debido a que los espacios sublumínico y superlumínico están físicamente separados por la membrana espacio-temporal, la masa sublumínica y la masa superlumínica pueden ocupar las mismas coordenadas simultáneamente, aunque esta situación duraría poco tiempo, ya que (a) en el espacio superlumínico toda la materia se mueve a una velocidad mayor que c, y (b) la membrana compartida implica que el desplazamiento espacio-temporal ocasionado por la masa (es decir, la gravedad) tiene un efecto igual y opuesto en el plano contrario.

Un ejemplo ilustrativo: en el espacio sublumínico, un planeta presionará el tejido del espacio-tiempo para crear el pozo gravitatorio que todos conocemos. Al mismo tiempo, esa depresión se manifestará en el espacio superlumínico en forma de «colina» gravitatoria: una protuberancia igual y opuesta en el tejido espacio-temporal. Y viceversa.

Esto plantea varias consecuencias. En primer lugar, la masa de un plano del espacio ejerce un efecto repulsor en el otro. Las estrellas, los planetas y otros cuerpos gravitacionales sublumínicos dejan de actuar como atractores en la transición superlumínica. Todo lo contrario.

Lo mismo se aplica a la masa en el espacio superlumínico. Sin embargo, debido a que este espacio presenta una densidad energética neta inferior (un efecto secundario natural de la velocidad base >c de los taquiones), y debido a las leyes y partículas radicalmente diferentes que existen en el espacio superlumínico, lo que ocurre es que las colinas gravitatorias producidas por la materia sublumínica más densa dispersan la masa taquiónica, alejándola. Tal y como confirmó Oelert (2122), la mayor parte de nuestra masa superlumínica local se concentra en una vasta aureola que envuelve la Vía Láctea. Dicha aureola ejerce una presión positiva sobre la Vía Láctea, que contribuye a evitar que la galaxia se disgregue.

Los efectos gravitacionales de la masa superlumínica sobre nuestro propio plano sublumínico fueron un misterio durante mucho tiempo. Los primeros intentos por explicarlos dieron lugar a las teorías ya obsoletas de la «materia oscura» y la «energía oscura». Actualmente, sabemos que las concentraciones de masa superlumínica entre las galaxias son las responsables de la expansión continua del universo y que también afectan a la forma y al movimiento de las propias galaxias.

La pregunta de si la materia taquiónica se agrupa para formar el equivalente superlumínico de las estrellas y los planetas sigue sin respuesta. Los cálculos nos dicen que sí, pero de momento la confirmación empírica no ha sido posible. La frontera de la galaxia está demasiado lejos incluso para nuestros drones más veloces, y la generación actual de sensores superlumínicos no son lo bastante sensibles para detectar cuerpos gravitacionales individuales a tanta distancia. Sin duda esto cambiará con el tiempo y podremos aprender mucho más sobre la naturaleza de la materia superlumínica.

Otra consecuencia de los pozos y las colinas causados por el desplazamiento espacio-temporal inducido por la masa es el efecto que comúnmente se conoce como límite de Markov. Antes de poder explicarlo, conviene exponer brevemente cómo funcionan en realidad la comunicación y los viajes superlumínicos.

Para disfrutar de una transición sin contratiempos desde el espacio subluminico hasta el superlumínico, es necesario manipular de forma directa la membrana espacio-temporal subyacente. Esto se consigue mediante un campo electromagnético especialmente condicionado que se acopla a la membrana (o más bien a los CET que la constituyen).

Según la teoría de calibres, los campos electromagnéticos ordinarios pueden describirse como «abelianos». Es decir, que la naturaleza del campo difiere de aquello que lo genera. Esto se aplica no solo a la radiación electromagnética, sino también a la atracción entre electrones y protones y a la repulsión interna de átomos y moléculas. Los campos «no abelianos» serían, por ejemplo, los ocasionados por las fuerzas nucleares fuertes y débiles, más complejos estructuralmente y, por tanto, con mayores niveles de simetría interna.

Otros campos no abelianos más relevantes son aquellos que se asocian a la tensión superficial, la viscoelasticidad y la coherencia interna de la membrana espacio-temporal. Surgen por los movimientos e interacciones internos de los CET, cuyos detalles sobrepasan con creces los objetivos de esta sección.

En cualquier caso, se ha demostrado que es posible convertir la radiación electromagnética ordinaria abeliana a no abeliana al modular la polarización de la energía de onda emitida desde antenas de apertura, o al ajustar las frecuencias de la corriente alterna a las geometrías toroidales por las que se hacen circular las corrientes (este es el método que emplea el impulsor Markov). Esto produce una radiación electromagnética con un campo subyacente de simetría SU(2) y forma no abeliana, tal y como se describe en las ecuaciones ampliadas de Maxwell. Dicha radiación se acopla en dirección ortogonal con los campos espacio-temporales mediante una cantidad común: el «potencial vectorial A». (La ortogonalidad se debe a que los paquetes de tardiones y taquiones presentan direcciones de movimiento de longitud opuesta y a que el campo electromagnético condicionado interactúa *a la vez* con las superficies sublumínica y superlumínica del espacio-tiempo). Este hecho suele compararse con «recorrer un ángulo de noventa grados avanzando siempre en línea recta».

Cuando el campo electromagnético se acopla al tejido espacio-temporal, es posible manipular la densidad del medio. Al inyectar la cantidad apropiada de energía, conseguimos que el propio espacio-tiempo se vuelva cada vez más disperso y permeable, hasta tal punto que la densidad energética del espacio sublumínico provoca que el área afectada entre en el espacio superlumínico, al igual que una burbuja de alta presión se expande y asciende hacia un área de menor presión.

Siempre y cuando el campo electromagnético condicionado se mantenga, el espacio sublumínico que contiene la burbuja permanecerá suspendido dentro del espacio superlumínico.

Desde el punto de vista de un observador sublumínico, todo lo que contiene la burbuja «desaparece», y únicamente se puede detectar su «colina» gravitatoria desde el otro lado de la membrana espacio-temporal.

Desde el interior de la burbuja, un observador se verá a sí mismo rodeado por un espejo esférico perfecto, que no es otra cosa que la superficie de la burbuja interactuando con el espacio superlumínico del exterior.

Desde el punto de vista de un observador superlumínico, una burbuja perfectamente esférica y reflectante acaba de materializarse en el espacio superlumínico.

La masa y el momento se mantienen durante todo el proceso. El rumbo original será idéntico al del espacio sublumínico, y la velocidad original se convertirá a su equivalente energético superlumínico.

Cuando el campo electromagnético se interrumpa, la burbuja se desvanecerá y todo lo que contenga regresará al espacio sublumínico (un proceso con el que seguramente muchos ya estarán familiarizados). Esto suele ir acompañado por un potente destello y un pico de energía térmica, al liberarse la luz y el calor que se han ido acumulando dentro de la burbuja a lo largo de todo el viaje.

Conviene enumerar algunas características específicas de las burbujas de Markov:

- Debido a que la superficie de la burbuja actúa como un espejo perfecto, es prácticamente imposible liberar el exceso de calor de una nave espacial durante un viaje superlumínico. Por eso es necesario crionizar a los tripulantes y los pasajeros antes de la transición.

- Por este mismo motivo, no resulta práctico utilizar un motor de fusión durante un viaje superlumínico. Los impulsores Markov, que requieren una cantidad de energía nada desdeñable para generar y mantener un campo electromagnético condicionado lo bastante potente, dependen de la antimateria almacenada para producir dicha energía. Es un método más eficiente, que produce la cantidad mínima de calor.

- A pesar de que el impulsor Markov y la nave en la que se aloja contienen una gran cantidad de energía comprimida para los estándares superlumínicos, la única energía que se verá en el espacio superlumínico será aquella que aparece a través de la superficie de la burbuja. Por lo tanto, cuanto más eficiente sea un impulsor Markov (es decir, cuanta menos energía necesite para generar el campo electromagnético condicionado), más rápido podrá viajar.

- En el desafortunado caso de colisionar con una gran masa superlumínica, se produciría la disrupción inmediata de la burbuja de Markov y el regreso inmediato al espacio sublumínico, con consecuencias potencialmente catastróficas en función de la ubicación de la nave.

- Cuanta menos energía se utiliza para generar una burbuja de Markov, más delicada se vuelve dicha burbuja. Las grandes colinas gravitatorias, como las que se encuentran alrededor de las estrellas y los planetas, presentan una fuerza más que suficiente para romper la burbuja y devolver la nave al espacio sublumínico normal. Esto es lo que se conoce como límite de Markov. Con una capacidad computacional adecuada, este límite puede reducirse, pero nunca eliminarse por completo. Actualmente, los impulsores Markov no se pueden activar dentro de un campo gravitatorio superior a 1/100.000 g. Este es el motivo por el que, en Sol, las naves espaciales deben alejarse una distancia equivalente al radio de la órbita de Júpiter antes de poder iniciar la transición superlumínica (obviamente, si se encuentran cerca del propio Júpiter, tendrán que alejarse todavía más).

Por muy fastidioso que sea el límite de Markov (a nadie le gusta tener que someterse a varios días más de viaje después de semanas o meses en crionización), este ha demostrado ser muy positivo. Gracias a él, es imposible soltar un asteroide superlumínico directamente sobre una ciudad, o cosas aún peores. De no existir el límite de Markov, las naves espaciales serían una amenaza potencial mucho mayor de lo que ya son, y la defensa contra los ataques sorpresa sería poco menos que imposible.

También tenemos la suerte de que la viscoelasticidad del espacio-tiempo descarte el uso de bombas superposicionales. Si una nave vuela en el espacio superlumínico por encima de una masa en el espacio sublumínico que produce menos de 1/100.000 g, y dicha nave regresa al espacio sublumínico en ese preciso momento, la nave y la masa se repelerán con igual fuerza, evitando que ambos objetos se crucen. De no ser así, la explosión resultante rivalizaría con una detonación de antimateria.

Una vez que la nave ha entrado en el espacio superlumínico, el vuelo en línea recta suele ser la decisión más práctica. Sin embargo, es posible obtener una cierta maniobrabilidad aumentado cuidadosamente la densidad energética en uno u otro lado de la burbuja, de manera que ese lado de la nave frene y el vehículo vire. Sin embargo, se trata de un proceso gradual que solo es válido para ligeras correcciones del rumbo en distancias largas. De lo contrario, correríamos el riesgo de desestabilizar la burbuja. Para realizar cambios más sustanciales, es preferible regresar al espacio sublumínico, reorientar la nave y reiniciar la transición.

Cualquier cambio de rumbo que se produzca en el espacio superlumínico se reflejará al regresar al sublumínico. Lo mismo sucederá con los cambios de momento y velocidad totales, siendo el grado de cambio inversamente proporcional.

Sería técnicamente posible que dos naves se acoplaran en el espacio superlumínico, pero las dificultades prácticas para igualar sus velocidades exactas y calcular la fusión de sus burbujas de Markov son tales que, aunque se ha conseguido con drones, ningún ser humano (que sepamos) está tan loco como para intentarlo con naves tripuladas.

Aunque la nave que se encuentra dentro de una burbuja de Markov nunca puede observar directamente el entorno superlumínico, sí que es posible cierto grado de información sensorial. Al hacer vibrar la burbuja con las frecuencias adecuadas, se pueden crear partículas superlumínicas en la superficie exterior de la membrana, partículas que pueden emplearse como una especie de radar, además de un mecanismo de señalización. Mediante un cálculo minucioso, es posible detectar el regreso de las partículas al impactar en la burbuja, lo que nos permite interactuar con el espacio superlumínico, aunque sea de un modo muy rudimentario.

Este es el mismo método que emplean las comunicaciones y los sensores superlumínicos. Ambos medios pueden usarse mucho más cerca de una estrella o un planeta que una burbuja de Markov, pero tal y como ocurre con esta última, existe un punto en el que las colinas gravitatorias asociadas se vuelven demasiado pronunciadas, y únicamente las señales superlumínicas más potentes y lentas podrían superarlas.

Debido a la protección de la burbuja, la nave retiene el marco de referencia inercial que tenía antes de la transición superlumínica, lo que implica que no experimentará la dilación temporal extrema que sufriría una partícula superlumínica expuesta. Tampoco experimentará el menor efecto relativista (los gemelos de la famosa paradoja envejecerían al mismo ritmo aunque uno de ellos emprendiera un viaje superlumínico de ida y vuelta entre Sol y Alfa Centauri).

Por supuesto, esto nos lleva a la cuestión de la causalidad.

Cabría preguntarse por qué el viaje superlumínico no permite el viaje temporal, a pesar de lo que sugieren todas las ecuaciones de la relatividad especial. La respuesta es que no lo permite, y lo sabemos porque... no lo permite.

Aunque parezca increíble, lo cierto es que la cuestión no se zanjó hasta que Robinson y la tripulación de la Dédalo emprendieron los primeros viajes superlumínicos. Hizo falta la experimentación empírica para responder de manera concluyente a la cuestión de los viajes en el tiempo, y los cálculos que demostraban su imposibilidad tardaron bastante más en desarrollarse por completo.

Lo que se descubrió fue lo siguiente: por muy veloz que sea un viaje superlumínico (es decir, independientemente de los múltiplos de c a los que viaje una nave espacial), nunca podrá regresarse al punto de origen *antes* de iniciar el viaje. Tampoco, por cierto, se pueden usar señales superlumínicas para enviar información al pasado. *Siempre* transcurrirá cierto tiempo entre la ida y la vuelta.

¿Cómo es posible? Un mínimo conocimiento de los conos de luz y las transformaciones de Lorentz permite deducir sin sombra de duda que, al superar la velocidad de la luz, podríamos viajar al pasado y matar a nuestro propio abuelo (o alguna otra cosa igualmente absurda).

Y sin embargo, no podemos.

La clave para entenderlo reside en el hecho de que los tres planos lumínicos pertenecen al mismo universo. A pesar de su aparente separación (desde nuestro punto de vista sublumínico normal), los tres forman parte de un todo cohesionado más grande. Y aunque en ciertas circunstancias pueda parecer que se producen violaciones locales de las leyes físicas, dichas leyes se mantienen a escala global. La conservación de la energía y el momento, por ejemplo, siempre se mantiene en los tres planos lumínicos.

Además, existe cierto grado de cruzamiento. Las distorsiones gravitacionales a un lado de la barrera lumínica tendrán un efecto simétrico en lado contrario. Por lo tanto, un objeto móvil en el espacio sublumínico dejará una huella de distorsión gravitacional sublumínica en el espacio superlumínico equivalente. Las ondas de dicha distorsión se propagarán hacia el exterior a la velocidad c, pero el movimiento del centro gravitacional siempre será inferior a c. Y se aplica lo contrario en el caso de una masa gravitacional superlumínica, que dejaría un rastro superlumínico de ondas espacio-temporales a través del espacio sublumínico normal. (Por supuesto, nunca se detectó esa clase de rastros superlumínicos antes de la invención del impulsor Markov, principalmente debido a la extrema debilidad de dichos rastros y a la gran distancia que separa la mayor parte de la materia superlumínica del cuerpo principal de la Vía Láctea).

Nota: es importante recordar que, del mismo modo que cualquier cosa que se mueva a una velocidad superior a c en el espacio sublumínico podría, teóricamente, utilizarse para provocar una violación de la causalidad, ocurriría lo mismo con cualquier cosa que se moviera a una velocidad *inferior* a c en el espacio superlumínico. En este espacio, c es la velocidad mínima de información. Por encima de ella, la relatividad y la no simultaneidad se mantienen siempre, por muy deprisa que se viaje.

Incluso sin contar con la existencia del impulsor Markov, la situación actual es que los fenómenos naturales parecen estar violando la barrera de la velocidad de la luz a ambos lados de la membrana espacio-temporal, aunque (insistimos) sin incurrir en violaciones de la causalidad.

Lo que nos lleva a la misma pregunta: ¿por qué sucede esto?

La respuesta es doble.

Primero: ninguna partícula con masa real rompe jamás la barrera de la luz, ni en el plano sublumínico ni en el superlumínico. De ser así, observaríamos todas las paradojas y violaciones de la causalidad que predice la física tradicional.

Segundo: al igual que los CET forman la base de toda partícula sublumínica, también forman la base de las partículas superlumínicas. Como su nombre indica, los CET pueden existir en los tres planos a la vez, y son capaces de moverse tan despacio como la partícula sublumínica más lenta y tan deprisa como la partícula superlumínica más rápida (y eso es mucho decir), con la única restricción del límite inferior de energía necesaria para mantener la coherencia de las partículas. Incluso así, los CET pueden moverse todavía más deprisa, dada su energía de Planck de 1.

Por lo tanto, el descubrimiento de los CET nos ofrece un objeto capaz de transportar información mucho más deprisa que la velocidad de luz. Normalmente esto solo ocurre en el plano superlumínico, pero cualquier CET es capaz de alcanzar esa clase de velocidades, y a menudo alternan entre velocidades sub y superlumínicas a medida que varía su posición dentro de la membrana espacio-temporal. Estos cambios son responsables de gran parte de las rarezas cuánticas que podemos observar a pequeña escala.

El cono de luz, por así decirlo, de un observador que utilizara los CET para reunir información sería muchísimo más amplio que si utilizara únicamente fotones (más amplio, pero no absoluto; la velocidad de los CET es finita). El cono de luz más amplio (o cono CET) abarca el conjunto total de los acontecimientos que pueden considerarse simultáneos. Aunque la no simultaneidad y la relatividad se mantienen a lo largo de los tres planos lumínicos (cuando se consideran en su conjunto), la inmensa velocidad de los CET reduce en gran medida los acontecimientos que pueden considerarse no simultáneos, y dichos acontecimientos quedan fuera del alcance de la velocidad máxima de cualquier partícula superlumínica. Y aunque en teoría el universo sigue siendo fundamentalmente relativo, en la práctica la vasta mayoría de los acontecimientos se pueden considerar ordenados y causales.

Esto significa que una nave en viaje superlumínico no puede inducir ninguna violación de la causalidad dentro del espacio superlumínico, puesto que la burbuja de Markov es un objeto/partícula superlumínico y se comporta como tal. Y cuando la nave regresa al espacio sublumínico, tampoco se producen violaciones de la causalidad porque los tiempos de viaje siempre son más lentos que la velocidad máxima de los CET (es decir, la velocidad de la información).

En aquellos casos en los que se *habría* producido una paradoja en el espacio sublumínico, se descubre que los acontecimientos han tenido lugar según una relación causal, uno después de otro y sin la menor contradicción. Desde fuera, puede parecer que es posible enviar información de vuelta a su punto de origen antes de ser transmitida, pero la clave es la palabra «parecer». En términos reales, tal cosa no es posible. De intentarlo, la transmisión de retorno nunca llegará antes que una unidad de tiempo Planck CET (definiéndose el tiempo Planck CET como el periodo de tiempo que tarda un CET en atravesar una unidad de longitud de Planck a su máxima velocidad).

Por lo tanto, siempre que observemos la posibilidad de una violación de la causalidad en el espacio sublumínico, estaremos viendo, en pocas palabras, un espejismo. Y cualquier intento de explotar dicha posibilidad terminará en fracaso.

Así, muchas de las observaciones de nuestro universo sublumínico se vuelven ilusorias. Antes de la invención del impulsor Markov (o de la detección de las señales gravitacionales superlumínicas), nada de esto importaba. La relatividad se mantenía en todo momento porque el viaje y la comunicación superlumínicos no eran posibles. Tampoco éramos capaces de acelerar una nave espacial a velocidades relativistas suficientes para empezar a investigar la cuestión. Únicamente ahora, con el acceso a los planos sub y superlumínicos, la verdad ha salido a la luz.

A medida que las señales de nuestros viajes superlumínicos modernos empiecen a llegar hasta las estrellas más cercanas, un observador situado allí y equipado con un telescopio lo bastante potente vería una confusa sucesión de imágenes de naves y señales apareciendo de la nada, aparentemente de manera desordenada. Sin embargo, si observa los CET en lugar de los fotones, podrá establecer el verdadero orden de los acontecimientos (o también si viajara físicamente hasta las fuentes de dichas imágenes).

El mecanismo exacto que evita las violaciones de causalidad en el espacio sublumínico es la velocidad máxima de los CET. Siempre y cuando esta velocidad no se supere (y no existe mecanismo conocido que permita superarla), el viaje superlumínico jamás permitirá viajar al pasado. Y deberíamos dar gracias por ello. Un universo sin causalidad sería el caos absoluto.

* * *

Concluido el resumen general, pasaremos a examinar ahora las posibilidades teóricas del uso de campos electromagnéticos condicionados para reducir los efectos inerciales e incrementar o disminuir la gravedad percibida. Aunque inviable con nuestros niveles actuales de producción de antimateria, en el futuro podría servirnos para...

APÉNDICE II

★ ★ ★ ★ ★ ★ ★

COMBATE NAVAL ESPACIAL

Transcripción de la conferencia del profesor Chung en la Academia
Naval de la FAU, la Tierra (2242)

Buenas tardes, cadetes. Podéis sentaros.

Durante las próximas seis semanas, vais a recibir el mejor curso de formación de la FAU sobre los medios y los métodos del combate naval espacial. Luchar en el espacio no es el doble de difícil que luchar en el aire o el agua. Tampoco es tres o cuatro veces más difícil. El combate espacial está *un orden de magnitud por encima*.

La gravedad cero es un entorno contrario a la intuición del cerebro humano. Aunque algunos os habréis criado en naves o estaciones, existen aspectos de las maniobras inerciales que no entenderéis sin una formación adecuada. Y por muy buenos que seáis en el clásico combate sublumínico, os aseguro que el viaje superlumínico tira esas reglas por la esclusa y las pisotea hasta convertirlas en pulpa sanguinolenta.

Las capacidades de maniobrabilidad de vuestra nave y las naves aliadas determinarán dónde podréis luchar, contra quién y, en caso necesario, cuáles son los requisitos de la retirada. Se ha dicho muchas veces que el espacio no es simplemente grande; es *muchísimo* más grande de lo que podáis siquiera imaginar. Si no sois capaces de salvar la distancia que os separa de vuestro objetivo, este será invulnerable a vuestro armamento. Por eso suele ser conveniente salir del espacio superlumínico con un grado elevado de movimiento relativo. Aunque no siempre. Las circunstancias varían y, en tanto que oficiales, os tocará a vosotros tomar esa clase de decisiones.

Aprenderéis las capacidades y los límites de nuestros motores de fusión. Aprenderéis por qué (a pesar de lo que hayáis podido ver en juegos y películas) el concepto de las naves espaciales de combate personal no solo está anticuado, sino que en realidad nunca ha existido. Un dron o un misil son más baratos y mucho más eficaces. Las máquinas pueden soportar muchas más g que cualquier ser humano. Es cierto que a veces os encontraréis con un minero radicalizado o un cártel local que utilicen una nave más pequeña para actos de piratería o cosas similares, pero cuando se enfrenten con una auténtica nave de guerra como nuestros nuevos cruceros y acorazados, *siempre* serán derrotados.

Cuando os enfrentéis al enemigo, el combate será un juego estratégico entre los distintos sistemas de vuestras naves, una partida de ajedrez en la que el objetivo será infligir el daño suficiente para inutilizar o destruir a los hostiles antes de que ellos os hagan lo mismo a vosotros.

Cada uno de los sistemas de armamento que utilizamos presenta ventajas y desventajas. Los misiles son idóneos para ataques a corta y media distancia, pero son demasiado lentos y les falta combustible para combates a larga distancia. Además, una vez disparados, se pierden. Los láseres de proximidad pueden detener los misiles enemigos, pero solo un número determinado, y solo hasta que el láser se sobrecaliente. Los obuses Casaba también son armas de corto y medio alcance, pero a diferencia de los misiles, los láseres no pueden detenerlos una vez disparados. De hecho, hace falta una pared maciza de plomo y tungsteno de diez o veinte metros de espesor para detener el haz de radiación de un obús Casaba. La desventaja es su masa; el número de obuses Casaba que pueden llevarse en una nave es limitado. Además, a larga distancia, el haz del obús se ensancha y tiene la misma potencia que un pedo diarreico en una ventisca. A media y larga distancia, dependéis del láser de la quilla, pero también habrá que vigilar el sobrecalentamiento, y el enemigo siempre puede contratacar con contramedidas para dispersar el disparo. Los impulsores de masas y los penetradores nucleares pueden usarse a cualquier distancia, puesto que las armas cinéticas tienen un alcance virtualmente infinito en el espacio, pero únicamente son prácticos en encuentros a corto alcance, en los que el enemigo no tenga tiempo para esquivar, o bien en ataques a muy largo alcance, en los que el enemigo ni siquiera sepa que lo estáis atacando.

Independientemente del arma o armas que decidáis emplear, tendréis que equilibrar su uso con la carga térmica máxima de vuestra nave. ¿Disparáis el láser de quilla una vez más o realizáis otra maniobra de evasión? ¿Os arriesgáis a extender los radiadores durante el combate para deshaceros de unos cuantos grados más? ¿Cuánto tiempo os vais a arriesgar a enfriar la nave antes de un salto superlumínico si el enemigo os persigue?

El combate nave-superficie plantea factores distintos al combate entre naves. Las instalaciones estacionarias, como las plataformas orbitales de defensa, los hábitats anulares y los asteroides reconvertidos requieren estrategias específicas. Si decidís abordar una nave enemiga, ¿cuál es la mejor forma de proteger a vuestras tropas además de vuestra nave?

Además del combate físico, tendréis que lidiar con el combate electrónico. Que no os quepa duda: el enemigo intentará subvertir vuestros sistemas informáticos para volverlos en vuestra contra. No es seguro que los inhibidores os protejan, ya que los hostiles podrían usar un láser de guiado para acceder a vuestro sistema.

Tendréis que tener en cuenta todo esto y mucho más al entrar en combate en el espacio. El entorno quiere mataros. El enemigo quiere mataros. Y vuestros instintos e ignorancia *os matarán* a vosotros y a todos los que os rodean si no domináis estos principios fundamentales.

Sé que alguno estará pensando: ¿la mente de a bordo y las pseudointeligencias no se ocupan de todo eso? La respuesta es sí, en efecto. Pero no siempre. Una mente de a bordo no tiene manos. Lo que pueden mover o arreglar tiene sus límites, y lo mismo ocurre con las pseudointeligencias. En una emergencia, hay cosas que solo puede hacer un ser humano. Y se han dado mucho casos en los que el enemigo ha desactivado a la mente de a bordo o su sistema informático. Cuando eso sucede, las decisiones recaerán sobre vosotros, la nueva generación de oficiales de la MEFAU.

Las próximas seis semanas van a ser las más difíciles de vuestra vida. Y así debe ser. La FAU no admite que *nadie* no cualificado suba a una nave espacial y ponga en peligro su propia vida y las de sus compañeros. Es mejor abandonar ahora y volver a ser un tripulante más, sin otra preocupación que lustrarse las botas y no dejarse los dientes en la cubierta. Si no os veis capaces de asumir tanta responsabilidad, levantaos y salid del aula. Ahí tenéis la puerta. Os aseguro que nadie, ni yo, ni vuestros superiores ni la FAU os echarán en cara que tiréis la toalla ahora... ¿No? De acuerdo. Durante el próximo mes y medio, mis chicos y yo os vamos a hacer sufrir. Vais a desear haber abandonado. Pero si sois constantes, trabajáis duro y aprendéis de los errores de aquellos que pagaron los suyos con sangre y vidas, tal vez obtengáis vuestros galones de oficial... y que los honréis como se merecen.

Así que a hincar codos. Cuando termine este programa, confío en que todos y cada uno de vosotros me impresionaréis con vuestros conocimientos de combate espacial.

Eso es todo. Podéis retiraros.

APÉNDICE III

★ ★ ★ ★ ★ ★ ★ ★

TERMINOLOGÍA

Que tu camino te guíe siempre al conocimiento.
Al conocimiento para alcanzar la libertad.

—LETANÍA ENTRÓPICA

Cómete el camino.

—INARË

A

ACORAZADO: clase naval estándar de mayor tamaño de la MEFAU. Equipado con armamento pesado y capaz de transportar un número significativo de tropas, pero de maniobrabilidad lenta debido a su longitud. Nunca actúa sin naves de apoyo (*véase también* Crucero).

ADRASTEA: luna del gigante gaseoso Zeus, en el sistema Sigma Draconis. En la mitología griega, ninfa que crio en secreto al dios infante Zeus. En griego significa «ineludible».

AGROMETAL: música *hardcore* que surgió en las comunidades agrícolas de Eidolon, famosa por utilizar aperos agrícolas como instrumentos.

AIGOO: interjección coreana que se utiliza para expresar diversas emociones, como la culpa, el disgusto, la frustración, la inquietud o la sorpresa. Equivale a un suspiro verbal.

AISH: interjección coreana que expresa frustración o descontento.

AJUMMA: término coreano que designa a cualquier mujer de mediana edad en adelante, o bien a una mujer casada, aunque sea joven. Las *ajummas* se consideran personas controladoras y estrictas.

ALTO LFARR: famoso promontorio de Pelagio. Su clima templado lo convirtió en la ubicación preferente de las pozas de puesta wranaui. Más tarde, con el descubrimiento de varios artefactos de los Antiguos construidos allí, adquirió una enorme relevancia sociopolítica y religiosa. Era la ubicación original del Cónclave wranaui (lo que más tarde sería el Cónclave Abisal), antes de la unificación de los Brazos y el dominio de la forma gobernante.

ANILLO ORBITAL: gran anillo artificial situado alrededor de un planeta. Puede construirse a casi cualquier distancia, pero el primer anillo suele ubicarse en la órbita baja. El concepto básico es sencillo: un cable rotatorio que orbita alrededor del ecuador y una cubierta superconductora no orbital que envuelve dicho cable. La cubierta se utiliza para acelerar y decelerar el cable según sea necesario. Se pueden construir paneles solares y estructuras en la cubierta exterior, incluidos ascensores espaciales estacionarios. La gravedad de la superficie exterior del anillo alcanza niveles casi planetarios. Ofrece una manera barata y sencilla de trasladar grandes cantidades de masa dentro y fuera de la órbita. Es un método empleado tanto por los humanos como por los wranaui.

ANTIGUOS: raza sintiente responsable de la creación de la simiente, las Grandes Balizas y muchos otros artefactos tecnológicos encontrados a lo largo del brazo de Orión de la Vía Láctea. Humanoides, con dos pares de brazos y unos dos metros de altura. Aparentemente extintos. Las evidencias muestran que su especie era extraordinariamente avanzada y anterior a cualquier otra especie consciente conocida (*véase también* Mayoralto y Báculo del Azul).

ARCHIARÍTMETRA: *véase* Pontifex Digitalis.

ARROZ AHUMADO: postre típico de San Amaro, un arroz con leche aderezado con caramelo que se elabora hirviendo azúcar moreno y filtrando el jarabe con cenizas de especias.

ASCENSOR ESPACIAL: cable cinta de fibra de carbono que se extiende desde la superficie de un planeta hasta un punto de anclaje (generalmente un asteroide) por encima de la órbita geoestacionaria. Permite transportar masas de un lado a otro.

ASPECTO DEL VACÍO: pantalla wranaui; tradicionalmente, una imagen generada dentro de un orbe de agua en suspensión.

AZOTE: microbio que mató a veintisiete de los treinta y cuatro humanos enviados al planetoide rocoso Blackstone en misión de reconocimiento.

B

BÁCULO DEL AZUL: módulo de control construido por los Antiguos, de gran importancia sociotecnológica.

BÁCULO DEL VERDE: fragmento de la simiente dotado de vida propia.

BANCO DE ATAQUE HFARR: flota del ejército wranaui (existe una por cada Brazo).

BARRAS DE DIOS: *véase* SJAM.

BIT: criptomoneda sincronizada con el Horario Galáctico Estándar (HGE). Es la divisa legal más ampliamente aceptada en el espacio interestelar, y la moneda oficial de la Liga de Mundos Aliados.

BLÁSTER: láser que dispara un pulso en lugar de un haz continuo.

BLINDAJE DE SOMBRA: protección antirradiación ubicada entre el reactor y el cuerpo principal de una nave espacial. Está compuesto por dos capas: el blindaje de neutrones (normalmente de hidróxido de litio) y el blindaje de rayos gamma (de tungsteno o mercurio). Para mantener las estaciones y su tripulación dentro de la «sombra» proyectada por este blindaje, las naves espaciales suelen atracar frontalmente.

BLINDAJE MAGNÉTICO: se denomina así tanto al toro dipolar magnetosférico de plasma ionizado que se emplea para proteger las naves espaciales de la radiación solar durante los viajes interplanetarios como al sistema magnetohidrodinámico utilizado para el frenado y la protección térmica de la nave durante la reentrada.

B. LOOMISII: bacteria oriunda de Adrastea, de color naranja y con aspecto de liquen.

BRAZOS: organizaciones políticas y sociogenéticas semiautónomas de la sociedad wranaui. Cada Brazo actúa por cuenta propia, pero sus impulsos pueden ser eclipsados por la forma gobernante *(véase también* Tfeir*).*

BRONCEADO ESPACIAL: resultado inevitable de pasar días y meses bajo las luces de espectro total que se utilizan en las naves espaciales para evitar trastornos afectivos estacionales, falta de vitamina D y muchos otros problemas. Especialmente perceptible en habitantes nativos de estaciones y residentes permanentes de naves.

BURBUJA DE MARKOV: esfera de espacio sublumínico impregnada con un campo electromagnético condicionado que permite que la materia tardiónica cruce la membrana fluida espacio-temporal y entre en el espacio superlumínico.

BUSCADOR: forma de vida servil creada por los Antiguos para tareas de contención e imposición. Es capaz de asumir el control directo de las acciones de cualquier criatura viva tras el contacto directo, suministrándole inyecciones en el neurocráneo. Un ser altamente inteligente y peligroso, conocido por reunir grandes ejércitos de seres sintientes esclavizados.

C

CARACOLA: término wranaui que significa «nave espacial», derivado de sus propios caparazones protectores.

CAZADOR-RASTREADOR: pequeños drones utilizados en misiones de vigilancia y asesinato.

CCI: Comisión de Comercio Interestelar. Departamento de la Liga encargado de supervisar el comercio interestelar. Entre sus funciones está la aplicación de estándares, la recaudación de impuestos y la prevención del fraude, además de ofrecer préstamos y recursos para promover el crecimiento económico por todo el espacio colonizado.

CET: *véase* Cuanto de energía translumínica.

CHELL: té extraído de las hojas de la palmera sheva de Eidolon. Un estimulante moderado que se emplea en toda la Liga, solo superado en popularidad por el café. Más habitual entre colonos que entre terranos.

CHIRROCK: hipervibraciones posfusión representadas mediante muestras de ondas de radio y plasma obtenidas de los anillos de varios gigantes gaseosos. Género popularizado por el grupo Honeysuckle Heaps en 2232.

CICLO: año wranaui. Equivale aproximadamente a un año y tres meses terrestres.

CINTA SUPERLUMÍNICA: nombre coloquial de la cinta de vacío, un tipo de cinta reparadora increíblemente resistente y sensible a la presión que permite reparar grietas en el casco exterior. A pesar de la creencia popular, no es apta para efectuar reparaciones que resistan un viaje superlumínico.

CIUDADANÍA CORPORATIVA: ciudadanía sin asignación territorial, otorgada a ciertos empleados de las corporaciones interestelares. Permite que las personas puedan trabajar, viajar y vivir en distintos países, planetas y sistemas con relativa facilidad. El concepto se desarrolló antes de la formación de la Liga, y lentamente está siendo sustituido por la ciudadanía de la Liga, que otorga un pasaporte equivalente.

CIUDADES FLOTANTES: hábitats cupulares ligeros y de densidad neutra suspendidos entre las nubes de Venus y que constituyen varios de los asentamientos más grandes y prósperos situados fuera de la Tierra. La mayoría de sus elementos estructurales proceden de árboles y otras plantas cultivadas en las cúpulas.

COFORMA: término que designa a los wranaui que comparten la misma apariencia física.

COLEGIO DE ENUMERADORES: organismo rector de los numenistas en su sede de Marte.

CÓNCLAVE ABISAL: congreso servil de coformas wranaui que reside en la margen plañidera de los océanos de Pelagio.

CONSTRUCTO: cuerpo artificial (pero biológico) que se desarrolla para alojar el cerebro de una persona que ha perdido el original. Suele ser un paso intermedio en el proceso de conversión de las mentes de a bordo.

CORDOVA: (Gliese 785) enana naranja-roja empleada por los wranaui como base de operaciones de avanzada y puesto de vigilancia permanente para observar a la humanidad.

CORPORACIÓN MERCANTIL LAPSANG: conglomerado interestelar que comenzó como una empresa de comercio antes de centrarse en la fundación, financiación y dirección de colonias como la de Highstone, en Weyland. Tiene su sede en el mundo de Stewart. Eslogan: «Forjemos el futuro juntos».

CORRUPTOS: *véase* Pesadillas.

COSTA MÁS LEJANA, LA: poema astronáutico de Harrow Glantzer (huterita).

CRIONIZACIÓN: sueño criogénico; animación suspendida inducida mediante un cóctel de sustancias químicas antes de un viaje superlumínico.

CRUCERO: nave de la FAU diseñada para actuar en solitario en reconocimientos y patrullas de larga distancia. Más pequeña y maniobrable que los acorazados, pero igualmente formidable. Incluye dos transbordadores equipados con impulsor Markov y aptos para los viajes órbita-superficie y superficie-órbita.

CTR Noticias: Compañía de Transmisión Ruslana. Noticiario de 61 Cygni.

CUANTO DE ENERGÍA TRANSLUMÍNICA (CET): el bloque de construcción más elemental de la realidad. Una entidad cuantizada con una longitud de Planck de 1, una energía de Planck de 1 y una masa de 0. Ocupa todos los puntos del espacio sub y superlumínico, además del interior de la membrana lumínica que los divide.

CUIDADORES: criaturas biomecánicas de gran inteligencia que viven en Unidad y son responsables del mantenimiento general y tareas de construcción menores. Se especula que poseen algún tipo de mente colmena integrada.

D

DELTA-V: medida de la propulsión por unidad de masa necesaria para que una nave realice determinada maniobra. En otras palabras, el cambio de velocidad que se puede obtener gastando el propelente de la nave. Las maniobras se miden según la delta-v necesaria, y el coste se suma de manera lineal. La masa de propelente requerida para cualquier maniobra se calcula mediante la ecuación del cohete de Tsiolkovski.

DEPARTAMENTO DE DEFENSA: departamento civil de la Liga responsable de supervisar a la FAU.

DERMOTRAJE: prenda protectora ceñida al cuerpo de uso general. Cuando se combina con un casco, puede hacer las veces de traje espacial, equipo de buceo y traje térmico. Forma parte del equipo estándar en entornos hostiles.

DESAPARECIDOS: *véase* Antiguos.

DESGARRO: catastrófica guerra civil wranaui que estalló tras el descubrimiento de numerosos artefactos tecnológicos creados por los Antiguos, incluida la simiente y muchas otras formas similares a esta, lo que provocó la herejía de la carne de los Tfeir. Mientras los Brazos se enfrentaban entre sí por la supremacía, los wranaui también emprendieron una ambiciosa campaña expansionista que colonizó numerosos sistemas. Los conflictos internos casi erradicaron a toda su especie, en parte por los efectos de la guerra convencional, en parte por haber despertado a un Buscador y en parte por la creación involuntaria de los corruptos. La civilización wranaui quedó hecha añicos y tardó casi tres siglos en recuperarse por completo (*véase también* Ola y Tfeir).

DESPERTISONA: una de las marcas comerciales de una popular medicación sustitutiva del sueño. El fármaco contiene dos compuestos diferentes: uno restaura el ritmo circadiano del cuerpo y el otro limpia el cerebro de metabolitos como el β-amiloide. Ante la falta de sueño, una dosis evita la neurodegeneración y mantiene un nivel alto de las funciones mentales y físicas. Sin embargo, no replica el estado anabólico del sueño, así que sigue siendo necesario el sueño normal para la secreción de las hormonas del crecimiento y la recuperación adecuada tras los estreses cotidianos.

DEVOTO EMPORIO DEL TRITÓN DE FINK-NOTTLE, EL: famosa empresa vendedora de anfibios de la Tierra. Fundada por C. J. Weenus alrededor de 2104.

DIP: diploma interplanetario. El único título educativo aceptado en todo el espacio colonizado. La universidad de Bao del mundo de Stewart supervisa su acreditación, en colaboración con diversas instituciones de Sol. El DIP abarca la mayor parte de asignaturas relevantes, incluidos el derecho, la medicina y las principales ciencias.

DIRECTOR DE SEGURIDAD INTERESTELAR: funcionario de inteligencia civil de mayor rango de la Liga. Su principal responsabilidad es la protección existencial de la humanidad.

DQAR: formación de batalla wranaui consistente en una estructura de delta invertida.

E

EIDOLON: planeta de Épsilon Eridani. Un planeta jardín similar a la Tierra y repleto de vida nativa no sintiente, mayoritariamente venenosa u hostil. La colonia de Eidolon presenta el índice de mortalidad más alto de cualquier planeta colonizado.

EMINENTE: líder de la Liga de Mundos Aliados, elegido por los gobiernos constituyentes.

ENTROPISMO: pseudorreligión apátrida caracterizada por la creencia en la muerte térmica del universo y el deseo de evitar o retrasar dicha muerte. Fundada por el matemático Jalal Sunyaev-Zel'dovich a mediados del siglo XXI. Los entropistas invierten considerables recursos en la investigación científica, y han contribuido directa o indirectamente a numerosos hallazgos importantes. Los adeptos declarados se reconocen por sus túnicas degradadas. Como organización, los entropistas han demostrado ser difíciles de controlar, ya que no juran lealtad a ningún gobierno en concreto, sino únicamente a su misión. Toda su tecnología está, como mínimo, varias décadas por delante de la sociedad humana. «Con nuestras acciones, aumentamos la entropía del universo. Con nuestra entropía, buscamos la salvación de la inminente oscuridad» (*véase también* Nova Energium).

ENUMERACIÓN: transmisión de números ascendentes que los numenistas deben escuchar como parte de su fe. Algunos números, como los primos, se consideran más propicios que otros (*véase también* Numenismo).

ESCARALUZ: pequeño animal insectil oriundo de Eidolon, caracterizado por su exoesqueleto metalizado y brillante.

ESCARPE NUMINOSO: enorme estructura geológica de Ruslan. Una losa inclinada de granito con vetas de oro. Uno de los destinos turísticos más populares de Ruslan, famoso por inspirar fervor religioso y crisis existenciales entre sus visitantes. Escenario de *Adelin*, una influyente obra teatral cuyo actor principal, Sasha Petrovich, se vio involucrado en un escándalo de corrupción a finales de 2249 que llevó a la dimisión del gobernador de Ruslan, Maxim Novikov, y al nombramiento del inquisidor Orloff para resolver la cuestión. La agitación social continuó de manera intermitente durante varios años.

ESCOBA DOBLE: mano más alta del juego de cartas «suma siete», que consiste en cuatro sietes, dos reyes y un nueve, lo que da un total de noventa y uno, que equivale a trece puntos.

ESCOBA SIMPLE: mano natural más alta del juego de cartas «suma siete», que consiste en cuatro reyes, dos reinas y un as, lo que da un total de setenta y siete, que equivale a once puntos.

ESPABIROL: *véase* Despertisona.

ESTELARISTAS: uno de los principales partidos políticos de la Liga. Actualmente en el gobierno. Movimiento aislacionista compuesto por las potencias gubernamentales principales de Marte, Venus y la Tierra. Se popularizó tras los conflictos con Shin-Zar y el hallazgo de la Gan Baliza (*véase también* Partido conservador *y* Partido expansionista).

EXOESQUELETO: (coloquialmente, EXO) armazón mecánico utilizado en combate, transporte, minería y movilidad. Existe una gran variedad de diseños y funciones; algunos exos están expuestos a los elementos y otros están reforzados para resistir el vacío o las profundidades oceánicas. Los exos blindados forman parte del equipo estándar de las tropas de combate de la FAU.

EXPANSIÓN HUTERITA: intensiva sucesión de iniciativas de colonización por parte de los huteritas reformistas que se inició en el sistema solar y se expandió tras el desarrollo de la tecnología superlumínica. Se considera que este periodo comenzó poco después de la construcción del primer ascensor espacial de la Tierra y que terminó con la colonización de Eidolon (*véase también* Huteritas reformistas).

F

FAU: Fuerza Armada Unificada. Tropas militares combinadas de la Liga, reclutadas entre sus miembros constituyentes. Muchos gobiernos han dejado de mantener ejércitos propios y desvían todos sus recursos de defensa a la FAU.

>   EFAU: Ejército de la Fuerza Armada Unificada.

>   CMFAU: Cuerpo de Marines de la Fuerza Armada Unificada.

>   MEFAU: Marina Espacial de la Fuerza Armada Unificada.

>   NFAU: Nave de la Fuerza Armada Unificada

>   SIFAU: Servicio de Inteligencia de la Fuerza Armada Unificada.

FDP: Fuerza de Defensa Planetaria. Milicia local, a menudo civil, asociada a un planeta determinado.

G

GAMUS: nombre que da la FAU al sistema colonizado anteriormente por los Antiguos. Ubicación del planeta que los humanos llaman Nidus y lugar de reposo final del Báculo del Azul.

GATO DE A BORDO: mascota tradicional de las naves espaciales. Las supersticiones dan gran importancia a la presencia y el bienestar del gato de a bordo. Muchos astronautas se niegan a viajar en una nave que no tenga uno. Se tiene constancia de más de una persona asesinada después de haber hecho daño (voluntaria o involuntariamente) a un gato de a bordo.

GECKOALMOHADILLAS: almohadillas adhesivas instaladas en la parte inferior de los dermotrajes y el calzado, diseñadas para trepar o maniobrar en gravedad cero. Como su nombre indica, las almohadillas (cubiertas de vellosidades de unos 5 μm de diámetro) dependen de las fuerzas de Van der Waals para proporcionar adherencia. La fuerza de cizalladura es el factor limitante de la carga máxima, pero también ofrece un mecanismo de liberación.

GLOBOLUCES: orbes bioluminiscentes cultivados por la simiente.

GRAN BALIZA: primer artefacto alienígena encontrado por la humanidad en Talos VII (Theta Persei 2). La Baliza es un cráter de cincuenta kilómetros de diámetro y treinta de profundidad. Emite un impulso electromagnético de 304 MHz cada 10,6 segundos, acompañado por una descarga de ruido estructurado, una representación del conjunto de Mandelbrot en código ternario. El cráter está rodeado por una red de galio y vanadio que tal vez hiciera las veces de superconductor. Unas criaturas gigantes con aspecto de tortuga (sin cabeza ni piernas) deambulan por la planicie que rodea el cráter. Hasta ahora no se ha descubierto su relación con el artefacto. Se sabe que existen seis Balizas más, y se especula que fueron construidas por los Antiguos, pero no hay pruebas definitivas de ello. Su función sigue siendo un misterio.

GRANJA DE ANTIMATERIA: agrupación de satélites colocados en la órbita baja de una estrella. Los paneles solares transforman la energía de la estrella en electricidad, que a su vez se emplea para generar antimateria. Se trata de un proceso terriblemente ineficaz pero necesario, ya que la antimateria es el combustible principal de los impulsores Markov.

GRED: gránulos reciclados de excreción deshidratada. Heces estériles con una envoltura de polímero, procesadas por los dermotrajes adecuadamente equipados.

H

HDAWARI: grandes carnívoros de agua salada oriundos de Pelagio. Uno de los pocos depredadores de wranaui adultos que se conocen. Están estrechamente emparentados con los wranaui, pero son menos inteligentes.

HELECHO OROS: planta oriunda de Eidolon de color verde y negro, con hojas que se desarrollan desde una forma enroscada, similar a los brotes de helecho (de ahí su nombre).

HEPTARCADO: consejo rector de los Antiguos (*véase también* Mayoralto).

HEREJÍA DE LA CARNE: *véase* Tfeir.

HGE: Horario Galáctico Estándar. Cronología universal determinada por las emisiones de CET desde el núcleo galáctico. Las violaciones de la causalidad solo son aparentes; *a* siempre debe causar *b*.

HIBERNÁCULO: término empleado por los entropistas para referirse a un criotubo.

HUTERITAS REFORMISTAS: secta herética del huterismo etnorreligioso tradicional, que ya supera ampliamente en número de practicantes a su doctrina madre. Los huteritas reformistas (HR) aceptan el uso de la tecnología moderna si esta permite fomentar la expansión de la humanidad por toda la creación de Dios, pero desaprueban cualquier uso tecnológico con fines que consideren egoístas e individuales, como las inyecciones madre. Siempre que pueden, se ciñen a una vida comunal. Han demostrado un gran éxito allí donde se han asentado. A diferencia de los huteritas tradicionales, se sabe que los HR también sirven en el ejército, aunque la mayoría de su sociedad sigue sin verlo con buenos ojos.

HYDROTEK: corporación especializada en la extracción y el refinado de hidrógeno en las inmediaciones de los gigantes gaseosos. Las estaciones Hydrotek son las principales instalaciones de repostaje de combustible y remasa de la mayoría de los sistemas.

I

IDEALIS: dado que la simiente es capaz de cambiar de forma a voluntad, los wranaui la consideran el «ideal» platónico de la encarnación física.

IMPULSOR MARKOV: dispositivo que posibilita el viaje superlumínico, alimentado con antimateria (*véase también* Teoría del campo unificado).

INARË: [[Secuencia no válida: Entrada ilocalizable]]

INDAGADOR: un entropista. Alguien que indaga para encontrar la forma de salvar a la humanidad de la muerte térmica del universo.

INDEPENDIENTES: asentamientos, cónclaves, estaciones e instalaciones sin afiliación a ningún gobierno importante.

INDUSTRIAS DEFENSIVAS LUTSENKO: empresa de municiones con sede en Ruslan.

INTELIGENCIA NAVAL: rama de la MEFAU dedicada a la obtención de información.

INYECCIONES MADRE: serie de inyecciones antisenescentes que revitalizan los procesos celulares, inhiben los factores mutagénicos, restauran la longitud telomérica y, en general, devuelven el cuerpo a un estado equivalente a los veinticinco años de edad biológica. Normalmente se reciben cada veinte años. No detienen el crecimiento de los cartílagos de las orejas, la nariz, etc.

J

JEFE: término huterita genérico para cualquier persona al mando de cualquier tipo de proyecto u organización. Tras la Expansión huterita, el término fue adoptado por el habla general, con numerosas variaciones.

JEFE DE EXPEDICIÓN: *véase* Jefe.

JEFE DE MÁQUINAS: *véase* Jefe.

L

LÁMPALGAS: cultivos con apariencia de alga que ofrecen iluminación en las profundidades de la margen plañidera.

LEY DE SEGURIDAD ESTELAR: legislación aprobada tras la formación de la Liga de Mundos Aliados, que desembocó en la creación de la FAU y otorga plenos poderes al ejército, los servicios de inteligencia y los gobiernos civiles en caso de incidente exogénico (como el descubrimiento del filo dúctil).

LÍDER BANCAL: cualquier capitán o comandante wranaui al mando de más de tres unidades, aunque normalmente se reserva para líderes de un rango equivalente al de general de brigada o almirante.

LIGA DE MUNDOS ALIADOS: gobierno interestelar formado tras el hallazgo de la Gran Baliza de Talos VII. Está compuesto por todos los asentamientos de los sistemas de Sol, Alfa Centauri, Épsilon Indi, Épsilon Eridani y 61 Cygni.

LÍMITE DE MARKOV: distancia entre una nave y una masa gravitacional a la que es posible mantener una burbuja de Markov y, por lo tanto, iniciar un viaje superlumínico.

M

MANDO EUROPA: El Mando Europa de la Liga de Mundos Aliados es uno de los siete mandos de combate unificados de las fuerzas de la Liga estacionadas en Sol. Su cuartel general se encuentra en la estación Lawrence y recibe apoyo material constante desde las instalaciones industriales de la estación Orsted de Ganímedes.

MARGEN PLAÑIDERA: fumarola volcánica submarina de los océanos de Pelagio. Sede del Cónclave Abisal.

MARKOV, ILYA: ingeniero y físico que enunció la teoría del campo unificado en 2107, y sentó las bases del viaje superlumínico moderno.

MAYORALTO: portador del Báculo del Azul. Líder del Heptarcado.

MEDIBOT: ayudante robótico capaz de diagnosticar y tratar cualquier caso salvo los más difíciles. Los médicos dependen de los medibots para la mayoría de las operaciones. Muchas naves prescinden directamente de tener un médico a bordo, dando prioridad al ahorro antes que al riesgo relativamente menor de necesitar un médico humano.

MEDIGEL: espuma estéril antibiótica que se endurece hasta formar una férula semiflexible. Se utiliza para detener hemorragias, inmovilizar fracturas y, al inyectarlo en las cavidades corporales, para evitar infecciones.

MEDUSAS: *véase* Wranaui.

MENTE COLMENA: unión psicomecánica de dos o más cerebros. Normalmente se alcanza mediante una sincronización continua de los implantes de los sujetos, garantizando la concordancia entre sus estímulos interoceptivos, exteroceptivos y propioceptivos. El intercambio total de la memoria sensitiva previa es un elemento común (aunque no imprescindible) de una mente colmena. El alcance efectivo depende del ancho de banda de la señal y de la tolerancia de los retrasos. La interrupción suele producirse cuando la proximidad física excede la tolerancia. La mayor mente colmena de la que se tiene constancia estaba compuesta por cuarenta y nueve individuos, pero el experimento terminó pronto, debido a la abrumadora sobrecarga sensorial que experimentaron los participantes.

MENTE DE A BORDO: trascendencia somática de la humanidad. Cerebros extraídos de sus cuerpos, instalados en una matriz de crecimiento y sumergidos en un baño de nutrientes para inducir la expansión de los tejidos y la formación sináptica. Las mentes de a bordo son el resultado de una confluencia de factores: el deseo humano de llevar al límite el intelecto, los intentos fallidos por desarrollar una verdadera inteligencia artificial, el tamaño cada vez mayor de las naves espaciales y el potencial destructivo de cualquier vehículo espacial. Se buscaba que una única persona, que una única *mente*, supervisara las diversas operaciones de la nave. Sin embargo, ningún cerebro no aumentado era capaz de manejar la enorme cantidad de información sensorial producida por una nave espacial de gran tamaño. Cuanto más grande es la nave, más grande debe ser el cerebro. Las mentes de a bordo se cuentan entre los individuos más brillantes producidos por la humanidad, y en algunos casos, entre los más trastornados. El proceso de crecimiento es complicado y se han detectado graves efectos secundarios de carácter psiquiátrico.

Se especula que las mentes de a bordo (estén o no en una nave) dirigen las actividades diarias de la humanidad en un grado mucho mayor de lo que podrían sospechar incluso los más paranoicos. Sin embargo, aunque sus métodos pueden ser a veces opacos, sus deseos son los mismos que los de cualquier criatura viviente: larga vida y prosperidad.

MEMORIA Q: tarjeta de memoria de nivel cuántico.

MILCOM: red de comunicación oficial de la FAU.

MONJE ESCLAVISTA: *véase* Buscador.

MOTOR DE TORSIÓN: generador y motor propulsivo ideado por los Antiguos. Se utiliza para dar energía a Unidad, además de impulsar las naves espaciales diseñadas por los Antiguos. Funciona «retorciendo» la membrana fluida del espacio-tiempo para permitir la extracción de energía desde el espacio superlumínico, a pesar de su baja densidad energética. La distorsión también puede emplearse para impulsar el motor por el espacio sublumínico mediante torsión o para formar una burbuja de Markov que permita el viaje superlumínico.

MR: marca reservada. Indica la protección legal de un término, frase o símbolo.

MULTIFORMA: *véase* Simiente.

MUNDO DE STEWART: planeta rocoso de Alfa Centauri. Fue el primer mundo colonizado fuera de Sol. Descubierto y bautizado por Ort Stewart. Su ambiente poco hospitalario fomenta un número más alto de lo normal de científicos entre los colonos, pues sus conocimientos son necesarios para sobrevivir al duro entorno. Por ese motivo hay tantos astronautas que proceden del mundo de Stewart: buscan desesperadamente un clima más templado.

N

NANOENSAMBLADOR: impresora 3D que emplea nanobots para producir formas complejas, máquinas y (con la materia prima adecuada) estructuras biológicas como músculos, órganos y semillas.

NARU: clase de nave wranaui de masa intermedia, que transporta un número limitado de tropas (normalmente tres calamares, dos o tres reptadores y otros tantos chasqueadores).

NIDO DE TRANSFERENCIA: dispositivo wranaui que permite copiar memorias y estructuras cerebrales básicas de un cuerpo a otro. También se utiliza para grabar personalidades y memorias almacenadas en un nuevo cuerpo tras la muerte del original (*véase también* Tfeir).

NNAR: organismo coralino oriundo de Pelagio y utilizado habitualmente como elemento decorativo por los wranaui. Algunas variedades secretan un revestimiento transparente que ejerce un leve efecto psicotrópico sobre las formas wranaui inmaduras.

NOMATI: animales poliposos oriundos de las regiones árticas de Eidolon. En cada eclipse solar, se sueltan de su punto de anclaje (normalmente una roca) y saltan catorce veces. Se desconoce el motivo.

NORODON: analgésico líquido de efecto rápido, indicado para dolores moderados y agudos.

NOVA ENERGIUM: sede y laboratorio de investigación principal de los entropistas, ubicado cerca de Shin-Zar.

NOVA NEGRA: variedad de *Capsicum chinense*, modificada genéticamente para depositar capsaicina pura en el revestimiento ceroso. Desarrollado por Inés Tolentira del mundo de Stewart, futura ganadora del festival del chile Tri-Solar.

NSARRO: unidad de longitud wranaui. Se define como la distancia que se puede nadar en siete pulsos (*véase también* Ciclo *y* Pulso).

NUDO DE MENTES: de forma general, cualquier grupo de wranaui unidos y dedicados a un único objetivo. Un vínculo solemne y sagrado. Tradicionalmente el Nudo se sellaba entrelazando los tentáculos/extremidades con los demás participantes. En principio, un Nudo suele tener únicamente siete miembros (ese es el número de tentáculos primarios de la forma wranaui principal), pero el concepto suele ampliarse para incluir a más individuos. En la era moderna, el Nudo puede formarse mediante ultrolor subsónico, pero suele decirse que esos Nudos son menos vinculantes que aquellos que se sellan en persona.

Específicamente: el Nudo fundado por el líder bancal Nmarhl y sus compatriotas con el fin de oponerse al gobierno de Ctein y proteger al Idealis que más tarde se uniría a Kira Navárez.

NÚMERO SUPREMO: el mayor número imaginable. Los numenistas lo definen como la suma de todo conocimiento, que contiene tanto lo conocido como lo desconocido. La parte mayor de dos mitades iguales. Dios.

NUMENISMO: religión centrada en la naturaleza supuestamente divina de los números. Fundado en Marte por Sal Horker II alrededor de 2165-2179, el numenismo pronto ganó popularidad entre los colonos y trabajadores que dependían de la tecnología de su nuevo mundo para sobrevivir. Una característica del numenismo es la constante transmisión de números («la enumeración») desde su sede de Marte. La enumeración recorre en orden ascendente la lista de los números reales.

NUECES DE BERILO: nueces comestibles cuya cáscara recuerda a una joya, que se utilizan en ciertas marcas de raciones alimenticias. Se trata de una especie modificada genéticamente y oriunda de Eidolon.

NWOR: animal polípodo de agua salada, oriundo de Pelagio, con caparazón de crustáceo y dieta omnívora. Conocido por sus hábitos solitarios.

O

OBÚS CASABA: carga hueca nuclear. Suele instalarse en un misil para aumentar su alcance. El término puede referirse a los obuses Casaba puros (que concentran una explosión nuclear en un delgado haz de plasma) o a los obuses Casaba que utilizan dicha explosión para impulsar proyectiles de formación explosiva (fragmentos de tungsteno derretido con un potencial destructor extremo).

OLA: [[Secuencia no válida: Entrada ilocalizable]]

ORBE DE CONVERSIÓN: impulsor superlumínico wranaui que «convierte» una nave, llevándola del espacio sublumínico al espacio superlumínico.

P

PAPA DEDALERO: *véase* Pontifex Digitalis.

PAQUEDRÓN: pequeño dron mensajero no tripulado, con capacidades superlumínicas.

PARTIDO CONSERVADOR: uno de los principales partidos políticos de la Liga, centrado en la ecología y la preservación de la flora y la fauna de diversas xenosferas (*véase también* Partido expansionista *y* Estelaristas).

PARTIDO EXPANSIONISTA: uno de los principales partidos políticos de la Liga. Fundado para promover la expansión humana fuera de Sol, actualmente se centra en preservar los intereses de las colonias extrasolares, llegando incluso a vetar la fundación de nuevas colonias (*véase también* Partido conservador *y* Estelaristas).

PATRÓN: directriz integrada que guía y establece los objetivos a largo plazo de la simiente.

PELAGIO: nombre humano del mundo natal wranaui. Estrella tipo-F a 340 años luz de Sol.

PESADILLAS: productos malignos y autónomos provocados por una unión defectuosa entre la simiente y su hospedador (normalmente cuando la simiente, el hospedador o ambos sufren daños irreparables).

PFENNIC: especie de pez oriundo de Pelagio, característico por el sabor metálico de su carne. Un manjar habitual para los wranaui.

PISAPOLVO: término despectivo para referirse a alguien que vive o ha nacido en un planeta.

PONTIFEX DIGITALIS: líder religioso nominal de los numenistas. Dirige y responde ante el Colegio de Enumeradores. Es el responsable de supervisar la enumeración de los números reales.

POZAS DE PUESTA: pozas de marea de poca profundidad en las que los wranaui depositaban sus huevos. Actualmente el proceso se replica en pozas artificiales para mayor comodidad y facilidad de desplazamiento. Al eclosionar, los pequeños wranaui se muestran combativos y caníbales; tan solo los más fuertes sobreviven.

PRINCIPIOS ENTRÓPICOS, LOS: texto principal del entropismo. Concebido como una declaración de intenciones, más tarde se amplió hasta convertirse en un tratado filosófico que contiene un resumen de todo el conocimiento científico, centrándose en la astronomía, la física y las matemáticas (véase también Entropismo).

PRISIONERO: cualquiera que no sea un entropista. Alguien encarcelado dentro del universo moribundo por su falta de conocimiento.

PSEUDOINTELIGENCIA: un simulacro de sintiencia convincente. Hasta el momento, el desarrollo de una auténtica inteligencia artificial ha resultado ser más difícil (y peligroso) de lo esperado. Las pseudointeligencias son programas capaces de desempeñar funciones ejecutivas limitadas, pero carecen de autoconsciencia, creatividad e introspección. A pesar de sus limitaciones, han demostrado ser inmensamente útiles en casi todos los ámbitos de la actividad humana, desde el pilotaje de naves hasta la gestión de ciudades (véase también Mente de a bordo).

PUERTA DE TORSIÓN: agujero de gusano artificial generado y mantenido por un motor de torsión instalado en uno de sus extremos. Los Antiguos la utilizaban para recorrer grandes distancias de manera casi instantánea.

PULSIÓN: *véase* Tsuro.

PULSO: unidad estándar de tiempo wranaui. Equivale a cuarenta y dos segundos (*véase también* Ciclo).

R

RASTREO LUMÍNICO: viaje superlumínico hasta la distancia necesaria para poder detenerse y detectar la luz producida en tiempo real por un acontecimiento. Por ejemplo: la nave A quiere saber cuándo y dónde la nave B salió del sistema solar el día anterior. La nave A viaja el número requerido de horas luz (veinticuatro en este caso) desde Sol y se detiene a observar con un telescopio hasta ver cómo B abandona Sol.

RD 52: obuses Casaba refrigerados con hidrógeno hasta alcanzar una fracción de grado del cero absoluto. Se utilizan como minas. Uno de los primeros intentos de desarrollar armamento de sigilo en el espacio.

REGINALD, EL DIOS PORCINO: líder de una secta local de la ciudad de Khoiso. Se trata de un humano modificado genéticamente, cuya cabeza se asemeja a la de un cerdo. Sus seguidores lo consideran una deidad encarnada y dotada de poderes sobrenaturales.

REMASA: propelente que expulsa una nave espacial. Suele ser hidrógeno. No debe confundirse con el combustible, que en el caso de los cohetes nucleares es el material que se fusiona o se fisiona para calentar el propelente.

REMOLINO: *véase* Gran Baliza.

RESACA CRIÓNICA: trastorno digestivo, metabólico y hormonal generalizado, provocado por pasar un tiempo excesivo en crionización (o por realizar demasiados viajes sin descanso). Los síntomas oscilan entre molestos y letales, y los efectos secundarios aumentan en función del tiempo en crionización y del número de viajes. Algunas personas son más proclives que otras.

RETÍCULO: red interna de las naves wranaui.

ROBOT MONTACARGAS: robot semiautónomo empleado para trabajos manuales.

RSW7-MOLOTÓK: obuses Casaba fabricados por Industrias Defensivas Lutsenko.

RUSLAN: planeta rocoso de 61 Cygni A. Es la segunda colonia más joven de la Liga, después de Weyland. Está ocupada principalmente por intereses rusos. Los cinturones de asteroides de la estrella hermana, Cygni B, son objeto de una extensa actividad minera.

S

SAMAN-SAHARI: balada originaria del Conglomerado de Farson (una colonia independiente y colectivista establecida en un planetoide de Alfa Centauri durante los primeros años de colonización del sistema).

SAN AMARO: pequeño país de Hispanoamérica donde se construyó el primer ascensor espacial de la Tierra.

SAYA: «seguro». La traducción directa sería «mi seguridad». Una expresión de origen malayo, muy común en Ruslan.

SECRETARIO DE DEFENSA: oficial civil que supervisa las fuerzas armadas de la Liga.

SENSOESCÁNER: revisión profunda e invasiva de todos los datos recogidos por los implantes de una persona. A menudo daña la salud física y mental del sujeto, dada la potencia de las señales eléctricas empleadas y la naturaleza íntima del escáner. En ocasiones provoca la pérdida de funciones cerebrales.

SÉPTIMA FLOTA: una de las flotas de la Liga de Mundos Aliados, cuyo cuartel general se encuentra en la estación Deimos de Marte. Forma parte de la Flota Solar de la FAU, y es la mayor de sus flotas de vanguardia.

SFAR: nivel de autoridad wranaui. Mayor que *sfenn* y menor que *sfeir*.

SHI-BAL: juramento malsonante coreano. Se usa exclusivamente para expresar enfado o con connotaciones negativas.

SHIN-ZAR: planeta de alta gravedad de Tau Ceti. Es la única de las colonias principales que rechaza la adhesión a la Liga, lo que provocó un conflicto armado entre las fuerzas zarianas y la Liga, con la consiguiente pérdida de varios miles de vidas en ambos bandos. Conocida por el gran número de colonos de origen coreano y por la modificación genética a la que se somete toda su población para adaptarse a su alta gravedad, mayor que la de la Tierra. Las principales modificaciones son: estructura esquelética significativamente más densa, mayor capacidad pulmonar (para compensar los bajos niveles de hidrógeno), incremento de la hemoglobina, aumento de la masa muscular mediante la inhibición de la miostatina, tendones dobles y órganos de mayor tamaño. Población genética divergente (*véase también* Entropismo).

SIETE MINUTOS PARA SATURNO: película bélica rodada en Alfa Centauri en 2242, que narra el malogrado intento de independencia de Venus durante la Ofensiva Zahn.

SIMIENTE: potencial genético autoorganizativo. Una chispa de vida en el vacío infinito.

SINDICATO REFLEXIVO: sindicato de trabajadores con sede en los astilleros de Ceres.

SJAM: coloquialmente, barras de Dios. Proyectiles inertes fabricados con barras de tungsteno que se lanzan desde la órbita. Concepto inventado por el Dr. Pournelle en el siglo xx. Una clase de arma cinética empleada por el ejército cuando los explosivos convencionales no son prácticos (por ejemplo, para evitar la radiación) o cuando el enemigo utiliza contramedidas antiproyectiles.

S-PAC: manipulador robótico empleado para manejar material en cuarentena.

SUBSONIDO: emanaciones vocales que emplean los wranaui para comunicarse a larga distancia en sus océanos. Similar al canto de las ballenas.

SUMA SIETE: tradicional juego de naipes astronáutico. El objetivo es acumular el mayor número posible de sietes o múltiplos de siete sumando el valor de las cartas (el valor de las figuras se corresponde con su valor numérico).

SUPERLUMÍNICO: superior a la velocidad de la luz. El modo de transporte principal entre las estrellas (*véase también* Impulsor Markov).

T

TALLO DE HABICHUELAS: *véase* Ascensor espacial.

TANGAGRIA: canción popular de Bolonia (Italia), de autor desconocido.

TEJIDO INTELIGENTE: metamaterial equipado con dispositivos electrónicos, nanomáquinas y otros aumentos. Capaz de adoptar distintas formas mediante los estímulos adecuados.

TENSEGRIDADES HANZO: compañía de seguros con sede en Sol. No es conocida por la satisfacción de sus clientes.

TEORÍA DEL CAMPO UNIFICADO: teoría enunciada por Ilya Markov en 2107 que sentó las bases del viaje superlumínico (además de muchas otras tecnologías).

TESERITA: mineral único de Adrastea. Similar a la benitoíta, pero con mayor tendencia al color púrpura.

TFEIR: uno de los seis Brazos wranaui, famoso por su herejía de la carne (la autorreplicación mediante el Nido de Transferencia *sin* la muerte de la forma original). Los demás wranaui lo consideran un pecado de orgullo. Uno de los principales factores que contribuyeron al Desgarro.

THULE: también conocido como el Señor de los Espacios Vacíos. Se pronuncia «ZUL». Dios de los astronautas. Derivado de *ultima Thule*, expresión latina que significa «un lugar situado más allá de los límites de cualquier mapa». Originalmente se aplicaba a un planetesimal transneptuniano de Sol, pero el término pasó a referirse a «lo desconocido» en general y terminó por adquirir personificación. Existen numerosas supersticiones sobre Thule entre los mineros de los asteroides de Sol y otros lugares.

TIERRA CENTRAL: sede principal de la Liga y la FAU. Construida en torno a la base del ascensor espacial de Honolulu.

TORVOTIGRE: gran depredador felino oriundo de Eidolon, caracterizado por las púas de su lomo, sus ojos amarillos y su gran inteligencia.

TOXOPAXIA: canción popular de uno de los hábitats anulares de Sol.

TRASCENDENCIA: juego informático cuyo objetivo es guiar a una especie desde los inicios de la sintiencia hasta la colonización de las estrellas cercanas, en el menor tiempo posible.

TRAVESURAS DE CHIARA, LAS: canción popular de Weyland sobre las desventuras de una gata.

TSURO: dispositivo de señalización empleado por los Antiguos para convocar y controlar a la simiente. Funciona mediante un frente de onda de CET modulados.

TÚNICA DEGRADADA: vestimenta tradicional de los entropistas practicantes. Adornada con el emblema del fénix renacido. Metamaterial equipado con una avanzada tecnología que permite que la túnica actúe como dermotraje, armadura y, en caso necesario, como arma.

U

ULTROLOR: sustancias químicas persistentes secretadas por los wranaui para comunicarse a larga distancia a través del agua. Su ancho de banda metafórico es escaso y la fidelidad muy baja, por lo que este sistema tiene una utilidad limitada para realizar grandes intercambios de datos (*véase también* Yuxtolor *y* Subsonido).

ULTROLOR SUBSÓNICO: tradicionalmente, una combinación de los dos métodos que utilizan los wranaui para la comunicación a larga distancia a través del agua. Más comúnmente, término que designa las transmisiones sublumínicas o superlumínicas, como las ondas de radio.

V

VALVALEÓN: animal oriundo de Eidolon y caracterizado por su caparazón ambarino. Se utiliza en la fabricación de una tinta de color sepia.

VEINTIOCHO G: uno de los diversos satélites de comunicación que orbitan en torno a Zeus y Adrastea.

VSL: vehículo superlumínico. Designación de la Liga para cualquier nave civil con capacidades superlumínicas.

W

WEYLAND: planeta colonizado de Épsilon Indi. Recibe su nombre del legendario herrero de la mitología nórdica y germánica. Carece de formas de vida oriundas notables.

WRANAUI: raza sintiente exploradora del espacio, oriunda del planeta Pelagio. Presentan un ciclo de vida complejo y una estructura social dominada por los Brazos y una forma gobernante. Se trata de una especie de naturaleza oceánica, pero mediante el uso exhaustivo de cuerpos artificiales se han adaptado a casi cualquier entorno imaginable. Agresivos y expansionistas, su propia seguridad y sus derechos individuales les traen sin cuidado, debido a que disponen de cuerpos de repuesto. Su lenguaje basado en el olfato es extremadamente difícil de traducir para los humanos. Son biológicamente inmortales, incluso sin sus aumentos tecnológicos; sus cuerpos genéticos siempre pueden revertir a una forma inmadura para renovar su carne y evitar la senescencia. Hay indicios de que los Antiguos los modificaron genéticamente en un pasado remoto.

Y

YANNI EL TRITÓN: programa de entretenimiento infantil muy popular en Ruslan, que trajo la moda de los tritones mascota.

YUXTOLOR: sustancias químicas excretadas por los wranaui para comunicarse. Es su método principal de transferencia de información lingüística y no lingüística.

APÉNDICE IV

★　★　★　★　★　★　★

CRONOLOGÍA

1700-1800 (APROX.):

- El Desgarro

2025-2054:

- Desarrollo y construcción del primer ascensor espacial de la Tierra, seguido rápidamente por un aumento en la exploración y el desarrollo económico del sistema solar (Sol). Los primeros humanos aterrizan en Marte. Construcción de una base lunar y varias estaciones espaciales por todo Sol. Se inicia la minería de asteroides.

2054-2104:

- Con el auge del ascensor espacial, la colonización del sistema solar se acelera. Se inicia la Expansión huterita. Se establece la primera ciudad flotante de Venus. Se instalan bases permanentes (aunque no autónomas) en Marte. Se construyen numerosos hábitats y estaciones por todo el sistema. Se inicia la construcción de un anillo orbital en torno a la Tierra.

- El medio de transporte principal en el sistema solar son los cohetes nucleo-térmicos de fisión.

- El matemático Jalal Sunyaev-Zel'dovich publica los preceptos fundadores del entropismo.

- La aplicación de la ley en el sistema solar es cada vez más difícil. Surgen conflictos entre los asentamientos fronterizos y los planetas interiores. Las Naciones Unidas y los gobiernos individuales amplían y desarrollan la legislación espacial internacional. Surgen milicias en Marte y los asteroides mineros. Las corporaciones espaciales contratan empresas de seguridad privada para proteger sus inversiones. El espacio ya está totalmente militarizado.

- Venus y Marte continúan estrechamente ligados a la Tierra en política y gestión de recursos, pero empiezan a surgir movimientos independentistas.

- Las enormes baterías solares construidas en el espacio suministran energía barata a todo Sol. Las holofaces, los implantes y las modificaciones genéticas son habituales entre aquellos que se lo pueden permitir.

- Los viejos cohetes de fisión son reemplazados por potentes motores de fusión, reduciendo drásticamente la duración de los viajes dentro del sistema solar.

2104-2154:

- Se establece el Devoto Emporio del Tritón de Fink-Nottle.

- Se inventan las inyecciones madre, convirtiendo a los humanos en seres biológicamente inmortales, lo que desemboca en el lanzamiento de varias naves colonizadoras sublumínicas autónomas rumbo a Alfa Centauri.

- Poco después, Ilya Markov codifica la teoría del campo unificado (TCU). En 2114 se completa el prototipo funcional de un impulsor superlumínico. La nave experimental Dédalo realiza el primer vuelo superlumínico.

- Las naves superlumínicas zarpan hacia Alfa Centauri, adelantando a las naves colonizadoras sublumínicas. Se funda la primera colonia extrasolar en el mundo de Stewart, en Alfa Centauri.

- Oelert (2122) confirma que la mayor parte de la materia superlumínica local se concentra en una vasta aureola alrededor de la Vía Láctea.

- Se fundan varias colonias extrasolares más. Primero en Shin-Zar y después en Eidolon. Algunas de estas ciudades y bases son fundadas por corporaciones privadas, y otras por naciones de la Tierra. En cualquier caso, todas las colonias dependen en gran medida de los suministros de Sol, y la mayoría de los colonos se endeudan para comprar todo el equipo que necesitan.

2154-2230:

- Se coloniza Weyland.

- Sal Horker II funda el numenismo en Marte alrededor de 2165-2179.

- A medida que crecen, las colonias empiezan a reivindicar su independencia de Sol. Se producen enfrentamientos entre facciones locales (como la revuelta de Shin-Zar). Las relaciones con la Tierra son cada vez más tensas. Venus intenta infructuosamente conseguir la independencia durante la Ofensiva Zahn.

- Se coloniza Ruslan.

2230:

- Nace Kira Navárez.

2234-2237:

- El capitán Idris y la tripulación de la VSL Adamura descubren la Gran Baliza de Talos VII.

- Se constituye la Liga de Mundos Aliados, a pesar del recelo y la reticencia generalizados. Algunas colonias independientes se abstienen. Se aprueba la Ley de Seguridad Estelar, que lleva a la creación de la FAU y a la consolidación de gran parte de las fuerzas militares de la humanidad. Se producen enfrentamientos de soberanía con varios grupos que insisten en mantenerse independientes, especialmente el gobierno planetario de Shin-Zar.

- Una fuerte tormenta invernal en Weyland provoca un daño significativo a los invernaderos de la familia Navárez.

2237-2257:

- El escándalo de corrupción de Sasha Petrovich a finales de 2249 provoca la dimisión del gobernador de Ruslan, Maxim Novikov.

2257-2258:

- Misión de reconocimiento de la luna Adrastea y eventos posteriores.

EPÍLOGO Y AGRADECIMIENTOS

★ ★ ★ ★ ★ ★ ★

1.

Saludos, amigos.

El viaje ha sido largo. Pasad, sentaos cerca de la holopantalla y descansad. Seguro que estáis agotados. En ese estante hay una botella de whisky venusiano... Sí, esa es. Servíos una copa si os apetece.

Mientras os recuperáis, os voy a contar una historia. No, esa historia no. Otra historia. Una que empieza allá por 2006-2007 (con el tiempo las fechas se van desdibujando). Ya había terminado mi segunda novela, *Eldest*, y casi había acabado de escribir la tercera, *Brisingr*. La verdad es que me resultaba frustrante pensar que lo que antes era una trilogía se había convertido en una tetralogía, y que tendría que pasar varios años más trabajando en el ciclo de **El legado**. Que quede claro que la serie me encantaba y estaba muy contento de poder terminarla, pero al mismo tiempo quería... no, *necesitaba* hacer algo distinto. La disciplina es un prerrequisito necesario para el éxito creativo, pero tampoco hay que menospreciar el valor de la variedad. Al probar cosas nuevas, aprendemos, crecemos y mantenemos la ilusión por nuestro arte.

Así que mientras pasaba los días en la tierra de Alagaësia, escribiendo sobre elfos, enanos y dragones, me pasaba las noches soñando con otra clase de aventuras, en otros lugares. Y en uno de esos sueños aparecía una mujer que encontraba un biotraje alienígena en una luna que orbitaba en torno a un gigante gaseoso...

Era una idea muy vaga, apenas un esbozo. Pero desde el principio supe cómo empezaría la historia (con Kira encontrando el traje) y cómo terminaría (con ella alejándose por el espacio). Lo difícil era descubrir todo lo que habría en medio.

Después de terminar *Brisingr*, intenté por primera vez escribir el comienzo de *Dormir en un mar de estrellas*. Si leyerais esa primera versión, os moriríais de la risa. Sin embargo, aunque todavía estaba a medio hacer, los huesos de lo que más tarde sería esta historia ya estaban ahí, esperando a que los desenterrara.

Tuve que apartar el proyecto para escribir y promocionar *Legado* hasta mediados de 2012 (la gira de un libro o serie popular no es cosa menor). Y después, tras haber terminado una serie en la que llevaba trabajando desde los quince hasta los veintiocho años, necesitaba un descanso.

Estuve seis meses sin escribir nada, pero luego ese familiar impulso creativo se apoderó de mí de nuevo. Escribí un guion (que no salió bien). Escribí varios relatos cortos (uno de los cuales se publicó más tarde en *El tenedor, la hechicera y el dragón*, una secuela del ciclo **El legado**). Y empecé a investigar los fundamentos científicos de mi futura historia.

Esa investigación me llevó buena parte de 2013. No soy físico ni matemático (de hecho no fui a la universidad), así que tuve que esforzarme mucho para alcanzar el nivel de comprensión que quería. ¿Por qué ir tan lejos? Porque la magia es a la fantasía lo que la ciencia es a la… ciencia ficción. Es lo que establece las normas de tu historia y define lo que es posible o imposible. Y aunque quería que *Dormir* fuera una carta de amor al género, pretendía evitar ciertas convenciones técnicas que perjudicaban a la ambientación. Principalmente, quería dar con un método de viaje superlumínico que no permitiera los viajes en el tiempo y que no contradijera descaradamente las leyes físicas que conocemos (no me importaba hacer alguna excepción ocasional, pero no quería infringirlas de manera directa).

Por supuesto, todo el trabajo de investigación y ambientación del universo no vale de nada si la historia en sí no es sólida. Y me temo que ahí fue donde encontré las mayores dificultades.

Por varios motivos personales, escribir el primer borrador de *Dormir* me llevó hasta enero de 2016. Unos tres años de trabajo sumamente duro. Cuando lo terminé, mi primera lectora, mi hermana Angela, me informó de que el libro, sencillamente, no funcionaba. Y al leerlo yo mismo me di cuenta de que mi hermana, por desgracia, tenía toda la razón.

El año 2017 fue una sucesión de correcciones y reescrituras, ninguna de las cuales consiguió resolver los problemas subyacentes. Esas correcciones eran, por decirlo metafóricamente, como reordenar las tumbonas del Titanic; eso no cambiaba el hecho de que la nave seguía haciendo aguas.

El problema era este: después de trabajar tanto tiempo en **El legado**, mi habilidad para crear la trama estaba oxidada por la falta de uso. Los músculos de resolución de problemas que había desarrollado mientras escribía el argumento de *Eragon* y sus secuelas se habían atrofiado durante la década siguiente. Y no voy a mentir: después del éxito de **El legado**, me sentía un poco arrogante al empezar a escribir *Dormir en un mar de estrellas*. «Si he podido escribir eso, esto no será ningún problema».

¡Ja! La vida, el destino, los dioses… llamadlo como queráis, pero la realidad nos pone a todos en nuestro sitio.

La situación llegó a un punto crítico a finales de 2017, cuando mi agente Simon y mi editora por aquel entonces, Michelle, me informaron educadamente de que mis correcciones no arreglaban nada.

En ese momento estuve a punto de rendirme. Después de invertir tanto trabajo y tiempo, volver al punto de partida era... desalentador. Pero si tengo un rasgo característico, es la determinación. Detesto abandonar un proyecto, aunque el sentido común me lo recomiende.

Así que, en noviembre de 2017, dejé de reorganizar las tumbonas del Titanic y regresé al esquema básico de la historia. Y me lo cuestioné *todo*. En una semana y media, escribí (a mano) más de doscientas páginas de notas, diseccionando a los personajes, sus motivaciones, los significados, la simbología, la tecnología... Revisé todo lo que se os pueda ocurrir.

Y solo entonces, cuando estuve seguro de tener un esqueleto nuevo y más sólido sobre el que desarrollar la historia, empecé a escribirla de nuevo. Casi toda la parte uno, Exogenesis, permaneció igual. Y también algo de la parte dos. Pero todo lo demás lo reescribí desde cero. En la versión original de *Dormir* no aparecía Gamus. No había visita a Sol ni viaje a Cordova. No había pesadillas, ni Fauces, ni Unidad, ni ninguna gran aventura más allá de 61 Cygni.

Dicho de otro modo, escribí un libro completamente nuevo (y no precisamente pequeño) a lo largo de 2018 y la primera mitad de 2019. En ese mismo tiempo, también escribí y edité *El tenedor, la hechicera y el dragón*, realicé la gira de promoción por Estados Unidos y Europa y seguí de gira durante 2019 como escritor residente de Barnes & Noble. ¡Uf!

Escribir y editar *Dormir* ha sido, de lejos, el mayor desafío creativo de toda mi vida. He tenido que volver a aprender a contar una historia, reescribir un libro en el que llevaba años trabajando y superar varios desafíos personales y profesionales.

¿Ha merecido la pena? Yo creo que sí. Y estoy deseando emplear las habilidades que he aprendido/readquirido en un libro nuevo. Un libro que, si todo va bien, tardaré bastante menos de nueve años en escribir y publicar.

Al rememorar la historia de este proyecto, en gran medida me parece un sueño. Ha pasado mucho tiempo, mucha angustia, esfuerzos y ambiciones. Terminé el primer borrador mientras pasaba el invierno entre un sórdido apartamento de Edimburgo y un apartamento ligeramente más alegre de Barcelona. Las revisiones las hice en Montana, donde vivo, pero también en otros doce lugares de todo el mundo adonde me llevaron el trabajo y la vida. Las últimas correcciones las he hecho durante una pandemia.

Cuando se me ocurrió la idea de *Dormir en un mar de estrellas*, tenía veintitantos años. Ahora estoy llegando al final de la treintena. Cuando empecé, no tenía canas en la barba. ¡Vamos, es que ni siquiera llevaba barba! Ahora empiezan a asomar las primeras hebras de plata. Hasta me he casado, y eso sí que ha sido toda una aventura...

Dormir en un mar de estrellas no es un libro perfecto, pero es la mejor versión de esta historia que yo podría escribir, y estoy orgulloso del resultado final. Citando a

Rolfe Humphries en el prefacio de su traducción de la *Eneida*: «las dimensiones de una epopeya requieren, a la hora de escribir, una variedad planificada, una irregularidad calculada y, de vez en cuando, una pizca de descuido indiferente».

Estoy totalmente de acuerdo. También me gusta mucho lo que dice más adelante:

«Las últimas revisiones siempre son las más desquiciantes, y estoy convencido de que Virgilio, después de haber trabajado en su poema durante más de una década, habría llegado a un punto en el que preferiría hacer cualquier cosa, incluso morirse, antes que volver a leerse el poema una vez más... Y de todas formas, ¿quién quiere que un poema épico sea absolutamente perfecto?».

Es exactamente lo que pienso yo. De todas formas, espero que hayáis disfrutado de las imperfecciones de esta novela.

Bueno, ya os he contado la historia de una historia. Se hace tarde y casi no queda whisky venusiano. Basta de divagaciones. Pero antes de que os marchéis, un par de notas finales:

Uno: los fans de **El legado** habréis notado ciertas referencias a la saga en *Dormir*. No, no eran imaginaciones vuestras. Y sí, Inarë es quien pensáis que es. (Para los que no conozcan ese nombre, os recomiendo leer la carta de Jeod en mi sitio web, paolini.net).

Dos: si deseáis profundizar en el universo de *Dormir*, os sugiero que prestéis atención al uso del número siete a lo largo de la historia (siempre que es posible, los números suman siete o son múltiplos de siete). También puede ser interesante buscar otros lugares, fuera de esta novela, en los que aparezca el siete.

Es suficiente. Ya he hablado bastante. Hace frío, las estrellas brillan y esta historia ha llegado a su fin, tanto para Kira como para mí.

Cómete el camino.

2.

Al crear esta novela, he tenido la suerte de contar con el apoyo de un número enorme de personas. Sin ellas, *Dormir* nunca habría visto la luz del día. Aquí están:

Mi padre, por mantenerlo todo en marcha mientras yo enterraba la cabeza en el manuscrito durante meses y meses. Mi madre, por su paciencia, sus correcciones (¡tantas correcciones!) y su apoyo constante. Mi hermana Angela, por no dejar que me conformara con algo peor y darme la patada que me hacía falta para arreglar la historia de Gregorovich (entre muchas otras). Caru, quien creó los increíbles logotipos (menos el de Shin-Zar) que aparecen en la sección de terminología, además de una gran cantidad de arte conceptual. Mi mujer, Ash, por su apoyo, su humor y su amor constantes, y por sus diversas contribuciones artísticas (como el logotipo de

Shin-Zar). Y un gran agradecimiento a toda mi familia por leer este libro más veces de las que debería hacerlo una persona en su sano juicio.

Mi ayudante (y amiga) Immanuela Meijer, por sus aportaciones, su apoyo y sus increíbles dibujos. Ella es la autora de los mapas de Sigma Draconis, 61 Cygni, parte de Gamus y el increíble mapa fractal de las guardas.

Mi agente, Simon Lipskar, que desde el principio ha sido un defensor incansable de este libro y de lo que sabía que podía llegar a ser. ¡Gracias, Simon!

Mi querida amiga Michelle Frey, que leyó varias versiones iniciales del libro y tuvo la poco envidiable tarea de confesarme que ninguna funcionaba. Sin su contribución, nunca habría dado el salto de escribir otra versión que sí funcionara.

De Macmillan: Don Weisberg, que me conoció durante su época en Random House y gracias a ello estuvo dispuesto a arriesgarse con una novela para adultos de un autor que solo era conocido por la literatura juvenil. ¡Gracias, Don!

De Tor: mis editores, Devi Pillai y William Hinton, que me empujaron más lejos de lo que esperaba… y gracias a ello el libro es mejor. También de esta editorial: los ayudantes Rachel Bass y Oliver Dougherty y la correctora Christina MacDonald.

De publicidad y marketing: Lucille Rettino, Eileen Lawrence, Stephanie Sarabian, Caroline Perny, Sarah Reidy y Renata Sweeney. ¡Si conocéis este libro, es gracias a ellas!

De diseño y producción: Michelle Foytek, Greg Collins, Peter Lutjen, Jim Kapp y Rafal Gibek. Sin ellos, el libro no se habría publicado a tiempo ni tendría este magnífico aspecto. Y gracias a todo el personal de Tor que ha trabajado en este libro.

Gracias también a Lindy Martin por la preciosa portada.

Por el lado técnico: Gregory Meholic, que tuvo la bondad de dejarme utilizar su teoría triespacial como base para mi sistema superlumínico (además de varias gráficas que aparecen retocadas en el apéndice I). También respondió a montones y montones de preguntas mientras yo luchaba por comprender los detalles de su funcionamiento. Pido disculpas por bastardear un par de puntos de su teoría en pro de la historia. ¡Lo siento, Greg! Richard Gauthier, creador de la idea de los CET, y H. David Froning Jr., que desarrolló los cálculos técnicos de los campos electromagnéticos condicionados que utilicé como base de mis impulsores Markov. Y por último, pero no menos importante, Winchell Chung y la web Atomic Rockets (www.projectrho.com/rocket/). No existe mejor recurso para alguien que quiera escribir una historia de ciencia ficción realista. Sin ella, las ideas de este libro habrían sido muchísimo menos interesantes.

Quiero hacer una mención especial a la familia de Felix Hofer, que ha tenido la bondad de dejarme utilizar su nombre en este libro. Felix era un lector mío con el que me escribí varias veces y que falleció trágicamente en un accidente de moto poco después de cumplir dieciocho años. He querido conmemorar su muerte y hacer lo posible por que su nombre siga vivo.

Como siempre, el mayor agradecimiento de todos va para ti, mi querido lector. ¡Sin ti, nada de esto sería posible! Así que gracias de nuevo. Espero que podamos repetir pronto.

Christopher Paolini
15 de septiembre de 2020

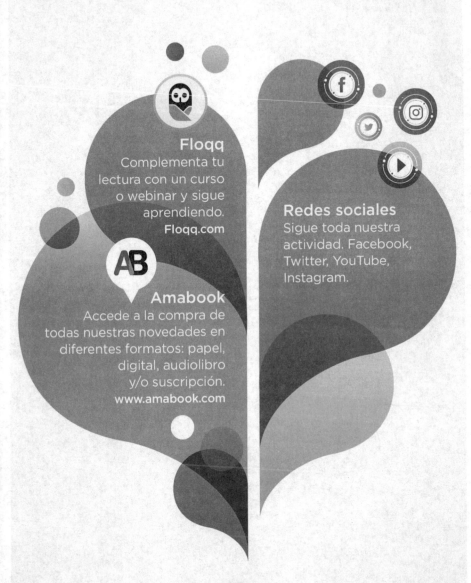

Ecosistema digital

Floqq
Complementa tu lectura con un curso o webinar y sigue aprendiendo.
Floqq.com

Amabook
Accede a la compra de todas nuestras novedades en diferentes formatos: papel, digital, audiolibro y/o suscripción.
www.amabook.com

Redes sociales
Sigue toda nuestra actividad. Facebook, Twitter, YouTube, Instagram.

EDICIONES URANO